Gerd Haisch
Einbahn ins Paradies
Sri Lanka Logbuch

Gerd Haisch

Einbahn ins Paradies

Sri Lanka Logbuch

waldgut

Dachbodenfund und Herausgeber:
David Haisch

Originalausgabe

Satz Inhalt: Martin Stiefenhofer Freiburg
Druck und Einband: LB Mediengruppe Albstadt

Coverillustration: Awantha Artigala

Die Namen der Personen in diesem Buch wurden aus Gründen des Persönlichkeitsschutzes geändert

ISBN 978-3-03740-119-4

Waldgut Verlag
Industriestraße 23
CH-8500 Frauenfeld
www.waldgut.ch

Für meinen lieben Vater

I hate it
I love it
I hate it
I don't know
I love it
etc.
(Max Frisch)

Dieses Buch handelt von einem, der weggegangen
und nicht angekommen ist,
von naher Fremde und fremder Nähe

Inhalt

Prolog

1977–1992
Wie alles mit einem Missgeschick anfing. Wie Peter ein ungenutztes Ticket und ich ein paar Wochen Zeit und keine Pläne hatte. Und wie ich mich zum ersten Mal an einem Ort heimgekommen und heimisch fühlte

Wenn man vom Basler Spalenring kommend zu den Arbeitsplätzen in der Chemischen muss, biegt man am Spalentor nach links ab. Es ist dort ein wenig unübersichtlich und alles immer sehr in Eile. An diesem Morgen fährt ein Volkswagen ein paar Atemzüge zu früh los und mein alter Freund Peter zu spät, da lag er plötzlich unter seiner italienischen Vespa, diesem Bild von einem Fahrrad, aber schwer.

Dieses Jahr Ferien in der Klinik, das Flugticket auf die Insel war aber schon gekauft. Er überließ es mir zum halben Preis. Dort in Sri Lanka seien die Leute freundlich und die Sonne scheine immer. Es passte mir gerade, denn ich hatte überraschend Zeit. Aufträge hatten sich verschoben, schnell weg, man muss es nehmen, wie es kommt, zwei Wochen, ich hatte zu viel gearbeitet und keine Idee was machen, war eben erst von Frau und Sohn getrennt und hatte gerade mit dem selbstständigen Gehen begonnen. Landete auf der Insel, trat aus der Tür der Tristar, es war sehr früh am Morgen, so viel Licht war noch nie. Es roch nach feuchter Erde, die sah rot aus, ich stolperte im Morgenrot daher und direkt in die Fangarme eines Taxifahrers.

Ich kam nicht weit. Der nächste Strand sei Negombo. Das tönte gut, da blieb ich hängen.

Nichts mehr denken, einfach sein. Nichts müssen, nur dürfen. Sich gehen lassen, ohne Verantwortung, Ziel und Abschluss. Kein Terminplan, keine Sitzungen. Kein Gestern, kein Morgen. Aber das Jetzt.

Bereits waren die ersten Hippies auf der Suche zu unentdeckten Orten nach Osten weitergezogen und in Negombo, so nah am Flughafen, begannen sich die ersten Gruppenhotels zu etablieren. Und es gab die ersten Reiseführer. Aber ich hatte keinen mitgebracht, ich wusste von nichts, hatte keine Ahnung. War nie in Asien, sah nie so viele dunkelhäutige Menschen, noch nie so viele Palmen und noch nie kamen mir die Leute so nah, ließ ich Leute so nah an mich heran. Ich genierte mich, war so groß gewachsen, und die Einheimischen so fragil und klein und immer wuselig um mich herum. Man war nie allein. Immer luden sie einen zu sich nach Hause ein. Immer wollten sie zu einem ins Hotel kommen und in ein Restaurant eingeladen werden. Insulaner, nicht wegzukommen hier, das Meer die Mauer, die Insel ein Gefängnis. Doch um die Neuankömmlinge herum war immer etwas los, da war die ganze Welt ganz nah. Es gab noch kein Fernsehen, wir neuen Kolonialisten waren das Programm und merkten es nicht.

Alles war anders und ein wenig seltsam. Immer fand man sich in neuen Situationen, meist konnte man nicht damit umgehen, war immer am Staunen und sich wundern, und in den Schubladen der Erfahrung fanden sich keine passenden Antworten. Ich erlebte mich selber ganz neu, war nicht mehr der große Zampano, der auf alles eine Antwort hatte, war nicht mehr der Meinungsmacher und Anführer, der mit seiner hell leuchtenden Lampe den auftraggebenden Unternehmern voranschritt und damit gut Geld verdiente. Ich fand mich ganz am Anfang hier und war plötzlich nicht mehr lebenstüchtig. Doch so ganz klein und dumm und unerfahren geworden fühlte ich mich herrlich gefordert und ungemein erfrischt. Da war auch nichts, was zum Konsum kitzelte, das wenige, was man brauchte, kostete fast nichts, man brachte sein Ferienbudget wieder heim oder man teilte es mit den Einheimischen. Ein Bedürftiger war immer zur Stelle, es kostete so wenig, ein guter Mensch zu sein, man fühlte sich so reich und wollte gerne alles teilen.

Ich war schnell ganz weit weg, doch noch nicht da. Distanziert und doch schon in hundert Geschichten verwebt. Und das geht nun schon seit dreißig Jahren so. Und es hält an.

Damals hatte ich Gefühle und Empfindungen, die ich mit niemandem teilte, ich hatte noch keine Worte dafür. Zum ersten Mal, ich war doch schon in den Vierzigern, fühlte ich mich an einem Ort wirklich zu Hause. Daheim, gar zugehörig, angekommen endlich. Es war mystisch (später hätte ich gesagt: indisch), passte nicht zu dem smarten Krawattenträger, der ich damals war. Diese neue Erfahrung besetzte mich so sehr, dass ich nicht eine einzige Reise machte im Land. Ich saß einfach immer nur vor dem Zimmer im Garten meines Strandhotels und lebte still in mich hinein in diesem Wechsel von einheimischer Aufgeregtheit und zentriertem Innehalten, wissend, dass jetzt gerade etwas mit mir passiert.

Schon drei Monate nach meiner Zufallsbekanntschaft mit der Insel, im Mai 1979, kam ich ein zweites Mal nach Sri Lanka. Nur um zu schauen, was los war mit mir, wie es diesmal sein würde, ob ich wieder dieses Gefühl haben würde, heimgekommen zu sein. Zwei Wochen später unterschrieb ich die Kaufzusicherung für das Stückchen Heimat, das ich mir ausgesucht hatte, um es mir untertan zu machen, legte am späten Nachmittag eine Zeitung auf den Sandboden und lag bis in die Nacht bewegungslos auf dem Rücken um zu fühlen und zu hören. Keine Fotografie konnte schärfer und farbenprächtiger sein als dieses Bild, das ich tief in mir versiegelt hatte, als ich in derselben Nacht nach Europa zurückflog. Ich hatte der schönen Lanka die Ehe versprochen, mit Fünfzig würde ich kommen, um im Alter mit ihr zusammenzuleben – es gehörte lange schon zu meiner Lebensplanung, mit Fünfzig aufzuhören mit dem jungen Werbehandwerk, alte Leute haben da nichts verloren.

Ich hatte bald verstanden, dass da viel weniger Überirdisches im Spiel war bei diesem überwältigenden Heimkommen. Es war ganz einfach so, dass die Trauerphase nach der Scheidung vorüber war – wir waren viele Jahre lang im Zustand ewiger Verliebtheit gewesen – und ich wieder bereit war für Neues, die Antennen waren allesamt ausgefahren und auf Empfang eingestellt. Alles sonst hätte in dieser Zeit geschehen können, und was es auch gewesen wäre, hätte es mein weiteres Leben verändert, mich neu erschaffen. Der Zufall hat mich über Lankas Türschwelle stolpern lassen, wahrscheinlich wäre meine Neuerschaffung auch im Onsernonetal, in der Toskana, in Irland, in Madras vonstatten gegangen.

Du bist zu Hause, wo du schläfst. Oder wo du einen Schlüssel hast. Ich hatte einen ganz konkreten Zipfel vom Paradies in Händen, an einem Meeresstrand; jeder weiß, wie verrückt Bergler nach dem Meer sind. Kam immer in den Ferien auf die Insel, kam zwei, drei Mal im Jahr und realisierte immer dies und das. Zuerst und ziemlich schnell sicherte ich nach Schweizer Art meinen tropischen Besitz, baute eine Mauer drum herum. Nicht allen einheimischen Nachbarn gefiel das, sie warfen jede Nacht das Stück Mauer um, das wir gerade gebaut hatten. Ich verstand sie gut, war ja jetzt einer von ihnen. Das war neu, ein Tourist, der nicht abreiste, und dann sah man ihn nicht mehr. Der blieb. Hatte ihnen den Liegeplatz weggenommen, den Freiluftschlafplatz, den Spielplatz, und auch den Arbeitsplatz. So ungesichert war mein Stückchen Land am Strand gewesen und so öffentlich, gehörte scheinbar niemandem, also allen.

Über die Jahre während der vielen Aufenthalte habe ich dann mein erstes Haus gebaut. In Etappen, jeder Besuch war ein neuer Schritt der Entwicklung, die mich schließlich an dieses Land kettete. Zuerst besorgten wir das Clearing des verwilderten Grundstücks, da war viel Gestrüpp gewachsen. Zuletzt waren da nur noch Kokospalmen, etwa 24 und alle sehr alt und sehr hoch. Einige Monate später erstellten die Bauleute schon das Fundament; der Regen würde den Boden schön festigen, bis ich nächstes Mal käme um die Mauern hochzuziehen. Dann kam auch schon der Dachstuhl, das elektrische System, die Wasserleitungen, das Gießen der Terrazzoböden, das Einziehen der Decken, das Verputzen der Wände, die Malerarbeiten, und nach etwa drei Jahren war das Haus bezugsbereit.

Es war viel zu groß geraten, ich hatte mir eigentlich ein Vogelnest vorgestellt und keinen Palast. Doch alle meine Wünsche hatte mein designmäßig begabter Bestfreund Lukas einfühlsam verwirklicht und in einem Kartonmodell festgeschrieben: Mehrere Bodenebenen hätte ich gern statt diese ereignislose ebenerdige Fläche, die hier üblich ist. Vom Esstisch aus möchte ich gern in den Garten und aufs Meer hinaussehen. Weil ich nicht dauernd hier wohnen würde, müsse das Haus während meiner Abwesenheit nach außen wie eine Kiste verschlossen sein. Und die Farben müsse von den Gästen kommen und von der Natur.

Das Haus war Schwarzweiß und ziemlich leer. Ein wenig leidenschaftslos. Doch gab es gerade die ersten Möbelauktionen im Land und Blumentöpfe waren aus Zement und günstig zu haben. Zuletzt war da doch noch Emotion, das braune Holz, die farbigen Vorhänge, die grünen Pflanzen fanden wie ein gutes Kammerorchester schön zusammen.

Fehlte noch ein Aufpasser. In einem der Restaurants gab es einen Bediener, der aufmerksam, doch zurückhaltend war, der wurde mein erster Haushälter. Seine Hauptaufgabe war, das Areal zu bevölkern und nach außen gegen jeden Angriff zu verteidigen. Mit mir in Briefkontakt zu sein. Und für mich während meiner ein- bis dreiwöchigen Besuche zu kochen. Das klappte ziemlich gut, doch war er jung und machte einige Dummheiten. Zum Beispiel ließ er sich vom Chef einer benachbarten Videohütte überreden, im Atrium meines Hauses Blue Movies zu zeigen, die er als Gegenleistung auch anschauen dürfe. Meine Nachbarin, eine Religionslehrerin von höchster Moral, beobachtete und schilderte mir später den Anlass: Es sei alles im Dunkel auf mein Gelände geschlüpft, was in Negombo Rang und Namen hat, Mitarbeiter vom Rathaus, von der Polizei, von den Privatschulen, eine richtige Old-Boy-Connection hatte sich da zusammengefunden, um einen schönen Männerabend lang ihren guten Ruf zu riskieren und den meinen dazu.

Viele Jahre später war es dann so weit. Ich verkaufte meinen Besitz in der Schweiz, gab meine Sammlungen in Auktionen, verschenkte und verkaufte alles und auch meine zwei Unternehmen. Und ich ließ meinen Sohn zurück, das beste, was ich je gemacht habe. Und dann wanderte ich aus wie geplant, viel zu jung für ein Rentnerleben, und wusste noch nicht, dass ich selber in einem Film mitspielen würde, dessen Drehbuch ich mitgeschrieben hatte. Es wurde eine richtige Robinsonade draus, ein Endlosfilm im Inselkino. Das Leben hält die besten Geschichten bereit. Die meisten davon habe ich hier aufgeschrieben. Dass mich der eben beginnende Bürgerkrieg fast 30 Jahre lang begleiten würde, wusste ich damals noch nicht.

Buch 1

1993–2003
Wie ich in den lange geplanten Vorruhestand wechselte, um mein Leben kämpfte und mich überrascht, doch nicht überraschend, auf dem Friedhof wiederfand

1993

20. März

Da bin ich also. Nicht angeschwemmt, sondern vom Himmel gefallen, mitten auf die Insel, mitten in ein neues Leben, das bereits das alte war. Wollte mich langsam annähern, ein Frachtschiff nehmen von Hamburg aus, aber ich war viel zu aufgeregt und erwartungsvoll als dass ich 21 Reisetage lang auf dem Wasser hätte warten können. Ich war ja schon eingestimmt, musste es nur noch tun. Also kam ich mit dem Flugzeug her in ein paar Stunden, wie immer schon, wie mit der Basler Trambahn. Später realisierte ich, dass ich ein Retourticket gekauft hatte.

Das Haus war seit 1982 gebaut, der erste Hausmeister mit seiner Frau nach Kandy umgezogen, eine Haushälterfamilie hat ihn vor zwei Jahren abgelöst, ich vergrößerte das Angestelltenhaus, die Frau hat den Garten gefegt, die Pflanzen gewässert, ihr Mann die Vorräte beschafft, die Küche poliert, die Blumengirlande bereit. Wie wenn ich nie weg und immer schon da gewesen wäre, war die Begrüßung emotionsloser, als man denken würde. Der Alltag hatte schon vor meiner Ankunft begonnen.

Elektriker Ajith kam zu Besuch, ich sah ihn zuletzt vor etwa zwei Jahren. Dennoch ließ ich mich wegen Unwohlsein verleugnen, er solle später kommen. In Wahrheit wollte ich heute meine Ruhe haben, zurückgezogen ins Schneckenhaus. Kurz darauf sehe ich ihn am Hintereingang stehen, wo üblicherweise niemand Chance zur Audienz hat. Da hat er mich schon entdeckt. Was bleibt mir, als ihn zu begrüßen, freue mich über seine Neuigkeiten, er sei verheiratet seit einem Jahr, habe ein Baby. Ja, er sei sehr glücklich, es sei schön, Vater zu sein. Er solle morgen um zwei kommen mit Frau und Kind, dann wollten wir ein wenig zusammensitzen.

Ein Weilchen später ein aufgeregtes Hausmädchen inmitten aufgeregter Angestellter: Der hoffnungsvolle Ehemann sei in den Hof geschlichen, habe mein (altes! englisches!) Velo geklaut und sei davongerannt. Der Lümmel. Aber ich bin kühl, wissend, dass ich herausfinden werde, wo er wohnt und wer er ist. Die Geschichte hat wohl eine Fortsetzung, ich werde es wissen dann. Dumm nur, dass wir jetzt nicht genug Fahrräder haben zum lange geplanten Ausflug mit der Hausmeisterfamilie ans Marawella-Beach, die Mutter schmiert schon Englisches Brot.

Beunruhigt bin ich derweil weniger wegen des dreisten Diebstahls als über meine Ruhe. Es wird doch nicht schon tropische Gelassenheit Besitz ergreifen von mir.

Wie vereinbart am andern Tag um zwei kommt der junge Vater mit heulendem Nachwuchs erneut zu Besuch. Wie wenn nichts gewesen wäre. Seine Ehefrau hat er nicht dabei, die sei im Spital, aber seine alte Mutter hat er mitgebracht. Mein Hausmeister Sankar und die Haushälterin, seine Frau Sheela, kommen dazu, sie kennen ihre einheimischen Pappenheimer. Beide verwickeln Ajith in ein Gespräch, das Baby schreit ohne Unterlass und gibt dem Besuch etwas Dramatisches. Dann nehme ich den jungen Mann zur Seite, schaue ihn an mit fragendem Blick, der bis ins Mark treffen sollte: nein, er wisse nichts von meinem Fahrrad, sei doch gestern mit dem Motorrad gekommen, und überhaupt kenne er mich so lange und ich hätte seiner Familie so oft geholfen, wie er mich da bestehlen solle. Das frage ich mich auch.

Die alte Mutter des Fahrraddiebs steht aufgeregt dabei, sie ist taubstumm und verwirft theatralisch die Hände, versucht uns mitzuteilen, dass er es tatsächlich geklaut habe. Dass er es abstreitet, bringt sie gänzlich aus der Fassung. Das Hausmädchen und Mahendran, der ältere Sohn der Hausmeisterfamilie, bezeugen, ihn gesehen zu haben und keinen anderen. Wollte gleich einen Polizeireport machen, mein Anwalt hatte es mir einst empfohlen, auch wenn die nichts unternehmen würden ohne milde Gaben. Unter dem versammelten Druck des Geschehens verspricht Ajith dann verwirrt und in einem Anfall von Reue heulend, das Radl zurückzubringen. Als Pfand überlässt er uns wie verlangt seinen Motorradausweis, die Mutter laden wir derweil zum Tee ein, der junge Mann hat Hausverbot auf ewig.

Doch möchte ich gern wissen, warum einer zu so viel dummer Dreistigkeit fähig ist. Die Ehefrau liegt im Spital, daheim haben sie nicht genug zu essen. Das Vehikel lässt sich leicht verkaufen. Jetzt haben fertig, jetzt gebe ich keinem nichts mehr, Not korrumpiert. Später höre ich: Heroin. Das arme Schwein, abgestürzt ins große, schwarze Drogenloch. Nein, er ist nicht der einzige, der durch die Maschen fällt, dem Leben nicht gewachsen ist, verloren hat, verloren ging. Es wird jetzt alles ein wenig zu viel für die Leute, die auf der Insel geblieben sind. Wer es sich leisten konnte und mutig genug war ist ins Ausland gegangen, nicht nur Tamilen, auch Singhalesen, und Singhalesen, die Tamilen spielten, von denen gibt es genug. Bewaffneter Konflikt und Ausnahmezustand haben ihre Spuren und Verwundungen hinterlassen, das geht jetzt schon zehn Jahre so und die Jahrzehnte vorher waren auch nicht sauber. Die Häuptlinge rennen ihren eigenen Interessen hinterher, prügeln aufeinander ein, verlieren sich in planlosem Aktivismus und auch das nur kurz vor Wahlen. Natürlich belügen und benutzen auch die Separatisten ihre eigenen Leute. Wenn man den Schafen mit dem Wolf droht, bleibt die Herde artig zusammen, wenn einer ihnen saftige Wiesen verspricht, trotten sie jedem Deppen nach. Derweil verrohen die Sitten, das Volk ist alleingelassen, hat keinen Anwalt mehr. Jetzt verbieten sie gar den Fischern, nachts am Strand zu schlafen, bevor sie um drei in die Ungewissheit der Nacht hinausfahren. Da höre ich sie zum ersten Mal leise murren.

23. März

Sheela, die Frau meines Haushälters, schaffte Tiere an für ihr Wohlgefallen, jede Menge Tauben, Wellensittiche, kanariengelbe Sänger. Auch einen zweiten Hund schleppt sie an, er sei so niedlich und so hilfsbedürftig. Das kenne ich, aber ich will auch den nicht haben, mein Garten ist kein Zoo. (Dass ich mich an die Wachhündin gewöhnte und gar am Stand angeleint mit ihr spazieren laufe, ging schon über meine Hutschnur.) Als sich ihr Mann loyal auf meine Seite schlägt, reagiert sie angriffig wie eine Wespe und gibt überstürzt alle Tiere weg, den Wachhund Sida können wir gerade noch in Sicherheitsverwahrung nehmen.

Doch da wartet schon eine neue Herausforderung. Meine tamilische Haushälterfamilie wohnt im inzwischen ausgebauten Bedienstetenhaus. Da beherbergt sie eine ganze Menge einheimischer Leute unter ihrem Dach, eben läuft ein gähnender Mann mit einer knallgelben Zahnbürste im Mund und in einen Sarong eingewickelt an mir vorbei, ohne mich anzuschauen oder gar zu grüßen. Ich kenne ihn nicht, niemand hatte ihn mir vorgestellt. Da muss ich dann klarstellen, das Staffhaus sei kein Wohnheim und niemand dürfe hier ohne meine Einwilligung übernachten. Erneut reagiert die Frau meines Hausmeisters feurig, und da sie schlecht auf mich einprügeln kann, zettelt sie einen Streit mit ihm an. Sie ist ein Hitzkopf. Abends langes Gespräch, bei dem ich behutsam klarstelle, wer hier Chef sei und dass das auch so bleiben würde bei aller Zuneigung, die ich nach zwei Jahren für Knechte und Mägde habe. Ich muss jetzt zu Beginn meines Daueraufenthalts sehen, Struktur in den Alltag zu bringen und bestimmte Hausregeln festzuschreiben. Aber ja, ich will mich von der Tradition leiten lassen, dass man sich über ungeratene Familienmitglieder wohl ärgern kann, sie aber nicht gleich aus dem Haus jagt. Aber ja, das Verhältnis von Herrschaft und Gesinde war schon immer delikat und in Europa ist uns das Wissen über den Umgang mit Dienstboten abhandengekommen. Ich behandle sie also wie Firmenangestellte. Doch muss ich zur Kenntnis nehmen, dass wir hier eine Arbeitsgemeinschaft sind, eine Wohngemeinschaft gar, eine WG.

24. Marz

Mit dem Motorrad fuhr ich nach Colombo und zurück. Alles hier ist blendend schön und betörend malerisch, aber die holprige Lagunenstraße ist ein Rückenbrecher erster Güte. Zum Glück reichte es nach dem Heimkommen noch für ein gelenkentzerrendes Meerbad. In Colombo die ganz große Rechercheschau, bis ich die Adresse der Frachtfirma gefunden habe, die mir die Reste meines Schweizer Besitzes hergeflogen hat. Mit dem Dreirad-Taxi da hin. Ein Kilo Formulare und natürlich vielerlei Gebühren an vielerlei Schaltern, ganz wie in der Schweiz. Dann suchen wir lange nach einem Auto, einem richtigen mit vier Rädern, um die Koffer nach Negombo und in meine neue Wohnhöhle zu schaffen. Aber erst geht es zum Cargo Lagerhaus, gigantische Halle, alles straff organisiert. Muss zwanzig Leute und Wachen durchbrechen, jeder macht einen Stempel oder ein Visum, der Zöllner schließlich zeigt sich einsichtig – nichts zu verzollen, nicht einmal die hundert Musik-Disks, die ich seither mit Megasound durchs Haus schmettern lasse. Der ganze Hallenboden ist eine Auslegeordnung unermesslicher Größe, alle Privaten, Gastarbeiter vor allem, die aus dem Ausland zurückkehren, müssen vor Helfern ihre Bagage ausräumen und Hab und Gut nebeneinander auf ausgebreitete Blachen zur Zoll- und Bombeninspektion ausbreiten, eine Tagestortur. Im Liberty Plaza für 1500 Rupien eingekauft, ein ganzer Monatslohn. Unterwegs nach einer Heißwasserwaschmaschine geschaut, nur chinesischer Importschrott derzeit, muss warten. Im Ramada Hotel noch schnell ein erster Besuch, ein Chefsalat, nächstens wird mich wohl wieder der Hotelrappel packen, habe gleich reserviert, es ist billiger geworden, nur 75 Dollar, die Touristen bleiben aus und die Geschäftsleute meiden den Bombenterror in der Innenstadt. Ich nehme es für den Rest gemütlich, fahre noch bei der Schweizer Botschaft vorbei, um mich als verlorenes Schaf wieder gebührend in der Herde anzumelden, aber die sind umgezogen, weiß nicht wohin. (Meine Nachsicht mit den beamteten Gastarbeitern ist groß, besonders, seit ich an einem meiner letzten Schweizer Tage in die vorfrühlingshafte Bundeshauptstadt Bern fuhr um erstmals in meinem Leben eine Nationalratsitzung im Bundeshaus zu besuchen – das hatte mich nachhaltig zärtlich gestimmt bei so viel anrührender Niedlichkeit und Arglosigkeit.)

25. März

Ramadan, der muslimische Feiertag, dennoch kommt der Schreiner, der seit vielen Jahren die nötigen Reparaturen und Möbelmaßanzüge fertigt, den Hocker für den morgendlichen Teekrug, die Lattenroste fürs Hausatrium, die mich trockenen Fußes durch gelegentliche Sintfluten schreiten lassen, die Beistelltische für die Halle, geschnitzte Blenden vor den Neonröhren über den Vorhängen. Diesmal schreinern sie mir im Garten allerlei Fenster für mein persönliches Refugium, das bisher durch Grillsteine belüftet war, brauche in heißen Nächten endlich eine Klimaanlage. Sie richten alle Türen vom Haus und von den Schränken so, dass sie wie man das vom Mercedes kennt sanft ins Schloss gleiten. Das dauert zwei, drei Tage, kostet 7000 Rupien (zum Kurs von 1:28), und dafür reparieren sie noch die Schlösser, verstärken sechs Stühle, die nach nun auch schon zehn Jahren meinem Gewicht nicht mehr gewachsen waren. Des Schreiners mandeläugiger Sohn, der mir einmal zum Geburtstag fromme Lieder vorsingen musste, schnitzt mir eine kreisrunde Holzscheibe mit einem Fischschwarm («Min», «Rala», «Min Rala»), auf dem ich den messingenen Hochleistungs-Baro/Hygrometer aus Helvetien montiere. Ich selber dübelte in ungehörigem Eifer noch an die Wand: Das Notlicht (3 Dübel), einen Bilderrahmen (2 Dübel), einen Rasierspiegel mit Scherengitter (2 Dübel, auf Kacheln!!!), einen schweren Spiegel (2 Dübel). Schließlich bohrte ich 3 Löcher in die antike Schrankrückwand: 1 für das CD-Player-Kabel, 2 für das Lautsprecherkabel. Die zwei Buben des Hausmeisters schickte ich zum Batashop (heute offen), damit sie sich Schuluniformschuhe kaufen: In deren Moslemschule – much better als die lausige Tamilenschule, der sie den Lehrernachwuchs verweigern, um deren gesellschaftlichen Einfluss zu brechen – müssen sie weiß oder blau sein. Allah ist groß, aber er führt auch ein hartes Regiment, das sich um jedes Detail des täglichen Lebens schert, selbst um die Schuhe der Schüler.

Abends ist mein Zimmer wieder beruhigt, der Handwerkersturm hat sich gelegt, ich organisiere mich, niste mich ein wenig zum Schreiben ein, habe die importierten Sachen versorgt, das heißt, sie sind im Haus versickert – hundert Kilo einfach weg, dabei habe ich für die 80 Kilo Übergepäck 600 Franken Fracht bezahlt, die Hälfte meines Flugtickets, und jetzt: einfach weg! (Die AirLanka-Chefin erlaubte mir die Maximallimite von 30 statt 20 Kilo plus zwei (schwere) Handgepäcke statt einem.) Zudem hatte ich mir für den historischen Flug noch ein spontanes Upgrading in die entrückte Businessclass gegönnt, das gab noch einmal 10 Kilo Freigepäck. Wenn ich schon auf die lange erträumte Schiffspassage verzichtete – auch aus ästhetischen Gründen: Die Containerschiffe im Hafen von Colombo sahen so abstoßend aus, dass mir Zweifel kamen, ob mich diese ästhetische Einöde drei Meerreisewochen lang in Atem hätte halten können.

Dazwischen immer wieder und jeden Tag um fünf, bevor pünktlich um halb sieben die Sonne knallrot in einen Blutrausch versinkt, ein halbstündiger Strandlauf zum Browns Beach hinauf und wieder zurück. Und morgens nach dem Aufstehen um acht herum und vor dem Frühstück – seit Jahren Höhepunkt des Tages – im dann immer pool-sanften Meer bis zum Catamaran-Beach-Hotel schwimmen, parallel zum Ufer, das ist etwa eine Viertelstunde, etwa 500 Meter. Ich fühle mich unendlich wohl, gesund, war immer hier, nie irgendwo anders.

Temperatur abends um elf, jetzt, 27 Grad, 80% Luftfeuchtigkeit. Ich würde sagen üppig. Das Zimmer auf 26 Grad, aber nur mit 55%, bei nur einem Grad Unterschied ein rechter Burgunderkeller.

Abends kommt Sheela erst um Elf von ihrem Tailorshop zurück. Sankar außer Haus, die gehen sich aus dem Weg, schade, dass das mit dem Haushälterehepaar nichts werden kann: Die Frau ist ambitioniert, sagt, in fünf Jahren wolle sie es geschafft haben, meint: den Aufstieg. Wer will es ihr verdenken. Sie hat es selber in die Hand genommen, als sie realisierte, dass ihr Traumprinz sie nicht zur Queen machen wird. Mir gegenüber bleibt sie zu Diensten, dennoch ist ihr Kopf zu stolz, der kocht sich dieser Tage irgendetwas aus.

26. März

Die Schreiner montiert heute eine neue Pergola, um die prall blühende, zehnjährige Bougainvillea im Hausatrium zu stützen. Die alte war von einer dicken Hummelart ausgehöhlt, sie schwirrten heimatlos durchs Haus und verschwanden gleichentags.

Zum Frühstück französische Revolutionsklassik im CD-Player, Deckelgeklapper in der Küche. Am Strand ein einsamer Tourist mit den Übungen der sieben Weisheiten, die er in Asien, wohl in China, gelernt hat. Staunende Fischer, was das solle. In der Fremde und selber ein P. T. – ein Permanent Traveller – denke ich oft, ganz Europa sei auf Reisen.

27. März

Jeder, der vorbeikommt, konstatiert, dass ich dünn (dünn!) geworden sei. Das muss wohl am Verzicht auf die Basler Confiserietempel und Backwarenkrämer liegen. Und an meinem täglichen Schwimmen entlang der angrenzenden Strandhotels, zuerst am Interline, dann am Golden Star Beach und Catamaran vorbei, neuerdings weiter zum Silver Sands, und manchmal bis zur Strandkirche. Manchmal habe ich schon gedacht, dass mein Estate besser «Worlds End» hieße anstatt «Min-Rala». Denn am Strand vor meinem Garten hört links das lokale Negombo auf und rechts fängt das touristische an. Entsprechend habe ich das Gefühl ständiger Ferien, bin immer wie ein kalifornischer Beachsurfer mitten drin im Ferienkochkessel, aber dennoch auf englischer Distanz. Auch zu den alten Fischern, die seit Jahren ihren Lebensabend im Sand verdösen, zu den Immobilien gehören und von denen meine Nachbarin Sumana immer wieder verzweifelt händeringend konstatierte, sie seien allesamt Ignoranten. Immerhin kommt im Schutz der Dämmerung so manche kluge Ehefrau und überbringt ein kleines Fläschchen Medizin. Das wärmt und hält ihr den streitsüchtigen Strandherrn vom Hals.

Nach langem Fischerleben und harter Arbeit in lächerlichen Nussschalen angesichts der nächtlichen Unendlichkeit des Ozeans sind sie so frei und unabhängig, so selbstsicher und verletzlich, dass der Tourismus sie wohl nie wirklich stören wird. Wenn man sie nur in Ruhe lässt. Da haben wir Gemeinsamkeiten. Aber sonst sind alle hier und besonders die vielen Betschwestern sizilianisch streng katholisch und glauben jedem Wort des Gemeindepfarrers. Der nutzt das gehörig zur Festigung von Macht und Einfluss, den er im Sündenpfuhl westlicher Ferienliberaler zu verlieren fürchtet (Handschriftplakate an der Kirchenmauer letzten Mai: «Fremde, tötet unsere Kinder nicht», «Aids ist die gerechte Geisel Gottes»). In Hikkaduwa unten ist das ganz anders: Da ist die Nachtfischerei längst dem Tourismusgeschäft gewichen, jeder verdient auf irgendeine Weise daran, alle schlecken die Hand, die sie füttert, niemand vergrault die Fremden. Die wiederum schleppen ihre eigenen Schwächen mit sich, wohin sie auch reisen. Aids ist da nur einer der Infekte, die sie verbreiten, auch wenn sie gerne darauf hinweisen, dass er von Afrika aus über sie gekommen sei.

Heute Morgen zum Frühstück habe ich ein Glas Eingemachtes meiner toten Mutter aufgemacht, deutsche Erdbeerkonfitüre, ein seltsames Gefühl von Sentimentalität und Schaudern: reales Stück eines Menschen, den es nicht mehr gibt.

Die Krähen bauen Nester in den Bäumen, das hilft dem Hausmeister Sankar, den Garten von heruntergefallenem Astwerk zu säubern, das er jeden Morgen noch bevor ich aufstehe in einem Korb einsammelt. Der Garten ist ein unfasslicher Dschungel geworden, in dem ich jeden Tag neue Blumen, Büsche, Bäume entdecke. Seine Frau Sheela mag voller Überraschungen stecken, aber sie hat einen grünen Daumen, beim täglichen Wässern ist sogar das bisschen Gras im Sand englisch grün. Dazu haben wir erstmals seit ich denken kann ein paar neue Vögel auf dem Areal, die tapfer gegen die Krähen ansingen in der Pergola. Ich beschneide und maniküre während Stunden die Bougainvillea, damit sie nicht zu sehr ins Kraut schießt und realisiere erst nachher, dass die Vögel wieder wegfliegen werden. Amateurgärtner eben.

Was die Schweiz betrifft: War ich jemals da? Habe ich jemals eine Werbeagentur befehligt? Mich an einer stereoskopischen Sammlung festgebissen? Habe ich mich über Dreiknopfsakkos und kleinkarierte Herrenhemden gewundert? Die Mehrfamilienhäuser und KMU-Schachteln im Mittelland verachtet? Mich wichtiggemacht? Den Wecker gestellt, Termine gehabt? Habe ich jemals etwas gehört über den Balkan und andere Sorgenmaschinen? Habe ich jemals eine Tageszeitung gelesen und geglaubt, dass es keine anderen Länder gibt auf der Welt als Amerika, Russland, Israel, Deutschland?

Bin noch immer nicht richtig eingenistet, was das Schreiben meines Tagesjournals betrifft. Habe noch immer keine stabile Lust und muss mich zwingen und westlich disziplinieren, an meine elektronische Schreibmaschine zu sitzen. Obschon der Spaß daran groß ist. Aber das Denken in dieser barocken Landwirtschaftslandschaft ufert aus, lässt sich schwerlich bündeln, schießt ins Kraut wie die Vegetation, und steht doch irgendwie still. Ich fühle mich reich mit meinem neuen Besitz an Zeit, will sehen, was das bringt.

Der deutsche Kriegsheld aus Baden-Baden, der hier lebt, kam zu Besuch. War kürzlich nach dem Schwimmen im Delphin Hotel bei ihm zum Tee. Abends hatte ich Visionen von Frikadellen und Kartoffelsalat. Das klappte ganz gut, mit dem elektrischen Fleischwolf wird das hiesige Rindviehleder sanft wie Milken, aber im Magen ruht es mir nun schon seit Stunden trotz importierten und fettarmen Teflonpfannen. (Gestern trieb ich's ganz wild, machte freihändig aus dem Kopf Schupfnudeln, das war so mühsam, dass ich den Großteil des Teiges zuletzt als Spätzle ins heiße Wasser schabte: schon wieder zwei neue Menus, die ich nie zu machen wagte, das kann ja bunt werden.)

Englisch sprechen, lesen, denken auch schon, und ein Anflug von sprachlichem Zwischenallenstühlensitzen. So muss es wohl den Ceylonesen vorkommen, wenn sie erkennen müssen, dass sie mit der Sprache ihrer Kolonisatoren noch immer domestiziert sind.

28. März

Die Sonntage sind verschieden von den Werktagen, obwohl für mich jeder Tag ein Feiertag ist: friedlicher ist es, ruhiger, entspannter. Ich habe meine Haare mit einem Bartscherer zurückgeschnitten, kaum war ich im tropischen Ruhestand angekommen. Das soll mir einmal ein Psychologe erklären. Habe ein paar Doppelkleiderhaken vom Basler Flohmarkt an die Lamellentüren von Bädern und Schlafzimmern angeschraubt – Messing mag ich lieber als Gold –, ich war noch nicht fertig, da hatte ich schon eine saftige Blase in der rechten Innenhand vom ungewohnten Schraubenzieher. Es dauerte eine Weile bis ich mich erinnerte, dass ich ja ein paar bezahlte Mitarbeiter habe, mit denen ich meine Privatpension führe. Einer von ihnen hat dann die restlichen Haken angeschraubt.

Im Garten habe ich mit einer langen Stange zwei kunstvoll gesponnene Krähennester aus den Bäumen gestoßen, um das Gezeter am Abend zu minimieren: Prachtstücke der Webekunst, außen ein Fundament aus gefundenen Plastikteilen, Stacheldraht, Fahrradspeichen, dann ein Polster aus groben Zweigen, schließlich Gräser und Kokosblattfasern, kreisrund zu einem komfortablen Bett gesponnen.

Um vier lade ich zur Movietime, habe ein Gerät mieten lassen, um Kassetten mit Spielfilmen aus Europa zu zeigen, doch die Haushälterfamilie hat zähflüssige und laut geschminkte Madrasfilme gemietet, ein Spektakel für Stunden: Alle Filme mit Überlänge, alle nach demselben Muster, Dramen von Liebe und Tod, mit Gesängen, Tanz, Mord und Totschlag und glühender Liebe. Dabei ist Indien nicht nur von der Menge her der größte Filmproduzent der Welt, ich kenne einige indische Filme von internationalem Niveau; aber das gemeine Volk gibt sich gern mit Gemeinem zufrieden.

Der Asket vom Haus gegenüber, der durch didaktisch knalligen Italienischunterricht von sich reden machte (und mir einmal feixend berichtete, wie er die Studentinnen nach dem schweißtreibenden Sprachunterricht unter die Dusche bitte), aber nicht nur ein alter Gockel, sondern auch ein wüster Säufer war, ist gestorben. Ich habe einen Blumenkranz zum Friedhof gebracht und ihn auf den obligaten Holzständer gehängt, um den lieben Kerl zu ehren, der mir zuletzt einen anrührenden Brief in die Schweiz geschickt hatte, dessen Antwort ihn nicht mehr erreichte. Das Grab war verwüstet, von der Beerdigung her lagen noch die verwelkten Blumen herum und die auf dem Friedhof ansässigen Kühe haben alles vollgeschissen. Meine katholischen Nachbarn haben einen entwaffnenden Umgang mit dem Tod und wenig kultische Friedhofstradition, trotz Heiliger Schrift und Kanzelpredigen nicht. Da können sie von den Hindus etwas lernen.

Mittags kommt neuerdings ein so zünftiger Wind auf, dass die Messingglocken am Dach Sturm läuten und gerne davonfliegen würden. Gegen Abend dann Windstille, aber ein aufgeblasenes, wütendes Meer, ansonsten permanente Sonne, ganz selten abends ein wenig Regen. Im Garten entdecke ich Sandani, die neue Küchenfee, sie erklärt mir einige Heilpflanzen im Garten. Ohne fremde Hilfe kann ich immerhin an Gartenblumen ausmachen: Sonnenblumen, Fleißige Lieschen, Hibiskus, Vieruhrgöttin, Stinkende Hoffart, an Gemüse: Mais, Maniok, Tomaten, sowie an Bäumen: Kokospalmen (wirklich!), Papaya, Bananen, Nüsse, dazu Tempeltrees, weiße, gelbe, rote, und Gummibäume, Bougainvillea, Dazu ein paar Kaktusarten, Mangroven und vielerlei Büsche, teils mannshoch, die wir in der Schweiz als Fensterbanktopfpflanzen halten, sowie übermannshohe grüne Riesenblätter, Schwiegermutterzungen in Büscheln beieinander stehend. Der speziell schön singende Vogel, von dem ich vermutete, dass er sich nur in ruhigen Grundstücken wohl fühlt, ist eine Nightingale, ich bin beeindruckt, auch von einer hier seltenen, einzeln fliegenden schneeweißen Möwe, die manchmal am Strand entlang zischt, um im Tiefflug Krebse zu schnappen.

Von drei Maurern habe ich Offerten für den Bau der neuen Umfassungsmauer machen lassen, vor einer Woche. Der billigste und teuerste lagen um die Hälfte auseinander. Zudem hat ein Sack Zement letzte Woche noch 250 Rupien gekostet, jetzt schon 300, das sind auf einen Schlag 70 000 Rupien mehr allein für Zement. Ich habe ein Budget, das mich leitet. Verzichte wohl fürs erste auf den atombombensicheren Garagenbau, eine Schachtel mit Dach tut es auch. Ich muss mich sputen bei dieser stürmischen Preisentwicklung. Erteile morgen den

Auftrag an Rasiku und Hirdan, die Moslems von der Periyamulla, die in den frühen Achtzigern schon mein Haus bauten. Das ist so massiv geworden, dass es mich und ein paar Folge-Generationen und jeden Wirbelsturm überleben wird. Der Elektriker müsste auch dringend kommen, aber es gibt so viele Nichtkönner, dass wir lieber auf den warten, der uns früher schon gute Arbeit machte, der aber ist begreiflicherweise überbeschäftigt.

Bin unverändert nachrichtenverrückt. Heute Abend werde ich erstmals Kurzwellenradio hören statt UKW wie im früheren Leben – die Deutsche Welle hat einen Satelliten über Asien stationiert, das kommt ganz gut herein. (Damals, während der Selbstmordaffäre eines Spitzenministers, war ich gerade hier, das war ein spannender Serienkrimi, der mich über Tage vergnügte wie die Wahlen des Großen Vorsitzenden alle vier Jahre.)

29. März

Großes Businessmeeting mit den Bauleuten. Erste Anzahlung, nachdem ich bei der Staatsbank und zwei Privatbanken den Tageskurs verglichen hatte.

Ich zeichne das Straßenfront-Design, angelehnt an das des Haupthauses, mit Garagentor, Eingangstür, Fensterläden, das Holzwerk in Ceylon-Teak-Hartholz, und mit Lamellen. Morgen würden sie alles Material kaufen, ich weiß, dass sie schöne Provisionen bekommen werden (Flusssand, Schotter, Granitsteine fürs Fundament, Zement, Armierungseisen, Planken, Backsteine, Ziegel usw.). Übermorgen und dann während ganzen 45 Tagen werden sie ihre Arbeit machen, von Hand – jedes importierte Vielzweckgerät von Bosch würde zwei Arbeitsstellen kosten. Aber erst einmal muss man die alte Mauer abbrechen und den Verputz auf den Backsteinen wegpickeln, damit man sie erneut verwenden kann.

Auch den täglich wachsenden Mauerriss vorne an der Hauptecke zum Karrenweg muss man reparieren, damit keiner der dort schlafenden Fischer von der bald einmal umstürzenden Mauer erschlagen wird.

Wie damals, als eine fromme Familie aus der Nachbarschaft vorn am Strand gleich neben meiner Mauer einen Marienaltar mauern ließ. Der brach nämlich schon bei der Einweihung durch den Quartierpfarrer unter der Last der Jungfischer zusammen, die hinaufgeklettert waren, um mehr Übersicht zu haben. Es war dunkel und die obligaten Megalautsprecher schmetterten, ein Baldachin aus Fischernetzen und Lichterketten war über den Sandweg gespannt, und zuletzt beendete ein Kurzschluss die fromme Gaudi und machte großem Gekreische und Getöse Platz, alles war stockdunkel.

Da ich ohnehin schon lange eine Donation an die Nachbarschaft plante, bat ich meinen Quartierverein darum, den Altar neu bauen zu dürfen. Diesmal mit

Fundament und nicht auf Sand gebaut (wie schon die Bible riet). Eine sonntäglich gekleidete Abordnung der Fischer kam vorbei und akzeptierte meine Donation. Doch ich musste feierlich und mehrfach versprechen, keine andere Statue als diejenige Mutter Gottes zu besorgen, die sie am meisten verehren, nämlich die weiße Frau, die einst in Lourdes der kleinen Bernadette erschienen war. Gesagt, getan, mein Hausmeister hat sie gekauft in der regionalen Heiligenfabrik. Die Männergruppe kam erneut zur Inspektion. Ich hatte mir die Höhe der zerbrochenen Statue sagen lassen, aber die war ihnen jetzt plötzlich zu kurz geraten. Von Rom sind sie anderes gewohnt. Ich war sauer, doch ich wollte meinen Nachbarn ja was Schönes schenken und da diskutierte ich nicht. Wir tauschten die Gipsfigur um gegen die größte, die zu haben war.

Doch als wir bei einer Wiederholung der Feier, der Pfarrer Seite an Seite mit mir und ich die verhüllte Maria im Arm, erneut zur guten Tat schritten, war die neu gekaufte und umgetauschte Jungfrau zu groß gewachsen. Der Maurer hatte falsch gemessen, ich konnte sie nicht in die gemauerte Grotte stellen. Die Nacht über stand die jetzt geweihte Figur auf meinem Couchtisch vor dem Altar, umringt von Öllichtern und frommen Betern. Am nächsten Tag meißelte der Maurer eine Aushöhlung in den Schrein, seither steht die Angebetete bis zum Knie im Mauerwerk, ein Halbporträt.

Abends kam De Silva zu Besuch, der über achtzigjährige Anwaltsgehilfe, der mir seit dem Landkauf das Rechtliche regelt, und mit dem ich freundschaftlichen Umgang habe, in Begleitung einer Angestellten des Grundbuchamtes (die kürzlich ihren jungen Sohn bei einer Karambolage mit einem Privatbus verlor) und eines pensionierten Esso-Managers.

Ich übergab die obligate Flasche Dubai-Duty-free-Cognac, und als Aperitif vor meinem Abendessen (gebratene «Deudse Bokwursht» aus dem Liberty-Plaza, eine hervorragender Cervelat) kamen wir grad mit Wassergläsern zur Sache. De Silva (alle hier heißen De Silva, Fernando oder Perera, seit die Portugiesen im späten Mittelalter erfolgreich mit dem Kreuz kolonisiert haben) erzählt von seinen heutigen Schätzungen (er ist ein begehrter, weil erfahrener, offizieller Schätzer und Hausauktionator). Übermorgen muss ich die auf den Vorbesitzer lautende Steuernummer des Zweithauses auf dem Rathaus umschreiben lassen, es gab bereits Mahnungen, weil die Steuer bislang noch offen ist.

Sankar wachst den Terrazzoboden, verreibt mühsam das in Colombo gekaufte Wachs mit einem Lappen. Mir ist, als hätte ich zur schweren Poliermaschine noch Zusatzscheiben mit groben Borsten für das Einwachsen mitgebracht, und finde sie tatsächlich. Nach ein paar Stunden ist das Haus knallig blendend wie ein Bordellspiegel. Nach langem Suchen und Herumfragen ohne Resultat, wie der Terrazzo so hinzukriegen sei, wie ich ihn von den Fünfstern-Hotels kenne, weiß ich es jetzt: Es geht nicht ohne Wachs, Wasser genügt nicht, und schwarzer Terrazzo braucht schwarzes Wachs, das vertieft den sogenannten Lüster zum eigentlichen Schwarzen Loch.

In der Stadt sah ich eine Honda Custom 250 ccm und wusste, dass ich genau die haben muss. Hingegen bin ich hin- und hergerissen, ob ich eine landesübliche Kaltwasser-Waschmaschine (günstig) oder eine europäische Heißwassermaschine (teuer) kaufen soll und lese in einem Laden die Gebrauchsanleitungen, um den sachlichen Unterschied herauszufinden, was vorderhand nicht gelingt. Das Wasser jedenfalls ist kalkfrei und windelweich und die vielen weißen Sarongs, Saris, Ober- und Unterhemden der Einheimischen sind blütenweiß trotz landesüblicher Kaltwäsche, vielleicht auch nur, weil die Sonne so schön blendet.

30. März

Die Hausmeistersöhne kamen morgens zu spät zur Schule, der Lehrer schickte sie zur Strafe wieder heim, nun haben sie Zeit für eine derzeit im Quartier grassierende Mode: Tauben müssen wieder her. Ich sage, die könnten sie ja von ihrem Taschengeld kaufen, aber sie müssten zuerst für einen Taubenschlag sorgen. Ich zeichne ein fünfeckiges Meisterwerk aus der Erinnerung meiner Jugend, würde diese Taubenpagode sogar vom Carpenter schreinern lassen, so hingerissen bin ich selber, aber die insistieren, dass sie das selber bauen wollen und mein Entwurf viel zu kompliziert sei. Da haben sie Recht. Nach Abwägen aller Möglichkeiten empfehle ich den leerstehenden Hasenstall zum Umbau.

Dann räumen, hämmern, erfinden sie während vielen hitzigen Stunden, und nachher steht ein Prachtshaus samt Nischen nach Art der japanischen Hühnerbatterie-Hotels und einem Separee zum Turteln, denn das brauche seine Ruhe. Dann verschwinden sie und kommen mit fünf flügelgebundenen Tauben zurück, ein Nachbarsjunge hatte Probleme mit der Mutter, die ihm die Tauben verbot, und froh war, sie jemandem schenken zu können. Abends dann kommt Sheela heim und folgerichtig ist sie verärgert, denn sie hat ihre eigenen Tauben ja kürzlich weggeschafft und nun haben wir ihr mit einer gemeinsamen Lügengeschichte, die mir alle Schuld auflädt, Hörner aufgesetzt. Um ihre Schmach zu steigern, kommt abends der deutsche Altnazi zum Essen und bringt als Gastgeschenk in einem Tragkorb ein besonders schönes Exemplar aus seiner Kollektion mit, da waren es schon sechs. (Fünf Tage später zählte ich, wundersame Vermehrung, schon ein ganzes Dutzend ausgewachsene Tauben aller Farben, Formen, Designs.) Bei der Gelegenheit lerne ich von dem Frontkämpfer – einst ein Hochoffizieller des Deutschen Sports – viel Neues über Taubenzucht und verlorenen Krieg.

Auf eins habe ich einer Nachbarstochter einen Hausbesuch versprochen. Sie ist mittlerweile 24, kugelrund, sieht aus wie eine in sich ruhende Matrone aus

Surinam und ist seit zwei Jahren mit einem holländischen Rentner verheiratet. Er sei Vegetarier, sie selber esse gerne Schweinefleisch. Ich kenne die Frau, seit sie ein kleines Mädchen war, nie recht im Kopf, etwas meschugge, aber immer lachend und laut daherredend und hinter jedem Mannsbild her. Ich traue meinen Augen nicht, sie ist noch immer leicht daneben, aber hat einen intellektuellen Quantensprung gemacht. Es muss am holländischen Grünzeug liegen. Der Holländer selber ist auch ein wenig wunderlich, aber es verbergen sich unter dem Kokospalmendschungel, wie er sich vom Flugzeug aus beim Anflug auf den Flughafen so geheimnisvoll präsentiert, nicht nur die Hütten der Inselbewohner, sondern auch mancher im Westen Gestrandeter, die ihre Brüche, Verkrüppelungen und Verzerrungen in die Fremde mitschleppen, was das Image der Foreigner wohl plakativ verzerrt.

Ich montiere den Medikamentenschrank im luftgekühlten Gang zum Badezimmer, sortiere viel Abgelaufenes aus, ordne für den Notfall, zuoberst die Jodtinktur für die kleinen Hautverletzungen, mit denen ich schon manches blutvergiftendes Tropengeschwür heimschleppte.

31. März

Morgens nach dem Aufstehen tut sich mir ein überraschender Blick auf, den ich so nicht erwartet hatte. Die moslemischen Bauleute, denen sonntags nichts heilig ist, haben auf dem neu zugekauften Landstück ein altes, baufällig gewordenes Stück meiner Mauer zertrümmert, nachdem sie ein paar Tage lang an der Neumauer gearbeitet hatten. Nun sehe ich durch die Verandasäulen des Zweithauses weit aufs Meer hinaus, sehe es von links bis rechts völlig unbeschnitten, soweit man sehen kann. Das Grundstück ist nun etwa um die Hälfte größer, Cinemascope-Breitleinwand und Technicolor. Jetzt tut sich wie hinter einem dramatisch geöffneten Theatervorhang eine tiefe Bühne auf, nun ist meinem Schrebergarten ein wahres Grundstück geworden: ich bin in ein Hemd aus 3000 Quadratmetern tropischer Insel gewandet, es ist mir auf den Leib geschneidert. Gedanklich ergreife ich zunehmend Besitz vom Neuland, habe auch schon die Kokospalmen gezählt, die alten und die neu gesetzten. Und wünsche mir einen buddhistischen Hausaltar nach Art der Chinesen, um dankbar täglich Räucherstäbchen anzuzünden.

Die zwei Mietparteien meines Zweithauses, in Wahrheit eine miese Schuhschachtel mit Dach, haben einen Vertrag bis Ende April (wer hat das hierzulande schon), meldeten sich heute aber bereits auf Monatsanfang ab. Meine Fantasie rotiert, was ich mit dem Haus alles anstellen werde.

Sheela braucht mich als Beichtstuhl, verrät mir, dass sie den Tailorshop ohne Wissen ihres Mannes auf eigene Rechnung betreibe, um für den Fall der Scheidung wirtschaftlich unabhängig zu sein von ihrem Mann und von Verwandten. Nun hängt vieles an Sankar, ob der endlich begreift, was er hat, und dass er eine Optik über den heutigen Tag hinaus braucht. Wenn das der Fall ist, stabilisiert er sich selber, was zumindest ein friedliches Miteinander erlauben würde. Wie auch immer, und wie manchmal herbeigewünscht, habe ich nun wieder eine Familie, samt allen Sorgen und Problemen – das Leben ist ein Film.

Meine Lieblingsnachbarin erzählt mir beim Tee von ihrer Übersetzerarbeit an einem Lehrerhandbuch, das sie im Regierungsauftrag vom Singhalesischen ins Tamil übersetzt. Das schmeckt ja geradezu nach Förderung der verteufelten Minderheit. Die sollten sich nach Schweizer Art kantonisieren, wenn sie eine gemeinsame Zukunft unterm gleichen Dach wollen. Doch hüte ich mich vor politischen Diskussionen und bin mir sehr bewusst, wie sich ein Gast in einem fremden Land zu benehmen hat.

Habe mich gerne ins blitzblanke deutsche Haus der deutschen Hildegard einladen lassen, weil die einen deutschen Filterkaffee kocht und Gesundheitskuchen selber backt. Sie erläutert mir wortreich ihr Verhältnis zu diesem Land und dass es eine Hassliebe und eine liebe Not mit den hiesigen Dienstboten sei. Das hörte ich schon oft, und entsprechend nerven sich die meisten Foreigner auch und stolpern in ständigem Wechselbad von heißer Liebe zu tiefer Frustration, aber immer arrogant drauf aus, dass alles so sein solle, wie bei ihnen daheim, nicht willens, die Dinge so zu nehmen, wie sie sind. Dabei geht mir auf, dass ich selber in meiner Liebe und Zuneigung gänzlich unerschütterlich bin und zwar, ohne dass ich mich all die Jahre irgendwie verrenken musste. Wünsche mir, dass das anhalten kann.

1. April

Ansonsten war heute Abend auch der Auftakt zur Osterzeit. Der Pfarrer unserer Dorfkirche ließ in einer Promotionsveranstaltung von drei schäbigen Ministranten das Kreuz in der Dämmerung über die Lewis Place tragen, begleitet von einem Lautsprecherwagen und dramatisch intonierten Ostergeschichten von süffiger Samtigkeit. Die Anwohner, vor allem Frauen mit Kopfschleier und frisch gewandete Kinder, sind an den Straßenrändern dicht gedrängt auf die Knie gefallen. Rührend anzuschauen, wie sie die nackerten Fußsohlen in artiger Demut hinter sich im Straßenstaub ausbreiten, die Hände gefaltet, den Kopf untertänig gesenkt. Der Pfarrer, weiß gewandet, die Hände auf dem Rücken und im Wissen um seine Macht, schritt darüber hin mit herrischem Hochmut, es ist zum Heulen.

Mein Fahrrad habe ich geputzt, jedes Teil einzeln mit Petrolsalbe einmassiert und widerstandsfähig gemacht gegen die Zersetzungen der Salzluft. Sankar kommt dazu und fragt betreten, ob er weitermachen soll. Als ich sage, an manche Sachen lasse ich niemanden ran, holt er sein eigenes Fahrrad und putzt seinerseits wasserreich drauflos.

Die Omi beichtet mir, Sheela wolle sie wegschicken. Für ein neues Zimmer müsse sie aber eine Kaution hinterlegen, die sie nicht habe, weil sie ihr kleines Erspartes derselben Tochter als Darlehen für den Tailorshop gegeben habe. Im Gespräch finde ich heraus, dass sie jeden Monat 1500 Rupien für ihr Zimmerchen bezahlen müsse, an die eigene Tochter, die Frau meines Hausmeisters, für die Unterkunft in meinem Staffhaus. Und daneben macht die gute Alte noch die Hütedienste für die Kinder ihrer Tochter, wenn deren Mutter im Shop drauflos verdient – die Hippie-Stoffhose zu 300, das Silberfaden-Kissen für 400, ein ausufernd üppiges Feiertagskleid für die kleinen Fischertöchter für 700 Rupien. Nur, wo ist all das Geld, warum nur ist diese Familie immer in ärgster Geldnot?

Die Leute des Baumeisters arbeiten angestrengt und konzentriert, einige davon haben schon damals an meinem ersten Hausbau mitgemacht.

Der Basler Hausverwalter schickt endlich einen aktuellen Schätzungsbericht für mein «gotisches Basler Haus, erstmals 1268 erwähnt». Sonst kommen keine Briefe, und schon gar niemand zu Besuch. Ich drohe zu vereinsamen.

2. April

Morgens kommt einer mit einer mittelschweren Honda an, sie ist in betörend gutem Zustand. Der jetzige Besitzer, ein einheimischer Alter aus der Gegend, der zu Geld gekommen ist und nach Schweden zu seiner Tochter auswandert («multikulturelle Gesellschaft» eben, hier wie da), will unbeugsam 67 000 Rupien, etwa 2200 Franken. Ich handle den ganzen Tag, immer wissend: die ist's und keine sonst. Verführe mit Cash, mit Dollarzahlung, verweise auf die Abschreibung, biete einen Kompromiss in der Mitte zwischen meinem Budget und seinem Preis an, aber am Abend ist noch immer nichts zu machen. Dazwischen fuhr ich nach Kochchikade, da gibt es zwei große Motorradhändler, die klären mich auf: Alles über 180 ccm wird sehr hoch besteuert, eine 250er mit sicherlich 35 000 Rupien, so viel Geld habe niemand und wenn er es habe, dann kaufe der lieber ein Auto. Folge: Das Pferdchen ist rar, in gutem Zustand, aus gutem Haus. Ich komme zum Schluss, dass da zwei Holzköpfe aufeinandertreffen und ich mit Vorteil einlenke. (Das würde mir umso leichter fallen, als die kurze Fahrt ins Nachbardorf niederschmetternd und entnervend war: Sicherlich zehn Mal stellte das Leihmoped im Fahren plötzlich ab, reagierte weder auf Standgasverstellung noch auf Anlasser noch auf Antrethebel (den hier klugerweise alle zusätzlich zum Starterknopf haben), und nur gelegentlich auf Anschieben. Anschieben, in glühender Nachmittagssonne, bei Windstille, mitten im Wohnviertel der Moslems, die feixend Gruppen um mich bilden.)

Herz und Ehre knapp vor dem Kollaps, als ich dann endlich durchstarte. Da wächst die Gewissheit, für dieses Motorrad gebe ich alles, wohl wissend, dass ich auf Jahre hier kein Auto haben will, trotz Garage nicht.

Der Elektriker montiert Kabel an der Decke für ein zweites Lautsprecherpaar am Tor zum Meer, nun ist's quadrophonisch, ich habe von meinem alten Radio die Boxen abmontiert, ein wenig schwach zwar, aber fürs Erste tönt es aufregend durch den Garten. Darüber hinaus lässt er beim Schmied neue Eisenhalter für die Außenleuchten schmieden, da die alten korrodiert und in Stücke zerfallen sind. Das koste 75 Rupien das Stück, extrem teuer, meint er beschwichtigend, und ich schweige klug, wissend, dass diese Maß-Schmiedearbeit krass unterbezahlt ist.

Der Nachbar Gayan versucht mich gegen Lucia aufzubringen, weil die das Abwasser vom neuen Haus direkt auf die Straße laufen ließe, da sie zu geizig sei für einen Unterbodentank. Das sei doch sicher auch für mich lästig. So ist's, ich sprach sie öfter schon drauf an, es sei temporär. Da schweige ich wieder.

Angesichts des teuren Motorrads gehe ich erstmals über die Bücher, denn ich habe ein striktes Budget, das ich einzuhalten gedenke, schließlich lebt der Jungrentner von den Zinsen: Es sieht manierlich aus angesichts der vielen Notwendigkeiten jetzt am Anfang und ich bin einigermaßen beruhigt, bin mir aber taghell bewusst: Du bist eben erst angekommen, das dauert ja noch. Da wird sich diese Mischung von geistiger Erregtheit und asiatischer Gelassenheit wohl legen mit der Zeit.

Sankar kocht geniale Gemüse-Currys, heute hatte ich Lust auf Vegetarisches, das war ganz ungemein, vier Gemüse, schmackhaft und geschmacksbezogen gewürzt, und ein wenig weißen Klebereis dazu.

Kürzlich hatten wir einen argen Kurzschluss im Haus, gerade abends, als wir in der Küche fleißig waren. Eine halbe Stunde lang knallte die Sicherung immer wieder durch und wir erneuerten sie und sei es nur, um klarzustellen, wer Herr im Haus ist. Doch alle Findigkeit blieb unbelohnt, der Kampf unentschieden, wir riefen den Elektriker. Der prüfte hier einen Schalter und da eine Steckdose und dort ein Kabel und zuletzt präsentierte er uns theatralisch einen Doppelstecker, einen mit drei Löchern, das ist wichtig. Aus einem, dem für die Erdung, schaute steif und starr wie ein Dinosaurierschwanz der verblichene Rest eines Geckos heraus, der seine Nase bitteschön nicht in alles hätte stecken sollen. Der Kleinstdrache der.

3. April

Morgens hatte ich Lust zum Frühstück auf der Veranda. Dann war Anish plötzlich für zwei Stunden verschwunden, niemand wusste, wo er war, alle machten sich Sorgen, niemand war informiert, Bruder und Vater schwärmten zur Suche aus, da kam er ohne Hemd und Schuhe zurück, völlig gestresst, das Frühstück vergessen: Selbstvergessen war er einer verschwundenen Dachtaube (Pigean, «pidzin, orn. Taube») auf der Spur, der Vater mit dem Stock hinter ihm her. Nur ein Intensivgespräch verhinderte das Schlimmste.

Der Töffverkäufer noch immer unbeugsam, aber am Abend bringt Sankar ein neues Modell an, in weniger gutem Zustand, es würde nur die Hälfte des Rennpferdes kosten. Ich vertröste auf morgen, denn dann kommt ein drittes zur Auswahl. Dabei wollte ich zum Wochenende mit 250 Kubikzentimetern in die Hauptstadt fahren.

Der Elektriker macht mich noch verrückt, wird auch am fünften Tag nicht fertig, hat aber immerhin endlich das Heißwasser im Gästebad so installiert, dass man sich die Haut nicht mehr verbrüht. Darüber verrinnen die Stunden zur beruhigenden Bedeutungslosigkeit. Heute zudem das Ende der dritten Inselwoche, Zeitenwende, denn bisher reiste ich nach zwei, drei Wochen wieder heim, und das schon fünfunddreißig Mal. Doch diesmal geht's erst richtig los.

Der Fischer Victor lädt mich auf nächsten Dienstag in sein Governementhaus ein, das er letztes Jahr mit einer Donation von mir erwerben konnte – er musste innert einer vorgegebenen Frist sein Haus bauen (und zahlen), das Landstück war gratis. Jetzt ist er nächtlich beim Fischen, verrät mir, dass er nur samstags für zehn Rupien Arrak trinke und sonst nur Toddy, denn der mache stark und koste nicht viel. Auch sein alter Vater trinke nicht mehr. Das stimmt, ich sah ihn zweimal mit Respekt in der Dämmerung auf einem Plankenboot hinausfahren. In seinem hohen Alter, es ist ungerecht. Aber ich muss aufpassen, meine interessierte Anteilnahme am Schicksal anderer findet sich bei meiner Vorstellung von Gerechtigkeit immer wieder aufs Neue durchgeschüttelt.

4. April

Nach dem Frühstück fahre ich mit Sankar auf dem Sozius noch einmal alle Motorradhändler der Gegend ab, finde sogar eine Fünfhunderter, doch deren Handling ist mir zu aufwendig. Auf der Heimfahrt kehren wir bei ein paar Juwelenhändlern ein, um nach dem aktuellen Schwarzmarktpreis für Cashdollars zu fragen, und das sieht ganz gut aus. Durch den Vergleich von Modellen und Preisen bin ich mir ganz sicher, die erste, teure, und keine andere. Dann fahren wir zum Besitzer, der thront in seinem weiträumigen Haus (vor der Verstaatlichung habe er bei Shell gearbeitet, sich nachher mit einem Quartierladen selbstständig gemacht), lädt mich in die Halle, wir talken distanziert nach Art der Businessleute herum, er ist der einzige Hinterbliebene der Familie, nun ginge auch er nach Schweden, wo die ganze Familie ihr Glück gemacht habe. Das

Rennpferd steht in seinem – Schlafzimmer, ganz Braut und Geliebte. Nun bin ich mir ganz sicher, dass das Stück den hohen Preis wert ist, dass der betuchte alte Herr (von dem ich einst Benzin in Literflaschen kaufte) seine ganze Leidenschaft auf dieses schöne Mädchen neben seinem Bett verschwendete, das mich da anstrahlte, wissend, wieder in gute Hände zu kommen.

Ich bin ganz kribbelig, nach Colombo oder über Land zu reiten (die Umstände verhindern Tempi über 40, wenn's gut geht 50), doch als ich ihn später zu Arrak und Geldübergabe einladen will, ist er außer Haus. Gut Ding will ja Weile haben. (Der andere Anbieter von gestern Abend braucht Geld, ließ heute Morgen ausrichten, dass er bereit sei, unter meinen Preis zu gehen, auf lächerliche 48 000.) Um fünf kommt der verhinderte Cabrioletfahrer dann an, übergibt mir erkennbar betrübt sein bestes Stück samt Papieren und Schlüsseln, wir unterzeichnen die Kaufverträge, die wir unabhängig voneinander vorbereitet haben. Und dann trinken wir einen zusammen.

Sankar darf als Erster fahren, weil er mir das Ding vermittelte, und nach einer Viertelstunde kommt er orgiastisch strahlend zurück. (Wenn sich alles gut entwickelt, werde ich für ihn eine Bediensteten-Honda mit großer Ladefläche kaufen, aber das behalte ich noch für mich.) Ich mache mich meinerseits auf den Weg, es ist sechs, in einer halben Stunde wird es dunkel sein; ich fülle den Tank mit 11 Litern, den Liter zu 33 Rupien, das dürfte für 200 km reichen. Die Uhr zeigt 63 045 km. Die Himmlischen Heerscharen fliegen durchs Land, das Volk weicht in ehrfürchtigem Schauder zurück, ein Saxophon ist ein Kinderspielzeug daneben. Die Hupe ist ein Horn, es steht mir sogar ein Zweithorn zur Verfügung. Das Maschinchen ist muskulös und stilsicher stark, doch bei meinem beschaulichen Tempo muss ich es nicht ausreizen. Ich genieße das Fahren wie ich eine gute Zigarre rauche, und wenn mir ein Karren oder Velo im Weg ist oder einer dieser Helldriver von Privatbuschauffeuren drängelt von hinten, dann drehe ich kurz am Riffelgummi und schon geht die Luzie ab.

Weil ich das erste Mal, seit ich kam, auswärts essen ging, spähte ich die touristische Gegend genauer aus und denke, dass sich das zu einem Pattaya oder Benidorm auswachsen könnte. Wenn die Häuptlinge Privatinitiative nicht verhindern, liberaler werden und den Dingen ihren Lauf lassen, dann ist hier schon in fünf Jahren der Teufel los, die Zitronenlimonade dreimal teurer als der Einkauf. Schon heute, am Ende der Saison, ist alles belegt und ausgebucht, vom «Golden Star Beach» nebenan zieht sich Negombos Touristenstrand zur Ettukala-Kreuzung und zum «Browns-Beach» hin, einst das erste kapitalistische Touristenhotel im wahren Sozialismus. Da geht es dann erst richtig los mit «Stadt Saarbrücken», «Roado», «Sirland» («Pancake-House» ist schon wieder eine meiner Ideen, mit deren Realisation mir einer zuvorgekommen ist), Bierkaschemmen, gedressten Touristen auf gelangweiltem, aber hochgradig erregtem, weil im Feindesland eigentlich völlig verunsichertem Landurlaub. Dazwischen quirlige Einheimische, die gelernt haben, wie schnell man sein Schnäppchen macht.

Ich trinke einen Kaffee in diesem stilsicher schönen Haus neben dem «Blue Ocean», das glaube ich «Royal Sea» heißt und ein überdachtes und daher immer kühles Langstreckenschwimmbecken hat, das mir während der Monsunmonate zu Diensten sein wird. Jeder Platz ist besetzt, Buffet jeden Abend und dazu der weinerliche Südsee-Musik-Verschnitt einer dieser Wandergruppen mit den obligaten Strohhüten. Fernab von den Langnasen und an separaten Tischen räumlich distanziert sitzt ein Rudel Japaner, auch sie und sie besonders erkennbar unsicher in diesem fremden Land.

Ich fabuliere von einem Ausflug ins Hotel- und Restaurantfach. Wenn ich schon mitten im Suppentopf sitze, könnte ich mir ja ein paar von den hier investierten Franken wieder zurückholen. Und ist erst einmal der Beachstrip in Richtung Stadt verlängert, wird es spannend und ich habe aufs Alter noch was zu tun. Hundert Meter neben meinem Haus hat das Road Department einen großen Werkhof zwischen Straße und Meer. Es ist eine Frage der Zeit, bis dieses teure Grundstück von einem hohen Regierungsbeamten verhökert und zu einem Hotelkomplex umgenutzt wird. Dann muss ich entweder die Mauer zur Straße nochmals erhöhen, um meine Privatheit zu schützen, oder ich muss sie einreißen und den Mammon hereinlassen in mein Refugium. Ertappte mich kürzlich beim Skizzieren von Gasthaussignet und Fassadendesign, auf ein paar Kaffeeuntersatzpapierchen aus der Schweiz.

Mozarts Klarinetten-Quintett, ein erstes Pfeifchen mit einem unausstehlichen «Navy Cut», ein Spritzer «Echt Kölnisch Wasser» aus dem Vermächtnis meiner deutschen Mutter auf eine Babywindel, die mir als Schweißtuch und hautnaher Tagesbegleiter dient. Soll ich morgen nach Colombo zur Botschaft? Soll ich eine Zwischenlandung im «Ramada» machen? Soll ich den Notentest eines Aarauer Studenten, den die Barfußpost mir gestern brachte, schon korrigieren oder ihn noch liegen lassen? Soll ich schon aufs Grundbuchamt, um die vier Landkaufeinträge videographisch zu dokumentieren? Soll ich oder soll ich nicht? Oder noch nicht? Oder doch nicht? Alles dürfen und nichts müssen, es ist unwiderstehlich.

5. April

O dieser Hochleistungstextverarbeitungsschreibsystemcomputer. Um Mitternacht war die Natur los. Gerade hatte ich den achten vergeblichen Versuch unternommen, einen Text in eine andere Schrift umzumodeln, einfach so aus Augenlust. Eben hatte ich Sheela im Anschluss an einen Jesusfilm auf dem Sandfeld einer Kirche über den Hinduismus erzählt und davon, dass dereinst mehr ein staatliches Ordnungssystem für die Gesellschaft gewesen sei als eine Religion. Und wie hoffnungslos und menschenfeindlich das Kasten-System sei und die unentrinnbare Wiedergeburt in die Hoffnungslosigkeit (Sheela konvertierte vor Jahren vom Hinduismus zum kastenlosen Baptismus und hat nun erst noch den Vorteil, als Christin die tamilische Herkunft zu vernebeln). Da hob aus dem Stand heraus ein Sturmwind an, dass mein Puls hochschlug vor Aufregung wie immer angesichts von Naturgewalt. Vom Meer her blies es, wütete es, dass mir klar wurde: Ich lebe auf einer kleinen Insel, die im tosenden Weltmeer treibt.

Unfasslich, was das Grünzeug im Garten mit sich geschehen lassen musste, bis etwa eine Stunde später alles vorbei und vergessen war. Der Garten stieg morgens wie Phoenix aus der Asche, wie wenn nichts gewesen wäre, die Falten glattgestrichen, aufgestanden, scheinheilig dreingeguckt und von nichts gewusst. Dabei war das ein Wetterleuchten draußen in der Nacht über dem Wasser, ein Blitzen, ein Grollen und Donnern und Schimpfen und Drohen, dass ich mich ganz klein und hässlich fühlte mit meinem bisschen irdischen Glück. Bis ich spät nach langem Sichsattsehen auf der Veranda bei abgestelltem Licht keusch bedeckt zu Bette ging, denn es wurde ganz plötzlich ganz kalt. Zum Glück schirmten mich die geschlossenen Fenster ein wenig ab von der tobenden Urgewalt, bis dann der große Regen kam und es ganz haltlos zu schütten anfing und lange nicht mehr aufhörte, sodass ich fürchten musste, das Haus schwimme mir davon. So nah am Meer und dieser unermesslichen Weite ist es wie auf dem Meer selber. Was machten da die Fischer bloß, die noch hinausgefahren waren auf ihren hoffnungslosen Glasfibertellerchen? Da muss auch der härteste Kerl lammfromm werden, wenn nur der liebe Gott ihn in seiner Verlorenheit begleitet.

Am Nachmittag dann Änderung von Steuer und Versicherung und Fahrzeugausweis. Nur wenig Regen abends, wir müssen nicht wässern, ich inspiziere die zwei Wohnungen im Zweithaus drüben, die Tamilenfamilien haben alles sauber und korrekt hinterlassen.

Erste Umbaufantasien, könnte ein Gästehaus draus machen. Ein erstes Angebot an Sheela, aus ihrem Nähshop, in den sie ausgezogen ist, zur Familie und in den Schutz meiner Mauer zurückzukommen. Bevor die letzten Familienbande in die Brüche gehen, um in friedlicher Kooperation, wenn schon nicht mehr in flammender Liebe mit Sankar zusammen ihren Frieden wiederzufinden. Denn eins ist klargeworden: Sie steht kurz vor der von Sankar immer wieder angeregten Trennung, und was sie über ihn sagt, erfordert nächstens ein Gespräch auch mit ihm.

Sonst geschieht nichts, doch bin ich bei aller disziplinierten Organisation meines Alltags weit entfernt von gefürchteter Routine, die meinem eigentlich freigeistigen Gemüt ein echter Gräuel ist.

Lucia bringt abends ein aus Palmblattstreifen geflochtenes Kreuz, Palmsonntag, und nach schon eingeübtem Brauch hänge ich es auf als Haussegen und finde mich dabei, wie damals schon als ausgebombtes Kriegskind im altfränkisch-bigotten Nachkriegsdorf, in diese omnipräsenten Katholizismen verwickelt.

Die Einheimischen leiden diesen Monat wie alle Jahre unter dem Wetter und reihenweise fallen sie wie Fliegen einem kurzen heftigen Fieber zum Opfer, das einem Grippeinfekt gleicht. Alle geben mir Ratschläge, wie ich mich mit Hilfe von Ayurveda, der alten indischen Naturheilkunde, immunisieren kann. Aber Kingkokosnusssaft trinke ich ja schon seit eh und je auf nüchternen Magen, vielleicht fühle ich mich drum so unsäglich wohl.

Vielleicht auch wegen meinem hin und wieder ausbrechenden Kochvergnügen, mit dem ich immer wieder aus dem Gedächtnis eine alte Erinnerung hervorzaubere, bei meist überraschendem Erfolg, wie heute rindfleischgefüllte Krautwickel.

6. April

Um Mitternacht ein rasender Erfolg, dem gestrigen Gewitter zur gleichen Zeit vergleichbar. Nach Tagen verzweifelter Versuche, den Schriftstil der fünf ersten Textseiten meiner Tagesnotizen zu wechseln, nach Studieren des Manuals nach allen Seiten und wissenschaftlich korrekten Testläufen ohne gewünschtes Resultat finde ich endlich heraus: Der Speicher ist für diesen Transfer schon zu sehr gefüllt. Da kopiere ich eine Diskette, separiere die Korrespondenzen, mache die Schritte in handlich portionierten Kleintranchen, und die frisst er dann, ich bin beglückt, eitel wie ein Gockel, wie damals, als ich zum ersten Mal auf einem Surfbrett stand, ohne ins Wasser zu kippen. (So anspruchslos bin ich geworden, was mir beweist, nicht Ursache und Inhalt des Erfolgs sind wichtig, sondern der Erfolg selber, egal, woher er kommt, wie hoch der Plafond hängt.)

Morgens radelt Sankar weit weg, um King Prawns zu besorgen, kommt erst gegen Mittag wieder zurück, ich noch ohne Frühstück, die Krähen haben meine behelfsmäßige Verpflegung, ein paar Biskuits, gefressen, und ich bin ohne Bediensteten bereits hilflos, mir selber das Frühstück zu machen – ohne Strom allerdings, denn wieder einmal ist er abgestellt, um das Volk zum Sparen zu zwingen. (Ohne perfektes Transportwesen, ohne Telekommunikationsdienste und Energiesicherung ist die Entwicklung des Landes nur Papierkram.) Ich bin aber mild gestimmt, denn die Prawns, anderthalb Kilo Riesendinger, das Stück hundert Gramm schwer, gab es für sage und schreibe tausend Rupien das Kilo.

Sheela ist selig erstmals wieder im Garten tätig, hat ihren Laden am heutigen Poyatag zu, knipst mit der Schere das Grünzeug weg, beschneidet die grünen Buchstaben des Hausnamens «Minrala», die sie gesät hatte, und gibt mir den Beschnitt zu guter Letzt als Salat. Minrala als Salat! Ich bin so gerührt, dass ich ihr spontan die Tütchen mit den Blumensamen gebe, die ich aus der Schweiz mitgebracht habe. Worauf sie ganz beglückt zum nächsten Papayabaum schreitet und die reife Frucht für mich herunterholt, auf die sie seit Tagen schon wartet. Worauf ich sie ritterlich teile und ihr die Hälfte auf einem Schüsselchen ins Zimmer stelle. So geht das hier: Gib und es wird dir gegeben.

Ist das ein Land, in dem das Volk jeden Vollmondtag feiert, ich muss erfahren, wo das seine Quellen hat. Schon wieder schulfrei, bald schon folgt der Karfreitag samt Ostern; hier Schüler zu sein, scheint paradiesisch. Aber Hygiene war allen großen Religionsstiftern wichtig, den Christen mit ihrem fleischlosen Fasten-Freitag, den Buddhisten mit ihrem alkoholfreien Poya Day, den Moslems mit ihrem Hungermonat Ramadan. Dennoch leiste ich mir im «Royal» ein Importbier.

(Mein Freund Lukas hatte mir aus der Schweiz ein kulinarisches Füllhorn mitgebracht, er nannte es «Überlebens-Box». Da hat es jetzt nur noch eine geheiligte Dose Feldschlösschenbier drin und eine Dose Gänseleber pastete und ein Champagner-Piccolo, alles andere ist schon süchtig reingezogen, die Thomy Mayonnaise, die Kirschenmarmelade, die Schiesser-Pralinen, Beschle-Mandarins, sogar das Hakle Rosa.)

Zwei Ceylonmädchen ihres Alters flirten rasant mit Sheelas Buben, die dem Spiel gebannt erliegen, doch als es dann nach stundenlangem Vorgeturtel zur ersten Konversation kommt, stellt sich heraus, dass die Mädchen nur Deutsch sprechen, ihre Muttersprache vergessen haben, mit Englisch nichts anzufangen wissen. Die kleinen Würmer, die ich schon vor zwölf Jahren in Basttragekörben als Exportartikel vor den Flughafen-Eincheck-Schaltern sah, sind in die Jahre gekommen, doch samt ihren Adoptiveltern offensichtlich zufrieden mit dem Deal. Die leicht hysterische Mutter mit dem violetten Strumpfband um den linken Oberarm zwinkert mir vielsagend und überglücklich zu, sie hat es geschafft, hat ihre Natur- und Gesellschaftspflicht als Frau erfüllt und ist Mutter geworden.

Gegen vier ruft man mich auf die Kaffeeterrasse, da ist zu meiner Überraschung der Tamile Bobby mitsamt dem mit ihm befreundeten Anwalt aus der Hauptstadt angereist, um über das Residence-Visum zu sprechen. Einen Termin hatten wir nicht vereinbart, für mich hatte das Geschäft ja Zeit. Doch sie hatten schon Witterung aufgenommen, man muss das Eisen schmieden, solange es heiß ist. Was Geschäfte betrifft, schlagen die Tamilen noch die Chinesen, und was den Sippen-Sinn betrifft, zeigen sie selbst den Italienern den Meister. Kein Wunder, waren sie die Lieblinge der Kolonisatoren aus Britannien, und kein Wunder, haben die Singhalesen sie, kaum unabhängig geworden, aus Amt und Würden gejagt. Will sehen, ob mir das alles nützt, wenn ich auch frei von jeden Illusionen bin. Ich will das Spiel nicht spielen, ich kenne es nicht.

Dann ist plötzlich unerwartet Weihnachten. In meiner Not, was ich mit den riesenhaften King Prawns anfangen soll, blättere ich in meinen Kochbüchern, finde aber nichts. Koche die Kunst-Stücke stattdessen rot, was gut gelingt, es gibt Pommes-Frites dazu in einem Hektoliter Kokosöl, hoch erhitzbar, wie man weiß, und um das noch ein wenig hochzujubeln, rühre ich die erste Mayonnaise meines Lebens an. Weil das Öl und die Eier die gewünschte milde Temperatur haben, gelingt das nach einer Viertelstunde Schlagen und Rühren ganz meisterhaft, doch hätte die Mayonnaise bei dieser Menge Öl für eine Hochzeitsparty gereicht. Da habe ich die Menge zweigeteilt, unter die eine Hälfte Knoblauch gerührt und unter die andere Currypulver, es war blendend. Habe ganz schnell zwei Engländer an den Tisch gerufen. Da war ja auch noch Wattalapam, von dem mein Maurer wusste, dass ich ihn mag, weshalb seine Frau mir eine Waschschüssel voll schicken ließ am Morgen. Und es gab aus meinem eigenen Garten Eden robustes Grünzeug als Salat. Wenn man ihn nur mit heißem Wasser erschreckt, wird er butterzart. Ich improvisierte eine Büffelmilchjoghurt-Sauce und es gab tiefgekühltes Bier. Heißa, war das ein Fressen. Geredet haben wir auch noch, das übliche Klagen über einheimische Ehefrauen und Angestellte.

Vorher besuchte ich noch Mariyan und ihren Hector in ihrem Governementhaus, weit weg Richtung Chilaw. Da hat der Präsident Premadasa ein paar Reisfelder gekauft, sie in Kleinparzellen aufgeteilt und die an die Armen verschenkt – nur bauen müssen sie selber, egal wie und womit, und innerhalb einer vorgegebenen Frist. (Im nächsten Jahr sind Wahlen, weshalb er nächstens zu Besuch kommt, damit das Staatsfernsehen wieder einmal schöne Nachrichten hat.)

Das ist natürlich was in einem Land, in dem erst Landbesitz frei macht, weshalb ihn nun alle lieben, ihn aber auch nachsichtig und sanftmütig durchschauen. Das neue Village präsentiert sich als Hort des Friedens, ein wirklich zauberhafter Platz, wenn auch ohne Toiletten. Die Heimfahrt ist von einem Wolkenbruch gekrönt, das Land, die berühmte rote Erde, ist voller Pfützen und Hosen, Schuhe und mein Allerheiligstes, die Honda 250, sind extrem befleckt, nicht mehr abgehoben, sondern eingetaucht in den Bauch dieses Landes, gleichgemacht, gnädig egalisiert.

Alle halten ihr Fahrzeug an wegen einer kleinen Katze, die mitten auf der Kreuzung hockt, doch morgen schlagen sie den Nachbarn tot. Es gibt hier meines Wissens nicht alle diese erotischen Spezialitäten, die wir im Westen kennen. Brustgrapschen, Sichherzeigen, das kommt vor, da muss man sich hüten. Aber in der Nachbarschaft gab es einen jungen Mann der den Frauen ihre Unterwäsche vom Trockenseil gestohlen hat. Ein störendes Ärgernis gewiss, aber ein harmloser Fetischist, der das erotische Universum ein wenig erweiterte. Aber was macht man mit so einem, wenn man ihn erwischt? Man bringt ihn zur Polizei. Was macht die Polizei mit so einem? Sie lässt ihn wieder laufen. Und jetzt kommt der Gedanke, das Gesetz selber in die Hand zu nehmen, das Gewaltmonopol des Staates wird ausgehebelt. Ja wo kommen wir da hin? Sie jagten ihn also wieder einmal, der dumme Kerl versteckte sich in einem Dachstuhl. Da saß er in der Falle, sie zerrten ihn herunter und schlugen ihn tot. Alle zusammen und jeder für sich schlugen sie ihn tot, keiner war schuld, alle waren schuld. In meinem Quartier, ein paar Straßen weiter. Meine Nachbarn, die weichen Kerle. Die Polizei ließ den blutigen Fleischhaufen einen Tag lang liegen, die Alten und die Schulkinder pilgerten hin, um ihn sich anzusehen. Das Gute hatte wieder einmal über das Böse gesiegt. Es ist so eine Sache mit der Moral.

7. April

Der vereinbarte Besuch bei Nachbar Gayan. Ein Fischer, mit dem man diskutieren kann und der etwas weiß von der Welt, Englisch so gut kann, dass ich noch was dazulerne, und der mit seiner scheuen, traditionell denkenden Frau ein gutes Familienmanagement betreibt. Er hat blendend aussehende, scheue Söhne, knapp unter zwanzig Jahre alt, die studieren so selbstverantwortlich, dass sie die Klassenbesten sind, und sie leben so mönchisch zurückgezogen bei den Studien, dass ich sie heute nach all den Jahren überhaupt zum ersten Mal zu sehen kriegte. Der ältere will nun Medizin studieren oder zur Marine. Womit er doch in die Fußtapfen des Fischervaters treten würde, was diesem wie jedem gefiele.

Ich frage wegen dem Vollmondfeiertag Poya und höre, dass Lord Buddhas Geburtstag und auch der Sterbetag ein Vollmondtag waren. Eben. Ich höre auch, dass der Distriktpfarrer vor ein paar Jahren heftig opponiert habe, als die Dänen das Millionenprojekt der Küstenbefestigung realisierten, bevor in Negombo noch mehr Land und Häuser und auch Hotels ins Meer geschwemmt waren. Das sei keine Entwicklungshilfe, es sei nicht im Interesse der Fischer, sondern der Kapitalisten und der Touristen. Sieh an, die geistlichen Herren machen handfeste Interessenpolitik, dachte ich's mir doch. Denke mir aber auch, das sei blanker Opportunismus, um sich bei den Fischern einzuschmeicheln und die Schäfchen im Gral zu halten. Der alte Fischer gegenüber opponiert gegen ihn. Er höre gerne das Wort Gottes, aber nur im Sand draußen vor der Kirche, in die Kirche hinein ginge er nicht mehr, er wisse einfach zuviel, aber seine Frau, die sei unverbesserlich. Hitler, das sei doch ganz gut, die Juden schließlich Gegner Jesus gewesen, die hätten ihn ermordet. Ach Gott.

Die Zimmerleute fertigen heute den Rahmen für das Garagentor, die Maurer passen es ins neue Mauerwerk ein. Nachts fällt der Strom aus, immer fällt der Strom aus, die Luft steht heiß im Raum, ich wache schweißgebadet auf.

8. April

Um acht am Morgen reißt mich ein lauter Auslandschweizer, der Birrer, aus dem Tiefschlaf, der kam grad vom Flughafen mit seiner herzerfrischenden Lebensgefährtin, um ein Kuvert voll aktueller Zeitungsausschnitte über die «Hure Helvetia» und ein paar Schweizer Zeitungen zu überbringen. Heiße frische Brötchen. Ich lasse alle guten Tagesvorsätze fahren und lese mich, nachrichtensüchtig wie immer schon, darin fest und bin froh, als der stadtbekannte Großunternehmer wieder verschwindet, nicht ohne mich zu sich eingeladen zu haben. Es bleibt mir nichts erspart.

Morgens an der Mauer der Fischer vom Governementhaus mit einem Brief, den er bei einem Schreiber aufsetzen ließ und mit dem er mich geziemend einlädt, ihm eine Latrine zu spendieren. Er möge den Präsidenten fragen, warum er Häuser ohne Toilette spendiere.

Am späten Nachmittag, die Sonne geht grad schlafen, kommt der junge Akila mit seinem achtzigjährigen gentle Man, ein Bild von einem Auslandschweizer und überdies ein «PT» (ein «Permanent Traveller» wie sie sich selber nennen). Wir schwätzen angenehm herum; sie waren grad in Neuseeland, das schildern sie mir und laden mich in ihr neu eröffnetes «Blue Island» zum Essen ein.

Ich sitze bis zur Dunkelheit noch ein Weilchen in Sheelas Laden, sie berichtet, ihre Mutter habe nun eine Wohnung gefunden, ohne Kaution. Das sei eine gute Idee von mir gewesen, dass der ältere Sohn nun sein eigenes Zimmer habe, ja, sie habe auch mit ihrem Mann gesprochen. Auch ohne den Schutz der Omi würde sie sich in meiner Nähe nun sicher fühlen können, so allein nur mit ihrem Mann. Das will ich meinen, denn zu meiner Hausordnung gehört «Du sollst Dich nicht besaufen», «Du sollst Deine Frau nicht verhauen», «Du sollst im Jähzorn kein Bügeleisen auf dem Boden zertrümmern».

Wie Sheela einen Nähladen an unserer Lewis Place zu haben (die in Wahrheit die Beach Road ist), ist eine Eintrittskarte in ein menschliches Panoptikum. Es kam ein alter Franzose, der war ganz aufgedreht und so vergnüglich, dass man ihn gernhaben musste. Er wollte seiner vor zwei Wochen hier geheirateten Einheimischen ein Kleid zu kaufen, es sollte silvousplait nicht zu teuer sein. Die frisch gekrönte Ehefrau kicherte mädchenhaft im Honigmond herum, dass man sie auffressen mochte vor wohler Lust. Aber sie hat wohl ihre Geschichte, sie bringt vier Kinder in die Ehe und die Stadt Paris ein, eine lustige Witwe gewiss. Da findet ein weltweiter Austausch an Menschen aller Nationen statt, und keiner merkt es richtig vor lauter Einengung auf die Asylantenfrage und das eigene Nest.

9. April

Der Elektriker macht mich noch verrückt. Noch immer hat er seine Arbeit nicht abgeschlossen, eine sündhaft teure Hauptsicherung hat er mitgenommen zur Reparatur, es hat nur noch zwei Zuleitungskabel im Haus und entsprechend anfällig sind wir bei Stromausfällen. Da aber selten alle zusammen ausfallen, haben wir immer in irgendeinem Zimmer noch Licht. Prompt hat es bei einem kürzlichen nahen Blitzschlag den «Security-Guard» des Eisschranks geknackt, den ich zum Glück installiert hatte. Zudem habe ich dem Kerl 4000 Rupien Vorschuss zum Kauf von Materialien gegeben. Wir sahen ihn nicht mehr. Sheela besuchte ihn siebenmal daheim, immer mit der Nachricht, dass er morgen käme. Jetzt drohe ich mit einer Anzeige wegen Betrug, das wird ihm Beine machen.

Am Strand über Mittag vor dem «Sunflyer» eine in Tränen aufgelöste Schwedin mittleren Alters, mutterseelenallein mit ihrem Schmerz, aufs Meer hinausblickend, wo ihr Boyfriend ertrunken sei, denn er sei vor vier Stunden mit dem Katamaran hinausgefahren und wollte nach einer Stunde wiederkommen. Die Ware Liebe. Ich spende Trost damit, dass noch nie ein Auslegeboot zerbrochen, gekentert, untergegangen sei. Aber da seien ja keine richtigen Sitze gewesen. Da schert eines aus der Armada von Booten Richtung Ufer aus und der Wonneproppen kommt zurück, würdigt die trauernde Hinterbliebene keines Blicks, ein echter Ekel, um den sich keine Träne lohnt, und schwatzt lange mit andern Mannsbildern herum, bis er sich nach seiner Adventure-Tour an seine Geliebte erinnert.

Für einmal keine abendliche Stromabschaltung (der ich als durch und durch positiver Typ immerhin ein wenig Candlelightspaß abgewinne, man sieht sogar die Glühwürmchen). Doch es ist lästig, weil nicht kalkulierbar, Terror genau genommen: Nie weiß man, wann was wie und wo passiert und auch nicht, warum.

Am Strand besonders an Feiertagen wie heute viele gut gekleideten Sri Lanker vom Land (die Einheimischen gehen nicht zum Plaisier zum Beach), viele Tamilen, ganze Familien, die hier vom Norden zugezogen sind. Alle gut gekleidet, goldgeschmückt und stirnmarkiert nach Hindusitte. In den letzten Jahren ist unsere Stadt, die als absolut sicher gilt, eine Tamilenheimstatt geworden und alle leben friedlich beieinander – die katholischen Fischer sind Ignoranten, nehmen die Zugereisten nicht wirklich wahr. Aber die Ansässigen verdienen gut mit der Vermietung von teuer und rar gewordenen Wohnungen und Häusern an die Fluchttamilen aus dem Norden. (Mich eingeschlossen, denn auch ich hatte mein Zweithaus die letzten zwölf Monate an zwei Zuwandererfamilien vermietet, für je 900 Rupien, jedoch ohne die übliche Halbjahreskaution.) Die polizeilichen Hauskontrollen werden entsprechend eifrig durchgeführt und es gibt jetzt sogar eine Anmeldepflicht für Zugereiste und Vermieter.

Auf der Straße ein nicht endend wollender Zug von frommen Leuten auf dem Weg zu einer der Kirchen, am Weg Stände mit Gratisgetränken reicher Anwohner, die sich mit den Almosen den Weg zum Himmel sichern wollen. Aber natürlich ist das ein gut abgestimmter Mikrokosmos, ein gesellschaftliches Ganzes, über das kein westliches Schandmaul etwas nörgeln darf.

Allerorten finden Passionsspiele statt, mit Inbrunst ohnegleichen, eines davon draußen bei der Lagune, in Duwa, landesweit berühmt wie Kataragama bei den Hindus.

Morgen wird Lakshmi, die Tochter der Haushälter, nach drei Monaten im Nonneninternat zurückkommen für zwei Wochen, Sheela putzt, Sankar ist freudig aufgeregt, und zuletzt machen wir einen Welcome-Dekoration im Haus, alle sind aufgedreht. Als wir abends noch ein wenig zusammensitzen, sagt Sheela, das sei auch immer so gewesen, bevor ich nach Negombo zurückgekommen sei, da würden sie jedes vorbeifahrende Auto checken, die Kinder würden gar einen Wartestuhl auf die Straße stellen, in der Nacht vorher könnten sie alle nicht schlafen vor Aufregung. Wie nur habe ich diese Liebe verdient, wem nur bin ich so wichtig, dass man inbrünstig für mich betet. Die sind dabei, mich zu adoptieren. Es bricht mir fast das Herz.

Ich wässere mit Inbrunst den Garten, nehme dem perplexen Sankar immer wieder einmal den Wasserschlauch aus der Hand – ein Chef macht keine körperliche Arbeit und trägt ein weißes Hemd – wende mich jedem Pflänzchen zu und komme so zu vielen neuen grünen Freunden und nach meinen Stadtwüstenjahren wachsen ganz neuen Beziehungen zur bislang entfremdeten Natur.

Ich höre von Zügen zwischen Städten wie Colombo und Kandy, die neuerdings haltlos als «Intercity» durchs Land brausen würden. Dass es auf langen Strecken (bei der Geschwindigkeit dauert die Reise gleich einen halben Tag) vier Klassen gäbe, wusste ich nicht, eine davon habe Einzelschlafzimmer und für Frauen gäbe es eigene Abteile.

10. April

Es war kaum hell, musste ich den Kampf ums Dasein aufs Neue aufnehmen: Unter lautem Glockengeläut kommt Lakshmi aus dem Internat an, nach einer durchreisten Nacht leicht zerknittert, aus dem fragilen und flachen Jungmädchen ist ein sattes und bezopftes Bauernmädchen geworden. Aber noch immer hat sie das feine Stimmchen, das eigentlich nur hauchen kann, und nachdem sie diese unsägliche Höhere-Töchter-Tracht gewechselt und die Zöpfe gelockert hat, erkennen wir sie wieder. Nun wird sie eine Weile zum Inventar gehören, bevor sie wieder in den Schutz der Nonnen zurückkehrt, um dort Klassenbeste zu bleiben und sich für die Zukunft und eine gute Partie vorzubereiten.

Später kommt ein Spezialist in Kokosbäumen, um die Palmen zu reinigen und die Nüsse abzuschlagen. Er tut das mit der Behändigkeit eines Zirkusartisten und mit dessen Stolz und weiß alles über sein Metier. Er schildert so entwaffnend, dass auch der Baum Blutbahnen und Nerven habe, dass ich ihm jedes Wort glaube. Leidenschaftlich wie ein Jahrmarktverkäufer klärt er uns über einen unserer Bäume auf, die im oberen Teil morsch und bröckelig und deshalb gefährlich und abzuhauen seien, mitsamt der Wurzel, denn dort würden sich dicke Engerlinge bilden, die alles und insbesondere den Säftestrom zerstörten, und dass das nur tausend Rupien extra koste. Eben.

Überhaupt ist sonst alles in schönem Gleichgewicht. Wenn es auch nur ein gestorbenes Kleintier hat, eine Maus oder eine Fliege, oder wenn ein kleinster Essensrest auf dem Küchentisch liegen blieb, aus dem Nichts heraus ist sofort eine Armada schnuckeliger Kleinstameisen da. Die sorgen in einer unendlich lang zirkulierenden Prozession mit großem Fleiß und enormen Hebekräften für Remedur und nach getaner Arbeit sind sie so plötzlich vom Erdboden verschwunden wie sie hergekommen sind. Die Geckos, allerliebste Kleineidechsen, die an den Wänden hochklettern und wunderliche Laute geben, fressen alle Moskitos und sind deshalb echte Hausfreunde. Aber es gilt auch: Keine Geckos, keine Moskitos. Und sie hinterlassen ihre schwarzweißen Kotspuren auf Wänden und Geschirr.

Was die Krähen betrifft, von denen es mehr als eine hat in der Gegend, am Meer insbesondere, wo es immer was zum Fressen gibt, haben wir ein Beispiel höchster Klugheit und Lernfähigkeit. Sie sind von unfasslicher Intelligenz und so clever, dass es mir manchmal die Sprache verschlägt, und sie kommen immer an ihr Ziel. Jetzt bin ich Mutter geworden, oder Vater, und zieh einen kleinen Raben auf, mit Makkaroni (!), Milchbrot, Essensresten, und das schiebe ich mit dem Zeigefinger tief in den roten Schlund, über die gespaltene Zunge hinweg, wo das obszön saugend weggeschlungen wird. Wie eine Jungfrau zum Kind bin ich zur Krähe gekommen.

Beim Bäumereinigen musste auch ein Krähennest dran glauben, das mir samt Inhalt in hohem Bogen vor die Füße fiel. Unter stundenlangem Geschimpfe der Sippe habe ich das Tier unter eine große Geflechthaube gesetzt, wo es zunehmend zutraulicher wird. Meine Fürsorglichkeit für die Krähe ist unstillbar, wir lachen sehr über meinen Job, und Sheela schaut mir zu wie ich meine weibliche Seite auslebe und fragt, ob ich denn nicht ein Baby wolle. Dochdoch, am liebsten drei, vier, aber das ginge halt schwer zu machen ohne Frau und das Leben als Single sei halt schon sehr schön. Alle Woche einmal würde ein Baby von seiner Mutter in Not ausgesetzt, aufgefunden, nach Polizei- und Krankenhausinspektion in ein Heim gesteckt oder sonstwohin, da habe so ein Wurm doch bei mir viel bessere Chancen. Was alles so passiert im wirklichen Leben, fern vom Büro-Teflon und Krawatten-Alltag.

29. April

Zwei Wochen Unlust zum Schreiben, aber immer wieder Grund dazu. Ich habe mich beholfen mit Diktiergerät und Spickzetteln. Nach den ersten Wochen voller Speed und Power, das Uhrwerk noch aufgezogen und gut geölt wie von der Schweiz her eingestellt, kam dann wie insgeheim erwartet das Vergnügen am Sichtreibenlassen.

Ich hatte ein wenig Schnupfen, jetzt plagt mich ein entsetzlicher Muskelkater in den Beinen, von oben bis unten, wie früher nicht gekannt – von einer Pilgerreise auf den Sri-Pada, der englisch Adams Peak heißt. Und von einem viertägigen Motorradtrip über 650 km durchs Bergland und die Rückreise durch ein trauerndes Land ist später noch zu berichten.

Vorhin kam Dilans alte Mutter, beklagte sich über die Glücklosigkeit ihres Sohnes. Wie recht sie hat. Sie hätte jetzt einen Agenten gefunden, der in Arabien einen Hilfsarbeiterjob für ihn finden könne, wenn sie nur jemand fände, der das Geld dafür gebe (das sei dreimal günstiger als die Flucht nach Europa, koste aber immer noch einen ganzen Jahreslohn). Doch hier in der Gegend ist er gänzlich chancenlos, jeder weiß, dass er seine Arbeit immer nach kürzerer Zeit schon abbricht. Wer also soll zur Mutter schauen, wenn sie selber einmal Hilfe braucht.

Man sieht, nur die wenigsten Flüchtigen sind bedroht an Leib und Leben, wie die Tamilen aus dem noch immer unwirtlichen und gefährlichen Norden. Die Leute dort besitzen viel Land und da verkaufen sie für einen Pappenstiel ein Stück davon, um das Geld für den Agenten zu haben. Das ist auch ein Weg zur Singhalisierung, denn die Käufer sind meist Singhalesen. Einige Agenten arbeiten mit Behördenlizenz und haben Niederlassungen in allen Ausreiseländern, erbringen echte Betreuung, doch schicken viele Gauner ihre Kunden auch auf illegale Flug- und Schiffsreisen. Da ist viel Geld zu machen, wenn manchmal auch Leute in Ölfässern verrecken, in denen man sie als blinde Passagiere auf die Reise geschickt hat. Die Gründe zur Auswanderung sind mehrheitlich wirtschaftlicher Art, im Ausland angekommen, leben die Leute sparsam und im

Clan, da bleibt selbst bei Arbeitslosigkeit noch einiges an Hilfsgeldern übrig, das man nach Hause schicken kann, um die zurückgelassene Sippe zu ernähren.

Die meisten Flüchtigen reisen ohne Papiere los, doch manche ergattern mit Beziehungen ein offizielles Visum, auf den Botschaften sitzt einheimisches Personal, das auch gerne ein wenig mehr verdient. Es gibt Schleusen und Wege, die immer wieder wechseln, es war einmal Holland, jetzt gerade ist Moskau die große Drehscheibe, von der die Klienten meist über die grüne Grenze in ein passendes Land geschoben werden, auf dessen Wahl sie keinen Einfluss haben. Dilans Bruder, der schon früher abgehauen ist, wurde zuerst in Holland angespült. Da fand er keine Arbeit wie versprochen, der Schlepper nahm ihm Pass und Papiere weg und blieb verschwunden. Ein Verwandter, der es ins Ausland geschafft hat, ist der beste Agent und er bezahlt auch noch die Reise. Mancher hat die halbe Großfamilie nachkommen lassen. Also telefonierte Dilans Bruder dem Onkel nach Deutschland, was er machen solle. Der holte ihn im Auto illegal nach Stuttgart. Dort wurde ein neuer Agent mit dem Schleppen über die grüne Grenze in die Schweiz beauftragt. Da ist er jetzt seit drei Jahren und hat gelegentlich einen unterbezahlten Job im wirtschaftlichen Untergrund. Seit er sich entschlossen habe unterzutauchen in der irrigen Meinung, seine Einkommenschancen zu mehren, bekomme er keine Unterstützung mehr, er existiere ja nicht. Heimschicken kann er auch im vierten Jahr noch nichts. Wenn man jung ist und mitten in den goldenen Verheißungen sitzt, braucht man einen langen Atem.

Die Maurer kommen langsam zum Ende ihrer Arbeit, seit gestern sind sie am Bau der straßenseitigen Mauer. Den Bauschutt lasse ich zu einer rundherum dreitreppigen Veranda an die Schuhschachtel aufschütten und schaffe mir eine Option für eine Restaurantterrasse – die Strandläufer müssen dann scharenweise durch mein meerseitiges Tor hereinkommen und ihr Geld dalassen.

Auch vor diesem Hintergrund habe ich Sheela und Sankar eine neue Offerte für eine permanente Anstellung als Haushälterehepaar gemacht, schriftlich, die so attraktiv ist im Vergleich zu dem, was man hier bekommen und verdienen kann, dass sie schwerlich nein sagen können. Doch erst einmal lassen sie mich warten, ich beobachte derweil die Entwicklung der entgleisten Familie, schon wieder verunsichert, ob meine Personalplanung klug ist oder dumm.

Unser Schreiner, obwohl ein viel zu sanfter Typ, ist Chef der Lehrschreinerei im Zentralgefängnis in Colombo seit mehr als zwanzig Jahren. Dahin hat er mich eingeladen, und dafür schreibe ich dieser Tage ein Gesuch. Will sehen, wie die zweitausend Häftlinge im englischen Kolonial-Gefängnis leben und wie der Carpenter seinen Job macht zusammen mit den fünf Unterchefs, die er befehligt.

Wie kürzlich angedroht, bin ich abends beim Schweizer Industriellen eingeladen, wie ich vermute, auf Betreiben seiner Lebensgefährtin, denn wir haben uns spontan gefallen. Ich will als Mitbringsel Rahm, Schweizer Frischvollrahm, kaufen, aber der ist ausverkauft, es gibt ihn erst wieder in einem Monat (und nur in der Apotheke, weil sie nur da einen Kühlschrank haben). Stattdessen koche ich aus dem Rhabarber, den ich von den Highlands mitbrachte, weil der in Negombo nie auf dem Markt zu haben ist, zusammen mit viel Zucker und Zitronensaft, geschönt mit Papaya und Zimt, so eine Art Marmelade. Bei der Zuckerschüssel liegt noch ein verklumpter Zuckerballen, den werfe ich dazu. Beim anschließend heftigen Kochen riecht es abenteuerlich wie in einem alten Kleiderschrank und ich realisiere, da ist eine herumliegende Mottenkugel in den Topf gefallen. Couragiert schöpfe ich den weißen Schaum ab, hoffend, das sei die Kugel, und fülle den Rest nach langem Zerkochen in Gläser wie gelernt und will sehen, nach was es schmeckt. Vielleicht eignet sich's zum Mitbringen statt Blumen, sonst müssen Dreieckskäsli dran glauben, die es hier nicht zu kaufen gibt, ein wohltätiger Besucher hat mir kürzlich ein paar Schachteln mitgebracht.

Habe mich zuletzt für die Mottenmarmelade als Gastgeschenk entschieden, zur Tarnung die einzige Rose aus meinem Garten abgeschnitten und sie dem zerschmelzenden Ruthli zu Füßen gelegt. Was folgte, war ein operettenhafter Hollywoodschinken samt Hauptdarsteller aus einer missglückten amerikanischen Seifenoper: Eine Ladung Eisstangen im Swimmingpool, viel dröhnende Selbstdarstellung eines ohne Zweifel fleißigen, begabten und erfolgreichen Mannes im besten Alter, aber auch bezaubernde Unschuld bei allem und alles sehr liebenswürdig, warmherzig, zu meiner Überraschung auch entspannt und absichtslos.

1. Mai

Dieser Tag war weltweit schon oft ein Tag der Wahrheit für Regierende, aber in Colombo scheint es heute besonders wüst herzugehen. Wir sitzen beim Nachmittagstee, da kommt ein Strandverkäufer, den ich seit Jahren kenne, zu meinem Tor und informiert mich darüber, was er soeben von einem Polizisten gehört habe, der mit dem Walky-talky in der Hauptstadt angefragt habe, was dort los sei. Es sei während der 1. Mai-Parade eine Bombe losgegangen, es habe 23 Tote gegeben, wahrscheinlich habe es auch den Präsidenten getroffen. Ich schalte gleich die English News ein, alle paar Minuten gibt es Durchsagen, man solle in Colombo ab sofort und in allen andern Landesregionen nach Einbruch der Dunkelheit daheimbleiben. Ausgehverbot. Meine Maurerstaff ist ihrerseits schon am Gerüchtekochen, und noch während ich dies schreibe, erreicht mich das eskalierte Highlight, Premadasa sei tatsächlich tot, seine Armbanduhr um 12.43 stehen geblieben, ein Fahrradfahrer mit einer Bombe am Leib habe ihn selbstmörderisch umgebracht. Das war zuviel, die Separatisten wollen offensichtlich keine friedliche Lösung des Konflikts.

Jetzt verstehe ich, warum einheimische Besucher gestern Abend noch heim ins Bergland wollten. Nach den Erfahrungen am tränengaserstickten Beisetzungstag des früheren Erziehungsministers, der vor zwei Jahren unter Protest eine eigene Partei gegründet habe, ahnten sie, dass es auch an diesem 1. Mai Probleme in Colombo und beim Reisen geben würde. Damals habe es mit dem Vorwand der letzten Ehre Hunderttausende in die Stadt getrieben zum demonstrativen Protest. Es sei gefährlich geworden für die Leader, das Volk stehe nicht mehr hinter ihnen, weil sie das Vertrauen verspielt hätten. Viele meinen, der Ausnahmezustand würde zum Machterhalt künstlich aufrechterhalten, die Tamilensache würde aktiv am Kochen gehalten, man würde den Eelamisten sogar Waffen liefern.

Eine halbe Stunde vor Ausgangssperre fahre ich durch Negombo. Es sieht trübe aus. Alle, wirklich alle Shops zu, das ist am 1. Mai sonst wohl offiziell, aber tut der Geschäftigkeit im Bazar keinen Abbruch. Die letzten verirrten Autos rasen heim, kein Bus mehr und auch keine Bahn. Kleine Gruppen Männer an den Häusern, beunruhigende Ruhe in diesem Schlangennest. Beim Heimkommen am frühen Abend habe das Fernsehen gar den Tod der ganzen Präsidentenfamilie gemeldet. Im Staatsradio nach dem mittäglichen Wunschkonzert jetzt Trauermusik. Die erwarteten Abendnachrichten fallen aus. Konsternation. Alle wissen alles, niemand weiß nichts.

Viel später dann, als schon der unbefristete Ausnahmezustand über die Insel verhängt ist, der zumindest die Arraktavernen-Mannsbilder zurück zu ihren Familien bringt, und lange, nachdem es im Volksmund die Runde machte, die offizielle Verlautbarung der Regierung, der Präsident sei tot, ermordet. Die Deutsche Welle wusste schon um sechs vorlaut zu melden, dass der Mord die Handschrift der Liberation Tigers of Tamil Eelam trage, doch um Mitternacht relativieren sie, die Separatisten hätten sich davon distanziert. Die BBC aber war schon kurz nach dem Anschlag um eins auf Sendung und wieder einmal Meinungsführerin in all der verständlichen Konfusion, die auch die Offiziellen in der Hauptstadt während vieler Stunden hatten. Ziemlich schnell und formvollendet war der neue Präsident der Demokratisch-Sozialistischen Republik Sri Lanka vereidigt. Der Kampf geht weiter, da kann man nicht mehr miteinander reden, da gedeiht der Hass.

Beim Nachtessen, als alle in ihren Häusern und die noch zahlreichen Touristen fluchtartig am Kofferpacken sind, brennen sie ringsum in der Nachbarschaft die letzten Feuerwerkskörper vom eben vergangenen singhalesischen Neujahr ab. Man darf wieder seine Meinung kundtun.

Nicht so lang her, da war ich weit hinten im Bergland von Badulla mit dem Motorrad unterwegs. Es war Beisetzungstag des erschossenen Ministers Atulathmudali, man warnte mich vor Problemen auf den Straßen und in den Dörfern und bat mich zu bleiben. Ich fuhr dann dennoch über Nuwara-Eliya, Kandy und Kurunegala auf Straßen aller Ordnung durch Orte aller Größe wieder heim nach Negombo. Da waren stillschweigend die Läden zu, bis Kandy jeder. Selbst die Stände der Gemüsebauern waren verwaist. Dazu hing je nach Gegend an jedem zweiten Haus eine Stange mit einer weißen Trauerfahne aus Plastik oder Baumwolle. Unterwegs überholten mich ein paar Dutzend überbesetzte Busse mit Porträts des Verschiedenen auf der Reise in die Hauptstadt, wo heute augenscheinlich der Teufel los sein würde, denn die Volksseele kochte gefährlich.

Doch alles geschah offensichtlich spontan und frei von Druck, ganz im Gegensatz zu den gewaltsam erzwungenen Shopschließungen und Drohaktionen der JVP-Ära. Der Präsident, beim Antritt noch geliebt, weil von einfacher Herkunft, galt mit seiner Mannschaft selbst bei einfachen Leuten als ungebildet, vor allem aber als korrupt, und zur Machterhaltung zu jeder Schandtat bereit. Entsprechend hatte man ihn umso schneller im Verdacht, hinter dem Anschlag auf den Hoffnungsträger für die nächsten Wahlen zu stehen, den man den Tamilen in die Schuhe geschoben hatte, indem man einen mit Zyankalikapsel präparierten Mörder präsentierte, Appiah Balakrishnan. Doch geschah das so flugs, dass es entlarvend gewesen sei, niemand mochte es glauben, jeder fühlte sich erst recht bestätigt.

Scotland-Yard-Inspektoren seien im Auftrag von Premadasa gekommen, verlautbarte die offizielle Presse, und auch der Volksmund sagt, der Hingemordete habe in ahnender Voraussicht eine hohe Lebensversicherung in England abgeschlossen im Wissen, dass das im Todesfall eine objektive Untersuchung der Versicherungsgesellschaft garantieren würde.

Dass auch hinter dem Attentat von heute andere als die Tamilen stecken, ist denkbar, denn zuletzt waren die Regierenden und ihre Galionsfigur bestgehasst und keiner glaubt die Geschichte von den tamilischen Urhebern, die immer wieder als böse Buben herhalten müssen. Zum Glück durchschauen die Leute die Strategie, denn das könnte Volksprogrome wie 1983 zwischen Singhalesen und Tamilen verhindern, auch wenn in Colombo heute einige Tamilenhäuser gebrannt hätten.

Es geht mir gut.

4. Mai

Morgens in entspannter Harmonie, schwimme ich bis hinunter zur Sea Church, das sind sicherlich 700 Meter.

Christi derweil auf der Flucht. Er ist ein Alttamile, «nicht aus Jaffna», kam heute vom Ausreiseagenten in Colombo zurück mit der Nachricht, dass wegen der Vesak-Feiertage und des aufgebahrten Präsidenten alle Welt in die Stadt ströme und bis zum morgigen Beisetzungstag, vielleicht bis zum Wochenende, dortbleibe. Ein Hexenkessel, ein Mob, der zu fürchten ist, samt Drohungen gegen die Tamilen in einigen Stadtteilen, die die Stadt vorübergehend verlassen hätten, um allfälligen Verfolgungen in dieser heißen Mischung von Emotion und zu viel Freizeit zu entgehen. Der Agent parierte Christis Vorhaltung, er habe schon vor einem halben Jahr 50% Anzahlung gemacht und noch immer keinen Job mit dem Hinweis, für Tamilen seien jetzt sowieso keine Visa mehr erhältlich, nirgendwo in der Welt mehr.

Seit Tagen versuche ich, eine englischsprachige Zeitung zu bekommen, und obwohl Sankar morgens früh schon in die Stadt eilt, ist keine einzige zu sehen und die einheimischen alle jeweils schon ausverkauft – oder gar nicht erst ausgeliefert, um die paar Hundert Residence-Ausländer und die Touristen nicht zu schrecken?

Darüber hinaus habe ich den Tod meiner Krähe zu beklagen. Nach langem Aufpäppeln und ersten Flugversuchen lag sie heute Morgen mit ausgebreiteten Flügeln wie ein gestrandetes Flugzeug tot im Garten. Wir vermuten, die tierärztliche Kunst und deren Medikamente seien zu heftig gewesen und begraben sie würdig samt ihrem halben Bein.

Mit Sankar und Sheela habe ich mein fünftes Meeting, denn ich will nun zu Ende kommen und Klarheit haben, wie es weitergeht mit uns. Es dauert wie oft fünf Stunden, ist anstrengend, aber eine gute Englischübung und für mich eine attraktive Sozial- und Führungsaufgabe, eine echte Herausforderung. Am Ende hatten wir ein schriftliches Agreement, das die eheliche Beziehung entflechtet und klärt, und von Sheela hatte ich die erhoffte Zusage, den angebotenen Job anzunehmen.

Umgehend übernahm sie die häusliche Führung und erstellte einen puritanisch-harschen Tagesplan, der die Buben in Internatsstrenge zurückbringen und disziplinieren soll, damit sie in Ruhe ihren Nähjob machen kann.

5. Mai

Morgens um halb sieben bin ich schon fit, spaziere müßig im Garten. Entdecke, dass der gute alte Blätterbaum mit seinem riesigen Schirmdach, das wir vor zehn Tagen ratzekahl bis auf den dicken Stamm hinunter absägten, auf dem nackten Stamm eine Vielzahl junggrüner Sprosse trug, die ans Licht drängen. Sie werden den alten Baum wieder neu beleben und regenerieren. Ich war wegen dieses Mirakels so gerührt, dass ich umgehend zum Wasserschlauch griff, um den Garten zu gießen. So hatte ich wieder einmal Gelegenheit, mit jeder einzelnen Pflanze, Blume, mit jedem Baum und Busch zärtlich vertraute Zwiesprache zu halten, es ist sehr meditativ und lässt mich wissen, was im Garten sonst noch zu tun ist.

Es sind schon wieder Schulferien, seit ich denken kann, ist immer ein Grund, die Schule zu schließen, es muss für Lehrer angenehm sein hier. Ganz in der Früh bringen die Kinder einen zugelaufenen Krähenersatz, eine junge, schönschwarzbraungefleckte Junggeiß, die sie in den Armen tragen wie ein scheues Reh. Die meckert nun im Garten herum, denn ich erlaubte einen Tag Gastrecht, sie frisst mir sonst den Garten kahl. Sheela hat ihrerseits ein Huhn an einen Baum geseilt, weil es nach dem Kauf zum Kochen doch noch zu mager gewesen sei.

Ich schicke express und eingeschrieben eine Dozentenbewerbung an den Präsidenten der Technischen Universität in Colombo, die Marketing-Lecturer und Professoren inserierte, was mich dann während Tagen gedanklich aufs Erregendste beschäftigte. Bewerbungsschreiben und Biographical waren eine hervorragende Lektion in Englisch. Ein Spiel, will sehen, was dabei herausschaut.

Mühlemann, der nicht allein sein kann, ist derzeit auf der Suche nach einer passenden Frau, die ihm gesellschaftliche Reputation und einen Erben bringen soll. Insgesamt eine gute Idee, aber ich denke, er betreibt es zu sehr in Eile und als Geschäft, das umgehend abzuwickeln ist.

Christi beichtet im Vertrauen, mein damaliger Caretaker habe ihn einst mit der Idee konfrontiert, er möge mit der Pistole kommen (damals arbeitete Christi noch als Polizist), und er, Balawa, würde den Laster zum Abtransport meiner Möbel und Sachen besorgen. Ich bin nicht sehr überrascht, denn dieser Sampath war alles in allem wohl korrekt, aber ein echtes Schlitzohr (koloniales Schandwort für Buddhisten, die früher die Ohren schlitzten, wie man auf vielen Statuen sehen kann, was wiederum stellvertretend für alle Asiaten steht und deren vermeintliche Undurchschaubarkeit, Tücke und Trickserei).

Das Wetter kippt, es ist weniger schwül wie im April, nur 75%Luftfeuchtigkeit etwa, die sind aber auch ganz massiv, der Monsun kündigt sich an, Wolken nun öfter, das Meer kommt auf Shakehandnähe an mein Grundstück heran, der bis anhin breite Strand ist weggespült und so schmal, dass die letzten Fischerboote Mühe zum Abstellen finden.

Die Maurer haben mit der Neufassung der Schuhschachtel begonnen, ein Säulenmeer soll das Zweithaus in ein koloniales Schönhaus verwandeln, holländisch, so wie es aussieht. Doch haben die Barfußprofis das Granitfundament vergessen. Die Mauer sei ja nicht sehr schwer. Weil ich weiß, wohin es führt, auf Sand zu bauen, müssen sie alles wieder abreißen. Nicht minder fleißig und ebenso dumm die Carpenter. Sie platzierten die Lamellen der Fensterläden so weit auseinander, dass man durchsehen kann, es also gar keine Fenster bräuchte. Auch da heißt es Neumachen. Sie montieren die dann richtigen Fenster – aus aufregend stark riechendem Mahagoni, weil Hartteak derzeit nicht auf dem Markt sei – aber so, dass man sie nicht parallel zur Wand öffnen kann. Da heißt es abschrauben und neue Messingscharniere montieren, die breit genug sind. Und so weiter, wenn es anspruchsvoll wird oder das Gefragte abweicht vom Bekannten, herrscht große Verwirrnis, doch wettgemacht durch großen Fleiß und Goodwill. Ich bin beunruhigend gütig.

6. Mai

Gespannte Ruhe überall, gebremste Nervosität, Angst auch rundherum, die Stadt in schwerer Agonie. Texttransparente über den Straßen, sonst alles geschlossen, fast kein Verkehr, Gruppen von Polizisten. Spät am Nachmittag hängen auch noch die letzten Zweifler einen weißen Stofffetzen vors Haus um vorzuzeigen, dass sie trauern. Das Staatsfernsehen hat das Volk hinter dem Helden geeint fürs Erste, und obwohl bis zur rituellen Verbrennung des Leichnams alles sehr staatsmännisch, würdevoll und von großem Ernst und durchaus beeindruckend war, bleibt die Lage für die folgende Nacht gespannt. Viele Tamilen haben ihre Läden vorsorglich ausgeräumt und die Waren in Sicherheit gebracht, Einkaufen müssen wir durch die Hintertür von Bekannten meines Haushälters: Seit heute Morgen an diesem für die buddhistische Mehrheit so bedeutungsvollen Vesaktag sind in der Hauptstadt die Trauerfeierlichkeiten für das Staatsbegräbnis im Tun. Sie dauern bis spät abends, life in voller Länge am TV, um die Leute daheim und in den Häusern zu halten, denn eine sagenhafte Million Leute sei in den letzten Tagen in die Stadt und am Sarg vorbei geströmt. Insgeheim fürchtet man das Schlimmste und das meint, erneute flächendeckende Ausschreitungen gegen Tamilen und insbesondere progromartiges Erstürmen und Niedermachen ihrer Häuser und Geschäfte.

Für morgen wird mit erneutem Ausnahmezustand gerechnet, wenn es heute nicht gut geht und die Leute nicht kühlen Kopf bewahren sollten. Gleichentags ist dann die definitive Wahl des Präsidentennachfolgers im Parlament (mit einfacher Mehrheit) angesagt. Die Leute sind erhitzt und erregt, sie sagen, dass der (Selbst-)Mörder ein Jaffnatamile gewesen sei, aber manche bestehen auch drauf, dass er im Auftrag von Singhalesen gehandelt habe.

Keine Post kommt an, keine geht ab, der Neuntagerhythmus von Eingängen ist krass verschoben, Faxe kommen gut durch, mein Uni-Colombo-Kuvert blieb liegen, das Geschäftsleben stagniert. Wie soll es das Land zu etwas bringen bei so vielen gesellschaftlichen und wirtschaftlichen Störungen und Rückschlägen besonders in der Hauptstadt, wo das Herz schlägt. Den Terroristen sollte man eine aufs Maul hauen.

Mit meiner neuen Angestellten Sheela checke ich den Garten durch und wir besprechen, wie wir das Neuland kultivieren wollen, samt Nutzpflanzen fürs Haus. Die Überschüsse könne sie dann in meiner ungenutzten Garage verkaufen, man muss dazu nur das Tor aufmachen und schon hat man einen Laden. Den Ertrag teilen wir, eine King-Kokosnuss kostet derzeit auf dem Markt immerhin 15 Rupien und wir haben schubweise Hunderte davon. Zudem habe ich heute – mit der Nagelschere! – meine ersten grünen, teuflisch scharfen Chilischoten von einem zugeflogenen Büschelchen geerntet, die mir abends ein müdes Hühnerwürstchen attraktiver machen.

Ein Brunnenbau wird nötig sein, zumindest für Gießwasser. Der Zufluss an öffentlichem Wasser ist rinnsälich und schamlos teuer, da könnte ich auch Mineralwasser in Flaschen kaufen. (Nestle wird wohl schon in den Startlöchern stehen.)

Die Nachbarin kam nach Wochen erstmals wieder herüber, brachte eine Schüssel Frühstücksmilchreis, ohne zu ahnen, dass ich seit der Kindheit traumatisiert bin von süßem Brei mit Zimt und Zucker. Also Versöhnung nach den Störungen wegen ihres Haus- und meines Mauerbaus. Mühlemann, den ich abends eng umschlungen mit seiner definitiven Schönen vor seinem Haus sitzend antreffe, warnt mich vor ihrem stillen Mann, der sei im Kirchenrat ein ganz großes Tier und mitverantwortlich für die üble Anti-Touristen-Kampagne letztes Jahr.

Spät abends, es ist schon dunkel, stehe ich noch ein Weilchen vorne an der Mauer und schaue aufs gleißend vollmondbeschienene Meer hinaus (das heute Mittag ganze Fetzen Sand weggeschwemmt und zwei Boote ins Meer hinaus gerissen hat, worauf ich bei der Bergung half, weil ich zufällig des Weges kam). Sehe einen jungen Mann im Sarong am Wasser sehr seltsame Tanzschritte machen. Rechts und links und vor und zurück und ganz für sich allein im Dunkeln und gebückt und aufrecht und die Hände wie ein Wunderheiler fühlend auf den Sand ausgebreitet immer wieder, ein Hinduritus, den ich noch nicht kenne. So wie noch viele Fischer, obschon katholisiert, die bösen Meergeister abwenden, indem sie vor dem Hinausfahren das Boot mit wohlriechenden Harzen ausräuchern und mit Wasser bespritzen, um das Meer gütig zu stimmen. Des Rätsels Lösung ist allerliebst. Ein zärtlicher Vater hat für den Abend für seinen kleinen Strampler, den ich dann weiter hinten feixend stehen sehe, noch einen

Krebs als Spielzeug gefangen. Den werden sie nun an einem Faden anbinden und ihn bis zur Erschöpfung durch die Räume hetzen wie ein losgelassenes Rennpferd.

8. Mai

Es sind bislang keine Ausschreitungen bekannt geworden, was bestätigen mag, dass die Progrome 1983 organisiert und von den Massen selber nicht getragen waren, denn die haben sich bis jetzt offensichtlich staatstragend verhalten und tolerant, wie sie es im täglichen Miteinander tatsächlich sind.

Präsidenten bestätigt und Ranil Wickremasinghe, 41!, als Premierminister gewählt. Bekennender Buddhist, verspricht der neue Hoffnungsträger als erstes die Wiederherstellung der religiösen und traditionellen Werte. Er muss sich mit den orangen Roben gut stellen. Sagt Willkür, Eigenmächtigkeit, Intoleranz, Unbesonnenheit und Gewalttätigkeit den Kampf an und verspricht Gespräche und Aussöhnung mit den tamilischen Separatisten. Obwohl sich deren Urheberschaft am Attentat zu bestätigen scheint und auch Indien mit den Tamilenführern hart ins Gericht geht, von denen sie schon lange Umsturzversuche im bevölkerungsreichen Südstaat Tamil Nadu befürchtet.

Seit ich realisiert habe, dass die Deutschen ein Volk von Steuerhinterziehern, Doityourselfschmürzelern und Geldmieslingen sind, die legendäre Nationaltugenden der Schweizer längst hinter sich gelassen haben, überrascht mich nichts mehr. Manchmal ist es unvermeidlich, am Beach ins Gespräch mit meinesgleichen zu kommen, und wer das auch immer ist und warum der auch immer mit mir reden will, der Einstieg ist immer «das Geld» und «der Schmutz». Heute Morgen trieb mich ein junger hoffnungsvoller Deutscher, Computertechniker immerhin, mit dem Hinweis in die Flucht, dass er nun seit zwei Wochen in einem Kleinbus als (kolonialer!) Privatgast mit Chauffeur sieben Tage durchs Land gereist und ihm vor allem aufgefallen sei, dass alles eigentlich sehr viel koste. Für den Kleinbus habe man 650 Mark verlangt, sein Zimmer hier (am Strand, mit Ventilator, «sauber, doch nicht einmal mit Frühstück») koste sogar 10 Mark. Auf meinen Hinweis, dass man nach Sri Lanka entweder nie mehr oder immer wieder käme, reagierte er patzig, das sei sicher das letzte Mal gewesen. Auch sei der Strand hier sehr dreckig, das sei in Hikkaduwa ganz anders und da gäbe es auch «diese Fischer» nicht.

Da passt auch ganz gut die Lektion in Sachen Schweinebraten, die ich kürzlich meinerseits erhielt. Als mir ein Residence von einem Schweinsfilet am Abend schwärmte, gestand ich, in den vielen Jahren, in denen ich hierher käme, noch nicht ein einziges Mal Schweinefleisch gegessen zu haben. Weil mich die schwarzen Drecksäue und chinesischen Hängebauchschweine ekeln würden, das Schlachten wohl nicht ganz koscher und der Weg von der Schlachtbank zum Verkaufsort unklar sei. Zudem rieche das Fleisch wie ein Pissoir.

Da erinnerte er mich an die Verhältnisse daheim in der Schweiz: Statt mit Naturfood wie hier füttere man die armen Schweizer Schweine mit Leichenmehl und Chemikalien. Und überhaupt, statt humanem Töten industrieller Massenmord, statt Schweineleichenhälften in den Schaufenstern neutral gedresste Schaustücke in den Theken, die Herkunft und Natur der Sauerei vernebeln.

Heute Abend mache ich mir endlich einen schönen Schweinebraten. Mit Knoblauch.

12. Mai

Schon um sieben hellwach, dachte, dass es gut sei, gelegentlich statt der Schaumgummimatte eine gute Matratze zu haben. Schlüpfte in den Sarong, spazierte zur Mauer, sah aufs Meer hinaus, wo das erste grollende Regengewitter der Saison gegen das Land zog, vor sich eine Armada von Segelkatamaranen hertreibend, weit draußen im grauen Morgenhimmel Blitze in großer Zahl. Nach dem nicht enden wollenden langen April mit seinem «bösen Wind», der alle kränklich und mich hoffentlich widerstandsfähig macht, wird es jetzt so richtig und erfrischend nass, sodass man weiß, warum man eine nasse Haut hat statt der, die selbst beim Sitzen schwitzt. Am Meeresstrand zu dieser frühen Zeit die üblichen Szenen der Mannsbilder und Schulkinder, die der Natur in obszöner Hocke ihre Morgenhaufen opfern. Sie tun es in schönen Körperstellungen, die Hände spielend im Sand, die Köpfe zur Seite, Gedanken und Blicke nach innen gekehrt, mit unendlich viel Zeit. Zuletzt einen Schritt zum Wasser hin, wo die linke Hand gedankenverloren sauber wäscht von dem, was nun den ganzen Tag lang am Strand liegen wird zur Verzweiflung mancher Touristen, bis der unendliche Ozean es gütig wegspült und milliardenfach verdünnt.

Auch heute Morgen ein seltenes Naturschauspiel aus einer anderen Welt. Während langen fünf Minuten zog eine Heerschar von in der aufgehenden Ostsonne gleißend glänzenden Fischleibern parallel zum Strand über das Wasser, aufspringend aus dem Wasser und wieder zurückstürzend wie fliegende Katarakte, ohne Ende, ein Regen von Fischsilber wie eine Botschaft über das Fischglück angesichts des nahenden Gewitterregens.

Noch immer diese Unmöglichkeit, die üppig ausufernden Eindrücke zu bündeln, das Denken zu fokussieren, irgendwie zerfließt alles ineinander zu einem Zustand des Einfachsoseins.

Ergo immer wieder einmal ein Kraftakt, die Sinne zu bündeln, jetzt im nassen Vormonsun, wo du aufpassen musst, dass du nicht in den Mangroven und im Whisky hängen bleibst, wie aus frühen Schwarzweißfilmen und Romanen wohlbekannt. Aber alles ist so anregend und aufregend, so erfrischend und belebend gleichzeitig, dass ich mich sehr zusammennehmen muss, nicht alle meine Wurzeln zu vergessen. Die täglichen Impressionen jagen mich durch permanente Reflexionen, sodass ich in meinem zarten Alter von 54 noch viel weniger Antworten auf noch viel mehr Fragen habe. Dabei hatte ich mich auf Gelassenheit und Würde eingerichtet, auf wissende Weisheit und innere Ruhe, auf diesem imaginären Sessel, der unsinnigerweise Ruhestand heißt.

Kein Wort der Klage, kein Gedanke des Zweifels, genau das war mein Ziel, genau das ist meine persönliche Macke. Der verdammten Kürze des Lebens, die mich auf jeden alten Baum eifersüchtig macht, ein Schnippchen zu schlagen, immer etwas ganz Neues anzufangen, das mich zwingt, immer wieder neu zu sein, immer wieder neu zu beginnen, um am Ende dann ein paar Leben gelebt zu haben statt nur dieses lächerlich eine. Ich werde wohl der Wanderer zwischen den Welten bleiben, der das Sowohl-als-Auch dem Entweder-Oder und dem Hier-und-Dort das Hier-statt-Dort vorzieht. Manchmal habe ich schöne Gedanken an Basel, an das eingeübte Lebensritual, diese private Kultur, diese Nähe zu diesen paar Wahlverwandten, die mich auch in der Ferne noch tragen.

Mein elektronisches Wörterbuch, ganz neu auf dem Markt, ist ein haptischer Genuss, aber ein rechter Trottel. Nie testen die Leute von Sony ihre neuen Geräte in der Fabrik, bevor sie sie in immer schnellerer Folge in den Markt werfen. Die Kunden sollen testen und sie sollen die Entwicklungskosten bezahlen. Hatte mich eben erst an die unendliche Langsamkeit des neuen Haustiers gewöhnt, da geht überhaupt nichts mehr, weder mit Akku, noch an der direkten Nabelschnur. Habe also keinen Duden, kein Lexikon, kein Wörterbuch mehr, nichts. Der Teufel soll die Kaufpioniere und Trendsetter und mich selber holen, die immer die Ersten sein müssen, wenn es etwas Neues gibt auf dem elektronischen Designmarkt.

Nach den letzten zwei politisch aufgeregten Wochen und eine Woche vor den Provinz- und den Gemeindewahlen, die die Parteimehrheitsverhältnisse nach 17 Jahren verändern könnten, habe ich den Eindruck, dass die Nation eine Phase der Reife und Stabilität begonnen hat, trotz den Aufregungen eines jungen Landes auf dem Weg in die kapitalistische Demokratie. Deshalb darf man hoffen, dass die Probleme der Minderheiten im Norden und Osten der Insel zuletzt gelöst werden im Konsens. Würden die Separatisten nur ihre Maximalforderungen zurücknehmen und wieder in den politischen Mainstream finden. Würden die Vertreter der Mehrheit nur mehr tun, um das heftig gewachsene Misstrauen abzubauen.

Eine Siebzehnjährige wurde mir zur Heirat angeboten; sie sei zwar noch ein wenig jung, aber man könne sie via Geburtspapiere älter und umgehend heiratsfähig machen, wenn sie mir gefiele. Tatsächlich ist sie ein bezauberndes, scheues Geschöpf, lange Jahre wohlbehütet und wohlerzogen im katholischen Mädcheninternat, einziger Spross einer alleinstehenden, jungen Witwe, die nach langen Jahren in Arabien mit dem nötigen Geld zurückkam, um ihre Tochter unter die Haube und wohl auch sich selber wieder in Unabhängigkeit zu bringen. Das kostet umso mehr, je besser die männliche Partie, ihrerseits muss sie wenigstens ein Stück Land und Goldschmuck in den Güterstand einbringen, je mehr davon, desto attraktiver der Ehemann. Dass die Nachfolger von den Eltern zusammengebracht und die Verbindung organisiert wird, ist noch immer gepflegte Tradition, die freiwillige Liebesheirat nach meist geheimen Kontakten die seltene Ausnahme selbst hier in der Gegend, wo die Touristen manche Tradition ins Rutschen brachten.

14. Mai

Im Großkino Regal mit Balkon und einer Masse Ventilatoren, die alle nicht laufen werden, ist erstmals ein englischer Film angezeigt, «Freitag, der 13., 5. Teil» und weil ich mich mit angenehmem Schaudern an eine der Folgen erinnere, werde ich wohl das erste Mal hierzulande ins Kino gehen.

Sheela ist noch immer konsterniert. Seit zwei Wochen ist sie für den Garten angestellt, kommt aber über das tägliche Wässern nicht hinaus, dieweil ihr Mann einen exzellenten Eindruck macht und so bemüht ist, dass ich nichts zu klagen habe. Werde ihn ein paar Wochen nach Colombo in eine Kochschule schicken. Am Montag muss ich ein ernstes Wort mit ihr reden. Mit dem Arbeitsvertrag (wer hat hierzulande einen Arbeitsvertrag?) warte ich vorderhand ab, denn noch nichts ist sicher und ich habe den Eindruck, der Konflikt mit ihrem Mann sei nur Vorwand, um sich aus der Verantwortung für die Familie zu stehlen. In ein Gastarbeiterland abzuhauen, um ihre Ruhe zu haben, scheint die Lösung, als sie erkennt, dass sie sich mit der Aufzucht ihrer drei Kinder in eine Einbahnstraße manövriert hat. Dass sie die Söhne mit Drohungen diszipliniert, sie ins Internat zu stecken, wenn sie nicht parieren, wird der Beziehung nicht guttun, das wird Langzeitschäden bringen, das Urvertrauen wird Schaden nehmen.

Vom Schwimmen und Strandlaufen habe ich Gelenkschmerzen und setze ein Weilchen aus, realisierend, dass mein Körper alt geworden ist. Dass mein sanftmütiges Gesicht auf dem Porträtfoto «im brauntönigen traditionellen Stil» (von dem Sohnemann David schmähte, ich sähe aus wie eine Mischung von türkischem Gastarbeiter und indischem Asketen) nach Eliminierung der alles besänftigenden, aber gänzlich aus der Zeit gefallenen Retusche eine gnadenlose

Gesichtslandschaft war, setzte der Erkenntnis das Krönchen auf. Immerhin bin ich seither milder gestimmt im Umgang mit mir selber.

Am Nachmittag saß ich um halb fünf noch zu einem Lime-and-Soda im Royal, da standen Polizisten und Soldaten herum und der Türsteher entschuldigte sich für die Spannung in der Luft mit dem Hinweis, dass der Präsident gleich käme. Unsicher, ob der des Landes oder doch nur der des Hotels, kaufte ich auf alle Fälle eine Ansichtskarte, lieh einen Kuli, lehnte mich zurück und kurz darauf stürmte eine schnelle Crew herein, allen voran ein viriler, sportlicher, jugendlicher Mr. Ranil, der neue Premierminister («ledig», wie Mann und Frau aus verschiedenen Überlegungen heraus vielsagend kommentieren). Der Polizeioffizier mit dem ranghohen Elfenbeinstöckchen unterm Arm erlaubt mir auf Anfrage, mich dem PM für ein Autogramm zu nähern. Doch unerfahren im Show Business realisierte ich nicht, dass die Stars für das Abtreten von der Bühne immer den Diensbotenausgang benützen, und weg war er, der Hoffnungsträger für die Mehrheitspartei und die Wahlen am kommenden Montag. (Ich wage es kaum laut zu sagen, aber die Schulen sind schon wieder zu deshalb, und gleich noch auch am folgenden Tag, wenn die Ergebnisse ab Mitternacht ausgezählt und bekannt gemacht werden.)

Wieder daheim strahlt mich der Nachbar Gayan an und ich strahle zurück, dass ich soeben den PM life gesehen habe, und da sagt er, es sei am «Lane» beim Busstand derzeit eine Wahlversammlung, an der er sprechen würde. Was mir klärte, warum der nur zehn Minuten im Hotel war, für eine erfrischende Ruhepause in einem Séparée und eine Coca-Cola, mit der ich den Servierer rennen sah. Ich rase meinerseits zum Veranstaltungsort, wo ein rührendes Schauspiel im Gange war. Auf einer Bühne hinter Tischen saßen, die dunklen Gesichter wegretuschiert von der einbrechenden Dämmerung und einer hilflosen Lichtregie, diverse Würdenträger der Region und des Ortes, in dem es immerhin 60 000 Stimmende gibt (von denen üblicherweise die Hälfte stimmen geht), und lauschen gähnend einer archivierten Rede des verblichenen Präsidenten. Dann folgen einige Vorredner, die das Gähnen auch unters Publikum schütten. Das scheint desinteressiert, man hat sie wohl herbestellt. Mehr Leute eilen in Scharen zur Busstation, als in die abgezirkelte Arena. Es bleibt unklar, ob die Leute erschöpft sind von der Politik oder von der Regierungspartei. Viel Polizei und Armee, aber alles so behelfsmäßig und zufällig, dass mich die Parallelen zum ein wenig verschlampten Stil im Schweizer Parlament – dem Berner Bundeshaus – anrührten und ganz zärtlich stimmten. In Deutschland nennen sie das Bürgernähe, doch im Gegensatz zu dessen schneidigem PR-Management ist sie auf den zwei Inseln der Seligen ganz echt und unverbraucht und wirklich direkt aus Fleisch und Blut. Weshalb die ganze Regierung seit Wochen auf

Wahlreise ist und ich mich frage, wer in Colombo wohl die Regierungsarbeit macht bis klargeworden ist, ob das Symbol des Elefanten, des Adlers oder des Stuhls Gewinner des politischen Kricketmatches ist.

15. Mai

Abends in der Dunkelheit kommt ein Wahlkonvoi auch in unsere Straße gefahren, wo Wahlhelfer einen Tisch aufgestellt haben mit Zitronenlimonade, sinniger- und naheliegenderweise «Elefant Brand» in der grünen Farbe der UNP, und flankiert wie üblich aus freudigem Anlass mit enormen Feuerwerkkrachern. Der Tisch steht an der Ecke meines Weges zum Strand gegenüber dem Tor meines Nachbarn. Der hat vorsorglich seinen größten Sessel in den Sand gestellt und kam offensichtlich frisch vom Barbershop, denn sein Haaransatz war akkurat gezogen.

Dann die üblichen Reden, wenn ihr mir eure Stimme gebt, gebt ihr sie eurem Land und was für mich gut ist, wird gut sein für euch. Beifall, Detonationen, Give-aways, die hier noch dankbar stimmen, denn die vielen Leute sind selig damit. Der Wahltag ist grün vorgespurt.

Sheela ist ein Teufelsweib, plötzlich schleppt sie halbe Bäume an, sattgrün, aber ohne Blätter, stattdessen haben sie hunderte kleiner, dicker Stängelchen, es sieht aus wie ein besonders gelungenes Ikebanagesteck. Im Übrigen bat ich sie zu einem Gespräch, und weil ihr Mann zur Besprechung der heutigen Notwendigkeiten grad bei mir war, blieb sie draußen stehen. Ich fragte Sankar warum, sie sei doch seine Frau, und er gestand wie eine Tanzstundenjungfer, dass sie seit ein paar Tagen wieder nicht reden würden miteinander, weil er Sohn und Frau verhauen habe.

Als er gegangen war und ich bei meiner Gärtnerin insistierte, warum sie seit einer Woche im Garten säumig war und bloß ein wenig wässerte, was sie denn blockiere, dass ich noch immer unsicher sei, ob sie den neuen Job wirklich möge, sagte sie mir, Anish sei wieder aufs Dach geklettert zu seinen Tauben. Da habe ihn sein Vater so geprügelt, dass sie um sein Leben fürchtete. Sie sei dann dazwischen gegangen, worauf er auch sie verprügelt habe. Es sei wohl doch Zeit, sich zu trennen. Sie solle keine Rücksicht auf mich nehmen, mit einem Anwalt reden vorher, ihre wirtschaftliche Situation sichern, Alimente von Sankar einfordern, die Buben in eine nahes Hostel tun, wo sie am Wochenende heimkommen könnten. Da ist mittlerweile so viel zerrüttet, dass nichts mehr zu flicken scheint. Die bürgerliche Ehe ist manchmal ein Irrweg und früher oder später ein Trümmerhaufen, vor dem man die Flucht ergreifen muss, bevor der Moder zu brennen anfängt.

Für mich selber bin ich bereits viel zu stark in diese Beziehungskiste eingenagelt. Es ist keine gute Entwicklung, dass aus der Arbeitsgemeinschaft eine Wohngemeinschaft wurde und jetzt gar so etwas wie eine Lebensgemeinschaft, aber ich weiß nicht, wie ich es noch verhindern könnte, da wuchert schon zu viel Eigendynamik.

Siraj kommt immer wieder einmal vorbei und fragt nach Essen, heute mit der Story, der Vater sei wegen einer Herzoperation im Zentralspital Ragama, daheim äßen sie nur noch Zucker, sonst sei nichts mehr im Haus. Ich hörte schon so viele solcher Geschichten, dass ich hart geworden bin. Dann gebe ich ihm die Arbeit, vor der Sankar vor Tagen schon die Waffen streckte; er muss den Wurzelstock eines alten Kokosbaums ausgraben, da muss auch ein junger Mann ein rechtes Kraftpaket sein.

Wie erwartet wurde er nicht fertig und versprach, am nächsten Morgen wiederzukommen, worauf ich ihm einen Tagelohn gab. Ich rechne damit, dass ich ihn erst wieder in ein paar Wochen sehe, dann wieder mit einer neuen Geschichte. Kommt er aber, hätte ich mich getäuscht und werde ihm helfen und ihm wieder Arbeit geben, es ist ja immer etwas zu tun.

27. Mai

Ich lerne jeden Tag dazu. Der All-in-all-Preis des Baumeisters war exklusive Malerarbeit, verflixt. Die neuen Mauern müssen weiß grundiert und gestrichen werden, das Holzwerk wird zürichseeblau. Für einen Zusatzpreis lasse ich noch die Garage streichen, damit Sheela ihn als Schneiderladen benutzen kann. Der Elektriker, schon wieder ein neuer, montiert die Neonlampen und Steckdosen, die sie heute samt Restware von ihrem bisherigen Laden herbrachte. Nun werde ich noch einen zweiten Zähler besorgen müssen, damit Staffhaus und Garagenladen separat ausgewiesen und bezahlt werden können.

Der Baumeister wechselte endlich seinen Schreiner aus, der wohl sehr freundlich, aber ein hirnloser Nichtkönner war. Machte sozusagen alles falsch bei der Endmontage. Jetzt endlich schließen die Riegel sauber und es hat gar ordentlich montierte Schlösser samt einem direkten Holztor zum Strand, für das ich vor Jahren schon in der Mauer Platz vorsehen ließ für die Zeit, wo ich dann immer hier bin. Das ist jetzt, hier und jetzt.

Später treiben wir einen Tagelöhner auf, der repariert nun mein Dach, das seit dem Neubau vor vierzehn Jahren keinen Service mehr gesehen hat, sodass bei den nun täglichen Sintfluten massiv Wasser durch viele Stellen drückt. Er wird alle Tonziegel abnehmen, die Eternitplatten darunter reinigen und neu verlegen, viele zerbrochene abnehmen und ersetzen, die Linie zur Dachrinne hin begradigen, die Dachrinnen rundherum innen und außen neu dichten, teils ersetzen, zementierte Abschlüsse erneuern und rund um den Wassertank verblechen. Das ist ein finanzielles Leichtgewicht, die Summe aller Kleinigkeiten wächst nun aber doch so beunruhigend an, dass ich ab heute mein Budget überschreite, was ich eigentlich nicht dürfte. Der junge Ruheständler lebt von fixen Zinsen und darf sein kleines Vermögen nicht antasten, das sie sichert.

Großes Gelächter am Nachmittag, als einer der Maurergehilfen ein Stahlrohrgestänge mit Duschkopf montiert – an der Mauer zur Straße hin, zur Freude aller meiner Nachbarn, die den wohltätigen Service ganz sicher rege nutzen würden. Ich hatte sie ihm als Muster für die Größe des Loches gegeben, das er mir durch die Mauer meißeln soll, und er hatte verstanden, die Dusche außen zu montieren.

Das Meer ist seit Tagen so ungeheuerlich wütend und aufgewühlt, dass an Schwimmen nicht mehr zu denken ist, das fehlt mir außerordentlich. So habe ich heute die versteinerten Rundlinge im Garten ausgegraben, um sie, nachdem der Boden nivelliert ist, neu zu verlegen, dort, wo wir sie brauchen. Nach einer Stunde eher leichter Arbeit mit der Hacke brach ich die Übung erschöpft, aber zufrieden ab und nahm erneut zur Kenntnis, dass mein Körper nicht mehr will wie mein Kopf. Den Puls hochgejagt wie vorgehabt, aber Schwielen an den Handinnenseiten von der Hacke, Schmerz im Hand- und Armgelenk.

Allabendlich jedoch unverändert die fünf Kilometer am Strand in schnellem Schritt, barfuß wenn möglich, aber seit etwa einer Woche mit 27 Grad kühlt die Brandung den Strandsand so heftig, dass ich oft mit meinen Reeboks unterwegs bin, die ich damals in Hongkong kaufte und die nicht umzubringen sind. Es war zu erwarten, dass mich die tägliche Wiederholung früher oder später mit andern Sportstypen in Kontakt bringen würde. Das sind so genannt bessere Leute, die die Notwendigkeit täglichen Ausgleichssports erkennen, und so bin ich nun mit dem zweiten Bürgermeister von Negombo so bekannt wie mit einem Vizedirektor der verstaatlichten Petrolgesellschaft, die alle früheren Freien monopolisiert. Was ja interessant ist, aber auch lästig, denn die wollen immer was, und immer reden sie auf mich ein, und immer wollen sie gemeinsam walken, und sie haben ein anderes Tempo als ich, doch es klappt einfach nicht – wie damals, als ich meine Unfähigkeit zur simultanen Übereinstimmung beim Tandemfahren erkennen musste.

Sheela hat anhaltend heftige Ausbrüche von Aktivität nach Tagen scheinbaren Nichtstuns und Vorsichhindünstens. Zudem hat nicht nur sie, sondern offenbar auch die Gartenarbeit ihre eigene Logik, die sich üblicher Gesetzmäßigkeit entzieht und damit der Kontrolle. So dauerte es ein Weilchen, bis ich herausfand, dass sie ihr Salär zu Recht verdient, dass ich sie aber einfach machen lassen und mich einzig am Resultat erfreuen muss. Die Eingangspartie am neuen Tor zur Straße hin und der neue, noch eher kahle Garten sind bereits ausufernd mit Neupflanzen aller Art besetzt, einer generellen Absprache folgend, wie ich es haben will. So wartete sie mit dem nötigen Clearing bestehender Pflanzen deshalb so lange, weil sie Zeit brauchte, die abgeschnittenen Teile gleich anschließend neu zu versetzen. Zusammen mit all dem Grünzeug, das sie von ihren Landausflügen mitbringt, hat der neue Garten inzwischen einen Artenreichtum wie sein Bruder, das viktorianische Treibhaus, dieser botanische Zoo zur Ergötzung der Fürsten und Erbauung des Volkes.

Jemand sagt, Mühlemann habe geheiratet. Das hätte ich gern von ihm selber gehört, doch nach zwei Wochen Schamfrist habe ich ihn heute besucht. Wie erwartet war er in aller einsiedlerischen Unschuld und informierte mich über Hintergründe und Fakten seiner tatsächlich klammheimlich stattgefundenen Heirat mit seiner einfachen Frau, die er ans Licht geholt habe und die ihm zeitlebens dankbar und ergeben bleiben würde. Die ersten Resultate sind ein geordneter Haushalt, die Einladung zum Kaffee, eine gewisse häusliche Kultur, die diesem mönchisch einfachen Bergbauern bisher vollständig fehlte. (Was ihn aber von Männern seiner gehobenen Stellung und seines Alters wohltuend abhob und ihn mir in Wirklichkeit interessant machte.) Nun hoffen die Eheleute auf das Ausbleiben der Periode, denn ein Kind muss her und damit ein tieferer Sinn des Lebens und die Regelung des Erbes.

Der alte Kerl, der gelegentlich bei ihm wohnt und mit dem ihn eine Art Hassliebe verbindet, ist von den neuen Umständen höchst irritiert und fühlt sich wie der Koch und der Houseboy durch das neu zugezogene Weib domestiziert, sie ist jetzt schließlich die Chefin im Haus.

Was passiert eigentlich ganz praktisch, wenn die buddhistische Mehrheit der Lehre getreu den mittleren Pfad geht? Der Verkehr ist so kopflos, gefühllos, egoistisch, da ist nichts von Umsicht und Weitsicht, kein Gemeinsinn, es ist der reine Horror, und selbstverständlich fahren alle immer in der Mitte. Wehe aber, wenn dabei aber einer einen überfährt, dann steinigt ihn der Mob, weshalb Fahrerflucht hierzulande in den Katalog lässlicher Sünden gehört.

31. Mai

Wir haben ein Huhn, das frei auf dem Areal herumläuft, bis es fett genug zum Schlachten ist. Es pickt so herum, mal hier, mal da, ist sehr stolz gegenüber den Krähen, geht gar hochnäsig auf die Tauben los, räkelt sich aber am liebsten im Sandbett und putzt sich so anmutig die Federn, dass es mir plötzlich den Eindruck kostbarster Seltenheit machte. Und es ist glücklich. Hat zum Beispiel nicht diese Wechselbäder, diese Auf und Ab, dieses Verwickeltsein in große Ziele und begrenzte Möglichkeiten wie mein Haushälterpaar.

Heute Morgen hatten wir das tausendste Sozialarbeitergespräch, nachdem die Gärtnerin mit Tränen auf meine Vorhaltungen reagierte, sie solle endlich wieder mit der Arbeit beginnen. Nach ihrem tagelang furiosen Einsatz hat sie nämlich wieder aufgehört zu arbeiten. Sie möge sich entscheiden, was sie wolle, was denn eigentlich los sei mit ihr. Da kam wieder alles zum Vorschein und ins Rutschen unter der dünn gewordenen Haut.

Ich bin ein teilnahmsvoller Mensch und einfühlsam, deshalb prallen solche Sachen nicht einfach an mir ab, sie setzen mir zu, sie werden zu meiner eigenen Sache, es ist, wie wenn ich mit meiner Angestellten verheiratet wäre. Ich mache etwas falsch, ich muss sachlicher werden, kaltschnäuziger, ignoranter.

Jedenfalls landet sie bei der Erkenntnis, die sonst abtrünnige Männer im besten Alter haben, dass sie frei sein müsse, um ihre Chancen zu haben. Natürlich sind ihr da nicht nur der Mann, sondern auch die Kinder im Weg. Mittlerweile hat Sheela ja ihre Schneidereisachen vom Mietshop hierher gezügelt, aber noch nicht angefangen mit dem Zweitjob, dem geplanten Neustart als begabte Näherin in meiner Garage, die ich ihr zur unentgeltlichen Nutzung offerierte. Blockiert ist sie, wahrscheinlich kurz vor einer ausgewachsenen Depression.

Leider zehn Tage zu spät, denn die Monsunstürme haben längst angefangen, hat Sankar begonnen, den göttlich grünen Garten zum Meer hin mit übermannshohen Bambusstangen und angehängten Flechtmatten aus Palmblättern vor dieser tags und nachts angewehten Salzlast zu schützen. Die macht alle Blätter braun und mitten im Sommer ist eine Art Herbst und alle Blätter fallen ab. Zuerst die von der Papayastaude, dann die von den Tempelblumenbäumen und seit gestern auch die Nussbäume. Weil heute der moslemische «Haj» ist, schon wieder ein Feiertag, blieb der Helfer aus, und Sankar selbst ist in Colombo an seinem ersten Schultag in der Asian-Lanka-Hotel-School, wohin ich ihn für drei Monate, jeden Montag, zu einem Kochkurs schicke, um von meiner Ausbilderrolle wegzukommen und endlich meine Ruhe zu haben mit dem täglichen Kochen.

Sivak kam an, ob ich Geld hätte, seine Mutter habe Bluthochdruck. Gleich anschließend kam sein Busenfreund, ein ausgewachsenes Mannsbild, das sehr wohl gelernt hat, wie man zum Fischen hinausfährt, mit der Bitte, ihm Arbeitslosenunterstützung zu zahlen, er habe keinen Job. In Wahrheit ist kein Tourist und keine Touristin zu sehen weit und breit zu dieser Jahreszeit, mit denen er sich ins Lotterbett legen und dabei reich werden könnte. Aber ich habe aufgehört, Geld zu geben, die Schwäche der Insulaner, nach jedem Geschenk gleich das nächste einzufordern, beleidigt mich. Arbeit hingegen habe ich immer zu vergeben, sehr gut entlöhnt, da lasse ich mich nicht lumpen. Aber dazu haben beide Bittsteller keine Lust. Seit ich das so betreibe sind nur noch wenige von den über einem Dutzend jahrelang Gesponserten übriggeblieben, die persönlich vorbeikommen, einfach so und absichtslos.

Nach drei Wochen kam heute die Einladung zu einem Meeting mit dem Rektor des Institut for Technical Studies, bei dem ich mich leichtfertig und verspielt für eine «academic position in the area of Marketing» beworben hatte. Ich fürchte, das sei keine meiner besten Ideen gewesen. Aber übermorgen muss ich nach Colombo und dran glauben, mit dem Motorrad, werde das Unvermeidliche wohl in einen Landtrip in den Süden einpacken.

Ein Auslandschweizer war zum Diner hier, es gab frisch entdeckte Pilze, aber von einem einheimischen Lunch war ihm so speiübel, dass er nur so dasaß und mich seinerseits interessiert ausfragte, sodass ich gar keine Gelegenheit hatte, mehr über ihn zu erfahren, als dass er astrologisch interessiert sei. Da bin ich dann immer ein wenig verlegen, über mich selber zu reden, sonst sowieso immer, und auch nur, wenn ich gefragt werde, so habe ich das in meiner deutschen Erziehung verinnerlicht. Aber nun waren die Rollen verkehrt und der Gast, didaktisch versiert, spielte mein übliches Spiel «frage was Persönliches und dein Gegenüber hört nicht mehr auf zu reden» und «finde das zentrale Thema deines Gegenüber und du hast seine ganze Zuneigung».

Ein guter Freund aus alten Tagen faxte, dass er im Juli käme, was mich aus einem Zustand allgemeiner Lustlosigkeit aufrüttelte und hellwach emotionalisierte, denn seit einer Woche ist es grau wie im finstersten Schweizer April und ich muss mich erst an den harschen und taffen Wind gewöhnen, der herrisch immerzu den Meister zeigt.

Gestern weit draußen am Horizont ein Riesenschiff mit fünf gigantischen Segeln, ein indischer Frachter auf dem Weg nach Colombo, wo er Gemüse gegen Einheimisches austauschen wird. Einen Monat seien fünfzig Mann unterwegs, wie mir einer der Nachbarn am Strand sachkundig und ausführlich erläutern musste. Und: Ein Holzplankenboot koste nur 3000 Rupien, das Netz dazu 10 000. Das wäre eine schöne Donation an meine Nachbarn im Quartier, ihnen zu jedem meiner verbleibenden Geburtstage ein Boot zu schenken. Aber ich muss mein Geld zusammenhalten und darf meinem weichen Herzen keinen freien Lauf mehr lassen. Und sowieso würde keiner danke sagen.

7. Juni

Abends um sechs meldete die Deutsche Welle enorme Überschwemmungen in Sri Lanka und als ich um neun morgens Mühlemann aufsuchte, fragte der gleich zur Begrüßung, ob ich, mein Haus, mein Garten, die letzte Nacht gut überstanden hätten.

Genau das war nicht der Fall und genau darüber wollte ich ihn als Experten befragen. Sankar war seit morgens um sechs in Colombo im Kochkurs gewesen (von wo er abends angesäuselt zurückkam), als es um acht läutete. Die besorgten Nachbarn und Angestellten führten mich zur meerseitigen, blendend weißen Mauer, wo ein einigermaßen fassungsloser Bauunternehmer mich erwartete, eigentlich, um ein Torschloss zu montieren.

In der Nacht hatte ein ganz fürchterlicher Jahrzehntsturm mit gewaltig reißenden Böen gewütet, die einen derartigen Außendruck gegen die während des Monsuns als Windschutz montierten Bambusstangen und die daran gebundenen Palmblattmatten ausübten, dass die Mauer zur Hälfte umkippte, und zwar mitsamt Fundament und den eisenarmierten Pfosten und der Krone. Sogar die alteingesessene Mauer kippte in einen dramatisch aussehenden Winkel um, aber nur von der Stelle aus, wo wir eine «Zahnlücke» machten vor ein paar Tagen, um ein Holztor zu montieren. Drei Bambusstangen waren einfach umgeknickt, ein Mauerteil machte einen känguruhbeutelartigen Winkel mit allen dazugehörigen Rissen, im Übrigen war alles aus dem Lot.

Die Frage war nun: Hat der Baumeister schlecht gebaut? Hat er schlecht beraten? Hat er Material gespart, wie ich längst vermutete? Ist das Ganze ein schicksalhaftes Naturereignis, für das keine Versicherung je zahlen würde? Hätte ich die Windabdeckung nicht montieren dürfen, statt an der Innenwand im Garten an der Außenwand zum Meer, bin also selber schuld? Waren der Beton und das Mauerwerk nach vier Wochen noch zu frisch?

Nachdem ich später einen anderen Baumeister diskret um Augenschein und persönliche Meinung fragte, erfuhr ich, dass Beton einen Monat zum Austrocknen und Härten brauche. Das reichte also. So nah am Meer bräuchte es zudem doppellagige Backsteine. Die Armierungseisen seien an den horizontal-vertikalen Kontaktstellen nicht miteinander verhängt und in Menge und Dicke ungenügend.

Mühlemann wiederum befragte ich nach der Adresse seines Bauunternehmers, der von Engineering etwas verstehe und den ich im Streitfall als Experte haben möchte. Und einer war, ebenfalls nach Augenschein, der Meinung, der Beton sei genügend ausgetrocknet, halte also extremen Frontdruck aus, aber Verbiegungen und Verkantungen seien nur möglich mit der Elastizität ausreichender und vernetzter Armierung. Es handle sich um ein Naturereignis, schlagartige Spitzenböen statt steten Windes seien sehr selten, aber mörderisch, Bäume würden wie Zündhölzer brechen. Es sei Pflicht des Baumeisters gewesen, mich zu beraten und mir Sicherheit zu verkaufen, spätestens seit er ohne Einwände zugesehen habe, wie wir den Windschutz an der Mauer festmachten (der übrigens bei allen Hotels hier so üblich ist). An der Verbindungsstelle Pfosten/Querkrone mit nicht verhängter Armierung sehe man, dass schlecht gebaut worden sei, auch daran, dass die im Boden verankerten Pfosten umgeknickt seien.

Sankar war später der Meinung, der Baumeister habe an Material gespart und weder die Menge Eisen verarbeitet noch genügend Zement. Stattdessen habe er zu viel Sand gebraucht, was man daran habe sehen können, dass die Mauerkanten auf leichten Schlag hin wegbrechen. Das habe ihm ein Maurer gesagt, der später mit der Dachreparatur begonnen hatte und der seit dem muslimischen «Haj» nicht mehr zurückkam, um alles fertigzumachen.

Ich persönlich bin der Meinung, den Baumeister treffe nur teilweise Schuld, weil es sich hier um ein außergewöhnliches Sturmereignis gehandelt hat und der vier Meter hohe Windschutz in Missverhältnis zur Mauerstärke stand, meine aber auch, dass der Vorwurf zutreffe, nicht alles verrechnete Material sei verarbeitet und am Schluss sogar die Holzverschalungsbretter abgeschleppt worden. Ich bin wieder einmal Ausländer. Immer betrügen dich irgendwelche Schlingel.

Den Baumeister bitte ich, mit seinem Vorarbeiter als Übersetzer vorbeizukommen, aber auch nach zwei Wochen war er nicht zu sehen, was ich als Schuldeingeständnis werte.

Ich rechne mit 60 000 Rupien Wiederherstellungs- und Verstärkungskosten und lege mich für die Verhandlungsführung wie folgt fest: Angriff wegen objektiver Bauschwächen, Drohung mit Gutachter und Gericht – wissend, dass im Erfolgsfall nichts zu holen ist. Kompromissbereitschaft wie folgt: Material auf meine, die Arbeit auf Baumeisters Kosten, der auch Ingenieurberatung einholen und einen Regelungs- und Reparaturvorschlag machen soll.

Mit der Videokamera habe ich eifrig protokolliert für den Streitfall, wissend jedoch, dass ich einlenken und teures Lehrgeld werde zahlen müssen.

Mit Sheela hatte ich schon wieder ein Gespräch darüber, wie das nun weitergehe mit ihr. Zuletzt ist der Stand der Dinge, dass sie sich anwaltlich beraten ließ, wie zu scheiden sei, dass das drei Jahre dauern würde, dass sie ganz fest darauf hinarbeite (jetzt ist sie 35), auch um noch Gelegenheit zur Neuverheiratung zu haben, was eigentlich meint: zu einer guten Partie. Wie von mir insgeheim vermutet, rechnete sie wohl, dass ich der Glückliche wäre, denn auf Anfrage gesteht sie errötend, dass sie erst durch mich Vergleiche mit Ihrem Mann hatte und ganz sicher sei jetzt, mit dem ginge es nicht. Da bin ich ohne es zu wissen wieder einmal ins Leben anderer Leute eingetreten. Verdammi!

Bis zur Scheidung etwa im Herbst würde sie erstens eine Haushalthilfe, «a girl from the tea estates» suchen, das sie für 750 plus Food bei sich im Haushalt nutze. (Das Girl könne ich dann auf meine Kosten, wohl trainiert, übernehmen, die sei anspruchsloser als die Girls der Gegend, die lieber in der Fabrik arbeiten für 3000 Rupien, ungebildet und unausgebildet wie sie seien). So befreit, werde sie mit der Schneiderei beginnen und viel Geld sparen. Während sie im Ausland sei, könne die Omi die väterliche Erziehung verbessern. Lakshmi ist zum Glück im Internat versorgt, auch den älteren Sohn, Mahendran, könne man nach Chilaw in Schule und Internat tun. Anish würde sie mir zur Pflege dalassen, wo er es am besten habe und wo er sicher sei in der Ungewissheit der Zeit. Wohl habe ich dieselbe Zuneigung zu ihm wie zu meinem eigenen Sohn, aber Sheelas Pflegekindidee überfordert mich und wäre trotz der von ihr skizzierten, notariell beglaubigten «Überschreibung» auch nicht rechtens. Und fürs eigentliche Adoptieren fühle ich mich zu alt, selbst wenn mein David einen Adoptivbruder akzeptieren würde. So weiß wieder einmal niemand, wie's denn nun steht mit allem, ein Zustand des Schwebens und Zuwartens immerzu.

Nein, den Garten-/Wäschejob wolle sie behalten bis dann, ich solle niemand anderen suchen. Auch Tochter Lakshmi und der Ältere würden sagen, es sei besser für die Mutter, wegzugehen, Anish sei bei mir gut aufgehoben. Ja, er hat mein Herz berührt. Aber ich widerspreche, jedes Jahr sei ich viele Monate nicht hier, sei auch sonst egoistisch, im Übrigen zu alt zur Erziehung, und die Geschwister bekämen einen Knacks, wenn man sie trenne, sie solle auch für Anish einen Platz im Internat besorgen.

Neben Bau- und Familiengeschichten aber auch Vergnügungen, vor allem die, nichts, gar nichts zu tun. Ich war wieder einmal zum Surfen auf der Lagune und freute mich trotz zerschundenen Schienbeinen daran, dass ich es noch kann. Und in der Hauptstadt war ich für drei Tage, für die problemlose Verlängerung des Visums bis Ende Juli (konsequenterweise und wie auch in der Schweiz üblich interessiert die nur, wie viel Geld ich eingeführt und umgewechselt habe).

Mit den Verkaufsleuten des Hilton und Oberoi habe ich Discountpreise ausgehandelt. Zufällig war ich als erster Gast im früheren Meridien, das gleichentags zum Marriot umfirmiert hatte, nachdem es die Yankees von den Franzosen klammheimlich übernommen hatten. Im Hilton und Marriot ein exzellentes und im Taj ein lausiges Buffet genossen, sowie mich über die altbackenen Manager des «Galle Face» geärgert, die meine Kolonialsuite Nr. 119, die «Sea Lawn Suite», künftig nur noch an Honeymooner im Multipack mit Weddingparty ausmieten wollen. Ja, und im Technical Institut habe ich auch noch vorgesprochen, beim Schulpräsidenten, mit dem ich eine englischsprachige Gastvorlesung vereinbarte als nächsten Schritt (die wollen nächstes Jahr eine Businessschule für Profis einrichten, und da wäre ich als Praktiker ein begehrter Dozent. Will sehen. Weil es auch schiefgehen darf, bin ich völlig entspannt trotz meines für solche Ansprüche miesen Englisch, das zu verbessern und das Residenzvisum zu erhalten die eigentlichen Herausforderungen sind für diesen Lecturerjob, neben der obligaten Eitelkeit).

15. Juni
Sheela beherrscht mich seit Wochen, aber besonders intensiv seit Tagen. Nach ihrem stillschweigenden Nähatelier-Einzug in meine Garage, einem erneuten Drama mit ihrem Mann, meinem nachfolgenden Gespräch mit ihr, bei dem ich ihr alle Privilegien entzog, habe ich nur noch den unsäglichen Wunsch, endlich meine Ruhe zu haben. Ich will meinen von intrigantem Weiberkram ungestörten Alltag leben und diese Frau aus dem Auge und im Ausland wissen, wohin sie sich selber am meisten wünscht. Seit ich auf die Insel kam, enttäuscht mich immer wieder die fordernde Ungeduld von Leuten, zu denen ich gütig und materiell hilfreich bin. Zeigt man gar Zuneigung, schnappen sie die ganze Hand, gierig nach immer mehr, unaufhaltsam, umgehend und drängend, und immerzu voller Fehlinterpretationen und Missverständnisse.

Die blanke Not, ich weiß. Und ich weiß auch, dass der Westen die Entwicklungshilfe bis heute nicht gelernt hat, wie soll ich kleines Entwicklungshelferchen das besser machen. Ost und West werden so wenig zueinander finden wie Sonne und Mond.

Nach dem schmählichen Scheitern, diese Familie zu sponsern, muss ich mir eingestehen, dass ich nicht alles «machen» kann, dass die Idealbesetzung eines Ehepaars als Haushälter an der Krise des Paares scheitert. Deren Beziehung ist gänzlich gescheitert, sie sind nicht mehr simultan, alles ist ihnen entglitten und entzieht sich jeder Beeinflussung von außen. Ich tröste mich, dass solche Beziehungsdramen nicht sri-lankisch sind, sondern globaler Alltag.

Mühlemann und seine neue Frau arbeiten intensiv am Stammhalter, diesem wärmenden Lebensglück, diesem emotionalen Gefühl von Sinn und Aufgehobenheit, aber auch Chaos, Geschrei, Windeln und Unberechenbarkeit, von dem die zwei zum Glück noch nichts ahnen. Jetzt haben sie noch Zeit gefunden, einen Houseboy für meinen Hausmeister zu finden. Der fängt schon morgen als dessen Gehilfe hier an, und all die Notwendigkeiten können dann vierhändig gemacht werden. Zu vieles in meinem kleinen, großen Haus blieb liegen, hängen, verlief in Sand und Vergessen.

Während der letzten Wochen war vieles unbefriedigend, die Anpassung, das Abschleifen; das Sich-Einfügen und Sich-Aufgeben, das fängt erst jetzt wirklich an. Nach den Erfahrungen der letzten Wochen gewöhnlichen Alltags waren die zwei- bis vierwöchigen Ferienaufenthalte der vielen Jahre vor meiner permanenten Wohnsitznahme schöne Täuschungen und Augenwischerei. Seit Wochen anhaltend stürmische See, an Schwimmen im Meer nicht mehr zu denken, oft aber ein Strandlauf mit Stretchgymnastik, wie ich sie auf vielen Schweizer Waldläufen eingeübt habe.

Dass die eben fertig gemauerte Mauer vom Wind niedergemäht wurde und neu aufgebaut werden muss, beelendet mich so sehr wie die Wiederholung des Dramas mit dem Elektriker. Auch der bestellte Nachfolger beginnt mit der Arbeit und lässt sie dann liegen für zwei endlose Wochen. Der fleißige Hilfsarbeiter startet mit Dachdecken und Dachrinnenreparatur, wird aber nach drei Tagen nicht mehr gesehen, obwohl wir ihn noch nicht bezahlt haben. Der Schlosser ist dem Schlossfinish der neuen Türen und Tore nicht gewachsen und hinterlässt himmelschreienden Pfusch, den wir von einem Möbelschreiner reparieren lassen müssen. Die Bodenpoliermaschine ist nirgends mehr zu finden, sie hat sich davongeschlichen, ist einfach nicht mehr da. Schwund. Solche Sachen schaffen mich stärker als mir lieb ist. Zum Glück bin ich mit dem Hausmeister so zufrieden, dass ich ihn mir für viele Jahre vorstellen kann, aber ich muss mich vor Bindung hüten, denn nichts ist von Dauer hier und nichts berechenbar, schon gar nicht ein verlassener Ehemann mit einer Affinität für Gruppenbesäufnisse wie im Lande üblich.

Mit dem Motorrad bin ich nach Waikkala gefahren, um mit dem Insider Akila nach einem Sanitärspengler zu suchen. Den Garten habe ich gesäubert und alles Welke und Überstehende gekürzt und weggeschnitten, damit es dann im Oktober wieder so üppig ins Kraut schießen kann, wie ich es im März noch angetroffen hatte. Auf dem Postamt zwei Einschreibebriefe aufgegeben und wieder einmal begriffen, dass jeder Brief, der hier wirklich abgeht und ankommt, ein Wunder ist. Ein Nachbar habe kürzlich den Postmann seiner Gegend am Bankschalter gesehen, wie er verschiedene Fremdwährungen in Rupien umwechselte, wahrscheinlich habe er sie aus Kuverts zusammengestohlen, er habe ein schönes Haus. Da habe ich mich auf einem privaten Postamt eingeschrieben, die liefern mir die eingehenden Faxe ins Haus und auf die ausgehenden habe ich Rabatt. Zu allem machen sie Monatsrechnung, wirken professionell, wie landesüblich aber auch unfreundlich. Kunden stören nur.

Ich war ein wenig unterkühlt bei den 27 Grad der Saison, doch ist die grässliche Feuchtigkeit des Vormonats zurückgegangen, um nur 3 Prozent, aber ausreichend, um in den so genannten Komfortbereich zu kippen. Kürzlich lustvoll an der Maschine gesessen abends und schöne Einsichten, Gedanken und Geschehnisse getippt, endlich wieder, bis ein unangekündigter Stromausfall alles eraste. Ich startete again, und again alles weg vom Hauptspeicher, es war zum Heulen, erst heute habe ich mich lustlos zu einem Neustart aufraffen können.

16. Juni

Um acht kommt ein Rudel Bauleute. Gebe zusätzlich Auftrag, die Zementgrillsteine wegzupickeln, die unsere Gästezimmer sicher machen sollten, durch Fenster zu ersetzen. Die Zimmer würden dann heller und wohnlicher. Mein

Hausmeister ist weit und breit nicht zu sehen, auch nicht um neun. Sein Sohn Anish kann schon ganz gut Spoken English und zusammen mit der immer besorgt schauenden Omi spielt er den Übersetzer. Vater Sankar sei letzte Nacht wieder betrunken gewesen und nach den unvermeidlichen Auseinandersetzungen habe er seinen Koffer gepackt. Ich realisiere, dass ich bereits in die Familienaffäre involviert bin mit dem Resultat, dass ich am Schluss Der Böse Mann und schuld an allem sein werde.

Als die Maurer gingen, kam der neue Houseboy zum Stellenantritt. Der Hausmeister war inzwischen angetreten, doch musste ich dem verkaterten Co-Boss empfehlen, sich zu rasieren, weil er aussähe wie ein Veddah im Dschungel und keinen motivierenden Eindruck mache auf seinen neuen Angestellten. Der trottete scheu, aber interessiert als Schatten hinter seinem neuen Herrn her und bis am Nachmittag hatte er schon eine ganze Menge gesehen. Sankar seinerseits dachte über seine neue Rolle nach, über seinen ersten Untergebenen, sein erleichtertes Leben, den Prestigegewinn und hoffentlich neue Einsichten und Erkenntnisse seinerseits.

Wir vergaßen darob, dass wir den Houseboy zu ernähren haben, und dessen Chef wärmte dann zum Entsetzen des Rice-and-Curry-Gewohnten europäische Reste von gestern Abend auf. Die Einheimischen bezahlen so einem Anfänger, der nie zur Schule ging, 500 Rupien, im Monat, ich zahle ihm das Doppelte, habe aber durchaus ein schlechtes Gewissen und will ihn wenigstens gut füttern.

Gespräch mit der Omi, der ich sage, ich bräuchte ihr Zimmer für den neuen Angestellten und sie möge mit Sheela zusammen ein Appartement mieten, die wolle ihren Mann ja sowieso verlassen und ausziehen, sicher würde sie einen neuen Job in Arabien suchen, um so reich zu werden wie sie es mit ihrem Ehemann nie schaffen würde. Das dauere ja sicher sechs Monate. Hier bei uns sei ein Schlachtfeld, solange die Eheleute zusammen seien, für sie, die Omi, sei das ja auch nicht sehr lustig. Ich würde ein allfälliges Mietzinsdepot vorschießen.

Ob sie nicht mit Anish und Deepan bei mir im Staffhaus bleiben könne, der verlassene Hausmeister könne nicht leben ohne die Hilfe einer Frau. Ein Mann brauche eine Frau. (Deepan ist der zurückgelassene Sohn ihrer zweiten Tochter, die sich nach Deutschland abgesetzt hat, wohin sie ihren Sohn und die Omi später nachholen würde.)

17. Juni

Morgens kam der Houseboy, der uns gestern an seinem ersten Arbeitstag einen sehr guten Eindruck machte. Er ist scheu, wie es die einheimische Mittelklasse für einen Hausangestellten für unerlässlich hält, und informiert uns, dass er nicht länger bei uns arbeiten könne. Der Vater habe die Mutter verprügelt und angeordnet, er müsse in der Schuhfabrik arbeiten und sofort heimreisen. Da stehe ich als armer Tor und bin so klug als wie zuvor. Immerhin war dieser eine (1!) Arbeitstag ein Test für die Notwendigkeit eines zweiten Angestellten. Wir suchen weiter.

Später kam der Elektriker (der dritte in drei Monaten), so nah am Meer gibt es immer etwas zu tun. Ob er einen Installateur kenne. No Problem, er sei ein Plumber. Ab Samstag wird er zudem das Dach abdichten und die Dachrinnen neu verlegen. Sankar besorgte derweil das Material für den Mauerneubau, das verstellt nun Garage und Garten, ist aber die bessere Lösung, als einen All-in-all-Auftrag zu erteilen an einen, der das Geld für das eingesparte Baumaterial in Wettbüros wieder ausgibt.

Weil an Schwimmen in der aufgewühlten See nicht mehr zu denken ist, gehe ich nun nach dem Aufstehen in den Pool des Golden Star hundert Meter weiter, wo ich für ein paar hundert Rupien für die Jahresmitgliedschaft Member Nr. 60 geworden bin. Ich schwimme zwanzig Minuten Längen, das doppelte sollte es schon seien. Es langweilt mich entsetzlich, doch das Frühstück nachher ist ein Festessen.

Ging wieder zur Lagune, um zu surfen, ein Österreicher verleiht Bretter, es macht nun Spaß, meist komme ich trocken zum Etappenziel und heute lernte ich sogar den schicken Wasserstart. Unter den Palmen verstreut, gibt es mehr ausländische Bewohner in der Gegend, als es den Anschein hat, ich bin nicht der einzige Inselkranke und Kleininvestor hier.

Die Wäsche, auch Tag und Nacht lang in Kaltwaschpulver eingeweicht, behält ihren Grauschleier, eine Waschmaschine ist unerlässlich. Im neu renovierten Hindutempel war ich eine Stunde lang stiller Zuschauer einer üppigen Zeremonie, die ein offenbar erhörter Businessmann dem schwarzen Elefantengott spendierte, um sich für eine Wohltat zu bedanken, die er gefordert hatte. Die Tempelpriester, in voller Kriegsbemalung und ein wenig transvestitisch, hatten viel zu tun mit all den Reinigungs-, Wasch- und Opferungs-Riten, von denen die Schönsten die waren, wo sie Milch, Kokossaft, Wasser, Eier, Honig über die Gottheit gossen. Von dort wurde dann alles in eine penisförmige Rinne nach außerhalb des Hauptschreins geschwemmt, wo die Gläubigen sich damit Gesicht und Hände netzten, während sie drinnen im Sanktum die Statue abtrockneten, salbten und neu einkleideten. Dazu Muschelhörner, Trompeten, Trommeln, Glocken, Zimbeln und Rauch und Feuer, Duft und optische Verführungen, dass selbst die Katholischen noch etwas lernen können.

Daheim habe ich sofort die früher begonnene Einführung in den Hinduismus weitergelesen.

19. Juni
Die Maurer mauern wieder, ich habe den Eindruck, ich würde hier im Lande nichts Anderes tun, als Mauern bauen. Aber das sieht gut aus, die machen kunstvoll verschlungene und massive Eisenarmierungen, biegen und wickeln und verstreben und schütten eimerweise Split-Zementgemisch in die Säulenverschalungen, dass es eine Freude und zum Erstaunen ist im Vergleich mit der muslimisch kargen Technik des muslimischen Contractors, der den Pferdewetten verfallen ist und nicht der Baukunst.

Die alten Fischer haben sich am Strand ein Sonnendeck gebaut aus Bambus und Matten. Boote hat es seit Wochen keine mehr am Strand, weder Planken- noch Motorboote: eingemottet, umgezogen, die See ist zu stürmisch. Aber sie brauchen diese Naturnähe, sie müssen nah am Meer sein, das sie hassen und lieben. Daheim in der Enge ihrer Häuser leiden sie, und kluge Ehefrauen lassen die Kinder das Essen an den Strand bringen. Und manchmal das Arrakfläschchen.

Das Wetter ist im Übrigen wieder zärtlich, 29 Grad am Tag und nur 70% Luftfeuchtigkeit, Sonne wieder, endlich, sie hat keine Alternative, selbst der Hibiskus streckt seine Blüten knallrot aus dem welken Laub.

Ein Kokospalmen-Doktor kommt, beeindruckt mich mit seinem weisen ayurvedischen Wissen, lehrt uns, wie gießen, wie verletzlich die Jungpalmen seien und wie hungrig nach Licht, und beginnt dann umgehend mit der Kultivierung unserer zahlreichen Palmen, von denen einige kränkeln.

Sankar habe einen neuen Houseboy besorgt im Landesinneren, der käme am Montag. Und gestern Abend, als ich spät noch im Garten lustwandle, schildert er mir den neuesten Stand in der Familie: Sheela arbeite seit heute Morgen in der Textilfabrik als begehrte Zuschneiderin für viertausend Rupien, bis sie nach Kuwait gehe. Weil sie frühmorgens um Sechs schon wegginge und erst abends um sieben heimkomme, sei das Zusammenleben jetzt wohl wieder möglich, seine Frau käme auf andere Gedanken und sie könne ihr Flugticket zusammensparen. Das mit Kuwait klappe sicherlich, die Papiere seien schon geschickt, der Agent sei verlässlich, er habe seine Einwilligung bereits gegeben. So käme Zeit zwischen sie, Distanz, und beide könnten Geld anschaffen, sodass sie sich ein Stück Land kaufen könnten nachher. Sie hätten es gerne, dass die Omi mit Anish und Deepan hierbleibe, der Ältere nach Chilaw ins Internat gehe, und wenn es für Anish nötig würde, später auch er.

Es ist mir klar, dass die von ihm verehrte Schwiegermutter für meinen Hausmeister eine wichtige Beziehung darstellt und für die Organisation der Restfamilie unter meinem Dach sich nützlich machen wird mit Kochen und Erziehung. Aber ich frage, wo denn mein Vorteil liege, wenn Omi und zwei Kinder im Haus blieben. Sankar sei als Hausmeister angestellt und nicht seine Familie, er könne auch auswärts wohnen statt im Angestelltenhaus. Er würde alles akzeptieren, was ich wünsche, und auf Insistieren hin erinnert er mich richtigerweise, jede zusätzliche Person auf der großen Property erhöhe die Sicherheit, zudem würde sich die Omi im Garten nützlich machen. Ich bedinge mir Bedenkzeit aus, denke aber, so sei es wohl gut fürs erste. Wenn das Eheweib nicht wieder einen ihrer Wetterwechsel hat oder mit Kuwait und Hostel etwas schiefläuft.

Abends großes Laientheater auf dem Sportfeld vorne an der Straße, inbrünstig und gedehnt wie ein endloser Hindifilm, meine Quartiernachbarn im glühenden Einsatz. Was mich einigermaßen überrascht nach all den Erfahrungen mit dem Verhalten der Leute um mich herum, die sich im Umgang mit Fremden nie entscheiden können zwischen korruptem Geschäftssinn und absichtslosem Interesse. Das ist nicht gerade das Klima für Feinsinn, Kultur und gesellschaftliches Leben, wie ich sie mag. Es erschöpft sich halt in den Gesetzmäßigkeiten und Notwendigkeiten des Kirchen- und Tempelkalenders.

Beim Surfen im Blue Lagoon ist immer eine Gruppe ausländischer Mannsbilder beisammen in wechselnden Besetzungen. Aber auf der Basis der kleinen Gemeinsamkeiten sind sie miteinander vertraut genug, um immer wieder neu abgewetzte Geschichten vom Vögeln zu erzählen, den Gockel herzuzeigen, sich mit Fantasien aufzuspielen, mit Erfolgen aufzutrumpfen in der Schwebe von Dichtung und Wahrheit. Alle wetzen das Messer und machen sich in rauer sexueller Verbrüderung geil in der kleinen Zwischenphase bis zur nächsten Jagd. Jagd auf jegliches Wild, wenn es dem Sammler nur zum eigenen Triebe dient und die fragile Männlichkeit aufrechterhält, deren Verlust des Mannes eigentliche Urangst ist. Es hat sich nichts geändert seit den solidarischen Geheimbündeleien unserer pubertierenden Bubentage, in denen wir Männer genau genommen hängen bleiben und dabei nie erwachsen werden. Anders als die Mädchen, die eines fixen Tages Frauen werden.

Abends, es ist Samstag, lasse ich mich hinreißen, im besten Gruppenhotel am Platz zum Barbecue zu schreiten, für dessen Bezahlung ich einen Kredit bei der Weltbank aufnehmen müsste. Verglichen mit dem, was die Fünfsternhotels in Colombo bieten, ist dieses Buffet jedoch ein böser Nepp. Als Single Traveller bin ich froh, dass ich mich von der Billigmeute davonschleichen kann, wieder einmal erkennend, nirgends wirklich dazuzugehören, oder besser: nirgends dazugehören zu wollen.

20. Juni

Das anhaltende Verwickeltsein in Not und desolate Familienverhältnisse der Haushälterfamilie setzen mir mehr zu, als ich befürchtete. Meine unbezwingbare Bereitschaft zu Einfühlung und Anteilnahme lässt mich immer wieder aufs Neue mit ungläubigem Erstaunen konstatieren, dass Fairness und Anstand bei allen meinen Ungereimtheiten trainierter und verinnerlichter Teil meiner Identität sind. Und dass sie in dieser Landwirtschaftskultur als Echo nicht immer zurückkommen, wie ich es zu verdienen glaube und in Wirklichkeit als menschliche Berührungen auch nötig habe, um nicht zu verwelken.

Manchmal und jetzt aktuell leide ich unter großer Dünnhäutigkeit gegenüber Sachen, die ich sonst wegstecken würde. Anish kraxelt zum tausendsten Mal wegen der noch immer nicht weggeschafften Tauben auf dem Hausdach herum, eben erst hatten wir es neu beziegelt. Ich denke gnadenlos gebündelt, der Bub habe nur Gras im Kopf. Er ist unerzogen, verwildert, verdreckt und ungepflegt, undiszipliniert, für erzieherische Ausflüge ganz und gar unzugänglich, faul und ganz und gar auf sich selber orientiert. Sage mir dann aber auch, dass das ein Kind sei, eben erst zehn, elf, und dann weiß ich, dass ich in meinem Alter für eine Adoption ungeeignet wäre, alte Väter taugen nichts, sie sind vom Leben zu erschöpft, um noch einmal Kinder zu haben. Nach all den Ermahnungen, Erklärungen, Vorhaltungen, Enttäuschungen der letzten Wochen war ich ziemlich geschafft von so viel Ignoranz und der Unfähigkeit zu lernen, dass ich den Knaben so böse angeschnauzt habe, wie es selten genug ist und wie ich es nicht mag von mir.

Wie oft nach enttäuschenden Niederlagen, will ich dann bitte gar niemanden mehr sehen. Habe mich demonstrativ zwei Tage lang in meiner Burg verschanzt, seit ich mich überfallartig ganz zerschlagen fühlte und in eine echte Krise rutschte, voller Missmut, dräuender Gedanken und überfordert von allem. Es folgten grässliche und nicht enden wollende Durchfälle. Große Schwäche. Zu viel Sonne gehabt, der Leib trocken wie Stroh, das Hirn ausgeglüht, zuerst beim Surfen, dann bei der Gartenarbeit; und die Psyche ist schwach nach diesen vermaledeiten Beziehungskisten der letzten Wochen. Sie treiben mir das Wiederverheiraten, das ich mir manchmal in farbigen Bildern ausmale, definitiv aus. Die Ehe ist ein Schlachtfeld, Kinder sind herrisch, Beziehungen zwischen Menschen permanente Anstrengung.

Außer Wurzeltee und Reiswasser nichts, zum Einschlafen und Durchstehen seit gestern Mittag auch viel Chemie geschluckt, was ich sonst nicht tue, und trotzdem hatte die Tablettenauswahl meiner Hausapotheke nur temporären Erfolg. Nach Rehydrationsdrink, Traubenzucker, einem Brunnen voll Schwarztee und Fruchtsaft geht es immerhin wieder aufwärts. Dass ich nochmals um fünf Kilo herunter gehungert und dabei auf neunzig Traumkilo gefallen bin bei alledem, lässt mich ein wenig aufblühen.

Nur will ich um Himmelswillen noch immer niemanden sehen, mit niemandem reden, bin ein ganz übler Einzelgänger besonders dann, wenn's mir mies geht. Missmut oft, doch bislang, Gottlob!, noch keine Depressionen, wie sie jeder Tropenführer als unvermeidlich androht.

Die zerborstene Mauer steht wieder, die Säulen mit gigantischen Armierungen und kübelweise Beton voll von Kleinschotter. Ich baue hier nur Mauern, weiß nicht, was ich davon halten soll.

Sheela treffe ich tatsächlich wieder bei der Gartenarbeit an und mittags sogar in der Waschküche, sie umsäuselt mich in einsichtiger Besorgtheit, doch wehre ich lustlos ab und gebe mich demonstrativ knapp und sachlich. Auch meinem Nichtadoptivsohn gehe ich aus dem Weg, um ihn zu ein paar Einsichten zu bewegen.

Der Kokospalmendoktor war noch einmal da und verabreichte den Bäumen Medizin gegen einen Käfer, der das Palmenherz aushöhlt, sodass der Baum abstirbt. Er sei derzeit eine Plage auf der ganzen Insel, man fürchte eine Epidemie. Aber auch er kam dann nach zwei Arbeitstagen nicht wieder, um das Clearing abzuschließen wie vereinbart. Wer seinen Tagelohn in der Tasche hat, vergisst die Zukunft. Zu viele große Kinder hier, leben nur in den Tag hinein, sind ohne Visionen für morgen und ohne Vorstellungskraft, die sie antreibt.

Ich richte mich auf beim Gedanken, dass Lukas zu Besuch herkommen wird, Aussicht auf anspruchsvolle Gespräche über neue Themen und Aspekte. Derweil bleiben viele Briefe aus, die ich eigentlich erwartete von Leuten, denen ich mich nahe fühle und denen ich schrieb, der Bruder, die Mibelle, die Exfrau, mein Sohn insbesondere, der sich wohl abnabelt jetzt, da ist sein aktueller Abschlussprüfungs- und Stellensuche-Stress gut zum Freischwimmen. Ich bin ja viel zu weit weg, bin weggegangen, habe sie alle zurückgelassen, wie können sie so tun, als wäre nichts gewesen.

Einen runden Bastteppich habe ich gekauft, um das viele Schwarz des gegossenen Terrazzobodens im Haus zu brechen, mir dieses typografisch-protestantische Bauhaus-Weltbild auszutreiben, etwas von dieser miefig warmen Gewöhnlichkeit des Mittelstands hereinzuholen, der von Design und Schönheit wenig weiß und wissen will und sich auch drum so selbstzufrieden wohlig fühlt.

Erfreut über die überraschende Eigeninitiative des Hausmeisters, der heute Abend ins Land reiste, um für seine Familie einen neuen Houseboy abzuholen, der gestern nicht gekommen war wie erwartet. Sie wollten ihn nicht alleine in die Fremde reisen lassen, haben ihn wohl nicht wirklich aufs Leben vorbereitet, und er ist auch nicht so recht im Kopf.

21. Juni

Morgens war Sankar übernächtigt vom Land zurück mit dem Siebzehnjährigen. Nun hat die Familie meines Hausmeisters zum ersten Mal einen eigenen Hausangestellten, kann jemandem befehlen, denn wer zahlt, befiehlt. Endlich selber

Herr und Meister sein. Heimische Not und Chancenarmut sind die üblichen Beweggründe für einen hoffnungsfrohen jungen Mann, sich für ein Taschengeld zu verdingen plus Essen und Dach überm Kopf, in der Hoffnung, trotz Schulabsenz etwas zu lernen fürs Leben. Die Chance hat er nun, die erste Hürde hat er genommen. Ich verdopple das Salär, das die Haushälterfamilie zahlen will, damit sie ihn auch auf meiner Property und in der Küche beschäftigen, wenn nötig. Sankar ist sichtlich erfreut über seine neue Chef- und Ausbilderrolle und den starken Aufstieg aus der Gewürzmühle, den er in den letzten vier Jahren bei mir machte.

Ich selber fühle mich anhaltend schwach und elend und mutlos, doch nicht mehr eigentlich krank. Fahre zu einem Deutschen, der hier überwintert und sich im Ernstfall als Sozialarbeiter hervorragend eignet. Der muss mir Mut zusprechen. Ich erkenne, dass ich unwiderruflich dem Sowohl-als-Auch verfallen bin, dass das eine nur mit dem andern möglich ist, dass ich nach längstens einem halben Jahr auf der Insel einen drastischen Kulissenwechsel brauche. Zurück nach Europa in die angestammte Kultur, die mich unvergänglich prägt und trägt? Oder eine Reise an neue Orte? Manchmal kann ich mir sogar den Verkauf meines Besitzes vorstellen, um vom Erlös bis ans Ende meiner Tage in wechselnden Luxushotels zu logieren. Da war der Besuch ganz heilsam, auch weil der Bilderbuchgermane von der Sorte, wie ich sie sonst nicht so gerne mag, zu seinem Heimatland auf erfrischend kritische Distanz gegangen ist, was ihm das Hiersein erleichtert und mich seiner Nähe ein wenig zuordnet. Also fluchen wir gemeinsam über die Pervertierung der westlichen Gesellschaft, ihren Materialismus, ihre Beziehungsarmut und ihr ganz alltäglichen Irresein. Der Teilzeitauswanderer hat sich während seiner einsiedlerischen Jahre hier ein Bild vom Dies- und vom Jenseits gezimmert, das wohl ein wenig abstrus und ungereimt daherkommt, aber ganz und gar unabhängig ist. Und in der Ablehnung des einen, strafenden, gütigen Gurus der Christen, Juden und Moslems sind wir uns so einig, dass sich ansatzweise gute Gespräche ergeben, bis sie dann abrupt wieder hängen bleiben, wegen eines Küchenproblems etwa – seine Angestellte, die ihm auch das Bett wärmt, weiß nicht, wie den Toaster benutzen.

Gesprächskultur, auch sie ein süßer Wink aus erst jüngst verflossener Zeit. Trotzdem hatte ich ganztags Mühe mit der Göttlichkeit in mir selber und dehnte mich so dahin, wenn auch aufgerichtet durch dies und das, und auch durch eine steinalte Helvetia, die ich kennenlerne. Die war nämlich so unschweizerisch couragiert, mit 68 Jahren einen 39-jährigen Singhalesen zu heiraten, dass der ihr nun zu wachsweicher Milde und knackiger Präsenz verhelfen wird.

Vor dem Eindunkeln noch nach Katunayake gereist, um an einem dieser endlosen Straßenshops an der Colombo Road einen weiteren Bastteppich zu kaufen, damit der andere nicht so alleine ist in seiner spießigen Gewöhnlichkeit, in der Spröde meines Altersheims. Und wie Kleinkinder oft nach einem Fieberschub, habe ich plötzlich unstillbare Lebenskraft, die mich abends noch Möbel umstellen und meinen antiken Wäscheschrank in eine verglaste Büchervitrine verwandeln lässt.

22. Juni

Sorgsam wie ein rekonvaleszierender Tuberkulosepatient in Davos wandle ich nach dem Aufstehen zum Pool und schwimme mir die miesen letzten Tage aus dem Leib. Wieder daheim zum entlastend kargen Frühstück, brechen ungeplant Scharen von Leuten über uns herein. Zuerst kommen in voller Starbesetzung vier einschüchternd weißgekleidete Hardseller von einer Versicherung, unangemeldet, um mir außer der Kranken- noch eine Lebensversicherung lieb zu machen. Doch sie verschwinden wie ein Spuk, als ich sie recht harsch abprallen lasse. Dann folgen sechs Beamte der Gemeindeverwaltung, um den Wassermesser in mein Grundstück hineinzuverlegen. Weil sie so mies verdienen, legen sie für ein kleines Entgelt auch gleich die Rohre, die Sankar eilig in der Stadt kaufen muss. Dabei kommt zum Vorschein, dass Lieblingsnachbarin Lucia seit Jahren ohne Wasserrechnung an meiner Leitung hing, und deshalb war auch nicht überraschend, dass meine selbstgerechte Nachbarin während der Bauarbeiten für ein neues Haus den Zähler abhängte, um die Energiekosten zu senken. Woraufhin gestern eine große Delegation in offizieller Autoflotte vorgefahren ist – unter der Aufmerksamkeit des ganzen Quartiers –, um das Strafgeld von immerhin 10 000 Rupien einzutreiben. Das gefällt mir, immer über die Schwäche und Sünden anderer Leute klagen, sich zum Sprecher einer üblen Antitouristenkampagne machen und die Aidsgeisel schwingen helfen, in der Kirche den Schemel wetzen, aber sein eigenes schwaches Fleisch vor den Menschen und dem Herrgott, dem einzigen, strengen, sorgsam bedeckt halten.

Ich hatte den vierten Elektriker, der sich auch als Spengler einen Namen machte, in die Stadt geschickt, um für neue Dachrinnenabläufe Eisenketten zu kaufen, die das Wasser so schön in den Boden zurückbegleiten. Er kam mit einem Schmuckdraht, wie ihn ältere Mädchen am Lehrerseminar zur kreativen Ertüchtigung brauchen, es gäbe derzeit nur den auf dem Markt, er koste teure 28 Rupien der Meter und 100 Meter brauchen wir. Aber es sei besser, 150 Meter Kupferdraht zu kaufen und die Glieder dann selber zu flechten, er macht auch gleich drei Ausfallmuster zur Auswahl, die Arbeit koste nur einen Tausender. An dem war er so aufsässig interessiert, dass ich misstrauisch wurde. In durch die Wut neu erstarkter Energie fuhr ich flugs in die Stadt und fand schon im ersten Hardwareshop gleich drei starke Kettenvarianten, der Meter zu nur 11

Rupien. Die schlug ich ihm für seine eigennützige Dummheit um die Ohren, bevor ich auch ihn in die Wüste schickte.

Sheela ihrerseits liegt nach drei ersten Arbeitstagen in der Fabrik krank im Bett, es sei gestern sehr viel zu tun gewesen. Auf Anraten der Omi sei sie erstmals zum Nervenarzt gegangen, und der hat ihr Beruhigungsmittel gegeben, sodass sie den ganzen Tag niemanden stören konnte. Sankar zuckt resigniert die Schultern. Seit sie in der Pubertät in ein langes Fieber gefallen sei, aus dem sie verwirrt wieder ins Leben trat, reagiere sie auf Druck mit Bluthochdruck, der ihr physisch und auch psychisch Probleme und den Leuten um sie herum seither böse zu schaffen mache. Am wenigsten ertrage sie, wenn die andern ihren Ideen nicht folgten und sie das als Widerspruch erlebe, da drehe sie immer gleich durch.

Da passt, dass Anish bekümmert sagt, Vater und Mutter hätten arge Probleme, die Mutter sage neuerdings auf Wünsche der Buben «Mutter, gib mir dies und das», sie sei keine Mutter mehr für sie und sollen selber schauen. Derweil trainiere ich meine eigenen Belastungsgrenzen mit abendlichen Stromausfällen just immer dann, wenn ich mich literarisch gut drauf fühle und die herrlichsten Gedanken und Erkenntnisse formuliere in diese Schreibmaschine, die kein Computer ist, diesen Computer, der keine Schreibmaschine ist. Dann sackt unvermittelt der ganze Hauptspeicher ab ins große Nichts. Da fühle ich mich wie ausgezogen, früher noch wütend, heute aber lammfromm geworden mit dem Alltag dieses Landes im Aufbruch, das noch viel zu tun hat, um sich zu den asiatischen Tigern zu gesellen.

25. Juni

Schon wieder Freitag. Letzte Nacht um eins klingelt es und eine aufgeregte Omi steht vor der Tür, ich solle sie nicht verraten. Aber eben sei Sankar heimgekommen, suche in der Garage nach einem Messer, sei gänzlich durcheinander, Sheela habe wieder mit ihm gestritten, er wolle nicht mehr leben.

Dabei liegt seine Frau krank im Bett. Ich gehe nach draußen, mache scheinheilig meinen nächtlichen Rundgang im Garten, sehe meinen Hausmeister wie eine Salzsäule im Garten stehen, ich schaue fragend. «Sheela!» Ob er fünf Minuten mit mir sprechen könne. Das heißt bei ihm etwas, der immer einen guten Eindruck machen will und darum am liebsten alles ausschweigt. Ich rufe die verängstigte Omi dazu und da erklärt er aufs Neue seine Hilflosigkeit angesichts der Vorwürfe seiner Frau. Er gebe sich immer Mühe, ruhig zu bleiben, verhaue sie auch nicht mehr, es nütze sowieso nichts. Jetzt verhaut er sich selber und trommelt unentwegt auf seiner Brust herum nach Art frommer Hysteriker, er wisse nicht mehr ein noch aus. Ich sage, er solle sich nicht allein und unverstanden fühlen, um eine schwierige Frau herum über Jahre, das hält der stärkste Mann nicht aus, nicht einmal, wenn er sie aus Liebe und im Wissen um ihr Schwächen geheiratet habe. Und umgekehrt. Er beruhigt sich schnell. Wir hoffen alle drei auf die Wirkung von Psychopharmaka oder Psychotherapie, denn so kann das nicht weitergehen. Weit nach Mitternacht ist es, da schicke ich die zwei schlafen – Schwiegersohn und Schwiegermutter mögen und brauchen sich – und lese in meinen medizinischen Ratgebern noch nach über Bluthochdruck, siehe auch Betablocker, Überfunktion der Schilddrüse, psychosomatische Krankheiten, siehe auch Selbstmord.

Ich befrage einen alten Freund von Sankars Familie. Er warnt mich, die Frau sei zerfressen vor Unzufriedenheit, ich solle auf alle Fälle Distanz halten und ihr nichts, gar nichts geben. Das Salär für Sankar sei fürstlich, angesichts des freien Logis gar königlich, und wenn ich die Kinder sponsern wolle, solle ich das stillschweigend auf ein Konto tun für später und niemandem etwas davon sagen.

Morgen mache ich wohl einen Kulissenwechseltrip, will schon lange einmal in den Süden hinunter nach Galle.

26. Juni

Ich machte also einen langen Ausflug, mit dem Motorrad, ganz weit weg, über Colombo, Kalutara, der Küste und den berühmten Badeorten Beruwela, Bentota, Hikkaduwa entlang hinunter nach Galle, endlich, nachdem ich es über ein Jahrzehnt im Kopf hatte. Die Straße längs der Küste ist die einzige Direktverbindung in den Süden, im Umfeld der Hauptstadt perfekt ausgebaut und schnell, nachher verliert sie sich gewissermaßen im Nichts, wird schmal und zerlöchert, heftige Regenfälle haben ihr extrem zugesetzt, sie legen einfach einen Asphaltteppich auf die Erde. Das Wetter ist angenehm, bis Bentota stecke ich mitten in einer Verkehrshölle, alles ist laut und stinkend und verdreckt, visuell unschön, eine nicht enden wollende Karawane von Privatbussen und deren Helldrivern, Staatsbussen, Privatfahrzeugen, Ochsenkarren, Fahrrädern, Fußgängern, Hunden, die blind durch dieses Kriegsgeschehen tappen.

Die Straßendörfer sind verdreckt von Staub und nasser Erde, berühmte Orte wie das Korallenparadies Hikkaduwa wirken heruntergekommen, aber das ändert sich augenblicklich ein paar Meter abseits der Hauptstraße. Ich sehe ein paar verschlampte und verdreckte Althippies herumgeistern, sie sind wirklich Ewiggestrige und zu spät dran und ganz aus der Mode gekommen.

In Panadura gibt es ein Lagerhaus, das Fensterrahmen aller Formen, Größen und Bearbeitungen aus kolonialen Abbruchvillen verkauft, vor allem solche aus der Dutch Period, die im Gegensatz zur auf Repräsentation bedachten Britischen Zeit viele Spuren warmer Bürgerlichkeit hinterließ. In Wadduwa ein anderes Lagergelände, wo überdies Treppen und Holzsäulen angeboten werden. In Ambalangoda überraschen mich zahlreiche Antiquitätenläden mit kolonialen Möbeln und Schnitzwerkstätten für Masken, grell mit Chemiefarben bemalte und matte, souverän glanzlose mit Naturfarben.

Immer wieder herrliche Ausblicke zum Meer hin, draußen häufig wilde Felsenformationen wie Inseln, manche gar mit Palmen drauf, hin und wieder der Zipfel einer großen Lagune, die ans Meer hin aufschließt. Im hervorragenden Reiseführer von Merian lese ich von einem Luxushotel, um eins herum bin ich dort und reif zum Lunch, bin ununterbrochen gefahren, wie unter Drogen, und es strahlt mich dann an in ästhetischer Schönheit, das Triton Hotel in Ahungalla, nächst Balapitiya. Ein betörend geschmackvoller Etappenort mit einem Hollywoodpool, der nach hinten hin übergangslos zum Meer hin anschließt, ein visueller Hochgenuss. An der Rezeption, wo ich mein Gepäck abgebe, schauen sie mich betreten an und auf der Toilette, wohin ich mich zum Waschen zurückziehe, sehe ich im Spiegel, warum: Gesicht, Arme, Hände, Hemd, alles ist schwarz und verrußt, wie wenn ich der Glücksbringer mit dem Zylinder wäre. Erfrischt esse ich einen Chefsalat, streune in der Anlage herum, auch in dieser Gegend ist jetzt ganzjährig Saison seit der Osten des Landes für den Tourismus zerschmettert ist. Später fahre ich unternehmungslustig und gemächlich die anderthalb Stunden nach Galle. Unterwegs begegnet mir ein lautes und farbensprühendes Spektakel, eine Hinduprozession, die wie eine Karawane die Straße entlang zieht, eine Gruppe von Rot gekleideten und grell geschminkten Jungen auf haushohen Holzstelzen beeindruckt mich optisch und artistisch, denn zu allem Überfluss tanzen sie sambaartig auf den Stelzen, oft einbeinig, die andere Stelze wie einen Trommelschlägel in der Luft schwingend.

Gruppenweise Tänzer, transvestitisch geschmückt und kostümiert, ein Rudel Fahrradfahrer führt ihre Papierfeuerwerke vor, Musikinstrumente aller Art, Masken, Fahnen tragende würdige Ehren-Jungfrauen gleich rudelweise, als Höhepunkt und Hinweis auf das berühmte Hindufestival in Kataragama, Ende Juli. Ochsenkarren mit Holzgestellen drauf, an denen in schwimmend ausgebreiteter Haltung je ein Märtyrer hängt, Fischerhaken durchs Fleisch gezogen, und daran an Seilen baumelnd und im Takt der Buffalos sanft hin und her schwingend die hölzerne Gottheit auf dem Tempelwagen fest im Blick.

Gegen fünf, nach 7 Stunden Fahrzeit für die etwa 180 km, in Galle. Schnell zum berühmten Fort, das die Holländer strategisch ins Meer hinaus und in eine tragende Felsenformation hinein bauten. Die zum Meer hin abfallenden Mauern mit den gezackten Ausbuchtungen sind versteinerte Kriegskunst, wie ich sie aus alten Stichen kenne, life und original und unangetastet seit 300 Jahren. Auf der Terrasse droben und in der Talsenke dieser Halbinsel die alte Stadt, das

Verwaltungs- und Wohnzentrum der Kolonialherren, wie von einer Käseglocke eingefangen in der Gründerzeit mit kleinen Sträßchen und kolonialen Bauten, alten protestantischen Kirchen, einem Leuchtturm, ich fühle mich nach Holland und Belgien versetzt. Alles ist ganz zauberhaft, ein Rudel Moslemmädchen nach der Schule kommt auf eine Zinne heraufgelaufen, um in meiner Nähe zu sein, und wir schäkern ausgelassen herum, die hässlichsten sind die Mutigsten, müssen was wagen, bis ich dann müde und entrückt ins Hotel zurückgehe vor dem Eindunkeln. Das ist das «New Oriental», seit 130 Jahren schon, das älteste Hotel der Insel, in der dritten Generation von Burgern privat durch alle nationalen Strudel geführt. Auf der breiten Terrasse mich ausstreckend in einem der breiten Liegestühle, trinke ich ein Lime-and-Soda mit Gin, die Kellnerschar genießt die blaue Stunde, Offseason, die Tagesbesucher zurück in ihren Baderesorts. Gefragt, was ich zum Diner wünsche, gebe ich meine Bestellung auf für acht Uhr, lege mich unter dem besäulten, netzbehangenen Bett zum Ruhen. Nachher beim Schwimmen im Pool, den es zu meiner Überraschung in einem verwunschenen Garten auch noch gibt, ist zu mir als bis anhin einzigem Gast noch ein deutscher Jungvater mit seinem aufgeweckten Söhnchen dazugekommen, die sich als Jörg und Lion vorstellen, aus Wuppertal sind, in Trennung lebend von einer singhalesischen Designerin, die im Alter von sieben Jahren schon nach Deutschland gekommen sie. Das reißt mich aus meiner eingeübten Macke, mich auf mich selber zurückzuziehen in ein kultiviertes Alleinsein, das in Wahrheit wider die Natur des Menschen ist.

Nachher zum Nachtessen im großen Speisesaal ist mit geziemendem Abstand zwischen den Tischen gedeckt und gleich kommt auch mein Menü, drüben sitzen Vater und Sohn, an einem dritten Tisch eine einsame Asiatin, sonst ist der Ballsaal menschenleer. Artiges Begrüßen allseits, zu viel Abstand für ein Gespräch von Tisch zu Tisch, da schnappt sich die Frau zu meiner Überraschung ihr Glas und eilt an meinen Tisch wie in einen Hafen, legt dort aufgedreht an, stellt sich als Chefsekretärin aus Singapur vor. Sie wohne im Colombo Marriot, arbeite im Hilton und bilde für ihren Chef eine Chefsekretärin aus, was sie schier zur Verzweiflung und in ein unstillbares Heimweh treibe. Ihr Chef sei der Investor für den höchsten Neubau der Stadt, verrät sie mir atemlos und um mich zu beeindrucken. Ich finde sie so süß, dass auch das gigantische Bauloch neben dem Bank-of-Ceylon Tower ganz niedlich wird neben ihrem aufgedrehten Charme. Doch ganz schnell erkenne ich: schon wieder ein Problemweib. Wie habe ich das verdient. Sie hört nicht mehr auf zu reden, die Schleusen sind offen, ich bin ein Papierkorb, den sie mit ihren Sorgen und Ängsten füllt, ich halte es nicht mehr aus. Da wird zum Glück mein Essen serviert, was sie als wohlerzogene Chinesin erneut zum hastigen Aufbruch treibt, und unter Entschuldigungen und Verbeugungen zieht sie sich auf eine Couch in der Halle zum Schneidersitz zurück, «auf nachher».

Auch die Deutschen sind inzwischen verschwunden, aber beim Dessert kommt der kleine Eurasier und fragt mich auf deutschkecke Art, ob ich mit ihnen spielen komme, er habe den alten Billardtisch gefunden (den ich vorher schon selber vergebens suchte). Ich flüstere, dass ich froh sei, weil ich jetzt der Chinesin entkommen könne, lasse an ihrem Tisch Tea for Two servieren, trinke den artig mit ihr, konversiere auch arg schön, aber bin froh, dem Wasserfall zu entfliehen mit dem Hinweis, dass mich ein deutscher Businessmann zum Billardspiel befohlen habe. Und schon hat sie sich irgendwie in Luft aufgelöst.

Der Vater hat so wenig Ahnung vom Billardspielen wie ich, der Tisch ist unermesslich groß, so groß wie ein deutsches Kinderzimmer, aber das Söhnlein habe von einem Freund der Eltern gezeigt gekriegt, was er uns nun vorzeigt. Wir sind gute Schüler, bald können wir es leidlich, helfen dem Kleinen manchmal auf den zu großen Tisch, aber es wollen einfach keine der viel zu vielen roten Kugeln ins Loch. Es wird darüber zehn, dann elf, da holt der Vater, froh um einen Kampfgenossen, in seinem Zimmer eine Flasche Arrak und die trinken wir aus, reden über dies und jenes und der Vater schildert, wie er die Fabrik des Alten übernehmen musste und dass er daran leide, und zuletzt nehmen wir auf Geheiß des Vaters noch ein Bad im Mitternachtspool. Wir haben unser Badezeug nicht dabei, aber no problem, die Deutschen sind ein Volk von Freikörperbewegten, wir baden nude comme au verre, «nackt wie ein Glas». Am Morgen um zwei muss ich noch mit aufs Zimmer kommen, bis die Flasche leer und der Kropf geleert ist (es ist eines dieser Zimmer am Pool, «Garden room No G 3», in denen ich eines Tages selber zurückgezogen überwintern werde, doch ein paar Jahre später ist es luxusrenoviert und unbezahlbar, weil zwanzigmal teurer geworden).

Bevor ich um halb zehn am nächsten Morgen zu einem neuen Horrortrip aufbreche, zurück durchs Landesinnere, durchs Tee-, Estate- und Bergland, via Ratnapura, Avissawella, aber zuerst über Madampe, den 3000 Meter hohen Gongala-Pass und Deniyaya. Dieses Deniyaya sollte mein Retter sein, denn der Regen war vorbei. Er hatte mich seit der Abfahrt in Galle unaufhörlich begleitet, ununterbrochen, haltlos, gnadenlos und mit zunehmender Stärke, sodass ich trotz Regenkleidung so vollgesogen war mit Wasser, dass ich sicher das doppelte Gewicht hatte. Kein Guesthouse in dieser Abgeschiedenheit, in dem ich zwischenlagern könnte. Als ich im Regenwald einmal anhielt unter einem Urbaum, um meine Füße zu bewegen, überrauschte mich aus den Schuhen ein Wasserfall. Nach weiteren endlosen Fahrstunden fand ich mich wieder im Flachland von Ratnapura, auch das ein berüchtigtes Regenloch, wo ich im alten Resthouse der einzige Gast war neben einer leise singenden Japanerin. Ich konnte alle nassen Kleider auf der gigantischen Terrasse zum Trocknen ausbreiten und heiß duschen und war am andern Morgen überrascht, dass ich die Reise schadlos überlebt hatte.

11. Juli

In den Zeitungen seit Monaten eine aufgescheuchte Kampagne gegen Aids, Homosexualität und Kinderprostitution, gegen Gottlosigkeit, außerehelichen und vorehelichen Geschlechtsverkehr, gegen Unkeuschheit, freie Liebe und freie Gedanken, Promiskuität, Abtreibung, Schamlosigkeit, Pornografie, gegen Sex überhaupt und die Aufweichung tradierter Werte ganz allgemein. Da passt ganz gut, dass es ein Gesetz gäbe – und bei Zuwiderhandlung ergo eine Strafe –, das einer Frau oder einem Mann verbiete, ein Verhüterli mit sich zu führen. Wenn die Herde übermütig wird, treibt man ihr erst einmal die Lust an der Lust aus.

Wie sonst, wenn nicht mit dem Fokus auf Geldverdienen und Reduktion der Triebe auf die Geilheit des Konsums soll Wind in die anhaltend lahme freie Marktwirtschaft kommen, wie der Rückstand zu all den Ländern aufgeholt werden, die einen links und rechts überholen. Es braucht eine harte Hand, um die liebenswürdige Anarchie der Insulaner in eiserne Disziplin umzuformen. Ich befinde mich mitten in einem Lehrgang über demokratisch verbrämten Autoritätskapitalismus und leider noch im ersten Kapitel.

Wie zu erwarten war, kam nach den langen Monaten voller Zweifel alles ganz überfallartig. Sheela hat eine Arbeitserlaubnis für Singapur bekommen. Man mag noch so scheinheilig lamentieren über den Aderlass der Besten im Lande, über die Käuflichkeit der Emigration, die Überfremdung der Industrieländer des Nordens, das Elend der Völkerwanderung am Ende des Jahrhunderts. In Wahrheit zeigt auch ein verächtlich als «Wirtschaftsflüchtling» beleidigter Auswanderer unternehmerischen Mut, Initiative, Risikobereitschaft, Pioniergeist. Da ist ganz gut, westliche Arroganz zu zähmen mit der Erinnerung, dass unserer Länder einst Wirtschaftsflüchtlinge zu Millionen exportierten: Wer hatte nicht einen «Onkel in Amerika»?

Erst einmal Respekt also für unsere Sheela.

In einem Megaspital in Colombo hatte sie sich einem epischen Medical Check zu unterziehen. Die Krankenschwestern waren zu bestechen, damit die Resultate sofort ausgeliefert werden und nicht erst in drei Wochen. Das noch schreibwarme Flugticket musste bereits heute abgeholt werden. Die Hindukinder sind noch nicht christlich getauft, Tochter Lakshmi ist noch nicht zurück im Internat, das Bankkonto für die Foreign Currency Überweisungen nicht eröffnet, der Koffer nicht gepackt. Aufregung, Stress, Feuer im Dach, nicht einmal Zeit für große Abschiedsszenen. Aber das fällt nur mir auf, ansonsten passt es zu meinen Erfahrungen mit einheimischen Begrüßungen und Verabschiedungen, die immer und überall spröd und scheinbar herzlos sind, als hätte man sich gestern erst gesehen, als würde man morgen wieder zusammen sein. Zeig ja keine Gefühle, auch wenn es dich fast zerreißt.

Um sechs wollte Sheela zum Flughafen abfahren, aber weder ist sie aus Colombo, noch Sankar aus der Stadt zurück (wo er für den Familienhouseboy Bett, Tisch und Stuhl kaufen sollte und für sich selber ein breites Chefbett). Aber alle sind ganz entspannt. Anish zieht an seinem blauen Fahrrad die Bremsen an, Mahendran ist in eine Art Bodybuilding versenkt, Lakshmi scherzt in der Stube mit der Hündin. Einzig die Omi schaut ein wenig zu oft auf die Uhr. Schließlich kommt die Frau des Hauses angehetzt, mit allen nötigen Papieren, doch gefasst, fast erleichtert. Sankar, mit dem sie seit Juli erfolgreich in einer Art stillschweigendem Waffenstillstand lebte, bringt sie immerhin zum Flughafen, damit dem armen Weib wenigstens einer winkt vor den immerhin zwei langen Jahren bei den strengen Singapore-Chinesen.

In den Tagen darauf wächst schnell Gras über die Lücke, das Zusammenleben der Restfamilie pendelt sich ein, Sankar besucht wie seine Frau mittlerweile die Kirche der Anglikaner statt den Tempel an der Sea-Street, die Kinder singen und lobpreisen in der Sonntagsschule. Aus der Ferne behalte ich alles im Auge und manchmal erzähle ich von Singapur, wie fleißig und sauber alles sei, wie gut es der Mutter gehen und wie viel sie dort verdienen würde. Dass sie hierher zur Familie gehört und überraschend auch mir selber fehlt, behalte ich für mich.

12. August

Heute, Donnerstag, Tag 224 des Jahres 1993, bin ich neu auf die Welt gekommen, ich hatte Geburtstag. Im Sternzeichen des singhalesischen Löwen, das passt. Ums Haar hätte mich das Meer verschluckt, ich wäre fast ertrunken. Weggegangen und nicht angekommen.

Spaziere noch bettwarm aus dem Gartentürchen hinaus zum Meer. Das liegt still, der Himmel blau, kein einziges Schäumchen, keine Brandung, kein Boot am Strand, niemand da weit und breit. Normalerweise schwimme ich parallel zum Ufer lange Strecken, manchmal bis hinauf zur Sea Church. Das ist keine große Kunst für einen Sportverächter wie mich, denn die Strömung von Südwest schiebt mich leicht nordwärts und der hohe Salzgehalt des Wassers trägt mich, es schwimmt mich.

Ich weiß, dass es während des Südwestmonsuns Unterwasserströmungen gibt, dass man nicht im offenen Meer schwimmen soll zwischen Mai und November. Aber ich bin so westlich selbstbewusst, habe so wenig christliche Demut, die mich mäßigt, ich ignoriere die Regeln der Vorväter. Zudem kenne ich meinen Strand so gut, will auch gar nicht schwimmen, will mich im Wasser nur ein wenig auf den Rücken legen und weiterschlafen. Verschränke die Hände hinter meinem Dickkopf, lasse mich selbstvergessen wiegen und schaukeln. Als ich aufwache aus der morgendlichen Zwischenwelt zwischen Schlafen und Wachen, ist mein Strand weit weg und ich weit draußen in den Weiten des Ozeans.

No problem, mein Bruder war Studentenmeister im Brustschwimmen, dem werde ich es zeigen. Tatsächlich und wie immer sonst bringt mich das Wassertaxi in kurzer Zeit zur Küste zurück. Ich helfe mit kräftigen Stößen nach, nur noch ein paar Meter bis ich Boden unter den Füßen habe, zwei spielende Vorschulkinder winken zu mir her, das Frühstück ist bereit, der Alltag geht seinen schönen Gang.

Von wegen.

Bevor ich den Sandboden unter den Füßen habe, nimmt mich dasselbe Wasser, das mich hergebracht hat, wieder mit hinaus, es gefällt ihm plötzlich, mit mir herumzuspielen. Hin und her, her und hin, ganz sanft umhüllt es mich. Irgendwann habe ich genug von diesem Spiel. Doch dann merke ich, das Meer meint es ernst, es streitet mit mir um die Anführerschaft, es will gewinnen. Es wird gewinnen.

Nachts, wenn die Brandung manchmal ein Flachboot vom Strand ins Wasser spült, rufen die am Strand schlafenden Fischer mit einem spitzen kurzen Vogelschrei nach ihren Kollegen. So mache ich es dann, als es ernst wird für mich, i! i!, i! Die zwei Kinder rennen erschreckt davon. Ich bin jetzt hellwach, ganz allein mit dem lieben Gott, i!, i!, i!

Es ist wahr, die Sensationen finden in der Nachbarschaft statt. Und im Banalen.

Hin und her, her und hin, den nahen Sandstrand immer im Blick, man muss ein Ziel haben im Leben. Ich passe auf, dass ich nicht abgetrieben werde, meine Retter, die ich jetzt brauche, sollen es einfach haben, mich aus dem Wasser zu fischen. Als ich schon müde geworden bin, kommen ein paar Männer im Sarong herspaziert, in Zeitlupe, verschränken die Arme, schauen, versuchen einzuordnen, was sie da sehen. Draußen im Wasser spielen wir weiter, das Meer und ich. Immer mehr Leute kommen dazu, auch Frauen, Kinder, auch die zwei, die weggerannt waren, sie haben wohl zu Hause aufgeregt berichtet, was sie gesehen haben, i!, i!, i!

Zuletzt stehen mir etwa fünfzig Leute gegenüber, ein neuer TV-Kanal, Privatfernsehen, Hauptdarsteller ein verrückter Ausländer, Gerry Uncle. Ich arbeite hart, in ihrer Nähe zu bleiben, will nicht ins offene Meer und nicht zur

Seite hin abdriften. Einer der Männer versucht in Körpersprache mit mir zu kommunizieren, ich kenne ihn, mein Nachbar Purin. Er geht leicht in die Hocke, streckt beide Arme nach vorne und bewegt sie rudernd zur Seite, nordwärts, immer wieder. Erst Jahre später habe ich realisiert, dass ich mich aus der Strömung seitwärts hätte wegbewegen sollen, um mich aus den Fängen meines Rivalen zu befreien. Stattdessen halte ich mich unverändert im rechten Winkel zum Strand, im Blickfeld der Zuschauer.

Jetzt kommt Bewegung auf, die rettende Idee: Wir brauchen Seile, um diesen Kerl aus dem Meer zu fischen. Der Himmel hat zur richtigen Zeit einen Lastwagen an der Lewis Place halten lassen, manche Fischerfamilien fahren während des Südwestmonsuns nordwärts für ihr täglich Brot. Sie nehmen das Boot mit, die Netze, die Matten, die Kochtöpfe und alles Hab und Gut, alles mit starken Seilen zusammengebunden.

Die holen sie, und während die aufgeregte Zuschauergruppe das eine Seilende fest im Griff hat, laufen mir durchs ziemlich stille Wasser zwei tapfere Männer entgegen, Nachbar Albert und mein loyaler Hausmeister Sankar, um mir den anderen Zipfel herzustrecken, an dem nun alles hängt. Doch das Seil ist zu kurz. Sie kehren um, ich halte mich derweil, so recht und schlecht, über Wasser. Nur kurze Zeit später kommen sie erneut zu mir hergelaufen, beide halten sich am Seil, sie müssen aufpassen, da ist die Strömung, Blickkontakt, kein Wort fällt, Sankar ist so sehr damit beschäftigt, seinen Chef das Leben zu retten, dass er sich selber ganz vergisst und das Seil loslässt. Ich weiß, dass er nicht schwimmen kann. Schreie ihn herrisch an, sich sofort wieder am Seil zu halten, fasse selber das Seilende, bin gerettet, gemeinsam zieht uns die Kommune an Land, jetzt erst bin ich hier angekommen.

Ich setze mich auf den Sand, die Leute stehen um mich herum, ich habe sie geängstigt, aufgewühlt, gestresst, sie haben mich auf wundersame Weise aus großer Not gerettet, ich schäme mich. Albert setzt sich neben mich. Wo ist Sankar? Schon gut, schon gut. Ist er da? Wo ist er? Weiter weg liegt mein Retter im Sand. Die Männer stehen im engen Kreis um ihn herum, schützen und beschirmen ihn. Beim Fischfang hat er den Sarong verloren, einer zieht ihm eine Hose an. Mein Hausmeister ist gänzlich erschöpft, körperlich, mental, emotional an seine Grenzen gekommen. Andere knien auf ihn und drücken ihm den Brustkorb. Das muss man machen, damit das Wasser aus dem Ertrunkenen herauskommt. Als kein Wasser kommt, tragen wir ihn in unseren Garten, ich bin besorgt, wir fahren ihn in die Klinik. Während der Wiederbelebung sind ihm Rippen gebrochen und geprellt, er muss zwei Wochen flach auf dem Stubenboden liegen, es tut sehr weh, es ist zum Heulen.

Wenn man erst einmal ernsthaft im Himmel angeklopft hat und sie haben einen wieder zurückgeschickt ins Leben, dann ist man reich beschenkt, dann soll man etwas zurückgeben. Ich lege ein stilles Gelübde ab, den treuen Sankar als Hausmeister zu behalten, so lange ich lebe. Lebensretter Albert bekommt eine Armbanduhr, wie es die Schweizer machen. Den Pfarrer von St. Sebastian bitte ich um eine Dankmesse, um mich beim Chef da oben für meine Rettung und bei meinen Quartiernachbarn für die Aufregungen zu bedanken, die ich ihnen angetan habe.

An einem Freitag treffen wir uns dann alle in der Kirche, Sankar und Albert neben mir, ich selber sitze dem ewigen Geheimnis ganz nah auf dem Schoß. In nachdenklicher Dankbarkeit hingegeben bekomme ich eine Lektion erteilt über die Kraft der Gemeinschaft und meine Nachbarn singen so süß, dass ich es mein Leben lang nicht vergessen werde.

20. August

Das Klima ist jetzt weich wie Kokosmilch, kein Lüftchen, kein Regentropfen, die Brandung tönt kräftig, aber nicht herrisch. Dennoch ist das Wasser wie von innen her auf- und angetrieben, gewalttätig und in theatralischen Aufruhr. So sehr, dass das Wasser heute erstmals bis an die Kokospalmen vor meiner Mauer schwappte, die von Rechts wegen die meerseitige Linie meines Grundstücks bilden. Die paar Fischer, die mit ihren Booten manchmal vom Hafen in der Stadt an unseren Strand zurückkommen, haben sich für die Ausfahrt aufs offene Meer flugs wieder in die Sicherheit des Korallenriffs verzogen.

Im Normalfall wachsen aus Schmerzen Kräfte, aus Niederlagen Chancen, und manch einer entwickelt gerade an den Tiefpunkten seines Lebens Fähigkeiten, die ihn hinaustragen können über die Dinge. Aber da gibt es auch Angst, Unsicherheit, alptraumhafte Dunkelheit, Lähmung, und da reißen dann die Halteseile und das Leben fährt wie ein Lift ohne Zwischenhalt auf ein vorbestimmtes Ziel, nach unten.

Gestern morgen kam des Zigarrendrehers Lenaratne alte Mutter ins noch unschuldige Haus, vor Enttäuschung über die ausgerechnet ihr widerfahrende Ungerechtigkeit heulend, und berichtete von einem neuerlichen Unfall ihres geborenen Pechvogels, bei dem dessen jüngste Tochter meterweit, wenn äußerlich auch unverletzt, in einen Gemüseladen flog und ihr Vater sich mit zerquetschten Rippen und demoliertem Brustraum unter den Rädern eines voll beladenen Kleinbusses fand. Nun liege er im Zentralhospital in Ragama, das Unglück hat die zerstrittene Großfamilie geeint und abwechslungsweise besuchen sie ihn nun, doch froh, dass er ohne Bewusstsein am Tropf hängt und sie nicht für seine Verpflegung aufkommen müssen bei der ansonsten kostenlosen Medizinalbehandlung. Die Tausendrupienspende wird schwer wiegen bei Gelegenheit.

Die alte Witwe Millicent war mit Polizistensohn, Tochter, Barmann-Schwiegersohn und Enkelkind ein zweites Mal zu Besuch, diesmal, um ihren Schmuck abzuholen, den ich als Go-Between im Auftrag ihrer umtriebigen Schwester herbrachte. Die Frau ist charmant aufgedreht, hat auch das, was man in gehobenen Kreisen Kultiviertheit nennt, und ist mir zu diesem Zeitpunkt ein willkommener Gruß aus der Großstadt. Dennoch bin ich erleichtert, als sie wieder geht und mich unter Abnahme von Gegenbesuchsschwüren in die Ungezügeltheit des Fischerdorfs zurückwirfr.

Heute Abend, ich schloss gerade das Tor, die Hündin Sida plötzlich ganz aufgeregt und im Haus ungewohnte Geräusche. Da hüpft – schon wieder! – eine Krähe auf dem Boden herum, die mir vom Atrium her zugefallen ist. Fürs erste erlege ich sie mit dem Fliegengitter und lass sie im Küchenschüttstein zur Ruhe kommen und die Nacht verbringen. Am nächsten Morgen lassen wir sie frei, die missglückte Rabenaufzucht vom Mai steckt uns noch in den Knochen.

Wie bitte soll ich die Leute ernst nehmen, wenn sie sich selber nicht ernst nehmen. Einem meiner Nachbarn, den ich schon so lange kenne, dass eine gewisse Vertrautheit entstanden ist, widmete ich zwei Stunden größter Aufmerksamkeit, um ihn mit einem Bündel gemeinsam erarbeiteter Problemlösungen aus seiner Hoffnungslosigkeit zu reißen, in die er sich durch falsches Manövrieren beim Geschäftemachen in Madras selber gebracht hatte. Der Zoll, bei dem er sich durch eine Beziehung von zweifelhaftem Wert um sein Erspartes brachte, konfiszierte die gesamte illegal eingeführte Schmuggelware, wie üblich Berge von Kleidern schlechter Qualität, doch mit dem Vorteil extremer Preisgünstigkeit. Zwei Wochen später war er bereits wieder auf Einkaufsreise, diesmal in Thailand. Als er die mit ungedecktem Scheck vorausbezahlte Ware abholen wollte, war die genannte Adresse falsch. Jetzt bettelt er mich um ein Busticket an, um in Colombo wegen einer alten Geschichte, bei der er noch was zu holen hofft, einen Anwalt zu nehmen, von dem er auch noch nicht weiß, wie er ihn bezahlen soll.

Die Gleichgültigkeit und Unkultur im Umgang untereinander entspricht derjenigen, die die Leute hier auch gegen sich selber richten. Da gibt es kein weiches Polster von Konvention, Kultiviertheit, Ritterlichkeit, natürlichem Anstand, Gemeinsinn gar, Verlässlichkeit, es zählt das Recht des Stärkeren, das Ego lebt sich aus, Hilfsbereitschaft und Teamgeist bleiben auf der Strecke. Was in großer Not auch kein Wunder ist, denn, nicht wahr, mit sorglos vollem Bauch lässt es sich leicht kultiviert sein.

Wie auch immer, in manchen Situationen, angesichts so mancher Geschichte in meiner Sammlung, fehlt mir hin und wieder Essenzielles in der Agrargesellschaft, die mich umgibt. Konversation als Kunstform zum Beispiel betreibt keiner von denen, die ich bislang kenne, nicht einmal zu sprachlichem Kunstgewerbe reicht es. Kein Wunder, hocken fünfzehn Jahre nach der Einführung der Television bereits achtzig Prozent der Insulaner vor den acht Sedierungs-Kanälen. Dass trotz Südasiens höchster Alphabetisierungsrate kaum jemand Bücher liest, hat mich immer schon gewundert, ich denke, der gebetsmühlenhafte Hinweis, dass hier im Lande jeder lesen und schreiben könne, sei Angeberei und bloß für die staatliche Statistik wichtig.

Niemand vermittelt den Zugang zu Büchern, in Negombo, bei immerhin 100 000 Einwohnern, gibt es keine einzige Buchhandlung, in der Hauptstadt kenne ich noch keine, die diesen Namen verdient. Ich bin oft intellektuell ausgehungert, obwohl ich bei meinen Streifzügen durch die Hotels gelegentlich ein zerlesenes Magazin erlege, das meiner kleinen Büchersammlung ihren heroischen Ernst nimmt. Und ich habe auch schon «Spiegel» aus Hotelpapierkörben gestohlen.

Diese irrationale Liebe zu allem, was mich umgibt, ist durch nichts zu irritieren, wird im Gegenteil mit jeder Unzulänglichkeit noch inniger, so wie man schwierige Kinder besonders gerne mag.

22. Oktober

Die deutsche Art, nichts aufzuschieben, alles sofort in die Hand zu nehmen und alles das in größtmöglicher Perfektion zu Ende bringen zu wollen, wird mich hindern, dem tropischen Nichtstun zu verfallen, gar lethargisch in den Mangroven hängen zu bleiben. Manchmal aber bin ich mir mit diesem Erbgut selber lästig, wenn ich etwa einmal ganz bewusst ein paar Stunden lang herumhängen möchte, nach spätestens einer Viertelstunde aber von einer plötzlichen Eingebung gehetzt aufstürze und sie umgehend in Handlung umsetze. Wie heute das Waschhausfinish mit einem von Hand gesetzten Backstein-Wasserablauf und einem gleichartigen «Moonstone» vor der Tür, damit wir nicht allen Sand vom Gartenboden zum gebleichten Linnen tragen. Das hat mich und meine zwei angestellten Allrounder dann für vier atemlose Stunden in Gang gehalten, mit erfreulichem Resultat zwar, aber ich muss endlich begreifen lernen, dass meine neue Geliebte, dieses Grundstück am Meer, auf alle Zeiten veränderlich und in Bewegung sein wird. Dass es den Tag nicht geben wird, an dem alles definitiv und abschließend fix und fertig ist, so, dass danach nie mehr etwas zu tun und nie mehr einzugreifen wäre. Ich weiß, alles fließt, auch hier, aber ich schaffe es nur in besonders glücklichen Momenten, mich ganz drauf einzulassen, den Dingen und der Bewegung ihren Lauf zu lassen.

Was sind das nur für erbärmliche Lehrer hier, schlecht bezahlt offensichtlich und mies motiviert. Schicken die Kinder vorzeitig heim, kommen nicht zum Unterricht, kommen zu spät, müssen von den Schülern nach der Pause vom Teeklatsch weg ins Klassenzimmer gerufen werden, erreichen ihre immerhin definierten Lernziele nicht. Da hat doch so eine Hirschkuh zwei Tage vor Beginn der staatlich einheitlichen Jahresabschluss-Notentests realisiert, dass sie, aus Gleichgültigkeit oder Faulheit, das Jahr über keine einzige Stunde Zeichenunterricht gab. Dass sie nun Punkte geben muss für Leistungen, die sie nie abgerufen, für die sie nie unterrichtet hatte. Resultat ist die Forderung an die Schüler, von heute nach der Schule um zwei bis morgen früh zum Schulbeginn um acht 30 (dreißig!) Zeichnungen als Hausaufgabe beizubringen, von ihnen selbst mit dem Bleistift vorgezeichnet und farbig ausgemalt. Abgesehen davon, dass ich mich frage, wie ein Fischerjunge im trüben Licht seiner Fischerhütte ohne Arbeitstisch, Unterstützung und Zeichenstifte das Ziel erreichen soll, ist die geforderte Fron selbst für Gutausgerüstete in besseren Umständen menschenfeindlich.

Sankars Buben zeichnen sich die Finger wund bis in der Nacht, Szenen sind zudem gefragt, es geht nur im Team mit Schwester und Wahlverwandten, die aktiv und bald einmal selber erschöpft eingreifen. Eine Fünf bekommt nur, wer alle Blätter beibringt, es geht augenscheinlich um die Menge, denn nicht wahr, es gibt ja keine verlässlichen Kriterien für Kunst, dennoch ist's rührend, wie sich die Gebeutelten hineinsteigern und ganz Erstaunliches zustande bringen an Fleiß und Einfallsreichtum. Im Übrigen ist mir das Prozedere von zu Hause her wohlbekannt, die musischen Fächer sind Belästigungen im Lehrplan, man kann sie im Erwerbsleben nicht gebrauchen, Fantasie und Emotionalität stören Abläufe und Ordnung, sind nicht gefragt, weil nicht verwertbar.

Erstmals in der Geschichte der Menschheit sind die Wasser des Indischen Ozeans direkt an meine Mauer geschwappt, obwohl sie üblicherweise etwa zwanzig Meter vom Ufer weg vor sich hin schlabbern. Mittags war es noch windstill, die Sonne ein wenig verschämt zwar, aber tröstlich, kein monsungerechtes Anbrechen der Wellen am Ufer, alles friedlich, wenn bei näherem Zusehen auch beunruhigend. Aber welch eine innere Wut, welch erbarmungslose Macht vom Inneren der Wasser her, die ganz und gar verrückt spielten, sodass sogar die Fischer, echte Kerle, die durch die Natur nicht mehr zu erschüttern sind, in Gruppen beisammenstanden und besorgt und verunsichert aufs Meer hinausschauten, was da wohl auf uns zukomme. Ich erinnere mich an «Der große Regen» von Louis Bromfield und seine Bilder der Großen Flut. Die Omi fürchtete die Nacht im Bungalow vorn am Meer, wo sie vorübergehend wohnt, weil es zu nah am Wasser sei und zog sich nach hinten ins Staffhaus zurück, wo es in der Folge nachts eine Art Massenlager gab. Aber Tage nachher ist es wieder sanft wie Kokosmilch, wie wenn es ein letztes Aufbäumen des Monsuns gegen die Sonnenzeit gewesen wäre, die nun wirklich losgebrochen ist.

Ich sehe am Strand, dass die Hoteliers in Erwartung der touristischen Massen tatsächlich in eine attraktive Beachfront investieren, Farbe pinseln wie die Wilden, sodass ich endlich den Nutzen schweizerischer Verschönerungsvereine begreife und ein wenig versöhnt bin nach meiner Skepsis vor Wochen, als ich den Eindruck hatte, ich sei von lauter Ignoranten umgeben.

Ich muss wirklich jeden Tag etwas Neues lernen. Nicht nur bin ich seit Jahr und Tag in einem Englisch-Intensiv-Kurs (wobei ich oft verzweifelt denke, das würde sich nie zu einer Alltagssprache für mich entwickeln, viel zu oft stoße ich beim Sprechen und Zeitunglesen an neue Grenzen, und zwar ausgerechnet immer dann, wenn ich wieder einmal recht zufrieden bin mit mir), ich bilde mich auch zum Gärtner und Landwirt aus, zum Koch und Bäcker ganz nebenbei; dass ich von Putzen, Waschen, Bügeln etwas verstehe, wundert niemanden, dass ich mich mit dem Motorrad in der mörderischsten Rush Hour um die Hauptstadt herum erfolgreich schlage, ist schon bemerkenswerter. Aber dass ich außer Anthropologe auch noch Zoologe werden muss, erspart mir manchen Volkshochschulkurs: Heute Abend haben wir eine hasengroße Landratte gejagt und unsere Strandschlampe Sida, honorables Member of the Staff, was will ich machen, hat sie dann erlegt unter dem Gejohle der ganzen blutrünstig erregten Meute. Bei Analyse dieser Unappetitlichkeit habe ich mich dann als altbekannten Wohltäter wiedergefunden, denn ich unterhalte mit einer Kompostgrube, in der männerdaumengroße Maden allerfeinsten tiefschwarzfeuchten Humus produzieren, seit all den vielen Jahren ein veritables Speisehaus für allerlei lichtscheues Gesindel. Das werden wir nun also mit einem Eisengitter abdecken.

Für zweihundert Rupien hat der Störschreiner sechs Esszimmerstühle des Staffhauses repariert, die allesamt so in ihre Einzelteile zerfallen waren beim unfreundlichen Gebrauch, dass der Hausmeister nächstens sicherlich neue gekauft hätte. Ein teurer Unfug, weshalb ich seit Wochen trainiere, sofort nach Schwächeanfällen zu reparieren, weil es dann noch ohne Mühe umsonst zu machen ist. Aber ich tue mich schwer, das zu vermitteln, denn nur was neu ist, ist auch gut. So wie es sich gemäß Werbefernsehen auch gehört für moderne Menschen an der Schwelle zum dritten Jahrtausend westlich-christlicher Zeitrechnung.

Im Norden gehen die Bemühungen dahin, die Separatisten einzuschnüren und mit der Einnahme der Stadt Jaffna den tödlichen Streit psychologisch zugunsten der singhalesischen Mehrheit zu gewinnen. Die Gegner im Hinterhalt des vertrauen Dschungels sind ihrer Sache viel sicherer als die Armee, und natürlich agieren sie methodisch viel wendiger als die schlecht ausgebildeten und sehr jungen Soldaten der Regierungstruppen, von denen heute gleich vierhundert ermordet wurden. (Die Gerechtigkeit brachte gleichzeitig auch vierhundert Rebellen um.) Solche Ereignisse lassen sich an der erhöhten Frequenz der großen Spitäler und an verstärkter Präsenz der Polizei leicht ablesen, lange bevor die Medien hinter dem Volksmund herhinken.

Ich überlege für den Ernstfall, wie ich die Haushälterfamilie auf dem Land in Sicherheit bringen könnte, falls es noch einmal zu Ausschreitungen gegen Tamilen kommen sollte. Die Leute sind wütend. Ich beschließe und verspreche mir selber, Verantwortung zu übernehmen, die Familie hat mich adoptiert, jetzt adoptiere sich sie. Aber ich sage es ihnen nicht, damit sie im Stand der Unschuld bleiben.

Bin seit zwei Wochen nicht mehr beim Schwimmen gewesen, weder im Meer, noch im Pool, wegen einer dieser kleinen, alltäglichen Verletzungen von hierzulande viel dünnhäutigeren Füßen und Händen. Wenn man sie nicht übersorgfältig wie zu früh geborene Kinder betreut und behandelt explodieren sie blitzschnell zu massiven Tropengeschwüren und gefährlichen Blutvergiftungen. So ist permanentes Pinseln mit Jodtinktur Teil des täglichen Körperpflegerituals geworden, das Basler Tropeninstitut hat es mich einst gelehrt.

Der Zimmermann ist weiterhin mit dem Dachstock der Villa beschäftigt und ersetzt lausiges Dachstockholz, das unser Dach bald nicht mehr trägt, sodass uns alles auf den Kopf fallen wird. Das malaysische Hartholz ist so dicht gewachsen, dass weder Tierbefall noch Wassermoder denkbar sind. Es sinke, wenn man es ins Wasser lege, Eisenholz, erinnere ich mich. Immer wieder aufs Neue ist dieses Haus meine Geliebte, die meine Hingabe und Aufmerksamkeit braucht, die mich in Atem hält und dominant ihre Rechte einfordert, sodass ich frag- und klaglos nach ihrem Willen springen muss.

Jetzt eröffne ich nach all den Waisen-, Kriegsverletzten- und Behinderten-Heimen auch eines für Vögel. Diesmal flog uns eine ausgewachsene Ente zu, gelb geschnäbelt, mit enormen Schwimmflossen, aber niemand wusste, wo man sie festhält, an Flügeln, Beinen, Hals? Wir ließen sie in ein Bassin fallen, weil wir einmal gehört hatten, dass Enten Wasser bräuchten. Der Dreckschnabel erinnerte uns dann aber an Schlamm, und noch während der Diskussion über ein jetzt anzulegendes Feuchtbiotop, flog unsere Flugente im Steilflug von hinten an, weil sie nicht dulden mochte, dass wir herumschreien wie sie. Um nach einem Watschelweltrekord auf der Piste in stolzem Steilflug auf und wieder davon zu fliegen.

Das schönschenkelige Huhn Laura, das die Omi vom Markt brachte für das Sonntags-Curry, hatte ich erfolgreich gegen ein pfannenfertiges Tiefkühlhuhn getauscht. Genaugenommen habe ich es adoptiert. Niemand im Team dürfe es anrühren, auch nicht in Hungersnot, es dürfe hier leben, bis es eines Tages einen natürlichen Tod sterbe. Prompt hat die neue Freundin die erste Nacht in meinem Haus verbracht, heimlich, hinter der Falttür zum Garten. Eine Henne braucht also menschliche Nähe, ergo ein Dach über dem Kopf.

26. Oktober

Dieser unnötige und dumme Bürgerkrieg frisst schamlose zwanzig Prozent des Staatshaushalts weg, die für anderes gebraucht würden. Wie erbärmlich alles am Boden liegt, zeigt die Entwicklung des Bruttosozialprodukts während dem letzten Jahrfünft. Mit wenig mehr als einem Prozent findet sich das Land auf dem letzten Rang von vierzehn asiatischen Ländern, noch weit hinter China, Indien und sogar Pakistan. Es wird ein, zwei Generationen brauchen, bis man sich an die neidvoll verehrten Vorbilder Singapur und Hongkong vorgekämpft hat. Doch außer ein paar Wirtschaftsprofessoren tut das niemandem weh, obwohl das Land aufschreien müsste am Tag der Veröffentlichung solch schmachvoller Zahlen, weil sie manch lieb gewonnene Selbsttäuschung zerschmettern, etwa die, dass man im Sarong etwas aufbauen könne.

Zu reden gibt im Lande aber neuerdings, dass europäische Frauen herkommen, um sich mit einheimischen Männern einzulassen. Einige Boote am Strand künden von solchen Beziehungsstürmen, «Helga» heißt eines, oder «Nadine with Love», oder eine englische oder deutsche oder dänische Flagge ist hilflos aufgemalt, sogar eine Nixe im Bikini ist zu sehen. Frauen geben ja kein Bargeld als Liebeslohn, sie nehmen Beziehungen auf und helfen zwischenmenschlich. Ins Gerede kommen jedoch weniger die Freierinnen als die kleinen Hoteliers, die stundenweise Zimmerbesuche erlauben. Auf denen hacken Autoritäten und Medien in einer neu aufgelegten Moralkampagne herum. Nicht auf den Touristen, deren Geld und nicht auf den Liebhabern, deren Stimme man braucht.

Manche Frauen im Westen emanzipieren sich im Ausland. Wenn eine ein Kind will aber keinen Mann, dann reist sie in ein Entwicklungsland. Ich wage es kaum zu sagen, weil es ein abgewetztes Klischee ist, aber man erkennt die werdenden Mütter an ihrem emanzipierten Kurzhaarschnitt und diesem ein wenig zu aufrechten Gang, mit dem sie ihre Unsicherheit kaschieren. Sie besuchen die örtlichen Waisenhäuser, suchen sich ihre Tochter aus, hinterlassen eine stolze Donation und stellen sich mit dem kleinen Wurm in der Basttasche in die Warteschlange am Flughafen. Das darf dann gesellschaftlich abgesichert als mütterliche Fürsorge daherkommen, als Mann wäre ich mit dieser Kinderliebe ein übler Pädophiler. Ich habe meine permanente Gewaltbereitschaft als Mann gefälligst durch Arbeit zu sublimieren und die Kinder dem Monopol der Gebärmütter zu überlassen.

Im windgeschützten Vorgarten steht ein sehr alter Busch, der nach Jahren erstmals röhrenförmige, schlanke Blüten trägt. An ihm sah ich letzthin erstmals in meinem Leben einen Kolibri, in der Luft stehend wie eine zu groß gewachsene Hummel, seinen langen, leicht geschwungenen Rüsselschnabel selbstvergessen in den Nektar versenkt. Fragte mich, ist der Busch für den Kolibri da oder der Kolibri für den Busch, und dachte dann, dass wohl eine schicksalhafte Zwillingsverbindung bestehe zwischen beiden und die Natur aufs Schönste ausbalanciert sei.

Alle Tage bin ich aufs Neue ganz besoffen vom Schauen, bin so versenkt in die tausend Kleinigkeiten meiner neuen Wirklichkeit, dass das Schreibpapier oft tagelang unberührt und das Beschreiben ein lächerliches Surrogat der Wahrheit bleibt. Immer wieder meine ich, verstanden zu haben, und fühle mich kurz nachher unwissender als zuvor. Abseits der Medienschlagzeilen, die die Welt in meinem europäischen Leben arg verkürzten, ist das wirklich Spektakuläre das Alltägliche. Es zwingt mich zur permanenten Auseinandersetzung, denn das Fremde bleibt mir bei aller Verstehensbereitschaft oft unverständlich. Selber in der Rolle des Fremden zu sein, ist eine manchmal harte Prüfung, aber ich empfinde als wertvoll, dass sie mich demütig macht in meinem ausgeprägten Hang, alles an jedem Ort und zu jeder Zeit für machbar zu halten, und dass sie meinen europäischen Willensschädel heilt.

4. November

Meine Freiburger Teilzeitfreundin Julia hat mir die Leviten gelesen, weil ich mich in fremde Angelegenheiten eingemischt und damit meine Beziehungen zur Nachbarschaft gefährdet habe. Ich war tatsächlich selber nicht so sicher, aber schließlich hat da so ein abendländischer Helferreflex nicht lange überlegt, sondern gehandelt. Vielleicht auch, weil im Alter aus Liebe Nächstenliebe wird. Da sah ich beim Hinausschauen auf den abendlichen Horizont einen Hund im Wasser strampeln, einen dieser unreinen Verirrungen der Natur. Ein Rudel schreiender Kinder hinderte ihn mit langen Stecken, ans Ufer zu kommen, und ich dachte mir, der sei wasserscheu und solle zwangsgebadet werden. Dann aber fingen sie an, mit Steinen und Kokosnüssen nach ihm zu werfen und ich realisierte, die wollen ihn ersäufen. In der Meinung, er habe wohl einen Stein an die Beine gebunden (so ersäufen sie hierzulande unliebsame Zeitgenossen), mischte ich mich ein, schrie sie mit gewaltigem Zornesstimme an und nahm dem Buben mit dem längsten Stecken die Mordwaffe aus der Hand. Das Kinderrudel rannte erschrocken auseinander, um mich aus sicherer Entfernung genau zu beobachteten. Ich schnappte mir den Stecken, der zum Glück eine Abzweigung hatte und machte ein paar selbstbewusste Schritte ins Wasser. Fischte den verzweifelten Köter ins Trockene. Nur um ihn da in peinlichster Verlegenheit liegen zu lassen, denn er hatte alle vier Beine gebrochen, sie baumelten schlaff an ihm herum und der Körper hatte viele blutende Wunden. Verkehrsunfall. Sie haben schon das richtige gemacht, das Tier war ohne Hoffnung. Ich soll mich nicht immer einmischen. Ich bin Ausländer und weiß in Wahrheit nichts. Ich bin Ausländer und weiß in Wahrheit nichts. In Wahrheit nichts.

Doch da ist kein Unterschied zu der Geschichte mit dem Singhalesen, dem ich vor zehn Jahren am Beach von Mount Lavinia das Leben rettete, mit demselben Reflex und ohne mich mit einer goldenen Armbanduhr als Lebensretter auszeichnen zu lassen? Das Mannsbild kämpfte im Meer draußen verzweifelt, verschwand immer wieder im stürmisch gewordenen Wasser, am menschenleeren Strand eine große Gruppe gestikulierender Kerle, von denen keiner etwas tat, vor lauter Schreck waren sie ganz gelähmt. Ich wusste, dass der Seegrund hier sehr gemächlich tiefer wird, zog mich reflexartig aus und watete mit einer herumliegenden Bambusstange schräg hinaus und auf ihn zu (ihn schwimmend zu retten, hätte ich nicht geschafft). Ich bekam ihn tatsächlich zu fassen, er war zu erschöpft, um sich zu wehren, und zog ihn wie den Hund ins Trockene. Wo ihn die Landsleute auf die Seite gelegt entwässerten, während ich wie John Wayne einsam davonschritt. Hätte ich mich da nicht einmischen sollen?

Es ist schwierig manchmal, ich muss mich immer wieder neu definieren, erlebe mich immer wieder neu, funktioniere aber am besten aus mir heraus. Aufs Risiko hin.

Die nächtlichen Wasserfälle des ausklingenden Monsuns sind nichts anderes als die Vorbereitung auf einen Morgen, der dich mit Unschuldsaugen anschaut und dich fragt, war da was? Die Tage beginnen sanft und gemächlich, umarmen dich, beschützen dich, tragen dich, wiegen dich. Ganz anders als die Nacht nach einer wie mit der Schere abgeschnittenen kurzen Dämmerung, die dich alleine zurücklässt, hellwach statt schläfrig macht, sodass dir fünf Stunden genügen zum Warten auf den neuen Tag. So lese ich mich in den Schlaf hinein, die Einschlafhilfen Pillen und Alkohol puritanisch verachtend, und bin beglückt beim Aufwachen, dass ich wieder da bin, dass ich wieder Geburtstag habe, wieder dabei und Teil des Ganzen sein darf.

Vor ein paar Tagen habe ich meine ersten eigenen Tomaten gegessen, keine scheinheilig roten Hormonboliden ohne Makel, solche mit Schrunden um den Stiel, eher klein. Aber welch ein Geruch und Geschmack verbünden sich da zu einer euphorisch stimmenden Droge, der ich nur ein Stückchen «Schweizer Edamer» zumute, die eine neu gegründete Swiss Cheese Corporation neuerdings in die Läden bringt. Es verblassen daneben die vielen hundert Kokosnüsse, orangenfarbene zum Trinken, grüne zum Raspeln, die Chilischötchen, winzig klein und teuflisch scharf, sodass ein Tropfen auf der Zunge genügt, um den

Geschmackskelch für Stunden außer Kraft zu setzen. Was noch? Auberginen neuerdings, Ladyfingers, Stangenbohnen, Maniok, Zitronen, Papayas natürlich, winzige Nüsse in steinharten Schalen, Bananen, Passionsfrüchte, Mangos und sogar eine Art Kirschen bald einmal.

Im Telefonbuch, das weitere Verbreitung hat als das Telefon selber, steht die Nummer des Präsidenten, «His Excellency», ganz am Anfang, wo andernorts das «A» beginnt. Ich bin ganz gerührt ob so viel Bürgernähe und finde die Verwandtschaft mit der niedlichen Bundesversammlung unter der Berner Bundeshauskuppel (ist sie in Wirklichkeit eine Glocke, eine Käseglocke?) wiederum beruhigend.

Oft sehe ich erstaunt die Diskrepanz zwischen der politisch verfolgten reinen Lehre, die Singhalesen von Tamilen abgrenzt und Moslems und Christen ausklammert, und der alltäglichen Wirklichkeit, in der hier herum alle Welt in Ruhe und fraglos zusammenlebt. Dazu gehört nicht nur, dass mitten im christlichen Kampfgebiet bedeutende und gern genutzte Hindutempel stehen, sondern auch die freudvolle Umtriebigkeit der Moslems. Denen scheint hierzulande kein fundamentalistisch harscher Weg vorgezeichnet, sie sind pragmatischer als anderswo, sicherlich wegen ihres relativen Wohlstands, vor allem in der traditionell gefestigten Rolle der Händler. In der sind sie besonders stark geworden, seit ein instrumentalisierter Mob 1983 die Geschäfte der Tamilen abgebrannt und sie hinausgeworfen hat aus dem Kuckucksnest.

Ich mag das Gerede über das Wetter wirklich nicht mehr hören, schon gar nicht das Klagen, dass es nicht mehr sei wie früher. Aber jetzt fangen sie auch hier mit solchen Vergleichen an – man muss sich vorstellen: kein Fischer redet je übers Wetter – und vielerlei Theorien müssen herhalten dafür, dass das Wetter nicht mehr so sei wie früher. Tatsächlich gibt es dieses Jahr zu viel Regen an der Westküste, das schafft mir einerseits irische Verhältnisse, die mir durchaus gefallen, aber andererseits blockiert es meine Beweglichkeit manchmal ganz arg, sodass ich heute nach einer völlig durchnässten Motorradfahrt im warmen Tropenschauer erstmals die Möglichkeit eines Autokaufs in Erwägung zog.

Am Sonntag habe ich die ganze Angestellten- und Familienschar zu einer gemeinsamen Fahrradtour eingeladen. Vorwand war der Besuch eines Memorial Centers für eine landesweit verehrte Tochter Negombos, Rukmani Devi. Sie war der erste Star im neuen Sri Lanka Kino und als Singing Nightingale of Sri Lanka verehrt. Vor zehn Jahren in der Blüte ihrer Jahre und nach immerhin zweihundert Filmen, ist sie dem Straßenverkehr zum Opfer gefallen. Jeder, der vom Flughafen aus in die Hauptstadt fährt, sieht ihre lebensgroße Denkmalstatue, die mit diesen kapitalen Spitzbrüsten inmitten all der katholischen Heiligenstatuen ein wenig seltsam wirkt und grässlich wie ein Ofenrohr silberfarben angepinselt ist. Immerhin ist Volkssport geworden, dass Reisegruppen ihr Vehikel an ihrem Denkmal anhalten, um den Segen der Heiligen Jungfrau herabzuflehen: Man schickt ein unwissendes Unschuldslamm aus dem Auto, damit der ein paar Rupien auf ihren Sockel legt, und lacht sich dann über den Tölpel halb tot, der die Filmschauspielerin für die Muttergottes gehalten hat. Das Museum ist schön morbid, auch Rukmanis Schlafzimmer ist da samt der Frisierkommode mit all den Schminksachen, Perücken, Kleidern.

Im Atrium der Villa lasse ich zwei zusätzliche Dachabdeckungen schreinern, damit es nicht mehr auf die Treppen regnet, sondern nur ins tiefer liegende Zentrum, das sich bei heftigem Regen in einen malerischen Flachpool verwandelt. Daneben sind anhaltend allerlei Kleinarbeiten fällig, das Haupttor klemmt und muss mit zwei Eisenstreifen fest verschraubt werden, damit das Holz sich nicht mehr nach Wind und Wetter richtet, sondern nach unseren Bedürfnissen. Das Falttor zum Meer hin ist nur unter Kraftanstrengung zu öffnen und zu schließen; weil mehrmals täglich nötig, ist auch das lästig und muss geändert werden. Eines der Betten, mittlerweile auch zehn Jahre alt, erträgt die nächtliche Last nicht mehr und muss wie auch die antike Couch verstärkt werden. Eine der fest montierten Glasabdeckungen in meinem Zimmer will ich mit Scharnieren versehen und zum Fensterflügel abändern, damit ich bei trockenem Wetter ohne Klimaanlage lüften kann. Der Schreiner ist kohlrabenschwarz und muss einer der Nachfolger fahrender Seeleute sein, die lange vor der Entdeckung durch die Kolonisatoren aus Afrika herkamen. Er ähnelt einer gut genährten und deshalb friedfertigen Raubkatze und gefällt mir, weil er nicht ins Mehrheitsraster passt. Wenn er seine Arbeit weiter gut macht, bekommt er auch den Auftrag für den Ausbau des Staffhauses und späterfür den Umbau der meerseitigen Schuhschachtel zu einem zusätzlichen Gästehaus.

Wie der zu realisieren sei, beschäftigt mich mit tausendfachen Ideen tagsüber und nachts und ich komme wie oft in eigener Sache nur unter Geburtswehen zu einem abschließenden Entscheid, was ich schlussendlich realisieren soll von all den Ideen, die ein ganzes Dorf beleben könnten, wenn man mich nur bauen ließe. Auf alle Fälle gehe ich von einer länger dauernden Zusammenrbeit mit der Haushälterfamilie aus und dementsprechend von einem mehrjährigen Zusammenleben auf dem gleichen Grundstück. Da reicht der Platz einfach nicht. Was das Gästehaus betrifft, schwanke ich zwischen Fremdenzimmern und Restaurant, halte die Zimmervermietung aber für lukrativer und simpler als einen Restaurationsbetrieb, für den es auch noch Küche und Lager bräuchte und vor allem einen Wirt aus einem Kaliber, das ich nie sein werde: Ich beherrsche weder den Handschlag, noch habe ich ein stabiles Namensgedächtnis.

Heute Morgen wachte ich spät um neun in einem biorhythmischen Hoch auf nach fast einer Woche beunruhigenden Herumhängens. Ich unterliege immer wieder dem trainierten Zwang, die Zeit mit irgendwelchen selbst ausgedachten Aktivitäten auszufüllen und kam schon beim morgendlichen Längenschwimmen im nachbarlichen Hotelpool zur Einsicht, dass die kommende touristische Hochsaison ohne mich nicht möglich ist. Da wird für vier Monate diese farbige Schar der Touristen über die Gegend kommen wie ein Schwarm fliegender Fische, und ich muss nur ein Fangnetz vors Tor hängen, um mich und meine Wahlfamilie wieder einmal so richtig vollzufressen.

Also habe ich unserem Alltag neuen Sinn und ein neues Ziel verordnet und von eigener Hand drei Holztafeln beschriftet: «Icebear Beach», «Rooms», «Zimmer». Sankar wird im Rathaus eine gesetzeskonforme Lösung erkunden müssen, da mir als Ausländer «jegliche Erwerbstätigkeit verboten» ist. So, wie wir es auch in der Schweiz mit Ausländern halten. Wahrscheinlich wird es eine Lizenz brauchen, sie kann auf den Haushälter lauten, der hat mein Vertrauen und ich habe keine Probleme damit, ihn zu fördern statt ihn einfach nur zu beschäftigen.

Inzwischen streichen wir unter Aufbieten aller menschlichen Ressourcen die zur Verfügung stehenden Räume in meinem Privathaus, der Villa. Polieren die alten Möbel, reichern alles mit Grünzeug an und ich platziere allerlei folkloristischem Schabernack. Später rast Sankar durch die Stadt, um alle Bekannten, die mit Fremden in Kontakt kommen könnten, mit einer saftigen Kommission für unser Neugeschäft zu ködern, denn «Business findet zwischen Menschen statt» und «all business is local», wie schon der Große Verkaufsförderer schrieb. (Später wird dann deutlich, dass in unserem Fall Beziehungen nichts nützen, Firmennamen und Firmenschild aber alles. Sie sind das große Schleppnetz, zusammen mit dem schnuckeligen Eisbären, den ich nach Lukas' Entwurf von einem einheimischen Schriftenmaler an die straßenseitige Mauer malen ließ – er tatzt mit seiner Rechten so tapsig zur unter ihm angebrachten Hausglocke, das jeder Passant ihn als Haustier adoptieren will und Einlass begehrt.)

3. Dezember

Gestern besuchte ich die Familie meines alten Freundes Sanath, dem ich kürzlich in einer meiner gütigen Anwandlungen eine extrabreite Matratze spendierte, nachdem er mir verriet, dass er nach fünf Ehejahren mit Frau und Kind noch immer auf dem Zementboden schlafe. Die Matratze war tatsächlich da, ein wenig hart zwar, aber das mindert den Kinderreichtum. Da war auch ein allerliebstes junges Ding unbestimmten Alters, das mich bis in die Nacht hinein so stark beschäftigte, dass ich mich wieder einmal ungerufen in Heiratsüberlegungen fand, die ich während des ganzen darauffolgenden Tages verscheuchen musste. Denn einerseits kann man nicht alles besitzen, was einem gefällt, und andererseits brächte eine Zweierbeziehung massive Einschnitte in mein aktuelles Leben als rücksichtsloser Single, die harmonische Balance mit den mich umgebenden Menschen würden zu drastisch gestört. Dass die junge Frau dieselbe war, die mich – damals noch minderjährig – vor ein paar Jahren zum fünfzigsten Geburtstag mit einem Bündel hiesiger Kirchenlieder weggesungen hat, ist ein augenzwinkernder Zuruf, dem ich mich nur ungern entziehe. Mit der Einsicht, dass der Altersunterschied einfach zu groß sei, selbst wenn das in Europa mittlerweile schick geworden ist im Schaugeschäft, entziehe ich mich weiteren Schwärmereien.

Es ist Sonntag im Dezember, ein Monat an den ich mich emotional und warm erinnere. Habe in der Stadt die obligaten drei Sonntagszeitungen gekauft. Auf der Heimfahrt kam mir die Nachbarin von gegenüber entgegen und ich winkte ihr erfreut zu, obwohl ich den Eindruck hatte, sie würde mich nicht mehr zurückgrüßen wie früher. Doch war ich unsicher, weil hierzulande ein leichtes Neigen des Kopfes schon Überschwang bedeutet. Heute Morgen aber hat sie mein deutliches Winken gesehen ohne jede Regung im Gesicht, geschweige denn einer Antwort. Das beunruhigt mich – schließlich bin ich nicht aus Holz – denn ihre Familie gehörte zu den ersten, denen ich vor fünfzehn Jahren und seither immer wieder einmal hilfreich war, weil sie mir von dem Grundstück erzählten, das ich dann kaufte, und weil die vielen Männer der Familie immer aufs unschuldigste gelobten, mich zu beschützen. Genaugenommen bin ich beleidigt und suche gleich ihr Haus auf, um ihren Mann zu befragen. Der schildert mir, dass sich seine Frau völlig verschlossen habe gegen jedermann, seit keines ihrer Kinder ihr mehr beistehe, auch die Töchter nicht. Immerhin sei ihre Älteste in Italien verheiratet, aber weder Geld noch Briefe kämen.

Daneben erfahre ich, dass die schöne Frau des Ältesten jetzt in der Schuhfabrik arbeite, dass er aber eifersüchtig sei und nicht wisse, was sie dort mache. Dass es nicht mehr genug Fische gebe für alle, seit das Militär die Fischer vom noch nicht überfischten Norden aus Sicherheitsgründen zurückschickten. Aber sie wären sowieso gegangen, denn die Separatisten würden sie terrorisieren, sie hätten ihnen fast dreißig Boote samt Motor und alle Netze weggenommen. Tatsächlich liegen heute Morgen allein am Strandabschnitt vor meinem Haus fast fünfzig Boote, die Holzplankenboote der alten Männer und die stolzen Katamarane gar nicht gezählt. Das drückt auf die Marktpreise und wird wohl auch den Ausbau seines kleinen Hauses verzögen. Das hatte ihm die Regierung geschenkt, es war eines dieser Vorwahlprogramme. Den Ausbau muss er aber selber finanzieren, es wird jetzt einen Stillstand geben. Doch guter Rat ist billig, vom Baumaterial meines inzwischen abgebrochenen Zweithauses kauft er mir für eine symbolische Rupie ein paar alte Fenster zum Einbau ab.

1994

12. Oktober
Der Rosenkranz aus überweißem Plastikguss wog etwa drei Gramm und Rayans Jüngste zeigte ihn mir strahlenden Auges her. Antwort auf meine Frage, warum sich der Vater in seiner unsäglichen Not und erkennbar am Ende nicht an seine Gemeinde wende oder an die Kirche dort. Der Pfarrer erklärte sich außerstande, doch Rosenkranz-Beten und die Jungfrau Maria würden helfen.

Und nun steht dieser ewige Pechvogel da mit seinen zu indischen Tempelhuren aufgetakelten Kindern und bietet mir als Ausweg aus dieser persönlichen Tragik eines davon zur Auswahl an, sagt auf die Frage, was ich denn um Himmelswillen mit seinen Kindern solle, was ich wolle, aber ich möge ihm helfen, er müsse sich umbringen sonst.

Unbehagen. Die Erfahrung, dass ich mit Geldgaben ein Rad andrehe, das nicht mehr zur Ruhe kommt, blockiert mich, obwohl ich die tausend Rupien in der Tasche hätte, die mir Gäste kürzlich als spontane Entwicklungshilfe gaben, damit ich sie einsetze, wo ich es am besten fände.

Ich will Zeit gewinnen, mache tags darauf auf jeden Fall einen Schönwetterbesuch bei der Familie seines Onkels, nachdem auch diese jahrelang strapazierte Sippenhilfe nun weggefallen ist. Vor etwa zehn Jahren hatten wir es mit diesem Lenaratne immer sehr lustig bei Schildkröteneiern, gemeinsamem Singen, handgerollten Zigarren und viel Gelächter. Kurz darauf zog sich der buddhistische Haudegen dann zur Meditation zurück, ahnend, dass er nächstens reif fürs Nirwana sei. Nachdem er deshalb alles stehen und liegen ließ, musste seine junge Frau aus dem Stand heraus für den Unterhalt der fünf Töchter sorgen. Kürzlich kam sie zurück nach acht Jahren Arabien, die erste der Töchter zu verheiraten, sich der spätgeborenen zwei Söhne zu widmen. Und um den alten Mann zu pflegen, der, unverändert lendenstark, noch immer aufs Jenseits wartet.

Seit der Garten so geil wuchert, haben wir Singvögel hier, die tags und bei Sonnenschein erfolgreich gegen die Krähen ansingen. Seit Tagen sehe ich bei Dämmerung überdies Fledermäuse durch die Büsche segeln.

Als ich von einer Motorradreise zurückkam, hatte die Haushälterfamilie einen Adler gefangengesetzt. Er war so dumm, im Garten zu landen, und mit einem üppigen Sari haben sie ihn gebändigt und in der Hundehütte festgesetzt, um mich zu überraschen. Die Krallen fingerdick, die Schwingen über einen Meter weit, der Schnabel preiswürdiges Graphic Design, Hals und Brust weiß, der Rücken braun. In einem Buch über die lankischen Tiere finde ich heraus, dass es ein Seeadler sei, der sich ausschließlich von Fischen ernähre. Nach gehörigem Abfotografieren machte ich die Tür auf, wir scheuchten ihn gar von hinten hinaus, aber der König der Lüfte blieb wie angewachsen in der Hütte stehen. Die Kinder stupsten ihn mit einer Besenstange, und da hopste er endlich in die Freiheit, wo er aber nicht wusste, was anfangen.

Sofort schaute ich im Lexikon, «Seeadler. Sitzt stundenlang auf einem dürren Ast, bis er sich ins Meer auf einen Fisch stürzt …» Sofort banden wir einen dürren Ast an einen Kokospalmenstamm und prompt flog er gelangweilt ein wenig in die Höhe und setzte sich darauf. Aber er flog immer noch nicht davon, wohl wegen unserer vielen Fütterungsversuche und der zuletzt akzeptierten zappeligen Lebendfische. Das war ein gemütliches Leben jetzt, der Tollpatsch hat sich auf dem Gelände eingenistet und uns zu seinem Adlerhorst gemacht. Da sitzt er tagsüber weise im Gehölz eines Temple Tree oder auf der Lehne eines kippeligen Stuhls auf der Terrasse und schaut gelangweilt, aber hellwach registrierend aufs Meer hinaus, bevor er sich abends ins Innere des Gartens auf seinen dürren Schlafast zurückzieht. Doch ist das Resultat meiner Recherche, dass es sich um einen Seeadler handle, seit heute Morgen arg erschüttert, denn wir sahen eine große Gartenmaus in seinen Krallen, die er restlos verspeiste. Den Raben, dem er kürzlich das Genick brach, nachdem dessen allzu freche Angriffe seine Geduld zu sehr strapazierten, ließ er hingegen ungefressen verächtlich liegen. Es hat seither viel weniger Raben in den Palmen.

Wir füttern ihn weiterhin durch, immer sitzt er auf einem Ast, den wir definitiv vor der Hundehütte platzierten, die Hündin Sida muss im Freien nächtigen. Ich faxe nach Basel, man möge im städtischen Zoo fragen, ob sich ein Adler domestizieren ließe, aber Lukas empfiehlt mit Konfuzius, ihm die Freiheit zu schenken, um selber frei zu sein.

Da mag ich nicht dagegenhalten.

Also öffneten wir ihm zum zweiten Mal die Tür, aber wieder hüpft der König der Vögel wie ein zu großes Suppenhuhn durch den Garten, statt abzuhauen. Wir bemerken endlich, dass ihm jemand, von dem er uns wohl zugeflogen ist, Federn aus den Flügeln gerissen hat, das also hindert ihn. Nicht der gute Wille und seine Zuneigung zu uns.

Die Raben attackieren ihn derweil, verteidigen ihr Revier zu Hunderten, der wehrt sich nicht, schaut nur aristokratisch gelangweilt im Kreise und geht dann aus einem bereitgestellten Wassereimer trinken. Da fällt er stolpernd, aber offensichtlich genussvoll hinein, sodass wir ihm eine Badewanne aufstellen, in der er sich räkelt, um sich für den Rest des Tages sinnesfroh aufzuplustern.

Die Gefängnistage haben ihn wohl auch an Personen, Bewegungen und Geräusche gewöhnt, denn wir können uns ihm problemlos nähern, er lässt mit sich reden. Nachts ein Wolkenbruch, ich schau aus dem Fenster zu ihm hinaus, da hat er auf seinem Stammplatz die Flügel zu einem Regenschirm ausgebreitet, ist morgens aber dennoch pudelnass, bis die Oktobersonne ihn wieder trocknet.

Hausmeistertochter Lakshmi hat heute Geburtstag. Der Vater holte sie vor Wochen vom Töchterinternat im gefährlichen Norden, wo die Front verläuft und Schüsse alltäglich sind. Die Mutter hat ihr nun mit einem Empfehlungsschreiben des Anglikanerpfarrers einen Platz in einem angesehenen Internat in Kandy sichern können, aber als sie kein Taufzeugnis vorzeigen konnte, ist die Zusage fast geplatzt. Erst ein erneutes Schreiben mit der Zusicherung, dass wie schon die Mutter auch die drei hinduistischen Heidenkinder im November getauft würden und bereits brav Kirche und Sonntagsschule besuchten, brachte wieder Hoffnung. Seelenkauf.

Lakshmi selber heult die ganze Nacht, will lieber hierbleiben an dieser unsäglich lausigen Tamilenschule, und es braucht die Anstrengung aller, ihr die Chancen aufzuzeigen und ihre individuelle Freiheit als Frau, wenn sie qualifiziert und unabhängig immerhin bis in die Mitte des nächsten Jahrtausends hinein ihr Leben zu meistern habe.

Ziemlich spät bringt Sankar den beauftragten Geburtstagskuchen mit, außer sich vor Enttäuschung, weil die Bäckerin nicht fertiggeworden sei wegen «unter Singhalesen üblichem Familienstreit», wie er kopfschüttelnd erklärt. Eigentlich sind es zwei Kuchen, eine Eins und eine Vier – obwohl ich ja zum Fünfzehnten eine Fünfzehn bestellt hatte – und sie sehen furios aus, nachdem ich diese Farbstreusel drauf streue, die mir Gäste aus München mitbrachten, um mir – erfolgreich – das Gutzibacken beizubringen

An der abendlichen Kakaoparty parlieren wir nett herum, bis später der lokale Anglikanerchef ins Staffhaus kommt samt Begleitung zum gemeinsamen Singen und Beten. Und weil er zum Herrgott einen guten Draht hat, kam just zehn Minuten vorher das erlösende Telegramm nach fünf lähmend langen Wartemonaten: Sheelas Singapur-Visum ist eingetroffen, sie kann endlich abreisen, Druck wird von allen genommen, es wird wirtschaftlich und zwischenmenschlich aufwärtsgehen.

Die ersten voll zahlenden Gäste sind ein fränkisches Ehepaar, sie ist eine muntere Krankenschwester, er ein stiller Ingenieur. Sie waren Freunde meiner verstorbenen Mutter und haben sich genaugenommen selber eingeladen. Sie kämen nur, wenn sie alles zahlen dürften. Sie sind ein für uns alle ziemlich überraschungsreiches Tummelfeld. Obwohl sie noch nicht im neuen Gästehaus residieren, sondern ein wenig zu hautnah im Gästezimmer meines eigenen Hauses, sind sie sehr angenehm. Gäste zu haben könnte so stimulierend für mich werden, wie es privat schon immer der Fall war. Nebst dem Spaß, bei jedem «Prost» aus der Bierflasche die Registrierkasse klingeln zu hören. (Die richtet sich nach einer Speisen- und Getränke-Preisliste, die ich nach mehreren Restaurantbesuchen flugs erstellt hatte, etwa zwanzig Prozent unter den ortsüblichen Ansätzen.)

Die Aussicht auf Gewinnteilung lässt auch der Staff Flügel wachsen und Sankar fragt unseren ersten zahlenden Zimmergast strahlenden Auges, ob der Herr noch ein Bier wünsche und zwinkert mir dann vielsagend zu, wissend, dass er die Flasche zu 58 eingekauft und zu 100 verrechnen wird.

Der junge Singhalese Wasanta entwickelt sich als Houseboy gut und ist jetzt Chef der Kaltwasserwaschmaschine geworden, hat sein eigenes Amt seit meiner sündhaft teuren Samsung-Anschaffung, um die herum ich von der Garage abgegrenzt ein Wasch- und Bügelhaus baute. Seither hellt sich auch meine grässlich vergraute und zerfaserte Wäscheaussteuer dankbar auf.

Ein wenig lustloses Motorradfahren hierhin und dorthin, das Signalhorn ist kaputt, es ist mir die Potenz abhandengekommen damit. Bei einer Bank Erkundigungen über ein Non Residence Foreign Currency Account System, das im Gegensatz zu meinem hiesigen Sparkonto Zinsen trägt. Ich renne unverändert meinem Residence-Visum hinterher und finde bei 127 Schweizern im Lande und 35 000 Sri Lankern in der Schweiz manchmal fehlproportioniert, wie schwer man es als Ausländer haben kann.

Abends viele neue Rezepte immer, die ich aus mitgebrachten Büchern herauspicke. Das Kochen und Essen ist zentral wichtig geworden und bereichert meinen Alltag, auch zum Vergnügen meiner zunehmenden Gästeschar.

Beim Sea Sands vorn hat Marianne, eine Schweizerin, ein Restaurant eingerichtet. Ihr selbstgedrehter Zopf und ein Krug Milchkaffee stillt mein sonntagmorgendliches Heimweh, und weil sie überdies hausgemachte Himbeerkonfitüre serviert, diesen Wirtehandschlag und dieses Grüezigerry-Gedächtnis hat, könnte das mit dem Sunday Observer zusammen Tradition werden wie der einst heilige Samstagmorgen im Basler Schiesser-Café.

Ich schlafe fürstlich und fühle mich sehr gesund, um vieles ausgeglichener und sorgloser. Das Dasein greift.

Die Nachbarin Lucia schleicht sich manchmal abends in mein Haus, um meine Gäste mit katholischem Gedankenaustausch zu betören und für die alte Leidenschaft zu werben, mich zu verheiraten. Doch seit ihr unser Erstgast Gisela, die als Krankenschwester ein zünftiges Repertoire an deftigen Pfarrherr-Witzen hat, Proben dieses Könnens servierte, sehen wir Lucia seltener, sie ist zu geniert.

Pfarrer Julian aus Marawila war zum opulenten Nachtessen hier, kommunikations-ping-pong-unfähig und eitel wie immer, aber wenigstens trinkfest und frommen Witzen gegenüber aufgeschlossen. Nachher ließen wir uns zum Lunch einladen an seinen neuen Wirkungsort, dem St. Silvester College, wo er mich echt beeindruckte. Als geistlicher Manager regiert er nun 700 Schüler der Sekundarstufe, davon 90 Seminaristen als priesterlichen Nachwuchs. Die hohe Geistlichkeit hat Julians Talent als Manager und Fundraiser wohl erkannt, wegen dem ich ihm schon vor zehn Jahren eine große kirchliche Karriere bis zum Bischof hin prophezeite. Das hat er mir nicht vergessen, und so sucht er nun meine private Nähe manchmal, um «Geschäftliches» zu besprechen.

Nach all den Jahren habe ich ihn dann zum ersten Mal entspannt und als Privatmann erlebt und nicht als ewigen Bernhardiner-Bettelmönch. Nach dem Schulrundgang gaben wir ihm in seinem schönen alten Pfarrhaus die Ehre. Im November ist passenderweise Fünfzig-Jahr-Jubelfest, und bis dann wird er seine Sponsorenziele für die Renovation der verwahrlosten Immobilien zusammengetrommelt haben. Zu Gast war auch sein langjähriger Freund Prabath, der als Rektor seinerseits eine 700-Seelen-Schule regiert und bislang immer als sein frommer Chauffeur aufgetreten ist. Das Meeting war entspannt und angenehm weltlich, die Staff, Koch und Boy, servierten kosmopolitisch, so wie ihr Chef es mittlerweile gelernt hat, es waren gar Damasttischtücher mit Reißnägeln auf die Tische gespannt.

In allgemeinem Wohlbehagen und nach dem sechsten Stout beschlossen wir die Permanenz dieser Männerrunde, Prabath wird Ende November zu sich einladen, und dann soll es allmonatlich im Turnus reihum weitergehen. Old Boys.

Der sprechende Papagei ist heute, aufgeschreckt durch den Lärm eines öffentlichen Dieselbusses, weggeflogen, Sheela trauert.

Gestern haben sie Vincent beerdigt. Vom blaugestrichenen Haus der Familie zum schändlich verwahrlosten katholischen Friedhof zog eine extra lange Perahera, lauter Männer im weißen Sarong, ich fand nicht heraus, wo die Frauen blieben. Voraus ein kurzbehoster Alter mit einer gigantischen Messingglocke, dann Kreuz- und Kerzenstock-Träger, gefolgt von der mir seit Jahren vertrauten, zum Heulen schönen Brass Band und diesem schwermütigen Trommelschlag. Ein kleiner Prinz in weißem Satin trägt einen Kranz auf einem Holzständer, dahinter auf den starken Fischerschultern von sechs Freunden ein napoleonischer Sarg und drin der zerbrechliche, kleine Mann, der er geworden ist, seit sie ihn am Herzen operieren mussten. Einem Negombofischer so schmählich die Freiheit nehmen heißt, ihn umbringen.

Als ich ihn am Nachmittag vor seinem Tod noch besuchte und ihm beinahe zärtlich zugeneigt war, wie er so dalag im Vorfeld des Unvermeidlichen, da spürte ich elektrische Energie wie Blitze aus seinem Arm in meine Hand herüberzucken, bevor er sich dann wiederzurücklehnte, begleitet von einem seiner

Söhne, der ihm Luft zufächelte und der Ehefrau, die mit all den anderen Besuchern im Kreis der intakten Großfamilie sehr besorgt und nah zu ihm waren.

Tags darauf, die alten Fischer am Meer vorn gaben mir mit zu Gott gereckten Armen vielsagende Hinweise, besuchte ich ihn ein zweites Mal. Jetzt war er schöner als eines dieser honigsüßen Heiligenbilder, wie er so priesterlich gewandet aufgebahrt lag im großen Ehebett, die letzte Ruhe auf seinem Gesicht, ein Stoffhimmel über und viele Kerzen neben sich. Auf dem Boden und ums Haus herum viele trauernde Nachbarn und der Sohn von gestern im Verandafenster still mit sich allein, versenkt und vom Beileidstrubel weise abgewandt.

Beim Trauerzug bin ich nicht mitgegangen, ich bin einfach zu groß gewachsen neben all den fragilen Leuten hier und noch viel zu scheu für diese Art von Öffentlichkeit.

Hin und wieder ziehe ich mich zum Sammeln der Gedanken, Bündeln der Gefühle, Sortieren der Absichten, Bewerten des Status, Fassens guter Vorsätze ins sanftere Landesinnere zurück, durchaus froh um andere Eindrücke als die einseitigen und oft unerfreulichen der touristisch erschlossenen Gegend um mich herum, die den Leuten die Unschuld gestohlen hat.

Die Oktobertage nach dem Monsun zeigen sich tags blauhimmelig und manchmal bissig heiß, die Sonnenuntergänge sind schamlosfarbig, aber nachts stürzen Wildbäche vom Himmel, wie wenn es nie mehr damit aufhören wollte. Weil aber die bösen Winde sich legten inzwischen, haben wir die meterhohe Palmblattabdeckung vorne am Meer abgenommen und ich habe wieder freien Blick aufs Wasser, mit dem sich die Fischer indes noch nicht versöhnten, denn es legen nur ein, zwei Boote an am Morgen.

Die viel zu große Quartierkirche hatte ihr jährliches Kirchenfest, ein zehntägiges buntes Spektakel, das alle Anwohner freudig finanziert haben mit frommen Gaben, obwohl sie oft nicht genug zum Essen haben. Das Resultat hat allen Sinnen geschmeichelt, trotz der unvermeidlichen Grellheit. Meine Nachbarn hatten sicher drei Kilometer weit die Lewis Place mit Fischernetzen überspannt, mit Tausenden bunter Lämpchen behängt und brachten damit frivolen Leichtsinn und stimulierende Ästhetik in die stramm missionierte Gegend, die für kunstgewerbliche Delikatesse und übersprudelnde Lebensfreude sonst nicht sehr bekannt ist.

Zwar war das in den siebziger Jahren konträr anders, jedermann, der aus dem Ausland kam, war damals ein Gegenstand von Interesse, Verehrung und Gastfreundschaft. Legion die Einladungen zu all den Familien, selbst zu Angehörigen der Upper Class, man war jeden Tag in irgendwelche Beziehungskisten eingesponnen, aus denen es kein Entrinnen gab und denen man sich beglückt hingab. Endlich wieder Mensch pur, endlich ein Volk mit offenen Herzen, strahlenden Gesichtern, argloser Direktheit, überwältigendem Lachen, bei dem ein vielfach Gebrochener seine Natur wiederzufinden hoffen durfte.

Aber fünfzehn Jahre später hat ein globaler Kreuzzug gegen Unmoral und ausufernde Sitten die Daumenschrauben auch hier auf der Insel korrekt angezogen, die Gesellschaft stramm auf Leistung eingeschworen. Mit Aids (westlichem!), Prostitution (männlicher!), Drogen (harten!) hat der Teufel jetzt einen neuen Namen. Eine Koalition von sentimentalen Eiferern und religiösen Fundamentalisten aller Religionen, angeführt von unserem Herrn Pfarrer, dem direkten Gesandten des römischen Polen, hat den Touristen den Kampf erklärt und letztens gar dem Fortschritt: Sogar gegen die millionenschwere Küstenerosions-Hilfe der Skandinavier wurde aggressiv opponiert, weil sie nicht den einheimischen Fischern helfe, sondern dem Tourismus. Dabei wird jeden Tag wieder ein weiteres Stück Küste und manches Haus und Hotel ins Meer hinaus gespült, es ist wirklich dramatisch.

Die Folgen der Entfremdung sind niederschmetternd.

Die weißen Rothäute, von denen ich zwangsläufig viele kennenlerne, fragen sich heute frustriert, was sie in Negombo eigentlich sollen. Erlebnisferien waren hier ohnehin nie möglich, Ausgrabungen gibt es nicht, die Ästhetik der neuen Devisenfabriken hielt sich immer schon in Grenzen, allerorts im Land gibt es schönere Strände als die hiesigen, doch war das Kapital der Gegend wie des Landes immer die entwaffnende Herzlichkeit seiner Leute. Jetzt ist der Strand leergefegt von Einheimischen, wer im Müßiggang flanierend angetroffen wird, muss sich peinlich ausweisen über den Zweck des Aufenthalts. Die Restaurants sind besetzt von Touristen, kein Sri Lanker will sich mit einem Weißen noch in der Öffentlichkeit zeigen, die ihn des Drogenhandels, der Prostitution, Homosexualität, Promiskuität, Schamlosigkeit und der Aufweichung tradierter Werte zeihen würde. Selbst die Kinder meines Hausmeisters, die ich einst vor dem Haus schwimmen lehrte, halten in der lokalen Öffentlichkeit geziemenden Abstand zu mir.

Wie sonst, wenn nicht mit Konzentration aufs Geldverdienen und Reduktion auf die geile Droge des Konsums, soll Wind in die anhaltend lahme freie Marktwirtschaft kommen? Wie der zeitliche Rückstand zu den asiatischen Tigern Korea und Konsorten aufgeholt werden, wenn nicht mit eiserner Disziplin und harter Hand?

24. November

Bin bereit für die Abreise nach Indien, drei Monate immerhin, erleichtert, seit ich mein Gepäck auf ein kleines Ledergefäß reduziert und im «Connemara», einer feinen Adresse in Madras, die drei ersten Nächte reserviert habe, um in der Fünfmillionenstadt schneller daheim zu sein und von so gesichertem Hafen aus das Weitere zu erkunden. Habe nochmal mit Sankar gesprochen, ihn daran erinnert, dass ich nur am Resultat interessiert sei und er freie Hand habe, auch wegen des neuen Mitarbeiters, der ihm assistiert. Als ich höre, dass in Colombo heute wieder Suizidbomben losgegangen seien, eine am Bahnhof, eine in der Nähe einer Kaserne, fürchte ich wieder einmal Ausschreitungen gegen die tamilische Bevölkerung, wenn dem singhalesischen Volk wegen all der Nadelstiche der LTT der Kragen platzen sollte und es eines Tages nicht mehr unterscheiden mag zwischen Nachbar und Feind. Für einen möglichen Ernstfall gebe ich Sankar und Sheela Instruktion, das eigene Leben, die Familie irgendwo im Land in Sicherheit zu bringen und vorher meine Property in singhalesische Hände zu geben. Das wäre demnach ein Houseboy. Der muss dann auf der Property die Security übernehmen. Auch wenn ich keine Ausschreitungen gegen Ausländer annehme, ist der Rest mein eigenes Risiko. Ich nenne in der Reihenfolge meiner vertrauten Nachbarn Lucia, Gayan, Sanath, denen man Schlüssel geben könne, verweise auf die Botschaft in Colombo und übergebe eine Liste mit anderen Adressen für den Notfall. Besorgt und nachdenklich umrunde ich die Property und mache mich dann reisefertig.

1995

16. August

Das wenige, das ich seit Wiederankunft Mitte Juli schrieb, ist einem Diskettenfehler zum Opfer gefallen. Da war auch das Manuskript für einen Auftragstext drauf, mit dem ich mir ohnehin schwertat und den ich dann neu hirnen musste, sodass der ganze gestrige Tag mit dem Hätscheln meines Ärgers draufging. Gefolgt von einem Heute, das mich in Melancholie und einem Anflug von Trauer sah, weil mir mein zweiter Sohn eröffnete, dass ihn die Mutter nach Chilaw in eine fromme Schule («Boarding» = internieren) weggeben wolle. Weil ich den kruden Selbstverwirklichungs-Schwachsinn seiner Mutter mittlerweile gut kenne, litt ich an diesem von ihr oft schon praktizierten Egoismus, der sie mit ihren Kindern spielen lässt, statt sie zu fördern.

Ihr Bruder, der seit 18 Jahren in Frankreich lebt, besuchte kürzlich die hiesigen Verwandten. Zusammen mit seiner Frau, einem französischen Unschuldsding und dem Sohn, einem ziemlich neurotischen Pubertierenden, logierte er zum halben Preis bei uns im Icebear und stellte während der drei Wochen das ganze Haus auf den Kopf. Die versammelte Großfamilie war im absoluten Ausnahmezustand und zur täglichen Arbeit nicht zu gebrauchen. Nun kocht sich einiges zusammen. Soviel ich mitbekam, soll Lakshmi, jetzt sechzehn und eine antriebsarme Stubenhockerdrohne geworden, zu ihrer Tante Lalitha nach Deutschland exportiert werden, im Multipack mit ihrem Knäbchen Deepan und der schon immer hin und her geschobenen Omi, die hier die Aufzucht auch dieses Enkels übernommen hatte, nachdem die Mutter sich einen deutschen Ersatzteilhändler zur Heirat angelacht hatte. Das wäre auf der mütterlichen Checklist dann also abgehakt, drei Störenfriede weniger hier, Dame Lalitha hätte eine Arbeitskraft in ihrem Schneiderladen und eine Haushälterin noch dazu, und Sheela könnte Prinzensuche und Freiheitskampf ungestört weiterführen.

Recht verwundet und verschnupft war ich aber, dass ich über die neuen Schulpläne (das wäre die vierte Schule in Folge) nichts hörte, denn immerhin sponsere ich Anish in echter Verantwortung seit bald 8 Jahren und wollte nächstens mit ihr über den Umstieg in die Colombo International School reden, über die ich mich kundig machte. Ich mutmaße, dass sie auch noch ihre zwei Söhne unter Dach bringen will, ehe sie sich selber absetzt, um ihren eigenen Weg zu machen, den Aufstieg zu schaffen ohne Verantwortung für andere und ohne ihren Mann, der sich schleichend und unauffällig zum Trunkenbold entwickelt.

Die Frau hat ein Talent, alle Leute um sich herum tanzen zu lassen, dass mir vor dem Matriarchat aufs Neue graust. So lief ich dann wie immer in Not eine Stunde am Strand, um Gedanken und Gefühle zu bremsen, mit einigem Erfolg auch diesmal. Ich muss wirklich egoistisch sein, diesen Helfertick, diese Sucht nach Verantwortung schubladisieren und mich nur an meinen Interessen orientieren. Meine Mutter, die morgen 79 würde, warnte mich oft genug vor meiner Weichherzigkeit und der Gefahr, dass sie ausgenutzt würde.

Sheelas und Sankars jüngster Sohn ist mir in diesen Jahren ans Herz gewachsen wie ein eigener Sohn. Nein danke Sheela, ich werde ihn nicht adoptieren, das ist euer Sohn, aber mit dem Herzen ist er schon lange wie mein zweiter Sohn. In Wahrheit hat der mich schon lange seinerseits adoptiert, kennt mich gut, erkennt meine miese Seelenlage und befragt die Mutter, was denn mit mir sei. Sie wusste es natürlich und hat sich prompt mit einer süßen Suppe bei mir eingeschmeichelt, die indes nicht ausreichte, meine anwachsende Distanz zu verringern.

Abends putzte ich in einem Anfall von Schaffenskraft mein steinaltes Raleigh Fahrrad, zuerst mit Vim, dann mit Kerosin, und zuletzt massierte ich alle Teile zärtlich mit Nähmaschinenöl. So weit ist es mit mir gekommen.

Der Schreiner war ganztags da, passte die neuen Lamellenfensterläden in die meerseitigen Icebearfenster ein, von Hand wird da gesägt und geschraubt, dass all die Black & Deckers einpacken können. Rund um die Kleiderschranktür ist ein breiter Holzrahmen montiert mit glücklichen, aber ein wenig blöde schauenden Schnitzfischen. Dass die Fachleute beim Umlackieren auf Mahagoni die weißgetünchte Wand verschmierten, ist Landessitte, an die ich mich als Gast und Fremder zu gewöhnen suche.

Die Solareinheit für das Heißwasser wurde heute, wie immer nach unsäglich langem Warten, angeschlossen. Aber bis der leer gelaufene Tank wieder gefüllt und die Dusche testbereit ist, wird es morgen früh werden.

Die neue Klimaanlage ist die kleinste, die zu haben war, aber völlig ausreichend für die Zimmergröße; ich musste erst lernen, dass die einem immer eine zu große Einheit andrehen wollen. Wie immer war die Montage von erschütterndem Niveau. Nach einem scharfen Brief an die Colombo-Company kamen heute zwei verschüchterte junge Männer, um die Leitungen anständig zu verbinden, sodass sie ein paar Jahre halten. Wenn ich nur wüsste, ob dieses Niveau ein Resultat mieser oder gänzlich fehlender Berufsausbildung ist oder eine Folge innerer Haltung. Oft erlebe ich Singhalesen und Tamilen – so verschieden sie sind, da gleichen sie sich – als verschlafen, zerstreut, uninteressiert, einfach nicht knackig genug, um den Singapursprung zu machen, der trotz Regierungsdoktrin Zeitungshudelei bleibt.

Nächstens werden wir wohl Besuch von der Armee bekommen – ich male mir Varianten aus, wie sie anrücken –, denn heute Abend berichtete uns der Houseboy Suresh, dass die Soldaten ihm in einer der jetzt zahlreicheren und genaueren Kontrollen seine Identitätskarte weggenommen hätten und dass er fürchte, sie würden ihn zur Armee zurückholen, von der er sich ohne, dass er uns das sagte, unbewilligt entfernt hatte. Auf Befragen wird deutlich, dass er nach 7 Monaten Dienstverpflichtung Ferien genommen habe, von denen er auch auf Insistieren der Familie hin nicht mehr zurückkehrte. Die zwei Brüder seien schon in die Armee, jemand müsse schließlich auf die Eltern aufpassen. Wie soll ich einem Fahnenflüchtigen hilfreich sein? Es ist zum Heulen. Die bieten für die seit Mai laufende letzte Schlacht alles an Kanonenfutter auf, was sie kriegen können (die Separatisten ihrerseits müssen schon lange auf Frauen und Minderjährige zurückgreifen).

Seit der Abreise auch der letzten europäischen Juli/August-Gäste bin ich in meinem Icebear Guesthouse der einzige Gast, Gast von mir selber. Schlafe zwar nicht so gut, genieße den Kulissenwechsel aber sehr. Dennoch switche ich zwischen Klimaanlagengeräusch, Offenfensterschwüle und totalem Durchzug hin und her und wache außerhalb meines Rhythmus nachts um zwei auf, lese dann in der Früh.

17. August

Der Tag beginnt wie oft schon vor dem Frühstück anders als geplant und mit einem Wachkick. Ich sitze verschlafen auf dem Beachbett im Garten, noch ganz körperliche Unschuld, da streicht der zahme Mungo heran, den wir seit zwei Wochen als neues Haustier beherbergen. Sankar hatte ihn auf einer Fahrt im Landesinneren einem Farmer abgekauft, um unsere aktuelle Mäuseplage zu beenden. Aber im leeren Hasenstall lief er immerfort im Kreis herum, leicht irre, toll vielleicht? Der aufgesuchte Tierarzt hat ihn dann mit Valium so vollgepumpt («der Ortswechsel, der Stress»), dass er während Tagen weiterhin orientierungslos im Kreis herumlief, aber unter Zuckungen immer wieder auf die Seite fiel.

Neinnein, sagt die Tierärztin, Mungos bekommen keine Tollwut, keine Sorge. Jetzt streift er wie eine Katze mit dem Kopf um meine ausgestreckte Hand, die ihn füttert, beschnüffelt meine Zehen und ist unvermittelt topfit: zwei kleine Bisswunden, für die ich mich mit bösen Sandwürfen revanchiere, die ihn erstmals geradeaus rennen lassen. Die Wunden behandle ich dann hingebungsvoll mit Jodtinktur, damit aus meinen gelegentlichen Wutanfällen nicht noch die Tollwut wird.

Sankar sagt, als er heute vom Strand zurückgekommen sei, habe der Mungo ihn angesprungen, sich in seinem Sarong verbissen, von dem er ihn wegschüttelte, bevor er dann weggerannt sei. Ob wir ihn weggeben sollen? Später bringt sich ein junger Schreiner in Sicherheit. Dass der samt Kollege und Chef zwei Stunden später unter Zurücklassung der Werkzeuge von der angefangenen Arbeit wegläuft, hat weniger mit dem Respekt vor dem schlangen- und rattentötenden Kleintier zu tun, als vielmehr mit in langen Jahren Kolonialismus und Sozialismus verinnerlichter Motivationsunlust, genübertragenem Minimalismus.

Oft komme ich nicht klar; nach zwanzig Jahren zärtlich-fragloser Zuneigung zu Land und Leuten werde ich – wie zu erwarten war – zunehmend desillusionierter. Ich weiß zu viel, der Lack ist ab, die Niederungen des Alltags umspülen mich. Doch der tägliche Film überraschender Geschichten bleibt mein Stimulans, die Herausforderungen, denen ich nicht mit eingeübter Problemlösungsroutine beikommen kann, mein vitalisierender Jungbrunnen, meine gelegentlichen Unzulänglichkeiten bei der Bewältigung des täglichen Lebens sind lustvoller Masochismus.

Kokospflücker, drei, kommen, erhalten Auftrag, besteigen die Bäume und sind ein gutes Beispiel für die Kopflosigkeit hiesiger Facharbeit: Trotz Warnung werfen sie die schweren Nüsse herunter, neutralisieren das Gute, das sie der Palme antun, indem sie dabei eine ausgewachsene volltragende Papaya, einen Blumentopf und Lucias Dach demolieren.

Regierung und Business haben sich zusammengetan und mit «Yes FM» einen englischsprachigen Musiksender eingerichtet, um das von vielen Chauvinisten vorher demontierte Englisch als Kommerzsprache wieder aufzurüsten, die Auslandbeziehungen und das stockende Bruttosozialprodukt zu stärken.

Ziehsohn Anish hat vom Arzt der zuckerkranken Omi eine Spritze geschenkt bekommen. Nun rennt er aufgedreht im Garten herum, Schulferien, und injiziert Wasser in Bäume und Blätter und Büsche. Anlass, ihn über Ärzte, Rauschgiftspritzen und Aids aufzuklären. Er wolle Arzt werden – der Griff nach dem Höchsten immer – und ich sage wie immer wieder, dass er mit einer Omelette im Kopf keine Chancen habe. Dieser Ansicht ist kurz nachher auch die Mutter, die ihn in einem dieser unvermittelten Anfälle von Erziehung, die meist ein Ausbruch von Gewalt ist, zum Barbier jagt. Von dem kommt er mit einem unsäglichen Haarschnitt zurück, der ihn auch als Discjockey durchgehen ließe. Er hat den Schneider bekumpelt, ihm die Haare vorn ganz kurz abzuhacken und hinten ganz lang zu lassen. Die Mutter sieht es, beschimpft die fehlende Berufskunst der Frisöre und greift selber beherzt zur Schere, bis eine richtige Beschneidung daraus geworden ist. Das wird seiner heimlichen Freundin nicht gefallen, die sich immer hinten links ans Schulbusfenster setzt, damit sie sich leicht erkennen können bei der Vorbeifahrt, auf die er manchmal eine halbe Stunde am Tor vorne wartet.

Monsunzeit, Drachenzeit. Innert weniger Tage ist der Strand von Dutzenden Drachenfliegern bevölkert. Erstaunt über das Wissen der Väter und die Fingerfertigkeit, mit der sie Palmsticks umwickeln, Seidenpapier kleben, Balance prüfen, Aerostudien machen, denke ich, es müsse wohl doch am Fehlen praktischer Ausbildung liegen, wenn die jungen Leute als Schulabgänger zu nichts zu gebrauchen sind. Wenigstens ist die Schule dazu gut, sie von der Straße wegzubringen und die asiatische Alphabetisierungsstatistik anzuführen. Aber aufs Leben vorbereiten und zum freien Denken, das schafft und will sie nicht.

20. August

Sheela hat heute Geburtstag, niemand weiß es, niemand feiert sie, sie bringt mir Jasminblüten, ich bedanke mich mit 500 Rupien, die sie aber heute mit Sankar zusammen only for pleasure ausgeben müsse – abends gehen sie tatsächlich seit Jahren wieder einmal zusammen aus.

Auf dem Kricketplatz gibt es wie jedes Jahr während einer Woche einen großen «Karneval» mit Verkaufsständen, tausenden Farblampen, viel Atmosphäre, handbetriebenen Karussellen und Riesenrädern und viel schöner Atmosphäre samt Meerbrise. Anderswo müssen solche Anlässe aus Sicherheitsgründen abgesagt werden, Negombo wie oft ein Sonderfall. Die Stadt gilt für Tamilen als sicheres Refugium, wegen denen ihre selbsternannten Befreier hier nichts Dummes anstellen. Aber Köpfe und Herzen der tamilischen Bevölkerung im Land werden zunehmend vergiftet, die Feindpropaganda greift selbst bei klugen Köpfen, und zuletzt ist jeder Tamile im Kopf ein Tiger, dann ist ein Ende nicht abzuschätzen.

Sonntag. Habe meinen Ziehsohn aufs Motorrad gepackt, um ihm die Hauptstadt zu zeigen. Suchte lange den Weg zum stolzen Hindutempel zwischen den Geleisen. Die große Anlage ist üppig und ausschweifend, wenn im Interieur emotional auch ein wenig abgebremst. Zum Galadaribuffet dann, im Swimmingpool. Am Galle Green noch einen Schlangendrachen gekauft und schnell heim, um ihn am belebten Strand in einen grandiosen Sonnenuntergang fliegen zu lassen, bevor er dann für den Rest des Monats im Garten herumgammelt.

21. August

Beruhigendes vom Tierarzt, er habe Tetanus geimpft, und wenn das Tier jetzt nach 10 Tagen noch lebe und fresse, habe es keine Tollwut. Falls es aber doch noch sterbe, würde er den Kopf zur Blaulichtuntersuchung in die Hauptstadt schicken und alle, die bisher angeknabbert wurden, fünf, müssten je 6 Spritzen zu je 400 Rupien bekommen. Ich lese in einem Gesundheitsbuchschocker über die Tollwut und schlafe aufgewühlt ein, bin besorgt, es braucht eine Untersuchung und Arztbefragungen.

Aber nach 13 Tagen in unserem Körbchen lebt und frisst das Vieh immer noch, sodass ich mir Entwarnung gebe.

Mein Lebensretter Albert schrieb einen albernen Brief, er wolle ein Darlehen über satte 50 000 Rupien für eine Pilgerfahrt zu einer indischen Gottesmutter, die er mir in einem Monat zurückzahlen würde. Ich hatte zu viele schlechte Erfahrungen, kein einziger zahlte mir je eine Rupie zurück, also schrieb ich einen harschfreundlichen Brief zurück, dass die Heilige Jungfrau ihn auch noch lieben würde, wenn er einen Monat später flöge, wenn er das Geld dann gespart habe. Bald darauf kommt mich die ganze Familie besuchen, besorgt, ob ich verärgert sei. Sie sind wie Kinder, probieren halt, vielleicht würde es ja klappen.

22. August

Immer wieder trainiere ich Geduld, will heißen: genieße ich, dass die Umstände meine Ungeduld zügeln.

Houseboy Sarath kommt zwei Tage zu spät vom Weekend zur Arbeit zurück. Ich kündige innerlich und heute Morgen nach einem klärenden Gespräch steckte ich verstehenswillig zurück. Er ist halt auch so ein Schweiger, dem nicht anzusehen ist, was sich hinter seiner Stirn tut. Kurz nachher kam der Tucktuckfahrer aus Ettukala mit einem neuen Houseboy aus Kurunegala an, den ich dann dankend zurückschickte. So ein guter Chef bin ich.

Später organisierte ich einen neuen Motorradmonteur, den mir unser Elektriker Sanath besorgen wollte, nachdem ein anderer nicht kam, dem ich verbindlich den Auftrag für die Generalüberholung meiner Honda gegeben hatte. Nun steht die Honda in Teile zerlegt und ausgeweidet in meiner Garage, wo der Mechaniker zehn Tage lang täglich wirken will für 7500 Rupien, Neuvernickelung des Motors inbegriffen und alles Material. Die Chromteile sehen nicht gut aus, das gibt wohl ein Supplement. Die Honda Custom 250, immer seltener und teuer gehandelt, wird dann wie neu sein. Ich genieße die Vorstellung und freue mich auf einen Wochentrip nach Kitulgala, an dessen staatliches Resthouse an der Flussböschung Ende der 70er-Jahre ich mich gerne erinnerte.

Manchmal, wenn mir das Dach auf den Kopf fällt oder Personal, manchmal Gäste, auf den Nerv gehen, hau ich ab für ein Weilchen, laufe am Strand entlang oder fahre ins Städtchen oder in die Stadt. Entdecke dann immer was Neues, ein besonders Haus, ein überraschendes Warenangebot, einen neuen Menschen. Und alle fünf, sechs Wochen ziehe ich mich in das luxuriöse Schneckenhaus des «Renaissance» zurück, fresse mich durch die Restaurants dort, räubere die Buffets, hänge am Pool herum, genieße die Sauna, nach der ich nach den vielen Schweizer Saunajahren – immer dienstags – unverändert süchtig bin. Trotz der Tropenhitze draußen.

Am Strand jetzt statt der immer noch absenten Fischerboote Dutzende von Kindern mit Dutzenden Drachen, es werden täglich mehr. Viele haben – oh, freie Marktwirtschaft und Werbeimpact! – die internationalen Markenlabels aufgeklebt, 7up, Sprite ist besonders beliebt, aber auch das blau-weiß-rote Wappen von Bayern München sehe ich. Abends sitzen wir jetzt oft vor dem Tor und sehen uns das Treiben der Flaneure und den brandroten Himmel an. Gestern setzte sich ein arg verwilderter Junge dazu, im Wachstum zurückgeblieben und so bezaubernd wie eine junge Katze. Ich war ganz gerührt und kaufte ihm lange Hosen und eine Vitamin-Eisen-Sirup-Kur, hoffend, seine Schlampe daheim würde ihm das verfüttern.

Nach dem Essen kam ein Trupp junger Leute zum Übernachten, zum halben Offseason-Preis schafften sie es. Sie waren ganz begeistert, brauchten bei viel Bier und Snacks den ganzen Rabatt wieder auf und bejammerten das «Ceylonica», von dem sie zu uns herübergewechselt waren. Ein italienisches junges Paar und ein multikulturelles aus England und Spanien setzten sich noch dazu und zuletzt hatte die ausgelassene Bande in einem guten Talk mein Denken aufgefrischt und meine tropische Blockade durchbrochen. Wenn nur nicht ausgerechnet dann zwei Megagigakakerlaken einen Angriff geflogen und die schönen Menschen lustvoll hätten losschreien lassen.

Nach fünf grässlichen Wochen ist Hausmeister Sankar endlich wieder perfekt und offenkundig in Harmonie und zufrieden mit sich und dem Heute. In solchen neutralen Phasen von Normalität ist er so uneingeschränkt gut, dass ich mich nicht um ihn kümmern muss, so liebenswürdig, dass alle ihn einfach gernhaben müssen. Was ihn wiederum blühen lässt, denn gewiss leidet er unter meinen Vorhaltungen während seinen üblen Trinkerphasen.

Habe im Ave-Maria-Hospital (das wird immer größer, die haben drei 24-Stunden-Ärzte jetzt) mein Medical Certificate geholt, mit dem ich nächstens in Colombo meine Fahrlizenz holen will. Den ganzen Tag lang habe ich mich aber lustvoll wieder dieser tropischen Ereignislosigkeit hingegeben, die immer wieder plötzlich und unvermittelt in Bewegung und Geschehensdichte umkippt. Die Dinge gehen ihren Gang, ich lass sie treiben, so gut ich kann.

In einem bedeutenderen Auktionskatalog aus Deutschland fand ich Jahrgänge einer alten Kunstzeitschrift angeboten «mit Graphiken von Hans Erni, Günter Grass, Czerny, Alt, Hertenstein, Anatol Wyss, und G. A. Haisch». Das hat meiner Eitelkeit wohlgetan, so fern von daheim und so weit weg von meinen frühen Jahren, in denen ich auch Holzschneider war.

24. August

Ein paar Traveller fragten um Einlass, scheitern aber an ihrer Unverschämtheit, für das Doppelzimmer nur 150 Rupien zahlen zu wollen, das ist weniger als in Deutschland eine Tasse Kaffee kostet. Wegen der üblen Schlagzeilen und weil außerdem Zwischensaison ist, bleiben die Reisenden in diesen Wochen aus. Deshalb reduzierten wir die Preise um die Hälfte. Prompt kam ein Engländer für zwei Nächte, auch der ein Verrückter, nahm sein Fahrrad mit ins Zimmer, es sei dreitausend Dollar wert. Er musste seinen Mercedes jedoch in unserer Garage parkieren, nachdem ich Vollzeitbewachung schwörte. Er besitze sonst nichts, nur dieses Fahrrad, und er sei seit sechs Wochen zum Meditieren unterwegs, der Kopf geschoren, das Tanga zu knapp, die Erhabenheit zu groß, die Selbstgerechtigkeit in den Bronzekörper zu gut verpackt. Ach Gott.

Ich war wieder einmal freundlich mit einem Nachbarn, gab ihm was Bares in die Hand. Jetzt kommt er täglich, im Rudel mit Freunden steht er an der Mauer herum und sie schauen mit Leidensgesichtern auf die wenigen Gäste. Ich musste sie wegschicken, immer nehmen sie den ganzen Arm, wenn man einen Finger hinstreckt.

Der Mungo lebt noch immer, ist nicht an der Tollwut gestorben, wir leben jetzt alltäglich und friedlich zusammen. Das erleichtert mich so, dass ich mein Pfund Rindfleisch aus dem Kühlschrank hergebe zur Fütterung und für mich selber abends «Vegetarisch» aus den Vorräten bestelle. Der Zufall will, dass der Meditarier auch Vegetarier ist und «vegetarisch!» essen will, und so sitze ich halt mit ihm am Tisch, mache mich vorurteilsfrei, wie es sich gehört, auch wenn es manchmal schwierig ist. Rufe neugierig sein buddhistisches Weltbild ab, das dem wenigen, das ich weiß und mir angelesen habe, einige gute Akzente setzt und mich bestärkt, dass dieser Weg ein Ausweg sein könnte aus Konsumismus und Materialismus.

Die Hündin Sida ist auch nach Wochen noch kränklich und ich schicke Sankar zum dritten Mal mit ihr zum Tierarzt. Dann lasse ich die Westseite seines Hundehauses mit einer Asbestplatte schließen, realisierte plötzlich, dass das arme Vieh seit Jahren in der Zugluft des Südwestmonsuns lebt.

Sehr erleichtert mich, dass ich es nach sechs Wochen endlich geschafft habe, Ordnung in meine Schriftsachen zu bringen, denn zuletzt war alles so in verschiedenen Haufen, Ordnern und Dossiers verstreut, dass nichts mehr zugeordnet und zu finden war. Altvater Leitz war der Größte. Beim Abspeichern des Tagestexts wieder «Diskettenfehler»-Anzeige. Um nicht ganz verrückt zu werden, mache ich schnell einen Ausdruck, bevor ich das Diskettenschimmelbiest entnehme, aber da geht es dann wieder – schlechtes Gewissen, oder wegen der Aircondition, die mittlerweile angestellt ist.

Der Hauptsicherungskasten im Storeroom meiner Villa hat immer wieder Herzattacken, ist bei dem Energiehunger, den wir entwickelt haben immer wieder kurz vor dem Kollaps. Ich lese, dass es in der Hauptstadt jetzt deutsche Sicherungskästen zu kaufen gibt, das Beste, was auf dem Markt sei. Ich werde in den teuren Apfel beißen müssen, wenn ich keinen Kurzschlussbrand riskieren will.

Mittags zur Zerstreuung war ich wie oft auf dem Fahrrad im Städtchen, ich genieße, mich einzufädeln ins Netzwerk des Lokalen, nichts sein zu müssen, nichts Besonderes mehr, und einfach nur zu sein.

Sheela sperrt Anish drei Stunden ohne Frühstück in sein Zimmer ein und gibt mir auf Insistieren hin den Schlüssel, dass ich ihn herauslassen kann – der pubertiert heftig, ist ein fauler Hund geworden, der nichts von dem tut, was man ihm aufträgt, und Widerworte gibt. Er muss sich einem langen Argumentationsgespräch unterziehen, mehr kann ich nicht tun, als ihn verstehend zu machen, vor allem, dass er aus all den Zutaten, die er nun beisammenhabe, endlich Kuchen backen und den andern davon abgeben soll.

26. August

Wir haben viele Gelegenheiten, uns über schmeichelhafte Komplimente unserer Gäste zu freuen, kürzlich fühlte sich einer an die Bauweise der alten Ägäis erinnert und heute verehrte meine Villa einer als japanisch streng, und tatsächlich: mit diesen Augen und aus diesem Winkel besehen, hat mein typografisch-spröder Bauhausstil Verwandtschaft mit der Verknappungssucht der Japaner. Da hat mich mein Bestfreund Lukas mit seinem Hausdesign bestens auf den Kopf getroffen.

Oft ärgern mich diese jungen Rucksacktraveller, daheim schwitzen sie Brüderlichkeit und Schwesterlichkeit aus und sind solidarisch mit den ausgebeuteten Arbeitern in den Entwicklungsländern, aber in der Ferne spielen sie sich als kolonialistische Ausbeuter auf. Verlangen Zimmer für den Gegenwert von ein paar Zigaretten und feilschen dann noch um die landesübliche Service-Charge. Wenn sie uns dann schamlos auf die Hälfte des Preises gepresst haben, wecken sie um Mitternacht die Mitarbeiter auf und verlangen unverfroren, ein Taxi zum Airport zu besorgen, samt Aufwecken um vier. Wahrscheinlich schmeiße ich einmal einen nach gebührender Zurechtweisung aus dem Haus. Anders als der Nachbar Duke, der klimatisierte Rooms-in-Home vermietet, was für diese Zimmerkategorie nicht ungewöhnlich ist. Letzte Woche habe ein Gast auf Preisreduktion bestanden. No problem, dann also ohne Klimaanlage? No problem. Der Gast schob den geöffneten Zimmerkühlschrank neben sein Bett und wachte am Morgen ganz erfrischt auf.

Abends schickte ich Sankars ganze Familie samt ihrem Houseboy zum Karneval beim Fort, aus sozialhygienischen Gründen, anders ist die Familie als Ganzes sonst nicht aus dem Haus zu bringen. Ich ließ mich die Mitarbeiterförderung 6 x 100 Rupien Taschengeld kosten, der Abgang war dann auch mit einem großen Ferienaufbruch zu vergleichen, und bis sie alle aus dem Haus waren, war es so spät, dass die farbige Lichterpracht sicher bereits abgeschaltet war. Danach genoss ich mein Leben als Einsiedlerkrebs und bekochte mich lustvoll im leeren Haus. Anders als sonst – da bin ich dann ein wenig schnell – tischte ich sorgfältig, gar festlich auf, machte mir eine der lange schon lagernden französischen «Grand Cru» auf und trug dann so narzisstisch sehr leicht an meinen Sorgen.

Am Mittag durchbrach ich die Ereignislosigkeit des Samstags mit der Montage von indischen Willkommenstoren aus Stoffnäherei, die ich einer Schweizer Warenhauskette einst aus einer Indien-Ausstellung weggekauft habe. Nun hängt die Dekoration von der Decke, an langen Kokospalmenstangen mit gedrechselten Abschlüssen, die ich extra machen ließ. Die Atmosphäre wird immer üppiger im Bauhaus, es ist leicht, mich bei so viel visuellem Reichtum als Maharajah zu fühlen.

Solcher Luxus beginnt ja erst mit dem Unnötigen, das auf einen vollen Bauch folgt, da passte dann grad ein hölzerner Laufstall für einen Blumentopf dazu, den ich früher einmal im Dutch Museum sah und heute im Angebot eines hiesigen Möbelhändlers – man muss das Auge dafür haben, dann gibt es auch im großen Nichts der hiesigen Warenwelt immer wieder Appetizer zu finden.

Der Motorradmechaniker kam am dritten Tag nicht mehr, ich fürchte Großbetrug und böses Ende. Andererseits waren die Leute von Perawela seit Wochen sehr bemüht, das Solarwasser zum Sprudeln zu bringen, und gestern kam dann der Jungchef selbst und schickte seinen besten Sanitärspengler. Der fand heute das Problem: Der miese arbeitende Barfußmaurer hatte die Leitungen unsauber verlegt, ein Stück elektrisches Kabel ließ er drin liegen, das verstopfte die Wasserzufuhr, wen wundert's, jetzt ist das System ist gerettet, die Gäste haben wieder den Luxus heißen Wassers. Allerdings muss ich die Dachleitungen isolieren und den Wassertank bis ans Dach höher setzen lassen, das gibt dann mehr Druck, jetzt ist das ein Seniorenrinnsal.

Zwei Inselmonate nach meiner Schweizreise bin ich wieder so schlank, dass mir die Hosen von den Hüften rutschen und sogar meine Angestellten beunruhigt bemerken, ich sei nicht mehr der alte. In der Kühle der Schweiz spielte wohl das Fettsammel-Gen, denn kaum dort angekommen, hatte ich sechs Kilo mehr. Ich bin sehr gesund, und als ich heute den Mungo durch den Garten rennen sah, blühte ich auch in Bezug auf mein Lebensalterziel 95 auf; keine Tollheit und keine Wut werden mich umbringen.

28. August
Gestern Morgen hatte ich die Nachbarn und ihren nun pensionierten Schulmeister zu einem Brunch da, wir haben artig parliert, gar über das Zölibat der Priester, aber so ein richtig gutes Gespräch wurde es natürlich nicht, da waren sie zu ungeübt, die Eindrücke von Haus und Tisch zu groß, die Bindung an ihren Glauben zu eng, ihre Welt zu klein. Aber es war gut für die nachbarlichen Beziehungen.

Die Buben haben wohl die neue Schule in Chilaw, doch fehlt es am Unterbringungsort. Ich fahre zum Herrn Pfarrer, meinem langjährigen Freund, der aber immer stark mit sich selbst beschäftigt ist. Diesmal muss er einmal etwas für mich tun, da besteht eine Bringschuld, Julian muss seine Beziehungen spielen lassen. Auf alle Fälle wird es ernst, es wird bald ziemlich still werden hier im Haus, die Kindheit wird den Söhnen wegrutschen, ein letztes Aufbäumen von gedankenverlorener Verspieltheit noch, dann schlägt die Adoleszenz zu.

Missverständnisse aus Fremdheit manchmal, die ich nur in Demutshaltung und nicht als Rechthaber wegschaffen kann.

Extrem stürmisch auch heute, die Winde peitschen die Sinne auf wie die Wogen, es ist kalt tags, im Haus 25 Grad, sibirische Verhältnisse, denen ich nur mit der körperlichen Aufheizung eines Waschtags begegnen konnte: Es macht Spaß zu tun, was Spaß macht, die 30 000-Rupien-Waschmaschine zu nutzen zum Beispiel. Parallel kam nach drei Wartetagen der Motorradmechaniker doch noch, getrieben auch von verschiedenen Besuchen Sankars. Heute zerlegte er nun die stolze kompakte Maschine in bedauernswerte Einzelteile, die einem Ersatzteilladen gut anstünden, die Dingwelt gut illustrieren, aber auch die Faszination ingeniöser Zusammenbaukunst.

In der Sea Street vorne belichtern sie tausendfach alle verfügbaren Bäume, Feiertag der Hindus wieder wie letztes Jahr, sie sind stolz geworden, werden morgen Abend die Elefanten herzeigen wie die Töchter, die wie Blumengebinde für einmal in den Vordergrund geschoben werden zur allgemeinen Begutachtung.

An einem Nussbaum hängen Tausende von Bienen und bilden mit ihren lebenden Körpern ein bewegtes Kissen, das über dem Ast hängt wie zum Trocknen und atmet wie in einem Hollywoodschocker.

Der Mungo ist jetzt zum Sterben bös dran, bringt das Maul nicht mehr auf, Sankar muss ihn zweimal erneut zum Tierarzt bringen, der das Beste tut, aber mit Dschungeltieren begreiflicherweise nicht viel anzufangen weiß. Das Tier windet sich immer wieder wie in epileptischen Anfällen, dreht die ganze Körperlänge um die eigene Achse über den Hoden, windet sich dann lange Sekunden in Krämpfen. Zwei Hühner sind gestorben. Wir haben bislang wenig Glück mit unseren Haustieren; wären da nicht die Kolibris im Feuerbusch, wir wären arm dran.

Wenn man in Gedanken einen Brief immer wieder schreibt, bis man dann endlich an die Maschine sitzt, das wird dann ein guter Brief. Und heute Abend wie oft schon genau dann ein Stromunterbruch, nur zwei Minuten und weg war der bunte Vogel, meine ganze sprachliche Einmaligkeit. In solchen Momenten erlebe ich mich wirklich immer wieder neu, geduldig eben, voll gütiger Nachsicht, wie man sie im Umgang mit kleinen Dummköpfen hat.

Der nette Kerl von der Pharmacie-Grocerie in der Straße erzählte mir, dass das Geschäft mit Lunchpaketen wunderschön angezogen habe, letztes Jahr seien es noch 27 am Tag gewesen, heute 170, die Familie sei stark beschäftigt, er liefere selber aus an Shops und Offices. Ich dachte schon immer, dass fleißige Professionalität gepaart mit einer intakten Persönlichkeit gute Geschäfte auch hier möglich macht. Negombo wird nicht nur jährlich teurer, es gibt jährlich auch mehr Gelegenheit, Geld zu verdienen. In Colombo bestätigte mir dies ein moslemischer Ladenchef auch aus Hauptstadtsicht, sie würden in der Pettah nicht mehr «NeGombo» sagen, sondern – lachend – «NeLombo». Respektvolle Zuneigung an den kleinen Bruder.

2. September

Gestern Mittag, als ich von drei Colombotagen heimkam, war nicht nur das Haus voller Gäste, Sankar eröffnete mir auch, der Mungo sei gerade gestorben, trotz erneuter Kraftspritze des Tierarztes und Fütterung mit Milch, die er wieder erbrochen habe. Ich war tagelang im Zweifel, ob ich den Colomboaufenthalt für Bluttest oder Tollwutimpfung nutzen sollte, fuhr mehrmals auch am Navalokaspital vorbei, ließ es dann doch sein, weil all die Argumente, die meinen Kopf wieder bestürmten, gegen Tollwut sprachen.

Sankar hatte mir früher schon auf Anfrage über die Herkunft des Tieres berichtet, er habe es einem Farmer abgebettelt, dessen Sohn es nur ungern hergegeben hätte. Es sei immer abends als Hausfreund zu seinem Haus gekommen, um Reis mit Zucker zu fressen, herumzuschauen und wieder zu verschwinden. Nichts von Tollwut, im Kreis gedreht hat er sich erst seit der ärztlichen Behandlung und dem Ortswechsel.

Schickte den Mungo erneut zum hiesigen Tierarzt zur Besichtigung. Der ließ ausrichten, wenn wir uns besser fühlten damit, dann sollten wir das tote Tier halt nach Colombo ins Staatstierspital zur Untersuchung bringen. Das hätte aber Zeit bis morgen, wir könnten es ja in den Tiefkühler legen. Soweit kommt's noch, so ein faules, gewissenloses Veterinärferkel das. Also kaufte Sankar eine Polyesterbox, tat das Tier und Eiswürfel hinein, besorgte Töff und Freund und brach zur Reise in den Stoßverkehr auf. Ich ging derweil auswärts Pancake essen. Um zehn nachts, der Chirurg im Tierspital war schon heimgegangen, hackten die staatlich angestellten Schlächter dem Tier mit einer Hacke den Kopf ab, vier Leute seien damit beschäftigt gewesen. Sie würden den Kopf im Blaulicht untersuchen und uns telefonieren, wenn es schlecht aussähe. Den detaillierten Report würden sie in einer Woche nachschicken. Untersuchung von Mordopfern dauern ein wenig länger.

Auf dem Heimweg hatte das Kleinmotorrad meines Hausmeisters einen Plattfuß, auch das noch. Mit dem Tucktuck sei er zur Nachtgarage gefahren, das hatte seinerseits wieder einen Reifenschaden, um halb drei kam unser Mann wieder in Negombo an. Ich vermute, die Geschichte war erfunden und die hätten in der Hauptstadt rumgesoffen.

Hier in unserer süßen Privatpension wollten Spanier nachts um drei für den Heimflug geweckt werden. Morgens um sieben wollten die englischen Damen die Rechnung. Es war sehr anstrengend für mich, die Arbeit meines Hausmeisters zu machen. Der schlief bis spät mittags seinen Kater aus. Mittlerweile kamen an: Eine Japanerin, sie wollte Sandwich und Bett. Zwei Italiener auf Empfehlung anderer Italiener in Male, sie wollten Kinglobsterschmaus und Himmelbettzimmer. Der unbedarfte Houseboy tat, was er kann, und ich auch.

Am Nachmittag endlich der Anruf vom Staatsveterinär, die Untersuchung sei unklar, wir sollten vorsorglich impfen lassen. Das Staatskrankenhaus in Negombo macht die Rosskur mit nur 3 Impfungen, die Privatärzte gehen auf sicher mit 6 Einspritzungen. Wir warten, bis die Staatsbeamten am Montag wieder Dienst tun und machen dann einen Familienausflug in die Klinik: Ausnahmslos alle von uns hatten kleine Bisswunden oder Feindberührung mit dem Mungo. Ich bin dennoch guter Dinge, es spricht mehr gegen Tollwut als dafür, aber ich muss mich über die Sorglosigkeit der Ärzte wundern, dem Stümper im Quartier will ich noch die Leviten lesen, der soll lieber die Straße fegen.

Die Gäste hatten kein Wasser, weil die Solarerhitzer ihren Tank abholten für eine Ergänzung und dabei vergaßen, das Kaltwasser gängig zu halten. Der Schreiner schickte einen Mitarbeiter, um die blaue Farbe auf Boden und Wänden zu eliminieren, jetzt sieht's noch schlimmer aus, wir werden es selber malen müssen. Aber abends bringt er einen Trockenständer, den ich nach Maß machen ließ, der ist so gigantisch, dass er ins Office der Präsidentin passen würde.

Die Buben bauen derweil den größten Flieger der Stadt, der ist aber so schwer, dass Hochmut und Fall auf dem Fuße folgen: Sekunden später ist er am Boden zerschmettert.

Der kluge Nachbar kommt, ist tief besorgt über die Entwicklung im Land und über seinen Rücken – alle Fischer haben einen kaputten Rücken. Der hier ist erst 47 Jahre alt und sieht sich nach einer Alternative um, ich vermute, er will an Touristen vermieten wie damals in den Achtzigern schon, aber seine drei Kinder sind dagegen.

Der buddhistische Klerus macht militanten Druck. Die Präsidentin macht seit ihrem ersten Arbeitstag den Kotau, wie an Television und aus Zeitungen seit einem Jahr gut auszumachen ist. Jetzt verstehen sich selbst Christen als Minderheit, die um ihre Zukunft fürchten. Wenn die orangen Frömmler sich durchsetzen und aus dem ethnischen noch ein Religionskrieg wird, dann Gnade Gott Sri Lanka, dann bricht der Libanon los. Die Tamilenführer zeigen sich unverändert als stark, weil hoch motiviert und fanatisch, selbst die Singhalesen fürchten in beginnender Bewunderung – wie immer für das Starke – um ihre Sache. Verständnis und Einsicht steigen, dass man die Minderheit tatsächlich seit Jahrzehnten immer wieder hinters Licht geführt hat, dass sie keinen Grund zu Vertrauen mehr haben können und weiter militant für ihre Sache kämpfen. Jetzt haben sie ein Staatsboot mit 120 Zivilisten an Bord entführt, man ruft das Rote Kreuz um Hilfe, niemand weiß, wo Boot und Besatzung und Passagiere geblieben sind. Die Armee verlor erneut Schnellboote und steht ziemlich dumm da derzeit, der gloriose Sieg wird auch diesmal ausbleiben, keine Motivation, kein Salär für die Truppe.

Nachts jetzt heftige Regenstürze, nachmittags oft stürmisch, kühl.

Für Zweitsohn Anish ließ ich Prospekte für die Hotelschule kommen, für ein Interview braucht es im Abschlusszeugnis der Grundschule mindestens 50 von 100 «credits» der O-Level-5-Schulfächer. Ich insistiere und erläutere, erkläre und motiviere, beschreibe und beschwöre. Zuletzt scheint er verstanden zu haben, ich will meinen Teil tun und ihn hochfördern, aber er muss seinen Teil darangeben.

War bei der Hinduprozession, farbenprächtig und anrührend wieder, und schön selbstbewusst sind die Tamilen bei dem Anlass, der nur ihnen gehört, gar stolz sind sie: Ein junger Kerl schaut mich an, dann in die Runde, sagt «This is my People!» Gestern hätten sie ein Dutzend von den jungen Leuten an der Sea Street verhaftet, sie seien noch immer auf dem Polizeiposten. In der Zeitung ist nachzulesen, wie wenig es braucht außer Jugend, in Verdacht und Haft zu kommen. Kein Wunder wollen alle weg von hier, und nun auch immer mehr Singhalesen, die keine Zukunft mehr sehen hier im Land.

In Colombo habe ich das Nationalmuseum wieder einmal besucht, eine eindrückliche Bronzenpräsentation, schön artig nach Hinduismus und Buddhismus quotengeregelt. Dann war ich im Lionel Wendt Building, sah eine Ausstellung, kaufte ein Bild, der Maler überraschend aus Negombo, lebt in London, kommt am Montag zu mir zum Tee. Außerdem die Schönerwohnenboutique «Barefoot» geräubert und eine andere prächtige Designboutique entdeckt, ein wenig eingekauft, die Stühle müssen neu bezogen werden. In den wenigen Buchhandlungen habe ich mich herumgetrieben, nur eine führt – im Hinterzimmer – tamilische Bücher, alle aus Indien, keine aus S. L., ich kaufe ein paar Storybooks für die Kinder, damit sie eine Fernsehalternative haben, und 12 Kochbücher für Sankars Fantasie, damit er sich mit seinen zehn Standardmenus nicht im Kreise dreht. An den Buffets bin ich herumgelungert, im «Renaissance» geaalt, ein wenig gepoolt, sorglos gewesen trotz Tollwutängsten, das «Liberty Plaza» sorgfältig untersucht, elektronische Austauschteile tatsächlich gefunden. Da ist auch ein gut geführter Computershop. Dem ist das tropische Fungus-Problem wohlbekannt, ich kaufe teflonbeschichtete Disketten, werfe die von Sony nach dem Kopieren weg, fühle mich wesentlich wohler nachher, habe endlich auch begriffen, dass die Speicherchen nur mit Samthandschuhen zu behandeln sind.

Bestfreund Lukas faxte mir ins Hotel und erlaubte mir einen Blick auf die aktuelle Befindlichkeit der Schweiz. Es wird einem elend aus diesem Blickwinkel, auch die Schweizer müssen jetzt überlebensstark sein, die fetten Jahre, die süße Sorglosigkeit, sie sind vorbei. Etwas Neues fängt an und wird das Zwischendenstühlensitzen beenden. Neu erworbener Zynismus ist eine gute Waffe zum Überleben.

Meine Nachbarin kommt abends und nimmt mir das Versprechen ab, keine Tomaten und kein Schweinefleisch zu essen, bis die Tollwut aus dem Körper sei. Sie zeigt mir die Fotos vom Geburtstag ihres Sohnes, an dem seine Braut und deren Familie freigegeben waren zur öffentlichen Besichtigung. Eine schmerzliche Steifheit wie erwartet, sie schaut ihn nie an auf den Fotos, er bricht sich fast die Finger vor lauter Händeverwürgen, beide sind überfällig und schon kurz vor Ablaufdatum, höchste Zeit, sich zu vermählen. Aber alles wird gut gehen im Namen des Vaters, des Sohnes, des Heiligen Geistes, der heiligen Maria und der noch heiligeren Lucia.

3. September

Die Hotellerie entwickelt sich schön stetig, alle Monatszahlen sind besser als das Vorjahr, Juli und August waren exzellent mit über 100 000 (Rupien!) Umsatz. Manche Gäste lesen unser Aushangschild «Icebear» als «Icebeer» oder «Icebar» und so schenken wir manchmal noch abends spät Bier in tiefgefrorenen Gläsern aus. Zudem erweitert sich der «Länderspiegel», jetzt hatten wir auch schon Raritäten wie Japaner und Finnen, fehlen noch Russen und Araber.

Heute Sonntagmorgen wie immer Highlandkaffee und Kuchen und die Sunday Times. Doch sind die Nachrichten terrible, eine Spezialeinheit der Polizei in der Hauptstadt habe 20 junge Tamilen auf dem Posten ausgeweidet und scheint's die Organe verkauft, ein korruptes Gesindel, sie seien – überraschenderweise – verhaftet, eine Gruppe von etwa 20 Offiziellen. Die über 100

Studentenleichen, die letztes Jahr gefunden wurden, werden einem verhafteten Unidirektor in der Provinz angelastet, Genaueres hörte man nicht, die freie Presse ist frei nur im gewünschten Rahmen. So zeigt sich erneut, dass der Verzicht auf exzessive Mediennutzung einen Großteil meines persönlichen Friedens zurückbringen kann, für den braucht es keine Makler, das ist auch mit Verzicht auf hektisches, nervöses News-Switchen zu schaffen.

Während Sankar Töpfe umpflanzte mit vermischter Erde, für die wir 5 Säcke Kuhdung kauften, beschnitt ich die vergilbten Spitzen von Palmen und Farnen, so weit ist es mit mir gekommen, ein Sonntagsgärtner bin ich geworden, Sinn findend im nicht nützlich Nötigen.

Das deutsche Erzweib, das sich in der Nachbarschaft niedergelassen hat, ließ sich ein Häuslein bauen von einem angesehenen Architekten, alles perfekt. Beim kürzlichen Großen Regen tropfte es ihr von der Decke. Erbost über so viel übles Handwerk, bestieg sie nachts (nachts!) um 10 ein Tucktuck und suchte den Schuldigen in dessen privater Großresidenz auf, um ihm die Leviten zu lesen. Da kennt sie nichts. Doch welch ein Schreck, der hatte in seinem Haus selber zwei Dutzend Schüsseln aufgestellt, die das Regenwasser sammelten. Da hat sie was gelernt, vielleicht auch dies, dass die Natur hierzulande stärker ist als das Mensch, dass man stark sein muss in den Tropen.

5. September

Gestern große Perahera zum städtischen Staatsspital. Ein Gewusel und Gewimmel wie auf dem Bahnhof in Mumbai, und genauso angeschmuddelt ist alles, alte Größe verschämt hinter morbidem Verfall. Nummer fassen. Anstehen, einreihen, von Empfangsarzt – es gibt 4 an 4 offenen Tischen – eine Überweisung fassen. Dann der Arzt. Ja, das Tier hatte effektiv Tollwut. Alle seien zu impfen, 5 Mal, auch wenn jemand unseren Mungo nur gestreichelt habe. Sankar ist schon seit zwei Jahren geimpft – das hält noch – also müssen noch Suraj, Sheela, Anish, Mahendran, Deepan und wahrscheinlich zwei unserer Besucher herhalten. Ich selber solle zu einem Privatarzt gehen für eine andere Impfung besserer Qualität, ohne Nebenwirkungen, die er beim lokalen Trockenimpfstoff für einen sensiblen Foreigner zwingend erwarte.

Also auf einer Stadtrundfahrt gekühlten Lebendimpfstoff in einer Apotheke gesucht, die einen Kühlschrank besitzt (es gab drei davon). Der Arzt Ranjit vom Ave-Maria-Hospital, unser Hausarzt, impft mich gleich, das wirke sofort, aber ich müsse im Lauf der nächsten neunzig Tage noch fünf Mal vorbeikommen, jedes Mal mit einer neu gekauften Ladung zu 350 Rupien. Das Impfen selber kostet nur ein paar Rupien – Arbeit ist billig hier und ein Allgemeinmediziner muss auf fünfzig Tageskunden kommen, mindestens, um sich ein Auto leisten zu können. Für die Einheimischen war der Impfservice gänzlich gratis, aber die realisieren den Gesundheitsservice gar nicht als soziale Wohltat, es ist selbstverständlich geworden (und der Service mies). Ich lebe noch, manchmal denke ich zärtlich an das arme Tier, das durch die Valiumbombe Lähmungen bekam, die es schließlich verhungern ließen.

Gestern Abend kam der Kunstmaler George samt seinem blonden Freund Wuschel, dacht ich's mir doch, und die Hausfreundin Mrs. Denis, die das Administrative macht und den Meister verehren darf. Sein Großbild hängt nun beim Esstisch, das balinesische Reisfeld in echt Öl muss ins Gästezimmer weichen, der Preis von 14 000 Rupien ist immens, so viel kostet die Erneuerung meiner gesamten elektrischen Anlage. Aber das Paar ist herrlich, ein erfrischender Jungbrunnen, relaxt, kultiviert, vergnügt, spannend, endlich wieder einmal auf hohem Niveau gealbert und geredet, es war im Nu acht am Abend. Die waren ganz erschlagen und so begeistert von der Kultur des Hauses und hatten dieses Auge dafür, wie es eben nur Kulturschaffende haben. Fortsetzung folgt in einem der Häuser des Könners, der bald wieder nach London fliegt, um aber zur deutschen Weihnacht wieder hierher zurückzukommen: Wuschel schmücke eine zimmerhohe Tanne mit militärisch straff gehängtem Lametta, wie gut ich das kenne. Zuletzt vermischeln sie mir mit dem Handytelefon noch ein paar vollzahlende Gäste für mein unwiderstehliches Guesthouse, die eigentlich nach Hikkaduwa hinunter reisen wollten. Die kommen heute Mittag, da fangen wir dann gleich an zu polieren.

Gestern Morgen zahlte ich Sankar sein Profitdrittel vom August, so wie ich es in einer Anwandlung von Nächstenliebe früher einmal spontan entschieden hatte – er amtet als «Rooms-in-Home» Lizenzhalter. Nach Abzug des Ausgabenanteils bleiben noch nahezu 10 000 Rupien. Weil er davon aber schon 6000 als Vorschuss bezog, war der Rest nicht sehr eindrücklich. Wie oft klagte er, zu wenig Salär zu haben und Diskussionsbedarf ahnend, bestellte ich ihn zum Gespräch. Das wiederum machte ihm so Eindruck, dass er sich ein wenig Mut angetrunken hat und in Emotionen schwamm und mir seine Liebe erklärte, die 100% sei, die zu seiner Frau 90%. Ich will es gern glauben. Er sei am Boden gelegen und ich habe ihn aufgerichtet, alles, was er wisse, könne, sei, habe er von mir bekommen, aber er habe lange keine Lohnerhöhung mehr bekommen.

Und überhaupt: Die Beamten zum Beispiel würden alle ein Nebengeschäft betreiben, ihren Arbeitgeber bestehlen, er sei dagegen ehrlich, sei sogar für die Sicherheit zuständig hier. Und wenn einer etwas sage gegen mich, stelle er sich schützend vor mich, ich sei ein gentile man. Ich vermute schlechte Einflüsterer, die Frau? So genannte Freunde? Und dass ich mit einem neu installierten Zähler den Eigenverbrauch seines Staffhauses kontrollieren wolle, das habe ihn tief enttäuscht. Also schulmeistere ich, dass Geschäft und Privates zu trennen seien. Dass Argumente zählten und nicht Gefühle. Was Umsatz sei, Ertrag, Gewinn, Investition und Abschreibung. Und, ach Gott!, dass Umsatz kein Profit sei, wie er sich dachte. Dass er die Dinge nicht vermischen, sondern Punkt für Punkt durchdiskutieren solle. Dass ich nicht in zehn Minuten drei kaufmännische Lehrjahre ersetzen könne, er einfach pauschal auf meine Ehrlichkeit und Zuneigung und meinen Förderwillen vertrauen müsse. Dass wir uns beide in einer fremden Sprache verständigen und einen westlichen und östlichen Blick der Dinge hätten und das halt manchmal zu Missverständnissen führe. Dass er wie ich das Recht auf Fehler in Anspruch nehmen dürfe. Dass kritische Worte oder gelegentlicher Ärger kurzfristig seien und nichts am nun schon fünf Jahre alten Fundament unserer Zusammenarbeit ändern würden. Wie wichtig das Gespräch sei und dass wir vor lauter Gästen seit zwei Monaten nicht wirklich geredet hätten miteinander. In Wahrheit hatte er mich schon umgelegt, ich werde ihm die Lohnerhöhung wohl jetzt schon geben, die ich auf den 1.1. plante. Doch habe ich endlich gelernt, zuzuwarten, drum gibt's heute das Gespräch, 2. Teil.

Mit der Fortführung des Gesprächs war dann nichts. Es war auf zwei vereinbart. Suresh war nach Hause gereist und auf vier waren die Künstlergäste angesagt – Feuerprobe, Galavorstellung, denn die wollen uns ja bei befreundeten Reiseveranstaltern empfehlen. Da war einiges zu tun in den niedlichen zwei Gästezimmern der Villa. Ja, um drei, das sei OK. Ich schreibe derweil meine Reiseführer-Mailings, und als er um halb vier – in einer halben Stunde kommen die Gäste – noch nicht da ist, gehe ich zu ihm und frage, warum er mich nicht informiere, dann würden wir doch einfach einen neuen Termin vereinbaren. Ob ich denn nicht sähe, dass er nichts Anderes tue als den ganzen Tag hart zu arbeiten für die Gäste? Und so fort, ein ganzer Haufen Fehlinterpretationen, die mich plötzlich argumentarisch in eine Verteidigungsrolle drängen, worüber ich sauer werde und am liebsten das ganze schöne Hausfrauen-Hobby «Fremdenzimmer» einfrieren würde.

Also dann, morgen früh um zehn, dann täglich.

Für Anish und Mahendran habe ich Einzahlungen auf ein Jugendsparheft gemacht, das sie erst bei Volljährigkeit verwenden können. Die Eltern legten bislang keine einzige Rupie zur Seite, egal wie viel Lohn und Extras ich dem Vater zahle, egal wie viel Gewinnanteil ich ihm auszahle, für das ganze letzte Monatsdrittel ist nie mehr etwas da. Was das Einkommen aus der Schneiderei der Mutter betrifft, weiß ich nichts und es geht mich auch nichts an. Immerhin haben sich auf jedem der beiden Jugendkonti in zwei Jahren fast viertausend Rupien Zins angesammelt, 13%, das ist schwer zu überbieten.

Nachts um zwei bin ich hellwach, draußen lautes Wimmern und Klagen, ein junges Kätzchen im Garten, ich weiß nicht wo, die Hündin kommt dazu und schnüffelt auf sie zu, da wird das mutterlose Ding ganz still. Leben ist sterben, der Überlebenskampf hart.

Morgens beim Frühstück habe ich einen Adrenalinschub vor lauter Eitelkeit: Per Fax will eine deutsche Business-Zeitschrift mit 180 000 Exemplaren Auflage einen Text einrücken als Begleitung zu einer üppigen Besprechung meines neuen Fachbuchs, «zehn Verkaufstipps für mittelständische Unternehmer». Es geht mir wirklich ganz leicht von der Hand, mein Fundus ist so groß, meine Sprachlosigkeit so klein, dass ich die alten Sachen immer aufs Neue glaubhaft anrichten kann. Und es macht immer noch Spaß, im großen Deutschland lässt sich alles mit der großen Kelle anrichten, was ist daneben schon ein Fachartikel in einer schweizerischen Fachzeitschrift mit 3000 Druckexemplaren.

6. September

Dem betelkauenden Elektriker, der in Lucias Zweithaus wohnt für 3000 Rupien, gebe ich Auftrag und Anzahlung für die Erneuerung des elektrischen Systems in der Villa, am Montag fängt er an. Vorher aber muss er noch einen neuen Regler kaufen und montieren für den italienischen Ventilator, der sich als Schrott erwies, Made in China wohl. Bei der Garage muss das Einzeldrahtgedärm in eine Röhre gefasst und an der Eingangsfront müssen neue Strahler montiert werden, damit unser Firmenschild auch Nachtschwärmer beeindrucken kann.

Der Motorradmechaniker kam, jetzt mit westlichem Topfhaarschnitt und einem gleichgescherten Freund, und holte weitere Chromteile zum Putzen ab, alles sei auf bestem Weg, das Verchromen koste 1100 extra.

Auch ein Dreiradmechaniker kommt vorbei und hinterlässt einen Werkstattgeruch wie ein Metallarbeiter. Dann steht schon der Schreiner mit seinem kränkelnden Sohn und einem Handwerker im Tor, um die Fensterläden zu flicken und auch sonst einiges Holzwerk zu verbessern. Ich designe eine Umhüllung für den fremdelnden Kühlschrank in einem der Gästezimmer und gebe auch gleich eine neue Auftragsladung für neue Beachbetten.

Mit Sankar habe ich das zweite Gespräch, da versteht er dann einiges und beruhigt sich, in Minne nun wie immer nach einem guten Gespräch. Suresh kam nach einem Heimaturlaub morgens um acht und teilte mit, dass er für weitere zwei Tage wegen einer Beerdigung gleich wieder wegmüsse. Dabei ist viel zu tun, weil am Sonntag unsere bisher wichtigsten Gäste kommen, zum dritten Mal für je drei lange Wochen. Ich ärgere mich über Anishs grenzenlose Faulheit und Selbstvergessenheit. Kommt von der Schule heim und spielt dann immerzu wie ein junger Hund und rührt keinen Finger, etwa um seinem Vater zu helfen, den Garten zu wässern oder auch nur sich nach einem weggeworfenen Bonbonpapier zu bücken.

Ich bin immer noch ängstlich wegen dieser Tollwutsache, wir waren spät dran, hoffe, die initiale Injektion wirke bereits, morgen holen wir die zweite. Thomas erzählt, letzte Woche sei eine 23-Jährige in Ettukala gestorben an einem Katzenbiss, sie habe schreiend die Wände mit den Fingernägeln abgekratzt.

Abends gehe ich bei der Auslandschweizerin Gulasch essen, nachher sitze ich noch lesend auf der Terrasse des Malithal Oceanic bei einem Kuchen, den Marianne nicht hatte – es gab wieder einmal einen Power-cut.

7. September

Heute Morgen die zweite von sechs Tollwut-Lebendviren-Impfungen gefasst, ohne Komplikationen außer gelegentlichem Bluthochdruck und einer Art von Erregtheit wie im Stress. Ansonsten: sorge dich nicht, lebe:

Am Gästebungalow ein Kilo weiße Farbe verstrichen und ein Kilo Bodenwachs, es leuchtet nun alles wie ein Edelstein, morgen Nacht kommen zwei Holländer, nun schon zum dritten Mal: ein barer Tausender, für den wir uns in Stücke reisen.

Außerdem einen Schokoladenkuchen gekauft und Kaffee gebraut. Zwei Strahler an der Straßenfassade montiert, die nun nachts für gleißende Firmenschildbeleuchtung sorgen und die Traveller anziehen werden wie das Licht die Motten. Auf dem Fischmarkt nach dem Rechten geschaut, denn abends um neun hält der eigens aus der Hauptstadt angereiste Bischof dort eine Messe und eröffnet einen gigantischen Marienschrein mit Pagodendach. (Die hätten gescheiter die alten Steinkandelaber repariert, die wie faule Blumenstängel vor sich hinhängen und von alten, gepflegten Zeiten träumen.) Tausende erwarten den hohen Herrn inbrünstig, alles ist aufwendig beleuchtet, die Prozession mit allen Fahnen, Jungfrauen und Honoratioren hat schon Aufstellung genommen, doch versetzt mich ein knallroter Sonnenuntergang so in Verzückung, dass ich alles Weltliche dafür hergebe und auf meine Art ganz still und fromm dabei werde.

Zwei englischen besten Freundinnen habe ich das Zimmer fast geschenkt für drei Nächte, es gibt viele Habenichtse unter den Ferntouristen, manchmal überkommt mich so eine Rührung. Anish habe ich einen faulen Hund gescholten, aber bin ein wenig verlegen geworden, als er von dem wohligen Schauer berichtet, den ihm der knallige Gutenachtkuss einer der übermütigen Frauen bescherte, «auf den Hals». Die letzten Einzelteile der Honda habe ich zum Zusammenbauen gegeben, zwei Wochen dauert das nun schon, aber ich freue mich auf meine erste Ausfahrt ins Landesinnere. Im Dollarstudio waren zehn Passfotos abholbereit, auf denen ich aussehe wie ein Einsiedlermönch, der allem entsagt hat. Im Garten wieder die Grünpflanzen entdeckt, mit denen Mahendran meinen Namen ins Erdreich schrieb, ich war ganz windelweich. An der BBC habe ich die Natoeinsätze in Bosnien verfolgt, den letzten Spiegel gelesen, der Importeur hat die Verteilung schon wieder eingestellt wegen zu vieler Retouren, die der Verlag nicht zurücknehmen wollte. Im Golden Star im trüben Pool geschwommen, mein Morgenprogramm geturnt und geatmet.

9. September

Nachts um drei kamen die Holländer an, schliefen bis um elf, dann habe ich sie zum Brunch eingeladen, um mich loszukaufen für die nächsten drei Wochen, der Lohn war fürstlich, eine Flasche Veuve Cliquot ist beiseitegeschafft.

Sheela kommt besorgt am Abend, um sich mit mir über Anish zu unterhalten, dem sie nicht mehr gewachsen sei, und tatsächlich fühlen wir uns hilflos, weil er so gar nichts begreifen will. Auf der Maßtabelle an der Wand, in der wir sein Wachstum markieren, seit er sechs ist, sehen wir, dass er in den letzten 6 Monaten 5 Zentimeter wuchs, ein gewaltiger Sprung, der wohl alles beansprucht, sodass anderes wie etwa intellektuelle Entwicklung zurückstehen muss.

11. September

Sankars Familie wollte die Tollwutkur im Negombospital programmgemäß fortsetzen, das ist immerhin zuständig für immerhin 90 000 Einwohner. Doch das Trockenserum war ausgegangen. Zu viert mussten sie nach Ragama ins Bezirksspital fahren, fast ein ganzer Tag ging dabei drauf. Ich selber bekam beim Privatarzt – wo er sie mir spritzen solle? – meine dritte Tollwutspritze, ich lebe immer noch. Aber die verrückten Holländer machen mich wahnsinnig: Sie trinken Wein aus Dreiliterflaschen, animieren die ganze Welt zum Mitmachen, lachen grölend über die eigenen Späße, so wie ich es gerne habe. Den Hotelier bekomme ich ganz gut hin, ein echter Restaurateur könnte ich aber nie sein, geschweige denn eine Bar betreiben.

Die Holländer hatten vier einheimische Freunde auf den Abend zum Essen eingeladen und das Menü vorbestellt. Schon am Mittag hatten wir alles eingekauft und vorbereitet. Aber die Bierzeltler kamen um vier und bestellten hinter meinem Rücken stattdessen Fisch. Schließlich kam noch ein Überraschungsgast hinzu und ein britisches Paar kam von einer Indienreise zurück und bestellte «Meat please, meat!», als schon aufgetischt war. In einer so kleinen Küche geht das bloß mit gutem Mut und Improvisationstalent zu machen, besonders, wenn wegen der Neuverkabelung der Strom abgestellt ist. Also her mit einem zusätzlichen Tisch, Fleischbällchen gerollt, gesotten und gebraten für die Fleischfresser. Doch die Holländer laden sich ihren Teller voll mit denen ihren Sachen. Rufen unseren Wachhund zum Tisch, was ich besonders gerne mag. Machen sich in Anwesenheit ihrer singhalesischen Gäste über Land und Leute lustig, aber eifrig ihre Liebe beteuernd. Es ist manchmal zum Verzweifeln, wie verroht und egozentrisch viele Leute aus dem Westen sich hier aufführen. Das Tourismusgeschäft und der Mammon machen tolerant.

Im Pool geschwommen, ein deutsches Ehepaar, das mich ansprach, um eine deutsche Zeitung angebettelt und sie auf morgen zum Tee eingeladen – bevor sie mir eröffneten, dass sie aus dem deutschen Osten kämen, wo alles besser gewesen und die Armee ihr Arbeitgeber gewesen sei.

Weil der Benzintank meiner Honda ohnehin auf original neu gespritzt wird, gab ich noch Auftrag, den «Custom»-Aufkleber mit «Gerry» auszutauschen, Männerbubenspäße halt.

Über den ganzen Tag verteilt im Bücherauktionskatalog von Pfister, Pforzheim, gelesen, der heute pfundschwer ankam, ein Genuss, der meine europäischen Sinne kitzelt.

Am Strand hat das erste Motorboot angelandet heute, nach 3 Monaten Absenz wegen zu steiler und wechselhafter Monsunküste. Wenige Touristen, viele aber bei uns, immer mehr auch solche, die «Icebier» oder «Icebar» lesen und vom gleißenden Firmenschild angezogen sind.

12. September

Bis um neun geschlafen heute, dann steht schon alles wieder Kopf wegen der Verlegung neuer Kabel und der Erneuerung des elektrischen Systems. Ich ziehe mich zum Lesen zurück, bis die Ostdeutschen kommen und mir ihr seltsam muffeliges, leicht wehleidiges Weltbild zu Füßen legen. Aber ich habe Spaß an neuen Leuten. Kaum sind sie weg, kommt der elegante Kunstmaler mit seinem blauäugigen Wuschel überraschend zu Besuch, um mich der Schwägerin und einer sehr britischen Lady aus der Hauptstadt vorzustellen. Nachdem ich mich mit meinem kulturell aufregenden Umfeld gehörig vorführen ließ bei einigen Drinks und viel Körpergesten nach Art der Franzosen und Künstler eben, wofür sich alle mit nicht endend wollenden Ahs und Ohs, Video- und Nikonaufnahmen bedankt hatten, verabschiedeten sie sich mit dem Versprechen, sich bei der Präsidentin persönlich für ein Residence-Visum zu verwenden, die kennen sie nämlich. Habe ich mir schon gedacht. Dann rauschten sie ab im standesgemäßen Pajero, dessen Fahrer etwas abseits gewartet hatte, wie das Sitte stilvoller Leute ist. Aber ich mag diese Kalberei, dieses kleine Sozialtheater, diese gesellschaftlichen Flirts und den sprachlichen Austausch von Artigkeiten und Späßchen.

Auf die Bank dann, der Dollar mies bei etwa 50 Rupien. Zum Verkaufsladen und zu einer Versicherungsfiliale, weil der neue Zimmerkühlschrank einen Gast unter Elektrospannung gesetzt hatte und ich noch keine Haftpflichtversicherung habe. Im Coronation Restaurant zum späten Lunch zwei Blätterteigwürstchen und zwei Milchtee. Im Golden Star Hotel vom Direktor einen Vortrag angehört über eine neue Lions-Kampagne «keep Negombo clean». Wird auch Zeit. Es gab Komplimente für die blaue Abfallkübelkultur des «Icebear», schon weit bekannter als ich dachte.

Um fünf wieder einmal selber ein paar neue Sachen gekocht: Eine sämige Karottensuppe, mit Ingwer natürlich, Fischklößchen mit Senfsauce, Nudeln, Spinat, alles frisch, grandios.

Anish wurde zum ersten Mal arbeitend im Garten gesehen, motiviert durch die Aussicht auf Muskeln durch körperliche Arbeit. Seit Tagen ist er von anrührendem Ernst, pflegt sich sehr, duscht lange, putzt sich für das Abendessen mit den Gästen heraus, sitzt dann stolz an meinem großen Esstisch inmitten all der schönen, jungen Frauen, die wir immer wieder im Haus haben und die alle ganz verliebt sind in ihn.

Sheela befragt mich wegen eines Versicherungspakets, das sie auf eigenen Namen abschließen wolle gegen Tod, Krankheit, Unfall, Alter, für 500 Rupien den Monat während 15 Jahren. Ihr Mann ist unwillig, vertraut der Versicherung so wenig wie die Fischer ihrem Pensionssystem vertrauen – zu viele schlechte Erfahrungen, man zahlt sein Leben lang und bekommt dann nichts, weil etwa die Papiere in den Büros verloren gingen.

Mit der hölzernen Rattenfalle, die Lucias Mann uns mit großem kunstgewerblichem Talent baute, haben wir endlich das stolze Tier gefangen, das seit Wochen unsere Mauerfundamente löchert. Um an die Wurzeln meiner Maienfelder Traubenstöcke heranzukommen, die ich heimlich an einer Mauer des Gartens gepflanzt hatte, Südlage.

Schöne Post heute von Lukas und endlich auch von meinem herrlichen David, von dem ich kürzlich sinnreich träumte, er sei mit Freunden weggegangen und ich wusste, für immer, und da weinte ich sehr aus Trauer, bis die Tränen dann nach Ermahnungen von Freunden umschlugen in Glück.

13. September

Ziemlich verschlafener Tag, spät aufgewacht und nachmittags im säuselnden Wind und beim Wohlklang der Metallröhren aus Bali auf der Verandacouch schon wieder eingeschlafen. Nachher ganz sediert und entrückt Blumen gewässert, die ich morgens neu anpflanzte bei den zwei Gartenduschen, nachdem ich die bis unters Dach geschossenen Büsche beschnitten hatte, damit ich tags auch im Bad etwas sehe ohne Licht. Derweil beginnt Suresh, den Strand zu säubern, wofür er ein tiefes Grab schaufelt, in dem er fast verschwindet. Kehrichtsack-Vignetten gibt es hier nicht, alles ist noch ganz nature, der Abfall wird noch nicht getrennt.

Drüben bei Ja-Ela ist ein Militärflugzeug ins Meer gestürzt, in den Medien diskutieren sie kontrovers das Kantonierungs-Konzept der Regierung, «das Package», für die einen die einzige Hoffnung, für die Zentralisten der Ausverkauf der Heimat. Abends die nun schon üblichen Tagesmeldungen über die Zahl der heute Gefallenen auf Armeeseite, all diese Trauer hinter diesen Zahlen, all diese weggemordete Hoffnung.

Als ich eben bei den Holländern auf unsere Restaurantterrasse sitze, um mit ihnen beim Tiefkühlbier die tägliche halbe Stunde vor und nach Sonnenuntergang in diesem betörenden Licht zu verbringen, kommt Elektriker Ajith angerannt in höchster Not, obwohl ich ihm weitere Besuche verboten habe. Sein halbjähriger Sohn sei gestorben, eine Lungensache, wohl von ihm geerbt, er wird dünner und asthmatischer, armer Kerl. Als er mir letztes Jahr von Heirat und dieses Jahr von seinem Kind sprach, glaubte ich es nicht, deshalb befrage ich Sheela, wie sie darüber denkt. Auch sie glaubt ihm seine blanke Not, in der er wie immer devot dasteht als einer der ewigen Pechvögel. Ob ich den Kindersarg bezahlen könne fragt er mich geradeheraus, die Nachbarn gäben alle zehn, zwanzig Rupien, aber das reiche nicht. Auch Sheela meint, tausend Rupien seien angemessen. Morgen früh solle er wieder herkommen um mich zum Trauerhaus abzuholen, wo ich mir seine Umstände anschauen will. Anishs ältere Schwester, die jetzt wieder hellwache Lakshmi, hat Zweifel, hält ihn für einen Trickser.

Nachts um zehn, die Honda kommt endlich an, eine Probefahrt: das Signalhorn fehlt noch, das Licht stimmt nicht, die Bremse ist zu schwach eingestellt, die zwei Handgriffe rutschen, der Sitzgurt fehlt. Die Holländer reisen nach Thailand weiter, zahlen mit 16 grünen Tausenderscheinen für die 6 Tage, kommen dann nochmal 10 Tage. Immer wieder berauschend, so viel Geld in der Hand zu haben, dass ich von meinem Schweizer Konto so gar nichts abziehen muss. Aber man kann sich als Hotelier seine Gäste nicht aussuchen.

14. September

So ein ruhiger Tag wieder, wie immer nach dem Weggang intensiver Gäste sind wir unter uns, nehmen es ein wenig leichter. Sankar liegt den ganzen Tag herum bis in die Nacht hinein nach einer Gratisoperation, die ihn Backenzahn und Wurzeln kostete und ihn so kampfunfähig machte vor echtem und eingebildetem Schmerz, dass ich ihm freigab und abends auswärts essen ging. Wie oft probiere ich ein neues Restaurant aus, entsetzlicher Name, deutsche Führung, hohes Niveau, angenehme Atmosphäre, ich bin völlig wild auf deutsche Kost und esse lustvoll ein knuspriges Cordon Bleu, gefolgt von exzellenter Bratwurst mit Kartoffelsalat, und zuletzt nehme ich noch eine Portion deutschen Aufschnitt mit heim, alles für sündhafte 600 Rupien. Aber sonst lag ich auch diesen ganzen Tag antriebsschwach herum, las in einem liegengelassenen Roman über Geld und Geist und was von beidem das Leben menschenwürdig mache. Ein paar Briefe habe ich geschrieben endlich, abends das Motorrad zum zweiten Mal Probe gefahren und den Elektriker bezahlt, der seine Arbeit gut abgeschlossen hat. Seither kommt er jeden Abend geputzt und gestriegelt an und besieht sich sein Werk, ausgehungert, mit mir englisch zu reden, ein Grund wohl auch, daheim abzuhauen, wo eine Lehrerin auf ihn wartet.

Der Vater des verstorbenen Sohns kam nicht, also doch ein Betrüger von hoher Qualität, ich bin ihm aufgesessen mit meinem europäisch humanistisch gesinnten Weichherz. Ein paar Tage später sagt mir Fischer Sivak, der auch immer um einen Hunderter herumhängt, er wisse, wo der Trauernde wohne. Wir fahren hin mit dem Töff, eine Gruppe junger Männer steht herum, einer mit einem Mädchen auf dem Arm gibt sich als ältester Bruder zu erkennen. Ich erzähle ihm die Geschichte, innerlich eigentlich mehr verärgert über mich selber als über das Schlitzohr und mit Respekt vor seiner enormen schauspielerischen Leistung, und das ist ihm außerordentlich peinlich und er erklärt, sein missratener Bruder nehme Drogen, keine Rede von Frau und Kind. Er würde ihn verprügeln.

16. September

Der Gedanke an die geplante achtwöchige Indienfahrt beunruhigt mehr als mich zu beflügeln. Tatsache ist, dass ich das Alleinreisen verlernt habe, das Reisen von Ort zu Ort, von Tag zu Tag, von Bett zu Bett, dass ich das Wegbewegen ein wenig fürchte, der Gedanke täglich zu reisen graust mich. In Wirklichkeit bin ich bereits sesshaft geworden, habe keinen Grund, hier wegzugehen, wo ich tatsächlich meine Wurzeln zu haben scheine. Aber ich kenne auch meine Trägheit; wenn mich die Umstände nicht zu Dynamik zwingen, dann kann ich wochenlang lustvoll im eigenen Saft marinieren, unsicher, ob mir das guttut oder in Melancholie, gar Depression umschlagen könnte. Das lasse ich gar nicht so weit kommen, dann reise ich halt.

Heute Morgen bin ich eher spät aufgestanden, keine Gäste heute, da lassen wir uns wieder ein wenig hängen. Bis um halb zwölf mittags hatte sich aber schon so viel Leben angehäuft, alles Unwichtiges, das erst in der Masse Bedeutung bekommt oder wenn man genau hinschaut:

Bei meinem Morgenyoga kommt Mahendran im Sarong dazu, morgenträg, turnt mit, hat aber ein so verkrampftes Schnaufen, dass ich ganz beelendet bin. Ein Helikopter fliegt auf und ab, um nach Strandgut aus dem Armeeflugzeug zu suchen, dessen Absturz täglich mysteriöser wird und derzeit nach Art der Robin-Hood-Gerüchte selbst von Singhalesen den fiebrig cleveren Tamil Tigers zugeschrieben wird. Suraj kocht einen Topf Reis auf einem kleinen Feuerchen aus Kokosschale. Als ich das als Grillfeuer begreife, setze ich mich dazu und grilliere mir ein Chickenwürstchen. Nachher Tagesbesprechung mit Sankar wie meist, heute Abend kommen Gayans, die Nachbarn, zum langgeplanten Dinner, will sie ein wenig ehren, denn ich mag sie. Einen Maurer und Spengler suchen wir seit Wochen vergebens, ich mache Druck. In der hundehüttengroßen, kunstgewerblich und ingeniös meisterlichen Rattenfalle sitzt heute bereits die fünfte Bestie seit drei Tagen, ein großes Tier, das uns anfaucht, bevor es der kleine Servant mit Sadospaß in einem Sack erschlägt und würdig in einem Loch versenkt. Frühstück dann, heute mit Speck und Ei, trotzdem alle Leute mir von Schwein abraten, das die Tollwut reize. Um halb elf kommt Anish in der weißen Uniform von der Schule heim, sah ihn seit Tagen nicht. Er sitzt an meinen Tisch, um seinerseits zu frühstücken, derweil schmirgele ich das Flüssigholz ab, mit dem ich die Löcher im Elefantentisch flickte. Spaziergang zur Mauer, draußen heftiger Wind seit gestern, ein Dutzend Kinder mit Drachen, die täglich attraktiver, ja spektakulärer werden, heute hat einer sogar den Seidenschal seiner Mutter als Schwanz drangebunden. Dann regnet es kurz, ich bringe Terrassenmöbel und Teppiche in Sicherheit. Dann schauen wir auf der Straße Dutzenden von Angestellten der umliegenden Hotels zu, die unter Lausprechergetöse mit einer Großaktion der Rotarier-Networker beginnen, die zu meinem Erstaunen und zum verwunderten Kopfschütteln der Fischer gar selber zupacken, «Keep your Negombo clean!», «your», das ist neu, das andere kenne ich schon von den Lionbrüdern und gelegentlichen PR-Anfällen der Großhotels. Natürlich greifen auch wir umgehend zum Besen. Ein wenig Aufräumen in meinem Zimmer, mein Fahrrad putzen, in einem Buch über Troja lesen, den großen Kaktus düngen, Sankar meine Honda leihen fürs Marketing, um ihm eine Freude zu machen: Er bestürmt mich seit langem wegen eines Kleinmotorrads als Transportesel, das muss zum Jahresende dann wohl sein.

17. September

In der Schweiz, daheim, ist heute «Eidgenössischer Buß- und Bettag», man muss das nur wörtlich nehmen, um geschockt zu sein. Wir hängen am Christentum wie der Sterbende am Tropf.

Endlich kommt ein Maurer, der baute seinerzeit die Frontmauer, war beleidigt, dass er den Auftrag für den Schuhschachtelumbau nicht bekam und nun die Sünden seines Konkurrenten flicken soll: Der Regenwassertank leckt, die Wasserleitungen müssen neu verlegt werden, es braucht mehr Bodenplatten für den Garteneingang, die Mauerecke muss man fixieren, die bricht sonst weg.

Seit ein paar Tagen ist es extrem windig, gelegentlich stürzt Regen herunter, der wohl in den Oktober hinein dauern wird, und heute hatten wir erstmals ein ganzen grauen, langen, wolkenverhangenen, lichtarmen Himmel wegzustecken, alle hängen herum, sind schläfrig und eigentlich erst am Abend nach acht wirklich wach. Beim Schachspielen verliere ich gnadenlos gegen Anish, lese dann lieber Zeitung, schlafe tief bis spät nachmittags. Esse dann die Krautrouladen mit gehacktem Huhn, die von der gestrigen Einladung übrigblieben, für die sich Gayan nochmals bedankt. Ein schnörkelloser Typ, eine feine Familie, er habe wohl «ein wenig viel» Bier getrunken gestern, aber es sei für ihn wie eine Reise nach Österreich gewesen (er meint die Schweiz), die ihm Mut fürs Alter gemacht habe. Er fühle sich mit Blick auf Fünfzig alt und müde, sein Körper von der Härte des Fischeralltags geschunden, hat sich bei uns im Guesthouse alles gut angesehen, er wolle Zimmer vermieten später. Das würde er fraglos gut machen, aber er wird sich wohl nicht trauen.

20. September

Hausmeistersohn Mahendran wird morgen sechzehn. Geburtstage feiern die Einheimischen nicht, das ist nicht von hohem Bedeutung in der wiedergeburtsfixierten Hindukultur, geht oft vergessen. Letzte Woche sage ich ihm, wenn er wolle, könne er mit seinen Freunden eine Party organisieren, ich würde ihm was dran zahlen. Von früher sind noch Girlanden da, Schleckstängel und anderer Partyschnack. Das stecke ich dann aber alles wieder weg, als die Mutter entscheidet, dass sie nichts Großes mache, einen Kuchen ja, aber keine Freunde, sie wolle die pubertäre Faulheit ihrer Söhne nicht noch honorieren. Das kann ich gut nachvollziehen. Aber um fünf würde die Familie zusammensitzen zu einer Tasse Tee, ob ich nicht kommen wolle.

Heute Morgen fragt Lakshmi hingegen, wo sie das Haus dekorieren dürfe, bevor ihr Bruder aus der Schule heimkäme. Auf der meerseitigen Terrasse, aber nur von fünf bis sechs. Dann arbeitet sie mit ihrer Freundin stundenlang. Was folgt, illustriert den gelegentlich desolaten Zustand lankischen Familienmanagements: inkonsequent, vergesslich, perspektivlos, ohne Ausdauer und Kontinuität, Autorität nur schubweise und dann harsch, wenig gegenseitiges Interesse, selten Teamwork.

Als es fünf ist, steht der vorgesehene Kuchen auf dem geschmückten Tisch, ein farbiges Disneyland, Suraj wedelt die Krähen weg, aber kein Mensch ist zu sehen weit und breit. Jeder geht seinen Angelegenheiten nach, Anish baut einen

Drachen im Garten, der Bruder ist in irgendeinem Nachbarhaus, die Schwester stickt an einem Kissen herum, der Vater ist in der Stadt beim Einkaufen, die Mutter nicht aufzufinden. Ein organisatorisches Meisterwerk. Bis der Haufen beisammen ist, vergeht fast eine Stunde, müsste der erzieherisch reduzierte Familienanlass schon wieder zu Ende sein. Houseboy Suresh bleibt aus unerfindlichen Gründen in seinem Zimmer, wo er wie immer wieder sein Aussehen konsultiert.

Als ich dann wieder hinzukomme, sitzt auch noch diese aufsässige Touristen-Dampfnudel am Tisch und rührt sich nicht: Sie sei wegen der Schneiderei gekommen, als Kundin, man habe sie nun halt eingeladen zu bleiben. Ich bin sauer und wettere erfolglos, das sei ein Privatanlass. Als dann anders als geplant auch noch die dem Geburtstagskind eigentlich gewünschten Freunde aus der Nachbarschaft anrücken, um angesichts der ausländischen Übermacht verschupft vor sich hin zu schweigen in ihren Sonntagskleidern, ist das Maß voll. Erschreckt von der Leichenmahlstimmung und im Wissen, dass wir sie wegen Verandabesetzung vor ihrem Zimmer um den Sonnenuntergang bringen, hauen die Pariser Gäste wieder ab, fürs Erinnerungsvideo ist es mittlerweile auch zu dunkel. Totales Desaster, dem auch ich mich nach dem ersten rituellen Kuchenbissen mit einer Fahrradtour zu unserem Kokosbaumförster entziehe, dessen Frau heute Nacht das zweite Kind bekommt.

Zudem? Im Vorfeld meiner Fachbuchvermarktung trommelt der Verlag so gut, dass ich besonders aus Germanien Anfragen für Vorträge, Seminare und Artikel erhalte, zuletzt eine für – o Gott! – «Tipps, wie man Kunden beschenkt» für eine Kundenzeitschrift der deutschen Sparkassen, auch die in einer klotzigen Auflage von 180 000 Stück, neben denen die Kleinauflagen für den Schweizer Markt Peanuts sind, denen ich tatsächlich nur mit dem Recyceln meiner Fachtexte entgehen kann.

1. Oktober

Bin unaussprechlich faul, hänge herum, tue nichts, gar nichts, die Stunden zerrinnen, kaum gefrühstückt, ist es schon wieder Abend, kaum war September, ist schon Oktober. Damit es nicht noch länger dauert, schneide ich mir diese Tagesnotizen aus dem Fleisch. Bin gesund, fühle mich wohl, bin aber manchmal von unerklärlichem Missmut geplagt, dem ich mit gezielter Zerstreuung erfolgreich aus dem Weg gehe. Ist es Langeweile? Manchmal bin ich ein wenig einsam. Ich kam am Donnerstag nach vier Tagen von einer bereichernden Motorradreise aus Kitulgala zurück (2 mal 150 km, je 6 Nonstopfahrstunden, Probleme, in dieser Reihenfolge, mit Zündkerzen, Kette, Anlasser, doch alles ad hoc von cleveren Barfußmechanikern am Straßenrand reparieren lassen). Es wäre viel zu berichten, wenn nur einer zuhören würde. Besonders über den Aufstieg zu einer 25 000 Jahre alten Felsenhöhle, die nicht einmal Einheimische aufsuchen, wo aber schon vor der Zeit ihrer Vorfahren Menschen lebten. Die Tour in neue Gefilde und an das Kelaniflussufer, der «Brücke am Kwai», samt Baden und Waten im Trinkwasser und Auslegerbootsfahrt im Zwielicht des Abends bringt mir viele neue Anregungen, reichert meine Fantasie an, beglückt meine Schaulust, nimmt mir lange den Atem.

Wieder daheim, hat mich eine belgische Gästegruppe auf Trab gehalten, die hier Hof hielt, zuletzt mit einem Galadiner für sechs, das wir majestätisch anrichteten und bei dem wir sie so herzergreifend verwöhnten, dass die mitgeladenen hohen Herren aus Singhalesien sich zum mich genierenden Halleluja bemüßigt fühlten, noch nie vorher von einem Foreigner bedient worden zu sein. Doch wir hatten uns zu früh auf ein paar Tage anschließender Ruhe gefreut, da kamen schon zwei deutsche Kulturhippies, geschickt von andern, die über uns erzählten, und die wohnen in der Villa, weil der Bungalow besetzt ist diese Zeit, und jetzt stehlen sie mir für 10 Franken die Nacht meinen Hausfrieden. Doch reisten dann auch die Engländer ab, und um zwölf heut Mittag zügelte ich ins klimatisierte Zimmer des Icebear, wo ich bis um sechs nichts tat als lesen, trinken, schlafen.

Außerdem habe ich letzte Woche mit Sanath die Gebärklinik in Ragama besucht, wo seine Frau ein paar Stunden vorher den zweiten Sohn zur Welt brachte, was sag ich, ihn gänzlich unaufgeregt wie ein Ei ins Nest legte, die Fußzehen sind so klein wie Stecknadelköpfe.

Sheela habe ich neue Nähaufträge gegeben, den Buben beim Murmelspielen zugeschaut, nächste Woche verlieren wir sie an Schule und Internat in Chilaw, ans Leben. Dem Nachbarn habe ich eine orange glühende Tambili-Traube geschenkt und Lucia ein Glas meiner gestern gebrauten Chutneymarmelade aus Umbrellafrüchten, die mir die Gummiplantagenarbeiter in Kitulgala geschenkt hatten.

In der Nacht vorher war ich aufgewacht an einem Geräusch, und da sehe ich draußen im Atrium eine Ratte den üppig blühenden Bougainvilleabaum hochlaufen. So überrascht wie ich selber bleibt sie stehen, sodass wir uns lange wissend anschauen. Vorhin stellten wir die Meisterfalle auf, tarnten sie nach Art der Schweizer Armisten mit Grünzeug, heute Nacht werden wir sie fangen, morgen werde ich sie auslachen.

Drei Bauunternehmern habe ich die arg misslichen Probleme mit dem Sanitärsystem geschildert, nur einer davon kam mit Problemlösung und Offerte, der fängt morgen mit der Arbeit an: Wiederum das gesamte Kalt- und Heißwasser-Röhrensystem neu auslegen, den Tank höher setzen für mehr Wasserdruck. Das habe ich nun davon, für den Schuhschachtelumbau den billigsten Handwerker genommen zu haben letztes Jahr. 2 Pakistanis tranken 3 Arrak, 2 Holländer bestellten 3 Milkshake und 2 Franzosen aßen Breakfast. Restaurantgäste von draußen, manchmal. Die Monatsabrechnung sieht trotz Offseason hervorragend aus, vor allem natürlich wegen der Langzeitgäste: Ein einziger solcher Besuch pro Monat bringt uns so viel, dass ich nicht nur gut davon leben, sondern auch einen Haufen Reparaturen und Anschaffungen finanzieren kann. Ein Haufen Post liegt unbeantwortet, das plagt mich, von meinem Tagesjournal gar nicht zu reden, das ohnehin niemand lesen will.

3. Oktober

Jetzt gibt es bereits einen zweiten Supermarkt in Negombo, der diesen Namen verdient. Ich zähle 25 Sorten Öl, auch Olivenöl aus Cordoba, Giletteklingen, kann mich endlich wieder anständig rasieren, das ganze Sortiment der Weltfresser EFFEM, auch Twix, das beste Stück Kuchen außerhalb der Hauptstadt, sogar Rahm und Käse. Sankar kennt den Besitzer, Tamile, ein fleißiger Könner, ich ließ ihm 1000 Rupien dort.

Im Städtchen war nun Deadline für die großstädtische Verbreiterung der Main Street. Im Bazar wurden definitiv die letzten Fronthausseiten geschleift. Als Gegenleistung darf höher gebaut werden, was hinter der Straßenfront versteckt bereits ausgiebig genutzt wurde, sodass sich nun über Nacht Einkaufsstraßenprunk breit macht in erschreckend babylonischem Missdesign. Es ist viel Geld in der Freihandelszone, aber zu wenig Zement seit ein paar Monaten: Des Korallenriffs sind geräubert, die Importe aus China stocken, Holcim ist noch nicht im Lande.

Die Tamilen haben schon wieder ein Festival, eine Art Erntedankfest, es wird neun Tage dauern mit allnächtlichen, ausgelassenen Prozessionen. Die ganze Sea Street ist üppig geschmückt mit Torbogen aus Bananenbäumen und anderem überschwänglichem Grünzeug, unter dem die wohlhabenden Anwohner auf ihren Tischen Essensgaben aufgebaut haben, um sie von den heiligen Männern auf den Tempelwagen segnen zu lassen, bevor sie sie dann an sich selber und die Armen verteilen. Es hat zwei von den Götterwagen, wegen der vielen Gläubigen, sodass jeder sein individuelles Medium zur Anbetung der Weltenseele findet. Aufs Opfern müssen die selbstvergessenen und extrovertierten Gläubigen indes lange warten, die Wagen, sonst in hohen Holzhäusern eingesperrt, bewegen sich nur meterweise. Die Hohepriester und Tempeldiener, die fetten alten und die fragilen jungen, haben alle Hände voll zu tun, hunderte von Blumenketten über Shiva, Vishnu, Gänse, über all die weißen Pferde, Pfauen, Ratten und Kriegerinnen zu hängen, die Flammen zu bestreichen, abzuwarten, bis die vielen Berge von aufgestapelten Kokosnüssen kraftvoll auf der Straße zerschmettert sind, um daraus die Zukunft zu lesen.

Tausende farbiger Lampen, Palmgeflechte und Bambusgirlanden der Straße lang, Tänzer in Trance, tanzende Transvestiten, Tanzelefanten, Derwische, Trommler aus Kandy (die Religionen vermischen sich liebenswürdig, nur die Katholischen haben dieses Jahr alle Portale zugeschlossen). Polizisten zwischen all den schönen Frauen und Kindern in diesen Kleidern, die sie zu Romanhelden machen, mit glühend dunklen Augen und Blicken, in denen ich ertrinke. So berausche ich meine Sinne mit der Droge der Ästhetik, lasse mich durch die zunehmend ausgelassene Menge treiben, gänzlich unbelastet, manchmal mit wohlgefälligem Stolz angeschaut. Einer macht lachenden Auges eine große Geste mit dem Arm: «My People!». Ich mag diese Leute uneingeschränkt und respektvoll. Ein paar Bekannte aus dem lokalen Alltag unterwegs, ein wenig Karneval, einer ruft mich «Icebearuncle!». Schön, diese Hindutamilen, schön eigen, schön stark, kastenunabhängig voll individueller Würde und eingebettet in überwältigenden Reichtum an Riten, Traditionen, Überlieferungen, Veden, ein dichtgewebtes Netzwerk, das zu durchdringen wahrscheinlich mehrere Leben braucht, diesen Zwang zur Wiedergeburt eben. Gibt es da draußen einen Bürgerkrieg?

Inmitten dieser Melange frage mich ängstlich, warum ich da noch schreiben soll, wissend, dass alle Worte hinter Leben und Emotionen zurückbleiben. Soll ich das nicht besser sein und mich einfach vom Leben vereinnahmen lassen ohne diese knöcherne Reflektion, die meilenweit hinter der Wirklichkeit des Lebens zurückbleibt. Bei näherem Zusehen weiß ich jedoch, dass das Handwerk der deutschen Sprache ein Stück meiner Existenz ist, auf das ich nicht verzichten kann, das mich wie das tägliche Brot nährt und trägt, dass Sprache so etwas ist wie Heimat.

Unverändert fürchte ich mich vor Indien, spüre, Sri Lanka sei nur ein kleiner unscheinbarer Vorhof dessen, was mich erwarten wird auf meiner ersten Indienreise, die ich vor lauter Respekt so viele Jahre aufgeschoben habe. Das Indische an diesem Vorhof, «die Perle am Hals der indischen Schönen», bannt mich nun schon zwanzig Jahre unentrinnbar, wie wird da erst der Tempel Indien selber sein, wie will ich diesen Sinneskitzel bewältigen, wenn nicht mit dem bisschen Reife, das über mich gekommen ist, und meiner ungebrochenen Menschenliebe. Manchmal lassen mich die Ereignisse, Bilder, Emotionen aus der Zeit herausfallen.

Ungebrochen ist andererseits auch mein Informationshunger, die Mediensucht, auch das hängt wohl an der Sprache, auch das ist wohl die Muttermilch der alten Schlampe Europa. Abends um halb zehn zuerst die staatlichen Rupavahini-News, insbesondere mit dem Leichenzählrapport der Armee. Um zehn die australischen und konservativen World-News mit Schwerpunkt Asien und dem Dauerbrenner China. Eine halbe Stunde später die unabhängige, doch in vielem arg britische BBC, die hat die Ware News eigentlich erfunden, derzeit haben sie selbstzerfleischend die Festlandeuropäer im Fokus. Wenn es denn sein muss, auch dieser näselnde Weltnabel CNN, auf jeden Fall aber um elf der Deutschlandsender mit dem eitlen Geplärre der Parteien und vielen peinlichen PR-Filmen besonders der deutschen Autoindustrie.

Dennoch: Ein Spaß alles und immer wieder neu.

Dass Sankars Kinder die tamilischen Storybooks nicht lesen, die ich nach mühsamem Suchen aus der Hauptstadt anschleppe zur Förderung von Lesekultur, sondern sie sich all die verschlossenen Türen des Lebens lieber per Bildschirm öffnen, wie kann ich es verargen. Eine Frage der Zeit war da nur, wann sie den ersten heimlichen Porno einschleusen, weshalb ich nicht verwundert war, sie heute freundschaftlich zu ertappen, obwohl sie ihre TV-Hour exzellent mit Disneys Lion King tarnten: Ein Schulkollege arbeitet im Videoshop, der kennt das Sortiment und hilft bei pubertären Nöten aus. Ich prüfte im Schnelllauf, zum Glück ein weicher Aufklärungsfilm, arabisch korrekt, doch mit gerade so viel weiblicher Nacktheit angereichert, dass der Blick durchs Schlüsselloch ein wenig lohnte.

Es ist wohl Zeit, die Buben dem Schutz eines strengen Hostel anheimzugeben, bis sie die vegetarischen Jahre hinter sich und den Schulabschluss gemacht haben. Heute holte ihr Vater Sankar in ihrer bisherigen – moslemischen – Schule die Übergangspapiere zur – katholischen – Schule in Chilaw, die bereits am nächsten Montag für sie beginnt. So wenig wie ihre Eltern weiß ich, wie das ohne sie sein wird, nachdem sie nun seit sechs Jahren meine Ersatzkinder waren und mir mit ihrer täglichen Präsenz die Illusion eigenen Familienlebens, die Abwesenheit vom Sohnemann David ein wenig erträglicher machten.

Vor dem Frühstück meditative Gartenlust, gieße selbstvergessen meine grünen Freunde, helfe dem Rasen über den salzigen Herbst. Als ein frühpensionierter italienischer Staatsbeamter auf Indienreise auftaucht, um nach einem Zimmer zu fragen und über sein Land zu klagen, unterbreche ich meine stille Zwiesprache. Ich nehme ihm einen Tausender als Anzahlung ab, reserviere für ihn auf morgen, kühle seinen Zorn über das zeitraubende Visumprozedere der Indienbotschaft mit einem Glas kaltem Wasser und erfrische dann mit einer Flasche Möbellack erfolgreich die im Freien stehenden, ein wenig vergilbten Sitzmöbel.

Derweil macht sich der Zimmermann mit dem teuren Malaysiatimber auf dem Dachstock der Villa zu schaffen, wo er dem Wassertank einen Meter hohen Stand zimmert. Das Resultat ist nicht überwältigend, aber für tropische Verhältnisse ausreichend. Nun ist einerseits der Kaltwasserdruck größer, und andererseits fließt nun kaltes statt heißes Wasser in die Toilettenschüssel. Das heiße Wasser ist noch ein Rinnsal, genug zum Zähneputzen, zu schwach für einen Solarschwall aus der Dusche, morgen versuchen wir mit einer hydraulischen Pumpe, die Leitungen zur Reinigung von Bauschutt (!) zu fluten.

Lakshmi, die Omi, Deepan beantragen ein Visum für eine Reise nach Osnabrück zur Hochzeit von Tante, Tochter, Mutter mit dem Deutschen, dessen formelle Einladung ich übersetzte – wohl mehr ein Mann der Tat als der Feder. Aber ich nutze den Anlass für einen ermahnenden Exkurs, als das Mädchen mir auf Anfrage erklärt, sie würde am liebsten in Deutschland bleiben. Ach, wäre ich doch zwanzig Jahre jünger, ich würde sie erretten aus ihrer jungen Zukunftsangst und mich ihrem Zauber hingeben.

Wenn die Fischerkinder am Meeresrand baden, weiß ich, dass auch ich es wagen kann. Das war die letzten Wochen selten genug, heute lustvoll endlich wieder möglich, und ich bin lange in der Salzsole herumgetümpelt. Da kam dann der Verkaufschef der staatlichen Benzingesellschaft am Strand herangejoggt, ich sah ihn Monate nicht, war schon beunruhigt und wollte ihn daheim aufsuchen. Ich lud ihn auf mindestens ein Bier ein. Weiß nicht, wie er dann wieder den Weg heimfand, es dunkelte schon glühendrot am Horizont, als er ging, hatte mir zu lange erzählt von seiner heimlichen Geliebten, die das beste Aphrodisiakum sei für einen Mann unseres Alters.

Ja, und in einer Anwandlung von hausfraulichem Fleiß habe ich Wäsche kalt gewaschen mit meinem Samsung-Spielzeug im Waschhaus. Suresh hatte Frei-Tag, Sankar war eifrig beschäftigt, schnitt das zu lang gewordene Gras mit der Küchenschere (ich muss einen Mäher kaufen für den armen Kerl). Bei Nachbarin Lucia habe ich elf ihrer Blumentöpfe mit Grünzeug eingekauft, das ich nun im Atrium zusammen mit all den anderen Pflanzenpersönlichkeiten zärtlich an meine Gärtnerbrust drücke. Es war ihr ein wenig peinlich, dass ich zu früh ihren grünen Kachelfußboden sah, den sie eben für sündhaftes Geld in der guten Stube verlegen ließ, um den neuen Schwiegereltern einen guten Upperclass-Eindruck zu machen anlässlich der Hochzeit ihres einzigen Sohnes. Natürlich beeilte sie sich mit dem Hinweis auf ein preisgünstiges Sonderangebot, damit ich nicht dächte, es ginge ihr gut. Sie ist clever.

Die Schweizer Ayurvedaärztin schickte ein freundschaftliches Fax, ja, sie würde ihre Gäste herschicken für ein, zwei Tage vor oder nach der Kur in ihrer Klinik im Süden, die den von mir in meiner Werberzeit erfundenen Namen trägt und ihr jetzt ganz allein gehört. Und sie würde mir einen Wochenaufenthalt schenken zu jeder mir genehmen Zeit (gelobt sei Jesus Christus und meine Tennisarme, aber neben Indien und der Susann R. hat dieses Jahr nichts anderes mehr Platz im Kopf). Da hat sie was gelernt von ihrem singhalesischen Mann, dass man geben soll, um zu empfangen: Ein wenig Marketing täte ihnen gut.

Der Maurer berichtet mir über das Millionen-Wohnhaus des Chefarztes vom Holy Mary Hospital, dem auch ich manchmal meine Scherflein bringe. Zehn Millionen Rupien, zweihundertfünfzigtausend Franken, für hiesige Verhältnisse schamlos, neureich eben, ich sehe das Protzdesign förmlich vor mir, mit dem sie europäische Konsumlebensart kopieren. Nichts daneben die zehntausend Rupien für einen mir eben offerierten zehn Meter tiefen Brunnen, der genug gutes Wasser pumpe, um meine drei Häuser samt Garten so üppig zu versorgen, dass ich die Monatswasserkosten von durchschnittlich zweitausend Rupien schleunigst wieder amortisiert haben würde. Unwiderstehlich.

So geht das hier, so geht das mit der Distanzlosigkeit der Einheimischen, wenn man nicht aufpasst: Philip berichtet mit dem Hinweis, Touristen seien ein wenig verrückt, er habe einen Deutschen gefragt «Do you have a sigrett», halb aus Langeweile, halb aus Gewohnheit, schließlich hängt der Nichtsnutz immer um die Weißen herum. Der habe gesagt «If you kiss my lips», seinerseits wohl auch aus einer Laune heraus, und weil die Touristen der Welt immer auf Empfang gestellt sind. «But not a simple Gold Leaf» (diese einheimische Tabakabscheulichkeit). «No of course, a Marlboro». Dann habe der ihn, vor allen Leuten mitten am Strand, auf den Mund geküsst. Und dann sei er zwei Wochen sein Freund gewesen, nein, nichts sonst, nur sein Freund.

7. Oktober

Seit Monatsbeginn kumuliert täglich der Wind, heute ist er besonders anhaltend und herrisch. Der Nachmonsun, ein letztes Aufbäumen. 28 Grad warm bläst es waagrecht vom Meer her über den Garten, reißt trotz Windabdeckungen vorn an der Mauer bösartig an Büschen und Bäumen herum, dass mir Angst und Bange wird, wie sich alles wieder erholen soll. Die thailändischen Tempelglocken schreien wie angebunden tags und nachts, doch findet sie der einsame Italiener, der sich ganztägig in sein Zimmer zur Meditation und zum Beten zurückgezogen hat, «very romantico». Selten einmal tut sich der immerhin hohe und dramatisch gestaltete Himmel zu einer halben Sonnenstunde auf, gelegentlich schüttet es kurz und gnadenlos herunter. Die Wellen bedrängen mich nervös zum Land her, den aufgewühlten Sand formen sie zu immer wechselnden Ufern, doch blieb die gefürchtete, alles verschlingende Springflut bislang aus. Dennoch liegen immer ein paar alte Haudegen unter dem tiefgezogenen Palmwedeldach, das sie vor meiner Gartenecke auf ein paar Ästen aufgehängt haben, einige kommen morgens mit dem Kopfkissen, verschwinden heim zum Lunch und warten dann auf die abendliche Öffnung der Arraktaverne in der Rosary Road. (Es ist wie mit den Indianern, die Weißen und das Feuerwasser beschleunigten ihren Rückzug aus den Koordinaten der Tradition.) Auf den Terrassen und Möbeln draußen schlägt sich permanent ein Film aus teurem Bio-Meersalz nieder, dem ich nur mit demütigem Zuwarten beikomme, bis der herrische Monsun weitergezogen ist nach Nordost.

Das Tor zum Meer ist geschlossen, verrammelt, habe mich wie eine Auster zurückgezogen ins Haus. Es ist der rechte Rahmen für den Zustand meiner Seele. Fühle mich, schon wieder, alleingelassen, auf mich selber geworfen, eine Lebensphase ist abgeschlossen, acht Jahre geborgtes Vaterglück sind vorbei, David so weit weg, wer soll mein Herz überfluten, meinen Alltag beleuchten. Um eins am Mittag bestieg Sheela mit Ziehsohn Anish und Aja Mahendran einen Tucktuck zum Bahnhof, um meine wahlverwandten Söhne in die Abgeschiedenheit von Chilaw zu bringen. Dort werden sie einerseits unter Kontrolle und im Schutz einer Privatfamilie logieren, und andererseits am Montag in eine katholische Schule zum Weiterstudium eintreten, nachdem der Prinzipal (auf Drängen meinerseits mit Pfarrer Julians ausgleichender Hilfe, denn die Gastfamilie hat Beziehungen zur Betschwester Lucia) sich bereiterklärte, sie unterm Schuljahr bis zum Abschluss aufzunehmen. Da sollen sie nun ihr Denken, Fühlen, Handeln, ihr Wollen und ihre Kraft, weit weg von den Zerstreuungen und Ablenkungen Negombos und unserer Property auf ein klares Leistungsziel fokussieren: Den Abschluss des O-Levels mit mindestens 5 Credits, möglichst weiteres Studium bis zum A-Level, der unserer Matura entspricht und auch hierzulande Türöffner ist zu den anspruchsvolleren Lebenschancen. Die Kindheit der beiden ist erfüllt, die Jugend beginnt.

Zum Glück war auch dieser Abschied von der landestypisch leidenschaftslosen Art. Niemand weinte, niemand klagte, niemand machte große Worte, Koffer, Taschen und Kopfkissen waren umsichtig gepackt, neue Kleider und Schuhe machten gar weihnachtliches Wohlbehagen. Die Buben machten den Eindruck, sie würden unseren monatelangen Vorhaltungen mangelnden Lebensernstes und selbstvergessener Lernfaulheit, all die Appelle zu mehr Leistung, Reife, Selbstverantwortung ja ganz gerne folgen, wenn sie nur wüssten, wie. Zuletzt schien es das Beste, sie fern von allen und allem reifen zu lassen wie einen guten Jahrgang. Denn wenn sie keinen wirklich guten Schulabschluss haben, würden sie chancenlos bleiben. Zeitdruck also; jetzt, nur jetzt, keine komfortable Möglichkeit für Spätzünder, in der Jugend Versäumtes selbst noch im Erwachsenenalter nachzuholen.

Gegen alle händeverwerfenden Warnungen der Nachbarn stellte ich aus

Marketinggründen und persönlichem Spaß an immerwährender Schönheit zwei Pflanzenkübel vor den Hauseingang auf die Straße, ganz im Vertrauen, dass sie niemand stehle. Keiner bedachte jedoch die freilaufenden Kühe und Ziegen, die schon am nächsten Tag die wenigen Weichteile der Fächerpalmen abgeknabbert hatten. Also zurück in den Garten damit, um den nächsten Schritt zu durchdenken, zu prüfen, welches Kraut dem Ungeziefer von Herzen zuwider ist. Ich komme schon noch auf eine Idee, man wird einfallsreich beim einfachen Leben.

12. Oktober

Sheela erzählt mir besorgt über den Houseboy Suresh: Der verhalte sich seltsam, habe Lakshmi durch die Fensterläden beim Ankleiden zugeschaut; habe einer Besucherin von Sankars Familie durch den Badezimmergrill beim Duschen zugesehen, sodass die laut geschrien hätte; sei gänzlich nackt in einem Gästezimmer angetroffen worden, als der Manager einem neuen Gast die Zimmer zeigen wollte; sei von einem Nachbarn durch die Lamellen des Haustors gesehen worden, wie er nackig im Garten Wasser holte; würde andere Angestellte animieren, ebenfalls durchs Schlüsselloch zu schauen; hätte durch den Fensterladen der Villa ins Zimmer einer englischen Madam gesehen und der Onkel habe auf Anfrage berichtet, dass Suresh genau aus diesen Gründen daheim und in seinem Haus nicht mehr gelitten sei. Nun würde er mit einer Mieterin im ersten Stock des Nachbarhauses heftig flirten, mit zugeworfenen Briefen in Streichholzschachteln, vor allen Kindern. Zudem sei er oft lange weg, ohne Bescheid zu sagen. Und als heute alle in Colombo gewesen seien, habe er dem Boy der Haushälterfamilie 500 Rupien geboten, wenn der weggehe von hier. Er würde nämlich bald mit einem Armeelaster zum Icebear kommen und statt meiner das Kommando übernehmen. Mit allen Vorbehalten für letztere Nachricht sind wir jedoch der Meinung, dass er machen könne, was er persönlich wolle, solange er die Gäste und unseren Hausfrieden nicht störe, auch wenn ich dazu neige, ihn hinauszuwerfen, ihn mit dem Bade auszuschütten. Obwohl ich nicht recht weiß, ob ich lachen oder heulen soll.

Gemeinsam beschließen wir fürs erste erhöhte Wachsamkeit, was er weitertreibt, wie er sich insbesondere Gästen gegenüber verhält, ob er seine Arbeit gut macht (da gab es Einbrüche vor allem wegen seiner Isolation, denn Sheela verbot ihm ihr Haus, was ihn auch in Distanz zu Chef Sankar brachte), ob er nach Freitagen korrekt wieder und überhaupt zurückkommt. Er hat gemerkt, dass er als Thema die Runde macht und dass sein stilles Hobby nun auch bei mir bekannt ist, dennoch buchen wir die Geschichten fürs erste noch auf Konto Sexualnot und Dummheit. Will morgen auf alle Fälle mit Sankar über die bessere Schlüsselsicherung der drei Außentore reden: Zum Karrenweg hin und zur Straße hin haben wir nur Riegel und kein Schloss. Am Meertor ein zu kleines Schloss von so mieser Qualität, dass man es auch ohne Schlüssel öffnen kann. Der Schlüssel zur Garage steckt meist, der zu meinem Haus liegt oft außen auf der Türschwelle. Die Haupttür zur Straße ist nicht wirklich gesichert. Ich fürchte, ich bin ein wenig leichtsinnig, da muss ich mich mental aufrüsten. Will Sankar mahnen, mir Veränderungen im Alltag schon im Frühstadium zu berichten, solange ich noch eingreifen kann. Er hat die für einen Hausmeister an sich gute Eigenschaft zu schweigen und kein Theater zu machen, mich nicht zu stören, zu schonen und vor Unbill zu schützen, aber er muss erkennen lernen, wann ihm die Dinge entgleiten durch Nichthandeln und Zuwarten.

Diese Kultur der Gewalt, des Hasses, dieser Geilheit des Geldes, der Eitelkeit, dieser Egoismus um mich herum! Diese Aufgeregtheiten in mir, diese Verschlecktheiten von mir, diese Dingwelt, der ich nicht entkommen kann. Wie oft ich mich darüber ärgere, wie ich mein Unvermögen und die generelle Abwesenheit von Spiritualität oft beklage, wie ich mich nach Stille sehne, wie gern ich angekommen wäre!

Habe eine besonders große Schmeißfliege gejagt und abends, selten genug, eine kapitale Küchenschabe (ganz abgesehen von Mäusen und Ratten, die dieses Jahr eine Plage sind: letztere graben sich vom alten Nachbarhaus her unter der Mauer zu uns durch). Interessant die Selbstbeobachtung eines Millionen Jahre alten Jagdinstinkts mit offenkundigem Adrenalinausstoß, aufgestellten Körperhaaren, Gänsehaut auf dem Höhepunkt der Schädlingsjagd, wenn ich das Zeug mit einer chemischen Keule erlege.

Hatte im Übrigen hohen Besuch einer von pockennarbigen Backen abgesehen attraktiven Repräsentantin des Colombo Hilton, die unsere «Mrs. Rosa» aufsuchen wollte, um übers Geschäft zu reden. Im Rahmen unserer – commissionablen – Corporate Rate, die ich vor Jahren aushandelte, um Gäste und insbesondere mich selber mit 40% Preisnachlass im «Renaissance» oder «Hilton» zu platzieren, reserviere ich seit eh und je per Fax. Das ist jeweils unterzeichnet vom Phantom «Mrs. Rosa», weil es nicht gut aussieht, wenn der Chef solche Bürohilfsdienste selber macht. So erklärte ich denn, sie sei meine temporäre «Pearl» bei Bedarf, im Moment aber «abroad», im Ausland. Ich werde sie wohl offiziell entlassen müssen, damit sie mir künftig keine Schwierigkeiten macht. (Bei der Gelegenheit hat mich die singhalesische Modernistin, die derzeit den «M.O.B.» mache, zum Diner ins Hilton eingeladen als Wiedergutmachung für eine ausgebliebene Reservierungsbestätigung, die ich ahnungsvoll monierte, weil Angriff die beste Verteidigung ist.)

Kam von drei Tagen Colombo zurück, wo ich Thailand reservierte, für 90

Franken die Gültigkeit des Flugtickets um 3 auf 9 Monate verlängerte, eine kunstgewerbliche Ausstellung besuchte, vor allem aber einen Lonely Planet-Guide für Indien kaufte, in dem ich seither stundenlang lese. Dabei habe ich meine Reiseangst abgebaut, indem ich mein Programm reduzierte, erkennend, dass ich mir zu viel vorgenommen hatte damit, ganz Indienland zu bereisen. Zuletzt habe ich mich auf den Teilstaat Tamil Nadu reduziert und mir eine kurze Weile Kerala vorbehalten. Aber ich habe auch realisiert, dass die englische Sprache mich täglich mehr einspinnt in ein immer dichteres Gewebe, das mich schon englisch denken lässt und mich verunsichert, ob ich meine Zweitsprache Schweizerdeutsch überhaupt noch sprechen kann. Da hat mir einer dieser federleichten Briefe von Davidsohn aus Brighton gerade noch gefehlt, in dem er mir vom alten England als seinem Jungbrunnen schrieb.

Als ich heimkam, war viel Post da – ich genieße meine Bedeutung als Empfänger von Post –, insbesondere das erste Druckexemplar meines neuen Fachbuchs. Ich habe es mir eitel angesehen, finde die Titelvignette, wenngleich von einem angesehenen Buchkünstler gestaltet, depressiv und wenig verkaufsfördernd. Der Abverkauf wird deshalb sicherlich ein Misserfolg; die Lektüre könnte Entertainment sein, doch lässt der optische Auftritt nichts Gutes ahnen, knochentrocken kommt es daher, hilflos kulturell aufgepeppt, man merkt, dass der Verlagschef sich Gemälde schenken lässt mit dem Hinweis auf breit gestreute Reproduktion auf den Buchumschlägen seiner Neuerscheinungen.

Das Wetter beruhigt sich wieder, nachts heftige Regengüsse, abends rotglühende Bühnenhimmel, der Strand wird breiter, der Monsun hat sich nach letztem Aufbäumen nach Nordost verzogen, die Hauptsaison ist im Anmarsch, die Hoteliers weißeln die Mauern, die Strandläufer erkunden das Gelände.

Im Garten ist jetzt der 12 Meter tiefe Brunnen gegraben, das Wasser ist gut, nicht salzig, heute und morgen bauen wir den Motor ein, legen Elektrisch, bauen das Pumpenhäuschen, montieren den Überlaufschutz, das Rücklaufventil.

Habe Sanath daheim besucht und das nun 30 Tage alte Baby angeschaut. Die paar Minuten Zwiesprache mit dem kleinen Wurm waren wie ein Gebet, ich realisiere, dass man im Alter nur noch Enkelkinder kriegen kann, aber keine Kinder.

Vor dem Tor zur Straße stehen wieder die zwei Blumentöpfe, jetzt mit für Kühe garantiert ungenießbarem und widerspenstigem Grünzeug. Sieht eigenartig aus. Die Reben, die ich aus dem Schweizer Maienfeld mitgebracht hatte, leben nicht und sterben nicht, das Wachstum hält inne, müssen sich wohl die innere Uhr neu einstellen, daheim ist ja jetzt Räbzeit. (Später lese ich, dass Reben zuerst in die Tiefe wachsen, hin zum Wasser, bevor sie austreiben.)

13. Oktober

Morgens stehe ich spät um halb zehn auf, das Frühstück wartet auf dem Tisch, auch Suresh sitzt wartend auf der Schwelle seines Zimmers. Ich scheuche ihn auf, die Wartezeit zu nutzen für die viele Arbeit, und dann sehen wir ihn bis abends eifrig und Böses ahnend schneiden, bürsten, schrubben, fegen, schaffen. Sagen werden wir noch nichts, beim nächsten Fehltritt aber müssen wir drakonisch handeln.

Um zehn informiert uns der gute Nachbar Gayan über den plötzlichen Tod seiner sehr alten Schwiegermutter, die die Familie und vor allem er selber seit Jahren aufopfernd pflegte wie ein kleines Kind. So liegt sie auch auf dem Boden aufgebahrt, ganz klein und niedlich, an dem großen Zeh ein Gebetsbändchen aus Spitzen geknotet, als ich gleich danach einen Kondolenzbesuch mache und Gayan ein paar Zeilen und einen Tausender im Kuvert in die Hand drücke. Es vergehen nur Stunden, da ist nach Landesart schon der ganze Garten mit Leihstühlen vollgestellt, auf denen sich tags und nachts wechselnde Besetzungen von Besuchern einfinden, bis die Beerdigung mit dieser Prozession weißgekleideter Männer stattfindet, inmitten derer ich, wie immer geniert ob meiner Körpergröße, auf den Friedhof laufen werde. Sankar sagt, man könne die Leiche so präparieren, dass man sie auch bei hohen Temperaturen sieben Tage im Haus haben könne, bis alle Angehörigen angereist seien. Das tröstet mich ungemein. Inzwischen ist die Luft voll von süßen, schweren Gesängen der Frauen, die sich an der schönen Leiche abwechseln, die jetzt im Garten aufgebahrt ist, ein viel zu herrisches Kreuz in der Hand. Der jüngste Sohn entzieht sich dem Trubel zu seinen Freunden ins «Lucky-Postoffice», wo ich ihn abends unpassenderweise antreffe, als ich ein Fax abgebe.

Julian und Souda kommen zum Bluemoon Beer und wir vereinbaren den nächsten Diner-Termin für unsere traditionelle Männerrunde. Julian, wie immer in der weißen Pfarrkutte, steckt mir konspirativ eine Flasche schwarz gebrannten Arrak zu, den ich ihm mit obligaten 500 Rupien vergelte. Das hat sich so eingebürgert, seit ich ihm keine Nicknegerleinbatzen mehr schenke sondern auf Gegenleistung drängte.

Vom Anwalt in Colombo kommt ein dringliches Fax wegen meines Aufenthaltsvisums, das sich seit Jahren so quälend hinzieht, dass ich ihm nächstens wohl wegen seiner mangelnden Connections zu hohen Ministern, mit denen er geprahlt hat, das Mandat entziehen werde.

Wasche mein Motorrad, will mit dem Italiener am Sonntag einen Trip machen.

Bade lange im morgendlichen Meer, Sole sei gut für allerlei.

Sheela nutzt die Abwesenheit ihrer Söhne, um das Wohnzimmer ins Bubenzimmer zu verlegen (de facto den Fernseher und die Sitzgruppe neu zu platzieren), damit sie die große Lobby für ihre Näharbeit freibekommt und Privates und Nebenerwerb aneinander vorbeikommen. Die Frau ist von so viel Unrast getrieben, dass es sogar mich in den Schatten stellt.

In Sri Lanka hängen die Söhne am Rockzipfel und den Kochtöpfen der Mutter bis sie dreißig sind und dann aus schierer Not, sie aus dem Haus zu kriegen, zwangsverheiratet werden. Wenn man sie nicht exportiert und damit all die Probleme, die sie machen: Oft sind es nicht wirtschaftliche Gründe, ihnen ein Onewayticket zu besorgen, sondern die schiere Not mit den Troublemakern, die nicht arbeiten, herumhängen, gelangweilt sind, Arrak trinken, Ganja rauchen, Frauen belästigen, Männergangs gründen, sich von Tagelohn zu Tagelohn quälen.

Nie sind die Söhne wie die Väter, immer wie die Mütter. Muttersöhnchen. Die Väter sind ja schon gewesen wie ihre Mütter. Soll ja keiner sagen, die hiesigen Frauen seien schwach. Das Gegenteil ist wahr, sie sind die wahren Herren im Land. Aber niemand soll sich täuschen, trotz Überprotektion der eigenen Brut lebt man in den Familien nebeneinander her. Es findet wenig Kommunikation statt, es herrscht das große Schweigen, und Sprachlosigkeit ist das Resultat. Emotionaler Austausch findet selten statt, Körperberührungen nach dem Windelalter sind besonders in der tamilischen Kultur verpönt, nicht nur in der Öffentlichkeit, auch in den eigenen vier Wänden. Sobald die Kinder laufen können, werden sie körperlich auf Distanz gehalten, und sobald sie in die Schule kommen, sind sie abgenabelt und trotz der großen Gefühle auch emotional allein gelassen. Was Wunder, dass die Mut- und Lockermacher Alkohol und Drogen beim Eintritt in die Pubertät gern genutzt und ins Männerleben übertragen werden.

Rechtzeitig zur Tortensaison ist Kirchenfest in der nahen Sea Church. Sie tragen die Muttergottes durch die Straßen auf einem hinduistischen Tempelwagen, der dieses Jahr Babyblau daher kam wie eine indische Hochzeitstorte. Leute in Massen, die Prozession sprengt alles bisher Dagewesene – bei der Kirchenvergrößerung soll zwei Fischermädchen aus der Nachbarschaft die Jungfrau erschienen sein, seither strömen Gläubige und Geld. Wusste gar nicht, dass es so viele Leute gibt in der Stadt, und alle sind voll berührender Inbrunst, vor allem mein Nachbar, der Herr Lehrer, der mit dem Mikrofon und ein paar anderen Heiligen als Lautsprecher im Auto sitzt und Gebete singt, was das Zeug hält: Er hat seinen ganz persönlichen Gottesdienst, er webt sich den Teppich in den Himmel, doch außerhalb der Schule hier unten auf der gemeinen Erde ist er nicht sehr aktiv im Quartier.

19. Oktober

Wenn das BBC-Fernsehen über den Krieg im Norden berichtet, überpixelt die Inselzensur Bild und Text und ich komme mir vor wie ein dummes Kind, das nicht alles wissen darf oder das man in den Keller einschließt. Da realisiere ich dann aber, dass die Freiheit der Information für die Entwicklung der Gesellschaften tatsächlich unerlässlich ist, auch wenn ich mich über die Journalisten oft mit Vergnügen ärgere, wenn sie aus Nachrichten leichtverkäufliche Waren für den Massenmarkt machen. Dass die Landeschefin die Zensur für Militärsachen einführte, hat dem überwältigenden Goodwill einen Knacks gegeben. Da ist der untadelige Zustand der Haupt- und Nebenstraßen aber ein Ausgleich, der der Landesentwicklung guttun wird, denn es muss zuerst die Infrastruktur stimmen. Und die hat die Vorgängerregierung sträflich vernachlässigt, ich erinnere mich mit Grausen an die Schlaglochpisten kreuz und quer durchs Land, das dabei so bankrott und abgewirtschaftet wirkte, dass keiner auch nur einen Funken Zukunftshoffnung haben konnte. Auf einem Dreitagetrip, wie immer über etwa 500 km, konnte ich mich von einem «Tigersprung» überzeugen; im Vergleich zum Vorjahr ist das Land in Sachen Asphalt nicht mehr wiederzuerkennen.

Der Italiener, der sich wegen eines Visum für Indien nach Sri Lanka verirrte, reiste, das Visum glücklich in der Tasche, heute Morgen ab, mit Tränen in den Augen. Die ich nicht verdient habe. Tatsächlich aber haben wir oft Gäste hier, die an einer Wegscheide ihres Lebens auf Reisen gehen, um in der Ferne manchmal schmerzhafte Lebensbilanz zu ziehen, bevor sie dann meist verändert und auf jeden Fall revitalisiert wieder neu starten. Der Italiener war so einer, vom Katholizismus enttäuscht, zum Buddhismus gefunden und zur gottlosen Lehre, die so einfach wie menschlich ist. (Dass der Papstbesuch in Colombo letztes Jahr in die Hosen ging, weil er in einem Buch die Buddhisten bedauerte, weil sie an keinen Gott glauben dürfen, und die Hohen Herren in Orange alle Kontakte absagten, ist eine andere Geschichte, aber passend.) Abends ging der italienische Sinnsucher mit der Sonne schlafen, am Morgen wachte er mit der Sonne auf, wie Franz von Assisi im Einklang mit der Natur, meditierend und betend tastete er sich erfolgreich an seine neuen Wahrheiten heran, im Schutz eines meiner Fremdenzimmer, in dem er sich wohlfühlte, weil ihn mein «Icebear Guesthouse» atmosphärisch trug.

Zum Abschluss schrieb er auf Italienisch etwas ins Gästebuch, das ich nicht lesen konnte, und sagte, es sei sehr privat, der Aufenthalt hier sei sehr wichtig für ihn gewesen, ich könne es nach seiner Abreise übersetzen lassen.

In der Abenddämmerung überwältigte ihn die untergehende Sonne und das Vertrauen zu mir und er legte eine Art Lebensbeichte ab. Ich spürte, ein großer

Moment für ihn. Er sei vor nicht sehr langer Zeit durch die Freundschaft zu einem italienischen Brigate-Rosse-Aktivisten in schlimmste Schwierigkeiten gekommen. Dem hatte er für eine Nacht Unterschlupf gewährt, bis ihn am frühen Morgen Scheinwerfer und Helikopter mit erhobenen Händen aus seinem Haus trieben. Da war der Freund schon weg, er habe ihn nicht mehr gesehen, er sei als Brigate-Rosse-Aktivist noch immer auf der Fahndungsliste. Kein Wunder, ich erinnere mich gut, wie aggressiv die Umstürzler in den 70er-Jahren den italienischen Staat in die Knie zwingen wollten. Unser Gast, der Zen-Buddhist, sei fälschlicherweise in Verdacht von Mitgliedschaft oder Komplizenschaft geraten, habe 16 Jahre Gefängnis anzutreten, sei aber abgehauen und auf der Flucht, wollte im Milliarden-Indien untertauchen mit einem falschen Pass. Nach seiner Indienreise wisse er jetzt aber, dass er zurückfliegen und sich den Behörden stellen würde, er würde sich passiv ergeben, er sei ja Zen-Buddhist, und überhaupt, er sei gar kein Terrorist.

Abends pflastern wir die Eingangspartie neu, nachdem der Brunnenbau alles auf den Kopf gestellt hatte. Am Monatsende kommt meine frühere Agenturdirektorin, um den «Gutschein für Gratisferien auf der Insel» einzulösen, den ich ihr beim Firmenverkauf geschenkt hatte. Auf Samstag hat die die Ayurvedaärztin Elena eine neurotische Patientin angemeldet, die nur in der familiären Geborgenheit unseres Grundstücks gesunden könne. Und drüben im A/C-Zimmer wohnt ein arrogantes Ehepaar aus Deutschland, das ich in Anaradapura getroffen und erfolgreich für Negombo bezirzt hatte.

Mein sri-lankischer Führerausweis ist gekommen, nach zwei Monaten und einem eingeschriebenen Brief an den Kommissionär, wie er sich die Entwicklung seines Landes vorstelle, wenn der simple Postversand eines simplen Amtspapiers acht Wochen brauche.

Gestern kam der alte Tessiner zu Besuch mit Akila und einer blauseidenen Wienerin, mit der ich gut konnte. Überhäuft mit Rothschild-Wein, Wiener Strudeln, Schwarzbrot und einem aktuellen «Spiegel» aus Singapur, hatten wir einen köstlichen Abend beim Essen, das ich morgens mit viel Spaß schon vorgekocht hatte.

Seit ein paar Wochen fühle ich mich schon nach dem Frühstück morgens um zehn schlapp und antriebsschwach, hänge wenn auch lustvoll herum, bin erst gegen Abend munter und bis Mitternacht hellwach und fit. Vielleiht ist's der Nachmonsun, die schwüle Luft, die ja auch die Einheimischen abschlafft. Vielleicht fehlt es mir an dem ausgeschwitzten Meersalz, wahrscheinlich aber trinke ich zu wenig. Nun stürze ich das neue Brunnenwasser in mich hinein, abgekocht und eisgekühlt schmeckt es wie das Flaschenwasser, mit dem die vielfach geimpften und gegen alles abgesicherten Touristen Typhus und Ruhr,

Cholera und Malaria, Teufel und Dämonen aus dem Wege zu gehen suchen. (Dass das nur abgebotteltes Brunnenwasser ist und kein Mi-ne-ral-wasser, habe ich schon immer geahnt.)

Die Nachrichten, die ich brieflich von den verschiedensten Leuten aus der Schweiz bekomme, machen den niederschmetternden und hoffnungslosen Eindruck großer Depression, allerorten löst sich alles auf, kommt Lebensangst auf, es geht allen finanziell, moralisch so schlecht wie nie zuvor, aber alle tun so, als ob noch alles beim Alten sei. Dass niemand weiß, wie es weitergehen wird, dass keine Leitfiguren da sind außer denen des Konsums und Showbiz, weil es wenigen so gut und vielen so schlecht geht, gäbe eigentlich Bedarf für Revolutionäres. Will sehen, ob die Nationalratswahlen Parteienverschiebungen bringen, wenn alle wie ich alle Manifeste lesen, müsste es eigentlich eine Erdrutschverschiebung geben. Aber es wird nicht so kommen, Leute mit gesundem Verstand und unabhängigem Standort fanden sich immer schon auf der Verlierer- und Minoritätenseite, die Schafherde ist unverbesserlich und läuft jedem Hirten nach, der ihnen noch grüneres Gras verspricht, wenn ihm nur ein paar kläffende Hunde die Herde zusammenhält.

Da passen diese berufsbetroffenen, zitronenlippigen Sinnsucherinnen ganz gut ins Bild, die ihre Leere verkrampft zu füllen suchen mit dem Sinn, den ihnen die Massenthemen vorgeben. Vor allem ist dieser Kompensations-Umweltschmalz eine so routinierte Litanei geworden, dass mir schwindelig wird, wenn ich schon die Uniform dieser neuen Moralsektierer sehe, diese weiten Wagalaweiakleider, diese Reformsandalen, diese Stadtrucksäcke. Dieses Gejammer über Plastik, Fischsterben, verseuchte Atolle, Atomlager und Hormonrinder, dreckiges Wasser, dreckigen Strand, dreckige Welt. Unausweichlich, dass mir manchmal eine solche Spezies zufliegt, die letzte Fahnenschwingerin beschwor allen Ernstes, dass sie ungern ins Meer stehe, weil sie dann die Delphine, die Wale und die Haifische körperlich spüre und deren Schmerz unerträglich für sie sei. Oft müsse sie dann heulen. (Das erspart ihr immerhin den Besuch therapeutischer Zwiebelschneideclubs.)

Heute Morgen früh, ich holte mit dem Fahrrad eine Zeitung, überholte ich auf der schwach frequentierten Sea Street eine ausländische Fahrradfahrerin, der ich beim Überholen freundlich ins Gesicht schaute und «Hallo» sagte auf meine unwiderstehliche Art. Ich hätte diese Gummireifensandalen anschauen müssen vorher, um zu wissen, dass da nichts zurückkommen würde, nicht einmal ein böser Blick, weil doch alle Männer Vergewaltiger und Töchterschänder sind, die man nur verachten kann. Sie straft mich folgerichtig mit Verachtung. Sie lässt sich von Männern nicht anmachen. Immerhin bin ich ganz froh um gelegentliche Auslöser für scharfzüngige Reden. Deshalb radelte ich aufsässig neben ihr her – freie Fahrt für freie Bürger – und überzog sie mit ätzendem Spott, damit ihre Feindbilder endlich Nahrung bekommen. Sie hat mir entrückt und wissend zugehört.

20. Oktober

Menschenfeindlich ist Terror wegen seiner örtlichen, zeitlichen, sachlichen Unberechenbarkeit, du weißt nie wem wann wo was wie passiert. Das bringt dich in einen Rundumdieuhr-Stress, der sich in deinen Alltag einnistet wie ein Virus mit Widerhaken. Der Terror der selbsternannten Führer der Inseltamilen zeigt Züge blanken Un-Sinns, offenbart verzweifelte Not angesichts des eisernen Besens, mit dem die Armee im Schutz der Zensur nun in den besetzten Gebieten zum letzten Reinemachen ausholt. Ohne Zweifel auf Kosten von Zivilisten, die bei den Tagesrapporten über die getöteten Feinde ausgeblendet bleiben. Was Gerüchten kräftig Auftrieb gibt, und entsprechend erreichen böse Geschichten und wüste Zahlen besonders die Tamilengemeinde außerhalb der Kampfgebiete. Obwohl sich «die Tamilen» im Land uneinheitlich präsentieren und jeder Wert auf seine geografische Herkunft legt, wird es nicht gelingen, sie angesichts eigenen Leidens auseinanderzudividieren, selbst nicht, wenn der Krieg näher rückt ins Zentrum:

Heute Morgen haben die militanten Sezessionisten die Benzinlager der staatlichen Petroleumgesellschaft zerbombt. 15 Billionen Rupien Wirtschaftsschaden regnen später als Öl herab auf die Gegend und verseuchen das Grundwasser und den Zimtkanal. Man soll die Brunnen während zwei Wochen nicht benutzen und bei Reizungen den Arzt aufsuchen. 25 Polizisten, Terroristen, Zivilisten im Tod vereint. Seit langem wieder Ausgangssperre, der Premierminister mahnt zu Ruhe, Brüderlichkeit, Besonnenheit und Mithilfe bei der Terroristenjagd, die Präsidentin spricht vor der Uno. Es verkehren wenig Züge, keine Busse, an den Tankstellen gibt es kein Benzin mehr, die Touristen haben Mühe, den Flughafen zu erreichen, sitzen fest, der Alltag ist massiv gestört, jeder ist irgendwie betroffen, Terror eben. Das führt erfahrungsgemäß zu öffentlicher Diskussion, die sich an der Tamilenfrage entzündet und, wie ich bei solchen Ereignissen immer aufs neue zu befürchten, zu Ausschreitungen des Mobs führen könnte, wenn nur einer heftig genug zündelt. Aber auch diesmal bleibt die Mehrheit klug und lässt sich nicht provozieren. Es ist auch einfach zu heiß für Ausschreitungen.

Der fette Sohn der deutschen Gäste spielt derweil im Garten mit seinen farbigen Kampfhelikoptern, Unterseebooten und Soldaten.

Sankar holte seine Söhne zu ihrem ersten Wochenende vom Studienort Chilaw heim, bevor die Ausgangssperre eintritt; ein Nachbar hatte noch genug Benzin im Tank für die Fahrt. Bei Ankunft nichts Spezielles, keine Blumen, kein Kuchen, Höhlenleben as usual, jetzt jedoch ohne eigene Betten, die Mutter hatte schon am Tag der Abreise ins Internat ein Fernsehzimmer aus dem Kinderzimmer gemacht. Nun liegen alle nach traditioneller Kleineleuteart nebeneinander auf dem Fußboden der zur Kleiderfabrik umfunktionierten Wohnstube. Home, sweet Home. So gar nichts von mir übernommen in all den Jahren, was Lebensart und Tageskultur betrifft.

Sankar war den ganzen Tag lang nicht zu sehen. Dabei war für heute ausschließlich Gartentag angesagt angesichts erwarteter Langzeitgäste. Stattdessen macht er ein Gesicht zum Erbarmen, als ich ihn um sechs endlich zu fassen kriege. Sieht aus wie besoffen, er habe stechende Augenschmerzen schon den zweiten Tag. Der Kerl kann nicht reden. Ich jage ihn zum Spezialisten, gehe auswärts essen, weil ich ja keinen Koch habe, und argumentiere meinerseits als Herrenmensch, dass mir ein kranker Hausmeister nichts nütze. Manchmal ist alles ein wenig kompliziert.

Der Wind bläst jetzt nachmittags ganz wüst, es bleibt feucht und sehr heiß, ich lebe italienisch, das heißt, zwischen zwölf und fünf ins Hausinnere zurückgezogen. Um fünf kommt ein Masseur für eine Ganzkörpermassage zu 600 Rupien, eine Stunde knetet er mich hinter dem Paravent auf der Terrasse, eine gute Sache, seine Idee von Hausbesuchen ist clever. Werde ihn unseren Gästen empfehlen.

Bei meinem schweizerischen Abfalltrennbewusstseinsstand tut es weh, die Frauen aus der Nachbarschaft ans Meer laufen zu sehen, die inmitten eines Rudels Hitchcock'scher Krähen ihre Küchenabfälle eimerweise in den Kreislauf zurückschütten. Mein Dreck ist sauber. Das passt zur Tradition, dem Meer den Rücken zu kehren, es ist niemandem freund, der von ihm leben muss. Die Klagen meiner Gäste nach ihrer obligaten Rundreise im Land über den Schmutz Negombos und speziell der Beachroad und des Strandes nehmen kein Ende, ich muss alle Coué'schen Selbstsuggestion aktivieren, um meine gelegentlichen Anfälle von Ärger wegzuargumentieren: Der Verdünnungsfaktor des Ozeans. Die Natürlichkeit der Abfälle. Der Arbeitsplatz der Fischer. Das miese Abfallmanagement der Stadtregierung. Die plündernden Kühe, Ziegen, Hunde, Ratten, Krähen, vor denen kein zentnerschwer verschlossener Abfallkübeldeckel sicher ist. Und der allumfassende Impfschutz der Gäste, denn die kommen alle vollgepumpt mit Mitteln gegen die Fremde, die Pest, die Cholera, den Typhus, das Gelbfieber, die Polio, die Hepatitis, die Schlangen, Skorpione, Würmer, die Malaria sowieso. Was soll ihnen da noch zustoßen außer einem aufsässigen Bettler oder Beachboy, die sie früher oder später doch erlegen werden. (Denn warum sonst liegen so viele Fischerboote mit deutschen Frauennamen am Strand? Die Entwicklungshilfe ist gegenseitig, die Bilanz ausgeglichen.)

Habe jetzt viel Zeit und Energie für Nebensächlichkeiten. Streiche die Wasserleitungen und anderes mit weißer Ölfarbe. Inszeniere die Eingangspartie mit den runden Steinen neu. Versetze Pflanzen. Gieße Gras. Schneide Büsche. Lese Goethe. Insistiere mit scharfen Worten bei einer für nichts und niemanden am helllichten Tag herausgeputzten und im Haus herumliegenden Lakshmi, sie solle all die Papiere, Plastikstücke, Stofffetzen, Dosenbleche, Holzreste auflesen, die ums verwahrloste Staffhaus herumliegen. Sie solle mehr Verantwortung zeigen, sich auch die Finger schmutzig zu machen, wenn nötig. Kurz darauf macht ihr Haussklave Suraj die Arbeit, sie werden zu Herrenmenschen, wenn sie es ein wenig zu was bringen.

Mühlemann war auf eine Tasse Kaffee da, seit langem wieder einmal. Wie viele geizige Schweizer unterhält er keine gesellschaftlichen Kontakte aus Furcht, seinerseits Gäste bewirten zu müssen. Was ein wenig seltsam ist, denn wir zwei sind die einzigen Schweizer in der Gegend und wir kennen uns nicht nur fünfzehn Jahre, er war auf meinen Wunsch einstmals auch Verwaltungsrat meiner Werbeagentur. Immerhin hat er sich zu einem Einblick in seine Seele hinreißen lassen mit der Beichte, dass es ihm jüngst moralisch nicht gut gegangen sei und er dann im Kopfhörer Pavarotti gehört habe, jemand habe ihm das Equipment geschenkt. Dabei habe er sich ganz erfrischen können, denn die Musik, von der er ja nichts verstehe und die ihm eigentlich auch nicht gefalle, habe ihn stark befriedigt, weil sie so ingeniös durchkomponiert sei, so logisch aufgebaut, so unbestechlich realisiert, dass er als Techniker wirklich Respekt habe.

Die Pfaffen richten mit ihren Märtyrergeschichten und der Jammertalbotschaft viel Unsinn an. Jedes Jahr bauen die bekehrten Fischer im Quartier neue Altäre für all die Heiligen, Märtyrer, Jungfrauen der katholischen Kirche, denen sie Gelübde ablegten, die sie nun in die Baupflicht nehmen für all diese Götzenbilder. Eines ist größer als das andere, manche trumpfen auf mit einer ganzen Auswahl von Figuren zur Selbstbedienung, sie haben den Hinduismus nie hinter sich gelassen. Doch auch der kleinste Schrein hat magische Wirkung auf die frommen Leute. Ich sehe die Frauen daran vorbeilaufen nur mit doppeltem Kreuzschlagen, jeder Halbstarke auf dem Fahrrad bekreuzigt sich, abends finden sich Gruppen von Frauen ein, die auf dem Boden kauernd endlos beten, in Wirklichkeit wohl bitten und fordern. Der Herrgott und seine Delegierten sollen die Arbeit machen. An unserer Straße ist jetzt wieder eines dieser eitlen Machtsymbole in Arbeit, wie immer züchtig mit Tüchern verhängt. Doch hat der neue Gnadenbau den Vorteil, eine Müllkippe zu verdrängen, die während Jahren ein Schandmal für die Gegend und eine Beleidigung für jeden aufrechten Christen war.

23. Oktober
Der neue Gast aus der Schweiz, Marlen, «Miss, please!» ist ein Patient. Wir sind auf so was nicht vorbereitet, haben keine Erfahrung. Aber die Verrücktheit der Dame ist bislang auch spaßig, das mag ändern. Sankar ist geschäftstüchtig. Hat während einer Motorradfahrt ins abendliche Negombo, wo er Unterhosen für Miss Marlen kaufte, ein Zimmer vermietet an ein englisches Paar, nur eine Nacht vor dem Heimflug. Aber die neuen Gäste teilen sich das Bad mit unserem Pflegefall. Das erste Mal rastet Helvetia aus als sie meint, die Engländerin habe im gemeinsamen Bad ihre Seife benutzt. Das zweite Mal war es spektakulärer, da filmte die junge Engländerin mit der Videokamera in unser schönes Haus hinein, jeder versteht das, aber Miss Marlen saß am Esstisch im Atrium, schrie auf und zeterte, sie wolle nicht fotografiert werden, man habe zu fragen. Ich machte klar, das sei ein, mein, Hotel und sie solle meine Gäste nicht verärgern. Kurz darauf heulte die alte Schweizerin los, ihr Schultertuch sei zu klein, sie habe kalt, und als ich zur jungen Engländerin auf die Veranda ging, um sie zu trösten, heulte auch die vor sich hin, von ihrem bärtigen Freund nur schwer zu trösten. Ich hob ihre Lebensfreude dennoch, mit Blumen und Biskuits. Sie dankte es mit einem herzzerreißenden Gästebucheintrag und zu Hause wird sie über «Sri Lanka with Swissness» erzählen können.

Das Öldesaster von Colombo hat Negombo erreicht, heute Mittag um vier ist der Strand unbenutzbar, das Wasser von einem Ölfilm ermattet, der sich am Ufer fortschreitend festsetzt. Die Behörden wiegeln ab, bald aber werden tote Fische angeschwemmt und die Fischer arbeitslos sein. Die Weihnachtssaison ist definitiv abhandengekommen, in einem solchen Land will keiner Ferien machen, da kann die Sonne noch so scheinheilig scheinen.

Am Nachmittag hätte Sankar die Buben nach Chilaw zurückbringen sollen. Als ich um fünf frage, warum er noch nicht gegangen sei, erklärt er, dass alle Eltern morgen ihre Kinder daheim behalten würden, denn eine partielle Sonnenfinsternis würde den Aufenthalt im Freien gefährlich machen. Es ist ein langer Weg in die Moderne.

25. Oktober
Hier zu Hause? Ein «Spiegel» wieder einmal, nur eine Woche alt, überraschend gefunden: Die Deutschen wollen keine zehn Mark zahlen, sie wollen immer nur Schnäppchen machen. Aber ihr Goetheinstitut organisierte vorgestern einen Bücherausverkauf, nichts wie hin, Goethe, Johnson, Andersch und einen Packen anderer ausrangierter Schwarten gekauft, das Stück für zehn Rappen, und als Praliné dazu vier alte Nachrichtenmagazine aus dem Jahr 1992, die ich noch nicht kenne.

Zusammen mit dem, was Gäste hier oft liegenlassen (zuletzt Heyne «Lodge, Saubere Arbeit», die ich sonst nie gelesen hätte) bin ich kopfversorgt, bis Mutter Helvetia mich wieder sieht im März. Inzwischen treibe ich mich stadtsüchtig auch im gefährlichen Colombo herum, Lunchbuffet im Galadari, Teebuffet im Hilton, Einkaufen hier und dort, Schönerwohneneinkäufe (Fischformserviettenhalter, ein Gemälde, nettes Kleinzeug fürs Gemüt, das bei mir durch die Augen geht), Galeriebesuche und das wenige sonst an klassischer Kultur und großstädtischem Luxus. Ach ja, meinen Indienflug habe ich auf Mitte November festgenagelt, einen Bangkokbesuch auf Anfang Januar, doch ich bin sesshaft und faul geworden, muss mich zum Ausfliegen zwingen, habe auch das Vorwärtsreisen verlernt.

Außerdem? Inzwischen ist die sündhafte 300 Franken teure Generalüberholung meiner Honda fertig, alles neu lackiert, verchromt, gewartet, das Warten nahm kein Ende. Jetzt fahre ich stolz wie ein Gockel einen Tag oder ein paar durchs Land und zeige das Stück her wie einen Bentley, gekauft vor 3 Jahren für 67 000, jetzt wird sie für 120 000 gehandelt, Kurs 1:40. Die Esszimmerstühle sind frisch bezogen, jetzt mit Polstern, die gesamte elektrische Anlage der Villa wiederum erneuert, diesmal Made in Germany. Radios in den Gästezimmern, im Bungalow drüben im Garten jetzt auch Solarheißwasser, Frigidaire und Klimaanlage, weil die Ferien für viele Reisende erst in kühler Luft anfangen. Ein paar neue Menus in der Sammlung, von Beruf bin ich Gästeverwöhner geworden, das gefiel mir schon immer. Es spricht sich herum, die Leute kommen jetzt aufgrund von Empfehlungen untereinander.

Täglich Sonne, seit zwei Wochen aber nur windige 26 Grad, ich friere und schlafe mit gestrickten Socken. Am Strand lassen die Kinder immer neue Drachen steigen, bisher sah ich glaube ich, hundert verschiedene Modelle und Designs, eins davon mit unserm Icebear drauf, die meisten aber mit Coca und 7up. Ein Heli sucht seit Tagen Wasserleichen von einem in der Nähe abgestürzten Armeeflugzeug (russisch!) mit 75 jungen Soldaten an Bord. Die Tiger und die Löwen bekriegen sich, ich erinnere mich oft an Davids bissige Optik, dass die Verhältnisse nur mangels Frieden stabil seien, zähle aber auf die zweigleisige Strategie der Regierung, zum einen politisch ein föderalistisches System aufzubauen, das zentrale Macht abgibt, und parallel dazu militärisch massiv zurückzuschlagen.

Um fünf organisiert Lakshmi ihrem Bruder Mahendran eine Geburtstagsfeier, er wird 16, ein Paar aus Rotterdam ist da, eben bestellten sie in unsäglichem Heißhunger Bananamilkshake, Cheesesandwich, Mixedsalad, Vanillaicecream, Cola. Heute Abend gibt es als Vorspeise Krevetten im Bierteig, nachher Chickenfrikadellen mit Kartoffelsalat, zum Dessert Avocadocreme mit Rahm von der Swiss Milk Corporation (aus der Apotheke, weil sie da einen Kühlschrank haben) und Importpils. Ist das ein Leben!

Man sieht, es geht mir gut, ich bin sehr gesund, mache mein Tages-Turn- und Atemprogramm, glaube an Ginseng und den heiligen Geist, habe sieben Kilo weniger als in der Schweiz, deren Kälte die Gene zum Fettpolstern anhält. Ja, und geduldig bin ich geworden, endlich. Als kürzlich ein sekundenlanger Powercut nach einer Schreibstunde die Daten für einen quälenden Text hinmordeten, war ich eigentlich mehr über das Ausbleiben jeglicher Reaktion erschrocken.

1996

27. Juli

Nach vier Monaten in der Schweiz wieder zurück auf die andere Insel der Seligen. Am Zürcher Flughafen je hundert Kilo Körper- und Koffergewicht problemlos eingecheckt und durch den noch schlaftrunkenen Zoll geschleust. Werde aber zurechtgewiesen und per Lautsprecher gerufen. Zu lange herumgetrödelt. Da bekam ich dann einen Platz in der Reihe 6 statt 27 zugewiesen, also Business geflogen, weil gnadenlos voll und die B-Kunden in die 1. Klasse umplatziert wurden, meine Vielfliegerkarte hat kräftig mitgeholfen.

Bei frühmorgendlicher Ankunft in Colombo (auch hier nun internationale Sommerzeit, es dunkelt erst um acht) schüttet es aus Kübeln, der große Regen den ganzen Tag, die Luft über 90%, vor lauter Entwässern habe ich in wenigen Tagen weitere drei Kilo abgenommen. Seither ist es aber ausgeglichen und sonnig. Ich hatte mich im Icebear nicht angemeldet, aber alles war soweit OK.

Aber der Reihe nach, denn die laufenden Ereignisse überschlagen sich hier immer wieder und diesmal ganz besonders, und wenn ich nicht aufpasse, überrollen sie mich, ehe ich sie verwertet habe. Ich bin erst den fünften Tag hier, aber diese Dichte der menschlichen Komödie ist in unserem abgeschirmten, abgezirkelten, antiseptischen Europaalltag wohl seit der Jahrhundertwende nicht mehr denkbar. Für den Chronisten ist alles voyeuristischer Spaß; Neugier und Geduld sind grenzenlos. Aber die Sri Lanker? Es ist ein großes Leben und Sterben hier, die Gesellschaft beginnt aus dem Ruder zu laufen, der Krieg und seine alltäglichen Toten verrohen, die Staatskasse ist leer, die Leute verarmen, die Perspektiven fallen weg, Glaube, Liebe, Hoffnung, was ist das?

Gleich am Mittwoch eine Zugbombe in Colombo. 60 Tote, in Worten: sechzig.

Am Donnerstag zuerst von Sheela, später von Lucia die unglaubliche – vertrauliche! – Nachricht über Sankar. Der sei vor zwei Monaten über das Garagendach in den ersten Stock von Lucias Haus eingestiegen in der Absicht, eine singhalesische Mieterin unter Androhung von Messergewalt zu vergewaltigen.

Am Freitag dann beobachte ich am einsamen Strand eine Gruppe von neun zu jungen Junkies beim falschen Drogenglück, nun geht das auch hier los. Am Samstag Kondolenzbesuch bei der Witwe von Thomas, Blumen auf den Friedhof, nach der Erstkommunion-Party der Tochter sei er eingeschlafen und nicht mehr aufgewacht, Herzinfarkt.

Am Sonntag von Bekannten die Nachricht, der Nobody und lebenslängliche

Pechvogel Rayan sei ermordet, in Stücke zerschnitten und vergraben worden, man habe ihn erst nach ein paar Vermisstwochen entdeckt. Wie soll das weitergehen?

Dazwischen das Alltägliche, die Strandscheißer, die Netzflicker, die Abfallentsorger, die Betschwestern, aber alles nette Leute rundherum. Wiederverkäufer wollten nachts den sündhaft teuren Sarg des gerade erst auf den Friedhof getragenen Thomas ausgraben – das käme öfter vor –, seien aber gestört worden. Nehme zur Kenntnis, dass man sich mit einem gewöhnlichen Billigsarg bescheiden soll, um hier seine letzte Ruhe zu haben. Der Windsackfisch hängt an einer langen Stange auf die Straße hinaus, ich habe ihn mit großen Lettern beschriftet, «Sea-Food», «Shark».

Seit ich zurück bin, kamen jeden Tag Gäste zum Schlafen oder Essen, vor Monaten sah es düster aus, nur geführte Busgruppen auf Kulturrundreise, nachher zum Beachen auf die Malediven. Keine Individualreisenden, zu groß die Reiserisiken, zu groß die Angst, zu schwarz die Schlagzeilen, zu riskant der Bombenterror der fanatisierten Selbstmörder.

Wir haben unser abendliches Dinner mit den Zimmergästen zusammen, wie oft. Meine andere Ersatzfamilie, wunderschön fraglos und anregend und gut für Sinne und Emotion. Sankars Söhne setzen sich dazu, sie sind wieder nach Negombo zurückgeholt worden, in Chilaw sei es nicht gut gewesen, die Gastgeberfamilie habe nur verdienen wollen und ihnen nichts Rechtes zum Essen gegeben, und in der Schule seien sie Fremdlinge und Eindringlinge gewesen, Negombo weit weg, ein anderer Planet. Ach, es ist nicht gut, wie die Kinder herumgeschoben werden. Ich möchte gerne etwas und das Richtige für sie machen, aber bin nicht leiblicher Vater, wie kann ich, wie darf ich. Doch Anish hat mich längst adoptiert und sich in mein Herz geschlichen. Hausmeisters Thronfolger, Mutters Nesthäkchen, Liebling der Götter, er ist ganz speziell geworden, ein wenig eurasisch, der Umgang mit mir und all den ausländischen Gästen hatte Wirkungen auf ihn, doch ich hoffe, es entfremde ihn nicht vom Leben im Quartier.

Die Nachbarn habe ich alle beschenkt mit kleinen Wundertüten, Natal Papa kam schon im Sommer. Gleich am ersten Tag habe ich die neuen Lampen und neue Nachttische installiert, Zimmerdecken und Wände mit Schablone und Ölstift aus Brighton wohnlich verkitscht. Die Koffer sind ausgepackt, das Eingeschlossene wieder herausgeholt, das Meiste hat schon wieder seinen Platz. Ich schlafe göttlich in meinem nun wieder großen Bett und träume angenehme Sachen. Blumen überall, ein Windzaun aus Palmgeflecht, abends ist der Himmel rot und die Nachbarn spielen Volleyball vor der Mauer. Mit einem Weekend im «Ramada» warte ich noch ein Weilchen, die Lewis Place entlang graben sie endlich eine Abwasserkanalisation.

Für einmal kein abendlicher Stromausfall, lästig nur, dass das jeden Tag anders kommt, und so will ich eifrig zwischenspeichern, damit mir die Daten nicht davonflippen. (Ein Diesel-Generator ist schon für 500 Franken zu haben, stinkt und lärmt aber bös zum Himmel.)

Ich bin sehr glücklich und topfit, stark, gesund und gut im Saft. Zudem bin ich nach den gereiften, souveränen, zärtlich nahen und so schön erwachsenen Baselmonaten randvoll angefüllt mit guten Erinnerungen, Erfahrungen, Hoffnungen, mit neuem Vertrauen, schönen Gedanken und feinen Gefühlen.

31. Juli

Ich hänge die Schweizer Fahne vors Fenster zur Straße hin und einen Lampion, das neue Icebearschild dazu, für das Lukas mir die Folien schneiden ließ, die ich leidig auf die mitgebrachte Aluminiumtafel applizierte, und warte auf Schweizer Gäste. Auch Wein und Käse stehen parat für eine Käseschnitte zur Feier des Tages, und auf der neuen Menükarte habe ich zwei Getränke notiert: «Gletscherwasser», wie ich es auf einer unvergesslichen Säntistour lernte, und eine Eigenkreation «Cafe Basel ART» mit Whisky und Pfeffer. Statt der Schweizer kommen dann zwei Franzosen, ein Engländer, und nachts um elf aus der Budhasaklinik überraschend eine Baslerin. Die bringen wir in der Villa unter. Die ist nicht hergerichtet und ich bin wieder einmal sauer auf meinen Hausmeister, der so einfache Dinge nicht lernen mag, dass immer mindestens ein Zimmer bezugsfertig sein muss, weil die Gäste – wie man sieht – oft überraschend kommen. Also rennen die Angestellten wie die Wiesel, um meine harschen Anweisungen zu befolgen und der Frau schnell ein angenehmes Heim zu bauen. Im Bungalow drüben, der auch frei wäre, ist zu wenig Wasserdruck, nicht zumutbar, da muss etwas passieren, bevor die Saison anbricht.

Bin mit dem Motorrad einen halben Meter tief durch unergründliche Wasser ins Dolphin Hotel zum Mittagessen gefahren. Der Maha Oya bei der Mündung hatte sich einen breiten Weg ins Meer gerissen letzte Nacht, vorher hat er noch die Anwohner verschreckt mit einem meterhohen Wasser, das hundert Familien zur Flucht in die Kirche trieb. Für unsere demoralisierten Touristen wende ich die Bergführertaktik an und veranstalte extra breite Gelage und Video-Wünsch-dir-Was. Das tut dem Basler Herrscher gut, dass die Natur ihm nun den Meister zeigt, zusehen, sich dreinschicken, abwarten, wissen, dass schon Stunden später alles so scheinheilig daliegen wird, als sei nie etwas gewesen.

Das morgendliche Frühstück ist ein organisatorisches Schlachtfeld, Sankar und Suresh standen zu spät auf, ein Tohuwabohu war die Folge, die können einfach nicht systematisch und planmäßig arbeiten, hühnern so kopflos herum, wie sie von der Hand in den Mund und in den Tag hinein leben. Am Abend sind sie dann erschöpfter, als es die immer gleiche Tagesarbeit verlangte. Als der erste Sturm sich gelegt und ich eifrig mitgeholfen hatte, die Gäste zu befriedigen (die alle zu verschiedenen Zeiten an verschiedenen Orten verschiedene Wünsche hatten, denn ein Unglück kommt ja selten allein), habe ich eine meiner beliebten Schulstunde gehalten, motivierend und belehrend, nach Art der Besserwisser, von denen ich ganz sicher einer bin. Wie man kräfteschonend arbeitet und sich glücklich macht durch die Befriedigung guter Arbeit und so weiter, ohne böses Wort, ganz sanft, ganz väterlich. Hatte vorher tief Luft geholt. Sankar übersetzte mein Englisch für den Houseboy Suresh ins Singhalesische. Um zwei fuhr der mit seinem Kleintöff weg, «um was zu essen zu kaufen», um vier war er noch nicht da und Sankar und ich hatten alle Hände voll zu tun, das Diner für sechs auf den Tisch zu kriegen bei all dem Sturzbachregen und den tropfenden Dächern und den in gegen die Nässe streikenden Elektroleitungen.

Als der Houseboy auch am nächsten Morgen noch nicht da war, hatte ich ihn im Kopf bereits entlassen. Aber das war nicht nötig, denn er kam überhaupt nicht mehr. Hatte 1500 Rupien von mir persönlich und 200 von Sankars Tageskasse als Vorschuss verlangt und ist abgehauen, einfach so, nach einem Jahr, aus meinem betörenden Gefängnis. Nachts kam er noch einmal heimlich über die Mauer und holte sein kleines Gepäck aus seinem Zimmer. Sprachlos. Kopflos. Stillos. Arbeitslos. Hat kein Arbeitszeugnis, ein schlechtes Image. Ich verstehe es fast nicht, so nett und wohlwollend, wie wir waren, aber das passt zu der Erfahrung mit 200 Schweizer Mitarbeitern, die ich früher in der Wechslerbranche Werbung hatte: Die großen Schweiger, die dich immer anlächeln, denen kannst du nicht hinter die Stirn sehen. Sie lassen sich nicht in die Karten schauen, sind unberechenbar, erlauben keine Einsichten, kein Verstehen und Vertrauen, ihr Handeln ist immer egozentrisch und Teamarbeit nicht möglich. Sankar ist geknickt. Ich selber hatte mich schon abgekoppelt, es kann nur besser werden, und überlasse ihm die Suche des Nachfolgers. Eine neue Prüfung für den Hausmeister, Meister, Chef.

Die zwei jungen Reisenden sind nach zwei Nächten wegen unserer trotz 30% Armeleuterabatt hohen Preise erschreckt, aber bedauernd ausgezogen, überhaupt sei Sri Lanka doppelt so teuer wie Indien. Da werde ich wohl wieder Geld heimbringen von meiner nächsten Indienreise.

3. August

Eine neue Herausforderung und Erfahrung: Schulfreunde von Sheela, Tamilen, seit 12 Jahren erstmals aus der Schweiz zu Besuch, wollen von uns eine Geburtstagsparty für ihren Siebenjährigen, der auch erstmals – und mit Widerwillen – ins Land der Väter kam. Abends bereden wir auf der Veranda die

Wünsche, das Programm, morgen liefere ich das Budget, nächsten Sonntag zwischen 5 und 11 sollen 80 Leute kommen. Da heißt es, clever zu organizen, genug Stühle, Tische, Geschirr, Regensegel, Scheinwerfer zu mieten, alles in Mengen zu kochen, Getränke anzuschaffen und zünftig etwas zu verdienen.

Die Statistik der Low Season sieht trotz finsterem Tourismus-Zusammenbruch – 1/3 weniger als letztes Jahr und nur wenige Individualreisende – und meiner Abwesenheit während 4 Monaten gut aus: 24 Zimmergäste mit 52 Nächten, und – 45 Restaurantgäste; es beginnt sich auch ohne Werbung zu etablieren. Einnahmen von 64 000 Rupien (1:43) stehen allerdings Ausgaben von 74 000 entgegen, zudem habe ich für 46 500 eine Honda 90 angeschafft als Hotelpackesel, vor allem für Sankars tägliches Marketing. Nun plane ich ein «All Shark Festival» und habe in den letzten Tagen alles auf Vordermann gebracht, weiter verschönt, habe auch neue Schnitzereien bestellt, es ist eine Lust.

Freundlicher Austausch mit allen Nachbarn rundherum, bei denen ich erkennbar gut gelitten bin. Täglich um vier gebe ich Englischunterricht für ein paar Ehrgeizlinge aus dem Quartier, das ist ganz nützlich auch für mich selber, weil es mich in die Pflicht nimmt und dieses tropische Ausufern der Gedanken reduziert.

Entlang der sogenannten Straße vor dem Haus haben 25 Arbeiter mit einem Schneidezahnbagger die Erde aufgegraben und Röhrenbündel verlegt (die Telecom(mt!). Alle 200 Meter haben sie dabei eine Wasserleitung beschädigt, sodass deren Reparatur den Zeitvorsprung des gut und flüssig arbeitenden Teams immer wieder aufbraucht.

In Sachen Sankar unverändert dieses Hin und Her zwischen nachsichtiger Geduld – ein ungebildetes Kind und besser als alles, was ich alternativ personell haben würde – und Enttäuschung, dass er hinter meinen Erwartungen zurückbleibt und seine Entwicklungschancen nicht wahrnimmt. Seit ich ihm mit Entlassung drohte, wenn er den Einkaufssaldo von 16 000 nicht bis morgen zurückzahlt (statt gleich bei Rückkehraus der Schweiz 10 Tage vorher), ist er eifrig bemüht, mich zufriedenzustellen.

4. August

Sonntagsglück, sanftes Wetter, weniger feucht, kein Regen, die See zu heftig zum Schwimmen, ich schau die Silberwellen nur vom Ufer aus an, meinen Ertrinkungstod vor drei Jahren vor Augen. Ein 16-Jähriger streunt am Wasser herum, neu in der Nachbarschaft, may I come in your room, 150 Rupien sagt er, und schnell wegen meines skeptischen Blicks korrigiert er auf 100. Neu im Geschäft, der Preis ist 300–500.

Zum ersten Mal bestellt ein Gast, ein lebensartiger Franzose, meine Neukreation «Café Basel ART», die ich aus Laune auf die neugetippte Menükarte nahm. Den erschreckten Angestellten führe ich vor, wie zu machen, ich wusste es selber noch nicht. 50 ml Whisky (nur mein 12-Jähriger im Haus, leider), ein Stück Milchschokolade drin aufweichen, heißen Kaffee darüber, 2 Löffel Zucker, und mit der Mühle kräftig Pfeffer drauf, rühren, der kakaoartig aussehende Cocktail wird teuflisch heiß serviert. Ich weiß selber nicht recht, habe aber probiert und gefunden, es sei ein Teufelszeug für harte Männer.

Hin und wieder bringt ein Taxifahrer jetzt jemanden her, seine 10% Kommission sind attraktiv beim Zimmerpreis von about 1000 Rupien.

Mit Sheela plane ich den Fressteil der Party, wir brauchen 80 Hühnerbeine, 10 Kilo Lamm, 40 Kilo Gemüse und so fort. Mit Sankar besorge ich Leihgeschirr und Leihmöbel. Abends lasse ich meine erste Partyofferte überbringen, die Tamilen mögen große Feste.

Abends immer wieder Powercut, draußen in der Dunkelheit sitzen, Frösche hören, Glühwürmchen sehen, die Öllaterne im Garten flackern sehen.

Morgens bereits wieder ein Fiasko, zwei Angestellte hühnern herum für vier Frühstücke, es ist zum Schreien, weil sich ja 300-mal im Jahr dasselbe wiederholt und die angestellten Gästeverwöhner immer wieder einen Rückfall haben, als hätten sie nie etwas gelernt. Man muss stark sein in den Tropen.

News in den verschiedenen TV-Kanälen, australische von Murdoch, CNN von den Weltmeistern, BBC der Briten. Olympia ist unendlich weit weg und niemand fiebert hier im Land, aber die Schweiz hat 4 Goldmedaillen, so klein, so groß.

6. August

Ich träumte letzte Nacht, ich ging durch einen verwunschenen Garten mit regennassen und algenartigen Pflanzen; alles war in schönem Licht, überall waren Bücher, von denen ich eins nehmen wollte, aber es war mir unheimlich, ich nahm keines, ging schnell zum Ausgang, da ergriff mich am Nacken ein blitzartiges, weißes Licht wie überirdisch und aus dem All. Doch aus der Traum, Sankar hatte das Atriumlicht eingeschaltet, das mir schrill in den Schlaf griff.

Es kam ein Paar aus Frankreich, das nach Ankunft am Airport lange nach unserem Fahrer gesucht habe Es stellte sich heraus, dass wir im neuen «Guide du Routard» kommentiert sind als eines von nur 16 der 70 Hotels in Negombo und mit einem schmeichlerischen Text, der uns noch viel Zulauf bringen wird und alles Rühmenswerte rühmt inklusive den Charme der sri-lankischen Familie. Die habe ich dann drastisch involviert mit Zubereitung und Service der Déjeuners. Herrlich!

Sankar hat tatsächlich den Saldo zurückbezahlen können, der von dem Einkaufsbudget blieb, das ich ihm für die Zeit meiner Schweizer Abwesenheit ausgehändigt hatte. Ich bin erleichtert, aber das Interview über den Fortgang der für ihn organisierten Entziehungskur bei den Anonymen Alkoholikern steht noch aus.

Die Tamilen haben die aufwendig geplante Party abgesagt unter fadenscheinigen Gründen und in einem repräsentativen Großhotel gebucht. Ich habe mir deren Offerte geben lassen – wir liegen gut – und viel gelernt. Dennoch habe ich entschieden, für Einheimische keinerlei Cateringanlässe zu machen, außer für Honeymoongästegruppen bis zu 10 Personen.

Am Morgen bin ich losgetöfft und habe 25 Blumentöpfe gekauft für 1000 Rupien, auf der Heimfahrt habe ich rechts und links herumgestöbert, was es alles Neues gibt, viele Grabsteinmetze und Handwerker, der Hauptstraße entlang entwickelt sich die Stadt großstädtisch.

Nachhilfeunterricht mit den Buben. Um sieben holt mich Künstlerfreund George ab, bringt mich zum Coconut Primitive, wo er mich dem Owner, auch einem Schweizer, vorstellt, aber der ist aus helvetisch unbeholfener Unsicherheit futterneidisch, misstrauisch und reserviert wie alle Schweizer in der Fremde. Wir holen das britische Freundespaar ab, das hier abendlich den Sunset begeht, und spazieren schwitzend den langen Weg zu ihm nach Hause, neben den Geleisen, wo ganz filmreif alle Stunde ein Zug vorbeifährt. Rum und Arrak fließen üppig, ein Diner steht bereit. Das Haus entspricht nicht meinen großen Erwartungen, aber George, gezopft wie ein Chinese und in einen Designsarong aus der Stadt gewandet, ist ganz auf meiner Wellenlänge und wir diskutieren angeregt bis um elf, mein English ist nicht schlecht, ich kann mich formulieren.

Lukas schrieb passend … all die täglichen Wichtigkeiten, die wie Wassertropfen aus einem undichten Hahn den Eimer des Alltags füllen … Der tägliche Zirkus findet statt unter gelegentlichem Dröhnen von Armeejets knapp vor dem Überschall, den täglichen Leichenzählereien der Militärs mit einer Art Kill-O-Meter, dem allabendlichen Rückfall ins lichtlose Mittelalter von Talg und Kienspan.

Der Herr Pfarrer hatte sich mündlich angemeldet auf morgen Abend, er käme mit sieben auserwählten Teachern, als Wiedergutmachung für das sistierte Abendmahl vom Jahresbeginn würden sie das Essen selber mitbringen. Ich habe aufgedeckt und viel Bier kaltgestellt, einen Großcake in Auftrag gegeben. Morgens kam ein Brief, sie kämen heute, zwischen 7.15 und 7.30 statt um 6.30. Wissend um ihren entspannten Umgang mit der Zeit und um die Konfusion mit der eben auch hier auf der Insel eingeführten Sommerzeit, die sie listig «Chandrika-Zeit» nennen, wartete ich artig bis um 8. Dann gab ich das Warten auf und alle Hoffnung mit dem heiligen Vater. Weil ich Sankar gesagt hatte, er müsse nicht kochen heute, weil die Gäste ihr Essen mitbrächten, ging ich weit weg, tief im Touristenland, auswärts essen. Ein schweinisches Cordon Bleu immerhin, bei Kerzenschein, weil der Strom schon wieder ausgefallen war. Die nächtliche Heimfahrt war entsprechend dunkel. Und höllisch, aus allen Großhotels schossen Dieselgeneratoren ihre Maschinengewehrsalven auf mich.

Ein skandinavischer Gast trieb sich den ganzen Tag im Garten herum und zeichnete Grünzeug und Hausdetails, besessen, aber halt arg dilettierend. Ob ich seine Kunst nicht kaufen möchte, es sei ganz billig, er sei nämlich ein wenig knapp dran. Aber ob er nicht einen Arrak haben könne. Ich ließ ihm einen Krug Schwarztee servieren, den er stehen ließ, weil er zu bitter sei. Das Zimmer gaben wir ihm zu einem tiefen Preis, er war ganz beglückt, wieder einen Tag überlebt zu haben.

Auch der einheimische Tour Operator, der eine Schlafofferte für 14 Italiener wollte, die er umgehend per Fax erhielt, meldete sich nach Landesart nicht mehr. Die Blumentöpfe waren bis am Abend noch nicht angeliefert wie gestern bestellt und vorausbezahlt. Und bis die Travelbookfranzosen ihren genehmen Fahrer hatten, schleppten wir drei zur Auswahl an, von denen mindestens zwei schlitzohrig und nervtötend waren. Was soll nur aus diesem Land werden? Und was aus Negombo? Abfallhaufen überall, die Straßen zerrüttet und verdreckt, die Wasserleitungen verstopft, vor den Häusern das Chaos, am Strand die unsterblichen Überreste nächtlicher Saufgelage, ein enormer Leidensdruck für feinsinnige Ästheten. Kein Wunder, lobpreisen die Touristen mein Guesthouse als «un endroit magique». Unter solchen Umständen zügle ich gelegentlichen Ärger und Enttäuschung über Rückfälle meiner Staff, muss erkennen, dass die 65%, die sie an erwarteter Westleistung erbringen, in Wirklichkeit 85% srilankischer Leistung sind.

Der Plumber kam heute um vier, statt vor vier Tagen um zwölf, sie kommen immer, wenn man sie nicht brauchen kann, sind nie da, wenn sie nötig sind.

Sheela hat Fullhouse, drei Frauen im Taglohn nähen für sie in der guten Stube, für Wohnlichkeit ist kein Platz, doch niemandem fehlt sie erkennbar. Auch für die Erziehung reicht es derzeit nicht, keine Beaufsichtigung, Motivation, vom Vater keine Aufgaben, mit denen die Jungen ihren Selbststolz entwickeln können. Und irgendwann wird die Mutter dann wieder wie ein Sturmwind über sie wegbrausen, was soll das noch werden? Während der Nachhilfestunden realisiere ich, wie gnadenlos zurückgeblieben sie sind im Schreiben und Lesen, von Mathematik gar nicht zu reden; im 10. Schuljahr wissen sie noch immer nicht, wie man Prozente rechnet.

7. August
Morgens mit dem Motorrad zum Pfarrer ins College, den gestrigen Großcake im Helmkoffer. Aber Julian sei in Kurunegala. Ich fuhr dann zu seinem Pfarrhaus, aber der Haushälter war nicht da, alles geschlossen bis auf die Montessorischule nebenan. Den Lehrerinnen grub ich den Cake aus, er war in drei Teile zerbrochen, der Butterguss in der Morgensonne dahingeschmolzen, als Pudding hatte er sich auf dem Kofferboden breitgemacht. Ich nahm ihn wieder mit nach Hause.

Abends brachten sie dann doch noch die Blumentöpfe. Und sogar der Sanitärspengler begann mit der Arbeit; das ganze Röhrensystem ist neu zu verlegen, dazu muss man den Verandaboden aufbrechen, aber sonst brauche es keine weiteren Installationen. 500 Franken für die Korrektur schlechter Arbeit wieder einmal.

Auch der frühere Houseboy kam vorbei, im gemieteten Bajaj-Tucktuck, ölverschmiert beide, mit großen Augen und töricht offenem Mund, den man mit Cola schließen muss, was will ich machen. Das Haus verschönern, neue Aschenbecher aus rotem Ton auf die Tische, weitere Tempelfahnen gehisst, die anhaltende Erosion beklagt; die Monsunstürze spülten den Rasen vor dem Bungalow weg mitsamt der Erde. Ich muss es wohl mit Mäuerchen terrassieren.

Sheela genierte sich nicht, «bis morgen» (das kenne ich doch) 1500 Rupien zu leihen, aber ich hatte nichts mehr Bares im Haus, so konnte ich zum Glück ohne rote Ohren absagen. Schön gelipstickt war sie, in Indigo gewandet, das Gesicht entspannt und ausgeruht, was hat sie nur wieder vor.

Für Anish bringe ich 12 000 Rupien für 1996 aufs Jugendsparheft, dem Bruder Mahendran das Halbe davon, ich darf den Jüngeren nicht bevorzugen. Die 50 000-Schallgrenze ist erreicht, diesmal gibt es ein Fahrrad als Treueprämie. Das erste Fahrrad, der erste eigene Besitz. Ich werde den Vater über seine Pläne mit den Söhnen befragen. Würde ihm gerne einen Teil seines monatlichen Lohnes abzweigen, etwa das Sevicegeld, um ihn zum Zwangssparen für seine Söhne anzuhalten, sein ziemlich gutes Einkommen und das seiner fleißig schneidernden Frau versickert weiterhin im Irgendwo.

9. August
Nicht viel getan außer ausgiebig zu essen morgens und abends. Briefe und Karten geschrieben, Beruhigungsfaxe an besorgte Schweizer formuliert, die wegen der Nachrichten über das Geschehen hier zu Recht beunruhigt sind. Tution. Im Pool Längen geschwommen, wie jeden zweiten Tag sonst, und – im wilden Meer geplanscht, doch erst, als ich die Kinder der Fischer im Wasser sah. In der Stadt habe ich ein paar Sachen eingekauft. Mit Ivon geredet, der ist zwei Monaten ein Jahr bei uns, will bleiben, hat viele gute Absichten, keine Wünsche,

spart beim Wenigen, das er verdiente, seit er 14 ist sagt er, und letztes Jahr Land hat er gekauft, nun käme ein Haus dran. Nach mehr Salär hat er dennoch nicht gefragt, stilsicher. Obwohl er nächsten Monat heiratet. Er ist ehrlich, freundlich, zurückhaltend. Nichts Lautes ist an ihm, auch er sanft wie ein buddhistischer Jungmönch, wenn auch katholisch – das aber stark: Er würde gerne jeden ersten Freitag im Monat zwischen 8 Uhr morgens und 3 Uhr mittags frei nehmen, um an einem Gebetsmarathon teilzunehmen. Ich will Sorge tragen zu ihm, ich habe ihn gerne im Team, er ist wichtig, auch für Sankar. Der ist nun bereits im sechsten Jahr hier, eine Art Ehe, die man nicht so einfach scheiden will, wenn es einmal nicht gut läuft. In einem so kleinen Team kann ich nicht einfach Arbeitgeber sein. Da habe ich Verantwortung übernommen, no problem, je länger ich auf der Insel bin, desto weicher wird mein Gemüt, desto gütiger das Kampfross, das ich bin.

Das handwerkliche Multitalent das auch mauern kann, hat die Reparaturen am Wassersystem abgeschlossen, das heiße Wasser fließt, das kalte Wasser hat genug Druck, der Mann ist eine Perle, die wir uns erhalten wollen. Schon habe ich einen neuen Auftrag für ihn, die weggeschwemmten Grasterrassen am Gästehaus müssen mit Mäuerchen befestigt werden.

10. August

Der abendliche Stromunterbruch ist womöglich ein Regierungstrick, die Leute am Abend zu Hause zu halten, so braucht es keine verordnete Ausgangssperre. Wir zünden jeweils die Ölkannenlampe an und stellen sie im Garten auf. Draußen ist es angenehm frisch zum Sitzen, Zeit zum Meditieren, keine Ablenkung, nur die Sterne und das Rauschen der Wellen hinter dem Windgeflecht. Es hat seit dem ersten Morgen, als ich von meinem jährlichen Brainwash aus der Schweiz zurückkam, nicht mehr geregnet, tatsächlich ist alles trocken, die Stauseen zu leer, um beruhigt zu sein. Auch dieses Pech noch, der Ausfall für die Wirtschaft muss immens sein, das Leben findet nur am Tage statt wie einst bei den Großeltern. Und überdies meidet jedermann die Hauptstadt, niemand reist, wenn er nicht muss, ein unguter Stillstand. Ich möchte nicht Regierungschef sein. Die Depression ist heftiger als in der Schweiz, wen ich auch frage, es geht ihm schlechter, keine Käufe, keine Aufträge, keine Bautätigkeit, und immer am Ende des Jahres das geflügelte Wort «next year will be better». Nach dem Regierungswechsel gab es ein Jahr des Aufbruchs, die Leute waren wie befreit, vom Staatsterror ist nichts geblieben, alles hatte wieder eine Zukunft, Vision, die Leute haben gar ihre Häuser gestrichen. Nun im zweiten Jahr glücklosen Regierens wegen dem Feind, der das Land in die Knie und zum Krieg zwingt, ist alles mieser als je zuvor. Schon beginnen die Konsumwaren in den Läden wegzuschmelzen, die Auswahl wird kleiner, die Importe nehmen ab.

Abends die obligate 45-Minuten-Zigarre, den Nachbarn beim Volleyball vor der Mauer zuschauen. Die Pflasterplatten für den Eingang sind gekommen, 4000 Rupien, auch der Schreiner kam und holte das Geld für den geschnitzten Riesenrahmen ab, nochmal 4000 Rupien, mehr als ich für das balinesische Kunststück bezahlt hatte.

Aus dem Familienwohnzimmer hat Sheela inzwischen eine Nähfabrik gemacht, die Familie schläft in einem einzigen Zimmer, sie hat zwei Klappbetten hingestellt. Tochter und Omi sind ja nach Deutschland ausgewandert, exportiert auf Nimmerwiedersehen, jetzt hat es mehr Platz im Haus, aber weniger Platz zum Leben. Die Frau meines Hausmeisters ist ein Kraftbündel und sie verfolgt dickköpfig ihren eigenen Lebensplan, den niemand kennt, vielleicht kennt sie ihn selber nicht. Meine Prognose bleibt kritisch. Sheela kocht irgendetwas aus, vielleicht setzt auch sie sich ins Ausland ab, das wird sie viel Geld kosten. Bis zu drei auswärtige Frauen arbeiten jetzt Tag und Nacht an drei Maschinen, wo hat sie die her, die Eheleute haben doch nichts gespart, realisiert sie, dass ich den Strom für ihre Fabrik bezahle? Sie gibt sich wenig Mühe mit der Qualität, Menge ist angesagt. Ich gab ihr einen «Boss»-Veston zum Engermachen und ein teures «Signum»-Hemd zum Kürzen, doch die Flickschneiderei war so mies, dass beides zuletzt unbrauchbar war und ich es wegwerfen musste. Da werde ich meine Sachen wieder auswärts machen lassen. Den ganzen Tag ist die eigentlich zartschmelzende Frau missmutig, das Gesicht wie versteinert, dazu ist sie so launisch, dass es jedermann aus dem Haus treiben muss. Doch jetzt ist sie ein Chef, der Chef. Gestern habe jemand ihr «Tailor»-Schild an der Frontmauer abgeschraubt, sie habe es hoch oben anschrauben lassen, es zu stehlen brauchte starken Vorsatz und gutes Werkzeug – der Neid, niemand weiß, wer der Übeltäter ist, doch sie glaubt, ihr Mann, der ihr den Erfolg nicht gönne, stecke dahinter.

Im Landesinneren habe eine Elefantenherde von 200 Tieren die Farmer geängstigt und Dörfer und Felder verwüstet. Man habe sie mit Erfolg in ein Reservat abgetrieben, ich bin gespannt, wann wieder zur Jagd geblasen wird wie zur Zeit der gelangweilten Kolonialherren.

11. August

Sonntag, neue Gäste kommen, aus Frankfurt, zu meinem Erstaunen ist anhaltend immer etwas los. Die Touristen kamen aus Kandy, von Matampe her. Sie hätten elf Guesthouses auf dem Weg nach Negombo angeschaut, jetzt endlich hätten sie das Gesuchte gefunden und würden ein paar Tage bei uns bleiben.

Repaparaturtag. Diesmal zwei Kassettenrecorder aus der Frühzeit der Elektronik, mit gelöteten Chips und einer Unmenge allfarbiger Transistoren. Einen machte ich beim Auseinandernehmen kaputt, den andern stellte ich schnell zur Seite für den Fachmann. Außerdem habe ich die thailändischen Tempelglocken gängig gemacht, die Windblätter aus Messingfolie waren verschollen, ich schnitt neue in der Blattform des heiligen Bo-Baums, wie es sich gehört. Und schließlich checkte ich einen Sammeltopf voll Batterien durch, die meisten entladen, wo soll ich hin damit, es gibt Wichtigeres in diesen bösen Zeiten als Abfallmanagement.

Einen Teig wollte ich rühren, aber die Bleche waren so verrostet so nah am Meer, dass ich auf Cookies umstieg, für die noch ein flaches Blech da war. Das Rezept war mies, zu wenig Zucker, zu viel Mehl, ich bräuchte ein Backbuch. Bei der Gelegenheit probierte ich eine mitgebrachte Turbobackhaube aus, es stellte sich heraus, dass sie zum Backen zu klein ist, für 300 Gramm Mehl braucht es ungefähr 6 Bleche zu 20 Minuten, das sind 2 Stunden. Doch was ist das schon gegen Sheelas Nähmaschinen-Kilowatt.

Julian und Souda kamen leicht geknickt an, um Asche auf ihr Haupt zu streuen wegen des missglückten Meetings. Ich nutzte ihre Demut, um sie aufzufordern, nach einem Minister Ausschau zu halten für ein Resident Visa oder einen sri-lankischen Pass. Es ist mühsam mit einem Touristenvisum.

Gestern schleppte Sankar eine Riesentüte voll gekochter Miesmuscheln an, ohne Schale, nur das Fleisch, es hätte ein ganzes Regiment ernähren können; 30 Rupien das Ganze, die Einheimischen mögen sie nicht. Ich suchte ein Bierteigrezept heraus, frittierte die Herrlichkeit, Anish kämpfte beim gemeinsamen Essen erfolglos, die «Mägen» heraus zu operieren, er blieb dabei hungrig. Es gab Reis dazu und Salat und einen giftgrünen Jelly.

Lucia kam an, es seien wieder Kokosnüsse von meinem Baum auf ihr Eternitdach gefallen, sie machte ein Gesicht wie kurz vor dem großen Nachbarstreit. Wie immer, wenn es um ihre Interessen geht, kennt sie keine katholische Gnade. Ob ich den Baum nicht «wegmachen» könne. Ich bin gehemmt, den 30 Jahre alten Baum umzutun, das ist wie einen Menschen zu ermorden, aber ich muss mir etwas einfallen lassen. Sankar ließ schon die überhängenden Äste abhauen, der Förster hängte eine Flasche Wasser dran, das würde ihn geradebiegen; schwarze Magie, kein Erfolg.

Die wirtschaftliche Situation ist noch übler geworden. Die Arbeitslosigkeit liegt jetzt bei 16 Prozent, Auslandinvestoren bremsen, besonders die wichtigen Hongkong- und Singapur-Chinesen ziehen sich zurück. Die Präsidentin bereist derzeit Malaysia als Promotorin, wird außer guten Ratschlägen aber wohl nicht viel heimbringen. Viele der hier tragenden kleinen und mittleren Unternehmungen haben Sorgen, die Börse ist matt.

Der selbsternannte Führer der sri-lankischen Tamilen ist in Wahrheit kein

Befreiungskämpfer, sondern ein Kriegsverbrecher, der ganz schnell vor ein Kriegsgericht gehört. Er betreibt die ethnische Abgrenzung seiner eigenen Leute, vernichtet Dörfer, bringt Ehemänner und Söhne um, zwingt junge Frauen zur Waffe, verpasst Gehirnwäschen, verführt die eigenen Leute zu Selbstmordkommandos, hat den Sprengstoffgürtel neu erfunden, zündet Bomben gegen die Zivilbevölkerung am liebsten dort, wo die Opfer zahlreich sind. Terror vom Feinsten. Ich bin erstaunt über das Verhalten der wichtigsten Oppositionspartei. In der Stunde der Not wäre zumindest in Wirtschafts- und Sicherheitsfragen Einheit angesagt, aber die schludern unprofessionell und destruktiv vor sich hin, als wäre hier alles in Minne, als gäbe es kein Desaster.

12. August
Um fünf kamen meine Lebensretter Sankar und Albert samt fünf Töchtern und dem kleinen Thronfolger, es gab Bier, Spinatshorties im Teig und Zigarren. Ich feierte den dritten Jahrestag meiner wundersamen Rettung aus der See, jeder erhielt tausend Rupien und die Father-Pio-Fisherman-Society meiner Nachbarn die zugesagte dritte Donationstranche von Fünftausend. Über die fragte ich die Nachbarn ein wenig aus, es gibt ein paar Dutzend solcher Selbsthilfegruppen, diese hier sei derzeit schlecht geführt, habe aber fünfzig Mitglieder.

13. August
Zumindest im Fall der elektrischen Anlagen ist meine Politik, möglichst wenig aus dem Westen zu importieren und alles am Ort zu kaufen, eine Schnapsidee gewesen. Seit ich wieder vom Schweizer Brainwash zurück bin, das ist nun fast 4 Wochen, hatte ich jeden andern Tag Probleme mit elektrischen Geräten, Anlagen, Teilen. Ich bin ständig am Reparieren, genaugenommen schon seit 15 Jahren. In der Nähe zum Meer und bei der Luftfeuchtigkeit altert außer mir alles ganz schnell, um ehrlich zu sein, selbst Plastik rostet. Und dann noch diese miserable Qualität der Materialien; die Elektriker nutzen meist made in China, India oder Sri Lanka, diese Stecker, Doppelstecker, Verlängerungskabel, Steckdosen, Schalter, das macht mir permanent zu schaffen. Es würde mich die Statistik interessieren, wie viele Leute das Land jährlich an die Elektrizität verliert, es müssen mehr sein als auf dem Schlachtfeld. Der Dimmer geht nicht mehr, die Multistecker sind korrodiert, Lötzinn rutscht im Gehäuse herum, meine teure Musikanlage ist elektronisch verstört, der Elektriker, und wir glaubten, nun den besten gefunden zu haben, lässt die Erdungskabel frei an der Decke hängen, die Sicherheitsschalter der Steckdosen klicken nicht mehr, bei der Fritteuse ist die Fassung ausgebrannt, hört denn das gar nicht mehr auf.

Gestern Abend kam Julian zum zweiten Mal an, damit ich ihm wieder einen

Brief ins Deutsche übertrage, der ihm die Tore zu deutschen Familien öffnen soll, der alte Franziskaner-Bettelmönch. Nach getaner Arbeit saß er an meinem Tisch wie ein kleiner Strandläufer und schaute begehrlich im Zimmer herum und auf mein Electronic-Book. Ich ignorierte es, sagte was über meinen eigenen Tag, das überhörte er, so abwesend war er. Ich wiederholte dieselben Worte. Nichts. Abgetreten. Beim dritten Wiederholen zuckt er knapp zusammen, es ist in sein schweifendes Hirn vorgedrungen, er zuckt leicht zusammen und murmelt eine Art Stellungnahme ins Doppelkinn. Er bleibt weiter sitzen, ich weiß, er will ein kaltes Bier, es ist sieben, er müsse jetzt gehen. Da lasse ich Sankar zwei Gläser Eiswasser bringen, das lässt er nach kurzem Nippen stehen.

In klaren, unfeuchten Nächten sehe ich vom Strand aus Hunderte roter Lichter, ganz weit im Norden, zwischen Matampe und Chilaw. Ich finde heraus, es sind Sende- und Empfangsanlagen für die «Voice of America», die viel zu reden gab damals, als die Regierung den Vertrag mit dem Trojanischen Pferd abschloss. Eine Homebase für ganz Mittelasien sollte es werden, der kulturelle Imperialismus der Amerikaner eben, wir kennen das. Der Bischof von Chilaw war strikt dagegen. Hat dann erstmals offen für einen Parteiwechsel geworben. Mit gutem Erfolg, die Opposition gewann haushoch. Aber natürlich konnte die neue Regierung einen Staatsvertrag nicht rückgängig machen, Rumoren im Volk, der Bischof steht als begossener Pudel da, nun ärgert er sich nicht nur wegen der Stimme Amerikas, sondern wegen ganz Amerika. Das will einlenken, bemüht um gute Luft, doch das Angebot einer täglichen Missionsstunde nutzt er nicht.

Gespräch mit Sankar. Soll er, soll ich Sheela die Nähfabrik verbieten und sie auffordern, anderswo ein Lokal zu mieten? Damit das Staffhaus wieder für die Familie genutzt werden kann? Damit das Gelaufe der Kundinnen ein Ende hat und meine Elektrischrechnung niedriger wird? Damit das Ehepaar entflochten ist am Tag? Damit die Söhne in eigenen Betten und Zimmern schlafen können? Damit die drei Männer nicht das Weite suchen müssen am Tag und am Abend bei diesem schrecklichen Zustand des Sweet Home, das Sheela sträflich vernachlässigt wie alles, wenn sie Geld riecht, Aufträge hat. Soll Sankar weiterhin seinen Monatslohn an seine Frau geben und nur 1500 als Taschengeld behalten? Soll ich seinen Profitanteil auf ein Festgeldkonto tun zu seinen Gunsten und zu denen seiner Söhne, für deren spätere Ausbildung noch immer keine Rupie auf der Seite liegt? Nein, er wolle für eine Weile nur zusehen und Eindrücke sammeln und dann seine Bedingungen stellen: Dass sie nach 16 Ehejahren das Finanzmanagement an ihn zurückgibt (seine Freude sagen, einen Baum müsse man formen, solang er noch jung ist …). Wenn sie nicht mitmache oder gar heimlich nach Indien oder so abwandere, würde er ihren Verwandten einen

Brief schreiben und sie wegschicken, nun sei es genug, er sei nicht immerzu der Nobody und böse Mann. Ich beschließe zuzuwarten, bis ich selber aktiv werde. Nun habe ich doch wieder eine eigene Familie.

Sankar hat wiederholt Schmerzen in den Hüften, ging zum Arzt, X-Ray, Spezialist, niemand kennt die Diagnose genau. Nur, dass seine Herzprobleme von seinen bohrenden und dauernden Sorgen und Ärgern mit seiner schwierigen Frau und aus missglückter Ehe kommen, das scheint mir klar. Wenn er nicht fit ist, daheim nicht revitalisieren kann, abends abhaut, dann ist er unglücklich am Tag, die Arbeitsqualität nimmt ab, ich werde zum Schulmeister und bösen Boss. Wie kann ich ihn wegschicken nach sechs loyalen Jahren, es bleibt nur, seine Harmonie wiederherzustellen, ihn wieder mit sich zu versöhnen.

Ein deutscher Gast, Althippie, einfaches Gemüt, kommt mit seiner thaihäutigen Lolita zu Gast, gibt sie als seine Tochter aus, aber sie spricht kein Deutsch, er schirmt sie ab, für wie blöd hält der mich eigentlich?

14. August

Wahrscheinlich ist das ein Zustand höherer Weisheit, sich über nichts mehr aufzuregen. Heute Mittag war ich mit einem nach erneuten Gesprächen gutgelaunten und aufgeräumten Sankar dabei, die neuen Bodenplatten zu verlegen. Das sieht gut aus und verbessert die Gehfreudigkeit enorm, der Eingangshof ist nun wie ein Zimmer, was sage ich: er ist eine Empfangshalle.

Als Förderung der Vater-Sohn-Beziehung wollte ich Sankars Söhne und Deepan in dessen Tagesarbeit einbinden, auch weil ich die tägliche Ferientution ausfallen lassen musste und die Knaben ja Ferien und genug Zeit hatten. Anish kam pünktlich wie geheißen, aber druckste herum, an der Körpersprache war die Unlust unschwer abzulesen. Nie muss einer außer Haus irgendeine Arbeit machen. Die kleinen Herrensöhnchen haben keine Gelegenheit, das wirkliche Leben praktisch zu erfahren. Mahendran drückte sich im Sarong mit einem Teeglas in der Hand unter der Staffhaustür herum. Deepan zeigte sich erst gar nicht. Nach 20 Minuten Warten, während denen Mahendran uns bei der Arbeit zuguckte, rief ich die Müssiggänger laut herbei, doch sie hielten sich im Staffhaus gut verborgen.

Stattdessen kam Sheela aus der Tür. Erkennbar missfiel ihr, dass die Söhne auf mein Geheiß ihrem Mann helfen sollten. Deepan habe eine verletzte Hand, könne nicht helfen. Ich lache. Ja, er habe eine Sandallergie. Eine Sandallergie. Im Ernst. Ich lache. Ob sie ihn als Mädchen erziehen wolle? (Das kenne ich, er ist von der großmütterlichen Erziehung völlig verzärtelt, ein Hühnchen ist aus ihm geworden. Wenn er morgens nicht aufwacht, darf er die Schule schwänzen.) Sie habe Verantwortung für den Sohn ihrer Schwester übernommen, wenn er krank würde, müsse sie es zahlen. (Aha!) Ich reagiere ungehalten, fahre sie an, dass er seit fünf Jahren die Property genossen und nie auch nur einen Finger gerührt habe. Sie behält ihn im Haus. Ich stelle klar, keine Teamarbeit, kein Deutschunterricht. Später schließt sie sich beleidigt hinter ihrer Tür ein und ward mit dem armen Jungen nicht mehr gesehen. Sankars Söhne werkeln mit ihm im Garten, eine Freude, sie zusammen zu sehen.

Spät am Nachmittag waren sie fertig, da kam aus Bentota der von der Ayurvedaklinik angemeldete Gast für die letzte Übernachtung vor dem Rückflug, zusammen mit einem deutschen Ehepaar. Ob auch sie bleiben dürften? Aber ja, wir haben Offseason, es gibt freie Zimmer. Diese Kurgäste sind immer sehr anspruchsvoll, das heißt für uns konzentrierte Teamarbeit, bis das viergängige Diner auf dem Tisch steht, Tischwein eingekauft und Gewürze für die Heimreise besorgt und alle gesellschaftlich angewärmt sind.

Anish und Mahendran wieder hilfreich, erkennbar befriedigt nach der raren Erfahrung gemeinsamer Arbeit, Anish freundschaftlich an meiner und seines Vaters Seite. Später sitzt er mit einem alten Blick am Tisch. Was denn sei? Die Mutter habe gesagt, er dürfe heute nicht zum Essen zu mir herüberkommen. Da braut sich wieder etwas zusammen. Sie spielt mit den Kindern. Ich mache klar, dass er einen klaren Kopf behalten, sich eine eigene Meinung machen und die Sorgen seiner Eltern nicht zu den seinen machen solle. Dafür sei er noch zu jung. Er solle Vater und Mutter lieben, das könne man ohnehin nicht abstellen. Und keine Angst vor dem Alleingelassenwerden solle er haben, Eltern könnten sich wohl voneinander, aber nicht von ihren Kindern scheiden lassen. Er solle alles objektiv sehen, und objektiv sei seine Mutter halt immer schnell unter Feuer und dann nicht süß wie Mangos, sondern hart wie Granit. Das sei für sie selber und die Umgebung unangenehm und mache auch vieles kaputt, von außen her sei da aber keine Hilfe möglich. Dann bleibt er selbstbestimmt sitzen und isst bei mir, ist erleichtert, ganz pubertär ausgelassen zuletzt wie es nur Fünfzehnjährige können.

Die neuen Gäste sind beglückt von allem. Gut situiert sind sie, wohlerzogen, kultiviert, interessiert. Das deutsche Ehepaar wolle noch ein paar Tage auf die Malediven zum Baden, aber so kurzfristig werden die wohl kein Ticket bekommen und noch ein paar Tage hierbleiben müssen. Wir sitzen noch lange beim Wein zusammen und reden über den Buddhismus und die Erfahrung des Reisens. Eine andere Frau reist morgen ab, Aufwecken um halb 7, Frühstück um halb 8, Taxi um 8. Für Sankar sind die Tage oft anstrengend und niemand in seiner Familie, am allerwenigsten seine Frau, gibt ihm den verdienten Respekt.

Ein hochmotivierter junger Elektroniker kam an, flickte meine Musikanlage samt Lautspeakern, nun dröhnt es wieder klassisch aus allen Rohren. Ob er mich was fragen dürfe? Eine Arbeitsstelle in der Schweiz ist gewünscht, man muss jeden Kontakt zu Ausländern nutzen. Er ist in Davids Alter und ich halte ihm einen langen Vortrag, dass er das Fernweh als altersentsprechend und separat von Beruf und Karriere betrachten und im Lande bleiben, sein Talent und menschliche Qualität hier im Lande zu Geld machen solle, das sei leichter, das bringe ihn schneller ans Ziel. Die Fischer seien alle arm, das Geld gehe fürs Essen drauf, die hätten kein Geld für Reparaturen. Dann solle er nach Geschäftskunden suchen, all die Fabriken, Büros, Hotels und all die wohlhabenden Einheimischen und Langzeitausländer hier in der Gegend. Er solle 1/3 seiner Zeit für die Verkaufs- und Kontaktarbeit aufwenden. Und er solle seinen Laden an diesem exzellenten Standort herausputzen, jetzt sei das ein Hühnerstall. Nachdenklich zieht er davon, wenn er was taugt, kommt er wieder. Ich selber ärgere mich derweil kopfschüttelnd über meine chronische Belehrungs- und Betreuungskrankheit, die ausbricht, kaum dass sich jemand mit seinen Schwächen zu erkennen gibt. Der Kriegshalbwaise, der vaterlose Sohn bevatert, wen er kann, ein ewiges Rad, das nicht zum Stillstand kommt. Adolf Hitler mögen alle Teufel holen!

Das Hotelbusiness, die monatliche Buchhaltung, Statistik, ein selbstvergessener Spaß draußen in der Monsunbrise auf der Terrasse. Am Eingang hängt jetzt die neue Speisekarte unter Glas, wasserdicht gerahmt.

15. August

Morgens um Sechs, gerade als der Tag aufging – die Gäste reisen immer mitten in der Nacht zurück! –, schrieb ich noch einen Brief für Lukas, den ich mitgab. Beim Rückweg sitzt Sheela auf der Schwelle zu ihrem Haus. «Guten Morgen, Sheela!» Keine Antwort, kein Augenkontakt. «Guten Morgen, Sheela!» Mit einem depressiv verlorenen Blick schaut sie mich an und sagt mit aller Kraft ganz schwach «Finish!». Da kann ich nur mit einem Himmelwärtsblick und «Ohgottohgott!» reagieren. Sie ist ein armes Luder, gequält mit sich selbst, ein schwaches Weib, das einen starken Mann gebraucht hätte, dann würde sich ihr entwaffnender Schmelz wohl gut entwickelt haben. Wie schön es manchmal war, mit ihr zu reden, sie reden zu hören, ihre Augen, das schöne Gesicht, die ausdrucksstarke Mimik. Aber nur an Sonntagen. Schade. Ich schaue hilflos zu, wie der Beziehungsfilm ohne Interaktion und Happyend ab- und weiterläuft, es ist zum Heulen.

Es ist heute drei Jahre her, dass ich auf Empfehlung von Lucia beim Quartierpfarrer eine Dankmesse bestellte für meine wundersame Rettung aus dem Meer. Heute Abend ging ich wieder in die Freitagsmesse, um mit meinen Nachbarn zusammen und ein wenig innerlich zu sein, mit meinem Glück zu leben, dank ihrer Rettungsseilhilfe. Die Lieder waren zuckersüß, mein Herz quoll über, das ist schön an den Religionen, dass sie dieses Gemeinschaftsgefühl vermittelt während der Gottesdienste. Wieder fühlte ich mich viel zu groß inmitten dieser kleinen und zerbrechlichen Körper, den zierlichen Nacktfüßchen, die die devot knieenden Frauen herstrecken, während Hunde und Kinder wie Heilige dazwischenliegen ganz entrückt. Sie wirken alle so sanft in diesem Land, so bezwingend sanft, es könnte einem das Herz zerreißen. Aber ich weiß schon zu viel.

16. August

Sheela hat mir den Krieg erklärt, verdirbt es sich zielstrebig mit allen Männern, von denen keiner dem Vorbild ihres strengen tamilischen Vaters entsprechen kann. Benutzt immer wieder die Söhne als Waffe gegen mich: Sie dürfen nicht zum obligaten Sonntagsfrühstück kommen (Anish kommt dennoch), nicht zum Englischunterricht (selber schuld), müssen das enge Haus hüten, auch der Garten ist ihnen verboten. Warum tue ich mir das an. Die Frau meines Hausmeisters – die ja nicht mehr bei mir arbeitet – ist egoistisch und selbstgerecht, voller Selbstmitleid, und immer sind die andern die Bösen. Folgerichtig versucht sie immer wieder einmal, die Söhne von ihrem Vater weg auf ihre Seite zu ziehen, bringt sie in Loyalitätskonflikt, indem sie schlecht über ihn redet und die infame Frage stellt: Liebst du mich oder deinen Vater? Auf die Antwort, den Vater, antworte sie abweisend, dann doch bitte bei ihm zu leben. Das ganze miese Scheidungskriegstheater. Die Omi hat Sheela auch aus Deutschlanddistanz für sich gewonnen, Sankar beschwert sich verbittert, dass ein heutiger Brief keinerlei Grüße an ihn enthalten habe. Auch seine von ihm abgöttisch geliebte Tochter Lakshmi schreibe ihm keinen einzigen Brief aus Deutschland. Anish sitzt nachdenklich herum, redet später glücklicherweise darüber, was ihn in diesen Tagen beschäftigt, wie sehr ihm beispielsweise seine Schwester fehlt, sie war seine große Freundin während der ganzen Kindheit. Die neuen Ereignisse und Erfahrungen werden sein Erwachsenwerden beschleunigen.

Sankar bestätigt auf meine Anfrage die Vermutung, dass Omi und Lakshmi nicht mehr aus Deutschland zurückkämen, wo sie bei Sheelas Schwester und ihrem Bruder wohnen, die dort schon jahrelang etabliert sind. Das Touristenvisum wie üblich ein Einreisetrick. Menschenexport, Problemexport. Den Sozialstaat strapazieren. Die Mehrheit rechtslastig machen. Betrug, Asylantenbusiness, Armeleutevisonen. Ich bin sauer. Der wahre Grund für die klammheimliche Auswanderung der Tochter sei aber ein nicht mehr ganz junger Mann gewesen. Der habe Lakshmi vor der Schule und auf dem Schulweg nachgestellt, ein entfernter Verwandter, man habe sie vor ihm schützen müssen. Als ob junges Wild nicht den Umgang mit den Jägern lernen müsse, als ob junge Männer an jungen Frauen nicht Interesse haben dürften. Und umgekehrt. Das Normale, Altersgemäße, Zeitbedingte wird unter dem Joch von Tabu und Tradition zum Ungewöhnlichen, die Erziehung zur elterlichen Affenliebe.

Gestern Nacht kam spät ein Ehepaar aus Lyon, das im «Routard» von uns gelesen hatte – zu ihrem Bedauern erst an ihrem letzten Ferientag, dafür zum Essen. Das sei das Beste ihrer 3-Wochen-Reise gewesen, das Lob ist überschwänglich, wird leider alltäglich, sodass wir uns gar nicht mehr so richtig darüber freuen wie am Anfang.

Morgens kommen zusätzlich zu einem deutschen Ehepaar noch zwei andere von der Straße zum Frühstück hereinspaziert. Eines davon ist sri-lankisch und geht nach 5 Minuten verärgert wieder, hier daure alles viel zu lange. Dabei sind wir schneller als erlaubt. Mit sri-lankischen Gästen, ich muss es leider sagen, habe ich bislang nicht eine einzige erfreuliche Erfahrung gemacht. Dazu passt, dass auch dieser Pharmazeut nicht zum auf sieben verabredeten Eisbier kam, um auf seinen Wunsch Geschäftliches zu besprechen. Er möchte tausend Lunchpakete mehr als bisher an die Industriekantinen verkaufen und wisse nicht wie.

Chambrieren mit meiner räumlich nächsten Nachbarin Lucia, scheinheiliges Nachfragen nach der besten Lösung für die krumme Palme, doch werde ich sie der guten Nachbarschaft wohl opfern müssen. Sie fürchtet um ihr Dach. Inzwischen schneide ich die Äste aller Büsche, die über ihre Mauer spitzeln. Mein Abschneiden schneidet sie ab vom Grün, so wie sie es sich wünschte.

Die Hoteliers haben einen neuen Trick, wie ich nun mehrfach hörte. Sie warnen ihre Gruppengäste, das Hotel und die Gruppe «aus Sicherheitsgründen» nicht zu verlassen. Auch seien Wasser, Auswärtsessen und Leute riskant und auf eigene Gefahr. So melken sie die Milchkühe. Auf Sigiriya koste das Touristenticket mittlerweile 800 Rupien, ein vielbeklagtes Ärgernis seit Jahren. Und weil nun die dies es Jahr noch verbliebenen 40 Touristenprozent auf den kulturellen Highway geschleppt werden, der von Rupienjägern und bettelnden Kletten bevölkert ist, reisen die meisten entnervt nach kurzer Zeit wieder ab und schwören, nicht mehr zu kommen, es gäbe schönere Länder. Vieles geht kaputt in diesen Tagen, das wird dauern, bis es wieder ins qualitative Lot kommt.

In der Rosary Road hat sich ein sechsfacher Vater erhängt, gestern haben sie ihn händeringend in heiliger Erde begraben. Vorher hatte sich keine Hand für ihn gerührt.

Gestern saß ich grad beim Kingprawnsdinner, da kam der wundersame Kunstmaler mit dem Singhalesenzopf und seinem deutschen Männerfreund. Der war ganz aufgedreht, war eben erst zurückgekommen von einer Tanztheater-Tournee durch Japan und Australien. Sie brachten ihre Freunde zu Besuch, einen weisen alten Da Vinci und seinen jungen Masseur, es sei ihr letzter sri-lankischer Abend vor dem Rückflug nach London, sie wollten sich von mir verabschieden. Ich war ganz gerührt, sie sind so zuckersüß und zauberhaft abgehoben. Very britisch! Unser Servierer konnte das Lachen kaum verdrücken.

Den ganzen August hat es in unserer Gegend nicht geregnet, im südlicheren Bentota und in Indien hingegen schütte es immerzu. Verrückt. Das Gras wird braun, obwohl die Luft permanent hochprozentig ist, und genaugenommen nicht so lustig trotz der Sonne. Für uns Einheimische ist jetzt eigentlich Winter, dem Meer kehren wir beleidigt den Rücken zu. Aber mein Nachtschlaf ist göttlich, durch keinen Laut, keine Sorge gestört und ganz anders als während der Terrorjahre mit menschenverachtendem Mob, zündelnden Häuptlingen und unberechenbarem Terror von allen Seiten, als schwimmende Leichen im Fluss und brennende Autoreifen auf den Schultern missliebiger Störenfriede alltäglich und die Lippen der Bürger streng geschlossen waren.

Immer wieder kleine Reparaturen, Verbesserungen, Verschönerungen. Den alten englischen Schrank habe ich verglasen lassen, nun ist er eine Bibliotheksdelikatesse geworden.

20. August

«The fight must go on!» Als ich nach ein paar Colombotagen in aufgeräumter Verfassung heimkomme, vollgepackt mit neuem Schabernack, um den Wohnwert der Gästezimmer und die Übernachtungspreise zu erhöhen, war es gut, zu hören, dass nichts Spezielles vorgefallen sei. Wenigstens kein Mord! Wenigstens kein Selbstmord! Und keine Bombe irgendwo irgendwann. Anish brachte ich aus der Pettah einen billigen Sony Walkman mit, der sich als Kopie entpuppte und deshalb viel zu viel gekostet hatte. Er hatte sich den Kassettenspieler in pubertärer Musiksehnsucht für die bevorstehende Schulreise sehnlichst gewünscht und ich dachte mir, der Mann braucht Trost in der Wüste der Familie. Nach dem Essen ging er dann hinüber ins Elternhaus, wollte noch eine Kassette von Whitney Houston hören, die singe so schön von der Liebe. Von wegen. Kurz darauf kommt er mit dem Gerät zurück, hat Mühe, Wut und Tränen mannhaft zu unterdrücken. Die Mutter – sie hatte heute Geburtstag! – habe den Kopfhörer zerrissen, ihn als liederlich beschimpft, weil er Musik höre, und zuletzt habe sie ihm alle Musikkassetten weggenommen. (Hat sie Kontakt zu Frömmlern? Sind die Anglikaner Hard-core-Christen?) Er habe ihr die Kassetten – das seien meine! – seinerseits schimpfend wieder weggenommen und mir – hier! – zurückgebracht. Später bringt er auch ein Stück des Kopfhörers, den die fürsorgliche Mutter im Zorn kaputtgemacht habe. Dann geht er verletzt, enttäuscht und voller Zorn im dunklen Garten auf und ab wie ein alter Mann. Nun ist er wohl erfolgreich abgenabelt.

Ich solle nichts sagen, dann sei sie nur noch wütender auf ihn. Sie kümmere sich im Moment sowieso nur um den pflegeleichten Bruder Mahendran. Den will sie wohl an sich ketten, um nicht am Ende von allen guten Geistern verlassen dazustehen. Während der fundamentalistischen Lustmaschinenzerstörung sei ein Besucher im Haus gewesen, dem habe sie ihre straffe Führungsrolle in der Familie vorführen wollen. Und allen Leuten, die ins Haus kämen, würde sie alles von der Familie und über den Vater erzählen, er schäme sich manchmal.

Jaja, sie ist die Gute, will die Zuneigung der Leute mehren, der Ehemann ist schlecht und jetzt wohl auch ich, es war nur eine Frage der Zeit. Sankar sagt, sie habe seit Tagen nicht gekocht, ernähre die Familie mit Lunchpaketen vom Shop, sogar der verwahrloste Zustand der Familienwohnung beginnt ihm aufzufallen. Ich weiß nicht recht, wie und ob ich handeln soll. Einerseits kann es für mich und die Familie so nicht weitergehen, andererseits schieben sie sich endlos den Schwarzen Peter zu, alle sitzen immer alles aus und drücken sich um jeden Entscheid. Wenn ich sie aus dem Haus weise – wie schon einmal, bevor Sheela zu den Saudis ausreiste und kurz darauf nach Singapur: «now I know, you are the real troublemaker!» – bin ich der böse Bube, damit sie sich beim Reflektieren nicht eingestehen muss, Schwächen zu haben. Zudem müsste ich dem Sankar das Staffhaus kündigen, ihm habe ich es im Rahmen des Dienstvertrags kostenfrei vermietet. Die Störung des Hausfriedens und anhaltende Minderung der Arbeitsqualität ihres Mannes wären ausreichende Gründe. Ich denke im Moment, mich ruhig zu verhalten, nicht wie früher manchmal das Kind mit dem Bad auszuschütten; Ende September ist es wohl an der Zeit, zu entscheiden. Auch ich drücke mich derzeit um jeden Entscheid.

Die ganze unendliche Geschichte von Sankars Familie kommt mir vor wie ein Film, den ich im Kino sehe ohne Möglichkeit, einzugreifen und das Geschehen zu verändern. Es bleibt nur als Chronist zu wirken, um Verstehensfähigkeit an Fakten anzubinden, ehe sie im Müll des Alltäglichen verrotten. Die Frage, ob er die Mutter zu ihrem heutigen Geburtstag wenigstens geküsst habe, bejaht Anish. Die Mutter habe beunruhigend reagiert und gesagt, das sei vielleicht der letzte Kuss. Immer spielt sie mit den Leuten rum, erpresst sie, redet sie solche Dummheiten. Anish kommentiert nachdenklich wer von Selbstmord rede, der tue das doch nicht. Wie kann ich die Wahrheit sagen, ich behalte meine Zweifel für mich.

Ich habe Sheela schon einmal, bei der morgendlichen Ankunft von einer langen Reise, mit Gift im Leib auf dem Bett liegend die große Leidensmutter spielen und ihren Mann erschrecken sehen. Dem beigerufenen Arzt sagte sie nicht, was sie geschluckt habe, der zog schimpfend wieder ab mit der Empfehlung, sie solle viel trinken. Sie hat sich dann so schnell erholt, dass ich gar glaubte, sie habe ganz großes Theater gespielt, um ihren Mann im Familienmachtkampf auszubooten («seht her, mein böser Mann!»), alle ultimativ zu erpressen, ihrem unsteten Dickschädel zu folgen. Sankar macht auch diesmal einen eher hilflosen und passiven Eindruck, wissend, dass das große Welttheater über ihn hereinbricht, wenn er seine Konsequenz zieht, die nur Trennung heißen kann. Es ist, als wäre ich selber mit dieser Frau verheiratet, alles geht mir sehr nah.

Den kleinen, dummen Hausboy Suraj, der mit großem Fleiß und Eifer jeden Dreck und den Mittelklassestatus der Familie für jeden sichtbar machte, hat Sheela emotionslos weggeschickt. Auf die Frage warum, sagt Sankar, dass er den Boy fragte mitzuhelfen bei irgendeiner Arbeit. Sheela habe klargemacht, dass er ihr gehöre und schimpfte mit ihm, er dürfe nur für sie arbeiten. Sankar, mein Hausmeister und der Chef hier, bestand auf Mitarbeit und sie schickte den Hausboy herzlos und egozentrisch weg wie einen Hund. Immerhin war er drei Jahre lang das Haustier, das die Familie morgens weckte, das Haus fegte, Geschirr und Wäsche machte, Korn stampfte und nachts irgendwo einschlief.

21. August

Wenn man in Asien nur lange genug wartet, ergeben sich Lösungen. Heute Nachmittag fuhr ich mit dem Fahrrad in die Stadt, um eine reparierte Lampe abzuholen. Auf meiner Straßenseite kam mir Sheela im Sonntagskleid entgegen in Begleitung einer tamilischen Familie. Die Mädchen kicherten, die Frau schielte zu mir her, Sheela schaute demonstrativ zur Seite und verweigerte meinen Gruß. Die Frau meines Hausmeisters verweigerte mir den Gruß! So weit ist es also gekommen, alles vergessen. Kali, die alles und alle Zerstörende, die gefährliche Schlange mit den Giftzähnen. Mahendran verdrückt sich ins Haus, wenn er mich sieht. Zeit zu handeln.

Ich erläutere Sankar, dass ich die TV-Antenne des Staffhauses abhängen und ihm einen Einschreibebrief schreiben würde mit der Hauskündigung auf Mitte September. Dass ich, was auch immer geschehe, hinter ihm und den Söhnen stehe, dass die Zuneigung zu Pflegesohn Anish unverändert und verlässlich bleibe und ich die übernommene Verantwortung beibehalten würde. Teil der Regelung sei aber auch, ihm als angestelltem Hausmeister weiterhin persönliche Unterkunft zu gewähren, wenn er das wünsche.

Nicht genug der Misere, hat das Management des «Golden Beach» heute meine Clubkarte zurückbehalten und einen Brief geschrieben, dass ich künftig 50 Rupien pro Poolbenützung zu zahlen hätte statt der 500 für das ganze Jahr. Marketing vom Feinsten, kurzsichtig wie alle Geschäfte hier, nur das Heute gilt, nicht Kontinuität, Aufbau, Entwicklung, und schon gar nicht Kundenpflege.

Morgens schon kommen Julian und Souda, um die Europareise des Ersteren und für uns alle neue «Wise Mens Club» Dinners zu timen. Dann erscheinen auch schon Marian mit Tochter und Verwandten zum Besprechen von Sterbehilfe; ihr Mann, der Fischer Thomas, hat bei der Erstkommunion der Tochter einen Herzschlag erlitten. Lucia schließlich, der ich ein Rudel Pflanzen abkaufe sowie das Bündel Bananen, das ihr die Mutter eines Nachhilfeschülers gebracht hatte. Als Höhepunkt des Besucherreigens zuletzt noch ein Gast aus der Ayurvedaklinik im Süden für die letzte Nacht vor dem Heimflug. Die kommen immer spät und gehen früh, sind aber alle zum Fressen süß, meist weiblich und im besten Alter, und alle wollen wiederkommen für länger.

Auch mein Fahrrad ist geflickt, die Speichen ersetzt und angezogen, die Achse erneuert, aber das Pedal war verbogen, der Barfußmechaniker hatte für die Reparatur Gewalt und eine Eisenstange gebraucht.

Ein Kokosnusspflücker holt endlich Nüsse herunter, einen 20er-Bunch je für Lucia, Gayan, Anton, Sheelas Familie, Ivon. Und einen schenke ich mir selber, dem Kokosnussfarmer.

Mit Sankar habe ich das Checklistsystem der Fälligkeiten verbessert; wenn im September die Saison beginnt, müssen wir fit sein.

Reparaturen (Stehlampen, Duschkopf), Garten wässern, Büsche schneiden, Verschönerungen und Verbesserungen überall und immer (Messingecken an die Bettkanten nageln, Zottelvorhangstreifen an die Badfenster hängen, Teekochsets in den Zimmern platzieren).

22. August

Seit 32 Tagen hat es heute zum ersten Mal geregnet, abends um zehn, zuerst spärlich, die Luft war ganz frisch gewaschen, später anhaltend und heftig mit Blitz und furchterregendem Gedonner draußen auf dem Meer und zuletzt über dem Haus. Bin sicher, mit dem Meer vor der Tür den größten und besten Blitzableiter zu haben, doch als ich mich erinnere, dass vor Jahren ein Blitz eine Kokospalme neben der Villa in Stücke schlug, wird es mir mulmig. Ich sehe draußen im Atrium nach, wie es aussieht, das Wasser steht knöcheltief, fließt zu langsam ab, aber es ist ein schöner Pool, könnte die Idee eines Innenarchitekten sein. Beruhigt im Wissen, dass der Tag alles wieder trocknen wird, schlafe ich tief und gut ein. Am nächsten Morgen beim Kontrollrundgang steht auch die Küche unter Wasser, da muss ein neues Leck im Dach sein. Auch die Garage steht unter Wasser, meine Honda in der Badewanne, der Rost grinst mich an. Ich weiß schon lange, das Dach ist nicht steil genug, das Wasser fließt nicht schnell genug ab. In der Icebear Villa entdecke ich in allen Räumen je ein Leck. Auch das Staffhaus stehe unter Wasser, alle Schulbücher seien nass. Auch hier ist das

Dach schuld, die V-Form ist dicht, solange das Wasser sich nicht über die Falze staut. Echt gefährlich sind die Kriechströme, denn alle elektrischen Leitungen verlaufen in den Dächern. Sankar knipst alle Schalter mit einem Stöckchen aus statt den Schalter der Hauptsicherung. Ich bin ganz aufgeregt, was alles passieren könnte, wenn Wände und Böden unter Wasser und Spannung stehen und möchte gerne wissen, wie viele Sri Lanker jedes Jahr elektrisch sterben.

Zuletzt habe ich meinem Hausmeister ein eingeschriebenes Kündigungsschreiben für das Staffhaus geschickt. Ich wusste mir nicht mehr anders zu helfen, hatte keine andere Idee, wie ich die Frau aus dem Haus bringen kann, als der ganzen Familie zu kündigen. Die müssen sich nun eine andere Bleibe suchen, können nicht mehr auf meinem Grundstück wohnen. Ich trete vielleicht eine Lawine los, die Frau, wenn einmal gestochen, ist eine Hornisse, die Angriffe fliegt, und wie sie mir früher stolz erläuterte, würde sie wie die Tiger nie vergessen. Vor der Postaufgabe habe ich den Brief Sankar vorgelesen und noch einmal klargemacht, dass er das Arbeitsverhältnis nicht berühre.

Ein glücklich strahlender Tilak kam an, um seine schrecklich aufgedrehte Berlinerin vorzustellen, die ihn heiraten wird. Er hat es also geschafft, und das wird auch gutgehen. Sie ist ein wenig dick geraten, aber er liebt das weiße Fleisch. Auch Lucia und ihr Mann feiern heute, sie sind 32 Jahre lang verheiratet, auch so etwas gibt es. Bei einem kleinen Schwatz mit ihnen sagte mir Lucia, Sheela komme seit Tagen zu ihr, sie koche nicht mehr für ihre Familie, sie selber esse auch kaum noch etwas, sie habe genug von allem. Ob ich sie nicht dazu bringen könne, miteinander zu reden. Das dürfte diesmal nicht mehr möglich sein. Auf meine besorgte Nachricht, Sheela grüße mich nicht mehr, sagt die Nachbarin, es sei wohl, weil ich ihr «das Nähen verboten» habe. Nie mache ich etwas richtig. Warum verflixt mische ich mich immer in das Leben anderer Leute ein. Ich kann nicht das Leben anderer Leute leben.

Anish sucht meine Nähe als Fluchtburg in diesen aufgewühlten Tagen, ich hoffe, sie wirkt beruhigend und ausgleichend. Manchmal isst er abends mit mir zusammen, nistet sich ein wenig ein, schaut einen Madrasfilm, spielt mit dem Nintendo, holt sich eine Cola, genießt die Privilegien, wäscht abends seine Schuluniform und steht lange unter der Dusche und vor dem Spiegel. Das wilde Tier hat die Körperpflege entdeckt und sich selber, das wird ihm guttun. Einerseits will er das Areal nicht verlassen, wo ihm das alltägliche Geschehen auch Halt gibt. Fabuliert andererseits aber vom Reisen. Ist aber nicht zu einer gemeinsamen Motorradfahrt zu bewegen, sicher geniert er sich mit einem Ausländer in der Öffentlichkeit. Recht hat er. Zudem ist er jung, ich alt, er gehört in die Nähe Gleichaltriger. Um fünf ist die regelmäßige Englischnachhilfe, um sieben kommt der Ziehsohn an mit einer aufgerissenen Zehe von der Mountainbikeartistik.

Der Schnitzschreiner schickt tatsächlich einen Zimmermann für die nötigen Reparaturen (Bodenroste, Türen gängig machen, Zusatzbücherbord, Tische kürzen, Abdeckplatten auf Haupttank und Brunnenmotorhaus). Auch der Maurer kommt wie vereinbart am Morgen, ich bin schwer beeindruckt, abends ist das Baumaterial da. Die Terrassierung des Icebeargartens wird mich 500 Franken kosten, alles kostet immer 500 Franken, ich muss mit den ewigen Investitionen zu Ende kommen und endlich mit dem Melken meiner Kuh anfangen.

23. August

Die nächtlichen Schüttregen zwingen Sheela zur Hausreinigung, alles muss in die Hand genommen werden. Hoffentlich zwingt er sie auch, ein Haus mit dichtem Dach zu suchen. Oder ihr Heim zu rüsten und mit ihrem Mann einen Weg zu gütlicher Einigung zu suchen. Aber wie kann sie ihre Persönlichkeit ändern, sie wird wohl bleiben, was und wer und wie sie ist.

Die Schüler kommen schon um zehn heim, heute wären eigentlich die letzten Tests gewesen in Agrikultur – es gibt also doch Kultur in diesem kriegsgeplagten Land –, aber wegen der Überschwemmungen seien die Testpapiere nicht rechtzeitig beim Herrn Schulprinzipal angekommen. Entwicklung tut not bis in die Verästelungen des Alltags hinein.

Morgens laufe ich am Strand entlang, er ist frisch gespült und gewaschen, es bleibt regnerisch, die Hüttenbewohner umstehen im Rudel eine blonde Touristin, die sich in ihr Bettelnetz verirrt hat.

Später werde ich wieder einmal daran erinnert, dass es hier «Tamilen» nicht gibt. Sondern verschiedene Arten von Tamilen, die miteinander nichts zu tun haben wollen und Abstand halten zueinander: Etwa die Plantagentamilen, die in Klumpen abgeschieden zusammenleben und da oben im Teeland ihre Arbeit tun und vom separaten Tamilenstaat nichts zu wissen scheinen – oder nichts wissen wollen, sondern in Ruhe gelassen werden wollen. Oder die entwickelten Stadttamilen, die in der Hauptstadt und in den singhalesischen Gebieten eingewebt und integriert und weit entwickelt sind und als Elite gern auf die andern herabsehen. Und die Jaffnatamilen, Trincotamilen, Batticaloatamilen, die in der ideologischen und geografischen Abgeschiedenheit ihres Pol Pot abgekapselt sind vom Geschehen draußen im Land, draußen in der Welt, blind vor Unwissen, chancenlos, zurückgelassen und fern von jeder Kultivierung, nur den alltäglichen Überlebenskampf und das Überleben im Auge, Teil von Flüchtlingsströmen, Spielmaterial für die Politik, Pfand für die selbsternannten Führer, die sie zu verführen suchen.

24. August
Der ewige Schnorrer Shean kam an auf seinem Fahrrad, das kurz vor der Selbstauflösung ist. Es ist eine vierzigminütige Fahrt von seinem Haus zu mir, durch die Hochsicherheitszone beim Flughafen, aber er war hoch motiviert, denn als Foreigner bin ich sein Hoffnungsträger. Es geht ihm schlecht, schlechter noch als letztes Jahr, wo ich ihm über die Monate 7000 Rupien schenkte. Nun arbeitet auch seine Frau in dieser miesen koreanischen Schuhfabrik, zu seinen seit fünf Jahren gleichen 2600 Lohncash kommen nun die 1000 Lohnrupien seiner Frau, das wird annähernd reichen. Aber da sind Schulden aufgelaufen von all dem Einkaufen auf Pump im Groceryshop nebenan. Hoffnungslos, sein Hirn dreht sich im Kreis, er habe Selbstmordgedanken, möchte aufhören. Natürlich soll ich etwas an seine Schulden zahlen, oder wenigstens genug, um bis zum ersten gemeinsamen Lohn am nächsten Zehnten genug zu essen zu haben. Ich verabschiede ihn mit 300 Rupien, mein weiches Herz. Wenn man einmal angefangen hat, gibt es kein Ende mehr. Was habe ich alles gegeben in den Jahrzehnten, wem alles habe ich aus oft selbst verschuldeten Schwierigkeiten geholfen, aber seit ich hier Frührentner ohne Rente bin und von den fixen Zinsen meines kleinen Vermögens lebe, muss ich selber aufpassen. Hier 500 Franken für Reparaturen, dort 500 für nötige Maurerarbeit, hier 1000 Rupien für dringende Investitionen, dort 5000 an meine Lebensretter von 1993, Albert und Sankar, da und dort 2000 an trauernde Hinterbliebene, neu Verheiratete. Und immer wieder Lohnvorschüsse an die Angestellten. Wie sollen die sich am Lohn freuen, wenn am Monatsersten nur noch ein Trinkgeld übrigbleibt. Sicherlich denken und erzählen sie, wie wenig sie verdienen, dabei bin ich ein anständiger Typ.

Es gäbe Hilfsprogramme, belehre ich den armen Mann, da solle er den Einstieg finden, er hat ein Recht auf den Hilfetopf der Regierung. Aber deren Außenposten geben nur dem, der das richtige und überhaupt ein Parteibuch hat, Alimentation mit guten Absichten – in eigener Sache.

Die Telecom – ich fasse es nicht – schickt einen Brief mit geziemender Einladung, die Applikation für den Festnetzanschluss auszufüllen. Sogar meine Wartelistennummer steht drauf: es sind nun spektakuläre 5 Jahre her seit meinem ersten Antrag. Inzwischen sind die Rohre für neue Leitungen in der Straße gelegt, ich rechne mit weiteren 3 Jahren, bis ich ein Telefon habe.

Auf dem Formular steht ein mir unbekanntes Wort für eine schöne Sache: «Grama Seva», das meint «Head man», den hat auf der Insel jedes Quartier, jeder Distrikt, oft jedes Quartier. Er ist Brückenbauer in Servicesachen zur Regierung, füllt Formulare aus, berät, besorgt bei Bakschischzahlung auch selber die ID statt nur das Formular, an und für sich und genau genommen ist er unbestechlich, er schreibt auch mal ein Leumundszeugnis, und manchmal rufen ihn Quartierstreithähne als Friedensrichter.

Im Städtchen stehen viele Häuser zum Verkauf, auch alte Kolonialhäuser an guter Stelle, Spekulanten hätten jetzt eine gute Zeit. Ich lasse mir erzählen, dass viele zerbombte Häuser im Colombo-Fort deshalb noch nicht wiederhergestellt seien, weil die Regierung alles selber wiederaufbauen und dann an die privaten Grundbesitzer untervermieten wolle. Ich denke, sie träumen von einer Stadt wie Singapur. Die Habenichtse haben einen Minderwertigkeitskomplex. Eines Tages werden auch sie den höchsten Turm der Welt bauen wollen.

Nachbar Denuka berichtet strahlend, seine Frau ginge diese Woche noch als Näherin zu den Saudis. So schlagen sie gleich zwei Fliegen tot: die Not mit dem Geld und die Not miteinander. (Sie schminkt sich. Er ist eifersüchtig.) So exportiert man hier die Probleme, die sich nicht aussitzen lassen. Das kleine Haus wird er untervermieten für 1200 Rupien, selber wird er bei den Eltern wohnen, die Kinder stecken sie zu den Eltern der Frau, so hält und spielt das soziale Netz wieder einmal ganz blendend.

Ich bin von Natur aus eigentlich ein Stadtmensch, drum bin ich gern in in der Hauptstadt, auch wenn wegen des Bomben- und Mordterrors keiner geht, der nicht unbedingt muss. Die Stadt ist arm dran, den Menschen, die dort leben und arbeiten, müsste man dereinst für ihre Tapferkeit ein Denkmal setzen. Sie wissen am Morgen nicht, ob sie am Abend noch leben. Selbst die Natur hat sich gegen die Hauptstadt gerichtet, die Trockenheit ist anhaltend dieses Jahr und entsprechend auch Wasser und Elektrisch. Es gibt Stromabschaltungen von bis zu vier Stunden und ein Verbot von Klimaanlagen und Leuchtschriften. Die Agonie ist augenfällig. Insbesondere das Fort-Viertel präsentiert sich verloren und vergessen und wartet auf den Todesstoß. Dass keine Erste Hilfe kommt, kann nicht nur an den Kriegskosten liegen, es scheint, dass die Regierung administrative Schwächen hat. Es ist eine Frage der Zeit, bis die aktuelle Regierung Support und Unterstützung und Goodwill verliert und ihr die Wähler entnervt davonlaufen. Das ist zum Heulen angesichts der Sauberkeit ihrer Ziele, des Fleißes und Enthusiasmus, von Bildung und Erfahrung, ihrer Professionalität und dem Charisma der Chefin.

27. August

Ich habe einen Tick, der schon seit Jahren anhält. Keine Straße kann ich zwei Mal gehen, das langweilt mich. Heute Nachmittag um fünf wollte ich mit dem Motorrad ins Blaue fahren, nachdem ich es in einem morgendlichen Dreistundenanfall entrostet, poliert, gestrichen, gefettet habe, dass es mich zuletzt ganz betörte. Aber es sprang nicht an, auch nicht, als Sankar und Denuka es anschoben, die Batterie ist schwach geworden während meiner Abwesenheit in Europa. Also stieg ich aufs ebenfalls schwarz lackierte Fahrrad und fuhr in eines der Großhotels. Das Lime and Soda war außer vom Preis her nicht bemerkenswert. Und eine Tageszeitung hatten sie auch nicht. Aber es zog schön durch die Halle, da gab es dann doch noch einen Gin Tonic. Dann fuhr ich gemächlich heim, entschied mich bei der Kreuzung vom «Browns» für die linke Straße, die parallel zur touristischen Lewis Place führt und ganz sich selber und hiesig ist. War lange nicht mehr hier, die Sinne offen. Ein schöner, kleiner Friedhof links mit einer alten, schönen Aufbahrungskapelle, muss von einer kleinen Gemeinde sein, es gibt außer den 1,2 Mio. Katholiken ja auch ein paar Hunderttausend Christen anderer Färbung auf der Insel (und immer mehr Heilige der letzten Tage – in Krisenzeiten missioniert es sich besonders gut).

Bei der Kanalbrücke schaute ich im «Canal View Tailor», ob mit meinen neuen Vorhängen alles planmäßig läuft (man muss immer alle und alles kontrollieren und immer nachfragen, weil es sonst liegenbleibt wie mein Duschkopf, der beim Löten ist seit nun schon zwei Wochen und heute beim dritten Besuch überhaupt erst aus dem Regal nach vorne geholt wurde). Gleich gegenüber ein familiärer Kinderkaufladen mit ein paar Früchten und Bonbongläsern und einem glücklichen Paar dahinter. Fahrradschläuche hängen herum, da ist die Pumpe nicht weit, tatsächlich, für 3 Rupien gehört mir die Abendluft. Und nur über die Brücke und da sehe ich eine kleine Schmiede, die schließt schon die Läden, aber der Schmied strahlt mich an, als ich ihn bitte, die gebrochene Feder meines Sattels, die mich ganz linkslastig macht, zu schweißen. Eine Sache von fünf Minuten, der helle Lichtbogen, ein Becher Wasser drüber, das hält meine 95 Kilo, herrlich, zehn Rupien, ich gebe zwanzig. Vieles ist einfach hier, nicht alles beschwerlich. Unter den Platanen, die aus der holländischen Ära stammen müssen, fahre ich den grün überdüngten Kanal entlang wieder einmal, einige Boote parkieren, es gibt ein paar neue Häuser. Auch hier gilt, je höher die Mauer, desto reichern die Besitzer. An der Biegung schwülstet es aus allen Fugen, da steht eine Villa im ganzen neuen Protz der Freihandelszone. Ja, in Negombo gibt es viele Reiche und es wird viel Geld verdient hier. Immer noch, trotzdem das tägliche Brot heute von fünf auf sieben Rupien aufgeschlagen hat, weil die Regierung die Subventionen kürzen muss, um den Staatskonkurs abzuwenden.

Anderswo gibt eine solche Gewaltkur Anlass zu Aufruhr, aber hierzulande ist es einfach zu heiß, das macht sanft und müde. Der hohe Brotpreis wird sowieso nur die Wohlhabenderen und Städtischen treffen, die andern essen nämlich immer noch Reis, nicht Brot, und die Regierung bestärkt sie, die Traditionen aufrechtzuerhalten. Zwei Hausnummern weiter steht in einer Ecke ein kleines Holzhaus, mit Matten gedeckt. Eine Familie ist neben der Straße mit dem Einrichten einer Fernsehantenne beschäftigt, die drei Kinder aufgedreht helfend, die Mutter unter der Tür stehend, der Vater ganz Heimwerker. «Nice program tonight!», ich bleibe ein wenig stehen, wieder einmal entzückt, wie leicht zugänglich alle Leute hierzulande sind, wenn man ihnen herzlich und mit Interesse begegnet.

Aber das hätte ich besser nicht gesagt. In diesem Land voller Aberglauben und schwarzer Magie, mit Teufeln, Dämonen und Geistern, mehr bösen als guten, behalte ich es mit Vorteil besser auch für mich. Als ich nämlich nach einem kalten Bier mit Sanaths unbeholfenem, aber wunderbarem Pflegevater beim Nachtessen sitze, flackert kurz das Licht. Wir wetten, heute sei kein Powercut. Doch, heute sei Powercut. Die Staff macht Kerzen und Öllampen parat auf alle Fälle, im Icebear drüben ist das Licht auf alle Fälle ausgegangen. Es gibt Prawns und Knusperfrites, die besten im Land, und Knoblauchmayonnaise. Um halb neun schließe ich das Haus, sitze noch beim Lesen liegengelassener Bücher. Kurz darauf läutet ein aufgeregter Sankar. Ob ich wissen wolle, warum es geflackert habe und warum es drüben kein Licht gebe? In einem kleinen Holzhaus, mit Matten gedeckt, habe eine Familie eine Fernsehantenne aufstellen wollen. Sie sei leider auf die Stromleitung gefallen, alle fünf seien tot.

Mein Fahrzeugrenovationsausbruch hat Sankar beschämt. Am Mittag sehe ich ihn unseren Lastesel, die 90er Honda, rot anstreichen, wann hat es so etwas jemals gegeben. Die fehlende Maintenance, die völlige Absenz einer Werterhaltungshaltung, ist seit allen Jahren ein Schwachpunkt, den ich nicht ausrotten kann und dem ich mich neuerdings verstärkt zuwende, denn bei der Nähe zum Meer ist alles so kurzlebig in Salz, Regen, Sonne, Wind, dass man es nicht sich selber überlassen und vergessen kann.

Immerhin ist Sankar und Ivon seit unserer «Konferenz» untadelig und ohne jede Schwäche. Sankar plädierte im Gegensatz zu mir zu unabgegrenzter Teamarbeit, während ich die Verantwortungen aufteilen wollte. Aber er argumentierte so überzeugend, dass das Rad jetzt gerade so rund laufe, dass ich ihm noch so gerne folgte. Mein Entscheid, eine Gärtnerin anzustellen, kommt ihnen entgegen; sie arbeiten wirklich 7 Tage lang von früh bis spät, es ist Zeit zu Entlastung, ich werde personell aufrüsten, am 1. September kommt eine ältere Moslemfrau, dann haben wir alle Weltreligionen beieinander als weiteres Beispiel friedlicher Koexistenz.

Aber Sankar scheint auch wieder bei Kräften nach Klärung der Einstellung zu seiner Frau. Als ich abends im Halbdunkel an ihrem Haus vorbeigehe, fragt sie mich entwaffnend süß, ob sie mit mir sprechen könne. Ich sage, es gäbe nichts zu besprechen. Sie ginge morgen. Ich ringe mit mir. Kommentiere ihre Umarmungsattacke, ich sei kein Radio, den man nach Belieben aus- und einschalten könne, dass mich ihre Wechselbäder müde machten, dass die Zeit vielleicht Medizin sei, später vielleicht, nicht jetzt. Sankar sagt auf Anfrage, er wisse über Umwege, dass sie eine Wohnung in der Nachbarschaft gemietet habe, schräg gegenüber. Was denn mit den Kindern passiere? Er wisse es nicht. Ja, sie habe meine Wohnungskündigung gelesen. Er schüttelt nachdenklich, doch ohne Leidenschaft den Kopf, er habe ihr klargemacht, dass er der Chef sei, dass sie ihm künftig folgen müsse, wenn sie mit ihm zusammenbleiben wolle. Sie habe das verneint.

Im allgemeinen Fahrzeugrenorausch schnappe ich mir auch gleich einen herumstehenden Weißfarbkübel und streiche die Meermauer, ein paar Rundlinge, dann male ich aus purem Übermut einen Torbogen und weiße Kreise auf die Palmmatten, die wir als Windschutz während des Monsuns aufgestellt haben. Mit überraschendem Resultat. Solcherart auf Fernwirkung herausgeputzt, nähert sich vom Meer her ein Franzose und verlangt nach einem Lobster. Den besorgen wir ihm umgehend, er verdankt es uns, indem er auch abends zum Essen kommt.

Es kommt eine singhalesische Einladung des Rathauses, das alle Hotels und Pensionen zu einem Meeting über das Abfallentsorgungsproblem einlädt. Ich ginge gern selber hin, hätte mit ein paar Pinselstrichen auch ein Negombobild zu skizzieren, das die Kollegen umgehend zum konzertierten Handeln bewegen müsste, aber ich will mich als Ausländer lieber zurückhalten, ich habe in der Schweiz gelernt, dass die Völker gerne unter sich bleiben wollen. Ich werde Sankar schicken, das wird ihn aufwerten und hoffentlich motivieren. Ich werde ihn instruieren und vorbereiten, damit es die Marktstellung des Icebear stärkt, denn ich habe natürlich mitbekommen, dass unsere Konkurrenz uns gut kennt. (Und habe mich heute erstmals beim spielerischen Nachdenken über einen Verkauf des Goldesels ertappt. Ich würde mehrfacher Millionär, meine Erben wären vom mühsamen Entscheid entbunden, was sie mit dem Zeug hier machen sollen, die Gefahr wäre genannt, dass sie es unter Zeitdruck unter Wert verkaufen würden ohne Aussicht, den Erlös in fremde Währung umzutauschen und auszuführen. Aber zuerst will ich noch zuwarten, ob ich für mein Fine-Dine-Restaurant-Projekt (die Kopie dieses französischen Restaurants im indischen Pondicherry?) einen Delegierten aufbauen kann, am liebsten Anish, aber der faule Kerl wird es nicht bis zur Matur schaffen. Wie soll er dann die Hotelschule entern, ohne die er bei mir keine Chance hat, denn wenigstens einer soll ausgebildeter Profi sein hier.)

8. September
Die Leiden des jungen Werther habe ich nie gelesen, glaube sie aber zu kennen, diese pubertäre Todessehnsucht und das Leiden an der Welt, das der deutschen Kultur vertraut ist bis zum heutigen Tag. Da kamen vor ein paar Wochen zwei junge Männer aus Deutschland, der Platz gefiel ihrem kultivierten Anspruch, ein wenig teuer, und dann unvermittelt: ob man Jungen mit aufs Zimmer nehmen dürfe. Emanzipiert, dachte ich, und weil mich in meinem Alter und auch sonst nichts schreckt, reagierte ich gelassen mit dem Hinweis, da müssten sie sich ein anderes Quartier nehmen. Der blonde Anführer wollte wieder weg, weiterreisen, aber sein Freund, gespreizt auf Sprachstelzen gehend und ein wenig sanft, setzte eine Nacht durch, um sich ein wenig zu erholen so kurz nach der Ankunft. Am nächsten Morgen reisten sie los.

Gestern kam der Sanfte alleine zurück für die zwei letzten Nächte, ich fragte nicht, sie hatten sich wohl getrennt. Morgen früh um vier wolle er zurückfliegen. Als ich heute Mittag mit dem Backen von Magenbrot mein Sonntagsheimweh stille, fragt mich der junge Mann, ob er eine Stunde mit mir sprechen könne. Eine Stunde? Dann berichtet er mir in der selbstauferlegten Disziplin eines jungen Offiziers, doch mit zittrigen Fingern, er sei auf die Insel gekommen, um seinen Freund beim Sterben zu begleiten. Der habe schon seit 17 von Selbsttötung geredet, sei Arzt und habe die nötigen Medikamente. Doch sei es ein langes Sterben gewesen, friedlich, aber lang. Weit unten im Süden, wenn ich recht verstanden habe, seien sie abends zu einer abgelegenen Landschaftsmulde gewandert, wo der Freund sich zum Schlafen hinlegen wollte mit dem Wunsch, unser Gast möge ihn nachher in der vorher ausgehobenen Grube beerdigen, er möge dabei ohne Scheu auf dem Boden herumtrampeln. Vorher sei er zum Hotel zurück gegangen für drei Stunden, um der Reception mitzuteilen, der Freund sei zu einer Ayurvedasache weitergereist und er selber käme erst morgen früh. Das friedliche Sterben sei bis zum nächsten Mittag gegangen, der Freund hätte sich den Tod in einer friedlichen Umgebung gewünscht wie hier im Lande, niemand zu Hause solle vom Freitod wissen, er wolle die Mutter nicht belasten und auch seinen jungen Gespielen nicht, der dann Schuldgefühle hätte. Nun habe er die Brille und Papiere des Freundes noch bei sich, ob ich die wegschaffen könne. Soweit kommt's noch! Ich finde unfair von dem blonden Romantiker, den Freund mit einer solchen Geschichte, solch einem Geheimnis in der Welt zurückzulassen, einen holzbearbeitenden Künstler, der wohl schon an seiner Knabenliebe schwer zu tragen hat. Und warum er ausgerechnet mich damit belaste, woher er die Unverfrorenheit nehme, mich mit dieser überaus privaten Geschichte zu belästigen? Er habe Vertrauen zu mir gefasst, ich hätte so gut reagiert auf die Frage mit den Jungen. Die armen Hunde, so erniedrigt sind sie von der jahrelangen Hexenjagd, dass ihnen einer schon deshalb Vertrauen macht, weil er sie nicht gleich steinigt. Der Freund habe nicht gewusst, wie er in der heimischen Gesellschaft seine Selbstachtung hätte haben können, nein, juristisch sei da nichts gewesen, das ihn aus dem Land getrieben habe. Nun reist der dreißigjährige Pubertierende zurück nach Deutschland, lässt den Freund in paradiesischer Erde zurück und beide meinten, das sei gut so, wenn sie es selber gut finden. Selbstbestimmung. Ich servierte ihm einen Gin and Tonic, riet ihm, professionelle, sprich neutrale Hilfe zu suchen zu Hause, um ohne Folgen zu bereden, was er tun und wie er mit dieser Geschichte leben solle. Ich bin sicher, die finden irgendwann die Leiche, es wird ein Leichtes sein, die Spur zurückzuverfolgen, der junge Mann hat sich eine Sache aufgebürdet, der er wahrscheinlich nicht gewachsen ist.

Was soll ich machen, in der Fremde sind die Leute mutiger als zu Hause, schon der Italiener mit seiner Brigate-Rosse-Geschichte hat mich erstaunt, und meine Liberalität und mein grenzenloser Goodwill, meine Verstehensbereitschaft und meine Toleranz teilen sich sensiblen Leuten wohl so intensiv mit, dass sie mich als Sozialhelfer sogar für ihre intimsten Beichten (miss)brauchen. Aber es ist ja nicht einfach eine Geschichte mehr. Es ist dies ja auch die Geschichte einer Gesellschaft, die ihre Minderheiten verprügelt und sie aus dem Land jagt, statt ihnen gut Freund zu sein.

Überhaupt scheinen die Tropen auf die überzivilisierten Sucher aus dem Westen dieselbe magische Anziehung zu haben wie schon auf unsere Großeltern. Dieser multimillionenschwere holländische Fischhändler, der hier mit 66 sein Geld in ein holländisches Zuckergussdorf steckt, in dem er 400 alleinstehende Alte von der Straße beherbergt und sich zum ersten Mal reich und geliebt fühlt wie seine Schützlinge. Oder der Swissairschweizer, der herkam, um vier riesige Wohnkatamarane für den Wiederverkauf zu bauen und dann mit dem fünften seinen Bubentraum zu erfüllen und nur noch auf den Weltmeeren herumzusegeln. Oder dieses deutsche Ehepaar, das alles verkaufte, um loszureisen und da Anker zu werfen, wo der Zufall es will, und der Zufall war eine dunkelhäutige Hausangestellte und nachher ein Hausangestellter, und aus war der Traum vom gemeinsamen Lebensabend der zwei eisern gewordenen Kumpel.

Wir haben Fullhouse, rotieren fürs Kochen, verlangen viel zu wenig für den Aufwand und die hinreißende Kochkunst. Das Haifischschild steht vor der Tür. Sankar ist ruhiger geworden, seit seine Frau ausgezogen ist und sie nun separat wohnen. Die Kinder haben sich 50:50 auf Seite der Mutter und des Vaters geschlagen, Mahendran wohnt mit der Mutter in Ja-Ela, der Jüngste blieb beim Vater im Staffhaus. Heute Morgen um 7 wollte er erstmals zur Karateschule nach Kochchikade. Die 50 Schüler waren auch alle schon da, überraschenderweise alle in Weiß und mit ernsten Gesichtern. Sie haben den Karatelehrer zu Grabe getragen, er war erschossen worden. Wahrscheinlich bei der kürzlichen Schießerei zwischen Anhängern der Großparteien auf dem Kirchgrund von St. Marys. Es wird jetzt viel und leicht gestorben in diesem Land.

10. September

Gestern Morgen der größtmögliche Supergau. Ein Gast muss morgens um 4 geweckt und um halb 5 zum Airport gebracht werden, ein anderer kommt um dieselbe Zeit an. Die Staff verschläft, Sankar gesteht unschuldig, um 3.45 habe er auf den Wecker geschaut und ihn reflexartig abgestellt, also doch eine Sache des Willens. Um 4.15 wache ich selber auf und wecke Gast und Angestellte, ziemlich wütend, beherrsche ich mich aber fürs erste und treibe den Hühnerhof an, der aufgescheucht und ohne Ziel nach allen Seiten rennt, das Frühstück parat zu machen. Die immer gleichen Sachen, jeden Tag, aber meine Arbeiter, Mitarbeiter, haben immer wieder ihre Rückfälle, wie wenn sie dasselbe nicht schon hundertmal gemacht hätten. Keine Roboter eben, leider gottseidank. Man tritt immer an Ort und Stelle, kommt nicht wirklich weiter, schon den Status quo zu halten ist ein Erfolg. Und ziemlich anstrengend. Abends halte ich meinen Vortrag, dass uns der Schadenersatz für das Warten auf den nächsten Flug gut und gern den Profit eines ganzen Jahres wegfressen würde. Weil ich auf meine westlich orientierten Managerfragen, welche Ideen es gäbe zur Problemlösung, nur in offene Mäuler schaue, habe ich den demokratischen Einbezug des Teams mittlerweile aufgegeben, nix is mit Mitbestimmung. Ich werde noch zwei weitere Wecker kaufen, einen für Ivon, sodass die sich gegenseitig wecken, und einen dritten für den Gast, dass der die Verantwortung für sein Aufwachen selber übernehmen kann.

Mein alter Schulfreund Walter kam aus Deutschland zu Besuch, sah ihn seit Jahrzehnten nicht mehr. Ich hatte lange zu warten in der menschenleeren Ankunftshalle, die in der Nacht niederschmetternd atmosphärisch ist. Der Buddy ist ein wenig zu laut, braucht für die nichtigste Geschichte, etwa darüber, dass er das Brötcheneinkaufen am Samstagmorgen ritualisiert habe, eine halbe Stunde, eine Mischung von Stress und großem Lauschangriff, weiß nicht, wie ich das drei Wochen lang überstehen werde.

In meiner Not lade ich ein Schweizer Ehepaar zum ebenfalls ritualisierten Dinnerkochen: Wenn ein Gast länger als drei Nächte bei uns bleibt, muss er in unserer Küche selber etwas kochen. Was er will, Vorspeise, Hauptgang, Dessert. Sankar kauft alles Nötige ein und dann sind wir die Schüler des Gasts. Sankar in Tamil und ich in Deutsch schreiben alles in unser Rezeptbuch, wir trinken ein Glas Wein dabei, und dann ehren wir den Gastkoch mit seinem Namen und kochen sein Gericht immer wieder einmal. Der Gast von heute entschließt sich für «Spinat Cannelloni», genauer «Nadjas Spinat Canneloni». Das dauert drei Stunden, dann sitzen wir alle zusammen am gleichen Tisch, die Gäste neutralisieren sich gegenseitig, ich lehne mich innerlich zurück und freue mich, dass wir jetzt sogar italienische Teigwaren herstellen können, von Hand.

Abends und nachts schüttet es aus Kübeln vom Himmel, Gast Walter steigt verzweifelt ins Bett, er ist ja wegen der Sonne gekommen. Ich tröste ihn mit Hinweis auf die angenehme Kühle der Nacht.

13. September

Vorgestern war ich mit meiner Honda in Colombo zum Shopping. Das Schweizer Ehepaar hatte ein Motorrad gemietet und ist mit mir losgezogen, richtigerweise ein Abenteuer vermutend. Beim Abfahren strömender Regen, unterwegs ja nicht anhalten, um auf das Regenende zu warten, das habe ich gelernt, sondern tapfer weiterfahren, bis es anderswo wieder aufhört. So luftgetrocknet, aber dreckverspritzt, kamen wir dann rechtzeitig zum Frühstück mit Croissants und Danish im Hilton an; auf der Herrentoilette Reinigung, damit man uns die niedrige Herkunft nicht ansieht. Später dann in Reihenfolge zur Air Lanka, Bank of Ceylon (sie reparieren gerade ihren terrorbombengeschädigten Büroturm), Laksala, Barefoot, Paradise Road. Dort ein turtelnder Subchef, der es unter all den Leuten wirklich schafft, mir heimlich seine Finger ins Händchen zu stecken und mit mir verstohlen zu turteln, was mich zu unbeschwertem Sprücheklopfen veranlasst, was dann auch noch den sanften Chef aus dem Boudoir lockt, der sich selber in den Schritt greift. Die kultivierten Schwulen sind zauberhaft.

Heute Abend mit meinem fränkischen Schulfreund ein fränkisches Fressen und Saufen, Presssack und Pellkartoffeln, ein kalter Bocksbeutel, die Angestellten hatten einen freien Abend. Später zu einem Schneider, der ihm ein Hemd nähte, und zum Cola mit Rum zur «Stadt Saarbrücken», wo der deutsche Wirt auf Gäste wartet, die nicht kommen, er ist deprimiert, 14 Beizen habe er schon gehabt, aber jetzt sei genug. Doch dann erzählt er ganz aufgefrischt vom großen News, dass bei Galle ein Militärstützpunkt eingerichtet werden soll, die Amerikaner kämen, 20 000 Stück, sagt man. Da wird die Luzie abgehen, ein Goldesel, ein zweites Thailand, endlich wird Sünde einkehren im prüden Land, ich muss Abschied nehmen von den verschwiegenen Heimlichkeiten wie die von heute mit dem jungen Ding, das mir aus der Sicherheit eines Schulbusses heraus eine geile Zunge drehte. Bald würden wir hier Pattaya werden.

Wäsche gewaschen habe ich, einfach so aus Lust, und wie immer, wenn ich in den Keller steige, geht ein Erdrutsch los: Trockenplatz putzen, Waschhaus räumen, Maschine warten, Lehrer spielen. Außerdem Kletterpflanzen an Lucias Mauer gesetzt, einen vierten Tisch auf der Bungalowterrasse platziert, die jetzt wirklich wie ein Restaurant aussieht, die schwarze Schultafel – die Farbe muss sechs Tage trocknen – mit der Schülerschrift Mahendrans und Deepans mit «Shark» und «HiFisch» beschriften lassen, den Schulfreund aus meinem Haus umquartiert ins Zimmer 2 drüben, damit der mich nicht so besetzt. Ich fühle mich ganz eingeschnürt, wenn unsere Gäste mir nach ein paar Tagen persönlich näherkommen wollen und meiner Magie erliegen, mir zu Füßen liegen.

Die muslimische Gärtnerin aus der Periyamulla hat heute mangels weitergehender Instruktion nach dem Regen gegossen (!), da habe ich sie zum Graspflanzen verdonnert. Sankar rotierte mit Reparaturaufgaben, das Gästehaus leckte wieder, der Brunnen war leer, der Motor pumpte stattdessen Luft, Motor aufschrauben, Wasser einfüllen, Sankar erstaunt und versöhnt mich bei solchen Gelegenheiten. Die Ursache eines totalen Kurzschlusses musste eruiert, der Elektriker eilends aufgeboten werden: Der elektrische Switch für das Heißwasser war böse korrodiert, das Meer ist aggressiv, aber es sei gut für die menschliche Gesundheit. Tatsächlich fühle ich mich sauwohl, schlafe herrlich, bin wegen der permanent 80-prozentigen Luftfeuchtigkeit aber manchmal müde, schlafe dann tief eine Mittagsstunde. Wie vorgehabt einen weiteren Wecker gekauft, um Schadenersatzforderungen aus der Welt zu schaffen, falls wir wieder einmal verschlafen, statt die Gäste nachts um drei zum Rückflug zu wecken. Die Jungkatze erzogen und mit Milch gefüttert. Anish beraten, welche der täglich wechselnden Frisuren die beste sei. Er ist ein typischer Sechzehnjähriger, immer ist er ein Spiegel, in dem ich meine eigene Vergangenheit sehe, ich bin ihm unverändert zugeneigt, er ist mein zweiter Sohn geworden. Sumangala kam an in einer Mischung aus Liebeskummer und Administrationsstress, seine deutsche Freundin wird ihn hier heiraten, am 18. Dezember, aber erst kommt sie zu Besuch mit Verwandten, danach das Lebenslänglich.

Sankar hat ein dickes Knie seit dem Motorradunfall, der schuldige Dreiradfahrer kam nicht mehr, zahlte die Reparatur nicht, ich schickte Sankar zum Röntgen, um im Ernstfall Beweise zu haben. In meinem kleinen Büro stapeln sich Verpflichtungen, kein Antrieb für gute Briefe derzeit. Manchmal kommt ein Tagesanzeiger an, etwa jeder zweite geht auf der Reise verloren, das Niveau der Barfußpost ist mies. Wir verdienen für hiesige Verhältnisse und vor dem Hintergrund eines Sidebusiness sehr gut jetzt. Langzeitgäste sind attraktiv, aber anstrengend, morgen kommt wieder ein Ehepaar für 3 Wochen, ich werde wieder Küchenzauber bieten mit der Staff. Gestern Abend gab es «Hugos

Gulasch», den haben wir nun schon drei Jahre auf der Karte. 1 Kilo Zwiebeln während 3 Stunden mit 1 Kilo Rind musig simmern, handgeschabte (!) Spätzle dazu, später eine Pineapple Surprise mit Biskuit und Eis.

18. September

Es gibt Tage, an denen meine eigenen Unzulänglichkeiten, kleiner Ärger, meine Ungeduld, kleine Enttäuschungen und der Charakter des Tages zusammentreffen mit dem Unvermögen anderer Leute und unrund verlaufenden Ereignissen. Dann verliere ich die Lust am Land, würde am liebsten das Kind mit dem Bad ausschütten, abrupt alles abbrechen, liegen und stehen lassen und einfach davonlaufen. Es ist glücklicherweise selten genug der Fall, und ich habe gelernt, solche Tage möglichst schnell hinter mich zu bringen, auch erinnere ich mich dann unter Aufbieten aller Kraft daran, dass es morgen wieder anders aussehen wird, dann geht es wieder. Der gestrige Donnerstag war so ein missglücktes Paket und ich bin froh, dass es wieder Morgen ist.

In einer dieser Ausbrüche von ungereimter Strenge und Sanftheit lehnte ich einerseits ein Heiratsdarlehen an Ivon ab und lud andererseits Sankar und seine Söhne samt Deepan zu einer Tagestour ein. Ich wollte ihm eine Freude machen, Abstand zum hiesigen Alltag und seinen Familiengeschichten schaffen, mich mit diesem abendländischen Anstand bedanken für den großen Einsatz der letzten Wochen. Er sagte spontan ab, später zu, als ich argumentierte, dass seine Söhne Schulferien haben und nichts ihre Wartezeit verkürze und verschönere und er nie auch nur eine Stunde privat wirklich mit ihnen zusammen sei.

Der Fahrer war bestellt, ein Kleinbus mit schmalen, harten Sitzen, einer verklebten Frontscheibe, ohne Aircondition, so wie ich es am liebsten habe. Es ging über Colombo und Hikkaduwa nach Galle und zurück. Ich empfahl am Vorabend, am Morgen um alles parat zu haben, auch Badehose und Kopfkissen für den persönlichen Komfort mitzunehmen, um 6 zum Frühstück bei mir zu sein, das Ivon servieren würde. Um 7 würden wir losfahren.

Von wegen.

Sankar war diesmal mein Gast, saß verlegen am Tisch und traute sich nicht zuzulangen. Die ewige Kastengesellschaft, ich muss es endlich begreifen, ein Angestellter will und kann mit seinem Chef nicht fraternisieren, da ist zu viel kultureller Abstand, um das zu überwinden. Das ist wohl auch klug. Die Söhne kamen zu spät, weil nicht gepackt. Die Kissen hatten sie vergessen und bei der Heimfahrt wie erwartet nach meinem eigenen gerufen. Im Auto das große Gähnen, zu spät ins Bett, unausgeschlafen, missmutig alle, die Söhne die lange Reise beklagend, Mahendran und der eingeladene Schulfreund aus der Nachbarschaft auch untereinander sprachlose Stockfische, hatten den ganzen Tag vielleicht zwanzig Wörter ausgetauscht. Sankar neben dem Mietfahrer, damit der wenigstens agitatorisch unter Dach ist.

Unterwegs nach der endlosen Fahrt durch Colombo die Schildkrötenfarm, der Privatzoo, die Maskenschnitzer, die Glasbodenboote, der schale Geschmack über die miese Qualität der Einrichtungen, den gelangweilten Service. Wie schon oft im kulturellen Triangel auch hier Ärger über die Schamlosigkeit, mit denen sie die Touristen melken, für das Zooticket zahlen die Einheimischen faire 5 Rupien, ich unanständige 200, wir sind nur gut als Milchkühe, was will ich machen, Ost und West werden nie zusammenfinden, bei all unserer abendländischen Verstehensbereitschaft nicht.

In Hikkaduwa tote Hose, Monsun, das Personal in 30 Jahren Sozialismus flügellos und antriebsschwach geworden, ein paar müde Fische und demolierte Korallen sind zu sehen. Der Rezeptionist treibt mich fast zur Verzweiflung, bis er mir die 4 Pooltickets verkauft und das stinkende Pissoir zum Umziehen zugewiesen hat. Nachher sind Sankar und der Fahrer verschwunden, niemand weiß, wo sie sind. Ich finde sie in einer Wirtschaft beim Arrak. Das sri-lankische Männerhobby, das Landesübel, das Familiengift. Die Altstadt von Galle versöhnt mich, setzt sogar meine Gäste in Erstaunen, aber die Zeit drängt.

Unterwegs ein großes Schild an der Straße, tatsächlich, «Sri Budhasa». Die Ayurvedaklinik, für die ich einst Marketing und Werbung machte und zuletzt auch zwei Kuren. Ich kenne die Chefin, die sah ich lange nicht mehr. Spontan mache ich einen Zwischenhalt und wir rätseln uns zur Flussüberfahrt durch. Das Areal in friedlicher Morgenruhe, sanfte Langeweile hängt in der Luft, die Zeit steht still, ich freue mich auf Elenas Ayurvedaparadies, nur noch zwei Wochen bis zur bereits gebuchten dritten Kur. Sorry, Elena sei in Colombo.

Die Angestellten stehen übers Areal verteilt in gebührender Distanz und beäugen uns. Es gibt hier keine Laufkundschaft und schon gar keine einheimische. Nur Beachboys am Strand. Einige weibliche Kurgäste schälen sich aus ihren Zimmern, auch sie in einer Mischung aus Misstrauen und Verwunderung. Ob wir eine Cola trinken könnten? Doch da kommt Zerberus angetrottet, analysiert mich reflexartig als Widersacher und fletscht mich unfreundlich an, das Revier reicht nur für einen. Der Bernhardiner weist uns Plätze in der Lobby zu, Neugier, Spannung, wir sind erkennbar störend hier, nicht willkommen. Weil meine Männerrunde in dieser ungewohnten Umgebung ganz erstarrt dasitzt, empfehle ich zur Lockerung, zum hier besonders schönen Strand zu gehen, wo man Beruwela sehen könne. Bis die Cola kommt, spazieren wir durchs Areal und stehen dann im frischen Wind, während ich mit der Kamera fürs Familienvideo hantiere, die den ultimativen Blackout hat.

Da kommt Elenas delegierte Manageress an, eine Amerikanerin, das Lächeln hat sie nie gelernt, und weist mich nach Art der Staatsbeamten zurecht, dass wir hier nichts zu suchen hätten, wir hätten eine Cola bestellt, das sei es. Sie missbilligt mit Worten und in ihrer ganzen Körpersprache, dass wir ohne ihre Erlaubnis zum immerhin öffentlichen, Strand spazierten. Ich reagiere heftig, um diese ungebührliche Einschränkung meiner Bewegungsfreiheit zurückzuweisen, aber sie fällt mir harsch ins Wort. Ich insistiere, sie möge mir zuhören bis zum Ende, und nachdem sie das unter Anhalten der Luft in ihren gewaltigen Lungenflügeln tatsächlich geschafft hat, schlägt sie unerbittlich und patzig zurück. Ich erkenne: Dies hier ist ein amerikanisches Frauengefängnis. Diese Frau hat wirklich geschafft, meine in 3 Jahren wiederhergestellte Contenance samt innerem Frieden zu stören. Das soll sie mir büßen. Die zwei Höllenhunde bellen sich an, meine Gäste sind zutiefst erschrocken, sie werden sich den ganzen Ferientag lang nicht mehr richtig erholen und später froh sein, wieder heimzukommen. Ich bezahle die noch unberührten 5 Coca-Cola, lasse sie demonstrativ stehen, damit den verschreckten Angestellten Stoff haben, ihre Domina in die Pfanne zu hauen. Dann nichts wie weg hier. Wie kann ich da meine reservierte Dreiwochenkur antreten zum Monatsende? Wie das Ehepaar van Gunst zur Testwoche herschicken? Wie der Familie Kurz die angefragte Referenz für nächste Jahr geben?

Auf der abendlichen Heimreise will ich uns in Colombo trösten und leiste uns das Vergnügen, im neu eröffneten Pizza Hut einzukehren. Welch ein Fehler. Meine 4 Männer sind so verunsichert in der fremden Umgebung, die Stadtleute an den Nebentischen erschrecken sie bis zur Sprachlosigkeit, fürwahr, ein Funeral, ein echter Spaß. Um zehn Uhr abends sind wir daheim, der Nachbar schleicht gruß- und danklos davon, Rajas erschöpfte Söhne zwingen sich ein Thank you ab, Sankar selbst zieht sich betäubt in seinen Stall zurück. Da ist keine Hoffnung auf Entwicklung in diesem Land, es gibt keine gute Prognose für die Zukunft, sie nutzen die Chancen nicht, hängen im Spinnennetz von Tradition und Kaste. Dass ich in diesem Moment die ätzende Armeleuteanalyse des deutschen Soziologen Weinberg erinnere, «sie sind in Scheiße geboren, sie wollen in Scheiße leben, sie werden in Scheiße sterben», tut weh, aber relativiert ein wenig. Und ja, Führungskräfte sollen nicht mit Untergebenen fraternisieren. Morgen wird es wieder anders aussehen im hellen Licht der Sonne, satten Grün der Bäume, im betörenden Schmelz der Gesichter. Menschenliebe ist eine Software, die man nicht löschen kann.

Nachrichten wie manche Briefe aus der für mich inzwischen tatsächlich alten Welt sind gehütete Kostbarkeiten, und sie verdienen schnelle Antwort. Aber ich hatte ein akutes Problem mit dem Schreiben, war wochenlang wie blockiert und in dieser Sache gänzlich antriebsschwach geworden. Was mich lange irritierte, denn Schrift und Sprache sind mir die wahren Freundinnen.

Inzwischen betrachte ich das aber als Zeichen von Normalität, die Aufgeregtheiten westlichen Lebens sind bewältigt, ich gebe mich dem Tag hin, lasse mich treiben endlich wieder (soweit ein Bewegungstyp wie ich dazu fähig ist) und «sisle», wie die Berner so schön sagen, vor mich hin. Ich finde mich unverändert eingewebt in das Netz dieses Landes, dieses Lebens, bin hier zu Hause, seit ich vor zwanzig Jahren herkam. Aber manchmal ist es anstrengend, Wanderer zwischen den Welten zu sein, auch ich brauche Wochen zur Anpassung, hier wie dort. Deshalb ist mir das gelegentliche Gefühl von Fremde vertraut geworden – hier fehlt mir manchmal die gütige Strenge von Mutter Helvetia, und aus der Schweiz kenne ich die Sehnsucht nach dem warmen Schoß von Mutter Lanka.

Doch auch sie ist voller Überraschungen, auch das Paradies hat ein Dach, das einem auf den Kopf fallen kann, und auch hier in diesem breiten Fluss von Ereignislosigkeit ist immer etwas los: Vor einer Woche kam eine ältere esoterische Frau für ein paar Monate, die mich zweifeln lässt, ob ich Hotelier oder Seelsorger bin. Vorgestern war eine reiche Polin hier für zwei Nächte, dann ein blonder Münchner, der das Vorurteil zementierte, dass schöne Menschen meist ein Spatzenhirn haben (in 4 Gästebuchzeilen machte er 6 Fehler). Gestern übernachtete der Chef der Executive-Lounge des «Ramada Renaissance», in dem ich seit vielen Jahren Gast bin, er war mit seiner neuen Frau auf Hochzeitsreise. Und vorhin kam als Höhepunkt des heutigen Sonntags mein alter Busenfreund, der Herr Pfarrer und sein Siamese, der Herr Rektor. Der hatte bei einem Straßenhändler einen raren Zweikilo-Schweinebraten gekauft, den wir morgen Abend knoblauchgespickt (wegen des Nachhalls) in einer «Wise Mens Round Table» zusammen schlemmen werden. Fürs erste hatten wir aber erst einmal – morgens um elf! – ein kaltes Bier zusammen oder zwei, ich habe gelernt, Franziskaner sind Bettelmönche. Zudem kam ein verschlafener Monteur an, um fürs Gästehaus eine TV-Antenne zu installieren (ich hatte einen Fernseher gekauft auf Wunsch der Langzeitgästin, der wird sie 200 Tagesrupien extra kosten). Heute Abend ist der Schreiner angesagt zur Montage von Bettladen mit Eisbärschnitzereien.

Es ist verflixt in diesem Land. Gehst du auf jemanden ein, der dich anspricht, und das sind viele in unschuldiger Neugier, befragst du ihn über sich, nimmst teil an seinem kleinen Leben in dieser spontanen Menschenliebe, die die europäische Kultur ausmacht, dann hast du schon Verantwortung übernommen. Denn du kriegst diese Bekanntschaft nie mehr los. Die Frauen schleppen ihre Töchter an, die Männer ihre Söhne, und noch öfter kommen sie festlich herausgeputzt als ganze Großfamilie an. Bewirte sie nicht, sei einsilbig, schau unwillig drein, vermeide Augenkontakt, animiere sie nicht – es wird nichts nützen, du wirst sie über Jahre am Hals haben.

Mit dieser leidvollen Erfahrung habe ich mich nach den ersten Jahren uneingeschränkten Interesses an jedermann nun gänzlich zurückgenommen, bin beinahe und sicherlich oft missverständlich abweisend geworden, ziemlich zurückgezogen, denn auch hierzulande gilt die Regel, dass weniger mehr sei. Dennoch schlüpft mir immer wieder jemand zwischen die eng geknüpften Maschen. Dieser Beachboy zum Beispiel, den ich immer am Strand auf und ab gehen sehe und der mir so alltäglich nah ist wie all die Bootsvermieter, Baumwollverkäuferinnen, Langzeitpensionäre, Lokaljogger. Hätte ich ihm doch nie eine Cola spendiert, ihn nie ausgefragt, nie eine Riesenkrabbe abgekauft. Ich krieg ihn nicht mehr los, er kommt gelegentlich durchs Haupttor, erhobenen Hauptes, um mich zu besuchen, bedrängt mich nicht, genießt ganz einfach die klimatischen Verhältnisse bei uns, dass alles gut ist hier. Aber nun kam er mit einem tiefschwarzen Freund an, ich solle mich nicht zieren, alle würden wollen, wenn sie können, er koste nur 500 Rupien. Nein? Sorry, no problem! Ob ich für jeden 30 Rupien hätte für den Bus? Nun habe ich beide hinausgeworfen, weiß nur nicht, mit welchem Langzeiterfolg.

Sankar ist seit der Trennung von seiner Frau wieder zu gebrauchen, entspannt und friedlich, verlässlich und loyal, wie es ohne die Querelen mit seiner zänkischen Frau seine tamilische Art ist. Zusammen mit der muslimischen Gärtnerin und dem singhalesischen Houseboy sind wir ein Beispiel für friedliches ethnisches Zusammenleben.

Zwei Fahrräder zur Vermietung an die Gäste habe ich angeschafft, bis Dezember haben wir eine Haisteak-Promotion, die schmalköpfige Katze habe ich im Haus behalten, sie fing gestern Nacht ihre erste Maus und morgen bringe ich sie zum Arzt, damit die Vollmondnächte folgenlos bleiben.

Vorgestern hat ein Privatbus vor meiner Haustür eine Zwölfjährige aus der Nachbarschaft totgefahren. Die aufgebrachte Menge schlug die Scheiben ein, der Fahrer flüchtete wohlweislich, denn vor ein paar Wochen erst hat die Meute ein paar Straßen weiter einen langjährigen Tunichtgut totgeschlagen. Wenn Sanfte ausrasten, wird es gefährlich, drum ist es wohl gut, immer ein wenig aggressiv zu bleiben.

Die militanten Separatisten der LTTE werden das Land in den Ruin treiben, es geht den Leuten wirtschaftlich nicht gut und es kommen immer weniger Touristen. Dennoch haben wir ein besseres Jahr als 1995 und ich kann ein paar Arbeitsplätze sichern. Touristen sind ein scheues Wild, jede Schlagzeile treibt sie ins Unterholz, aber sie haben auch ein kurzes Gedächtnis, bald werden sie wieder in Rudeln anreisen. Nach dem britischen sind wir nun auch im führenden deutschen und französischen Reiseführer wohlwollend empfohlen, und gestern fragte aus Japan ein Editor per Fax Infos an. Der Monsun bäumt sich noch einmal auf mit heftigen Winden, dummerweise haben wir schon den Windzaun abgebaut. Die Luft wird jetzt trocken, die Sonnenuntergangshimmel dramatisch, der Sommer beginnt, doch steht schon der Weihnachtsbaum bereit.

Seit ich die Glanzteile meiner Honda neu verchromen ließ und ein Windschild kaufte, wie es nur die Polizei hat, schaut mir Jung und Alt begehrlich nach (in meinem Alter muss man sich etwas einfallen lassen). Mein alter Beruf, die Werbung, ist ganz weit weg, verschwommen im Nebel der Vergangenheit, und eine Anfrage für einen 3-D-Diavortrag habe ich abgesagt. Alle Eitelkeit ist von mir gewichen.

Auf den Malediven war ich eine Woche, um mich vom Fullhouse zu erholen, das war ganz gut, man kann ja nichts machen als herumzuliegen, immerzu zu essen und zu trinken, ein Liebchen im Arm zu halten, schnorcheln. Da ist eine Woche schon zu viel. Aber sich träge über farbige Korallenriffs treiben zu lassen und dabei selber einer dieser Designfische zu sein, dieser Reichtum an Formen und Farben, das ist beglückend und prägt sich tief ein ins emotionale Gedächtnis, da wirst du ganz fromm. Aber einmal genügt, und es ist alles schamlos teuer. Im November schon werde ich mit einem Kontrastprogramm kontern und erneut nach Indien losreisen, eine neue Route und Andra Pradesh, das Hirn ausspülen, mich fit machen für die Peak Season, die dann über uns hereinbrechen wird, und dann ist auch schon gleich wieder Weihnachten und Ostern.

22. September

Gestern machten das schweizerische Ehepaar und mein umständlicher, schwindlig preussischer Schulfreund eine siebenstündige Bootsfahrt im Delta des Maha Oya und luden mich ein als Animateur und Guide. Es war atemberaubend schön. Am Weg wie üblich Schnapsbrennereien besichtigt, frischgezapften Toddy getrunken, respektvoll beim Verarbeiten von Kokosschalen zu Seilen zugesehen, ein Kilo Cashewnüsse gekauft, einer Töpferin zugeschaut, eine Backsteinfabrik besichtigt, im Teichrosengestrüpp hängengeblieben, Schleusen passiert, einen Riesenbund Schilfrohre geschnitten, eine Sitzbank aus Zement gekauft, jede Menge Vögel gesehen, mit vielen Leuten am Ufer winkend gelacht. Um eins ein sorgfältig vorbereitetes Picknick in der Wildnis.

Als die Bodentücher ausgepackt und die Herrlichkeit serviert war, gerade vor dem ersten Bissen, brach ein warmer Tropenregen über uns los, alle nass, bevor wir wussten, was los war. Wir erholten uns fast nicht vor Lachen, die gute Frau war so haltlos übermütig, dass sie sich in die Bermudas pisste. Wie erwartet war der Spuk nach ein paar Minuten vorbei, die Sonne und der Fahrtwind trockneten uns schnell.

Das Ehepaar lud Anish ein mitzukommen. Der sagte zu, was selten geworden ist, doch als wir ihm am Morgen mit dem Tucktuck vor dem Haus seiner Mutter abholen kamen (wo er sagen wollte, dass er gehe), kam der ältere Bruder mit der Botschaft von der Mutter, er dürfe nicht mitkommen. Die Frau hört nicht auf, sich mit den Kindern zu bewaffnen. Zuerst dachte ich, sie kämpfe wieder einmal gegen ihren Mann, aber abends sagte Anish betrübt, sie habe gefragt, was, du willst mit dem Mann einen Ausflug machen, der mich aus dem Haus geworfen hat, und dann habe sie ihn während zwei Stunden im Zimmer eingeschlossen. Ein Leibeigener, Sklave der Erziehungsgewalt, es ist schrecklich, sie wird auch noch ihre Kinder aus dem Haus treiben.

Der Ältere, Mahendran, hängt derweil an ihrem magnetischen Schoß und rührt sich nicht. Wünschte sich letzte Weihnachten eine elektrische Tischorgel, die er mit der Auflage bekam, Unterricht nehmen. Aber die Eltern zahlten nicht – wenn ich ihm eine Orgel schenke, dann solle ich auch den Unterricht bezahlen. Der alte Gast aus Grenchen, ein Multigenie, wollte ihm zum Geburtstag etwas vorspielen, wir Europäer sind einfach immer nett mit allen Leuten. Aber da wurde natürlich nichts draus, denn Mahendran brachte die Orgel erst nach wiederholter Erinnerung, am nächsten Tag. Er fand auch die Betriebsanleitung der Orgel nicht mehr, mit der ich selber hätte lernen können. Da gab ich ihm die Schwarzpulverkette zurück, die ich zur Feier seines Achtzehnten zünden wollte. Hatte die Lust verloren, seither bin ich sauer.

Ivon hat natürlich sein Hochzeitsdarlehen bekommen, Fünftausend über zwei Jahre, zinslos, weitere Fünftausend als mein Hochzeitsgeschenk. Ob er die Hochzeitsnacht in einem der Gästezimmer verbringen dürfe. Natürlich werden wir die jungen Leute willkommen heißen und das Zimmer parfümieren für die erste singhalesische Nacht, in der endlich alle Schranken und Tabus brechen dürfen.

Was habe ich doch für einen Fehler gemacht, damals beim Umbau des Gästehauses die günstigste Offerte gewählt zu haben. Gott straft den Rappenspalter nun seit drei Jahren jeden Tag, in kürzester Zeit wird auch mein sanfter Hausmeister Sankar verrückt werden und ich werde gestresst und eigenhändig alles wieder abreißen. Jetzt ist der Duschablauf mit steinhart verblocktem Sand verstopft, weil der Abfluss nicht steil genug und über vier Ecken verläuft. Ich werde den Boden aufpickeln müssen. Derweil Wassernotstand, weil wieder Luft in den Leitungen ist (der überzüchtete Wasserstandmesser aus Holland versagt in unserem rauen Klima), und immer wieder Stromunterbrüche, Sicherungsprobleme, Kurzschlüsse, undichte Rohrverbindungen, feuchter Mauerverputz.

In Colombo war ich mit Gästen, Rundtour und Boutiquenbesuch und solche Sachen, Kaffe und Croissants im Hilton, so teuer wie zwei Lunchbuffets im eleganten Coffeeshop des «Oberoi». Bei Thomas Cook eine Woche Malediven gebucht. Grässlich teuer, unter 100 Dollar die Nacht ist nichts zu machen, und im Apartheitssystem der 2000 Inseln werde ich einem Touristenghetto sitzen und wissen wollen, wie die muslimischen Einheimischen leben. Aber ich habe gute Gründe für die 1000 Franken Leichtsinn: ich brauche eine Alternative zur missglückten Ayurvedakur, Erholung von vielen Wochen strapaziöser Langzeitgäste, Selbstheilung nach Verwundungen durch Sankars Familie, die in Wahrheit meine eigene ist, Belohnung auch für die guten Resultate der kürzlichen Stereoskop-Auktion in Köln, meiner 8. Einlieferung. Das nimmt kein Ende.

Deepan ist definitiv nach Deutschland ausgeflogen.

Pfarrer Julian kam ausgelassen von einer Europareise zurück und brachte mir handgestrickte Bettsocken von meiner alten Freundin Gisela mit, mit der mein Hotelsandkasten in Realität übergegangen ist, als sie mich partout besuchen und für alles zahlen wollte.

2. Oktober

Bin schon in der halben Nacht mit erhitztem Kopf aufgewacht, morgens leichtes Kopfweh, zu viele Träume in letzter Zeit, zu wenig Flüssiges getrunken, zu viel Rindfleisch gegessen. Hingegen ist die Wunde auf dem Fuß zugeheilt, nachdem sie mich nun seit Tagen am Baden und Duschen hinderte. War irgendwo achtlos angestoßen und erst als sich die Bakterien im Drüsenfilter der linken Leiste bemerkbar machten, schoss ich mit allen Rohren auf sie ein. Wie oft schon praktiziert, zuerst in heißem Seifenwasser gebadet, dann mit Wattestäbchen ausgeputzt und die weichen Wundränder entfernt, schließlich viermal täglich mit blanker Jodtinktur getränkt, so wie es mir einst die Basler Tropenärzte gegen die nach innen wuchernden Tropengeschwüre empfohlen haben. Aber sonst bin ich beunruhigend gesund an Körper und Geist, wenn auch zu oft aufgedreht und von innerer Unruhe gepeinigt.

Der Terror ist eine schlimme Waffe, unspezifisch, man kann sich nicht dagegen wappnen, man weiß nie, wann wo was und wem passiert. Das verunsichert, das Gift der Angst schleicht sich ein und krallt sich fest, man wird misstrauisch und irgendwann wird man wütend und gerät außer sich. Das schien nach der letzten Regierungswahl vorbei, aber schon gleich darauf gab es wieder politische Morde, auch bei uns in der Gegend, wo Supporter der Regierungs- und der Oppositionspartei wild aufeinander losschossen, vor einer Kirche. Negombo war wieder einmal in den Schlagzeilen. Die Präsidentin, als reiner Engel angetreten, ist nach zwei Jahren besudelt von den Niederungen der Wirklichkeit und inzwischen von allen guten Geistern verlassen: eben musste sie auch noch den Benzinpreis von 41 auf 51 Rupien erhöhen, die Liebe der Massen schwindet, die Hoffnung schmilzt, das Geld geht aus, wie auch schon geht nichts hinaus und kommt nichts herein.

Wenn dereinst einmal der Friede einkehrt, wird es ein, zwei Generationen lange dauern, die Gesellschaft zu heilen, aus dem Grauen Geschichte zu machen. Ich weiß es, ich bin selber ein Kriegskind.

1997

8. Februar

Kürzlich unternahm ich meinen gewiss letzten Animations-, was sag ich: Wiederbelebungs-Versuch bei Gästen aus der Schweiz, den Älteren, nicht den Jüngeren. Weil die sitzen eingeschüchtert und stumm wie die Fische herum, trauen sich nicht, fühlen sich unbehaglich in der Fremde, wo sie sich von Feinden umzingelt sehen. Mit ein paar Gläsern und einer Flasche meines persönlichen Milchweins aus dem Kühlschrank bewaffnet, von Mibelle begleitet, die auch froh um heimatliche Abwechslung war nach all den Franzosen und Engländern der letzten Zeit, marschierte ich zur Restaurantterrasse hinüber. Da war ein Paar aus dem Bernischen grad mit dem Haifischsteak fertig. «Grüezi, ich werde immer windelweich, wenn ich schweizerdeutsch höre, darf ich Sie zu einem Glas Milchwein einladen?» Sie weichen an die Stuhllehne zurück, sind starr und steif und von so viel Gastfreundschaft gänzlich überfordert. Da muss etwas dahinterstecken. Das kostet sicher was.

Ich helfe ihnen, «es ist gratis!» Sie sagen noch immer nichts, die Frau schaut an mir vorbei ins Dunkel hinaus, der Mann starrt auf die Flasche. Diese unerträgliche Mischung aus Misstrauen, Weltangst, Missmut, Verkrampftheit, Befremdung, gepaart mit Humorlosigkeit, mühsam kaschiert von Arroganz. Mein Gott, wie wenig weltgewandt sie sind, immer Igel, immer Reduit. Mibelle schleicht grinsend davon, ich selber packe meine Hausbar sprachlos wieder ein, entschuldige mich für die Störung und schäme mich für meine Herzlichkeit und Spontanität, für diese typisch baslerische Unbeschwertheit im Umgang mit Leuten.

Ich will es nicht mehr wegschweigen: Die Klischees, die wir von Völkern haben, sind alle wohlbegründet. Von jetzt an werde ich mir erlauben zu sagen «die Deutschschweizer», «die Deutschen», »die Franzosen», «die Holländer», «die Briten», «die Japaner, «die Amerikaner» …

18. Februar

Diese dicke Berlinerin mit den kapitalen Brüsten, immer verpackt in große Mengen Stoff, verwandelt sich zu einem Hauch von Nichts, nachdem ich sie unschuldig und absichtslos aufforderte, mich auf dem Sozius meiner Honda zum Möbelschreiner nach Marawila zu begleiten, das sei eine schöne Tour. Nach unendlich langer Wartezeit rollte sie aus ihrem Zimmer, in ein Satinhöschen verpackt, das schon an Parodie grenzte und nichts darunter, auch nicht unterm ärmellosen Hemdchen nach Art der Tätomachos. Dann stieg sie auf den Sozius wie ein Jäger auf den Anstand klettert, und hielt mich mit ihren Cruise-Missiles in Schach zum letzten Halali! bis wir ankamen. Als ich bis dahin keinerlei Reaktion zeige, blitzt sie mich feindselig an, und statt mit mir die neuen Möbel auszusuchen, haut sie ab zu einem Cool Spot Stand gegenüber, wo sie eine Coca trinkt, «wegen des Kaliumspiegels». Als ich mich nach getaner Arbeit wieder zu ihr geselle, straft sie mich mit Verachtung, kommt gar nicht auf die Idee, mir was anderes zu spendieren für die schöne Tour außer sich selber. Nichts da! Am nächsten Morgen reist sie grußlos ab, verletzt bis ins Mark, weil sie sich ohne Echo so gehen ließ. Ich habe noch viel zu lernen!

19. Februar

Heiße Winde künden den Beginn des Zwischenmonsuns an, der ab Mitte März den Regen bringen soll, der auch dieses Jahr ausblieb. Angst vor Powercuts. Angriffe auf die Regierung, die für alle Leute immer an allem schuld ist. Nicht nur hat sie seinerzeit den Brotpreis erhöht (mit der Begründung, nur die Gutsituierten würden Brot essen und die Massen mögen doch beim Reis bleiben), jetzt sorgt sie auch nicht für volle Stauseen (von denen es ja Dutzende gibt seit den alten Königen). Es ist kein Schleck, in diesem Land Chef zu sein, ein Glück, sind diese Chandrika und ein paar Männer um sie herum Vollprofis.

Nächsten Monat sind Gebietswahlen angesagt, neue Bürgermeister und Distriktregierungen, im Vorfeld gab es wieder politische Morde wie gehabt, der Opposition sind die demokratischen Kleider zu weit.

Mahendran ging seit November nicht mehr in die Schule, machte entsprechend den O-Level-Abschluss nicht, so kurz vor dem Ziel, und seither hängt er antriebsschwach wie ein Greis herum. Die Trauerphase um die getrennten Eltern und die zerrissene Familie ist nun vorüber, man darf sich wieder dem eigenen Leben zuwenden. Ein weinender Sankar beschwor seinen Sohn, wieder zur Schule zu gehen, das Jahr zu wiederholen, die Wichtigkeit des Papiers zu erkennen. Ohne das wird er chancenlos bleiben, Quereinstiege sind hier nicht vorgesehen. Meine Freunde Mibelle und Lukas halfen auch mir, markant Einfluss zu nehmen, und dann hatten wir Mahendrans Zusage: Heute Morgen geht's los. Prämie: das Taubenhobby bleibt unangetastet. Versprechen: Bei guten Noten, die zum Weiterstudium berechtigen würden, gibt's ein Moped. Aber als der Vater heute Morgen nachschaut, ist der Junge nicht im Haus. Er vermutet, seine wieder einmal heimgekehrte Frau habe ihn zur Schule zurückgebracht, auch ich hoffe, dass das so sei und sie ihm nicht ins Ohr säuselt, mit ihr nach Deutschland «auszuwandern».

4. Juli

Wieder in Negombo. Gestern Morgen um acht kreischt eine Frau in panischem Entsetzen so fürchterlich, dass ich sicher bin, es ist wieder ein Kind auf unserer Straße überfahren worden. Nichts wie schnell was anziehen und in den neuen Tag hinausstürmen. Aber da ist ein anderes Drama im Gang, ein tausend Jahre alter tamilischer Kulturfilm, grell geschminkt, dramatisch überspitzt, laut und beherrschend. Sankar steht mit gezogenem Hosengürtel über seiner am Boden kauernden Frau, die Söhne hilflos daneben. Er hat sie verprügelt. Abends zuvor ging es bis elf, bevor die letzten Gäste in ihre Zimmer gingen. Dann ging er noch weg, wer will ihm den Kulissenwechsel missgönnen. Aber wie immer kam er spät und in einem solch üblen Zustand des Betrunkenseins zurück, dass er wie ein Stein in zentnerschweren Schlaf gefallen sei, auf der Couch, von der ihn seine Frau vergebens ins eheliche Bett rief. Als um vier in der Früh ein Gast klopfte, das Tor aufzuschließen, damit er zum Airport abreisen könne, wachte er natürlich nicht auf, ein Sohn schloss das Tor auf. Sheela fing an zu zetern, und wie es ihre Art ist, hörte sie nicht mehr auf damit, bis ihr Mann wach und wütend war über die Störung. Ein Wort gab das andere, das Übliche, die immer wieder ausgegrabenen alten Geschichten, das immer gleiche Misstrauen. Sie habe einen Lover dort, wo sie ihren Tailorshop habe. (Der ist immer noch verliebt, weil eifersüchtig.) Dieser Vorwurf kränkte die Frau so sehr und auch sie war mittlerweile außer sich und gänzlich außer Kontrolle, dass sie zum Herd schritt und den Gashahn aufdrehte. (In meinem Haus!) Als der Gasgeruch das Haus einnahm und alle wach wurden dabei, verprügelte er sie, verdienterweise. Ich trennte die beiden, hieß die Söhne die Mater de la Rosa aufs Bett hieven, den Vater ins Freie auf einen Gartenstuhl. Da beruhigten sie sich dann beim Tee, den die Söhne bringen mussten. Ich machte Fenster und Türen auf, ließ Luft und Licht ins Dunkel dieser Beziehung, und Sankar schlief den ganzen Frei-Tag lang, Sheela in der Kirche.

In solchen Ausnahmesituationen bin ich immer ganz cool, aber abends und nachts dann war ich nervös aufgedreht, mürrisch, verärgert, aufgewühlt und bis zur Mordlust gereizt. Was in Wirklichkeit meint, jetzt schmeißt du sie endlich alle aus dem Haus. Doch ich lernte, drüber zu schlafen, da kommt in diesem Land nichts Besseres nach. Zuletzt folgte ich der fest gefügten Erkenntnis, es sei denen nicht zu helfen. In zwei Wochen werden sie sich wieder in den Armen liegen, das geht wie ein Rad immer weiter, man kann nichts machen.

26. Juli

Die Sonne steht flach, heute Abend gibt es Eiersuppe und Kartoffelbrei und deutsche Frikadellen mit Chutney. War nachts in der Küche, um mir eine

Schnitte mit süddeutscher Dosenwurst zu schmieren, weil ich nicht schlafen konnte, war hellwach, die innere Uhr ein wenig verwirrt, da hörte ich durchs Meeresbrausen das feine Piepsen meines im Schrank versteckten Telefons. Ein Anrufer aus der Schweiz, für den war es abends um elf, die beste Zeit zum Plaudern, und erst noch preisgünstig. Nachher war ich dann definitiv hellwach und machte mir mit Papierkram zu schaffen.

Der Monsun ist wieder los, pünktlich auf die Minute hat es zu regnen angefangen, kaum waren die letzten Gäste auf die Malediven geflogen. Das ist wie Winter, man merkt es erst, wenn man länger hier ist und Teil davon wird. Das Leben reduziert sich auf die Hälfte, die Leute bewegen sich langsamer, sie atmen langsamer, sie denken langsamer. Es ist, wie wenn die Natur den Atem anhalten würde vor dem langen Sommer. Die Schwüle ergreift Besitz von allem, von den Gedanken, von den Gefühlen, von dem, was man dann in Wirklichkeit doch nicht tut. Der Monsunmonat Juli, das ist die Zeit der Blutrache und der Blutschande. Der Gambler, Ehebrecher, Unzüchtler, Voyeure, Exhibitionisten, Nichtsnutze, Glücksspieler. Der Missgunst und der Eifersucht. Zeit von Frömmelei und schwarzem Götzenkult. Ein Dampfkessel, in dem es schwadert und wabert, schwarze Träume, ein Tier die Natur.

Letztens laufe ich am Strand zur Moschee hinauf, gute fünfviertel Stunden, wo mich bekäppelte Koranschüler mit Steinen bewerfen, bis ich nach einem Stecken greife und sie wie ein Rudel räudige Hunde davonwieseln. So treiben die Tage dahin, fliegt die Nacht davon, rutscht alles weit weg.

Ist was? War was?

Die letzten zwei Tage ohne Gäste, wunderschön privat, draußen tobt der schwüle Sommersturm, nachts schüttet es vom Himmel, du selbst und die Welt. alles wird ganz klein, in Wirklichkeit liegst du in Abrahams Schoß. Aber schon sind neue Gäste da, Holländer, sie beflügeln die Küche und bestellen, was das Zeug hält, als ob es morgen nichts mehr gäbe. Zu guter Letzt kommt noch ein britisches Paar, in den besten Jahren, aber geizig bis aufs Blut: Ob das kleine Rucksackzimmer auch für 2 Personen zu haben sei, und statt für 400 für 200? Sie blieben 2 Nächte, da gäbe es doch sicher Discount. (Ob sie wohl das schmale Bett gesehen haben und die Winztoilette mit dem «Grand Niagara Falls» Spülkasten an der Wand? Ich fürchte, nach dem Verlust von Hongkong ist Europas Armenhaus nun völlig auf den Bettelstab gekommen, wollen wir die wirklich dabeihaben?)

Ich brauchte die zwei ersten Wochen seit Rückkehr aus der Schweiz, um mich einzunisten, allem seinen Platz zurückzugeben, die Tagesabläufe abzuschleifen, alle und alles auf Vordermann zu bringen, mich nicht hinreißen zu lassen, mich zu bändigen, zu bremsen, mit Nachsicht zu wappnen. Gerade das ist ein herkulischer Kraftakt. Aber nun ist eitel Freude. Ich werde die einheimischen Lohnabhängigen nie verstehen, sie sind nicht autonom, doch vor allem von sich selbst abhängig, von ihrem masochistischen Umgang mit dem Chef. Dessen Macht zementieren sie mit ihrem Opfergehabe, der Chef muss streng mit ihnen sein, um ein guter Chef zu sein. Nein, nein, Völker-hört-die-Signale-auf-zum-letzten- Gefecht, das ist mit Schlaffis nicht zu machen, jede Revolution von unten scheitert an den Massen selber. Da spiel ich ihn halt, ihren Übervater. Für den Gärtner bin ich «Jesus», zudem Vater und Mutter, Anish sagt, es sei alles ganz hoffnungslos hier, wenn ich nicht da bin. Wir alle haben Wirkungen auf Menschen, von denen wir nichts ahnen, und wir haben Macht, ohne es – glücklicherweise – wirklich zu wissen.

Aber die Macht will ich nutzen, Sankar auf sein echtes Maß zurückzustutzen, auch, um die ständige Überforderung zu unterlaufen, in die ihn die Umstände bringen. Ab 1. August hat er kein partnerschaftliches Drittel Profit mehr, sondern ein Drittel des Drittels der Service Charge, die ich zusätzlich zum fixen – und doppelt als üblich hohen – Lohn dazuzahlen werde. Ein anderes Drittel ist für mich, weil mir einfiel, dass ich selber ja gar keinen Lohn beziehe. Und das dritte Drittel, um Zerbrochenes und Verlorenes zu ersetzen, auch das ist landesüblich. So will ich es halten, mit Ausnahme der Löhne, die für die Angestellten doppelt und für Sankar dreimal so hoch sind wie landesüblich.

Ich hatte einen heißen Sitzungstag organisiert in einem Besprechungszimmer des «Browns Hotel», in dem ich sie grillte von 9 bis 6 und sie meine ganze Bösartigkeit spüren ließ. Drei volle Schreibmaschinenseiten Mängel, der Tüpfelischeißer und Detailbesessene ist mit mir durchgegangen. Tags darauf eine Präsenz, die mich umhaute, und nun geht es langsam vorwärts. Ich darf mich wieder zurücklehnen, bevor mich Monsun und tropische Schwermut erfassen und meine deutsche Power zu einer dünnteigigen Omelette ausfließen lassen ohne Konturen.

Kleinigkeiten sonst noch. Eine violette Blüte, die aus dem Kraut erwächst, das ich seinerzeit aus dem Flussdelta fischte, um es in unser Gartenaquarium zu setzen. Die Glyzinie hat in Todesnot so heftig ausgeschlagen, kaum war sie aus dem dunklen Reisekoffer wieder am Sonnenlicht, dass ich mich nicht um ihre Zukunft fürchte. Mein altes «Raleigh» lasse ich neu lackieren. Von der touristischen Reise durchs Land, auf die mich eine Gästefamilie mitschleppte – bei der ich hundert Ypswitze hörte, genug für ein ganzes Leben – brachte ich ein Riesenbüschel neues Zitronengras mit. Und kaufte zwei schwarze Amöben, Amorphen, Morphemen, Amoren, weiß der Teufel, so schwülstige hohe Tontöpfe halt, neben die Verandasäulen der Villa.

Gehe oft zum Pool, das Wasser ist regenklar, meine teure Schwimmbrille eine Lust, die täglichen Frühstücke schon genug Grund zum Hiersein. Anish ist mir ans Herz gewachsen, ein wunderbarer zweiter Sohn, zuletzt hat er mich adoptiert und nicht ich ihn. Heute gewinnt er dieses «Sri Lanka»-Brettspiel gnadenlos, intellektuell haushoch überlegen, aber er ist gütig mit dem Verlierer. Noblesse immer noch im Habitus, ruhiger, hellhäutiger geworden, im Bravo-Alter, in dem sie mit besten Freunden über Geheimnisse tuscheln, in Liebessongs zergehen, den Spiegel als wichtigsten Berater haben. Dennoch bleibe ich unsicher in Bezug auf seine Zukunft, für den Schulabschluss bleiben ihm nur noch ein paar Monate, was dann? Aber ich gebe mir redlich Mühe, den Dingen ihren Lauf zu lassen, nicht immer in alles eingreifen, alles formen und anführen zu wollen.

Bis heute habe ich keine Nachrichten geschaut, kein Radiogespräch gehört, dabei bin ich doch mediensüchtig. Aber den Stephen King habe ich fertiggelesen, es ist kaum zu glauben, tausend Seiten Ufogeschichten, ein richtiger Ferienschmöker, von dem immer wieder einmal einer liegen bleibt und mich vor geistiger Austrocknung schützt. Jeden Tag eine lange Brasil geraucht während dreiviertel ruhigen Stunden am Abend und ein Icebeer getrunken. Das ist das wahre Große, so ist das Leben.

Genesung von der Schweiz. Und Genesung von der Schuppenflechte, die mich übel mitgenommen hatte. Glaubt irgendjemand, diese eindimensionalen Fachärzte würden raten, was in alten Hausbüchern steht, nämlich ab ins Salzwasser und an die Sonne? Zugegeben, ich weiß es nicht schlüssig – ob es nicht doch diese Acetylsalyzilsäuerecreme war, oder die ayurvedische Sandelholzsalbe aus einem dieser unsäglichen Spice Gardens um Kandy herum. Auf alle Fälle schmierte ich alle Töpfe leer, setzte mich eitel Salz und Sonne aus, in Wahrheit schmierte ich meine Seele. Im Kombipack hat es dann funktioniert, nach Tagen nur noch ein Hauch von Entzündung, und nun ist alles weg, war gar nie da. Wie erleichtert ich bin, wie schwanenweiß ich mir im Spiegel gefalle, wie sehr ich schon fürchtete, von meiner Mutter hypochondrisch (*) vorbelastet zu sein. (* Richtig, mein neuer Duden!)

Eine Briefnachricht vom Lufthansaoffice kam, dass die Gartenstühle angekommen seien. Und weil ich auch endlich ein Faxgerät kaufen, mein Visum verlängern und vier Wochen Indien buchen will (ich denke, nach der Ayurvedakur Mitte September), reise ich nächste Woche nach Colombo. Steige jetzt aber im «Galadari» ab, weil: Da bin ich jetzt Cardmember und habe jede fünfte Übernachtung frei.

Die Negombo-Schwedin, die hier von Unbekannt ermordet wurde, habe kurz vorher ihr Strandhotel verkauft, sei überdies in den Casinos der Hauptstadt als Spielerin bekannt gewesen. Da haben sich einige wohl beerbt. Aber ein wenig kultivierter hätten sie die alte Dame schon unter die Erde bringen können, sie hätten sie auf einen Stuhl gefesselt, bevor sie sie strangulierten. Die Sanften sind saugrob, wenn sie erst einmal ausrasten.

5. August

Diese Sucht, Probleme zu lösen, es ist lästig. Aber ich arbeite hart daran, mich auf Würde und Weisheit des Alters einzurichten. Und auf passive Gelassenheit. Ich muss mich nicht überall einmischen. Das angedrohte Gespräch mit den Eheleuten ließ ich deshalb ausfallen. Meine Liebe zu Land und Leuten wird oft auf eine arge Probe gestellt und manchmal fühle ich mich bei aller Macherlaune hilflos, in manchen Situationen auch allein. Dann realisiere ich, dass eine Frau neben mir zu haben heilsam wäre; es ist nicht gut für einen Leader, selber ohne Führung zu sein. Manchmal will ich nicht immerzu nur führen, will auch einmal geführt werden, mich auch einmal anlehnen, statt immer nur andere in Arm und Schoß und Herz zu nehmen. Nie streicht mir jemand über den Kopf.

Oft kommen Gäste von Indien her, die dortigen Preise im Kopf – eine Übernachtung für schändliche 2 Franken – und sind von den hiesigen Preisen geschockt. Das ist der Preis der Entwicklung, Sri Lanka ist für viele Inder der am weitesten entwickelte Teilstaat des Subkontinents. Der unverändert Legionen von ausländischen Sinnsuchern anzieht, Generationen von Europäern bannt, ihnen immer neue Aha-Erlebnisse beschert, das authentische Leben und grünes Zeug, und billigen Alkohol und viele Fucks dazu. Doch auch im Schoß von Mutter Indien wird es irgendwann langweilig, dann winkt drüben die schöne Lanka.

10. August

Ich bin verzweifelt und hilflos. Am dritten Wochenende in Folge hat der Hausmeister – mein Delegierter, Manager, Partner, Hoffnungsträger – Gästeabreisen verschlafen. Zuerst diese Schweizer Konditoren-Familie. Morgens um sieben war weder der am Vorabend bestellte Tee serviert, noch jemand da zum Koffertragen und Abschied – immerhin waren die hoch verehrten Gäste zwei Wochen bei uns und haben die Julizahlen gerettet – und ich musste den Herrn Manager aufwecken. Am Sonntag darauf dann das finale Fiasko, als er morgens um vier eine junge Frau nicht weckte, ihr niemand das Tor aufschloss, sodass sie das Staffhaus suchen und klopfen musste, woraufhin Sankars Sohn öffnete.

Wen wundert, dass er auch heute Morgen versagt, weckte weder die zwei deutschen Frauen um halb sieben, noch servierte er das vorausbezahlte Frühstück um sieben. In unheimlicher Vorahnung habe ich selber den Wecker gestellt, die Frauen selber aufgeweckt, um sieben das Frühstück serviert und anschließend den Manager wachgerüttelt. Der hatte am Vorabend, Samstag, fünftausend Rupien Vorschuss verlangt und war nach später Nacht noch völlig besoffen und wirr im Kopf. Grummelte vor sich hin, so sehr in physischer Auflösung, dass ich hoffte, er würde den Frauen nicht begegnen. Da war ich dann außer mir vor Enttäuschung und Ärger, worauf er konterte, dass er bei so wenig Lohn nicht alles machen könne, und dass er sonntags zudem frei habe. Um acht wolle er mit mir reden. Aber erst am Abend sah ich ihn erstmals wach, und keineswegs gesprächsbereit. Noch einer dieser Schweiger, die nach unten weiterdreschen wie alle ungebildeten Leute. Aber er hat mein Leben gerettet und ich habe das Gelübde abgelegt, ihn nicht zu entlassen. Dummkopf.

Um zehn schickte ich Ivon und Shean für drei Tage in die Ferien – die waren um sechs am Morgen schon zur Arbeit gekommen – schrieb «Temporary closed – Re-Organization» auf die Tafel und schloss das Tor, um den ganzen Sonntag lang meine Verletzungen zu pflegen. Ich habe keine Wahl, ich muss ihn hinauswerfen. Ich hoffe, es käme morgen zum Gespräch, und er habe mit seiner Frau eine Idee, die mich besänftigen kann, Skrupel, Zweifel.

Durchaus passend ins allgemeine Klima, dass vorne auf dem Sportplatz am Morgen ein ermordeter Mann gefunden wurde, schon wieder. Täter verhaftet, Gründe unbekannt, das Samstagabendfieber wohl, die Landeskrankheit, der Arrak, die Fischer streiten gern, der Terror des Bürgerkriegs überfordert alle. Die Traditionen sind abhandengekommen, es gibt keine Orientierung mehr, es wuchert Habgier, Neid und Gewalt. Manche im buddhistischen Klerus wünschen sich einen orangen Staat und zündeln gegen die Tamilen. Der Alltag findet nicht mehr statt, immer ist Ausnahmezustand. Die Zeit der Unschuld ist vorbei, der Biss in den Sündenapfel, das verlorene Paradies.

12. August

Mein Geburtstag, mein wahrer. Der vierte Jahrestag meiner glücklichen Errettung aus den Fluten des Indischen Ozeans, meiner Wiedergeburt, immerhin will ich Neunzig werden. Ich holte Orchideen, band Sträuße und je 2500 Rupien dazu und brachte sie meinen heroischen Rettern, dem Nachbarn Albert und dem loyalen Sankar. Dem sagte ich, er ärgere mich oft, enttäusche mich immer wieder, es sei schwer, ihn verlässlich gern zu haben, aber dass ich nie vergäße, dass er mich aus den Fluten und vor dem Tod gerettet habe. Er war ganz überrascht und beide waren wir ganz gerührt. Abends ging er eine dieser parfumfarbigen Cremetorten kaufen, die servierte er mir blumenumkränzt zum Kaffee nach dem Essen. Was will ich machen, «das Leben findet statt», ich tue gut daran, nicht in alles eingreifen, mich nicht um alles kümmern zu wollen.

13. August
Ach, das war eine gute Idee, alle wegzuschicken und das Haus zu schließen. Es war wie zu Beginn meines Frührentnerlebens, ich war ein Weilchen ganz allein auf der Welt, von nichts und niemanden gestört. Da ist mir wieder einmal aufgegangen, dass der Umgang mit mir selber in Ausnahmesituationen mit Vorsicht zu praktizieren ist, ich neige dazu, das Kind mit dem Bad auszuschütten. Am ersten Tag kam Ivon an, wollte fragen, was mit der «Fahren-ohne-Helm-und-Insurance»-Sache ist. Und Shean kam, bewaffnet mit einem englischen Brief, dem obligaten Bettelbrief natürlich. Der Icebear fehlte ihnen, der Alltag war gestört, beide waren beunruhigt. Sankar, der Held des Tages, zog es vor, sich morgens um acht im Haus zu schaffen zu machen, wie wenn nichts wäre. Ich schockte ihn, er habe keinerlei Pflichten bis auf weiteres, nur die, mit mir zu reden und zwar zusammen mit seiner Frau. Der hängte ich eine Nachricht an ihren Stoffshop, heute reden zu wollen, da war noch die Sache mit dem aufgedrehten Gashahn offen. Wollte zudem wissen, wie das weitergeht mit den zwei Eheleuten und die Sache im sogenannten Kontext prüfen. Die Aussicht des gemeinsamen Gesprächs schockte den Hausmeister aber so sehr, dass er den ganzen Tag nicht mehr gesehen ward.

Abends um neun machte ich Sheela klar, dass ihr Mann die Stelle definitiv verliere, wenn er nicht heute noch käme, wo er denn sei? Wo schon, in der «Red Sun», der Arraktaverne in der Nachbarschaft. Sie solle ihn holen gehen. Nie! Ich bat die Söhne, ihn behutsam zu suchen und herzuschicken. Kurz nachher kam er an. Saß gänzlich zerknickt, kurz vor der Selbsttötung wohl, am Tisch, am Ende seiner Kraft und seines Lebens, froh, dass Sheela nicht dabei sondern er mit mir allein war. Das Gespräch dauerte drei Stunden, bis um Mitternacht, und endete wie oft gehabt mit großer Beichte, großer Reue, vielen Tränen, Selbstmitleid und der Schilderung von des Gärtners versammelten Sünden und Fehlern. Ich wies ihn heftig darauf hin, dass das nicht das Thema, sondern nur ein Trick sei, sich selber auszuweichen, woraufhin er es tatsächlich schaffte, über sich selber zu reflektieren. Mein Lebensretter, mein Zögling. «Ich bin verantwortlich für das, was ich mir vertraut gemacht habe». Ich kann nicht aus meiner Haut, bin nicht kaltschnäuzig, meine abendländische Sozial- und Helfer-Kultur bringt mich noch um. Der arme Kerl dauerte mich bis in die Knochen. Zu meinem Glück aber wächst die emotionsfreie Einsicht, dass das so nicht weitergehen kann, dass seine Nachtausflüge zum Spirit, seine nachfolgende miese Rolle als Totmann und der ansteigende Zeitbedarf zur Revitalisierung riskant werden für mich und meine Geschäfte. Also Gardinenpredigt. Mit einem innigen Händedruck zieht er von dannen. Morgen würden wir weiterreden.

Am Tag darauf dann Sheela im Shop. Von der honigsüßen Seite, die sie hinreißend kann, aber zerstörerisch, was ihren Mann betrifft. Warum sie zu ihm zurückgekommen sei? Wie es weitergehe? Was sie zum Gasausbruch zu sagen habe? Wie immer, sie ist die reinste Unschuld, alle andern inklusive mir und den Söhnen sind Abziehbilder ihres einzigen Feindes, von Sankar. Ja, das geschehe ihm recht, wenn er hinausfliege, sie habe ihn immer gewarnt. Und überhaupt, ob ich sie am Gashahn gesehen habe? Anmaßendes Lächeln, nein, sowas doch nicht, der muss von alleine aufgegangen sein.

Wieder Gespräch mit Sankar. Ich schiebe ihm den Schwarzen Peter zu, verlange Entscheid für den schmalen oder breiten Weg. Den einfachen oder den herausfordernden. Hoffend, er wähle letzteren, weil wissend, dass sein Hinauswurf ihn weiter zerstöre. Aber ihm den breiten Weg schmackhaft machend, um ihn sicher zu machen. Eins sei klar, sagt er, wenn er hier wegmüsse, ginge er auch weg aus Negombo. Dann sei er ganz alleine, wisse nicht, wie weiter, aber hierbleiben, das gehe nicht. Ja, er hätte alles begriffen, ja, er würde ein neuer Mensch werden, ja, er würde die Herausforderung wählen. Ich bleibe skeptisch. Die Gewinnbeteiligung bleibe sistiert, den Anteil an den Trinkgeldern erhalten, Ende Jahr wisse ich mehr. Ja. Und das nächste Mal könne ich ohne Diskussion handeln, ohne Rücksicht auf ihn, dann sei er am Ende, er akzeptiere das. Ich lade ihn ein zu kommunikativer Nähe. Weiß, dass ich beim nächsten Mal, das sicher kommen wird, weise bleiben und mich zusammenreißen muss. Ich werde ihn nie hinauswerfen können, ich habe zu viel Verantwortung übernommen, es ist unfair, aber ich muss das tragen, wieder einmal stärker sein als alle andern.

Anderntags ein aufgeblühter Sankar an der Arbeit. Die Söhne erleichtert. Sheela erkennbar enttäuscht über meinen Entscheid, ich bin wohl doch schon von ihrem miesen Ehemann angekränkelt. Sie ist gefährlich, die Frau, weil zuckersüß und bitterkalt.

Nach sieben Jahren trägt einer der kurzstämmigen Kokosbäume erstmals ausgewachsene Früchte, noch ein wenig klein, aber üppig und selbstbewusst. Sankar holt die Hacke, ich rufe die Angestellten, und dann beschneide ich die Unschuld dieses wunderbaren Baumes, trage ganz gerührt die üppige Traube knallgelber Nüsse in den Garten, wo ich sie zerteile und verteile, zusammen mit einer strengen Rede an Ivon und Shean, in der ich die aktuellen Ereignisse herunterspiele, um sie nicht zu verwirren. Sie müssten nicht um ihre Stelle fürchten, sollen einfach ihre Arbeit gut machen, so gut sie können, und sie sollen mit Sankar loyal seien. Der blüht indessen zu Chefgröße auf, ich wage nicht zu hoffen, dass er zum Mitstreiter beim Geldverdienen wird, dass er von seiner Unterkaste den Schritt hinauf tut ans demokratische Licht des Mittelstands.

Nachts schlafe ich erleichtert und süß, bin Supermann und Batman zugleich; ein guter Kerl einfach, der aufpassen will, bei aller Macht, die ihm die Umstände über Menschen geben, bescheiden zu bleiben.

14. August
Drei berauschende junge Frauen aus Paris kommen an, überschwänglich den «Routard» schwingend, es wird nicht ganz klar, wer mehr hingerissen ist, sie von mir und dem Umfeld oder ich vom Schmelz und vom Knistern ihrer Jugend. So etwas hatten wir in vier Jahren noch nicht im Haus, die kamen wie Engel im besten Moment, speziell der Gärtner hält so sehr den Atem an, dass ich um sein Leben fürchte, und auch alle andern geben ihr Bestes, wienern, wachsen, wichsen, rennen, lächeln, ich habe sie alle nie so einsatzstark gesehen.

20. August
Ich sehe in CNN den Osten Deutschlands unter Wasser, hier schüttet es auch wie aus Kübeln, fast immer nachts, und der Monsunwind tobt, dass es mir drinnen im Haus ganz heimelig wird. Aber wir haben immer ein paar Gäste, die Engländer so geizig, dass man sich für Europa schämen muss, die Ostdeutschen so ausgehungert, als hätten sie Jahrzehnte von Kartoffeln gelebt.

Ich brauchte all die Zeit bis jetzt, um mich wieder einzurichten, die Schachteln von meiner Abreise letzten März wieder in die Schränke zu räumen, alles greifbar zu haben, damit der Alltag läuft wie geschmiert. Aber da war zuerst die Staff wieder aufzumöbeln, die ist ohne strengen Boss arg abgeschlafft, während ich zur alljährlichen Gehirnwäsche in der Schweiz war. Zum Glück merkten es die Gäste nicht, man wird in diesem Land ja bescheiden in den Ansprüchen.

Wie auch immer und was auch immer, verglichen mit der Leidenszeit in der Schweiz bin ich unverändert im Paradies. Während meiner jährlichen Gehirnwäsche in Basel, Schweiz, Europa, war ich wochenlang von einer Psoriasis geplagt, ganz was Neues, die mich von Arzt zu Arzt rennen und Kilos von Chemosalben schmieren ließ. Kaum auf der Insel zurück, ist der Spuk weg, aus, nichts, gar nichts, da war in Wirklichkeit gar nie etwas, oder? Das Salz, die Sonne, die Entspanntheit, die Ernährung, die Balance.

Kürzlich lief ich am Strand Richtung Ettukala, Negombos Sündenpfuhl. Ein Sarong teilte mir beim Vorbeigehen mit, dass er gerne Bananen habe. Tatsächlich gibt es ja eine ausgereifte Bananenkultur hier im Land und ich wusste zuerst gar nicht, was ich sagen soll. Aber sein Zungenschnalzen wies ihn dann als einen Gourmet besonderer Art aus. Ich wies den jungen Beschnittenen auf die nahegelegene Moschee und den Koran hin, aber das war ihm egal in der Mittagsglut und er trollte sich Richtung «Malithal Oceanic» davon. Derweil verteufelte der Mullah per Lautsprecher die Lust, denn es war gerade Freitagsgebet in Kochchikade. Es ist doch immer was los in der Hölle, nichts kann die Feuer Negombos löschen, die Menschen sind eben von Grund auf verdorben.

Ansonsten zeigt sich Negombo von seiner liebenswürdigsten Seite und ich weiß gar nicht, ob es hier jemals anders war. Die Einheimischen sind unter sich, die Schwüle dieser Monate reduziert Denken und Handeln auf ungefähr die Hälfte, das ist also nicht mehr viel, alles hält irgendwie den Atem an, undenkbar, dass es da Aufregungen geben könnte außer den Kleinigkeiten des Alltäglichen.

Bei der Abreise in Zürich hatte ich unfassliche 80 Kilo Gepäck, ausgepackt ein Nichts, doch half mir ein Mann mit Beziehungen, sie kostenfrei übers Förderband zu bringen. Die Mitgliedschaft im Vielfliegerclub bescherte mir zudem Businessclass, es war eine große Erholung. In Kloten kaufte ich in einer gigantischen Migrosfiliale noch zehn Stühle für die neuen Restauranttische, die ich unter den Bäumen aufstellen will. Sie kosteten lächerliche 140 Franken, doch musste ich für die Fracht 400 berappen. So hatte ich Grund, nach Colombo zu fahren mit der Honda. Die Auslösung von Lagerhaus und Zoll war kafkaesk: Ich hatte einen Parcours von 13 Schaltern und Tischen zu bestehen, an allen jede Menge emsige Angestellte, und am Schluss kostete es mich nochmal 50 Franken, ich werde unsere Guesthousepreise auf Luxusniveau anheben müssen. Das Galadari-Buffet. Den Flug nach Trivandrum bei Thomas Cook buchen.

12. September

Am Donnerstag, 4. September, vermietete Sankar, weil die Lady U. K. als Wohnsitz angab, entgegen meiner Weisung an ein sri-lankisches Liebespaar unser kleines «Rucksackzimmer» zu 300 Rupien. Das Checkinformular lautete jedoch auf einen anderen Namen als der Passport der jungen Madam. In der Folge wie meist bei einheimischen Gästen gibt es Probleme. Eine Menge einheimischer Gäste geht ein und aus, Dreiradfahrer haben Hochsaison. Der Gipfel dann, als abends 4 junge, gut gekleidete Männer hereinkommen, indem sie ohne zu läuten den unteren Teil unserer zweiteiligen Eingangstür aufmachen und sich krümmen, um unten durchzuschlüpfen. Genau genommen ist das Hausfriedensbruch, wir hatten schon geschlossen. Wer sie seien. Sie wollen zu den Gästen. Später gehe ich noch einmal zu ihnen und stelle klar, dass diese Art von Besuch unschicklich sei. Sie fragen den Gärtner, wer er sei und beschimpfen und bedrohen ihn in den folgenden Tagen. Nach oben gespülte Emporkömmlinge, buckeln nach oben (der Minister) und treten nach unten (der Gärtner), sie haben noch keinen Pajero im Haus, aber bereits dampfwalzen sie wie ein Offroader.

Als der Gärtner auch heute Geschichten erzählt, sie hätten ihn am Wickel gepackt auf der Straße, muss er mir einen Rapport aufschreiben, ich rufe das seltsame Gästepaar und lasse ihn alles noch einmal erzählen. Erneut entschuldigen sie sich heftig, sie würden mit ihren Freunden reden. Ich finde heraus, wer sie sind. Einer der jungen Männer ist der Chef des Lolly Postoffice, ich kenne ihn, die andern sind wohl angestellte Leibwächter, der Raufbold aber scheint ein Parteigänger zu sein im Gefolge der Lokalgröße Perawela und bekannt als Schläger. Ein anderer heiße Lal, man kenne ihn weitherum. (Folgerichtig wird der später ein hohes Tier im lokalen Rathaus.)

Auf die wiederholte Frage, wann sie ausziehen und die vielen vergeblichen Telefonate heute nach GB, bitten sie um Bleibe bis Sonntag. Ich bräuchte das Zimmer für Sankars Quarantäne. Sicherheitshalber schreibe ich die Rechnung, etwa 200 Franken, viel Arrak dabei. Abends kommt ein Threewheelerfahrer und warnt uns vor den Gästen, sie hätten viele Fahrschulden und würden nicht bezahlen, wir sollten vorsichtig sein.

Ich rufe sie aus dem Zimmer, etwa um 8 abends, und erfrage die fehlende Adresse und lasse mir noch einmal die Pässe zeigen, notiere alles, und verlange den Pass der Frau als Sicherheit. Sie will mir eine Versicherungskarte geben, dann eine diesen Monat ablaufende Kreditkarte. Ich bestehe auf dem Pass, ihr Freund erklärt sich einverstanden, ich habe ihn nun als Sicherheit bei mir, hoffend, der Trubel eskaliere nicht.

Samstag, den 13., sind Bonny & Clyde den ganzen Tag nicht da, frühstückten aber. Abends um acht telefoniert die Frau, ob ihr Mann da sei oder jemand gekommen sei. Nein. Sie käme/n spät nachts, würde dann heftig läuten. Gottseidank, morgen wollten sie ausziehen. Aber um drei Uhr am Morgen wie zugesagt, sind sie noch nicht im Haus. Um fünf mache ich alle Unterlagen bereit für eine Anzeige bei der Polizei, warte aber noch bis um sechs. Kurz vorher kommt sie an in tiefer Demut. Morgen Sonntag komme das Geld von ihrem Mann in GB, bitte, noch eine Nacht und bis um 6 abends, dann sei alles OK. Es ist ihr sehr peinlich, ihre private Geschichte vor mir auszubreiten, doch es ist very sri-lankisch, ich kenne alles so gut.

Natürlich kam am Sonntag kein Geld. Natürlich sind sie nicht ausgecheckt, bitte, letztes Wort, bis Montag. Ich sage, sie sollen nicht mit meinem Goodwill spielen. Sie bestellen Frühstück, das ich persönlich fürstlich serviere, aber der einheimische Lover lässt den Tee stehen, weil er nach Zimtstange schmecke. Endlich, abends, hauen sie ab, das Zimmer in rechtem Zustand, er im Bermuda-Designerlook in Schwarz, sie gestylt gedresst, einen Koffer zur Hand und viele Entschuldigungen auf den Lippen: Sorry, sie könne nicht zahlen, aber morgen käme sie vorbei, zwischen zwei und drei, nein, auch fünf bis sechs sei OK, aber dann wirklich. Ich hätte ja ihren Pass, ohne den könne sie ja nicht aus dem Land und zurück nach U. K. Ob ich eine Quittung machen solle, nein, sie traue mir total, ich sei ja so nett. Draußen wartet ein Tucktuck.

Natürlich kamen sie nicht am Dienstag. Lucia berichtet mir, sie hätte wegen eines unguten Gefühls die Vermietung ihrer Wohnung abgelehnt, deshalb seien sie bei uns eingecheckt. Ja, den Clan, den kenne sie, sagt sie vielsagend.

Morgen, Mittwoch, muss ich aufs Polizeihauptquartier zum Rapport, wie ich das hasse, 11 000 Rupien, na ja, Lehrgeld, aber wenn jemand meine anständige Güte missbraucht und mich verarscht, beiße ich zu.

Der Fünfsternepolizist auf der städtischen Polizeistation, 1. Stock, zuhinterst, empfängt mich mit erlesener Höflichkeit und gibt Order an einen Polizisten namens Jafar, dem solle ich um 16 Uhr Rapport machen. Der sagt dann, ja, das fände er klug, ich solle den Report doch zu Hause selber aufschreiben und ihn mitbringen. Er würde die Kopie – 10-Rupien-Briefmarke drauf – dann unterschreiben und zu den Akten nehmen.

Mein Anwalt Hubert, das Büro in einer Lastwagengarage, will morgen vor Gericht Notwendiges unternehmen, damit ich an mein Geld komme, aber er bräuchte die Adresse des Zechprellers.

Zum Glück hat ein Gast eine Visitenkarte von unserm ungebetenen Gast, einem S. M. Aroos – «ein Muslim», wie jemand fachmännisch feststellt – und ich suche die Adresse auf, «Red Sun Juweliere». Im ersten Shop gehobener Klasse gegenüber einem der Großhotels verweist mich jemand an den Shop gleichen Namens weiter nördlich, den führe sein jüngerer Bruder. Dort empfängt mich der – gleichen Namens – höflich, ruft zwei Uncles herein, und ich frage nach dem Bruder. Der sei leider in Singapur. Aber er habe in Negombo ein Problem, und auf Anfrage erläutere ich die Sache. Sorry, sie könnten gar nicht helfen, die Familie habe mit ihm gebrochen, sie wüssten nicht, wo er sei.

Zur vereinbarten Zeit kommt kein Geld, aber ein Anruf, das mich gehörig schockt: Mr. Perawela, der berühmte Minister der Gegend, ist persönlich am Telefon und redet wie ein Wasserfall – leicht aggressiv und manchmal unflätig – los, um mich einzuschüchtern, mir Angst zu machen. Das kann nicht sein, auch Barfußminister haben gute Umgangsformen. Das muss ein Fake sein, der Anrufer wohl im Auftrag eines Paten oder Konkurrenten.

13. September

Ein Tollhaus, seit ich kürzlich während der Ayurvedakur in Bentota erfuhr, dass mein Hausmeister Sankar und damit «The Icebear» in argen Schwierigkeiten stecke. Ich breche die Kur vorzeitig ab, reise am 5. morgens nach Negombo. Da liegt der Hausmeister bös im Bett, wird später ins Ave-Maria-Spital spediert, wo sie ihn an den Tropf hängen und ihn für 12 000 Rupien beherbergen, bevor sie die Verantwortung mangels Resultaten nach Ragama ins Unispital delegieren. Er hat Hepatitis, Malaria, Typhus, alles gleichzeitig. (Ansteckung fürchtend hatte ich allen Gästen den Auszug empfohlen. Nur Bonny & Clyde baten flehentlich, bleiben zu können, zeigten tatsächlich ihre Health- und Impfkarten her, sie seien gegen alles geimpft, no problem.)

Ich fahre nach Ragama. Da liegt mein geschundener Hausmeister im 40-Männer-Saal, mehr tot als lebendig, und ich habe beim besten Willen kein Mitleid, bin unverändert wütend auf ihn und diese grenzenlose Dummheit, mit der er Job, Familie, Ansehen, Würde, Gesundheit, Lebensglück riskiert, sich in der Pfeffermühlenkaste verheddert, aus der er kam.

Er ist einer dieser abendlichen Säufer, denen man tags nichts anmerkt. Jede Nacht Arrak mit Freunden, seit sicher 10 Jahren, oft eine ganze Flasche voll bis zur Besinnungslosigkeit. Kein Wunder, dass seine Frau immer wieder durchgedreht ist, endlich habe ich Verständnis für sie, da war ja permanenter Ausnahmezustand in der Familie. Die Leber sei total verwüstet, der Filter funktioniere nicht mehr, dazu Schnapsdiabetes. Bevor ich zu meiner Ayurvedakur abreiste, hatte ich ihn in dunkler Vorahnung mit einer Dreitageschließung und temporären Entlassung geschockt und gab ihm dann der Familie zuliebe wieder einmal «die allerletzte Chance». Die nahm er heulend an, nutzte meine Abwesenheit aber entgegen seinem Versprechen, um erneut alles zu riskieren. Soff erneut so verantwortungslos drauflos, dass ihn ein deutscher Langzeitgast nicht nur ermahnen, sondern ihn nach Fieberschüben schließlich auch zum Arzt zwingen musste. Der schickte ihn umgehend an die Klinik weiter, er war jetzt definitiv todkrank.

Da hat er nun seine finale Ohrfeige, ein finales Punishment. Der geschwächte Körper ist nun ein müder Putzlappen, verweigert die Medikamente. Hohes Fieber habe er seit einer Woche, nur Spritzen würden helfen, aber daran könnte er an einem Herzinfarkt sterben. Also warten die Ärzte erst einmal ab. Die ganze Großfamilie ist von der Ostküste angereist, wie wenn er schon gestorben sei. Es ist beschämend.

Er hat zwei Varianten zur Wahl. Nach dem erzwungenen Entzug völlig neu und ganz unten wieder anzufangen, vielleicht als Koch oder Rezeptionist, aber nicht bei mir. Oder er wird von nun an ewig krank sein. Oder jetzt grad sterben. Ich bin gänzlich mitleidlos.

Seine Frau fragt mich nach einem Lohnvorschuss. Keine Rupie haben sie auf die Seite gelegt, niemand weiß, wohin das Geld ging. Ich denke, große Runden hat er geschmissen, sich die sogenannte Freundschaft der Mitsäufer erkauft, kranke Dirnen angemacht. (Unser Wasser ließ ich wegen der Hepatitis in der Hauptstadt testen, es ist OK). Ob ich das Spital zahlen würde. Herzlos: Nein! Ich predigte seit Jahren, eine Versicherung abzuschließen, ihr Mann verdiente Hunderttausende in nur sechs Monaten, ist gar gewinnbeteiligt. Und ich hatte immer klargestellt, dass ich im Ernstfall nichts zahlen würde. Der Ernstfall ist wie erwartet da, ich zahle nichts. Nun finanziert ihn die Großfamilie, die Solidarität der Armen gegen die Selbstverantwortung moderner Menschen.

Und ich, wie geht es mir? Habe immer drei, vier Zimmer vermietet trotz

Offseason. Habe auf «Zimmer mit Frühstück» reduziert, die Küche geschlossen, gehe selber auswärts essen, trainiere Sankars ältesten Sohn Mahendran, wie man Frühstück und Betten macht. Ein Verwandter fegt den Garten, because den Gärtner habe ich entlassen, der hat 100 Rupien gestohlen, kam trotz Ausnahmezustand ohne Nachricht tagelang nicht zur Arbeit. Auch einen neuen Houseboy brauche ich, der alte hat auch nach zwei Jahren noch keine saubere Küche geschafft, ist zudem krank an der Lunge und im But, sechs Fehltage hatte er während Sankars Finale, in dem alle aufs Deck gehörten. Ein Schild vor dem Haus, «Houseboy und Gärtner gesucht», die ersten Walk-in-Interviews. Im Kopf auch ein neuer Hausmeister, aber ich gebe noch Gnadenfrist, hoffend, dass Sankar, dieser in Wahrheit herrliche Mensch, nach dem erzwungenen Entzug clean bleiben und seine guten Vorsätze verwirklichen kann.

Außerdem habe ich heute eine magersüchtige Frau vom Gästezimmer Nr. 2 direkt zum Arzt gebracht. Gestern hatte ich mich noch stolz mit ihr beim Hiltonbuffet gezeigt, denn sie ist überirdisch schön und bezaubernd und eine Zierde jedes Mannes. Dann machte sie Ameisenkribbeln fast verrückt und sie hatte einen Nervenzusammenbruch. Deutsche Freundinnen in Nr. 3 haben den elektrischen Moskitovernichter aus dem Zimmer gestohlen, aber überschwänglich ins Gästebuch gehudelt. Immer mehr Leute kommen an. Heute auch ein Architekt, der mir Pläne für 3 kleine Zusatzzimmer machen muss, ich bin gut im Saft derzeit, habe auch Geld gerochen wieder.

Mit der gebuchten Indienreise war es unter diesen Umständen nichts, gestrichen, vielleicht im November.

14. September

Das Visum war zu verlängern, um vier Monate, zweimal nach Colombo in den letzten sieben Tagen, das Motorradfahren ein libidinöser Jungbrunnen. Mehrfach Sankar besucht, der in Negombo zurück ist, im Ave-Maria-Spital. Der Arzt unverblümt: Wenn er wieder trinke, sterbe er. Ich kann ihn nicht mehr achten und lieben, die ganze Familie hat er mir überdrüssig gemacht samt Frau und Söhnen, denen ich keine gute Prognose gebe, mein Einfluss zeigt keinerlei Resultate. Aber ich will noch zuwarten, mich abkühlen, bin im Innersten ein europäischer Gutmensch.

Da fühle ich mich abergläubisch gesteuert, dass ich die ayurvedische Wunderkur machte, bevor dieses heimische Inferno über mich hereinbrach. Obwohl vorzeitig abgebrochen, hält mich die Kur im Zustand großen Glücks, gänzlich ruhig, bereinigt, entgiftet, gestärkt an Körper, Seele, Geist. So wie es in den Prospekten steht. Nach einem Leben voll materieller Äußerlichkeit will ich mein leergetrunkenes Lebensglas mit Innerlichkeit neu füllen, mein Alter annehmen, mich neu definieren, einrichten. Es ist herrlich, ich bin auf gutem Weg zu einem veränderten Menschen, das aktuelle Tohuwabohu ist eine Prüfung, ein Test, den ich blendend zu bestehen scheine. Habe mein tägliches Turnprogramm umgewandelt zu einstündigem Morgenyoga, das diesen Namen verdient, und ich habe bei einem buddhistischen Mönch meditieren gelernt, auch das stärkt mich ungemein. Alles braucht seine Zeit. Fünf Kilo habe ich abgenommen mit der vegetarischen Kost, die Statur hat gewonnen durch all die vielen und vielfältigen Massagen von Gesicht, Kopf, Körper, schwimmend in Kräuterölen, synchron vierhändig, mit heißen Reissäckchen tamponiert, von vielen Fingern gewalkt, geknetet, gestreichelt, warmer Ölstrahl auf der Stirn, in Wirklichkeit eine Psychotherapie. Und eine Menge gute Gespräche mit besonderen Leuten an einem wundervollen Ort. Ich komme ins Schwärmen.

Kurz und gut, es geht mir schlecht, aber blendend.

15. September

Gestern kam der Gärtner an, ich möge ihn doch bitte wieder anstellen. Ich mache deutlich, dass er immer noch von der Fabrik träume, in der er früher gearbeitet hat, und den Garten nicht wirklich angenommen habe, den Job nicht wirklich mit Liebe ausübe. Was man am Resultat sehe: keine Kultivation, keine Dekoration, dunkle Ecken, vergessene Stellen. Zudem sei er nicht verlässlich, fehle zu oft ohne Vorankündigung, käme zu spät zur Arbeit, sei immer angefüllt mit persönlichen Problemen und das bleibe wohl so, es mache mich müde. Es sei ganz einfach, ich will ihn 6 mal 8 Stunden im Garten haben und entsprechende Resultate sehen. Zudem habe er unser Kleinmotorrad, das ich als Lastesel gekauft und ihm leihweise überlassen hatte ohne mein Wissen verpfändet. Und schließlich habe er die Rupien eingesteckt, die die rothaarige Deutsche als Trinkgeld auf den Nachttisch im Gästezimmer gelegt hatte.

Er entsetzt sich, überschüttet mich mit so heftigen Schilderungen seines Anstands, dass ich skeptisch werde. Sankars älterer Sohn habe die Rupien genommen, er habe es gesehen, aber mir nichts gesagt. Ich bestelle ihn auf nächsten Samstagmorgen noch einmal her, aber er kommt erst am frühen Abend mit der ganzen Familie, mit starkem Geschütz, will um seine Ehre kämpfen. Und mir versichern, dass nur dieser Job für den Rest seines Lebens in Frage käme; auch seine Frau möchte ihn hier sehen, und ich solle ihm noch einmal 3 Probemonate geben, es würde alles besser werden, er würde alles besser machen. Noch einmal versichert er mir, das Geld nicht genommen zu haben.

Beeindruckt und verunsichert von seiner Selbstdarstellung rufe ich Mahendran und seine Mutter dazu. Mahendran bekräftigt bei dreifachem Befragen, dass er nichts genommen hätte, sondern der Gärtner, der allein im Zimmer gewesen sei. Er bleibt bei seiner Darstellung auch dann noch, als ich ihm sage, dann müsse ich den Gärtner entlassen. Tatsächlich traue ich Mahendran mehr, der ist als Sohn des Hausmeisters und nach so vielen Jahren Wohngemeinschaft privilegiert, ich glaube ihn zu kennen. Shean hingegen gibt mir bis heute Rätsel auf, wer er wirklich ist.

Als die Gärtnerfamilie mit gesenkten Köpfen gegangen ist, rufe ich den Sohn meines Hausmeisters noch einmal zum persönlichen Gespräch, finde glücklicherweise den richtigen Suggestivton, auf den er wie immer wortlos reagieren und mir mit seiner Gesichtsmimik und Körpersprache zeigen kann, dass er die Rupien gestohlen und uns alle angelogen hat.

Ich bin entsetzt, fahre mit dem Fahrrad unter irgendeinem Vorwand in die Stadt, um mich zu sammeln, und als ich zurückkomme, erwarte ich einen Kommentar, eine Erklärung, irgendwelche Worte, die meine Verstehensfähigkeit wiederbeleben. Nichts, der große, einsame Schweiger, ein armer Kerl, er tut mir leid. Meine eigene Erklärung ist, dass man mit 17 kopflos falsch handelt und auch lächerliche 100 Rupien spontaner Eingebung folgend stehlen kann (ich hätte ihm auch 500 freiwillig gegeben), und dass diese Familie in einer so niederschmetternden Ausnahmesituation steckt, dass auf die Söhne etwas durchschlagen muss. Dennoch bin ich zutiefst betrübt und dem Heulen nahe, verspreche, den Eltern nichts zu sagen, erläutere ein paar erzieherische Sachen, und dispensiere ihn vom temporären Houseboyjob, obwohl ich ihn nun selber machen muss. Ich wolle ihn für eine Weile nicht mehr in meinem Haus sehen. Er steckt nun in der Familienzentrifuge, die alles mit sich in den Strudel ziehen wird.

Später kommt wie vereinbart Shean noch einmal her, ich entschuldige mich für die falsche Anschuldigung des Diebstahls, rufe Mahendran, der sich ebenfalls entschuldigen muss, Shean hält ihm liebevoll und brüderlich den Arm, es ist rührend. Wir würden also neu anfangen, mit mehr Disziplin und Einsatz, mehr Eigendynamik und Resultat, ich würde dafür sorgen, dass er durch keine andere Arbeit gestört würde und bis Ende November müsse so viel mehr Gutes passiert sein, dass er dann bleiben und diesen Standard halten könne.

Sheela setzt sich abends noch zu mir her, hatte ihren Mann in der Klinik besucht, Malaria und Typhus seien überstanden, aber neue Sachen würden vermutet. Ich verstehe vieles besser, bin versöhnlicher mit ihr, war oft ungerecht, weil mich Sankar eingewickelt hat. Sankar rede schon wieder davon, dass sie das Nähgeschäft aufgeben und heimkommen solle, und dass sie zusammen die Familie wiederaufbauen würden. Aber das gebrannte Kind ist emanzipiert geworden und wie ich selber kaltherzig und emotionslos.

16. September

Engländer aus Arabien kommen an auf dem Weg auf die Malediven, den Lonely Planet in der Hand, nur hier darf es sein. Aber sie kaufen sich an der Straße das Nachtessen. Eine Münchnerin will partout keine Rauchspirale gegen die Moskitos angezündet haben, auch keine auf natürlicher Basis aus der heilen Schweiz – sie werde während ihrer Ferien gewiss keine Tiere töten. Ja, aber die vielleicht sie? Dazu sei sie zu giftig. Recht hat sie.

Morgens um 6 stehe ich auf, mache in großer Ruhe mein neues Yogaprogramm, tümple im Meer eine Weile, duschen, rasieren, dann geht die Post ab: Abwaschen, abtrocknen, Küche parat machen. Die Frühstücks-Sets parat machen, toasten, Kaffee und Tee kochen, Eier mit und ohne Speck, gescrambelt oder gespiegelt, selber nicht zu kurz kommen an diesem Sonntag, um 8 sind die Tafeln gedeckt, von da an können die Gäste läuten.

Später fahre ich zu Hotelierkollege Nalu, um ihn nach einer temporären Hilfe zu fragen, bis ich meinen neuen Houseboy gefunden habe. Wir vereinbaren, dass ich mich an die Interviews anhänge, die er am 25. zur Personalsuche für sich selber hat: Ein Hotelschuldirektor schleppt ihm dann seine ganze Schule zur Auswahl an.

Aufgrund des Boards draußen hat sich noch keiner gemeldet, wir sind nicht beliebt, es ist zu anstrengend bei Ausländern, zwar viele sind arbeitslos, ächzen darüber, aber wenn es anspruchsvolle Arbeit gibt, machen alle einen Bogen drum herum. Aber fürs erste half ein schielender Alter aus der Nachbarschaft aus. Doch schon nach ein paar Stunden Gartenfegen streckte er die Waffen, sagt Sheela, der Job sei nichts für einen alten Mann. Zum Glück hat sich mittlerweile die Sache mit dem Vorgänger Shean eingerenkt, der sich seit heute in Stücke reißt. Der junge Mahendran geht mir aus dem Weg.

Der Freelancemasseur Terence massierte die Magersüchtige. Sie ist die Dritte, die sich beschwert, dass er zu weit ginge. Wenn er auch sofort innegehalten habe nach ihrer Reklamation. Auch diese Geschichte ist zuende, der Mann ist sehr erstaunt, er kenne die Frauen. Habe ihn hinausgeschissen; seine herbe Belgierin zu Hause wird sich freuen, ihren Mann wieder für sich allein zu haben. Schade, wir hatten ihm so viele Gäste vermittelt, sie werden ihm fehlen. Das Gesindehaus ist verwaist, keine Verwandten da, Sheela weg, die Söhne hängen herum, gehen nachmittags zum Public Beach, um den Catwalk der Mädchen anzuschauen.

17. September

Um 15.41 nachmittags ein Telefonanruf, vom Minister persönlich, direkt aus dem Parlament in Colombo, will mich einschüchtern, macht Inquisition wegen meinem Personal, speziell wegen Sankar.

*

(Erinnerungsnotiz)

«Why you put this board outside for searching a new manager? / Don't make such things against our people / I can make the law / I can kick you out of country the other day / You not pay any tax up to now / Don't think on you, think on our people first / How you can get out a person after 8 years of service / I not like to discuss with you, just give a warning (after asking, why he let no space to hear my side) / Why you kick out the whole staff / I have received different complaints in this case / You as a foreigner don't know about our Sri Lanka law.»

*

Er nennt seinen Namen, Minister of Religious Affairs, und reagiert arrogant und ungehalten, als ich nachfrage, wer er sei und warum er diesen Wasserfall heftiger Drohungen mache.

Ich bin entsetzt, außer mir vor Erregung und Zorn, eine Bananenrepublik. Da beschwerte sich ein wohlbegründet entlassener Mitarbeiter in der «freizügigsten Marktwirtschaft Asiens» (Headline in «Daily News» von heute) bei einem Minister und der lässt sich einspannen und hinreißen, um seine lokale Wählerschaft zu festigen.

Schon eine Viertelstunde später, leicht abgekühlt, ist mir unerklärlich, und ich kann nicht glauben, dass ein Minister dieses unflätige Benehmen haben kann. Ich frage Sankar und Shean, ob sie eine Beschwerde bei ihm eingereicht hätten? Staunen. Ich fahre zum Ex-Houseboy Ivon heim, der ist nicht da, ob er wohl dahintersteckt. Aber den hatte ich ja mit bester Referenz und 3 Monatslöhnen in allem Anstand verabschiedet. Oder wühlt da jemand aus Sankars Familie?

Es fällt mir ein, dass ein Schweizer, der hier verheiratet ist, den Bruder des Ministers persönlich gut kennt und fahre zu ihm. Der ist wie immer sofort hilfsbereit, wenn es um die Wurst geht, und wir fahren zum Haus des Ministers. Die Frau des Hauses telefoniert auch gleich ihrem Ministerbruder (der einem Schweizer, den ich kenne, einst sein Visum aufgleiste – alt und krank sei er und reisefähig sei er auch nicht mehr), und als sie mich ans Telefon ruft, erklärt mir der Herr Minister freundlich, zur Zeit des Anrufs sei er mit einem Ministerkollegen im Parlament gewesen und seither unterwegs zu einem Meeting. Danke, ich solle unbedingt bei der Polizei eine Anzeige machen, es ist gut, dass er wisse, dass jemand in seinem Namen kriminell aktiv sei. Er ist das Original.

Nachts schreibe ich also ein zweites Complaint, das will ich morgen früh dem Policeofficer bringen, und nachher meinem Anwalt. Ich gehe davon aus, dass jemand aus der Haushälterfamilie dahintersteckt («4 Uhr, dann Action», das wussten nur die, und genau dann kam das Einschüchterungstelefon.)

*

Complaint and Report

I'm owner of a private property here. 4 years ago, I gave permission to my long staying housekeeper Mr. S. Sankar (which is at present seriously sick) for a licence to rent «rooms in home» under the label «The Icebear». Between 4th and 15th Sept 1997 we lodged a Sri Lankan couple of guests «from England» in guest room No 7, registered at the check-in-form with «Mr. and Mrs. S. M. M., Sri Lanka Nationality, ID No» with at last 3 bills in total amount of Rupees 10 138/-.

After checking out on Sept 15th this amount is unpaid till today, contrary to several promises the couple made. That means the couple owe me at present the said total sum of Rupees 10 138.

Therefore, und herewith I hand over a criminal charge with request to inquire against:
1.) Mr. S.M.M., present address unknown, member of a family running Jeweller Shops in Negombo, saying, that Mr. S.M.M. is living in Singapore, and that there is not any family connection with him.
*2.) Ms. or Mrs. M.P.S.F., *30-10-1971, marriaged with a British Citizen, present address unknown, holding Sri Lankan Passport, renewed by High Commission of S.L., Consular Div., London.*
This Passport is in my hand and was given on question by M.P.S.F. as security deposit!
Copy-Supplements attached:
1.) Guests Bill, 2.) Passport, 3.) Check-in-form

*

Complaint and Report

As owner of a private property here, employing a Gardener, a Houseboy, a Housekeeper (holding agreement with me for a licence to rent «rooms in home» under the label «The Icebear».) I have to inform you in agreement with Hon. Minister Mr. Perawela with this complain and ask friendly for your assistance and investigation:

Yesterday, 17-9-1997, 3.41 p.m. I received a very rowdy phone call from an unknown man, acting as Robin Hood, saying «P here, Minister of X», affronting me with cautions in an impolite sound, talking about my search for new employees (in fact the Housekeeper left), saying among other things, that he as Minister is making the law, and threaten me with warnings (see separate citations). After asking for space to answer or for a personal appointment, he replied «I not like to discuss with you, just giving you a warning» hanging hardly the receiver.

I was shocked about this telephone violence with the clear aim of intimidation, why ever, because as a foreigner strictly I handle in frame of law.

By asking my 3 employees about a complaint to the Minister, two confirmed, that they not did anything against me as the employer, the houseboy Mr. Ivon was this time not at home. After cooling down, I could not believe, that a Parliament Minister is doing an action with this bad behaviour. Soon I visited a brother of the Minister, and his wife gave a call to Mr. S. The Minister himself confirmed, that he was busy at that time in Parliament and that he did not any call to me. I should make a complaint, because there is a person, who is doing wrong in Mr. S's good name.

(Confidential!)
Let me remember my other report, regarding Mr. A. and Mrs. M., which had long running Peraheras with local visitors during their stay at my guesthouse. Neighbours informed me, that some of them are around political groups, bodyguards and such people. One of these persons, named by people as well-known, abused and threatened my gardener several times, and I had to build him up after being in highest fear thereafter.

18. September
Sankar kam nachmittags von der Klinik zurück, hat sich aber bis abends nicht bei mir gezeigt, ist immer noch out of order. Ich hatte eben ein neues Plakat vor die Tür gestellt, «Jobs vacant: Manager, Houseboy» Inserate aufgegeben, und Hotelkollegen angezapft, die mehr Leute kennen als ich. Es wird nicht mehr sein wie früher, er müsse, wenn schon, ganz bei null anfangen und sich mitbewerben.

Der Gärtner kam erst am späten Nachmittag, ich vergaß, dass er wegen Ohrenstechen seiner Tochter am Morgen nicht zur Arbeit kam, und war schon wieder ganz in Flammen. Muss mich bändigen, bin sehr finster heute, bissig und angriffig. Koche mir ein Irish Stew, ein kaltes Bier, eine Brasil. Endlich aufatmen.

Renne den ganzen Tag herum, bin Wäscherin, Steward, Koch, Roomboy, Rezeptionist, Tellerwäscher, Putzfrau, daneben auch noch ein wenig Manager. Abends um zehn bin ich hundemüde. Anish kommt schon früh am Morgen besorgt herübergelaufen, ich möge dem Vater noch eine Chance geben, sie würden sonst ja alle das Haus verlieren. Wir reden über den Tag verteilt immer wieder, ich halte ihn seit Tagen auf Distanz, um ihn zum Nachdenken zu zwingen. Abends hat sich unser Argumentenscharmützel zu einem starken Gespräch entwickelt. Ich insistiere, er solle die zwei Monate bis zum Abschluss des «Ordinary-Level» kämpfen, ich würde ihn unter meine Fittiche nehmen nachher, aber er müsse sich geradlinig und konzentriert weiterentwickeln. Das Resultat sei unsicher, aber ich selber würde mich in Stücke reißen. Wenn er es durchziehe würde ich auch auf meine Indienreise verzichten und selber standorttreu sein. Alles um ihn herum solle er vergessen, nur noch sich und den Abschluss solle er im Auge haben, dann hätte er zwei Highschooljahre bis zur Matur, entspannte Zeiten, und könne reifen, müsse nicht an Job denken und so. Das ergäbe sich dann wie von selbst.

Da fängt er an zu reden, über die Mutter, die er nicht mehr mag. Die Brille, die sie ihm nicht kauften, obwohl sie seit Jahren wussten, dass er nicht lesen konnte, was auf der Tafel stand. Dass er so große Mühe habe, sich während des Schulunterrichts zu konzentrieren, seine Gedanken würden ausufern, in seinem Kopf sei immer ein großer Karneval, er könne sich einfach nicht konzentrieren, das sei sein größtes Problem. Ich erläutere meine Meinung, dass wir Probleme nicht aus der Welt schaffen aber mit ihnen umgehen lernen können. Dass wir ohne Furcht davon überzeugt sein sollten, sie zu bewältigen, dass es aber Kraft brauche, weil der Tag nie käme, an dem alle Probleme gelöst seien. Wir könnten nur Platz schaffen für neue. Waschfrauenpsychologie halt. Dass ich ihm Meditation beibringen würde zur Konzentration. Und warum er so zerstreut sei: Pubertät, Zwillingstyp, keine Führung, keine Disziplin, keine Ziele, unsichere Familienumstände, der Spagat zwischen heimischem und westlichem Lebensstil um mich herum und so weiter. Er wird ganz nachdenklich und weich, ich heiße ihn auf der Veranda im Dunkeln sitzen und denken, sitze dazu, lehre ihn atmen, morgen wolle er sein Einverständnis geben, er habe ja gar keine andere Chance. Wir müssen es ja auch noch den Eltern verkaufen, die werden denken, ich ziehe den Jungen auf meine Seite. Doch was will ich machen, meine schiere Existenz hat Einfluss auf das Leben anderer Leute. Und umgekehrt.

Nach der Kündigung von Sankars Arbeitsplatz samt Dienstwohnung werden sie mich ohnehin nicht mehr lieben können, aber fürs erste spiele ich erst einmal den harten Mann. Insgeheim wünsche ich mir aber, dass ich keinen neuen Hausmeister einführen und ausbilden muss, bin zu müde dazu, so etwas macht man nur einmal.

19. September

Wieder sehr früh aufgestanden, es schüttet wie aus Kübeln, der letzte Wurstzipfel des verblassenden Südwestmonsuns, alles grünt heftig, besonders der Rasen. Ich mache unbeirrt mein Morgenyoga und meditatationsgestärkt gehe ich ans Küchenputzen, Waschen, Abwaschen, Frühstück parat machen, servieren, selber frühstücken.

Dann zum Polizei HQ, siehe oben, Theater verlängert wegen der einheimischen Zechpreller aus dem Rucksackzimmer.

Dazwischen ein verschnupfter Sankar, dem ich anmahnte, dass er seit er aus dem Krankenhaus zurück sei nicht mit mir gesprochen habe. Das «Manager-Gesucht» steht immer noch vor der Tür und das Schild erregt ihn, seine Arbeitsstelle ist in Gefahr, er ist nicht mehr gefragt. Ich vertage das Gespräch auf Ende Monat, er habe ja noch kein Entlassungsschreiben bekommen und erhalte Lohn, sei aber anhaltend krank, oder? Nachher sehen wir weiter, natürlich verfolge ich meine Interessen. Jetzt soll er erst einmal nachdenken, gesund werden, sein Leben, seinen Körper und Geist regenerieren, die Beziehung zu Frau und Kindern wiederherstellen, seine Familie organisieren, mit dem Saufen aufhören. Es braucht ja einen Neuanfang.

Sohn Anish bestätigt sein Interesse an der «Sechzig-Tage-Schlacht», die ihn durch die Abschlussprüfungen und zum Diplom bringen soll, und vielleicht schafft er dann die Brücke von zwei Jahren bis zum Abitur. Er habe auch mit seiner Mutter gesprochen, die findet es natürlich gut, eine Sorge weniger. Aber ich selber habe keinen Platz mehr im Kopf.

Kaum wieder daheim, kommt der Architekt, der soll drei Zusatzzimmer zeichnen und offerieren. Es ist zwar nicht der Moment für neue Pläne, eher hätte ich aktuell Lust, alles hinzuwerfen, das Haus zu schließen, zu verkaufen, zu verpachten, was weiß ich, ich habe so genug, bin emotional so sehr erschöpft. Aber ich werde alles weiterlaufen lassen wie wenn nichts wäre, darf keinen neuen Kriegsschauplatz eröffnen, bevor die aktuelle Schlacht entschieden ist. Nächstens wird alles anders aussehen, ich weiß es.

Immerhin informiere ich Anish und Shean, wenn mir etwas passiere (sie haben schon aus nichtigerem Anlass Leute totgeschlagen), steckten diese Gäste aus Nr. 7 dahinter und ihre Freunde, wahrscheinlich dieser Quartierclan. Alles sei in meinem Computer rapportiert, das sollten sie meinem Sohn David und meinem Bestfreund Lukas sagen. Und die schweizerische Botschaft will ich informieren. Und meine alten Journalistenfreundin H. S. will ich fürs Thema «Schweizer in S. L., habt Acht» interessieren. Na ja. Habe halt ein wenig Verfolgungswahn bekommen, und manchmal fühle ich mich ein wenig allein.

Schließlich erscheint in Begleitung und auf Empfehlung eines immer gut gelaunten Nalu noch dieser Menschenhändler, auch hierzulande nennen sie sich jetzt «Human Ressource Manager». Er würde mir am Freitag ein Rudel Hausangestellte aus seinem Fundus bringen zum Interview. Im Lauf des Tages kommt noch einer von der Straße hereinspaziert, um seine Papiere zu deponieren, er sei sehr interessiert, bei einem Ausländer zu arbeiten. Warum denn das. Sie würden einen gut behandeln, man könne was lernen und sie würden einen anständiger behandeln als die einheimischen Chefs, bei denen man immer um den Lohn fürchten müsse.

Das wird werden.

Shean putzt Zimmer 7 mit Chlor, das Betrügerpaar ist ausgezogen. Es stank entsetzlich.

Meine Nachbarin Lucia informierte ich persönlich, bevor der Quartierklatsch sich verselbstständigt. Auch die Gayan-Familie gegenüber besuchte ich, ob der in die Schweiz emigrierte Vater einem Schweizer Gast etwas mitgeben solle, der nächstens hier eintrifft. Aber die reagieren spröd. Insgeheim hatte ich auch gehofft, Gayans studierter Jüngster würde unser Stellenangebot an der Straße gesehen haben und sich bewerben. Aber das ist ein müder Haufen, Minimalisten alle, Schlaffis, kein Antrieb, kein Ehrgeiz, keine Lebensplanung. Es ist einfach schade. (Auch der Vater, wenn einmal aus Europa zurück, mit der dort gemachten Erfahrung und seiner wachen praktischen Intelligenz wäre eine echte Alternative zu Sankar.)

Im «De Lani» gehe ich Schweinisches essen (sagte ich, dass die Moslems in Colombos Pettah «die Schweinefleischesser» sagen, wenn sie über die Leute aus Negombo reden?). Habe großen Appetit, auch Esslust, bin aber ziemlich schlapp geworden.

21. September

In meiner Agenda lese ich «Eidgenössischer Buß- und Bettag», das passt. Spät abends, kurz bevor ich für einmal «Spiegel»-los ins Bett und in tiefen Schlaf falle, sehe ich mich im Badspiegel und realisiere, wie sehr ich in der Gastwirtschaftstretmühle stecke, seit ich am Monatsanfang vorzeitig aus der Ayurvedaklinik nach Negombo zurückkam. Umgehend stutzte und formte ich meinen Schnauz, riss nachgewachsene Ohrenhaare aus, schnitt Nasenhaarbündel und Fingernägel ab. Will gut aussehen, habe seit jüngstem ein eigentliches Frauenhaus: nur weibliche Gäste hier, die in Platz und Leute und manchmal in mich verliebt sind und es einander weitersagen. Mina aus Edinburgh, elegant auch in Badeschlappen, Carla schon fast 3 Wochen hier, Joly und Bibi aus Frangraisch, und gestern kam eine holländische Urmutter mit ihren hünenhaften Töchtern an, schwer bepackt mit dem Inhalt aller Einrichtungsshops der Insel, heilfroh, heimgekommen zu sein nach wochenlangem Umherreisen, bevor sie in ein paar Tagen ausgerechnet nach Madras weiterfliegen wollen.

Wie mein neuer Rhythmus vorgibt, stehe ich bereits um sechs auf, und dann ist kein Halten mehr bis spät in der Nacht: Bin in Person Roomboy, Houseboy, Animateur, Laundrygirl, Marketer, Frühstückskoch, Bediener, Kassier, Rezeptionist und selbst die Frauenwäsche samt BHs wasche, trockne und falte ich, dass es seine Art hat. Nun habe ich es schwarz auf weiß, was ich oft schon hörte, dass das Gastgewerbe ein kräftezehrender Chefberuf ist, der keine Freizeit und kein

Privatleben duldet. Und dass man ganz unten anfangen muss in der Hotellerie, um es nach ganz oben zu bringen. Der Gärtner Shean hilft nach Kräften, blüht auf unter meiner Führung, hat den Garten in nur drei Wochen auf dem Standard, wie ich es wollte, nun wird er diesen Standard halten müssen, dann werde ich ihn an den Trinkgeldern beteiligen. Er ist sehr hilfsbereit, geht manchmal einkaufen, die Zimmer putzen, bei den Gästen ist er beliebt, weil er immer Blumen anschleppt und immer gut gelaunt ist. Wenigstens dies.

Sankar, nun wieder daheim im Staffhaus, ist bei weitem nicht in körperlicher und geistiger Fitness. Dennoch stritt er am Abend in alter Manier mit seiner Frau, sie gehe mit andern Männern und müsse ihren Schneiderladen aufgeben. Als es laut eskalierte ging ich dazwischen, machte klar, dass es nicht im alten Trott weitergehen dürfe und er neu beginnen müsse. Er klagt, ich glaubs ja nicht, alle machten ihm das Leben schwer. Ich stelle klar, dass er seit Wochen etwa drei Dutzend Leute in Atem halte, zuerst seine Frau, seine Kinder, die Verwandten nah und fern, Ärzte, Schwestern, mich selber, Kollegen, Freunde, Nachbarn, einfach die ganze Welt, da könne er doch nicht sagen, und so weiter.

Anish wohnt derweil in einem umgeräumten Gästezimmer unter meinem Dach – Boarding House – aber unter meiner Fuchtel: Nachdem er an vier (vier!) hintereinander folgenden Tagen Interesse zeigte, ließ ich mich auf den Sechzig-Tage-Krieg ein, mit dem ich ihn durchs Examen bringen will, damit er nicht wiederholen muss. Nicht rechts und links schauen, der Weg ist das Ziel, die Droge Freizeitlust muss entzogen, die Leistung erhöht, der Zeitrahmen und die Disziplin verbessert werden, ohne Störungen von der Familie. Will sehen. Er klagt immer noch über Konzentrationsschwäche in der Schule, das sei seit zwei Jahren sein Hauptproblem, es scheint ihn echt zu stören. Frühstücken würde er nicht, er wolle um sieben aus dem Haus und in der großen Pause würde er sich dann ein Brötchen im Schulshop kaufen, die Mutter gäbe ihm Geld. Und jeden Morgen macht er mein Yogaprogramm mit und ich lehre ihn Meditation, den Kopf leer machen, sich versenken, verinnerlichen, sich konzentrieren lernen. Wir alle, die Mutter, der Vater und ganz sicher auch ich selber setzen ihm mehr zu als wir zu formulieren wüssten.

Gestern machte ich in der Früh einen augenzwinkernden Versöhnungsversuch mit Anishs Bruder Mahendran. Im Vertrauen unseres Gesprächs weich eingepackt verriet er mir scheu – es kam daher wie ein Geständnis –, dass er heute 18 würde. Volljährig. Niemand wusste davon, niemand machte etwas Spezielles, niemand war an ihm interessiert. Die Tamilen sind in vielerlei Hinsicht ein ganz spezielles Völkchen, haben zum Beispiel nicht diese christliche Namensfetischgeburtstagskultur. Aber der junge Mann lebt ja im globalen Dorf, es ist Jahrhundertwendezeit und einiges hat sich verändert mit dem Individuum, also auch mit Mahendran. Ich hole eine große Kerze, nenne sie Lebenskerze, die solle er an einem Ort seiner Wahl hinstellen und den ganzen Tag lang am Brennen halten. Abends lade ich ihn und Anish zu Pizza ein, es kostet einen Tausender, ich schenke ihm eine Schweizer Uhr, die ich von einem Verlag als Prämie erhalten hatte. Gast Carla verzückt mich wieder einmal mit ihrer unverbrauchten Frische, kommt wie ein Wirbelwind dazu und schenkt ihm einen Gürtel, weiß der Herr, wo sie den her hat, und küsst ihn auf die Wangen. Er hält sich sprachlos die Backen fest, und ehe er wieder zu Atem kommt, ist sie schon wieder weg. Ja, es sei ein schöner Abend gewesen, danke! Nur ich weiß, welche Anstrengung dieses Dankschön für unseren großen Schweiger braucht.

Neben allem finde ich Zeit, um den Hund und die Katze wertzuschätzen, die in diesen Tagen näher zu mir rücken. Auch Zeit für zehn Minuten Zeitung finde ich, heute gar zum Sonntagsfrühstück – die Söhne machen es ungefragt und selbstständig, weil ich ja mit den Gästen beschäftigt bin, das ist doch was.

Es stürmt heftig, der Nachmonsunregen der letzten Tage verstummt langsam. Chambrieren mit der Nachbarin Lucia. Das Kokosfarming organisieren: Shean erntet und verkauft etwa 200 pralle Nüsse, zuerst an Lieblingsnachbarin Lucia und dann nach Belieben, die orangen – zum Trinken – zu 5, die grünen – zum Kochen – zu 6 Rupien. Verlangen und verdienen können sie, was der Markt hergibt.

Nach der Hölle dieses bösen Herbsts breitet sich langsam wieder der gütige Schleier des Alltags über das Geschehen, alles ist, wie es lange war, und ist nach all dem Trouble besonders kostbar und ich musste heute gar das «Fullhouse» ans Tor hängen. Dabei hat die Hochsaison noch gar nicht angefangen.

Wie gerne wäre ich jetzt wieder einmal in Indien. Wenigstens kommt Lukas ein paar Wochen zu Besuch, das wird mich aufhellen.

Und mein Yoga-Morgenprogramm ist so gut, tut so gut, macht mich so stark. Traumhafte 92 Kilo habe ich, zehn weniger als noch im Juli, das sind 10 Packungen Zucker, wenn ich die schon vom Laden heimschleppen müsste. Die Akkupunkturprogramm? Die harte Arbeit diese Tage? Die fehlenden Nachtfressereien? (Kein Koch diese Tage, kenne mittlerweile alle Restaurants in der Gegend auswendig, mein eigenes Restaurant ist derzeit geschlossen, kein Breakfast-Board draußen, nur die Zimmergäste, Verdienstausfall, aber der ganze Profit bleibt in meiner Tasche, ich sehe keinen Grund mehr, mit dem Hausmeister zu teilen.)

Ich finde heraus, hinter dem unschönen Telefonanruf des unechten Ministers steckt der Angestellte Ivon, der große Stumme, gefährlich und unberechenbar wie alle Schweiger. Sein klassenkämpferischer Einsatz gegen den Kapitalistenchef wird ihn einen Polizeibesuch und die Lohnzahlungen der nächsten

Monate kosten. Die Kündigung, eingeschrieben, erhielt er gestern. Mittlerweile schaue ich Houseboys an, nichts Rechtes bisher, sie haben keine oder zu wenig Erfahrung. Aber viel Goodwill wenigstens. Heute kam ein 56-Jähriger aus der Sea Street, sah das Board an der Straße, er habe Erfahrung aus großen Häusern, ist aber gar alt und kommt auch sehr abgeschlafft daher. Andererseits sind meine Häuser so schön eingerichtet, da braucht es keine Showstars zum Vorzeigen. Ich selber sehe ja gut aus, das muss reichen. Werde mich wohl für den Seelenfrieden entscheiden, also für das Alter, und ihn probeweise anstellen.

Die Inserate für einen neuen Resident Manager sind noch nicht erschienen, die brauchen lange bei den Zeitungen, nächsten Sonntag wohl, aber das hat ja Zeit. Ich gebe Sankar Zeit zur Genesung bis Ende Oktober, dann muss etwas passieren. Andererseits würde ich ihn gern behalten, habe acht Jahre in ihn investiert, bin zu müde jetzt, um jemand Neues aufzubauen. Aber ich muss damit rechnen, dass er krank bleibt (Hepatitis B!) und es mental nicht schaffen wird, die Chance anzunehmen, einen Neuanfang zu schaffen, clean zu bleiben.

25. September

Shean, der Gärtner, hat einen Brief an die Hoteladresse bekommen in Singhalesisch, von einer Frau, die er nicht kenne, in einer Sprache, die ihm zu elitär ist, offensichtlich ein Liebesbrief. Dabei hat er Frau und Kinder, das jüngste ein paar Monate alt. Heute Morgen kommt ein Fax an mich selber, auch von einer einheimischen Frau, die mich morgen vertraulich treffen wolle, der Name erinnert mich an den Brief. Überhaupt die Briefe. Der dumme Kerl hat sich immer noch nicht mit seiner Arbeit verheiratet, ist ständig in Geldnot, bändelt mit jedem an, um einen Vorteil zu erhaschen. Selbst diesem schwulen Zimmergast aus Zürich, der ihn Anfang Jahr verehrte, schrieb er. Help me. Der schlimme Heuchler hat ihm ganz geil zurückgeschrieben, doch dummerweise gab mir Shean den Brief zum Übersetzen. Da hatte ich das Vergnügen, im Originalton zu lesen, wie dieser Intrigant mein Guesthouse miesmacht, ganz offensichtlich in der Absicht, mir den Mitarbeiter auszuspannen. Der sei herzlich zu einem Besuch in der Schweiz eingeladen, er habe gar eine Arbeitsstelle für ihn. Die Schwulen ticken einfach anders. Ich habe ihm einen scharfen Brief geschrieben. Aber sonst gibt sich der Gärtner täglich Mühe, ist seit seinem irrtümlichen Hinauswurf nicht mehr wiederzuerkennen, macht die Frauengäste mit Blumen aus dem Garten glücklich und schwimmt in zusätzlichen Trinkgeldern. Gestern hat er gar dem alten neuen Houseboy gezeigt, wie man ein Gästebad putzt.

Der führte sich hier als erfahren ein, mit exzellenten jahrzehntelangen Referenzen aus Starhotels im Ausland. Das ist doch gut, ein abgeklärter reifer Mann, der das Leben und sich selber und die Arbeit kennt und mit dem ich endlich meine Ruhe haben kann. Ich instruierte ihn den Tag durch, von 7 bis 12, von 3 bis 8, es war allerlei zu tun in Küche und Gästezimmern, ich war ausnehmend nett zu ihm, er hatte starken Mundgeruch und wirkte unsicher bei all der Erfahrung und immer noch ein wenig alt. Doch heute Morgen hat der Hoffnungsträger kleinlaut gekündigt: So viel wie gestern sei er das ganze Leben nicht gelaufen, er sitze sonst halt immer, die ganze Nacht habe er Muskelschmerzen gehabt, der Job sei nicht gut für die Gesundheit, auch habe seine Frau geschimpft, warum er einen Tagesjob nehme, statt bei ihr daheimzubleiben und nachts zu arbeiten. Er wolle es jetzt als Barmann versuchen oder als Nachtwächter, da müsse er weniger laufen. Oh Gott, die sind so kampflos hier, so schwach und schlaff im Kopf, wie soll bei solchen Leuten ein Singapur aus der Insel werden, ein Hub, wie es manche Politiker zu nennen belieben.

Zum Glück haben wir heute zum ersten Mal seit Wochen keine Gäste, ein wenig Ruhe, auch zum Schreiben. Am Morgen ging ich zu Nalu, der hatte mit 12 jungen Bewerbern Interviews, weil er 6 von ihnen brauche als Steward, Roomboy und Küchenhilfe bei der Vergrößerung seines kleinen Guesthouse. (Je mehr Angestellte, desto größer das Ansehen, doch weil das teuer ist, nimmt man die doppelte Anzahl und zahlt allen nur die Hälfte.) Vermittler war der Manpower-Händler, der mir kürzlich vier junge Männer anschleppte. Ich hoffte es bliebe ein Bewerber für uns übrig. Doch wieder der Eindruck, die nachwachsende Generation sei orientierungslos, schlecht ausgebildet, unmotiviert, doch außerordentlich anspruchsvoll. Das Land wird Wunder erleben, wenn erst einmal der Friede ausbricht und der Kapitalismus zuschlägt. Andererseits sind schon jetzt die Auswahlkriterien so, dass nur die ihre Chance haben, die Schulabschluss und keine Biodatalücken habe, dann machen sie sogar Tagesreisen für den neuen Job. Dort hält man sie dann in Schlafsälen, ohne Abendausgang, doch mit Trinkgeld-Beteiligung. Ich schaue mir weitere Leute an, jetzt habe ich wieder Zeit und auch Mumm, denn der eine Tage mit dem Alten hat genügt, mich wieder fit zu machen und ein wenig entspannt. Ein Hotelkollege aus dem Süden will mir jemanden schicken, aus Nuwara Eliya gibt es einen, mein Baumeister schickte mir eben zwei Bewerber «zum Interview». Sicher ist, dass ich eine temporäre Nachtstatt bauen muss, denn wahrscheinlich wird jemand von außerhalb kommen.

Der frühere Houseboy Ivon kam gestern an mit meiner formellen Kündigung und meiner Karte, mich zu besuchen. Er sei heute erst von einer Pilgerreise heimgekommen. Und mit dem ominösen Ministeranruf habe er gar nichts zu tun, eher schon Shean, der Beziehungen «zur anderen Partei» habe. (Der schwört aber beim Namen seiner krebstoten Mutter, dass er sich lediglich über die Bedrohung durch Gäste der Zechpreller beschwerte.) Er lässt mich auch die Klatschmeldung wissen, dass Shean nächsten Monat einen Tucktuck kaufen und mit der Arbeit hier aufhören würde.

Das ist alles sehr eigenartig.

Ich rede mit Sankar, der im Staffhaus immer noch rekonvalesziert. Ich erinnere ihn, dass ich ihm Krankengeld zahle, zusätzlich zum Salär, damit er bis Ende Oktober gesund sei an Körper und im Kopf. Zudem würde ich seine Arbeit machen und nicht dulden, dass er privatisiert, statt zu genesen. Er müsse bis Ende Oktober alles gesund machen, sich selber, Haus, Familie, Job. Um den müsse er aber in Konkurrenz zu neuen Leuten kämpfen, ich würde ihn ihm nicht schenken, nur ein Neubeginn sei denkbar, er müsse sich bewerben. Tschau!

Die bezaubernde Carla aus Gstaad kam nach drei Ayurvedawochen ein paar Tage zu uns zurück, zuletzt wurden aber nochmal drei Wochen draus. Sie fühlt sich gut bei uns. Doch wollte sie wohl auch Zeit gewinnnen, um sich für den definitiven Mann zu entscheiden. Der wollte sie nach der wochenlangen Abwesenheit zurückhaben. Doch habe er sich sehr verändert, sei weniger materialistisch geworden, sei ein ganz anderer gewesen, als sie ihn am Airport abholte, so ohne schicken Anzug und angefüllt mit neuen Werten. Da sei er gar nicht mehr ihr Geliebter gewesen, da habe es gar nicht mehr geknistert. Nun sei er mehr wie ein Bruder, das habe sie nicht gewollt.

Der große Halloda von der Ayurvedaklinik kam erstmals ein paar Minuten bei uns vorbei, «auf der Durchfahrt», aber mehr, um mit seinem Handy zu arbeiten, als mein Gast zu sein. Ein schwieriger Mensch, undurchsichtig, wahrscheinlich neidisch. Ich vergesse oft, dass ich Ausländer bin, die andern vergessen es nicht.

Gestern fuhr ich wieder einmal zu den Schweizern nach Marawila zu Kaffee und Kuchen, die sind liebenswürdig immer, schenkten mir die NZZ und ein Kochbuch über tamilische Küche, und sie hatten wie immer viele Business Tipps.

Am Weg Zementgießereien, schöne Moonstones sind ausgestellt, möchte gerne ein paar davon kaufen, das sähe gut aus am Minrala-Eingang. Am Samstag kommt Lukas. David telefonierte und Mibelle. Gestern und heute habe ich eine halbe Stunde länger geschlafen, es war berauschend, ich habe mich seit der Bentotakur heftig verausgabt, mit Lust und Neugier wie immer, aber auch mit Hingabe, das hat einen Preis, ich fühlte mich vorgestern Abend sehr erschöpft.

Da hat mir eine neue Belästigung gerade noch gefehlt. Sie schließt m. E. nahtlos an das kürzliche Minister-Telefonat an (gleiche Formulierungen, «many complaints» usw.) Eine Journalistin aus Madampe namens Maseli faxt, sie wolle mich treffen, es sei geheim. Am folgenden Morgen telefoniert sie mir. Dann kommt sie persönlich vorbei. Alles ungefragt. Sie sei eine gute Freundin von Sheela und Sankar, der sei ja mein Manager. Sie wisse von mir, dass ich ein Gentleman sei. Ah ja?

Sie habe einen anonymen Brief erhalten, der gegen mich gerichtet und an den Herausgeber der Sunday Times adressiert sei. Ich zahle keine Steuern. Handle mit Drogen. Verkaufe Alkohol. Verführe die Jugend. Würde Familien in der Gegend auseinanderreißen. Und sei überhaupt ein ganz schlechter Mensch. Die mir unbekannte Frau – sie sei Kundin in Sheelas Nähladen (!) – will, dass wir zusammen nach Colombo fahren. Ich bin verärgert, aber kampfeslustig und neugierig. Auf nach Colombo! Vorher faxe ich den Brief und die zwei jüngsten Complains an die Schweizer Botschaft zur Kenntnis, telefoniere auch dem Sekretär, was derzeit hier läuft («ach Gott!», sagt der), und verbringe den heutigen Tag in Colombo. Auto hin, Auto her, Snack unterwegs, Redaktionsbesuch. Die merken gleich, dass das ein anonymer Brief ist, und befragen die Frau statt mich. Sie wolle mir helfen, beteuert sie, ich sei innocent. Und Freelancejournalistin sei sie, ob man nicht manchmal Aufträge für sie hätte. Der Mann von der Redaktion scheint verärgert. Ich solle mir keine Sorgen machen. Später auf der Rückfahrt mache ich mir Notizen und Miss Maseli fragt, ob ich ihr meinen Kugelschreiber schenken würde, der gefalle ihr sehr.

Abends um neun schreibe ich meine dritte Strafanzeige, schicke auch die der Embassy, bringe sie am nächsten Morgen auf die Polizei, die sie z. Hd. HQ entgegennimmt, dann zieh ich mich verletzt in den Alltag zurück, habe Gäste.

Am Montagmorgen um acht ruft die Möchtegernjournalistin wieder an. Sie habe good news. Ihr Englisch ist nicht so gut, sie scheint wie früher schon aufgewühlt und emotional. Sie erzählt viele Sachen. Dass sie Novellen schreibe, eine psychologische Beratungsstelle würde sie gerne betreiben. (Immer wollen die Hilfsbedürftigen anderen helfen). Ihr Freund (jeder hat hier Freunde, wichtige) wolle mich treffen. Bei mir im Guesthaus gäbe es indiskrete Leute. «I will help you!» Schon wieder.

*

Urgent report and complaint

Very sorry, but I need to make a 3rd complaint in just a week (see page 345/para 347 and page 297/para 202), but it seems, that there is an unknown person or group with aggressive and violent interest, to destroy my good name and image and to disturb my business. Eventually business competitors they shoot at me with heavy arms and aim of intimidation!

Today I was informed by a freelance journalist from Madampe (Miss Maseli), writing for a group of Sinhala papers, that she received by post an incredible letter, from which I deposit herewith a copy to read before making inquiry.

The letter to the Editor of «Times» is reporting a bunch of accusations, which will easy molest and dash to the ground every innocent person in the poisoned atmosphere here against foreigners in business. In interest, to restore my good name and image and aimed, to stop this persisting disturbing, I invite you for immediately inquiry. The main point is to find out, who is behind the signer of the letter, named N. P., asking not to avoid his name.

Let me say, that I not have any idea, which person or group is behind this pressure, nor which interests they have to fight a battle against me. Till now I had not any enemy here. (Is it having a connection with the said complaints? Is it having a connection with one of my employees? Is a business rival behind or an envious person, group or clan?)

I intend to bring a criminal charge by legal action against that person behind and to inform the Embassy about the difficulties, which long staying Swiss citizens face here in Negombo.

Thank you for cooperation.

*

29. September

Da steht diese ziemlich frei schaffende Journalistin schon am frühen Morgen wieder vor der Tür. In Begleitung. Sie nennt ihn ihren «Fitness», er ist ein leicht verblödeter Nachbar, Mr. Jayasir oder so. Wohl, weil Frauen nicht allein in fremde Häuser dürfen. Sie hatte nichts Neues im Koffer, aber die dringliche Empfehlung, noch einmal ein Complaint zu machen. Ich solle schreiben «some one want to kill me», um Druck zu machen. «Die» gingen bis zum High Court gegen mich. Ob ich selber denn gerichtlich gegen «die» vorgehen würde? Selbstverständlich, mit «High Lawyer», in Colombo. «Die» wollten in Wahrheit meine Property stehlen. Sie mag die Sri Lanker nicht, versichert sie, auch nicht die Politiker; Chandrika sei recht, ob mir Ranil gefalle, von der Opposition?

Sie gibt mir einen Brief zu lesen, den sie an mich geschrieben hat, aber den sie wiederhaben wolle, eine Art Liebesbrief. Sie wolle mir helfen, ich sei innocent, wenn nicht, solle ich es ihr sagen. Sie kenne einen Minister aus der Gegend, dem habe sie auch von mir erzählt, der würde mir helfen. Übrigens habe ihr Vater eine Ayurvedapraxis. Dem könne ich doch meinerseits helfen, ich hätte doch genug Geld und sie habe Land, da könne man doch was machen zusammen, eine Ayurvedaklinik für Touristen, das wäre doch eine gute

Sache. Ob ich sie zu ihrem Vater begleiten würde. Sie wolle schnell noch etwas aufschreiben, ob sie meinen Vierfarbstift kurz haben könne. Sie gibt ihn nicht mehr aus der Hand. Nein, nein, sie fragt auch nicht nach einem Toffee, auch nicht nach einem T-Shirt.

Ein Residenzvisum, kein Problem. Ich hätte doch Fachbücher geschrieben? Ich müsse unbedingt alles an die Präsidentin schicken, sie lese alles von Ausländern. Der Clan? Das seien Leute von der Peoples Alliance, sie müsse wissen, was da laufe.

Ich berichte dem Redaktionschef von der «Sunday Times», der tönt freudig, er habe schon dem «ASP» oder so telefoniert, zur Polizei nach Negombo. Da kann ja nichts mehr schiefgehen. Ich faxe ihm das Complaint, verabrede mich auf morgen um eins bei ihm. (Auch der mieseste Journalist wird keine Story bringen aufgrund eines solchen Briefes, der wird warten.)

Sorry, ich habe zu tun. Gehen sie jetzt bitte.

(Steckt Sheela hinter diesem Gespinst? Die hat manchmal so Ausbrüche, will mich mit der Journalistin verkuppeln, die kennen sich, da ist vielleicht einiges verquer aus dieser Ecke? Seit Tagen, seit sie weiß, dass ich mehr Verständnis habe für sie, weil ich definitiv erkennen musste, dass ihr Mann ein übler Alkoholiker ist, ist sie blühend, strahlend, grub sogar in Blumentöpfen herum, das erste Mal seit Jahren, um mir zu gefallen. Und im Anzeigebrief steht, ich hätte viele Familien separiert. Hinausgeschmissen habe ich sie, woher weiß der anonyme Briefschreiber das? Sie ist widersprüchlich, einmal sagt sie, jemand habe ihr den Brief auf der Straße gegeben, ein andermal, er sei mit der Post gekommen.)

4. Oktober

Gottgelobt ist der schwarze September, sonst mein Lieblingsmonat, vorüber. Ich fuhr nach Colombo ins Transasia, Lukas hatte dasselbe Ziel, die Umgebung, der Kulissenwechsel, ein Gesprächspartner ähnlicher Denkstruktur tat mir gut, ich kam geläutert, ausgeschlafen und erfrischt im Kopf zurück-.

In Colombo besuchte ich diesen Journalisten von der Sunday Times, zuständig für Crimes. Ich hatte ihm mein Complaint zur Kenntnis geschickt. Freudig berichtet der gute Mann, er habe die Polizei in Negombo angerufen, da läge gar nichts vor gegen mich oder mein Guesthaus. Ich gebe zu bedenken, dass vielleicht größere Zusammenhänge bestünden. Gott bewahre, nie würde ich einem Journalisten Belehrungen machen, die Pressefreiheit ist m. E. die Freiheit des einzelnen Journalisten, zu machen oder nicht zu machen, was er selber will. Mit Verlaub. Ja, er wolle was schreiben darüber, welchen Schikanen ausländische Investoren ausgesetzt seien, er käme morgen Mittag für eigene Recherchen nach

Negombo. Ob er denn die junge Journalistin gekannt habe, die den anonymen Brief brachte? Nein, nie gesehen!

Der Journalist kommt natürlich nicht, nie kommt einer zur verabredeten Zeit. Am Sonntag will ich die abonnierte Sonntagszeitung besonders sorgfältig lesen.

Aber erst einmal ging ich in Negombo zum Polizeichef des «M. O.», Minor Office. Sah ihm teilnahmsvoll zwei Stunden lang zu, wie er den gesamten menschlichen Müll der Stadt über sich ausschütten ließ, all diese kleinen Betrügereien, Gemeinheiten, Bösartigkeiten, Nachbarschafts- und Verwandtschaftszwiste, es war bewegend. Der Mann ist ein armer und tapferer Kerl, ich hatte Respekt vor ihm. Die Polizisten drum herum in schwere Bücher vertieft, immerzu Rapporte schreibend, sie haben nichts als einen Kugelschreiber und ein Fläschchen Gummileim. Und dann fallen überfallartig Licht und Ventilator aus. Keine Wände, keine Türen, ein voller Bauch voll gärendem Abfall. Dieser Stress. Diese Frustration. Diese Bereitschaft zu Gewalt und Betrug und Korruption, wen wundert es. Ich sitze dann bei ihm im Büro, alles ist immer von erlesener Höflichkeit, mit großem gegenseitigem Respekt, ich kenne die Tricks der Kleidung, beeindrucke mit blauweiß gestreiftem Hemd, Zurückhaltung, freundlichem Lächeln. Nein, da sei noch nichts Neues wg. meiner drei Anzeigen – sie suchten eine halbe Stunde das Rapportbuch – wie auch, wenn sie immer am Schreibtisch sitzen. Ich solle in einer Woche wieder fragen.

Anishs Examen-Schlacht klappt leidlich, er bräuchte Nacherziehung, das ist kein Gemeinsinn, wenig Durchhaltevermögen, kein Fleiß. Was will ich machen, das Boot treibt, ich steuere ein wenig, aber wirklich Einfluss nehmen auf meinen Ziehsohn kann ich nicht. Er erzählt mir ein Geheimnis, ich solle der Mutter nicht verraten, dass er es wisse, sie wolle heiraten, einen Geschäftsmann.

Derweil kocht ihr Ehemann in seiner dicken Suppe, hält es dann aber nicht mehr aus und kommt gestern wie erhofft aus eigenem Antrieb an, mit einem Blumenstrauß! Fragt um eine Entscheidung, wie es mit ihm weitergehe, ob er den Job behalten könne. Er halte die Unsicherheit nicht mehr länger aus. Ich lasse ihn reden, zwei Stunden lang. Dennoch macht er um sein Alkoholproblem einen weiten Bogen, kein Wort davon, er hat es immer noch ausgeblendet. Von meinen eigenen Sorgen und Problemen gar nicht zu reden, ich komme nicht vor in seinem Jammer. Doch ich bin ein anständiger Kerl, sage ihm rücksichtsvoll meine Meinung, dass nicht Sankar A zur Diskussion stehe, sondern Sankar B. Dass der mir seit Jahren Sorgen und Stress mache, mich und die Geschäfte, mein Image und meinen Frieden störe und dass seine kürzlichen Krankheit auf Leben und Tod das letzte Glied in dieser endlos langen Kette von Enttäuschungen und Rückschlägen gewesen sei. Sankar A sei sofort willkommen, ich mag ihn, in Wahrheit möchte ich keinen der mittlerweile dreißig Neubewerber anstellen, es wäre leicht, ihn zu ersetzen. Aber ich traue ihm und seinen Versprechungen nicht. Möchte darüber schlafen, am nächsten Tag nochmal drüber reden. Aber in Wahrheit wird es auch für mich Zeit zu entscheiden.

Noch immer kein neuer Haushälter in Sicht, geschweige denn eine Haushälterin. Zum Glück haben wir derzeit keine Gäste, nicht einen einzigen. Einen der Bewerber, den ich schließlich haben wollte, hatte an diesem Tag als Kassier in einem Nachbarhotel begonnen. Der andere aus Weligama kam trotz Telegramm und Brief nicht zum Gespräch. Der singhalesische Verehrer von Kathrin, Julian von der Klinik, Hugoda sowieso, auch der Barmann vom Golden Star hatten Hilfe versprochen, alles heiße Luft. Hingegen kam der Menschenhändler hereingeschneit, nächste Woche habe er wieder 36 Interviews in der Gegend, ich solle doch dabeisitzen und einfach jemanden aussuchen.

Das temporäre Palmblatthaus für den neuen Mann steht auf alle Fälle, eine Meisterleistung der Ingenieurskunst, kühl und trocken auch im stärksten Wasserfall.

Im Muttergottesschrein vorne an der Straße sehe ich heute gerührt und belustigt fünf der Sportpokale stehen, die ich meinen Nachbarn beim alljährlichen «Gerry-Volley-Cup» überreichte. Später brach ich mit der Tradition – der Bürgermeister aus der Familie in der Nachbarschaft organisiert jetzt einen alljährlichen Volley Tournament, bei dem es mehr zu gewinnen gibt als bei mir, vor allem Wahlstimmen für ihn. Da sind die jungen Sportsmänner alle zu ihm abgewandert. Sie kopieren alles hier, sie haben keine eigenen Ideen, und die hohen Herren wünschen keine ausländische Konkurrenz in ihren Gärten.

Shean habe ich befördert, mit Brief, nach 10 Monaten. Er hat sich im angestelltenlosen September wunderbar eingesetzt, ist bei freundlicher Führung äußerst hilfsbereit, erhielt 1000 Rupien Extrabonus, und ab nächsten Monat werde ich ihn am Bedienungsgeld beteiligen. Den Brief kann er nach außen vorweisen, er ist jetzt jemand, er hat ein Diplom, und er ist selig.

«Full Herbal Hair Tonic – With Bay Rum». Diese Aufschrift auf einer gefährlich aussehenden rot-schwarzen Flasche schießt mit der Schrotflinte. Sie bedient die verschiedensten Erwartungen der Kunden, eines der Reizwörter wird schon treffen. Ich sehe die Neuanschaffung bei meinem Haarschneider Priyanda, bei dem ich mir seit hundert Jahren die Haare schneiden lasse immer dann, wenn ich nach der Selfmadefummelei mit meinem Langhaarschneider wieder mal was Rechtes brauche. Das meint gänzliche Handarbeit, das emsige Klappern des Scherchens, das widerspenstige Losschnalzen meiner Haarstummel beim langsamen Durchkämmen, und diese Bay Rum-Kopfmassage am Schluss, die so sehr ihresgleichen sucht, dass ich sie jedem unserer Gäste empfehle, der das Gespräch über anderes als das Wetter sucht.

An solchen Tagen erinnere ich mich, dass mein Kopf ein Lebewesen ist, dass er aus Schwarte, Fleisch und Knochen besteht und nicht nur aus fragwürdigem Inhalt und Aussehen, das sich selbst genug ist. Ob Chemicals, Herbal oder Rum des Tonikums so belebend auf mich wirken oder die ruppig konzentrierte Zuwendung des Meisters, will ich gar nicht wissen, es ist wohl das Ganze des Theaterstücks.

Auf alle Fälle beweist mir der seltene Besuch die alte Weisheit, dass der Gemeindepfarrer und der Frisör die einzigen sind, die wirklich alles wissen. Nur ist mein Barber nicht gar so verschwiegen, denn gleich darauf erfahre ich von ihm, dass ich gestern für 5000 Rupien Zigarren gekauft habe. Aber auch, dass drei meiner Gäste zu ihm gekommen und mit der Kopfmassage sehr zufrieden gewesen seien. Ob er mir die Kommission nächsten Monat zahlen könne, im Moment sei er ein wenig knapp, das Elektrisch sei so teuer geworden, 42 für 14 Einheiten, das sei doppelt so viel wie vorher. Ich klage guten Gewissens lauthals mit, hatte letzten Monat selber an den 14 600 Rupien für unsere 1215 Units zu beißen. Doch Kommission annehmen von einem Barfußbarbier das lässt meine Selbstachtung nicht zu. Nächstes Mal werde ich ihm eine Zigarre mitbringen.

6. Oktober

Eine Geschichte ohne Ende. Erneut mit Sankar gesprochen. Dr. Elena zufällig zu Besuch, hilft mir mit Fakten, klärt Sankar über seinen Alkoholikerstatus auf, nachdem ich ihr sage, die Ärzte haben ihm lediglich auf den Weg gegeben, kein Öl und Fett zu essen, um die Leber zu entlasten. (Eindimensionale Panadolärzte, die die unwissenden Patienten im Unklaren über ihre Krankheit lassen, Medikamente, der Nächste bitte).

Die Ärztin ist außer sich vor Ärger, dass die einem Halbtoten erst ins Leben zurück helfen, um ihn dann wieder in den Tod zu entlassen. Fakt ist, und Sankar hört sich alles aufmerksam und dankbar an: Dass die Hepatitis B eine Lebererkrankung sei. Dass die Leber nie vergisst. Dass sie sich erholen kann und lieb zu einem ist, wenn man lieb zu ihr ist. Dass sie einen aber umbringt, wenn man sie umbringt. Was heißt, dass er qualvoll sterben wird, wenn er auch nur an Alkohol denke. Vor diesem Hintergrund brauche ich auch kein ärztliches Zeugnis mehr, vertraue auf Sankars Intelligenz, noch einmal auf ihn, lasse die dreißig Bewerber um die Nachfolge fahren und stelle ihn wieder an. (Was, wie man später sehen wird, die folgenschwerste Fehlentscheidung dieser Jahre war.)

Bin sehr müde jetzt im Kopf, abgelöscht, erschöpft, aber froh um meine vermeintliche Ideallösung. Elena sagt, mein Hausmeister und ich hätten eine symbiotische Beziehung und wir würden uns nun neu zusammenfinden, es würde sicher gut gehen.

Aber nachts um zwei läutet es, eine Zeit, die nichts Gutes bringt. Sheela bittet um Einlass. Nachts um eins sei Anish zu seinem Bruder Mahendran ins Zimmer gekommen, beide seien sie weggeschlichen und jetzt um zwei immer noch nicht zurück. Was sie machen solle. Wir reden, ich insistiere, den Vater zu schonen und ihn vorderhand aus dem Spiel zu lassen, damit das Paar keinen Rückfall in alte Schuldzuweisungen bekommt.

Sheela weiß wie ich, dass die Buben eine Geschichte mit den Töchtern einer maledivischen Muslimfamilie haben, beide denken wir, das sei der Grund. Unsere Tore sind nachts geschlossen, die sind über die Mauer abgeschlichen zum nachtdunklen Strand. Es regnet, wo sind die nur. Ob wir die Eltern besuchen sollen, Sheela weiß, wo sie wohnen. Ob ich denke, Drogen seien im Spiel? Nein, wirklich nicht! Ich plädiere, zurückhaltend zu agieren und jetzt nicht die große Show loszutreten. Es sei nicht gut, wenn Sheela und ich zusammen durchs nächtliche Negombo laufen würden. Die Sache sei ohnehin im Gange. Aber morgen unbedingt Besuch, Aussprache, Bruch dieser unmöglichen Beziehung, die sind ja erst 15 und 17 geworden (nicht 18, wie Mahendran sagte – der kennt nicht einmal sein Alter). Gespräch über die neue Generation, die Orientierungslosigkeit, die Härte hiesiger Moral, die erst die Brautnacht erlaube und die jungen Leute allein lasse in ihrer hormonellen Not. Schilderung von Mahendrans Fehlgriff mit Geld und Gärtner, Sheela ist kurz vor dem Heulen und nur eine herumliegende Serviette verhindert ein Tränenmeer.

Natürlich bin ich enttäuscht, dass Anish mir hinter meinem Rücken eine lange Nase dreht. Gestern, sagt Sheela, seien sie in Wahrheit nicht bei ihr im Laden gewesen, sondern erst nachts um acht heimgekommen, aus Angst vor mir und dem Vater hätten sie nichts gesagt. Heute Morgen habe ich mich bei ihm beschwert, dass er nicht vorbeigeschaut habe zu einem Gruß, obwohl die Tür offen gestanden sei. Will ihn nicht zum Sonntagsfrühstück haben, doch er schaut so verzweifelt in den Tag, dann setz dich halt her. Nachmittags war er mit Sicherheitsnadelgeschossen hinter Vögeln und Streifenhörnchen her. Es ist schwer in diesem Alter.

Sheela erzählt mir by the way von ihrem neuen Mann, dass die Kinder einverstanden seien, dass der neue Vater Mahendran nach Indien ins Internat schicken würde (der schäme sich, hier wieder in die Schule zu gehen), dass Anish gerne bei mir bleiben wolle. Ich sage ihr, sie solle das kurz machen. Rede ihr ins Gewissen, die Kinder nicht von ihrem Vater wegzutreiben und auch Anish unter ihre Fittiche zu nehmen. Seit sie mein Angebot abgelehnt habe, Anish für das letzte Schuljahr in die lokale International School zu schicken, hätte ich meine Verantwortung ohnehin stark zurückgenommen. Ich zweifele auch daran, dass Anish durchs Schlussexamen komme, man müsse ihn noch immer zu den Hausaufgaben treiben, er hätte nichts begriffen. Sheela geht zurück ins Haus, ich versuche zu schlafen.

Da läutet es wieder, Sankar unterm Schirm begehrt im Regen Einlass für ein aufgedrehtes Pariser Gästepaar mit dem «Guide de Routard» in der Hand, nur hier wollen sie sein, im Icebear Guesthouse. Bon soir et bonne nuit! Die Kochgasflasche ist leer, kein Tee für die Gäste, sorry. Die Schlamperei geht schon wieder los.

7. Oktober

Ich drehe mich ein paar Einschlafstunden am Spieß, wache wie eingeübt sehr früh auf nach farbigen und fellinihaften Träumen, von denen mir ein Technicolorausschnitt noch lebendig ist, für dessen Entschlüsselung ich nicht lang bei Jung und Freud nachschlagen muss: Eine große Hochzeit in einer großen Kirche, ich weiß nicht, wer da heiratet, aber ich bin dabei. Als wir aus dem Portal kommen auf den schwarz marmornen großen Platz, liegen da Dutzende von Trauerkränzen aus golden gespritzten Kunstblättern in der Sonne am Boden, eine ebenso große Beerdigung findet statt, simultan, gleichzeitig.

Sheela sagt auf Befragen, sie habe um sechs an Anishs Zimmertür geklopft, da sei Mahendran herausgekommen. Anish habe ihm um eins in der Nacht gerufen, dann seien sie zu Gesprächen bis am frühen Morgen am Meer gesessen. Ob ich das glaube? Natürlich nicht, aber ich sage, sie solle den Söhnen vertrauen, ich würde nochmal nachfragen. Erleichterung! Aber Anish schläft wie ein Stein, will sagen wie sein Vater, und verschläft die Schule. Hängt durch den Tag, macht kaum Hausaufgaben. Abends noch einmal ein vertraulicher Versuch, den er ehrlich beantwortet, was mich entzückt. Ja, sie haben die Mädchen getroffen. Aber es sei enttäuschend gewesen und ein großer Stress, sie wüssten jetzt, die spielen nur mit ihnen, sie würden die Sache ganz sicher beenden, wir müssten nichts unternehmen. Das alte Spiel! Ich sei wie ein Vater zu ihm, sagt er ganz verliebt, was will ich machen, er ist mein anderer Sohn.

Lukas reist nach Kandy um 10, Elena um 12, die Franzosen um 3, alle wollen befrühstückt sein, für Elena soll ich noch einen Werbebrief texten, ich bin ihr dankbar für das Gespräch mit Sankar, das müsste therapeutisch nun eigentlich reichen. Am Nachmittag genieße ich die Stille des Alleinseins ohne Gäste und Angestellte, Shean verpflanzt Blumen, kommt abends mit der Familie, es geht wieder einmal aufwärts mit denen. Mittags schlafe ich eine Weile. Sankar übernimmt stillschweigend und ohne Diskussion das Küchenszepter, ich bin erstmals wieder von Druck befreit und gönne mir High-Tea und Pool des «Star Beach», wo sie ihren Dekadengast mit einem heftigen Preisaufschlag erschlagen, fernab jeder Marketingkultur.

Die Katze fängt eine kapitale Maus, der Hund erholt sich von der Geschwulstoperation und wird alert, das Huhn Laura geht mir auf ihren schönen Schenkeln aus dem Weg. Der Regenvogel ruft.

Abends wärme ich das gestrige Festmahl von Lukas und Elena auf und schnetzle mir Pouletwürstchen in den Fried Rice. Es wird Zeit, den Windzaun abzubauen. Und Zeit für einen neuen Houseboy, bald fängt die Hochsaison an.

15. Oktober

Wollte heute Morgen nach Colombo fahren, um eine Tintenpatrone für den altmodisch gewordenen Schreibcomputer zu kaufen (kann überhaupt nicht mehr kommunizieren, bin wie amputiert). Bin ziemlich früh aufgestanden und trank nur eine Tasse Tee zu Hause, damit ich um 8 losfahren und um 9 ungehemmt das Frühstücksbuffet im «Galadari» plündern kann. Aber da sah ich auf dem Kalender, dass heute Poya ist, die Buddhisten feiern den Vollmond, alle Büros und Geschäfte in der Hauptstadt sind geschlossen, die Kinos sowieso. Da ich äußerlich schon reisefertig bin und innerlich auf Buffet programmiert, fuhr ich dennoch los, aber nach Norden, wo es in Marawila den neuen «Palm Club» gibt, eine touristische Gruppenhochburg, die an Feiertagen auch von den teuren Einheimischen aus Colombo gut besucht wird. Ich zuckelte mit 40 in den Morgen, war um neun tatsächlich dort, stürzte umgehend in den Pool und dann ans Buffet. Das war kurz vor zehn schon geplündert, nichts wurde nachgefüllt, die Staff hing müde herum, ich fühlte mich nicht sehr zu Hause, auch überwiegt noch immer die Maurerkunst, der Bewuchs hatte noch nicht genug Zeit, seinen grünen Schleier über die Neubauten zu legen. Aber eine weiche Beachbedmatratze und die bis zuletzt ausbleibende Rechnung versöhnte mich zunehmend, es wurde arg heiß, ich sehr rötlich, und um zwölf war das nervige Negombo ganz weit weg.

Der General Manager Ching Cay Wun selbst gab eine chinesische Kochstunde, die Rezeption erfreute mit den Goodnews, dass das Weekend-Paket für Double all-in-all nur 4500 Rupien koste, inklusive heimische Alkoholika a discretion. Da zieh ich mich einmal zur Klausur zurück, dachte ich und schlenderte wiederholt durchs weite Areal am Fluss. Auf der Heimfahrt am Meer entlang entzückten mich die Siedlungen der Fischer, so muss Negombo früher gewesen sein. Warum nicht mein Areal verkaufen, wenn ich älter werde und es mir zu laut wird dort, und mich hierher in ein kleines Stöckli, aufs Altenteil, zurückziehen.

Aber erst einmal kehrte ich unterwegs im «Aquarial» ein für eine Nacht, morgen haben sie Neueröffnung annonciert, alles erweitert, upgegradet und herausgeputzt wie das ganze Land, das «die beste Touristensaison der modernen Geschichte» erwartet.

Von wegen.

Zu Hause angekommen, überschütten mich Shean und Sankar mit den News, dass in Colombo wieder einmal Bombenstimmung herrsche. Da ist auch schon ein besorgtes Fax von Lukas in der Maschine, so schnell gehen Nachrichten um die Welt. Die wird wieder einmal bestätigt finden, dass Sri Lanka gefährlich und unsicher ist, die beste Touristensaison der modernen Geschichte findet nicht statt, es wird einen Einbruch geben, Abbuchungen. Die Malediven und Kerala werden sich freuen. Und bei uns sind zwei Zimmer besetzt, wir verwöhnen die Gäste mit Extras, damit sie es nicht mit der Angst zu tun kriegen. Am Fernsehen Sonderschaltungen, BBC und CNN bereits life dabei, es sieht finster aus, die Halle in meinem Frühstückshotel ist verwüstet, Tempeldagoba und Tempelchef kaputt, das Lakehouse von Terrorleichenteilen übersät, das Hilton angeschlagen, der Bahnhof hinterm Tempel ramponiert, die blendende Fassade des vorgestern mit Glanz und Gloria eingeweihten Worldtradecenter zum zweiten Mal zerstört. 12 Tote, 100 Verletzte, der Schaden unvorstellbar höher. Die Angst. Der Alltag findet statt as usual.

Es ist eine Frage der Zeit, bis die Singhalesen wütend werden und keinen Unterschied mehr machen zwischen durchgedrehten Separatisten und tamilischen Zivilisten. Ich bin sicher, für Jahrzehnte wird keiner keinem mehr trauen. Dazu der wirtschaftliche Schaden, die ausbleibenden Investitionen, die Glaubwürdigkeit der Regierung. Wie kann sie das geplante Föderalsystem durchsetzen, die neue Verfassung, «ein Land, ein Volk». Wie können die zur militanten Mörderbande entgleisten Unabhängigkeitskämpfer erkennen lernen, dass sie der eigenen Sache und den eigenen Leuten schaden, die selber zu Terroropfern wurden. Hat man sie jemals gefragt, ob sie in einer selbsternannten Dikatur leben wollen, die nie mehr in den politischen Mainstream zurückfinden wird? Die neuen Anschläge sind eine halbstarke und fratzenhaft wütende Reaktion der Terrorbande darauf, dass der Westen die Organisation auf die Liste der Terrororganisationen gesetzt hat. Dass das Lake House, Verleger der staatlichen Zeitungen, propagandistisch Erfolge hatte und die Bevölkerung sich inzwischen tatsächlich auf eine Föderalismuslösung einlassen würde, der die Rechte der Minderheiten besser schützen könnte, das kann den machtgierigen Häuptlinge der LTTE nicht gefallen.

Wie hält ein Land so etwas aus? Wie nimmt die Gesellschaft da keinen Schaden? Die Lohnabhängigen fahren nicht zur Arbeit. Die Angst. Wie sollen sie da nicht alle ins westliche Ausland ausbrechen wollen? Wie soll da einer an die Zukunft glauben und an das Morgen, statt in den Tag hineinzuleben, wie es Tradition geworden ist.

Das Motherland, Mother Lanka, meine Geliebte, macht es uns nicht leicht.

Ein Houseboy ist noch immer nicht in Sicht. Ein 26-Jähriger mit Erfahrung kam nicht mehr zum Abschlussinterview, meine Fragen hätten ihn eingeschüchtert. Dabei kam der junge Mann ohne jedes Papier und ich hatte wie ein gütiger Vater seine Biografie abgefragt. Sie sind einfach schlaff, nicht sanft, schlaff und ein wenig arrogant gegenüber Ausländern, besonders wenn es Singhalesen oder wenn sie ein wenig gebildet sind. Auch ein Neunzehnjähriger aus Colombo, der hochmotiviert sein müsste, weil er die Familie ernähren muss und hier seine Chance hätte, ward nach dem Erstgespräch trotz unserem attraktiven Leistungspackage und meiner eigenen Präsentation nicht mehr gesehen, niemand weiß warum, beide Bewerber hätten wir gerne bei uns gehabt, beide hätten hier aufblühen können.

Auch den Schlachtplan, Anish durchs Examen zu bringen, betrachte ich als gescheitert, die Nacherziehung war gänzlich erfolglos. Weder nutzte er die Möglichkeiten meines Supports, noch die Distanziertheit des Studierzimmers, noch die Instruktion, wie das äußere Leben zu ordnen sei, um sich innerlich konzentriert auf diese eine Sache einlassen zu können. Weder zieht er das Meditieren durch. Noch macht er Hausaufgaben, noch rüstet er das englische Lesen und Schreiben auf, noch wird sein Saustall zum Palast. Der Gipfel war endlich erreicht, als er zwei Fruchtsafttetrapacks samt Strohhalm in den Garten vor seinem Zimmer warf und dort liegen ließ. Die Abnabelung von meinem Ziehsohn ist für mich fürchterlich anstrengend, ich schaffe es fast nicht, mich von der Verantwortung zurückzuziehen, bin dabei ganz und gar unbefriedigt und glücklos, komme mir manchmal zudem vor wie der dumme August. Ich bin ziemlich kühl geworden, aber wirklich desinteressiert und egoistisch, wie ich es zum Selbstschutz gerne wäre, das schaffe ich nicht wirklich. In diesen Monaten bin ich nicht sehr glücklich mit diesem Sohn, in Wahrheit tief unglücklich, es ist alles so hoffnungslos mit dieser Familie.

Immerhin hat vor zehn Tagen Sankar wieder angefangen, wäre uns fast weggestorben, dabei ist er Teil von allem geworden in den acht Jahren seit er hier anfing, und zudem fühle ich mich verantwortlich für ihn, weil er mir einst selbstlos wenn auch kopflos das Leben und mich aus dem Meer gerettet hat. Wie in Russland ist der Schnaps ein Landesübel, mit dessen Schwarzbrennerei die Drahtzieher gute Geschäfte machen und der jedem rechten Kerl von Mann der beste Freund ist. Für Sankar war der Arrak der liebste Bruder, ein siamesischer, der ihm permanent alle guten Vorsätze zertrümmerte und zuletzt die Leber, von der Familie ganz zu schweigen und von den Schockwellen der Angst, für die seine drei Kinder lange Jahre brauchen, um sie wegzustecken. Ich bin guter Hoffnung, dass nach dieser zentralen Lebenserfahrung endlich die Einsicht vorherrscht, dass er beim nächsten Schluck nicht den Job, sondern das Leben verliert. Die Ärzte machten die Aussicht auf einen sicheren und qualvollen

Tod so unmissverständlich klar, dass eigentlich gar nichts mehr zu diskutieren ist, und ich guter Hoffnung bin, dass er die Kurve kriegt.

Der neue Sankar ist noch müde und nicht ganz top, voll gutem Willen, aber auch voll alter Fehler: Kein Vorratsmanagement, in der Teigwaren- und Reiskiste Brehms Tierleben, im Eisschrank alles Kraut und Rüben, das Geschirrabwaschen unprofessionell. Wenn meine Güte und Liebe nur meine deutsche Gründlichkeit überwinden könnte und ich diese Sri Lankischen hundert Prozent akzeptieren könnte. Wie leicht ließe sich dieser Frustrationen entkommen. Ich bin auch selber schuld, hocke immer nur hier herum, alles wird eng, die Staff, mein Beruf. Dieses Festbeißen verhindert, den Dingen ein wenig ihren Lauf zu lassen. Ich wäre gern ein wenig lebensleichter manchmal, ein wenig weniger deutsch und schweizerisch.

Seit fünf Tagen ist Saison, die europäischen Touristen sind wieder da. Schon treiben sich die ersten Zuhälter am Strand herum, der Monsun ist dieses Jahr früh vorüber, auch die Boote der Fischer sind am jetzt flachen Strand zurück. «Dieses Jahr wird es besser», wir alle singen das alte Lied, Negombo ist vorbereitet, scheinheilig, raffgierig und für Geld zu allem bereit. Unser Garten war während der fünf Monsunmonate durch einen Windzaun zum Meer hin ein geschütztes Zimmer, der Rückzug ins Innere. Gestern haben wir den Zaun abgebaut und die Mauern weiß gestrichen, der Garten ist wieder Teil des Ozeans, der leuchtet überall herein und erweitert die Seele. Obwohl es pünktlich wie die Bahnhofsuhr jeden Abend um fünf losregnet, sind die Tage hell und sanft, Zeit jetzt zum Innehalten, zum Neubeginn, für Ferien. Wir wollen uns jetzt fokussieren auf die Saison, drauflos pinseln, putzen, erweitern, verschönern.

17. Oktober

Abends ruft mich lautes Frauengekreische ins Staffhaus. Sankar wollte seiner Frau die Goldkette vom Leib reißen, sie wehrte sich demonstrativ auf dem Bett, er war der Gewalttätige, der ihr eines Tages an den Kragen gehen wird. Ich nehme die Eheleute an die Brust, rede seit Unzeiten wieder einmal mit ihnen, und sie sitzen sich seit langem wieder einmal gegenüber, später kommen die sprachlosen Söhne dazu. Sie erklärt hasserfüllt, er habe reden wollen, sie nicht, es sei seit 18 Jahren dasselbe. Ihr Mann schildert, dass er heute zu viel gearbeitet habe, schwach sei, außer sich, nicht mehr ein noch aus wisse. Morgen wolle er mir erzählen, dass er hier weggehen, alles hinter sich lassen wolle. Ja, sie seien jung, könnten neu anfangen.

Am nächsten Morgen helfe ich Sankar beim Frühstück, stehe sicherheitshalber früh auf, fahre dann mit ihm zum Elternhaus eines neuen Houseboys. Der sei echt fleißig, sagt der Vater, aber er ließe ihn nur zwischen 8 und 6 arbeiten, nachher müsse er ihm beim Hühnerschlachten helfen, auch sonntags. Er wisse nicht so recht, ob unser Job das richtige sei für seinen Sohn. Als Fischmetzger verdiene sein Leibeigener ohnehin viel mehr. O je, wie soll das alles Singapur werden. Auf dem Heimweg kehre ich mit meinem neuen alten Hausmeister auf eine Coca ein, sage, er solle eine Woche Ferien machen, Abstand und Distanz und kühlen Kopf gewinnen, dann entscheiden (a) für den Job, (b) wegen der Ehe. Dann sei alles klarer und alles werde leichter. Das sei eine gute Idee, das wolle er machen, er kenne ein stilles Hotel in den Reisfeldern, da habe er schon immer einmal hingewollt. Mittags um vier bringe ich ihn mit Schirm und Gepäck zum Busstand, gebe ihm 7000 Rupien und Multivitamintabletten mit auf die Reise, er hat Bücher und den Gameboy dabei.

Abends kommt Sheela aus ihrem Kleiderladen heim, es ist acht, ihr Mann ist nicht da. Sie ist außer sich vor Zorn, er sei abgehauen. Verdammt, nein, ich habe ihn in die Ferien geschickt, ob er ihr das nicht gesagt habe. Dabei hatte sie alles so schön eingerichtet, ihn endgültig zu zerstören: Die Polizei käme morgen, um ihn zu verhaften. Die hätten gefragt, ob sie ihn verprügeln sollten, nein, er sei noch krank. Verflixt, nun müsse sie abberichten. Ich rede lange und freundlich mit ihr, sie strahlt goldig und erzählt verliebt von einem neuen Prinzen und voll unerbittlichem, definitivem Hass von ihrem ersten Mann, der es nicht geschafft habe, sie emporzuheben in den Himmel, in dem die Prinzessinnen unter sich sind. Mit dem Appell, be sure, ich bin nicht dein Enemy, verabschiede ich sie.

Am nächsten Morgen schimpft die Ehefrau und Mutter schon in der Früh wie ein Rohrspatz mit Anish, der muss herhalten und dafür die Schule schwänzen. Später erzählt er mir betreten, wie ihn das alles krank mache. Sie sei davon überzeugt, ich hätte die Familie zerstört, ihren Aufstieg verhindert, die Kinder auf meine Seite gezogen, mit meinem westlichen Stil alles kaputt und den Vater zum Trinker gemacht.

Aus der Schweiz besorgte Faxanfragen, ob es mir wegen der Hauptstadtbombe gut gehe. Gut gehe, es geht mir bombig! So stehe ich also wieder viel zu früh auf, bereite Frühstück für die Gäste, falte getrocknete Wäsche, kaufe Vorräte ein, scharwenzle mit den Gästen, hüte das Haus. Die Brüder sitzen mit den Maledivenmädchen im Garten, ich bin erstaunt und verwundert, keine Sorge, die Mutter habe es erlaubt! Später suche ich nach ihnen und finde sie erschrocken hinter geschlossener Tür in Mahendrans Zimmer. Ich fahre aus der Haut, im Wissen, dass alle Nachbarn alles wissen und wie sie darüber reden würden – wie der Vater, so die Söhne, wie der Chef, so die Angestellten. Die Lausbubenmädchenspiele sind gegen meine Interessen, stören meinen guten Ruf, ich sitze im Glashaus. Ich werfe die Mädchen – sorry – hinaus, sie mögen nicht mehr wiederkommen. Die Mutter bringe die Söhne um, wenn sie das wisse, doch die

Explorer versichern erneut, sie wisse, dass die Mädchen zu Besuch kämen. Ich zerstreue mich beim Detailstudium von 18 Housekeeper-Alternativen, die von der letzten Ausschreibung noch verfügbar sind, und lade 3 davon brieflich zum Gespräch.

Abends sagt Anish, sein Freund habe Vater Sankar heute im Caravan des alten tamilischen Drivers herumfahren sehen. Ich dachte, der habe sich zur Auszeit zurückgezogen? Was kocht er aus, was braut sich da zusammen. Es ist wie diese Madrasfilme, die ganz großen Gefühle, die ganz große Liebe, der ganz große Hass, die ganz große Gewalt. Alles eskaliert, ist ganz und gar dramatisch und endgültig und die Dinge nehmen keinen guten Lauf, geraten außer Kontrolle, bekommen so viel Eigendynamik, dass das unsägliche Desaster nicht mehr aufzuhalten ist. Es gibt nie ein Happy End. (Dass andererseits eine Frau mit einem Frottiertuch über den nackten Schultern das äußerste an Gewagtheit für die einheimischen Männer ist, hat auch Gast Carla erfahren. Sie habe solcherart nach dem Schwimmen im Meer an der Mauer gestanden und die ganze männliche Nachbarschaft aufgewühlt, weil sie ihnen als leicht verfügbar schien bei diesem frivolen Auftritt.)

Abends gehen die Buben auswärts essen, sind wider Erwarten nach einer Stunde zurück, bevor die Mutter kommt, die ihnen Geld gegeben hatte, weil sie keine Zeit zum Kochen habe. Anishs Zimmer ist die obligate Abfallhalde, ich müsste ihn hinauswerfen, alle Lichter brennen im Staffhaus, als sie gehen, und sie lassen den Wachhund eingeschlossen, statt dass er im Garten seinen Wächterdienst täte, wo außer mir niemand ist. Jeder denkt jetzt nur an sich. Kein Gemeinsinn irgendwo.

Schaut euch den Straßenverkehr an, wie sie fahren. Keine Rücksicht, nie nach hinten oder zur Seite zu schauen, sie blinken falsch, scheren plötzlich aus, halten unvermittelt an, parkieren umständlich und blockieren die ganze Straße, stehlen den Vortritt, schneiden die Kurven, überholen und fahren mit Vollgas hupend auf den entgegenkommenden Fahrer zu, der wird schon langsamer fahren oder ausweichen. Muss ich mir das alles antun, wollte ich das?

Sogar Hund und Katze ärgern mich, auch sie immer auf einen Vorteil aus, schnurren nur um mich herum, um etwas zu erhaschen. Nachts zerfleischen sich zwei Kater unter erbärmlichem Geschrei während Stunden um meine Katze, die den ganzen Tag ganz belämmert beim Schlafen liegt.

Ich habe Mordlust.

Es ist keine gute Zeit für mich, ich bin in diese Ehehölle involviert wie in die eigene, in die zerrüttete Familie in Auflösung, ich leide, gebe keine gute Prognose für die Söhne, würde mich wundern, wenn sie unbeschadet durch diese Unrast gingen, bin enttäuscht, entsetzt, frustriert, alle sind so hoffnungslos geworden. Dabei sind die äußeren Umstände trotz Selbstmordbomben gut, es kommen immer wieder und trotz allem Touristen, die Magie der Insel ist unwiderstehlich. Habe heute auch an der Meerseite eine Werbetafel aufgehängt, die Stelltafeln zur Straße hin geputzt, an mir soll es nicht liegen, ich hätte Lust und meist sogar Antrieb, aber allein schaffe ich es nicht, «etwas loszumachen». Es bräuchte einen motivierten Kadermann, einen Mitkämpfer, Co-Boss. Bald wird es sich lichten.

21. Oktober

Abends kommen der Sergeant, sein Teamkollege und ein dicker Oberst, in Zivil, mit Pajero und Sprechfunk. Was es gäbe, was mir die Ehre ihres Besuchs gäbe. Ach nichts, sie seien hier vorbeigekommen. Das übliche große Schweigen, ich lockere auf, frage nach dem Versetzungsmodus bei der Polizei, der Sergeant wolle heim nach Vavuniya, aber er müsse in Negombo Dienst leisten, keiner sei bei seiner Familie. Ob sie einen Softdrink wollen? Schmunzeln. Ein Bier? Es hat noch zwei Flaschen, die trinken wir. In Sachen anonymes Telefon und Briefverleumdung solle ich mir keine Sorgen machen. Aber diese Journalistin aus Madampe, die würden sie sich vorknöpfen.

Heute Morgen erzählt mir der Gärtner – woher weiß der das? –, in Wahrheit seien sie gekommen, um Sankar abzuholen. Gegen den habe seine Frau Anzeige erstattet, er habe ihr Gold und Geld gestohlen und sei abgehauen.

Am Morgen spiele ich am Eingangstor mit dem Hund Sida. Sheela kommt dazu, rauscht wortlos an mir vorbei, ich sage nachdrücklich «Good Morning, Sheela!» Sie schaut mich wortlos und finster an. «Warum grüßt du mich nicht?» «Warum fragst du? Du hast mich und meine Familie zerstört!» Bin außer mir vor Ärger über die Umdrehung der Tatsachen und schaffe es zu schweigen. Es ist ein ganz starkes Stück. Nun zimmert sie sich einen neuen Feind. In Wirklichkeit ist sie immer noch wütend, weil ich ihren Mann zur Genesung in die Ferien schickte und aus der spektakulären Polizeiabführung nichts wurde. Diese gnadenlose Zerstörerin. Andererseits bin ich unsicher, ob Sankar jemals zurückkommt, vielleicht setzt er sich ab, verhindert so die Scheidung, vereitelt ihre Neuverheiratung. Ich bin verärgert, dass er sich bis heute telefonisch nicht meldete wie vereinbart, damit ich weiß, wo er steckt.

Immerhin kam ein neuer Bewerber an, nein, nicht für den Hausmeisterjob, eher als Houseboy. Im Gespräch nichts Konkretes, Grundschulabschluss, 26, Putzer in einer arabischen Fabrik, jetzt arbeitslos daheim mit Frau und Tochter. Wohnt in Dalupotha, nicht die erste Adresse. Kein Englisch. Ich winde mich heraus, fahre am nächsten Morgen aber zu seinem Haus, um seine Umgebung zu fühlen, eine gute Idee. Obwohl nicht angemeldet und frühmorgens, ist Garten und Haus herausgeputzt, das Haus der Mutter seiner Frau. Die geht um acht gut gekleidet zur Arbeit. Der Mann serviert Tee, ist aufmerksam und gut erzogen, die jüngere Schwester übersetzt. Ich denke, warum nicht, ein Test für beide, das Arbeitsprogramm bei uns ist nicht so riesig, leicht zu lernen, motiviert sein muss er, der Rest entwickelt sich. Kein Englisch ist auch nicht so übel, da stellt er mit den Gästen nichts Dummes an. Bereits am Tag darauf kommt er erstmals zur Arbeit, ich mache Frühstück für die Gäste, Abwasch, Küche, er immer dabei, nicht schlecht, learning by doing wie in Commonwealthländern üblich. Im Sarong sieht er ganz manierlich aus trotz muslimischem Kinnbart, am Mittag ist Roomboyarbeit zu machen, zwei Zimmer nur, neue Gäste kommen, kleine Reparatur, Essigfrüchte kochen, Strauch im Haus schneiden.

Von einem Gast erfahre ich, dass das Schweizer Fernsehen eine Dokumentation der BBC über den pädophilen Tourismus in Sri Lanka übernommen habe, da sei auch unsere Hausfassade zu sehen gewesen. Sie war dem Kameramann im Vorbeifahren auf der Beach Road wohl einen Kamerashot wert. Der Sprechtext «kleine Strandhotels, die ihre Zimmer an ausländische Pädophile vermieten, ohne Fragen zu stellen», zeitgleich mit unserer morgenfrühen blauweißen Hausfassade.

Ich erinnere mich gut an die britische Journalistin, die bei uns für eine Woche ein Fahrrad für ihre Recherchentrips gemietet und ein Bier getrunken hatte.

Die Geschichte ist nicht nur peinlich, sondern auch gefährlich fürs Geschäft und meinen guten Namen, denn ich habe ein «kleines Strandhotel». Dass wir Check-In-Formulare führen, die sich die Touristenpolizei gelegentlich anschaut, wussten die schnellen BBC Leute nicht. Deshalb war ich gestern endlich wieder einmal in Colombo. Die Schweizer Botschaft lieh mir die englische und deutsche BBC Videokassette aus, damit ich mir die im Film gezeigte Icebearfassade in Ruhe ansehen kann.

Beim Anschauen der Filmdokumentation stellte sich schnell heraus, dass der Film in der deutschsprachigen Übersetzung der TV-Sendung «Rundschau» so unglücklich geschnitten war, dass man ausgerechnet unser Hotel während der gesprochenen Textpassage sehen und erkennen konnte. Die englische Version war ok, da war unsere Hausfassade bloß allgemeine Kulisse beim Vorbeifahren.

Die Geschichte ist ekelhaft und störend, eine Art Umweltverschmutzung. Ich habe Klage erhoben, ein Schweizer Anwalt ist derzeit an der Arbeit. (Später wird die britische BBC die einstweilige Verfügung akzeptieren und sich auch das Schweizer Fernsehen entschuldigen und verpflichten, die beanstandete Sequenz nie mehr zu verwenden.)

Die Gelegenheit des Botschaftsbesuchs nutzte ich auch, um über den anonymen Drohanruf und die Briefverleumdung zu berichten. Der Schweizer

Beamte meint, ich solle nichts mehr weiter unternehmen. Oft steckten private Neider hinter solchen Sachen, die Behörden hätten anderes zu tun jetzt, und als Ausländer mache man ohnehin immer Zweiten. Da hat er wohl recht.

In der Hauptstadt sind meine Lieblinghotels Galadari und Hilton mit Sperrholzplatten zugenagelt, das Intercontinental und der Hauptsitz der Bank of Ceylon ist aufs Neue bös zerdeppert, die eben eingeweihten Türme des World Trade Center ohne Fenster. Es herrscht Krieg in der Stadt, man weiß nie, wo was wann und wie passiert, der wahre Terror, Colombo als Geisel, aber das Leben in der Stadt geht weiter as usual. Was denn sonst. Folgerichtig gehe ich zum Mittagsbuffet ins Oberoi. Es sind mehr Lunchgäste da als sonst, man rückt zusammen in schlimmen Zeiten. Die Kellner geben sich Mühe, man muss die gebeutelte Konkurrenz ersetzen, das Angebot hat plötzlich Klasse. Dann mache ich, dass ich schnell wieder heimkomme.

Lucias schwangerer Schwiegertochter gab ich Auftrag und Rezept zum Backen von Weihnachtsgebäck, das ist das Erfreuliche am heutigen Tag, ich fresse Weihnachten schon im Oktober in meinen Frust hinein. Der Kölner Auktionator vermeldet eine erfolgreiche Auktion mit den letzten Stücken meiner Stereoskopie-Sammlung, der Erlös läge doppelt so hoch wie erwartet und ausgelobt war. Das kommt im rechten Moment, es wärmt und relaxt mich, ich muss meine flüssigen Mittel klug zusammenhalten. Der Verkauf meines Basler Altstadthauses ist zu meiner Preisvorgabe derzeit nicht zu bewerkstelligen. Der Verwalter empfiehlt herzlos, den Verkaufspreis um ein Viertel zu reduzieren, um die Chancen zu mehren, die Zeiten seien nicht gut für Hausverkauf. Die Zeiten sind nie gut. Dann halt weiterhin vermieten und warten, das geht schon zu machen. Ich war es ja selber, der mich frühpensionierte und sich nun auch selber finanzieren muss.

3. November

Sankar besorgt seinem Ältesten, Mahendran, im Goldshop eines entfernten Verwandten einen Job. Aber der will nicht und geht nicht. Langes Gespräch mit ihm, letztes Gefecht wieder einmal, am Morgen steht er tatsächlich früh auf und zieht los. Nun geht er schon seit zwei Wochen zur Arbeit, wir sind erleichtert, doch ängstlich, dass er es nicht durchzieht, aussteigt. Aber der junge Chef leiht ihm für Besorgungen seine Honda, die motiviert ihn (heute Abend sehe ich ihn mit Bruder Anish auf dem Sozius heimfahren und warne vor Unfall durch Schnellfahren, der Vater habe kein Geld und das General Hospital kennten sie ja).

Eine wunderbare Frau aus dem nördlichsten Ostseezipfel ist zu Gast, blaue Augen, kultiviert, selbstbewusst, intelligent, eine Freude. Am zweiten Abend schon teilt sie mir ihre Lebensgeschichte mit, Scheidung und so, und wie weiter mit der Property zu Hause, wie sie halten, von was leben, wie managen ohne Mann. Die starken Frauen sind in Wahrheit ganz wunderbar schwach. Ich zieh sie an, höre ihr zu, bin auch mit Empfehlungen und analytischer Replik zur Stelle, aber das verstärkt ihre Bereitschaft zu Verliebtheit und ich ziehe mich erfolgreich in die Rolle des Proprietors zurück. Ich will und kann mich auf keine neue Beziehung einlassen, nicht jetzt, mein eigenes Leben ist schon kompliziert genug. Vor der Abreise bringt sie einen blühenden Mangobaumsetzling samt Erde und bittet, ihn hier pflanzen zu dürfen. So ist das, ich bin ganz gerührt, die Tropen machen harte Westler weich.

Ich möchte gerne an was glauben, eine Anlaufstelle haben, um manchmal Dankeschön zu sagen. Nicht um etwas zu erfragen, nicht um Tauschgeschäfte zu machen, nicht um einen lieben Gott meine Arbeit machen zu lassen. Einfach nur danke sagen möchte ich manchmal. Doch das ist schwierig ohne Gegenüber. So tröste ich mich mit der Gewissheit, dass auch das große Nichts etwas ist. Und etwas kommt ja nicht von nichts. Ich werde es nie wissen, aber ein Gesicht sollte dieser Superpower schon haben. Zum Glück habe ich Augen, die lasse ich gerne weiden in all den Bildern, die der große Meister mir jeden Tag bereithält, und bin dabei ganz fromm.

Anish wartet auf die Examens-Resultate, wird es wohl nicht geschafft haben, ist jedoch seit ich aus Bangkok zurück bin und mein Freund Lukas ihn mahnend an die Brust genommen hat reifer geworden. Er nutzt die schullose Wartezeit aus eigenem Antrieb zum Upgrading von Mathe und Englisch und er hat einen Governementkurs für Computerei belegt, alles mit erkennbarem Spaß und Motivation. Auch hier heißt es abwarten und Tee trinken, in einem halben Jahr etwa werden wir mehr wissen.

Am Telefon schildert mir die Mutter meines Sohnes David ihr ganz persönliches Frauenbild, da realisiere ich wieder einmal, wie sehr ich manchmal wünsche, befraut zu sein, nachts jemanden neben mir zu haben und atmen zu hören. Wir waren wohl etwas zu leichtfertig als wir entschieden, uns zu trennen. Der saloppe Zeitgeist der Siebziger hatte uns fest im Griff. Schön dumm.

Was meinen Hausmeister betrifft, habe ich ihm vom Stadttier Bangkok ein Messingschild mitgebracht, um ihn mit ein wenig Stolz aufzurüsten, «Manager», das schraubt er dankbar und hingebungsvoll neben die Tür, die Chilimühle, aus der ich ihn befördert hatte, ist ganz weit weg. Er schlägt sich wieder manierlich, auch hier wird erst die Zeit zeigen, ob er durchkommt und clean bleibt, und ob er sich immun machen kann gegen Einflüsse von außen.

Die einheimischen Angestellten laufen immer gleich davon, wenn Probleme auftauchen, sind in keiner Weise belastbar und gänzlich abhängig von ihrem

Chef. Der neue Hausboy Bandula hat seine Rückfälle, Shean will nach Kuweit, piesackte uns grässlich, auch mit ewigen Darlehen, die er nicht zurückzahlt, und endlosen Fehltagen, sodass ich ihn nun auf Tageslohn setzte, auch er bleibt in Bewährung bis Juli.

Von Sanath wusste ich, dass sein seliger Vater Ayurvedaanwendungen machte in der Familie und seine Mutter ayurvedische Heilmittel hergestellt hatte. Da habe ich auch den Sohn erfolgreich zum Ayurveda-Masseur ausgebildet. Er kommt seither jede Woche und macht die Sache so hervorragend, dass ich ihn schon seit zwei Monaten auf die Gäste loslasse, die selig sind. Heute platzierte ich für ihn eine Empfehlung für die Tische und legte sie in die Zimmer, auch hier will ich im Juli sehen, ob er durchhielt. Wenn ja, werde ich ein Palmblatthaus bauen für die Gäste, um ihnen auf dem Areal eine ayurvedische Massage anbieten zu können.

Die Unabhängigkeitsfeierlichkeiten sind bewegend, weil es jetzt sogar Bomben in der heiligen Stadt Kandy gab, und in Colombo wieder und sowieso. Der Terror eskaliert, die Separatisten wollen die Leute wütend machen, den Staat vorführen, sie wollen nicht zurück ins Netzwerk der Gesellschaft. Dass auch militante (und gewaltbereite!) Buddhisten und die Opposition die Gelegenheit nutzen, die Regierung kurz und klein zu schlagen, ist eine schreiende Dreistigkeit. Die Nation steht nicht zusammen. So heftig in die Enge getrieben, bräuchte das Land jetzt Einigkeit; die Chance zur Befriedung durch Stärkung der Regionen und für eine Verfassungsänderung wird sich nicht wiederholen.

Die Manager vom «Seashore» und dem neuen «Intersun» nebenan, beide jetzt zur Flyset-Gruppe gehörend, kamen herüber und fragten, ob wir Zimmer an sie vermieten könnten, sie seien manchmal überbucht. Ein schönes Kompliment, dass wir gut arbeiten, aber leider sind wir seit Wochen ausverkauft, es kommen auch die Art Gäste, die zu uns passt, es ist eine Freude, die neuen Geschäftszahlen sehen gut aus, der Umsatz hat sich einmal mehr verdoppelt.

In einer Schreibwarenhandlung fand ich in einem neuen SL-Guide meinen Icebear auf Japanisch beschrieben, ich konnte es nicht lesen, war aber vergnügt. War mit Freund Lukas auf einer langen Motorradreise, visuelle Gehirnwäsche, neue Eindrücke, neuer Mut. Habe Baupläne für zusätzliche Gästezimmer, weiß aber nicht, ob ich das personalmäßig schaffen würde. Werde zuwarten, eine Sache des Manpower, auch der Hausführung durch Sankar.

Nach Jahren vergeblicher Seelsorge, die Kinder zwischen allen Fronten verheizt und verwirrt, ist Sheela nach einer finalen Schlammschlacht ausgezogen. Sie habe nach Hinduritus einen Schulfreund geheiratet, wie wohl schon lange geplant. Dass ihr die deutsche Botschaft ein Visum verweigerte und damit jede Fluchtmöglichkeit verbaute, war dann wohl der letzte Kick, sich ihrer misslungenen Ehe zu entziehen. Für Nachbarn und Familie ist sie damit die Schuldige, das wird das schlechte Image meines Hausmeisters ein wenig aufbessern. Habe sie mittlerweile in argem Verdacht, hinter diesem anonymen Brief zu stehen, mit dem sie mich so vernichtend schlagen wollte, dass ich ihren Mann entlassen muss, dass auch der unter die Räder kommt. Sie erzählte überdies herum, dass ich Sex mit ihrem Mann hätte. Der letzte Schrei, sie ist völlig enthemmt, wenn sie auf Kriegsfuß ist. Die Söhne sind nun beim Vater, manchmal besuchen sie die Mutter, meist, wenn sie was brauchen, sie kommen jeweils schnell zurück.

Am helllichten Tag, drei von der Staff sind in der Mittagspause, ich selber in meinem Apartment beim Mittagsschlaf, begegnet das Paar aus Neuseeland im Atrium einem Einheimischen, der «nicht zur Staff gehörte». Der grüßt freundlich, wenn auch in schlechtem Englisch, und setzt sich auf den Polsterstuhl auf der Terrasse. Es ist mittags um zwei. Das Paar geht durch den Garten zum Strand um im nächsten Hotelpool zu schwimmen. Zurück, sehen sie Kosmetika am Zimmerboden liegen, jemand hat sie beim Öffnen des Zimmerfensters von der Truhe gefegt; das Fenster und der Laden sind geschlossen, aber nicht verriegelt, man konnte sie vom Atrium her einfach aufdrücken, die untere Fensterkante ist aber immerhin auf Schulterhöhe. Es braucht Ortskenntnis, Nr. 5 ist mein eigenes früher bewohntes Zimmer, dasselbe, in das vor ein paar Jahren eingebrochen wurde, ich vermute bis heute Rajan dahinter, den Sohn meines Hausmeisters und die junge Quartiergang.

Offenkundig kaltblütig, jeden Moment konnten Angestellte oder Gäste herumlaufen, prüfte der den verschlossenen Aktenkoffer des Mannes und fand im Kleiderschrank die Handtasche der Frau offen. Öffnete den Reißverschluss des Mittelfachs, entnahm eine eingelegte Geldtasche, auch mit Reißverschluss und entnahm nach Angabe der Gäste 40 000 frisch gewechselte Rupien und 30 britische Pound. Pass und Kreditkarten ließen sie zurück wie das Flugticket, wie früher schon gehabt, dasselbe Muster, professionell gemacht. Nur jemand, den wir beim Antreffen als Besucher akzeptieren würden, traut sich so etwas. Die Frau weint, fühlte sich so geborgen in unserem Hausfrieden, ich spendiere Espresso und eine Massage.

Ich rufe die zentrale Emergencynummer 119 erstmals an, traue der Negombopolizei schon lange nicht mehr. Eine halbe Stunde später stehen zwei kompetente Uniformierte im Haus, sie würden der Negombopolizei berichten, das Paar möge einen Rapport schreiben. Dilan bringt den zur Polizei, nein, die Gäste müssten ihn selber bringen. (Der Besucher des Paars stellte sich am Vortag als Chef der Sicherheitsdienste des Flughafens vor und nun schreit er pausenlos in sein Mobile, begleitet die Gäste auf den Posten.)

Später kommen zwei Zivile von der Negombopolice und stehen tumb herum. Sagen den Gästen, sie sollen nicht in Hotels wie unserem logieren, wo man nicht auf sie aufpasse und es keine Sicherheit gäbe. Und sie sollen den Fall im Internet veröffentlichen und vor diesem Hotel warnen. Es ist wirklich wahr. Kein Wunder, denke ich da wieder, dass der Clan die Uniformierten ganz schön im Griff hat.

Andererseits hat ein norwegischer Gast ein Badetuch und Nippes gestohlen und ich schrieb ihm behutsam einen Brief. Heute kam ein Scheck von ihm an, ob er im Frühjahr wiederkommen dürfe. Ein Engländer hingegen checkte auf Nimmerwiedersehen aus, ohne die tagelange Fahrradmiete bezahlt zu haben. Andere zerbrechen Aschenbecher, klauen Blumenvasen oder einen Zimmerradio, nehmen die unschuldig gefaltete Sonntagszeitung von meinem Tisch und geben sie zerzaust und erst auf Anfrage wieder zurück, und manchmal haut sogar einer im Morgengrauen über die Mauer ab, ohne bezahlt zu haben. Ein Graus manchmal, was sich in der preisgünstigen Fremde herumtreibt. Die Reisebücher warnen die Touristen vor den Einheimischen, aber wer warnt die vor den Touristen? Ich glaube, ich muss die Zimmerpreise erhöhen.

Der frühere Houseboy von Sankars Familie, Suraj, kam strahlend zu Besuch, er ist groß und ernst geworden, arbeitet nicht mehr in der Garage, nicht mehr mit den Fischern, sondern bei einem Schreiner. Ein Tagelöhner, der im Kopf nicht ganz auf der Höhe, aber sehr fleißig ist. Seine Mutter verkauft ihn weiterhin dem Meistbietenden, es ist zum Heulen, was manche Eltern in der Not ihren Kindern antun.

Fand während meiner Tätigkeit als Waschfrau, Bügler, Kassierer, Tellerwäscher, Koch, Steward, Rezeptionist und Putzfrau nicht nur die alte Regel bestätigt, dass das Hotelhandwerk nur von Grund auf gelernt werden kann, sondern auch noch Zeit für Zuwendung an Hund, Huhn und Katze. Mein Gemüt nur leidlich erwärmt vom abendlichen Auswärtsessen, über das ich nun einen – nicht sehr kulinarischen – Guide schreiben könnte. Leider gingen mir bei alledem die 45-Minuten-Brasil aus, weshalb ich nun diese grässlichen schwarzen Zigarren erdulden muss, die sonst nur die Fischweiber auf dem Markt rauchen. Was solls, ich habe es nicht anders gewollt, habe mich fürs Risiko entschieden, wusste, dass Sri Lanka eine unendliche Geschichte werden würde. Der Stahl sei ja der beste, der aus dem heißesten Feuer kommt.

Habe mit der Hilfe eines Anwalts die Geldeintreibung des zinslosen Darlehens in Gang gebracht, das ich dem deutschsprachigen Studenten des Goetheinstituts gewährte. Der dachte überhaupt nicht daran, das Darlehen zurückzuzahlen, mit dem er seiner Schwester einen Drugstore finanziert hatte. Ich muss endlich zur Kenntnis nehmen, dass alle mich bescheißen, dass ich herzlos und kalt geworden bin und mein Interesse an individuellen Schicksalen erschöpft ist. Sie betrügen dich immer, sie melken dich immer, die Reichen geben, die Armen nehmen, und reich ist immer, wer mehr hat als ich. Doch was will ich machen, ich bin unverändert weichgestimmt bei jedem Lächeln, das mir absichtslos entgegenschwingt.

Mein Freund der (katholische) Pfarrer hat eine Einladung nach Deutschland bekommen für diesen Sommer. Weil er die (protestantischen) Gönner durch mich kennenlernte, war ich zu den Abschlussfeierlichkeiten seiner Schule geladen, Fahnenhissen, Öllampen anzünden, Geschenke verteilen und so. Zuletzt landeten wir im Pfarrhaus, wo noch andere weiße Kutten da waren, und mit einer von ihnen war gänzlich unerwartet ein gutes Gespräch möglich.

Derweil war Kirchenfest im Quartier, da haben sie die Heilige Jungfrau in einer heidnischen Tempelwagenprozession durch die Straße getragen, sie war rosarot angerichtet wie eine indische Hochzeitstorte, ich war ganz hingerissen. Später erfuhr ich, dass der Dekorateur mein Nachbar war, ein pensionierter Schulleiter, der mit Frau und Tochter die berühmtesten Torten an die Tortenausstellungen schickt, die jetzt gleich wieder im ganzen Land stattfinden, sie sind über und über preisgekrönt – die Jungfrau war ihnen nur Vorwand für eine neue Torte.

8. November

Lange gab es zu viel Regen, wir waren schon leicht angerostet. Doch seit sechs Wochen herrscht knöcherne Trockenheit überall, alles verbrennt, verdorrt, die Stauseen sind bald leer, das Wasser wird knapp werden und die Energie, sie sagen, es sei der El Nino-Effekt. Aber es gibt jetzt viele Singvögel im Garten, die die Raben vergessen lassen.

Fullhouse schon, wir müssen Gäste ablehnen, auch Wiederholungstäter. Gelegentlich ein Ausflug zum Marschland, zum Maha Oya Fluss, zum Hotel der mageren Dänin am Fluss.

Hausmeister Sankar hat jetzt einen attraktiven, doch ein wenig männernärrischen Gast als Freundin, die Herta aus München. Sie setzte sich ungerufen zu mir her. Jetzt sei sie schon das zweite Mal bei uns, von nun an feiere sie immer ihren Geburtstag in Negombo, Sri Lanka sei ein wirklich sehr schönes Land, die Sonne, die Fischer und alles. Von Sankar ließ sie sich inzwischen in die Gesellschaft seiner einheimischen Freunde und der Fischernachbarn einführen, wo sie sich als Wanderprediger betätigte nach dem Muster: macht erst mal den Strand sauber, dann geht es euch besser. Sie ist ein ichstarkes Frauenzimmer, schwärmt von einem Wechsel nach Sri Lanka und dass sie «geschäftlich unbedingt was machen» müsse. Am liebsten, versicherte sie mir schon zum zweiten Mal, würde sie die Geschäftsleitung meiner Pension übernehmen (da gibt es jedes Jahr eine, die das will), man könnte viel mehr, zehn Mal mehr, aus dem Icebear machen. Sankar sei ja so gut, der könne das, sie hätte ihn jetzt auch motiviert, Englisch zu lernen, sie wolle ja ihre Liebesbriefe nicht von einem amtlichen Übersetzer gelesen wissen. Dann beschwert sie sich über unseren Gärtner. Der spreche alle Gäste an, würde immer was Neues zu seinem Vorteil erfinden, und wenn er dann Geld in der Hand hätte, bleibe er tagelang von der Arbeit weg. Das ständige «little help» außerhalb unserer Mauern sei ja schon lästig genug. Bei uns zu wohnen, sei wie ein Rückzug ins Paradies mit schützenden Mauern drum herum, da sei es nicht gut, wenn dieser Friede gestört und auch hier gebettelt würde. Sie wisse schon, wie man «so ein Hotel» führen müsse. Sankar habe ihren Geburtstag so herrlich arrangiert, mit Feuerwerk und allem, sie sei mit ihm auch an der heimatlichen Ostküste gewesen mit dem Bus, Sankar habe sie seiner Großfamilie vorgestellt. (Das ist ernst, ich werde vielleicht doch einen neuen Hausmeister brauchen.) Und das wolle sie noch sagen, Sankars Söhne seien stinkfaul.

Das ist wohl wahr. Mein Ziehsohn Anish war die ganz große Enttäuschung des letzten Jahres. Alles, was ich wusste, habe ich an ihn weitergegeben, bin jeweils auch zu ihm durchgedrungen, aber er hat nie umgesetzt, was ich ihn lehrte, auch in Ansätzen nicht. Hat es weggeschlossen tief drinnen und hat den Schlüssel verloren. Was bleibt mir als die Hoffnung, er würde ihn einmal wiederfinden. Für den Moment ist er aber zukunftsarm in diesem Land. Wie seine Schwester, die den Deutschlandtraum träumte und darüber alles vergaß, und wie sein Bruder Mahendran, der am Rockzipfel der Mutter hängt und ihr Weggehen nicht verkraftete und darüber alles vergaß. Nichts mit hochklassigem Abschluss, nicht einmal knapp über die nötigen 50 von 100 Punkten sind sie im Schlussexamen gekommen, Genaueres werden sie mir gut zu verschweigen wissen.

Ich bin so gar nicht mehr motiviert, so hilflos, so antriebsschwach, so enttäuscht. Ich muss einsehen, dass ich keinen Einfluss habe, nicht den, den ich wünsche, nur den, den ich ohne mein Zutun und nur durch meine schiere Existenz habe. Man kann nicht das Leben anderer Leute leben. Was will ich machen, niemand gehört uns wirklich, auch die geliebtesten Kinder nicht. Und ich hätte so gern etwas von dem zurückgegeben, was ich von dieser Familie, von diesem Anish und diesem Sankar bei allen Verwerfungen empfangen habe. Meine Menschenliebe ist arg strapaziert in diesen Tagen.

2000

22. Oktober
Als ich am frühen Abend aus der Hauptstadt zurückkomme, früher als annonciert, sehe ich eben Sankars Trinkerfreund Carryl wegfahren und ahne Böses. Im Staffhaus steht der Hausmeister unter der Tür, Sohn Anish wirkt seltsam abgehoben, auf der Couch sitzt versunken einer seiner neuen Freunde, ein anderer sucht verstört das Weite, als ich dazukomme. Nachher machen sich alle in der Hotelküche zu schaffen, Gäste haben Abendessen bestellt.

Es stellt sich heraus, dass Sankar dem Trinker den Auftrag zum Abholen von Gästen am Flughafen gegben hatte, entgegen meiner Anordnung. Der hatte hier nämlich Hausverbot, die Zusammenarbeit mit dem Freelancefahrer war eingestellt, er war den Gästen nicht mehr zuzumuten. Aber ich war heute weit weg in Colombo, würde die heimliche Kumpanei nicht bemerken. Später am Abend Stromausfall wie in diesen Tagen häufig. Die Kerosinlampen sind nicht nachgefüllt, ich renne und fülle die Kannen, stopfe Baumwolle hinein und bringe Licht ins Dunkel. Aber es gibt nicht genug Vorrat, es reicht nur für zwei Lampen. Sankar kommt dazu und macht sich an den Lampen zu schaffen. Dann sehe ich ihn entsetzt eine der Lampen an unserem Gasherd anzünden, allerhöchste Brandgefahr, doch Sankar beharrt trotzig, er mache das immer so. Als ich ihn draußen eine Lampe umkippen sehe, weil das auslaufende Kerosin mehr Licht gebe als der Baumwolldocht, jage ich ihn entgeistert aus dem Haus.

Ein paar Tage später wache ich morgens um vier auf und sehe durch mein Zimmerfenster, wie er im Vollrausch schwankend und in Begleitung eines Mitsäufers zwei weibliche Gäste aus Holland weckt, die zum Flughafen müssen. Er selber bleibt angewurzelt vor deren Zimmer stehen, bis sie reisefertig sind, und hält das sicherlich für Pflichtbewusstsein. Genau dann läutet ein junges Paar und fragt nach einem Zimmer. Was sie im Haus sehen, irritiert sie gehörig, und bevor sie das Weite suchen, nehme ich sie selber unter meine Fittiche und schicke Sankar barsch weg. Ich sah ihn erst zwei Tage später wieder, nach ausgeschlafenem Rausch.

Jetzt wird es ernst. Meine Analyse ergibt, dass sich diese Trinkereien alle drei Wochen wiederholen. Quartalssaufen nennt man das im Volksmund. Ich mache Sankar Vorhaltungen wegen seines häufigen Wegbleibens von der Arbeit und wegen dem Regelverstoß, bei der Arbeit nicht zu trinken. Seine Leistung sei reduziert, seine Persönlichkeit verändert, sein Verhalten unakzeptabel, er sei nicht mehr kalkulierbar. Mein Statthalter entgegnet verschnupft, es sei ja Sonntag gewesen, da habe er frei und könne machen was er wolle. Patzig fügt er an, wenn ich nicht mit ihm zufrieden sei, könne er gehen. Ich entgegne, ja bitte, und fordere ihn auf, umgehend die Kündigung einzureichen.

Dann gebe ich ein Stelleninserat im Sunday Observer auf, bereit ‚das sentimentale Gelübde zu brechen, meinen Lebensretter nie hinauszuwerfen.

23. Oktober

Sankar fährt über die Depavali Feiertage in die Ferien zu seiner Mutter und Familie nach Trincomalee. Er solle dort über das Prozedere nachdenken und nach Rückkehr das Vorgehen für den Austritt mit mir besprechen. Die Kündigung sei definitiv.

26. Oktober

Mein Hausmeister ist zurück und an der Arbeit und reagiert erschrocken, als ich ihn auf die Kündigung und die nächsten Schritte anspreche. Brachte mir Biskuits mit, die Familie hat ihn wohl eingeschworen, die Stellung zu halten und mich milde zu stimmen. Hoffte, es erledige sich wieder einmal alles von selber durch Nichtstun und ich gebe wieder einmal Excuse und alles sei OK.

27. Oktober

Als Sankar immer noch nichts zu sagen hat, rede ich erneut auf ihn ein und sage ihm, dass ich einen neuen Mann habe und wissen möchte, wann er im Lauf des nächsten Monats hier weggehe. Ich würde einen Jahreslohn als Kompensation zahlen, aufs Mal oder in Tranchen, er müsse davon aber sein Darlehen zurückzahlen und für Anish müsse er weiterhin die Hälfte des Schulgelds für die Colombo Hotel School übernehmen, die ich ihm vermittelt habe. Er solle bis definitiv in drei Tagen über das Prozedere nachdenken – freundlicher Abschluss und Neubeginn, bei dem ich auf jede erdenkliche Art assistieren würde. Ach ja, und was wir als Begründung für seinen Austritt nach außen hin sagen wollen, um sein persönliches Image und das seiner Familie nicht zu gefährden.

29. Oktober

Treffe einen neuen Hausmeister meiner Wahl in Colombo im Oberoi, das Stelleninserat war erfolgreich. Beide sind wir fraglos einig über Ziele und Konditionen, er würde bis Ende nächsten Monats warten, bis hier alles geklärt sei. Eindruck hervorragend, ich bin ganz belebt und erkenne, dass auf meiner Guesthouse Spielwiese alles blockiert ist von vielerlei Bremsen, dass lähmender Stillstand herrscht, dass ich endlich für freie Fahrt sorgen muss.

Wieder daheim rede ich erneut mit dem gefallenen Engel, wiederhole mein

Angebot, empfehle Regelung in Minne, nach außen das Gesicht zu wahren. Der reagiert unverändert aufgelöst, mit Mühe nur beherrscht er seine Gemütserregung, schwankt zwischen Selbstmitleid und Enttäuschung, Loyalität und Ablehnung, ist gänzlich überfordert. Er würde nicht bleiben, er ginge sofort, entscheidet er trotzig und um das Gesicht zu wahren.

Abends kocht er einsilbig für eine Gästegruppe, ist konfus und verhühnert, schlaff und zerstreut, vergisst, das Bier zu verrechnen, stampft seine Küchenhilfe Fatima in den Boden, zieht sich nach Vorhaltungen beleidigt zurück, ohne das Haus für die Nacht bereitzumachen, es liegt alles herum, ich schalte die Nachtlichter an.

30. Oktober

Die Mitarbeiterin Fatima ist verunsichert. Mit Sankar hatte ich Stillschweigen vereinbart, bis wir unsere Sachen geklärt hätten, aber er hatte ihr bereits alles erzählt. Ich rede offen und lange mit der Angestellten, die mir wichtig ist, ja, sie würde bis zum Jahresende bleiben. Ob ich ihren Chef nicht auf niedrigerem Status zum Beispiel als Koch hierbehalten könne. Später bittet sie auch Anish, mich solcherart weichzustimmen.

Da auch Mahendran und Anish nur Andeutungen hörten und sie von ihrem Vater bislang nichts mitgeteilt bekamen, erläutere ich beiden offen und ehrlich den Sachverhalt. Anish lade ich ein, unter meiner Obhut zu bleiben bis zum Diplomabschluss der Hotelschule, er müsse das für sich entscheiden.

1. November

Meine Kündigung «im gegenseitigen Einvernehmen und wegen privater/persönlicher Gründe» kommt bei Sankar an, der sagt nichts, macht seine Arbeit, grüßt kurz.

Erst auf Anfrage, ob er schon entschieden hätte, was wir nach außen hin sagen sollen, argumentiert er heftig und enttäuscht: Ja, er habe Fatima informiert, sie würde nicht bleiben und mit ihm gehen, dann könne ich schauen, wie das gehe. Fatima sagt, ja, die buddhistische Kultur verpflichte sie zu gehen, wenn ihr Chef geht. Und was die Leute sagen würden. Er würde jetzt sofort gehen, Selbstmord machen, nicht wiederkommen. Nein, er würde hier nicht weggehen, ich könne ihn nicht hinauswerfen. Er würde um sein Recht kämpfen und gleich, jetzt gleich zum Arbeitsgericht gehen. Die Hotellizenz laute auf seinen Namen und früher hätte ich ihn am Gewinn beteiligt, dann hätte ich das geändert, weil ich nicht mehr zufrieden war mit ihm, er hätte mir nichts recht machen können. Nie habe er etwas gesagt, immer nur für mich geschuftet, für viel zu wenig Lohn. Aber jetzt würde er für sein Recht kämpfen, er hätte genug Freunde die ihm dabei helfen würden. (Er sagt nicht, dass ich die Neuregelung anlässlich des Neuvertrags und wegen seiner Alkoholprobleme machte. Soll er antreten gegen mich, er wird sich jede Rupie erstreiten müssen und es wird Jahre dauern.)

Wie ich ihn nach zehn Jahren hinauswerfen könne, obwohl ich wisse, wie groß seine Probleme wären mit Frau und Söhnen, er habe seine besten Jahre für mich geopfert und jetzt würde auch ich ihn fallen lassen. Nie habe er gefrühstückt, immer habe er gearbeitet für mich. (Und die wöchentlichen Freitage, und die Ferien, und der späte Arbeitsbeginn?) Sein Englisch sei nicht gut, sagt er, am Freitag wolle er jemanden bringen und mit mir reden. (Endlich!) Alle Männer würden trinken in Sri Lanka, das sei kein Kündigungsgrund.

Ich erläutere den Arbeitsvertrag, wiederholten Verstoß gegen Regelung, bei der Arbeit nicht zu trinken und beim Trinken nicht zu arbeiten. Dass es geschäftsschädigend sei, wenn er sich betrinke wie kürzlich, als er morgens schwankend Gäste aufweckte, damit die ihren Flug nicht verpassen. Wie gefährlich es gewesen sei, als er mit den Kerosinlampen beinahe das Haus angezündet habe. Wie er seine Verantwortung nicht mehr wahrnehmen könne. Wie er alle und alles zugrunde richte und nichts aufbaue.

Ich empfehle, weise zu handeln und den Leuten zu sagen, er habe mir gekündigt und nicht ich ihm, um sein Image nicht zu gefährden. Er solle darauf vertrauen, dass ich einen goldenen Teppich für ihn ausrollen würde.

Ich hätte jetzt gehandelt, mit Reden und Güte sei ich nicht weitergekommen, er sei noch jung genug für einen Neustart und ich auch, er sei erst 43. Zudem habe er bei der seinerzeitigen Neuanstellung gelobt, er würde gehen, wenn er wieder Probleme machen würde, und auch jetzt habe er wiederholt gesagt «wenn du nicht zufrieden bist, dann gehe ich».

Nachher verschwindet er und wird nicht mehr gesehen, drei Gästezimmer sind besetzt, im Restaurant alle Tische besetzt, Fatima ist souverän, kocht alles ganz allein, ich mache Marketingarbeit, die seit Tagen liegen blieb, und gönne mir eine halbe Stunde im Garten sitzend mit einem Gin & Tonic. Beginne mich daran zu gewöhnen, dass ich auch für Sankar schuld und der bad guy sein werde wie schon für seine Frau Sheela.

Anish sage ich, er solle sich endlich um seinen Vater kümmern und in seiner Nähe sein (aber der ist ja aushäusig), ansonsten seine eigenen Ziele verfolgen und die Hotelschule abschließen. Im Übrigen sei ein Stellenwechsel eine alltägliche und normale Sache und Business as usual. Ich wiederhole meine Einladung, bis zum Schulabschluss hier wohnen zu bleiben, um das Finanzielle für Schule und Tagesbedarf müsse er sich nicht zu sorgen. Er könne schon vor Arbeitsbeginn des Nachfolgers wählen, ob er in Vaters Zimmer oder in seinem jetzigen wohnen wolle, wir würden eine neue Tür mauern. Ob er bei mir im

Haus wohnen könne? Das nicht, sein Wohnstil sei zu verschieden von meinem, wir würden Streit bekommen. Der arme Kerl, unbehaust.

Aber wieder einmal fragt mich keiner, wie es mir geht und was mein Status, meine Beweggründe, meine Trauer sind, alle bedauern nur sich selber. Nachts schließe ich mein Zimmer ab, weil ich mich unsicher fühle. Hörte schon zu viele Geschichten über brutal ausrastende sanftmütige Sri Lanker, Mord und Totschlag, die Solidarität der Dummen, der Armen und der Trinker. Denke aber, Sankar würde sich abkühlen und dann klug handeln und in Übereinstimmung und Minne hier weggehen. Sein Tiefflug und dessen Phasen Selbstmitleid/Ärger/Wut/Hass/Aufbruch scheinen mir normal.

Das Geschäftsmotorrad ist seit Tagen nicht in der Garage. Vieles bleibt liegen. Die Ereignisse sind vor den Gästen gut abgeschirmt, weil sie meist nur ein, zwei Nächte bei uns wohnen und ich zeige mich von meiner süßesten Gastgeberseite.

2. November

Schlafe unruhig, bin um vier hellwach, sitze rauchend im nächtlichen Garten, denke einmal anders herum: Was tut dieser Mann hier eigentlich den lieben langen Tag?

Macht er was im Garten, schneidet, gießt, verschönt er? Nein, das macht der Gärtner. Macht er den Einkauf? Lückenhaft, und braucht zu viel Zeit dafür, es ist in einer Stunde zu machen mit der Honda. Zudem kommen das Fischweib und die Softdrinks ins Haus. Macht er die Zimmer? Nur meines, die andern macht Fatima. Kocht er? Frühstück gar nicht, manchmal Snacks für Gäste am Tag, die aber macht meist Fatima. Abends nur, wenn Gäste da sind. Wenn nur für mich, kocht meist Fatima, die auch rüstet und vorauskocht und serviert und abräumt und abwäscht. Schwache Männer machen Frauen stark.

Macht er Reparaturen im Haus? Nur nach mehrfacher Aufforderung und selten aus eigenem Antrieb. Fremdreparaturen dauern ewig, bis sie zurück sind (Velos, CD-Player, Fleischwolf), Handwerker ist er nicht imstande aufzubieten (Spengler, Schreiner, Maurer), nur einen Elektriker haben wir, ein Saufkumpan. Unfähig, das Dach abzudichten, im Restaurant regnet es auf die Gäste. Die Gästefahrräder sind wochenlang außer Haus.

Schaut er engagiert zu seinen Söhnen? Auf Anishs Identitätskarte warten wir seit bald einem Jahr, dessen Sparguthaben kann nicht zu höherem Zins umparkiert werden ohne Ausweis, und die Schulleiterin in Colombo will den Ausweis ebenfalls endlich sehen.

Sieht er engagiert und selber Notwendiges? Nein, nicht den zerrütteten Yogacorner, nicht tropfende Spülkasten in den Gästebädern, nicht die knarrende

Musikanlage im Restaurant, nicht einmal die kaputten Glühbirnen. Und sogar die wechselt er auf Anforderung kopflos: Die Energiespar-Nachtlampe an meiner Hausecke ersetzt er gedankenlos mit einem teuren Spotlight.

Führt er? Bildet er aus? Motiviert er? Kontrolliert er? Die Hausmaid? Den Gärtner? Die Söhne? Den Hund? Die Lieferanten? Von wegen, am wenigsten führt er sich selber. Zum Glück hat er Fatima. Dem neuen Gärtner muss ich selber beibringen, wie man den Garten fegt, muss ihm sagen, was er machen soll, sogar wie man Gras und Büsche schneidet. Während meiner Abwesenheit in der Schweiz vom April bis August verwahrloste der Hausmeister so sehr, dass der Garten und er selber, ehemals hoffungsvoll, nicht wiederzuerkennen waren. Zu privat, zu wenig Distanz, Angst vielleicht vor den Angestellten, denen er seine Schwäche bloßlegt.

Redet er mit mir, findet kommunikativer Austausch statt? Er geht mir aus dem Weg, wo er kann, alle Gesprächseinladungen nützen nichts, laufen ins Leere. Nie hat er selber etwas zu sagen, macht nie selber Vorschläge, Anregungen, bringt nie Ideen. Er ist nur anzunageln mit befohlenen Terminen, z. B. «Freitag um drei». Gewöhnte mir schon an, via Fatima mit ihm zu reden. Warnte ihn auch, dass sie sein Chef in der Küche würde, wenn er nicht aufpasse.

Hat er die Fahrzeuge und Geräte im Griff? Um die Fahrräder kümmert sich der Gärtner, ohne Anleitung vergammelt aber alles. Unser Lastesel, die Honda 90, ist in üblem Zustand.

Macht er die Wäsche und bügelt er? Ja, aber das Prozedere ist unprofessionell: überladene Maschine, dreckiges Waschhaus/Tablar, Wäsche unsortiert auf feuchten Haufen, liegt tagelang herum, hängt tagelang an der Leine. Seit Wochen ist die Schleuder kaputt. Ich telefoniere heute für Service und am Samstag, schon war der Reparateur da.

Hat er seine eigenen Finanzen im Griff? Nein, verlangt immer wieder Vorschuss, im Oktober zum Beispiel 10 000 Rupien, sodass er am Monatsende weniger ausbezahlt bekommt als er den Monat brauchen wird. Wie macht er das, wie will er seine Familie ernähren?

Hat er wie jahrelang empfohlen eine Krankenversicherung abgeschlossen? Eine Lebensversicherung? Gespart fürs Alter? Nichts von allem, er hat ein altes Darlehen von 50 000 bis heute nicht zurückbezahlt.

Streicht er, renoviert er? Nur manchmal im Jahr, mit Aufforderung.

Poliert er mit der Maschine die Böden? Ganz selten, nur auf Befehl.

Ist der Eisenrahmen um die Werbetafel fertig? Der Schmied sei verreist.

Macht er die Tagesbuchhaltung? Ja, ehrlich und sauber.

Kommuniziert er mit den Gästen? Ja, jedoch ohne sie zu animieren, etwa fürs Abendessen.

Hat er Ordnung in seinem eigenen Haus? Hoffnungslos, alles ist verwahrlost, verdreckt, unaufgeräumt, vergammelt und unwohnlich.

Hat er die zerbrochene Esstischscheibe ersetzt? Plant er den Tag, die Woche, das Jahr, sein Leben? Folgt er der Checklist von Fälligkeiten, die ich mit ihm erstelle, oder gar einer eigenen? Hat er meinen Empfehlungen folgend Freizeitkultur entwickelt, sie zum Haus-Make-up benutzt, zur Revitalisierung der Familie, zur Auffrischung von Körper und Geist?

Bereits um 7.30 hat der Gärtner mit der Arbeit begonnen und auch die Haushälterin ist fleißig mit Frühstück, auswärtige Gäste im Restaurant, alle Zimmer besetzt. Um elf ist Sankar noch nicht zu sehen, alle Läden zu: ich habe ihn weggehen und 500 Rupien nehmen sehen, gesagt hat er nichts (ob er heute da sei, frei habe, wie das Team instruiert und der Tag geplant sei). Auf dem Tisch liegen seit Tagen Geräte für die Reparatur, CD-Player, Kleinradio, gestern Sachen von der Reinigung. Die Wäsche liegt seit gestern Morgen in der Waschmaschine, vergessen sie aufzuhängen, ich mache fertig. Das Waschpulver ist ausgegangen, wie immer keine Vorratsplanung, Lücken. Es scheint, er wirke am Finale.

Abends weiß ich, er hatte frei heute. Sah ihn um eins herum aufs Areal kommen, gut gekleidet, wir grüßen uns, «Hallo Sankar». Abends kommt er wieder, zwei Einheimische fragten nach ihm, ich sage es ihm, frage nichts. Danke.

Der Novemberlohn liegt bei mir bereit, konnte ihn aber seit gestern nicht übergeben, der Mann ist nicht zu sehen.

Es fällt mir ein, dass eine Kompensationszahlung für seine 10 Dienstjahre eigentlich bereits geleistet wurde mit den Kosten für die – missratene – Deutschlandreise, die ich ihm spendiert hatte. Und dass ich für sein Dienstjubiläum ein Banner an die Straße hängte, um sein Image aufzupolieren nach diesem dramatischen Fast-gestorben-Drama im Zentralspital. Dass ich trotz 25 Bewerbern wieder einen Dienstvertrag mit ihm schloss, als Neubeginn. Dass er zugesichert hatte, wenn er wieder trinke, würde er von sich aus gehen.

Der Gärtner gärtnert, Fatima kocht, macht Snacks, ich mixe die Müsli und serviere die Drinks, abends beim Kochen geht das Gas aus, Anish fährt mit meinem Motorrad in die Stadt, um neue Flaschen zu kaufen. Gleich danach und noch vor dem Nachtessen geht er aus dem Haus. Die einheimische Art der Konfliktbewältigung ist, abzuhauen, wegzulaufen, davonzurennen. Zudem riecht es hier zu sehr nach Arbeit für ihn.

Auf die wiederholte Frage, ob ich was helfen könne, weil sie allein in der Küche werkelt (die Kartoffeln hart geblieben, der Thon zu lang gegrillt und ausgetrocknet), schweigt Küchenkönigin Fatima mich an (wir haben vier Zimmer besetzt und sieben Gäste wollen bewirtet sein).

Um nun sehe ich sie nachdenklich rotieren und frage, warum sie nicht Gebrauch macht vom Angebot zur Hilfe, das ich heute öfters gemacht habe. Sie sei im Kopf konfus, gestern schon habe sie bis zehn gearbeitet, sie hüstelt nervös, früher hätte Sankar mitgearbeitet, jetzt müsse sie alles allein machen. Ich versuche zu erklären, dass sie nach zwei Jahren Erfahrung mit einem Europäer immer noch nicht verstanden habe, dass die demokratisch seien, unter Gleichen im Team, und dass ich kein Boss sei in der Not, sondern ihr Kollege. Für mich selber denke ich, sie sei ein schwaches Pflänzchen, stolz und eitel, und nicht belastbar im Ernstfall. Sie wird nicht alt werden hier, ich kann nicht auf sie zählen, muss morgen die Vertrauensfrage nochmal stellen und sie ermahnen, dass sie bis Mitte Dezember zugesagt habe und in Verantwortung sei. Dass ich ihr am Nachmittag eines meiner Zuckerbrötchen schenkte als kleine Geste von kollegialer Nähe, hat sie wohl nicht als Zuneigung verstanden.

An diesem einen Abend, als sie allein bis um zehn servieren musste und um halb elf die Gäste nicht mehr bediente, schilderte sie mir ihren Zustand: Sie habe Schmerzen in den Muskeln, in den Beinen. Der Arzt sage, sie arbeite zu viel. Sie fühle sich krank, aber sie brauche diese Arbeit. Schon beim Betriebsausflug habe sie Probleme gehabt (da habe sie der dreistündige Spaziergang über die Horton Plains sehr mitgenommen, es sei viel zu kalt gewesen, sie habe einfach keine Kraft. Sie habe nicht darüber geredet, Sankar habe es gewusst, aber jetzt ohne ihn sei das zu viel Arbeit, wie könne sie den Boss fragen um Mithilfe).

Beim Vorbeilaufen sehe ich Sankar genussvoll in seinem Wohnzimmer vor dem Fernseher, schaut her, ich arbeite nicht mehr hier, ich habe mit nichts mehr zu tun, aber hier gehe ich nicht raus, das ist mein Haus.

3. November

Morgens um sechs kontrolliere ich, ob der Check-out der holländischen Gäste klappt. Niemand zu sehen, mein Hausmeister hat aufgehört bei mir zu arbeiten. Doch der Fahrer kommt pünktlich um halb sieben, hilft glücklicherweise beim Gepäcktragen.

Anish sehe ich nicht zur Schule gehen. Die Schulgebühren wären fällig, niemand fragt mich. Garten gießen, Hund versorgen, schwimmen. Um neun kommt ein gewinnend entspannter Sankar in den Garten um zu sagen, dass er nach Colombo gehe und wir sprechen würden, wenn er zurück sei, etwa um vier. Er würde Bekannte besuchen. Ich hoffe, er befrage sich beim von mir geschätzten Ehemann seiner Schwester dort oder anderen nahen Leuten und bin erleichtert.

Ich organisiere den Gästen Autos zum Flughafen, Fatima ist fleißig mit Zimmer Make-up. Mittags muss sie frei nehmen für persönliche Sachen. Ich hüte das Haus, bin der einzige Angestellte hier, koche mir noch einen holländischen Pfannenkuchen.

Aus der Stadt zurück, setzt Sankar zu mir an den Tisch und schweigt. Dann beginnt er eine lange Litanei aus Selbstmitleid mit dem Ziel, mich umzustimmen. Er würde aufhören mit Arrak, ja, er wisse, dass er körperlich immer schwächer werde, er sei auch im Kopf nicht mehr so fit wie früher. Auch mit seinen Kumpanen würde er aufhören, die würden ihn immer wieder verführen zu trinken, das ginge ja auch finanziell nicht gut, er brauche einfach zu viel Geld und es bleibe nie etwas übrig.

Ich bin in arger Verlegenheit, verärgert wegen der Störung und zornig über die Erniedrigung, mit der er vor mir sitzt und wieder einmal um eine – diesmal wirklich allerletzte – letzte Chance bettelt.

5. November

Im Garten mache ich Sankar Appetit darauf, ein Haus in der Nachbarschaft zu kaufen, das ist derzeit für wenig Geld zu haben, das ich ihm sogar vorschießen könnte. Auch das Eckhaus am Karrenweg zum Meer sei zur Vermietung ausgeschrieben, das könne er fünf Jahre mieten und dort sein eigenes Rucksack-Guesthouse aufmachen mit seinen Söhnen zusammen, unsere Küchenhilfe Fatima könne er mitnehmen, die sei loyal mit ihm. Er schaut und hört vergnügt, ich lasse die Saat wachsen.

6. November

Anish schwänzt wie früher die Schule, später streicht er flennend um mich herum. Ich lasse ihn wütend abblitzen, es ist so hoffnungslos, er ist so antriebslos, so schwach. Abends verschaffe ich mir selber Ruhe und rede wieder mit ihm.

Kurz vor Mitternacht ein Bombenknall, schaue am Strand, ein Feuerwerkskracher? Anderntags sagen Nachbarn, es sei Sprengstoff gewesen, habe der Anwältin in der Nachbarschaft gegolten, die packe viele Sachen an und sei furchtlos vor Gericht, sie habe viele Feinde. Die politische Gewalt ist eine treffliche Tarnung, auch persönliche Gefechte gewaltsam auszutragen, und viel ordinäre Kriminalität und individuelle Wutausbrüche verstecken sich jetzt im allgemeinen Schlachtgetümmel. Der Krieg verroht die Sitten. Terror ist ein Geschwür, eine ansteckende Krankheit.

7. November

Sehe Sankar engagiert die Honda 90 streichen, sogar die Sicherung schaltet er aus, damit die Klimaanlage im Gästezimmer nicht ohne Gäste läuft und vor sich hin kostet. Seine Schwester kommt seit Tagen zum Kochen ins Staffhaus, es scheint aufgeräumter, Mahendran macht seine definierten Arbeiten und hilft dem Vater bei der Wäsche. Abends viel Arbeit in meiner Restaurantküche, schön serviert, die Küche aber chaotisch wie immer, Fatima presst Limonen von Hand aus statt mit dem Drehstempel, schnetzelt das Gemüse mit dem Messer statt mit dem Hacker: Old Fashion halt, abends denkt sie sicher, sie habe heute wieder zu viel Arbeit gehabt.

Dieser immense Führungsaufwand, diese tagelangen Störungen, Spaß und Lust sind mir abhandengekommen, wünsche mir unverändert einen Neustart.

8. November

Ein gewaltiger Depressionstag, schwanke plötzlich selber zwischen Flucht oder Grundstückverkauf als einfachste Problemlösung. Krise, anhaltend. Die Leute hier, sie sind nicht so, der Lack ist ab, ich kriege es nicht mehr auf die Reihe, fühle mich überfordert, alt, allein. Weiß nicht, ob ich so viel Führungswille, wie dieses Land braucht, im Alter noch aufbringen könnte. Wenn nicht, komme ich unter die Räder. Werde den Verkauf mit jemandem von der Schweizer Botschaft einmal vorbesprechen und den Präsidenten des Swiss Circle einladen, der kennt alle Welt, den könnte ich um Maklerdienste bitten.

Arbeite hart im Garten, mit dem Gärtner zusammen schneide ich alle Bäume und Büsche licht, es kommt keine Sonne mehr durch, der Boden trocknet nicht mehr, die Moskitos fressen einen fast. Nachher habe ich meinen Körper überfordert, er folgt dem Willen nicht mehr, ein Panadol gegen Muskelschmerzen, dann rumliegen.

Sankar bleibt eifrig, streicht sogar das vor Monaten abgefallene «Rooms-in-Home» Schild neu. In der Meinung, er sitze die Situation wieder einmal entscheidungsschlaff aus, rede ich mit ihm. Dass ich meinen Entscheid nicht gewechselt habe, dass er die Zeit bis Freitag besser dafür nutzen solle, diesen Brief zu schreiben, der Antwort gibt auf die zentrale Frage: Wie will er sein Versprechen umsetzen, mit der Sauferei aufzuhören und sein Leben neu zu ordnen, was ist sein Plan, wo macht er einen Entzug, wer begleitet ihn. Das Beratungsgespräch mit einem Arzt sei erheblich.

Fatima lernt nicht dazu, ihre Loyalität ist unklar, sie kommuniziert nicht und ist nicht wirklich sauber, die Sachen stehen jeden Tag anders herum, sie kriegt den Standard einfach nicht stabil hin. Wir hatten ein Problem mit den Betttüchern aus Frottee und ich entschied mich für neue Baumwolltücher. Nun sind viele Betten wieder nicht bezogen. Sie sei nicht schuld, es gäbe nicht genug, der Vorrat sei zu klein. Niemand sagt etwas, niemand wird aktiv, niemand erfragt zusätzliche Tücher. Ich gehe in der Stadt einkaufen, es gibt nur schmale Einzelbettgrößen, ein Straßenschneider muss sie mir doppelbettgroß zusammennähen.

9. November

Ziehsohn Anish hat mir den verlangten Brief geschrieben, in Tamil, von Hand, in Kuvert. Ich lasse bei einem Übersetzer eine Abschrift machen, was er schrieb, ist aber enttäuschend. Keine Selbstreflektion, kein Plan, wenig Substanz, heiße Luft, wie man halt ist hier, warum nur hatte ich anderes erwartet, die Leute ticken anders auf der Insel.

10. November

Bin erstaunt, Sankar redete über sich. Er brauche mehr Selbstkontrolle. Er sei bei unserem Hausarzt gewesen. Der habe gesagt, er solle mit dem Trinken langsam aufhören, nicht total, der Körper müsse Zeit haben sich umzustellen. Er habe auch den Freunden erzählt, dass er ein neues Leben ohne Alkohol beginnen wolle. Er besitze gar nichts, selbst der Fernseher sei von mir geschenkt, da sei auch keinerlei Erspartes. Wenn die Söhne einmal aus dem Haus seien, in fünf Jahren oder so, da wolle er sparen und Land und Haus kaufen wollen. Damit er nicht mehr auswärts essen müsse, käme seit ein paar Tagen seine Schwester zum Kochen ins Haus, er kaufe jeweils das Nötige ein, das sei viel günstiger und es gäbe mehr Ordnung in Alltag und Haus. Er habe viel zu viele Geschenke an seine Freunde gemacht, allen hätte er geholfen, aber sie würden ihm nicht helfen jetzt, wo es nötig sei. Das tönt gut. Ich lasse ihn noch zappeln, weiß aber schon, dass ich weichherzig einknicken werde – der Mann hat mich schließlich aus dem Meer gerettet, obwohl er nicht schwimmen kann.

13. November

Ich habe einen formellen und eingeschriebenen Brief an Sankar geschrieben, einerseits, um die Kernpunkte festzunageln, andererseits, um im allfälligen Streitfall Beweismaterial zu haben für eine zuletzt vielleicht doch nötige fristlose Wirkung meiner bestehenden Kündigung. Die habe ich für ein Probejahr ausgesetzt (bis das Gröbste vorbei ist und die Söhne auf dem Gleis und aus seiner Verantwortung sind).

Den Brief übersetze ich ihm. Ich akzeptiere eine «letzte Chance» bei Unterschrift, für die er zwei Tage Zeit habe. Der Brief versucht, die Balance zu finden zwischen seinen und meinen Interessen und soll mein Risiko vermindern. In Wahrheit kenne ich meine Weicheierei, ahne, dass ein Drogenabhängiger ganz tief am Boden liegen muss, bevor er sich vielleicht wieder aufrappelt, dass ihm jede hergestreckte Hand nur eine neue Ausrede ist. Prosit! Santé! Ich weiß wirklich nicht, wie ich agieren soll, es fehlt mir an Wissen und Erfahrung mit solchen Dingen und ich hätte in diesen üblen Tagen selber eine dargebotene Hand und beraterische Hilfe nötig.

5. Dezember
Anish schockiert und beeindruckt mich mit einem in bestem Englisch hingesagten, doch verstörenden «Life is too nice to die, to sad to be alive, perhaps best to kill myself».

2001

9. August
Nachts um zwei werde ich wach durch lautes Schimpfen aus einem Gästezimmer in der Villa. Ich begegne dem Gast in der Küche, der Mann ist ganz aufgelöst. In einem der Seit-an-Seit-Zimmer schlief die fünfzehnjährige Tochter und ihr dreizehnjähriger Bruder aus Berlin, im andern Zimmer die Eltern. Jemand sei zwei Mal im Zimmer der Kinder gewesen und habe sich zu ihnen aufs Doppelbett gelegt. Ja, unter das Moskitonetz. Um elf hätten sie ihn entdeckt und den Vater gerufen. Als er niemanden sah, habe er angenommen, die Tochter – diese Tage nicht ganz wohl, reisen heute Nacht zurück – habe einen bösen Traum gehabt. Um eins erneut jemand im Zimmer, das Mädchen ruft, jemand flüchtet (das Bild an der Wand hängt schief von der Kurve, die der Unhold gerade noch gekriegt hat). Der Vater, jetzt ganz wach und wütend, schreit herum. Das Mädchen weinend auf dem Bett, der Sohn sagt, er habe ihn im Nachtlicht gesehen, halblange Haare, Scheitel, wahrscheinlich derselbe, der den ganzen Tag schon im Haus herumgelungert sei. (Der Vater: Ja, der sei ihm auch aufgefallen, habe gedacht, ob der wohl Drogen nähme.)

Für mich besteht kein Zweifel, nur Anish kennt die Räumlichkeiten, den Zugang zum Haus, die Gäste. Ich beruhige bei allen, gebe dem Mädchen eine Cola, später auch den andern. Meine Inspektion ergibt:
– Die Zimmerfenster sind geschlossen, die Türe offen.
– Die Küchentüre zum Garten hin ist offen.
– Anishs Zimmerfenster ist offen, ich schaue, er ist nicht drin, das Licht brennt, das Bett ist unbenutzt.
– Gehe durch den Garten, nichts Auffälliges, alle schlafen, der Wachhund schweigt.
– Reden, beruhigen.
– Erneut in Anishs Zimmer nachgeschaut, der Fensterladen jetzt geschlossen, ich gehe ins Staffhaus, öffne die Zimmertür, sehe ihn im Sarong scheinbar schlafend im Bett liegend, das Licht jetzt gelöscht.

Ich sitze mit der verstörten Gastfamilie zusammen und lenke sie vom Verdacht ab, es sei der Sohn des Hausmeisters gewesen. Doch, der habe sie am Tag schon gesehen und sie hätten kurz miteinander geredet. Am Nachmittag sei das Mädchen auf dem Bett gelegen und der habe vom Innenhoffenster her ins Zimmer geschaut. Die Mutter sagt, vielleicht sei es ein auch ein Freund gewesen, sie selber habe am frühen Abend zwei Jungen vor dem Fenster gesehen.

Mir fällt ein, dass Anish in den Tagen vorher in eine junge Holländerin verknallt war, die im selben Zimmer wohnte, bevor die neuen Gäste kamen. Auch sie haben geredet miteinander und ich hielt für möglich, dass heimlich etwas im Gang war.

Ich mache auf Schadensbegrenzung, schenke dem Mädchen meine gravierte Negombomuschel, offeriere freien Aufenthalt. Insistiere nicht bei Anish, der am Abend Ganja rauchte und nach dem Nachtessen während des täglichen Powercut von 7 bis 8.30 im Haus herumhing. Ich musste ihn von Couch und Longchairs wegjagen mit dem wiederholten Hinweis, unsere Gäste nicht mit Rauch zu stören. Und er solle seine Asche nicht in allen herumstehenden Aschenbechern verteilen. Nachher sah ich ihn nicht mehr.

Im heimatlichen Basel läuft gerade eine breite Diskussion darüber, Cannabis freizugeben, nächsten Monat will die Stadtregierung entscheiden. Ich lese, 24 Prozent der unter Fünfzehnjährigen hätten schon einmal Cannabis konsumiert. Soll ich mich aufregen?

Nach Mitternacht läutet es, der Taxifahrer bringt die Gäste zum Airport, die Kinder fliegen allein nach Berlin, die Eltern wollen noch auf der Insel bleiben. Die Mutter fürchtet, das Mädchen sei geschockt während des Heimflugs und macht sich Sorgen. Ich selber denke, sie sei robust genug, unbeschadet zu bleiben vom letzten Eindruck in diesem schwierigen Land und den Verwirrungen des Jungseins.

Sankar, zuletzt wieder in Amt und Würden, hilft beim Koffertragen, ist nüchtern, weiß von nichts und ich sage nichts, fürchte, er schlägt seinen Sohn sonst tot. Morgen werde ich mir meinen Ziehsohn vorknöpfen, jetzt habe ich einen zweiten Drogenabhängigen in der Familie, der muss mit dem Ganjarauchen aufhören und sich dem wahren Leben zuwenden ‚statt sich immer mehr in sich zurückzuziehen, davonzulaufen vor dem Leben. Nur weiß ich nicht, wie das gehen soll. Zuviel steht auf dem Spiel, das Problem eskaliert, die Sucht macht Anishs Verhalten unkontrolliert. (Vertrauensvoll erzählt er mir, dass sie gestern Abend eine Schlägerei mit einer anderen betrunkenen Bande gehabt hätten, weil die absichtlich in ihr Territorium eingedrungen sei. Wer zieht hier die Fäden? Das wird nicht gutgehen, ich weiß, dass er manchmal ein Messer mit sich herumträgt und angefüllt ist mit Aggression.)

Hellwach, surfe nachts um drei im Internet und suche Informationen über «Haschisch, Entwöhnung». Gestern Nacht träumte ich gar von dieser neuen unendlichen Familiengeschichte, fragte einen Gast an einer Party, wie ein Raucher wieder aufhören würde mit Rauchen.

Passenderweise kommt früh morgens um sechs ein Rudel Bewaffneter zu einer Hausdurchsuchung, die Polizei nimmt Personalien auf, auch in den Häusern meiner Nachbarn. Nach dem Flughafendesaster, das die LTTE kürzlich angerichtet hat, haben sie die Daumenschrauben noch enger angezogen, der Ausnahmezustand ist die Regel geworden, alle sind nervös.

Anderntags sehe ich den Drogennachwuchs erst um eins. Lade ihn zum Mittagessen ein und erläutere mein Hilfsprogramm für ihn, vertraue auf Lernen durch Repetition. Anish hört mir eher gleichgültig zu, doch willigt er ein, gemeinsam zum Ave-Maria-Spital zu fahren, wo ich endlos lange auf ein Drogenberatungsgespräch warte. Ein hilfsbereiter Dr. Rasheed versorgt mich mit Adressen und bietet seine Hilfe an. Es beeindruckt ihn, dass ich als Ausländer für einen der ihren Verantwortung übernehme.

Wieder daheim, binde ich den Vater ein, kühle ihn ab, insistiere, jetzt um Himmelswillen nicht zu trinken, informiere ihn über das, was ich über den neuen Anish weiß und die Schritte, die ich unternehmen würde. Da meine Goodwill-Therapie und seine Gewalt-Medizin nichts gefruchtet hätten, bliebe nur Entzug, aufhören mit Ganjarauchen oder in irgendeine Hölle fahren, denn sicher würde das weiter eskalieren. Doch der Vater gibt mir den Eindruck, nichts verstanden zu haben, betrachtet das Geschehen als Angriff auf sich selbst, wo er doch alles gegeben habe, was ein Vater geben könne.

Auf meine Frage, was wir jetzt tun wollen, meint er: Weiterlaufen lassen, bis etwas passiert, bis ihn die Polizei erwische. Weil das dann zum dritten Mal sei, würden sie ihn umgehend in ein Polizei-Camp stecken, wo sie ihn mit Entzug, Zwangsarbeit, Schlägen und Fesselung therapieren würden. Natürlich, sie würden dort auch Drogen verkaufen, das wisse jeder. Ich plädiere, er solle auf seinen Jüngsten einwirken, dass der selber aufhöre. Ich bin immer noch der Meinung, dass ihn nicht tiefe Probleme zur Droge trieben, sondern Protest. Er rechnet mit seinen Eltern ab, er nabelt sich ab, wohl auch von mir, die Quartiergang macht ihn stark und gibt ihm Heimat, es tut gut, mit Freunden rumzuhängen, und die rauchen auch alle. Ganz sicher profitiert ein erwachsener Dealer davon.

Falls er nicht die Kraft hat, durch freien Willen selber aufzuhören, muss er fachliche Hilfe haben. Wüsste ich doch mehr von allem.

Der Hausarzt empfahl mir einen Professor aus Holland, der habe in Amerika studiert und lebe jetzt mit seiner singhalesischen Frau in Negombo. Bei zwei Telefonaten stellt er sich vor, bekennender Jungianer, Psychotherapeut, Psychoanalyst, klinischer Hypnotherapeut. Er mache Hausbesuche, zur Risikominderung würde er keine Drogenpatienten nach Hause nehmen. Es sei keine gute Idee, Anish in ein Heim auszugliedern, Drogen seien auch in Heimen zugänglich. Pro Sitzung 10–60 Minuten verlange er 1000 Rupien. Zuerst würde er eine Abklärung machen (ist der Junge für Gespräche zugänglich, will er selber aufhören usw.), dann würde er ein Hilfsprogramm maßschneidern, evtl. zusammen mit einer guten Klinik wie «Richmont Fellowship» in einem kleinen Dorf an der Straße nach Colombo, ganz gern auch mit einer Entzugsklinik in Colombo, in der die Oberschicht ihre Problemfälle parkiere und deren Adresse mir Dr. Rasheed besorgen will.

13. August

Als ich von einem Wochenende aus der Hauptstadt zurückkomme, sagt mir Anish er habe gestern und heute nicht geraucht. Er pfeift beim Essen vor sich hin, um elf abends sehe ich ihn beglückt im Garten. Den Vater seinerseits höre ich in der Küche tamilische Liebeslieder singen. Da ist kein Unrechtsbewusstsein, keine Einsicht in die Bedeutung der Geschichte und ich denke: Ja, das geht nur mit lankischer Medizin zu machen. Wahrscheinlich ist auch ein Jungianer zu westlich im Background, um hier etwas hinzukriegen. Warum eigentlich mache ich mich verrückt, ich bin offensichtlich der einzige, der die Sachen ernst nimmt.

Da passt gut dazu, dass der Gärtner mit seltsamer Stimme spricht abends nach der Arbeit (und nachdem ich ihn am Nachmittag nicht im Garten sah). Sankar habe ihm erlaubt, abends nach der Arbeit zu trinken. Ob er mit dem Gärtner unter einer Decke stecke oder mit mir, frage ich ihn, ob sie ein gemeinsames Ziel hätten, oder wir?

21. August

Anish sitzt oft mit mir zusammen am Esstisch. Aber de facto sitze ich mit einem Roboter am Tisch, der ist meterdick mit Glaswolle abgepolstert, nichts dringt hinein, nichts hinaus. Ich sitze und schweige, genaugenommen frühstücke ich alleine. Denke, ich selber hätte mehr Pflege verdient. Anish beobachtet mich, ich schaue ihm das ganze Essen lang nicht in die Augen, er sucht vergebens meinen Blick. Als nichts von mir zurückkommt, räumt er frustriert ab und verschwindet.

Später sagt er mir auf Anfrage, an drei Wochentagen rauche er jetzt zwei Zigaretten am Tag, wie heute, da lag er schon am Mittag halbtot auf der Couch. Vom Fenster aus schaute ich ihm leicht erschüttert zu, wie er blöde vor sich hin lachte, das Gesicht im Wechsel nachdenklich und zum breiten Lachen verzogen, mit sich in schönstem Glück. Die Sucht ist sein Meister.

Später duscht er überstürzt, vor der Tür hat er im Sand einen dicht beschriebenen Zettel verloren, es steht dutzendfach sein Name darauf und der von Jassica, die er schon als Primarschüler verehrte. Dieses verlorene Selbst. Dieser Schmerz, ihn kürzlich sagen zu hören «ich kann nichts, ich weiß nichts». Ich leide unsäglich, weiß nicht, was tun, wie beistehen, was ist richtig, was ist falsch. Werde selber ganz traurig.

Der Gärtner sagt, Anish sei im Tucktuck weggefahren, ich nehme es nicht so ernst. Ich frage den Vater, ob er dem Sohn Geld gebe. Nein. Von mir bekommt er auch nichts mehr, weil er es sofort in Rauchzeug investiert. Nicht einmal nach Taschengeld fragt er, woher hat er Geld, wie finanziert er seinen Bedarf?

Sankar sagt, er vermisse seine Goldkette.

Abends vereinbare ich ein erstes Beratungsgespräch mit dem Psychotherapeuten, für mich selber. Supervision heißt das glaube ich. Der will morgen kommen, der Chef braucht erstmals einen Chef, der ihm sagt, was er machen soll. Wie man mit einem Drogenabhängigen umgehen soll. Und wie mit sich selber. Was mache ich richtig, was falsch?

24. August

Nach drei Heiratsanträgen komme ich erschöpft nach Hause. War seit Jahren wieder einmal auf dem alten Markt am Meer, der sich heftig entwickelt hat, ist ausgeufert wegen der Straßen- und Kanalsanierung in der Innerstadt, und da bummle ich mit mir zufrieden und entspannt und gütig und milde auch durch die Reihen der Fischweiber, die in der Hocke hinter Bergen von Trockenfisch sitzen. Weiß nicht, bin ich von den trockenen Fischweibern hingerissen, oder bin ich überwältigt von der Todesschönheit der Fische, diesem Farbrausch von Gold, Braun, Silber, Blau, den Farben des Todes, die Farben der Wüste sind.

Es ist gegen vier, bald werden sie alles zusammenpacken, die Textilverkäufer falten schon ihre Sonnensegel zusammen, die merkantile Wachheit ist Lethargie und Gleichmut gewichen, der Blick nach innen, das Denken ins Nichts gerichtet, der Zustand von neutraler Leere ist erreicht, wie man es nur bei guter Meditation hinkriegt. Als ich schlendern komme, ich will mich nicht wichtigmachen, sind die Weiber wie elektrisiert, aus der Hocke heraus hellwach und ihr Stand der Unschuld, den sie seit heute Morgen wiedererlangt haben, ist weggeweht, weicht einem Spiel, das sie von früher her zu spielen wissen, und ich bin es, mit dem sie spielen.

Sie pfeifen und schnalzen einander zu, alle sind bereit, mich zu empfangen, sie sitzen in Höhe meiner Knie und sehen mich als endlosen Hünen in den Himmel wachsen, die paar, die ein paar Worte Englisch können, tun es mir an, die andern wachen eifersüchtig, dass die keinen Vorteil davon haben. Ich verhalte mich neutral, fasse die Trockenfischleiber fest ins Auge und spiele mit, fasse eine um die andere ins lachende Auge, voll Zuneigung und Interesse, verstehend und wissend. Die geraten ganz aus dem Häuschen, werden übermütig, die Mannsbilder sind weit weg, ich bin der einzige Kerl in diesem Fischtank, sie sind so schön obszön, ihre Augen sind beredt und ich kann die Sprache ihrer Blicke gut lesen. Manche spucken die kalt gewordene Zigarre aus dem Mund und befeuchten ihre Lippen. Da ist viel reifes Fleisch, in großer Üppigkeit dargeboten, von diesen knappen Kurzhemdchen in knappem Ausschnitt kaum zusammengehalten, die blumigen Baumwollstoffe sind knapp um die Hüften gewickelt. Wir sind ganz intim miteinander, ich kann nicht viele singhalesische Worte, aber die wenigen setze ich gezielt und lachend ein. Das multipliziert den Spaß, es wird ausgelassen, sie rufen übermütig einander zu, elektrisiert und vielleicht ist es ja alles nur wegen des bevorstehenden Gewitters.

Am Freitag sehe ich sie in der Freitagmesse wie kleine Unschuldsengel auf dem Boden knien, ein paar Zentimeter weiße Spitzen übers Haar gehaucht, in Liebe und Glaube an den Stammheiligen hingegeben, hergegeben, die nackten Fußsohlen demütig hergezeigt. Sie opfern sich, lassen sich martern mit ihrem römisch-katholischen Heiligen, nehmen ihm einen Teil des Leidens ab, lassen ihn nicht allein in dieser bösen Welt, in der man sich für den Glauben opfern muss.

30. August

Ich bin sauer, wütend, manchmal überwiegt die Emotion den Kopf, dann finde ich unfair, dass Anish sein persönliches Glück hat auf meine Kosten und fühle mich von ihm geplagt und geschlagen und frage mich voll Selbstmitleid, wie ich das verdient habe seit Jahren.

Schreibe an die Chefin von der Hotelfachschule und bitte um ein 2-Jahr-Diplom für ihn, Diplome sind wertvoll wie Grund und Boden. Dann rede ich wieder einmal intensiv mit ihm, das könne so nicht weitergehen, er solle aufhören mit diesem permanenten Abgetretensein, den Diebereien um den Haschischkonsum zu finanzieren. Die Gefahr sei groß, dass er wegen irgendeiner Sache zuletzt im «Youth Correction Centre» der Polizei lande. Da sei es nicht sehr lustig. Ob er in psychotherapeutische Gespräche einwilligen wolle oder ich ihm einen Platz in der Rehaklinik in Colombo besorgen solle, dass er clean werden müsse, um ein Desaster zu verhindern. Nein. Ich kann ihn nicht zwingen, ich bin nicht sein biologischer Vater. Später ist er heftig zugedröhnt und ich denke, das Ganjaquantum nehme zu, er raucht wohl mehr und öfter als die versprochenen zwei Zigaretten an drei Wochentagen.

Anish verdrückt sich in den Untergrund, zeigt sich nicht mehr, auch nicht beim Essen, ist abgetaucht ins Unbekannte, verschwunden. Ich resigniere, ich bin nicht der Heiler kranker Seelen.

Um noch einen draufzusetzen, wird mittags Shean, unser Gartentagelöhner, in Dalupotha beim Drogendealen verhaftet. Sankar hatte ihn zum Einkaufen von Mineralwasser geschickt, jetzt muss er ihn im Gefängnis aufsuchen, um ihm Essen bringen. Morgen werde ich für seine Freilassung Schmiergeld zahlen müssen, oder er bleibt im Gefängnis und seine Familie ohne den Ernährer.

1. September

Anish kam wieder einmal zum Frühstück, halbwegs nüchtern. Ob ich der verehrten Jassica telefonieren würde, er leide ohne sie, er liebe sie so sehr. Ich sage, er solle mit dem Ganjarauchen aufhören, dann ergäbe sich alles andere von allein und wir könnten auch mit der Freundin reden. Die sei durch sein Verhalten verunsichert und das sei schade. Er habe inzwischen den Unabhängigkeitskrieg gewonnen, niemand mehr habe Power über ihn, er selber habe ihn, und er solle nun etwas damit machen und selbst verantwortlich sein. Und wenn er aufhöre, was passiere dann? Dann sei ein Loch, das er mit neuem Sinn füllen müsse, wie wir alle. Es gäbe drei Sinnstifter, Familie, Job, Vergnügen, am besten alles zusammen. Das Leben, der Alltag mache das Programm. Er selber solle nun sein Leben designen. Später könne er hier arbeiten, Karriere machen, mit dem Guesthouse wachsen, die Frau seiner Träume heiraten und hier wohnen, wir könnten einen Familienbetrieb haben, er könne Manager sein, allein oder mit dem Vater zusammen. Wirklich? Wirklich!

Nachher sehe ich ihn erstmals im Leben sein Zimmer aufräumen. Mittags spielt er stundenlang ein Playstationspiel, das ist so anspruchsvoll, dass ich annehme, er ist hellwach im Kopf.

Auf meine Ermahnung, er solle weniger rauchen sagt er, drei, vier in der Woche das sei so wenig, weniger ginge gar nicht. Andere würden jeden Tag drei, vier «Päckchen» rauchen.

Auf Anfrage, ob er es gewesen sei, der letzte Nacht wieder in ein Frauenzimmer gestiegen sei, verneint er laut und beleidigt.

2. September

Beim Abendessen scheint er nüchtern, ich sage, es sei angenehm, er fragt mich, was er arbeiten solle? Was immer er für eine Arbeit finde. Er solle aber nicht den Fehler machen, immer wieder neu bei Null anzufangen. Dass er gut ins Hotelgeschäft passe. Dass er sich noch ein paar Wochen erholen und dann zur Hotelschule zurückkönne, um den Master zu machen und sich zu normalisieren. Dann solle er in Sri Lanka ein halbes oder ganzes Jahr irgendwo anders hingehen für irgendeinen Hoteljob. Da könne er lernen, allein zu leben und mit dem Leben umzugehen. Und dann sei Zeit fürs Ausland, auch für ein paar Monate in einer Hotelschule in der Schweiz, da gäbe es auch Kurspakete. Und dann wäre er älter und gereifter geworden und sein ganz persönliches Leben in Selbstverantwortung könne beginnen.

Ob er in unserem kleinsten Gästezimmer, dem Rucksackzimmer, wohnen dürfe. Ich müsse erst mit dem Vater reden, der müsse einverstanden sein.

Die französische Frau, elegant, kultiviert, der ihr Mann Wochen vorher schon den Icebear als sichere Bleibe ausgesucht hatte, berichtet mir, in der Nacht um zwei sei sie aufgewacht, weil jemand ihren Arm berührt habe. Im Schein des angezündeten Feuerzeugs habe sie einen Mann neben dem Bett gesehen, laut geschrien, der Mann sei wie der Blitz aus dem offenen Fenster abgehauen. Der Holzladen sei vorher geschlossen gewesen, der Besucher habe ihn aufgemacht. Und ich solle die Geschichte bitte nicht ihrem Mann erzählen, der ließe sie sonst nie mehr alleine aus dem Haus. Sie wüsste sich schon zu helfen, das sei Frauensache.

Ich bin peinlich berührt.

Auf Anfrage sagt Anish erneut heftig nein – er hat ja vor kurzem erst dieses Berliner Mädchen belästigt. Ich habe keinerlei Beweis, um zu handeln. Nur Vermutungen, Misstrauen ist ein ätzendes Gift. Bin ratlos. In Kenntnis der nächtlichen Männerparty halte ich auch anderes für möglich. Die Fenstersachen begannen schon vor einem Jahr, damals hat Sankar den seinerzeitigen Gärtner verdächtigt, seit kurzem dachten wir an Anish, niemand denkt an dessen älteren Bruder Mahendran, der ein unbeachtetes Leben führt, ja nicht auffallen, abtauchen im Chaos. Und was ist mit den Beach Boys aus der Nachbarschaft, die jedes freundliche Lächeln der Touristinnen missverstehen?

Shean, den ich in Not hierbehalte und der uns hilfreich und dankbar zur Hand geht, wird als Nachtwächter bei den Frauen auf der Terrasse schlafen.

Eine Woche später, Sankar hat weiter recherchiert, höre ich folgende Ergänzung: Als die nächtliche Gruppe mit Sankar weggefahren ist, sei nur noch der Aushilfsgärtner Shean und Anish auf dem Areal gewesen. Er habe ihn in die Küche für ein Bier geschickt (was ich ihm mehrfach strikt verboten habe), das sie dann zusammen getrunken hätten. Dann sei er schlafen gegangen (seine Frau und die zwei Kinder übernachteten diese Nacht im Staffhaus, weil sie den Vater aus dem Gefängnis geholt hatten, aber es keinen Bus mehr gab zur Heimfahrt). Sankar meint, er sei zu 99% sicher, dass sein Jüngster das wieder gewesen sei, er wisse auch, dass Drogen und Alkohol zusammen «crazy» machen.

Ich habe zu oft von der Bombenwirkung kombinierten Drogengebrauchs mit Alkohol gehört, um nicht alarmiert zu sein. Ich berichte Anish den Stand, warne und erläutere die Gefahr, dass er – außer sich und ohne Selbstkontrolle – möglicherweise Sachen mache, an die er sich anderntags nicht mehr erinnere. Dass ich verlässlich auf seiner Seite stehen, mich aber definitiv von ihm abwenden würde, wenn er mich jemals bestehle, bedrohe, gefährde oder das Geschäft störe wie bei der Wiederholung einer solchen Frauengeschichte – die als versuchte Vergewaltigung härter bestraft würde als Diebstahl, und dass er sich davon sein Leben lang nicht mehr erholen sondern in Negombo geächtet würde. Er reagiert so, dass beides möglich ist: Er wars wieder, oder diesmal wars ein anderer.

8. Oktober

Um halb zehn steht eine junge Engländerin aus einem der Zimmer ganz vorn am Meer bei mir im Haus, ganz außer sich, sie müsse gehen. Ich weiß, dass sie sich wohl fühlte und erst morgen Nacht heimfliegen wollte. Um drei nachts sei beim flackernden Licht der schwachen Leitung ein Mann im Rahmen des wegen der ventilatorlosen Schwüle offenen Fensters gestanden und habe sie angestarrt.

Ich weiß, das ist das dritte Mal, entschuldige mich, bitte sie um einen schriftlichen Rapport, spendiere ihr Nacht und Frühstück, dann geht sie. Mittlerweile wissen es bereits die Angestellten und Chef Sankar – und ein zweiter weiblicher Gast aus Holland. Ich schaue nach Anish in seinem Zimmer. Da ist bereits Mord und Todschlag zwischen Vater und Sohn im Gang, mühsam gebremst durch Sathi, einem jungen Verwandten von Sheela, der in Begleitung von Mahendran in Negombo eine Stelle suchen kam. Sie seien nachts alle zusammen gewesen und alle hätten im Haus geschlafen.

Sankar, aufgewühlt und jähzornig, redet über die tamilische Kultur, in der der Sohn niemals gegen den Vater agiere. Morgen würde er mit mir reden, er gehe definitiv weg hier. Nicht wegen mir, sondern wegen seinem Sohn, der ihn blamiert habe.

Obwohl ich fest überzeugt bin, dass Anish der Belästiger war (vor allem, weil die Frau sagte, es sei ein kleinerer Mann mit kurzem Haar gewesen), bestreitet er es vehement. Ich werde prompt unsicher, weiß aus Erfahrung aber, wie meisterhaft er lügen kann. Doch kenne ich zwei junge Männer unter den vielen, die am Strand Volleyball spielen, von denen ich weiß, dass sie hinter weißen Dingern her und zu mir immer ein wenig zu freundlich sind, um nicht aufzufallen, «Gerry Father!» Ich sehe mir sie am Strand an, einer passt in der Größe, schaut auch verstohlen zu mir her ohne mich zu grüßen. Auch der Tunichtgut Piyal kommt in Frage, der hat nur Weiber im Kopf. Zudem war Kirchenfest und sie feierten bis spät in der Nacht am Strand, es war stockdunkel wegen dem jetzt täglichen Powercut von abends um neun bis morgens um eins. Bis halb drei nur leises Flackern, dann erneut Powercut, bis ich einschlafe. Dunkelheit ist ein guter Buhler. Aber Beweise?

Ich insistiere, Anish könne mir jetzt noch sagen, ob er hinter der Geschichte stecke. Nachher würde ich einen Polizeirapport machen, die Untersuchung könne unangenehm werden. Anschließend telefoniere ich der Polizei, sie mögen jemanden schicken. Nein, ich solle doch für einen Rapport vorbeikommen. Ich mache mich parat, will meinen Hausmeister mitnehmen, aber der steht so sehr in Flammen, dass er zu nichts zu gebrauchen ist.

Ich warne ihn, die Dinge nicht zu vermischen: Sein Verhältnis mit dem Sohn sei zerbrochen, das ist das eine. Der Sohn rauche Ganja, das sei andere. Was uns jetzt aber interessiere, sei die dritte Frauenbelästigung in Folge.

Ich gehe dann doch nicht zur Polizei. Weil die sowieso nichts bewegen wird. Weil sie herausfinden könnte, dass Anish raucht und sie ihn deshalb wegstecken würden. Noch immer will ich den Wahlverwandten beschützen wie meinen eigenen Sohn. Ich erläutere Anishs Bruder Mahendran auf Anfrage, wie eine Entzugsklinik funktioniert und dass es für Anish nur die Alternativen Selber-Aufhören oder Police-Entzugs-Camp gebe. Ich wisse definitiv, dass sein Bruder es nicht alleine schaffe, doch für die Entzugsklinik willige er nicht ein. Er solle versuchen, auf ihn einzuwirken.

Das Problem des Tages, die Sicherheit, wird gleichentags gelöst: Ich lasse das Seagate tagsüber geschlossen. Lasse eine zweite Neonröhre an der Villa montieren als Nachtlampe. Lasse die Bewegungsmelderlampe vom Hausinneren auf die Terrasse montieren. Hänge je eine Trillerpfeife mit laminiertem Anhängeschild in die Zimmer. Verschraube die meerseitigen Zimmerfenster im Bungalow, damit die Gäste sie nicht mehr öffnen können.

5. September

Habe abends Lalitha, Sankars Schwägerin zum Essen zu mir eingeladen, sie ist aus Dortmund zu Besuch gekommen und will ein wenig reden. Anish sitzt dabei. Sie fragt mich, ob ich denn für ihn sorgen würde später. Ich sage, dass ich meine Verantwortung aufrechterhalte wie zu meinem eigenen Sohn, dass ich zu ihm halten würde, wenn er in Not sei, dass man warten müsse, bis der Spuk vorbei sei, dass ich ihm hilfreich wäre, seinen eigenen Weg zu finden und Verantwortung für sich selber zu übernehmen.

Sie solle der auswärts wohnenden Mutter sagen, dass sie auf Streitereien verzichten solle, wenn ihr Sohn sie wieder einmal besuche. Die zwei seien einmal so eng verbunden gewesen, dass die Trennung für beide doppelt schmerzhaft sei.

Lalitha sagt, sie nähme Mahendran zu sich nach Deutschland, wo sie verheiratet ist und wo alles eine deutsche Ordnung hätte. Mahendran sitzt dabei, wie immer schweigend wie eine Sphinx, aber zufrieden. Als sie ins Schwärmen über ihn kommt und den jüngeren Anish verächtlich kommentiert, versuche ich eine Ehrenrettung: Bruder Mahendran sei ein entscheidendes Jahr älter. Er habe seit Schulende vor drei Jahren absolut gar nichts getan, habe den Vorruhestand genossen und alle Stellenangebote ignoriert. Anish hingegen, das solle niemand vergessen, sei zwei Jahre lang jeden Tag mit dem öffentlichen Bus nach Colombo in die Hotelschule gefahren wie andere zur Arbeit, eine Stunde hin und eine zurück.

Vor ein paar Tagen warnte mich ein Nachbar, den ich seit Jahren gut kenne, vor den Leuten des Quartierclans, die brächten Unglück in die Gegend, niemand möge sie, viele hier hätten sich in Abhängigkeit begeben und alle würden schweigen aus Angst, und dass ich gut auf meine Sicherheit aufpassen solle, denn Anish habe Kontakt zu diesen Leuten und wenn ich manchmal in der Schweiz sei, dann seien immer viele Leute auf meinem Areal, die nicht hierhergehören. Da sei ja auch der Mord an der dänischen Chefin des «Flower Beach» gewesen, der sei bis heute nicht aufgeklärt. Warum er mir das sage, danke!, weil er mich möge, und weil er selber in der Nachbarschaft keine Probleme wolle.

Einer der Jungen des Clans hatte sich ebenfalls in der Hotelfachschule eingeschrieben als er hörte, dass ich Anish nach Colombo schicke. Sie kopieren hier alle und alles. Kurz darauf waren sie Freunde, aber es fällt mir auf, dass dieser sanfte Benjamin, der immer Probleme mit dem Vater gehabt habe, seit einer Weile nicht mehr zu Anish zu Besuch kommt, so wenig wie irgendein anderer seiner Freunde.

6. September

Habe Pfarrer Julian und seinen Chauffeur, den Rektor, zum Abendessen hier und bin erstaunt, dass sich Anish dazusetzt, obwohl er alle Außenstehenden meidet. Er begrüßt sie sogar. Nachher bin ich beim Suppenschöpfen an die Gäste, er grapscht gierig wie ein Wolf in die Schüssel und holt sich seinen Anteil ohne zu warten bis er drankommt. Blamabel. Die Gäste schweigen huldvoll.

7. September

Beim Frühstück hat Anish einen schwärmerischen Ausbruch, als er sich an die frühe Kindheit erinnert, und dass die Mutter jedem der Kinder eine eigene Tasse gegeben und sie die Geschwister gegen jeden verteidigt habe. Er liebt die Mutter, sie fehlt ihm. Ich freue mich über jede emotionale Äußerung und über jeden mit mir geteilten Gedanken. Er solle zum Haareschneiden, er sähe verwildert aus. Nein er wolle sich einen Rossschwanz wachsen lassen.

Am Abend kommt er rasiert und ordentlich gekleidet aus der Stadt ins Haus, er sei in Colombo gewesen. Bin erstaunt, denn aus Angst, beim Rauchen erwischt zu werden und verunsichert, weil er meist in Trance ist, geht er sonst nicht weiter weg vom Haus als bis zur Kreuzung, wo er seit Ewigkeiten abends in einem der Häuser des Clans Schach oder Karambole spielt. Zum Essen lässt er sich abmelden. Vielleicht hat er die Mutter besucht?

8. September
Mein nicht adoptierter Adoptivsohn sozialisiert sich, ich sehe ihn nach einem Jahr erstmals wieder mit den Nachbarn am Strand Volleyball spielen. Er habe ein Spiel gewonnen, eines verloren, ich merke, er hätte gern zwei gewonnen. Am Abend sehe ich den Hoffnungsträger erstmals seit Existenz der Erde in die Küche huschen, wo er sich selber eine Riesenpfanne Rindfleisch brät, die er in einem Heißhungeranfall umgehend aufisst. Am andern Tag sehe ich ihn einigermaßen ausgenüchtert im Garten, eine Ganja in den Fingern und offenkundig sterbensgelangweilt. Er solle doch im Landesinneren eine Stelle nehmen und hier weggehen, das sei doch kein Leben hier in der Mühle, all diese Freunde, diese Langeweile. Er meint, Steward wäre gut für ihn, oder besser vielleicht Barmann. Dann vertagt er die Zigarette.

12. September
In Sachen Winterromantik habe ich ja schon einiges gesehen, zum Beispiel, wie die Thais aus ihren Wolkenkratzerhotels Schneekanonen hängen und es in Bangkok wahrhaftig schneien lassen. Aber heute Morgen lag der Indische Ozean spiegelglatt vor meiner Hütte, und bei näherem Hinsehen schwamm draußen wahrhaftig eine glitzernde, feuchtglänzende, kalt glühende Eisplatte auf dem Wasser, wie wenn eben ein Eisbär angekommen wäre, um uns zu besuchen. Ich war hingerissen über die Wunder dieser Erde. Die Wahrheit lag dann am Nachmittag am Strand: das Meer hatte Millionen weiße Splitter aus Styropor angespült. Ein Augenschein ergab, dass im sonntäglich überrannten Ocean Park ein Fastfoodverkäufer seine neue Lizenz in Geld umsetzte, alle Welt wollte sein Nudelgericht in diesen Wegwerfschalen haben. Nach mir die Sintflut.

14. September
Erstaunt nehme ich zur Kenntnis, dass die Resozialisierungszeichen sich mehren: Anish ging zum dritten Mal ins Muskelstudio. Zum Essen sehe ich ihn nicht mehr, er esse lieber Rice & Curry. Der Spagat zwischen den Kulturen.

Mittags teilt er mir mit, nachts würde er nördlich von Chilaw fahren, im Bus, mit sieben Freunden, bis am Montag, drei Tage. Ob er etwas brauche? Einen Tausender Taschengeld gebe ich ihm und meinen Rucksack. Den Vater habe er informiert. Er duscht ausgiebig, hat ein neues T-Shirt, wirkt gepflegt und ernsthaft. Ich sage, ich erfreue mich an jedem Schritt zur Selbstständigkeit und fände gut, dass er hier ein wenig weggehe. Einfluss hätte ich keinen auf ihn, er solle selber und gut auf sich aufpassen und alles vermeiden, was ihn mit der Polizei in Berührung bringen könnte. Und er solle sich von der Gruppendynamik nicht überrollen lassen.

Der Leiterin der Hotelfachschule, Madam Dejong, habe ich telefoniert, Ende Monat könne er sein Zweijahresdiplom abholen. Und auf Anfang Oktober würde sie ihn, den Vater und mich zum Schulfest eingeladen; sie feiern 30 Jahre Jubiläum. Ich habe für alle zugesagt.

30. September

Die Einladung kam, separat für mich, den Guardian, und Sankar & Son, doch fürchte ich, dass Anish trotz aller Ermahnungen nächsten Dienstag nicht nach Colombo kommen wird, um sich für den Goodwill der Rektorin zu bedanken und unserer 120 000-Rupien-Investition Reverenz zu erweisen.

In der Absicht, trotz wiederum in letzter Minute abgebrochenem Studium das Schlussdiplom zu ergattern, sage ich zu und insistiere eindringlich, dass Anish mitkommt. Er ziert sich, weil der Vater dabei sei, den er nicht mehr respektiert, und weil die Schule mittlerweile aus seinem Blickfeld gerutscht ist.

Ich bin unsicher bis zum letzten Moment, Sankar hat ein Auto organisiert, tatsächlich kommt Anish mit, wir fahren schweigend nach Colombo und kommen pünktlich an.

Der Dejong gefällt, einen Schweizer dabei zu haben, und sie poussiert mich, führt mich vor, ich muss die Lampe anzünden und mit anderen Stars – Großhoteldirektoren – Auszeichnungen überreichen. Alles ist sehr englisch, sehr feierlich, es wird ein katholischer Gottesdienst draus, man ist unter sich und badet im Gefühl, zu einer ausgewählten Gruppe zu gehören. So ist das wohl auch gedacht.

Ich muss in der ersten Reihe sitzen, Sankar in der zweiten bei den Frauen der Männer der ersten Reihe. Student Anish hat sich gleich zu Beginn zu den Studenten geschlagen, die eifrig beschäftigt und aufgeregt sind.

Später, als alle aufs Essen warten, suche ich ahnungsvoll nach ihm, finde ihn in der Küche, wo er die anderen Studenten verwirrt und mit einer Marlboro herumfuchtelt. Obwohl er weiß, dass das in der Schule verpönt und verboten ist und zum Hinauswurf führt. Ich warne ihn, zu verschwinden. Dann geht er wohl auf die Toilette zum Rauchen und setzt sich später auf Aufruf zu Vater und mir an einen Esstisch. An den Machogrimassen, dem inneren Leuchten und an der Schweigsamkeit erkenne ich, dass er nicht nur geraucht, sondern – Ganja geraucht hat.

Obwohl ich später erfahre, dass die Studenten aus der Stadt Ganja in die Hotelschule mitbrächten und dort rauchen, schäme ich mich, es ist so peinlich, ich dränge auf Abreise und dann schleichen wir uns alle drei davon, noch bevor das Essen serviert wird.

Auch auf dem Heimweg rede ich nichts, habe nichts mehr zu sagen, es hat mir die Sprache verschlagen. Jeder geht seiner Wege und ich ziehe mich in einen Hotelpool zum Schwimmen zurück, komme erst bei Dunkelheit heim, ertrage das nicht.

Akzeptierte im Umfeld der Feierlichkeit und der Herausgehobenheit der Leute definitiv, dass Anish da nie dazu gehören wird, und ich gestehe mir auch ein, dass er die zwei Schuljahre faul war und uninteressiert, nicht «hungrig» und wild, nicht neugierig und engagiert, dass er sich keine Mühe gegeben hat. Doch am meisten fuchst mich, dass sein etwas lascher Freund Benjamin vom Quartierclan die Hotelschule weitermacht und seinen Weg nach oben weitergeht.

3. Oktober

Spät morgens kommt Anish zu mir her an den Tisch, einigermaßen nüchtern, ob ich busy sei. Dann sagt er unvermittelt «I want to go to Europe!».

Abgesehen davon, dass ich erstmals «Europe» höre statt der Nennung eines spezifischen europäischen Landes, reagiere ich nüchtern: «Die warten gerade auf Leute wie dich!»

Sage ihm, dass ich respektiert habe, dass er nach Colombo gekommen sei, aber geschockt sei über sein Benehmen – in der Schule an diesem Anlass in meinem Beisein unter all den Leuten Ganja zu rauchen sei ein markanter Vertrauens-und Loyalitätsbruch. Zudem habe ich realisiert, dass er aus den letzten Jahren absolut gar nichts gemacht habe, das sei schmerzlich. Auch habe er alle meine Beziehungen, meine Erfahrung, Professionalität, meine Geldmittel, meine Schulung, nicht genutzt, gar nichts habe er genutzt. Er sei so dumm. Er müsse endlich aufwachen und aufhören mit dem Ganja, ich wisse nun, dass er es allein nicht schaffe, er solle in eine Entzugsklinik, ich würde das einfädeln für ihn, ich hätte bereits die Zusage. Er stampft wie Rumpelstilzchen mit dem Stuhl und rauscht wütend ab, seine Frustrationsgrenze ist weit überschritten.

Zigarettenstummel überall, Asche auf dem Boden, leere Flaschen stehen herum, er trinkt heimlich aus meiner Weinflasche, ich kann plötzlich nicht mehr und gebe ihn auf und her. Der Vater meint erneut, es ende sicher bei der Polizei, erst das therapiere ihn. Er habe ein Messer, und wahrscheinlich habe er gestern 200 Rupien aus der Kasse genommen mit seinem Schlüssel. Ich glaube es zum ersten Mal und bin tief betrübt zuzusehen, wie er selbstmörderisch und selbstzerstörerisch mit offenen Augen in sein Verderben rennt.

Abends schreibe ich Name und Telefonnummer des «Mel Medura» auf ein Papier und gebe es Anish, der mit einem Junkiefreund in seinem Zimmer sitzt. Da verstehe ich auch, dass mein Goodwill eine Art Einverständnis mit seinem

Drogenkonsum war, dass ich mich gleich machte mit seinen Raucherclubfreunden und dass mich das für ihn erträglich machte. Mit Vorhaltungen gehöre ich aber zum Establishment, das ihn an seiner grenzenlosen Freiheit und Verantwortungslosigkeit hindert, da bleibe ich chancenlos.

4. Oktober

Sehe Anish im Garten sitzen, hallo – hallo; fertig aus, nichts, nichts mehr. Der Bursche wird nicht mehr gesehen und ich weiß einmal mehr nicht, wohin das führen wird.

Vor ein paar Tagen war im Restaurant aufgedeckt, wie immer auch für Anish und mich. Weil wir aber viele Gäste hatten, holte ich mein Geschirr an meinen persönlichen Tisch. Später kam Anish dazu und ich sagte welcome, hol dir im Restaurant einen Teller. Verschnupft und widerspenstig ließ er mich wissen, «I have no mood to take the plate» und haute ab.

Am nächsten Morgen setzte er sich zum Frühstück her, befragte mich wie jeden Tag in Sachen Jassica und ich sagte meine Meinung. Am Schluss lässt er mich bockig wissen, dass ich ihm in Sachen Jassica nichts zu sagen habe.

Anderntags, erneut gedeckt für zwei, setzt er sich spät grußlos dazu. Ich lasse mich nicht stören, lese weiter, rede nichts, ignoriere ihn so gut es geht. Er isst lustlos Toast, fühlt sich unbehaglich, sagt patzig und demonstrativ «Thank you for the breakfast you gave me» und rauscht ab. Ich frage den Vater, ob seine Schwester noch für ihn koche und er seinen Sohn füttere. Er fürchte, dass Anish Sachen nehme und sie verkaufe, zum Beispiel würden Uhren fehlen. Weder Sankar noch ich geben ihm Taschengeld, er fragt auch nicht mehr.

Woher hat er das Geld? Dealt er? Der Vater habe ein Graspäckchen bei ihm gefunden. Haben ihn die erwachsenen Drogenkönige der Gegend endlich zum nützlichen Idioten gemacht? Ich radle los und sehe ihn in der Nachbarschaft mit Gleichaltrigen in einem Tucktuck sitzen und sage, ich möchte mit ihm reden. Er kommt auch prompt, schüttelt die Zigarettenasche demonstrativ auf den Fußboden, ich insistiere zum hundertsten Mal, er solle einen, seinen Aschenbecher holen. Er rauscht ab.

Heute Morgen schaut er von weitem zu, wie ich frühstücke, dann geht er aus dem Haus, um sich einen neuen Tag lang herumzutreiben. Das wird kein gutes Ende nehmen. Es zerreißt mir fast das Herz, wie man so sagt, ihn mit offenen Augen ins Verderben rennen zu sehen, doch er gibt mir keinen Anhalt, auf ihn zuzugehen, auf ihn einzuwirken.

Mein Logbuch wechselt in diesen Tagen den Hauptdarsteller.

5. Oktober

Der Vater sagt mir mit verhaltener Freude, Anish sei heute verändert gewesen, nachdenklich in seinem Zimmer gelegen, habe zu ihm erstmals «Vater» gesagt und um 50 Rupien gefragt, die er ihm diskussionslos gegeben habe.

Da denke ich, dass ich in aller Unschuld der Konkurrent des Vaters war und dass Anish jetzt, wo ich ihm mein Haus verwehre, da hingeht, wo er hingehört, zu seinem Vater, in sein Haus statt in meines. Klare Verhältnisse. Will sehen, ob daraus Einsicht wächst. Oder Feindschaft und Abwehr mir gegenüber, um sich abzugrenzen und den Zivilstand zu klären.

7. Oktober

Seit gestern war Anish abgetaucht, von der Bildfläche verschwunden, unsichtbar geworden. Abends sehe ich ihn im Sarong finster blickend unter der Staffhaustür stehen, erst als ich «hey» rufe, kommt ein knappes emotionsloses «hey» zurück.

Frau Dejong von der Hotelschule schreibt, sie würde mich informieren, wenn das Diplom bereit sei, und sie danke sehr für die Teilnahme an der ereignisreichen Feier. (Weiß sie, dass ihre Studenten Ganja rauchen?)

8. Oktober

Großes Vater-Sohn-Drama. Sie verhaften den Vater und versorgen ihn im Gefängnis, ich werde nie erfahren weshalb. Anish allein zu Haus, ein wenig verstört, ist Teil der Geschichte, doch nicht involviert. Fragt mich um Geld zum Essen, ich gebe ihm 80 Rupien. Er solle sich überlegen, wo er wohne, wenn sein Vater hier weggehe, denn solange er Ganja rauche, sei auch er hier nicht willkommen. Er macht sein Zimmer ordentlich und verschwindet, das Familienwohnzimmer lässt er verwahrlost wie es ist. Keine weiteren Fragen.

Mittags um zwei, die Tante kocht etwas im Haus und räumt das Wohnzimmer auf, steht Anish in der Restaurantküche, bereit zum Würstelkochen, als ich überraschend heimkomme. Er habe doch eine eigene Küche? Er verschwindet. Um drei klopft er an mein Zimmer (klopft an!) und fragt um 50 weitere Rupien. Wozu? Um eine Zigarette zu kaufen. Ich gebe ihm das Geld und sage, dass es Zeit sei, sein Leben zu organisieren. Er nickt wissend. Ich lulle mein schlechtes Gewissen ein mit der anhaltenden Diskussion in der Schweiz, wo man mit einer Mehrheit bei der Volksbefragung über die Haschischfreigabe rechnet.

15. Oktober

Erst sehe ich ihn ein paar Tage nicht. Dann zweimal alleine herumstreunend an der Straße. Einmal fragt er wieder nach 50 Rupien, ich gebe sie ihm und sage, unsere Beziehung sei ungeklärt, er solle reden oder sein Leben leben. Einer aus der Verwandtschaft sagt, Anish habe auch ihn um 50 Rupien angegangen, ich ahne: Er hat einen Engpass, jetzt geht er schon betteln.

Gestern kommt er um zu duschen, weil ich heißes Wasser habe, sagt er. Aber vielleicht ist er auf der Suche nach lose herumliegendem Geld. Ich habe mir aber angewöhnt, alles abzuschließen.

Später sehe ihn mit einem Gästevelo losfahren. Halt! Unterwürfig schiebt er es in die Garage zurück. Ich sage erneut, er solle sein Verhältnis mit mir klären, wenn er wieder normal sei, sei alles möglich und meine Arme weit offen. Er läuft wie Sylvester Stallone los und steigt mit einem andern zusammen in das flaschengrüne Tucktuck mit dem dicken Fahrer ihres Alters, dann fahren sie los.

30. Oktober

Ich war mit Anish zusammen in der Hotelschule, um die vorbereiteten Diplome abzuholen. Die Zeit von 12 bis 4 verbrachten wir in der Stadt, bei Odel und im Barefoot vor allem, wo wir eine Cola tranken im Hof, damit der Hoffnungsträger mir nicht auf dem Sozius einschläft, völlig überfordert vom Stress des Fahrens und der Stadt und hungrig nach Zigaretten. Die alte Dame war sehr zuvorkommend, hatte einen Senior dabehalten, um Kaffee zu servieren. Am Schluss gab es vier Chromoluxdiplome für die effektiv besuchten Kursteile und schließlich noch – schon nach zwei statt erst nach drei Schuljahren – das Abschlussdiplom. Letzteres sollen wir fürs erste für uns behalten, damit niemand von der Klasse davon wisse, dass sie das Papier freigab, obwohl die anderen ein Jahr länger Schulbesuch und Schulgeld aufbringen müssen. Ich spielte meinen ganzen Charme aus und offerierte gar Gratislecturing über Verkaufskunst, was sie überschwänglich begrüßte. Im November könne ich damit beginnen, speziell die Old Boys bräuchten das.

2. November

Die Diplome sind mittlerweile gerahmt und hängen neben Anishs Zimmertür. Anish ist eher kurz angebunden mit mir, unser Umgang ist sehr distanziert geworden. Er trinkt mittlerweile Coca-Cola in sich hinein wie ein Fass ohne Boden, lässt Gläser und Flaschen und volle Aschenbecher herumstehen, räubert mitten in der Nacht und immer zu unchristlichen Zeiten alle verfügbaren Kühlschränke, ist nicht sozial, hat sich aus der Gemeinschaft verabschiedet ohne dass ich wüsste wohin.

Heute waren zwei Gleichaltrige bei ihm im Zimmer. Er glaubte, es mir erklären zu müssen: Sie würden zusammen rauchen und Musik hören. Er solle das nicht im Haus tun, der Vater würde sauer und ich selber würde es missbilligen. Seine körpersprachliche Reaktion war vernichtend, es ist ihm wurscht.

18. November
Es scheint, dass Anishs Drogengebrauch eskaliert und er statt Ganja zu rauchen etwas Neues nimmt. Der Vater sagt, es rieche nicht mehr wie früher und seit einer Woche ist Anishs Benehmen merkbar und seltsam verändert: Zum ersten Mal überhaupt hat er hier gearbeitet, mit unbeirrter Sturheit und grenzenloser Energie hat er während zwei langer Tage ein Meisterwerk von einem Taubenstall genagelt. Niemanden ließ er an sich heran, niemand hatte ihm dabei etwas zu sagen. Gleich darauf hatte er einen Schwarm Tauben erworben. Eine davon blieb krank im Stall sitzen, die hat er dann ohne Federlesen mit dem großen Messer geköpft und ausgenommen, im heißen Öl gebraten und gegessen. Er berichtet mir von seiner Idee, einen Lautsprecher im Stall zu montieren, damit die Tauben mithören könnten, wenn er in seinem Zimmer Musik höre. Dann verschwand er in der Stadt und kaufte einen weiteren Käfig mit zwei Wellensittichen drin, den hat er in seinem Zimmer aufgestellt, damit sie näher bei ihm seien beim Musikhören.

Ich erinnere mich an die Wildheit, mit der er als Dreizehnjähriger schon Tauben hatte und wie er alles um sich darüber vergaß, bis ich den Käfig zertrümmerte wegen Schulschwänzen und Dachziegelzerbrechen beim ständigen Turnen auf dem Dach. Jetzt hat er den Stall und sein Kindheitsglück wiederhergestellt.

Der Vater sagt, nachts schlafe Anish nicht, gestern Nacht habe er zwanzig Mal denselben Song gespielt und die Worte in ein Buch geschrieben. Mich fragte er kürzlich, wie das Hakenkreuz zu malen sei – Sanskrit, glücklich sein – das hat er nach zwei Richtungen in sein Buch gezeichnet, mit dem ich ihn spät abends am Tisch sitzen sehe. Einmal bittet er mich, ein Buch für ihn zu schreiben, er würde mir die Headlines dazu geben.

Meine beste Freundin Mibelle ist eine Weile hier, mit der redet er manchmal, sie ist direkt und deutlich mit ihm. Er führt Gespräche über den Tod, stellt tiefe Fragen über Lebenssinn und das Leben nach dem Tod, über Verantwortung für das Land und solche Sachen. Beschwert sich bei mir über den Vater, weil der eine fremde Frau zu Besuch gehabt habe, die ihre Beine hochlegte. Ja und? «Er ist mein Daddy!» Als seine Mutter Sheela zu einem Besuch vorbeischaut, kommt er mit einem Teller Essen in den Garten. Wer hat so gut gekocht? «My Mom!» Ganz neue Worte sind da im Gebrauch.

Seit vier, fünf Tagen geht er jedem aus dem Weg, redet mit niemandem mehr, ist merklich verändert und wir empfinden ihn als innerlich sehr aggressiv. Das Messer, das er immer bei sich trug und das der Vater fürchtete, ließ er auf einem Tisch liegen, ich nahm es stillschweigend an mich, er suchte es wohl vergebens. Hat auch aufgehört, bei mir im Haus Playstation zu spielen, ich weiß nicht, von was er lebt, er isst nie mehr hier und auch nach Geld fragt er nicht mehr. Den älteren Bruder beunruhigt, dass er zerschlagene Glasflaschen gefunden habe, völlig irrational von Anish kaputt gemacht, er sei sehr beunruhigt und er weine jede Nacht. Zu meiner großen Überraschung sehe ich seit Wochen erstmals wieder Anishs Freund Benjamin im Garten, verschwiegen mit ihm, seltsam reagierend und asynchron in der Antwort auf meine Bitte, er möge Anishs Bücher aus der Hotelschule zurückbringen. Zudem schnupft er beim Antworten auffällig die Nase, sodass ich unwillkürlich denke, sie seien auf harte Drogen umgestiegen. Da kenne ich mich noch weniger aus, da komme ich nicht mehr mit.

Mibelle meint, wir müssten Anish zwangseinweisen in eine Entzugsklinik bringen und ich stimme mit ihr darin überein, es passiert sonst etwas, die Dinge eskalieren und entgleiten, der Junge ist sehr krank. Aber ich habe keine Erziehungsvollmacht, habe ihn nicht in aller Form adoptiert.

Gestern nachts um drei hat jemand an ihrem Fenster voyeuriert, sie riss fluchend das Fenster auf, sah den Typ im Sarong einen Riesensprung über die Mauer zum Meer machen, von dem am Morgen noch der Sandalenabdruck im Sand zu sehen war. Anish sei es nicht gewesen. Ich bin erleichtert, halte jetzt alles für möglich.

Ausgerechnet jetzt kommen ein junger Mann und sein Freund aufs Areal, wie IBM Vertreter angezogen reden sie artig mit dem Vater, dem möchten sie gern beistehen und ihm helfen wegen Anish. Woher wissen diese selbsternannten Retter, dass wir einen Drogensüchtigen im Haus haben? Später ruft der Vater mich dazu, ich stelle Fragen um herauszufinden, was und wer dahintersteckt, niemand hatte sie gerufen. Der ältere Bursche spricht fließend Englisch und wie ein geölter Jungverkäufer ist er gut geschult. Ich vermute eine Sekte dahinter, sah mehrfach Weißhemden in der Stadt, die Leute halten sie für Mormonen. Erst nach langem Bohren erzählt er von einem römisch-katholischen Pfarrer und einem Heim in Colombo, für das man bezahlen müsse, und dass der Pfarrer die Drogenkranken in Handschellen abholen und gesundmachen würde, wie mir sein jüngerer Freund bestätigen könne. Ich bin skeptisch, halte für möglich, dass da eine Gruppe zuerst Drogenabhängigkeit herstellt und dabei verdient, um nachher als Wohltäter beim Entzug noch ein zweites Mal zuzulangen. Morgen würde er mir Kontaktadresse und Namen bringen.

Ich denke, man müsse Sheela einbinden, ihr Mann sagt, sie sei sehr interessiert. Denke an eine Familienkonferenz unter Supervision dieses Psychotherapeuten und daran, in Colombo noch weitere Kliniken anzuschauen und – schon aus Neugier – die des jungen Klinkenputzers. Wir dürfen keine Zeit verlieren, in vier Wochen ist Anish volljährig, die Eltern können jetzt noch handeln und wir dürfen keinen Fehler machen, nur das Beste ist gut für ihn. Weil die jungen Drogenabhängigen aber jede erwachsene Autorität ablehnen, finde ich das Konzept gut, Gleichaltrige auf sie anzusetzen, eine Art Streetworker, doch hat mich der allzu glatte Seelenfischer verunsichert, konnte den Hintergrund nicht wirklich erhellen, just Helfen-Wollen ist mir zu wolkig, und in diesem Land macht schon gar keiner etwas ohne Absicht.

24. November

Tatsächlich. Alle stehen zusammen. Familienzusammenführung, gemeinsam fahren wir alle nach Trincomalee, über Polonnaruwa, Hunas Falls. Hoffnung auf Versöhnung, alle wollen alles ausradieren, aber es klappt natürlich nicht. Umso schmerzhafter, als das dreitägige Zusammensein der Eltern, der Kinder, der Eltern mit den Kindern, der Kinder mit den Eltern ein Familienbild vorgaukelt, das sich ganz schön zum Träumen eignet.

4. Dezember

Ob ich einen Job im Icebear hätte? Abends sehe ich Anish ohne Aufforderung, aus eigenem Antrieb (Antrieb!) im Garten mit dem Schlauch die Pflanzen gießen. Bin sprachlos.

5. Dezember

Anish setzt sich wieder einmal zum Frühstück her, wenn auch ohne Hunger. Nachdenklich und sanft sagt er «I like to kill all, all», «yes, Jassica too», und später, zum zweiten Mal, «life is too nice to die, to sad to live, perhaps best to kill myself». Er kündigt einen Mord oder Selbstmord an, ich habe das Wissen nicht, richtig zu handeln, fürchte, dass alles bereits aus dem Gleis gelaufen ist und ganz schlimm enden wird, dass ich komplett versagt habe. Man kann nicht das Leben anderer Leute leben, schon gar nicht das von denen, die man liebt. Ich warne ihn vor dem Gebrauch harter Drogen. «Nobody shall teach me». Er will später zur Parlamentswahl gehen und fragt wie das Prozedere sei. «But don't tell me which Party». Er wolle die Offiziellen dort fragen. Später geht er und sagt, er sei in der Schlange gestanden und habe geschaut, wie es die andern machen. Bin erstaunt, dass er soziale Pflichten wahrnimmt, gar das erste Mal an einer Wahl teilnimmt.

6. Dezember

Nachdem ein paar Mal einhundert, zweihundert Rupien in der Küchenbox fehlten bei der abendlichen Schlussabrechnung, und ich kürzlich den Schlüsselbund wackeln sah, als ich in mein Zimmer kam, habe ich gestern eine Falle ausgelegt und die Schlüssel steckengelassen. Als ich nach 30 Minuten am Nachmittag vom Schwimmen kam, fehlte eine Hunderter, und eine Zweihunderternote, das Portemonnaie nach außen gedreht.

Auf Vorhalten hin versichert Anish glaubhaft, sachlich und distanziert, dass er weder harte Drogen nehme noch stehle. Er sei einmal zu dem Mädchen ins Zimmer gestiegen und habe mir früher auch Geld gestohlen, ich wisse es, doch seither sei nichts mehr gewesen. Nur das Wissen, dass Drugster nichts anderes können als meisterhaft zu lügen und zu stehlen, lässt meine Zweifel bestehen, aber eigentlich verunsichert mich seine Reaktion. Ein Gärtner war auf dem Areal. Auch die Nachbarn Ruwan und Philip waren am frühen Nachmittag im Haus. Ersterer heult auf Anfrage hin, ob er Geld genommen habe, herzzerreißend und der zweite wirft sich auf die Knie und versichert, dass er kein Dieb sei.

Es ist zum Verzweifeln.

Am Morgen hat der Psychotherapeut Sankar angerufen, Sheela mache Troubles gegen alle, sogar gegen ihn. Üble Bezichtigungen. Er will das Mandat zurückgeben. Mehr war Sankar nicht imstande zu berichten, manchmal verlässt ihn sein Englisch.

Ich fürchte manchmal, dass sich im Hintergrund und ohne mein Wissen ein Desaster zusammenbraut, das irgendwann überraschend aus unheiterem Himmel über mich hereinbricht, und habe dann kurze Momente von Angst, fühle mich allein.

Das Dienstmädchen sagt mir, Anish habe am Sonntag auch mit ihr geredet über seine Schmerzen in Herz und Kopf, und sie habe ihm gesagt, er könne sie jederzeit rufen, wenn er sie brauche, sie sei ja meistens im Haus.

8. Dezember

Im Garten sehe ich Anish intensiv mit dem Gärtner reden. Der wird morgen hier weggehen und nachher will sich Anish bei mir um die freie Stelle bewerben. Er wolle etwas tun hier. Bin erstaunt und zurückhaltend und skeptisch.

Später sehe ich ungläubig, wie er schon morgens um acht den Garten fegt und später wässert und den Schlauch sorgfältig um die Säule wickelt. Anish verfolgt selbstbestimmt die Idee, für den Gärtner einzuspringen. Ich überlasse dem Vater den Entscheid, auch um die zwei näher aneinander zu binden. Und er könne Anish zur wöchentlichen Teamsitzung und zur Jahres-Lotterie einladen.

9. Dezember

Morgens sagt der Vater, er wolle mit mir reden. Dann erzählt er, von Weinen unterbrochen, dass Anish in der Nacht Probleme gehabt und ihn um Hilfe gerufen habe. Dass er schrecklich geweint habe und sehr traurig sei. Dass er in

Gefahr sei, dass das vielleicht das Ende sei, dass wir etwas machen müssten. Wie glücklich der Vater sei, dass Anish ihn um Hilfe bat, und wie er lange in seinen Armen gelegen sei.

Ich sage die Teamsitzung ab, verschiebe das weihnachtliche Spaghettiessen auf später, schicke verschiedene Besucher weg, auch die ganze festlich gekleidete Sheanfamilie. Ich telefoniere dem Psychotherapeuten für eine Emergency-Sitzung, doch der ist am Packen für eine USA-Reise, käme erst am 14. Januar zurück, sei dann aber sofort für uns da. Wir sollen ihm zur Beruhigung kein Valium geben. Ein Schlafmittel sei gut, «Demasapan» o. ä. Und ich solle den Hausarzt Dr. Rasheed um «Antabuse» fragen, dieses Erbrechungsmittel. Aber Anish sei erschöpft, esse nichts. Das sei Unternutrition, wir sollten ihn mit Malzmilch aufpäppeln. Er fragt dann noch, ob ich von den Schwierigkeiten wisse, die Sankars Ehefrau ihm, Dr. van Buyten, mache? Dass sie ohne ihren Namen zu nennen bei ihm zu Hause angerufen und den Bediener gefragt habe, ob sein Chef und seine Frau Streit hätten miteinander. Dass er daraufhin alle in Frage kommenden Leute angerufen und dann Sheela gefunden und klargemacht habe, dass er wegen Anish nur noch mit mir und dem Vater verkehre und keine weiteren Anrufe mehr wünsche. Dass er Sankar telefoniert habe, um ihn zu fragen, und dass der bestätigt habe, seine Frau sei ein Unruhestifter, das sei ihr Stil. Die Frau nerve ihn mit täglichen Telefonanrufen, ihrem Sohn zu helfen, erzähle, wie schlecht alles und alle seien. Dass sie die Human Right Organization einschalten wolle, um Anish zu helfen. Das Elternpaar wirke aktuell zu sehr ein auf den Sohn, doch für die Wiederherstellung der Beziehung sei es zu spät, da sei kein Respekt mehr vor Vater und Mutter. Dass Anish umso stärker alles zurückweise, je mehr man ihn mit Hilfsangeboten bedränge.

Und dann sagt er auf Anfrage noch, die Mutter habe ihn schon vor zwei Wochen angerufen auf Empfehlung eines anglikanischen Pfarrers. Dass die Mutter aber jetzt bei den Mormonen sei. Ich kann über das unstete Naturell der Frau nur staunen.

Ich hole Ovaltine und Glukose und wir füttern ihn. Der Vater besorgt sich eine Nummer im Spital, Hilfe wird wohl erst am frühen Abend möglich sein, es hat einfach zu viele Wartende. Ich nutze die Wartezeit und rede mit Anish und der redet seinerseits viel über sich und dass er jetzt wirklich Hilfe brauche. Auch ich bin ganz erleichtert, in Hoffnung, das sei der Tag des Neubeginns. Ja, er habe seit Stunden (seit Stunden!) keine Zigaretten geraucht (aha, Nikotinmangel!), seit Tagen auch kein Ganja (aha, Entzugserscheinungen!). Hat Anfälle von Depression, ist in echter Gefahr und körperlich am Ende.

Er weint immerzu, die Emotion bricht aus ihm heraus, er lässt Gefühle zu nach langen Monaten Roboterspiel und Entrücktheit und Unzugänglichkeit. Er habe immerzu Angst, er fürchte diese Angst, sie mache ihm Schmerzen im Herz und den Kopf so voll, dass er denke, der platze jetzt gleich. Er habe diese Angst schon als Fünfjähriger gehabt, in der Nacht, oder später, wenn er Filme gesehen habe mit viel Gewalt. Ob ich in meinem Leben auch Angst gehabt habe, wie ich sie bewältigt habe, warum ich so stark sei. Es sei, wie wenn ein anderer in ihm wirken würde, eine Art Dämon, er hasse dich, und er liebe dich. Er sei gar nicht mehr er selber. An der denkwürdigen Hotelschulfeier zum Beispiel sei es schrecklich für ihn gewesen, diese Furcht, dass alle sehen, dass er von einem Dämon besessen ist. Anishs alter Ego macht ihm schwer zu schaffen. Große Umarmung, I love you!

Er erzählt, was er mit dem Bruder bei den Maledivenmädchen alles angestellt habe, wie westlich frei die gewesen seien und dass er den Westler in sich herausgeholt hätte; wie sie unterm Bett versteckt waren, als die Mutter am Bett der Töchter saß, die sie vorher geküsst hätten und so. Die glücklichste Zeit für ihn sei gewesen, als sein Bruder das Leuchtfarbenfahrrad gehabt habe. Und ins Zimmer des Mädchens im Gästezimmer sei er damals gestiegen, weil das Mädchen ihm zugezwinkert und sich nackt im Zimmer bewegt habe, während er mit ihrem Wissen durch den Fensterladen schaute. Das habe er fehlinterpretiert. Der schreckliche Schreck, als sie plötzlich geschrieen habe.

Und die zweimal im Gefängnis, da habe er sich hilflos wie ein Baby gefühlt.

Zu viel Stress, zu sehr allein, die Sprache verloren, sich zu viel zugemutet, nun kocht das alles auf.

Was denn mit ihm sei, wenn ich einmal gestorben sei? Was wird dann aus mir, wo lebe ich? Mein Plan sei gewesen, dass er nach meinem Tod das Haus führen, managen und mit seiner Jassica und eigenen Kindern hier leben könne, mein Sohn David wüsste davon und sei als Geschäftsmann weiterhin dabei und sicherlich wie ein Bruder für ihn da. Ich hätte die Hoffnung nicht aufgegeben.

Das braunbleiche Foto des versteinert blickenden Großvaters an der Wand des Staffhauses. Der habe oft mit ihm geredet, kürzlich habe er das Bild abgehängt und in eine Schublade gesteckt.

Er sei überempflindlich für Geräusche und Gerüche. Einzelne würden sich aus dem Teppich von Klang und Geruch herauslösen, würden übermächtig und bedrängten ihn bis hin zu Explosionen in seinen Ohren. Die habe er sich seit heute mit Watte verstopft.

«What, when you go away from here and I'm alone. Nobody is looking at me, things become bad!»

Und wieder, was ist mit dir, Gerry, nach dem Tod? Du wirst ein Pferd sein, Du bist stark. Besser, du bist ein weißes Pferd im Regenwald. Du kannst nur als weißes Pferd neben Jesus sitzen, auch Engel dürfen neben ihm sitzen. Er mache jeden Tag Self Service, manchmal zweimal, das sei doch sicher nicht gut, er sei schon ganz schwach davon. Is this bad?

Nein, er habe nie harte Drogen genommen. Wenn Ganja schon so einfahre, wie dann erst härteres. Er habe mit Beginn der Hotelschule vor drei Jahren angefangen zu rauchen, alle haben dort geraucht, er sei ja so innocent gewesen, niemand habe es gewusst, das sei sein ganz eigenes und einziges Geheimnis gewesen.

Das Herz klopfe bis zum Hals, der Puls rase.

Bin ich wichtig für sich?

I act always. It is so hard to act always, aber ich bin so schwach. Ganja rauchen hilft nichts. Aber das Leben tut so weh. You don't know anything. Ich habe so viel Angst in mir. Ich habe Angst, mich umzubringen. The fight is so heavy, I feel so empty.

Der Vater sagt, er habe in der Toilette weggeworfen Pflanzenblätter gefunden, Ganja vermutlich.

Dr. Rasheed ist ein guter Arzt. Der Vater, ich und Anish suchen ihn auf, ich mache einen Kurzrapport. Ja, das alles sei typisch und normal, Anish habe Entzugserscheinungen, Halluzinationen, es sei wie Schizophrenie. Ich bin froh, dieses Wort zu hören, es schließt Geisteskrankheit aus, erklärt den Zustand, diese Angst.

Ob Anish in der Klinik bleiben wolle, mit Infusion, oder lieber bei uns daheim mit oraler Medikation? Er verschreibt Tabletten, auch Dormicum 7.5 für den Schlaf, eine Kräftigungsspritze, Frisium gegen Angstzustände, Enervon C zur Kräftigung.

In drei Tagen sollten wir wiederkommen, dann habe er mehr Zeit und Zeit auch zum Reden.

Daheim sage ich Sankar, er solle das Zimmer seines Jüngsten herausputzen. Das ist völlig verwahrlost, am Boden noch Wasser vom letzten Regen, es muffelt. Kurz darauf hat er dem Sohn ein kleines Nest gebaut mit Moskitonetz und Teppich. Die Liebe währet ewiglich. Er trägt den großen Sohn wie ein Baby in sein Bett, am Tisch war er beim Spaghettiessen eingeschlafen.

Sankar sagt, seine Frau habe ihn angerufen und mit neuen Vorwürfen überschüttet. Wenn sie noch einmal herkäme, würde er sie, na ja. Was dieser arme Kerl alles zu ertragen hat, das zu wissen wird den Goodwill nähren, wenn mich mein Hausmeister mit seinem Saufen wieder einmal nerven wird.

10. Dezember

Morgens um acht ist Anish schon auf den Beinen und fegt den Garten. Es sieht besser aus, wir sind erleichtert, sitzen durch den Tag oft zusammen, viel Zärtlichkeit und Körpernähe, auch von einem überglücklichen Vater. Während der Gartenarbeit sitzt er dann einmal erschöpft auf der Schwelle des Staffhauses, wieder völlig im Unglück. Ich setze mich neben ihn. Ob ich eine Tablette für ihn habe, mit der er immer schlafen könne, er wolle nur noch schlafen. Ich solle ihn verhauen, fleht er mich an, für all das Schlechte, das er mit den Mädchen gemacht habe, dass er seinerseits Jassica verhauen würde, dass es schwierig sei mit den Frauen und sie nur nehmen und nichts geben würden. Und wieder, «I like to die before things become more and more bad».

Spät nachmittags klagt er über Muskelschmerzen in den Waden und legt sich unters Netz zum Ausruhen. Später setze ich ich dazu. Lasse ihn erkennen, dass ich alles für ihn tun würde, wenn er es wolle, und nehme ihn in die Arme, streichle ihm den Kopf und er wickelt sich eng an mich, wo wir lang und still siamesisch sind. Lenke ihn ab mit Reden, bin aufgewühlt, weiß aber nicht wirklich, was sagen, schweige schließlich wieder. Ich bin so hilflos, finde keine Antwort auf viele Fragen, keine Lösung für viele Probleme. Zweifele an mir selber. Was habe ich falsch gemacht, wo hätte ich anders handeln müssen, hätte ich überhaupt jemals nach Sri Lanka kommen sollen?

11. Dezember

Anish kommt von einem Besuch bei Jassicas Großmutter zurück (die möge ihn), von dem ich ihm abgeraten hatte in diesem Stadium. Sie habe geschimpft mit ihm, was er denn wirklich wolle, ob er die Enkelin auch ganz bestimmt heiraten wolle. Er legt seinen Kopf auf meine Knie und weint bitterlich, hat sich zu viel zugemutet, der Besuch brachte Stress, er sei ganz schwach in den Beinen, könne nicht mehr stehen. Ich insistiere, dass die Gesundung Zeit brauche und er langsam machen müsse mit allem.

Er rasiert sich, fühle sich unrein.

Später am Tag will er doch lieber ins Spital, dort seien weniger Einflüsse als hier. Ich rede mit dem Vater, der findet, die Ablenkungen und die Gartenarbeit täten ihm gut, das Alleinsein im Spital würde ihm nicht helfen. Am Abend klagt der Leidende, er fühle sich so leer. Ich veranlasse ihn, etwas zu essen und die Medikamente zu nehmen, um halb neun geht er in sein Zimmer zum Schlafen. Ich vermute, der Tag sei lang und anstrengend gewesen und er habe Angst vor dem Abend und der Nacht.

12. Dezember

Morgens um halb acht sehe ich Anish schon wieder im Garten. Die Schlaftablette habe schlecht gewirkt, er habe geträumt. Ob er uns nachts nicht gestört habe?

Um neun kommt der Vater zur Arbeit, vom Alkohol noch verwirrt, hat die eigene Dunkelheit nachts wieder einmal im Alkohol aufgehellt, «nur eine kleine Party». Er macht sich wirr mit Brotschneiden zu schaffen, nachdem ihn Küchenhelfer Suraj durchs Schlafzimmerfenster um Hilfe für fünf Frühstücksbestellungen gerufen hat und Brot, Früchte und andere Sachen fehlten. Dieser halbstarke Schwachkopf säuft weiter in der Stunde größter Not.

Anish geht noch mal schlafen bis um elf, isst dann etwas und verzieht parodistisch das Gesicht, die Antidrugs, was weiß ich. Ich dirigiere ihn in sein Zimmer, wo er an Jassica denkt und dass er schlecht von ihr geträumt habe.

13. Dezember

Um zehn morgens sitzt Anish am Tisch, verzieht wieder das Gesicht, steigert sich außer Kontrolle zu erschreckenden Grimassen, gänzlich verzerrt, das Gesicht ist ganz entgleist, die Zunge außer Kontrolle steif und lang herausgestreckt, die Augen verdreht. So stelle ich mir einen epileptischen Anfall vor. Oder was Leute früher vom Teufel besessen glaubten. Der junge Mann lallt mit schlimmer Stimme, er nimmt es wahr, ist außer sich, «was ist mit mir»? Ich stütze ihn am Tisch, lasse ein Tucktuck rufen, Notfall, sofort zum Hausarzt ins Ave-Maria-Spital. Der Körper ist wie ein sterbender Wurm verkrümmt, der Anfall, Überfall erschüttert mich emotional erheblich, ich bin kurz vorm Heulen, so unendlich viel Liebe ist im Mit-Leiden.

Der Arzt hält tröstend meine Hand, beruhigt zuerst mich, Entzug, der Körper reagiere, das sei normal, ich solle mir keine Sorgen machen. Ich bin erleichtert. Ob er wirklich nichts genommen habe. Nein! Aber wirklich sicher bin ich nicht. Sie wollen ihn bis abends dabehalten. Gegen elf kommt auch der Vater in die Klinik, schaut verwirrt im Arztzimmer herum, sagt nichts und haut ganz schnell wieder ab. Gleich kommt er wieder zurück, er sei den ganzen Tag für den Sohn dagewesen, verteidigt er sich, mit den Promille der Nacht kämpfend. An die Party sei er erst später gegangen, er habe Suraj, den Küchenhelfer, informiert. Er solle mir jetzt bitte keine Geschichten erzählen, alleine gelassen auf der Property habe er uns in dieser Nacht, wie so oft. Er solle jetzt in mein Hotel zurückgehen und nach dem Rechten sehen, er sei der Hausmeister und wir hätten viele Gäste. Verflixt!

Der Arzt erläutert Anish ohne Zeichen von Anteilnahme und in der notwendigen Härte, das komme von den Drogen, «in zehn Jahren bist du tot!»

Beim Wachen in einem Abstellzimmer sehe ich Anish bei neuen Verkrümmungen, ob das vom Hirn komme? Nein, vom Drogenkraut! Er hält meine Hand im Vertrauen. Die Schwestern nehmen Blut, hängen ihn an eine Infusion, dann liegt er ruhig da. Sie würden gut aufpassen auf den Kranken, versichern sie mir. Ich fahre zum Icebear zurück, wo der junge Houseboy allein ist mit vier Gästen und zwei Neuankömmlingen und nicht weiß, was machen. Der Gärtner ist nicht mehr da, das neue Mädchen noch naiv, Monteure reparieren die Klimaanlage in meinem Zimmer.

Der Houseboy versichert hilfsbereit, alles sei OK, und ich weiß, dass er aus lauter Nettigkeit nicht die Wahrheit sagt. Nein, sein Chef sei nicht da. Hat uns wieder einmal sitzen gelassen, niemand weiß, wo er steckt. Als ich nachts um eins – mit Lesestoff gut gepolstert – wieder ins Spital komme zur Nachtwache, steht Anishs Vater in ausgelassener Stimmung im Eingangsbereich und tratscht mit Bekannten, er sei doch in München gewesen, wie denn da die Frauen seien. Der Held macht den Gockel, statt bei seinem Sohn im Krankenzimmer zu sitzen. Er wirkt wie ein unreifer, unsicherer, ichschwacher Halbstarker. Nachher im Krankenzimmer ertrinkt er in Selbstmitleid, was er sein ganzes Leben lang für seinen Sohn getan habe und jetzt das. Doch, ja, Anish sei oft sehr allein gewesen, besonders als Kind. Da sitzen zwei hilflose Väter nebeneinander an Anishs Bett und keiner weiß ihm und sich selber zu helfen.

Morgens wacht Anish früh auf und redet über das Geschehen, es sei jetzt Zeit, wieder heimzugehen. Am Nachmittag hat er einen zweiten Anfall, nach dem Rauchen einer Marlboro, an die er irgendwie gekommen ist. Zuerst verzieht sich die Muskulatur der Stirn, dann der Wangen, der Mund spitzt sich zu, die Zunge schaut heraus, bis der ganze Körper sich erneut verkrümmt, abwechselnd die Füße, die Arme, die Hände, der Bauch, die Augen starr, das Fleisch hart wie Holz. Liegt dabei meist auf dem Rücken, dann auf der Seite, quält sich ins Sitzen, die Stimme röhrt. Der Mund kann die Worte nicht formen, aber es ist genug, seinen ungeratenen Vater auf Tamilisch aus dem Zimmer zu jagen, als der auf mein Rufen hin endlich zu ihm ans Bett sitzt. Der zieht beleidigt und tief verletzt davon, ich telefoniere dem Arzt wegen der Krämpfe, schicke den Vater nach Tabletten, die kommen auch gleich und nach einer endlos langen Dreiviertelstunde ist alles vorbei und Anish schläft ermattet ein.

Ich kannte den Anfall nun, halte den Körper, stütze ein wenig, lege eine Hand auf seine Hand, mache eine warme Bettflasche, die ich ihm zur Entspannung an den Körper drücke, rede auf ihn ein, hab keine Angst, nichts wird passieren, es geht vorüber, nachher ist's gut.

14. Dezember

Anish ist sich sicher, dass diese Zigaretten schuld seien an seiner Todesangst und er schwört, nie mehr eine zu rauchen. Kein Anfall heute. Er macht sich ein wenig im Garten zu schaffen, spielt mit seinen Tauben, redet viel, sitzt mit mir und seinem Vater beim Abendessen, bleibt im Haus. Ob alle Jungen, die rauchen, das hätten wie er? Ja, wenn sie aufhören würden damit, das sei wohl gut, aber nicht lustig. Ein langer Tag, Anish in großem Ernst, beginnt wieder einmal das Leben zu ordnen, denkt immerzu und quält sich. Er telefoniert der Mutter für die Rückgabe des Handys, das die Schwester ihm einst schenkte. Erinnert sich beim Aufwachen, Heureka: Er habe ja sein Mountain Bike zum Lackieren gegeben. Träumt gleichzeitig von einem Motorrad, das ich ihm auf den Gärtnerlohn vorschießen soll. Ja, er wäre gerne unser Gärtner, wir bräuchten doch einen. Der Lebenshunger der Jungen. Wir fahren zusammen in die Stadt, um ihn aufzurüsten für ein neues Leben, habe Angst, dass er mit seiner Schwäche vom Motorrad fällt, wir kaufen Hose, Hemd, Schuhe. Lassen ihm eine neue Brille machen und die Gläser neu ausmessen.

15. Dezember

In der Nacht um drei mache ich mich zum Flughafen auf, um Bestfreund Lukas abzuholen, der ein paar Wochen unser Gast sein wird. Anish ist hellwach auf den Beinen, freut sich auf die Abwechslung, ist ganz aufgewühlt, findet viele seiner Gedanken in Lukas Kommentaren und Schilderungen wieder. So geht das einen langen Tag lang, er gießt den Garten, fegt, von gelegentlichen Zigarettenanfällen geplagt, und flüchtet sich in anderes, arbeitet dann, ruht fast nicht, ist noch immer Patient, doch die Aufgewachtheit des Denkens hält ihn in Trab, er redet wieder über dieses alter Ego, das ihn ängstigt. Lukas erläutert, er solle nicht das Gute oder das Schlechte sehen, sondern sein eigenes Ich als Ganzes, gut und schlecht, dass er wie wir alle beide Seiten zu bewältigen habe, sich reich fühlen solle in seinem individuellen Sein, dass es anstrengender sei, aber bereichernd. Und so.

Heimatlos zwischen Tamile und Singhalese und Westler sein, drei Sprachen sprechen, unter der Bedarftheit der Gleichaltrigen leidend, erzählt er Geschichten, Geschichten, ein gestauter Fluss braust durchs nun offene Wehr. Und immer wieder seine frühen Frauengeschichten, dass alle nicht so harmonisch verliefen wie erträumt: Die Stewardess aus Colombo, die er erst weich streichelte und die dann abgehauen sei, als er Hengst sein wollte. Die Maledivenmädchen wieder und der Klatsch, und dass Jassicas Vater nach seiner Rückkehr aus dem Ausland ihn verprügelt habe, weil er gegen die Beziehung mit Jassica sei. Dass Jassica ihn nicht mehr anschaue. Dass dieses holländische Mädchen Mutter und Polizei vorlog, sie kenne ihn nicht, als sie beide am Strand mit Haschisch erwischt wurden. Dass ich mit Jassicas Eltern reden müsse, damit er sie ganz schnell heiraten könne. Er wolle hier auf dem Areal mit ihr leben. Ich bekomme es mit der Angst zu tun, wie eng er sich an mich gekettet hat, wie wichtig ich für ihn bin, wie sehr wir zusammengeflossen sind. Aber ja, er sei hier immerzu willkommen.

Die Angst frisst ihn auf. Er ist so schwach, noch immer. «Schau meine Augen an, du siehst nicht, dass ich ohne Tränen weine.» Ich selber bin emotional seit Tagen überwältigt, oft überfordert, alle Hoffnung ruht auf mir und ich weiß in Wahrheit nichts. Was nach meinem Tod sei, was dann aus ihm würde, dass er doch hier zu Hause sei, fragt er meinen besten Freund Lukas. Ob der dann der Chef wäre hier? Ob sie beide Chef sein könnten? Er würde für ihn arbeiten später, oder mit ihm zusammen, er wolle hierbleiben, nicht immer wechseln, «ich war in so vielen verschiedenen Schulen, das ist alles zu viel».

Sehe ihn erstmals entspannt mit seinem Vater reden. Der ist ganz aufgeweicht, leiht ihm bis Montag sein Handy. Die Angestellten sind freundlich mit ihm, alle wissen: Unser Anish ist etwas ganz Spezielles. Nur er selber weiß es nicht, ahnt es nur: Ich möchte gern zur Ruhe kommen, Philosoph sein.

Als es Abend wird, setzt er sich mit den Augen zum Licht der untergehenden Sonne und trinkt sie aus. Redet über den Dämonen in ihm, es sei ein Singhalese, die Bomben, alles würden sie zerstören, er könne nichts mehr hören davon, er müsse diesen Kerl umbringen.

Zu Ehren von Lukas gibt es Hummer. Anish isst mit Appetit mit uns am Tisch und fragt später nach der jetzt obligaten Schlaftablette, «besser zwei», und geht wieder in sein Zimmer zum Schlafen, er wolle endlich gesund sein, «fühle mich sonst wie ein Baby».

16. Dezember

Bereits morgens um halb acht sehe ich Anish wieder bei der Gartenarbeit. Bin aufgewühlt, voller Mitleid, aber auch voller Respekt, wie ernst er alles nimmt, wie tief er ist, wie willensstark in diesen Tagen, was er sich alles zugemutet hat, was er nun für sich realisieren will.

Um neun gehe ich zu ihm hinüber, er fegt wie ein Verrückter, vor dem Frühstück wolle er noch fertig werden, weil er herausgefunden habe, dass er besser schlafe, wenn er viel gearbeitet habe. Aber eine Tasse Ovaltine am Tagesbeginn, das empfehle ich dringend. Nein, nein, jetzt will ich fertigmachen, sagt er matt im Gesicht. Er habe geschlafen, wenn auch nicht so gut. Ich mache ihm ungefragt eine Tasse und bringe sie ihm, «don't feel like a Baby now», sage ich lachend, und er sagt ernsthaft «thank you, you are very kind to me».

Um halb elf kommt er zu mir zum Yoga, verwickelt mich in ein drängendes Fragen, der Vater wolle ein Auto haben und mit Gästen Touren machen, das habe er zwei Mal zu ihm gesagt, und ob er, Anish, dann die Leitung des Guesthouse übernehmen könne, der Vater würde ja dann nicht mehr arbeiten hier. Ich sage, ich hätte Pläne mit ihm, und wenn er professionell genug sei und wirklich wolle, würden wir über die Neuverteilung der Arbeit sprechen, er solle nicht alles aufs Mal wollen und mich jetzt in Ruhe mein Yoga machen lassen. Er bleibt sitzen und beginnt mit OHM-Übungen, später mit Asanas, wie er sie von mir sah, und zuletzt macht er einen langen Kopfstand (den ich nie hinbekam) und liegt dann erschöpft und auf Geheiß auf dem Rücken, bis er aufspringt, er habe Hunger. Dann verschlingt er ein Pancake von gestern und setzt sich später noch her zum Frühstück mit einigen meiner Gäste.

Plötzlich die Erleuchtung, er wolle ins Kino nach Colombo, mit dem Bus, die Arbeit sei ja schon gemacht, und abends würde er dann gießen. Warnungen vor Jungen im «Majestic City Center», die mit Rauchwaren lockeren Umgang haben. Er zieht die neuen Kleider an, ob er smart aussehe, steckt die neue ID ein und zieht mit besten Wünschen los, in großer Unruhe, aber aus eigenem Willen, um «Planet of the Apes» zu sehen.

Nach einer Stunde kommt er zurück. Er sei hinten im Bus gesessen und habe plötzlich Angst gehabt, ein Mann draußen habe sich mit der Hand an den Kopf gefasst und das habe er als Warnung verstanden, nicht zu gehen, es könnte was passieren auf der Reise. Wir würden dann einmal zusammen ins Kino gehen. Angst? Selbstbestimmtes Handeln?

Um zwei ist er nicht mehr da, wollte sich ins Restaurant gegenüber von Jassicas Elternhaus setzen, ein Bier trinken und wünschen, sie von weitem zu sehen. Ich warne, tu's lieber nicht, versorge das Mädchen für eine Weile im Kästchen, vergifte deinen Körper nicht aufs Neue, auch nicht ersatzweise mit Bier, mach langsam. Aber eine Cola könne er doch trinken. Was weiß ich.

Um vier sehe ich ihn in seinem Bett schlafen. Um sechs komme ich von einem Ausflug zurück, da gießt er heftig den Garten. Ruft mir angestrengt zu, dass er in diesem Restaurant 100 ml Arrak getrunken und nachher Zigaretten geraucht habe, und dass alles OK gewesen sei. Als der Arzt ihm am Montag eine Injektion gegeben habe, habe die nach Arrak gerochen, jetzt wisse er, dass er vor dem Rauchen Arrak trinken müsse. Ich wende mich mit Grausen ab.

Um sieben sitzt er rauchend auf der Terrasse. Dort erzählt er mir eindringlich, dass er heute hart gearbeitet habe, ein Mann sei, Arrak trinke an speziellen Gelegenheiten wie heute, 100 ml, dass er dann eine Zigarette rauchen könne ohne Probleme, dass er es tun würde mit und ohne meine Erlaubnis, dass ich damit einverstanden sein solle, wenn er mir wichtig sei. Dann ruft er drei Mal «I hate Arrak», und dass er nächstes Mal nur 50 ml trinke. Ich reagiere heftig, dass er seinen Teil zu tun habe, dann nur täte ich meinen. Er sei ein philosophischer Mensch. Ich sage, nein, betrunken sei er und er solle mich nicht weiter stören, ich sei mit der Buchhaltung beschäftigt.

Kurz darauf diskutiert er auf Tamil intensiv mit dem Vater, der in der Restaurantküche an der Arbeit ist. Auf meine Vorhaltungen, ihn nicht bei der Arbeit zu stören – in Wahrheit aus Angst, dass sein Vater laut wird und der Kontaktversuch aus dem Ruder läuft – entgegnet Anish, er habe Fragen an seinen Hersteller, wegen dem Arrak.

Lukas findet, mit Haschisch aufzuhören und gleichzeitig mit Nikotin, das sei wohl nicht zu schaffen, er solle doch Zigaretten rauchen, wenn er sich nur wieder vom Ganjagebrauch erholt. Vielleicht hat er recht? Im Aschenbecher finde ich fünf Marlborostummel.

Später schneide ich Büsche und Anish, der den Garten fegt, reklamiert, dass er der Gärtner sei und ich als Boss nur schauen müsse, dass alles in Ordnung sei. Vorher hatte er sich meine Einmischung verbeten, es sei dumm, in knallender Mittagssonne die Pflanzen gießen, das sei nur am Morgen und Abend vernünftig. Ich muss es wohl als Therapie und nicht so eng sehen und ihn machen lassen. Die frische Luft, die Körperarbeit, der er sich hingibt und bei der er, wie er sagt, Gespräche habe mit den Nachbarn und allen.

Als ich sage, er solle mich in Ruhe lassen, nennt er mich Hitler, einen deutschen Hitler. Der ist derzeit überhaupt ein Thema für ihn, vor ein paar Tagen sagt er mir, der habe so ein Kreuz, er, der Anish habe ein anderes Zeichen, eine Horizontale und eine Vertikale und rechts und links eine Begrenzungslinie.

Körperlich erholt er sich zunehmend, heute gab ich ihm, vielleicht war es falsch, keine Antiangsttablette, aber er schwätzt so dumm daher und im selben Tonfall, wie ich ihn von Schweizer Dauerhaschern kenne und denke, dass sein Hirn bereits irreparabel Schaden genommen haben könnte. Und dass ich es wohl nicht schaffen werde, ihn zu begleiten. Wenn er sich wieder stark fühlt, wird er wieder haschen.

17. Dezember

Erneut schneide ich Bäume und Büsche. Es gibt ziemlich viel Grünzeug, das Anish umgehend zusammensammelt und versorgt, er ist der Gartenchef.

Ich bin ziemlich mitgenommen von diesen Tagen, das Alphatier fühlt sich schwach, von Unbeherrschbarem dominiert, gescheitert, und manchmal weiß es nicht mehr weiter, sieht das Vehikel ungebremst auf den Abhang zurasen. Abends um 10.30 ein Vatermord.

Anish redet und redet und redet, während er mit mir und Gästen bei einer zünftigen Berner Platte sitzt, von der er sich kräftig und hungrig bedient. Ich weiß nicht, ist er im Kopf nicht recht, redet zuerst wie ein Drugster, doch dann mit immer mehr Klarheit und präzisen Formulierungen, ernsten Überlegungen, wichtigen Fragen.

Später kommt der Vater dazu, Anish ist inzwischen weggegangen, und schüttelt entsetzt den Kopf: Leute hätten ihm heute berichtet, der Sohn habe in seiner neuen Stammkneipe, wo er näher bei seiner Jassica ist, Arrak getrunken und laute Selbstgespräche geführt. Man habe den Vater gefragt, ob der Sohn eigentlich nicht recht sei im Kopf, und dass er ihn von der Straße nehmen solle. Nun glaubt der Vater selber, dass der Sohn «spinne wie die Mutter», er wisse nicht mehr weiter. Es wäre Zeit, den Psychotherapeuten wieder zu rufen, aber der ist ja entnervt ausgestiegen.

Dann kommt Anish zurück, singt mit schöner Stimme Lieder, erfindet Texte, am 31. sei am Strand ein großes Fest, da dürfe er ein Lied singen, das wolle er jetzt einstudieren und in der Stadt eine Kassette kaufen, wenn er sich entschieden habe, welches. Es ginge um die Liebe. Wir schauen und hören ihm fasziniert zu, er wirkt gesund und wie ein junger Mensch, der einen romantischen Anfall hat. Dann geht er in die Restaurantküche, wo sich der Vater am Türschloss zu schaffen macht, und fragt ihn wegen des Singens etwas. Ich sehe vom Tisch her zu, wie der Vater trotz Ansprache in vertrautem Tamil nicht reagiert, sondern angewidert wegläuft, tiefe Trauer und Enttäuschung im Gesicht, gänzlich überfordert – sein Sohn spinnt.

Anish raucht auf der Couch eine Zigarette. Redet, redet, redet. Die Mutter habe ihm oft gesagt: Hätte ich dich doch besser weggemacht, als du in meinem Bauch warst. Als du kamst, fing das Unglück an. Er fühle sich schuldig an allem. Beklagt die Schwäche des Vaters, der sie und die Kinder nicht beschützen und managen konnte, und wie sie ins Nachbarhaus gerannt seien, wenn der Alte betrunken heimkam und alles kaputtschlagen wollte in seiner Schwäche. Dass er trinke und immer noch hinter der Mutter herlaufe. Dass der Bruder und die Schwester nicht mehr hier, sondern weit weg bei andern Leuten seien, weil der Vater sie nicht managen konnte. Dass der kein Recht habe, ihn aus dem Haus zu weisen, das überdies nicht ihm gehöre, sondern mir. Dass er schon genau so lange hier auf dem Grundstück lebe wie sein Vater. Der Vater trinke, sei nur stark und zum Reden fähig, wenn er trinke und wenn diese Freunde mit ihm seien, denen er alles glaube. Er habe seine Frau nicht in den Griff bekommen, die mit ihm gemacht habe, was sie wolle.

Dann soll ich mit ihm in sein Zimmer gehen, um ihm sein Sparbuch zu erklären. Dort teilt er mir sachlich mit, er würde nun Vaters Ventilator kaputtschlagen, denn es sei ihm beim Nachdenken eingefallen, dass der Vater einst den Ventilator kaputtgeschlagen habe, den die Tochter ihm seinerzeit geschenkt hatte.

Plötzlich und unvermittelt geht er auf den Vater los, den ich zur Abkühlung in den Garten weggeschickt hatte. «I'm the Daddy» wütet er, drei Mal, und ich muss die Kampfhähne mit Körperkraft auseinandertreiben.

Der Vater will die Polizei rufen.

«He shall not call me Son anymore. I'll call him Sankar from tomorrow. He is the Manager here, not my Father; my room is the staff's room. My ID is having the name Anish, not Sankar. My name is Jeya Anish. Ab morgen bin ich Gärtner, Vollzeit. Zahle mir den Monatslohn, ich schaue jetzt zu mir selber.»

Ich insistiere, die zwei Rivalen sollen kein Unglück über sich bringen und Anish habe nun seit Tagen mit allem abgerechnet, Bilanz gemacht, es sei Zeit, das Buch nun zuzuschlagen, das Vergangene mit einem dicken Punkt abzuschließen. Anish solle sich seinem eigenen Leben zuwenden und mit anderen nicht denselben Stil praktizieren wie die andern mit ihm.

Dann erzählt Anish erstmals von seinem Großvater, dem Vater der Mutter. Der sei weggegangen von der Erde aus Gram, weil die Tochter immer gemacht habe, was sie wolle. Aber er habe ihn, Anish, mehr geliebt als alle anderen. Seit zwei Wochen rauche ich nicht mehr, bitte, ich will mein eigenes Leben aufbauen. Wenn die Polizei mich holt, hol mich aus dem Gefängnis, ich will ihnen alles über meine Mutter und den Vater erzählen, damit sie es wissen. Und ich will meinen Vater nie mehr nach Geld fragen, nur noch nach Lohn. Jeden Monat. Er ist der Hausmeister, ok, ich arbeite für ihn. Aber ich will mein eigenes Leben haben. Die können mich nicht wegbringen von hier wie meinen Bruder und meine Schwester.

Mittags holt Anish sein Sparheft, morgen wolle er ein Handy kaufen. Der Vater kommt dazu, noch immer außer sich vor Zorn wegen dieser Auseinandersetzung, sagt triumphierend, die Polizei komme. Sie gehen wieder aufeinander los. Ein früherer Mitarbeiter ist grad bei uns vorbeigekommen, der hält den Vater zurück und meinerseits schiebe ich Anish in sein Zimmer. Als der Vater hereindrängt und den Sohn leise anfaucht «I kill you», entgegnet der Sohn «Go away, das ist mein Haus». Beide sind gefährliche Bomben, kurz vor der Zündung.

Anish hatte Fortschritte gemacht, in nur drei Tagen hat er sein ganzes Leben in den Wind und an mich herausgeredet, täglich mehr gegessen, kräftiger, nachdenklicher geworden, eine Erinnerungs-Selbsttherapie hat er gemacht. (Wie wird das weitergehen, wenn ich nächstens für vier Monate in der Schweiz bin?)

Anish sieht mich schreiben, «Schreibst du alles ehrlich auf, dass alle es wissen, wie es wirklich war?» Von der Schlaftablette beruhigt, liegt er jetzt auf der Couch, habe ihm empfohlen, heute Nacht nicht in sein Zimmer zu gehen. Ja, das sei gut, der Vater wolle ihn umbringen, dabei habe er nur dessen Ventilator kaputtmachen wollen.

Der Vater würde sicher auch Anishs Radio kaputtmachen. Dazu habe er kein Recht, er sei 20 Jahre alt. Er möchte das Zimmer mit dem Houseboy tauschen und dessen Quartier übernehmen, um sein eigenes Leben zu haben. Ich mache deutlich, dass der Vater Teil des Teams und Chef hier sei und Familientroubles permanent Probleme brächten. No problem, er sei Gärtner hier, mache die Arbeit richtig, da gebe es keinen Grund für Troubles.

Vor Mitternacht zieht der Vater mit dem früheren Mitarbeiter los, dessen Chef er einmal war. Er müsse mit jemandem reden, sagt er weinend und außer sich. Beide werden sich böse betrinken.

18. Dezember

Anish schläft auf der Couch im Atrium ein. Nachts um drei herum kommt er in mein Zimmer, legt sich auf mein Bett. Mein Freund Lukas kommt aus seinem Gästezimmer gegenüber und klopft besorgt an die Tür, ja, es sei alles OK. Morgens um sechs schon steht Anish auf, weckt mich und erklärt feierlich, ich möge ihm heute den ersten Lohn zahlen, damit er heute unabhängig werden könne, er sei diesen Monat volljährig. Gemach, gemach, er solle sich jetzt langsam auf den neuen Tag einstimmen, ins Badezimmer gehen, eine Tasse Ovaltine trinken, ein paar Minuten Ohmen.

Dann macht er sich wieder intensiv im Garten zu schaffen. Ich gehe zum Vater, der noch immer zusammengebrochen ist von gestern Abend und überraschenderweise wieder nüchtern, er wolle mit mir reden. In seinem Haus heult er dann los, er wolle meine Entscheidung. Die kann ich ihm nicht abnehmen, weil ich selber nicht weiß, welche, und lasse ihn reden.

Wie anständig er mit seinen Kindern immer gewesen sei, dass er gestern noch der Tochter nach Deutschland telefoniert habe, dass die Geschichte mit dem Ventilator nicht wahr sei, wegen der es zu dieser grenzenüberschreitenden Schlägerei kam. Dass er Tausende ausgegeben habe, um Ventilator und Radio zu reparieren, wie sehr er immer auf den Lippen sitze um nicht zu provozieren, dass er Angst habe, etwas Schlimmes würde passieren, wenn ich zum jährlichen Brainwash in die Schweiz gehe. Und dass er sicher sei, dass Anish harte Sachen nehme. Früher sei er unter Ganja still und nach innen gekehrt gewesen, jetzt sei er hochgradig wach, rede immerzu, sei gefährlich extrovertiert und zu Streit aufgelegt.

Ich habe vielleicht eine Erklärung für die Überwachheit seines Geistes am Vorabend, denke, er schnupfe wieder dieses weiße Zeug, der Vater erinnert sich an die wie zum Niesen verzogenen Gesichtszüge. So wie ich es vor ein paar Wochen bei Anishs Freund Benjamin beobachtete. Ich weiß, dass ich am Ende bin. Ahne wie Mutter und Vater, dass das Wegschließen in ein streng geführtes Entziehungscamp vielleicht doch die einzige Lösung ist. Kenne den einheimischen Weg vieler Eltern, einen ungeratenen Sohn über Polizeirapport und Gerichtsentscheid wegschließen zu lassen, wenn sie nicht mehr weiterwissen. Ich insistiere an den Vater, er dürfe alle künftigen Schritte nicht als Bestrafung und Vergeltung tun, sondern als schmerzhaften Entscheid, den Sohn ins Leben zurückzubringen. Dass es also nur das eine Ziel gebe, ihn gesund zu machen, und dass wir alle dafür gemeinsame Verantwortung hätten.

Ich kenne inzwischen die raffinierte Intelligenz von Drogenkonsumenten und denke, Anish missbrauche meine Zuneigung, um sich hier ein Nest zu bauen ohne den störenden Vater – Gärtner, Einkommen, ein eigenes Quartier – wenn ich meine Arbeit gemacht habe, kann ich meinem Hobby frönen.

Nach nur zwei Stunden Gartenfegen verschwindet Anish mit dem Hinweis, er habe seine Arbeit gemacht und gehe jetzt. Um zehn kommt er zurück, starr laufend und den Blick geradeaus gerichtet, geht in sein Zimmer, geht wieder weg. «Ich vermute, du hast mit Ganja aufgehört und nimmst jetzt harte Sachen.» Er entgegnet selbstbewusst: «Till you have evidence, that I use harder drugs, I'm the boss of your garden.» In einer Stunde sei er zurück. Er steigt in einen wartenden Tucktuck mit No 201-7100 und fährt Richtung Stadt.

Später kommt er zurück und zeigt uns ein nigelnagelneues schönes Handy. Jetzt habe er nur noch 100 Rupien für eine Prepaidkarte. Später spielt er mit seinen Tauben und dann sehe ich ihn auf dem Dach herumklettern wie vor zehn Jahren. Der Vater lässt sich vom Verwandten Sathi trösten, dem ich ihn zur Betreuung ans Herz lege, und wir ahnen, das Theaterstück geht einem finalen Ende zu, ohne dass wir es aufhalten könnten.

Später frage ich meinen Lebensretter, wie es ihm gehe. Er habe herumgefragt, es gäbe die Möglichkeit einer Einweisung zur Rehabilitation auch ohne den Weg über Polizei und Gericht. Morgen oder übermorgen wäre das so weit, es bräuchte nur einen kleinen Polizeirapport, die würden ins Haus kommen und Anish mitnehmen, um ihm zu helfen.

Ich reagiere erleichtert, bin erstmals seit Wochen wieder entspannt, eine Lösung ist in Sicht, auch wenn ich mich unbehaglich fühle. Tatsächlich ist Anish heute auf einem Trip, läuft wie eine Aufziehpuppe herum, redet eigenartig, ist weit weg. Mein Umgang ist kühl jetzt, kann nichts mehr tun für ihn und er lässt mich auch nicht mehr an sich heran, geht mir aus dem Weg. Vermute, er spielt mir seit langem etwas vor. Abends isst er noch mit uns, Lukas möge auf mich einwirken, dass ich ihm einen Lohnvorschuss gebe zum Kauf eines Motorrads. Dann verlangt er die Schlaftablette, die ich verwalte, er sei müde, und geht schlafen.

Der frühere Gärtner Shean treibt sich wieder auf dem Areal herum und erläutert auf Anfrage, er sei dageblieben, um Sankar zu beschützen, dass der nichts Dummes tue. Er habe ein reines Herz und helfe allen, die ihm geholfen hätten. In der Nacht vorher habe er Sankar vom Trinken abgehalten und der habe viel geredet. Saufkumpane, für einmal im Trockendock.

19. Dezember

Früh morgens kommt Anish und fragt erstaunt, ob wir denn einen neuen Gärtner hätten, da sei nämlich ein Mann, um sich vorzustellen. Ja, einen zweiten. Wenn ein anderer Gärtner komme, dann höre er hier auf mit dem Job. Mein Manager in seinem Zimmer lässt sich Zeit, ist angeschlagen, der Bewerber wartet lange, er käme auch aushilfsweise im Stundenlohn, sei ohne Job derzeit, er könne ja die Mauer streichen. Wir wollen sehen. Anish verschwindet schnell, stark und schwach zugleich, er wird es alleine und auch mit mir allein nicht schaffen. Habe Mitleid mit ihm, ergebe mich demütig den Umständen, bin heftig gescheitert. Man kann nicht das Leben anderer Leute leben. Alles geht seinen Gang und alles hat seine Zeit.

Für seinen Taubenstall hat mein sri-lankischer Zweitsohn mittlerweile 25 (in Worten fünfundzwanzig!) Tauben angeschafft. Hat er eine Paranoia? Eine Psychose? Kündigt sich Schizophrenie an? Von LSD? Kokain? Afghanischem Cannabis? Ich komme erneut schwer ins Grübeln über mich, weiß nichts, verstehe nichts, bin gescheitert, frage mich, was mich zu diesem unbeugsamen Mitleiden und diesem Anstand motiviert. Dieser europäisch-christliche Gutmenschenreflex? Woher kommt diese Kette > Erkennen > Denken > Sprechen >Handeln? Wann braucht einer einen Tritt ans Schienbein? Wann hört Güte, Verstehens- und Hilfebereitschaft auf, wo beginnt der Selbstschutz? Was treibt mich an?

Um vier nach stundenlanger Beschäftigung mit den Tauben – er hat alles mit Plastikfolie zugenagelt und nur ein Einflugloch offengelassen und ich sage ihm, die würden alle ersticken, und er sagt, keine Angst, die werden um ihr Leben kämpfen – sitzt er ermattet auf einem Stuhl, drückt die Augen zu, ist leb- und emotionslos. «Du warst auf einem guten Weg.» «I'm still on a good way. If I smoke Ganja again, you'll not know it. Mother will help me.»

Nimmt seit gestern keine Tabletten mehr, kein Vitamin, kein Ovaltine, isst und trinkt nichts.

Mache einen Internetausdruck über paranoide Psychosen. Denke, er nehme kein Kokain, das wirkt euphorisierend nur eine Stunde, vielleicht LSD, das gibt es auf der Insel aber nicht zu kaufen. Also doch Cannabis, das Erscheinungsbild ist nach Menschentyp verschieden, finde viele Symptome. Oder haben die in diesem Land des Aberglaubens und der Schwarzen Magie, von Teufeln und Dämonen, anderes Gewächs, von dem ich unbedarftes Unschuldslamm nichts weiß.

Von Anishs Vater, meinem Manager, höre ich nichts, nicht, was er und ob er etwas unternimmt, er schweigt eisern.

Als es dunkel wird, verfinstert sich Anishs Gemüt, er beklagt, mir seine Lovestorys erzählt zu haben, besser er berichte mir nur über seine Probleme.

Nein, seit drei Wochen nehme er kein Ganja mehr, aber er würde wieder anfangen. Wisse nicht, wo er zu Hause sei. Aha, der Taubenschlag. Das hier sei mein Haus, nicht sein Haus. So tief schwermütig wie er redet, könnte eine Krankheit herangewachsen sein, es braucht vielleicht eine Abklärung in einer entsprechenden Klinik statt einer Entzugsklinik. Ich weiß nichts von diesen Dingen. Andererseits lese ich am Internet von vergleichbaren Symptomen bei starkem Cannabisgebrauch. Anderes ließe sich mit Nebenwirkungen der Angstfreitablette Frisium erklären, über die ich ebenfalls im Net nachlese: Reduzierte Körperbewegungen usw. Aber auch mit Internetwissen bleibe ich ein Amateur.

Abends gehe ich mit Gästen auswärts essen und bevor ich um zehn heimkomme, fürchte ich plötzlich ein Desaster, es fiel mir ein, Vater und Sohn sind allein daheim. Doch dann sitzt Anish noch weich und heulbereit bei uns auf der Veranda, verlangt seine Tabletten, die er seit zwei Tagen verweigerte. Im Staffhaus sehe ich dann Sathi, alles OK, der Vater ist am Wäschewaschen. Obwohl, im Job machte er in seinem emotionalen Ausnahmezustand heute sozusagen alles falsch.

20. Dezember

Zum einen versuche ich den Vater zu entlasten mit dem Hinweis, dass Anish krank sei und Hilfe brauche und dass nicht sein Sohn Anish ihn verhauen hätte, sondern sein kranker Sohn Anish. Dass ich wisse, dass das in der tamilischen Kultur wie ein Vatermord sei, dass er dem aber nicht mit blanker Emotion beikomme, sondern nur mit dem Kopf. Dass ich den Hausarzt um einen Bluttest bitten würde um herauszufinden, welche Drogen er nehme, oder ob er im Entzugsstadium sei, wie von ihm behauptet. Falls keine Drogen im Blut, dann mental krank und hilfebedürftig, vielleicht wegen paranoider Schizophrenie, wie es bei starken Cannabisrauchern vorkommt, ganz besonders, wenn erblich vorbelastet, dann könne das plötzlich ausbrechen. Wenn Drogen, gar Heroin, ist Entzugsprogramm angesagt und wir wissen, richtig zu handeln. Holländer, die uns lange kennen, bestätigen meine Erfahrung, Heroinsüchtige seien die einfallsreichsten Menschen im Lügen und Stehlen und die Chancen stünden umso schlechter, je länger die Heroin bräuchten.

Morgens ist Anish noch am Schlafen, dem neuen Gärtner sage ich, Anish würde aus therapeutischen Gründen fegen und gießen, er solle mit dem Streichen der Mauern anfangen, Fahrzeuge putzen usw. Als ich aus der Stadt zurückkomme, ist Anish nicht wie erhofft im Garten aktiv, sondern weggegangen. Fahre mit dem Fahrrad los, finde ihn im Restaurant gegenüber der angebeteten Freundin Jassica. Die sehe ich tatsächlich grad in diesem Moment über die Straße laufen, der Liebhaber ist außer sich vor Glück. Wie es denn wäre, wenn er zu Hause seine Arbeit machen würde, er sei schließlich mein Gärtner.

Zusammen radeln wir heim, mein selbsternannter Gärtner trinkt Ovaltine, nimmt seine Tabletten, ermahnt das Hausmädchen, dass es die Laubhaufen wegtun solle ums Staffhaus herum. Ich sage ihm, dass er seine Arbeit machen und niemanden belehren solle, das ginge ihn nichts an. Später kommt er auf die Veranda, wo er dem rumsitzenden Fischer Piyal ins Gesicht haut. Der habe ihn speziell angeschaut, weil er Tamile sei. Ich tröste den weinenden Kerl, der ist selber Tamile, und jage Anish in den Garten zurück. Dort ist er gleich nachher hinter den zwei Schulkindern eines Nachbarn her, die in aller Unschuld ihr jährliches Weihnachtsgeschenk abholen wollen und mir Mutters Milchreisschnittchen herstrecken. Lukas mahnt ihn kumpelhaft aufzuhören, und er entgegnet, die würden sich schlecht benehmen wie Sechsjährige. Bis sechs dürfe man Kinder verhauen, reden verstünden sie erst später.

Nachmittags kommt er mit seiner neuen Brille, hat wieder Durchblick und sieht gut aus. Dann ruft er ein Tucktuck, um ein Schloss für den Taubenstall zu kaufen. Ja ob er denn so viel Geld habe. Noch 200, das reiche. Sein Fahrrad sei noch nicht fertig. Um vier fragt er um 50 Rupien, ich bin so unklug, sie ihm zu geben, weil ich gleich anschließend erinnere, dass das der Preis einer Ganjazigarette ist.

Um fünf kommt er mit steifem Gesicht zurück, sieht zugedröhnt aus. Ein Schloss habe er nicht gefunden. Ich insistiere erfolgreich, den Garten zu gießen. Um sechs bin ich in auswärts zum Essen eingeladen und komme spät abends um zehn heim. Ich hatte Anish die Tabletten bereitgelegt. Später kommt er dazu, er sei aufgewacht, habe Hunger. In der Familienküche sei Essen. Er will an meinen persönlichen Kühlschrank, was ich verbiete. Es ginge ihm schlecht, er wünsche eine Bombe, um allem und sich selber ein Ende zu machen. Da ist viel Wut. Dann redet er von einem, den er hasse. Wer das sei? My Daddy. Dann macht er eine Boxbewegung gegen mich in die Luft und genießt mein Erschrecken. Ich weise ihn desillusioniert und verärgert aus der Küche und sage dem Vater, er solle sich vorsehen und sich auf keine Diskussion einlassen.

Der hatte am Nachmittag berichtet, er habe Angst vor seinem Sohn, dass der ihn vielleicht bedrohe irgendwann. Und dass er die Polizei gefragt habe wegen einer Klinik, dass die auch den Rapport machen würden, ihn aber gewarnt hätten, dass es entweder gut ausgehe und er dann lebenslang dankbar sei, oder aber nicht, und dann hätte der Vater für den Rest des Lebens einen Feind. Dann habe er auch noch dem Rat von Fatima und dem ältesten Sohn gehört, den er in Deutschland angerufen habe. Die rieten ihm beide zu einer magischen Session, die habe er gestern gemacht und viel Geld dafür ausgegeben.

Später erläutere ich, was ich mir angelesen habe, und berichte von meiner Diagnose-Idee Blutuntersuchung, um definitiv zu wissen drogenkrank, und wenn ja, was braucht er, oder mental krank, oder beides. Dann ließe sich präzise entscheiden.

Um Mitternacht ziehe ich mich ermattet und frustriert in mein Zimmer zurück, war harsch mit Gästen, die nach zehn noch ein Bier wollten, da realisierte ich: Bin an meinen Grenzen angekommen.

21. Dezember

Am Abend sitzt Anish nach Einnahme der Schlaftablette noch bis in die Nacht hinein bei uns und hört den Gesprächen unserer Gäste zu. Manchmal lacht er abwesend vor sich hin.

Am Nachmittag gingen wir zusammen zu Dr. Rajeeth, dem Hausarzt. Nein, es gäbe in Sri Lanka keinen Test zur Prüfung, ob und welche Drogen. An der Pupille sehe er aber, dass Anish weiter rauche. Ob er eine Medizin habe, die beim Eindunkeln seine Aggressivitätsanfälle reduziert. Aber da hat der Arzt schon sein Interesse verloren: Drugster würden nur lügen und stehlen, sagt er Anish ins Gesicht, er sei schwach, sein Wille nicht ausgeprägt, er solle aufhören und etwas von dem zurückgeben, das ich für ihn täte. Auch Ärzte brauchen Erfolgserlebnisse. Dann wendet er sich neuen Patienten zu, ich solle beim Eindunkeln eine zweite Dormicum 7.5 geben.

In einem Restaurant gegenüber reden wir, das heißt Anish redet, lange und intensiv: Ich solle ihn nicht länger an die Vergangenheit erinnern, indem ich übers Rauchen usw. rede. Er könne sonst nicht vergessen, sein Kopf sei so schwer. Jassica fehle ihm, er sei so alleine. Ich sei so stark. Verdammt! Ich nehme mir vor, ganz und gar zurückhaltend zu sein, meine Führung weich zu verpacken, seiner Männlichkeit jede Entwicklung zu lassen, er fühlt sich so schwach und so klein, und er ist so verletzlich.

22. Dezember

Morgens kommt er zum Frühstück herüber, hat lange geschlafen, ich sage, er solle den Garten fegen und gebe ihm als Geländer, an dem er sich orientieren kann, einen Arbeitsbeschrieb, den er durchliest und verständnisvoll an sich nimmt. Aber dann fängt er an, mich zu beschimpfen, ich Deutscher, mein Palast hier, was ich eigentlich hier mache, warum ich seine Mutter seinerzeit aus dem Haus gewiesen hätte, wo sie doch den Garten so schön gemacht habe. Als er dann demonstrativ eine Zigarette raucht, während ich mit einem Gast beim Essen bin, weise ich ihn verärgert weg. Der arme Kerl, so viele Einflüsse von so vielen Seiten, wie kann er da irgendwo zu Hause sein.

Nachdem Anish lang mit den Tauben gespielt und den Garten nur nachlässig gefegt hat, kommt sein Bruder Mahendran zu Besuch, begleitet von einer

Gruppe tamilischer Frauen und einem schreienden Baby. Der Vater sei in Colombo. Der große Bruder ist freundlich mit mir, groß geworden, wir sind nun auf gleicher Augenhöhe, wie es mir gehe? Wenn er es wirklich wissen wolle, solle er sich später ein wenig zu mir her setzen. Als ich von meinem Stadtgang heimkomme, ist er wieder weg, ich insistiere, Anish solle den Garten wirklich überall und gründlich saubermachen, das tut er dann.

Habe keine Lust, heute Abend Räucherlachs und am Weihnachtsabend Ente und Tisch mit ihm zu teilen.

Work plan Anish (Gardening)

Time frame for 8 working Hours
07.30 – 11.30 Work, 4 Hours
11.30 – 13.30 Rest, 2 Hours
13.30 – 15.30 Work, 2 Hours
15.30 – 16.30 Rest, 1 Hour
16.30 – 18.30 Work, 2 Hours

1. *Make-up your Room*
2. *Have Ovaltine & Tablets*
3. *Clean Frontside road & Front side beach*
4. *Place Tablecloths, prepare outside Restaurant*
5. *Clean all parts of Garden & Floor tiles*
6. *Separate waste and remove from collecting ground*
7. *Clean Garage & Laundry area*
8. *Water deeply the Garden (Grass, Bushes, and Pots)*
9. *Remove bottles to Garage (Sorting!)*
10. *Make-up Guest Washroom, pace flowers to the beds*

Um sechs nach dem Wischen und nachdem ich ihm eine Antiangst-Tablette gab, will Anish bei mir duschen und anschließend in den Tempel gehen. In den Tempel? Ja, in den Tempel! Das muss auch noch verarbeitet werden, heimatlos in Sachen Gott und Religion, von der Mutter anglikanisch konvertiert und dann alleingelassen, später von Mormonen diktiert, von mir und meinen Touristengästen westlich beeinflusst und verwirrt, fühlt er sich auf der Suche nach Identität jetzt als Tamile.

Der LTTE-Chef hat einen Waffenstillstand angeboten, die Regierung akzeptiert, fröhliches Weihnachten!

23. Dezember
Ich kann nicht mehr, bin erschöpft, müde, enttäuscht, habe das Gefühl, die Zeit renne mir davon und ich habe meine Arbeit nicht gemacht, meine Ziele nicht erreicht, der ganze Tag ist mit Anish besetzt. In fünf Tagen verreise ich für zwei Wochen, später für vier Monate. Lukas spendet Trost und sagt, in dieser Zeit wird sich's weisen, wie auch immer. Ich denke, er wird abstürzen und es wird einen Selbstmord geben oder einen Totschlag oder ein anderes Domestik Desaster, das ihn und vielleicht uns alle mitreißen wird.

Zu Lukas sagt Anish, er bräuchte einen Rotkreuzanstecker, ob er Beziehungen zum Roten Kreuz habe, er sei doch Schweizer. Er wolle nämlich als Neutraler vermitteln zwischen zwei verfeindeten Gangs, er sei in einer dabeigewesen, es sei sehr gefährlich, die müssten aufhören.

Morgens um zehn war er verschwunden, hatte die von Suraj auftragsgemäß bereitgestellte Ovaltine getrunken und die Tabletten genommen, sei dann aber ohne Gartenarbeit abgehauen. Wir sind so aufmerksam, besorgt, so einfühlsam und freundlich, und es kommt so gar nichts zurück. Nur kleine Momente der Aufhellung. Nachher frage ich wegen der Arbeit. Heute sei Sonntag, da habe er frei. Ach ja? Der Temporäre wischt und macht Anishs Arbeit. Der teilt mir am Mittag mit, er kündige den Job, habe im wiedereröffneten «Why not» nach einer Stewardstelle gefragt und eine Küchenhelferstelle angenommen. Ich würde das sehr begrüßen. Ob ich ihm Tipps geben könne? Nein, er hört mir weder zu, noch komme ich zu ihm durch, und er wird meine Kommentare zurückweisen.

Ich verpflichte ihn, auf Englisch einen Antwortbrief an meinen Sohn David zu schreiben, der ihm eine Weihnachtsemail geschickt hatte. Da sitzt er dann eine Stunde konzentriert an meinem Laptop und wir schicken ein phonetisch rührendes Schreiben ab, das zeigt, was in ihm steckt und was er alles könnte. Später hängt er auf der Veranda herum. Gebe ihm eine «Frisium» und er schläft ein wenig. Dann fragt er, wann der separate Eingang zu seinem Zimmer im Staffhaus fertig gemauert sei, wann ich in die Schweiz gehe. Er würde bei der Mutter leben in dieser Zeit.

Der frühe Abend sieht mich bitter weinend. Bevor ich zum Essen ausgehe, gehe ich nochmal zu Anish auf die Veranda. Warum ich so aggressiv mit ihm sei? Ich sei nur ein Mensch, meist stark, doch immer empfindsam. Wenn er mich beschimpfe und beleidige und seinerseits aggressiv ist, würde ich mich zurückziehen. Ja, dann sei er ganz allein. Aber es sei die Angst in ihm, die ihn auffresse und sein Fehlverhalten verursache, es sei nicht er, der Anish, den ich kenne. Ich weiß. Er habe selber so viel Angst, dass er sich heute die Arme zerschnitten habe. Er wolle glücklich sein, aber es gehe nicht, er stecke in einem tiefen schwarzen Loch ohne Freude und erfüllt von dauernden Halluzinationen. Ob ihn jetzt, während er mit mir spreche, auch niemand höre? Ob die am Strand jetzt gerade über ihn reden? Nein, die reden miteinander, nicht über ihn. Ich kenne ihn doch so gut, warum ich so aggressiv zu ihm sei.

Als ich später heimkomme, sitzt er immer noch sinnend da, ich sage, dass ich ihn brauche und er mich, und dass er sich mit mir mehr Mühe geben müsse. Morgen früh würde er ins «Why not» zur Arbeit gehen.

24. Dezember
Um zehn sehe ich Anish auf dem Areal statt wie vermutet am neuen Arbeitsort, das Restaurant sei noch zu. Um zwölf geht er weg, ich gebe ihm eine Frisium, sage, er habe sich mit dem Job ein schönes Weihnachtsgeschenk gemacht, ganz allein, er selber. Abends um acht kommt er zurück, die Arbeit sei zuende, er wirkt erschöpft. Das weihnachtliche Entenessen beginnt gerade, er setzt sich dazu, isst einen Schenkel. Bin nicht so gut zu sprechen auf ihn, wir suchten den Korkenzieher, der Vater fand ihn in Anishs Zimmer, hat wohl eine Flasche aus dem Lager geholt und getrunken. Ist in neuen Kleidern, ein attraktiver und moderner junger Mann, die Mutter habe sie ihm geschenkt. Sein Handy trägt er wie eine Pistole am Halfter, den Ohrhörer stolz im Ohr, erwachsen endlich. Ob es ein Geschenk für ihn gebe? Ja die 10 000 von kürzlich für Brille, Fahrrad, Kleider. Ach so!

Um neun geht er wieder. Der Vater ist nicht zu Hause, die Gäste auswärts. Als ich von der Mitternachtsmesse heimkomme, sitzt Anish vor dem Staffhaus mit einem Bündel Kracher, draußen geht es wie üblich zu wie am Schweizer Bundesfeiertag, sie feiern die Ankunft ihres Herrn. Ich gehe schlafen, es ist zwei, alles ging lange, fühle, gescheitert zu sein mit diesem Sohn, failed!

25. Dezember
Um elf stehen die vorbereitete Ovaltinetasse und die Medikamente noch da. Nicht einmal so viel Eigendynamik bringt der Bursche auf. Schaue in seinem Zimmer, das ist verwüstet wie nach einem Wirbelsturm, offenbart optisch den ganzen Zustand von Unordnung, in dem Anish steckt. Ich sehe die Schachtel mit neuen Ganja-Resten (erkenne es an den Samenkörnchen) und weiß definitiv, er raucht unverändert. Sehe eine Lion Bierflasche auf dem Tisch stehen, weiß, dass er auch trinkt. Ich sehe ihn kommen und schimpfe heftig, dann zerschmettere ich die Flasche dramatisch am Boden, es sei hoffnungslos. Später stellt er sich zum Frühstück dazu und ich frage ihn – er scheint zugänglich –, ob er das Körperdesaster nicht vergessen habe, das ihn zweimal ins Spital brachte und ihn und uns zu Tode erschreckte. Wie ich es schaffen solle, ihn zurückzuholen, wenn es ein solches Schockereignis nicht schaffe. Später sitzt er auf der Veranda und schreibt in ein Heft, fragt mich, wie man *enemy* schreibe.

Abends verwickelt mich Anish in ein Gespräch, dass er gern in unserem kleinsten Gästezimmer wohnen würde, wie ich früher einmal versprochen hatte. Dass sein eigenes Zimmer zu nahe beim Vater und dessen Saufkumpanen sei, er seinen Job machen und unabhängig sein wolle. Ich reagiere patzig, es sei der Auftrag erteilt zum Bau eines separaten Eingangs zu seinem Zimmer und es gäbe keine Änderung, außer in seinem Kopf. Er solle sich endlich selbstbestimmt von den Drogen lösen, und wenn er es nicht alleine schaffe, solle er zu mir kommen, damit ich ihm eine Brücke in eine Klinik baue. Morgen würde ich bis Mitte Januar verreisen. Punkt.

Dann verschwindet er und in der Zwischenzeit stellt sich heraus, dass der Vater am Nachmittag mit Nachbarn Arrak gesoffen hat und er um sechs so unbrauchbar ist, dass ich das Restaurant und den Gästeservice wieder einmal selber machen muss. Der Herr bedient den Diener, da habe ich doch einst so einen Film gesehen. Spät abends kommt Anish aus der Stadt zurück, setzt sich an unsern Tisch und lächelt selig, ist verladen, wen wunderts. Suraj bringt ihm die Schlaftablette, er lässt sie liegen und bei meinem letzten Kontrollgang ist der Vater nicht daheim, Anish sitzt dumpf auf dem Bettrand und starrt in seinen Spiegel.

27. Dezember
Besuche in der Hauptstadt persönlich das Rehazentrum «Mel Medura» und die sichern mir Hilfe zu, auch im Notfall, und sie bieten ein Eintrittsgespräch an, anschließend eine psychiatrische Abklärung bei einem Spezialisten oder in einer Klinik, mit der sie arbeiten, und danach ein 6-Wochen-Entzugs- und Motivationsprogramm. Bin erleichtert. Nein, der harte Weg mit Prügeln sei nicht ihre Sache, sie setzten vielmehr auf Änderungen im Kopf. Es sei ganz wunderbar, dass ich als Ausländer einem ihrer gefallenen Engel beistehen wolle, ich könne voll auf sie vertrauen, sie hätten schon manchen Selbstmord verhindert, meist kämen Leute aus Colombos Oberschicht.

Report of a 1st Meeting G. Haisch with Mr. M. on Dec 27th
Steps to enter the services in case of need, by the patient himself or/and with his relations:

01	*Short meeting at Me Medura, Mr. Milaghe, even in case of emergency*
02	*Decision about the best program, usual*
-	*Medical check in co-operating with a Colombo based Psychiatrist*
-	*Mentally problem by constitution?*
-	*Mentally problem as a result of using permanently drugs?*

03 *Personalized program*
\- *Medical assistance by Psychiatrist*
or
\- *A Six-Week-Rehabilitation- & Reconstruction Program at «Mel Medura» with the aim of self-leaded «say no» behaviour*

28. Dezember
Anish hat Geburtstag, ich zünde eine Kerze an, schreibe Tafeltexte, zeige ihm unsere Zuneigung, gebe ihm das Gefühl, er sei nicht allein, will etwas von den Weihnachtsfeiern früherer Jahre aufleben lassen, um ihn emotional zu wärmen. Aber schon am frühen Abend sieht alles anders aus. Der Koffer stand gepackt in meinem Zimmer, ich war abflugbereit zum Brainwash in einer Metropole, weit weg von allem, beim Stadttier Bangkok. Da hat er es – an seinem Geburtstag! – geschafft, mir ein paar Hundert Dollar aus dem Reisegepäck zu stehlen, das sind zehntausende Rupien, auch für mich nicht einfach verdientes Geld in diesem schmalbrüstigen Kriegszeiten-Tourismus.

Die Summe entspricht etwa der Hälfte des Preises für das Motorrad, mit dessen Kaufwunsch mich Anish seit Wochen nervt. Ich bin zu leichtgläubig, agiere nicht hart genug, er nützt mich aus und spielt mir etwas vor, um seine Milchkuh bei Laune zu halten, sein Umgang mit mir richtet sich nur nach dem Nutzen. Wer steckt dahinter, wer hetzt ihn auf, wer programmiert ihn, wer verkauft ihm Drogen, wer und was treibt ihn an? Es bleibt nun keine Zeit mehr, etwas zu unternehmen, nachts um vier fahre ich zum Flughafen, verreise für zwei Wochen, ergreife meinerseits die Flucht, brauche meinerseits eine Gehirnwäsche. Dem Hausangestellten Suraj lasse ich die Medikamente da und die Akten des Colombo Rehacenters für allfällige Notfälle. An den guten Anish appelliere ich, er solle dem schlechten Anish sagen, das Geld zurückzugeben.

(Es fällt mir in dem Zusammenhang auch ein, dass Anish seinen Job im «Why not» schon nach drei Tagen gekündigt hat mit der Begründung, dass er als Küchenbursche für die andern nur den Dreck machen müsse, er aber alles besser wisse. Viel besser sei, mit wenig Arbeit viel Geld zu verdienen.)

Ich habe einen Preis bezahlt, um nun Klarheit zu haben darüber, was mir Hausarzt und Psychotherapeut wiederholt sagten: Ein Drogenabhängiger verdiene keinerlei Goodwill, er stehle und lüge nur und zerstöre mit diesem Verhalten alle sozialen Verbindungen, nicht nur die eigenen, sondern die seines gesamten Umfelds. Verlierer sei immer auch die Familie, und ja, die ganze Gesellschaft. Die Hintermänner schaffen sich Kunden, Verführung vom Feinsten, und genaugenommen sind sie gewissenlose Mörder.

2002

13. Januar

Schon nach zehn Tagen in Bangkok bin ich vorzeitig wieder zurückgekommen. Anish habe bei der Mutter gelebt, sei zweimal bei uns vorbeigekommen, um einige seiner Tauben zu holen, aber im neu renovierten Zimmer mit eigenem Eingang (zu dem der Vater den Schlüssel hat) habe er noch nicht geschlafen. Er sei normal gewesen, habe keine Medikamente und kein Rehacenter gebraucht. Die Mutter hat ihn wieder, er hat die Mutter wieder. Ich stelle verwundert fest, dass er mir nicht fehlt und viel Anspannung von mir genommen ist.

Heute Morgen muss ich aber einige Verdächtigungen in einem neuen Licht sehen (Diebstahl in einem Gästezimmer, Männer in Frauenzimmern), denn heute Morgen gab es wieder einen Einsteigdiebstahl, der nach ähnlichem Muster ablief, obwohl Anish ja bei der Mutter wohnt, eine halbe Autostunde weg von hier:

Um halb fünf ist ein deutsches Gästepaar im Bungalow vorn am Meer aufgewacht, weil jemand im Zimmer war (die Fensterläden seien geschlossen gewesen, die Fensterflügel offen). Zwei Männer seien über die Mauer davongerannt mit einem ganzen Rucksack und dem Inhalt eines zweiten, dem sie clever alles Wertvolle außer Pässen und Tickets entnommen hatten. Das erinnert mich daran, das alle bisherigen Diebstähle nach demselben Muster abliefen: Nur einen Teil entnehmen, keine Pässe und Flugtickets, um Nachforschungen zu vermeiden. Profis. Nun sind die Gäste mit Hausmeister Sankar auf dem Posten für einen Rapport, und ich werde ihn morgen erneut hinschicken, um die früheren Geschichten zu rapportieren.

Was, wenn ich Anish falsch verdächtigt habe.

14. Januar

Mittags kommt Anish. Hat ein eng beschriebenes Manuskript, das er mir sorgfältig vorliest, damit ich verstehe, dass er in Negombo weg und zur Mutter gegangen sei. Dass ihn Negombo mehr und mehr geängstigt habe, dass er nicht mehr wolle, dass alle ihn verantwortlich machen für alles, dass er mit seiner Mutter – nach einem Fieber – im Navalokaspital gewesen sei und der dortige Arzt ihm gute Medikamente gegeben habe, die ihn erstmals wieder sicher machten. Er wirkt entspannt und normal, formuliert in selbstständigem Englisch, auch an der Wochensitzung, wo er unser Securityproblem mit klugen Meinungen bereichert.

Sein Kulissenwechsel und hier wegzugehen ist eine gute Sache, vor allem, weil er es selber so entschieden hat. In Wirklichkeit fühle ich bei aller Zuneigung und anhaltenden Trauer recht kühl. Er macht mir den Eindruck, weiterhin von Halluzinationen und Verfolgungswahn und Ängsten geplagt zu sein. Er agiert und argumentiert etwas seltsam und ich bin auch seit längerem ein wenig ängstlich, dass die Sache außer Kontrolle gerät, die Paranoia irgendwann zu Gewalt führt, vielleicht auch gegen mich, den Vater, von dem ich ahne, dass er seinen Sohn nicht nur ablehnt, sondern auch fürchtet. Das Areal hat seinen Frieden im Moment verloren.

Nein, die Dollar kürzlich habe er nicht genommen, was solle er mit «den drei Scheinen» (woher weiß er das) machen, die Fischer hätten seine Tauben geklaut, die würden noch ganz anderes tun. Er gibt den Eindruck, die üble Tat kräftig zu verdrängen, indem er andere in die Täterrolle denkt und selber daran glaubt. Er kommentiert nachdenklich, der Icebear habe sich in den letzten Jahren gänzlich verändert. Ich sehe das anders und sage, seine Wahrnehmung habe sich verändert und die Reaktionen, die er mit seinem Verhalten in den letzten Jahren ausgelöst habe. Unverändert macht er den Eindruck, tief in einer pubertären Identitätskrise zu stecken.

Die Mutter telefoniert mir, sie habe alles und Anish im Griff, wie gut sie als Mutter fühle, was gut für ihn sei, sie würde ihn körperlich aufpäppeln. Und sie habe 17 000 Rupien in spirituelle Rituale gesteckt, dabei sei herausgekommen, dass es hier in Negombo böse Geister gäbe, die Anish zu schaffen machten. Ich stelle klar, dass sie das gerne alles glauben dürfe und empfehle ihr das Mel Medura-Programm, das ich Anish für sie mitgebe. Wie sehr ich wünsche, dass Mutter und Sohn wieder zueinanderfinden.

Anish selber sage ich, sein Zimmer hier bleibe verfügbar, er sei hier willkommen. In Wahrheit wäre ich aber froh, wenn er selten hier wäre, wir haben alle mehr Ruhe ohne ihn. Aber dann entscheidet er überraschend, hier zu bleiben und telefoniert der Mutter, dass er nicht wie vereinbart heimkäme um sechs. Spät am Abend sehe ich ihn selbstständig und wie auf Bambibeinchen unsicher wirkend im neuen Türrahmen seines Zimmers stehen, durchaus normal, entspannt und beruhigt, er wünscht mir zwei Mal gute Nacht. Zum Nachtessen kam er nicht, in Vaters Haus ging er nicht.

Nach dem Teamgespräch über das Securityproblem sagte er mir, er sei hier weggegangen, als ich nach Bangkok fuhr, weil er Furcht hatte, alleine hier zu sein. Es sei gefährlich mit den Leuten von draußen, wir müssten einen Schäferhund anschaffen und ihn in einem ummauerten Gehege auf die Nacht scharf machen. Und niemand sollte mehr herkommen dürfen außer den Gästen. Ich könnte ebenfalls ermordet werden. (Alle warnen mich, ich könnte ermordet werden, das ist neu nach zwanzig friedfertigen Jahren: Zuerst redet Gayan sybillinisch daher, heute der Policesergeant, jetzt Anish, ja spinnen die denn. Verfolgungswahn, eigene Ängste. Ich denke für mich: Sterben muss ich sowieso, aber der Mörder wird an seiner Tat permanent sterben und zuletzt daran ersticken, bin erstaunt, wie angstfrei ich mit dem Thema umgehe.)

Vor den jungen Männern vom Strand warnt er mich besonders, Söhne der Fischer aus der Nachbarschaft und wie die meisten halt ungehobelte, doch liebenswürdige Kerle. Fast wirkt er eifersüchtig, er selber ist erwachsen, zwanzig, ein Mann in Verantwortung, das Paradies der Kindheit ist ihm entschwunden. Die Gleichaltrigen hält er jedenfalls für Kindsköpfe.

Anish redet viel, selbstbewusst jetzt, doch unverändert auf Identitätssuche. Will in die Schweiz zum Arbeiten kommen, andererseits ist er am Nachtwächterjob interessiert, während nächste Woche eine große Reisegruppe eine Woche lang bei uns ist. Auf alle Fälle wolle er eine Hypnose-Therapie machen lassen, er scheint überrascht und erleichtert, dass es auch für mentale Krankheiten Heilung und Therapien gibt.

Die Mutter habe am Telefon über mich geschimpft, weil ich nicht an diese Black Magic Sachen glaube würde. Sie haut eben alle in die Pfanne, die nicht ihr kläglich Lied singen, und ich fürchte, dass ihre Wirrnis und unsteter Stil zu neuen Störungen bei Anish führen, der gerade jetzt Ruhe braucht und sich nach Ruhe sehnt. Sie werden es nicht schaffen, wieder zueinanderzufinden.

25. Januar

Anish ging dann wieder zur Mutter zurück, kam aber ein paar Mal bei uns in Negombo vorbei. Meist sitzt er in seinem Zimmer im Halbdunkel, Zettel mit seinem Namen voll chreibend, geht allen aus dem Weg, fragt öfter nach, wann er in die Schweiz zur Arbeit kommen könne, lächelt teilnahmsvoll, offenkundig ohne Haschisch, jetzt aber unter Medikamenten. Er ist bemüht und liebenswert und wenn ich mich nicht mit Kühle und Distanz wappnen würde, würde ich sehr leiden, ihn zu sehen. Ich insistiere auf ein erstes Therapiegespräch mit Dr. van Buyten, der mir vor ein paar Tagen angerufen hat, er sei wieder im Land. Er habe Anish am Telefon gesagt, dass er mit ihm reden würde, am Samstag. Aber nicht mit seiner Mutter, er müsse selber einen Termin vereinbaren.

Wir hatten inzwischen diese große Gästegruppe von zehn jungen Leuten, meinen ehemaligen Studenten, und waren personell so grässlich am Limit, dass ich mich in keinster Weise um Anish kümmerte, der ein, zwei Tage hier war währenddessen. Er muss sich sehr als Außenstehender vorgekommen sein, als störend, und ich weiß nicht, ob die Medikamente ihn ausreichend dagegen abgepolstert haben. Er tut mir leid. Und ich tue mir leid.

27. Januar
Wie erwartet und gehofft kommt Anish am Mittag an, sieht manierlich aus und beruhigt und gefasst, steht aber unter Medikamenten. Ich hoffe, den richtigen. Wohnt nun dauerhaft bei der Mutter und sagt, er müsse eine Arbeit haben, in Colombo vielleicht, immer im Haus, das sei nicht gut für ihn. Dann hat er sich wieder in Nichts aufgelöst, ging irgendwohin, es ist Kirchenfest, Partys überall. Um sechs sehe ich ihn tief schlafend, der Radio auf eine Störfrequenz gerutscht, um sieben nach dem Lärm der Prozession packt er sein Bündel, «I hate Negombo, too many bad memories», er gehe zur Mutter. Möge ihr Schoß ihn wärmen, und möge sie keine Fehler oder Experimente mit ihm machen. Weiß nichts; Anish sagt auch auf Fragen hin nichts, hoffe, er habe durch die Mutter einen professionellen Arzt gefunden, dem er vertraut.

28. Januar
Zu meiner Überraschung ist Anish mittags immer noch da, kommt zur wöchentlichen Teamsitzung dazu und geht dann weg. Später finden wir seinen Schlüsselbund im Garten liegen. Ich schaue in sein Zimmer, es ist genauso verwahrlost wie das Haus des Vaters, ein Spiegelbild, eine naturgetreue Kopie. In einem Anfall von Mitleid stelle ich den Kleiderschrank ins Zimmer, der seit dem Umbau im Garten steht, lege eine Spanplatte ins Bett, eine Latte ist unterm Hintern gebrochen. Hänge die gerahmten Hotelschul-Diplome schön auf, platziere eine Matte auf den Boden und eine andere an die Wand neben dem Bett. Es sieht ein wenig wohnlicher aus jetzt, vielleicht fühlt er sich nächstes Mal wohler.

Während der schlimmsten Terrorjahre begannen Tamilenfamilien aus dem Norden bei der Seachurch auf dem dort breiten Strandstreifen zu siedeln. Sie bauten sich Hütten aus Bastmatten und wurzelten so heftig, dass sie auch blieben, als sie schon wieder in den Norden hätten zurückgehen können. Die Location inmitten all der Touristenhotels ist auch gar zu attraktiv. Dank all der milden Gaben, die ihnen in die Hütte gespült werden von diesen rundlichen Euromuttis im Einteiler, die an Weihnachten Grußkarten von fußmalenden Künstlern verschicken, haben sie sich vortrefflich entwickeln können und einige haben bereits Hütten aus Brettern bauen lassen. Schon gibt es dort auch den ersten Kramladen, der am Morgen die Klappe aufmacht, um von der Gemeinschaft der Habenichtse wieder abzuschöpfen, was von den Wohltätern so hereinkommt. Einer habe bereits Backsteinmauern aufgezogen, innen hinter den Bastmatten, damit man sie nicht sieht, zwei hätten ihre Töchter nach Deutschland verheiratet, und die Stadtbehörde würde keine Chance haben, sie zu vertreiben, bevor sie ihnen nicht Wohnungen gibt. (Der Tsunami wird das

Problem später lösen und alle Hütten wegschwemmen. Und die Italiener werden so fleißig Geld für die Opfer sammeln, dass die Fundraiser von Don Bosco nicht nur die Schulden einer viel zu hohen Betonkirche abbezahlen, sondern auch ein paar Mehrfamilienhäuser für die Strandgeschädigten hochziehen können. Nein, nein, am Tsunami sterben wird in Negombo keiner, da ist die Woge schon müde geworden.)

9. Februar

Seit einer Woche ist Anish wieder bei uns zurück, hier hat er die Rolle des nachsichtig geduldeten Außenseiters, der Vater ignoriert ihn, niemand redet zu ihm und zu niemandem redet er. In seinem Zimmer sehe ich eine unserer Lion Bierflaschen stehen, samt Glas, immerhin säuft er noch nicht aus der Flasche. So geht das hin und her und auf und ab mit Hoffnung und Enttäuschung, doch überwiegt der Eindruck, er stiehlt, er lügt, er spielt Theater. Und dennoch ist er sehr krank, gemütskrank, autistisch lebt er in seiner Muschel und lässt nichts an sich heran, sitzt stundenlang unbeweglich und hört mit dem Walkman Musik, singt manchmal mit dazu, lacht unvermittelt und mechanisch, ganz selten sagt er etwas, meist hat es mit seiner Freundin zu tun, um die sich vielleicht alles dreht, an der er sich entzündet hat.

Manchmal sitze ich mit ihm schweigend in der abendlichen Dunkelheit des Powercut, zeige Solidarität. Aber dann stiehlt er mir wieder fünfzig Rupien aus dem Portemonnaie und als ich ihn entsetzt darauf anspreche, wie vernichtend es für unsere Beziehung sei, hat er keinerlei Vorstellung von Schuld, erkennt nicht, wie ihn zunehmend alle fallen lassen. Nun bin ich auch wieder sicher, er hat diese 300 Dollar Reisegeld genommen, an seinem Geburtstag, was machte er bloß damit. Dem Vater legte ich abgezählte 9000 Rupien bereit zur Zahlung offener Rechnungen, als er sie holt, sind es nur noch 8000, aber wie immer können wir nichts beweisen, ich bin manchmal ein wenig achtlos. Unbehagen bleibt.

Anishs Verhalten ist selbstbezogen, nicht sozial, das einzige, was er verlässlich tut, ist seinen Essteller abzuräumen. Aber die Zigarettenreste lässt er in allen Aschenbechern liegen und er lässt alles verwahrlosen. Isst zu wenig, ist völlig abgemagert, klagt über Muskelschmerzen und Herzrasen, trinkt zu wenig, lehnt alle Hilfe ab, keine Vitamintabletten, kein Facharzt, kein Therapeut, kein Quacksalber, nichts. Ich fürchte, alles entgleite, er bleibe seelisch krank ohne Hilfe, vielleicht für Jahre. Halte auch für möglich, dass er eine Anlage hatte dazu, dass diese erschreckende Muskelverkrampfung, die der Hausarzt als Entzugssymptom wertete, in Wirklichkeit ein Aufbäumen der Seele war, eine Art epileptischer Anfall. Dass der Drogengebrauch im Wachstum die Krankheit der Seele erst ausgelöst hat, die Disposition aber da war. Die Omi sagte manchmal vieldeutig, dass Sheela seelisch krank sei, wenn alle wieder einmal dachten, jetzt spinnt sie wieder.

Der Vater, immerhin, hatte letzten Mittwochmorgen die dritte Therapiesitzung mit dem Psychotherapeuten, in die ich ihn im Wochenrhythmus gezwungen hatte, da er sich sonst das Hirn kaputt säuft und mich und meine Guesthouse-Spielwiese gefährdet.

10. Februar

Anish ist immer noch da, wechselt zwischen «Bullet in den Kopf» und «Gut, dass du mir beistehst». Ich gebe ihm Rechungsstatistik zu machen, um das Hirn zu trainieren, das macht er intensiv und gut. Isst mit mir. Zudem zwinge ich ihn, meine Seniorenvitamine zu trinken. Abends nach vielen Zigaretten rieche ich ihn im Garten seit langem wieder Ganja rauchen. Empfehle ihm, zur Mutter zurückzugehen, nächsten Monat ginge ich ein paar Wochen nach Europa.

9. April

Bin seit einem Monat in Basel, hörte vom Vater bislang lediglich, Anish lebe wieder bei der Mutter und käme manchmal kurz und grußlos im Icebear vorbei. Erleichtert fügt er an, dass sein Sohn gesundheitlich besser aussehe, nein, sonst sei nichts Spezielles.

Später telefoniert Anish selber und erzählt, er sei bei der Mutter und käme manchmal nach Negombo. Die Halbstarkengangs in Negombo seien noch aktiv, aber er wisse nichts mehr Neues. Er sei jetzt bei einem «Arzt für den Kopf» und nehme regelmäßig Medikamente (was mich ein wenig erleichtert). Er würde gerne Musik machen, im Schneiderladen seiner Mutter hätte ein Kunde ihn getestet, ein Tape von ihm gehört, er hätte Talent. Und er würde gern singen und ein Instrument spielen. Die Mutter zahle die Musikstunden, der Vater das Reisen, ob ich die Gitarre spendieren könne. Ich finde, Musik sei Medizin für ihn, der Vater solle ihm das Geld aus der Hotelkasse vorschießen.

Man rede in Negombo, dass im Icebear Drogen gehandelt würden. Ich sage, das sei die Folge seines Lebensstils, aber wir wüssten, dass es nicht stimme, und er solle das Vergangene für den Moment vergessen und vorwärts schauen.

29. Juli

Bin wieder zurück auf der Insel.

Anish war seither nur zweimal in Negombo. Das erste Mal will er wissen, wie man Rechnungen schreibt und ob er den Computer mitnehmen dürfe, da, wo die Mutter wohne, sei alles sicher. Als wir für eine Kurzlektion zusammensitzen, sitzt er abgelöscht und unkonzentriert daneben und es strengt ihn alles sehr an. Ich meine, Haschisch aus der Atemluft zu riechen.

Lade ihn ins Kino nach Colombo ein, ich möchte mir Spiderman ansehen, mittags um zwölf gibt es eine Vorstellung im Majestic-Kino. Aber um zehn lässt mich sein Bruder wissen, er habe telefonisch abgesagt. Wahrscheinlich ist er immer noch beleidigt, dass ich ihm kein Geld gab, vor dem Heimfahren bettelte er um «fünfzig Rupien für Zigaretten», die ich ihm verweigerte.

Beim oberflächlichen gemeinsamen Frühstück des zweiten Treffens berichtet er mir leidenschaftslos, dass die Mutter von seinem Festgelddepot 50 000 Rupien als Sicherheit für ein Darlehen verpfändet habe. Sie geht jetzt also auch ihm ans Eingemachte. (Mir gefällt die Bereitschaft, sich mitzuteilen, dass die Kommunikation zwischen uns noch klappt, er das Ping-Pong des Gesprächs noch nicht verlernt hat.) Die Mutter habe mit dem Bankdirektor in Negombo gesprochen, auf dem ich sein Festgeldkonto führe. Er habe ein paar Papiere unterschreiben müssen. Die Mutter habe jetzt eine riesige Schneiderei und einen Mann im Hintergrund (einen politischen), da habe sie Geld für Investitionen gebraucht, man stelle auch Konfektion für Läden her, vor allem aber arbeite man auf Bestellung, die Aufträge kämen sogar aus Trincomale. Ich muss mich sehr beherrschen, das Mutterbild nicht zu zertrümmern. Er habe das gemacht, um ihr zu zeigen, dass er ein Mann ist, es gefällt ihm der Gedanke, sie abhängig zu machen von ihm, er spielt den Vater.

30. Juli

Das erste Fixdepositjahr läuft ab und ich suche die Negombofiliale der Bank auf, um mich nach dem aktuellen Stand zu erkundigen und ein weiteres Depotjahr zu beauftragen. Den Zins solle man zur Hälfte auf Anishs Jugendkonto buchen. Weil, ein Mann braucht ein Taschengeld.

Mr. Calim, Senior Manager, fragte nach dem Originalzertifikat. Ob ich wisse, das Anishs Mutter «very recently» bei ihm gewesen sei, um 50 000 als Darlehen für ein neues Schneideratelier zu erfragen, wofür sie das Festgelddepot ihres Sohnes zedieren wolle. Sie hätten kein Darlehen geben können, da sie nicht im Besitz des Originalpapiers war. Das war ja in meinem Safe. Daraufhin und im Bestreben, Mutter und Politikerfreund zu helfen, habe die Bank verschiedene Dokumente ausgefertigt, die via HQ Colombo als rechtmäßiger Ersatz für das Zertifikatoriginal galten, worauf das Darlehen bewilligt wurde. Das gesamte Depot sei nun in Bankbesitz als Sicherheit, es müsse neu angelegt werden, wenn das Darlehen zurückbezahlt sei. Freie Marktwirtschaft nach Inselart.

Ja, die Mutter sei in Begleitung ihres Sohnes Anish gewesen, der sei draußen in der Schalterhalle gesessen, ohne etwas zu sagen. Sie sei auch in Begleitung einer anderen Person gewesen, er deutet an «Secretary of a Minister, ja, von der anderen Partei». Sie habe für ihren Sohn außerdem eine «change of address» beauftragt, von Negombo an die mütterliche Wohnadresse. Ich frage, was ich tun könne, dass die Mutter nicht weiterhin an dieses Geld heran könne. Die Bank habe Anishs Handlungsvollmacht. Ich stelle fest, er sei aber unter Treatment eines Psychiaters und wahrscheinlich nicht handlungsfähig, man könne ihn nach Belieben gebrauchen.

Der Zins sei von der Zedierung ausgenommen. Wenn ich mit Anish und dessen Sparbuch käme, um den neuen Zins nachzutragen, würde er den Rest von etwa 10 000 übertragen.

4. August

Anish war am Nachmittag überraschend da. Wenn ich mich nicht wappnen würde, wäre ich zu Tode betrübt über seinen Zustand. So verloren wirkt er, so vergessen vom Leben, so verletzlich, so verwirrt. Er habe letzten Sonntag nicht nach Colombo ins Kino kommen können, weil er mit der Mutter in die Kirche musste, das habe bis um zwölf gedauert. Ob wir nächsten Sonntag gingen? Wenn er wirklich wolle, dann solle er mich anrufen. Ob ich ihm helfen könne, bei einer Airline einen Job als Airsteward zu finden. Ich druckse herum, man müsse das Abitur haben, dürfe keine Brille tragen, müsse 28 sein. Oder im Hilton? Es kam dann heraus, dass er davon träumt, in kürzester Zeit mit kleinster Anstrengung so viel Geld wie möglich zu verdienen. Ich lächle, sage, er kenne das Spiel: Je mehr du gibst, desto mehr bekommst du. Das Ranwelihotel suche Roomboys. Ob ich ihm Deutsch beibringen könne, Englisch könne er ja schon. Ob ich ihm eine Frau aus der Schweiz oder Deutschland vermitteln könne zum Heiraten.

Die Nähmädchen würden manchmal auf ihn hören und ihn etwas fragen, es sei gut, dass ein Mann im Haus sei. Eines ginge jetzt wieder, sie sei nicht gut genug gewesen. Ich erfrage Mutters Adresse für den Notfall, er hat ihre Visitenkarte im Portemonnaie. Er solle nächste Woche mit dem Sparheft kommen, man müsse den Zins nachtragen.

Er habe Kopfweh. Ob er nicht Hunger habe? Doch, ob ich Hühnerwürstchen habe. Die kochen wir und er isst sie zusammen mit herumliegenden Cornflakes. Dann geht er unauffällig wieder, wie er gekommen ist. Ich kann nichts tun, will nichts falsch und alles richtig machen, ihn nicht stören bei der schwierigen Selbstfindung. Weiß wegen des mütterlichen Darlehens nicht, wie reagieren: Respektiere ich Anish, wenn ich nichts unternehme, weil er erwachsen und selbstständig ist. Oder soll ich seine Interessen schützen und eingreifen, weil er krank ist? Ich weiß nichts, kann nichts, verstehe nichts.

16. August
Anish kommt zu uns zu Besuch, ist während einer Stunde da, fragt zuletzt nach zweihundert Rupien, die ich ihm gebe, er ist seltsam entrückt.

25. August
Wie nun jede Woche, kommt Anish wieder einmal bei uns vorbei, bringt die Sony Spielkonsole mit, man müsse sie reparieren. Auch einen Brief von der Mutter bringt er mit, Antwort auf das Schreiben, das ich ihr nach dem Gespräch mit dem Bankmenschen schickte. Ja, sie zahle seriös zurück, schon in Anishs Interesse.

Anish zeigt sich kurz einem unserer Gäste, den er von einem früheren Besuch kennt, ist kurz Zuschauer beim heutigen Beachvolleywettstreit der Nachbarn, dem «Gerry-Cup», den ich einst erfunden habe, holt mir eine Cola mit Eis, sagt nachdenklich wie zu sich selber, er ginge bald zur Armee, in eine Schule da. Er ist so ungefestigt, jeder kann Einfluss auf ihn nehmen, alles auf ihn einwirken. Es ist zum Heulen.

Auf Anfrage, ja es ginge gut mit der Mutter, ja, er habe die beste ärztliche Betreuung, ja, er glaube, die Zeit heile ihn, ja, er rauche noch, aber selten. Bald geht er wieder, freundlich, entspannt. Ich gebe ihm ein kleines Taschengeld, damit er nicht fragen muss. Ahne, dass ich alles falsch mache, und weiß nicht, wie es richtig machen.

7. September
Ich bin beim Mittagsschlaf, Anish klopft an meine Tür, ist in aufgeräumter Verfassung, gepflegt, normal, ein wenig in Eile. Ich solle nur weiterschlafen, er ginge ins Kino. Ja, später sähen wir uns. Ein Gast, der Anish von früheren Besuchen kennt, begrüßte ihn im Garten, sieht ihn im Tucktuck wegfahren, fragt mich, ob der junge Mann sich das denn leisten könne?

13. September
Diese Woche kein Besuch, aber ein Anruf heute: Die Mutter sei grad aus dem Haus, sonst dürfe er nicht telefonieren. Er denke über den Computer nach, er könne den wirklich gut gebrauchen. Ich erinnere an meine Empfehlung, zuerst zu üben, wie das Werkzeug zu gebrauchen sei, dann würde man weitersehen. Ein Computer sei kein Spielzeug, es sei eine Arbeitsmaschine. Das wisse er, und er könne ja mit dem Computer dann auch arbeiten und mit dieser Arbeit Geld verdienen. Als ich fest bleibe, verabschiedet er sich kurz.

Gleichentags telefoniert Schwester Lakshmi aus Deutschland. Der Vater will dem älteren Sohn, Mahendran, tatsächlich nach Deutschland verhelfen, der habe ihn gefragt deshalb; ihn auszulagern sei der einzige Weg, von dieser Quartiergang wegzukommen. Wir sahen ihn nur selten. Ach Gott, so machen die das immer, sie exportieren ihre Probleme, sie kehren sie unter den Teppich. Welche Chancen hätte der hier im Land bei Fleiß und Leidenschaft, statt mit dieser unsäglichen Faulheit, Langeweile und Antriebsschwäche.

15. September

Anish kommt überraschend vorbei, wirkt aufgeräumt und entspannt, hat aber wenig Sitzleder und schwirrt unstet herum. Um eins sehe ich ihn in der Garage einen Fahrradschlüssel aus der Schublade ziehen, zurück im alten Stil. Er soll ihn sofort zurücklegen, ich gebe ihm meinen eigenen, den bringt er um fünf zurück zusammen mit dem Fahrrad. Zum Dinner sitzt er mit mir im Garten, schweigend und manchmal über innere Erinnerungen abwesend grinsend (auf Anfrage: Im Kleidershop der Mutter habe ein Mädchen 12 000 Rupien gestohlen, vor Gericht sei sie freigekommen, nachdem sie das Geld zurückgegeben habe).

Er fragt nach dem kürzlichen Einbruch in ein Gästezimmer, kommentiert ihn aber nicht. Ja, er sei froh, von der Quartiergang weg zu sein. Es sei auch nicht gut für seinen Bruder, den geheimnisvollen Mahendran. Er bleibe diesmal einen ganzen Monat hier in Negombo. Um acht fragt er erneut nach dem Fahrrad und ob ich ihm ein Taschengeld geben könne bis zum Monatsende, dann verdiene er selber: Der Freund der Mutter habe politische Beziehungen und ihm bei Kentucky Fried Chicken eine Stelle vermittelt, es klappe nächsten Monat, die Papiere habe er schon abgegeben. Es ist der Monatsmitte, ich gebe ihm zweihundert Rupien, er ist zufrieden und grinst bei der Warnung, kein Ganja zu kaufen.

Am Spätnachmittag sitze ich im Restaurant und habe ein ungutes Gefühl, als Anish zu meinem Haus hinübergeht – ich habe mein Zimmer nicht abgeschlossen. Tatsächlich hat er gerade wieder zugeschlossen, als ich dazukomme, sah mich wohl vom Fenster aus. Was er in meinem Zimmer tue? Er habe duschen wollen. Das solle er im Elternhaus machen. Später fragt er, ob er keinen Zutritt zu meinem Zimmer habe und warum? Er solle nicht fragen, er wisse es selber.

Bin wieder misstrauisch geworden, nichts hat sich geändert, auch der Vater schließt jetzt sein Zimmer ab und ist auf der Hut.

16. September

Ich sehe Mahendran und Anish am frühen Nachmittag mit jungen Kerlen vor einem Haus des Clans herumlungern.

17. September

Um zehn setzt sich Anish zu einer Tasse Tee her, geht aber gleich wieder, als ich kurz angebunden bin. Das Paradies ging ihm verloren, der Ofen ist kalt, da sind keine emotionalen und sozialen und intellektuellen Kontakte mehr, kein Austausch. Über Mittag sehe ich auch den älteren Bruder im Garten, er ist innerlich bereits ausgestiegen und in Deutschland doch noch lange nicht angekommen.

Um eins kommt Benjamins Vater zu Besuch, das braucht Mut, wir kennen uns nur vom Hörensagen – ich mag sein After Shave nicht – und er fragt unverfroren nach einem Darlehen, für einen Monat, dann könne er es problemlos zurückzahlen. Mit aufgesetzter Freundlichkeit lehne ich das unsittliche Ansinnen ab, wohl wissend, dass niemand im Quartier ihn mag, die Großfamilie als gefährlich gilt, von allen gemieden wird, aber Anish und Brother haben engsten Kontakt mit den Söhnen. Der Delegierte packt noch ein mitgebrachtes Papier aus und informiert mich, dass die Landverkäuferin Sumana meine Property extended habe vor dem seinerzeitigen Verkauf an mich, ob ich das wisse. Das ist jetzt 20 Jahre her. Dieser unsägliche Unruhestifter, wie ich dessen Lebensentwurf verachte. Ich schreibe mir einen Rapport auf alle Fälle und lege ihn in einem inzwischen angelegten «Crime»-Ordner ab.

Am Nachmittag tigert Anish wieder herum, sitzt für zwei Marlboro neben mich, beide schweigen wir, mein Feuer ist aus, ich habe nichts mehr zu sagen, weiß nicht, ob ich die Wahlverwandtschaft wieder aktivieren möchte, er redet nicht, ich habe einen dauerschweren Kopf. Später verschwindet er auf der Fahrradstange eines behinderten jungen Mannes in Richtung Stadt. Vorher hatte er noch meinem Team und dem Vater samt einer Verstärkung starker Männer zugeschaut, wie sie sich mit dem Transport meiner antiken Türen plagten. Ein klassischer Anlass, reflexartig mit anzupacken, aber da ist kein Anzeichen jetzt von Dazugehören, Teilnehmen.

1. Oktober

Anish nach bald zwei Wochen wieder einmal bei uns, zeigt sich grußlos aber erst am Mittag. Abends sitzen wir eine Weile zusammen auf der Terrasse, er zieht an meiner Brazil und kauft sich vom erfragten Taschengeld, 200 Rupien, ein paar Zigaretten. Er möge mir eine einzige Frage erlauben, denn er wirke so abwesend und verloren, dass ich besorgt sei um ihn: Hast du Ganja geraucht? Ja! Komisch, ich bin erleichtert, er ist am Haschen und nicht am Geiste krank. Sein Auftreten ist deckungsgleich mit und ohne, ich meine, er ist nicht ein anderer, wenn er nicht raucht, immer gleich wirkt er abgetreten und abwesend, emotionslos und schlaff. Ich sitze beim Essen, er greift sich fraglos die einzige Mango. Wenigstens hat er jetzt Appetit. Er sei welcome, möge sich aber Geschirr holen. Er haut ab und kommt – Minimalist, der er geworden ist – mit einem Messer und ohne Teller zurück. Streicht sich lustlos ein Brot und verschwindet gleich wieder in sein Zimmer, er sei müde. Das neue Hausmädchen Dilani informiert mich, er habe sich ein Bier aus dem Kühlschrank geholt. Ich klopfe, er schließt seine Tür auf, hat geschlafen, auf dem Boden Zigarettenkippen, verwahrlost. Ich verbiete ihm, Bier aus der Restaurantküche zu holen, überhaupt Alkohol zu trinken, schon gar nicht ohne zu fragen, sonst könne er sich definitiv abschminken, Gast in meinem Haus zu sein.

Später verlangt er von Dilani etwas zu essen, sie sagt ihm, er solle mich fragen. Ich sage ihm, wir haben hier feste Essenszeiten, Frühstück gäbe es morgen wieder. Dann verabschiedet er sich abrupt, um zur Mutter zurückzufahren, nicht ohne zum vierten Mal nachzufragen, ob ich am 18. wirklich nach Indien reisen würde? Seine Mutter wolle mit mir reden, es scheint ihm wichtig zu sein. Anderntags diskutiere ich mit dem Vater und dem Team, wie wir Raum schaffen, es braucht unter anderem einen Tagesraum für die Mitarbeiter, um sich ein wenig auszuruhen, sich umzuziehen, persönliche Dinge abzulegen. Als ich die Idee habe, Anishs Zimmer an die Mitarbeiter zur Nutzung freizugeben, wenn der nicht da sei, sind alle und besonders der Vater der Meinung, man solle die Sachen nicht vermischen und erst einmal alles lassen, wie es ist. Man wirft die Brut nicht aus dem Nest, wenn sie flügge ist und nicht fliegen will, sagt der Amateurdiagnostiker in mir.

5. Oktober
Am frühen Abend sehe ich Anish am Strand mit den Nachbarn Volleyball spielen, nach endlos langer Zeit wieder, und bin erfreut, dass er soziale Kontakte aufnimmt und die Unsicherheit und Angst vor Leuten durchbricht. Heute Morgen setzt er sich zum Frühstück her und isst mit Appetit. Geht Würstchen kochen, aber hat sie ein paar Minuten später wieder vergessen. Fragt nach meinem Fahrrad und ich sage, er solle sein eigenes endlich zum Flicken bringen, was er dann tut. Um Zwölf fegt er den Garten vor seinem Zimmer.

Ansonsten war ich heute wütend, die tägliche Wut. Es ging mir nicht gut im Magen, hatte gestern in einem Gruppenhotel ganz schlecht gegessen. Mein Körper war zweigeteilt, es braute sich auf Gürtelhöhe etwas zusammen, wusste noch nicht, ist es Rheuma, Altersschmerz, Nieren, Leber, Rückenmark oder alles zusammen. Wahrscheinlich Ganzkörperkrebs. In Wahrheit bedrängten mich meine Bluejeans. Nie mehr wollte ich mich in dieses Brett zwängen, nie mehr sollte diese amerikanische Rüstung meine Genitalien einengen. Sie hing halt grad herum, als ich aus dem Haus ging.

Hatte die Idee, aus ein paar Metern Baumwollstoff eine Staubhülle zusammennähen zu lassen für meine neue Honda. Die ganze Woche schon verbrachte ich mit diesem Traktandum, fünf Mal war ich schon da, beim besten Autopolsterer weit und breit. Sicher der charmanteste. Immer bereit, mit jedem anhaltenden Auto zu schwatzen und zu lachen, für jeden Kunden da, der etwas von ihm will, entspannt und gut gelaunt, aber sein Kontaktstil ist ein Zeitfresser, ich sitze lange da und warte. Dann stellt sich heraus, er ist ein begnadeter Zuschneider, die Schere fliegt seidenweich und schwerelos durch den Stoff, ohne etwas aufgezeichnet zu haben, macht er in Wahrheit ein Maßkleid für meine neue Freundin, ohne Anprobe, hat Fräulein Honda einfach nur schnell angeschaut.

Jetzt, heute, diesmal, erbarmt er sich meiner und tänzelt zwischen meiner Maschine und seiner Singer hin und her. Doch ich leide Höllenqualen, der Bauch, ich schlafe fast ein, versuche es mit Tiefatmung, wechsle zwischen Hockern und halbfertigen Autositzen herum, habe Foltervisionen – was, wenn sie dich foltern würden, indem sie dir einfach eine tödliche Langeweile antun. Nie ist etwas fertig wie versprochen, nie halten sie einen Termin ein hier im Land, nie sind sie wirklich professionell und kalkulierbar. Immer stören sie meinen Tageskalender, immer muss man warten, immer knirscht es in der Volkswirtschaft. Nie mehr komme ich zu diesem Sattler, das war mein letzter Auftrag, ich bin doch nicht der Depp vom Dienst. Und so. Aber man braucht ja auch nur eine Motorradstaubhülle im Leben.

Zuletzt verlangt der Fashionstar scheu 200 Rupien, das sind 2 Euro. Hat ein sichtbar schlechtes Gewissen, weil er dem Touristen 50 Rupien zugeschlagen hat zum «local price». Ich bin gerührt. Er hat zwei Stunden nur für mich gearbeitet, ist ein begnadeter Designschneider, liebt seinen Beruf und das Leben, ist hoch talentiert, tut alles für seine Kunden, lässt sie nie warten, ist ganz für sie da. Und dann das, zwei Euro. Ich gebe ihm fünf, bin ganz kleinlaut und voller Verehrung. Er ist einfach im falschen Land daheim. Wie ich manchmal.

13. Oktober

Gestern war Anish wieder einmal hier, ganjafrei und zum ersten Mal ein wenig er selber, wenn auch energielos und zu Tode gelangweilt. Sprach mich auf einen Job an, er fühlt sich nicht wohl in diesem Zustand, und ich wiederhole, für ihn verlässlich da zu sein, wenn er zurückfinde in den Alltag, in die Normalität. Er solle mit dem Vater Frieden schließen, der liebe ihn nämlich. Und er solle hier bei uns klein anfangen, mit dem Vater zusammen und regelmäßig und zuverlässig. Genau jetzt, ruft Sheela mich an, aufgedreht und überfreundlich, Gerry Uncle, how is Anish, die Frau macht mich fertig, aber was will ich machen, ich mag auch sie.

Anish bringt das Gespräch auf die Sünde. Ich erläutere meine westliche Optik. Sicherlich habe er manchmal gesündigt, Sünde sei, was gegen den Willen anderer sei. Den Vater habe er verhauen, ja, der habe ihn auch geprügelt. Das deutsche Mädchen habe er nachts belästigt, das verstehe er bis heute nicht, ich denke, er sei unter Drogen und außer sich gewesen oder er habe ihre schönen Augen fehlinterpretiert. Und so weiter. «Where is the coconut tree» erinnert er sich an die Mahnung aus seinen frühen Kindertagen, beim gemeinsamen Schwimmen im Meer einen Orientierungspunkt am Ufer im Auge zu behalten. Geht schwimmen und Volley spielen. Bestürmt mich, ich solle ihn ins Calm Beach Hotel begleiten, in die Disco.

Stattdessen verspreche ich einen Tag im Coco Bay Resort mit Schwimmen und Buffet. Tatsächlich fährt er zur Mutter zum Kleiderwechsel zurück, kommt und wir reisen los. Dort verfällt er aber in schweigendes Grübeln, die Mutter sei krank, am frühen Nachmittag schon will er heim zu ihr. Er ist in Sorge, er habe nur sie, die Mutterbande sind unauslöschlich. Ich fahre ihn zum Busbahnhof, er ist erschöpft und wirkt abgetreten, er ist krank, ich bedaure ihn, bin wieder einmal und immer wieder hilflos und traurig.

15. Oktober

Am späten Nachmittag drückt er sich wieder auf dem Areal herum, kommunikationsarm, verdruckst, vielleicht sind es die Psychodrogen. Wie meist in diesen schweren Zeiten weiß ich von nichts, verstehe ich nichts. Die Mutter habe Herzbeschwerden. Ob ein Arzt das sage? Nein, sie selber. Der Junge ist so verloren, so ohne Heimat, so allein.

17. Oktober

Bin endlich wieder einmal zu Freude fähig und erleichtert und schwerelos und guter Dinge vor meiner Abreise in die große Großstadt Bangkok Ende des Monats. Anish hat mich bereits zum dritten Mal darauf angesprochen, dass er ein paar Wochen in die Mel Medura Klinik gehe zur Rehabilitation, das sei sicher gut für ihn. Ich machte eine Fotokopie zuhanden des Arztes, den die Mutter für ihn ausgesucht hatte (der sei sehr hilfreich für ihn gewesen). Ich sei in ein paar Wochen wieder zurück, bereit, ihm Brücken zu bauen zurück ins normale Alltagsleben. Denn eines ist klar, er schafft es nicht allein und er leidet, besonders gegen Nachmittag, da braucht er dann seine Ganjaportion. Er fragt immer wieder, wann ich zurückkäme, kann sich das Datum nicht merken und die Zeitdauer nicht vorstellen, er entscheidet am Nachmittag, zur Mutter zurückzufahren. Vorher hatte er noch einen Termin bei seinem Arzt, doch sei der nicht da gewesen.

20. Oktober

Am Samstag kommt der Hauptdarsteller dieser Wochen bei uns vorbei, doch nach zwanzig Minuten bereits entscheidet er, zur Mutter zurückzufahren. Warum er gekommen sei? Ach ja, um zu sagen, dass er ab Dezember einen Job bei KFC in Ja-Ela habe. Er habe drei Interviews gehabt, beste Papiere, die Hotelschuldiplome hätten sehr geholfen. Aber er ist im Auftreten so valium-like entrückt, so abwesend und verträumt, starrt einfach vor sich hin, sieht dabei aus als denke er angestrengt nach, aber auf Anfrage sagt er, er habe nichts im Kopf, sei leer. Ich sage nichts, doch ich bange, ob etwas daraus wird, setze als letzte Hoffnung auf den Faktor Zeit. Registriere, dass er das Bedürfnis hat herzukommen, um mich zu sehen, um mich auf dem Laufenden zu halten, sich mitzuteilen. Ich mag ihn, er ist wie von meinem Blut, ich kann nichts dafür, je mieser es ihm geht, desto näher bin ich ihm.

2003

3. Januar

Das Stadttier Bangkok hat mir gutgetan. Ich war abgetaucht nach innen im Chaos des Äußerlichen, belebt von der kommerziellen Betonwüste nach all dem Grün, nach all der Landwirtschaftslandschaft auf der Insel. Rechtzeitig zu Anishs Geburtstag war ich wieder zurück und telefonierte seiner Mutter. Sie war in Trincomalee, ihre Mitarbeiter richteten Anish aus, dass ich zurück sei. Gebremste Begrüßung, gleich die Nachricht, dass er gestern bei Kentucky Fried Chicken seinen ersten Arbeitsmonat abgeschlossen und seinen ersten Arbeitslohn erhalten habe. Meine grenzenlose Freude bekommt jedoch gleich einen Dämpfer, er habe mit dem Chef Probleme gehabt und sei nachher nicht mehr zur Arbeit gegangen. Später erklärt er auf Anfrage, der Chef selber habe ihm mehrmals angeboten, dass er gehen könne, wenn er wolle. Was er jetzt tue? Ein Kleinbus, um Touristentouren zu fahren, ob ich ihm den besorgen könne, er könne zum Flughafen fahren, so wie die andern Fahrer, die für uns arbeiten. Die Mutter dränge darauf, dass er heirate und an die Ostküste sei sie gefahren um ihm mit Hilfe der Verwandten eine Frau zu suchen. Wie er denn die ernähren wolle, ob er denn reif sei für eine eigene Familie mit 21 und in seinem Ausnahmezustand. Unverändert wirkt er apathisch und robotermäßig abgetreten, emotionslos und wie in einer Schachtel sitzend, ist nicht zu Emotion fähig und zu keiner Kommunikation.

Für die Geburtstagsgeschenke aus Bangkok – Schuhe, eine Kette, ein Feuerzeug – bedankt er sich immerhin und zeigt verhaltene Freude. Ich insistiere wie oft, er brauche professionelle Hilfe zur Gesundung, bevor er einen Job ausfüllen oder gar heiraten könne, er sei noch nicht der Anish, den wir kennen. Er dringt darauf, dass ich ihn nicht beobachten und anweisen solle. Nein, er nehme keine Medikamente, er sei doch ganz OK, was ich denn wolle.

Ich denke, ob man wohl eine Gehirnwäsche mit ihm machte, eine Sekte oder so, die Mutter macht da ja alles mit und glaubt wie die meisten hier an die Kraft schwarze Magie, Teufelsaustreibung und solche Sachen. Einer unserer Zimmergäste berichtet erstaunt und irritiert, sie seien mit gleichaltrigen Einheimischen zusammen in einem Restaurant gewesen, die hätten Anish angesprochen, würden ihn ja kennen von uns, aber er habe nicht richtig geantwortet, auch mit ihm habe er nicht geredet, es sei komisch gewesen, später sei er allein an einen Tisch gesessen und habe vor sich hingestarrt. Es erinnert mich, wie emotionslos er seinerzeit seine geliebte Schwester Lakshmi links liegen ließ, als die besorgt um ihn aus Deutschland extra anreiste. Welche Rolle spielt die Mutter in diesem Spiel, spielt sie wieder einmal mit ihren Kindern, spielt sie sie wieder einmal gegen ihren Vater aus? Braucht sie die Söhne für die Hebung ihres eigenen sozialen Ansehens, um sie vom Ehemann wegzukriegen, um sie zur Protektion zu nutzen und bei der Arbeit? Braucht sie eine Sekte, besucht sie magische Zirkel, praktizierten die eine Hirnwäsche, dass er so roboterhaft abgelöscht und ohne eigenen Willen ist, dass er tut, was sie sagt, schnell zu heiraten, ihr seine Festgeldanlage zu geben, um es für ein neues Businessdarlehen zu verpfänden?

17. Januar

Lange seit letztem Mal kam Anish wieder um zwei, blieb bis um halb fünf, fuhr mit dem Bus ins Mutterhaus zurück. War anfangs ein wenig lockerer als sonst, verfiel später wieder in seine roboterhafte Abwesenheit. Überhaupt wolle er mit Männern nicht mehr reden, er sei immer noch wütend wegen dem Kentucky-Chicken-Chef. Ob er bei uns im Icebear arbeiten könne. Die Mutter wolle ihn neuerdings nach Schweden verheiraten, nein, falsch, nach England. Das ausgeguckte Mädchen würde auch arbeiten, die Eltern hätten auch für ihn einen Job, dann könne er endlich Geld verdienen. Natürlich breche ich nicht in Begeisterung aus, aber ich bin zurückhaltend. Er möge nur tun, was er selber für richtig halte.

Ich denke unverändert, er bräuchte eine ärztliche Fachabklärung, um zu diagnostizieren, was mit ihm los sei. Da sei ein Bruch seit dem schrecklichen Tag mit seinen Körperkrämpfen, ja, er erinnere sich, davon habe er sich noch nicht erholt, das halte ihn immer noch im Klammergriff. Er schaut geradeaus aufs Meer, ich weiß nicht, ob meine Worte durchdringen, er reagiert nicht, ist wie aus Blei gegossen. Ob er den Verlust der Kindheit bedaure? Nein. Ob das Erwachsensein schwer sei. Nein. Ich hätte doch gesagt, dass ich noch Zimmer anbauen wolle. Ein großes, dann könnte die Mutter wieder herkommen. Er könnte hier arbeiten. Noch immer träumt er von der intakten Familie. Ich sage, er solle sie sich selber kreieren und so, wie er es nicht gehabt habe. Er könnte doch Paperwork machen im Icebear. Ich sage wie oft, das Eintrittsticket sei, dass er irgendwo anders mindestens ein Jahr gearbeitet habe, Stabilität gezeigt und sich selber wieder gefunden habe. Ich würde nicht meinen Ziehsohn, Pflegesohn, Adoptivsohn Anish anstellen, sondern einen Mitarbeiter, der zufällig Anish sei. Und halt so, dann sei alles möglich, das wäre ja ohnehin schon immer unser Plan gewesen. Ich hätte viele Ideen, sei risikobereit, aber es fehlten mir gute Leute, ich würde älter, sei jetzt grad ziemlich erschöpft von allem. Ich leide, ihn so zu sehen, wieder hat er ein Jahr verloren. Er raucht nur eine einzige Zigarette.

21. Januar

Hatte für gestern einen Flug in die Schweiz gebucht, den ich aber wegen meinem Hausmeister kurzfristig verschieben musste auf Mitte nächsten Monat. Muss mich weiterhin um den kleinen Familienbetrieb kümmern, Ordnung halten, wir verkaufen Optimismus und Sorglosigkeit. Nichts klappte mehr, der Hausmeister trank jetzt täglich. Lallendes Herumirren, die Gäste schlecht betreut, das Team alleine gelassen, die Einkäufe nicht gemacht, die Tagesabrechnung bleibt liegen. Vater wie Sohn im Endstadium einer Talfahrt, die auch mich mitreißen wird. Sie werden es beide nicht schaffen. Ich werde es nicht schaffen. Der große Macher kann nicht den lieben Gott spielen. Unverändert braucht es professionelle Hilfe für die beiden (und natürlich auch für mich selber).

Gestern war ich ahnungsvoll nach Colombo gereist, um bei meiner Hoffnung, den Leuten von der Mel Medura Rehaklinik, den Ernstfall vorzuspuren. Die mögen und verstehen mich, auf die könne ich zählen im Ernstfall. Doch ich weiß nicht, wie der Ernstfall aussieht, vielleicht ist es schon zu spät für alles, zudem habe ich keinerlei Weisungsrecht und keinerlei Vollmacht zu handeln. Nur hinauswerfen könnte ich die beiden, doch da ist der Moment lange verpasst und ich schon viel zu sehr in fremdes Leben eingewoben.

Anish schüttelte sich angeekelt vom lallenden Vater, sah ihn später besinnungslos im Blumenbeet liegen, sagte aber nichts, blieb über Nacht in seinem Zimmer, das war neu, kam sonst immer nur ein, zwei Stunden und auch das immer seltener. Abends kochten wir zusammen Makkaroni in der Küche, morgens frühstückten wir. Großes gemeinsames Schweigen, hatte den Eindruck, er bräuchte das zur Heilung. Umso überraschter war ich, als er mir etwas eröffnete, das mich wie früher manchmal daran zweifeln ließ, ob ich hier im gewaltsamen Umfeld dieses Landes und umgeben von Neid und Gesetzlosigkeit eines Tages einen natürlichen Tod sterben kann. Wenn es einst gewaltsam sein würde, dann waren sicher Gedungene dahinter im Auftrag von Einheimischen, die an meinen Besitz wollen, oder die neidisch oder wütend auf mich waren. Mein Sohn David und mein Freund Lukas müssten nach den Drahtziehern suchen und sie vor den Richter bringen, falls sie das hier lesen. Solche Leute sind meist mit einer der großen politischen Parteien verbandelt.

Ein Kerl, auch so einer aus dem politischen Umfeld, habe Anish gefragt, ob er nicht dabei helfen wolle, Drogendealer umzubringen, die würden schließlich ihrerseits Hunderte umbringen. Anish kenne ja die Polizei von innen (er war mit dieser Halbstarkengang einmal über Nacht eingesperrt, bevor der Vater ihn mit Schmiermitteln herausholte), da könnte er sich ja in Zivil einschleusen von unten her und dann den Kopf abhauen, die Kerle umbringen. Er würde Anish eine Pistole geben und ihm einen neuen Job besorgen und ein Auto, wenn er diesen Job annähme. Die Pistole könne er natürlich brauchen, zur «Selbstverteidigung», doch Anish habe gefühlt, er wolle niemanden umbringen und habe abgelehnt. Aber er sei «proud» gewesen, dass der Kerl ihm so etwas zutraue und ihm so etwas angeboten habe. So tief ist er gesunken. Der Kerl arbeite für den Minister, er sei in der Gegend aktiv. Ob er Christ sei, nein Buddhist.

Als Anish gestern ankam, teilte er mir bald mit, dass er alles gestoppt habe. Was? Das mit dem Heiraten, er habe der Mutter gesagt, er wolle nicht, sie solle aufhören damit. Nachher schwieg er dann vor sich hin, ich schickte ihn zum Haareschneiden, gab ihm hundert Rupien Taschengeld und verweigerte weitere angefragte Zahlungen, etwa für die Videomiete, Rambo wolle er sehen, wen wundert's.

Um elf sehe ich den älteren Bruder Mahendran auf der Restaurantterrasse stehen, Anish geht zu ihm hinüber, sie schauen sich aber nicht an, reden auch nicht miteinander, und Anish geht durch den Garten wieder weg. Wie kaputt gegangen ist diese Familie, auch die Brüder können nicht mehr miteinander. Welchen Anteil Schuld trage ich daran, dass ich in ihr Leben eingetreten und Konkurrenz zu Vater und Mutter geworden bin?

Kürzlich war ich «bei Gustav» Deutsches essen, um mein kulinarisches Heimweh zu stillen. Das Lokal wogte wie beim Karneval, alles Expatriates, alles Männer und alle in ausgelassenster Stimmung, es gibt auch Warsteiner Pils, für das die Fremdarbeiter aus dem Westen sogar aus der Hauptstadt anreisen. Schon bald sind Geschichten angesagt, sie haben ihren Reiz darin dass sie Jägerlatein sind, aber auch wahr sein zu könnten. Psychohygiene. Die schönste Geschichte des Abends bestätigte das Statement, dass Ausländer hier immer «zweiten machen» würden. Ein Holländer sei sorglos mit seinem Kleinmotorrad in die Stadt gefahren und von links fuhr das Auto eines Einheimischen in ihn hinein. Beide fühlten sich unschuldig. Der Richter in der Abschlussverhandlung stellte klar, dass es den Unfall nicht gegeben hätte, wenn der Ausländer in Holland geblieben wäre, und erklärte ihn schuldig, 2000 Rupien plus Gerichtskosten. Oder der englische Siedler, dem über viele Tage hinweg der Cheddarcheese aus dem Kühlschrank gestohlen wurde, bis er einen Nachbarn dabei erwischte, wie er sich aus dem Küchenkamin davonmachen wollte. Auf Vorhaltungen fragt der treuherzig erstaunt, warum zum Teufel der Fremde immer Käse im Kühlschrank habe.

29. Januar

Anish ist seit mehr als einer Woche bei uns. Inzwischen ist die Mutter (am Weekend) arg krank geworden und ruft nach den Söhnen. Sie sei im Spital gewesen. Und war wohl auch sonst aktiv, um ihrem entgleisten Jüngsten auch ihrerseits auf die Beine zu helfen. Es kommt nämlich ein Brief von der Fastfoodkette und gibt Anish eine Chance zum Wiederbeginn dort, wenn er umgehend einen Brief schreibe. Ich erkläre ihm alles, versuche ihn zu motivieren, doch er habe kein Interesse an der Wiederaufnahme des Jobs. Sankar berichtet, er habe ihm in Batticaloa bei Freunden seinerseits einen Job angeboten, auch nach Colombo könne er reisen, da gäbe es eine weitere Arbeitsstelle für ihn. Nichts, er will nicht. Der Vater erinnert sorgenvoll, dass in der Familie jemand in ihrer Pubertät krank geworden und mit Elektroschock behandelt worden sei. Es sei vielleicht eine vererbte Anlage, ich las im Internet, dass latente Schizophrenie und andere Krankheiten des Geistes und der Seele durch Drogengebrauch ausgelöst werden könnten.

1. Februar

Die Beziehung zu meinem Ziehsohn ist eine frustrierende Einbahnstraße geworden. Er schloss abends den separaten Eingang zu seinem Zimmer ab und fuhr mit dem Bus zurück zur Mutter, in einer Mischung von stoischer Ruhe und aufgewühlter Unruhe. Morgens kam er schon wieder an, abends war ich in Marawila zum Essen eingeladen, er solle sich aus dem Kühlschrankvorrat etwas kochen.

Später hat eine Mitarbeiterin der Mutter ihn angerufen, er müsse zum Arzt und die Medikamente nehmen. Er ist jetzt zehn Tage hier und wir wissen nichts über ein bestehendes Therapieprogramm, sehen keine Medikamente, der Junge ist zwischen allen Fronten aufgerieben. Der Vater, mittlerweile ganz aus meinem Blickfeld gerutscht vor lauter Konzentration auf seinen Sohn, hat sich vom letzten Quartalssaufen gut erholt, ist perfekt und liebenswürdig, ich versuche ihm klarzumachen, dass sein Sohn sehr krank sei und er seinen Umgang mit ihm anpassen solle. Und dass es eine Diagnose bräuchte, damit wir nichts falsch machten. Das müsse schnell sein, sagt er richtig, er würde nach der Telefonnummer des neuen Arztes und dessen Adresse fragen. Ich meinerseits würde zur Mutter fahren, um mit ihr über den Sohn zu reden, um alles abzustimmen, es findet überhaupt kein Austausch statt, auch Anish sagt gar nichts, wir brauchen einen Schlachtplan, damit uns nichts entgleitet. Sankar berichtet, wie er seine Frau oft wie im Glashaus sitzend erlebt habe, wie sie manchmal alles vergessen hatte. Das trifft Anishs Dauerzustand gut: Nichts kommt heraus, nichts kommt hinein.

8. Februar

Habe von Anish den Schlüssel von seinem Zimmer verlangt für eine Kopie. Am andern Morgen sehe ich jemanden aus Sankars Großfamilie in Anishs Zimmer stehen. Wie er da hinein gekommen sei, die Tür sei doch zugeschlossen? Durchs Fenster! Wir gehen hier durch die Tür, sage ich, dann verschwindet er und ich sehe ihn nicht mehr. In Anishs Zimmer finde ich drei leergetrunkene Weinflaschen aus unserem Bestand und ganz stilvoll ein Weinglas daneben. Aha, jetzt wendet sich auch der Jüngste dem Tröster Alkohol zu, der Apfel fällt nicht weit vom Stamm, wer will da nicht dran denken.

14. Februar

Ich fliege morgen für ein paar Monate in die Schweiz und bin nervös, weil unsicher, die Property in der unsteten Hand meines Hausmeisters zu lassen bei all den aufgelaufenen Schwächen und der zerknitterten Beziehung. Der ältere Bruder fragt, ob ich die Mutter wegen Anish angerufen hätte. Nein, es sei nun zu spät geworden, er möge seinerseits ein Auge darauf haben: Der Bruder brauche den bestmöglichen Psychiater für eine korrekte Diagnose, der Vater habe die Adresse für eine Drogenklinik in Colombo.

Anish kommt zurück nach Negombo, klopft wohlerzogen an meine Tür und gibt mir verhuscht die Hand zur Begrüßung, ist unrasiert und verstrubbelt und lacht mit Mühe, er sei in Eile (und wirkt auch so), er wüsste gerne, wann ich ginge (ich hatte es ihm schon zehnmal gesagt in den Wochen vorher), ah, morgen. Also dann, see you. He, bleib eine Weile hier bei uns, gleich ist Mittagessen, nein, keine Zeit, und weg ist er, nicht ohne noch zwei Mal nachzufragen, wann ich ginge.

Ich kann mir nicht helfen, meine Gefühle sind unverändert wohlwollend und besorgt wie für mein eigenes Blut. Sein anhaltend schlechter Zustand wird ihm doch nicht bleibend schaden und den Zustand verschlimmern. Könnte ich ihn und seinen Vater doch in eine Therapie zwingen. (Dem Vater hatte ich letztes Jahr Zugang zu einer Gruppe der Anonymen Alkoholiker besorgen können. Nach der ersten Sitzung war er zurückgekommen und entschied, nicht mehr hinzugehen. Warum denn das? Da seien alles Alkoholiker, das sei nicht gut für ihn.) Dann fliege ich in die Schweiz zurück.

2. März

Bin wieder in Basel zur jährlichen Gehirnwäsche. Telefoniere nach Negombo, plaudere mit dem Houseboy, dann mit einem aufgeräumten Hausmeister, seine Freundin Linda aus Dänemark reise übermorgen ab. Ja, sie wohne jetzt mit ihm zusammen im Staffhaus. Wie bitte? Und Anish, lacht er amüsiert, mache komische Dinge, über die er mir später schreiben wolle. Er sei von der Mutter im Streit weggegangen und seit drei Tagen wieder bei uns. Sein Zimmer würde gerade neu gestrichen. Er baue sich derweil im großen Baum (am Eingang?, beim Restaurant?) ein eigenes Haus, so wie seinerzeit die Taubenställe. Er habe schon das Bettzeug nach oben gebracht, um dort zu schlafen. Und er rede immer von Jassica.

Ich sage dem Vater, er solle aus der Weite kontrollieren und gut sein mit dem heimgekehrten Sohn. Der sei ja jetzt ein Kollege von ihm. Dann ruft er Anish ans Telefon. Der hatte heute nämlich auf meinen Telefonbeantworter gesprochen, dass er mit mir sprechen wolle. Jetzt erzählt er mir, er sei von der Mutter weg, baue sich ein eigenes Haus, sagt es so, als teile er mir mit, er sei schnell zum Einkaufen gegangen.

Ich lache, ja, das kenne ich, er solle aufpassen, dass er nicht abstürze, ich mag ihn, und dass er mit dem Vater und dem Mitarbeiterteam freundlich sein solle, die seien dann auch freundlich mit ihm. Und er könne mich immer anrufen. Ob ich ihm ein wenig Geld schicken könne. Wofür. Eine Fahrradreparatur, sein neues Haus. Wenn es nicht viel sei, solle er Vater fragen, der gäbe es aus der Tageskasse. Ob es ihm gut gehe, ob er sich wohl fühle. Ja, sehr.

Fühle beunruhigt, dass es ja sein könnte, dass der arme Kerl jetzt ganz durchdreht. Aber ich denke, das Positive überwiegt: Der Hausbau war sein eigener Entscheid, da war Wille, und das Haus braucht Gestaltungs- und Vorstellungskraft und körperliche Energie und noch einmal Willenskraft, es zu realisieren. Alles erfrischend neue Sachen, in die er hingebungsvoll abgetaucht schien während des Telefonats.

3. März

An einem Kiosk in der Stadt finde ich eine Bildpostkarte. Sie zeigt einen üppig blühenden, seitenfüllenden Baum. Die schicke ich ihm freundschaftlich mit der Post und schreibe dazu «Hey buddy, don't fly away». Ein augenzwinkernder Spaß unter Insidern, nichtsahnend und arglos. Mein Davidsohn lacht über die Geschichte, Negombobruder Anish sei ein richtiger Rebell, das lege sich, bevor er pensioniert wird.

An den Vater schicke ich einen Brief. «About 30 years ago I had a friend, who is now a professor in USA. In age of 17 his brother had an argument with his parents and left his parents' house. In a forest behind he built by his own a shanty in a tree and was living there up to the end of his studies at the university. When he became a lawyer the municipal authority asked him to remove the cabin and this was his first professional case. He won it and received permission to continue with this hut, which later became a playground for his children. This story I remembered while hearing that Anish is going to the air, going his way, and I thought, this must be his fight for independence, a way to find his own self. And I was impressed while realizing how much will, power and energy he needed to realize his idea. So please, Sankar, have a look at your Son from far away, be patient, and be friendly with him by remembering, that it is sometimes not easy to become adult.»

24. März
In einem Faxrapport, den er mir nach Basel schickt, notiert der Vater wohlwollend «schöne Grüße von Tarzan».

29. März
Anish spricht mir auf den Anrufbeantworter, er brauche 1000 Rupien – etwa 12 Franken – er habe am Kiosk gegenüber Essen gekauft, die würden nun das Geld verlangen. Sprache deutlich, Englisch klar, bin ganz gerührt, aber dennoch reagiere ich nicht wie er wünscht und lasse ihn sitzen. Er solle mich nicht nur dann anrufen, wenn er Geld brauche.

25. April
Ich telefoniere meinem Hausmeister. Wie geht's denn so? Der Mann druckst wie immer herum. Ja, es ginge gut. Aber. Er würde mir schreiben. Er geht allen Schwierigkeiten aus dem Weg. Nach so vielen Jahren hat er immer noch zu viel Respekt vor mir, dabei ist die Tür zum täglichen Austausch auf Augenhöhe weit offen. Zudem ist er ja lange schon nicht mehr Hausmeister, sondern Hausmanager. Auf Insistieren sagt er, Anish sei ziemlich krank, sei mehrfach beim Arzt gewesen, liege nun in Vaters Bett, schlafe nachts nicht und heule immerzu. Sei an den Infusionstropf gehängt, völlig geschwächt, der Arzt sagt, der Körper sei gänzlich ausgetrocknet, jetzt bekomme er Vitaminspritzen. Er habe nur noch Cola getrunken und nichts mehr gegessen. Ich tröste ihn, ich hätte mit einem Zusammenbruch gerechnet, der Körper ließe nicht endlos mit sich herumspielen. Und dass es ein neuer Anfang werden könne. Und ich denke, die zwei hätten sich unmerklich einander angeglichen, könnten nun wieder zusammenfinden, wenn sie sich nicht wieder so dumm verhalten wie meist.

1. Mai
Email aus Negombo, von einem meiner Angestellten, aus einem Internetcafé, Anish betreffend:

«Mr. Haisch, I am writing this small letter to inform about Anish. Today Anish has died. We were try make calls and fax, but phones were recording and the fax machine is not working. So, I email you. Please call us as soon as possible. Yours, The Icebear Hotel.»

Gleichentags noch eine Email von Sankars Freundin, die inzwischen wieder nach Dänemark zurückgeflogen ist:

«Dear Gerry, I assume you already have heard the news about Anish, because Sankar told me this morning that he called you and spoke on the answering machine. I think you are also very sad and I also think about it the whole time. I asked for a miracle last night when Sankar said the doctors told him they couldn't do anything anymore for Anish, but now he isn't here anymore. I know you are going back to Sri Lanka on the 12th May and I am scheduled on the 29th. I feel so terrible at the moment that I still have to finish my job and arrange everything with my house here, so I cannot fly now to Sankar. I love him very much and we talk on the phone everyday now, but what can I do more? Maybe I can go one week earlier, but I think the funeral will be within a few days. I just want to let you know I think about Sankar and his Family and you, because you also had a special bond with Anish and you know his family already for such a very long time. So, I hope you will also send me an email and we will see each other soon. Warm regards.»

*

GRAMOXONE®, DAS HERBIZID MIT DEN EINZIGARTIGEN VORTEILEN

Nachgewiesener Erfolg, angewandt von Millionen von Landwirten weltweit, garantiert vielseitige Anwendung zum Management von Unkräutern bei gleichzeitiger Schonung der Kulturpflanzen und der Umwelt aufgrund seiner einzigartigen Eigenschaften.

Im Jahr 2002 ist GRAMOXONE seit 40 Jahren auf dem Markt. Dieses nichtselektive Herbizid wird von Millionen von Landwirten angewandt und ist immer noch eines der am breitesten eingesetzten Herbizide in der Welt. Es wird in über 120 Ländern in mehr als 100 Kulturen angewandt. Bei seiner Einführung bewirkte GRAMOXONE eine Revolution in der Unkrautkontrolle, indem es die Plage des Handjätens ersetzte. GRAMOXONE spielt eine Hauptrolle in sich entwickelnden Ländern, indem es teure Handarbeit freisetzt, die Geschwindigkeit, in der eine neue Kultur gesät werden kann, erhöht und die Erträge verbessert. Heute ist es sowohl ein hilfreiches Mittel für die Landwirte, die geringe oder gar keine Bodenbearbeitung einsetzen, um die Boden Erosion zu minimieren, als auch ein wichtiges Hilfsmittel als Teil des integrierten Unkrautmanagements zur Kontrolle der wachsenden Anzahl der Fälle, in denen Unkräuter resistent gegen Glyphosate geworden sind.

Der unglaubliche Erfolg von GRAMOXONE beruht auf seinen einzigartigen Eigenschaften einschließlich seiner Wirkungsweise, seiner Vielseitigkeit bezüglich Wetter und Klima und seinem Umweltverhalten.

GRAMOXONE ist ein Kontaktherbizid. Es wird eingesetzt um Kulturpflanzen gegen ein- und mehrjährige Unkräuter zu schützen.

Die Aktivsubstanz Paraquat beeinträchtigt nur die grünen Pflanzenteile der applizierten Pflanzen, indem die Energieproduktion in den Organellen (Chloroplasten) gestoppt wird und damit das Gewebe schnell abstirbt. Da es keinen Einfluss auf verholztes Gewebe hat, erlaubt es eine effiziente Applikation zwischen den Reihen bei einer Vielzahl an Kulturen, besonders Baum- und Buschkulturen wie zum Beispiel Olivenbäume, Teepflanzen, Kaffeebäume oder Weinstöcke. GRAMOXONE wird in der Pflanze nicht verlagert. Das bedingt die folgenden Vorteile:
Sehr sicher für Kulturpflanzen.
Es werden keine Rückstände im Erntegut gefunden.
Das Wurzelsystem der Unkräuter bleibt intakt und trägt somit entscheidend zur Konservierung von Boden und Nährstoffen bei.

GRAMOXONE ist bereits 15 Minuten nach der Applikation regenfest und wirksam bei einem breiten Spektrum an Feuchtigkeits- und Temperaturniveaus als andere nichtselektive Herbizide, was wiederum den Landwirten eine größere Flexibilität im Zeitpunkt der Applikation gibt.

GRAMOXONE und die Umwelt
Die Aktivsubstanz in GRAMOXONE, Paraquat, wird inaktiviert, sowie sie mit dem Boden in Kontakt kommt, indem sie schnell an Bodenpartikel bindet. Bei Kontakt mit Boden wird Paraquat in einfache, umweltfreundliche Substanzen (wie zum Beispiel CO_2*) abgebaut.*

GRAMOXONE hat auch nach Jahren der wiederholten Anwendung weder auf Grundwasser, noch auf Bodenorganismen einen negativen Effekt. Aufgrund seiner einzigartigen Wirkungsweise ermöglicht Paraquat, dass das unterirdische Wurzelsystem sowie auch die Bodenstruktur intakt bleiben. Das wiederum bedingt, dass integrierte Maßnahmen zum Unkrautmanagement (einschließlich mechanisches Mähen von Streifen zwischen den Reihen in Kulturen) zur Konservierung von Boden, von Feuchtigkeit, von wertvollen Nährstoffen und von Dünger eingesetzt werden können.

GRAMOXONE und Anwendersicherheit
Wie jedes andere Pflanzenschutzmittel wurde GRAMOXONE den erforderlichen Tests unterzogen, bevor die Registrierung erteilt wurde. Führende internationale Organisationen einschließlich der FAO (Food and Agricultural Organization) und

dem JMPR (UN Joint Meeting on Pesticide Residues), das sich aus WHO (World Health Organization) und FAO Experten zusammensetzt, haben GRAMOXONE ebenfalls unterstützt. Wenn GRAMOXONE so eingesetzt wird, wie es empfohlen wird, gibt es keine Gefährdung der Sicherheit in Verbindung mit dem Produkt.

Bedingt durch seine physikalischen Eigenschaften, ist es sicher in der Handhabung, wenn es den Vorschriften entsprechend eingesetzt wird. Diese Vorschriften schließen das Tragen von Schutzkleidung ein. GRAMOXONE wird durch die Haut nur sehr langsam aufgenommen. GRAMOXONE geht nicht in die Gasphase über und die Tropfen, die bei typischen Sprühapplikationen entstehen, sind in einer Größe, die nicht in die Lungen eingeatmet werden können (Paraquat sollte nicht mit Ultra Low Volumen Applikation oder mit Verneblungsmaschinen ausgebracht werden). Wie viele andere Chemikalien und Agrochemikalien ist GRAMOXONE giftig, wenn es verschluckt wird. Vor über 20 Jahren wurden neben Training eine Anzahl weiterer Schritte eingeführt um sicherzustellen, dass die Leute, die GRAMOXONE handhaben, sich dessen bewusst sind, dass das Produkt Chemikalien beinhaltet und ausschließlich zur Unkrautkontrolle eingesetzt werden sollte. Dem Produkt wurden drei ‚Sicherheits- Substanzen' zugesetzt um Fehler und Missbrauch zu verhindern: ein blauer Farbstoff, ein übel riechendes Mittel, das einen Warngeruch verströmt, und ein Brechmittel, das Brechreiz auslöst.

*

Versuch über Anish. Eine Totenklage.

Wo war ich in der Schweiz am 1. Mai, was tat ich, was dachte ich gerade, während Anish in Sri Lanka wegstarb? Man sucht als Zurückgelassener nach Zeichen, die der Himmel schickt, ist besonders hellhörig, klapperten morgens um halb fünf die Läden, war da ein Traum?

Es tut weh, wenn man im Frühling stirbt.

Heute, Montag morgen um neun, war der Vater, wie es die Regeln wollen, auf dem Friedhof für die nötigen Zeremonien am Tag danach. Der Saft der Kokosnuss, die sie traditionsgemäß auf dem Boden entzweigebrochen haben, sei in einem so unüblich schönen, runden Kreis gespritzt, dass alle sagten, Anish habe einen besonders guten Tod gehabt.

Am Donnerstag, 1. Mai, war er uns entflogen und am Freitag hat man ihn nach einer Autopsie aus der Hauptstadt zu uns zurückgebracht. Sie haben Anish, wie es Sitte ist, schön gekleidet und ihn Tag und Nacht in abwechselnder Stille und lautem Wehklagen beweint. Gestern um fünf haben ihn Freunde auf den Schultern hinter der Limousine her zum städtischen Friedhof getragen.

Der zu einem weißen Passepartout aufgeklappte Sarg füllte das Familienwohnzimmer im Staffhaus so aus, dass nur noch eine Reihe Stühle auf einer Längsseite Platz fand. In weißen Socken – wie klein seine Füße sind! – die Hände in Handschuhen, der schmale Körper in einer blauen Kapitänsuniform mit Ankerknöpfen, seinen Kinderteddy im rechten Arm und Blumen über den Satin hingestreut, lag unsere vergebliche Hoffnung da mit einem entspannten Lächeln um den großen Mund, das alle wissen ließ: Jetzt endlich bin ich daheim angekommen! Sorgt euch nicht, jetzt geht's mir gut!

Nach dreißigstündiger Anreise stand ich, die Koffer kaum eingestellt, schon vor meinem God Child, meinem anderen Sohn, durchgeschüttelt von Ehrfurcht und Liebe und Mitleid. Wie weh es tut. Wie nah ich ihm bin. Wie sehr ich Teil geworden bin von ihm und er Teil von mir. Wie gut ich seinen lange angekündigten Tod verstehe. Ein Junge aus dem Nachbarhaus berichtete dem Vater später, Anish habe ihn beauftragt, Pflanzengift zu besorgen, und er habe gefragt, ob er spinne, und habe es vergessen. Und in meinem Logbuch fand ich wieder Anishs philosophischen Blick auf seine vielfältige Zerrissenheit im Zitat vor einem Jahr: «Das Leben ist zu schön, um zu sterben, doch es ist zu traurig, um zu leben, vielleicht ist es das Beste, wenn ich sterbe.» Nun hat er zum ersten Mal gesagt «ich will!». Hat selbst entschieden, und ich will es respektieren.

Und dennoch fühle ich mich zum Leben verurteilt, verstehe nichts, der Chef da oben hat seine eigenen Pläne.

Nein, sagt der Vater, es sei nichts Spezielles vorgefallen den Tag oder die Zeit vorher. Anish habe zurückgezogen in seinem selbstgebauten Baumhaus gelebt und sei zum Essen heruntergekommen mit der Strickleiter, die er am Abend hochgezogen habe. Niemand dachte sich etwas dabei, es war Alltag geworden, nicht mehr speziell. Erst als einer unserer Gäste Sankar mahnte, das sei nicht gut für den jungen Mann, dachte er neu darüber nach und tröstete sich damit, dass ich in drei Wochen zurückkäme, und dann wollte er mit mir bereden, was zu tun sei. Seit zwei Jahren ermahne ich ihn und den Bruder und auch Anish selbst, er sei krank und brauche Hilfe zur Abklärung, den besten Psychiater, der auf der Insel zu finden sei. Doch ohne Einwilligung von Anish konnte keiner von uns aktiv werden, er ist erwachsen und rechtlich mündig, und immer, wenn ich ihn wieder aufgebaut hatte, musste ich ihn aus Visagründen alleine lassen. Ausreisen, einreisen, ausreisen, ein Ausländer halt.

Nach dem Vater hatte er auch noch die Mutter verloren, die Kindheit vorbei und noch nicht erwachsen, zwischen allen Stühlen. Als Anish auch auf die Mutter eingeschlagen hatte, hatte sie den Sohn auf Anraten von Freunden bei der Polizei angezeigt. Mit Hinweis auf frühere Geschichten mit seiner Frau konnte der Vater durchsetzen, dass die Akte geschlossen wurde, und so kam es, dass unser aller Sohn hierher zurückkam und dennoch nicht daheim war.

Auf mich war auch kein Verlass, ich bin nie da, wenn man mich wirklich braucht, und ich hatte Forderungen an ihn, er müsse zuerst einen Seelenarzt haben für eine Diagnose und dann gesund werden, um einen Job zu haben. Nachher sei ich glücklich, wenn er unter meine Flügel und zu uns zurückkäme, ich würde älter und bräuchte einen Vertrauten, der den Icebear ausbauen könne, und wenn er es mit dem Vater wieder hinkriege, könnten sie ja zusammen leben und er würde mit Jassica seine eigene Familie gründen und hier wohnen.

Doch zuletzt, nach dem von ihm so schmerzlich empfundenen Verlust von Vater, Mutter, Freund, war ihm auch der vierte Hafen verschlossen, in dem er Anker setzen wollte. Die Eltern dieser Freundin, die er während vier Jahren tagesfüllend liebte und mit der er heimlich Heiratspläne hatte, über die er täglich mit mir sprach, verboten der Tochter den Umgang mit dem Ganjaraucher und gefürchteten Gangmember und verbandelten sie vor ein paar Wochen mit einem anderen.

Er war so allein, so eingeschlossen in seiner Muschelschale.

«Und was wird aus mir, Gerry, wenn du einmal stirbst, wo soll ich hin?»

Die Angst vor dem Verlust. Das Drama vom Erwachsenwerden. Wir kennen es sonst nur aus Filmen und Romanen und immer ist es ergreifend. Ach hätte ich den Tamilen doch damals in diesen hoffnungslosen Terrorjahren auch amtlich und nicht nur mit dem Herzen adoptiert!

Was blieb dem nun Heimatlosen nach der Rückkehr anderes übrig, als schließlich sein eigenes Haus zu bauen. Ich habe es mir heute angesehen, dieses Holzhaus hoch oben in unserem größten Nussbaum, es ist ein ingeniöses Meisterwerk, ein Schiffsbug mit Strickleiter, grandios im Design und technisch klug. Welche Energie er hatte aufbringen müssen, welche Intelligenz, welch starker Wille ihn plötzlich antrieb. Niemand habe ihm dabei helfen dürfen. Und dann war er definitiv abgehoben, wir ließen ihn näher zum Himmel fliegen, er machte ja auf alle den Eindruck, er sei zwar ein bisschen speziell, aber ganz manierlich jetzt, und so willensstark. Und wir witzelten und nannten ihn Tarzan, was ihm gefiel, und ich schickte ihm aus der Schweiz diese Postkarte mit dem blühenden Baum und der ahnungsvollen Empfehlung: «Don't fly away!»

Jetzt flattern stattdessen weiße Totenfähnchen über die Straße und wenn ich mit dem Velo zum Essen fahre, lacht mich sein Poster von allen Wänden an, mit dem seine Freunde ihn der Heiligen Maria anempfehlen. So hat er also auch noch eine Mutter gefunden zuletzt, und eine Woche später wird neues Leben aus ihm wachsen, wenn es uns aus den Linsenkörnern, die sie ihm aufs Grab streuten, grün entgegen lacht.

Später setze ich mich zu den vielen Leuten im Garten, Verwandte, teils von weit hergereist, Lakshmi die Schwester, Mahendran der Bruder sind gekommen. Der Vater ertrinkt in Wellen von Schmerz und Selbstvorwürfen, die Mutter steht verschlossen dazwischen, ohne wirklich dazuzugehören, und sucht sich wie sie es immer tat einen Schuldigen, damit sie besser mit sich leben kann.

Um fünf kommen die Musikanten, die ein Teil unserer Alltagskultur sind, denn es wird viel gestorben hier, ihre Musik ist so süß wie Zuckerwatte und ertränkt uns alle in einem Meer von Tränen. Sie tragen den Sarg ins Freie unter ein aufgespanntes Sonnensegel, die Männer und Frauen stehen in Gruppen beieinander und singen, und Lucia ist die Vorbeterin und bringt eine Prise nachbarschaftlichen Katholizismus ins Geschehen und alle erinnern sich, dass der Tod uns etwas über das Leben sagen kann.

Dann kommen im Auftrag der konvertierten Mutter drei geistliche Herren von einer christlich-fundamentalistischen Sekte, deren Namen niemand kennt, sicher etwas Importiertes, und simultan in Sinhala, Tamil und – befremdlicherweise – Englisch donnern sie wie die Maschinengewehrfeuer der Steinzeitmarxisten während Wahlveranstaltungen über die Köpfe der Trauergemeinde hinweg, drohen Negombo mit dem Untergang und verkündigen beglückt, die letzten Tage der Menschheit seien – endlich! – gekommen.

Alle sind erleichtert, als sie ihre geöffneten Bücher schließen und die geschlossenen Augen öffnen. Mitten drin liegen unser Anish und sein Teddybär und jetzt schließen sie die Klappen, er hebt ab, fliegt über den Köpfen Richtung Stadt durch die Lewis Place. Doch bevor wir den dortigen Friedhof des Sprengels erreichen, nimmt die immer mehr anwachsende Prozession eine steile Linkskurve, es geht gemessenen Schritts – Men only, die Frauen kochen für die 200 Gäste, die am Abend kommen werden – beim Heiligen Sebastian vorbei, der in römischer Uniform auf einem Pferd reitet und hochmütig auf alle die Barfüße herunterschaut nach Art der Besatzer.

Ich weiß nicht, wohin die Reise geht, dem Zimtkanal entlang, die alten Platanen mildern die knallige Sonne, und dann finden wir uns auf dem städtischen Friedhof. Dort geht es ökumenisch zu, Buddhisten, Tamilen und die Christen der verschiedenen Zweige haben alle ihr Viertel. Die von der Zentralkirche der oberen Zehntausend in unserem Hunderttausendseeelendorf, St. Mary's, sind durch den Standort besonders bevorzugt, die Hindus liegen hinten rechts in der christlichen Erde. Setzt sich das Leben im Tode fort oder der Tod im Leben? Sankar berichtet mir später, dass die Konvertierten weit außer der Stadt in einem Unkrautdschungel Ruhe fänden und dass die Hindus seinen Sohn nur deshalb hereinließen, weil der Vater die religiöse Zwangsumsiedlung der Ehefrau nicht auch noch auf Papier registrieren ließ, sondern sich als Hindu ausweisen konnte.

Da steht er nun im weißen Sarong, die Tempelpriester markieren seinen

Oberkörper und Kopf mit weißen und roten Strichen und geben ihm Anleitung, denn er hat vieles vergessen, auch er ist heimatlos geworden in diesem Land von gnadenlosem Krieg und Wandel, derweil wird sein Sohn in einer Säulenhalle wieder ausgepackt und man bringt ihn – zum Glück! – zurück zu seinen Wurzeln, zu seiner spirituellen Heimat.

Sathi, der junge Onkel aus Batticaloa, nimmt mich auf Geheiß von Sankars Familie in die Mitte. Der Vater muss Wasser und Parfum über den erneut aufgebahrten Sohn streuen und legt ihm ein reines Tuch über die Stirn. Wir umkreisen von links nach rechts hintereinander den Sarg und am Kopfende steht ein Gehilfe mit einer Paste und Zitronenhälften, mit der jeder Anishs Stirn unter dem Tuch salbt. Weinen, Schluchzen, Hände verwerfen, über Anishs Gesicht streichen. Nachher entnehmen wir aus hingehaltenen Schüsseln Reis und Münzen und legen sie ihm auf die Brust, damit er für die große Reise seiner Seele das Notwendige hat. Ich habe vom Icebear eine am Abend aufgeblühte weiße Scherenschnittblüte mitgetragen, die lege ich ihm in den Arm dazu und muss mich immer wieder überwältigt ins mitgebrachte Handtuch verstecken. Ja, ich trauere heftig um diesen Hoffnungsträger und beklage kopfschüttelnd die Dummheit, die er gemacht hat, den Fehler, den er nicht mehr korrigieren konnte, dass er nicht auf mich gewartet hat, dass ich nicht mehr mit ihm telefoniert habe, und alle sagen, das sei nicht passiert, wenn ich hier gewesen wäre.

Der Vater erzählt mir anderntags, dass er ein Dutzend Schmerztabletten und – nach Landessitte – Pflanzenschutzmittel getrunken habe, Paraquat («Gramoxone can kill if swallowed»). Jemand hat das Zeug ins Haus gebracht, die Flasche steht auf meinem Tisch, wir brauchten nie Chemie für den Garten, er hat wohl jemanden beauftragt, sie zu besorgen, und jemand hat sie ihm besorgt. Der Vater brachte den Sohn zu einem hiesigen Arzt, der untersuchte und gab Injektionen, man hätte ihn retten können: Erbrechen, Magen auspumpen, so lese ich es später im Internet. Gleich darauf hat das Gift seine verheerende Wirkung entfaltet, die Organe waren nicht mehr zu retten, blutiges Erbrechen immer wieder, die Röntgenbilder Belege des Zerfalls. Die übliche Rundreise vom Kurpfuscher in Negombo – ein Tag verloren – nach Ragama ins Unispital – zwei Tage verloren – dann die letzte Hoffnung, das Privatspital, Apollo in Colombo, jede Menge Ärzte, aber die wussten wohl schon, dass nichts mehr zu machen sei – alles verloren.

Er sei unter bester und umfassendster Betreuung gewesen, habe zuletzt gar geredet über diese Dummheit, hätte sie gerne rückgängig gemacht, blühte am 28. und 29. April so sehr auf, dass er mit der Krankenschwester gescherzt und TV geschaut habe, sodass er selber und alle um ihn herum glauben durften, er sei auf dem Weg zur Gesundung. Dann starb er früh morgens am ersten Mai überfallartig und kurz, in der Sauerstoffmaske im cool room, in dem er flehentlich nach Vater, Mutter, Gerry gerufen habe: Bleibt hier, geht nicht weg, lasst mich nicht allein. Die Mutter ging. Der Vater durfte nicht mehr hinein. Ich war nicht da.

Das Grab ist ausgehoben, der Sarg steht auf Bändern und bevor er langsam hinuntergelassen wird, steigt ein Friedhofarbeiter hinunter, um unter breitem Lachen den nachgerutschten Sand herauszuschaufeln. Gerade dann weint es ein wenig aus heiterem Himmel, wir sind gerade so viel benetzt, dass sich alle wundern dürfen, und dann schaut die Welt wieder so tropisch heiter aus, war da was?, und der abendliche Duft von Jasmin weht aus den Büschen herüber, ein Mann im weißen Sarong legt eine endlos lange weiße Blumengirlande über Anishs neues Haus. Der Vater geht währenddessen drei Mal um den mit einem Tuch abgedeckten Sarg, hält den Blick gesenkt und einen Wassertopf aus rotem Ton auf der Schulter, der mit einer gehäuteten Kokosnuss verschlossen ist, die auf einem Bett von Betelblättern ruht. Ein Hindupriester schlägt mit der Spitze einer Kokosnuss ein, dann zwei, drei Löcher in das Gefäß, aus dem das Fruchtwasser über Sankars Körper auf den Boden fließt. Der Rest wird über das Tuch gesprenkelt, die Trauergemeinde gießt Kokosnüsse darüber aus, dann nehmen sie das nasse Tuch vom Sarg und legen es dem Vater über den Kopf, der schleicht im Büßergewand zum Friedhofausgang. Es ist herzergreifend schön und jeder hat das gute Gefühl, Anish sei nur schnell einmal weggegangen, der Körper tot, die Seele unsterblich, lebendig schon immer, für immer. Ja, so sehe ich das auch, die Natur lässt nichts verschwinden, der Chefkreative braucht alles als Spielmaterial für seine endlosen Kreationen. Anish ist weg und ist doch da.

Wir müssen nicht alles wissen und verstehen wollen, es ist schon recht.

Heute Mittag, tags darauf, fuhr ich mit dem Velo allein und verstohlen erneut zum Friedhof zur Heldenverehrung, und so werde ich es eine Weile halten, es ist sonst nicht auszuhalten, die Lebenden, die Überlebenden müssen aufpassen auf sich und auf die anderen. Habe keinen Antrieb, mich zu rasieren, sehe, wie grau ich geworden bin, lasse es herauswachsen. Später will ich weitersehen.

5. Mai

Heute regnet es den lieben langen Tag. Es passt ganz gut zu meiner Stimmung. Ich mag nichts machen und ich muss auch nichts machen, ich habe viel Zeit. Vom vielen Tropenregen werden wir noch ganz verrosten, doch es ist schön, sich ins Haus zurückzuziehen, wie wenn es Winter ist in der Schweiz, und den Gedanken nachzuhängen. Habe passenderweise mein Schweizer Edelweißhemd aus Flanell angezogen, da fühle ich mich angenehm eingebettet.

Am Morgen bin ich wie jeden Tag durch die Woche vor dem Frühstück zum Friedhof geradelt und habe Anish guten Morgen gewünscht. Habe meinem Ziehsohn gesagt, wie dumm er ist, und dem Chefkreativen da oben (wo war er in dieser Nacht?) habe ich ans Herz gelegt, gut auf ihn aufzupassen: Vergiss nicht, du bist verantwortlich für das, was du dir vertraut gemacht hast.

Es sprießt sattes Grün aus Anishs Garten von den Linsen, die wir ihm aufs Grab gestreut hatten, und jemand hat ihm auf einem großen Blatt ein Blütenkissen gesteckt. Vielleicht war seine Jassica dort, wo will sie den Märtyrer sonst treffen, wo sonst will sie um den verlorenen Geliebten trauern.

Daheim habe ich meinen Endlosbart abrasiert, wende mich langsam wieder dem Leben zu und meinem leiblichen Sohn, der heute Nacht hier ankommt, damit ich nicht allein bin jetzt, damit ich weiß, es ist schon alles recht.. Dilani knüpft an der Blütenkette für einen Gast, Dilan poliert die Gästezimmer, der Gärtner wartet bis nach meinem Mittagsschlaf, dann wird er mir eine Riesentasse ready made tea bereiten. Wir sind alle ein wenig näher zusammengerückt, sogar das Huhn Laura lässt sich sitzend neben mir nieder, wenn ich mich zum Frühstück auf meiner Veranda setze, und auch der Wachhund Lena geht mir nicht von der Seite. Die Ente hat sich vorgestern einen stillen Winkel im Geräteschuppen gesucht, da sitzt sie nun zum Brüten auf einem Flaumkissen, das sie sich unentwegt aus dem Federkleid zupft.

Sankar geht mir aus dem Weg, ich lasse ihn, denn die Nähe seiner aus dem Exil angereisten Tochter Lakshmi wird ihn aufrichten, und dass sie den Bruder Mahendran mit sich zurück nach Deutschland nimmt, wird ihn beruhigen. Sie exportieren ihre schwierigen Fälle halt immer. Und das Geld begleitet sie von der Wiege bis zur Bahre: Ich musste feststellen, dass die Mutter das Darlehen nicht zurückzahlte, das sie ihrem nun toten Sohn von dessen Bankkonto entnommen, genau genommen gestohlen hat. Vater und Mutter werden auch nicht ehrenvoll auf ihr Erbe verzichten, sie brauchen immerzu Geld. Aus der Anish Memorial Foundation wird wohl nichts werden.

Ich muss endlich aufhören, mich einzumischen, und nur noch auf mich selber schauen. Noch einmal: Man kann nicht das Leben anderer Leute leben.

Passenderweise kam heute ein früherer Mitarbeiter, um sich neu zu bewerben, obschon er nicht wusste, wofür. Er solle warten. Ich ahne, die dänische Touristin nimmt mir Sankar und das Problem ab und ich kann selber neu starten. Denke jetzt öfter an mein lang gehegtes Vorhaben, mir ein privates «Stöckli» zu bauen, die Hütte, in die ich mich im hohen Alter zurückziehe, ich werde ja jetzt 65, da fängt auch sonst oft Neues an. Zu viel Erfolg mit der Beherbergung, zu viele Leute laufen immerzu durch meinen Garten. Der Bungalow ganz vorn am Meer bekäme einen ersten Stock. Von dort aus hätte ich wieder den

Überblick, könnte alles aus Distanz und von hoher Warte aus anschauen und lenken. Wäre wieder allein. So richtig schön allein. Zwei Sonntagszeitungen liegen auf dem Tisch, ich mag sie nicht lesen. Das tut mir jetzt gut, mich treiben zu lassen, nichts zu müssen, nur zu dürfen. Einsteigen, Aufsteigen, Umsteigen. Wo sonst kann ich so angenehm in den Tag hineinleben, wo sonst überwuchert so erfolgreich das Leben den Tod. Nächste Woche werde ich den Garten auslichten müssen.

6. Mai

Vesak-Feiertag noch immer, habe Lakshmi und Mahendran zum Frühstück eingeladen, hoffte, von den Geschwistern noch etwas über Anishs letzte zwei Jahre zu hören, um alles besser zu verstehen. Nein, sie hätten auch herumgefragt und nichts erfahren über andere Drogen als Ganja. Ja, Anish habe zuletzt nicht mehr geraucht, sei auch nicht mehr in der Quartiergang gewesen, weil er für die «so komisch geworden» sei, was sie befremdet habe. Nein, der Clan habe keinen Einfluss auf die Gruppe, da sei auch nichts Politisches, und es gehe auch nicht um Drogen, sie hätten zwar früher geraucht, aber schon lange aufgehört. Insbesondere sei Benjamin Anishs Freund geblieben.

Es sei ihnen manchmal langweilig, dann machten sie halt was. Angefangen hätte alles eigentlich mit Anishs Freundin. Die habe ihn auch geliebt. Aber ihr Vater habe keine Liebesheirat akzeptiert und auch keinen Tamilen in der Familie, er habe die Beziehung verboten. Als sie dennoch weitermachten, hätte er Anish verprügelt. Ich wusste davon, aber nicht, dass die Freundesgruppe samt seinem älteren Bruder dann losgezogen sei, um es Jassicas Vater heimzuzahlen, und dabei ging wohl auch materiell einiges in Brüche. Auf jeden Fall hätten sich dann junge Männer um den Vater geschart, um die Tochter zu beschützen. Und der Kopf dieser Clique sei arg gefährlich, und wenn einer von ihnen einen vom Clan auf der Straße anträfe, gäbe es sofort eine Schlägerei. Auch sie seien aber weder politisch noch sonst wie aktiv. Aber jetzt würde alles eskalieren. Die Gruppe habe sich kürzlich einen Kerl geschnappt, der als Kopfgeldjäger bekannt war – was Auftragsmörder meint – und rundherum verhasst, auch weil der im Kopf nicht recht gewesen sei. Der sei nämlich recht hässlich und sei wütend auf alle besser aussehenden jungen Männer gewesen und habe denen das Gesicht zerschnitten und so. Und jetzt hätten sie ihn bestialisch ermordet, damit Ruhe sei im Quartier. Sie hätten ihm einen Nagel in den Kopf gehämmert, beide Arme viermal gebrochen und ihn dann in einem Abfallsack irgendwo hingeworfen. Sie alle seien nun voller Wut auf diese Gruppe, aber auch voller Angst. Lakshmi wird den Bruder Mahendran nach Deutschland zur Tante mitnehmen und ihn dort in Sicherheit bringen, aber der fürchtet sich vor der

Wartezeit, bis das Visum und alles unter Dach ist. Er mache vielleicht noch eine Dummheit, möchte Anish rächen, und so warnen wir ihn, vernünftig zu bleiben und die weit offene Tür in ein neues Leben zu nutzen und auch ich denke, die Nähe zu seiner Schwester wäre Balsam für seine geschundene Seele. Er sei so voller Gefühle und ließe nichts heraus, er traure so sehr um den Bruder und ginge auf die Toilette um zu weinen. Und dann lege er den Kopf in ihren Schoß und ließe sich streicheln wie ein kleiner Junge.

Diese gesellschaftliche Kultur, die ihre Männer so unnachsichtig diszipliniert, die ihre Menschen so hart darauf getrimmt hat, ihre Gefühle nicht öffentlich zu zeigen, dieser gefährliche Dampfkochtopf, der so gnadenlos explodieren kann. Als ich anderntags meinen erstgeborenen David am Flughafen abholte, sah ich eine Familie in der Ankunftshalle, Oberklasse, die warteten ganz aufgeregt und waren sichtbar aufgewühlt. Dann kam die Tochter aus dem Ausland endlich von der Zollabfertigung her in die Halle und bebte und fieberte und war wohl auch ihrerseits ganz aufgewühlt. Aber da kam nichts nach außen, jede Emotion blieb fest versiegelt, nur kaum wahrnehmbare Gesten und Zeichen nahm ich wahr: der Vater nahm der Tochter den Gepäckwagen ab, die Mutter ging einen Schritt auf die angewurzelt stehende junge Frau zu und berührte mit den Fingerspitzen beider Hände ihre Wangen, der Bruder lachte sie, die Geheimnisse ihrer Kindheit erinnernd, breit an. Sonst nichts, ich schwöre, nichts, dann zogen sie gemeinsam davon, eine verschworene Gemeinschaft, aber jeder war für sich allein.

Sankar und der Gärtner haben mit der Montage des Windzauns begonnen, wir wollen diesrd Jahr den Blick aus den Säulen der Veranda aufs Meer hinaus nicht verdecken, das weitet das Gemüt und hält uns die harschen Winde dennoch vom Hals.

Eine schöne innerliche Stille ist in meinem Garten-Zimmer, die Gäste sind zurückhaltend und lassen uns mit uns allein, keiner dringt in unser Leben ein in diesen Tagen. Wir finden in Anishs Zimmer zwei Liebesbriefe an seine Jugendliebe Jassica, Lakshmi übersetzt sie und alle wissen wir jetzt, es war ein Selbstmord aus Liebe, aus Verzweiflung, aus Hoffnungslosigkeit, auch der letzte Hafen, in dem er sein Lebensboot ankern wollte war verschlossen, Jassica musste einen anderen heiraten. Die Liebe hat unserem Anish so weh getan, wie niemand je wissen wird.

12. Mai

Sterben ist erben. Das von der Mutter heimlich verpfändete Festgeld und der banklagernde Rest gehören nun den Eltern. Schön, aber unmoralisch. Ich will sie veranlassen, auf ihr Bargelderbe zu verzichten und dann möchte ich selber das Guthaben verdoppeln. Die Summe soll in eine formell gesicherte Stiftung eingebracht werden, die «Anish Memorial Foundation», für Drogenprävention oder Nachbarschaftshilfe.

Vom Ertrag sollen die neutralen Leute vom Mel Medura zum Beispiel ein Beratungsbüro in Negombo eröffnen, um den Opfern von Drogen und Alkohol beizustehen, unter denen wir hier nicht nur heute und in unserem individuellen Fall sehr zu leiden haben. Oder besser, sie sollen in Negombo (oder speziell in meinem extra gefahrvollen Ortsteil Kudupaduwa) Drogen-Prävention für Jugendliche betreiben, bevor es zu spät ist. Oder die sollen unsere jährlichen Spenden für die Selbstmordverhinderung verwenden, für die sie ihre Organisation einst gegründet hatten. Doch die wissen noch nichts von ihrem Glück, es ist erst einmal in meinem Kopf, verwandelt das Trauern in Leben.

Ich will ein Zeichen setzen. Und ich will Anish ehren, denn er hat es in dieser Welt in Wahrheit nicht geschafft. Zu viel Ignoranz um ihn herum, zu viel Dummheit, zu viel Ablenkung, zu wenig Wurzeln, zu wenig Hinwendung, zu wenig Wissen, zu viel Verwirrung. Und zu wenig Kommunikation. Die Insulaner sind stumme Fische, es wird zu wenig geredet und zu viel geklatscht. Er konnte den Spagat nicht halten, auch nicht den Spagat zwischen den Kulturen, zu dem ihn meine Existenz genötigt hat. Die Tamilen sind besonders gefährdet, denn sie sind aufgefüllt von großen Gefühlen und flammender Liebe, aber sie zeigen es einander nicht. Kultur kann auch ein Gefängnis sein.

Während der Trauerfeier bespreche ich das Projekt einer Stiftung mit Sankars akademischen Schwager aus Trincomalee, einem angesehenen Journalisten in Colombo. Will seine Meinung hören, ich traue ihm und er kann gut Englisch.

Der Mann zeigt sich skeptisch wegen Mutter und Vater, es mache den Eindruck, die Familie sei nun definitiv zerbrochen. Der Mutter sei nicht mehr zu helfen. Den Vater wird seine ausländische Flamme von hier wegholen zu ihrem Nutzen. Die Verwandten werden den älteren Bruder nach Deutschland exportieren, wo seine Schwester schon bei Tante und Omi lebt, um sie vor diesem einheimischen Freier zu beschützen, der sie über Jahre bedrängte. Und um die deutsche Geburtenlücke aufzufüllen und die Sozialwerke zu halten. Der ältere Bruder Mahendran sei wohl in Negombo in gefährliche Jugendbanden eingebunden und auch die verwandtschaftliche Ostküste sei kein sicherer Ort für ihn, denn die Tamilenleader pickten sich unberührt von den laufenden Friedensgesprächen die Jungen heraus. Vor allem aber könnten sich Bruder und Schwester in der Sicherheit des Westens aneinander wärmen und miteinander wachsen.

Ja, Anishs Geld in eine Stiftung zur Drogenprävention der hiesigen Jugend zu überführen, das sei eine hervorragende und unterstützungswürdige Idee.

Ich könne in allen Belangen auf ihn zählen und er würde dannzumal auch mit einer Medienkampagne beistehen, denn es sei bemerkenswert, dass ein Ausländer Anstoß dazu gäbe, das sei extra nobel. Dabei ist es die reine Menschenliebe.

14. Mai

Wenn es eine Slowmotion-Überblendung auch im Leben gibt, so ist es das, was derzeit hier passiert. Kein harter Schnitt, ein kaum wahrnehmbares Ausblenden, wahrgenommen manchmal mit schlechtem Gewissen, und ein unaufhaltsames Überwuchern mit Neuwuchs, wie es in Treibhäusern so der Fall ist. Dennoch bin ich – besonders morgens beim Frühstück und abends beim Eindunkeln – vor gelegentlichen Überfällen von Emotion und Trauer über den Tod von Anish nicht gefeit und kämpfe dann in den aufgewühlten Wogen ums Überleben. Eine Mischung jeweils aus Vorwürfen, du dummer Kerl, warum bist du abhauen, und dem Bedauern des Zurückgelassenen, verbunden mit der Frage, was das alles eigentlich soll. Manchmal lenke ich meine Wallungen dann in eingeübte Bahnen, fahre mit dem Fahrrad in die Stadt, wo ich einen kenne, der Blütenketten aus Jasmin flicht, und die lege ich dem Dummkopf auf seinen Erdhügel. Oder ich gehe auswärts essen.

Es ist immer etwas los außer Haus, das sich zur Hirnwäsche eignet: Heute Nacht fuhr ich mit dem Motorrad – der Motor ganz neu zusammengebaut und jetzt eigentlich neu und sanft laufend wie Butter an der Sonne – zur Temple Road. Weil heute Vesak ist – Buddha Siddhartha Gautamas Geburt, Erleuchtung, Nirwana, das Ende der Wiedergeburt, alles zusammen –, zeigen sich die Tempel im Seidenpapierlaternenrausch. Aber bevor die stoffbannerüberspannte Temple Road beginnt, muss ich durch die Mosque Road, und in einem Meer von Leuchtketten feiern auch die Moslems, Maulid an-Nabi, den Geburtstag des Heiligen Propheten. Alle haben halt viel mehr Gemeinsames als Trennendes und dieser fröhliche Supermarkt der Religionen lädt alle zur Selbstbedienung ein: Was einem das Leben vor und nach dem Tode erträglicher machen kann, ist zu haben, man muss nur zugreifen. Willst du, dass nach dem Tod das Paradies des Himmels (Christentum!) und der Engel und Jungfrauen (Islam!) auf dich wartet? Oder würdest du gern wiedergeboren werden, und wenn ja, immer wieder und in immer anderer Form (Hinduismus!), oder ein paar Mal und immer als Mensch und dann kommt das große Nichts und die Erlösung (Buddhismus!)?

David ist länger bei mir geblieben als geplant, um meine Trauer zu teilen. Doch heute ist er nach Colombo gefahren, um sich in einem Hotelpool seinerseits ein wenig zu erholen. Die Nachbarn sind sehr zurückhaltend und respektvoll mit mir, «Gerry Father», mein anhaltender Ernst beeindruckt sie. Überall spricht man mich auf Anish an, heute abends im Browns Beach, es ist ein Thema im Dorf. Offiziell wird das Unglück als Selbstmord aus Liebeskummer gehandelt, Gott hab ihn selig!

Es regnet oft und ist oft ziemlich kühl und dennoch bin ich braun gebraten, weiß gar nicht wie. Die Klimaanlage ist endlich repariert, mein Zimmer ein Berggipfel in der Schweiz. Gäste kommen keine, auch nicht ins Restaurant, doch gibt es Reservationen ab nächster Woche. Das Timing ist ziemlich gut für mich. Habe mein Zimmer endlich aufgeräumt, spüre, dass der Bau meines Stöckli die neue Herausforderung werden wird, die ich nötig habe, um nicht unter die Räder zu kommen. War gestern in Colombo für ein Indienvisum, in einer Woche schon geht's los, hoffe, dort Ablenkung und Distanz zu bekommen.

23. Mai

Manchmal gefällt mir meine Sensibilität und Einfühlsamkeit nicht, diese Verstehensbereitschaft und Man-muss-etwas-tun-und-nicht-nur-reden-Attitüde, die sich wie ein roter Faden durch meinen sozialen Umgang zieht. Wohl mag mir die vielschichtige und differenzierte Betrachtungsweise der Welt besser gefallen als eindimensionaler Egoismus. Egoistisch bin ich mit meinem Lebenshunger sowieso; mein Ich ist so stark ausgeprägt, dass ein wenig Altruismus und Hinwendung das ganz gut ausgleichen mag. Doch manchmal sehe ich in andern Menschen eigene Anlagen wie in einem Spiegel und reagiere abwehrend bis geniert. Wie sonst erklärt sich meine Distanz zu Sankars ausländischer Freundin Linda, die in so gewinnender Unschuld angetreten ist, ihn zu retten. (Ja weißt du denn, dass dein Freund ein Quartalssäufer ist? Dass er alle Hilfsangebote ablehnt? Ja, er hat mir alles gestanden. Und wie willst du es schaffen? Mit meiner Liebe.)

Ich will mir nichts vormachen. Auch wenn meine Menschenliebe absichtslos ist, uneigennützig, einfühlsam und sensibel, selbst wenn meine Verstehensbereitschaft mich oft zum Relativieren verführt und ich die Kanten zu sehr schleife, so ist es wohl nicht einfach nur ein Gebenwollen. Ich will auch etwas dafür haben, etwas zurückbekommen, das vaterlose Kriegskind will auch ein wenig geliebt werden.

Wenn ein junger Mensch stirbt, kehren sich die Verhältnisse um: Wir Älteren, Elteren kämen in der Reihenfolge zuerst. Was hilft uns da schon die Einsicht, dass jeder individuell seine von uns unabhängige Geschichte hat, dass wir in Wirklichkeit ohne Einfluss sind auf andere und auch nicht auf unsere Kinder. Die Zukunft ist uns gestohlen, plötzlich sind uns alle Möglichkeiten abhandengekommen.

Da hilft auch die Erinnerung an die drei letzten Lebensjahre meines Ziehsohns Anish nicht, in denen wir oft an ihm gelitten haben, in denen er fortwährend unsere Erwartungen enttäuschte, während denen er einen totalen Bruch zu jeglicher Autorität herbeiführte, sich mit Ganjarauchen uneingeschränkt dem Leben entzog. Der Schock war groß für uns alle in der Familie meines Hausmeisters, die ja auch meine Familie war. Er kam unerwartet über uns, weil immer Hoffnung war, doch in Wirklichkeit gehörte er uns nie, in Wahrheit kam er uns schon damals abhanden.

Also was soll das alles, Familie, Kinder, Erziehung, Liebe?

Warum dieses Leiden, diese anhaltende Sehnsucht, diese Fürsorge mit der Erinnerung an unseren Anish, diese Kultur der kleinen Gesten. Diese Fülle abrufbereiter Momente und jede schöne Seite seines Wesens, das neu gerahmte Foto, auf das der Hohepriester des Hindutempels in der Sea Street am Ende des ersten Trauermonats einen pudrigen Stirnpunkt drückt, die Besuche am Grab, unter dem er an regnerischen Tagen nass werden wird, die Blicke zu seinem Baumhaus hinauf, seinem Zimmer, das wir für ihn bereithalten, als käme er jeden Moment zurück.

Es war gut mit David zusammen, wir können gut miteinander, und einmal mehr war ich unsagbar reich, ihn zu haben. Und immer ist er da, wenn ich ihn brauche. Dass er gerade jetzt zu mir nach Sri Lanka kam, war wichtig für mich, er hilft mir, den Schmerz zu verwandeln. Aber ich fühle mich unsicher, ob es gut ist, wenn er Teil meiner Inselgeschichte wurde, er hat die Pflicht und das Recht auf sein ganz eigenes und von mir unabhängiges Lebensdesign.

Fühle mich manchmal ganz privilegiert, wenn ich erkenne, dass ich bei dieser europäischen Sucht nach inhaltlicher Auseinandersetzung mit der Welt die unschuldige Sichtweise des Kunstgewerbeschülers erhalten habe, der in die Oberfläche der Dinge vernarrt und von ihr immer aufs neue ästhetisch betört ist. Diese endlosen Tage, Monate, Jahre, in denen ich Augenmensch sein darf, in meinen Häusern, meinem Garten, meinem Quartier, meiner Stadt, dem Land, in dem ich Gast sein darf. Ich werde einfach nicht satt. Das war wohl, was David meinte, als er seine Sri Lanka-Eindrücke aus all den Besuchen bei mir rühmte und die fix und fertig ausentwickelte Perfektion von Zürich und der Schweiz dagegenstellte.

Beim nächtlichen Abschied am Airport machte ich flapisge Bemerkung über das plötzliche Sterben, ich bin da wohl noch zu nahe an Anishs Geschichte gewesen. In meinem Alter schreckt mich nichts, ich habe so satt und intensiv gelebt, doch in Davids Alter und noch am Anfang seiner Biografie, da habe ich ihn irritiert, begriff, dass solche Gedanken störend für ihn sein müssen und da nichts zu suchen hatten, denn: Alles hat seine Zeit.

Dann ist mir auch seine besorgte Nachdenklichkeit über spezifische Lebensrisiken hier in Negombo aufgefallen und da hatte ich das Bedürfnis, ihm zu schreiben und ihn ganz nachhaltig davon zu entlasten. Meine Negombojahre waren während all der Terrorjahre viel gefährlicher als heute, nur hat er diesmal alles mehr von innen her sehen können ,und da kann man leicht zu falschen Schlüssen kommen. Ich habe ein paar Leute gefragt wegen der Morde der letzten Zeit, die finden keineswegs, Negombo sei gefährlicher geworden. Was da passierte, habe mit uns Privatleuten nichts zu tun, es sei losgelöst und eigentlich nicht unsere Sache. Ich will es gerne glauben.

Das Team machte den Windzaun fertig, abends kommen erste Gäste, ich habe entspannt und friedlich gefrühstückt, die Sonne scheint, mein selbsternannter Freund, der Bettelpfarrer, kam zu Besuch wie oft und das beeindruckt die Nachbarn jeweils stark, denn so sitze ich mit ihnen zusammen auf dem katholischen Sofa. Am Abend sitzen die Frauen und Kinder am Strand und beten und singen zur Jungfrau Maria. Dieser tropische Monsunmonat mit seiner ruhigen, bleischwerfeuchten Hitze, diesem Stundenglas, in dem sich Tag und Dämmerung und Nacht konturlos verwischen, macht alles Geschehen unwirklich und verwischt.

24. Mai

Besorgt mailen mir Freunde und Kunden, ob das Hochwasser im Lande auch in Negombo so entsetzlich sei, ob man mir Rettungsringe schicken oder die Reise auf später verschieben solle. Dabei ist hier endlos blauer Himmel, die Luft steht still und ich schwitze. Seit der ersten Regenwoche des Monats, in der wir in der Tat fast verrostet wären, fiel kein Tropfen mehr vom Himmel. Mit David zusammen waren wir auf Motorrädern ahnungslos im Kulturdreieck unterwegs, während der Monsun zwei, drei Fahrstunden weiter im Süden schlagzeilenträchtig wütete und ein paar hundert Tote zu beklagen waren. Zurück in Negombo, berichtete mir das Team, die Medien hätten zu Getränkespenden aufgerufen und sie hätten einen Karton Mineralwasser gestiftet. Aber auch, dass diese Naturgewalt in der Gegend um Ratnapura so üblich sei, dass man genau wisse, wie viele Tage nach dem Mai-Poya es losbricht, jedes Jahr, wie mit der Uhr gestellt. Aber üblicherweise reiche es, aufs Dach der einstöckigen Hütten zu klettern und darauf zu warten, dass die Wasser absickern und sich verlaufen, bevor man wieder zur Tagesordnung übergehe. Dieses Jahr aber seien die Fluten, die aus dem Regenwald in die Ebene herunter rauschten, so üppig gewesen, dass man in den nicht vorhandenen zweiten Stock hätte hinaufklettern müssen.

Um vier sitzt Sankars blonde Verliebte nähend (!) vor dem Staffhaus wie eine Einheimische. Als ich um sechs aus der Stadt zurückkomme, ist sie ganz einnehmend schon an einen Restauranttisch gewechselt und hat meinen angestellten Houseboy zu sich gebeten, um angeregt mit ihm zu plaudern. Ich schaue eine halbe Stunde zu, denke, dass sie ja Gast meines Hausmeisters sei und nicht der meine und dass sie sich im und ums Staffhaus aufhalten und mich auf meinem Areal nicht stören solle. Aber ich sage nichts, frage Sankar bloß, wie lange Linda denn bei ihm wohne. Einfach so, ums zu wissen. Der schaut erstaunt: für immer, sie hätte um ein Visum ersucht, sie suche eine Arbeitsstelle hier. Ja ob sie denn bleibe? Ja, sie würden heiraten. Und dann würden sie zusammen im Staffhaus wohnen.

Ach ja?

Da bin ich sauer, weil das scheinbar alle wissen, außer mir. Erst gestern hat mir der Pfarrer gesagt, er sei während meines letzten Aufenthalts in der Schweiz etwa vier Mal hiergewesen um zu schauen, da habe er diese Frau gesehen, und damals schon habe Sankar ihm gesagt, sie würden heiraten. Ich wechsle demonstrativ den Stuhl mit meinem Houseboy und spreche die Frau direkt darauf an, warum ich das nur auf Anfrage und verklausuliert erfahre. Sie ist erstaunt, dass ich nichts gewusst habe, und seelisch ganz weich und kurz vor dem Heulen und ruft ihren künftigen Ehemann an den Tisch. Der druckst weiter herum. Dann bestätigt er, sie zu heiraten, mit ihr auf meinem Grundstück im Staffhaus zu leben (das sie ganz hübsch herrichten würde), und bei mir weiter zu arbeiten. Wie wenn nichts wäre. Er scheint dabei glaubhaft an meinem Wohlergehen interessiert und auch, dass David ihm sagte, er solle auf mich aufpassen, nimmt er als Auftrag rührend ernst, er wolle bei mir bleiben. Aber die können doch nicht Schach spielen ohne mich.

Ich will keine Ausländerin auf meinem Grundstück haben, die die Managergattin spielt vor den Gästen, mit meinen Mitarbeitern Führungsgespräche führt, ich will meine verdammte Ruhe und keine Europäerin in meinem Leben haben. Das könnte ihr so passen, in mein gemachtes Bett zu liegen mit meinem Angestellten in meinem eigenen Haus, den Zauber und die Schönheit der Tropeninsel und meiner Kreation zu genießen, ohne auch nur irgendetwas anderes gemacht zu haben, als sich den für sie passenden Kerl anzulachen. Wahrscheinlich hat sie kein Geld. Ich werde ihr mein Icebearhotel zum Kauf anbieten, um ihre Kapazitäten und Interessen auszuloten. Die müssen auswärts wohnen. Andererseits heißt ein Resident Manager so, weil er auf dem Grundstück wohnt. Also vielleicht im Nebenhaus-Parterre eines Nachbarn? Oder soll ich alles passiv schlittern lassen und sehen, dass ich nicht unter die Kufen komme? Ich habe keine schnelle Antwort parat heute. Will einfach meine Ruhe haben.

Hat das Anish gewusst?

31. Mai
Die Klimaanlage muss repariert werden, es ist so schwül feucht draußen und drinnen, dass ich blockiert bin, auch nur das Nötigste in meinem Zimmer zu machen. Immerhin reichte es heute Morgen mit größter Selbstdisziplin, die Papiere nach Sachgruppen zu ordnen und die angewachsene Verwahrlosung zu glätten. Gästekorrespondenzen klappen zum Glück, wenn auch mit letzter Kraft, es hat angezogen, seit einer Woche haben wir trotz Tiefsaison, doch wohl wegen der 30% Monsunrabatt, anhaltend volles Haus.

Das Restaurant bleibt geschlossen, auch das Hausmädchen Dilani ist endlich gegangen, unnötigerweise unter Tränen (sie hatte nachsichtige fünf Monate Bedenkzeit, bessere Arbeit zu bringen), ich werde sie vorderhand nicht ersetzen. Auch mit der Aushändigung von Arbeitsverträgen und der Anmeldung zur staatlichen Pensionskasse warte ich noch zu (das wäre für Domesticmitarbeiter bis heute ohnehin nicht Pflicht).

Es ist zu vieles offen, es gibt zu viele Fragen, es muss so vieles ganz neu durchdacht werden, seit Anish das Weite gesucht hat und der Vater eine Ausländerin heiraten wird, die mit ihm im – heruntergekommenen – Staffhaus leben will.

Die Frau war nach meinem Gespräch so aufgewühlt (hat Sankar denn nichts gesagt, ja, ich liebe ihn und mache sein Haus schön, ich kann ja nichts dafür, dass ich Ausländerin bin), dass sie so, wie man den Telefonhörer auflegt, mitten im Gespräch verschwand und – zum Glück – für Tage nicht mehr gesehen wurde. Weiß nicht, ob sie im Hotel logiert, sehe sie aber manchmal in Sankars Haus huschen und nach Landesart im Zimmer sitzen. Das Gespräch mit mir hat sie noch nicht aufgenommen.

Ich weiß, ich muss meine Ungeduld bändigen und meinen Hang zu schnellen Entscheiden bremsen und den Dingen eine Weile ihren Lauf lassen, und zähme mich.

Am andern Tag kommt Sankar und meint, das Gespräch sei ja nicht zu Ende und ich mache klar, dass es sicherlich wunderbar für ihn sei, dass er eine neue Frau habe, er sich die Umstände aber mit vertauschten Rollen vorstellen solle: Linda sei Landlord und vermiete ein paar Zimmer. Ich käme als Gast aus Europa und würde ihre Haushälterin heiraten, um dann auf ihrem Areal zu siedeln. Oder er als Sri Lanker lebe in Dänemark mit einem dänischen Hausmeister und dann würde der eine Sri Lankerin in sein Haus nehmen. Dann frage ich ihn wie geplant, ob er denn nicht den Icebear kaufen wolle, Linda habe ja sicherlich Geld. Dann könnten sie hier zusammen machen, was sie wollen, er habe Karriere gemacht und sie könne ins gemachte Bett liegen. Es ist mir nämlich klargeworden, dass mir mit Anish die Zukunft verloren ging, da war immer geplant, dass er sich fange und mit seiner Jassica und dem Vater alles übernehmen würde, während ich mich später in mein Stöckli zurückziehe und David den Direktor macht. Nach zehn Jahren kenne ich das Beherbergungsgeschäft nun, da ist nur noch wenig Herausforderung, die Vorstellung, mich wieder klein zu machen, gefällt mir plötzlich sehr.

Der Houseboy und der Gärtner geben sich derweil erfolgreich Mühe, den seit Wochen eigentlich nicht vorhandenen Manager zu ersetzen, machen das Frühstück, servieren Drinks, schreiben gar Rechnungen, halten Haus und Garten sauber und schön und ich bin zufrieden. Habe dem Houseboy den Lohn erhöht und beiden Prämien bezahlt und Dilan schließt jetzt seinen Computerkurs ab, den werde ich ihm auch bezahlen.

Heute am 31. sind hinduistische Riten zu vollziehen, einen Monat nach Anishs Beerdigung. Der Vater reiste zu einem Hohepriester nach Colombo. Am Grab gibt's Zeremonien. 80 Gäste werden zum Essen aufs Areal kommen, die Nachbarinnen sind seit morgens schon im Garten am Klappern, Stampfen, Rühren, Feuern, im Wohnzimmer steht auf dem Boden ein kleiner Hausaltar mit Anishs Foto, ein üppiges Abschiedsessen haben sie vor ihm aufgestellt mit Blumen, Cola und allem, was er gerne hatte. Später sitzen die Gäste gruppenweise in zwei Reihen der Wand entlang und essen stumm ihren Teller leer, leisten ihm Gesellschaft. Ich will mich heraushalten jetzt, da ist ja eine Frau im Haus, und es ist des Vaters Tag.

So wie das nun hier aussieht, war an einen Indienmonat ab morgen natürlich nicht zu denken. Hatte schon Visum und Ticket besorgt und reiste stattdessen nach Colombo, um mein Sri Lanka-Visum bis Anfang August zu verlängern. Das ging ganz unglaublich schnell, in 15 Minuten war alles unter Dach, es dauerte sonst eine Stunde. Der Chef der Immigration, mit dem ich gut konnte, hat das alles gut abgeschlankt und effizienter gemacht und wurde prompt wegbefördert. Beim Weg zur Immigration trank ich einen frischen Saft und auch die Eiswürfel darin. Daraufhin habe ich in 24 Stunden 4 Kilo abgenommen und mein Idealgewicht erreicht. Tags darauf war alles wieder OK, ich bin ein Ross. Blieb dann noch eine Nacht in Colombo, im Galadari, habe gut gegessen und bin über die Galle Green geschlendert beim Sonnenuntergang, es war zauberhaft, und dann habe ich im BMICH eine Indienschau besucht und mich wieder einmal über die völlige Abwesenheit von Marketing und Publizität – und Besuchern! – gewundert. Aber es reicht wohl, wenn die Minister ihre Eröffnungsberichte in den Medien hatten.

Am nächsten Tag habe ich meine Freundin Julia nach Colombo gerufen, die grad zur rechten Zeit unser Gast ist und nach Davids Abreise den Sozialdienst Ablenkung übernimmt. Habe sie auf eine üppige Shoppingtour begleitet. Da habe ich auch endlich meine neuen Restaurantstühle gefunden, aus Teak, also wetterfest, und schön in der Form. Beim Abholen im Lager des «Warehouse» kam eine füllige und selbstbewusste Matrone und ihr Mann herein und scherzte nach allen Seiten und ich fing mit ihr einen frivolen Chat an über den neuen Dessousladen ein paar Häuser weiter, und nach Abklärung meiner Schweizer Herkunft berichtete sie mir, sie sei calvinistisch aufgewachsen, die Genfer Großmutter habe – in England! – die Großfamilie dominiert und die Töchter hätten bodenlange Kleider tragen müssen und überdies habe es Schminkverbot gegeben. In dem neuen Wäscheladen hätten es ihr die BH mit dem Geldtäschchen im Körbchen speziell angetan, ob ich die gesehen hätte, da würden sich doch auch Colombos leichte Mädchen mit Berufskleidung eindecken. Sie sei hier so vertraut? Ja, ein Insider. Später sagt der Angestellte mit vielsagendem Augenaufschlag, das sei sie gewesen. Diese berühmte Barefoot-Gründerin und Designerin, Barbara Sansoni, die in Sri Lanka in vielerlei Hinsicht Geschichte geschrieben und manchen zu einem Roman inspiriert hat. Dachte, sie sei lange tot, wie es bei Legenden halt so üblich ist, und jetzt ist die noch quietschlebendig. Und zeichnen kann sie wie wenig andere hier.

Gestern abends war ich wie oft mit Julia zusammen auswärts essen, in der Jetwing-Ayurvedaklinik gibt es jetzt das schönste Restaurant Negombos, wenn auch mehr wegen dem Ambiente als wegen der Küche, die ein wenig lustlos daherkommt.

Dazwischen immer wieder Rückfälle in Trauer, die ich mit Grabbesuchen mildere: Bringe Anish zwei weiße Lilien dar, die in der Nacht in meinem Garten aufblühten, oder eine Jasminkette, die ich vorher als Ehrengast bei einer Gesangsaufführung von «Peter with his Negombo Nightingales» umgehängt erhielt. Viele Selbstzweifel und unbeantwortete Fragen, zum Beispiel ob es richtig sei, jemanden aus seinem Umfeld herauszuheben und ihn damit heimatlos zu machen. Wie ich damit umgehen soll, dass Hausmeister Sankars dänische Linda mit ihm im Staffhaus leben will. Ob ich mit dem Beherbergungsbetrieb überhaupt weitermachen soll. Ob ich beim Board of Investment eine «rückwirkende Investition» anmelde und damit zu einem Residence Visum komme, das mich neu motivieren könnte, meine Privatpension weiterzuführen. Ob ich das Icebeargeschäft samt Grundstück oder nur das Grundstück verkaufe. Wie schön heimelig es wäre, nur noch den Bungalow zu haben, mich klein zu machen, mich ins Stöckli zurückzuziehen. Wie ich meine letzten Lebensjahre einrichte, 95 will ich werden, wenn der Chef mich lässt. Wie ich endlich meine Ruhe habe.

Auf nächste Woche habe ich den alten de Silva bestellt, der soll erst einmal den aktuellen Wert der Property schätzen.

2. Juni
Sankar ist noch immer gänzlich überfordert mit dem Spagat zwischen Trauer und Glück, zwischen Pflicht und Leidenschaft. Abends ging ich um halb acht mit Julia essen, sehe ihn noch im Dunkeln vor seinem Haus stehen, kein Wort wie immer. Doch als wir um halb elf heimkommen, ist die Tür zur Straße unverschlossen, der Schlüssel hängt im Waschhaus, die Leuchttafel ist nicht eingeschaltet («Licht verkauft»), in der Dunkelheit vor dem Haus hängt ein Rudel halbstarker Nachbarn herum, ein paar Gäste schon in ihren Zimmern, Dilan in den Ferien, Kumar heimgefahren. Der Haushälter, Hausmeister, Hausmanager lief kopflos aus dem Haus und ließ alles hinter sich, selbstvergessen gab er die ganze Property preis, ließ alles offenstehen, die Gäste allein, es ist schier unfasslich. Ich kümmerte mich selber um alles, gegen Mitternacht kam Sankar wieder heim. Heute Morgen reagiert er auf meine Vorhaltungen wortlos, doch mit nachdenklichem Kopfschütteln über sich selber. Und seine Frau? Habe Mühe, mich mit Geduld zu wappnen.

Sagte ich nicht, es wird viel gestorben hier. Kumar berichtet mir beim Frühstück, seine Schwester und ihre kleine Tochter seien gestern in der Nähe von Nuwara Eliya von Erde verschüttet worden und tot, ob er ein paar Tage frei nehmen könne.

Einen schwulen Holländer muss Sankar auf mein Geheiß daran hindern, seinen Beachboy mit aufs Zimmer zu nehmen, den er mit nacktem Oberkörper und brustwarzengepierct durch die versammelte Trauergemeinde schleppte, die sich im Garten versammelt hatte. Doch war es ihm gar nicht peinlich, in Shorts gingen sie ein paar Häuser weiter am Strand entlang und stracks ins lokale Stundenhotel, was weiß ich, oder zur Privatpension des Offiziers, den sie im Quartier für einen Spitzel halten, der aber seine eigenen Süppchen kocht.

Übrigens sei der Deutschaustralier, den die Polizei schon kurz nach Ankunft aus dem Apartment meiner Nachbarin geholt hat, nun schon seit sieben Monaten im Negombogefängnis. Dort habe er sein ganzes Geld für Schmiergelder ausgegeben. So war das wohl geplant. Die drei nackten Kerle, mit denen man ihn im Lotterbett erwischte, seien Polizeiköder gewesen, wie die Nachbarn munkeln, man hatte seinen freizügigen Emailverkehr beobachtet, ihm ein paar Beachboys untergeschoben, dann hat man ihn ausgehoben und warf ihm vor, hergekommen zu sein, um ungesetzliche («ob Scene») Aktivitäten geplant zu haben. Er sei ganz abgemagert. Ob man ihm nicht ein paar Romane bringen könne gegen die Langeweile.

Die Tamil Tigers pokern hoch, machen sich über immerhin sechs stattgefundene Gesprächsrunden lustig, verweigern die Teilnahme an der Geberkonferenz und pochen wieder auf eine eigene Administration, wie wenn nichts gewesen wäre. Regierung und Bürger, singhalesische und tamilische, sind irritiert und fühlen sich erneut ohne Perspektive, weil man sie immer wieder hinters Licht geführt hat und alle Hoffnung immer wieder schwindet. Wer will da noch in die Zukunft investieren? Keiner will wirklich Frieden, die Regierenden pflegen ihr Misstrauen, die Abtrünnigen finden nicht mehr in den Mainstream zurück, wollen keinen Kompromiss, sondern das Ganze. Schon spüren die norwegischen Vermittler Misstrauen und Verachtung. Es wird wohl nichts mit einer föderalistischen Lösung.

Sankars blonde Freundin ging heute grußlos an mir vorbei ins voreheliche Staffhaus, ich sagte «hallo», da kam nichts zurück, ich fragte, ob sie denn nicht wenigstens «hallo» zu mir sage, ich sei schließlich ihr Gastgeber. Sie reagiert scheu, schweigt, macht sich klein wie eine Einheimische und schlüpft ins Haus. Ich denke lange über diese Stilfrage nach und bin irritiert, sie wohnt schließlich auf meinem Areal und sie ist europäisch erzogen.

Sankar machte morgens das Frühstück für mich und ein paar Gäste, leidlich auch zwei Zimmer gästefertig, aber bis um fünf sah ich ihn dann nicht mehr. Er wirkt abwesend. Zur Abreise der Gäste aus Zimmer 1 hat er die Rechnung nicht vorbereitet, das Bad in Zimmer 3 und 4 ist nicht geputzt, abends kocht er gut, aber trotz Verbot mit billigem Stinköl. Er ist zu nichts mehr zu gebrauchen, taugt nicht einmal als Stellvertreter des fehlenden Houseboy, zu wenig umsichtig, zu wenig geplant. Am Mittag kommen Restaurantgäste, von der Mannschaft ist niemand da, sie fragen nach Schokoladeeis, sorry das ist ausverkauft, ich serviere ihnen Vanille, immer hat mein grandioser Chefmanager Probleme mit Lagerlücken, das kann nicht mehr so weitergehen und ich will nicht Diener meines Dieners werden.

Aber jetzt fahre ich selber erst einmal zum Einkaufen in die Stadt, meinen Diener zu bedienen. Unterwegs reißt das Gasgriffkabel und ich lasse mein Motorrad stehen. Sankar schleppt es später mit unserer Honda 90 und der Hilfe von Freund und Seil ab, das beeindruckt mich dann wieder. Es ist so uneinheitlich alles und nicht kalkulierbar. Und es hängt bleischwer Unausgesprochenes in der Luft, ich will die Woche noch warten und schauen, aber dann muss ich handeln.

5. Juni

Kumar berichtet vom Funeral seiner Schwester und ihres Kleinkinds im Bergland. Die Frau sei am Herd gestanden und da war es aus heiterem Himmel schon geschehen, gänzlich unerwartet und ohne Vorankündigung kam der verschlammte Hang heruntergerutscht, 40 Männer gruben die Verschütteten in nur einer halben Stunde frei, es war zu spät, der große Sensenmann hat es so gewollt.

Derzeit ist nur Sankar im Haus und ich beobachte mit Neugier, wie er sich als Einzelkämpfer schlägt. Am ersten Tag sehe ich ihn Möbel weiß streichen, bin überrascht, obwohl das Traktandum vier Monate alt ist. Aber sonst fehlt es an allem, er putzt die Restauranttische nicht, abends klappt der Torschließdienst schon wieder nicht, obwohl wir es an der wöchentlichen Sitzung gerade neu vereinbart hatten.

Tags darauf ist er früh auf den Beinen, macht auch das Frühstück, um zehn sagt er, dass er dringend weg müsse für eine Stunde, aber dann sehe ich ihn erst um drei. Schon ist er wieder weg und erst nach sechs wieder da und ich frage ihn, warum die Gästezimmer nicht gemacht seien (vermute, er wartet auf Dilan, der das statt seiner machen würde). Er beschwert sich bitter, er hätte am Dienstag Tag und Nacht geschuftet und ich sähe das nicht, selbst seiner Freundin sei es aufgefallen, wie viel er arbeite. Ich mache klar, dass ich nichts wisse, weil er nichts, gar nichts, kommuniziere, dass ich ihn hier nur als Teilzeitarbeiter sähe, die Angestellten frei hätten diese Tage und es auch deshalb einen Haufen Arbeit für ihn gäbe, dass ich nichts sagen, aber ihn beobachten würde. Nach neun rauscht er wieder ab. Um zehn finde ich das Tor zum dritten Mal unverschlossen.

Am nächsten Morgen um elf ist wieder gemeinsame Wochensitzung und ich bin gespannt. Bin um sieben schon wach und als ich um neun mit dem Hund vom Strand zurückkomme, ist Dilan schon eingetroffen und macht das Haus bereit. Der ist so etwas von verlässlich und unaufgeregt und berechenbar und geht der Arbeit nicht aus dem Weg. Um halb elf serviert er das Frühstück. Sankar ist nicht zu sehen, ich läute mehrmals vergebens mit der Hausglocke, er schläft tief. Sohn Mahendran und später die Tante versuchen ihn wachzukriegen. Kumar kam nicht, sie nehmen es nicht so genau hier mit der Zeit und auf das Wort ist kein Verlass. Um elf beginne ich die Sitzung ohne den Chef, überprüfe anstehende Arbeiten, mache gute Stimmung, erkläre den Unterschied zwischen Houseboy und Housekeeper. Gegen zwölf sehe ich den sogenannten Manager auf der Treppe des Staffhauses sitzen und mit finsterem Gesicht auf Dilan einreden, es gehe um mich und darum, was ich ihm gestern gesagt hätte. Morgen würde er mit mir darüber reden. Ich halte dagegen, dass er ohne Information von der Arbeit weggeblieben sei und die wichtige Teamsitzung wieder einmal platzen ließ.

Das wird kein gutes Ende nehmen. Er wird es ohne fachliche Hilfe nicht schaffen, ich werde mein Gelübde brechen müssen, meinen Lebensretter nie hinauszuwerfen. Und auch die Liebe seiner Dänin wird es nicht richten können, aber das weiß sie noch nicht. Nichts ist getan, alles bleibt liegen: Kein Plumber kommt, keine Holzreparaturen sind in Auftrag gegeben, die Wasserboiler out of order, die Küche lahmt, der Storeroom ist verwahrlost, Mausdreck in den Vorräten, Küchenschaben im Eisschrank. Nicht einmal für die Sandeimer für den Brandfall hat es gereicht, aufgetragen im Februar, vom nach nun vor einem Jahr verlangten und noch immer nicht beigebrachten Arztzeugnis ganz zu schweigen (die Behörden verlangen es für Küchenpersonal, zusammen mit einem Fliegenexekutor und Kochmützen soll uns die Hygienequalität 100 Punkte bringen, wenn die Inspektoren das nächste Mal kommen).

Am frühen Abend schleicht er sich mit seiner Freundin aus dem Haus, wie immer ohne mich zu informieren oder gar zu fragen, macht einfach blau, mag nicht mehr, lässt alles liegen, lässt nicht einmal den Hund frei als Sicherheitsreserve. Ob er ihn fütterte, ist unklar. Auch dass er nicht kochen wird, sagt er nicht, und weil Dilan zum Computerexamen gehen muss und ankündigt, wegen der anschließenden Feier würde es spät abends, hüte ich die Property alleine. Der sri-lankische deutsche Schäferhund Tarzan steht mir aufs schönste bei und bellt zwei, drei Männer an, die nach Sankar fragen. Bei Einbruch der Dunkelheit geht auch der Schriftenmaler heim, der mit der Beschriftung der Außenmauer beauftragt ist, um neun schließe ich alles. Es sind heute keine Zimmergäste da, ich genieße das Alleinsein so sehr, dass mein Ärger verfliegt und mache mir eine Pfanne Speckröschti. Anschließend sitze ich aufgeräumt bis weit nach Mitternacht im Garten und poliere endlich die vernachlässigte Buchhaltung, es ist aufwendig, weil die Schlussrechnungen mit den Check-in-Formularen abgestimmt werden müssen.

Sankar seinerseits hatte mir auf heute die aktuellen Monatsbelege zu liefern, er müsse noch Dilan wegen des Lohns abwarten. Ich fürchte Unheil, der Mann brauchte privat so viel Geld diesen Monat, dass er sich sicher aus der Tageskasse beliehen hat und sich jetzt neues Geld beschaffen muss, um einen sauberen Abschluss hinzulegen. Blonde Frauen sind teuer, es wird wohl eng. Doch ist sein totales und demonstratives Fernbleiben von der Arbeit ein Kündigungsgrund, gegen den ich genau besehen nichts habe, weil die geplante Kündigung auf Fakten gründen soll und nicht auf Emotion. Er hat letzte Nacht wieder gebechert, der arme Kerl ist ja ein sensibler Mensch und so sehr überfordert von der Anstrengung, mit der er um Balance ringt, dass er nächstens einmal explodieren wird. Es ist abzusehen, dass sich die versammelten Ungereimtheiten dann gegen mich richten werden wie früher gegen seine Familie, genaugenommen gegen ihn selbst. Zuletzt wird er die dicke Suppe löffeln müssen, die er sich zusammengekocht hat.

An solchen Tagen bin ich hellwach und aufmerksam, das dicke Polster aus gutem Willen, Menschenliebe, Wohlwollen, Güte, Nachsicht ist dann arg abgewetzt und ich registriere ganze Bündel von Schwachstellen: Zum Beispiel hat der Elektriker vor zwei Wochen meine Hausglocke abgebaut, um die defekte Straßenglocke auszutauschen. Heute sehe ich, dass er für mein Haus noch keine neue kaufte und bin erschüttert. In der Vorratskiste sehe ich wieder Käfer krabbeln. Die Küchenmesser sind stumpf. Das Bad in einem der Gästezimmer kann man von innen nicht schließen. Mein Esstisch ist seit zwei Wochen nicht geputzt worden. Die Gästerechnungen sind unregelmäßig ediert, manchmal mit 15%, manchmal mit 10% Bedienungsgeld, die Zimmerkosten sind vom Rest separiert, sodass das Servicetotal unklar ausgewiesen ist. Vor zehn Tagen habe ich Sankar angewiesen, Dilan und Kumar Torschlüssel auszuhändigen, aber die haben noch immer keinen eigenen Schlüssel. Da ist auch keine Geldeinlage in der Tageskasse für den Fall, dass die Mitarbeiter Lieferantenrechnungen bezahlen müssen. Getränkeflaschen im Kühlschrank sind nicht nachgefüllt, die vereisten Tiefkühltruhen überfüllt, verrostet und verschmutzt. Das Küchentürschloss nicht gängig. Die Fahrräder für die Gäste sind nicht «in fünf Minuten betriebsbereit».

Andererseits hält der Genuss an, wieder einmal alleine zu sein und niemanden hier zu haben außer dem Haushund, der mich bewacht. Bin schon fast geheilt von meiner kürzlichen Schwermut. War ziemlich erschöpft und habe doch meine Leichtigkeit schon beinahe zurückgefunden. Doch jetzt, wo mein geliebter blutsverwandter Sohn und meine unverwüstliche Freundin Julia wieder abgereist sind, fühle ich mich mit der alten Frage auf der Insel zurückgelassen, was das eigentlich alles soll. Ich ahne, meine Schreib- und Antriebsschwäche wird noch ein paar Wochen anhalten, ich arbeite hart am Leben.

Spät am Abend läutet Sankars ältester Sohn am Tor. Ja, er habe einen Torschlüssel, aber er liege im Haus. Ob ihm der Vater nicht gesagt hätte, dass wir neu abends schon um acht abschließen? Nicht doch. Gegen zehn sehe ich ihn Richtung Saratne Road davonziehen, wohin geht er wohl, wo wird er die Nacht verbringen, wie lebt er, was denkt er, was fühlt er, wie geht er mit dem Selbstmord seines Bruders um, wird er nach Deutschland zur auch von ihm geliebten Schwester Lakshmi gehen, warum redet er nicht?

Gegen Mitternacht mache ich noch einen letzten Rundgang, Dilan ist noch nicht zurück von seiner Feier, doch sehe ich Sankar auf einem Stuhl vor seiner Haustür sitzen und schwermütig vor sich hinstarren, Gesicht gegen die offene Tür, auf dem Boden ein Stück Plastikfolie mit Reis, es sieht aus wie Erbrochenes, ist aber wahrscheinlich ein Essensrest für den Hund. Gehe wortlos vorbei, ich mag einfach nicht mehr, obwohl mir die Gefühlsbäder und seine Abhängigkeiten von mir leidtun und ich ahne, dass auch er ganz alleine ist und es nicht schaffen wird. Er bräuchte noch immer eine Therapie, müsste sich aufbauen und neu definieren, eine verliebte Touristin schafft das nicht. (Weiß denn die Frau, welche Verantwortung sie da auf sich lädt?)

Mühlemann schickte seinen Houseboy zu mir, um nach dem Gast zu fragen, der eine Frau und ein Haus kaufen wolle hier in der Gegend. Den Schweizer Haudegen sah ich draußen im Auto bei laufendem Motor warten, er kam nicht herein für ein Hallo, obwohl wir uns monatelang nicht gesehen haben. Es ist ihm nicht mehr zu helfen. Weil ich dem Boy sagte, der Kaufinteressent sei ein bisschen verrückt und der es wohl auf Mühlemann beziehen und ihm so weiterreichen wird, hat der allen Grund zu denken, auch ich sei ein wenig abgehoben.

6. Juni

Schon in der Früh um fünf bin ich wach und gehe durch den Garten. Sehe Sankar bäuchlings im Eingang seines Hauses liegen, in beiger Hose und hellgrünem Hemd adrett gekleidet und im Tiefschlaf wie ihn nur Babys und Säufer schaffen. Hingefallen, liegengeblieben, ganz im vornehmen Stil eines leitenden Angestellten. Er muss wohl vom Stuhl gerutscht sein, auf dem ich ihn nach Mitternacht gesehen hatte. Was ist nur mit diesem Mann los, wie wird er mit dem Leben nach Anish umgehen, welchen Einfluss hat seine neue Frau außer Illusionen, dass sie der Schlüssel zur Gesundung ist. Bin ich wirklich mit diesem Mann geschlagen, wird er das nächste Opfer sein, derweil sein älterer Sohn Mahendran orientierungslos zurückbleibt?

Am Nachmittag kommt er mit Linda vors Haus um wegzugehen, drückt sich gruß- und wortlos an mir vorbei und da frage ich ihn halt, ob er mir nichts zu sagen habe. Erst auf diese Anfrage hin ist er so gnädig, mit mir zu reden und sagt, er wolle mir die Buchhaltung für den Mai geben und mit mir sprechen. Wann? Um fünf. OK, OK.

Dann sitzen wir tatsächlich zusammen und ich schweige ziemlich lange, bis er als erster etwas sagen muss. Er sei traurig gewesen wegen meiner Frage, was er am Nachmittag gemacht habe, dass ich unzufrieden sei mit ihm, er habe nicht arbeiten können in diesem Zustand. Das war schon alles. Ich rede wie immer lange. Dass ich tatsächlich nicht zufrieden sei mit seiner sogenannten Performance, liste Beispiele auf, die Hausglocke, Dilans Schlüssel, die Liste wird lang. Ich hätte das Restaurant schließen müssen wegen ihm und hätte seither weniger Einnahmen. Er nutze die gewonnene Zeit nicht, ich sähe ihn zu selten auf dem Areal. Dilani hätte ich wegen seiner Führungsschwächen wegschicken müssen, nun wo sie weg sei, sei die Küche im selben miesen Zustand, er solle nur die Veranda vor der Tür anschauen. Es sei nicht meine Sache, ihn glücklich zu machen, das müsse er selber tun. Ich würde Arbeit einkaufen und er würde Arbeit verkaufen. Daneben sei ich noch anständig, verlässlich, freundlich, mehr läge nicht drin, die Beziehung zwischen uns sei arg gestört.

Er solle sich überlegen, ob er nicht einen Schnitt machen, hier weggehen und etwas Neues machen wolle, er sei mir nichts schuldig. Da sei keine Freude mehr auf dem Areal, die Angestellten würden leiden an der miesen Stimmung zwischen uns, wahrscheinlich auch die wenigen Gäste. Er solle sich fragen, welches Problem er mit mir habe. Dass ich als sein Chef frage, was er am Nachmittag gemacht habe (was noch immer ohne Antwort sei!), sei kein Grund zu einem solchen Zusammenbruch. De facto sei er der Arbeit ferngeblieben, hätte zwei Tage die Arbeit verweigert ohne Erlaubnis und Nachricht, und vor allem habe er das Allerheiligste, die Wochensitzung wieder einmal platzen lassen. Seit zehn Tagen sei mein Zimmer nicht gemacht. Seit sechs Monaten solle er ein Arztzeugnis beibringen, das ganze Team brachte es, der Chef ignorierte es bislang. Das Staffhaus sei verlottert wie eh und je, Ventilator und Licht seien nie abgestellt, auch nachts nicht, obwohl ich ihm den Strom bezahle. Ich sähe nicht, dass sich je etwas ändern würde. Sein Verhalten sei auf der ganzen Welt ein Kündigungsgrund. Ich würde bezweifeln, dass er seine Probleme ohne fachliche Hilfe lösen könne, auch mit der Liebe einer Frau nicht. Die Antwort liege in der Frage, warum er einen solchen Abtaucher und Zusammenbruch mache aus so nichtigem Anlass. Ich sei täglich zu sprechen. Bis Ende Juni müsse aber Klarheit herrschen, ob es und wie es mit ihm hier weiterginge, meine Geduld sei definitiv am Ende.

Trotz der massiven Vorwürfe wirkt der arme Kerl nach dem Gespräch wiederbelebt und eine große Last scheint von ihm genommen. Auch ich bin erleichtert, wie immer nach klärenden Gesprächen, und wieder einmal voll guten Willens, sogar guter Dinge.

Da gehe ich gern auswärts essen.

7. Juni

Schon in der Früh putzt Sankar herum, macht die Häuser bereit noch bevor der sonst frühe Houseboy aktiv wird. Er räumt auf, bringt auf mein Geheiß die Möbel zum Reparieren zum Schreiner (nimm ein Auto, bring ihm die Sachen). Er streicht mit dem Team die lange Mauer entlang dem Karrenweg, ich will die Nachbarn erfreuen. Auf den Abend ist eine Abschlussfeier vorgesehen nach einem Monat hingebungsvoller Marienverehrung: Der Pfarrer wird um sieben kommen und um acht wird es für alle Gratisessen geben (ich bin erstaunt, wie viele arme Leute es sind, die sich nachher über den Strand mit ihrer Beute davonschleichen). Die Mannsbilder haben einen unschuldigen Himmel aus weißem Fischernetz gespannt (Weiberarbeit, doch Gottesdienst), Neonröhren und Lichterketten montiert und etwa zwei Hundertschaften Nachbarinnen singen, was das Zeug hält. Um neun schon ist der Spuk zu Ende, Frauen und Kinder gehen heim ins Bettchen und nach gebührender Wartezeit versammeln sich die

Männer in Gruppen am Strand, wo sie bis weit nach Mitternacht (morgen ist Sonntag) am Boden sitzend die Reste essen und Bier und Arrak trinken.

(An einem solchen Feiertag war es, als vor fünfzehn Jahren der Marienschrein vorn an der Ecke zum Meer unter der Last der jungen Kerle, die hinaufgeklettert waren, zusammenbrach unter großem Geschrei und ich plötzlich als Wohltäter in Erscheinung treten durfte: Neue Marienstatue, neues Fundament, neuer Schrein. Ganz nebenbei habe ich dem seinerzeitigen Pfarrer eins ans Schienbein getreten – wir mochten uns nicht: Er stand gegen das Gesetz auf der Seite seiner Schäfchen, die mir einst nachts die Mauer umwarfen, und der Chefpolizist warf ihn bei der Friedensverhandlung blamabel aus seinem Büro «you are the biggest trouble maker in the area». Nun musste er «meine» Statue einweihen, den Wohltäter an seinem Tor abholen und mit ihm Seit an Seit zum Altar schreiten, wie wenn nie etwas gewesen wäre.)

Der Houseboy aus Chilaw, selber Katholik, ignoriert das fromme Treiben meiner Nachbarn so sehr, dass es mir auffällt. Er möge diese Leute hier nicht, sie seien allesamt Pharisäer wie die, die Jesus ans Kreuz gebracht hätten, immer täten sie fromm, aber sie seien es nicht im Herzen. Ja wie er denn leben könne ohne Menschenliebe? Und er schlafe ja hier und sei Teil der Nachbarschaft? Er windet sich, ich breche das Gespräch ab.

Der Schriftenmaler kam auf meine Einladung und malte die Fassadenanschriften neu, ohne «Restaurant» und ohne «Hotel», wegen des Ausfalls meines Hausmeisters bin ich derzeit nicht in der Lage, aufzutrumpfen. Nun komme ich ganz klein daher als «Bed & Breakfast», «Paying Guest Accomodation», aber «with a Swissness», das muss sein. Parallel machte ich einen muslimischen Schlüsselingenieur ausfindig, ließ endlich Kopien machen und weil Sankar in dieser Sache seit vier Monaten nichts unternommen hatte fragte ich den Bärtigen, ob er nicht einen Tag zu uns kommen wolle, um alle unsere Türschlösser zu reconditionieren. No problem, Sir, tomorrow!

Schreiner Fernando kam zu Besuch, wollte wissen, ob ich Interessenten für seine zwei Häuser hätte und war nur unter größter Anstrengung zu einem Arrak zu bewegen. Teufelszeug, er ist ein frommer Mann, ich habe ihn verführt.

Den alten gebrechlichen Fischer, bei dem ich einst ein Zimmer mietete, lud ich morgens zum Tee herein und schenkte ihm ein Wochenbudget in bar. Zu den Alten schaut hier niemand. Sanaths Vater mit den großen Fischerhänden und dem rheumatischen Gang kommt auch alle Woche einmal, sitzt dann einfach so da, trinkt etwas, fragt scheu nach einem alten Hemd (von dem ich immer eines habe), zusammen schweigen wir aufs schönste. Doch nicht lange, dann gibt es Aufruhr. Ein Rudel hungriger Kinder hat sich heimlich in den Garten geschlichen und es sich auf meinem Mangobaum bequem gemacht.

Von dem hängen die Früchte schwer und zahlreich an Schnüren herunter, eine Fruchtbarkeitskaskade, von der ich mich so reich gesegnet finde, dass natürlich auch für sie etwas bleibt. Doch als wir sie entdecken weiß ich nicht, ob sie mehr Angst haben vor mir als vor meinem jungen Hund. Der hat inzwischen zu viel Kraft und befreit sich teuflisch bellend aus dem Gehege. Mein herrisches «Sitz!» ignoriert er und stürzt mit einem Hechtsprung übers Tor an den Strand, um die Lausbuben zu vertreiben, noch bevor sie sich den Bauch vollgeschlagen haben. Wir sehen sie lange nicht mehr. Nur wenig später sorgten unsere Haustiere erneut für Aufruhr. Sankars niedliches Hausäffchen Rani hatte sich von seiner stoffumwickelten Kette losgerissen und raste als Bestie durchs Quartier, wo es Frauen und Kinder zurück in die Häuser trieb. Dort schlossen sie Türen und Fenster, bis Sankar seinen Teddyaffen nach langer (und belustigender) Jagd wieder eingefangen hatte.

Komme nicht zum Zeitungslesen, habe aber die Buchhaltung seit Februar nachgeführt, es sieht ganz gut aus und die Arbeit ging mir gut von der Hand. Es machte sogar Spaß, aber bis es jeweils soweit ist, erleide ich immer wieder Höllenqualen. Auf dem Samstagmarkt kaufe ich ein paar neue Pflanzen und zum ersten Mal in zwei Jahrzehnten sogar Äpfel – das sind hier die wahren Exoten, sie hängen eingewachst und auf Hochglanz poliert einzeln an Schnüren – weiß nur noch nicht, was damit machen, roh sind sie entsetzlich, werde sie schälen und zu Mus kochen. Die Abende ohne Gäste in Haus und Restaurant sind kostbar und süffig und ich aale mich wieder einmal im Alleinsein.

8. Juni

Der Schlüsseldoktor kam pünktlich mit einem Helfer und hatte in wenigen Stunden 36 Türschlösser ausgebaut, gereinigt, gefettet, neu montiert. In den zehn, bzw. zwanzig Jahren seit Bau der Häuser war von der Seeluft vieles korrodiert und es macht Freude, alles wieder gängig zu sehen. Nächsten Sonntag wird er noch einmal kommen für die restlichen 10 Schlösser. Es macht Freude, endlich wieder einmal einen Profi am Werk zu sehen und keinen dieser alleskönnenden Nichtskönner, wie sie in den britischen Ländern häufig sind, wo es keine Berufslehre gibt sondern nur «Learning by doing» und High Schools.

Abends kam Julia von einer Tour zurück, eine Arbeitskollegin von David kam neu an, Sankar musste für alle kochen, Röschti und Fisch, sie wollten es so. Der Babyhai war arg alt und schmeckte wie ein Männerpissoir. Der Service war mangelhaft, Tisch nicht geputzt, spät abgeräumt, keine Idee für ein Dessert – ich gab dann Auftrag, Ananas zu kochen und mit Eis zu servieren – Espresso kalt, Suppenlöffel vergessen, keine Abfallschale. Finde mich in diesem Land immer wieder ganz am Anfang und zurückgeworfen, mit dieser unstabilen Arbeitsweise wird das Land sich nicht entwickeln können. Es fehlt an Ausbildung, der Bürgerkrieg ist teuer.

Um Mittag sitzt Sankar drei Stunden lang mit einem jungen Mann am Restauranttisch, ich weiß nicht, ist es ein Verwandter, ein Bewerber, später sagt er, es sei dieser Freund seiner Exfrau, der mir schon bei der Beerdigung aufgefallen war, als er Fotovisitenkarten und Großfotos von Anish verteilte. Er habe im Auftrag von Sheela mit ihm über das Gelderbe geredet, das Geld, das ich für meinen Ziehsohn Anish gespart hatte. Sie wolle die ganze Hinterlassenschaft und nichts davon zurückgeben, auch nicht das Darlehen, und nichts für die Anish-Stiftung, und sie ließe mir ausrichten, wenn ich das machen wolle, sei es allein meine Sache.

9. Juni

Die neuen Kugellampen auf der Veranda der Villa sind ganz ungemein stimmig zum architektonischen Stil des Hauses und geben ein angenehmes Licht. Sie erinnern an Schulzimmer und Badeanstalten und an das Kasinogebäude im Kurpark von Baden-Baden.

Obwohl ich meinen Schweizer Freunden elektronisch so nahe bin, reicht es nicht immer aus, einander beizustehen, wenn's denn nötig und akut wäre für einen von uns. Und in einer wirtschaftlich schwierigen Zeit, wo die meisten Bürger nicht immer so toll drauf sind, ist es noch schwieriger, die Kontakte zu synchronisieren. Aber ich ahne, dass ich meine Perspektivlosigkeit bewältige, es kommen immer wieder bessere Zeiten und dann sieht alles plötzlich anders aus und zeigt sich in einem völlig neuen Licht. Diese Erfahrung ist mitunter hilfreich. damit ich mich nicht gehenlasse. Ich wünsche mir, dass meine Lebensfreude zurückkommt und mich stabil durch die Tage trägt. Ich will mich nicht verkriechen, wenn es mir schlecht geht, will mich wieder in Arbeit stürzen, mich wieder mit Leuten einlassen, auch wenn es nicht immer die sind, die ich gerne hätte.

War aktiv heute, habe auf dem Nachbargrundstück einen Mann eine Palmblatthütte bauen sehen und der bestätigte auf Anfrage, er sei er Spezialist. Ich bestellte ihn auf morgen, um sieben wird er kommen; mit Ruwan zusammen demontierte ich die alte Yogahütte, um eine neue bauen zu lassen. Vor ein paar Wochen bestätigten Dilan und Kumar, sie wüssten, wie man aus Erde und Ästen ein traditionelles Haus baut, und ich beauftragte sie, das so zu machen. Ein funktionierender Chef hätte den Materialbedarf abgeklärt und eingekauft und mit dem Team in zwei Tagen alles in die Tat umgesetzt. Aber da war nichts und der Hüttenbau dauerte endlos lange.

Ob Sankar am Morgen frei haben dürfe, sein Bruder mit Familie käme aus

Kanada, er wolle sie am Flughafen abholen. Dann machen der Gärtner und der Houseboy das Frühstück parat, die Mitarbeiter geben ihr Bestes, aber ich muss wieder einmal erkennen, Ausbildung vom Chef hat nicht stattgefunden. Um eins kommt die Gruppe und ich vereinbare ein gemeinsames Frühstück, kenne die Exilanten, seit sie einst in die Schweiz kamen, wir hatten eine schöne Wanderung auf dem Bürgenstock gemacht.

Julia hält ihr Gästezimmer für düster und ich verschiebe Betten und Bilder und kaufe neue Vorhänge, ändere die Beleuchtung. Dilan arbeitet selbstständig und ganz ausgezeichnet mit, Sankar schaut einmal kurz vorbei, doch sind wir so mit Umschieben und Ausprobieren beschäftigt, dass wir ihn nicht beachten und stehen lassen. Irritiert schleicht er sich davon.

Mit Hilfe unserer Hundebestie verscheuche ich erfolgreich ein paar wild gewordene Testosteronen, die meine im Garten sitzenden Gäste mit obszönen Gesten belästigen. Später fahre ich mit Julia auf dem Sozius nach Matampe, wir wollen beim Pfarrer einen Besuch machen und auf dem Heimweg im Palm Bay Resort etwas trinken. Ich rufe nach Sankar, wir gingen, wo er denn sei, wir kämen abends zurück zum Essen. Statt seiner meldet sich leise die dänische Linda aus seinem Zimmer, ich hatte sie ganz vergessen, so klein hat sie sich gemacht im verwahrlosten Staffhaus. Hat sie sich ihr Inselleben wirklich so vorgestellt?

Als wir verspätet um halb acht heimkommen, gibt mir Dilan einen Notizzettel, den ihm mein Hausmeister für mich gegeben habe: «Today onwards I take free day about ten days, but I will come 12th of June. This is urgent, so I will go to Trincomalee with my brother.»

Schon wieder von der Arbeit weggeblieben ohne Anfrage, Abstimmung, vorherige Information. Auf Anfrage sagt Dilan, nein, Sankar habe keine Instruktionen gegeben. Habe bis um sechs gewartet und sei dann gegangen. Habe ihm 1000 Rupien gegeben für Ausgaben und beide Mitarbeiter gefragt, ob sie die nächsten 10 Tage Ferien bräuchten. Sie verneinten. Mahendran und Linda seien auch weggegangen. Die Staffhaustür steht offen, das Licht brennt, es sieht nach einem überstürzten Auszug aus. Beide hinterbliebenen Angestellten sagen auf Anfrage, der Chef habe nur gesagt, es sei urgent, aber keinen Grund genannt.

Obwohl ich weiß, dies ist ein bequemer Kündigungsgrund, bin ich außer mir und sprachlos. Die gute Julia besänftigt meine Hitze. Was ist da los, was geht da vor? Die Ausreise nach Dänemark? Die Heirat mit der Touristin? Letzter Familienrat an der Ostküste? Morgen will ich zum Anwalt gehen und den sanftesten Weg zur Kündigung erfragen und meine Pflichten, falls ich denn welche habe. Ansonsten warte ich zu, bis mein Angestellter von seiner Reise zurückkommt; will sehen, was er dann zu sagen weiß, ob er überhaupt etwas zu sagen hat. Mit Abendessen war natürlich nichts, wir gingen auswärts und von da brachte ich dem Houseboy etwas zum Essen heim, der musste nämlich hungrig das Haus hüten.

10. Juni

Nachmittags mache ich Einkauf, in einer Stunde bin ich wieder daheim und mariniere Indisches, ein Sesamhuhn. Julia wird mir beim Kochen assistieren, das Team ist den ganzen Tag aktiv, Dilan verbeißt sich in das umgestellte Gästezimmer und der Gärtner besorgt Bohnenstangen, fegt das Gelände und braut den Nachmittagstee. Wie immer, wenn ich wieder einmal in der Küche bin, entdecke ich Schlimmes: Die teure Küchenmaschine steht unbenutzt in einem wilden Haufen liegengelassener Töpfe und Geräte. Meine erhöhte Hellhörigkeit verlängert die Liste der Schwächen weiter: Die Check-in-Formulare die ich wegen Unregelmäßigkeiten zur Prüfung gab, sind nicht zurück, meine Büroarbeit ist blockiert. Es sind keine Vorräte angelegt, Tee und Öl und Cocktailnüsse gingen aus. Die hölzernen Serviertabletts sind verschmutzt und sahen lange keinen Wasch mehr. Das Bargeld für Besorgungen ist nicht ausreichend, das Team hat nicht einmal genug Rechnungs-Wechselgeld. Dilan bekam noch immer nicht sein Monatssalär. Das wichtigste Gartenlicht ist nicht repariert, ein dunkles Loch stattdessen, Gefahr beim Gang zur Küche, Sicherheitslücke in der Nacht. Es blieb bei der zu schmalen Auswahl sechs verschiedener Menus, die verlangte Erweiterungsliste ist noch nicht gemacht. Die Teekannen sind völlig verdreckt, ich finde nur die Hälfte der Schraubgläser am Bord, die andern zerbrochen und nicht ersetzt, ein Ölfilm liegt um den Ofen herum. Der Boden ist die reinste Landstraße, hat seit Wochen keinen Chlorwasch mehr gesehen und ist weit von der Vorgabe entfernt, dass man vom Boden essen können muss. Der Standard ist mitnichten gehalten, bei einer überraschenden Hygienekontrolle würden wir die «Rooms-in-Home»-Lizenz verlieren.

Der Tiefkühler ist gähnend leer, die Vorräte aufgebraucht. Aber Sankar war doch gestern auf dem Fischmarkt? Ja, alles sei im Küchenkühlschrank abgelegt. Dort finde ich Thun und Tintenfisch im Plastiksack zu Klumpen verklebt, so wie er den Einkauf von der Marktfrau brachte: Zeitung drum rum, die Tinte ausgelaufen, die Thunsteaks nicht separiert, gar nichts gewaschen und dressiert und für den Gebrauch vorbereitet. Es muss ein überfallartiges Abreisen gewesen sein.

An einer internationalen Spenderkonferenz hat die Weltgemeinschaft ihrem Darling Sri Lanka heute 4,5 Billionen Rupien Hilfsgelder zugesichert bei Vorbedingung des Friedens zwischen den Streithähnen. Doch haben die Vertreter der Separatisten die Teilnahme an weiteren Verhandlungen verweigert mit dem

Hinweis, dass die sechs vorherigen – sechs! gemeinsamen! – Gesprächsrunden nichts als Zeitvergeudung gewesen seien. Da bahnt sich Übles an, auch sind die Gelder, wenn auch zu Vorzugszins, alle zurückzahlbar, die Schuldenlast wird Generationen von Sri Lankern belasten: Eine Billion sind nach US-Version 1000 Millionen, das Total also 4500 Millionen. Das liest sich als 4 500 000 000 und ist für einfache Gemüter wie mich nur schwer vorstellbar.

11. Juni

Sankar ist von seiner Fahrt ins Blaue wieder zurück, aber hat sich noch nicht gezeigt, ist genaugenommen ausgestiegen. Als ich am Mittag Kumar frage, wo die Honda 90 sei, unser Lastesel, sagt der ohne jedes Erstaunen, Sankar sei morgens um vier (morgens um vier) mit seiner Linda zusammen weggefahren. Wieder einmal weiß ich von nichts, die Liebe und der Alkohol versetzen meinen Hausmeister in einen permanenten Ausnahmezustand, abends um zehn ist er noch immer nicht zurück. Warum breche ich nicht mein Gelübde auf ewige Anstellung, warum werfe ich meinen Lebensretter nicht endlich rücksichtslos hinaus.

Um mich abzulenken, machte ich mit Julia eine Motorradtour zur Maha Oya Flussmündung und wir hatten einen Gin & Tonic auf der Terrasse des Ranwelihotels. Die Zimmerleute bauen immer noch an diesem Palmblatthaus und wurden fast fertig. Kumar besorgte einen Municipal Traktor zum Abtransport der Baumschnitte. Dem jungen Ruwan, einer der wenigen Muslime, die hier unter den Katholischen leben, spendierte ich einen Fußball, als Ballmaster ist er nun König und sein Prestige stieg noch einmal gewaltig. Er ist ein wilder Kerl, der am Strand herumtanzt wie ein aufgedrehter Derwisch, und hat viele Bewunderer, weil er so anders ist als die andern. Nachbar Piyal fragt nach Unterstützung für ein Bodystudio. Er wolle so gute Muskeln bekommen wie Suresh, der gestern Julia gegenüber Männergesten machte, die ich ihm austrieb, fürs erste. Lucia, immer auf Wachstation, fragt nach Sankar, die Tür zum Staffhaus sei immer verschlossen, ob etwas sei? Bei der Fahrt über Land sehe ich viele spektakuläre Häuser in riesigen Grundstücken stehen und denke, das könne ich ja auch, mein Bedürfnis nach Kleinheit kommt mir ängstlich vor.

12. Juni

An solchen Tagen denke ich manchmal, ich selber sei das Problem. Bin einerseits bereit, das Kind mit dem Bad auszuschütten, Entscheide herbeizuführen selbst dann, wenn sie mich selber benachteiligen, bin durch lange Mitarbeiterhöllen gegangen – zweihundert Mitarbeiter in der Werbeagentur kamen und gingen in den zwanzig Jahren – und habe dabei oft gedacht «jetzt hast du wieder einmal zu lange zugewartet, hättest schneller kündigen und entscheiden sollen».

Am Mittag kommt ein geknickter Sankar und gibt mir Check-in-Formulare zurück, für die keine Rechnungen zu finden gewesen seien. Zur Sache kommt er nicht. Sitzt lange schwer schweigend da und ich lasse ihm Zeit. Dann verdrückt er die Tränen, massiert sich die Stirn, schaut gequält vor sich hin und konstatiert dann, er habe große Probleme, es gäbe keine Lösung, er würde vielleicht enden wie Anish. Nach und nach kommt heraus, dass er überall Schulden gemacht hat, die er nicht zurückzahlen kann. Er habe von mir erwartet, ich würde die Beerdigung seines Sohnes finanzieren. Er habe Linda von meinem Angebot erzählt, den Icebear zu kaufen, aber sie habe kein Geld. Sie suche jetzt eine Anstellung in Negombo, möchte bei ihm bleiben und mit ihm leben, die Hotelketten im Lande würden fremdsprachige Angestellte suchen. Dass ich nicht zufrieden sei mit seiner Leistung bedrücke ihn, dass seine Linda nicht hier auf meiner Property wohnen könne, versteht er nicht. In Trincomalee, wo sie zehn Tage hätten bleiben wollen, sei alles schiefgelaufen, sie seien deshalb vorzeitig zurückgekommen. Vielleicht würden sie irgendwo in der Stadt ein Zimmer zusammen mieten.

Ich habe Mitleid mit ihm, er tut mir leid, er sitzt tief im Mist, ist ganz alleine, ganz wie sein Sohn sitzt er in einer geschlossenen Muschelschale, es ist traurig. Ich sage ihm, dass ich ihn persönlich sehr mag, den wahren Sankar, nicht diesen anderen. Verdammi! Dass sein Benehmen aber gänzlich unakzeptabel und sein erneutes Wegbleiben von der Arbeit und die dreimalige Verweigerung eines Alkoholentzugs Grund zu Kündigung sei. Die sei schon fest in meinem Kopf verankert. Es sei für uns alle die Zeit für einen Neuanfang. Und in Zeiten des Wandels gebe es Unsicherheit, sie gehöre zum Leben, seine Tristesse sei hausgemacht und vorübergehend.

Ob er die 10 000 Rupien Erspartes haben könne, die ich für ihn hüte. Er will es dem Nachbarn Lalith zurückzahlen, den er um Geld angegangen hatte. Die zahle ich ihm dann aus und trage ihm auf, eine Liste aller seiner Schulden zu machen (bei mir sind sie auf 45 000 aufgelaufen). Ja, er wolle reinen Tisch machen und dann endlich ein neues Leben anfangen, am besten im Ausland. Ich brauche ihn nicht mehr, er solle frei nehmen und in einer Woche wieder kommen, dann würden wir abschließend entscheiden. Dann zieht er los, um mich am Mittag vor dem Arbeitsgericht zu vertreten, wo die Hausangestellte Fatima tollkühn auf Wiedereinstellung klagte. (Mein Anwalt ermahnte mich, der Richter sei ein harter Brocken, der jeden Arbeitgeber für den natürlichen Feind des Arbeiters halte. Zuletzt habe ich mit 38 000 Rupien in einen Vergleich eingewilligt, obwohl die Frau wegen einer Dieberei entlassen wurde.)

Planspiele, fabulieren, dem Ideenfluss freien Lauf lassen, so vieles wäre möglich jetzt. Natürlich war ich frivol, dem Sankar und seiner blonden Linda mein Geschäft zum Kauf anzubieten. Aber für meinen in Norwegen verheirateten Nachbarn Samuel, dessen hiesiges Grundstück an meines anschließt – das Elternhaus – wäre der Zukauf von Land mit Meeranschluss attraktiv, das würde nie wiederkommen. Vielleicht werde ich ihm einen Teil meines Landes zum Kauf anbieten. Der nach Europa ausgewanderte Akademiker amtet dort als Ingenieur. Mit seinem Elternhaus verbindet ihn Emotion und die wird im Pensionsalter stark werden, er ist ja hier aufgewachsen. Ich selber hätte für mich den Bungalow («die Schuhschachtel», aus der ich mit Säulenterrassen rundherum ein holländisches Kolonialhaus fälschte) und aufs Alter einen netten Nachbarn.

14. Juni

Es gibt es Neues und meine Situation klärt sich ein wenig, weil ich wieder zu wissen glaube, was ich will. Und dass ich realisieren kann, was ich will, empfinde ich als ein unendlich großes Privileg, für das ich dankbar bin – Freidenker sind risikobereiter und haben mehr Möglichkeiten zur Selbstverwirklichung.

Ich gab beim alten Valuer de Silva Auftrag zu einer Neuschätzung des Grundstücks. In ein paar Jahren wird er Hundert, er geht täglich ins Büro. Da hat er ein junges Ding als Bürohilfe angestellt, auf der er augenweided. Weil zu hohe Aktenstapel hält auch der älteste Haudegen nicht aus. Schon 1979 hat er die Landregisterarbeit für mich gemacht und seither mögen wir uns verlässlich gut. Ein Chauffeur, den er ebenfalls angestellt hat, brachte ihn umgehend her, wo er sich die vorliegenden Landpapiere zeigen ließ und viele Notizen machte. Ich selber kenne den aktuellen Landwert nicht, weiß nur, dass er fünfmal höher sein dürfte als beim Kauf der vier Tranchen seit 1980, ich denke 350 000 Franken, plus Häuser. Die seien aber nichts wert, auch wenn sie noch so robust gebaut und noch so schön seien, denn in Sri Lanka kaufe man Land und keine Häuser. Und ich solle die Kokos- und Fruchtbäume zählen, die gehörten auch in die Schätzung.

Dazu passend schickte mir gestern Nachbar Samuel, der in Europa lebt, ein sensibles, anteilnehmendes Email auch des Inhalts, dass er dereinst am Kauf meines meerseitigen Landstücks auch im Interesse seiner Kinder sehr interessiert sei. Wenn ich mit dem Betrieb meiner Privatpension aufhören würde, was eine von vielen Optionen ist jetzt gerade, würde der Erlös den Ausfall der Einnahmen ausgleichen für den Rest des Lebens, ohne dass ich den Stress von Vermietung oder Verpachtung auf mich nehmen müsste.

Schaumermal.

So konkret geworden und kein Sankar um mich herum, fühlte ich mich recht wohl beim Gedanken, mich zu belitteln, war den ganzen Tag beschwingt und fühlte wieder Boden unter den Füßen. Erkannte klarer als auch schon in dieser Zeit der Veränderungen, was ich eigentlich will. Und was nicht. Meine Ruhe will ich. Überschaubarer will ich alles haben und handlicher. Keinen Sankar mehr, keine Haushälterfamilie auf dem Areal, weniger Angestellte, nur ein Housekeeper und ein Houseboy, vielleicht ein Gärtner. Mein Ausflug ins Beherbergungsgewerbe hat sich erschöpft, auch wenn der missglückte Ausflug ins Familienleben kräftig dazu beigetragen hat. Aber ich könnte auch ganz aufhören hier und von der Erinnerung an das «Icebear Guesthouse» leben. Oder mich an ein paar Gelegenheitsgästen erfreuen, während ich im ersten Stock residiere und den Strand so vergnügt überschaue wie der Direktor Roncallo im Großhotel am anderen Ende des Strandes. Den sah ich gestern, als ich mit Julia auf einen Schlummertrunk dort war. Vom Smalltalk angeregt gestand er uns, was er nachher sicher bedauerte, dass er mich manchmal mit dem Fernglas bei meinen frühmorgendlichen Strandgängen mit dem Schäferhund beobachten würde.

Diese Strandgänge sind wirklich täglich, sie dauern hin und her 40 Minuten, so lange wie mein Yogaprogramm nach dem Aufstehen, das gibt ein sattes tägliches Fitprogramm. Entsprechend gut fühle ich mich oft und am Abend bin ich auf die schönste Art müde. Mein Hund, Tarzan, hat viel gelernt, reagiert verlässlich auf mein «come!», «no!», «sit!», «ok!» und lässt sogar die Strandschlampen und Kinder links liegen, selbst wenn die am Strand Fußball oder Cricket spielen und ihn necken. Julia hatte einen Schäferhund zu Hause und von ihr habe ich viel lernen können und finde mich unvermittelt und unerwartet in einer echten Beziehung zu einem Hund, wie angeraten. Hunde waren vorher nicht so meine Sache. Die Halbstarken aus dem Quartier haben größten Respekt, Tarzan bellt sie kräftig an und seine Erscheinung macht sie ungewohnt kleinlaut.

Heute kam der Baumgärtner, um die hohen Kokospalmen zu säubern, es gab Berge von grünen Nüssen, das Kinderrudel am Strand war ganz wild darauf, eine zu ergattern, und nur mit Tarzan waren sie auf Distanz zu halten. Dilan musste ihnen dann ein Dutzend davon schenken, den Rest verkauften wir für ein paar Rupien an die Nachbarn.

Derweil bosselten die Hüttenbauer weiter, die Massagehütte steht, nun sind sie am Yogahöfchen, das einen festen Boden braucht und größer werden wird. Abends kam der Psychotherapeut zu Besuch mit seiner zu gutaussehenden Sekretärin. Es war als Privatbesuch deklariert, aber der Mann ist beruflich heftig deformiert und sprach über nichts Anderes als über sein neues Buch über Traumdeutung. Er suche ein Privathaus am Meer, aber er gefällt mir nicht recht, weshalb ich schwieg. Auch Pfarrer Julian kam in seiner weißen Kutte, er würde diesen Monat wieder nach Deutschland und Italien reisen, habe die Leitung des Colleges definitiv aufgegeben und würde nun eine verwaiste Pfarrei übernehmen, so wie sein Bischof es ihm aufgetragen hat – passenderweise gibt es dort einige Touristenresorts, in denen wolle er Messen lesen. Er war schon immer ein erfolgreicher Fund Raiser. Wie jedes Mal war Prabath dabei, Diener seines Herrn und Privatchauffeur, er hat ein Auto, das ist nützlich. Nach mehreren Anläufen habe er endlich ein Visum für Amerika erhalten, um im sündigen N. Y. die Tochter zu besuchen. Doch kann er keine rechte Freude daran haben vor lauter Aufregung darüber, dass er erstmals im Leben die Insel verlassen soll.

Julia ist ins Badische zurückgereist. Sie wusste nicht, dass sie mir willkommene Ausrede war, allen administrativen Pflichten aus dem Weg zu gehen, selbst die Kundenemails blieben hängen, wollte einfach nicht und werde auch jetzt am Abend nichts tun, sondern den morgigen Sonntag abwarten, obwohl auch der zu heiligen ist. Gestern nahm ich sie wieder auf den Sozius und wir besuchten in der Nacht den Glitzeranlass des Kirchenfests in Dalupotha und gleich auch noch den buddhistischen Tempel an der Temple Road, in dem sie heute schon wieder den Vollmond feiern. Ein Jungmönch schloss uns trotz später Stunde alle Tempeltüren auf, wir spendeten 1000 Rupien zum Erhalt des herrlichen, doch heruntergekommenen Gips-Disneylandes: es gibt in Negombo nur fünf Prozent Buddhisten und der Große Lehrer sagt, dass man die Tempel verlottern lassen soll, wenn die Gläubigen das so wollen. Julia ist eine andere Geschichte. Wieder einmal darf ich mir einbilden, ich müsste nur mit dem Finger schnippen, um nicht mehr allein zu sein. So hingeschmolzen ist ihre disziplinierte Zurückhaltung während der Nähe gemeinsamer Tage in unruhigen Wassern, dass ich selber ganz unsicher wurde mit meinem Lebensentwurf und auf mehrere dumme Gedanken kam. Jetzt ist sie abgereist und ich habe stur geradeaus geschaut und sie nicht zurückgehalten. Und weil auch die verliebten Australier abreisten (und sich beim Bezahlen der hohen Rechnung noch artig bedankten), war ich nach langer Zeit den ganzen Tag wieder einmal ganz allein und genoss es ungemein. Hoffe inbrünstig, Sankar nutze die Freitage mit seiner Freundin dafür, gemeinsame Lebenspläne zu machen, in denen ich nicht vorkomme. Dann kochte ich mir einen Knoblauchtintenfisch und Bratkartoffeln und Krautsalat und war endlich wieder einmal im reinen mit der Welt.

Am Morgen bevor der Tag aufgeht, regnet es jetzt endlich wieder.

15. Juni

Schon wieder ein guter Tag, der mir zeigen konnte, wie das reine Rentnerleben wäre, dass ein Leben ohne Haushälterfamilie und ohne mein Guesthouse mich sehr ergötzen könnte. Weiß derzeit einfach nicht, was ich will. Habe wirklich den lieben langen Tag nichts gemacht. Hatte ein schönes Frühstück und freute mich, dass die zwei Angestellten von sich aus wussten, dass die kulinarische

Routine am Sonntag durchbrochen wird mit Wurstaufschnitt, süßem Zopfbrot, Kaffee statt Tee. Sogar die Zeitungen lagen bereit, sogar geklammert. Am Abend ging ich nach langer Zeit wieder einmal im Nachbarhotel Spaghetti Frutti di Mare essen und war dort als Stammgast freundlich willkommen und aufmerksam versorgt.

Kein einziges Kundenmail habe ich geschrieben, aber in meinem verwahrlosten Zimmer ein wenig aufgeräumt. Dilan machte die Gästezimmer vermietungsfertig. Gärtner Kumar genießt wie schon jeder Angestellte den Aufenthalt in der Küche und vergisst darüber seinen grünen Planeten. Musste ernsthaft mit ihm sprechen. Die Laubhütteler machten alles fertig, ich ritzte das heilige Sanskrit in den Zement ॐ die Gegenwart des Absoluten. Auch die Schlossrenovierer kamen wie vereinbart und reparierten die restlichen Türschlösser, es ist eine Freude, es läuft wieder alles wie geschmiert. Ja nichts mehr tun, das mich auf andere angewiesen macht, nur noch machen, was ich selber anfangen und beenden (lassen) kann.

Bin nett mit Leuten gewesen – die zurückhaltenden Nachbarn von gegenüber zahlten ihre fünfzehn Kokosnüsse umgehend und ich gab ihnen den Betrag umgehend zurück. Ruwan mit den abstehendsten Ohren Sri Lankas schmeichelte sich ein und ich verlangte nach seiner Mutter. Die kam sofort, ihr Nichtsnutz von Mann sei bis nächstes Jahr im Gefängnis wegen Drogensachen, die Frau hat vier Kinder am Hals. Ich schenkte ihr 7000 Rupien, das sind 100 Franken, damit sie sich im kleinen, doch eigenen Haus Elektrisch legen lassen können (und erinnere mich mit Grausen an die nationalen Stromsperren und diese endlos langen Abende ohne Licht).

Am späten Nachmittag fuhr ich zu Sheans Familie. Wollte die Frau nach der Saudiadresse ihres Mannes fragen, der vor langer Zeit einmal unser Gärtner war. Brachte ein frisches Huhn und einen Sack Reis mit und die Landvertragsoriginale, die ich einst als Sicherheitspfand für ein Darlehen erhalten hatte. Zu meiner Überraschung war Shean bereits wieder im Land und saß arbeitslos im Haus herum. Wegen dem Irakkrieg habe er Saudi-Arabien schon nach ein paar Monaten verlassen müssen und warte nun täglich auf seine Wiedereinstellung oder eine Abfindung. Alle waren hoch erfreut, mich zu sehen, und zeigten mir in ihrem Quartiertempel eine sicherlich 20 Meter hohe Papierlaterne, die in einem eigens aufgebauten Palmblatthaus hing. Ein Scherenschneider war noch an der Arbeit, Sheans Sohn half eifrig mit, heute Abend wird die Gemeinde sie zum Leuchten bringen zur Ehre des Herrn Lehrers.

Auf dem Heimweg kaufte ich für 690 Rupien je 5 Kilo Spinat, Tomaten, Kartoffeln, um morgen Vorräte zu kochen für den Tiefkühler. Und in einer Garage mitten in den Feldern sah ich eine fabrikneue Honda 400 ccm, schwarzrot, für 3500 Franken – wenn ich meine Honda 250 ccm in Zahlung gebe, kostet es noch die Hälfte. Doch bin ich noch nicht ganz geheilt, erst muss dieses ungleiche Paar mein Haus verlassen und meine Villa verkauft sein. Meine Villa verkauft sein? Der Straßenaltar, in dem neben der Jungfrau Maria auch alle meine Gerry-Cup-Pokale aufgereiht standen, ist leergeräumt. Wird renoviert, die jungen Fischer malen wie die Wilden – mit meinen Pinseln – und schon sind Fahnenstangen aufgebaut, um nächsten Sonntag fromm drauflos zu feiern. (Die Pokale werden nicht mehr zurückfinden, die Stimmenfänger der Quartierherren organisieren jetzt selber ein Volleyball-Turnier.)

16. Juni

Schon wieder so ein selten gewordener sorgloser, leichtlebiger Tag, der mir zeigt, wie es sein könnte, wie es sein sollte.

Shean und Frau und Kinder kamen umgehend zum Gegenbesuch, mit dem Fahrrad, ganz verschwitzt. Ich hatte wenig Zeit für sie, der Bettelpfarrer kam schon wieder und alte Gäste von früher. Mittags brachte mir Ruwan ein paar weichfleischige Fische, die er vorne an der Ecke mit dem Faden gefangen habe ,und half mir beim Kochen und beim Essen.

Wieder nichts getan als bloß herumgehangen, kaum ist der Mittag vorbei, kommt auch schon die alltägliche Strandszenerie und es ist Nacht. Gehe jetzt früh schlafen, wache dafür um sieben schon auf, eine gute Zeit, um die laufenden Emailanfragen zu beantworten. Ohne mein aktives Zutun sind wir inzwischen in nahezu allen unbestechlichen Reiseführen gelistet, in allen Sprachen und selbst wenn der Platz für nur 4 Negombohotels reicht. Habe in all den Jahren wohl doch alles richtig gemacht, die unabhängigen Touristen lieben das Authentische. Soll ich doch weitermachen?

War mit Küchenhelfer Dilan auf dem Markt, beeindruckt, wie vieles man in zwei Stunden erledigen kann. Der Houseboy ist angenehm, aber fürchtet die Moderne, die Stadt meide er, wenn es gehe, zu viele Gefahren, Drogen und solche Sachen und Verführungen, die ihm das Geld aus der Tasche holen. Ein gutmütiger und ein wenig langsamer Buffalo, der den Wagen zieht, wenn er die Route einmal kennt, aber kein Anführer, kein Reißer und manchmal muffig, gar unfreundlich, sagte heute nicht Guten Morgen zu den Gästen, ich war sauer und hielt ihm eine Predigt.

17. Juni

Der Chef vom italienischen Restaurant kommt am späten Morgen zu Besuch. Da sind auch grad die schwülen Althippies da, die mich verehren, und es ist ihnen schrecklich peinlich, als sie den Italiener sehen, denn der erkennt sie ganz erfreut wieder als Zechpreller. Ich lasse ihn mit ihnen allein und er bringt sie so weit, dass sie die 1800 nicht bezahlten Rupien nachzahlen. Sie hätten nach dem Essen die Qualität beklagt und mit der Tourist Police gedroht. Degoutiert verschwinde ich, und es kommen mir dieser laute Mijnheer und seine Alte in den Sinn, die hier im Icebear verschwunden sind, ohne ihr Familiendinner von 4000 zu bezahlen.

Koche die kürzlich gekauften Tomaten mit Kartoffeln und Peperoni und friere diese Basis für Suppen und Saucen ein, genieße meine Küche. Dilan macht sich dort auf mein Geheiß zu schaffen, der Boden gechlort, das Silber poliert. Eine fehlende Wokpfanne fanden wir in Sankars Haus.

18. Juni

Besuchte Anish, legte ihm eine Blütenkette hin, die ich in der Stadt besorgt hatte, und machte ihm wie immer Vorhaltungen, dass er sich so unfair davongeschlichen hat. Sein Vater hat sich in Nichts aufgelöst, wir vermissen ihn nicht, es läuft in Wahrheit besser und harmonischer ohne ihn. Später kam er kurz und fragte nach dem Bankoriginal von Anishs Festgeld. Aus dem Verzicht der Eltern auf das Barerbe wird natürlich nichts und also auch nichts aus meiner Idee für diese Anish Memorial Foundation. Das Meeting mit dem Team ist informell und entsprechend privat, Traktanden gibt es keine, bei nur zwei Mitarbeitern, die alles fortlaufend aufarbeiten, braucht es keine, wir trinken eine Tasse Tee zusammen. Aber Kumar muss nun endlich den Garten abarbeiten, Geviert um Geviert, habe ihm einen Plan gezeichnet, der ihm das große Gelände zugänglicher macht, 42 Kokosbäume zähle ich, ich bin tatsächlich Farmer.

Um eins am Mittag ruht alles Leben, es ist eine gute Zeit, sich ins abgedunkelte Zimmer zum Mittagsschlaf zurückzuziehen, ein wenig zu lesen oder auf der Couch im Wind zu liegen und in Zeitlupe einzuschlafen.

19. Juni

Es ist morgens um vier, als ich lautes, aufgewühltes Rufen höre, Sankar in seinem Zimmer ist außer sich, stößt heftig und eruptiv einen sich wiederholenden Wortschwall aus. Ich verstehe «Anish», «Amma» und alles hört sich nicht gut an, hoffe, jemand sei bei ihm. Wie geht er mit der Trauer um, dem Verlust der Familie, mit der neuen Freundin. Stehe auf und weiß nicht recht, was tun, da hämmert er schon an meine Tür «I want to talk with you!», wie immer, wenn er betrunken ist.

Ich öffne meine Haustür, da steht er bemitleidenswert in Boxershorts, ein Tuch um sich gewickelt. Ich fürchte einen Gewaltausbruch, rede auf ihn ein, dann fängt er an loszuheulen, wird kraftloser, wie ein Kind das sich eben von langem Heulen erholt. Ich halte ihn fest um die Schultern und so stehen wir lange im Türrahmen, während er weiter jammert und in singhalesischem und tamilischem und englischem Ausbruch vieles sagt, das ich nicht verstehe. «Sankar, Sankar, Sankar», er lehnt am Türrahmen, klopft mit den Fäusten auf die Wände ein, dann beruhigt er sich ein wenig. Die neue Freundin kommt dazu, er stößt sie weg und verschreckt und verhuscht haut sie wieder ab, später werde ich sie rufen und da wird sie lachend mit Dilan reden und eine Zigarette rauchen. Sankar tritt derweil nach dem Hund, der beunruhigt seine Nähe sucht. Es gelingt mir, den armen Kerl auf einen hergezogenen Stuhl zu setzen. Sagt immer wieder «I love you», «I love you». Wie abhängig dieser Mann von mir ist. Wie sehr ich an ihm hänge. Wie hilflos er mich macht. Dachte, er sei im Entzug und das sei ein Zusammenbruch, so wie im Sinatrafilm «Man with the golden arm», mehr weiß ich ja nicht, aber er ist schlicht betrunken. Ich rufe nach Dilan, der bringt eine Beachmatratze und auf die ziehe ich den Kerl, damit er liegt, bevor er Dummheiten macht. Er zittert in der Regenkühle, er sei aufs Staffhausdach geklettert, um das Laub wegzufegen, denn es habe hereingeregnet.

Rufe nach Linda, sie solle sich neben ihren Herzensbrecher setzen und abwarten und Tee trinken. Ich mache ein Zeichen, ob er getrunken habe. Sie nickt und deutet an, er trinke endlos, schon seit Tagen. Sie streichelt neben ihm sitzend seinen Kopf, Sankar schläft ein. Sie solle hier im Haus bleiben (ich kann ihn ja nicht ins Staffhaus zurücktragen.) Ja ob sie denn dürfe. Ich gebe ihr eine Decke, sie solle die Tür zumachen, die Nachbarin ist hellhörig, zeigt sich aber nicht. Sich ja nicht in fremde Händel einmischen, so hat auch die Schweizer Nation überlebt. Später liegt das schöne Paar nebeneinander auf meinem Boden an der Reception und schläft. Die Wutausbrüche gegenüber seiner Frau und den Kindern noch in bester Erinnerung, verstecke ich die Küchenmesser.

Diese Ausländerin wird das nicht alleine schaffen. Es ist nun alles zu viel geworden für meinen Hausmeister. Einen Hinausschmiss wird er nicht verkraften. Den Tod des Sohnes konnte er noch nicht wirklich verarbeiten. Die Trennung vom Icebear wird ihm zusetzen, denn wie für mich sind es für ihn 13 Jahre seines Lebens. Die Familie hat ihn verstoßen. Zweitsohn und Tochter haben ihn verlassen und sind ausgewandert. Die Scham, dass er nicht vom Alkohol lassen kann, bedrückt ihn. Dass er die Mitarbeiter und mich selbst seinen Job machen sieht, muss ihn kränken. Der Mutter will er gefallen und es gelingt nicht. Die Ehefrau ist ihm weggelaufen. Die Liebe zu einer blonden Dänin spült ihn weg und zerreißt ihn in Stücke, denn sie bedeutet Abschied, Neubeginn, Weggehen. Das Alte ist vorbei, das Neue hat noch kein Gesicht. Ich habe Verantwortung für diesen Mann, will die Geschichte in Anstand zu Ende bringen.

Um neun wecke ich die selig Schlafenden auf. Draußen spielt das Wetter verrückt, hat sich die passenden Kleider angezogen, es windet und wütet und der Garten liegt voll abgerissener Paläste, auch das Icebearschild am Meer liegt sinnig im Sand. Dilan und Kumar stehen zusammen in der Garage und reden über ihren Chef. Er brauche immer weniger, um betrunken zu sein, ein einziges Bier genüge. Er habe schlechte Freunde und Bekannte. Der Inhaber vom Anami-Restaurant habe Sankar nachts um drei mit dem Tucktuck hergebracht, Dilan habe das Tor geöffnet und ihn ins Zimmer gebracht. Dort hätten er und Linda ihn betreut. Aber er sei nicht zu halten gewesen, da hätten sie ihn gehen lassen. Sie hätten ihm gesagt, wenn er mit mir reden wolle, solle er es nüchtern tun. So wie sie es von mir gehört hatten. Selbst Linda meint, noch besser sei, wenn er einen Mental Doktor aufsuchen würde. Sie wirkt verhühnert, nicht sehr stark, meint, das sei ja ein richtiger Vulkanausbruch gewesen letzte Nacht. Um elf solle sie mich treffen zum Reden, Sankar brauche definitiv professionelle Hilfe.

Lucia kommt durchs nachbarschaftliche Türchen, ob ich Bananen brauche. Ja ob sie denn nichts gehört habe letzte Nacht. Schüchternes Schulmädchengesicht, sie wolle sich nicht einmischen, mich nicht stören. Sie sagt auf Insistieren hin, dass ich gerne ihre Meinung hätte, dass es für Sankar nicht gut sei, wenn er nicht arbeite. Und alle im Quartier hätten gestern seine Frau Sheela gesehen, die sei hergekommen mit ihrem neuen Lover, um allen zu zeigen, dass sie ihren Ex nicht mehr braucht, sie habe jung wie ein Schulmädchen gewirkt und ihr Gesicht sei ganz arg geschminkt gewesen.

Dilan steht auf dem Dach vom Staffhaus und putzt endlose Haufen von Blättern herunter, macht es monsunfähig, beilt Baumäste ab, die übers Dach ragen, rutscht auf dem glitschigen Eternit aus und stürzt dabei fast vom Dach, das Wasser kann nicht abfließen und drückt ins Haus. Immer machen alle Sankars Arbeit.

Das Gespräch mit Linda – ihr Mann schläft noch – ist angenehm und offen. Jemand habe Sankar gesagt, ich hätte Sex mit seinem Sohn gehabt, da sei er außer sich gewesen. Ich weiß, seit der großen Geschichte mit dem Schweizer Pädophilen Birrer bin ich Teil des Klatschs, den mögen die Einheimischen sowieso, und solchen mit Sex noch viel lieber. Ein Mann, der alleine lebt und Schweizer ist, muss demzufolge Kinderschänder sein. Ich war auch schon Waffenschmuggler und Gegenstand einer Polizeirazzia, als ein verrückter Schweizer vor Jahren Waffen an die Terroristen verkaufte (er hat sich damit herausgeredet, dass er Waffensammler sei). Und ich war Gegenstand einer CID Untersuchung und hatte auch eine Hausdurchsuchung, als ein Schweizer in einen mafiösen Drogendealerring verwickelt war. Und ich wurde von Sankars Frau beschuldigt, mit ihrem eigenen Mann Sex zu haben. Und jemand schrieb diesen anonymen Brief an die Sunday Times, ich sei eine Bedrohung für die ganze Gegend. Ach ja, und Steuern würde ich nicht bezahlen. Und meine Angestellten ausbeuten. Und ich hätte viele Schulden. Und würde die Kinder der Fischer mit Ganja versorgen. Natürlich könne man auch schwarz gebrannten Arrak bei mir kaufen.

Na ja, ein Ausländer ist kein Inländer und immer Gegenstand von Interesse, ich akzeptiere das, ich bin hier der Türke.

Aber sie machen es auch den einheimischen Abweichlern nicht leicht. Einheimische Frauen, die bei Ausländern arbeiten und gar in einem Touristenhotel, sind in den Augen der Nachbarn immer Prostituierte. Was hatte zum Beispiel unser Hausmädchen Fatima zu leiden, besonders unter den frömmelnden Nachbarn von den Heiligen der Letzten Tage. Selbst die Kriegerwitwe Dilani übergossen sie mit Schmutz. Dabei wusste sie, wie man ayurvedische Salben macht. Zahlreich auch die ausländischen Langzeitaufenthalter, die man so lange piesackt, bis sie desillusioniert den Bettel hinwerfen und abreisen, ihren Besitz zurückgelassen für notorische Landgrabscher. Alles ist erlaubt, wenn man an ihr Eingemachtes will, Auftragsmord inklusive, und Black Mail sowieso. Was will ich machen, ich habe mich hier niedergelassen.

Linda schildert zu meiner Überraschung, dass sie mit Samuel in Verhandlungen sei, dessen schönes Zweithaus in der Nachbarschaft zu mieten, für 5 oder gar 10 Jahre, 30 000 im Monat sei aber ein wenig viel. Da wolle sie ein Büro für Reisegeschäfte mit Skandinavien einrichten und ein paar Gästezimmer und ein Restaurant, das soll dann Sankar betreiben. Und sie denke, zuerst müsse er in die Rehabilitation. Ich freue mich ehrlich darüber, gratuliere zu diesem Mann, zu diesem Haus und bitte darum, alles so in Minne zu Ende zu bringen, dass wir einander nachher noch mögen. Ja, ein Schnitt und Neubeginn sei gut. Leider habe sie nicht genug Geld, mein Haus zu kaufen. Wie hoch denn die Abfindung für Sankar sei. Er solle mich seine Erwartungen wissen lassen und einen Vorschlag für Zeit und Form des Abschieds machen. Sie sagt, sie hätte ihrer dänischen Familie nichts von ihren Plänen erzählt, auch nicht von Sankars Problemen, der sei ja Manager. Und sie kämen sicher alle nach Negombo zu Besuch und ihr Vater würde staunen, die Mutter die Hände verwerfen vor Staunen. Es sei eine Überraschung, sie wolle für das Familientreffen alles parat haben, nach Geld fragen wolle sie aber niemanden.

Dilan nimmt frei bis Sonntagmorgen, zwei Engländerinnen checken ein, wir beköstigen sie und ein paar Walk-in-Gäste mit Sandwiches. Auch eine Schweizerin kommt, einen Tag früher als gebucht. Abends kommen der Pfarrer und Prabath zum Essen, ich bekoche sie selber und bewirte sie an meinem Tisch, bevor sie ins Ausland reisen, aber die Ehre verunsichert sie ein wenig – ein Mann von Rang macht keine Küchenarbeit und er spielt schon gar nicht den

Servierboy. Prabath gibt mir Empfehlungen, wie Sankar friedvoll zu verabschieden sei. Während dem Essen läutet die Hausglocke, Leute wollen Sankar sehen, der ist aber nicht da. Später steht seine Honda vor dem Haus. Ich lenke mich am Computer ab.

Vor Mitternacht mache ich den obligaten Rundgang. In Sankars Haus sitzen Linda und ein paar starke Männer zusammen. Beim Zurückkommen steht Linda in der Tür und sagt, sie habe heute versucht, Sankar in die Entzugsklinik zu schicken, aber der wolle nicht und weigere sich. (Das kenne ich doch.) Die Männer seien Freunde von ihm. Zwei von ihnen kommen freundlich redend heraus, stellen sich vor, strecken mir die Pranke her. Ob es mir gut gehe, ob sie mit mir reden könnten? Ja, morgen, ich würde meine Geschäfte gerne bei Tageslicht machen. Es schwant mir nichts Gutes, da läuft etwas aus dem Ruder. Ein Alkoholentzug ist eine harte Sache, der geht nicht ohne professionelle Begleitung, und es ist ein Abschied vom alten Leben.

20. Juni

Sankar hatte ja ein paar Tage frei genommen, und heute war sein erster Arbeitstag, er ist ja noch immer in meinen Diensten. Aber da war nichts mit »Manager», kein Aufbruch, kein Neubeginn, kein Jetztzeigeichesallen. Ich musste ihn um neun mit der Hausglocke aus dem Bett läuten. War so naiv zu glauben, er sei um halb acht wie einst bestens motiviert an der Arbeit. Das Übliche halt. Mit Kumar zusammen präpariert (und serviert!) er das Frühstück. Sagen tut er nichts, tut, wie wenn nie etwas gewesen wäre, Linda sehe ich nicht. Ich schicke ihn um die offenen Rechnungen für Wasser, Telefon, Elektrisch zu zahlen, 20 000 sind es, aufs Amt wegen der Neuinstallation der Wassermessuhr und zum Rathaus, da sind 3600 Umweltschutzgebühren offen. (Umweltschutz! Wenn der sogar hier angekommen ist, dann muss es wohl ein Weltthema geworden sein. Doch wahrscheinlich machen die westlichen Geldgeber Druck.)

Die Maurer kommen wieder einmal und reparieren die Säulen der Villa. Das Eisen ist gebläht, der Zement geborsten, ich hatte die Idee, vor dem Neuverputz mit Antirostfarbe zu streichen. Eine Gruppe junger, wohlerzogener und gutgekleideter Jungnachbarn erleichtert mich um 1000 Rupien Donation für eine Musical Show am Samstag, zu dem die St. Sebastian Group 1000 Lunchpakete verteilen will. Beim Nachmittagstee sehe ich in einem Großhotel ein paar deutsch wirkende Soldaten in Tarnoveralls herumlaufen und erkundige mich befremdet: Ja, die seien auf dem Heimflug aus dem Irak.

Gestern fuhr ich zum kolonialen Resthouse, wo es immer nach Trockenfisch riecht, um den Servierer ein wenig auszufragen, der Julia so gut gefiel. Ja, das könnte Sankars Nachfolger werden, weiß auch zu kochen.

Am stillen Nachmittag – ich habe einfach einen sechsten Sinn – schaue ich hinter den Bungalow und da sehe ich einen unserer Gäste, eine eher spröde, junge Frau, Buchhalterin aus Zürich, auf dem Longchair ihre Röcke raffen und den halbstarken Piyal – in neuen Kleidern – über die hohe Mauer zum Nachbargrundstück hechten. Ich schaue demonstrativ weg, habe nichts gesehen, wenn das naive Ding es will, geht es mich nichts an, der junge Nachbar ist sowieso immer zur Entwicklungshilfe bereit. Zudem lernte ich, dass es im Touristengeschäft immer die vier «S» braucht, Sun, Sea, Sand, Sex, es ist die weltweit anerkannte Formel für gute Geschäfte.

Um drei kommt Sankar verspätet aus der Stadt zurück, er habe mit meinem Scheck auf der Bank zwei Stunden lang gewartet und hätte das Geld immer noch nicht, mit dem er die offenen Rechnungen zahlen sollte. Ja ist der denn ein Schuljunge, so gottergeben passiv dort zu sitzen, wahrscheinlich lügt er mir was vor. Ich schicke ihn wieder zur Bank zurück.

Vier Stunden später ist Sankar immer noch nicht da, niemand weiß, wo er ist, ich ahne arges Unheil, denke zum ersten Mal, er könnte sich etwas antun. Linda steht wartend unter der Tür, sie hat die Koffer gepackt. Er trinke seit vielen Tagen immerzu, sei aggressiv geworden, sie selber würde am andern Ende des Strands in Nalus Guesthouse logieren ein paar Nächte, und wenn er dann immer noch nicht zum Entzug einwillige, ginge sie nach Europa zurück. Zudem habe er ihr Mobiletelefon mitgenommen und auch deshalb müsse sie noch warten. Alle meinten es gut mit ihm, auch diese Freunde gestern abends seien an seinem Wohlbefinden interessiert, sehr seriös, aber er lasse alle abblitzen. Sankar habe ihr telefoniert, dass er unterwegs sei und sie mir sagen solle, dass er heute nicht mehr zur Arbeit komme.

Die grässliche Säufernacht mit den versteckten Küchenmessern in blühender Erinnerung, bitte ich Kumar, zu seiner Familie zu fahren, aber nachher wieder herzukommen, um die Nacht hier im Areal zu verbringen. Zur Sicherheit. Weil wir keinen Nachtwächter haben. Dilan ist heimgefahren bis Sonntag. Ich erledigte die Gästerechnungen, halte mich bereit zum Auschecken der Gäste morgens um fünf und sieben, stelle schon die Wecker, notiere die Stichworte zum Kündigungsschreiben. Da kommt der Bacchus, steht im Garten, macht die Engländerin aus Zimmer Nr. 1 an, Linda ruft ihn barsch her, er verweigert den Kontakt, sie solle abhauen.

Sie insistiert, er solle jetzt endlich mit mir reden, wie er immer wollte. Ja, aber sie solle abhauen. Ich lade ihn auf die Terrasse, da sitzt er, kotzt all den versoffenen Abfall aus seinem Kopf heraus, und als er das geschafft hat, fängt er bitterlich über den Tod des Sohnes an zu heulen und schlägt sich die Fäuste auf den Kopf, bedauert bitterlich jede Cola, die er ihm verweigerte, jedes Schimpfen, das er ihm antat, dass er ihn nicht zum Arzt schickte, als er Gift getrunken hatte, dass er seinem Jüngsten in der Not mehrfach angedroht habe, «I will kill you». Grenzenlose Schuldgefühle wie sie normal sind für alle, die zurückgelassen werden von jemandem, der sich selbst tötet. Was alles habe ich falsch gemacht. Ich erläutere, rede auf ihn ein, mache klar, dass solche Sachen außer unserer Reichweite seien, dass alle Menschen den Tod geliebter Menschen verkraften müssten, oft über Jahre. Ob er den Grabstein neben Anishs Grab gesehen habe, für ein nur siebenjähriges Kind? Ob er sich an den Verkehrstod von Gittas Sohn in Anishs Alter erinnere? Und halt so.

Ein junger Verwandter von der Ostküste kommt ihn besuchen, will übernachten hier. Sankar ist hoch erfreut, fühlt sich emotional heimisch in der eigenen Familie und nicht mehr so allein. Redet sich die Liebschaft von der Seele. Linda habe ihm (durch einen anderen Mann) ausrichten lassen, dass sie ihn liebe. Ob die Frau nicht verrückt sei, man könne einen wie ihn doch nicht lieben. Nicht er habe mit der Beziehung angefangen. Sie solle wieder heimgehen. Sie habe nur 300 000 Rupien Kapital. Das reiche nie für das Möblieren des gänzlich leeren Hauses, das sie mieten wolle. Jeden Monat habe sie nur 12 000 Rupien zum Leben, das reiche doch nicht, um eine Touristenpension zu führen, er kenne nun das Business, es habe keinen Sinn. Und so weiter.

Ich nehme kein Blatt vor den Mund, mache deutlich, dass er in einem Desaster ende, immer schneller immer tiefer falle, er solle nur herumschauen, wie es hier aussähe, weil er heute wieder abgehauen sei. Nein, er habe hier keine Bleibe mehr, er solle Lindas Hand und die Chance ergreifen, aber zuerst solle er durch die weit offene Tür des Mel Medura gehen, wo Hilfe auf ihn warte, wo professionelle Leute für ihn da seien, die ihren Job machen. Dann könnte er wieder Selbstrespekt haben, alle könnten ihn wieder lieben und die verbliebenen Kinder ihn respektieren. Für Linda drucke ich die Notiz über die Entzugsklinik aus, die ich im Dezember 2001 für Anish machte. Sie solle dort anrufen und fragen, wie zu handeln sei im Notfall, wenn der Patient nicht wolle. Die würden das Problem sicher kennen.

Zuletzt ermahne ich Sankar, nicht die Hand gegen Linda zu erheben und umgehend zur Arbeit zu kommen, die Kündigung läge schon bereit. Er meint dazu, es sei wohl besser für ihn, wenn er mir zuvorkomme und selber kündige. Ich bestätige, dass das für einen friedlichen Ausstieg hilfreich und für seinen guten Namen besser wäre.

Er schildert mir seine große Liebe, die Dankbarkeit für alles, was ich ihm Gutes getan habe, dass er alles, was er könne und wisse, von mir gelernt habe, dass er meine Ermahnungen ernst nähme, und wenn ich alt werde, wolle er für mich da sein. Aber bitte, zuerst wolle er seinen älteren Sohn, Mahendran, in

Deutschland in Sicherheit bringen, hier sei er in Gefahr, der Bandenkönig sei heute nach drei Wochen aus dem Gefängnis entlassen worden.

Ich ziehe von dannen, informiere Linda über das letzte Statement und die ist ganz erleichtert. Niemand von ihrer Familie wisse von ihren Schwierigkeiten, aber der besten Freundin habe sie es erzählt. Ich lasse die vereinte Familie mit dem Gast und dem Angestellten Kumar allein und gehe spät abends auswärts Chinesisches Huhn mit drei Pilzen essen. Ein voller Magen stählt das Gemüt.

Auf dem nächtlichen Heimweg wartet Sankars Ältester auf der Straße einsam auf einen Freund, dem er sein Fahrrad geliehen habe. Ich plaudere ein wenig, stärke ihn für Deutschland, er ist liebenswürdig und ein wenig aufgetaut. Er warte auf die Papiere für die deutsche Botschaft. Über die Trauer um den verlorenen Bruder spricht er nicht, er blieb der große Schweiger.

21. Juni

Nachmittags kommt Linda, sie habe auswärts im Hotel geschlafen, es war ihr unbehaglich, so tief in eine dieser sri-lankischen Beziehungsgeschichten verwoben zu sein, die sich schon bald nicht mehr auseinanderfädeln lassen. Es traf sich gut, denn Sankar wurde eben mit dem Putzen meines Zimmers fertig, das ich ihm aufgetragen habe nebst – wie schon gestern erfolglos – Küche und Storeroom, die gnadenlos verdreckt und verwahrlost sind. Sonst reichte es bis jetzt erst für ein – tadelloses – Frühstück und das Bereitmachen der Villaveranda für den Tag – weit weniger perfekt, als ich es von Dilan gewohnt bin; Sankar ist, wen wunderts, zerstreut und unkonzentriert.

Kumar weckte die Gäste aus Nr. 2, verabschiedete auch die Frau aus Zimmer 1, aufmerksam servierte ich noch einen Nescafé, aber «um Himmelswillen, ich trinke doch keinen Kaffee!». Bei so wenig Augenmaß für meine überschwängliche Betreuung so früh am Morgen blieb mir nur, ihr zu befehlen, ihn zu trinken, was sie artig tat, dann ging sei gottseidank. Auch Kumar, der schon am Morgen um fünf mit dem Fahrrad zur Schule seines Sohnes radelte, weil der einen Ausflug machte, servierte ich eine Tasse Kaffee als Respektsbezeugung, der war ganz außer sich vor Freude.

Nicht wissend, was Sankar heute bringt, trage ich ihm auf, ganz früh schon die Gästezimmer bereit zu machen für Neuankömmlinge. Ich warte bis nach dem Yoga und um halb neun läute ich sechs Mal die laute Hausglocke. Tatsächlich kommt ein schrill aufgeweckter Sankar heraus, steht verwirrt herum und weiß nicht, wo er ist und was er soll. Ich sag's ihm, siehe oben. Es reicht für das Wischen der Veranda, nach einer Stunde ist er wieder verschwunden. Um elf läute ich erneut Sturm, erneut kommt er verschlafen aus dem Haus. Ob er sich an unser gutes Gespräch von gestern Abend erinnere? Ja! Also dann, nichts wie los, Frühstück! Zimmer! Storeroom! Küche! Gäste! Das Areal heute nicht vergessen und arbeiten, was das Zeug hält, um den Rückstand aufzuarbeiten. Er präpariert das Frühstück, das ist OK, schenkt mir aufmerksam die Tasse voll, das ist liebenswürdig. Der Brief aus Deutschland sei angekommen, die Verpflichtungserklärung seiner Schwägerin aus Deutschland für seinen Sohn Mahendran. Sie müssten jetzt zusammen nach Colombo auf die Botschaft fahren. Wo der denn sei? Er wisse es nicht. Geht vors Haus, steht lange sinnend, und nach erneuter Mahnung macht er mein Zimmer tadellos sauber und zieht erschöpft wieder von dannen, bis seine Linda im Tucktuck kommt, die wohl ihrerseits Vorstellungen für diesen Tag und Forderungen an ihn hat. Der Sohn bleibt verschwunden in der Stunde seines Auswandererglücks.

Doch kurz darauf schon macht sich Sankar energisch im Storeroom zu schaffen, bringt dieses Tohuwabohu tatsächlich in Ordnung, mistet aus, putzt, verjagt eine Maus und ich finde gar eine Reisetasche wieder, nach der ich ein Jahr vergebens suchte. Nicht genug, fragt er, wenn auch so spät, dass ich schon unsicher war, ob er die Kurve wirklich kriegt, ob ich hier esse heute Abend. Ich schaue ihn so an, dass er weiß, dass ich nie etwas anderes dachte und er präpariert mit dem Hühnerbrüstchen, das ich aus dem Freezer fische, und einer malaysischen Sauce, die mir der Gärtner schenkte, eine schöne Omelette, einen schönen Salat, gar einen schönen Quark. Er solle sich an den Tisch setzen. Jetzt, wo er wieder er selbst, wolle ich noch einmal wiederholen, was ich gestern im Wesentlichen sagte. Nachbar Lalith, der mich besuchen kommt, bitte ich zu warten und sitze dann lange zum Plaudern mit ihm zusammen, über die geschäftliche Zukunft von Negombo, seine finnischen Freunde, die Land kaufen würden für ein Guesthouse, das er führen soll. Dass die alte Villa neben dem «Catamaran» verkauft worden sei, für 200 000 die Perch, 25,29 Quadradmeter sind das. Morgen werde ich Samuel schreiben und ihm ein Kaufangebot für die Hälfte meines Lands zu machen.

Dazwischen kommt noch mein Garagist, um die 400er Honda anzuschauen, die mir einer zum Verkauf vorbeibringen will, für 250 00 Rupien, und mit Ankauf meiner 250er für 100 000. Doch der kommt nicht, sagt am Telefon, er sei in Colombo, ob es nächste Woche ginge. Nein, er solle es vergessen, so würde ich keine Geschäfte machen. Die 400er Verführung ist damit weg – bis irgendwo die nächste winkt.

Kurz nachher schüttet es vom Himmel herunter, ein Sturm kommt auf, Sankar läuft in Shorts im Garten herum, muss die Gäste über die Elefanten in Pinnawela beraten und sagt gar für frühmorgens ein Frühstück zu. Wenn das nur gut geht. Linda fährt morgens um neun vor und schleppt ihn ab, während am Strand die Lautsprecher der Musical Show loshämmern, die meine halbstarken Nachbarn organisiert haben. Als ich nach dem Regen schnell vorbeischaue, rufen sie fröhlich «Gerry Father», «Gerry Father». Lalith sagt, an genau diesem frommen Anlass habe er sich mit zwölf zum ersten Mal mit Arrak betrunken, von der sie in der Gruppe eine halbe Flasche köpften. Jetzt ginge er nicht mehr hin, sie würden sich sowieso am Ende wieder verhauen.

Nachher bin ich mit dem Hund Tarzan wieder Herr im Haus, die Engländer gingen früh ins Bett.

22. Juni

Wie sehr mich manchmal mein Zweifeln plagt, dieser Hang zu Verstehen und Nachsicht, diese Mischung aus Entscheidungswut und Geduld, die bis zur Gutmütigkeit auswachsen und dann für mich nachteilig werden kann. Ich weiß einfach nicht, was machen, befinde mich seit Anfang des Jahres in der Vernehmlassung, in meinem Kopf meist klarer Blick, im Bauch aber unbestimmte Gefühle, zuzuwarten, nichts zu beschleunigen, den Dingen ihren Lauf zu lassen so lange, bis sie sich selber erledigen.

Ganz früh am Morgen sehe ich Licht in der Küche, höre Klappern, Sankar macht tatsächlich das Frühstück für die Gäste, bevor sie zum Flughafen fahren. Ich drehe mich behaglich um und schlafe sorglos bis um zehn. Nur um vom Gärtner und später von Dilan zu erfahren, Sankar sei sehr krank und im Bett, er habe erbrochen und Linda sei bei ihm. Habe keinerlei Mitleid, ist selber schuld, bin nicht verwundert, man kann Körper und Geist nicht permanent schwächen, ohne krank zu werden. Aber ich bin beleidigt, dass weder Sankar noch seine künftige Frau kommen, um mich zu informieren, schließlich ist es schon wieder so ein Tag, an dem er seinen Pflichten nicht nachkommt. Ich müsste ihn hinauswerfen, hätte Säcke voll guter Gründe dafür, aber ich binde mich unverändert an mein Gelübde, ihn beschäftigt zu halten, solange er das will. Er hat mich aus dem Meer gerettet, obwohl er nicht schwimmen kann.

Ich sitze beim späten Frühstück, da kommen drei tamilische Männer von der Straße, später spaziert Sankar mit ihnen durch den Garten zum Seagate, muss dabei an mir vorbei, und nur deshalb sagt er mir im Vorbeigehen, er habe stark erbrochen letzte Nacht, er sei heute sehr krank. Es wäre Zeit zu handeln, die Frage ist nur noch, soll ich auf die Kündigung warten, die er zugesagt hat, oder soll ich ihm zuvorkommen? Doch sein Ältester sagt, sie gingen am Dienstag zur Botschaft. Und ich selber bin anschließend zwei Tage in Colombo, wo ich im Galadari reservierte, um abends mit einem Expatriate aus der Hauptstadt und seinen Töchtern ein Konzert zu besuchen. Also warten bis Freitag, es ist nur noch eine Frage von Tagen, dann muss Klarheit hergestellt werden, so schwebend kann das hier nicht weitergehen.

Morgens beim Strandlauf eine Gruppe von zehn Pakistanis im wadenlangen Burnus, sehen einem Hund zu, dem ein Einheimischer einen Strick um Hals und Beine und einen schweren Sandsack daran gebunden hat, um ihn zu ersäufen. Als ich mit meinem Hund an ihm vorbeigehe, fletscht er mit letzter Kraft aufs Entsetzlichste seine zwei Zahnreihen. Ohne über die Abneigung der Muslime gegen Hunde nachzudenken, gebe ich einem von ihnen meinen deutschen Schäferhund zu halten, er lässt sich friedlich beobachtend neben ihm nieder. Der arme Hund draußen im Meer merkt schnell, dass Hilfe naht, und wird ganz still. Ich löse diverse gut geschnürte Knoten, der Sandsack fällt ins Wasser, der Unglückliche rennt davon, wohl zurück in die Hände seines Peinigers, dem er ergeben hündisch zuschwänzeln wird.

Immer mische ich mich ein, immer habe ich Anlass, mir das Gegenteil vorzunehmen. Vor vielen Jahren sah ich ein Rudel grausamer Kinder einen Hund immer wieder ins Wasser zurücktreiben, aus dem er immer wieder an Land kroch, um sein Leben kämpfend, weil dem Ertrinkungstod nahe. Immer wieder, mit Stecken und Steinen und wüsten Worten jagten sie ihn ins Wasser zurück, bis er zuletzt aufgab und selber ins Wasser hinausgeschwommen ist. Ich mischte mich laut schimpfend ein, ein Donnergrollen, die Kinderhorde stiebt auseinander. Von ganz weit weg schauten sie nun zu, was der einsame Retter tut. Der ekelt sich vor diesem schlaffen Hundesack, den das Wasser nun zurück spült, so kraftlos ist er geworden, dass er selber keinen Boden mehr unter die Beine bringt. Ich finde einen Stecken mit Seitenzweig, an diesem Haken ziehe ich ihn an Land, nur um zu sehen, dass er von einem Auto schwer verletzt ist und alle Beine gebrochen hat, die ihm vom blutenden Leib herunterhängen. Da stehe ich wie ein begossener Pudel in größter Verlegenheit und weiß, die Kinder haben das Richtige getan, auch wenn es schrecklich war. Ich ziehe den Körper in die grünen Blätter, lege einen Karton gegen die Sonne über ihn, lasse ihn in dieser friedfertigen Umgebung zurück und schleiche mich davon. Von dieser Geschichte habe ich wirklich gelernt. Aber oft vergesse ich es wieder.

Sankar sehe ich nach dem Besuch der Männergruppe nicht mehr, Linda huscht einmal durchs Tor, die Schwester kommt zu einem Besuch, und als ich abends beim Eindunkeln frage, weiß niemand wo der Co-Boss steckt, auf mein Läuten keine Antwort, er ist wohl am Streunen.

Besuche Freds heulende Frau mit der Nachricht eines deutschen Gönners, dass morgen Geld auf der Bank sei zur Pflege ihres schwerkranken Mannes im Spital der Hauptstadt. Nachher fahre ich in Nalus Guesthouse vorbei, um Linda zu besuchen, die sich dort anhaltend einquartiert hat. Vielleicht würde ich ja ihren künftigen Mann sehen, und sei es nur, um zu erfahren, ob morgen mit ihm zu rechnen sei. Dilan hatte mir gesagt, Sankars alter Chef aus der Gewürzmühle sei gekommen, sie seien wohl zusammen weggefahren. In Wahrheit will ich mich bestätigt finden, dass er nicht zu krank war, um mich selber zu informieren.

Nalu sagt, Linda wohne nicht mehr hier, aber sie kämen manchmal zu Lunch oder Dinner. So fahre ich mit meinem Töff langsam heim in der Hoffnung, unseren Lastenesel, die Honda 90, irgendwo stehen zu sehen, und prompt steht sie vor dem Coconut Primitive an der Weggabelung beim Großhotel und ich sehe das traute Paar mit andern Leuten fröhlich am Tisch sitzen. Beim späten Heimkommen lege ich, diesmal abschließend entschlussstark, eine Nachricht in Sankars hell erleuchtetes Haus, das er auch diesmal so schnell verlassen hat, dass noch alle Türen offenstehen:

«Tomorrow 11 am I like to talk with you, to decide about a final solution. If necessary, come together with Mrs. Linda.»

Schon kurz darauf sehe ich ihn im Sarong das Haupttor aufschließen, unsere Gäste hatten den Schlüssel vergessen. Man hatte ihm wohl gesagt, dass ich vor dem Lokal gesichtet wurde und da ist er ganz schnell heimgekommen.

25. Juni

Hänge meinen Wunschgedanken nach, sehe mich an meinem neuen Rückzugsort, dem Retirement, dem Ruhesitz, der mehr ist als dieses abgegriffene Wortbild.

Entsprechend distanziert, emotionslos und klar im Kopf saß ich an der gestrigen Aussprache am Tisch, an die Sankar wie erwartet seine Freundin mitbrachte. Nachdem ich sie ihren Mann prompt diese grässlich dumme Frage stellen hörte, «was denkst du jetzt gerade?», erkannte ich in der nächsten Stunde: Sie ist ein bescheidener Mensch, hat zu viel Gefühl und zu wenig Kopf, vor allem sie hat kein Geld. Das festzustellen, ist beinahe das einzige, was Sankar zu formulieren weiß, als sie ihn drängt, endlich etwas zu sagen. Er ist unsicher über die gemeinsam geplante Selbstständigkeit, ihr Geld wird zum Start nicht reichen, und im Gegensatz zu ihr weiß er es. Sie lässt erkennen, dass es mit meiner Abfindung dann schon reichen würde. Dummheit? Dreistigkeit? Aber ich werde mich hüten, die Beziehung zu stören, sie ist der weichste Weg, den Mann loszuwerden.

Tatsächlich sitzt Sankar eine Stunde lang stumm wie ein Fisch an der sogenannten Aussprache. Doch am Klopfen der Fäuste auf den Kopf wird deutlich, da ist kein Platz mehr, er wird fast verrückt, er ist unfähig, klar zu denken, geschweige denn zu handeln. Es ist ihm einfach zu viel, die Zukunft ist keine Erfrischung, solange er an der Vergangenheit hängt. Und er hatte nicht einmal Zeit, seinen Sohn zu betrauern.

Nachdem er sich schließlich fragend absichert, ob er richtig verstanden habe – «You not want me?» – und ich ihm das betätige, bittet er einfach um mehr Zeit, das heißt, wir verstehen ihn so, interpretieren ihn so: Er wolle noch seinen Sohn nach Deutschland bringen. Und dann wolle er die Sechs-Wochen-Kur im Mel Medura machen, die jetzt auch Drogenentzug anbieten.

Aber Klarheit müsse ich schon vor der Rehabilitationskur haben. Alles hier stehe still wie festgewachsen, ich könne nichts planen und meine Pläne nicht verwirklichen. (Heute Mittag kam tatsächlich und wie von mir als Zeichen des Interesses erhofft der Steward vom New Resthouse vorbei, um sich umzuschauen.) Im Moment sicher sei eigentlich nur, dass ich (mich) verkleinern werde. Dass man mich aus dem Areal nur im Sarg herausbringe. Dass vieles offen sei, aber alles eingefroren. Ich müsse jetzt an mich denken und er an sich, ein Neubeginn sei unumgänglich. Jetzt interessiere mich eigentlich nur noch: Wollen wir in Goodwill oder im Streit auseinandergehen? Kündigt er mir oder ich ihm? Wie sieht der Zeitplan aus, wann ist sein letzter Arbeitstag, wann zieht er aus? Wie viel soll es kosten?

Mit meinem Anwalt habe ich auf Freitag einen Termin vereinbart, um die Auflösung der Zusammenarbeit rechtlich korrkt abzuwickeln. Und ich habe dem Valuer aufgetragen, die Land-Schätzung ganz schnell abzuschließen, weil ich vielleicht einen Teil des Landes verkaufen würde. Samuel mailte ich, er solle mit 250 000 per Perch aufwärts rechnen. (Zehn Jahre später wird es 1 000 000 sein. Auch ein Weg, reich zu werden. Aber man muss warten können.)

Die Wahrheit ist, dass ich Sankar nach so vielen gemeinsamen Jahren so gut kenne, dass meine Güte und mein Verständnis nicht umzubringen sind; ich mag ihn bei allem mehr als die meisten hier und bin ihm so nah wie kaum jemandem sonst. Was ist nur mit mir los? Wahr ist auch, dass ich mir gewünscht hätte, dass er wieder mein Hausmeister würde und mit mir zusammen alt würde, wenn ich mich dereinst zurückziehe. Aber mit seinem Leiden, dem Saufen und dem Streunen, ist das nicht zu machen, ohne dass ich Schaden an ihm nähme.

Mein Gunstentzug macht ihm schwer zu schaffen. Er hat das Tagesaccountbuch irgendwo verlegt und unterstellt mir, ich hätte es ihm weggenommen als Degradierung. (Tatsächlich muss ich ihn ja beunruhigen, wie und dass alles ohne ihn läuft. Zum Beispiel besorgte ich selber heute einen Sanitärspengler, um alle Duschen und Hähne zu erneuern und ein Leck in der Wand auszumerzen. Das Jahrhunderttraktandum Schlüsselkopien habe ich selber abgehakt. Maurer haben dies und das repariert und das Anschlussstück zum neuen Trottoir zementiert – alles klassische Hausmeisterarbeiten –, die Mitarbeiter machen Frühstück, servieren, kaufen ein, machen Tagesbuchhaltung, schreiben Kundenrechnungen und jeder macht ohne Aufhebens seine Arbeit. Zehn Tage war mein Hausmeister nicht hier und nachher nur ein paar Stunden, ein Schatten seiner selbst. Ich suche das Finanzbuch vergebens bei mir. Ich suche weiter und finde es in der Küche unter Schalen und Schüsseln liegen und zeige es ihm grinsend und mit dem Hinweis, dass er alle die Probleme, unter denen er leide, selber verursache. Dass er endlich normal agieren und kommunizieren solle. Und dass er seine Pflicht zu tun habe, solange er unter meinem Dach Lohn empfange. Nur dann habe er seinen Frieden, sonst würde ich nicht aufhören, ihn zu beißen.

Ich möge ihm bitte täglich sagen, was er kochen solle. O Gott, selbst das hat er vergessen. Rindsleberli mit Röschti bitte, und einen Salat, und einen süßen Lassi. Untadelig. Auch noch am nächsten Tag, wo ich ihn erfolgreich heiße, einen Riesentopf Kartoffeln zu kochen, um Kartoffelnudelvorräte anzulegen für die kommende Hungersnot. Und die Blumenkübel vor dem Haus solle er weiß streichen, herrlich, es klappt ja, sogar Tische, Säulen und Ständer weißelt er. Und macht Zahlungen in der Stadt für 27 000 Rupien, kommt sogar innert nützlicher Frist zurück und kann mir gar erläutern, wofür ich 3600 Rupien Umweltgebühr bezahlen muss. Es ist alles normal für diesen Tag, nur abends vergisst der Co-Boss, das Seagate abzuschließen.

Mein Nachbar Gayan kommt abends zum Bier, lässt erkennen, dass die Nachbarn die schnelle Liebe zu seiner blonden Dänin unpassend fänden. Traditionalisten rundherum halten am Überlieferten auch fest, wenn es nichts mehr taugt, sie beziehen Halt und Haltung daraus.

Ich bin ganz aufgeblüht. Auch Dilan sind Flügel gewachsen, er macht aus einem Wurzelstrunk einen vielarmigen Pflanzenständer im Garten, ganz großes Bollywooddesign, entsetzlich entgleist, aber es ist herrlich, wie leidenschaftlich er seinen Design-Ausbruch verwirklicht.

Ich selber war auch kreativ, hatte den grandiosen Einfall, parallel zum Exil-Sri Lanker auch der Nestle Sri Lanka ein Kaufangebot zu machen, die haben eigene «Kasernen» auf ihren Industrieareals für die ausländischen Mitarbeiter, für die wäre der Icebear ein herrliches Gästehaus und eine gute Geldanlage.

26. Juni

Hatte gestern einen schönen Brainwash in der Hauptstadt, die erquickende Fahrt über die Lagunenstraße am Zimtkanal entlang, Sauna, Essen, Schwimmen, heiße Badewanne, Lesen, fünfzig Fernsehkanäle zappen, Schlafen. Abends war Weltniveau angesagt, vergleichbar mit der abstrusen Größe von Fitzcarraldos Steinway-Flügel-Transport vom Fluss über den Hügel ins Opernhaus mitten im Tropendschungel. Die Wiener Sängerknaben, Österreich liebster Exportartikel, zwei Dutzend an der Zahl, blonde Bauernbuben, denen die strikte Disziplin des Auftritts an den geballten Fäusten anzusehen war, beglückten Colombos europasüchtige Elite mit einem 3000 Rupien teuren Galakonzert.

Stramm wie Kadetten, doch mit roten Ohren, bedienten sie das Auditorium mit dem erwarteten geistlichen Balsam «Panis Angelicus» natürlich, aber auch eine Laientheatereinlage gab es, die war vor allem psychologisch empfohlen, um die starken Verkrampfungen zu lösen. Vor dem Ballsaal des «Intercontinental» gab es ein Dinnerbuffet mit Wiener Schmankerln, und als es um halb neun endlich losging, wollten sie gar nicht mehr aufhören, zweieinhalb Stunden lang zeigten sie Old Europe vom Schönsten, aus dem Stand und Gedächtnis heraus.

Pandit Amaradeva, The Great Master of the Nation, hatte eine hier und heute welturaufgeführte Komposition geschrieben, und nach dem fröhlichen Absingen sri-lankischer Lieder war die privatschulgestählte Hauptstadtelite außer Rand und Band, wie sie es sonst, ganz wie die Unterschicht, erst nach dem ersten Viertel Arrak sind, es gab gar eine standing ovation. Alles war da, was wie ich selber Rang und Namen hatte. Der sympathische Therapeut, der sich erfolglos an Sankar und Anish versucht hatte, hörte nicht auf zu dozieren, bis seine Frau so auffallend ein Blatt Papier zerknitterte, dass er die familieninterne Kommunikation verstand. Aber auch die Halbwelt wie Marianne zeigte sich, auf dem kahlen Schädel eine dieser grässlich Perücken, die barocken Bügel einer Hollywoodgoldbrille hielten sie fest, Elizabeth Taylor hätte den Anblick nicht ertragen. Selbst den Weltallfantasten Arthur C. Clarke schoben sie im Rollstuhl herein, Minister und Exzellenzen und ihre Mütter und Schwestern und Tanten und Frauen und artigen Kinder, und mindestens die Hälfte hatte neue Kleider gekauft, es war betörend und wie oft vergnügte mich die Garnitur mehr als der Hauptgang. Mit der schönen eurasischen Tochter des Auslandschweizers, dessen Trauzeuge ich einst war, und ihrer Upperclassfreundin hatte ich Smalltalk vom schönsten – die Wiener Knaben waren ihnen aber nicht smart genug und sie hauten in der zweiten Pause ab, ihr Chauffeur wartete schon auf sie.

Am nächsten Mittag kam ich schon um eins wieder nach Negombo, Dilan und Kumar berichteten mir unabhängig, dass Sankar gestern einen Arbeitsanfall gehabt hätte, und heute Abend sagte er es mir selber. Dass er das brauche, dass er seinen Frust und sein Leiden in Arbeit transformiert habe, Linda habe er überdies verboten, sich in seine Arbeit einzumischen, und ob er am Wochenende zu einer Familienkonferenz nach Trincomalee fahren könne. Er will dort gutes Klima machen, nachdem er beim letzten Besuch im Streit noch gleichentags abgereist ist, statt wie geplant zehn Ferientage mit Linda dort zu verbringen. Seine Verwandten würden sie nicht akzeptieren. Deshalb würde er ohne sie an die Ostküste fahren, sie warte derweil im Staffhaus, ob ich ein wenig auf sie aufpassen würde, bitte. Die Einbauküche frisch gestrichen, die verrosteten Eisschränke weiß gesprayt und im Freezer lagern die von mir vorbereiteten fünf Zentner Kartoffelnudeln, die meine drei Männer gestern stundenlang geformt und gesotten haben. Ich ließ ein schönes Nachtessen davon machen, er solle Speckwürfel dazu braten und einen Salat dazu.

Um allem das Tüpfeli aufzusetzen, war auch der Reparaturschreiner da, den ich aufgetrieben hatte, nachdem Sankar auch dieses Traktandum ein halbes Jahr ausgesessen hatte. Nun ist wenigstens das Äußere der Property gängig und propre wie früher, sodass ich mich selber wieder ein wenig gehenlassen darf.

28. Juni

Mitten in der Nacht um drei kam eine Genfer Familiengruppe mit neun Leuten an, Sankar holte sie am Flughafen ab, war mit Dilan zusammen den ganzen Tag und Abend aktiv mit den Vorbereitungen, und am Morgen präsentierte sich das Restaurant sauber und nett möbliert und mit Pflanzen geschmackvoll dekoriert. Wirklich freuen kann ich mich nicht darüber, mir missfallen solche Ausbrüche von Geschäftigkeit, nur, um mir zu gefallen; ich hätte es lieber normal und dafür stabil. Am Nachmittag ist das ganze Team auf alle Fälle aktiv in der Küche, auch der Gärtner schnetzelt mit, die Gäste bestellten ein immer aufwendiges Rice & Curry.

Ich finde keinen Spaß daran, gehe auswärts essen und nachher zum alljährlichen Karneval auf dem Cricketgrund, wo ich wie jedes Jahr mit dem Riesenrad fahre, das von den Barfüßen junger Wilder angetrieben wird, die sich so begeistert in die Speichen hängen, dass mir Angst und Bange wird. Die Bevölkerung zeigt sich in ausgefallenen Kleidern, viele der Kleinkinder sind verkleidet wie Disneypuppen, die älteren sind mit farbigen Spielzeuggewehren stark bewaffnet. Man riecht das viele Geld, das sich sonst gut versteckt.

Am Morgen kaufte ich einen Strauß Blumen (das gibt es hier nur in Sarghandlungen) und die eine Hälfte stellte ich zur Heldenverehrung vor Anishs gerahmtes Porträt, mit dem wir eine Art Hausaltar einrichteten, die andere Hälfte brachte ich ihm zu seinem neuen Wohnort Städtischer Friedhof, Hindu Section. In den paar Monaten seit seiner Beerdigung hat es viele neue Grabhügel um ihn herum gegeben, er gehört schon zu den Alteingesessenen, und wenn ich komme, rennen die Friedhofgärtner und fegen seinen Sandhügel sauber, um mich zu beeindrucken, was ihnen auch gelingt. Wie immer weiß ich nicht, ob ich den jungen Mann beweinen oder ihm Vorwürfe machen soll, dass er so unfair abgehauen ist. Aber nah bin ich ihm unverändert, wahre Liebe ist nicht umzubringen. Würde gerne, wissen wie es seiner Freundin geht und ob sie mit dem eingefädelten Ehemann glücklich ist.

Am Nachmittag endlich wieder einmal in einem Hotelpool lange schwimmen, aß und las etwas, fühlte mich weit weg von meinen Niederungen und wie ein seliger Tourist.

29. Juni
Schickte auch Houseboy und Gärtner mit Taschengeld gut versorgt auf den Karneval, wo sie tatsächlich wilde Karussells bestiegen hätten, wie sie mir ganz aufgeregt berichteten. Beim Italiener aß ich eine schöne Salatschüssel leer und Gnocchi Bolognese dazu, las die Sunday Times und durfte wie alle hier wieder einmal am Erfolg der Friedensverhandlungen zweifeln. Die Separatisten verhalten sich starrköpfig und manch ein wacher Tamile hält den selbsternannten Führer für faschistisch. Es würde mich nicht wundern, wenn er einen fundamentalistischen Hindustaat im Auge hätte, in dem er sein von ihm so genanntes befreites Volk mit starker Hand unter den Knüppel zwingen würde. Nur, die meisten merken es nicht, es gibt keinerlei Anzeichen von Skepsis oder gar Druck, sie lassen ihrem strengen Führer alles durchgehen, denn sie verehren starke Männer und lieben Disziplin.

Ein heißer Wind bläst tags und nachts und glüht das Grünzeug aus, meine Katze ist krank, hat wahrscheinlich eine Gebärmutterentzündung (Google bildet), Huhn Laura wird alt, die Ente hat zwei große Eier fallen lassen.

30. Juni
In der Nacht hatte ich einen abendfüllenden Traum, in dem viel Design, Inneneinrichtung, ausschweifende Räume und eine schmale Frau vorkamen, die in all diesem Überschwang von schönem Interieur lebte und es zurückhaltend mit mir teilte. Der Blick ging aus einem Halbbogenfenster auf eine Rangierbahnhoflandschaft, wie ich sie vor einer Zürcher Langstraßenwohnung sah. Ich war so beeindruckt von meinem Einfallsreichtum und all den Designideen, die ich im Schlaf hatte, dass ich aufwachte vor lauter Selbstbewunderung.

Über die Jahre bin ich zum Wetterkenner geworden; wie ich erwartete, kam nach den zwei wüstenheißen Tagen zuerst Der Große Sturm und dann Der Große Regen. Das wütete so kräftig, dass ich wie jedes Mal ein Wechselbad von ängstlicher und freudiger Erregung durchlebte. Solche Naturausbrüche sind nicht nur für alles Gebaute der ganz große Crashtest (nur zwei Lampen hat es heruntergerissen), auch für die Fischer ist es die Reifeprüfung: Kurz nachher sahen wir – genüsslich mit dem Fernglas – etwa ein Dutzend eigentlich unsinkbare Katamarane gekentert in der aufgewühlten See treiben, bis sie von Trawlern in den Hafen geschleppt wurden. Farmersohn Dilan hieß ich so lange schauen, bis er ganz nachdenklich wurde und begriffen hatte, warum unsere Fischer hier so rauhe Kerle sind.

Sankars nun einziger Sohn Mahendran kam aus der Hauptstadt zurück, sah aus wie ein Versicherungsvertreter und ich hätte ihm eine Police abgekauft, als er zu mir an den Strand hinaus lief um mir beglückt mitzuteilen, dass er übermorgen das Schengenvisum erhalte. Und dass mein Empfehlungsschreiben so viel Eindruck gemacht habe, dass sie ihm als einzigem keine einzige Frage gestellt hätten. Gott vergebe mir meine Lügen! Der junge Mann sei so aufgewühlt gewesen, dass er beim Unterschreiben gezittert hätte, und jetzt sah ich ihn zum ersten Mal seit Jahren als Sieger und begriff, wie viel Druck auch auf ihm gelastet hat. Auf seine Schweigsamkeit angesprochen meinte er richtig, es sei zwischen uns ja alles schon beredet, diskutiert, besprochen. Ein altes Paar halt, das sich nach so vielen Jahren unterm gleichen Dach nichts mehr zu sagen hat.

Obwohl Dilan weit nach Mitternacht neue Gäste empfing und morgens um sechs Gäste verabschiedete, und obwohl er sich Mühe gab, redete ich ihm streng ins Gewissen, dass er gut sei, aber noch nicht gut genug und er sich noch mehr Mühe geben müsse. Sein Kollege Kumar ist ständig am Herumwerkeln, beide machen mir Freude und können gut miteinander. Sie haben ihre Chancen.

4. Juli

Nachdem mir die Umstände vorübergehend den Teppich unter den Füßen weggezogen haben, scheint das Schlimmste überwunden, ich wende mich nach Wochen des Zweifels und Grübelns, der Perspektive- und Planlosigkeit samt daraus resultierender Unsicherheit wieder der Zukunft zu; es sieht so aus, als mache ich weiter.

Habe vorgestern 25 000 Rupien in neue Badezimmerarmaturen und 15 000 Rupien in Sanitärspengler und Fliesenleger investiert. Nun werkeln die laut und intensiv herum und machen den Eindruck, es laufe hier wieder etwas. In Wirklichkeit aber stehen die Zimmer leer, sie sind gänzlich unvermietbar bei diesem Sanitärchaos, aber es gibt jetzt nur wenige Touristen, sie haben Angst vor den Bomben.

Nach der glühenden Maihitze ist seit einer Woche der Monsun Herr der Welt, es regnet üppig und mehrmals und jeden Tag und nur selten sehen wir die Sonne, die große Sediererin, die weich macht und glättet, was die Unwetter in uns und um uns aufgewühlt haben. Jetzt sieht man gut, wo wirklich Schatten herrscht in meinem Paradiesgarten, überall dort hat es nämlich Moosbewuchs gegeben, über Nacht, in allen grünen Schattierungen hat die Natur sich eine zweite Ebene geschaffen.

Der Monsun lässt auch anderes altern, das Huhn Laura hat nach acht Jahren blühenden und glücklichen Lebens Haarausfall bekommen, sieht ganz zerknittert und geschrumpelt aus, wirkt geschwächt, ihr braunes Federkleid hat viele weiße Stellen, es sieht aus wie gechlort. Sie sucht jetzt anhänglich meine Nähe, nachdem sie mir all die Jahre ängstlich aus dem Weg gegangen und zuletzt mit dem Enterich herumgezogen ist.

Draußen am Strand, dem großen Sozialisierungs-Marktplatz des Quartiers, erkenne ich in den Rudeln meiner Nachbarn manchmal einzelne Gesichter wieder, Buben, Halbstarke, junge Männer, und, ganz selten, kleine Mädchen und heiratsfähige Töchter. Dann beachte ich sie ein paar Wochen, ein paar Monate nicht mehr, mache die Augen wieder auf, und da sind sie über Nacht aus ihrem Kokon gewachsen und in die nächste Altersriege aufgestiegen, wo sie sich nun wieder in eine neue Gruppe einbinden müssen, Männer, Frauen, Alte. So ziehen Generationen von Nachbarn an mir vorüber, rufen mir zuerst Gerry Uncle zu, und – älter geworden – Gerry Father und – Mann geworden – Gerry; nur ich selber bin seltsam alterslos geblieben, von mir aus könnte das hundert Jahre so weitergehen.

Sankar agiert so, als hätte er verstanden, dass er seine Ruhe hat, solange er mich in Ruhe lässt, und macht seine Arbeit, wie es sein sollte. Aber ich lasse keinen Zweifel daran, dass er gehen muss. Er versichert sich erneut, dass ich die Kosten für Anishs Grab übernehme, und er fragte mich so, dass ich den Eindruck haben durfte, er sei am Ordnen seines alten Lebens vor dem Neustart. Sein Sohn Mahendran, nun anhaltend aufgeblüht, hat jetzt auch das Flugticket erhalten. Retour. Wenn ich wohlwollend bin, könnte ich denken, er sei wie ein junger konturloser Wein nun vier Jahre lang bewegungslos im Fass gelegen und jetzt käme er reif und ausgewogen wieder heraus an Licht und Luft, um Qualität und Charakter herzuzeigen. Er verlässt uns am Montag Richtung Deutschland, wo schon Schwester, Tante, Omi auf ihn warten. Der Vater hat dann keinen Vorwand mehr, den eigenen Ausstieg zu verzögern. Das sollte ganz schnell noch jetzt im Juli sein oder dann ab September, denn den August möchte ich endlich bei Urmutter Indien verbringen, es ist viel zu lange her seit dem letzten Besuch. Dass Sankars Blonde von ihrem Vater 10 000 Euro bekommt, entspannt die Situation der beiden in der Startphase; sie wollen zusammen ein Guesthouse eröffnen. Um ihnen – wider besseres Wissen – den Teppich in die Selbstständigkeit auszurollen, nahm ich meinerseits unmerklich Einfluss auf meinen Nachbarn Samuel, er solle sein leerstehendes Haus vermieten; wahrscheinlich würde sich eine Dänin bei ihm melden, ich kenne sie.

Der alte Schätzmeister de Silva überbrachte mir gestern seinen literarischen Schätzungsbericht in diesem altmodischen und gestelzten Kolonialenglisch, in dem die Anwälte hierzulande ihre Verträge schreiben. Bin endlich Multimillionär, Rupienmillionär, und zehnmal reicher mit Haus und Property als vor 25 Jahren, einfach mit Nichtstun, nur mit Haben. Mit diesem neuen Wissen habe ich dem sri-lankischen Schweden gestern das Angebot gemacht, ihm einen Teil meiner Property zu verkaufen. Samt Seelenmassage, denn mein meerseitiges Land schließt an den Landwinzling an, auf dem er seine Kindheit verbrachte mit einem Fischervater, der so klug war, ihn zum Studium zu treiben. Jetzt könnte er das Erbe seines Vaters ehren und seinen eigenen Alterssitz etablieren in guter Nachbarschaft zu mir, so eine Gelegenheit kommt ihm nie wieder auf den Tisch. Ich selber werde mich ein wenig verkleinern. Aber die Sache ist noch nicht ausgekocht, ich bin noch in der Vernehmlassung. Muss mich selber wieder einmal in Geduld üben, was nicht meine Stärke ist. Aber weil immer neue Zimmerbuchungen hereinkommen, mache ich am besten erst einmal weiter, wie wenn nichts wäre, das lenkt mich ab und verkürzt mir die Zeit. Von der habe ich genug, nichts treibt mich.

5. Juli

So etwas gab es hier in zwanzig Jahren nicht, einen Handwerker, der seine Arbeit durchgehend ausführt, bis sie fertig ist, das ist nachts um zwei der Fall, die Sanitärinstallationen sind auf internationalem Standard. So lange warten Dilan, Kumar und Sankar, bis sie die Badezimmer im Bungalow säubern und die Räume für neue Gäste bereitmachen können, die schon morgens um sechs vor der Türe stehen werden. Ich bin beeindruckt.

Sankar gibt mir wortlos das Email zum Lesen, das der sri-lankische Schwede Linda schickte, die nach langem Zögern endlich Kontakt mit ihm aufgenommen hatte. Das ist ein kluger Mann, angestellter Mediziner in einem Staatsspital, doch sri-lankisch gewinnorientiert: Ja, er vermiete, für fünf Jahre fest, zu 300 000 Rupien im Jahr, alle Skandinavier würden jetzt nach Sri Lanka kommen wollen, Thailand sei für die meisten ein Auslaufmodell, Negombo blühe eine große Zukunft, es sei die Zeit für gute Geschäfte. Und er gratuliere sehr zur Heirat, ja, das habe er von Gerry gehört. Ich nicke meinerseits beifällig, das sei wirklich günstig und toll und jetzt würde es endlich losgehen. Von wegen. Das ungleiche Paar beklagt, die Miete sei viel zu hoch, das Haus sei ja leer, man müsse so viel zusätzliches Geld in die Möblierung stecken. Keine Freude nicht, Angsthasen. Kein Businessplan als Geländer, an dem sie vorwärtsschreiten können, kein Budget, kein Timing, kein Geld; die Selbstständigkeit wird ein kurzes Leben haben.

6. Juli

Ziemlich viele Besucher wollen jetzt ein Zimmer, die Ferien sind los in Europa. Hängte nach dem dritten Besucher, den wir wegweisen mussten, ein selbstgemaltes Schild ans Tor, «full house», sieht gut aus, gefällt mir. Morgens kamen völlig übermüdet nach endloser Anreisezeit sechs Irländer und wünschten Zimmer. Sie hätten per Email reserviert, das indessen nicht hier ankam. Es stellte sich heraus, sie schickten es an die alte Emailadresse, die noch in manchen Reiseführern publiziert ist. Aber wir besorgten ihnen dann irgendwie ein Dach über dem Kopf für die erste Nacht auf der Insel. Sankar ging morgens um elf, er müsse in der Stadt Sachen kaufen, und da Kumar wegen der Hochzeit des Schwagers frei hatte, musste nun Dilan ganz heftig an die Front. Ich steckte ihm einen Bonus zu und versorgte selber die Franzosen aus dem «pink room» mit Frühstück. Rief den Auswanderer Mahendran um Hilfe, der vor dem Tor herumstand, damit er sich nützlich mache, solange er noch hier ist. Als sein Vater zurückkam, war alle Arbeit gemacht, er stand angewachsen herum, und als die Iren eingezogen waren, verschwand er wieder.

Mittags war ich eingeladen und zeigte mich dann – Schnelligkeits-Weltrekord! – eine ganze Viertelstunde lang auf einer hinduistisch schwülstigen Hochzeitsparty und gab mein Geschenk ab. Die schön angezogenen Frauen und Kinder waren in der Mehrheit, die Männer gähnten, alle saßen passenderweise in Kinobestuhlung und mussten sich deshalb nicht anschauen – keiner redete mit keinem – und auf einer Bühne passierte manchmal etwas. Als ich wieder heimkam, machte sich mein Hausmeister fürs Fest bereit, und weg war er, bis er abends selig entrückt heimkam.

Da schulte ich gerade Dilan, wie man seine Arbeit gut organisiert und wie man das Tohuwabohu heute Morgen hätte vermeiden können. Sankar stand entfernt, dachte, ich rede über ihn, und auf meine Frage, wo er denn um Himmelswillen geblieben sei, wir hätten alle Zimmer voll, ließ er mich trotzig wissen, dass er die Mitarbeiter informiert habe, er würde heute Abend nicht kochen. Aber wir hätten doch eine Tageskarte und wer denn diese Bestellungen erledigen solle, wenn er nicht da sei. Und seine Küche sei nicht aufgeräumt, alles stehe seit heute Morgen herum, selbst das Schweinefleisch, das ich ihn zu säubern hieß. Dann wieder die obligaten Reaktionen der beleidigten Leberwurst, dass er ja nur eine Stunde weggewesen sei, dass ich ihn hinauswerfen könne, dass er alles für mich tue, mich liebe, es ihm im Herz weh tue, wenn ich nicht sähe, dass er täglich bis um Mitternacht arbeite. Ich laufe davon und wenn ich keine Betablocker schlucken würde, hätte ich ihm in der Aufwallung meines Blutes über so viel Dreistigkeit eine heruntergehauen.

Dilan macht die Küche sauber, Sankar gesellt sich dazu, setzt sich auf einen Stuhl und redet über sich, mich, die Kinder, Linda auf den unbescholtenen Angestellten ein. Der hört ihm ergeben und loyal zu. Ich stelle mich dazu, mache mir einen Pulverkaffee, dann meint er erklären zu müssen, dass er Dilan gerade seine Lebensgeschichte erzähle – so wie er es wohl rundherum tut, wenn er sich mit seinen Kumpanen trifft.

Gleich darauf haut er wieder ab und ich gehe auswärts essen, nicht ohne mit Dilan vorher den morgigen Tag zu besprechen, Frühstück und so, und für den

Fall, dass Sankar entgegen seiner Zusage am Morgen nicht erscheinen sollte. Vergnügt sehe ich die Lernerfolge des Houseboys, denn der hat bereits Geschirr für morgen früh zusammengestellt und alles vorbereitet, sogar die Butter ist bereits in Würfel geschnitten und in Gläsern kalt gestellt, damit es am Morgen glatt geht.

Später am Abend ist dann das Staffhaus voller Leute, auch Verwandte von der Ostküste sind zu Mahendrans Farewell angereist. Alle sind aufgeregt fleißig, in einem unbeschreiblichen Durcheinander bereiten sie den Export des Sohnes vor, der unterdessen irgendwo bei Freunden ist. Alles kann nur besser werden für ihn, doch wie der Vater den Verlust aller Familienmitglieder samt der Stelle bewältigen wird, ist offen; ich fürchte, er ist nicht stark genug und die Dinge werden weiter aus dem Ruder laufen. Wenn seine Linda einmal merken wird, auf was sie sich da eingelassen hat, wird sie ihn stehenlassen und aus der gemeinsamen Geschäftsgründung wird nichts, dann blüht mir als Hinterbliebenem wieder was.

Zwinge mich zu Geduld, werde ihm weiterhin Zeit lassen, in Wahrheit mag ich ihn unverändert – den originalen Sankar, nicht den Schatten von ihm.

7. Juli

Das ist so eine Sache mit der Geduld. Morgens großer Abschiedsbahnhof, ich gesellte mich mit guten Wünschen und einer Armbanduhr dazu, damit er sieht, was sie geschlagen hat, und weg war auch er. Das war in aller Herrgottsfrüh, und natürlich waren alle müde den Tag durch und ich war milde gestimmt. Zu meiner Verwunderung half mein Hausmeister dem neu angestellten Stellvertreter, ein halbes Dutzend Frühstücke zu servieren, aber dann ward er nicht mehr gesehen, hat freigenommen, ließ wieder einmal alle sitzen und dann kamen noch fünf Gäste von draußen zum Frühstück und die Gruppe wollte – sorry, der Koch hat heute frei! – Abendessen vorbestellen; nix wars, 5000 Rupien verschenkt.

Am frühen Mittag sehe ich immerhin Linda ihre frisch gewaschenen Haare in der Sonne schütteln, abends geht es wohl wieder in den Ausgang. Wir mühen uns derweilen ab; um sechs steht frisches Hackfleisch in der Küche, der Maestro hat geruht, für mich einzukaufen. Nur geredet hat er nicht. Ich habe mich schon mit einem Schweinebraten, knoblauchgespickt, zu schaffen gemacht und sage harsch, ich koche selber, und weg war er, danke. Parallel machte ich mir aus dem Hackfleisch einen Berg von Hamburgern mit Kartoffelschnitzen und einen deftigen Salat, es war herrlich. Wenn auch ein wenig spät, weil der alte Clark noch mit dem Bericht für die Neuschätzung meiner Property kam und ich einen importierten Cognac mit ihm schlürfte, von dem ich ihm dann die ganze Flasche schenkte, weil er eine Schwäche für französischen Luxus hat.

(Sein Honorar für die Schätzung beträgt 1% von der Schätzungssumme, das sieht nach wenig aus, ist aber in bar der reine Horror. Der gute Mann reduziert es mir massiv – gemeinsam trinken macht Kumpel fürs Leben –, es sind aber immer noch 50 000 Rupien. Sein Job ist eine Gelddruckmaschine.

Auch der Bettelpfarrer kam an, wie immer in weißer Uniform und nur, wenn er was braucht. Diesmal war es eine Übersetzung, zudem erhielt er ein Rasierwasser zum Geburtstag (er solle aber nur ganz wenig nehmen, wenn er die Kutte trage), schaute begehrlich zu den irischen Gästen hinüber, aber die ignorierten ihn, wahrscheinlich Protestanten. Sanath war emsig mit zwei Massagen, doch wusste er nicht so recht, wo er das ayurvedische Stinköl applizieren soll; die Frauen hätten sich züchtig bedeckt, sogar das Unterhemdchen hätten sie angelassen. Dabei hatten sie mich um eine Gebrauchsanleitung gefragt und ich hatte ihnen frivol Alternativen aufgezeigt. Doch sie waren ganz selig, bestellten auf morgen wieder eine Massage. Jedes Zimmer ist besetzt, es gibt doch keinen touristischen Aufbruch im kriegsgeschädigten Palmenland? Alle Gäste gehen abends auswärts essen, das ist wohl unmenschlich, aber die Stille in meinem Garten nach Einbruch der Dunkelheit könnte schöner nicht sein.

Der junge Ruwan bringt ein Bananenbündel als Dankeschön für meine Elektrifizierungsspende, das Licht sei wunderbar, sogar einen Radio hätten sie jetzt und Musik. Weil ich im Garten gerade beim Frühstück bin, füttere ich ihn, während er nervös zum Seagate schaut, dass ihn auch niemand sieht. Er tut dasselbe wie die Alten, die sich manchmal einzeln hereinschleichen, damit ich ihnen heimlich etwas zustecke oder einen Arrak mit ihnen trinke: Niemand am Strand soll sehen, wie sie zum Ausländer hereinkommen. Die soziale Kontrolle ist enorm, der Anpassungsdruck groß. Wenn die Nachbarn morgens oder abends in Gruppen vor meiner Tür sitzen, erwidert keiner meinen Gruß. Sobald sie mich aber alleine sehen, in der Stadt manchmal, grüßen und winken sie in herzlicher Offenheit. Durchs Haupttor und nicht durch den Hinterausgang zum Strand haben sich heute aber der Sohn des einarmigen Polizisten getraut, der ein paar alte Schuhe braucht, Sivak mit den verkrätzten Händen, der mich um Geld für Salben anging, Reagan, weil von meinem Garten aus die nachbarlichen Nellifrüchte leichter vom Baum zu klauen sind. Selbst die Betreuerin meiner Bernadette-Altar-Donation, Maria von der Rosary Road, war nicht scheu, sie wünschte Ersatz für den jungen Baum, den Nachtbuben ihr abgebrochen hätten, und schließlich ertappte ich noch Lucias Mann, der den Enkel ungefragt und grußlos durch meinen Park trug; das Paradies ist allen von Gott geschenkt, alles gehört allen, der liebe Gott will das so.

Meine Freundin mit den schönen Schenkeln, Laura, ist gar nicht so altersschwach wie gedacht. Habe sie heute auf ihren Nachtsitz fliegen sehen, eine aalglatte Blechabdeckung der Neonlampe. Schlechter ging es einer noch nicht ausgewachsenen Ratte, die heute Morgen in der Falle saß, sie hat uns wochenlang im Lagerschuppen alles auf den Kopf gestellt und als Einlass das angerostete Fenstergitter durchgebissen. Die Ente sitzt in ihrem Nest, schabt sich den Flaum von den Federn, das Kissen, auf dem sie brütet, wird jeden Tag höher und weicher und wärmer und vielleicht schafft sie das Brüten ja diesmal.

8. Juli

Schon morgens um sechs serviert Dilan Frühstück an frühe Gäste. Um acht kommt ihm Sankar zu Hilfe für die irische Reisegruppe und das deutsche schöne Ding. Als um zehn alle fertig sind, sehe ich alles in der Küche aufgetürmt, aber Sankar ist verschwunden, wahrscheinlich gänzlich überarbeitet. Wir finden ihn in seinem dunklen Haus sitzen. Ob er heute frei habe oder im Dienst sei? Nachdenken. Ich wiederhole meine Frage. Er habe heute frei, bestimmt er. Das sage ich dann dem Gärtner und dem Houseboy, doch die finden das gar nicht lustig, denn die Arbeit bleibt bei ihnen hängen. So einen Chef mag man einfach nicht.

Ich fühle, die Stimmung ist am Tiefpunkt, und beginne wieder einmal ein Ad-hoc-Gespräch. Tatsächlich habe sich mein neu angestellter Hoffnungsträger Dilan gestern Abend gefragt, ob er hier nicht weggehen solle. Aha! So gehe das nicht weiter. Ich schenke klaren Wein ein und bitte um Geduld bis Monatsende und entscheide, ab sofort keine Reservationen mehr anzunehmen wegen fehlendem Manpower – ein arger Verlust, denn die Saison hat gerade zu blühen angefangen. Ich lasse auch die Werbetafeln hereinnehmen, um ja niemanden hereinzulocken. Und als ich den Iren ein zweites Mal ein vorbestelltes Dinner absagen muss, schlägt das auf die gute Stimmung auch der Gäste durch, die sich hier sicher nicht willkommen fühlen.

Habe zwei weitere Duschköpfe bestellt, sie sind gigantisch, so groß wie Suppenteller, trotz schwachem Wasserdruck steht man wie unter einem Wasserfall und wenn wir den Gästen schon nichts zum Essen kochen können, so kommen sie doch in den Genuss der einzigen Regenduschen in diesem unserem Land, bevor sie nächstens Mode werden.

Ich flirte mit der alten Nachbarin, die ihren Witwenstatus überwunden hat und mich verstohlen – ich habe nichts zu verlieren, als die Ehre! – so keck anschaut, dass ich mich beim Grübeln erwische, sie zur späten Frau zu nehmen und mit ihr steinalt zu werden.

Sankars jüngerer Bruder kommt vorbei, um sich artig von mir zu verabschieden, er reist heute nach Kanada zurück; die Familienprobleme und anhaltender Durchfall seiner Töchter haben ihm arg zugesetzt. Nur sei es unter Tamilen halt so, dass er dem älteren Bruder keine Vorhaltungen machen dürfe. Aber gerade gestern wieder sei die ganze Familie wegen Sankar zusammengesessen, es täte ihnen allen alles sehr leid, ich sei der einzig gute Mensch weit und breit. «Diese Frau aus Europa» sei viel zu intelligent für den Bruder, sie würde ihn ausnehmen, sie hätten ihm alle von dieser Beziehung abgeraten und ihr gesagt, sie solle ganz schnell heimreisen.

Dass die Sankarsache innerhalb seiner Familie viel Sand aufgewirbelt hat, erkenne ich definitiv, als später am Nachmittag auch Sathi anreist, der kluge Verwandte aus Trinco, um sich von mir zu verabschieden. Er versucht sich mit Erklärungen, dass die Sache seines Onkels aus dem Ruder laufe, die Familie mir dankbar sei, dass sie gerne mit mir lange geredet hätten, aber keine Zeit dafür war. Er wirkt erschöpft. Auf meine Anfrage, «für Notfälle», gibt er mir die Verwandtenadresse, damit ich wenigstens einen auf Englisch kontakten kann, wenn Not am Mann sein sollte.

Sankar sehe ich den ganzen Tag nicht, auch nicht am Abend, und auch nicht seine neue Frau. Dilan sagt mir, er habe ihn abends weinend im Zimmer gesehen. Fühle mich ohne ihn im Frieden der Property aber wohl und daheim und brate mir ein paar Leberschnitten. Später trinke ich mit einem von drei einstündigen Massagen ermüdeten Masseur ein Glas Rotwein, ja, morgen käme ich endlich zu seiner Familie zum Essen.

9. Juli

Ich hätte erwartet, dass Sankar sich von seiner läufigen Sumpftour erholt hat und sich am Morgen sagen wir um sieben als erster mit der Tagesarbeit zu schaffen macht, wie wenn nichts gewesen wäre, so wie wir es von ihm kennen. Doch als ich mich um neun öffentlich mache, weil endlich der Reparatur-Schreiner kommt, treffe ich bloß und wie üblich auf zwei alleingelassene, gestresste Mitarbeiter, den gutmütigen Gärtner und den knapp volljährigen Houseboy. Die sind intensiv damit beschäftigt, der irischen Reisegruppe das Frühstück und die Rechnung zu machen und sie angemessen und nach Art des Hauses zu verabschieden. Derweil mache ich mit dem Schreiner einen Rundgang und lasse ihn protokollieren, was er mir am Schluss mit 14 000 Rupien Arbeitskosten (für 14 Arbeitstage!) offeriert. Der Handwerker schaut mir während der ganzen Dauer unseres langen Gesprächs nicht ein einziges Mal in die Augen, reagiert mürrisch, gibt mir zu erkennen, dass ich froh sein müsse, wenn er meinen Dreck mache, und zuletzt läuft er grußlos davon. Bin erstaunt, weiß nicht, habe ich etwas falsch gemacht oder spinnt der Mann, und lasse Dilan übersetzen, dass ich wenigstens ein Zeichen der Freude erwarten würde wenn nicht ein Dankeschön für die immerhin drei Monatslöhne, die er mit meinem Auftrag in nur zwei Wochen abschleppen kann. Tatsächlich wird er morgen nicht kommen, beleidigt, warum auch immer, auch übermorgen nicht, ich habe seine Ehre gekränkt, warum auch immer – die Dummen und die Armen haben nichts als die Ehre –, und er lässt mich zurück als den Ausländer, der auch nach einem Vierteljahrhundert auf der Insel nichts verstanden hat.

Rein theoretisch und blauäugig betrachtet besteht die Chance, dass mein Co-Boss um elf Uhr erscheint, da ist nämlich die wöchentliche Teamsitzung; ein Sakrileg, der fernzubleiben. Aber nun fehlt er schon zum vierten Mal und ich sitze mit dem Rumpfteam zusammen. Motiviere und erläutere noch einmal, dass wir ab sofort agieren würden, als wäre Sankar nicht mehr da, dass ich außer den Werbetafeln vor dem Haus auch die Menukarten von den Tischen nehmen und vorderhand keine weiteren Buchungen mehr annehmen würde, um uns zu entlasten und das Gästevolumen dem knapp gewordenen Manpower anzugleichen. Dass wir später weiter sähen und ich sie bitten würde, solidarisch und unbeeinflusst von atmosphärischen Störungen ihre tägliche Arbeit zu machen wie bisher. Leider enttäuscht mich der junge Mann, weil er, wie wenn ich nichts gesagt hätte, ab morgen ein paar Tage Ferien nehmen wolle, und ich muss ihn warnen, sich für die Auf und Ab des Tourismusgeschäfts zu entscheiden oder den Beruf und die Stelle zu wechseln.

Als ich über den Umweg des Mitarbeiterklatschs auch noch erfahre, dass Sankar morgen in eine Entzugsklinik gehe, fällt mir ein, dass man einen kranken Mitarbeiter nicht entlassen darf. Das Drama und der lähmende Stillstand könnte sich noch wochenlang hinziehen, wenn sich der Mann krankmeldet. Ich vergesse mich zu rasieren, und als ich meine Hände zittern sehe und auch das Pflanzenwässern im Garten nicht beruhigt, setze ich mich an die Schreibmaschine und formuliere überfallartig die fristlose Kündigung, zuerst in Deutsch und dann in Englisch, und die bringe ich dann umgehend eingeschrieben auf die Post.

Sehr geehrter Herr Sankar,

Heute sind Sie wie an vielen Tagen zuvor wieder unentschuldigt und unbesprochen der Arbeit und dem wöchentlichen Meeting des Teams ferngeblieben, dessen Leiter Sie sind. Zudem haben Sie meine wiederholten Angebote zur Rehabilitation zurückgewiesen. Als Resultat Ihrer Alkoholprobleme sind Sie bis heute nicht in der Lage, Ihren Pflichten als Hausmeister nachzukommen.

Mit eingeschriebenen Briefen habe ich Sie im Februar 2002 und Januar 2003 verwarnt und detailliert Stellung genommen. Leider ist nichts besser geworden, vielmehr haben Sie Arbeitsleistung, Arbeitsqualität, Teamwork, Verantwortung,

Leadership und Kommunikationsbereitschaft weiter reduziert und den Frieden des Hauses markant und anhaltend gestört. Das Vertrauen ist irreparabel gestört, der lang anhaltende Goodwill erschöpft.

Ich sehe mich deshalb leider gezwungen, den Dienstvertrag zu kündigen und Sie aus meinen Diensten als Housekeeper zu entlassen. Sie sind beurlaubt und mit sofortiger Wirkung von der Arbeit entbunden, doch werde ich Ihnen den monatlichen Basislohn 10 Mal weiterbezahlen, erstmals per Juli.

Bitte beachten Sie außerdem:
– Sie haben alle Unterlagen und Akten ordnungsgemäß zurückzugeben.
– Das von Ihnen gratis bewohnte Staffhaus ist bis 31. Juli zu räumen und in dem Zustand zurückzugeben, in dem Sie es nach dem seinerzeitigen Umbau von mir übernommen haben. Die von Ihnen installierte Telefonleitung ist termingerecht zu kündigen.
– Das Besuchsrecht Ihrer Freundin ist mit sofortiger Wirkung sistiert.
– Bewilligung und Lizenz zur Vermietung von Zimmern in meinen Privathäusern als «Paying Guest Accomodation» sind mit sofortiger Wirkung beendet.
– Meine Erlaubnis zum auf Ihren Namen lautendes Certificate of Registration of an Individual Business ist hiermit entzogen.

Ich danke Ihnen für Ihren Service in der Vergangenheit und werde Ihnen zur gegebenen Zeit ein Empfehlungsschreiben an Ihre neue Adresse zusenden.

Der gordische Knoten ist zerschnitten, der Befreiungsschlag erleichtert mich, das Schiff ist wieder steuerbar. Ich nehme Tee und Sandwich im New Resthouse und bin erleichtert, den früher schon als Sankars Nachfolger ausgeäugten Steward anzutreffen, den ich für alle Fälle früher schon um seine Adresse frage.

Da passt ganz gut dazu, dass Auswanderer Samuel heute auf mein Verkaufsangebot schreibt, er sei hoch interessiert, habe aber gerade eben so viel Geld in ein neues Haus investiert – nach Art der Skandinavier an einem See –, dass er nicht wisse, wie er mein Grundstück finanzieren solle, auf dem er als kleiner Junge gespielt habe. (Ich werde ihm ein paar Finanzierungsideen zur Auswahl geben und seinen Entscheid am Monatsende in einen Vertrag umwandeln, wenn er persönlich nach Negombo kommt.) Er schreibt auch, wie erleichtert er darüber sei, dass «Sankar und seine neue Frau» das neue Haus auf der anderen Straßenseite mieten würden, in das er kürzlich nach Landesart sein Geld investiert hat, und wie sehr er mir vertraue und niemandem hier sonst. Darauf lässt sich aufbauen.

Aber in dem Groschenroman, in dem ich eine Rolle spiele, gibt es immer wieder überraschende Wendungen. Nachdem Sankar sich auch den ganzen heutigen Tag in Nichts aufgelöst hat und niemand nichts zu wissen vorgibt, höre ich von Dilan auf harsche Anfrage hin, dass der Chef gestern Abend spät heimgekommen und dann wieder weggegangen und die ganze Nacht weggeblieben und erst heute Morgen wieder zurückgekommen sei. Betrunken, wie es sich gehört. Mein Gott, der arme Kerl, dass ihn nicht einmal der Selbstmord seines Jüngsten motivieren kann.

Koche mir wieder etwas Schönes, Schweinebraten und Rotkraut und Röschti, und als ich um neun abends in göttlichem Frieden und endlich bereinigt auf meiner Veranda beim Lesen sitze, kommt Linda dazu. Ob sie mit mir reden dürfe. Sankar sei schon den ganzen Tag sehr krank am Magen, unfähig aufzustehen, was bei seinem Verhalten auch kein Wunder sei. Sie würde jetzt Sankars Hemden bügeln, denn nachdem sie ihm angekündigt habe, die Koffer zu packen, habe Sankar eingewilligt, morgen früh ins «Mel Medura» zu gehen. Auch sie habe von dort die Zusage, dass Notfälle jederzeit willkommen seien, und habe nach durchwachter Nacht mit Warten auf den Geliebten begriffen, dass mit ihm nichts zu machen sei, dass ihr Guesthouseplan scheitern wird, wenn Sankar permanent weitertrinke wie in den letzten Tagen und nun auch noch die ganze letzte Nacht. Ich bin freundlich mit ihr – sie hat eine Tür aufgestoßen und jetzt ist sie Teil einer Geschichte – und dann informiere ich sie über die erfolgte fristlose Kündigung. Sie wird ihm verständlicherweise nichts davon sagen, um seine Zusage zur Entziehungskur nicht zu gefährden, morgen früh sei die Stunde der Wahrheit für sie.

O je!

10. Juli

Ein heißer, heftiger, endloser Wind vom Meer her, die thailändischen Tempelglocken läuten, was das Zeug hält, es werden heftige Regen kommen, die Fliegen flüchten sich in die Zimmer und belästigen uns, der Atem angehalten, eine innere Nervosität macht sich breit und eine Aufgeregtheit wie bei Hühnern, wenn eine Sonnenfinsternis bevorsteht oder der Indische Mungo lauert.

Sankars Staffhaus ist auch spät morgens verschlossen. Ob er wohl schon in Colombo ist? Oder die Freundin die Koffer gepackt hat? Dilan sagt, Sankars Sorge sei, dass die Nachbarn wüssten, dass er trinke, wenn er sechs Wochen weg und in einer Klinik sei. Deshalb ginge er nicht in den Entzug. Und dass er die gestrigen Einladungen seines Chefs, ihn in der Klinik zu besuchen, ausgeschlagen habe. Er wolle diesen kranken Mann nicht anschauen und einfach seine Arbeit machen, sonst würde er selber krank.

Wie viel Energie es braucht, das Gesicht nicht zu verlieren. Dabei ist es ihm längst abhandengekommen. Es ist wie ein Selbstmord auf Raten, er bringt sich wissentlich um, wiederholt spiegelbildlich die Geschichte des Sohnes. Es ist zum Heulen.

Bei allem vergesse ich nicht, die Familie des Masseurs zum Tee zu besuchen, kaufe Trauben zur Wiedergutmachung, weil ich die Einladung zum Dinner schon so oft verschoben hatte, und bin auch arg schön artig mit allen und sogar mit ihrem dicken Sohn, der wie ein epileptischer Mops auf dem Fußboden herumkriecht. Auf dem Tisch steht ein Computer, der Ältere, 13, könne Word, Excel, Graphics und solches Zeug, aber das Gerät ist aus der Steinzeit, die Harddisk am Ende, er ist unbrauchbar und ein Hausaltar geworden mit Spitzendeckchen drüber und einem Strauß Räucherstäbchen drauf: Seht her, die Neuzeit ist eingekehrt in unsere Hütte.

Sankars älterer Bruder steht verlegen vor dem Haus herum, dabei müsste er ins Exil zurückreisen, er ist sehr freundlich mit mir und sehr besorgt. Auch Sankars alte Mutter kommt am frühen Abend, aber Sankar ist nicht da, niemand weiß, wo er steckt. Wir sahen ihn mittags ins Haus schleichen, aha, er ist nicht in der Klinik. Bruder und Mutter machen den Eindruck, sie würden sich über das Ende vergewissern, nur weiß ich nicht, ob sie damit die Trennung von Linda meinen oder den Beginn der Entziehung.

Spät abends läutet es mehrmals, der Houseboy ist im Englischkurs, und da stehen verschiedene einheimische Leute vor dem Tor, die ich nicht kenne, und fragen nach Sankar. Viel später sehe ich Sankar im Sarong zum Tor gehen, er war also die ganze Zeit in seinem Zimmer und rührte sich nicht.

11. Juli

Am späten Morgen steht Sankar im Garten herum. Peinliches Schweigen, auch das Team in größter Verlegenheit. Ich frage als Vorwand, ob wir eigentlich die Haussteuer bezahlt hätten, was er bejaht. Nachher kommt er zu mir her und bestätigt, dass er meinen Kündigungsbrief bekommen habe. Das schreckt ihn weniger als die Tatsache, dass ich ihm nur 10 Monatslöhne Abfindung zugesagt hätte. Er müsse jetzt Fachleute fragen, «keine Blablabla-Leute», wie er zu mehr Geld komme, ich hätte ihm ja laufend Abzüge gemacht, er wisse, wieviel ich selber in all den Jahren verdient hätte, er habe ja die Rechnungen für die Zimmergäste geschrieben, er wolle einen Anteil am Ergebnis haben und würde sich kundig machen. Es geht wie immer in diesem Land ums Geld und immer gibt es Einflüsterer, die es besser wissen.

Ich entgegne, dass er noch immer wählen könne, ob wir in Frieden oder im Streit auseinandergehen. Falls er vor Gericht gehe, dauere es Jahre, ich sei gutmütig, aber wenn man mich beiße, würde ich ziemlich ungemütlich. Ich dächte, er solle in Ruhe entscheiden, was er tun wolle. (Der Schwachkopf, ich hatte den Lebensretter testamentlich schon früher mit einer Rupienmillion bedacht und war bereit gewesen, ihm diesen Betrag nun schon zu Lebzeiten auszuzahlen.) Er solle mich später informieren, mir auch die Sprachregelung zur Gesichtswahrung nennen, die er für seinen Weggang hier wünsche. Bislang wisse noch niemand etwas davon, dass ich ihm gekündigt habe.

Schließlich informiert er mich noch, dass die Entzugsklinik ihn am Montag in Colombo erwarte, er aber nicht gehe, er sei schließlich kein Alkoholiker. Das kenne ich doch. Kam er nicht einst vom Erstbesuch bei den Anonymen Alkoholikern in Chilaw zurück mit dem Entschluss nicht mehr «da hin» zu gehen, das seien ja alles Alkoholiker.

Um elf kommen Walk-in-Gäste und wollen Frühstück, obwohl wir alle Werbetafeln hereingenommen haben. Dilan, der einen einzigen Zimmergast zu betreuen hat, erst noch zusammen mit dem Gärtner und nur ein einziges Zimmer herrichten muss heute, kommt perplex, was er jetzt machen solle. Ja, er solle doch einfach sagen ja oder nein. Ja, aber ich hätte doch gesagt, wir nehmen keine Gäste mehr an. Dann solle er nein sagen. Aber er habe schon ja gesagt. Das fände ich gut, dass er selber entscheiden würde, und zudem gäbe es mehr Monatseinkommen auch für ihn. Er hätte sowieso mit mir reden wollen. Da kommt er vor lauter Arbeit vorerst nicht dazu, aber ich ahne Nachwirkungen meiner Aufforderung, sich für oder gegen den Broterwerb im Tourismusgeschäft zu entscheiden. Ich ahne, dem Buffalo, der am liebsten seinen Karren zieht auf der immer gleichen Straße, wird vieles schnell zu viel, und überhaupt sei das Servieren von Leuten, Ausländern gar, seinem Stand nicht angemessen. Nicht schlecht, dann habe ich mehr Raum für Neuentscheide, denke mir aber dennoch, dass mit den Leuten hierzulande wirklich gar nichts anzufangen ist, sie sind im Kopf oft irgendwie verdreht.

13. Juli

Es gibt eine gern zitierte Gesetzmäßigkeit (ich glaube von Murphy), dass sich die Dinge immer zum Schlechtesten hin entwickeln. Da konnte mich nicht überraschen, dass mir Dilan gestern Abend einen Brief herstreckte, den möge ich bitte lesen. Ob er Manns genug sei, mir persönlich zu sagen, was er aufgeschrieben habe, er möge mir dabei in die Augen schauen. Das tut er dann ganz manierlich, und auch seine Briefargumentation ist anständig und aufrichtig. Ist nervös geworden. Hat nicht mit mir geredet. Hat keine Schachzüge gemacht. Hat zu schnell entschieden. Er wolle künden, hier weggehen, möglichst schnell. Das eisige Klima zwischen Sankar und mir hat ihm wohl zugesetzt, die einheimischen Pflänzchen vertragen keinen Wind. Er habe es schon einem der Arbeitskollegen gesagt (Stilbruch) und auch Sankar wisse es bereits (Stilbruch), selbst dem Klatschweib Shean habe er schon vor Monaten gesagt, dass es ihm hier nicht gefalle. Sein Förderer, der Pfarrer, dem er einst ministrierte, sei gegen seinen Weggang zu diesem Zeitpunkt, der Familie habe er es noch nicht gestanden, die Mutter würde schimpfen.

Er langweile sich hier, es gäbe nichts mehr zu lernen (aber ich hätte meine Sache als Lehrer gut gemacht), er müsse mehr verdienen, er wolle keine Touristen bedienen und in einer Anwaltspraxis arbeiten, im August fingen neue Kurse an, ich dächte ja auch, er sei ein Büromensch. Er werde daheim in Chilaw selbstständig etwas machen, was mit Computerei, etwas mit Grafik (!) «oder so», er würde ein Stück Land verkaufen und er kenne viele Leute von der Administration, er würde sicher eine Stelle finden. Zuletzt bedankt er sich artig, dass ich ihm die Hälfte des Computerkurses bezahlt und ihm mein altes Laptop zum Üben gegeben hatte.

Ich zeige ihm die aktuellen Gästereservationen – es ist Hochsaison jetzt grad – und ermahne ihn, bis Mitte August zu bleiben, das sei das kleinste Loyalitätszeichen, das ich erwarte. Und ich fände es gut, dass er was Neues mache, sich selbstständig mache, entscheidungsfreudig sei. Er habe wahrscheinlich einen Autoritätskonflikt mit mir. Ja, meine gelegentlichen Vorhaltungen hätten ihn oft gekränkt und er möge Menschen wohl nicht sehr, wie es im Tourismusgeschäft unerlässlich sei, ja, Touristen seien seltsam, er sei wohl auch ein wenig arrogant und fände den Dienst am Kunden unter seiner Würde. Es sei wie in einer niedrigeren Kaste, was er jetzt mache, und weit weg von dem, wozu er fähig sei. Die unerschrockene Schilderung seiner Meinung gefällt mir, sonst halten sich alle hierzulande meist gut bedeckt.

Da fällt es mir dann nicht leicht, unbeschwert zu sein und freundlich, nur weil ich den Karrieristen noch ein paar Wochen brauche.

Weit nach Mitternacht hämmert am Strand ein Dauertrommler endlos auf einen Schiffsrumpf, ich wache auf und kann nicht mehr einschlafen, eine Gruppe macht ihre Samstagnachtparty am Strand, der ist ja öffentlich, man singt und tanzt, übt sich in Gemeinsinn, doch ist sich selbst genug. Morgens liegt ein Dutzend Arrakflasche vor meiner Mauer und der übliche Abfall. Hellwach habe ich mir nach Junggesellenart ein paar Brote getoastet, gelesen, die Sehnsucht auf einen sonnigen Sonntagmorgen mit einer Schlaftablette gestillt; ich nehme sie so selten und bin gleich weggerutscht und erst am schon sehr späten Morgen aufgewacht, da war smartes Sonnenlicht, die Vögel jauchzten, die Streifenhörnchen quietschten ausgelassen, neue Gäste waren beim Frühstück, es läuft ja, es läuft ja.

Linda sehe ich einmal verhuscht vorm Haus stehen, von Sankar nichts zu sehen und zu hören, aber einmal steht die Tür zu einem Zimmer offen, das er als Abstellraum braucht, und eine Matratze steht zum Lüften vor dem Haus. Kleine Gesten voll Hoffnung, dass er und dass er in Minne das Haus verlässt und Freundin und Freunde seinen Kopf nicht mit noch mehr Unrat füllen.

Spät mittags habe ich meinen Mittagsschlaf, da bellt der Hund, Tarzan, ganz aufgeregt und wild und lang anhaltend und da gehe ich auf die Terrasse, sehe ihn vor der Massagehütte stehen, drinnen warten die Jungfischer Piyal und einer, den ich nicht kenne, darauf, dass der Hund sie abhauen lässt ohne zuzubeißen. Was sie hier tun, verdammi! Grinsen, Verlegenheit, Tikitikitik hätten sie gemacht, so Bubenspiele halt, im Blattwerk der Hütte hätten sie sich ungestört gewähnt. Ach, die Leidenschaften der Pubertät, die nicht simultan verlaufen mit den Möglichkeiten, die das Alter bietet.

Spät nachmittags feiern sie die Geschlechtsreife meiner Nachbarstochter, die noch gar nicht weiß, dass sie nun in eine endlose Phase sexueller Repression einsteigt, aus der sie nur die organisierte Heirat retten kann, doch nicht bevor sie 25 ist. Ihr Vater, sonst kein Mann mit überbordenden Eigenschaften, lässt sich die erste Periode seines Goldstücks etwas kosten und hat sich in der Function Hall eingemietet, die sie passenderweise im ersten Stock eines Supermarkts eingerichtet haben. Dort kaufe ich dann gleich mein Gastgeschenk, eine Kellogs Cornflakes Schachtel von ungefähr einem Kubikmeter Volumen, damit das dürre Kind bald Fleisch an den Knochen hat, so wie es der männliche Nachwuchs hier mag. Ich komme statt um 7 erst um 7.15 und bin dennoch bis um 8 der erste und fast einzige Gast, erwartet werden später noch weitere 100. Inzwischen plaudere ich mit einem Norweger, ein Koch, der morgen einen Landkauf unterschreiben wird, um dort ein paar Cabanas zu bauen, die Lalith, der Driver, ihm managen würde. Kasperle, tus nicht, tus nicht, sie wollen dich fressen!

Um sechs kommt Sankar. Er habe mit Fachleuten geredet, die Briefe gezeigt, erzählt eine lange Litanei, die Anwälte stünden bereit für eine Gegenforderung, das sei kein Problem, aber er wolle nicht auf diese Art aufhören – I love you! – er wolle mich beschützen vor den unangenehmen Folgen und dem schlechten Ruf, den ich hier bekäme. Eine Trennung im Streit könne mein Leben arg stören – er droht mir! –, und er möchte hier aufrechten Hauptes weggehen und den andern zeigen, dass er es zu etwas gebracht hat. Und so Sachen halt. Er erscheint mir selbstbewusster und gestärkt, hat seine Armee in Stellung gebracht und seine Freundin ist der General. Also, es geht ums Geld, das er gerne hätte. Doch es bleibt unklar, will er Linda heimschicken und sich einen Kleinbus kaufen, oder mit Linda zusammen ein Guesthouse machen. Auf alle Fälle ist er nüchtern genug für die Einschätzung, dass er jetzt endlich reich werden kann. Dann haben die Leute, die Nachbarn, Verwandten, endlich den Respekt vor ihm, den er sich bis jetzt mit Spendierrunden erkaufen musste. Ich hätte viel Geld, sagt er, ich sei sehr reich und er habe nichts. Dass er für sein Säuferleben und die Saufkumpane die Hälfte seines Einkommens verbutterte und keine Rupie gespart hat, sagt er nicht. Der Futterneid der Armen und Dummen hat ihn erfasst, er hat endlich im Lotto gewonnen.

Er habe an 1,5 Millionen Rupien gedacht – ich rechne schnell, 25 000 Franken, und glaub's ja nicht –, aber munitioniert von gierigen Anwälten hält er die Summe für einen Bruchteil dessen, was er als Lizenzhalter («Rooms-in-Home», Hilfe zur Selbsthilfe) als Gewinnbeteiligung durchsetzen könne. Das solle er sich ganz schnell aus dem Kopf schlagen und noch einmal drüber schlafen. Ob's nicht auch mit weniger gehe, die Forderung sei ja durch nichts begründet, er sei nie Partner gewesen, habe nie Risikokapital eingespeis, habe im Gegenteil einen Scherbenhaufen angerichtet und alles heruntergewirtschaftet und verwahrlosen lassen. Aber ich realisiere, dass er gut beraten war, mir nicht selber zu kündigen, sondern meine Kündigung herauszufordern: Kompensationszahlungen sind gesetzlich nur durchsetzbar, wenn der Arbeitgeber kündigt.

Bingo!

Nach langem Nachdenken sehe ich für mich selber zwei Varianten: Ohne weitere Diskussion zahlen und all den Dreck ganz schnell wegwaschen (hatte ihn in meinem Testament ohnehin mit 20 000 Franken bedacht). Oder eine richtig schmutzige Scheidung durchziehen, zurückschlagen, den Taugenichts bis aufs Blut piesacken, das Verfahren über Jahre hinziehen, Einsprachen, Rekurse was das Zeug hält, ihn zappeln und vor allem ihn lange aufs Geld warten lassen, das er zuletzt seinem Anwalt schulden würde. Denn Anwälte gewinnen immer.

Gerade als ich von der Party der kleinen Virgin weggehe, trifft das Traumpaar ein, die Unternehmerin hat sich todschick gemacht, der ganz große Auftritt, und dass ihr «Manager» wie ein solcher auftritt, dafür hat sie gesorgt. Ich bin jetzt ganz sicher, dass sie es ist, die an mein Geld will, weil sie selber keines hat. Die Frauen spielen das Geschlechterspiel pfiffiger wie die Männer, die ihren Kopf gern zwischen den Beinen tragen.

In Wahrheit habe ich Unlustgefühle, es ist jetzt wirklich genug, warum tue ich mir das an. Ich schwanke zwischen Leuchtschild abschrauben/Website sistieren/Buchungen absagen/Endlichmeineruhehaben. Oder alles verkaufen und nach Indien für neue Geschichten oder, noch exotischer, in die Schweiz zurück? Oder einen Schuss in den Kopf, denn nicht wahr, was soll denn das alles? Der Abend ist nicht so lustig. Am Mittwoch treffe ich meinen Anwalt. Und ansonsten zwinge ich mich zu Ruhe und Geduld, was für meinen aufgewühlten Zustand gar nicht so einfach ist.

Habe aber schon einmal eine aktuelle Reservierungsanfrage so beantwortet, dass ich innehalten kann, ohne alles gleich wegzuwerfen, und das werde ich für eine Weile als glaubhaften Mustertext brauchen:

«Danke für Ihre freundliche und ehrenvolle Anfrage. Leider muss ich Ihnen sagen, dass ich bis in den Herbst hinein einen Reservierungsstop verfügt habe, um nach zehn Jahren Hotelierhobby ein wenig Luft zu holen und uns einige Fragen zu stellen, wie es weitergehen soll. Zudem sind aufgelaufene Renovations- und Umbauarbeiten zu erledigen. Ich wünsche Ihnen dennoch glückliche Inseltage, sonnige Grüße aus Sri Lanka»

14. Juli

Nach einer Nacht mit sehr schönen Träumen (wie ist so was möglich?) plaudere ich mit einer dieser jungen Familien aus Frankreich, wo man nicht weiß, wer die Tochter und wer die Mutter ist, und sehe nachher in der Küche, wie Sankar Dilan beim Käseschneiden hilft. Wie wenn nichts wäre. Ich komplimentiere ihn hinaus, wir machen das schon ohne ihn, und Dilan solle mich fragen, wenn er Hilfe brauche, es gäbe bereits einen Nachfolger für ihn, der könne auch früher kommen.

Sankar fragt, ob er noch einmal mit mir reden könne. Also, es ist so, er habe es sich alles noch einmal überlegt und auch mit einem Anwalt geredet und nein, weniger als 1,5 Millionen Abfindung, das sei wirklich nicht möglich, der Anwalt habe von 20 Millionen gesprochen, und wieder macht er ganz leise Andeutungen von Drohungen (seine Freunde, die Nachbarn, ich wisse, wie die Leute hier sind). Aber bitte, das solle ich für ihn tun nach so vielen Jahren ergebenen Diensten, in denen er tags und nachts geschuftet und nie Ferien genommen habe. Und aus dem Meer habe er mich gerettet. Und wieder: Er wolle aufrechten Hauptes hier weggehen, es den andern zeigen, dass er es zu etwas gebracht habe, ich würde ja die tamilische Kultur kennen und wisse, wie gering ihn seine Familie schätze. (Er akzeptiert die Wahrheit noch immer nicht, belügt sich noch immer, wird auch als Rupienmillionär abstürzen und mangels Einsicht am Ende auf der Nase landen.)

Warum er denn heute nicht in die Entziehungsklinik gegangen sei. Ob er sich – Entschuldigung, ich habe kein Recht zu fragen – von Linda trennen wolle. Er traue sich nicht, aber sie würde die Koffer packen, wenn er sich weigere, im Entzug klaren Kopf zu machen (da drin hat sich so viel Abfall und Negatives angesammelt). Rhetorisch witzelnd frage ich, ob er den Entzug machen würde, wenn er sich – clean und bereinigt und rekonditioniert – im Icebear neu ausrichten und dabei endlich steinreich werden könne? Prompt ist er verunsichert, doch nach kurzem Nachdenken rennt die Marionette vor dem Krokodil davon, jetzt wolle er endlich etwas durchziehen, ich soll ihn nicht stören dabei. Herrlich.

Habe dann den ganzen Tag Schluckauf, eine Art Entscheidungskolik, und am Ende komme ich zum Schluss, zu zahlen – Geschenk an einen Bruder, der sich selbstständig macht, ja, Lehrgeld wieder, Respektsbezeugung für dreizehn Jahre loyalen Service, und Zweifel: Habe ich ihm all die Jahre doch nicht genug bezahlt. Mit dem Herz entscheiden, wie in einer guten Beziehung üblich. Einen dicken Punkt machen. Der Schwache kann sich nicht noch schwächer machen, der Stärkere gibt nach, man gibt, was man hat, und man gibt sich Mühe im christlichen Abendland.

Abends, Stille im Paradies und die Umstände einigermaßen sediert, vergnüge ich mich beim Küchenhobby, eine Tranche Mulletfisch brutzelt in der Pfanne, ein Wurstsalat steht bereit, da schleicht Sankar aus der Dunkelheit herüber, ob er mir helfen dürfe, es sei ja niemand da. O Gott, diese misslungene Liebe! Oder hat ihn sein General gesandt, um für gutes Klima zu sorgen, denn morgen, Kinder soll's was geben, morgen kommt der Nikolaus. Und auch Samuel aus Skandinavien kommt schon nächste Woche, um Sankar und Linda sein neugebautes Haus zu vermieten für fünf Jahre, damit sie ihr Guesthouse machen und ein nigelnagelneues Leben anfangen können. (Wenn ich Sankar was Rechtes als Starthilfe zahle, dann hat auch Samuel Geld und seine Ruhe, und dann kann er mir ein Stück meines Landes abkaufen, falls ich das dann noch will, ich bin grad ein wenig launisch.)

Seit ich vor Jahren Elenas Ayurvedaklinik geheilt und bekehrt verlassen habe, trinke ich mein tiefgekühltes Bier schon vor oder nach dem Essen und dazwischen heißes Wasser. Wie zu erwarten war, begann es mich zu langweilen, und ich stellte bei anhaltender Einsicht auf Kräutertee um. In dieser englischen Monokultur hat man aber nur den Schwarztee kultiviert, Kräutertee gibt es nur gemischt und pulverisiert und gebeutelt zum Schnellaufguss, because: Export quality! Genau deshalb war aber in Nonpareilleschrift der Inhalt aufnotiert, und der las sich so magisch, dass ich umgehend die einzige Ayurvedahandlung im Dorf stürmte. Obwohl sie nur Einheimische bedienen und die Ausländer bescheißen, hieß ich sie die vielen Holzkisten leeren und schleppte eine Aussteuer von Polpala, Belli und Ranawara Mall nachhause, die ich nun zu jedem Essen aufbrühen lasse, jeden Abend eine andere Sorte.

Meine Haushaltsperle (ausladende Hüften, mädchenhaftes Lachen, den Fischer hat ihr die Marine totgeschossen, sorry, Amma, wir dachten, es sei ein Terrorist!) ist so gut, dass sie nie auffällt, und sie war auch in meinem Tagesjournal nie der Rede wert, nie kommt sie vor. Seit Jahr und Tag serviert sie mir den Ayurvedatee in einem Chromstahlkrug. Immer zusammen mit einem Chromstahlsieb. Weder hat sie bisher das im Innern angeschweißte Sieb entdeckt, noch überzeugen sie dicke Süßholzprügel, die keinem Ausguss etwas zuleide tun. Sie serviert immerzu dieses unsägliche Chromstahlsieb. Und ich lege es immerzu sorgfältig auf die Seite, unfähig, die einmal fest gefügte Routine ihres Alltags zu stören mit dem schnöden Hinweis auf das Geheimnis der Teekanne. Dazu singt sie viel zu süß den lieben langen Tag Kirchenlieder vor sich hin. So was macht mich fertig.

15. Juli
Sankar ist noch immer nicht aus dem Staffhaus ausgezogen, aber gänzlich abgetaucht, Dilan ist zu Hause in Chilaw, das Hausmädchen hat frei, es ist nur der Gärtner Kumar hier. Aber zwei Gästezimmer sind belegt und die Ferienwohnung auch. Letzteres aber nicht lang, denn die Familie bleibt nicht die reservierten fünf Nächte, sondern zieht aus, es habe sich die ganze Nacht lang in allen Zimmern alles bewegt: Kakerlakeninvasion. Kumar startet einen Giftgasangriff, er ist heute konkurrenzloser General Manager und so gut drauf, dass er gegen meine Weisung weitere Gäste aufnimmt, es sei ja noch ein Zimmer frei. Nachher schreibt er lustvoll die Rechnung und vergisst natürlich die Service Charge nicht, von der er seinen Anteil hat. Er wartet sogar mit dem Heimgehen zum Lunch, bis ich verspätet zurückkomme, abends fragt er gar, ob er unser Motorrad nehmen könne, weil für morgen früh um sieben ein Frühstück bestellt sei und er den Check-out machen wolle.

Er gefällt mir, ich werde ihn belohnen, ich werde ihm geben, was er gibt, so geht das Kapitalistenspiel.

Ich treffe den jungen Mann, Douglas, der Julia so bezirzt hat, dass sie sagte, Gerry, das ist dein neuer Hausmeister. Nett, Augenkontakt, konversationsstark, aber ein wenig lahmarschig. Erzählt seine sri-lankische Heulgeschichte, saufender Vater, zerrüttete Verwandtschaft. O je! Vor ein paar Jahren habe er nach Italien auswandern wollen, natürlich illegal, per Kutter, habe das mütterliche Haus zu 400 000 verpfändet, zahlte für die Passage 200 000, wurde schon im Suezkanal geschnappt, heimverfrachtet mit ein paar Dutzend anderer Unglücksraben, 200 000 Bankzinsen seien aufgelaufen, die Bank wolle jetzt das Pfand versteigern. Er habe den Besitzer des Resthouse gefragt, seinen derzeitigen Chef, der gäbe ihm den ganzen Betrag, aber der junge Mann müsse dafür fünf Jahre lang gratis arbeiten. Probleme, Probleme. Er hatte seit 18 schon 13 Anstellungen, anfangs als von einem Regierungsprogramm ausgebildeter Schneider, dann in einer Ziegelfabrik, dann in der Silva Beach Hotel School,

Küchenhelfer in der Habarana Lodge war er und so weiter, Stellen wechselten sich mit arbeitslosen Hängezeiten ab. Nun ist er ungläubig verwundert, warum ich ihm die Stelle angeboten habe, bisher habe immer er sich bewerben müssen. Er kann's nicht recht glauben, ich wisse ja nicht, ob er wirklich ehrlich sei. Er treffe jetzt gleich seine Freundin, mit der wolle er alles bereden.

Der späte Nachmittag schickt mir einen aufgedrehten und aufgefrischten und gepflegten Shean zu Besuch, der war einmal fünf Jahre lang mein Gärtner: Er hat ein Tucktuck geleast, 200 Rupien müsste er zahlen am Tag, nun müsse er nicht mehr auf die Abfallhalde zum Broterwerb. Ob ich ihn nicht neu anstellen wolle, er wisse, das sei eine große Chance für ihn, er habe sich während seiner Anstellung in Arabien positiv verändert. Er ist ein liebenswürdiger und anhänglicher Kobold, aber das bitte nicht schon wieder.

Ansonsten habe ich mir einen Waschtag verordnet und experimentiere lustvoll mit Chlorbleiche und Färbemitteln – Wäsche, die nicht mehr weiß zu kriegen ist, wird plötzlich rot vor Freude und gelb vor Neid.

16. Juli

Bin, wen wundert's, morgens um vier schon hellwach. Stromausfall, Klimaanlage lahmgelegt, tropisches Fieber. Da hilft nur aufstehen, im Garten spazieren und den heranziehenden Sturm kommen lassen, beim Niederschreiben des Tagesjournals die Gedanken klären, Entscheide festigen. Um sechs fahre ich wie ein Tourist wieder einmal zum Hochseefischmarkt, um mich abzulenken. Es ist atemberaubend, sie haben dem Ozean den Bauch aufgeschlitzt und die Henker und Grossisten, die Helfer und die Hochseefischer sind ein dichter Knäuel wie die Berge von Rochen, Haien, Mallet und zwischen allem liegen endlose Teppiche von drallen Thunfischleibern. Als es tagt, geht der wüste Spuk zu Ende. Sankar, fällt mir ein, hat nicht ein einziges Mal auf dem Fischmarkt eingekauft, die besten Stücke, frisch und günstig.

Als ich später meinen Anwalt treffe, bin ich ziemlich nervös, aber gestärkt und weniger alleingelassen durch Nachdenken darüber, was David und Anish mir raten würden, und nach Telefon und gutem Email von Lukas. Der Anwalt findet meinen Briefentwurf gut, mit dem ich alle künftigen Ansprüche abwehre, redigiert ihn ein wenig, empfiehlt eine tamilische Übersetzung und einen Schwur Sankars vor dem Arbeitsgericht, dass er nicht Angestellter hier gewesen sei sondern selbstständig, um spätere Pensionsansprüche abzuwehren. Rechtlich gesehen habe Sankar keine Ansprüche aus der Lizenz, deren Namensgeber er war. Falls aber Kompensation zugesprochen würde, was nach 13 Dienstjahren wahrscheinlich sei, denke er an drei, vier Jahreslöhne. Das ist weniger als die Hälfte der 20 000 Franken, auf die ich meine Testamentsvollstrecker ohnehin verpflichtet hatte und die ich Sankar nun zu Lebzeiten zu geben bereit bin, und etwa ein Viertel des Gewinns, von dem ich mit der Zimmervermietung in zehn Jahren profitiert habe. Als der Anwalt hört, welchen Lohn ich dem Hausmeister zahlte und zu welcher Austrittsentschädigung ich bereit sei, ist er schwer beeindruckt. Ich sei ein außerordentlich guter Mensch, kein Sri Lanker würde jemals eine Zahlung in dieser Höhe machen.

Es ist eine Gesellschaft des Gebens und Nehmens. Es kann einer nehmen, soviel er will, und ist doch von allen hoch geschätzt, wenn er nur immerzu gibt. Aber bitte nicht klotzen, nur kleckern, breit streuen und es alle sehen lassen. So wie es die Politiker und Businesshäuptlinge tun, die immerzu am Donatieren sind. In dieser Kultur genießt die höchste Verehrung, wer reich ist (sodass man es sieht), und davon etwas hergibt (sodass man es sieht), egal, was für ein Lump er ist. Wie viele Freunde werde ich haben, wie sie mich alle achten werden (und nicht lieben), und wie ich sie alle lieben werde (und nicht achten).

Doing well by doing good, oder: Du empfängst, was du gibst, diese christlichen Wegleitungen schaffe ich auch als Nichtchrist. Gott ist mein Zeuge. Sankar streicht nervös übers Gelände, ich lasse ihn zappeln bis um sechs und dann gewinnt er in der Lotterie, sitzt am Tisch, ist nüchtern, bewegt und plötzlich Millionär. Ich gehe davon aus, dass die 1 500 000 Rupien ihn psychisch gesunden lassen und ahne, dass das Geld ihn heilen wird und nicht seine Freundin (die das indes gerne glauben wird).

Er soll jetzt gehen und sich freuen, es sei alles gesagt.

17. Juli

Dilan zurück, Kumar früh im Haus, mache Wochensitzung, wie wenn nichts wäre. Alle fühlen sich nachher aufgefrischt, wie's halt immer so ist. Kumar der Gärtner ist stolz, als ich ihn mit 20 000 Rupien zum Zahlen von Elektrisch, Wasser und Telefon schicke und ihn heiße, die Rechnung für einen Gast zu schreiben. Und er sei, bis der neue Mann komme, auch noch Frühstücks- und Küchenchef.

Liege eine Stunde auf dem Beachbett in der Mittagssonne, was ich sonst nie tue. Bin ziemlich aufgeheizt und mache einen tiefen Heilschlaf.

Nachmittags sehe ich einen strahlenden Sankar (im Safarianzug und nach Herrenparfum duftend!) dem Team vor dem Haus sein neues Motorrad zeigen, nur 58 000 Rupien, «brand new», dabei hat er noch keine einzige Rupie in der Hand. Ein ewiger Halbstarker. Vertraut mir unverändert, also auch meinem Zahlungsversprechen. Wird man als guter Mensch belohnt?

Später sehe ich den Wiedergeborenen mit den Fischern Volleyball spielen. Nachher gibt er mir den Kassenschlüssel zurück. Also dann morgen um 1 Uhr

45 beim Arbeitsgericht zum Schwur. Wann denn nun das Haus frei würde, und doch sicherlich renoviert? Samuel käme am 26., dann würden sie sein Haus mieten, dann würde er dort ein- und hier ausziehen und renovieren, natürlich. Und nach einer neuerlichen Parfumwolke aus seinem Haus rauscht er ab, feiert wohl auswärts heute Nacht, er ist Millionär, jetzt, sofort.

Da wächst natürlich die Begehrlichkeit der anderen Leute, denn wie die ordinären Leute wird er allen herprotzen, dass er es zu etwas gebracht hat. Kumar fragt in kurzer Folge, ob es dieses Jahr wieder einen Betriebsausflug gäbe? Wer das Benzin für das Firmenmotorrad zahle, das Sankar zurückgegeben hat? Ob er mehr Lohn bekäme, wenn er zweiter Hausmeister würde? Andererseits sehe ich ihn gleich darauf den Küchenboden chlorwaschen, die Töpfe scheuern, das Geschirr mit dem Tuch massieren, und als er abends geht und ich zum Kochen schreite, präsentiert sich das meiste tipptopp. Meine Darlegungen an der Teamsitzung haben ihn motiviert. Auch wolle ich nach den grässlichen Erfahrungen der letzten Jahre die Küche endlich so sauber sehen wie einen Operationssaal und würde den Neuen nur daran messen, ob er das schafft. Nicht ob er kochen kann, das halt ich für eine Selbstverständlichkeit, über die man nicht zu reden braucht.

Von wegen.

Habe Kontakt aufgenommen zu einem weiteren möglichen Hausmeister, doch der kann nicht kochen, ist auch kein Allrounder, war immer nur Chefsteward. Und er ist schon 46, zu alt, um noch etwas dazuzulernen. Und er hat eine kinderreiche Familie, kann also nicht hier auf dem Areal wohnen. Vor allem aber versteht er mein Englisch nicht und spricht mein jeweils letztes Wort nach wie ein Echo, um sein Gesicht zu wahren. Gestern Abend war ich zum Essen im «Choy's», wo er seit zwei Tagen arbeitet, um ihm bei der Arbeit zuzusehen. Präsentierte sich majestätisch langsam, wie es nur Buddhisten können, aber auch ein wenig ältlich, ängstlich, und er antwortete schon, bevor ich meine Frage zu Ende formuliert hatte, lachte aus lauter Nervosität an der falschen Stelle nach dem Motto «immer nur lächeln, nie geht was schief». Habe Mühe, mein Desinteresse mitmenschlich zu verpacken, doch zuletzt glaubt auch er, dass er bei «Coral's» die besseren Karrierechancen habe. (Dass die Stewards dort die Stelle wechseln wie die Quartierdirnen das Bett, verschweige ich ihm.).

Uff.

Was mache ich, wenn keiner der drei aktuellen Bewerber zu brauchen ist? Muss mir alle Optionen offenhalten, auch die, den Hotelbetrieb einzustellen, Kumar zu krönen, Shean wieder als Gärtner zu berufen, alles kleiner und selber zu machen so wie die Witwe, die ihr Schlafzimmer als «Fremdenzimmer» vermietet. Es bleibt mir nichts erspart.

Eine neue Studie über Asiens Hundertjährige empfiehlt viel Bewegung (OK), wenig Fett (OK), viel Früchte und Gemüse (OK), Yoga (OK), moderates Trinken und Rauchen (OK), Lebensfreude (OK), soziale Kontakte (OK) und die Leichtigkeit des Seins (OK). Zusammen mit ein wenig Glück und den richtigen Genen schaffe ich das Etappenziel fünfundneunzig also. Deshalb habe ich mir umgehend die Rückkehr zur Sorglosigkeit befohlen und emaile Samuel das Märchen, das gerade abläuft, um ihn emotional zu motivieren, die aktuelle Glückssträhne zu einem mutigen Kaufentscheid zu gebrauchen. Das Schneeweißchen hat ihren Schokoladeprinzen gefunden. Der erbt von seinem Vater ein Schloss, in dem sie glücklich leben. Der Löwe aus Nordland kauft sich einen Garten im Paradies, in dem er alt werden will. Der König zieht sich in seine Gemächer zurück und denkt über den Sinn des Lebens nach.

18. Juli

Ein zauberhafter Abend. Bestellte den Masseur, Ganzkörper, ayurvedisch, den Kopf heute bitte extra lange verwöhnen. Um sieben kommt de Silva, jetzt weit über 81, um seinen Scheck für die Grundstückschätzung abzuholen und gesteht feixend, ich röche so gut nach Rasierwasser, dass er mich am liebsten küssen würde. Wir trinken einen Gin & Tonic zusammen und nachher bin ich 40 000 Rupien ärmer. Gesetzlich dürfte er 1% des Schätzwerts berechnen, drei Jahreslöhne eines Fabrikarbeiters; auch er ist schwer beeindruckt, als ich ihm die Höhe der Abfindung an meinen Hausmeister nenne. Ich solle Gott vertrauen, er habe mich zu seinem Instrument gemacht. Nachher brate ich mir einen Fisch, höre schamlos laut Davids Jazz-CD, sitze in meinem Restaurant, keiner da, nur der Hund, der, was will ich machen, mein bester Freund geworden ist. Trinke ein Glas Wein, lese im Garten in der Brise sitzend den Tageanzeiger, rauche eine Zigarre und finde, dass der Rückzug ins Private das ist, was ich wirklich möchte.

Mittags kam es nicht zum Schwur vor dem Arbeitsgericht, der Commissioner hatte heute frei, er komme erst am Montag. Sankar sinkt in sich zusammen, braucht offenkundig dringend Bargeld und muss erkennen, dass es noch ein paar Wochen dauern wird. Aber er könne doch schon einmal ausziehen hier. Nein, erst wenn er das Geld habe ginge das, erst dann habe er eine neue Bleibe – Samuels Haus.

Vielleicht stellen sich diese Wochen in der Rückschau als allseits strategisches Meisterwerk dar.

Dennoch bin ich auch bei Aktivierung allen Goodwills anhaltend missgelaunt über das Argumentarium, das Sankar unnötigerweise vortrug, um an mein Geld zu kommen:

– Auf meinen Hinweis, ich hätte wenig Gewinn gemacht: Kein Wunder, ich hätte alles Geld wieder ausgegeben, etwa für die neuen Teakholzstühle, die alte Migros-Plastikstühle hätten es auch getan, keiner hier würde immer wieder neue Sachen kaufen.

– Dass er mich darauf hinweist, dass die Nachbarn und alle, die ihn kennen, künftig meine Feinde seien, wenn ich ihm nichts gäbe, sie mich aber ehren würden, wenn sie wüssten, dass ich ein guter Mensch bin.

– Auf meinen Hinweis, dass er nichts ins Unternehmen investiert und ich das volle Risiko allein getragen und ergo keinen Partner gehabt hätte: Die «Rooms-in-Home» Lizenz habe aber auf seinen Namen gelautet.

– Er hätte so wenig verdient, dass er nie etwas sparen konnte und zuletzt hätte ich ihm das ohnehin schon schmale Salär gekürzt: Er habe wohl vergessen, dass er das Restaurant so sehr in den Keller gefahren hat, dass ich schließen und einen Ertragsrückgang ertragen musste.

Houseboy Dilan ist missmutig, auerochst auf dem Areal herum, klagt über Magenschmerzen, hat seine Arbeitsbegeisterung abgekühlt, muss ihn morgen ermahnen. Doch auch morgen wird er brummig sein bis zur Unfreundlichkeit, ich werde seinen Morgengruß kaum hören, nur sein verschlossenes und missmutiges Gesicht sehen. Doch ich werde ihn tierisch leiden lassen, indem ich ihn in die Stadt in einen Holzladen schicke, um für den Schreiner das Holz zu kaufen. Das hat er noch nie gemacht, möchte es dem tamilischen Kollegen Kumar hinüberschieben, die Aufgabe wird ihn völlig überfordern und sie ist von so tiefem Niveau für den stolzen Singhalesen, dass es hart an seinen Selbstwert gehen wird.

Das Hausmädchen ist köstlich, abgehoben macht die Frau unbeirrt ihre Arbeit, wie wenn rundherum nicht die Welt untergehen würde; ich muss aufpassen, dass mich ihre Sorglosigkeit nicht ansteckt.

19. Juli

Was ist nur mit dieser Gesellschaft los, wo liegt der Wurm im sozialen Gefüge, dass dieses Land jedes Jahr 8000 Selbstmorde hat, Weltrekordhalter, mehr Tote als im ruppigen Straßenverkehr? Aufruhr im Nachbarhaus gegenüber, wo eine der bezauberndsten, zurückhaltendsten, frömmsten Familien der Gegend wohnt. Ein Mädchen aus der Verwandtschaft, 17, hat sich mit Benzin übergossen, angezündet, tot, es ist entsetzlich, da nützt alles Wehklagen nichts mehr, es müsste das ganz große Fragen beginnen. Ist es diese landestypische Sprachlosigkeit? Die Prüderie? Das Klima in den Familien, die oft Gifthöllen sind, aus denen es kein Entrinnen gibt, weil die gesellschaftliche Kontrolle und der Zwang zu Wohlverhalten so übermächtig sind? Das Schnürkorsett von Religion und Tradition? Die rigoroser Machtrangfolge, die dem Nachwuchs die Luft nimmt? Der Mangel an Zärtlichkeit, das Verstecken von Emotion?

Kein einziger Gast ist da, es hat sich die ganz große Privatheit ausgebreitet, ich genieße sie, sie beruhigt, befriedet mich. Doch ab morgen stehen Ankünfte an, Reservierungen, die ich nicht sistieren konnte. Fuhr abends noch zum Einkaufen ins neue Food City. Da entdecke ich ein ganz anderes Publikum als durch den Tag, jetzt am Abend sind die Familien los, es ist eine bedrückende Enge, ein Stoßen und Schubsen, die Zahlväter müssen auch noch den Wagen schieben und schauen so befremdet drein, dass sie einem leidtun – Saturday night fever, Konsumrausch, Kauflust, die große Materialschlacht der Gutbetuchten. Es ist ja sonst nichts los in diesem Negombo, nicht einmal ein rechtes Kino gibt es. Auf der Heimfahrt geht meine Honda kaputt, treibt nicht mehr an, die Kette. Ich schiebe zum nahen Ave-Maria-Spital, spiele den Patienten, lasse das Gefährt über Nacht in der Sicherheit des bewachten Parkplatzes stehen und schleiche mich mit dem Tucktuck davon, erfreut, dass jeder Fahrer den «Icebear» kennt. Kumar muss morgen nach dem Rechten schauen, ein Test, wozu er zu gebrauchen ist. Denn vielleicht wird ja er mein Hausmeister, alles ist derzeit offen, der Steward vom New Resthouse ließ nicht mehr von sich hören, was mir die Absage ersparte.

Sankar schleicht immer noch herum, den Safarianzug noch immer nicht gewechselt, hat Anishs Grabstein offerieren lassen, ob ich den zahlen würde. Er solle später wieder kommen, wenn wir unsere Geschäfte abgeschlossen hätten. Derweil gehen mir täglich neue Sünden auf, der Haus- und Hofmeister hat seit Jahren wirklich gar nichts mehr geleistet: Kumar bringt mir eine Rechnung vom Krämerladen gegenüber. Da habe er den ganzen Juni über anschreiben lassen, wenn er stellvertretend für den meist abwesenden Chef für die Küche tägliche Dinge brauchte, die der geschwächte General Manager nicht imstande war korrekt und auf Vorrat einzukaufen.

20. Juli

Nach zwei nahezu gastlosen Wochen heute wieder ein – früher schon gebuchter – Gast, eine große Familie, Frankreich ist in den Ferien. Das Rumpfteam von Houseboy, Hausmädchen und Gärtner ist freudig erregt, die Atmosphäre knistert plötzlich wieder, dieses anhaltende Stillhalten ist schlecht für die Moral. Am Abend kochen sie unter meiner gütigen Anleitung sogar Seafood für alle. Positiv berührt lasse ich sie alleine und gehe auswärts essen, einen Eintopf beim Chinesen. Beim Heimkommen um neun ist aus der Hauptstadt endlich die Mädchenleiche im Nachbarhaus angekommen und im Wohnzimmer aufgebahrt. Ein gerahmtes Foto haben sie aufgestellt, das verbrannte Kind in rosarote Spitzen gekleidet und schön hergerichtet, doch nichts mehr ist zu sehen, das Gesicht mit weißer Watte abgedeckt, nur ein Augenschlitz, zwei Glasaugen, die mich anschauen, als ich bewegt meinen Respektsbesuch mache, ja, es ist zum Heulen. Anishs Tod ist plötzlich ganz normal.

Am Nachmittag kam der jetzt hennagefärbte van Buyten zu Besuch mit einem Tamilen aus dem Teeland, Suriya, den er mir als neuen Hausmeister empfohlen und mit dem Hinweis auf dessen absolute Ehrlichkeit gepunktet hat. Es sei der Sohn der Frau, die die Property seiner sri-lankischen Schwägerin hier in Negombo betreue, der Managerin eines Großhotels in der Nachbarschaft. Es stimmt mich frohgemut, denn der junge Mann macht einen guten Eindruck. Ich erkenne, dass ein guter Angestellter mich wieder motivieren und vielleicht sogar mitreißen könnte. Er muss ja nicht gleich Manager sein.

Ansonsten war es ein beschaulicher Sonntag, sanft wie Rosenöl und hell, wie es nur am Meer sein kann. Gottseidank habe ich weder Sankar noch seine Künftige gesehen. Dafür waren die zwei Schreiner da, sehr fleißig und verlässlich, kommen am Freitag wieder für die Reparaturen am Dach, nachdem heute Möbel, Türen und Läden dran waren.

Die Gruppentouristen, für die das Fotografieren des Einsteigens in ein Tucktuck der Höhepunkt der Reise ist, begegnen dem Gastland auf jedem Schritt als die ewigen Schnäppchenjäger. Zugeknöpft, doch ansonsten freizügig nach dem Motto, meine Brüste gehören mir, beobachten sie hinter blinzelnden Augen und großformatigen Sonnenbrillen die Beachboys (und neuerdings auch Beachgirls!). Die werden sie bereits am nächsten Tag als Bevölkerung akzeptieren und fraternisieren, was das Zeug hält. Gleich werden sie ihnen all die Rupien zustecken, die sie heute wieder heruntergehandelt und eingespart haben bei den hart arbeitenden Strandverkäufern von Kokosnüssen, Heiligenkerzen, Wasser, Schnitzwerk, Muscheln und bunten Tüchern, und an den langen Abenden im Gruppenhotel werden sie sich in endlosen Unterhaltungen über ihr Kapitalistengeschick brüsten und sich über das nicht Erlebte austauschen. Manche, die sich mittels Tucktuck zur Fahrt in die Stadt von der Gruppe zu entfernen wagen, pressen ihr Fotomotiv tatsächlich auf 30 Rupien herunter, das ist die Hälfte von dem, was die Einheimischen zahlen. Respekt, Respekt, da haben sie echt etwas geleistet. Deshalb bin ich dafür, dass die Travelbooks nicht nur die Touristen vor den Einheimischen warnen, sondern auch die Einheimischen vor den Touristen. Doch weiß ich, dass die Selbstheilungskraft des Marktes Ausgleich schaffen wird, schon morgen wird ein Fahrer 500 Rupien für die kurze Fahrt verlangen und sie bekommen.

Up to you!

21. Juli
Lucia, meine fromme Nachbarin seit Steinzeiten, ertrinkt manchmal in Anfällen von Neid und leidet an gelegentlichen Neugierattacken. Aber für hiesige Verhältnisse ist sie ziemlich stabil in ihren Beziehungen zu mir, fordert auch nie mehr etwas von mir, seit sie erkannt hat, dass sie auch ohne zu fragen immer wieder einmal ein Geschenk bekommt. Und sie gibt nach Kräften, was sie kann. Heute war es rosaroter Kiripat, vier Portionen, für mich zwei, für das Team je eine. Sie weiß nicht, dass meine Kindheit von süßem Milchreis überschattet war, aber ich zeige mich gehörig dankbar. Da blüht sie ganz auf, denn Kiripat ist mehr als einfach Milchreis, es ist in Wahrheit ein Stück vom Himmel, im Hause nur gekocht an hohen Festtagen, und weil die meist religiöse Ursache haben und es im Lande vier Großreligionen gibt, gibt es das ganze Jahr Milchreis, manchmal auch grünen, auch solchen mit Sultaninen drin oder mit Rosensirup drüber.

Auf meine Frage nach dem Anlass zieht mich meine Nachbarin ins Vertrauen. Heute sei die Jungfrau Maria zu ihr ins Haus gekommen. Ich schau sie fragend und mit großen Augen an, halte inzwischen alles für möglich, sie ist Religionslehrerin und ihr Mann Kirchendiener und der Sohn ist keusch empfangen. Also eine Marienstatue werde von Haus zu Haus gereicht, und dann würde in den Häusern während 24 Stunden gebetet, tags und nachts, und dann würde man zu Kiripat zusammensitzen, rosenrotem. Nun endlich verstehe ich die Batterien von Lebensmittelfarben, die es in allen Läden regalvoll in allerliebste Glasfläschchen abgefüllt zu kaufen gibt, so bezaubernd, dass ich sie meinen Touristen als Souvenir empfehle. Es gibt nichts Exotischeres als ein Set von sieben Lebensmittelfarben – die Namen sind am achten Schöpfungstag entstanden, Butterblumengelb, Meerblau, Rosenrot, Apfelgrün – und wenn's ganz dick kommen soll, noch ein zweites Set dazu, die neun Lebensmittelaromen.

Der Franzosenfamilie hat das Seafood gestern so gut geschmeckt, dass sie «genau das Gleiche» auch heute wieder bestellten. Für Kumar und Dilan eine willkommene Generalprobe für die Großgruppe, die morgen ankommt und auf abends ein Rice & Curry bestellt hat, wofür wir schon heute ein Buffet einrichteten. Die Schlussrechnung bescherte mir dann sechzehn Tausender, hierzulande habe ich immer das Gefühl, im Geld zu schwimmen, und es war gut, mich wieder einmal daran zu erinnern, dass das Beherbergungshobby ja ganz schön Geld einbringt und ich mir und meinen Gästen immer was Schönes davon kaufen kann. Heute etwa zwei weitere Regenduschköpfe, nun sind wir das Hotel mit den ultimativ größten Duschen im Land.

Der Commissioner auf dem Arbeitsgericht war auch heute nicht da, doch hat mein Anwalt mit dessen Sekretär das Prozedere abgestimmt. Am Mittwoch gibt es Termin und Schiedsspruch, dass Sankar nicht pensionskassenpflichtig, weil selbstständig war. Dass er eine Abfindung bekommt, von der ich zwar nicht weiß, wofür, die aber landestypisch ist. Dass die Geldübergabe in Anwesenheit eines Amtsvertreters erfolgen muss. Ich mache Sankar noch einmal klar, dass ich die Zahlung hinauszögern werde, bis er mein Estate verlassen hat. Dass seine Blonde heute in meiner Waschküche steht und mit meinem Eisen und meiner Energie ihre Bluse bügelt, ist ein starkes Stück, ich werde dabei immer verletzlicher und abweisender. Stillosigkeiten ertrage ich schlecht.

Das verbrannte Mädchen wurde heute zu Grabe getragen, ich habe sie nachbarlich begleitet, es war eine unendlich lange Prozession, ganz große Literatur. Vor dem Nachbarhaus in der Sonne und gegenüber vor meinem Haus im Schatten saßen ein paar hundert Leute auf Stühlen, ich mittendrin, mit üppigen Matronen anzüglich scherzend, weil sie mir die Heirat und die Bereitschaft zur Entführung in mein Serail anbieten. Die neu gegründete Mädchenband der St. Sebastian School steht bereit in Uniformen, intoniert so falsch, dass es wirklich herzzerreißend traurig ist, auch die Buben mit den Fahnen-, Kerzen- und Kranzständern sind parat, und plötzlich stehen alle Leute auf, sodass ich das Heraustragen des Sarges auf die Straße erwarte. Stattdessen naht von der Sea Church her ein zweiter Trauerzug, die traditionelle Blaskapelle voraus, wie es sich gehört, und der zieht schluchzend an uns allen vorbei. Alles schweigt, es war noch nie so still hier am helllichten Tag. Kaum sind die letzten Trauergäste vorbeigelaufen, tragen sie meine Nachbarin heraus, schließen an den vorausziehenden Trauerzug an und eine endlose Prozession von Männern zieht würdig und gemessen weiter zur eitlen St. Sebastian Church, wo der Pfarrer mit angenehmer Stimme redet, die Männer mit Engelsstimmen singen, dann geht es zurück zum Friedhof. Zur Doppelbeerdigung. Auch der Freund des jungen Mädchens hat sich umgebracht. Weil aus ihrer Traumhochzeit nichts wurde. Romeo und Julia in Negombo. Ein Liebesdrama, niemand mag darüber reden, alle sind peinlich berührt. Ich kenne das bereits.

22. Juli

Mein Rumpfteam reißt sich so sehr in Stücke, dass ich echt beeindruckt bin, weil so viel Eigeninitiative und Engagement so rar sind hier. Dilan dekoriert mit Lust das Buffet und die Zimmer, Kumar macht Großeinkauf, schleppt seine Frau an, die zieht die Schürze über ihren besten Sari und schnetzelt und kocht ein Curry, das so lustvoll aussieht wie es schmeckt. Um halb acht steht alles bereit, Dilan hat leider einen Rückfall und verweigert meine Anweisung, hilfreich beim Buffet zu stehen, damit Kumar den Rücken für die Küche frei hat. Den Schurz zieht er nur auf Insistieren hin an und ich frage ihn nachher, ob dieser Ausrutscher, mit dem er den ganzen guten Tag, den er aufgebaut hat, wieder demoliert, Scheu ist oder Arroganz. Ich vermute letzteres – gleichaltrige Gäste bedienen und eine Küchenschürze anhaben, das ist unter seinem Selbstanspruch. Die zehn adretten Holländer sind sehr zufrieden und ich stelle das Team – ohne Dilan – nachher so suggestiv öffentlich vor, dass sie klatschenden Beifall bekommen und sich prompt als Stars fühlen dürfen. Aber ich muss aufpassen, die kleinen Leute werden übermütig und maßlos und neigen zu Selbstüberschätzung, wenn man sie zu sehr lobt.

Nachbarin Lucia zeigte mir, dass nur die nelkenblütig dicht wachsenden roten Hibiskusblüten sich für Tee eignen würden, mit Zitrone und Zucker sei es ein Genuss. Die täglich neuen Blüten brauchte ich bisher als Dekoration im kleinen Wasserteich am Eingang, doch nun gönne ich mir selber ein paar davon in der Riesentasse. Weisungsgemäß übergieße ich sie mit kochendem Wasser, sie färben es blutrot, werden selber ganz blass dabei, geben ihre ganze Schönheit für mich her und das ist wirklich ein flüssiger Leckerbissen, in den ich nun gerne eingeweiht bin. Die Nachbarin ist eine Liebe, dem Himmel halt näher als dem Leben.

Mein deutscher Schäferhund Tarzan, ein Mädchen mit einem Männernamen, ist – ich traue mich fast nicht es zu sagen – mein bester Freund geworden in diesen Tagen. Sorgt dafür, dass ich wieder Neues lernen und Herz und Verstand im Gleichgewicht halten muss. Wie man einen Hund liebt, wie ein Hund einen liebt, was richtig ist und was falsch, und wozu das eine und das andere führt. Wie man ihn ernährt, gesundhält, unterbringt, trainiert, ausbildet, und heute habe ich sogar eingeübt, wozu ich bisher widerwillig war: Ihm mit der Hand aufs Fell zu rücken, ihm beim Einpudern gegen Flöhe körperlich so nahe zu kommen, dass es an Inzest grenzt, sein grunzend geiles Wohlbehagen war schwer zu ertragen.

Täglich Reservierungsanfragen, immer öfter auch von Reisebüros, und immer antworte ich jetzt mit Absagen; auch wenn der Ertrag juckt, ist der Friede, den ich mir einhandle, in Wahrheit unbezahlbar. Später will ich dann schauen.

23. Juli

Wenn ich es positiv sehe und mich nicht von gelegentlichen Wogen negativer Gedanken und mancherlei Ängste leiten lasse, dann ist das Zusammenleben eines Ausländers mit einer fremden Gesellschaft eine stärkende Übung von Selbstdisziplin, Beherrschung, Zurückhaltung. Also übe ich mich in diesen asiatischen Tugenden und wünsche mir, an Weisheit und innerer Ruhe zu gewinnen und dabei beweglich zu bleiben. Alles andere bringt dich um, und ich will noch zwanzig Jahre zuschauen. So präsidiere ich also lächelnd, entspannt und gütig wie ein Vater die Wochensitzung, obwohl ich Dilan wegen seiner gestrigen Entgleisung am liebsten eine heruntergehauen hätte, eine zeitverzögerte

Ohrfeige gewissermaßen. Aber ich mache mich ganz klein und habe das Gefühl, dabei und damit zu gewinnen. Tatsächlich wünschen sich die zwei Neukapitalisten die Wiederbelebung des heruntergefahrenen Beherbergungsgeschäfts und möchten ab morgen wieder die «Room»- und «Breakfast»-Werbetafeln vors Tor stellen, weil es dann mehr Trinkgelder gibt. Natürlich finde ich gut, dass endlich einmal jemand die Führung übernimmt; aber ich wolle keine Klagen hören, sie seien überarbeitet.

Sankar findet sich wie geheißen beim Chef der staatlichen Pensionskasse ein – so etwas gibt es hier! –, aber nicht zum Schwur: Der meint zu meinem Anwalt im vertraulichen Gespräch, «solche Leute hätten ihr Geld nicht lange und würden dann neue Forderungen stellen und der Foreigner müsste erneut zahlen». Deshalb solle Sankar eine Anzeige auf Pensions-Zahlung niederschreiben, damit er eine Handhabe für den Ernstfall habe. Er wolle zuerst Sankars «Attitude» testen und würde schon bald entscheiden. Ich bin ziemlich unberührt, denn der Richter muss seinen Chefs ja auch Erfolge vorweisen, da machen sich 1,5 Millionen Beitragsnachzahlung natürlich besser für ihn als eine simple Abfindung. Und ja, er würde am 31. ausziehen, bestätigt Sankar dem Anwalt, und ja, er würde seinen Affen Rani mitnehmen, bestätigt er mir.

Da kommt dann auch grad der Psychotherapist zu Besuch, um mir seine Bücher zu verkaufen, die ich als Vermittlungsgebühr für seine Hauskeeper-Empfehlung bei ihm bestellt hatte (es geht um Nummerologie, o je, und um Traumdeutung, o je o je, und um Hypnose, o je o je o je). Bin ziemlich zufrieden, als dann auch noch das versprochene Fax vom Resthouse-Steward eintrifft. Er zeigt sich am Job interessiert, kündigt für nächstes Jahr seine Hochzeit an, aber auch zwei Ferienwochen mitten in der Weihnachtssaison, und er hat materielle Forderungen, die angemessen, so früh aber ein wenig unverschämt sind. Umgehend bestelle ich den Teetamilen Suriya auf Sonntag um vier und spüre erleichtert in einem meiner 7 Chakren, das wird mein neuer Mann sein.

Kumar knöpfe ich mir später vor, ob er befreundet oder verwandt sei mit Sankar, ob er Interessenkonflikte habe, für mich zu arbeiten und seinem alten Chef gleichzeitig loyal zu bleiben. Er entgegnet kühl, nein, nein, er sei in Distanz zu ihm und ja, ja, er würde nichts Geschäftliches oder Persönliches mehr mit ihm bereden. Und auf die dumme Frage, ob er lieber einen singhalesischen oder einen tamilischen Haus- und Hofmeister wolle, sagt er weise, einfach einen guten wolle er.

Der Pfarrer kommt auch noch, weil er morgen drei Wochen nach Europa reise, und ich gebe dem Bettelmönch ein wenig bare Wegzehrung, es ist mir peinlicher als ihm.

Der Garagist hat telefoniert, dass eine Honda 400 ccm zu haben sei und ich fahre sofort zu ihm nach Kochchikade und bin völlig hingerissen, was sag ich, in Liebe entflammt. Der Garagist soll mir für 100 000 meine alte Honda 250 abkaufen und Sankar ziehe ich von meiner Abfindung seine 50 000 Schulden ab, dann kostet mich die Schöne noch bare 120 000. Fühle mich, als hätte ich eben einen Porsche gekauft, und als ich daheim angemessen den Placido Domingo singen lasse, schleicht ein Gast aus Japan herüber, schlüpft in einen Sessel und ist gänzlich aufgelöst von so viel europäischer Klassik. Alle dürfen sich wieder einmal gut fühlen. Nur mit den Volleyballern klappt es noch nicht, die trauen sich wegen der Trauerarbeit seit Tagen nicht an den Strand zurück und beten den ganzen Tag in ihren Häusern.

24. Juli

An manchen Abenden bin ich von besonderer Anstrengung durch den Tag besonders müde und drehe die Leselampe früher aus als um Mitternacht wie sonst, dann wache ich in aller Herrgottsfrüh schon auf. Wie gestern, da war ich in Colombo mit dem Motorrad. Habe überlebt, anschließend eine Küchenbassinarmatur gesucht und ein Stück deutsche Wertarbeit für 10 000 Rupien gefunden, was das Dreifache ist von dem, was dieser chinesische Billigschrott kostet, der derzeit das Land überflutet. War beim Direktor des Tourist Board, sie schicken nächste Woche einen Officer zur Inspektion für die notwendige Klassifizierung. Traf mich erstmals mit dem Board of Investment (um zu erfahren, dass ich mit 50 000 Dollar Fremdwährungstransfer Businesslizenz und Residence Visum erhalten würde). Im Hilton habe ich mir heiße Schokolade und ein Schokocroissant gegönnt. Auf dem Heimweg am ziemlich verkommenen Hamilton-Kanal entlang kaufte ich ein Kilo King Prawns auf Vorrat und machte mir ein paar von denen rot am Abend, als keine Gäste mehr da waren und die Angestellten weg und ich ganz allein in meinem Garten. Habe mich wohl gefühlt. Und fühle mich auch jetzt, am Morgen nachher um halb fünf, gut und ausgeglichen. Zog den Bademantel übers Nachthemd, machte einen Rundgang durchs neonerleuchtete nächtliche Areal, Tarzan begleitete mich freundschaftlich und ich tauschte mich mit ihr emotional ein wenig aus. Das Wetter ist mild, 28 Grad, ein laues Lüftchen nur, das Meer ruhig, am Strand schälte sich ein schlaftrunkener Fischer aus dem Sand und es wurde mir klar, dass jetzt alles einen guten Gang geht.

Soll ich mich klein machen und privat? Oder soll ich weiter bosseln mit der Zimmervermietung? Will ich mich ins (erste) Stöckli zurückziehen oder das Grundstück weiter bewirtschaften, so, wie es ist – halt ein wenig zu groß geworden für mein kleines Glück und eine Last für meinen Sohn David, wenn er es dereinst erben und sicherlich verkaufen wird, denn sein Leben ist ja nicht mein Leben.

Die Dinge entwickeln sich gut und klärend, ich werde nirgendwohin gehen, nicht nach Indien, nicht ins Elsass, nicht ins Onsernonetal, ich werde in Negombo bleiben, bis sie mich von hier wegtragen. Man läuft nicht einfach so davon. Bin unverändert heimisch und eingewebt hier, das hat sich nicht verändert. Der permanente Aufruhr mit Angestellten ist mir aus der Basler Selbstständigkeit so eingebrannt, dass er mich auch hier nicht mehr wirklich erschüttern kann. Sitze zum Bier am Stammtisch der Expatriates und bekomme eine Vorstellung davon, wem die Stunde schlägt. Sie treffen sich donnerstags zum ausgelassenen Umtrunk und schalten nachher auf einer Internetseite die Fotos auf, die sie voneinander machten – ganz schamlos zeigen sie sich her, ohne schwarze Balken, abgeschnittene Köpfe, Masken, in den Bildunterschriften nennen sie sogar ihre Namen. Sie haben nichts mehr zu verlieren, nicht einmal ihren guten Ruf.

25. Juli

War bis in die Nacht fleißig mit Buchhaltung, habe endlich mit der Belegverarbeitung der Ausgaben begonnen und fand bestätigt, dass das kleine Rooms-in-Home Geschäft wohl schöne Nebenerlöse bringt, unterm Strich aber nur ein paar hundert Dollar Reingewinn bleiben. Da ist gut, mich daran zu erinnern, dass ich das Steckenpferdchen reite, um mich nicht zu langweilen und nicht, um Profit zu machen. Aber ich bin ja auch in Sandkasten-Spielhöschen ein Marketer und weltberühmtes Verkaufsgenie, da muss mehr dabei herausschauen, ich habe meinen Stolz. Will den künftigen Haushälter auf klugen Einkauf und Kostenreduktion trimmen. Falls er Biss hat, werde ich ihn am Gewinn beteiligen, um ihn zu motivieren und zu würdigen. Kumar freute sich diabolisch, dass sich Touristen meldeten, kaum, dass die Werbetafeln wieder an der Straße standen. Da belehrte ich ihn gleich über die Kunst der Gästeverehrung. Derzeit sind die zwei Zimmer in der leidlich aufgemotzten Schuhschachtel vorn am Meer belegt, in meiner Villa will ich aber noch niemanden haben. Abends kamen weitere Leute hereinspaziert, weil sie im Guide de Routard und im Reise-Know-How von unserm Freiluftrestaurant gelesen haben. Auf jeden Fall schickte ich Kumar heute einen Brief, mit dem ich ihn zum zweiten Hausmeister beförderte, den Lohn kräftig erhöhte und ihn bei der Pensionskasse anmeldete.

War schon wieder guter Dinge, energisch und gleichzeitig ruhig, sogar ein wenig gelassen.

Die Eingangsbestätigung für Sankars Abfindung traf ein, das Geld liegt also für ihn bereit, aber ich lasse ihn noch zappeln.

Der Oberste Kreative, der Herr der über uns wohnt, schickt uns eine zentnerschwere Schwüle, dann zieht er mit fettem Tuschestrich eine Linie den Horizont entlang, ruft die Wölkchen zusammen und baut sie zu gigantischen

Skulpturen auf, staffelt und formt sie immer wieder neu, macht in Wirklichkeit einen ziemlich kunstvollen Schwarzweißfilm und dann nimmt die Veranstaltung ihren Lauf. Es kühlt ab, nur zwei Grad, aber wir Menschlein fühlen uns erfrischt wie auf einem schneebedeckten Viertausender, wenn wir den Gipfel endlich erreicht haben und nicht wissen, dass wir frieren, so erhitzt sind wir, so aufgewühlt, so beglückt, so müde auch, so schlaff und matt. Dann entsteht aus dem tiefschwarzen Fleck weit draußen über dem Meer, wo Ihm der Pinsel ausgerutscht ist, ein Regenschleier, den Er zum Ufer jagt. Selbst die Tempelglocken im Atrium, sonst nicht die schnellsten, wachen auf, zuerst die eine, die immer die erste ist, weil sie auf jedes Lüftchen anspricht, das sie scheu berührt, und dann die ganze Batterie in unabgestimmtem Durcheinander. Molto furioso, so sind sie nun einmal. Und jetzt wird auch der Ozean geschminkt, Er zieht einen hinreißenden Farbstreifen auch über das Wasser, knallig rot zuerst und dann wird das Weltmeer olivgrün, alles bäumt sich auf, doch dann ist es Nickel, mattiertes Silber, und schließlich flüssiges Blei, der Ozean kocht, der Himmel dreht durch, man darf sich etwas wünschen.

Auch noch die letzten Papierdrachen der Fischerjungen zerreißen, die können gerade noch heimrennen, wo sie ihre Väter wieder einmal sehen, die wilden Kerle von Negombo, die sonst ihre vier Wände meiden und am Strand beisammensitzen, weil sie dem Meer hörig sind. Und dann schüttet es los, nicht zwanzig Hollywoodstudiofeuerwehrschläuche kriegen einen so schönen Sturzbach hin, er ist enthemmt, obszön; rücksichtslos und herrisch bricht es über uns her, der Wind liegt mit den Wassern im selben Bett, sie haben einen dramatischen Orgasmus, die Bäume rauschen Beifall, die Natur ist unter sich.

Schon zwanzig Minuten später hellt es plötzlich auf, gleißt los, was das Zeug hält, die alte Schlampe Sonne zeigt, wer der Meister ist und Himmel und Hölle fragen scheinheilig: War da was?

27. Juli

Sankar sehe ich den ganzen Tag nicht, auch nicht seine Zweitfrau, meine Erschütterung über den verwahrlosten Zustand seines Staffhauses hält an, das zu sehen ich gestern die Ehre hatte, weil ich des Spenglers wegen die Armaturen prüfen musste.

Mit dem Bewerber Suriya habe ich ein zweites Interview, auch der ist ein sanfter und ein wenig lascher Berglandtamile aus einfachen Verhältnissen, jedoch ehrgeizig und ausbaufähig, weil gut motiviert, ehrlich und fleißig. Sein Englisch ist jedoch erbärmlich und deshalb dürfte ich ihn eigentlich nicht nehmen. Aber ich brauche schnell wieder einen Hirsch in der Küche, für mich selber, ich habe ja sonst nichts. Auf Anfrage erklärt der Mann, dass er stark im

Rice & Curry kochen sei und nickt ergeben und unbegeistert, als ich ihm ein Kochbuch empfehle, weil ich Rice & Curry schon ziemlich gut kenne und jeden Tag etwas Neues auf dem Tisch wolle. Weil der Steward vom New Resthouse mit seinem Forderungskatalog aber überzogen hatte und deshalb keine Alternative, sondern nur noch eine Notlösung ist, die ich mir auf alle Fälle offenhalte, habe ich Suriya den Vertrag ausgehändigt. Van Buyten, dessen Frau ihn kennt, wird ihn ihm übersetzen und dann wird er sicherlich zusagen, denn der Vertrag und meine Leistungen sind ein Leckerbissen und machen meine hohen Ansprüche deutlich. Bin dennoch erleichtert, weil das Eis gebrochen ist und ich endlich Vertrauen reaktiviert habe, dass ich einen neuen Hausmeister finden werde. Ich bin immer gut damit gefahren, mich im Zweifel fürs Risiko zu entscheiden. Sonst noch was?

Der Tag war überwiegend vom Spengler besetzt, der den teuren Küchenhahn montieren und dazu die Wand aufbrechen musste, die Küche stand Kopf, 24 Stunden hatten wir kein Wasser, und als der Kerl ging, hatte es Lecks, aus denen es nun böse tropft.

Zudem haben mir die Schreiner die letzten Reparaturen am Dach fertiggemacht. Zuletzt kamen Shean und sein Sohn Ravindu zu Besuch, der eine, weil er insgeheim auf erneute Anstellung hoffte, der andere zum stundenlangen Fernsehen und deshalb mehr lästig als erfreulich.

Die Söhne von der Familie gegenüber, die den Trauerfall hatte, brachten mir einen Riesenteller Rice & Curry zum Geschenk, der auch noch für Katz und Hund reichte. Ich gab den leeren Teller mit 1000 Rupien zurück, eine Leiche ist teuer.

Am Strand sehe ich ein Rudel Japaner einen enormen Eisenkorb mit Rechen an einer offenen Seite eifrig dazu zu nutzen, aus dem Sand in der Brandung große Mengen Muscheln zu ernten, die unsere Einheimischen einzeln mit Händen und Füßen aus dem Sand graben, wenn sie nichts zu essen haben. So wie sie die Weltmeere mit Sonargerät und Schleppnetzen industriell leerfegen, haben sie auch mit diesem Muschelrechen in kürzester Zeit eingesammelt, womit sich eine einheimische Familie den ganzen Nachmittag lang müht.

In den Siebzigern des letzten Jahrhunderts («des letzten Jahrhunderts»!) haben sich die amerikanischen und europäischen Pädophilen ihre Lustknaben von der Insel importiert, am Flughafen standen sie vor den Eincheckschaltern in der Reihe, zusammen mit kinderlosen Eltern und ihren adoptierten Babys in eigens geflochtenen Bastkörben. Hei, war das ein Geben und Nehmen. Jetzt kommen viele wieder zurück, die Beachboys mittlerweile in den Vierzigern, die adoptierten Söhne und Töchter in den Dreißigern. Die einen bringen zurück ins Motherland, was das Leben sie gelehrt hat, und gründen kleine Firmen, die andern rümpfen ihre gut behüteten Näschen, weil alles so rudimentär ist hier und so schmutzig, sie nötigen ihre Eltern zur schnellen Rückreise und möchten ganz schnell wieder heim.

30. Juli

Versuch einer Wochensitzung mit dem Rumpfteam, eine schweigende Herde, es ist zum Grausen, der größte Feind des Lohnabhängigen ist er selber. Selbstunterdrückung. Eine Erkenntnis, die mich schon in meiner Werbeagentur schockte. Abends kommt der neue Koch Suriya zu Besuch und übergibt unfeierlich die unterschriebene Vertragskopie. Bin erleichtert.

In Sankars Haus tut sich wenig in Sachen Auszug, der ist ja für morgen geplant. Einerseits steht ein neuer Eisschrank im Haus, andererseits hat Sankar seinen Kapuzineraffen Rani verschenkt, Zeichen des Abgangs immerhin und für meinen Garten erholend, denn Rani hat in seinem Kettenlängenumkreis alle Natur verwüstet, alle Bäume und Büsche entlaubt, eine verirrte Jungkatze aus lauter Liebe nacktgelaust. Beeilte mich schon heute, neu anzupflanzen, habe auch Pläne für eine Boulebahn, für die ich seit Jahren eine Bauanleitung horte und die genau da Platz fände, wo des Hausmeisters Haustier lebte.

Nachmittags kommt der norwegische Sri Lanker Samuel zu Besuch und berichtet, Sankar hätte zusätzliche Badezimmer gewünscht, deshalb gäbe er das Haus nun statt für 25 000 Monatsrupien für (lächerliche!) 20 000. Das ist also unter Dach, das Traumpaar kann der Welt zeigen, dass es etwas vom Geschäft versteht, sie würden aus dem Privathaus ein Bed & Breakfast machen wollen, Zimmer mit Bad.

Dann klagt der Exilant über seine angespannte Finanzlage und wünscht, dass ich ihm das Perch Land 20 Prozent günstiger gebe als von mir gefordert. Obwohl das dem Schätzungsbetrag entspräche und nicht völlig unanständig ist, ziere ich mich, agiere unabhängig, und zuletzt haben wir zwei Modelle, die ich ihm später in einem Brief als letztes Angebot aufschreibe:

A) Er zahlt den früher geforderten Preis, dafür aber nur 2/3 des Totals in bar und das Restdrittel in Naturalien – als 10 Jahre kostenfreie Nutzung.

B) Er zahlt einen reduzierten Betrag, den aber vollumfänglich in bar.

Bei Variante A bliebe ich Großhotelier mit 6, 7 Zimmern, mit Variante B würde ich mich definitiv zum Privatier machen mit 2, 3 Zimmern. In jedem Falle hätte ich einen guten Verkauf realisiert, der mir genug Freiraum gäbe zum Weitermachen. Aus dem Verlauf des Gesprächs erkenne ich großes Interesse («Ich könnte später auf die Villa einen 1. Stock bauen» und «Ich will etwas tun für einen der Söhne meiner ältesten Schwester») und gehe davon aus, dass er Ersparnisse auflösen, Verwandte einbinden und sich mit der Hilfe einer Bank flüssigmachen wird. Abends beim hingebungsvollen Gartengießen, wo ich mir meine bessere Hälfte gut vorstellen kann, bin ich beschwingt und heiter.

Später besucht mich der arme Fischer Sivak, er hat kürzlich geheiratet; aber statt des erwarteten Batzens bekommt er einen Lehrvortrag über das Leben eines verheirateten Mannes, der ihn so schwindelig macht, dass er gar nicht merkt, wie er ohne eine einzige Rupie wieder abzieht. Aber er erzählte mir eine schöne Geschichte aus Samuels Negombofamilie: Die Eltern waren katholisch und also fruchtbar. Einer der Brüder sei Pfarrer geworden, der Stolz der Familie, er stottert ein wenig, aber ist bei den Don Bosco Fund Huntern gut untergebracht. Vor allem gäbe es viele Schwestern, eine davon sei meine liebe Nachbarin, die samt Ehemann näher beim Himmel als auf Erden und immer in der Kirche sei. Und da sei noch eine andere verheiratete Schwester – ich verehrte sie früher, bemerkenswert blendend aussehend, zwei Kinder –, der habe Lucia ins Ausland und zu einer zweiten Heirat mit einem reichen Ausländer verholfen – mit der amtlich beglaubigten Lüge, die Schönheitskönigin sei verwitwet, ihr Mann gestorben, sie sei also heiratsfähig. In Wahrheit ließ sie ihren wahren Ehemann im Regen auf der Insel stehen – neben diesem Prachtsweib ein kleines Komma –, ich sehe ihn manchmal mit dem Fahrrad, sie haben sich von ihm im Familienverband auf Französisch verabschiedet und ihm Hörner aufgesetzt, des lieben Geldes wegen. Auch im Wissen um diesen Familiensinn (Blut ist dicker als Wasser) rechne ich mit einem Kaufentscheid des Wahlnorwegers; er wird die Mittel zusammenrufen, der materielle Appetit ist auch bei Akademikern grenzenlos. Und weil ich nicht zwingend verkaufen muss, kann ich es mir leisten, höher zu pokern, auf Risiko zu gehen, bleibe also hart mit meiner Forderung und weigere mich, das sri-lankische Geschacher um Geld mitzuspielen.

31. Juli

Zahle die Löhne und gebe Sankar einen Scheck für 12% Extremzins für das Sparguthaben, das er bei mir deponiert hatte – sogar zum Sparen habe ich meine Mitarbeiter angehalten. Sonst gibt es nichts diesen Monat, doch freuen sich die verbliebenen Mitarbeiter, dass sie das Trinkgeld nur durch zwei teilen müssen. Kumar, jetzt zum stv. Hausmeister befördert, hat einen überdurchschnittlichen Lohn in der Tasche und ist Aufsteiger des Tages.

Nachmittags schleicht Samuel in meinen Garten, ziert sich wie ein Schulmädchen, seine norwegische Frau kommt dazu, wir reden um den Brei herum, es wird nicht klar, kauft er jetzt oder nicht («Wir wollen auf ewig Freunde bleiben, auch wenn wir nicht zusammenkommen»). Dann gibt er mir einen handgeschriebenen Fünf-Seiten-Brief, in dem er über seine finanziellen Verpflichtungen wegen der katholisch groß geratenen Familie klagt und nochmals nachfordert: Das größere Stück Land (40 statt 35 Perch) für den kleineren Preis. Den habe er flüssig, für den Rest erteile er mir für die 10 Jahre bis zu seiner eigenen Pensionierung das uneingeschränkte Nutzungsrecht für seinen Anteil an Haus und Property. Ich halte mich bedeckt.

1. August

Fahre nach Colombo und verlängere mein Touristenvisum problemlos um weitere drei auf nun sechs Monate bis 3. November. Befrage den Immigration-Chef und er macht mir Empfehlungen für ein Residence Visum, als er beeindruckt von meinen 75 Perch Property hört, die ich seit 25 Jahren habe. Registrierung als «Professional», das ginge, aber ich lese später, als solcher müsste ich jeden Monat US$ 2000 einführen – was würde ich nur machen mit dem vielen Geld? Auf alle Fälle neues Spielmaterial im aktuellen Schach und noch mehr Unruhe in einer Zeit des Wandels und der Neubestimmung.

Mittags ein zweiter Termin beim Board of Investment. Bin nachher aufgeklärt, dass dessen Anerkennung als Investor in nur einem Monat durchgezogen werden könne. Dass ich zuerst eine Firma gründen und die Statuten samt Fragebogen vorlegen müsse. Dann erst sei der Transfer des Investments nötig. Das Residence Visum gelte solange die Firma geschäfte, was jährlich zu belegen sei. Wenn ich dann einmal sehr alt oder leidend sei, könne ich ja Direktor bleiben, Chairman oder so. Ach ja, und einen zweiten Direktor brauche es. Werde meinen Davidsohn einladen, sich auf die tropische Spielwiese zu begeben; ein richtiger Familienbetrieb, das könnte mir gefallen.

Bei Barefoot schaue ich die World Press Foto-Ausstellung an und kaufe eine große Holzplastik, einen herrlich naiven, grobgeschnitzten Negombofischer. Weil heute der Schweizer Nationalfeiertag ist, schlecke ich im Hilton Pub herum und trinke auf Oma Helvetia. Beim Infoschalter am Bahnhof frage ich nach den Fahrzeiten für den oft gefragten Observation Car und der Chef dort erkennt mich und erinnert sich, bei mir erstmals im Leben 3-D-Fotos gesehen zu haben, sogar «Icebear» kann er noch aufsagen. Bin beeindruckt, den sah ich sicher sieben Jahre nicht, er hat in Kandy ein Guesthouse auf den Hügeln, das er von seinem Colombo-Außenposten aus clever und erfolgreich füllt.

Abends informiert mich Sankar, er brauche zwei Tage länger für den Auszug (eigentlich müsste er heute hier verschwinden) und weitere zwei Tage zur Renovation. Er nervt wirklich bis zuletzt, macht mir aber den Abschied leichter. Der warme Wind, in dem der Lohnabhängige risikolos leben durfte, weicht jetzt dem kalten Hauch der Selbstständigkeit. Immerhin steht schon Mobiliar herum und sie haben auch schon den Schlüssel zum neuen Haus. Der Pensionskassenchef hat ihn auf Montag bestellt, die Zahlung zieht sich also hin, er zappelt. Sie würden schon bald heiraten. Ein schönes Paar, gewiss. Ob ich ein Foto von unserem gewissermaßen gemeinsamen Sohn Anish hätte? Immer kommt er mit dem Grabstein, der ihm schwer am Hals hängt. Ich sage, es sei ein Moratorium in der persönlichen Beziehung, bis das Geschäftliche abgewickelt sei. Dann sähe man weiter. (Im Moment neige ich eher zu rigider Distanz – sein Vorwurf, ich sei schuld, dass er trinke, hat mir den Rest gegeben).

Gehe beim Italiener Gnocchi und Salat essen, doch ist der Service so mies, dass ich mich beschwere. Werde mit Schinken, Käse, Schnaps ruhiggestellt: Es seien grad Polizisten da und er sei nervös gewesen. Auf Anfrage bestätigt er mir, was Sankar früher schon andeutete, aber nie klar sagte: Die kommen in Zivil und kleinen Gruppen in die Restaurants, bestellen artig Getränke – beim Italiener wollen sie zu viert essen, sie wollen gerne wissen, wie italienische Küche schmeckt – und wenn die Rechnung kommt, beschlagnahmen sie die Alkoholvorräte, offene Flaschen versiegeln sie, mit Siegelwachs, alles was Recht ist. Die Anzeige wegen Alkoholausschank ohne Lizenz kommt umgehend, samt Gerichtstermin, wo der Herr Richter (der das Spiel aus ständiger Wiederholung natürlich kennt) ad hoc eine Strafe ausspricht; um die 20 000 Rupien sind es meist, die sofort bar zu zahlen sind. Jede Anstrengung der kleinen hiesigen Geschäftsleute, eine Ausschanklizenz für ihr Restaurantchen zu bekommen, scheitert, so wie das Netzwerk der selbsternannten Häuptlinge es will.

Die Staatsangestellten sind eine Plage, Geschäftsleute und die kleinen Leute sowieso – leiden unter ihnen, sie sind die Diener der Obrigkeit und die sind ihre Herren. Kein Wunder, gehört ungesetzliches Handeln zum Geschäft, es gibt keinerlei Angst vor Folgen, es ist Alltag. Man stiehlt etwa öffentlichen Strand zur Erweiterung privater Grundstücke (von meinen morgendlichen Strandläufen kenne ich die Sünder alle und ich könnte auch zeigen, wo vor dem Bau einer neuen Begrenzungsmauer die Grenzlinie zur Küste verlief). Natürlich verkaufen alle meine Kollegen Alkohol ohne Lizenz, was sollen sie sonst machen, die Touristen wollen ihr Bier. Oder sie holen mit Schmiergeld ihre ungeratenen Söhne aus der Untersuchungshaft, sie bauen ihre Häuser ohne Baubewilligung, sie zahlen die Verkehrssünderbuße nicht und was so anfällt in einem Menschenleben. Will ich hier wirklich Geschäfte machen? Mit all diesen undurchsichtigen Verflechtungen, Neidern, Bösewichten? Wie auch immer, mittags sei einer vom Rathaus gekommen wegen der Ausschanklizenz, die ich für meine Privatpension beantragt habe, so wie es vorgesehen ist und wie es sich gehört. Er wolle am Donnerstag wiederkommen, um mit mir zusammen den neuen Fragebogen zu machen; Sankar habe ihm bereits berichtet, dass er die Stelle wechsle, und nun muss wohl unser künftiger Mann die monatlichen Schmiergelder zahlen. Die zwingen selbst ein solches Unschuldslamm wie mich, ungesetzlich zu handeln.

2. August

War den ganzen Tag am Brüten und wenn ich nicht Yoga machen und meinen Atem beherrschen würde, hätte ich wohl an Atemnot gelitten, so sehr habe ich den Atem angehalten vor lauter Nachdenken über Samuels Kaufofferte und die Dreistigkeit, mit der er 5 Perch mehr Land für 20 000 weniger Euro will. Dass er mich mit Freundschaftsschwüren nervt, um mich besser melken zu können. Dass ich lieber im Supermarkt einkaufe zu festen Preisen, als auf dem Fischmarkt aufwendig zu feilschen. Dass der gute Mann, obwohl in Norwegen naturalisiert und Akademiker, sich verhält wie die Negombofischer, deren Bruder er geblieben ist. Und alle diese Sachen. Zuletzt bin ich wieder so gestärkt, dass ich auf meinem Preis beharren und ihm als Plus nur anbieten werde, dass er das Vorkaufsrecht habe, wenn ich oder meine Erben den Rest des Landes je verkaufen würden.

Habe mit meinem Landverkaufsausflug nicht nur die Angstbarriere durchbrochen und gelernt, wie es und dass es geht, sondern bin auch motivierend aufgefrischt. Nach zwei Jahrzehnten privatem Sandkastenspielen wäre ich jetzt bereit, wie einst und wie es sich gehört professionell zu agieren. Es wäre gut, eine Firma zu gründen, um mir selber wieder ein Korsett anzulegen für Disziplin und Sachlichkeit. Sie unter die Board of Investment-Fittiche zu bringen und solcherart zertifiziert von den Vorteilen zu profitieren wie ungehindertes Geschäften mit allen Rechten der Einheimischen, Residenzvisum und Tourist Board Anerkennung, Alkohollizenz, freien Zahlungsverkehr. Plus ordentlich Buch zu führen, Buchhalter und Treuhänder zu beauftragen, professionell zu planen und zu führen, seriös zu budgetieren und Steuern zu zahlen, wie es sich für einen guten Schweizer gehört. (Die Form der Aktiengesellschaft war schon bei meiner seinerzeitigen Werbeagentur der Gürtel, der alles zusammenhielt, mich positiv disziplinierte und mich mit meinem ein wenig nonchalanten Umgang mit der Wirtschaftswelt davor bewahrte auszurutschen.) Warum nicht einen Teil des Erlöses vom Verkauf meines Basler Altstadthauses hier investieren, statt sie passiv in eine Zusatzrente umzuwandeln? Würde mich in der Schweiz abmelden, hier als Auslandschweizer leben und kommerziell arbeiten, solange es Spaß macht und – ja! – gute Zinsen bringt.

Obwohl den ganzen Tag Leute im Staffhaus ein- und ausgehen, macht es auch am Abend nicht den Eindruck, dass jemand auszieht, es liegen nur unfasslich hohe Berge alter Wäsche auf Haufen herum, die ganze Verwahrlosung ist aufzuarbeiten, doch dazu fehlt dem neugeborenen Sankar erkennbar die Energie. Wie will denn der Millionär selbstständig und sein eigener Chef sein?

Meine Angestellten jagen abwechselnd per Telefonterror und Überraschungsbesuchen den Sanitärspengler, um ihn zur Reparatur seiner Reparatur herzuholen, denn der von ihm für teures Geld neu montierte teure Küchenhahn tropft und die Zuleitung leckt, sodass wir täglich ein paar Eimer mit Wasser füllen. Aber nach Landessitte schämt sich der Kerl mit jedem Tag mehr und jeder Tag verunmöglicht ihm mehr, herzukommen. Gesichtsverlust. Ich werde einen andern Plumber auftreiben müssen, der das auf meine Kosten gut macht. So geht das hier.

3. August

Ich vergnüge mich heute an einem Highlight der ganz besonderen Art, das mich so glücklich stimmt, als sei ich Vater geworden. Im Luftwurzeltrichter der Mangrove tanzen zwei gelbe Flauschbällchen mit Schnäbeln dran der Entenmutter auf dem Rücken herum. Sie sind also doch geschlüpft, nach etwa zwanzig Brütetagen, ein Weltereignis, den ganzen Tag lang schaue ich ihnen immer wieder hingerissen zu. Das Leben, das Leben. Von Faulkner lese ich dazu passend eine Art Wort zum Sonntag, das mich stärkt in der emotionalen und intellektuellen Nervigkeit des Wartens auf abschließende Entscheide, damit ich endlich wieder zum Leben zurückkehren kann.

«In der dunkelsten Nacht der Seele schimmert immer der Morgen.»

Habe mein Mütchen wieder gekühlt und bin geschmeidiger geworden: Um das unwürdige Fischmarktgeschacher beim Landverkauf abzukürzen, würde ich jetzt auf einen Kompromiss einschwenken. Aber obwohl der Käufer und seine Frau sich auf vier Uhr zum offiziellen Besuch angekündigt haben, schauten sie nur schnell vorbei um mitzuteilen, dass sie erst morgen kommen könnten, am Montag, um elf. Ist es Verhandlungsgeschick oder dieser landestypisch lasche Umgang mit der Zeit?

Das Plumberdrama geht weiter, es gibt jetzt auch ein Leck in den neu verlegten Röhren, die der Vollblutprofi eingemauert hat. Die ganze Wand hat sich mit Wasser vollgesogen, sodass auch der anschließende Lagerraum im Wasser schwimmt. Man erreicht ihn endlich am Telefon, ja er käme gleich, jetzt gleich, aber nichts da. Dilan hat mir vor Tagen schon erklärt, der käme nie mehr, ich solle einen andern suchen und den die Reparatur der Reparatur machen lassen.

Sankars neue Therapeutin sehe ich abends mitten im Tohuwabohu des gemeinsamen Wohnzimmers fernsehen, die Lumpenkönigin fühlt sich wohl und macht gar nicht den fleißigen Eindruck einer Frau, die eben ihr erstes Geschäft gründet und die Liebe ihres Lebens fand. Am Dienstagabend werden sie das Haus unrenoviert übergeben, ich werde ihnen Miete berechnen müssen und die Renovierungskosten, sie ersparen mir wirklich keine Unfreundlichkeit. Es kann nur Dummheit sein, denke ich indes bei näherem Nachdenken, Unkultiviertheit oder Dreistigkeit, das gibt's ja auch im alten Europa.

Das Wetter ist betörend, ich kann gar morgendliche Meerbäder nehmen, es laufen bereits die ersten Saisontouristen am Strand herum und wir selber haben auch drei Zimmer vermietet – Franzosen, Engländer, Genfer – und mussten andere mit dem Guide de Routard in der Hand wegweisen.

4. August

Morgens um drei wache ich wegen Hundegebell auf, bin nicht müde, komme ins Sinnieren, wie's weitergeht mit mir, hätte gerne jemanden bei mir und mit mir und fühle mich, selten genug, ein wenig allein. Lese in einem herumliegenden Buch, und als ich dann immer noch nicht müde bin, serviere ich mir selber auf dem Tablett aus Teak ein paar Toastscheiben, brate Speck und schön geratene Spiegeleier und setze mich ins Lampenlicht des nächtlichen Restaurants. Und wohin hat mich mein legendäres Gespür geführt? Mitten in den nächtlichen Umzug des erbärmlichen Hab und Gut meines ehemaligen Hausmeisters, der nie ein Manager wurde. Der ist irritiert, mich wach zu sehen, Guten Morgen!, macht ein paar hilflose Armbewegungen zur Erklärung, da sehe ich auch schon den Loyalitätsweltmeister Dilan mein ganz privates Bücherregal zum Auto tragen.

Sankar plappert zustimmend und in Erklärungsnotstand auf meinen erinnernden Hinweis, das sei mein Regal, das hätte ich doch dem älteren Sohn seinerzeit als Raumteiler ausgeliehen. Aber meinen Deckenventilator, den dürfe er doch mitnehmen, den habe er doch selber montiert? Ich hätte es mir denken können, dass er im Schutz der Nacht umzieht, gewissermaßen bei Nacht und Nebel, wo niemand sein Gerümpel sieht und seinen Auszug aus dem Gelobten Land. Draußen wartet ein Lastwagen und ich habe ein quälendes Traktandum weniger, bin einen Schritt näher an meiner neuen Freiheit, an einem lange schon nötigen Neubeginn.

Fürs Erste schlafe ich noch einmal tief ein, und als ich um zehn vom Yoga in den Garten zurückkomme, sind verschiedene Gäste schon ausgecheckt, haben aufs Betörendste ins Gästebuch gehaucht und artig ihre hohen Rechnungen bezahlt.

Der Tag entwickelt sich auch sonst exzellent und es kommen bis am späten Abend so viele erfreuliche Sachen zusammen, dass ich ganz berauscht bin, richtig euphorisch, aber ganz fest müde. Will alles zusammenfegen zu einem kleinen Häufchen Goldstaub:

– Als ich am späten Morgen nachschaue, hat Sankar sein Haus tatsächlich leergeräumt und ist weg, weg, weg.

– Die jungen Entenkinder, mittlerweile groß wie Rasierpinsel, machen ihren ersten Watschelgang durch den Garten.

– Ein neuer Haus- und Hofmeister machte mir einen Höflichkeitsbesuch.

– Einer aus dem Nachbarort führte mir seine üppige 400er Honda vor, in Wahrheit ein englisches Sofa.

– Der neue Spengler hat meine Küche wieder in den Urzustand zurückgesetzt und ich habe mir Peperoni und Hackfleisch mit Kartoffeln gekocht.

– Lieben zu dürfen macht mich reich, nicht, geliebt zu werden. Derzeit liebe ich die ganze Welt.

– Mein Bestfreund Lukas wird im November nach Sri Lanka kommen, um Ferien und eine Motorradfahrt mit mir zu machen.

– Samuel hat zu einer meiner abschließenden Kaufvarianten ja gesagt,

– Es ist ein Vierteljahrhundert her seit meiner Verlobung mit der schönen Lanka, jetzt endlich werde ich sie heiraten. Das heißt, mit dem Jawort werde ich erstens eine vom Board of Investment zertifizierte Firma gründen und zweitens «Auslandschweizer» mit ganzjährigem Wohnrecht sein. Der temporäre Tourist wird permanenter Businessmann und er wird sein Guesthouse nicht mehr als Hobby führen, sondern als Gelddruckmaschine. Im Übrigen wird er eine Teilsumme des in der heimatlichen Schweiz eingemauerten Vermögens als Investment ins feindliche Ausland transferieren und damit die Verzinsung attraktiv verbessern

– Aus «Rooms-in-Home» werde ich das beste private Guesthouse in Negombo machen und die seit zwei Jahren schon gesuchte neue Herausforderung haben gegen gelegentliche Anflüge von Langeweile. Mein Restleben wird neu ausgerichtet und fokussiert sein. Von zwischenmenschlichen Beziehungen will ich mich vorderhand fernhalten, sie sind zu aufwendig und sie nerven oft.

– Mit 95 will ich weitersehen.

Anish hat mit seinem Freitod vielen Leuten in den Arsch getreten.

5. August

Auf Wunsch zeige einem Australier, der in Kuwait lebt, drei Liegenschaften, die Einheimische mir selber zum Kauf angeboten hatten. Vom Verkaufsbetrag will er mir 5% Mittlerkommission zahlen. Das Auftreten des bleichen Hünen gibt mir Gelegenheit, wieder einmal darüber zu staunen, wie rüpelhaft und arrogant Weißhäutige mit den Einheimischen verfahren. Ich kann nicht umhin, mich zu vergleichen, und wenn ich nicht im Reinen mit mir wäre, würde ich mich neben diesem Kolonialmacho als arges Weichei fühlen.

So weit ereignislos, aber als ich mit Samuel zum freundnachbarlichen und von meiner Seite aus absichtlosen Tee sitze, kommt der von mir sehr geschätzte Mann – ganz der Bruder seiner Schwester – mit diesen unsäglichen, scheinbar naiven, aber ganz und gar berechnenden Blödmannfragen, um sein Schnäppchen noch attraktiver zu machen. Und natürlich auf der beliebten Mitleidsschiene, immer mit Hinweis auf sein begrenztes Einkommen und die finanziellen Verpflichtungen durch den Hausbau in Schweden. Inzwischen hat er nämlich realisiert, dass ihn die Schuldenlast als Chefernährer seiner Großfamilie bis ans Ende seiner Tage drücken wird. Das Nachforderungsgejammer beleidigt mich stilistisch aber so sehr, dass ich beide Ansinnen ziemlich harsch ablehne: Er habe gedacht, dass die aktuelle Möblierung der Villa im Kaufpreis enthalten sei? Und er habe Streit mit seiner Schwester, weil die wie wir alle für den Straßenbau einen Streifen Land an die Regierung abgeben musste, den habe sie nämlich von seinem Landteil abgezweigt. Deshalb sei der straßenseitige Zutritt zu seiner neuen Property gefährdet, und ob ich ihm nicht zusätzliche anderthalb Meter von meinem Land dazugeben würde, damit er neben meiner Garage eine Passage für die Zukunft habe?

Um eins wie meist mein Mittagsschlaf, doch diesmal wache ich erst nach Stunden wieder auf, ganz beglückt, das richtige Wort für meinen Zustand gefunden zu haben, «erschöpft». Wenn man das Wort für eine Sache hat, wenn etwas einen Namen hat, ist alles gut. Sofort bin ich wieder frisch und gefährlich energisch.

Gärtner Kumar, 2. Housekeeper, beweist guten Stil, hat einen Brief auf Tamilisch geschrieben und ihn von seiner Tochter ins Englische übersetzen lassen. Da beschreibt er, wie glücklich er über die Beförderung sei, dass es seiner Familie jetzt gut gehe, dass er sich auf den neuen Häuptling freue, von dem er sich wünsche, dass der ihn nicht nervt. Dass er bedauert, dass Sankar aus dem Ruder gelaufen sei, denn der habe ihm ja die Stelle besorgt. Und dass wir für die Hotelgäste unser Restaurant wieder öffnen müssten, dass er wenn nötig in der Küche helfen wolle.

Abends mache ich mir aus Fischrogen einen Brotaufstrich und genieße, Herr von Haus und Herd zu sein. Künftig muss sich jeder Mitarbeiter daran messen lassen, ob er die heilige Küche sauber und in feinster Ordnung halten kann.

Der Garagist aus Kochchikade kam abends noch einmal vorbei um mitzuteilen, dass die neue Honda statt 270 000 nur noch 250 000 koste. Am Samstag werde ich sie mir nochmal anschauen, Probefahren und die Papiere prüfen, bin aber bereits willig, nur zeige ich es nicht.

6. August

War früh schon wach und schrieb eine Vereinbarung als Vorvertrag für den Landkauf von Samuel. Wollte zuerst Deutsch schreiben, um schon gleich und ohne es zu merken auf Englisch umzuwechseln, da war ich erstaunt, wie sehr ich fremdsprachlich eingenistet bin und habe den Entwurf gleich in Englisch geschrieben, wenn auch mit Nachschlagen im Wörterbuch. Das Resultat erfreute mich, knapp, aber umfassend, habe ich alles in 14 Punkten festgeschrieben und es am Nachmittag meinem Anwalt als Entwurf überbracht.

Der war bereit, noch vor Samuels Abreise Montagnacht wie von mir gewünscht an neutralem Ort, etwa in einem angemieteten Zimmer des Browns Beach Hotel, zur Beglaubigung zu schreiten. Dass er die Idee hatte, den Kauf mit Schwurhand zu bestätigen, hat mir sehr gefallen – es würde besser absichern, dass ich insbesondere den Käufer nicht bescheiße. Denn solange der Kauf nicht im Grundbuch eingetragen ist, sei der Käufer im größeren Risiko als ich und deshalb auf meine unbedingte Ehrenhaftigkeit angewiesen.

Als ich dem Käufer den Entwurf überbringe, damit wir morgen früh darüber reden können, reagiert der irritierend, beinahe beleidigt, aus dem vereinbarten Frühstück werde nichts, er würde mich später informieren, er müsse alles zuerst mit den Kindern besprechen. Ich bin meinerseits beleidigt, doch sachlich, und bitte ihn, den Vorvertrag auf alle Fälle zu lesen. Dass er offenkundig und gewissermaßen über Nacht vom Kauf zurücktreten würde, weil er es mit der Angst zu tun bekommen hat, sich zu weit aus dem Fenster gelehnt zu haben, überrascht mich weniger als die abrupte Absage des freundnachbarlichen Frühstücks.

Samuel ist zuletzt wohl im Pflichtenclinch erstickt. Wenn einer nach 50 mit der Rückzahlung einer hohen Hypothek beginnt und außer dem Salär keine Einnahmen, aber vier Kinder hat, bekommt er es natürlich mit der Angst zu tun. Der Ausflug als Landlord hat ihn wohl genötigt, sein Leben zu bilanzieren, den Status zu klären, da war der Stress natürlich groß und vielleicht auch der Neid auf mich beim unvermeidlichen Vergleichen.

Auf alle Fälle hat mir mein Anwalt sein Interesse an weiterer Zusammenarbeit bestätigt, als nächstes bei der baldigen Gründung der Firma – Icebear Hotel Limited würde sich gut anhören. Aber sicher ist, es gibt einfach zu viele Blödmänner auf diesem Planeten, wenn es zwischen schweizerischen und srilankischen auch keinen Unterschied gibt.

Beim Nachtessen in einem sozialistisch kargen Restaurant (doch vollgestopft mit katholischen Gipsfiguren) habe ich Zeit, über alles nachzudenken, und komme zum Schluss, dass der Verkauf sich zerschlagen hat. Seltsamerweise bin ich weder enttäuscht noch erstaunt, denn ein Sri Lanker bleibt natürlich Sri Lanker, auch wenn er in Europa lebt. Und ich bleibe meinerseits ein deutscher Schweizer, auch wenn ich in Hinterindien lebe. Viel mehr freue ich mich darüber, dass dieser Ausflug für meine künftige Lebensplanung so klärend und festigend war nach den Unsicherheiten der letzten Monate, wie es hier mit mir weitergehen soll. Dass ich so gut vollgetankt bin, ich mich wieder positiv und unternehmungslustig der Zukunft zuwenden will. So werde ich die Board of

Investment-Investition eben aus dem Safe finanzieren und mich auf ungeteiltem Besitz schamlos bereichern, wie man es als Kapitalist tun muss.

Ein Seilziehen, ein hin und her, hohe See, ein auf und ab, Wechselbäder, Klimawechsel, der Alte da oben hat es darauf angelegt, uns leiden zu lassen, spielt Schach mit uns, meist sind wir die Bauern und nur selten König. Denke über die Geschäftsstile nach, die ich in meinem Leben kennenlernte: Es gibt Geschäftsleute, die machen sich erst Freunde und dann machen sie Geschäfte mit ihnen. Und solche, die machen erst ihre Geschäfte und dann werden sie Freunde. Es gibt solche, die keine Geschäfte mit Freunden machen. Und solche, die keine Freunde bei Geschäften machen. Da ist vielleicht am besten, gar keine Geschäfte zu machen.

7. August

Hatte mich eben damit arrangiert, dass der Landverkauf gescheitert ist und mich zum «Jetzt-erst-Recht» angetrieben, da war wieder alles anders, sah ich mich wieder einmal von mir selbst getäuscht, verärgert über meine große Schwäche, die Ungeduld. Hatte immerhin, wie wenn nichts wäre und nur um die Käufer zu beschämen, auf halb elf erneut das Frühstück arrangieren und schön herrichten lassen. Business as usual, man soll den Tag nicht vor dem Abend loben. Immerhin. Und prompt war das Käuferpaar zur vereinbarten Zeit nicht da, ich wartete, für mich viel zu lange, war schon bereit, das Kind mit dem Bad auszuschütten und ganz Sri Lanka auf ewig in die Pfanne zu hauen, war schwer gekränkt über das wiederholte Ignorieren meiner gastfreundlichen Einladungen, doch dann schickte ich einen Angestellten zu ihnen los. Gab ihm das Brot (in Krokodilform!) mit, das ich gestern in der Stadt für den kulinarischen Anlass gekauft hatte, es lag auf einem rundgeschnittenen Bananenblatt. Er solle ihnen ausrichten, ich erwarte sie seit 20 Minuten zum gemeinsamen Frühstück.

Als er zurückkam und mir schilderte, dass sie gerade an ihrem Tisch beim Frühstück gesessen seien, hätte ich sie ob so viel Kultiviertheit ganz gerne verhauen. Doch noch bevor mein Temperament in Flammen stand, standen sie schon in der Tür, in aller Unschuld und freundlich und aufgeräumt. Ich bin ja auch gut im Theaterspielen, bitte sie zu Tisch, gieße ihnen Tee ein, schmiere ihnen Marmelade ums Maul, rede über dies und das und nur nicht über das, was Sache ist. Befrage den katholischen Akademiker nach seiner Tätigkeit, dieser aufopfernde Dienst am Menschen ist sicher das zentrale Thema, über das er seine Existenz definiert, und wie erwartet legt er los, sodass seine kühle Frau ihn stoppen muss (die sind da oben im Norden glaube ich auch ein wenig seltsam).

Er hatte immerhin Gelegenheit zur Selbstdarstellung und ich zeigte mich angemessen beeindruckt. Das Briefkuvert, das Samuel mitgebracht hatte, ließ ich achtlos auf dem Tisch liegen, und als der Schwager kam, um das Paar wieder abzuholen, war der Spuk zu Ende, ohne dass wir über den Verkauf geredet hätten. Ich ging gemessenen Schrittes auf meine Terrasse, fasste den handgeschriebenen Brief in meiner Ganzeseitenlesetechnik ins Auge und wusste, es ist verkauft! Da war ich so erleichtert, dass mich das Ansinnen, den Preis um weitere 3000 Euro zu reduzieren, weil das Haus in den letzten 10 Jahren seit dem Bau halt schon arg alt geworden sei, so wenig rührte wie der Wunsch, statt 10 Jahren freier Nutzung nur 9 festzuschreiben, weil er sich ein Jahr früher pensionieren lassen wolle. Geschäften auf Singhalesisch.

Schob meine Zusage unter ihre Wohnungstür, am Mittag sah ich sie dann gemeinsam und Hand in Hand durch ihr neuerworbenes Areal wandern und die Beute inspizieren, schmierte ihnen nochmals kräftig Honig ums Maul und telefonierte dem Anwalt, dass er am Montag um zehn die Bibel ins Browns Beach bringen solle.

Samuels Frau kann Deutsch, sie habe meinen «Versuch über Anish» gelesen, sie habe geheult, ich sei ein so guter Mensch, ich müsse ein Buch schreiben.

Zum Glück habe ich so wunderbar viel Zeit, dass alles gut ausreifen und abhängen kann, ich will ja nichts an den Lieben Gott delegieren und immer noch nicht auf den Halt einer neuen Ehefrau zurückgreifen.

Von den zwei gelben Entenkindern hatte eines eine Art epileptischen Anfall, konnte obschon unverletzt, nicht mehr auf den Beinen stehen, kugelte hilflos herum, wir brachten es in einer Schachtel in Sicherheit, doch dann war es plötzlich weg; ich denke, die Raben haben es gefressen. Das verbliebene Badewannenentchen hat nun die ungeteilte Aufmerksamkeit der Mutter, macht aber dennoch ganz von selber, was es will und muss. Alle Anleitung fürs Leben kommt von den Genen, das Programm steuert ohne Fremdeinfluss, der Vater hat schon gar nichts zu sagen, auch seine Frau ignoriert ihn noch immer – Kinder gehören den Müttern, Väter sind zum Vögeln und zur Futtersuche gut.

Kam gar nicht mehr zum Trauern vor lauter Sankar und Samuel, besuchte nach langem Anishs Grab auf dem Städtischen Friedhof, Hindu Section, war bewegt, machte ihm Vorhaltungen – du hast mich alleine sitzen lassen, du hast nicht warten können, du hast deine Chancen nicht genutzt. Und wusste dennoch, dass er mit seinem Tod viele Leben verändert hat, dass vieles für viele erst mit seinem Weggang möglich wurde.

8. August

Hausmeister Sankar hatte zuletzt acht Tage Verspätung mit der Renovation und Rückgabe des Staffhauses, verdirbt mir auch noch den letzten Goodwill und ich sage ihm, dass ich 30 000 Rupien von der Abfindung abziehen würde, wenn das nicht bis Sonntag klappe. Er schafft nicht einmal, seine letzte Verpflichtung korrekt zu erfüllen, er wird scheitern. Es verwundert mich bei dieser Mischung aus Einfalt und fehlender Bildung nicht, dass er mir heimlich auch noch den Houseboy abgeworben hat. Als ich abends aus Colombo zurückkam, wo ich mich zur Zerstreuung zum Salatbuffet des Oberoi absetzte, das jetzt Plaza heißt, verriet mir Kumar, Dilan habe ihm heute gesagt, dass er bei Sankar arbeiten wird, und er möge bitte Stillschweigen bewahren.

Dieser illoyale, scheinheilige Altministrant, dieser gescheiterte Priesterseminarist lügt dreist, betrügt und täuscht mich, ist nach vorne freundlich und tritt mir von hinten in den Arsch, kommt hierher ohne jedes Wissen, lässt sich fördern und schulen, steckt den Lohn eines erfahrenen Arbeiters ein und ist derart unaufrichtig zu seinem Brötchengeber, dass er seinesgleichen nur mit Judas aus der Bibel hat. Ich tue nichts dergleichen, will die nächsten Tage zusehen, wie er den Spagat macht, er arbeitet ja noch für seinen alten Herrn. O Gott, diese Unkultur der kleinen Leute. Mitarbeiter auf dem Absprung nutzen oft die letzten Tage zum Ausspionieren und Stehlen und ich verschließe alle Rechnungsblöcke und Kundenakten, um den ungeratenen Frömmler nicht auf neue Abwege zu bringen

9. August

Der volleyballspielende Nichtsnutz Malith, den ich im Verdacht habe, in mein Zimmer eingebrochen zu sein, hat den Glasschrein häufiger und devoter mit den Händen geküsst als die vielen hundert Kinder und Frauen, die heute Morgen auf die Durchfahrt der Muttergottes-mit-dem-Jesuskind-Statue gewartet haben. Um zehn schon standen wie aus dem Nichts alle Kinder des Kirchensprengels an der Lewis Place aufgereiht, von den ebenfalls freudig erregten Müttern begleitet und für den Anlass fein hergerichtet, in der Hand Bündel frischer Blüten, die sie vorher emsig in den Vorgärten der Nachbarschaft zusammengestohlen hatten. Aber nach zu langem vergeblichem Warten war die Straße wieder wie leergefegt, bis Böllerschüsse sie alle wieder aus den Häusern trieben.

Endlich kam die erwartete Autokarawane an, mit aufgemalten Nummern an der Scheibe für die richtige Rangfolge. Zuerst das vorauseilende Polizeiauto mit blinkenden Kirmeslichtern auf dem Dach, wie ich sie nur aus amerikanischen Krimis kannte – wo haben sie das nur her, es ist sicher eine NGO-Donation. Im zweiten Wagen saßen irgendwelche Offiziellen, im dritten mit einem riesigen Staatsemblem aus Messing auf dem Kühlergrill adrett gekleidete Navyoffiziere. Zuletzt, but not at last kam der Star der Veranstaltung, die unsäglich kitschige Gips-Muttergottes in ihrem viel zu kleinen Aquariumglas. Sie war auf ein ausladendes Sofa mit Rädern gestellt, das mit Kunstblumen übergossen war so sehr, dass die frischen Blüten aus all den Kinderhänden gar nicht mehr ins Gewicht fielen. Ich höre, es sei eine Kopie der traditionell verehrten und angebeteten Figur in der Madhu Church gewesen, auf den Weg nach dem Pilgerort Madhu geschickt von einem zweifelhaften Minister, dessen Söhne gestern verhaftet wurden, weil sie an die Mauer einer Mädchenschule obszöne Sachen geschrieben hatten. Bei so viel frommem Stimmvieh lohnt der Einsatz, die Gipskopie zuerst nach Rom zu schicken, um sie vom Papst segnen zu lassen und sie dann durchs halbe Land zu karren, um die Herzen der Gläubigen zu erobern, denn bald sind Wahlen. Ein – sicher sehr teures – Propagandameisterstück, das ich nur neidisch bewundern kann. Derweil entvölkert sich mein Little Rom, denn wer ein paar tausend Rupien für die Vier-Tage-Pilgerreise erschnorren oder sich vom Maul absparen kann, der zieht in diesen Tagen mit hunderttausenden anderen Glaubenden los, um sich nächsten Sonntag das Original anzusehen beim großen Finale im Vorhof des Himmels.

Später habe ich einem pensionierten Coop-Inspektor dieses brandneue Motorrad abgekauft, das ihm sein Sohn aus dem Hondaland zugeschickt hatte statt Bares. Wir haben die Papiere ausgefüllt, ich habe nach einer zweiten Probefahrt eine Anzahlung gemacht und es ist sichergestellt, dass ich meine zehn Jahre alte Honda 250 verkaufen werde, zum doppelten Preis, den ich 1993 gezahlt habe, obwohl sie jetzt 200 000 km auf dem Buckel hat. (Ein herrliches Mädchen, gut gepflegt, gut erhalten, sehr begehrt, ein anderer wird sich so glücklich schätzen über seine Eroberung wie ich über meinen 400 ccm starken Büffel mit diesem dicken Hintern.) Da nur die Polizei Motorräder von 250 ccm an aufwärts fahren dürfe, sei meine neue Anschaffung statt mit 400 mit 249 ccm eingetragen und von Staates wegen akzeptiert, so wie auch die neuen Papiere ganz offiziell auf 249 ccm lauten würden. Mein Sri Lanka. With Love.

Auch heute Abend hatte Sankar noch immer nicht das Staffhaus für die korrekte Übergabe bereit, doch hat er scheinbar einen Handwerker mit den restlichen Arbeiten beauftragt. Er ist ja jetzt ein Businessman, und ein solcher trägt ein weißes Hemd und lässt andere arbeiten. Dilan druckst herum wie ein ungezogenes Kind, das böse Sachen auf dem Kerbholz hat, und meint, man merkt es nicht, wenn es besonders freundlich tut. Scheinheilig halt.

10. August

Telefoniere meinem Anwalt noch einmal um sicherzustellen, dass bei der Unterzeichnungszeremonie morgen früh alles in seiner gesetzeskonformen Agreementversion steht, was ich ihm in meinem Entwurf vorgab und ermahne ihn, einen Passus einzufügen, dass der Vertrag erst gültig ist, wenn ich die 50 000

Euro bar in meinen Händen habe. Denn es gilt in Sri Lanka selbst unter Profis, dass man nur Bares und keinen Scheck annehmen darf, niemandem Unterschriftsrecht geben und natürlich auch gar niemandem trauen darf, selbst nicht dem besten Freund. Und er solle die Bibel nicht vergessen.

Bei der Heimfahrt vom Nachtessen war die Hauptstraße so quirlig belebt, dass mir unwillkürlich der thailändische Touristenpfuhl Pattaya in den Sinn kam. Es würde mich nicht wundern, wenn die ungehemmte Entwicklung hier genau zu diesem Hexenkessel führt, in dem jeder nur ans große Geldmachen denkt, so wie auch ich es nun im Schilde führe. Weil der Waffenstillstand erstaunlicherweise anhält, kamen im ersten Halbjahr 27% mehr Touristen ins Land, und dieses Jahr wird das unabhängige Sri Lanka erstmals in der touristischen Geschichtsschreibung 500 000 Arrivals haben, «eine halbe Million!». Wie auch immer es zu dieser Zahl kommt. Das ist zwar weniger, als München in einem oktoberfestlosen Monat hat, aber alles, was nachher kommt, wird die bestehende Infrastruktur sprengen, es gibt zu wenig Betten, zu wenig Personal, zu wenig Infrastruktur, zu wenig Servicekultur. Das wird arg und anhaltend auf die Qualität drücken. Man ahnt, schon der aktuelle Burgfrieden wird trotz Open-End die schnellen Investitionen lostreten, so wie es jetzt schon in der Gegend um Trincomalee der Fall ist. Hoch-Zeit also für Qualität, die umso kostbarer wird, je unsäglicher es rundherum aussieht. Gerry, gib Gas!

11. August

Zehn Uhr abends, es schüttet los, plötzlich und unerwartet, sonst kündigt sich der große Regen nach wüstenheißen Stunden immer mit Wind und Temperaturabfall an. Wirklich schön und erfrischend, aber muss es wirklich immer gerade an solchen Tagen losregnen, an denen ich selbstvergessen im Garten stehe und hingebungsvoll aus dem Schlauch ins Wurzelwerk gieße?

Der neue Koch heißt Suriya und ist Koch, der auch Hausmeister ist, Hausmeister, der auch Koch ist. Er kam einen Tag früher als erwartet gestern schon, am frühen Morgen, wie es sich gehört, lediglich eine volle Sporttasche als Hab und Gut in der Hand. Na ja, der Start war ein wenig holprig.

Ich hatte mir gedacht, nun arbeitet der Mann für einen Ausländer, ist in Wahrheit in der Schweiz angekommen, wie wenn er ausgereist wäre, und da soll er sehen, wie das dort so ist, damit er unsere europäischen Gäste und mich selber besser spürt. Schön ausgedacht hat sich das die europäisch feinsinnige Führungskraft. Sie sagte ihm, er sei ja einen Tag zu früh gekommen, habe heute noch Ferien, gab ihm das schönste Gästezimmer, Nr. 2, da solle er sich jetzt einen schönen Tag machen, so wie ein Tourist, um sich einzufühlen. Er solle alles geruhsam anschauen, herumlaufen, am Strand entlanggehen, duschen, schlafen, im Zimmer Tee kochen, was immer er wolle. Morgen früh solle er dann mit der Arbeit anfangen, dann kenne er das Touristenleben.

Der etablierte Kumar, sein Stellvertreter, musste ihm Tee servieren, der neue und wichtige Mann sollte einen sanften und verführerischen Start haben. Es war so eine europäische Weicheiidee von mir, ich kann auch nicht aus meiner Haut, kann als Arbeitgeber nie und nimmer der natürliche Feind des Arbeiternehmers sein, so wie man das im jahrzehntelangen Sozialismus erfahren hat.

Als ich den neuen Arbeiter im Sarong ins öffentliche WC gehen sah, wo er im eigenen Luxuszimmer doch eine so göttlich schöne Regendusche mit heißem und kaltem Wasser hat, wusste ich, dass ich mir wieder so einen anspruchslosen und willigen und asketischen und konservativen Tamilen eingehandelt hatte. Man kann nicht alles haben, einen weltgewandten, modernen jungen Draufgänger und einen zurückhaltenden, stabilen, verlässlichen Konservativen. Doch als ich am Mittag zu ihm ging, um mit ihm zu plaudern, ließ er mich wie das Kind die Mutter wissen, dass er Hunger habe. No problem, heute sei er ja unser Gast. Aber ab morgen müsse er sich selber nähren. In dem Anstellungsvertrag, den er unterschrieben habe, sei freies Wohnen zugesagt, aber keine Verpflegung. Ja aber das sei für den vereinbarten Lohn nicht möglich. Er brauche mehr Lohn, fürs Essen. Aber er habe ja das ganze Staffhaus mit eigener Küche gratis (renoviert!), Wasser, Elektrisch, Gas, da könne er sich ja selber kochen. Was tun? Es sei nicht gut hier, er wolle gehen.

So weit kommt's noch.

Er solle seinen Vertrag holen. Der sei bei seiner Mutter in der Stadt. Er solle ihn dort holen und wieder kommen. In der Zwischenzeit telefoniere ich der Frau vom van Buyten, die ihn mir empfohlen hatte. Die ist so erstaunt wie ich. Sie würde ihrer Schwester anrufen, die kenne ihn von klein auf, habe ihn gefördert, auf ihrem Grundstück in Negombo habe er bislang mit der Mutter zusammen gehausmeistert. Wir telefonieren dann miteinander, sie bestätigt mir, dass es an vielen Orten, in Spitälern zum Beispiel, kein Essen gäbe. Dass sie den Vertrag kenne und er weit besser sei als alle, die sie in ihrer eigenen Hotelkette hätten. Das Muttersöhnchen möge sie anrufen. In der Zwischenzeit liste ich die Trinkgelder und Extratrips der letzten Monate zusammen und komme auf durchschnittliche 6000 Rupien Ergänzung zum Festlohn und den Rentenkassenbeiträgen, gelegentlichen Sonderprämien, bezahlten Ferien, freiem Wohnen; ein fürstliches Startsalär für einen undiplomierten Newcomer, den ich aufbauen und ausbilden muss, der nur ein wenig Englisch sprechen und nicht schreiben kann.

Als er zurückkommt, rede ich ihm väterlich gut zu, der Stress des ersten Tages, alles neu, hohe Erwartungen, bis gestern noch am Rockzipfel der Mutter, und dann erläutere ich ihm alles anhand der Akten, damit er weiß, dass sein Lohn die Summe aller Teile ist. Ja Himmelherrgottdonnerwetter, wie soll der hier Co-Boss sein, wenn er schon bei der Organisation seines ersten Mittagessens zusammenbricht?

Am Abend mache ich den Licht- und Schließrundgang mit ihm, den er am Abend darauf schon wieder vergessen haben wird. Und heute Morgen zeige ich ihm den Tageröffnungsrundgang: Lichter löschen, Türen öffnen, Frühstücksteller setzen, fegen. Sein Stellvertreter macht dann das Frühstück und er schaut zu und Kumar spielt den Chef, weil er weiß, wie hier alles so läuft. Den Tag durch tut der Neue, was er kann, ich lasse ihn weitgehend in Ruhe, und als am Nachmittag sein neu gekauftes Bett, ein Tisch und ein Gaskocher für die Staffhausküche kommen und ich ihm aus der Stadt einen Stoß tamilischer Kochbücher bringe, blüht Suriya endlich auf – Suriya, die Sonne. Er darf in seinem eigenen Bettchen schlafen.

Ansonsten sind Franzosen nicht gekommen, die zwei Zimmer reserviert hatten, es gibt viele ungezogene Leute überall. Da reiht sich auch heute Sankar ein, als er bei uns vorbeikommt und sich erdreistet, das Fahrrad des verstorbenen Sohns zu verlangen, das in meiner Garage blieb. Ich dachte, er habe es zurückgelassen weil es mein letztes Weihnachtsgeschenk für Anish war, oder weil der ältere Mahendran meine zwei Gästefahrräder vor einem Jahr an Freunde verkaufte, da er Geld brauchte. Nein, nichts, er geht jetzt auf Tutti, Geld muss her, gespart muss werden, da dürfen Beziehungen, Kultur und gute Erziehung ruhig auf der Strecke bleiben, er beerbt doch wirklich seinen Sohn.

12. August

Heute Mittag um drei habe ich in der Strömung des Meeres um mein Leben gekämpft, war es vor sechs oder vor sieben Jahren? Ich habe auf alle Fälle überlebt, Einheimische haben mich mit einem Seil gerettet und Sankar war einer von ihnen, die für mich ihr Leben riskierten. Nein, das kann ich nicht vergessen, da bin ich nicht kaltschnäuzig genug, es ist ganz gut, mich gerade jetzt daran zu erinnern, um mich milde zu stimmen – auch mir selber gegenüber –, denn zu viele schlechte Gedanken nagen an meinem Wohlbefinden.

Ich lebe. Und ich weiß, warum.

Derweil sind Maurer dabei, eine Mauer zu bauen zwischen Samuels und Lucias knappem Land, denn sie hätten heftigen Streit bekommen, weil die Schwester in einem ihrer gelegentlichen Anfälle von Habgier ihren Landanteil auf Bruders Kosten vergrößern wollte. So rief der eben die Maurer – die Kommunisten in Berlin und der Scharon in Israel haben die Welt gelehrt, dass Mauern Ruhe schaffen. Die Schwester habe auch seinen ersten Stock haben wollen, am liebsten sein ganzes Haus, um es zu vermieten. Das habe er abgelehnt mit Hinweis auf meine wunderbare Vermietungsarbeit für sein Eckhaus, das an mein Grundstück anschließt. Als er heute Mittag abreiste, kam er mit seiner Frau noch einmal, um ein paar Fotos von seinem Land zu machen.

Dass ich Samuel und seiner Frau gestern nach der feierlichen Vertragsunterzeichnung im Konferenzzimmer Nr. 8 des «Browns Beach Hotel» ein schönes Deckelglas übergab, hat die Landlords arg beeindruckt. In das Glas hatte ich originale heilige Erde von meinem/ihrem Grundstück abgefüllt und mit «Soil of the Motherland / Soil of the Childhood» beschriftet. Meine Ideenfabrik ist so unerschöpflich wie meine Menschenliebe. Jetzt muss nur noch das Geld her. Da wir beide aber einen vom Anwalt vorgelesenen Text auf die Bibel geschworen haben, der damit endete, dass Gott uns züchtigen wird, wenn wir den Vertrag brechen, wird schon nichts schiefgehen. Der strenge Katholik tat es nachlässig im Sitzen und fühlte sich ganz schlecht, als der Ungläubige zum Schwur aufstand. Da musste nämlich auch mein Anwalt aufstehen.

Schade nur, dass ich mich nach der zermürbenden Verhandlungszeit von wenn auch nur zwei Wochen nicht richtig freuen kann, obwohl ich es wirklich gut gemacht habe: Der erste, dem ich das Landstück angeboten habe, hat gekauft. Hat trotz allem Schachern einen höheren Preis bezahlt als die aktuelle Schatzung als mittelwertigen Marktpreis auswies. Ich habe bis ins Alter von 73 (!) absolutes Nutzungsrecht und kann die Kuh weiter melken. Habe uneingeschränktes Wohnrecht als Investor. Muss dafür nicht ans Schweizer Eingemachte. Und meine Erben müssen sich nicht mit dem Verkauf in einem fremden Land quälen, das verbliebene hälftige Stück ist passgenau für ein tropisches Ferienhaus, oder es wird leicht zu verkaufen sein, wenn's einmal nötig ist irgendwann, viel später. Ich will auch immer schön artig Motorrad fahren und immer auch arg auf mich aufpassen und täglich meine Satanas, äh, Asanas machen, und ab heute will ich auch immer arg lieb mit mir und ganz streng mit allen andern sein.

13. August

Ein Handarbeiter hat jetzt gerade einen Monatslohn von etwa 4000 Rupien, in 15 Arbeitsjahren verdient er also 1,5 Millionen Rupien. So viel, wie ich heute meinem Hausmeister als Austrittsabfindung dafür zahlte, dass er seinen Namen für die «Rooms-in-Home»-Lizenz gab, die einmal als freundliche Förderung für seine Familie gedacht war. Dafür war er all die vielen Jahre belohnt mit Jahresendprämie, außerordentlichen Zuwendungen, einem Monatslohn der vier Mal höher war als der für eine Küchenhilfe. An eine Extrazahlung für die erbrachte Familienentwicklungshilfe dachte niemand, wir waren alle so etwas von unschuldig und guten Willens. Nachdem ihm mit seiner Alkoholkrankheit, der Auflösung der Familie und dem Selbstmord seines Sohnes das Lebensdach über dem Kopf zerbrochen ist, machte Sankar wohl endlich Bilanz und akzeptierte die Tatsache, dass er nur Schulden und nichts auf dem Konto hatte.

Da war naheliegend, den Einflüsterungen der heiratswilligen Freundin und wohlmeinender Saufkumpane zu folgen und nicht wie vereinbart ehrenhaft selber zu künden, weil er dann keine Forderungen an mich stellen konnte, sondern sich hinauswerfen zu lassen. Solcherart als Opfer selbstdeklariert, war es ein leichtes, eine Nachforderung auf Gewinnbeteiligung zu stellen. Ich hatte die Wahl, zu kämpfen und ihn zu plagen, oder einen schnellen Schnitt zu machen, um meinen Frieden zu haben. Der war mir 22 000 Schweizer Franken wert und in Anfällen quälenden Ärgers fand ich meinen Frieden in der Erinnerung gemeinsamer guter Tage. Eine Scheidung halt, von einer der Parteien schmutzig geführt. Das Arbeitsgericht hat heute einen rechtlichen Strich darunter gezogen und der Verlierer hat ein Agreement unterzeichnet und durfte sich endlich einmal als Gewinner fühlen.

Dass er solcherart zum Millionär wurde, wird ihm aber nicht schmecken. Wie er es von mir gelernt hat, kam er später mit einem Blumenstrauß als letzten Gruß. Doch ist er und sein Blumenstrauß nun unerwünscht, diesen Preis muss er mir zahlen dafür ,wie bar jeder Kultur, jeden Stils, jeglichen Anstands er seit der Kündigung agiert hat. Doch setzte er einen drauf und kam am nächsten Tag noch einmal an, um wild entschlossen den Rest der Erbschaft seines Sohnes abzuholen, das Mountain Bike, das ich dem kürzlich noch geschenkt hatte.

14. August

Seit Tagen bin ich ziemlich gestresst von der Ausbildungsarbeit für den Neuen. Es ist ein Crashkurs beinahe aller Arbeiten nötig, die er hier zu verrichten haben wird, er ist in Wahrheit kein Co-Boss, sondern ein Anlernling, wenn auch auf höherem Niveau; sein Englisch ist inklusive Lesen und Schreiben zudem so mies, dass ich skeptisch bin, ob er den ersten Monat hier übersteht, da fällt ja ein wenig Büroarbeit an. Habe mir deshalb bereits Gedanken gemacht über einen andern Mann für die Hausführung, Suriya kann ja dann Küchenchef sein.

Im «Sun-Sand» arbeitet ein gewitzter Kellner, der Englisch und Deutsch kann, engagiert und hellwach agiert und dabei angenehm zurückhaltend ist. Vorerst aber zügle ich mich im Umgang mit dem Mitarbeiterteam, bin freundlich, nachsichtig, schlucke Erstaunen, Enttäuschung, Himmelwärtsblicke tapfer hinunter, denn die einheimischen Sanften erschrecken sich vor heftigen Chefs und suchen gerne umgehend das Weite. Das aber will ich mir zu diesem Zeitpunkt nicht antun, wo ich noch immer meine Wunden lecke und den Verlust der zwei wichtigsten Leute im Exil zu verkraften habe. Zum Glück ist Kumar ein Allrounder geworden und springt stillschweigend ein, wo es nötig ist; der Übergang zum Neuen ist deshalb immerhin fließend, wenn auch nicht so rasant wie erwartet von einem so teuren und zukunftsträchtigen ersten Mann, der von sich sagt, er hätte Großes im Sinn.

Der Enterich ist ein ganz übler Bursche und so geil auf sein einzig verbliebenes Kind, dass er es jagt, wo er kann, um es nach Entenart flach auf den Boden zu drücken. Jetzt ist der Hals schon federnlos, der Vater hat ihm Fleischwunden in den kleinen Hals gebissen, die lange bluteten. Ich habe zuerst versucht, den Tunichtgut im Drahtkäfig wegzusperren. Dann fand ich klüger, Mutter und Kind in Sicherheit zu bringen. Jetzt schläft der inzestuöse Angreifer im Geräteschuppen, weiß nicht, ob sich die Kleinfamilie wieder zusammenraufen wird.

Bin ziemlich erschöpft, aber guter Dinge und erstaunt, wie tragfähig und gesund ich bin an Körper und Geist, hoffend, der Crash käme nicht zeitversetzt irgendwann später. Mache mein Morgenyoga konzentriert und verinnerlicht, Schulterstand und Pflug gelingen mir wie im Bilderbuch, es kommt fast immer eine ganze Stunde zusammen. Bin lieb mit mir. Fahre morgen in die Hauptstadt, missachte mögliche Bomben, halte artig an allen Sicherheitsposten, rechne mit allem und mit nichts.

16. August

Im Weichteil von Colombo fädle mich in die Verkehrshölle ein, bekomme einen weiteren Vorgeschmack darauf, wie das Land aus den Nähten platzen wird, wenn der Waffenstillstand halten sollte. Wenn die LTTE zu hoch pokert und nicht in den gesellschaftlichen Mainstream zurückfindet, wird sie sich definitiv ins Abseits verhandeln, weil das bisschen Vertrauen der Bevölkerung zusammenfällt. Das Land wird sich schneller verändern als die Menschen, es wird Verwerfungen geben. Der Turbokapitalismus mit all den Großprojekten, auf die er sich dereinst stürzen wird, hat seinen Preis. Sri Lanka und die Gesellschaft werden irgendwann nicht mehr dieselben sein. Alles rennt schon immer nach Geld in diesem Land, und das wird sich enorm auswachsen und viele Qualitäten mindern. Lucia hat schon angefangen, sich ihr Stück vom Kuchen abzuschneiden. Hat, kaum war der Bruder wieder in Europa, die eben errichtete Mauer abbrechen und sie ganz nah an des Bruders Haus wieder hochziehen lassen, sodass sie einen Landstreifen von etwa 50 cm dazugewinnt, den sie, wie ich es sehe, ihrem Bruder klaut. Dass der sich zwischen Haus und Mauer zur Hausrückseite nur durchschlängeln kann, wenn er magersüchtig ist, kümmert sie nicht, sie opfert ihrem materiellen Hunger den Familienfrieden.

David sagte vor ein paar Jahren auf meine betrübte Bemerkung, es herrsche

Stillstand im Land, ich solle mir nicht das Gegenteil wünschen, es würde sich dann alles verändern und ich würde meine Wahlheimat nicht mehr erkennen. Da war er noch viel zu jung für so viel Zynismus, aber ich wusste schon damals, dass er recht hat. Die neue Regierung ist ungemein erfolgreich, reist in der Weltgeschichte herum, die vielen Staatsbesuche enden alle in Verträgen und Hilfsprojekten, China hat heute eine Billion Dollar lockergemacht und Import und Export gelockert, Sri Lanka könnte wieder der Darling der Welt werden.

Der alte Zopf der Briefmarkensteuer für private Verträge ist abgeschnitten worden, es wird abgeschlankt und die Gunst der Stunde genutzt, bevor sich die Konservierer formieren. Ausländer dürfen gegen eine einmalige Steuer Land kaufen, das ist einmalig in der Welt, schon sehe ich täglich eine neue Art von Ausländern, die sich nicht als Touristen kostümieren, sondern als Businessleute, so wie ich. Auch die Sekten aus Amerika und England sind im Anmarsch, um die Seelen zusammenzufegen, soziale Wohltaten gegen religiöse Anpassung. Ein paar Häuser weiter sehe ich am frühen Morgen ein Rudel modisch gekleideter und fröhlich aufgedrehter Töchter auf dem Trottoir stehen, einem dieser Sektenonkels zugewandt, der aussieht, wie man sie vom amerikanischen God TV her kennt: schlohweißes Haar, weißes Hemd, schwarze Hose, Business Shoes, asketisch und charismatisch. Alle kochen nun ihre Süppchen hier. Schon kommen auch heimwehkranke Expatriates zu uns und wollen Käsespätzle statt Rice & Curry, sie leben hier langzeitig oder geschäften irgendwo.

In Colombo war ich in dieser Reihenfolge im Crescat, eine neue Lesebrille kaufen (die alte hatte der Hund zerkaut), in der Halle des Plaza saß ich zu Daily News und heißer Schokolade, im Delifrance zu Thunsandwich und Café au lait, im Majestic im Breitleinwandkino. Bei den Antiquaren fand ich ein wunderbares Buch über einheimische Pflanzen und viele meiner Büsche, Bäume, Pflanzen samt Anleitung zur Pflege. Prompt fand ich die Lösung für eine Pilzkrankheit, die sich während der feuchten Saison als weiße Sporen auf die Büsche setzt und sich vom Wind so schnell weitergtragen lässt, dass im Nu der ganze Garten befallen ist. (So wie in der zweiten Hälfte des 19. Jahrhunderts, als der Fungus den Engländern die ganze Kaffeekultur kaputtmachte und sie zum fröhlichen Plündern – zum Glück wie man heute weiß – auf Tee umsteigen mussten.) Jetzt weiß ich, da hilft nur, die kranken Gliedmaßen abzuschneiden und mit Hilfe von Kerosin sofort zu verbrennen.

19. August

Der Enterich gibt keine Ruhe und ich plane bereits, ihn zum Entenmetzger oder Psychotherapeuten zu schicken, da kommt mir die Idee, dass ich ja statt des Vaters das Entenkind in das Drahtheim stecken könnte, um es zu beschützen. Es hat neue Fleischwunden am Kopf und ich bin noch nicht so weit, die Natur ihre Natur ausleben zu lassen, versuche noch einmal einen formenden Eingriff, dann gebe ich auf. Abends schien es gut zu sein nach langem Schreien der Mutter nach ihrer Tochter.

Die Ausbildung des Neuen ist überaus anstrengend, ich bin kein geduldiger Lehrer mehr, es ist eine Zumutung, es stört meinen Frieden. Dieses Learning-by-Doing der Angelsachsen nervt, als Unternehmer bist du ständig am Ausbilden. Die sollen hier eine rechte Berufslehre aufbauen. Doch weiß ich natürlich, dass ich mit Resulaten rechnen darf, wenn der neue Mann von gutem Charakter ist und es durchsteht. In einem Monat wird er das Wichtigste übernommen haben. Mein Formbedarf ist groß, nach dem Desaster mit Sankar will ich gnadenlos alles genau so adaptiert haben, wie ich es selber machen würde, nur dann kann ich sicher sein, dass alles in meinem Sinn ist, auch wenn ich weg bin oder mich zurückziehe. So spreche ich mir Mut zu und erkläre jeden Tag einen neuen Schwerpunkt aus einer eigens erstellten To-do-Liste:

1. Den Tag beginnen und enden (öffnen, schließen, beleuchten, abdecken)
2. Frühstück
3. Gäste Reception
4. Tagesbuchhaltung
5. Gästerechnungen
6. Wäsche
7. Einkauf, Lager
8. Küche
9. Kochen

usw.

Doch spätestens beim Aufschreiben, wofür heute Geld ausgegeben wurde, wird klar, der Mann kann nicht schreiben und lesen – und schon gar nicht rechnen. Hart. Für beide. Hotelschule, Privatlektionen, wer soll mir das bezahlen? Nie ist es, wie es sein soll mit andern Leuten; meine Menschenliebe ist in solchen Situationen arg strapaziert und ich kann mich nur mit der Einsicht mäßigen, dass ich ja nicht der einzige Nichtidiot auf diesem Planeten sein kann.

26. August

Eine Woche ohne Logbuchreflektion, das muss ein gutes Zeichen sein. Ich realisiere, dass mir die Niederschrift der laufenden Geschichten seit dem Schwarzen Mai Labsal war. Was Worte hat, kann abgelegt werden.

Der Neue hat nun zwei Wochen holprigen Beginn hinter sich und ich muss so weit unten «at the grass roots» schulen, dass er mir für die Blitzausbildung in Hotelmanagement eigentlich Schulgeld zahlen müsste, statt sich an einem hohen Lohn zu erquicken. Nur wegen seines gewinnend zurückhaltenden Wesens, die mich auf Innozenz schließen lässt, also auf Ehrlichkeit, Engagement, Loyalität, habe ich ihn noch nicht heimgeschickt. Zudem bin ich streng mit meinen eigenen Schwächen Ungeduld und zu schnellen Entscheiden, ich disipliniere mich und stehe es durch für sagen wir einen Monat. Sonst muss ein echter Manager her.

Die gehobenen Weißhemden sind hierzulande legendär korrupt und faul, dass ich fürchten muss, dass sich so einer bei mir bereichert, ohne selber einen Finger zu rühren – an dem sie den Nagel ganz lang wachsen lassen damit jeder sieht «ich habe es zu etwas gebracht, ich muss nicht mehr arbeiten». Man erkennt diese sogenannten Führungskräfte auch daran, dass sie mit verschränkten Händen auf dem Rücken herumstehen und falls sie sich bewegen, Gockeln gleichen, die keine Eile haben.

Mein Dickkopf lässt einen frühen Abbruch des personellen Neubeginns nicht zu, ich stehe masochistisch hinter meinem «Ja», wenn es einmal gesagt ist, und genauso hinter meinem «Nein»: Heute kam Dilan eine Woche später als angekündigt wie ein Hund angeschlichen, schmierte mir süßen Honig ums Maul und verlangte Zahlung einer Kompensation samt Empfehlungsschreiben. Jetzt gleich. Ich machte ihm klar, dass er erst einmal seinen Charakter schulen solle und ich keinen Anlass sähe, ihn irgend jemandem weiterzuempfehlen, geschweige denn, ihn für seine verdruckste Illoyalität noch mit Barem zu belohnen.

Meine Katze, die mich acht Jahre lang begleitet und mich an Anish erinnert hat, der sie seinerzeit anschleppte, war krank, ich vermute ein Frauenleiden, und gestern sollte sie Kumar ein zweites Mal zum Arzt bringen. Sie befreite sich aber so erfolgreich aus Schachtel und Tucktuck, wie es nur Todesangst kann, und fand irgendwie wieder den Weg zu uns zurück. Doch abends ließ sie das Futter stehen, wir sahen sie nicht mehr, ich rief, lockte, sie hatte sich wohl verkrochen. Am Morgen sah ich sie dann an ihrem sonnigen Lieblingsplatz auf dem Dach liegen, in der entspannten Körperhaltung, wie es nur Katzen hinkriegen, aber sie war tot, im Schlaf gestorben, vielleicht vor Aufregung, vielleicht wegen ihrer Krankheit. Wir haben sie würdig begraben und nachdem ich in dieser Reihenfolge Sida, Anish, Sankar und Dilani verloren habe, ist jetzt rigoros Neues angesagt, dem ich mich heftig zuwende.

Da war ein kürzlicher Traum ein passgenaues Klischee. Ich ging auf dem Plateau einer rötlichen Felsenküste entlang, da kam eine Welle nach vorwärts gespült und riss das Land mit sich weg, sodass mir kein Platz mehr blieb zum Gehen und ich mich an einer Mauer festklammern musste, die zu hoch war für einen Klimmzug. Ganz schnell zum Glück war die Welle schon weitergerauscht und ließ eine neu geformte Küstenlinie zurück, die scheinheilig ruhig und still in der Sonne lag und breit genug war, dass ich auch ohne Pfad weitergehen konnte, wie wenn nichts gewesen wäre.

An Wochenenden finden sich am Strand einheimische Rudel zum Freizeitvergnügen ein, denn mit dem Waffenstillstand ist in Sri Lanka der Frieden ausgebrochen, bzw. ein Müsterchen davon, und alle können nun ihre aufgestauten Bedürfnisse für Konsum und Zerstreuung stillen und an morgen denken. Die Einheimischen kommen gar von Puttalam herunter und von Colombo herauf, es geht die Rede, dass in Negombo immer etwas los sei. Der Provinz gelten wir aber als verrucht, in der Fantasie lauert die Sünde allerorten, die Vibrationen seines schlechten Rufs wird Negombo nie mehr los und ich bin der einzige, der weiß, dass in Wahrheit alles sterbenslangweilig ist.

Am «Ocean Park», den die Stadt den Bürgern geschenkt hat, konzentriert sich am Wochenende alles, da geht es tatsächlich ungehemmt und ungezogen zu, doch nicht, wie du meinst: die zwei dafür abgestellten Putzmänner sind die ganze Folgewoche damit beschäftigt, den liegengelassenen Abfall wegzuräumen, all die Kartonpackungen, unsägliche Mengen pariserdünner Plastiksäcke, Schnaps- und Softdrinkflaschen aller Art. Wie man sich denken kann, langweilen sich die Frauen artig und schauen immer wieder auf die Uhr, wann es wieder heimgeht. Ihre schrecklich aufgedrehten Kinder stellen alles auf den Kopf, die Männer saufen sich derweil gruppenweise in Grund und Boden. Wenn sie sich gehörig erhitzt haben, suchen sie Streit, den sie im Meer abkühlen, wo sie in der Brandung herumrollen wie Grillhähnchen. Und schon hat sich eine Welle an einem festgebissen und lässt ihn nicht mehr los. Die andern sind so schwer geworden von Arrak und Gefühl, dass sie kostbar lange brauchen, bis sie ihre selbstüberschätzten Rettungsversuche starten und – schwupp – ist der Freund hinausgespült ins offene Meer und manchmal auch die Retter. Letzten Sonntag waren es zwei, nach denen sogar Helikopter suchten, am Strand standen zweihundert Leute in gaffender Reihe, aber erst heute wurden sie angespült, 30 km nördlich, in Chilaw, da, wo sie hergekommen waren. Ich kenne das.

Mein Anwalt wird zutraulich und lernt gar von mir, zum Beispiel, dass er seine britische Diskretion aufgeben und sich einen Letterhead leisten muss, um als Profi ernstgenommen zu werden. Er gab sich viel Mühe mit der Sache von Fatima und Sankar vor dem Arbeitsgericht, jetzt hat er mir eine Lösung gefunden für eine neue Lizenz, denn Sankar musste die Lizenz auf seinen Namen aufgeben. Bis die Anerkennung vom Board of Investment kommt, wird es noch ein paar Monate dauern mit einer langen Wartereihe von Zimmerreservationen, meist aus Frankreich (sodass ich heute eine Bocciabahn abgesteckt habe, wenn sie bei uns schon nichts mehr zu essen kriegen). Für den Landverkauf und Kaufvertrag beschäftige ich ihn, und für meine neue «Icebear Enterprises Private Limited» muss er mir derzeit die Statuten aufsetzen. Bei der Bewerbung zur Zertifizierung wird er mir hilfreich sein. Er hat einen neuen Kunden, wohl seinen ersten Ausländer, den wollte er prompt seiner Frau vorführen, mit der er gestern unter einem Vorwand herkam. Es stellte sich heraus, dass er seit zehn Jahren praktiziert und noch nicht spezialisiert ist, aber gerne Bücher liest. Ob es in der Schweiz Schriftsteller gäbe? So einer ist das, ein Bild von einem Lawyer. Solche gibt es hier. (Und viele andere, von denen wilde Geschichten zirkulieren.)

Der Enterich hat sein Kind weiter malträtiert, eines Morgens hing ihm ein blutiges Bein am Leib, das mittlerweile ausgetrocknet ist, sodass es einbeinig herumhumpeln und Schutz unter den mütterlichen Flügeln suchen muss. Die hat sich nach der Geburt gar nicht groß um den Tennisball gekümmert, aber jetzt, wo es Hilfe braucht, ist sie ganz und gar da für den Nachwuchs, so sehr, dass sie sich wieder Flaum aus dem Federkleid zieht, um ein Bett zu machen und alle wissen zu lassen, ich beschütze dich. Keiner von uns allen hat eine Idee was machen, aber jeder denkt auf seine Weise, dass die Natur es schon richten wird und wir sie machen lassen sollen.

Ich habe vorgestern die Bewilligungs- und Versicherungspapiere für das neue Motorrad abgeholt, in der Nachbargemeinde finde ich die amtliche Stelle und den Versicherungsagenten praktischerweise unterm selben Dach. Nachdem ich Passfotos vom Grama Nilathari Offizier in Negombo beglaubigen ließ, hatte ich alles in so kurzer Zeit in der Hand, dass ich eigentlich nie mehr schnöden darf, es sei hier alles so tranig. Dann habe ich dem Verkäufer 250 000 Rupien überbracht, bar, und der Garagist hat das Motorrad parat gemacht, die Batterie geladen und solche Sachen, und dann zelebrierte ich bei Kilometerstand null, der totalen Unschuld, mit meiner neuen Freundin die erste Ausfahrt, hatte sie die erste Nacht bei mir und bin dabei ganz aufgeblüht. Beim Gasgeben schaltet sie einen sonoren harten Trommelwirbel zu, der so souverän und schmeichelhaft ist, dass sicher ein Toningenieur bei Honda arbeitet mit nichts Anderem zu tun, als die Sinnlichkeit des Motorradfahrens verkaufsfördernd hochzukitzeln.

Kumar vermietete hinter meinem Rücken und gegen meine Order das Apartment in Samuels Eckhaus an eine deutsche Familie, für drei Nächte, obwohl die Mindestmietdauer einen Monat ist. Ich war ungehalten, weil ja bloß Samuels Provision dabei herausschaut und der Aufwand bei so kurzem Aufenthalt nie entgolten sein kann. Er ließ mich wissen, dass seit drei Nächten keine Gäste gekommen seien und er immer sehr happy sei, wenn Gäste da seien. Das hat mir gefallen. Dennoch werde ich außer den zwei Zimmern drüben im Bungalow nichts vermieten, mit nur zwei Mann Besatzung ist mehr nicht zu machen, die Qualität des Angebots leidet und jede Ausweitung zu diesem Zeitpunkt würde das Aufgleisen des neuen Hausmeisters stören, den ich noch nicht kenne.

3. September

Nein, ein großer Leuchtturm ist der Hausmeisterkoch auch jetzt noch nicht. Immerhin kann er meine englischen Anweisungen und Belehrungen dem Sinne nach verstehen. Doch fehlt es ihm an Eigeninitiative, Willenskraft, Durchsetzung (auch gegen mich). Der Zustand der Küche hat sich verbessert (z. B. sind die Töpfe endlich wieder blitzblank geputzt), doch es fehlt an Systematik, Planmäßigkeit, dem Kick, der den Amateur vom Profi trennt oder wenigstens den Gutwilligen vom Naturtalent. Aber der neue Mann kann kochen, es war ganz wunderbar und so indisch, nicht sri-lankisch, dass ich mich daran gewöhnen könnte. Und außerdem ist dieser Suriya ein feiner Mensch. So wie die Oberschicht der Kolonialisten und ihrer einheimischen Nachfolger die Teetamilen schon immer gerne als Angestellte hatten: Unauffällig und willig, fraglos und fleißig, loyal und ergeben, friedfertig und zurückhaltend, dankbar und anspruchslos, unschuldig und grundehrlich.

Das ist weit mehr, als ich in einem solchen Land erwarten darf, und entsprechend muss ich mich wieder einmal fragen, ob nicht ich mich den Verhältnissen anpassen muss statt die Angestellten meinen Zielen. Es ist schwierig. Ich will das jetzt ein wenig professioneller haben, eine Art Wiedergutmachung nach den emotionalen Leidensjahren mit Sankar, dessen Schwächen ich immer deckte. Ich tue mich schwer, mich auf Menschen wirklich einzulassen, doch wenn ich einmal ja gesagt habe zu jemandem, bin ich treu und verlässlich und unerschütterlich bis zur Dummheit.

Ich würde Suriya als Koch behalten wollen, aber ein Manager kann nie aus ihm werden. Also weiter recherchieren. Für den Notfall, um meine Zweifel zu entlasten und um mein Wohlbefinden aufrechtzuerhalten.

Einen traf ich, der inserierte im Sunday Observer ziemlich passgenau, und dass er dieses Medium wählte, ist für hiesige Verhältnisse ziemlich willensstark. Der ist 56, auch ein Tamile aus dem Bergland, dritte Generation, die Eltern kamen aus Bombay, Frau und Kinder leben getrennt in Kandy. Das ist hier normal, dass die Paare nicht beieinander sind (vielleicht halten die Ehen ja deshalb bis zum Lebensende). Kann rundherum Englisch, hatte Vorarbeiterstellen, will nur wenig Lohn, aber einfach noch etwas schaffen, denn die Werktätigen werden hier schon mit 55 ruhiggestellt.

Den andern traf ich schon zwei Mal in diesem Kleinhotel in der Nachbarschaft, in dem ich manchmal Spaghetti Frutti di Mare bestelle. Der ist dort als Steward ganz erfrischend, der könnte uns beleben hier, den könnte ich abwerben. Ich verstehe, dass ich in der Rolle des Bewerbers bin, der um seine Hand anhält, denn ich stehe in Konkurrenz zu einer deutschen Familie, deren Tochter seine Freundin sei. Sie hätten ihm versprochen, ihn nach Deutschland zu holen, und deshalb habe er am Goetheinstitut Deutsch gelernt. Guten Tag, wie geht es Ihnen? Am Samstag treffen wir uns – auf neutralem Boden, in der Stadt – zu einem dritten Gespräch, dann entscheide ich.

Suriya ist nun einen Monat hier. Gestern kam die attraktive Chefin der Hotelkette zu Besuch, um ihren Schützling zu sehen – er habe mit der Mutter zusammen wie schon sein Großvater das Negombo-Elternhaus der schönen Singhalesin verwaltet. Sie bringt gleich Suriyas Frau und Kinder mit nach Negombo, die sah er heute nach 40 Tagen erstmals wieder. Sie bleiben ein paar Tage bei ihm im Staffhaus, ich habe sie zu mir zur Cola eingeladen, es war ganz anrührend. Die Frau, Teepflückerin, ist jung, aber wirkt verbraucht, sie hat betelrote Zähne und eine bezauberndes Wesen. Der vierjährige Sohn und die siebenjährige Tochter waren dem Anlass entsprechend als Prinzenpaar verkleidet und trauten sich nur einen halben Deziliter Cola zu.

Von Sankar ist seit dem Auszug nichts zu hören, nichts zu sehen, auch nichts von seinem geplanten Bed & Breakfast im angemieteten Haus in der Nachbarschaft. Bin erleichtert, fühle mich befreit und verjüngt. Er hat dem Sohn endlich einen Grabstein setzen lassen, ohne mich weiter zur Kasse dafür zu bitten, Ehrensache, wenigstens diese Verantwortung hat er übernommen, doch nicht einmal der Name ist richtig geschrieben, aus Anish wurde Anesh.

Ich bin ja auch Kokosfarmer. Eben kam der Pflücker und holte die üppigen, schweren, orange leuchtenden Trauben herunter, so viele, dass wir sie verkaufen mussten. Der Herrgott hat das Land gesegnet mit diesem Baum und spätestens bei einer solchen Ernte versteht ein jeder, warum dieses Volk keinen Mangel leiden muss, die Natur meint es gut mit ihm. Was für ein majestätisches Bild, auf einer meerseitigen Straße wie der nach Puttalam hinauf oder nach Colombo hinunter zu fahren durch Alleen und Gärten voller Kokosbäume, die majestätisch in der Mittagshitze stehen und bewegungslos das Licht mit sich spielen lassen.

Ich habe meine Kokospalmen in zwei Jahrzehnten nie gezählt, sie waren einfach da. Aber jetzt ging ich endlich einmal seriös an die Arbeit: habe all die Jahre 42 Kokosbäume besessen. Jetzt sind es nur noch 26, die andere Hälfte ist definitiv an Samuel verkauft. Jetzt endlich kam auch das Geld herein, das Bare, und die Nutzung des verkauften Landes, die er solcherart in Naturalien bezahlt, führt auch bereits zu Resultaten. Traf meinen Anwalt, um wieder einmal übers Geschäftliche zu reden.

Ich betreibe weiterhin die Firmengründung, das wird noch ein paar Wochen dauern. Die Statuten sind bereits in Arbeit, in etwa zehn Tagen kann ich beim Board of Investment meinen Antrag für das Projekt eingeben und mich als Investor zertifizieren lassen. Das kann wahrscheinlich pragmatisch abgewickelt werden und in vier Wochen bereits unter Dach sein.

Mit Sankars Weggang erlöschten auch Lizenz und Geschäftsbewilligung fürs Guesthouse, nun sorgt ein hilfreichere Uncle im Stillen für legale Verhältnisse. Auch der Geschäftsname ist im Register eingetragen, so wie es hier alle Apotheken machen, in denen kein einziger Apotheker arbeitet. Ich darf aus der abgetauchten «Paying Guest Accomodation» wieder ein «Guest House» machen, aus dem heruntergefahrenen «Bed & Breakfast» wieder ein «Open-Air-Restaurant». Ich kann wieder Vollgas geben, schlafe lustvoll, aber so viel wie mein ganzes Leben nicht, lasse Geist und Körper ihren Lauf und die nehmen, was ihnen abhandenkam. Später wird dann die Anerkennung des Board of Investment kommen und des Tourist Board, und dann läuft alles seinen Gang und ich habe wieder festen Boden unter den Füßen, nachdem Anishs Tod und seines leiblichen Vaters Alkoholdrama mir den Teppich unter denselben weggezogen hatten.

Aber erst einmal hat heute der Menschenfreund vom Grama Nilathari Office vorne beim Hindutempel Schwierigkeiten simuliert, um an Schmiergeld zu kommen. Nach Vorlage auch aller Dokumente musste er zuletzt bezeugen, dass es mich gibt. Doch ließ er mich nicht gehen ohne sich erneut zu einer «Formulargebühr» von 200 Rupien zu erdreisten, drei Franken, drei! So viel Dummheit hat ihren Preis, denn nicht wahr, einer wie ich hätte es nicht unter 2000 gemacht.

Die Dinge wachsen wieder zusammen, es wird ein Ganzes sichtbar, von dem ich nur in Konturen eine Vorstellung hatte, und entsprechend entspanne ich mich, entsprechend überwuchert wieder Alltag meine Wunden.

Der frühere Gärtner Shean war als temporäre Aushilfe und Aufpasser hier während einem Tag und einer Nacht, in der niemand außer mir sonst auf dem Areal gewesen wäre. Er ist unverändert ansteckend lustig und immer gut gelaunt, aber nervt schnell mit seinem überschäumenden Fischweibertratschmaul. Bin aber froh, ihn fliegend hier zu haben hin und wieder. Kumar, inzwischen zum Gärtner kumariert, wurde gestern 46, wir haben ihm ein Lied gesungen, eine Kerze angezündet, er hat einen Tausender extra bekommen und einen definitiven Anstellungsvertrag samt Pensionskasse. Das hat ihn wieder normalisiert, denn tags zuvor sah er sich auf der Heimfahrt mit dem Fahrrad plötzlich einem wildgewordenen Tucktuck ohne Bremsen frontal gegenüber und wurde ein paar Meter mitgeschleift. Hatte nur ein paar Prellungen am Fußgelenk, aber der Schock ging sicher tief.

Nebenan geht der Bau der Berliner Mauer weiter, meine Nachbarin hat sich mit ihrem Bruder während dessen Sri-Lanka-Besuchs so massiv entzweit, dass sie ihre erbgeteilten Grundstücke mit einer Mauer gegeneinander abgrenzten. Jetzt lässt sie auch noch zwei Eingangstore mauern statt des einen gemeinsam genutzten. Entsprechend kann Lucias knochenloser Sohn des Schwagers Garage nicht mehr nutzen und lässt eine neue mauern. Dass er dafür die Wand niederreisen muss und ich die straßenseitige Werbefläche verliere, gefällt ihm sicher, doch seine Mutter verliert die paar tausend Rupien, die ich ihr jährlich dafür zahlte.

Mit der Honda 400, die nur 250 haben darf, war ich zuerst in Chilaw (100 Kilometer) und ein anderes Mal in Kitulgala (200 Kilometer), wo ich ein River Rafting Hotel heimsuchte, das als Ecohotel gepriesen wird, so wie es jetzt Mode ist. Aber wie früher schon manchmal erlebt, muss das Wort nur Unzulänglichkeiten in Komfort und Qualität kaschieren.

24. September

Seit Tagen bin ich wieder in gänzlicher Balance, friedfertig, im Augenblick verweilend, im Reinen mit dem Himmel und der Welt. Endlich ist Frieden in mir und um mich und auch das Medienhickhack, die täglichen Schlagzeilen über das aktuelle Kriegsdesaster Amerikas und die unsägliche Entwicklung Israels, lassen mich unberührt, alles ist weit weg, lange her, nicht von dieser, nicht von meiner Welt. Bin sehr dankbar dafür, fühle mich gut geführt und sicher in der Einsicht, dass schon alles seine Ordnung hat. Die finanzielle Situation ist entspannt, ich bin gänzlich schuldenfrei, habe etwas selbst erworbenes Geld angehäuft, sodass ich mich als selbsternannter Frührentner ohne Not ernähren kann. Meine Unsicherheiten vom Frühjahr, ob weiter, wie weiter, womit weiter, warum weiter, sind einer ruhigen Zuversicht gewichen. Auch dass ich einen Computer-Systemabsturz, der mich tagelang quälte und lähmte, selber wieder hinkriegte, hat mich meinen Stolz wiederfinden lassen und meine Eitelkeit arg belebt.

Es ist Nebensaison, aber wir haben immer neue Gäste im seeseitigen Bungalow, doch achte ich jetzt sorgfältig darauf, dass keiner zu mir in die Villa herüberkommt und meinen ganz privaten Frieden stört. Gestern habe ich auch einen «Junior Manager» unter Vertrag genommen, diesen goethegebildeten jungen Steward, den ich in einem Hotel in der Nachbarschaft ausgespäht und über längere Zeit beobachtet hatte, bevor ich ihn dort losgeeist habe. Jetzt ist ein Idealteam beieinander, mit dem ich aufbrechen und noch einmal, wieder einmal, zuschlagen und draufhauen kann. Im Kopf bin ich auch schon bereit, die drei freien Zimmer in der Villa wieder auszumieten, sodass es dann fünf Gästezimmer gäbe – die Jahreswechselsaison steht ja schon vor der Tür.

Der ursprünglich als Hausverwalter vorgesehene Suriya, 32, erwies sich nach acht Wochen hingebungsvollen Einsatzes unter meinem extremen Druck als wunderbarer und ausgeglichen tragfähiger Charakter. Doch fehlt es ihm an der Ausstrahlung, die es im Touristengeschäft braucht, er zeigte zudem keinerlei Führungsqualitäten, Papier und Zahlen sind ihm ein Gräuel, sein Englisch blieb so inexistent, dass ich ihn zum «Indoor Housekeeper cum Cook» zurückstufen musste. Das fand er ganz erleichtert auch in Ordnung und ich darf jetzt sicher sein, dass er mich mit seiner indischen Küche anhaltend weiter verwöhnt und ich das geschlossene Restaurant wieder öffnen kann.

Kumar, 46, ist entsprechend der «Outdoor Housekeeper cum Gardener». Er ist der erste, den ich bei der staatlichen Pensionskasse angemeldet habe, und derzeit damit beschäftigt, die Boulebahn zu bauen, was ich in Verehrung unserer französischen Gäste lange schon machen wollte. (Das Team vom «Guide de Routard» weiß gar nicht, dass es den Nobelpreis für Tourismusentwicklung verdient hätte.)

Kopf des Winzteams wird nun also Dilan, 23, sein, der mit Zweitnamen ausgerechnet heißt wie mein Adoptivsohn und mich so an den unglücklichen Helden erinnern wird, mit dem ich dies alles eigentlich machen wollte. Dilan ist Sohn eines fleißigen Bauern aus der Puttalamgegend, hat die Schule abgeschlossen, eine Hotelschule besucht, als Steward zwei Jahre in einem Guesthouse und ein Jahr in einem Hotel gearbeitet und daneben noch Zeit gefunden für ein Jahr Englishunterricht und ein Jahr Deutsch in Colombo. Seine Personality ist smart und gewinnend, im Einsatz an der Gästefront agiert er so unerschrocken und gleichzeitig zurückhaltend, dass er die vielen Kollegen an die Wand spielte. Da musste sein Talent einfach auffallen. Auf meine Bitte hin entlassen ihn meine Hotelkollegen vorzeitig aus ihren Diensten. Er wird bei uns auf dem Areal wohnen wie Suriya und ganz nebenbei wird das unsere Sicherheitslage verbessern. Er soll die Guest Relations übernehmen, die Reception, die Airport-Transporte, die Rechnungsstellung, das Monatsbudget, die Einkäufe und noch einige andere Stellvertreteraufgaben, um mich zu entlasten und der bevorstehenden Spitzensaison mutig ins Auge zu schauen.

Auf nächsten Montag habe ich die siegreichen Drei zum Kennenlernen nach Colombo eingeladen, wo eben das erste Multiplexkino des Landes eröffnet hat und ein berühmter indischer Film gezeigt wird. So ein Netter bin ich, wenn man nett zu mir ist.

Die Verwandte einer Nachbarin wohnt auf einem Grundstück neben dem Haus, das an Sankars und Lindas neu gemietetes Haus anschließt. Das trifft sich gut, denn so weiß ich immer aus erster Hand das Neueste. Abgesehen davon, dass ich verwundert auch drei Monate nach Einzug noch keinerlei Anzeichen geschäftlicher Tätigkeit entdecken konnte – ein Firmenschild am Tor oder so – weiß ich nun: Sankars Haus sei ständig voll einheimischer Männer. Er trinke unverändert. Er schlage seine weiße Frau, seine künftige Ehefrau, die ihn mit ihrer Liebe heilen wollte. Sankar habe mit seinem neuen Kleinbus bereits einen Unfall gehabt, er sei demoliert. Und ob ich wisse, dass sein älterer Sohn Mahendran derjenige gewesen sei, der letztes Jahr während unseres Geschäftsausfluges nach Colombo mit seiner Jugendbande in mein Zimmer eingebrochen sei? Sie hätten ihn gesehen, wie er durch ihren Garten auf die Straße hinausgerannt sei, außer uns wisse ja niemand, dass es ein Türchen zwischen unseren benachbarten Grundstücken gibt.

Eine Frau aus der Westschweiz ist eine Woche unser Gast, um Möglichkeiten zu erkunden, sich in Sri Lanka als Fußreflexmasseurin zu verdingen und in Hotels Lebenshilfe-Workshops für Touristen (!) zu geben. Es stellte sich dann heraus, dass sie in Wahrheit auf der Suche nach einem einheimischen Mann ist und den Fehler machte, allen zu erzählen, dass sie ihm ein paar hunderttausend Rupien Startgeld bereithalte. Nun ist sie von einem Rudel windiger Typen getrieben auf der Flucht und wird gnadenlos scheitern, wenn nicht gar in ein Drama hineinschlittern. Ich habe so viele ähnliche Geschichten von dummen Frauen gesammelt, dass ich nur verwundert feststellen kann: sie folgen ihren Trieben viel haltloser, hemmungsloser, rücksichtsloser als die Männer. Auch sie haben ihr Hirn im Höschen.

Eine schöne Spanierin gestand mir kleinlaut, dass sie ein Faible für ältere Männer habe. Und dass sie mit mir zusammen eine Yoga-Session machen wolle. Aber das mache ich nur für mindestens sechs Lektionen. Als sie nicht lockerließ und kurz bevor sie mir auf dem Schoß saß, sagte ich für den nächsten Morgen zu unter der Bedingung, dass diese Einzellektion 35 Dollar koste. Sie zeigte sich während der Asanas auch auffallend lustvoll her und erlaubte meinen Augen viele schöne Schnappschüsse, aber als sie später auscheckte, zahlte sie die 35 Dollar nicht, die Suriya weisungsgemäß auf die Rechnung gesetzt hatte. Sie war wohl der Meinung, sie habe mir auch etwas geboten, und das hat ja seinen Preis, wie jeder Go-Go-Bar-Besucher weiß.

Noch nicht genug, der Motor läuft, ich finde den Schalter zum Abstellen nicht, verliere mich jetzt in endlosen Tagträumereien über einen Neubau. Wie es wäre, auf den Bungalow vorne am Meer, «die Schuhschachtel», einen ersten Stock zu bauen und ihn als «Stöckli» zu bewohnen, so wie es die alten Schweizer Bauern tun, wenn sie ihren Hof an den ältesten Sohn weiterreichen. Oft kann ich nichts mehr anderes denken, die personelle Situation erlaubt mir wieder kreative Rastlosigkeit. Dann zwinge ich mich, sie zu schubladisieren, denn alles hat ja seine Zeit. Zuerst kommt jetzt anderes, Geduld! Geduld!, und dann sehe ich weiter. Habe ja auch die mehrmals verschobene Reise nach Madras gebucht für den November. Es muss jetzt nicht mehr alles parallel im Kombipack ablaufen, sondern schön eines nach dem andern.

26. September

Suriya ist, seit er hier angefangen hat, am Morgen um halb acht so verlässlich der erste auf den Beinen, dass ich richtiggehend beunruhigt bin nach so vielen Jahren Leiden an seinem unzuverlässigen Vorgänger. Grässlich die Erinnerung, dass der vor morgens um elf nicht aus dem Bett zu kriegen war und die Angestellten durch das verschlossene Schlafzimmerfenster mit ihm konferieren mussten.

Kumar informiert mich, Sankar sei mehrmals ans Tor gekommen und habe nach einem Besprechungstermin gefragt. Ich lasse ihn abblitzen und ihm mitteilen, dass er mir doch lieber schreiben solle, wohl wissend, dass er das nicht tun wird. Vermute, er fragt um Aufträge für Taxidienste mit seinem demolierten neuen Auto. Doch wie sich jeder denken kann, wird gerade das nicht möglich sein.

Vorbei, verweht, nie wieder!

3. Oktober

Ob ich mit Eisbären etwas zu tun gehabt hätte, Tierpfleger gewesen sei oder Forscher, Tierhändler oder Zirkusdirektor? Ja entschuldigen Sie, warum denn das? Dieses Foto mit Ihnen drauf, wie Sie den Eisbären am Gängelband haben. Ja ist das eine Fotomontage? Ja Sie sind lustig. Nein, der Eisbär neben mir ist ein ausgestopftes Tier in einer Tierhandlung für Präparatoren, die David auf einer gemeinsamen Reise in Paris entdeckt hatte. Wahrscheinlich war der Icebear voller Milben, doch gut für ein Foto; die Leute wollen sehen, wer hier der Eisbär ist, the genuine one.

Trotz all dieser schönen Geschichten soll künftig alles einfach so vor sich hin passieren, ich bin bereit, mich leben zu lassen. Aber ich schaffe es einfach nicht, mit Aufschreiben aufzuhören, habe ja niemanden, der mir zuhört. Soll ich wieder heiraten?

Gestern zum Beispiel, da bin ich hinter der falschen Leiche hergelaufen. Der Vater unseres Masseurs ist gestorben, Hirnschlag, ein schwerer, behäbiger, alter Fischer, ein Haudegen mit Watschelgang und einer langen Lebensgeschichte. Der kam ein, zwei Mal im Monat zu Besuch, hat nie etwas gefragt, war ganz innocent und absichtslos, das ist ganz selten hier, saß einfach eine halbe Stunde da und erzählte mir im Tamil der hiesigen Fischer seine Geschichten und trank ein Sprite dazu, war erfreut an einer gelegentlichen Zigarre, manchmal hatte ich ein Hemd übrig in seinem XL. Jetzt war er überraschend tot. Ich besuchte das Trauerhaus, hielt seine dünne Frau an den Schultern, die Klageweiber jammerten, was das Zeug hält. Der Mann der im Leben ein zerfurchtes und angespanntes Gesicht hatte und riesengroße starre Hände, lag in seinem Sarg wie der Minister einer Kolonialregierung, ganz Herr, würdevoll und friedlich entspannt im Gesicht, die weiß behandschuhten Hände um ein Kreuz artig zusammengefaltet. Im Tod sind Menschen oft schöner als im Leben.

Der Trauerzug würde um halb fünf vom Haus weg und zum Friedhof ziehen. Ich ging zu Fuß schon kurz nach vier los und noch bevor ich in die Straße zum Trauerhaus eingebogen war, sah ich weiter vorn die Limousine und den Trauerzug in die Zielgerade einbiegen. Viel zu früh, ich beeilte mich und schaffte einigermaßen würdevoll Anschluss am Ende des langen Trauerzugs, holte nach vorne auf, um mir bekannte Gesichter aufzuspüren, aber ich kannte niemanden, es war der falsche Trauerzug. Ging eilig wieder zurück und da sah ich meinen Trauerzug weit vorne auf dem Weg in die Quartierkirche St. Sebastian, ich erkannte unseren Hausmasseur Sanath. In der Kirche sangen die Negombofischer ganz scheu und leise, doch alle zusammen im Chor so kraftvoll und innig, dass ich ganz überwältigt war von meinen Nachbarn und sie uneingeschränkt gern hatte.

Suriya hat zum ersten Mal Freitage und besucht Frau und Kinder, weit weg in den Teebergen um Hatton, wo Sri Lanka am schönsten ist. Er kann einen exzellenten Lohn abliefern, denn es gab neben dem Gehalt fast 7000 Rupien Trinkgeldanteil. Das Zweimannteam hat einen harten und engagierten September hinter sich und bewältigte 25 ankommende Gäste mit 80 Nächten. Der Umsatz war ein Drittel höher als im Vorjahr mit damals vier Leuten – was wäre in den Jahren vorher alles möglich gewesen.

Es wurde Zeit, dass heute der dritte Mann kam, Dilan, den ich zuletzt einem Dutzend schriftlicher Bewerber auf mein attraktives Stelleninserat in der «Sunday Times» vorgezogen habe.

Sein erster Tag am neuen Arbeitsort war uneingeschränkt zufriedenstellend, vorher hatte ich das Staffhaus präpariert und möbliert und dekoriert, persönliche Zimmer für die zwei hier wohnenden Angestellten eingerichtet und einen gemeinsamen Wohnraum für das ganze Dreierteam. Für mich ist gewöhnungsbedürftig, auf demselben Areal sein Geld zu verdienen, auf dem man als Angestellter lebt, aber in Sri Lanka lebte das Gesinde schon immer unter dem Dach des Herrn. Ich hielt dem Junior-Manager den ganzen Morgen lang Vorträge über Grundsätzliches, wie man ein Produkt erfolgreich macht, dass wir das beste Guesthouse von Negombo werden wollen und das nur schafften, wenn wir besser und anders seien als unsere 59 Mitbewerber am Ort. Und dass er dann gut sei und sich hier vorwärts entwickeln könne, wenn er den vorgegebenen Standard aus eigener Kraft halte und ausbaue. Es war ungemein wohltuend, dass mich endlich einer verstand, nicht nur sprachlich, sondern auch dem Sinne nach. Dass ich einem Gast für zweiÜbernachtungen 15% Rabatt gab statt der 10%, wie ich es ihm vorher erklärt hatte, und er mich ungefragt auf meinen Fehler hinwies, hat mir sehr gefallen. Am Nachmittag hieß ich ihn, einen kritischen Rundgang durchs Gelände machen und seinen ersten Eindruck zu schildern. Er rapportierte unerschrocken, dass es nicht sehr sauber und vieles ungepflegt sei.

Bingo!

Als Kumar am Abend gegangen war und nur ich und der neue Mann im Service waren, parlierte er mit den Gästen, präparierte seine ersten Gin & Tonics, schrieb die ersten Rechnungen, räumte die Tische ab, löschte die Lichter, und morgen früh um sieben, wenn ich noch schlafe, wird er das junge Paar aus Zimmer 2 verabschieden.

Es wird sich alles erfreulich entwickeln, ich registriere dankbar, dass vieles wieder rund läuft und ich selber zu meiner Energie zurückfinde, unternehmungslustig werde. David schickte für drei einheimische Monatslöhne Postporto sechs Petanque-Kugeln aus der Schweiz, Seefracht, und französische Frauen mussten mich gestern schulen, wie das zu spielen geht.

7. Oktober

Ein paar Tage nach der Beerdigung des Vaters unseres Ayurvedamasseurs war ich ins Trauerhaus geladen, wo ich zwischen zwei Dutzend Leute auf dem Boden hockte und über den Sinn von Leben und Sterben nachdachte, während Vorbeterin und Vorbeter die Gebete sprachen, die für solche Anlässe vorgeschrieben sind. Vorn an der der Wand des ausgeräumten Zimmers war ein Foto des Verstorbenen aufgestellt und Kerzenbündel brannten. Darum herum warteten acht mit vielerlei Essen gefüllte Waschschüsseln auf die vielen Leute, die den ganzen Tag durch kommen würden, um dem Verstorbenen und der Familie Referenz zu erweisen. Alles war sehr konzentriert und so fest gefügt, dass das Trauern in geordnete Bahnen gelenkt war. Aber der ein wenig zu dick geratene Enkel schielte zunehmend aufsässig auf die Schüsseln, sodass Unruhe aufkam in dem Maß, in dem er außer Rand und Band geriet. Weil ich wusste, dass er noch mit sieben das Milchfläschchen verlangte (und bekam), war ich darüber nicht verwundert, registrierte aber mit Unverständnis, wie die Anwesenden wegen ihm das Zeremoniell vorzeitig abbrachen, statt ihm eins auf die Löffel zu geben und ihn aus dem Zimmer zu jagen.

Im Nebenzimmer ließen sich derweil die Männer von den Frauen des Hauses mit schwarz gebranntem Arrak bedienen, während auch sie hungrig auf das Essen warteten. Ich war mir plötzlich so wenig sicher wie sie selber, warum wir hier eigentlich zusammengekommen waren. Bis ich dann alle angeregt sich austauschen und fraternisieren sah, wie Geschäfte geschlossen, Abmachungen getroffen und Vorsätze gefasst wurden und ich eingewoben war in ein soziales

Netz, das so schnell keinen durchfallen lassen würde. Folgerichtig kam auch der junge Bürgermeister zum Smalltalk auf mich zu, obwohl wir uns beide an einige unschöne Geschichten aus der Zeit vor seiner Wahl erinnerten, wegen denen ich ihn zum Beispiel einmal aus dem Zimmer eines einheimischen Gästepaars und von meiner Property jagte, weil sich im Schutz des Schweizer Hoteliers in Wahrheit eine obskure Clique zusammenfand.

Es ist ein Kreuz mit dem Kreuz. Die Sri Lanker an den Küsten sind gottergebene und hingebungsvolle Katholiken und es muss den Hirten eine Freude sein, eine solche Herde ihr eigen zu nennen. Nur ist es bei all den Religionen und Tempeln und Moscheen und Kirchen aus ein paar hundert Jahren frommer Architekturgeschichte nicht immer leicht, sie zu identifizieren. Schon gar nicht auf feindlichem Boden, wie es eine Reise durchs Land mit sich bringt. Da vergreift sich mancher fromme Mann so wie mein Chauffeur, der beim Vorbeifahren an jeder Kirche inbrünstig das Kreuz schlägt. Kürzlich hat er wieder einmal zum Salutieren angesetzt, doch blitzschnell und verlegen vor sich hin pfeifend die Hände aufs Steuerrad zurückgelegt, als sich die Basilika beim zweiten Hinschauen als Hindutempel erwies. Es ist ihm nämlich immer furchtbar peinlich, wenn er sich getäuscht und zu spät reagiert hat. Man hat ja seinen christlichen Stolz, o Heilige Jungfrau, Herrgott, verdammt nochmal, vergib mir!

11. Oktober

Als Motorradfahrer mit nur schwach entwickeltem technischem Interesse bin ich immer wieder einmal von einem Malheur geplagt, dem ich ohne die Hilfe von Einheimischen nicht beikommen könnte. Kaum ist die Antriebswelle gebrochen, der Reifen durchlöchert, der Benzinvorrat falsch eingeschätzt, die Kerzen verdreckt oder der Auspuff brüllt, sind auch schon hilfreiche Leute um mich herum in dieser unschuldigen Mischung von Neugier und Hilfsbereitschaft, um mir beizustehen. Kaum sind sie meinem entwaffnend offenen Lachen und ein paar einheimischen Worten erlegen, geht auch schon das Übersetzen los. Immer ist einer dabei, der die Gelegenheit, Englisch zu sprechen, zur Stärkung seines sozialen Ansehens nutzt und den meist genialen Barfußmechanikern auf die Sprünge hilft. Ich bin auch immer voller Dankbarkeit, habe auf Reisen durchs Land auch immer genug 50er- und 100er-Noten in der Tasche und in ungespieltem Respekt vor guter Craftmanship gehe ich auch großzügig damit um, auch leicht beschämt im Wissen, dass 70 Rupien nur einen Franken kosten.

Gestern traute ich mich zum ersten Mal seit drei Monaten zwei zusammenhängende Tage samt einer Nacht lang aus dem Haus und übergab Hausschlüssel und Gäste vertrauensvoll meinem Team, wie immer risikobereit und entsprechend unbeschwert. (Es ging dann alles gut!) Schon während der Fahrt auf der gemütvollen Lagunenstraße in die Hauptstadt, die mich auch in Zeiten höchster Erregungen erfolgreich sediert, stand die neue Honda 400 plötzlich still und bockte. Da ist ja immer ein Kiosk in der Nähe, und im Wissen darum, dass daraus eine längere Geschichte würde, frühstückte ich erst einmal, ein Sinipam und eine Tasse Nestlemalt, und freute mich ungemein an mir selber, wie ich wieder gänzlich naturalisiert und durch nichts, wirklich gar nichts zu beunruhigen bin.

Ein Vater brachte mit dem Fahrrad seine Kinder in die Schule, es war erst halb acht, den hielt ich an. Der brachte wenig später eine Flasche mit Benzin zurück, denn in Wirklichkeit war der Treibstoff ausgegangen, ich hatte gedacht, eine Füllung reiche für 250 km, und da waren es nur 210. Schön dumm. Aber dann wollte auch der Anlasser nicht mehr, die Lichtlein flackerten müde, etwa acht Ursachen konnte es für den Stillstand geben. Was tut einer da allein auf weiter Flur? Ich hielt vorbeifahrende Tucktucks an, um aus einer Garage den Mechaniker an den Ort der Schande zu bringen. Alle Autos besetzt so früh am Morgen. Der Fahrradvater opferte sich erneut, fuhr erneut los, diesmal zu einer nahen Garage. Doch war die noch geschlossen um diese ungastliche Zeit. Mittlerweile war es halb neun und die Anstandsfrist verstrichen, und der Vater auf dem Fahrrad fuhr wieder los, diesmal, um einen Freund aus dem Bett zu holen, der was von Motoren verstünde. Der kam auch gleich, rieb sich die Augen, noch bettwarm, halb nackt. So eine Maschine hatte er noch nie gesehen, war ganz entflammt und plötzlich hellwach und versessen, draufzusitzen und loszureiten, und wir schoben ihn an mit aller Kraft, es war schon heiß geworden, das Düsengetriebe röhrte los, und der fuhr auf und davon, direkt in den Himmel. Die (blitzneue!) Batterie war entladen, oder genauer: Noch gar nie richtig aufgeladen.

Noch immer im Zustand seliger Entspannung, wichtige Traktanden in der Tasche, kam ich im Stadthotel an, dem Transasia, das früher Ramada hieß. War ganz früher oft da, doch vor ein paar Jahren hat mich das Continental und vor allem das Galadari so erfolgreich angelacht, dass ich dauerhaft notorisch fremdging und auch meine eigenen Hotelgäste nur selten hinschickte. Es war wie ein Heimkommen, so unüblich lange her seit meinem letzten Besuch, alle waren so freundlich, dass ich ziemlich zufrieden war mit mir und der Welt. Doch als ich gleich nach dem Einchecken mit meinem neuen Motorrad zum Board of Investment fahren wollte, war schon wieder das große Nichts. Es hätte mich nerven, wütend, unsicher, gestresst und besorgt machen müssen, aber ich war so friedlich gestimmt, dass ich wusste: Jetzt bin ich wieder überm Berg. Ich nahm ein Taxi, das grad vorbeifuhr.

Am andern Tag und nachdem vieles geschehen und erledigt war, bat ich an der Rezeption um den Hausmechaniker. Der kam sofort, wies sich als Besitzer einer Honda 60 aus und fand heraus: Erstens ist der Benzinhahn auf Off gestellt (!), zweitens der Sicherheitsschalter auf Stopp (!), und drittens laufe das Motorrad ja wie geschmiert. Ich war ziemlich beschämt und belustigt, ein Anfänger, von nichts eine Ahnung, und verteilte Geldnoten, auch an den Türsteher, der mein abgeschnalltes Gepäck gehütet hatte. Der wies mein unsittliches Ansinnen ehrenvoll zurück – das Transasia ist ein Fünfsternhotel. Also erwies ich dem Mechaniker die Ehre, indem ich ihn vor seinen inzwischen zahlreich erschienenen Kollegen und dem Chef der Sicherheitsdienste mit saloppen Sprüchen rühmte und ihm die Motorradschlüssel für eine Fahrt ums Viereck übergab. Dann fuhr ich selber befreit los, doch schon am nächsten Roundabout stand ich wieder da wie ein begossener Pudel. Jetzt wurde es ernst. Es war ein Uhr mittags, High Noon und Samstag. Zurückgeschoben ins Hotel, wartete die ganze Mannschaft bereits auf mich, und damit der Mechaniker die eben errungene Medaille nicht zurückgeben muss, nahm er gravitätisch erneut den Schlüssel entgegen und hieß mich mittagessen – er würde alles final regeln.

Um drei hatte er mehrere Tucktuckfahrten hinter sich, dreimaliges Anschieben, mehrere gelöste Schrauben, die Batterie und den Fahrersitz darüber mussten entfernt werden, sorry Sir, no result, ich solle das Mädchen zum Verkäufer zurückbringen.

Ich wolle jetzt in eine Garage und noch bei Tageslicht zurück nach Negombo. Er wisse eine gute, aber der Besitzer käme nicht, er sei allein im Haus heute. Ich hieß ihn einen Hotelfahrer besorgen, zu dem ich in die Limousine gehobener Klasse stieg, während der Hausmechaniker sich erneut in Stücke riss und ein Abschleppseil um die Vorderläufe meiner Stute band und wir mitsamt dem Reiter durchs zum Glück verkehrsärmer gewordene Colombo hinaus nach Maradana fuhren.

Da war ein Platz, an dem sich alle Dreirad- und Motorradfahrer der Stadt trafen, gewissermaßen der ölverschmierte Bauch der Verkehrshölle, und mitten drin der massive Tamilenkörper von Jayarath, der Motorräder mehr liebt als die Frauen und ganz schwach wurde auf meiner neuen Honda 400. Da ging mir auf, dass ich bei künftigen Fahrten übers Land Schwierigkeiten haben würde, weil die Genies alles wissen, was sie erfahren, aber nichts über dieses neue Modell, das einzige auf der Insel, nur dieses eine aus Japan hergekarrte Exemplar, von dem sie noch keine Ahnung haben. Aber die Krankheit war von Doktor Honda schnell diagnostiziert – nein, wo denken Sie hin, das kostet nichts, das dort ist mein Vater, das mein Bruder, denen können Sie was geben, wenn Sie möchten. So blieb das Geld in der Familie. Er solle jetzt die 300 Rupien nehmen. Die Batterie war total am Ende, obwohl erst 500 km alt, und erneut angeschoben und mit dem Abschiedswinken der ganzen Bevölkerung kam ich am späten Nachmittag in mein Strandhotelchen zurück.

Das hatte ich gestern auf ein neues Gleis gestellt, dem Board of Investment meine Applikation überreicht und 150 Dollar Gebühren. Ich war wie früher in meiner Werbeagentur für eine neue Kampagne wochenlang schwanger daran, bis die Frucht in einem eintägigen Finale in Form einer präsentationsfähigen Dokumentation aus meinem Leib gefahren ist und ich wieder unbeschwert sein durfte. Gehe hin, neue Company «Icebear Enterprises (Pvt.) Ltd.» mitsamt juristisch abgesicherten Statuten, «Memorandum and Articles», Investitionszusage für 5 Millionen (Rupien!) und all diesen Businesssachen, von denen ich seit zehn Jahren abstinent war.

Jetzt hat es mich plötzlich wieder gepackt, verjüngt und revitalisiert, die Flügel beginnen wieder zu wachsen. Als ich vom 24. Stock wieder auf den Boden zurück kam, war ich nach einer Erholungsdekade als Privatier mit Fremdenzimmerhobby wieder ein smarter Geschäftsmann geworden, der Lust am Geldverdienen und an diesem Businessmilieu hat, einziger Gesellschafter, Chairman, Managing Direktor und Herr im Haus, von der Regierung als Investor und Arbeitgeber geliebt und verwöhnt. Dem Chef des B. O. I. entfuhr das Kompliment, so eine Präsentation habe er selten auf dem Tisch, und ach, die Bankempfehlung brachten Sie auch schon, alles abgehakt, er wird der Tourismusbehörde ein Empfehlungsschreiben schicken und nach einem Besuch dort sei alles unter Dach, auch die Anerkennung des Tourist Board, das Aufenthalts- und Geschäftsrecht, der freie Finanztransfer. Dieser Herr hier am Tisch, Mister Haisch, das ist Mister Rakasinghe, der ist eben aus Indien gekommen und hat 150 Millionen investiert. Dollar. Meine Verehrung!

In meinem Lieblingshotel an der Beira Lake ging's dann gleich so weiter. Der nette Mensch, der seit zwanzig Jahren die Executive Lounge führt, beteuert beim Frühstück seine Zuneigung, die größer sei als zu seinem Vater, er habe so viel von mir gelernt. Dies ist Mister Haisch aus Switzerland, und dies ist Minister Raul Fakim und der malaysische Außenminister, glad to see you, have a good day, let me know if you need any assistance!

Das Hotel sei eben an die Keelsgruppe verkauft worden, die Großes plane. Kein Wunder, jetzt sitzt allen Stadthotels in Colombo das ehemalige Oberoi im Nacken, das jetzt als Colombo Plaza die Szene so heftig und erfolgreich aufmischt, dass ihnen der neue Wind des Kapitalismus nur so um die Ohren pfeift. Die Geldgeilheit beider Bürgerkriegsparteien wird den Waffenstillstand sicherlich weiterhin einhalten, sie reden gar von einem regelrechten Friedensabkommen, sie wollen alle an die 6 Billionen (!) Dollar, die eine gütige Weltgemeinschaft dem strategisch wichtigen Inselstaat zugesprochen hat.

Bei der Sri Lankan Airline habe ich für den 2. November ein paar Wochen Chennai gebucht und auch gleich Bangkok reserviert für den 20. Dezember.

Und eine Indien-Handelsmesse habe ich besucht im Messezentrum dem Lakehouse gegenüber. Habe mir dabei gedacht, wie mit China braut sich auch hier in der Gegend etwas zusammen, das die notorisch jammernden, doch selbstzufriedenen Schlafmützen im Westen noch ganz schön durchschütteln wird.

Aus der Stadt zurück in meinem eigenen «Sri Lanka, Swiss Made» fand ich den 23-jährigen Juniorchef zufrieden und mitnichten nervös, das Team innig, den alten Gärtner trotz Erfahrungsvorsprung kooperativ mit der Jugend und freute mich, dass der Neue meinen Blick zu haben scheint: Ohne meine Themenvorgabe sah er Schwachstellen selber und hatte mit seinen Leuten schon mit dem Aufräumen begonnen. Hatte sein Vorgänger je gesehen, dass der Gärtner den Wasserblumenteich nicht wässerte, dass die Terrazzoböden aussehen wie die in einer Bahnhofhalle, die Heckenschere so stumpf ist, dass man darauf sitzen kann? Der junge Mann ist erst vier Wochen hier und schon bin ich dabei, ihm für drei Indienwochen meinen Besitz in Verwahrung zu geben. An Mut zum Risiko hat es mir selten gefehlt.

27. Oktober

Wie es so geht im Tourismusgeschäft, hatte der Dilan während der Anstellung im nachbarlichen Hotel einen deutschen Förderer kennengelernt, Urs, Frisör aus Mannheim. Der ist dort ein paar Tage abgestiegen wie jedes Jahr, vermisste den Schützling, kam zweimal zu uns herüber, am selben Tag, um den jungen Mann zu sehen, der ja jetzt hier bei uns als Hausmeister arbeite. Also so was. Morgen früh fliege er zurück nach Deutschland, deshalb sei er ein wenig in Eile. Obwohl mich die persönlichen Beziehungen meiner Angestellten nichts angehen dürfen, mache ich mir doch Gedanken über Loyalität und Vertraulichkeit und Einflussnahme, kurz, mögliche Störungen meines neuen Hoffnungsträgers so kurz nach Beginn der anspruchsvollen Tätigkeit hier.

Es ist nicht zu verhindern, Menschen sind so, sie produzieren Geschichten, wie ich selber. Dieser Urs ist ein Vielredner, einer, der alles weiß und das Leben mühelos auf schlüssige Formeln bringt, ich redete anstandshalber mit ihm. Seine zentrale Botschaft war, dass alle Menschen vergewaltigt worden seien und Rollen spielten und nicht ja zu sich sagten. Eine korpulente Mitarbeiterin in seinem Frisörsalon habe sich auf sein Drängen hin als lesbisch geoutet und sei seither ganz befreit. Ein junger Mitarbeiter habe sich von ihm sagen lassen, dass er zu viele Mädchen umlege, um sich etwas zu beweisen. Dann sei der auf seinen Schoß gesessen und er habe mit ihm geredet und ihn gefragt, warum er sich von ihm den Rücken streicheln lasse. «Weil du bist wie ein Vater.»

Seine Frau sei kürzlich gestorben. An der Beerdigung seien 500 Leute gewesen, nur 400 hätten Platz gehabt, wie eine Party sei es gewesen und alle hätten einen Luftballon mit Wünschen abgeschickt und die seien alle in die Richtung geflogen, in die er jetzt gehe. Sie sei als Urne zu ihm zurückgekommen, die er jetzt auf die Insel gebracht habe, um seine Frau ins Meer zu streuen. Nach 21 Ehejahren hätten sie nämlich beschlossen gehabt, in Zukunft und bis ans Ende des Lebens in Sri Lanka zu leben, seine Frau habe das sogar unterschrieben. Ob es stimme, dass ein Ausländer hier Steuer zahlen müsse? Ob man ein Auto kaufen dürfe? Warum es überall so schmutzig sei? Dass man einen einheimischen Partner brauche, um geschäftlich «etwas» zu machen? Und was Häuser kosten? Er würde nämlich einen Ausziehtisch mitbringen, das Wohnzimmer müsse schon sehr groß sein. Ich schickte ihn zu einem Australier, der hier mit Immobilien handelt und auch als Elektriker gerufen werden kann, da würde er ein paar passende Häuser finden.

Bei einem zweiten Besuch spät abends bittet er mich, Dilan ein wenig zu helfen. Wobei? Ja, er habe ihm aufgetragen, sein Haus auszusuchen, bis er bald wieder käme, um hier zu leben wie es geplant war, allein halt, ohne seine Frau. Dilan würde auch den Fahrausweis machen, das würde er ihm bezahlen. Deutsch hätte er ja gut gelernt, da hätte er ihn auch gefördert und ihm den Sprachkurs im Goethe-Institut bezahlt. Und ein Kinderheim hätten sie gebaut hier, er und seine Frau, die würden jetzt eine Tafel dort anbringen aus Dankbarkeit. Alle bauen Kinderheime hier.

Er sei ja jetzt Witwer. Während der langen Krankheit seiner Frau habe auch er Schmerzen gehabt, dieselben wie seine Frau, Phantomschmerzen. Sie sei aber daran gestorben, man fließe halt ineinander. Er habe daheim schon alles verkauft, auch den Frisörsalon habe er verpachtet, den Haushalt würde er auflösen und im Dezember käme er wieder auf die Insel, er wolle eine ayurvedische Entzugsklinik aufmachen für Drogenabhängige. Da müssten ja Seele, Körper, Geist in Gleichklang gebracht werden. Er müsse natürlich noch einiges lesen über Ayurveda, aber er lese nicht gern, Bilder würden ihm besser passen, er habe einen Film gesehen, der habe ihn überzeugt.

Ach Gott, bitte nicht.

Buch 2

2004-2007
Wie ich mein Altersziel 95 fixierte und überrascht erkannte, dass das ja noch einmal dreißig Lebensjahre sind. Und wie ich mich plötzlich als emotionslosen Pragmatiker erlebte und seither gut damit fahre

2004

3. Februar

Bin zur Gehirnwäsche und kulinarisch-kulturellen Revitalisierung wieder einmal in der Schweiz gereist. Bin noch ein wenig dünnhäutig so kurz nach Ankunft, der Kulturschock nach neun Monaten. Ertrage zum Beispiel diese Massenkultur nicht, die fünfzig Fernsehprogramme, die mir das Glasfaser neuerdings in die Wohnung spült, die infantile Gesellschaft missfällt mir, die Zerstreuungssucht, die Unterhaltungswut, die Eventfülle. Dass der Umgang von Freunden, Bekannten, Kollegen mit mir unverändert ist und keiner realisiert, dass ich schon lange ein anderer bin. Sehne mich nach Stille und Einkehr, fremdele noch ein wenig, will mir aber Mühe geben, denn ich fürchte, arrogant geworden zu sein, meine früher uferlose Menschenliebe ist geschrumpft. Aber Schuhe und Socken zu tragen und manchmal eine Krawatte, in die körperliche Sinnlichkeit meines unverwüstlichen Cashmermantels zu schlüpfen, die alte Eau-de-Cologne-Marke wiederzufinden, sich zu pflegen und zu gefallen, schwelgerische Abende mit Freunden und zeitlose Gespräche, das Kino, das Füllhorn an Gedrucktem, ein Café au lait, ein Pralinenmeisterstück auf der Zunge und hundert Gramm Comestibles und eine Flasche Hallauer in der Tasche, das gefällt mir.

Ausländer hier wie dort, denke ich oft, dass es Länder gibt, von denen man weggeht, und Länder, wo man hingeht, und ich bin anhaltend erstaunt über die Unfähigkeit, mich definitiv und abschließend zu entscheiden. Meine chronische Weggehen- und Ankommen-Krankheit, dieses ewig aufwühlende Sowohl-als-Auch statt des manchmal gewünschten weil so schön beruhigenden und lullenden Entweder-oder.

1. Mai

Zurück in Sri Lanka. Sofort und noch im Stand der Unschuld habe ich realisiert, dass ich die artifizielle, leicht verschrobene Abgehobenheit der Theaterbühne Europa eingetauscht habe mit der eigentlichen Wahrheit, dem Leben an sich, menschlichem Maß, ungefilterter Wirklichkeit. Entsprechend wohl ist mir sofort gewesen, alle Nervosität, alle Zweifel waren verweht, gleich war ich wieder Teil der Schöpfung, war ich selbst. Das erste Frühstück. Die erste Motorradfahrt. Das erste Meerbad. Die erste Massage. Der erste Afternoon Tea mit dem Team. Alles war gutgegangen, das Haus ist nicht abgebrannt, keine Räuber und Bombenwerfer kamen vorbei. Antrittsbesuch bei meiner Nachbarin. Gäste aus Polen am

Tor, gestern sind sie Europäer geworden, aber darauf angesprochen, wissen sie nichts davon. Die schweigende Mehrheit. Am Fernsehen verfolge ich die Politagitation zum ersten Mai, die Steinzeitkommunisten haben der neuen Regierung zur Mehrheit verholfen, jetzt packen sie wieder das unsägliche Haudraufarsenal aus und diesen ganzen Politkitsch und hoffen auf eine große Krise, bei der sie als Retter der Menschheit auftreten können. Aber die muss man nicht retten:

Am touristenlosen Strand scheu verliebte Liebespaare, Mädchen aus der Nachbarschaft üben sich im Kung-Fu (!), die Buben lassen Drachen fliegen, bevor die Mütter sie heimrufen, die Männer sitzen in kleinen Sonntagsrunden und frönen ihren Leidenschaften Arrak, Ganja, Kartenspiel, in der Nacht geht's wieder hinaus aufs böse Meer. Träumereien vom Hausbau, Aufbau, vom ersten Stöckli. Das neue Entenpaar hat sich mittlerweile dem alten Enterich unterworfen, die groß gewordene Katze zelebriert die erste Liebe mit wechselnden Partnern und springt dabei herum wie vom Rinderwahnsinn besessen. Der Leihhund blieb neurotisch, gibt sich aber Mühe. Der Wind windet, der Regen regnet, die Sonne sonnt, es ist feucht, doch kühl, nur komfortable 26 Grad, doch wird das nicht so bleiben im wechselhaften Wetterbild des Monats. Die reparierte Klimaanlage röhrt seit der tausendsten Reparatur übers ganze Areal, die Ingenieure sind fähig, zum Mond zu fliegen, aber bei den Klimaanlagen ist der technische Fortschritt spurenlos vorübergegangen.

5. Mai

Gleich ist Vesak, Lehrer Buddha kommt bei Vollmond auf die Welt, die Insel im Papierlaternenlicht, die Staatspresse hat kein anderes Thema, artig und angepasst sein ist angesagt, sie schreiben neuerdings Shri Lanka statt Sri Lanka. Die Moslems feiern derweil ihren Propheten, auch sie machen diesen Partymix aus Beten und Festen. Die Katholischen lassen sich nicht lumpen und halten die Scheunentore ihrer Kirchen weit offen an diesem höchsten Feiertag der buddhistischen Nation, organisieren Sportanlässe für die Matronen, die sonst nur zum Beten aus dem Haus dürfen. Die genießen das bisschen öffentlichen Übermut und rennen in ihrer prallen Leibesfülle auf dem Cricketfeld, was die knöchellangen Schlabberröcke hergeben. Derweil sitzen ihre Mannsbilder entwöhnt auf den Mauern und denken, was Männer immer denken, und dass es keine gute Idee ist, aus Staatsraison die Wineshops drei Tage lang zu schließen.

Emira aus der Nachbarschaft flüchtet vor ihrem Alki zum Madonnenschrein vorne an der Ecke, den ich einst erbauen und vom Pfarrer unseres Sprengels segnen ließ. Täglich zweimal gießt sie Lampenöl nach fürs ewige Licht und steht lange sinnend vor der Jungfrau (es musste damals explizit die Madonna sein, die Bernadette in Lourdes gesehen hatte, in angemessener Größe!). Man sieht, eine Frau muss sich einen guten Grund einfallen lassen, wenn sie alleine an den Strand gehen will. Ich kenne ein paar Frauen aus der Nachbarschaft, die spazieren selbstvergessen im Zwielicht des sinkenden Tages, um einen Eimer mit Küchenabfall ins Meer abzuladen. Dass die Müllmänner der öffentlichen Verwaltung täglich alles einsammeln, was vor den Haustüren steht (das ist wirklich wahr!), kümmert sie nicht, sie haben ihren eigenen Dickkopf, mit dem sie ihren Lebensradius erweitern; sie haben einen Grund erfunden, allein am Meer zu gehen und dort ein wenig herumzustehen.

Laufe am Morgen nach dem Yoga zum verwahrlosten Beachpark hinauf und zurück, das sind etwa 4 Kilometer, mein täglicher Vita Parcours. Jetzt während des beginnenden Monsuns – heftige Regen manchmal, Donnergetöse, Stürme vom Ozean her –, zeigt sich das Meer oft unter einem zarten Gespinst aus Wasser, eine anhaltende, feinporige Gischt hängt salzig in der Luft und zieht gegen Land. Dort wird sie bald das Grün unseres Gartens verbrennen, wenn wir nicht bald den Windzaun aus Palmblattgeflecht an der meerseitigen Mauer montieren. Fühle mich pudelwohl und kerngesund, aber gelegentliches Lodern heißer Luft direkt aus dem Feuerofen des Vor-Monsuns walzt über uns hinweg und macht uns kampflos und müde.

Keine Gäste jetzt im Mai außer einem Walk-in im preisgünstigen Backpackerzimmer und ein einzelner Holländer, der schon vor einem Dreivierteljahr das Apartment gemietet und vorausbezahlt hatte. Er habe ein Rudel Einheimische zu Gast, morgen wird er mir deren Namen und ID-Nummern nennen und das Check-in-Form unterschreiben müssen. Wir sind aus Erfahrung immer skeptisch, wenn Zimmergäste mit Einheimischen fraternisieren, meist lief etwas aus dem Ruder wie bei dem Schweizer, dem mein alter Hausmeister während meiner Abwesenheit in der Schweiz im April 2000 unbeachtet freien Lauf ließ und den laut Fax von gestern Interpol sucht. Auch wenn das nicht mein Problem ist und ich ordentliche Anmeldepapiere auskramen konnte, wollen mir solche Geschichten nicht gefallen.

Fahre mit der Honda – muss volltanken und will nach drei Monaten Stillstand den Motor durchputzen – zur Familie meines alten Gärtners, um guten Vesak zu wünschen und etwas Geld zu spenden. Das Haus ist wie immer in wüster Verwahrlosung, ich muss aufpassen, nicht depressiv zu werden, doch Frau und Tochter sind bezaubernd; wir trinken Tee und schauen nachher im nahen Tempel Vesaklaternen an, die der Sohn gebaut und elektrifiziert habe. Shean erzählt mir, was er beim Handel mit Abfall verdient, derzeit sei Plastik sehr gut im Preis, hinter seinem Haus türmen sich Berge davon auf. Sie verabschieden mich mit einem Schoß voll Mangos, die ihnen ums Haus herum ins Maul wuchern.

Man steht als Ausländer immerzu im Scheinwerferlicht und unterliegt ständiger Beobachtung. Die Leute wollen schließlich was zum Klatschen haben, denn das ist eine ihrer liebsten Beschäftigungen. Was wir als Privatleben verstehen, gibt es hier nicht, und weil ich mich gerne zurückziehe und meine Ruhe haben will, werfe ich manchmal etwas zum Fraß hin, damit sie mich nicht selber auffressen. Dass ich eine Schlüssellochoperation in Basel machen ließ, hat das Quartier wochenlang beschäftigt.

Dem Koch gebe ich frei, der hatte hart gearbeitet, um die Küche endlich zum Leuchten zu bringen, allerlei Unterhaltsarbeiten waren fällig, zu allem hat er mit dem Gärtner, der seinerseits zwei Nachbarn aufgeboten hat, die antiken Türrahmen vom Stapel genommen und zur Besichtigung aufgestellt. Natürlich ging etwas schief dabei, es gibt einfach zu viele Elefanten auf der Insel, einer ist in den kunstvoll geschnitzten Luftgrill getreten und hat ihn in Stücke zerbrochen. Jayawardene fällt mir ein und sein saloppe Kommentar, dass Sri Lanka wegen der Gummischlappen nie Singapur werden könne. Er war der Präsident, er muss es wissen.

Beim Italiener, sonst ein netter Kerl, bestelle ich für zu viel Geld ein ganz mieses Schweinsbratenschuhleder an Rosmarin, das ich mir schließlich für den Hund einpacken lasse.

Unser Masseur Sanath ist bei der Stadtverwaltung angestellt und im Hauptberuf Lampenanzünder, echt! Ein Arbeitskollege sei Bauingenieur, er habe in der Gegend schon 150 Häuser gebaut – die Beamten hier haben alle einen zweiten Job, drum trifft man sie nie im Büro an, sie sind «in the field» –, der kommt nachmittags vorbei, um sich für geplante Umbauten in der Villa einzuschmeicheln. Er widersteht tapfer meinen motzig zweifelnden Fragen und ich erläutere meinen Startbedarf für die Villa: Aus der Küche soll ein Gästezimmer werden, unsere Speisekammer das Bad dazu. Die Küche würde neu gebaut, das lecke Dach des Staffhauses durch ein Flachdach ersetzt. Und der Dachstock der Villa muss repariert, vielleicht sogar neu gezimmert werden – die Termiten waren hungrig, bald wird mir die Balkenkartonage auf den Kopf fallen und mir das Genick brechen. Guter Eindruck, bin erleichtert, der Schwarzarbeiter will schon morgen mit entscheidungsfähigen Details kommen und könne dann umgehend mit der Arbeit anfangen.

Kurz nachher Selbstzweifel. Soll ich die Küche in der Villa lassen, wo sie ist, und stattdessen den Bungalow um drei Einzelzimmer erweitern? Zuletzt entscheide ich mich für einen Zwitter, die kleine Lösung der bloßen Aufstockung des Bungalows für meine eigene Wohnung. Verzicht auf die Rundumveranden im ersten Stock, damit mein Stöckli groß genug ist für Bad, Schlafzimmer, Staffroom, Dressroom und ein Wohnzimmer mindestens in der Größe einer

Bahnhofshalle. Kurz nachher blase ich zur letzten Schlacht, als ich erfahre, dass morgen früh auch noch der Architekt käme. Sitze bis weit nach Mitternacht am Tisch und schnetzle das Nobelmodell, das mir Tausendsassa Lukas aus Karton geklebt hat, zu einer Arbeitsskizze zusammen, in die alle meine abschließenden Vorstellungen mit Leim, Skalpell und Kugelschreiber einfließen.

10. Mai

Habe beim Motorraddoktor für meinen importierten Hondakoffer eine Stahlrohrhalterung anpassen lassen. Da war Fullhouse, endlich hat der Alleskönner wieder Kundschaft, endlich hat die Kundschaft wieder ein wenig Geld verfügbar für die nötigsten Reparaturen. Es ging den Leuten wirtschaftlich viel zu lange schlecht, so schlecht, dass die Wirtschaft in Wahrheit still stand; kaum einer konnte sich mehr leisten als das Nötigste.

Auf der Heimfahrt sah ich ein Plakat an einem Haustor, dass Schäferhundwelpen zu haben seien. Das ist ein offenes Traktandum, seit mir mein Wachhund am Strand gestohlen wurde. Echt, am Strand gestohlen. Schaute mir alle Jungtiere an, auch den Züchter, auch die Mutter. Sah gut aus alles, aber die hängen noch an den Zitzen, sind mit 6 Wochen zu jung für erkennbare Unterschiede, die mir die Wahl erleichtern würden. Werde wiederkommen, wenn sie zwei, drei Monate alt sind. Lese daheim im mitgebrachten Lehrbuch: «Welpenwahl», «Grundausstattung», «Abholen», «Fütterung» und so, freue mich wie auf ein Kind, das unterwegs ist. Auf dem Heimweg esse ich ein Sandwich in Nalus Restaurant, er schildert mir seine Pilgerreise durch Südindien, die seine Frau von ihrer Besessenheit heilen sollte, tatsächlich sitzt sie ganz verklärt dabei, bald wird sie zum Himmel auffahren. Daheim war dann schon das Nachtessen bereit, zu früh für meinen Hunger. Nun ruht es sanft im Frigidaire, nach Junggesellenmanier werde ich es um Mitternacht plündern.

Das Palmblattgeflecht ist zu einem funktionstüchtigen Windzaun montiert, drei Meter hoch, mit Gucklöchern drin, in letzter Minute vor dem Ausbruch der Monsunmonate. Am Nachmittag toben prompt heftige Winde und im aufgepeitschten Wasser pflügt sich ein junger Wilder mit dem Flugschirm an Land, bevor er aufgefressen wird. Keine Boote mehr am Strand, alle im sicheren Hafen bei der Lagune.

Dann ein längeres Meeting mit dem Juniorchef, dem ich ordentlich ins Gewissen rede, Privates und Beruf nicht zu vermischen. Und dass er sich immer der leitenden Stellung und des hohen Einkommens bewusst sein – es ist höher als das eines MP, Mitglied des Parlaments – und darüber nachdenken solle, wie er das Team dazu bringen könnte, nicht nur das minimal Nötigste zu tun, so wie es hier Sitte ist. Auf seine Empfehlung halte ich später eine motivierende Gänsehautrede vor dem Kleinteam, nach der wir uns alle aufgefrischt wiederfinden; alle legen sich plötzlich so ins Zeug, dass ich gar nicht weiß, ob es morgen noch Arbeit für sie hat.

Neue Fressnäpfe für die Felltiere gekauft, eine Dose Streichkäse, ein Skalpellmesser, zwei Schecks habe ich eingereicht auf meiner Hausbank, wo jetzt neu zwei Bewaffnete herumstehen, als gäbe es da etwas zu holen. Auf den straßenseitigen Werbetafeln habe ich «25% Low Season Discount» angeschrieben, und ein «Honeymoon Package». Vom Strand ist uns Ruwan zugelaufen, kommt einfach herein und steht herum und hält uns so treuselig ein Bündel Fischleiber her, sodass keiner es fertigbringt, ihn hinauszujagen. Da lassen wir ihn halt die Rechnungsblöcke stempeln, aber ach, die Adressblöcke stehen alle auf dem Kopf. Nur manchmal ein zahlender Gast, aber es herrscht einheimisches Besuchergewimmel: Der Türsteher vom «Browns» langweilt sich seit der Pensionierung und hat die Hoffnung auf einen Temporärjob nicht aufgegeben. Schleppt mir schon kurz darauf einen Maurer an, mit dem will ich ein paar kleine Brötchen backen, nachdem der Großbauer mich gestern endlich und erst auf telefonische Ermahnung mit seinem überteuerten Aufbau erschreckt hat und der Nachricht, dass er für die paar Dachreparaturen der Villa vier Monate bräuchte. (Die Offerte war formlos ohne Briefkopf, aber mit dem handschriftlichen Titel «Lobet den Herrn». Ich fürchte, das wird ihm nicht mehr helfen können.)

War auch noch auf der Suche nach einem neuen Tierarzt, Chefsache jetzt, will den ultimativ besten, die Katze muss sterilisiert werden und mein Team wechselt bislang die Tierärzte schneller als die Hemden. Vor allem aber bringe ich zwei eigens gekaufte und mit knallroten Expressstickern beklebte Polsterkuverts auf die Post, das «Concept paper regarding BOI Project to consolidate an existing guesthouse in Negombo». Das hatte die Tourismusbehörde und das Board of Investment nachgefordert, um weiter Zeit zu schinden – mit 30 Beamten und 1200 (!) offenen Projekten seien sie hoffnungslos im Rückstand. Meine Bewerbung lagert nun schon seit acht Monaten, neun braucht es, wie man weiß um einen Menschen auszutragen. Seit Wochen liegt mir diese Zumutung schon arg auf dem Nerv, wie früher die Präsentation einer neuen Werbekampagne für einen meiner Kunden, von der Wohl und Wehe der Schweizer Wirtschaft abhing. Oder sind sie gar dabei, mich fürs obligate Schmiergeld zu präparieren?

14. Mai

Ein guter Tag. Ein Blutdruck wie im Bilderbuch, 111-66-59. Sonne und heftige Winde, doch jetzt prallen sie an unserm Flechtzaun ab. Gleich nach dem Frühstück packt mich wie manchmal der Rappel, die Büsche müssen sich meiner Schere zu teils zweistöckigen Kugeln und Scheiben fügen, der zugewucherte

Blick von der Straße her zum Restaurant muss wieder freigeschnitten werden, die Templeflowerbäume heulen ihre Milch heraus, als sie für die buchsbaumartigen Designbüsche Licht hergeben müssen. Beim Gießen mit dem Schlauch ist echtes Zwiegespräch mit den Pflanzen möglich, meinen Pflanzen, die ich natürlich alle persönlich kenne. Der Garten zeigt sich in schlechter Verfassung, Kumar ist auch nach zwei Jahren noch kein Gärtner geworden, kein Gefühl, keine Hingabe, kein Plan, kein Lernwille, zu wenig Gehirnzellenkapazität – ich wusste vorher gar nicht, dass Hirnschmalz auch des Gärtner wichtigstes Werkzeug ist. Wäre froh, wenn er sich einen andern Job suchen würde, muss aber fürchten, dass sein hoher Lohn ihn an mich kettet: Er hat jeden Monat das Doppelte des Restaurantchefs vom «New Resthouse», an dem ich neuerdings die Löhne messe. (Dort habe immerhin einmal die britische Königin übernachtet.)

Jungmanager Dilan hat die Wunschdestinationen des Teams für den alljährlichen Firmenausflug gelistet (wo sonst gibt es das in diesem Land?). Als er recherchiert, dass ein 40-minütiger Retourflug nach Jaffna nur 110 Franken kostet, finde ich plötzlich schön, meinen Mitarbeitern ihren ersten Flug zu schenken und den unbekannten Norden zu besuchen, solange noch die Waffen schweigen. (Die Nachbarn machen Himmelwärtsblicke, wenn sie über die jetzige Regierung sprechen, wieder einmal ist alle Zukunftsenergie verpufft in der Enttäuschung, dass die da oben immer nur lügen und betrügen, und keiner mag mehr an den Frieden glauben und die blutrünstigen Separatistenbomber denken gar nicht daran, in den politischen Mainstream zurückzukommen, der Waffenstillstand bröselt.)

Der Koch hat seine Freitage bei seiner Familie in den Teebergen, der Gärtner ist nach Colombo gereist, um seine lerntüchtige Tochter an der Hochschule anzumelden, die Sandan ist nachhause geschickt, Dilan hütet das Areal, ich fahre mit dem Fahrrad zum Essen in der Nachbarschaft. Mitten in die Beleuchtungsniederungen der versammelten Foodindustrie der Feriendestination Negombo. Wo ich einkehren will, weil ich weiß, was mich in der Küche erwartet, ist das Licht so mies, dass ich an das Lesen der vorletzten «Neuen Zürcher Zeitung» gar nicht denken darf. Entweder ist es ein Trauerlicht mit Niedrigwattfunzeln. Oder solche Funzeln sind von grünen Plastikschirmen umhüllt und verströmen den Charme einer Leichenschauhalle. Oder es hängen diese violettstichigen Energiesparlampen von den Decken. Es ist absolut grauenhaft. Dann also ins «Chips», die haben, wie ich weiß, deutsche Hausmannskost, ich habe Visionen von Spinat, Spiegelei und Kartoffeln. Aber seit meinem letzten Besuch hat auch der auf Sparen umgestellt und unter orangefarbigen Glasglocken grinst mich Neonsparlicht an, das unzüchtig ins Freie drängt und in meine Augen, auf deren Höhe es gemeinerweise hängt. Sofort suche ich das

Weite, überlege in eines der Gruppenhotels zu gehen, da stelle ich mir aber die Alles-inklusive-Paketschocker vor, ein Rülpsen, für das ich heute Abend nicht zugänglich bin, bin viel zu feinnervig heute. Also radle ich die fünf langen Kilometer der Beachroad ab und finde mich zuletzt wieder bei Nalu, dem der Wind vom Meer her auf die Terrasse wütet, der aber ein Schweine Cordon Bleu mit Kartoffelbrei auf den Teller zaubert wie keiner sonst im Reisland, nur für mich. Jedoch: Er streckt es mit geschnittenen Würstchen. Da nehme ich halt das Drecktischtuch in Kauf, das Plärren der Kinder, die hungrig streunenden Hunde, die vollen Aschenbecher auf dem Tisch, das servile Dienern des Wirtes. Was will ich machen.

Auf der Heimfahrt ruft mir der Chef des «Goldi Strand» zu, wir plaudern ein wenig. Er ist unterwegs zu Frau und Kind, auch er froh um ein paar Wochen privater Ruhe ohne diese Kundensintflut der Jahreswechselsaison. Ich müsse unbedingt wieder einmal zu einem Bier vorbeikommen. Ja, 15 Jahre sei er schon dort, das einzig bleibende im ewigen Wechsel. Ob ich schon gehört hätte, dass rivalisierende Rebellengruppen an der Ostküste 55 Tote zurückgelassen hätten. Und dass Indien den «Congress» gewählt und den hinduistisch-fundamentalistischen Kapitalistenchauvi nach acht Jahren zurück ins Altersheim geschickt hätte. Nun wird wohl eine Italienerin das höchste Amt im Staate bekommen und man muss sich immer wieder wundern, warum die Länder mit den üppigsten Machomismen ausgerechnet Frauen an die Spitze wählen. Sie hat wohl den richtigen Namen. Ich kenne sie aus hiesigen Medien als extrem langweilig, doch hängt ihr der Markenartikel Gandhi einen wehenden charismatischen Mantel um, sicher gibt sie sich viel Mühe und ist so zurückhaltend, wie es einem Ausländer ansteht. (Und sie hat Sohn und Tochter, die natürlich auch schon in der Politik sind. Für die lohnt der Einsatz allemal.)

Die hundert Meter ums «Rodic» herum sind wild bewegt trotz Niedrigsaison, die wenigen hier gebliebenen Touristen sitzen in fetten Trauben beim Bier an eilends aufgebauten Bierfasstheken zur Straße hin. Wenn es noch Dirnen gäbe, hätten wir einen Vorgeschmack auf das, was eines Tages unaufhaltsam kommen wird. Aber nun ist erst einmal Moral angesagt im Land und orange Frömmigkeit, hinter der man trefflich tun und lassen kann, was man will. Am Weg sehe ich am «Oceanic» ein Banner, morgen früh ist Auktion, alles muss weg, bevor sie den sozialistisch kargen Bawa-Bau ausbauen, umbauen und neu möblieren. Das große, schöne Hotel ist ausgeweidet wie ein Leichnam nach der Anatomenarbeit. Marianne sitzt vor ihrem Restaurant und zählt unter ihrer dunkelroten Perücke die Tageseinnahmen (sie ist die einzige Schweizer Berufskollegin im Ort, aber gab uns noch nicht ein einziges Mal die Ehre eines Besuchs). Vor «Freds Souvenir-Shop» staubt seine schöne Frau den Feierabend ab, ihr junger Alter siecht derweil zuckerkrank dahin. Daheim ist mittlerweile eine französische Gästin eingetroffen. Ich weiß schon gar nicht mehr, dass wir Zimmer vermieten. Nach der Massage kamen erst der Nachbar Gayan zum Bier (sah gut, weil abgemagert aus: Die Landeskrankheit Diabetes zwingt auch ihn zu besserem Essen und strenger Disziplin). Den bibelfesten Großbauunternehmer sah ich hingegen nicht mehr, die Dachrenovation ist ein zu kleiner Bissen für seine Ansprüche ans Leben. Dafür kommt abends noch der Maurer und bringt die korrigierte Millionenofferte, er habe leider eine Null zu viel geschrieben, 1 020 000 statt 102 000. Morgen fängt er mit der Arbeit an, ist jetzt ja zehnmal billiger.

15. Mai

Nach nur kleinem Frühstück fuhr ich ins Großhotel zur Versteigerung. Ich habe ein rückzahlbares Bardepot von 10 000 zu entrichten (130 Franken) und kaufe für 250 ein Eintrittsticket, es wird mir mit Bieternummer ausgehändigt. Die Ware ist nummeriert und zu einem Parcours ausgelegt. Der erfahrene Bieter schaut sich alles schon am Vortag an, aber ich bin unerfahren, schrieb mir eine halbe Stunde nach Eintreffen meine Bedarfsliste auf mit meinem obersten Limit. Es schien, als seien die besten Stücke bereits vorher weggeflossen, üblich ist eine Voraktion, hier hat man wohl dem zahlreichen Personal Gelegenheit zum Schnäppchen gegeben.

Um punkt zehn bimmelt wie wild die Messingglocke, alle werden entsprechend aufgeregt, das Fieber steigt, der Auktionator steigt auf einen Hocker und erläutert und begrüßt. Die Käuferhorde von etwa hundert Einheimischen besteht meist aus Händlern, die auch von weither angereist sind, es war national inseriert. Sie ziehen hinter dem Animationsweltmeister zum Parcours los von Stück zu Stück, von Abortschüssel zu Badewanne, von Lampe zu Tisch, von Bett zu Teppich, von Sessel zu Schrank. Dort ruft er die Nummer aus mit Mindestbetrag, meist um 500 Rupien, etwa 4 Franken, abwechselnd in Englisch und Singhalesisch. Nach ein paar Geboten ist sein Hemd gnadenlos verschwitzt, nach zwei Stunden ist Stabwechsel, es ist anstrengend, um zwei am Mittag ist Schluss für heute, um vier trifft man sich wieder zur Barzahlung, in zwei Tagen muss die Ware abgeholt sein. Ich erstehe Hotelbedarf für 390 Franken: Einen Minikühlschrank für eines der Gästezimmer, zwei runde Beistelltische, zwei Longchairs, eine wetterfeste Teakholzsitzgruppe mit schwerem Tisch und vier ausladenden Armlehnern sowie 30 Holzlamellenfensterläden für die Einbauküche in meinem künftigen Altersheim, dem (ersten) Stöckli. Morgen um zehn wiederholt sich das Prozedere, ich bin noch auf eine schwere Sitzgruppe aus für die künftige Lobby, ein Konvolut von zwanzig Türen für künftige Einbauschränke und eine Kleiderkammer, zwei schwarze Couchtische mit Granitplatten, einen Beistellschrank.

Was ich vor allem lernte, muss ich meinen Erben weiterraten: Falls sie die Liegenschaft dereinst nicht behalten wollen, sollten sie zuerst das ganze Inventar versteigern lassen, genau so. Dann ist das Haus nach zwei Tagen leer, sie haben ihre Ruhe und Geld im Kasten. Anschließend kann man sich unbeschwert um den Landverkauf kümmern – für die Häuser zahlt hierzulande sowieso keiner was (kein Wunder bei dem landesüblich miesen Bauschrott und dieser unsäglichen Schuhschachtelarchitektur).

Zurück im Icebear und wie immer mit allen Sinnen auf Empfang, knöpfe ich mir den Nachwuchsmanager vor, der immer erst um elf mit der Arbeit anfängt und um eins schon wieder zwei Stunden Mittagspause macht. Dass ich von ihm ein anderes Verhalten erwarten würde als von einem gewerkschaftlich organisierten Niedriglohnarbeiter in der Fabrik oder von einem Staatsangestellten. Zum Glück lud ich ihn ein, seine Meinung dazu kundzutun, und er machte mir behutsam klar, dass er all die Hochsaisonmonate vorher nie auf die Uhr hätte schauen können und immer die nötige Arbeit gemacht habe. Es gefällt mir, wenn einer mir die Stirn bietet und argumentiert, ich reagiere mit Goodwill, und prompt treffen um acht Franzosen ein, die nachts um zwei schon wieder zum Flughafen müssen und noch etwas essen und trinken wollen. Und das Check-in-Formular und der Welcome-Drink und das Gästebuch und den Chauffeur aufbieten und einen Wecker bereithalten und aufstehen um zwei und die Gäste zum Tor bringen – und niemand außer ihm ist da heute. Wenn ich meinen deutschen Schädel endlich einmal zu mehr Gelassenheit trainieren und den Dingen ihren Lauf nehmen lassen könnte. Wenn ich mich doch nicht immer in alles einmischen würde, manchmal leide ich an mir.

Während ich auch mit dem Gärtner ein Auffrischungsprogramm exerziere und nicht sicher bin, ob da noch Hoffnung ist, bemerke ich, dass an der Wand des Gäste-WC das Hirschgeweih (!) fehlt, das mir ein alter Ceylonese einmal schenkte. Es ist besonders kostbar, weil unwiederbringlich – es datiert aus der britisch-kolonialen Jagdgesellschaft. Ich bin fuchsteufelswild und möchte Ohrfeigen verteilen, weniger weil das Ding nun weg ist, als dass es alle wussten und mir keiner etwas davon sagte, auch mein feiger Headman nicht. Vielleicht merkt «the boss» es ja nicht. Ich schreibe das Wort «cowardly» auf, sie sollen sich das singhalesisch übersetzen und sich merken, dass genau das einem echten Mann nicht gut zu Gesicht steht. Und dass ich eine Wiedergutmachung erwarte, für die sie sich gemeinsam etwas ausdenken sollten. In solchen Situationen ist es am schwierigsten, Leute zu führen. Was macht man da? Was macht man falsch, wie macht man's richtig? Auf alle Fälle heftige Unlust, auf Klassenfahrt zu gehen, warum soll ich die Leute verwöhnen, wenn sie keine Sorge zu mir tragen. Auf der andern Seite sehe ich alle ganz geknickt. Die Sandani richtet das Dinner extra schön an und sucht Blumen für mich zusammen, der Junior steigt zum Putzen aufs Dach, damit die Monsunregengüsse schneller abfließen können. Kumar läuft herum wie ein geschlagener Hund. Suriya poliert endlich die Messinglöffel. Eine Untersuchung ergibt dann, dass an dem Tag, an dem sie den Diebstahl entdeckten, zwei Einheimische auf dem Areal und im Gästebad gewesen seien (wo der Hirsch hing). Der Tucktuckfahrer, der einen Gast brachte. Und der Beachboy, den sich diese Schweizer Tochter ins Haus holte, deren Vater mich mit besorgten Telefonaten um die Jungfernschaft seiner Heiligen nervte. (Dass sie meinen Hausmeister um Haschisch anging, darf ihr väterlicher Ritter schon gar nicht wissen.) Immer bringen Einheimische Schwierigkeiten ins Haus, gegen mein weiches Herz und alle kosmopolitischen guten Willen fühle ich mich bestärkt darin, sie mir nach Möglichkeit vom Hals zu halten.

Meine Klimaanlage aus zweiter Hand ist letzte Nacht unter Fauchen und Spucken und Dröhnen und Scheppern definitiv gestorben und ich werde investieren müssen. Zehn Jahre habe ich gebraucht, bis jemand mich aufgeklärt hat, dass die maximale Lebenszeit einer A. C. nur 5 Jahre ist und nachher überproportional zahlreiche – und immer teure – Reparaturen anfallen. Der heutige Tag war entsprechend, großes Leiden, 31 Grad im Schatten und die Luft 85% feucht. So viele Wäscheständer und Trockenseile haben wir gar nicht, um die ständig gewechselten Hemden und Unterhemden aufzuhängen.

Die Katechetin Lucia ward nicht mehr gesehen, seit ich sie am dritten Tag nach Rückkehr aus der Schweiz begrüßte und beschenkte, da gab sie vor, in Eile zu sein. Doch sind wir nach 25 Jahren Nachbarschaft wie ein altes Ehepaar, wir spüren uns auch unausgesprochen. Nachmittags sehe ich sie vor ihrer Tür bei Religionslektüre sitzen und schleiche mich mit zwei Avocados an. Gleich berichtet sie mir, dass sie wegen meinem Juniormanager nicht mehr zu uns herüber käme. Der sei ihr nämlich ganz grob gekommen, dass es sie nichts anginge, welche Besucher er privat empfange. (Recht so!) Tatsächlich war ein großes Thema auch bei Nachbar Julians Schnatterweib, dass er Besuch von einem Freund in Begleitung eines erst 17-jährigen Mädchens bekommen habe und sie erst am Morgen wieder weggegangen seien. (Recht so!) Das sei nicht die Kultur Sri Lankas, der Begleiter wolle das Mädchen ja gar nicht heiraten. Und halt so. Dilan sagt mir später, er habe sie (Recht so!) gemahnt, besser ein Auge auf die herumlungernden Halbstarken des Quartiers zu haben, die jedem Mädchen aufsässig nachpfeifen und jeder Blonden obszöne Gesten machen.

Ich erinnere sie daran, dass ich persönlich ihr Nachbar sei, nicht meine Angestellten, die kommen und gehen würden. Dass wir hier kommerziell arbeiten und das anders sei als das Zusammenleben von Privatleuten. Dass der junge Mann bestens sei und Anrecht habe auf ein Privatleben. In das weder sie noch ich uns einmischen sollten, wenn nichts vorfalle. Zudem sei die soziale Kontrolle von Familienvater Suriya gewährleistet, der mit ihm das Staffhaus teile. Aber da ist natürlich nichts zu machen, Lucias Welt ist fest gefügt. Drohend und moralisch tief verletzt schwört sie, meinem Manager gar nie zu helfen, wenn das einmal nötig sei. Christliche Nächstenliebe vom Feinsten. Immerhin stellt sie fest, der Mann sei gefährlich, weil sehr intelligent. Da hieße es aufpassen. Der Sowieso im Hotel in dem er vorher gearbeitet habe, der sei im Dirnengeschäft sehr erfahren und habe ihm wohl einiges beigebracht. Auf Anfrage nennt sie die «Beach Villa», und meine Entgegnung, nein nein, er habe anderswo gearbeitet, bringt sie in arge Verlegenheit. Die nutze ich für den Hinweis, dass unser Quartier berühmt sei für seine Klatschgeschichten und dass die sich schon über jeden meiner neuen Mitarbeiter ergossen hätten (von mir selber und angestellten Frauen ganz zu schweigen). Dass mir aber nichts so wichtig sei wie ihre Liebe und unsere gute Nachbarschaft, für die ich, wie sie wisse, alles täte. Und dass das ungenutzte Holzgatter zwischen uns als Zeichen guter Nachbarschaft unverändert offenbleiben solle. Wie es denn ihrer Tochter gehe in Norwegen?

Die Frau vom Gärtner ist im Bergland an der Beerdigung eines entfernten Verwandten, wie ich weiß. Kumar ist derweil der Chef im heimischen Negombohaus, alleingelassen mit seinen Töchtern wohl gänzlich überfordert, darum hat er gestern Mittag krank genommen und bislang sind wir ohne Nachricht. Er gefällt mir nicht, seit Tagen schiebe ich das Reden mit ihm hinaus, es muss nun bald einmal sein, ich muss ihm klarmachen, dass er hier entbehrlich sei, der Garten präsentiert sich bei näherem Hinsehen vernachlässigt, was noch anginge, wenn er wenigstens die restlichen Pflichten wie den Unterhalt der Fahrzeuge usw. prächtig abwickeln würde. Auch Sandani erschien heute ohne Nachricht nicht. Dies ist kein Land in dem die Leute miteinander reden, es herrscht die Kultur des Schweigens und Verschweigens.

Entsprechend rotierten die zurückgebliebenen und alleingelassenen Suriya und Dilan. Morgens um sechs kamen die ersten Gäste an, um zehn musste das Ersteigerte mit Hilfe von Dilans hierfür ad hoc aufgebotenen Freunden in zwei Lastautofahrten abgeholt werden, und am späten Nachmittag lag auch er mit Kopfweh und Grippe im Bett, hatte schon seit Tagen rumgeschneuzt. Auch unsere Machoente war morgens nicht zu sehen, auf Anfrage klärt mich Suriya auf, sie sitze krank hinter einem Busch und rühre sich nicht. Ja warum er denn nichts sage oder, noch besser, etwas unternehme? Großes Staunen, einem Tier helfen wie einem Menschen? Zur Strafe muss er die weiße Schönheit zum Tierarzt bringen. Er kommt mit viel Medizin zurück, es grassiere ein Bakterium beim Federvieh bei diesem Wetter, wir sollen Tabletten geben und in einer Woche käme der Tierarzt her zu uns, um alle zu impfen. Tatsächlich bringt die extreme Hitze dieses Monats alle um, auch ich war gestern durchgehend alt und leidend, hing antriebsschwach herum. Unfähig zu meinen vielen Pflichten so kurze Zeit nach meiner dreimonatigen Abwesenheit, krebste ich mich durch den Tag und hatte plötzlich ganz viel Verständnis für den reduzierten Einsatz meiner Leute. Doch heute Morgen war dann wieder alles OK mit mir, sodass mir die landesüblichen Niederlagen des Tages nicht sehr zusetzten:

Der Maurer und Zimmermann kam nicht wie versprochen, um mit der Dachrenovation anzufangen.

Der Schwarzarbeiter hat mein Hausmodell seit zehn Tagen bei sich und ich warte auf die Baupläne. Er sei krank, sagen seine Untertanen im Rathaus, er sei mit einem laufenden Neubau viel zu sehr beschäftigt, sagt ein Kollege von gleichem Rang.

Der Garagist war nicht in der Lage, auf heute den Gepäckträger für den Motorradkoffer fertigzuschweißen, wegen Stromausfall.

Die Offerten für die neuen Klimaanlagen würden leider erst übermorgen fertig, die Prospekte sein ausgegangen und der Schwager sei gestorben.

Habe Fremdwährungen gewechselt, die Kurse sind nicht mehr so herrlich wie die Monate vorher. Ich habe meinem Bruder zwei chinesische Opern auf DVD besorgen können und will sie ihm nach Deutschland schicken. Das koste 50 Euro, in drei Tagen wäre die Sendung dort, oder 10 Euro, das ginge drei Wochen. Ich bin ja schon dankbar, dass das überhaupt zu machen geht, chinesische Opern sind zum Glück zeitlos. Dumm sieht es aber aus, als die sonst zu allem fähigen Banker von Western Union sich außerstande erklären, an eine Privatadresse in Indien eine Geldüberweisung zu machen. Da muss der Taxifahrer in Tiruchchi noch eine Weile warten, bis er seine schöne junge Inderin heiraten darf, Verantwortung droht mir von allen Seiten.

Der Nachbar Julian habe heute nach Palmwedeln gefragt für die Dekoration des Hochzeitshauses für die Tochter. Auch er habe vielsagend klar gemacht, dass ich nicht mehr auf ihn zählen dürfe. Da fällt mir dann wieder ein, dass ich ihn vorgestern harsch abblitzen ließ, als er meinen Gärtner nach unserem Pinsel zum Mauerstreichen fragte. Leiter ja. Schubkarren ja. Palmwedel ja. Aber doch nicht meine Zahnbürste. Andererseits kommt einer meiner «Bananenfreunde» mit einem Bund zuckersüßer Bananen zu Besuch. (Die nennen wir so, weil die armen Schlucker dann nicht mit leeren Händen zu mir pilgern müssen, wenn sie Geld brauchen.) Es gibt prompt einen Tausender, artig in ein Stück Papier gewickelt und mit Verbeugung übereicht. Soda, Cola, Tee, Sir? Ich mag den rabenschwarzen, alten Kerl, so zahnlos wie kraftlos, wie manchmal so etwas wie Bildung aufblitzt, die er als Sohn reicher Fischer einst im katholischen Mary Stella College genießen durfte, wie er weltmännisch mit einem Zahnstocher hantiert, den er nicht aus der Hand gibt.

Die Westfrau meines früheren Hausmeisters ist Meisterin im schlechten Geschmack, herzhaft stillos. Sie war offenbar darauf versessen, die Parterrewohnung in Samuels Nachbarhaus langfristig als Dependance für ihr neu eröffnetes Guesthouse zu mieten, um uns dann in unmittelbarer Nachbarschaft, Seit an Seit, zu konkurrieren. Unsere Ferienwohnung oben, ihre unten, das wäre was gewesen. Zum Glück hatte der Vermieter Stil genug, das Ansinnen abzuschmettern mit Hinweis auf unsere guten Beziehungen. Wenn ich mich dann noch daran erinnere, wie mein Lebensretter mir gedroht hat, seine Freunde gegen mich aufzubringen, wenn ich ihm nicht die gewünschte Abfindung zahle, dann habe ich ein ungutes Gefühl, denn dumme Menschen sind gefährlich und die Zurückweisung seiner Kontaktversuche wird ihn wohl so verletzt haben wie ich es wünschte. Der Vermieter mailte mir einen Auszug aus dem Mail, das die Frau ihm wegen Mängelrügen am angemieteten Haus geschrieben hat, es ist eine anmaßende Maßregelung in Ton und Wortwahl, wie man selbst einen dummen Schulbuben nicht abkanzeln darf. Andererseits, wenn sie diesen Gouvernantenumgang mit ihrem neuen Mann praktiziert, wird sie ihren Schlaffi auf den rechten Weg bringen können, denn der braucht eine starke Hand.

In Wahrheit finde ich mich aber durch die aktuellen klimatischen Verhältnisse unverändert genervt, schlapp, aber nicht schläfrig, matt, aber nicht müde, kein Wunder, verbünden sich auf meinem Schreibtisch unerledigte Papiere zu beginnender Verwahrlosung. Heute Abend gibt es Krevetten im Bierteig.

22. Mai

Halb eins am Mittag, die Schreckschau ist in vollem Gange. Eben kam der Polizeioffizier mit zwei andern Uniformierten im Pajero vorgefahren, bei dem ich gestern meine schriftliche Anzeige gegen einen jungen Schläger deponierte. Doch schon eine Viertelstunde vorher war ein Offizier auf dem Motorrad vorbeigekommen, um nach dem Rechten zu sehen, wollte die Adresse des Übeltäters haben, um mit der Untersuchung zu beginnen. Ich fragte Lucia, die wusste es natürlich: er wohnt im Sträßchen gegenüber dem Marienschrein. Als ich aus dem Fenster schaute, sehe ich den jungen Mann unerschrocken vor dem Haus stehen, ich war gespannt, ob er zum Polizisten kommen würde oder der zu ihm? Draußen auf der Straße gab es dann die erste Befragung, «Black Peter» kam grad zu Besuch, der begabteste Musiker und Sänger, den wir in Negombo haben. Er war ganz entsetzt, die Jugend sei heute ganz anders. Mit den Uniformierten verabrede ich mich auf morgen um neun auf dem Polizeiposten, Schreckschau zweiter Teil.

Dieser notorische Kinderfreund Birrer, den sie vor etwa zehn Jahren in einer medienwirksamen Aktion aus dem Land gejagt haben, weil er es schamlos bunt getrieben hatte, ist hier in der Gegend Synonym geworden für die Schweizer. Während die Leute anderorts «Cheese», «Chocolate», «Watches», «Sweden», «Rich» assoziieren, muss ich mir hier seither gebetsmühlenhaft den Reflex «Birrer» anhören, wenn ich mich auf Anfrage wahrheitsgemäß als Schweizer oute. Etwa letzte Woche auf Besuch bei dieser Familie, von deren Zucht ich meinen neuen Hund kaufen wollte, da fragt der unschuldige Hausherr umgehend und stark interessiert, ob ich diesen Birrer kenne, der sei ja auch Schweizer. Da weiß ich jeweils nicht, ob sich meine Mordlust auf diesen Landsmann richten soll oder auf den unschuldigen Fragesteller.

Entsprechend reizt mich einer dieser Herumhänger aus der Nachbarschaft, ein Mitglied der ehrenwerten Familie, seit fast einem Jahr mit einem gebetsmühlenhaft hergesagten «Birrer!» wann und wo immer er mich sieht, «Motherfucker» wäre vergleichbar ehrenrührig. Der Kerl ist im Kopf so leer, dass er wahrscheinlich gar nichts weiß, was er sagt, nur merkt, dass er mich damit ärgern kann. Zureden, Auslachen, Erläutern, Freundlichkeit, Belustigung, nichts kann den Nichtsnutz an seiner fest gefügten Lust hindern, seine halbstarken Kräfte mit mir zu messen, mich zu reizen. Gestern erhielt er endlich das Gewünschte, vor meinem Tor, wo ich mit meiner Honda grad wegfahren wollte. «Birrer!» Vom stehenden Motorrad aus picke ich mit dem Zeigefinger zwei, drei mal auf seine Männerbrust, er solle augenblicklich schweigen. Wie wenn er darauf gewartet hätte, greift er nach einem dicken Holzprügel, der sinniger- und absichtsvoller Weise an meine Mauer gelehnt ist, und haut ihn mir hinterrücks ins Kreuz, auf die Weichteile. Die dabeistehenden zwei Mannsbilder vom selben Clan schauen feixend zu.

Ich steige vom Motorrad, gehe auf ihn zu, da hat er schon eine zweite Waffe in der Hand, diesmal eine dicke und an einer Seite zugespitzte Eisenstange, bereit, mich totzuschlagen. Die Umstehenden erkennen die Gefahr der Eskalation, es hat wohl nur eine gelangweilte Mutprobe sein sollen, und halten ihn zurück. Ich fahre zum Spital für eine Inspektion, nichts gebrochen, doch Atemnot, Schmerzen für vier Tage und quälendes Drehen in der Nacht. Natürlich würde ich gerne wissen, warum eine Gruppe erwachsener Männer, die man sonntags in der Kirche knien sieht, am helllichten Tag und in aller Öffentlichkeit an meiner Hausecke herumlungert und zwei Prügelstangen dabeihat wie Frauen ihre Handtasche.

Als Ausländer praktiziere ich ein low profile, so wie wir Schweizer es von den Ausländern erwarten, ich bin hier der Türke. Entsprechend verunsichert bin ich bei der Frage, ob ich die Sache auf sich beruhen lassen und als Weichei fehlinterpretiert werden will oder eine Anzeige bei der Polizei machen und die Muskeln zeigen soll. Das Ereignis ist nicht groß genug und von dort ist ohnehin nicht viel zu erwarten. Die hochnäsige Mutter des Taugenichts kommt dann aber vorbei und lässt mich leichtfertigerweise wissen, dass ihr eine Anzeige nichts ausmache, weil sie den Schutz der Familie genieße. Dachte es mir doch. Sie weist auch die Mitarbeiter in meinem Team darauf hin, dass ich im Gegensatz zu ihr «nicht von hier» sei, hier also nichts zu sagen hätte. Natürlich bringt sie ihren Sohn nicht zur verlangten Entschuldigung, und als ich mich den dritten Tag unter Schmerzen quäle, entschließe ich mich zur Ablieferung einer Anzeige, nicht ohne vorher in einer Teamsitzung die Meinungen der Einheimischen eingeholt zu haben. Die sind wie meine Nachbarn Lalith und Lucia sehr der Meinung, dass man dem jungen Mann die Grenzen zeigen und ihn warnen muss. Sie selber würden sich nicht trauen.

*

Report
Attn of Negombo Tourist Police, personal handed over

Pls. take notice and decide about necessary action against so called Mr. Mangala, member of a greater Family, age about 22, unmarried, living in close neighbourhood.
Yesterday, May 20th, 2004, 2.30 pm, I left my garage, passing a group of adult men, hanging bored around the communication office and my guesthouse like all the time during day and night, harassing passing girls and women with ugly words and indecent gestures. One member of this group is harassing me too since about 10 months by shouting aggressively «Birrer!» whenever he sees me.
As everyone in Negombo knows, is this word since the well known «Birrer-case» a heavy offence, in this case used to beat me down by words and aimed to ruin my good name. It seems that to be a Swiss citizen like Birrer is enough reason to abuse me for bored pleasure only and in an attempt to provoke me.
Today I warned this young man again to close his mouth and to stop with this insult definitely. As he continued on his typical aggressive manner I stopped my motorcycle in front of him and pushed my warning index finger against his chest and in front of his face. This moment he took a 60 cm long and 3 cm thick wooden stick lying readymade on the soil of the corner and hit me cowardly from behind on my back. I went up from my vehicle, warned him again, and he took from the soil another stick in about one meter length, from iron, about 2 cm thick, with a peak at one end (as used for concrete reinforce) and moved toward me with intention to beat me down to impress his group. The people around in fear of escalation hold the

young man and I drove to Ave Maria Hospital for a medical inspection, made by Dr. Rasheed for a medical report and treatment.
Immediately I felt heavy pain in my soft parts of the back (right side) and had difficulties to breath. The beaten place where in the meantime swollen and in red-violet colour and I had to go to bed for a rest and relaxation from the suffered shock.
An inspection showed that the group had taken away the two sticks, in knowledge that they are showing their warrior behaviour. However marks in the soil where photographed, evidence can be delivered.
(Supplement A)
About 5.00 pm offenders mother came to visit me, explaining her son's behaviour, asking, why I provoked him, why I not came to her to complain earlier, that it is my free decision to go to police, and that she is a close relation of the clan, well known in our neigborhood, and that none of my staff members is from the area as they are, and they have nothing to say here.
(Supplement B)
8.00 PM mother came again with her brother Stanley, a relation of neighbour Julian, knowing me since 25 years. All witnesses are informing them, that I was who beat that boy first. I show how I hold my finger in front of his face and how I touched his chest with the fingertip. Please I shall not go to police; they would take necessary action inside the family and will educate him.
(Supplement C)
Dr. Rasheed were unable to deliver the asked medical report in knowledge, that court and police accept report from a state hospital only, where they offer a special service in such cases.

*

Derweil ist die Geschichte Quartiergespräch und ich bin mir nicht ganz sicher, ob es gut ist für mich oder schlecht: Die Empfehlung des Polizeichefs vor ein paar Jahren ist mir noch zu laut im Ohr, mir nicht für den Rest meines Lebens Feinde zu machen. Dem überbrachte ich vor ein paar Jahren drei Namen von Verdächtigen, die als Einbrecher in mein Zimmer herumgeboten wurden. («Wenn Sie den Täter haben, sagen Sie es uns, wir werden ihn sofort verhaften».) Immerhin kommt spät abends mein leicht schwebender Nachbar Denuka, um mir unter Tränen sein Beileid auszudrücken, dass er mich liebe, dass er sich für mich in Stücke schneiden ließe, dass er mich immer beschütze. Mit Mühe kann ich ihn zu Frau und Kind heimschicken, indem ich mich für nächsten Sonntag zum Ingwertee anmelde.

Wenn die Welt in Unordnung gerät ist hilfreich, sich auf sich selbst zu besinnen. So gönne ich mir nach vielen Do-it-yourself Maschinenhaarschnitten wieder einmal einen Meisterhandschnitt beim Star Priyanda samt anschließender Kopfschwartenmassage vom obligaten Weltniveau. Schon immer ein Verehrer guten Handwerks, lasse ich mir das schweißtreibende Vergnügen in der zugegeben heruntergekommenen Atmosphäre seines Salons zweihundert Rupien kosten und eine mitgebrachte Thanser Zigarre. Er garniert seine Berufskunst mit sprudelnden Neuigkeiten etwa über verrückte Touristen, die in der Offseason um 350-Rupien-Zimmer knausern (für die sie in Europa ein Tässchen Espresso bekommen). Dass er mir zuflüstert, Sankar sei schon am frühen Mittag im «Sea-Bay» gegenüber beim Bier gelegen, hebt meine Laune, doch überkommt mich schon kurz darauf das alte Mitleid mit dem armen Kerl.

Derweil hält mein Juniormanager wie angeleitet seine Wochensitzung mit dem Team, das er mit einer Liste neuer Aufgaben abfüllt, die ich ihm vorgängig weitergab. Ich setze mich dann noch wie vorher abgesprochen dazu und trage über die Regelung der Freitage vor, kläre den Umgang mit Gästen und das Gebot, weder mit ihnen ins Bett zu steigen, noch sich zu unkorrektem Service wie Ganjabeschaffung herzugeben, verbiete, mit Gästen über ihr Salär zu reden und auch niemanden zu sich nach Hause einzuladen oder Adressen auszutauschen. Persönlich erhaltene Extratrinkgelder müssten solidarisch in den gemeinsamen Topf gelegt werden, sonst fliege man sofort hinaus. Dann machen wir eines dieser gemeinsamen Lernspiele, wie man sie an Führungsseminaren lernt. Zu lernen ist das «Wir-sind-besser»-Lied (schneller, schöner, perfekter, freundlicher, sauberer), und ich lerne leicht verwundert, dass sie Perfektion und Sauberkeit auf der Frageliste mit nur 5 von 10 Punkten gewichten. Anschließend beglücke ich sie effektvoll mit der Nachricht des gemeinsamen Flugs nach Jaffna, und schon zehn Minuten später sind alle samt Sandani dabei, die straßenseitige Platane so zu beschneiden, dass die derzeit nicht vorhandenen Kunden unser Leuchtschild schon von weitem sehen können. (Dass ich mich in Wahrheit zutiefst unsicher fühle, wie die Leute zu meinen Zielen zu bringen sind, und dass ich die Balance zwischen Laissez-faire und Willenszucht nur selten finde, das verrate ich heute nicht.)

Der Ausflug in die gewalttätiger gewordene sri-lankische Gesellschaft hat gänzlich in den Hintergrund gedrängt, was die Wirklichkeit seit drei Tagen tatsächlich dominiert, die Reparatur des Dachstocks der Villa.

Erfreulich ist der Geruch von Imprägnierungsmittel, der schwer in der Luft hängt. Dass die vielen Arbeiter am Abend putzen und aufräumen, bevor sie gehen. Dass sie pünktlich mit der Arbeit beginnen und durchgehend professionell arbeiten. Dass sie keinen Karneval veranstalten. Dass es zügig vorwärts geht und jeder weiß, was er zu tun hat. Dass hoffnungsvoll Berge von Holz sich stapeln. Dass es seltener regnet, als zu erwarten war. Unerfreulich sind dagegen die Begleitumstände der Dachrenovation, die in Wahrheit zum Neubau des gesamten Dachstocks eskaliert: Das Elektrisch ist stillgelegt. Alle Zimmerdecken sind zum Himmel hin offen. Der Regen schwimmt auf Böden und notdürftig abgedeckten Möbeln. Staub und Dreck überall. Garten und Topfpflanzen trotz schonendem Umgang bereits böse mitgenommen. Nur ein einziges Gästezimmer ist zur Vermietung frei, Restaurant und Küche geschlossen, Kühlschränke abgetaut, Bier und Cola warm. Ich selber bin vorübergehend heimatlos und lebe in der Parterrewohnung des angemieteten Nachbarhauses, es sieht noch übel aus und braucht dringend Besen und Schrubber. Meine Sachen über verschiedene Zimmer zerstreut, die Internetarbeit außerhäusig erledigt, der Computer am Batterietropf, keine A. C. im Zimmer, vom ungewohnten Deckenventilator schon eine Laufnase, Schmerzen beim Drehen im Bett, um zwei nachts bin ich immer noch wach. Und das wird nun ein paar Monate andauern.

Um halb zehn abends läutet jemand die Glocke. Ich sehe ein paar Viertelstarke auf der Straße vor unserem Tor auf dem Trottoir sitzen, darunter Dilan, der uns kürzlich beim Transport der an der Auktion ersteigerten Waren geholfen hat. Ich trete auf die Straße und denke, die läuten wie sonst manchmal aus Spaß. Doch da kommt diese aggressive Mutter und ihr junger Schläger auf mich zu und fragt herausfordernd, leicht angetrunken wirkend, «you go Police?». Ich vermute, sie hat es erst am Abend erfahren, und bestätige ihre Vermutung, see you, morgen früh um neun. Sie und ihr Spross ziehen schimpfend davon und ich instruiere Dilan, sich die Telefonnummer der Polizei zu notieren und im Ernstfall nächtlicher Schwierigkeiten Hilfe zu holen, das Haupttor nicht aufzuschließen, sich mit niemandem anzulegen, sondern im Stillen per Handy nach Dritten und mir selber zu rufen. Und er solle den Nachbarn Lalith informieren, der wollte mitkommen, falls ich Anzeige mache, weil er selber oft Probleme mit den jungen Kerlen habe, die vor seinem Kommunikationsbüro herumhängen. (Ich traue ihm nicht, er will wohl spionieren.)

Ich sah gelegentlich, wie sich Streitparteien vor dem Tisch eines gänzlich überforderten Polizeibeamten aufstellen, immer im Rudel, immer im Recht, und wie der gute Mann – morgen ist Sonntag! – um Klärung ringt, vergebens zu vermitteln sucht. Sie werden mich fragen, ob ich die Sache vor Gericht ziehen wolle, und ich werde versöhnlich Hand bieten, falls sich der Eisenstangenkrieger glaubhaft entschuldigt. Schwierig für einen Ausländer, richtig zu handeln, der kommt aus einer hoch entwickelten und antiseptisch geregelten Welt und trifft hier auf die archaischen Zustände einer Agrargesellschaft, die ihn magisch anziehen, weil sie ihm so echt vorkommen, weil die Gefühle so groß sind und das Leben so unverstellt. Das Böse ist böse, das Gute ist gut und beides ist für einen europäischen Stadtmenschen manchmal schockierend. Da musst du doch einfach gütig sein.

23. Mai
War die Nacht lang wach, Schmerzen in den Rippen – abgeschlagen eben –, Husten, jeder Schleimpfropf wohl Erfolg, doch Leiden. Das Zimmer unerträglich heiß, wenn ich die Windmaschine anwerfe, tut mir die Brust weh und ich fürchte Lungenentzündung, ohne den Ventilator brate ich wie ich ein Grillhähnchen. Spaziere im Garten auf und ab und hin und her, das Bauchaos und das Chaos in mir. Selbstzweifel, sie sind selten genug, ich sehe zu, dass sie nicht ausschweifen, denn man kann das Negative auch herbeidenken. Also Yoga schon morgens um fünf, da merke ich jeweils, ob ich Körper und Geist noch gerade halten kann.

Bei der Inspektion der paar Gästezimmer muss ich auch ästhetisch leiden, so viele Details sind unschön, es ist ungestrichen, angestaubt, angejährt, Zeit für einen Auffrischungskraftakt. Andererseits finde ich mich schlecht motiviert, die Applikation zur Gründung einer «Firma nach sri-lankischem Recht» liegt nun schon seit 8 Monaten ohne Nachricht beim Board of Investment («Ihr Zentrum für schnelle Geschäfte»). Derweil hat die Regierung gewechselt, nach strammem Kapitalismus ist jetzt wieder stramme Linksmoral angesagt, Ausländer sollen nicht mehr Land kaufen, sondern mit neuen Modellen heftig zur Kasse gebeten werden, zu viele hätten sich privat Residenzen gebaut und nachher Bordelle und Guesthouses darin eingerichtet, die Touristen würden vom Ausland mit Gutschein anreisen und kein Geld dalassen.

Ja, manchmal habe ich einen Inselkoller, mag niemanden mehr und gar nichts mehr, habe die Nase voll und muss mir eingestehen, dass diese Gesellschaft sich schwertut, die Mentalität hindernd ist, die Politik kurzatmig und menschenfeindlich. Der Bürger dient dem Staat, nicht der Staat dem Bürger. Nein, ich habe keine gute Prognose. Irgendwie ist immer wieder alles am Anfang, alles strampelt und kommt doch nicht weiter damit. Separatistenterror, Staatsterror, Bürgerkrieg, Betrug, Mord und Totschlag, die Gesellschaft und Politik verroht, Misstrauen, Trickserei, der bewaffnete Konflikt ist eine willkommene Ausrede für vieles. Manchmal weiß ich nicht, ob ich noch bleibe. Denn erst jetzt wird mir klar, dass es nichts werden wird mit manchmal durchdachtem Ehe- und Familienleben. Mein Urvertrauen ging verloren, die Flügel sind mir gestutzt. Das ist der Preis dafür, nicht in Europa geblieben zu sein. Nach all den Jahren kenne ich nur Leute, deren Service käuflich ist, die Zukunft ist mir abhandengekommen.

Da hilft nur Trotz. Jetzt erst recht.

Morgens um neun, Sonntag, bin ich wie bestellt auf dem Polizeiposten, alles wimmelt, die Uniformierten sind fleißig und schreiben sich die Finger wund, kein Computer weit und breit, kein Telefon, kein Lineal, kein Klebeband. Dilan unterbricht seinen morgendlichen Englischkurs, ist pünktlich da, ich brauche ihn als Zeugen. Auch Nachbar Lalith kommt, wir warten auf Geheiß des federführenden Beamten eine Stunde, aber die beklagte Familie kommt nicht und wir gehen wieder. Der Polizist will sie aufsuchen und einen neuen Termin machen. Lalith meint, 95% aller Auseinandersetzungen würden privat erledigt, diese Familie hätte Angst vor der Polizei und sicher schlecht geschlafen. Ich rede dem Beamten zu, er solle die Clique zu einer Entschuldigung veranlassen, dann vergäßen wir die Operette, es würde sonst ein Drama.

Später die Nachricht, die Familie sei um elf doch noch eingetroffen, wir mögen am Dienstag um neun wiederkommen. (Ist es Dummheit, ist es Machogehabe, ist es Herausforderung der ganzen Außenwelt, seht her, wir sind die Herren von Kudupaduwa und niemand außer uns hat hier etwas zu sagen, auch nicht die Polizei?) Sie hätten gesagt, ich hätte ihren Schläger in mein Schlafzimmer genommen. Ob ich Birrer kenne. Aha, so geht das! Ich lache und zähle die nachbarlichen Klatschgeschichten der letzten Jahre auf: Ich habe mit dem Hausmeister Sex gehabt. Ich hätte mit dessen Frau geschlafen. Ich würde mit Waffen handeln. Ich würde ein Bordell unterhalten. Die Kinder der Einheimischen verführen. Hätte Sex mit der Hausmaid. Und mit dem Hund. Würde zu niedrige Saläre zahlen. Steuern hinterziehen. In der Nachbarschaft Drogen verkaufen. Mein Geschäft ohne Bewilligung betreiben. Überall Schulden machen. Keine Bank würde mir Kredit geben. Ich würde ohne Lizenz Schnaps verkaufen. Ich sei ein gottloser Heide. Und ein Visum hätte ich auch nicht. Und da kommt noch alles dazu, was über meine wechselnden Angestellten alles kolportiert wurde, besonders über die weiblichen, wie damals die peinlichen Geschichten über die fleißige Küchenhilfe Fatima, von anonymen Briefen und Telefonen («hier spricht Perawela, der Minister»), Beschimpfungen meiner weiblichen Angestellten, besonders der Witwe Fatima, sie wären Prostituierte, meine männlichen Mitarbeiter seien nicht von hier und kämen von auswärts – auch ihnen fehlt der Stallgeruch unseres ewiggestrigen Quartiers.

Mittags beim Pflanzenschneiden reibe ich mir die Augen, Sekunden später leuchten sie wie Signallampen und Dilan muss mir Augentropfen holen. Leichtes Fieber, ein Panadol. Reibe mir die Brust mit Hustensalbe ein, den Rücken mit Entzündungsöl. Esse Multivitamin. Glaube an koreanischen Ginseng, Gottvater, Sohn und Heiligen Geist. Trinke viel. Habe keinen Appetit. Werde eine Schlaftablette nehmen, um der Länge der Nacht aus dem Weg zu gehen. Sitze auf der abendlichen Restaurantterrasse und mache mich mit Schreiben müde. Werde dabei fast wahnsinnig, denn seit Wochen sind angefügte Texte plötzlich zu irgendeinem anderen Textblock hingerutscht, ich kann einfach meinen Fehltipper nicht herausfinden. Ist es ein Kurzbefehl? Ein Königreich einem jeden, der sich mit «Microsoft Word» auskennt und mich erlöst.

Mute ich mir zu viel zu?

24. Mai
Meine temporäre Absteige in Samuels Nachbarhaus beelendet mich, nichts ist renoviert, alles ist heruntergekommen, sein beauftragter Hausmeister ein müder Kerl. Doch am Morgen schickt der einen beauftragten Maler zum Balkon- und Fensterstreichen, der seinerseits einen beauftragten Helfer mitbringt, den er gehörig herumkommandiert. Es war vereinbart, welche Farben (orange wie die Tambili Kokosnüsse vor dem Haus), aber der kommt natürlich mit den falschen an, und so streicht er es halt militärgrün. Die Telefonleitung von der Villa in meine Ausweichwohnung wird gelegt, die Bauerei für den ersten Stock des meerseitigen Bungalows wird mich hier wohl ein Jahr lang festnageln. Das Team ist gar am Putzen der Zimmerböden. Ich bestelle drei neue Klimaanlagen bei dem netten Elektriker, der seit Jahren jeweils umgehend zum Service kam, wenn wir ihn brauchten. Als ich ihm den Scheck übergebe – tausend Euro, für alle drei – verklärt sich sein Blick und er säuselt, dass er Christ sei und dass er für mich beten würde, bis ich wieder gesund sei.

Derweil möchte ich den jungen Schläger umbringen, dass er mich nun schon den fünften Tag um den Schlaf bringt, weil die bösen Rippenschmerzen anhalten – ich habe Husten und der erschüttert jeweils meinen ganzen Brustkorb, den ich erstmals im Leben bewusst wahrnehme.

Wenn diese missratene Familie morgen auf dem Polizeiposten auftrumpfen sollte, gebe ich 1 Million Schmerzensgeld zu Protokoll (Rupien!) und ziehe doch noch vor Gericht. Es ist genau nicht die Stimmung, mit Gästen über ihre Pläne zu reden, sich nach der Pensionierung hier niederzulassen, sie mögen morgen noch einmal anklopfen. Schlafe den ganzen Tag über in Stundenpaketen, grub gar meine rote Gummibettflasche aus, ohne indes zu wissen, ob Wärme das richtige ist gegen Entzündungen. (Aber wenn's guttut, dann ist es wohl schon gut.)

Reserviere auf Mittwoch ein Zimmer im Galadari für zwei Nächte. Muss hier weg. Habe einen Termin vereinbart mit dem Wirtschaftsberater der Schweizer Botschaft und will das Board of Investment besuchen, um herauszufinden, wo das Gesuch hängt. Das Visum muss erneuert werden, in ein paar Tagen ist es schon aufgebraucht. Werde den Expressbus nehmen, die Feinmotorik meines Rückens macht Motorradfahren noch riskant. (Warum putzt die Sandani den Tisch nach dem Geschirrwegräumen nicht ab? Warum beredet mein Manager den Besuch bei der Grama Nilathari nicht, die gestern Leute herschickte, ohne dass ich bisher Bescheid weiß, was die wollen? Warum begreift der Koch noch immer nicht, dass man Thunfisch nur ein paar Minuten lang braten darf? Warum ist die Frühstücksbutter schon wieder ausgegangen?)

Die Handwerker sind mit dem Neubau des Dachstocks der Villa anhaltend fleißig, auf der einen Seite über den Gästezimmern ist das neue Tragesystem schon gefügt und es ist ein emsiges Nageln in der Luft, das ich gerne genießen können würde. In einer Woche schon käme die andere Dachhälfte dran, Ende Juni könnte der erste Teil des Albtraums abgeschlossen sein. In einer Gartenecke häuft sich ein Berg von rotem Bauschutt, nachher werde ich hier überall sanfte Hügel haben wie die auf dem Quartierfriedhof am Ende der Straße. Hätte morgens um zehn beim Anwalt den definitiven Landkaufvertrag entgegennehmen sollen. Ich gestehe: Ich vergaß es und erinnerte mich erst Stunden später. Lasse es nach Landesart gut sein für den Moment, das ist doch schon ganz gut angepasst, erkenne ich vergnügt. Auch der Architekt kam am Montag nicht wie versprochen mit den Plänen, vergaß es wahrscheinlich auch, und auch heute blieb er aus und lässt es nach Landesart gut sein.

Meine schöne rote Katze ist aus der verschnürten Schachtel abgehauen, in die ich sie sorgfältig lockte. Kumar hätte aufpassen müssen und entsprechend engagiert war er anschließend hinter ihr her, um sie einzufangen, doch er machte ihr wohl Todesangst. Der Tierarzt habe sie auftragsgemäß sterilisiert, und als Kumar sie zurückbrachte, hatten die Handwerker hier alles auf den Kopf gestellt und verändert. Das war zu viel für ihren Katzenschmerz, wir haben sie nie mehr gesehen, sie ist frisch operiert einfach abgehauen. Hat sich nicht mehr daheim gefühlt, wie ich manchmal. Andererseits hat unser neurotischer Leihhund heute schon zum dritten Mal in sieben Monaten gebellt und mich beim morgendlichen Strandgang gar bis zur Kirche hinauf begleitet. Aber Befehlen ist er nicht mehr zugänglich, auf das unerlässliche «come!», «sit!», «go!» usw. reagiert er beim besten Willen nicht. Nicht lernfähig. Ich kenne das auch von andern Leuten. Dabei könnte ich ihn behalten, doch die Konkurrenz der jungen deutschen Schäferhunde lauert.

Als ich zur Straßentür gehe, traue ich meinen Augen nicht: Heimlich, still, leise ist der übermannshohen ausholend dominanten Agave (eine «Katale», wie die Tamilen sagen, oder ist es eine Aloe?) ein obszöner, grüner Blütenstengel zwischen die fleischigen Blätter gewachsen, eine Art grüner Spargel, so dick wie der Arm eines Sumoringers. Die nächsten Wochen wird sich uns ein atemberaubendes Schauspiel bieten, wenn die Pflanze ihre letzte Kraft zur Ausformung tausender von Samen konzentriert. Das Schauspiel ist so selten, weil es bis diesem ersten, einzigen Blütenstängel 10 bis 30 Jahre und manchmal ein Jahrhundert dauert und es ist so orgiastisch, dass sich damit auch das Leben erfüllt, unsere Agave wird in 10 Metern Höhe sterben, ein Meer von Blüten wird mit vorgewachsenen Wurzeln auf den Boden gefallen sein und zu überleben versuchen.

25. Mai

Die Schlägergeschichte hat ein anderes Resultat gebracht, als zu erwarten war. So geht das eben hier in der Fremde mit dem Recht, man hat nicht wie im Westen vermeintlich alles im Griff, das meiste entzieht sich handelndem Einfluss, bleibt unkalkulierbar, unvorhersehbar und vieles nimmt seinen eigenen Gang. Das war so: Gestern um drei bat ich meinen Juniormanager, mich heute Morgen um neun zu dieser Verhandlung auf dem Negombo-Polizeiposten zu begleiten. Ja, aber er sei morgen früh wie immer in der German Class in Colombo, im Goethe-Institut. Ich fände das für einmal hinderlich, hätte ihn gerne hier, er möge darüber nachdenken und entscheiden.

Heute Morgen, ich war schon schwarz-weiß gedresst und englisch beschuht, kam Suriya und fragte mich, ob ich Hilfe brauche bei der Polizei, er oder Kumar könnten mitkommen, Dilan sei nach Colombo gefahren. Der habe den Koch gestern Nachmittag beauftragt, meinen Begleitschutz zu übernehmen. Ich sah Dilan bis zum Abend oft, wir redeten über dies und das, aber er sagte mir selber kein einziges Wort. Leaderisch ist das nicht. Egoistisch nach Landesart, hat er zuerst die eigenen Interessen im Sinn. Und illoyal ist er. Hat mich in einer Ausnahmesituation mit ungewissem Ausgang sitzengelassen, statt neben mir, hinter mir, vor mir zu stehen, wenn ich und die Firma in Not sind, dessen Juniormanager er ist, dessen Co-Boss er sein könnte. Ich hätte ihn als Begleiter gebraucht, als singhalesischen Assistenten, als Zeuge, als Übersetzer, als Delegierten im Falle von überraschenden Ereignissen, mit denen man hier und in diesen Zeiten immer rechnen muss. Er hat seine singhalesische Verantwortung feige an zwei tamilische Untergebene weitergereicht, die Angst haben vor der Polizei, die nicht Englisch können. Und er hat mich nicht selber informiert, sich für seine eigenen Interessen entschieden. Ich muss erkennen, dass er womöglich nicht der richtige Mann ist für die Verantwortung als Anführer. Er ist in der Probezeit, ich würde ihn wegen dieser Illoyalität entlassen müssen, das ist nach unserem Vertrag innert einer Woche möglich. Zu meinem neuen Konzept für die Zukunft gehört aber, sachlich zu handeln und nicht emotional. Professionell statt verspielt.

Andererseits habe ich meinen Anteil am Resultat. Meine Lust zu riskanten Entscheiden hat mich einen noch unreifen jungen Menschen einkaufen lassen, der das Ausmaß seiner Verantwortung mangels Lebenserfahrung nicht erkennen und wahrnehmen kann. Er ist zu jung für das Amt, nicht reif, nicht stark, nicht gefestigt genug. Also helvetische Zwischenlösung, das Kind nicht mit dem Bad ausschütten. Wenn er am Nachmittag zurückkommt, werde ich ihn für eine Woche vom Amt suspendieren, wie es im Vertrag auch vorgesehen ist. Er kann dann selber spontan künden und gehen. Oder sich während dieser Bedenkzeit neu entscheiden. Er kann sich kündigen lassen. Oder sich mit einer schriftlichen Neubewerbung neu bewerben («Schreibe den wichtigsten Brief deines Lebens!»). In einem solchen Fall würde die Probezeit wieder neu beginnen.

Als Dilan zu spät, um fünf, aus Colombo zurückkommt (der Kurs dauert nur bis elf), hört er sich überrascht und nachdenklich meine Begründung an, unterschreibt den Empfang meines Schreibens, gibt mir die Schlüssel und den Notfallscheck zurück, bekommt den Lohn für den Mai als Pauschalbetrag und unterschreibt, dass er keine weiteren Forderungen hat. Dem Team würden wir sagen, er habe eine Woche Ferien genommen und zwar gleich jetzt. Während ich zum Nachtessen aus dem Haus gehe, geht auch er weg, übergibt aber noch einen schriftlichen Gruß mit Wünschen, mich in einer Woche wieder zu sehen: Es könnte sein, dass ihn die Geschichte bei einer Wiederaufnahme der Zusammenarbeit stählt und seine Stellung auf Jahre hinaus stärkt. Was gut für uns beide wäre.

Ich muss auf mich selber aufpassen, nicht auf andere, an mich denken, sachlich agieren, jetzt durchsetzen, was ich später brauche. Habe alles von allen Seiten durchdacht, habe eine Ersatzlösung in der Tasche und die Bereitschaft, das Icebearhotelspiel zu beenden, wenn ich keinen Spaß mehr habe.

Nachts um zwei, ich war bereinigt und mit guten Vorsätzen eingeschlafen, wache ich an einem fesselnden Dokumentarfilm auf, nahezu schwarz-weiß, das lasse ich lustvoll lange nachklingen: Was will mir die Geschichte sagen? (Ich träume viel seltener als ich mir wünsche, und dann ist es immer ein kleines Ereignis.) In der abendlichen Dunkelheit war ich allein in meinem Haus, Räume überall, die Vorhänge nur teilweise zugezogen, sehe draußen Gäste durch den Garten laufen, bewege mich von Raum zu Raum, 72 Jungfrauen zwinkern mir zu, ja gern. Stattdessen gehe ich durch die Wände in den Garten und vom Garten in die Stadt hinaus, eine alte Stadt, europäisch, ich bin neu hier, es ist Nacht, doch bin ich furchtlos. Finde zu einem städtischen Platz, sehr weit, ansteigend wie der in Siena, die vierstöckigen Außenseiten der Häuser bilden die Kulissen, es ist wie aus diesen frühen französischen Liebesfilmen. Auf einer ganze Platzseite läuft ein Spielfilm ab, ich sehe The Three Strokes agieren, vielleicht tausend Leute sitzen friedlich in der Abendluft, die Atmosphäre ist harmonisch, beglückt, in sich ruhend, man fühlt sich einander zugehörig. Es ist wohl eine dieser Spontanparties, ich sehe einen elektronischen Ständer mit postkartengroßen Eintrittskarten, auf denen ein maschinenlesbares Hologramm geprägt ist, bin ja aber schon drin im Club, setze mich irgendwo hin, fühle mich wohl. Ein Kerl in wadenlangen Sommerhosen lagert neben mir mit seiner Freundin, dass er zur Nachlässigkeit seiner Kleidung eine Breitling mit üppig gestricheltem Zifferblatt trägt, fällt auf, ich weiß, sie kostet um die zehntausend Franken.

Da, wo meine Füße sind, ist ein felsiger Abhang zu einem See. Eine hässliche Languste mit einem ganz kleinen und einem unendlich großen Schaufelarm hält sich fest und zwinkert bläulich perlmuttern schimmernd zu mir her, sie muss sehr alt sein, man soll ihr helfen, an Land zu steigen um bei dieser stillen Party dabei zu sein. Ich strecke meinen Finger aus, sie zieht sich hoch, arbeitet sich kurios verrenkt ein Stück weit weg und lässt sich erneut nieder. Später, als ich wieder hinüberschaue, schaut sie mir in die Augen, hat ihren Schoß geöffnet, zeigt ihren üppigen Rogen her, bietet ihn mir an in stillem Einverständnis.

Ich stehe auf, gehe im nächtlichen Garten umher, die Luft ist mild, das Meer rauscht verhalten, aber selbstgewiss, manchmal weht der Ton einer Tempelglocke zur Restaurantterrasse herüber, wo ich erfrischt und im Reinen mit der Schöpfung sitze. Immer wieder Neubesinnungen. Immer wieder alles hinterfragen. Immer wieder beginnen. Der Großmeister im Schachspiel gewinnt immer, seine Züge sind oft undurchsichtig, unerwartet, unlogisch, aber er macht es gut, Chapeau!, ich habe nur diesen einen Chef, wir haben ein kollegiales Verhältnis, kennen uns schon lange, nehmen nicht alles so ernst, wir kennen das Spiel. Und er ist auch immer sehr beschäftigt.

Das Treffen vor der Polizei war as usual. Das System ist gut. Zwei Streitparteien machen ihre Geschichte (a) mit einem Complaint auf einem Polizeiposten aktenkundig. Sie werden dann (b) zu einer Gegenüberstellung vor einen Oberen eingeladen, der als eine Art Friedensrichter amtet. Wenn die Parteien sich dramaturgisch spektakulär ausgesprochen haben, trifft der Polizeioffizier eine Vorentscheidung, resp. die Klagepartei zieht im Falle von Satisfaktion ihre Klage zurück, resp. zieht sie weiter vor Gericht, worauf ein Verhandlungstermin festgelegt wird. Dies war in meinem Fall nicht das Ziel, gemessen am Leben war der Fall mit Mangala eine Bagatelle, Lebensrisiko, Business as usual, nicht bedeutend genug, aber Anlass, dem Herumhänger eine Lektion zu erteilen. Und jetzt ist gewissermaßen aktenkundig, dass «Birrer» ein beleidigendes Schimpfwort ist. Der Teufel möge ihn holen!

Der dumpf blickende und herausgeputzte Schläger kam in Begleitung der Mutter und seines Aja, des älteren Bruders. Erziehung ist Frauensache, die Fischer gehen aufs Meer, es herrscht strenge Gewaltentrennung, dementsprechend blieb der Alte daheim und überließ das Feld der zuckersüß in die Runde lächelnden Matrone. Die musste sich aber vom Polizeihünen und einer auf Jugendliche spezialisierte Suffragette böse die Leviten lesen lassen, als sie dort den alteingesessenen und ehrbaren Bürger von Kudapaduwa spielte und allen herzeigte, Blut ist dicker als Wasser, die Brut nur mit dem Spielen von Schalmeien beschäftigt. Den Aja, den älteren Bruder des ungeratenen Schlägers mit dem Eminem-Rapper-Shirt, kannte ich schon lange, ein Tucktuck-Fahrer von erlesener Höflichkeit (»Gerry Father! Gerry Father!»), ich feixte ihn an, erstaunt, dass er der Bruder dieses missratenen Typen ist. Es stellte sich heraus, dass er nicht zum Schutz des jüngeren Bruders mitkam, sondern weil er selber auch eine Vorladung hatte, gleich anschließend, auch wegen einer Schlägerei, Multipack gewissermaßen. So eine Familie ist das.

Ich erinnere all die Polizeibesuche der letzten 25 Jahre, um die man in einem solchen Land nicht herumkommt. Auch wenn die noch immer keine Schreibmaschinen haben und am liebsten barfuß neben ihren hoch polierten Uniformstiefeln stehen, so sind sie doch zumindest hier im wichtigen Bezirk Negombo demokratischer geworden, besser geschult, ziviler und vor allem freundlicher mit jedermann als in den ruppigen und nervösen achtziger Jahren. Aber unverändert extra freundlich sind sie mit den höheren Ständen und den weißen Kragen, ums Haar hätten sie mir Tee serviert. Und wie viele mich kennen, und wie viele ich kenne, und wie viel Spaß sie haben an meinem fröhlichen «Sidala! Sidala!» («Kalt! Kalt!») auf ihr kumpelhaft gerufenes «Icebear! Icebear!». Wie habe ich es nur geschafft, sie mir trotzdem vom Hals zu halten.

26. Mai

Fahre nach Colombo, für einmal mit dem Rumpelzug. Es ist der erste Kulissenwechsel seit Ankunft vor vier Wochen, es folgen ein paar ritualisierte Sachen: Kaffeekanne und Danish Almond in der Hiltonlobby. Baguette mit Thunmayonnaise und Café au lait im Delifrance. Im Galadari begrüßt mich männiglich als Dauergast seit 20 Jahren, das Zimmer – immer dasselbe im 10. Stock – steht samt Früchtekorb zum frühen Check-in bereit, die Papiere schon ausgefüllt und mit V.I.P. gestempelt, am späten Nachmittag werden alle Pflichten abgehakt sein und ich der einzige Gast in der alten Holzsauna, denn die Büroleute werden erst nach sechs in den Fitnessclub kommen. Nachher fühle ich mich rundumerneuert, sozusagen ganzheitlich wohl, meine Rippenschmerzen sind fast weg, habe meine Wut verscheucht und mir eingeredet, es sei ein Motorradunfall gewesen.

Die Frau Rajipiksa auf dem Board of Investment ist beunruhigend hilfsbereit, telefoniert umgehend dem Tourist Board Manager Sogdal, der ist nicht da, seinem Sekretär, der kennt mein File. Morgen würde sie wieder telefonieren. Nachher geht es zu dem vereinbarten Beratungsgespräch in der Schweizer Botschaft. Das ist klärend und der Wirtschaftbeauftragte wird mir schon tags darauf mailen, dass er in Botschafts Namen dem Staatsbeamten Beine gemacht habe und der mich umgehend treffen wolle und meinen Fall gut kenne. Nein, das koste nichts. Er schmunzelt – ich sei der erste Schweizer, der etwas zahlen wolle – und holt auch gleich den zweiten Botschafter, den Wurz, der vor zwei Jahren den Gahl ablöste. Es gäbe derzeit 21 Schweizer Firmen hier, man hätte einigen Einfluss, und man betreue um die 300 Schweizer (Mischehen, Eingebürgerte, Investoren), in den Achzigern waren es noch 100. Die aktuelle Situation nach dem Regierungswechsel kommentiert er skeptisch, derzeit ist alles Ausländische wieder einmal schlecht, der Einfluss der unheiligen Allianz von Marxisten und militanten Buddhisten ist unübersehbar. Ich nutze die Gelegenheit, ihn zum Eintrag in die Matrikel zu bitten, was er gerne zusagt. Anderntags lasse ich dem Team eine Hiltontorte schicken, die Schweizer sind ja unbestechlich.

27. Mai

Checke schon früh aus, nehme meinen Kaffee im «Continental» gegenüber und lasse mich zur Immigration fahren. Deren schnellen Service und das optische Upgrading habe ich vor einem Jahr in einem Internetreiseführer gerühmt, doch kaum sind die linken Kulturbanausen am Ruder, verkommt alles wieder zum Stalinismus: Wer sich diese Behörde ansieht, wird nie mehr daran glauben, dass sich dieses Land entwickeln wird. Das Personal hängt halb tot herum, erfindet die Zeitlupe neu, es regnet von der Decke und vor dem ungeordneten Schalter geht man durch ein Wasserbad, das aufs Verdunsten wartet. Immerhin sind die paar angestellten Frauen bereit zu vielsagenden Blicken und ich spiele mit der Verehrung, die groß gewachsene Geschäftsleute hier genießen. Die ganz große Überraschung kommt erst nachher und stimmt mich milde: Der Bewilligungsrhythmus für Touristenvisa war während Jahrzehnten 1 Monat / 2 Monate / 3 Monate, maximal also 6 Monate im Jahr. Heute geben sie mir fraglos 5 weitere Monate am Stück und bieten mir neu gar 9 mögliche Monate legalen Aufenthalt an. Da ließe sich was anstellen damit, doch ist immer alles so willkürlich und unkalkulierbar, dass man auf Dauer nicht verlässlich planen kann, Staats-Gewalt halt. Immerhin habe ich meine Ruhe bis Ende Oktober und genieße sie entspannt.

Im Icebear angekommen, ist es mit dem Dach gut vorangegangen, sie nageln bereits wieder die Abdeckbretter zur Befestigung der – neu angeschafften – Dachrinnen an, das Dach ist wieder wasserdicht, wir dürfen den Hauptschalter umdrehen, es gibt wieder Afternoon Tea Music.

Bringe meinem Rumpfteam Pralinen mit, ich bin ein guter Kerl, doch ist Qualität und Stil meiner angestellt mitarbeitenden Kollegen so niederschmetternd mies, dass ich mich wieder einmal fragen muss, ob ich mir das weiterhin antun soll. Ich weiß wirklich nicht, wie ich damit umgehen soll. Am liebsten würde ich alle hinauswerfen, gleich jetzt und hier und heute, in diesem unserem Land.

Wenn ich etwa in kulinarischer Glückseligkeit Schupfnudeln im Freezer entdecke, wo ich sie im Februar einmal versenkte, und meinen Koch zu westlichen Lehrzwecken mit dem sorgfältigen Butterbraunbraten beauftrage, und wenn der nachher meine Frage verneint, ob er die schwäbische Speise weisungsgemäß probiert habe, wenn ich also wieder einmal an der speziell hinterindischen Gleichgültigkeit verzweifle, aber das junge französische Ehepaar dankbar kommentiert, Unterkunft und abendlicher Sea-Food sei das beste gewesen, was sie in zwei Wochen auf der Insel angetroffen hätten, dann darf ich mir wieder einmal saublöd und ziemlich dumm vorkommen – was nur ist falsch an meinen oft unerträglich hohen Ansprüchen an alle und alles und an mich selber.

Abends geht die Hausmaid Sandani frisch gewaschen heim, winkt mir vom Garten aus zu, morgen habe sie frei. Viel Spaß! Am nächsten Morgen fragt Suriya, wo sie sei, sie habe ihm nichts gesagt. Also hat sie niemanden informiert und niemanden gefragt, einfach entschieden, dass sie frei nimmt. In den Stunden vorher hat sie mich in weiblicher Könnerschaft weich gestimmt: wie sie den Tee in mein Zimmer bringt, wie sie meine Wohnung fegt, wie sie sich bei mir über Suriya beklagt. Der lasse sie die Zimmer immer alleine machen, helfe nie, selten würden sie im Team etwas zusammen machen. Auch heute, da habe er nicht einmal den schweren Spiegel abgehängt. Der sei am liebsten in der Küche. Suriya regiert erstaunt, nein nein, sie würden über alles reden, aber sie rede einfach zu viel und, wie ich früher schon hörte, mit jedem über jeden. Derweil mailt mir ein Mitarbeiter des Goethe-Instituts (!), der bei einem Restaurantbesuch hier einen Narren an der schönen Witwe gefressen hat, ich möge sie grüßen. Und dass einer meiner männlichen Angestellten wahrscheinlich 900 Rupien für einen Dayroom eingesteckt habe, den er im April gemietet habe. Tatsächlich finde ich keine Rechnung. Am Schluss nimmt der Männerschwarm noch den Schlüssel zum Ruheraum der Mitarbeiter mit, sodass der neue Nachtwächter weder Kleider wechseln noch ausruhen kann.

Nach dem Gärtner Kumar lege ich am Nachmittag auch Suriya die Kündigung nahe. Er hat seit einer Woche keine Seife in der Küche. Und delegiert eine WC-Deckel-Fixierung an einen linkischen Spengler, der das lange gesuchte Designstück prompt hinschlachtet, ohne dass er es registriert. Und er weiß immer noch nicht, wie man ein Gästezimmer herrichtet, steht wie der Gärtner permanent am Anfang, baut nichts auf, ist nicht entwicklungsfähig, hat diesen unsäglichen Röhrenblick. Im Moment bleibt mir nur die Freude am Zimmermannteam und ihrer Arbeit für den neuen Dachstock. Und auch der neue Wachmann ist ein Hoffnungsträger, weil der noch ein unbeschriebenes Blatt sein darf und dessen bloße Präsenz auf dem Areal mich beruhigt. Seit ich auf der Flucht vor den Umbauarbeiten vorgestern wieder in die – ästhetisch fragwürdige und angeschmuddelte – benachbarte Parterrewohnung eingezogen bin, schlafe ich in der Alpenluft der neuen Klimaanlage wieder so herrlich wie immer, bin vom Geschehen aber auch ein wenig abgeschnitten.

28. Mai

Der Pfarrer kommt noch vor dem Frühstück. Wie immer in Begleitung eines frommen Dieners, der ihn chauffiert. Dann berichtet er in ansteigender Eitelkeit von seinen Besuchen bei deutscher und schweizerischer Botschaft und wie ihm die Uniform bei seinen Visakünsten hilfreich war. (Hatte ihm im Januar eine Brücke zu einem Gästepaar gebaut, das ihn auch prompt nach Europa eingeladen hat.) Ich möchte gerne die Schlägerei bereden von Freund zu Freund, ein wenig Druck loswerden, auch vom Stress des Bauens erzählen, erbat vor ein paar Wochen auch die Adresse des Baumeisters, der ihm grad das Pfarrhaus vergrößert. Aber da ist nicht der kleinste Funken zwischenmenschlichen Interesses, der Mann ist selbstzufrieden eingekapselt im Kokon der Mutter Kirche. Ich würde die unerfreuliche Beziehung gern beenden, aber beim Nichtvorhandensein hiesiger Gesprächskultur wird es auch kein Schuldbewusstsein geben. So bleibt halt die ziemlich häufige Besuchsschau des weißen Herrn, die meine frommen Nachbarn tief beeindruckt, die strecken ihm manchmal ihre Kleinkinder zum Segnen her. Für diesmal bin ich aber froh, ihn schnell wieder los zu werden und hoffe, er merkte mein Zugeknöpftsein. Die Einheimischen brauchen gerne den Begriff Moskito, denn sie tun es auch selber einander an: Sich am Blut anderer laben und nichts dafür geben.

Am Nachmittag kam ein massiver Holländer hereingeschlendert, ein Zimmer hätte er gerne für die letzte Nacht vor der Heimreise nach Brasilien, da lebe er. Noch so ein Verrückter, wie es denn gewesen sei in Sri Lanka. Hier in Sri Lanka müsse man mit dem Leben abgeschlossen haben, meint er, dort in Brasilien schließe man den Bund mit dem Leben. Dort gäbe es das Leben pur, hier die Traurigkeit pur. Es war keine Zeit, sein Bild näher auszuleuchten, ich habe gelernt, es gibt mein SL, sein SL, dein SL, doch das Bild ist harsch, obwohl die Sri Lanker kein wirklich lebenslustiges Volk sind. Sie singen nur, wenn sie betrunken sind. Sie sind verklemmt. Sie sind einsam. Sie sind sprachlos. Und sie verhauen ihre Frauen. (Aber dass ein Deutscher abends ein Bier gekocht haben will und es heiß aus einer Schale trinkt, das ist auch ein wenig seltsam.)

31. Mai

Zahltag. Diesen Monat ist es knapp für das Team, nur ein Bruchteil der Bedienungsgelder der blendenden Vormonate, wenige Extratipps, nur wenige Gäste. So, wie es im Touristengeschäft der Insel üblich ist im Mai und Juni, ich selber muss schon froh sein, auch nur 2/3 der ständigen Ausgaben wieder hereinzuholen. Aber das Team wird leben wie die Fischer, heute alles haben und morgen nichts. Immerhin ist ihnen dann doch noch die Krankheit der verlangten Lohnvorschüsse abhandengekommen, wegen derer keiner an keinem Monatsende das Vergnügen hatte, den vollen Lohn in die Hand zu bekommen. Mit der Zeit dachten die Leute, der Rumpflohn sei, was sie hier verdienen, nämlich viel zu wenig. Ich gebe keine Lohnvorschüsse mehr und nur ausnahmsweise Darlehen.

Auch der temporäre Angestellte Xaver ist keine blendende Hirnzellenleuchte. Aber er versteht es, gravitätisch durchs Areal zu schreiten. Hatte die hässlich gewordenen Campingstühle im Garten moniert, die wird er heute mit Gummihandschuhen und Bleichmittel putzen: Zehn Jahre brauchte ich herauszufinden, wie man den Schimmelpilz weg bekommt, der sich im Freien wie ein Grauschleier über die blütenweise Oberfläche legt. Aber da war es für die Hälfte der Stühle schon zu spät, Mitarbeiter der Vorjahre hatten die Oberflächen mit Stahlwolle hingemordet, die sind wie sandgestrahlt. Vom neuen Mann erhoffte ich mir Entspannung an der Administrationsfront, tatsächlich übersetzt er mir schön mit den Handwerkern. Aber als ich ihm heute 22 000 Rupien gab, um in der Stadt offene Rechnungen für Elektrisch, Wasser, Telefon zu zahlen, da gab er mir 1867 Rupien zu wenig zurück, sorry!, der Fehlbetrag sei ihm rätselhaft. Er ist zu dumm sogar für eine gute Ausrede. Bleibt mir denn gar keine menschliche Schwäche erspart, will denn gar keiner seine Entwicklungschance bei mir nutzen? (Immerhin hat sich mein Verdacht in Luft aufgelöst, der Juniormanager habe die 900 Rupien für den Dayroom des Goetheaners ohne Rechnung eingesteckt. Nach langem Forschen fand ich nämlich den Eingang von Kumar vermerkt. Was ich mir zuletzt wünsche, ist schon wieder ein personeller Wechsel.)

Beflügelt von der Nachricht, dass die Dachrenovation von Villa und Staffhaus vereinbarungsgemäß nach vier – endlosen – Wochen abgeschlossen sei, habe ich Offerten für Anschlussarbeiten verlangt:
a) Das Elektrokabelsystem auf dem Dachboden überprüfen, ergänzen, isolieren und sichern.
b) Das Haus gänzlich neu streichen (Wände und Decken, außen und innen).
c) Das jetzt gemeinsam genutzte Badezimmer der Gästezimmer 3 und 4 so umbauen, dass beide ihr eigenes Bad haben, wie von vielen Gästen angemahnt.

Der delegierte Cousin des nordischen Expatriates Samuel lässt mich arg sitzen, das Haus ist verwahrlost, das ich in Miete nehmen will. Man muss die Abfälle ums Haus herum einsammeln und abführen, die Zimmer müssen geputzt werden, doch das ist für die stolze Kaste der Negombofischer eine zu niedrige Arbeit, er ignoriert die Hilfs-Arbeit, um die ihn sein Bruder aus dem Ausland gebeten hat. Auch dessen Anstreicher bleibt aus, der ließ mitten im Anstreichen von Fenstern und Türen alles liegen und ward nicht mehr gesehen. Dafür hat sich mir meine Nachbarin Lucia wieder angenähert, mit einer Rezeptur für ayurvedische Hustenpastillen, und mit Maniok-Curry. Das verdanke ich dem Musterteller süß-scharfen Gulaschs, für den ich gestern 4 Kilo Fleisch und 4 Kilo Zwiebeln 4 Stunden lang weichköchelte, so wie es Langgast Hugo mir einst beigebracht hat.

Es war damals das erste westliche Rezept, das sich auch Koch Suriya aufschreiben musste. Weil der Spaß daran hatte, nutzte ich die Gunst der Stunde, ihn vor Stellenverlust zu warnen, falls die Küche nicht sofort den allerhöchsten Sauberkeitsstatus erlangen würde. (Die Nachfüllung der Flüssigseife für den Dispenser habe dann doch ich selber eingekauft.)

3. Juni

Als der Koch heute nach kurzer Nacht zu mir herkam und nur etwas Unhörbares daher muffelte, habe ich ihn herrisch angewiesen, das heiße erstens «Good Morning!» und ich heiße zweitens «Mr. Gerry!» und er solle drittens und verdammi seine Stimme brauchen «wie ein Mann, Mr. Suriya!». «Good Morning, Mr. Gerry!» Insgeheim mag ich ihn aber gut leiden. Letzte Nacht hat er zweimal Gäste aufgeweckt und zum Tor gebracht, da durfte er schon ein Morgenmuffel sein.

Nach Ablauf der Woche, für die ich meinen neuen Manager vom Dienst suspendierte, kam er zur Überreichung eines langen Schreibens an, in dem er zerknirscht über die stattgefundene Illoyalität schwadronierte, dass er besser hätte kommunizieren sollen, dass er, seit er hier ist, viele Fehler gemacht und aus allen gelernt habe und dass ich ihn wieder anstellen und ihm den Vortritt vor all den Bewerbern lassen solle, die sich auf mein Inserat gemeldet hatten. Ich wollte nichts lieber als das und hieß ihn willkommen zurück, dass der Harmoniebruch unser Verhältnis stärken könnte, wie in jeder guten Beziehung, dass ich auf eine lange Zusammenarbeit zähle und auf immer bessere Qualität. Bislang habe er sich wohl Mühe gegeben, aber jetzt müsse er verstärkt als Anführer («Head Man») agieren und handeln, sein Platz sei neben mir, nicht unter mir, wir würden hier etwas aufbauen zusammen und er möge mir das Team vom Leib halten.

Nehme artig dreimal täglich meinen chemischen Hustensaft. Und meine ayurvedische Hustensalbe: Kumar kaufte in der ayurvedischen Apotheke die acht Kräuter, Zweige, Äste, Wurzeln, Früchte, die Lucia freihändig aufgeschrieben hatte. Später sah ich unser Hausmädchen Sandani als Bild zeitloser Schönheit kerzengerade an einem Steinmörser stehen und die Ingredienzen mit einem langen Holz in kurzen heftigen Bewegungen zerstoßen. Im Sieb zurück blieb ein gelblicher Staub, in dem alle Natur aufs innigste miteinander durchmengt war. Dem wurde ein Orangensaftsirup untergefügt, bis sich alles zu einer zähflüssigen Masse verdickte, die ich nun täglich dreimal als Bonbon schlotze. Wie alle Medizin ist es Himmel und Hölle zugleich, es schmeckt wie ein besonders üppiges Ritual aller Religionen zusammen, Weihrauch und Pfeffer dominieren. Ich habe verstanden, warum die Singhalesen ihre Kranken die Bestandteile für ihre ayurvedische Medizin selber sammeln und sie selber zu Medizin transformieren lassen, der Heilungsprozess beginnt schon vor dem Schlucken.

Dennoch bin ich in diesen Tagen sehr müde, habe am helllichten Tag das Bedürfnis, mich hinzulegen, und dann schlafe ich auch gleich ein, zwei Stunden tief ein. Widerstehe heroisch meiner unschönen Gewohnheit, alles selber und alles besser machen zu wollen, lasse meinem Körper seinen Lauf, er wird am besten wissen, was er braucht. Die Sonne scheint selten, das Licht ist grau, der Wind heftig, ein wenig kühl immer, das Meer braun und aufgewühlt. Ich sollte mit dem Motorrad zwei Fahrten machen, aber es fehlt am Antrieb, es ist immer viel zu schnell schon später Nachmittag, Zeit für den gemeinsamen «ready made tea», der sich eingebürgert hat und zu dem die Angestellten sich zusammensetzen, jetzt temporär angereichert durch Xaver, den Bell-Captain vom «Browns Beach».

Abends esse ich auswärts, bevor mir das Dach auf den Kopf fällt, was beim schwebenden Zustand auf dem handwerkerverseuchten Grundstück jetzt schneller der Fall ist als in normalen Zeiten. Bislang war das Restaurant der Fünfstern-Ayurvedaklinik der innenarchitektonische Höhepunkt von Negombo und ich ging gerne hin, weniger wegen der eher dürftigen Küche als wegen dem entrückten Ambiente von Schönheit und Stille. Nun gibt es Konkurrenz, oben in Ettukala hat ein hingebungsvoller Engländer einen Designtempel eingerichtet, der zur Straße hin mit offenen Feuern in Eisenkübeln lockt, die auf dem Wasser zu schwimmen scheinen. Leider ist er unentschlossen, ob er Bar, Disko oder Restaurant spielen soll. Und so hatte ich an tausend wild gewordenen Dezibels zu leiden, während sie mir drei Vorspeisen kredenzten, eine schöner und gepflegter als die andere, es war eine seltene Augen- und Gaumenfreude. Aber es wirkte auch alles arg verkrampft und angestrengt, hatte nicht diese mediterrane Beiläufigkeit, sondern die bäuerliche Schwere, die typisch für Negombo ist. Doch so wie aus einem Schweizer nie ein Singhalese wird, schafft ein Brite nie den Italiener.

5. Juni

Ein Rudel halbstarker Nachbarn kam, ob wir unseren elektrischen Anschluss für den Tausendlichterhimmel und die Millionenwattmusikanlage spendieren würden, wenn sie heute Nacht am Schrein der Heiligen Maria von Lourdes einen frommen Anlass mit anschließender Musicalshow zelebrieren. Um fünf ging es schon los mit frommen Liedern, um sieben kam der Quartierpfarrer zur Predigt, noch um neun beteten und sangen Hunderte, bis dahin war es vergleichsweise friedlich. Nachher ging der Schnellzug ab, indischer Pop vom Feinsten, im Sand unter aufgespannten Netzen lagert ein Tausend, alle Hütten des Quartiers sind verwaist. Aber obwohl es ganz gehörig losfetzt, tanzt nur ein Grüppchen Kleinkinder, die andern bewegen sich schwerfällig nicht vom Fleck, obwohl sie alle ganz aufgewühlt sind. Ohne Arrak geht hier nichts. Um elf höre ich es immerhin in mein Zimmer pfeifen und kreischen, doch das reicht nur zum Coitus Interruptus – unsere schon immer schwächliche Elektrischanlage ist aus heiterem Nachthimmel zusammengebrochen, es herrscht eine Stille, die weh tut.

Bevor die Meute unser Areal stürmt, das wir mit Nachtwächter und Eternitplatten am Beachtor gesichert haben, ist der Stromausfall wieder repariert. O Gott, das wird bis um drei nachts gehen, was tut man mir nicht alles an, um meine Liebe totzuschlagen. Ich will gar nicht darüber reden, dass wir ausgerechnet für heute Nacht alle verfügbaren Zimmer und sogar die Ferienwohnung vermietet hatten und die ankommenden Gäste vom Airport direkt ins stille «Sunshine» umdisponieren mussten – nicht geschriebene Rechnungen, 10 000 Rupien Ausfall in der Niedrigsaison, wo jede Rupie zählt. Es ist diesen Mai wirklich wie verhext. Dabei hatte es am frühen Abend noch heftig geregnet und ich war in guter Hoffnung, dass das große Quartierfest im Dauerregen ersäuft. Stattdessen brach zwei weitere mal unser Netz zusammen, doch unterdessen waren alle so angetrunken, dass sie keinen Elektriker aufbieten konnten. Der Mann mit dem Mikrofon bat die Menge, sich nicht zu prügeln. Nach langer Wartepause schweren Nachdenkens hatte einer die Idee, das Kabel zusammenzurollen und in einem andern Haus sein Glück zu versuchen. Mittlerweile mussten sich Suriya und Joseph anpöbeln lassen, ob sie Tamilen seien, die seien besser, so wie früher Sankar. Kurz nachher ging wie bei so wenig Gehirnschmalz zu erwarten war die Rede, Gerry persönlich hätte den Strom abgestellt. Dass derselbe Gerry, Stifter des Heiligen Schreins der Mutter Gottes von Lourdes, ihnen das Elektrisch schenkte und seine Zimmergäste dem hiesigen Way of Life opferte, war nicht mehr von Belang, der Pöbel maulte.

Mein Juniormanager lag in dieser brenzligen Situation im Bett, bereit zum Einschlafen. Ich hetzte ihn ins brenzlige Freie und im Badetuch gesellte er sich ängstlich zu seinen Kollegen. Ich hielt mich still im Hintergrund und dämpfte Ärger und Enttäuschung, in dieser Situation hätte ich wahrscheinlich Dummheiten gemacht und Öl ins Feuer gegossen. Aber es schmerzte, was aus meiner Zuneigung zu diesem Land geworden ist, es hat sich verändert, die Menschen haben sich verändert, ich habe mich verändert. In einem solchen Moment werde ich einmal kurzen Prozess machen und das Beherbergungsgewerbe an den

Nagel hängen oder gar alles stehen und liegen lassen und mich verabschieden, bevor mich die Enttäuschungen auffressen. Sri-lankische Wechselbäder. Immer wieder.

Ich hatte hart zu beißen an dem Brief, der heute vom staatlichen Tourist Board kam. Bevor ich ihn aufmachte, habe ich geraten: Ist es die Lizenzierung? Oder eine neue Schikane? Es war wie nicht anders zu erwarten eine neue Schikane. Ich möge in zwei Wochen mittags vor dem Komitee erscheinen und darlegen, was sie aus meinen verschiedenen Exposés schon wissen, insbesondere «wie die örtliche Gemeinschaft in mein Projekt involviert ist und welchen Nutzen sie davon hat». Wie wollen die mit dieser Sozialistenethik Geschäftsleute zum Geldmachen animieren. So viel heiße Luft und so wenig Professionalität gibt mir fast den Gnadenstoß und ich hätte Lust, mein Gesuch zurückzuziehen, das Handtuch zu werfen. Aber das ist das Schöne an der Altersarbeit, man muss nicht mehr, man darf. Man muss niemanden mehr zu seinem Glück zwingen, nur Sorge haben zu sich selber. Also werde ich in zwei Wochen sportlich und mit gebotenem Anstand und Respekt antreten, so wie es sich für einen Einwanderer schickt.

Mit meinem Glück ist es dieser Tage nicht so gut beschaffen, um ehrlich zu sein, hatte ich gar eine ausgewachsene Sinnkrise, wie ich es so massiv nicht kannte. Meine legendäre Verstehensbereitschaft wurde wieder einmal auf eine harte Probe gestellt. Da ist so viel Dummheit, Ignoranz, Pfusch und Faulheit, so wenig Motivation, Aufbauarbeit, Perspektive, dass es für einen Schweizer Tüpfelischeißer mit deutschen Wurzeln schier nicht zu ertragen ist. Beim Reflektieren ist mir dann aber schnell klar geworden, dass nicht die hiesige Gesellschaft das Problem ist, sondern ich selber und meine unstabile Fähigkeit, mit ihr umzugehen; dass ich das Fremde auch nach einem Vierteljahrhundert Nachbarschaft manchmal nicht kenne, das Geschehen oft nicht richtig einordnen kann. Das Nahe ist fremd, die Fremde nah.

Da hilft nur Demut.

7. Juni

Es sieht schon wieder besser aus, schlechte Gedanken und Missmut haben sich an der Tagessonne ein wenig verflüchtigt und ich werde tun, was ich immer tat, und weitermachen. Bis ich in die Grube fahre.

Doch niemand ist da, auf dessen Schoß ich mich setzen, keine Schulter, an der ich mich ausweinen, kein starker Arm, in den ich mich flüchten könnte, keine tröstende Hand, die sich auf meinen Kopf legt, kein Vertrauter, mit dem ich reden und Worte und damit Klarheit finden könnte.

Der Masseur brachte im Schlepptau tatsächlich den Architekten von der

Town Hall. Der brachte ein fransiges Stück Papier, auf dem ein Schwachkopf mit Buntstift (ich werd verrückt, mit Buntstift!) den Grundriss meines Umbaus gezeichnet hatte. Bei näherem Ansehen hatte er nichts gemein mit dem sorgfältig ausgedachten 3-D-Modell, das man ja bloß in einen Bauplan hätte umsetzen sollen. Was immer es ist, es geht hier anders als geplant. Für die Baubewilligung wolle er noch diese und jene Papiere. Ich bin alt geworden, es strengt mich alles ziemlich an. Ertappe mich beim Gedanken, alles sein zu lassen, wie es ist, auf die Realisierung des jahrelang gehätschelten Altersvergnügens Stöckli ganz zu verzichten. Das Bauen wird mich umbringen, das flächendeckende Nichtkönnen mich lähmen, die Unberechenbarkeit der Lebensart, die Leute, das schaffe ich nicht noch einmal. Erst jetzt bin ich fähig zuzugeben, was unverklebte Köpfe schon immer sagten, dass meine Geliebte, die schöne Lanka, hoffnungslos verloren ist und keine Zukunft hat, dass man mit Vorteil die Finger von ihr lassen soll.

Ich brauche wieder einmal ein Erfolgserlebnis.

Nächsten Monat sind schon wieder irgendwelche Wahlen, ich glaube der Provinzparlamente, eine Art Kantonalwahlen. Der erste, von dem Plakate hingen – der Bewerber schaut ein wenig depressiv drein und ist mit Girlanden behängt wie ein Pfingstochse –, ist der schöne, ernste Mensch aus unserem Quartier, der eine Weile der Chef von Negombo war, bevor er sich kürzlich bei vorzeitigen Parlamentswahlen in der Opposition und am Ende der Karriere fand. Nun sucht er eine neue Stelle, aber die Plakate sind an der Sonne schon so blaustichig geworden, dass er es garantiert nicht schaffen wird. Immerhin ist er portiert vom Onkel, der wegen einer spektakulären Affäre lange schon aus dem politischen Geschäft ist, aber mit seinem Clan das Quartier noch immer im Griff hat. Jeder in der Nachbarschaft traut ihm alles zu, sie hassen ihn und sie lieben ihn, weil er seine schützende oder strafende Hand über die Kommune hält, weil er sich mit Geschenken Abhängigkeiten schafft. Da ist viel Angst, sich gegen ihn zu engagieren, und man spricht nur hinter vorgehaltener Hand über ihn und nur, wenn es sonst niemand hört. Von Bordellbetrieb ist die Rede, Drogenschmuggel, Waffenhandel, Menschenhandel. So eine Herde führt sich leicht. Mein früherer Hausmeister war auch einer von denen, die seine Protektion suchten, aber dann fand er seine Söhne plötzlich in einer von dessen Gangs, es gab Messerstechereien, die Streitsucht zwischen rivalisierenden Gruppen nützlicher Idioten hatte sich gefährlich ausgewachsen. Mein Ziehsohn Anish ging nur noch mit dem Dolch aus dem Haus, bis heute blieb mir unklar, welchen Einfluss dieses Milieu auf seinen Selbstmord hatte.

12. Juni
Es ist die Stunde der Anstreicher. Fünf von ihnen fegen, schmirgeln, schaben, schleifen, verputzen, rollen, pinseln, was das Zeug hält. Wie sie zu Beginn die Arbeitsfläche und die meerseitige Veranda mit Plastikfahnen ausgelegt haben, um den Terrazzoboden zu schonen, wie sie alle Wände und Möbel von Nägeln und Haken befreiten, das ist endlich einmal wieder eine professionelle Freude, die ich in diesen Tagen nicht mehr erwartet hatte. Dafür schläft die Staff wieder einmal. Während eine Gruppe Zimmerleute in den Gästezimmern der Villa die eingehängten Decken wegschlägt, drauflos meißelt, alles kurz und klein in Stücke schlägt. Dann zeigen sie mir die Holzlatten der Tragegerüste her, die Heerscharen von Termiten in nur zwanzig Jahren so gnadenlos ausgehöhlt haben, dass das Holzmehl herausstürzt, wenn man die intakt gebliebene Außenhaut auch nur mit dem Finger anklickt. Es gibt maßlos viel Dreck und Staub, der vom Dachboden in die Zimmer fällt. In denen stehen die Möbel und Kissen und Bettüberwurfdecken unabgedeckt und ungeschützt und können sich der Drecklawine nicht erwehren.

Keiner der Arbeiter realisiert es, mein Team schaut zu und ist genauso blind. Die Insulaner haben halt diesen Tunnelblick, die Welt außerhalb dieses Blickfelds gibt es nicht. Und meine Männer, der Innenminister und der Premier, die haben wieder einmal die Augen verklebt, den Sehschlitz verengt, der eine streicht seit Stunden hingebungsvoll und tiefschürfend den Küchenventilator und der andere schreibt auf der Tafel das Abendessen an, von dem später noch die Rede sein wird. Ich scheuche sie auf, erinnere den Junior an seine Kontrollpflicht, herrsche ihn an, dass ich Resultate sehen wolle von meiner Chefausbildung, und dann sind auch die Zimmerzertrümmerer so eingeschüchtert, dass in zehn Minuten alle Möbel draußen im Atrium stehen – wo sie fünf Minuten später ein heftiger Monsunregenguss weichwässert.

Immerhin zeigt sich die Villa von außen her so rundumerneuert, was sage ich, so blitzblank herausgeputzt und jugendlich strahlend weiß, dass Lukas' architektonisches Designjuwel sich wieder lustvoll herzeigt und ich mich selber seit fünf Wochen zum ersten Mal wieder wirklich freuen darf. Doch wie's da drinnen aussieht, geht niemanden was an: Die Zimmer- und Innenreno ist in vollem Gang und ein Ende nicht in Sicht, immerhin ist uns zugesagt, dass zum Monatsende alles fertig sei und wir dann wieder Zimmer in der Villa vermieten können. (Aus vielerlei Gründen habe ich dann doch gegen den Bau separater Badezimmer für die Zimmer 3 und 4 entschieden, die durch ein gemeinsames Bad verbunden sind. Aber sie bekommen Klimaanlage zum selben Preis, das wird die Gäste trösten, wenn sie – Wasser sparen! – gemeinsam duschen müssen.)

In ein paar Tagen beginnt parallel mit der Innenreno der Villa das Abreißen des alten und arg verkommenen Staffhausdaches und die Konstruktion eines neuen, steil genug, um die Regenmassen so schnell abzuführen, dass es den Bewohnern endlich nicht mehr ins Bett nässt.

Bis auch das am Monatsende «unter Dach» ist, hat sich vielleicht auch mein Blick in Bezug auf den Neubau eines ersten Stocks, des «Stöckli», geklärt, der eigentlich Vorrang hatte und meine Zukunftsfreude beflügeln sollte. Zuerst hatte ich aufgrund der ersten Renovationstage in der Villa und ihren unerwarteten Schrecken Unlustgefühle, die jeden Entscheid über das Stöckli blockierten. Dann war der Output des beauftragten Architekten so quälend langsam und von so nachlässiger Qualität, dass ich dachte, ich sei einem Montessori-Kindergarten in die Hände gefallen. Dabei ist der Star einer der leitenden Köpfe der Stadtverwaltung, ihr so nah verbunden, dass er sogar auf dem Areal der Town Hall wohnen darf. Ich konnte annehmen, er würde kraft seines Amtes und dem damit verbundenen Beziehungsnetzwerk das Umbaubewilligungsverfahren beschleunigen. Stattdessen verlangte er Landpapiere, Vermessungspläne, Steuerbelege, die mit dem Erweiterungsbau gar nichts zu tun hatten, für den er – als Nebengeschäft – den Bauplan zeichnen sollte. Und gestern schickte er ein singhalesisches Bewilligungsformular zur Unterschrift, die ich leichtfertig erteilte, um heute bei der Übersetzung zu merken, dass das gar nicht das Formular für die Baubewilligung ist, sondern eines, mit dem ich die Aufteilung der Property in zwei Teile beantrage. Wenn ich nur nichts falsch gemacht habe. Auf alle Fälle ist mir das Projekt mit diesem Schwachstrombeamten so entglitten, dass es in keiner Weise mehr planbar ist.

Tröstlich fiel mir eine wahre Geschichte aus meinen ersten Jahren auf der Insel wieder ein, die gleichnishaft beschreibt, wie ich mich bis zur Selbstaufgabe verliebt um die schöne Lanka kümmerte und dabei ums Haar selber unter die Räder gekommen wäre:

Reiste nach Mount Lavinia, ging zum Strand hinunter, es ist mittlerweile drei Uhr nachmittags, nur wenige Leute sind da, nur zwei dieser Palmmatten-Kabinen-Reihen sind bewacht. Einer der Wächter stürzt sich auf mich, das Meer sei hier viel ruhiger als bei seinem Konkurrenten nebenan. Wo ich aber Leute sehe, während sie seine Kabinen meiden (weshalb ihm der kleine Helfer des Konkurrenten Schmählieder singt und ihm die Zunge zeigt). Also spiele ich die Rolle als einziger Gast und gebe ihm seine Ehre wieder, die er für heute an seinen Konkurrenten verloren hatte.

Schon zwei Stunden später bringe ich ihm dann ein paar Dutzend Leute. Ich rette einem dreißigjährigen Einheimischen das Leben. Er hat Geburtstag gewissermaßen. Wie ich um fünf nach Ananas und zaghaften Schwimmereien im ruppigen Wasser wieder angezogen bin, kommt aufgeregt einer hergerannt, sagt etwas, springt wieder weg. Nervosität ist plötzlich da und ich frage, was sei, und einer sagt, da draußen, und da sehe ich einen Kopf im Wasser und am Strand einen Haufen Leute, die ihm zuschauen, aufgeregt sind, aber keiner tut etwas.

Ich bin hin- und hergerissen, bin kein sehr guter Schwimmer, die Strömung kann dich auffressen, gehe lieber zurück ins Hotel, aber in der gleichen Zeit, wie ich das denke, habe ich mich simultan instinktiv ausgezogen, ich bin groß gewachsen, ich kenne den Strand, ich will versuchen, im sanft abflachenden Wasser zu ihm hinauszulaufen.

Immer mehr Leute kommen dazu, ein neuer Film im täglichen Kino. Zum Glück gehe ich von links her hinaus, die Strömung treibt in meine Richtung. Immer wieder bleibe ich stehen, um zu sehen, wo der Kopf ist und ob ich selber noch Boden unter den Füßen habe. Zum Glück kann ich in den Wellentälern immer wieder stehen, und da habe ich ihn plötzlich, seine Arme, seine Schultern und ich laufe wie der Heilige Christopherus mit dem Jesuskind zum Ufer zurück, falle immer wieder um, wenn die nächste Welle kommt. Als ich wieder festes Land unter mir habe, wirft mir einer eine Bambusstange her, die alles viel leichter macht, weil sich mein Neugeborener dran klammern kann, bis ich ihn in den Sand lege und nicht weiß, was man mit einem Ertrunkenen nach der Rettung tut. Aber jemand legt ihn auf den Rücken, drückt ihm auf den Brustkorb und da erbricht er dann den Indischen Ozean, zum Glück haben sie ihn inzwischen auf den Bauch gelegt. Niemand sagt etwas, ich ziehe ihm mein T-Shirt an, damit er nicht unterkühlt wird, und bin ein wenig verlegen, weil mich alle Leute berühren und bestaunen.

Nachher schleiche ich mich einsam wie John Wayne davon, gehe auf dieser unsäglichen Eisenbahntrasse, weil das schneller geht, verwechsle links und rechts, plötzlich pfeift mich eine Zuglokomotive von hinten an, ausgerechnet unter einer Brücke, und da rette ich mich selber und mache mich ganz dünn, presse mich an einen Pfeiler, damit mich der Sturmwind nicht davonbläst. Nachher bin ich noch lange zittrig und nervös.

Am andern Tag hat mein Strandwächter ein Schild gemalt, «Here Lifeguards», und die Gäste des Schmutzkonkurrenten von gestern sitzen heute in seinen Liegestühlen, wo er sie mit ausgesuchter Höflichkeit scharwenzelt.

13. Juni

Es ist degoutant zu sehen, wie servil die Staatspresse ihre Referenz an den wichtigsten Koalitionspartner erweist, diese unverändert stalinistisch-chauvinistische Kleinpartei, deren Sekretariat sich weiterhin störrisch Politbüro nennt. Die Bevölkerung muss sich jetzt Huldigungen an die Fossile der gescheiterten Bewegung gefallen lassen, in der heutigen Sonntagspresse eine Hymne auf den Friedensengel Che Guevara (haben sie vergessen, dass der seinen Widerstand bewaffnete?) und einen Kommentar zum Lobe Kubas, und man solle ja die Finger von den Bruderländern zu lassen. Das Parlament hat in den zwei Monaten seit Inauguration nur vier Mal getagt, zwei Mal davon in unwürdigen Tumulten, und jedermann fragt sich, wie die gewählten Landesmanager die viele Arbeit erledigen wollen. Aber zum wenigen, das getan wurde, gehörte, die Steuerfreiheit beim Kauf von Grundstücken durch Ausländer rückgängig zu machen, die die kapitalistischen Pragmatiker der abgewählten Regierung ein wenig zu erfolgreich eingeführt hatte: In Galle gehörten vor 10 Jahren nur 2 Grundstücke Ausländern, heute seien es 68, die meisten in der verwahrlost gewesenen Altstadt. Es ist wie manche Jahre in der Schweiz, die Ausländer sind an allem schuld, je nachdem, aus welcher Richtung der aktuelle Wind bläst.

In diesen Tagen sind auch die Katholischen einmal dran, respektive ihre kolonialen Vorväter: Führende buddhistische Mönche (sie werden immer politischer) bekommen dieser Tage mediale Aufmerksamkeit für die Feststellung, dass an der Misere der heutigen Gesellschaft die Missionare schuld seien, die damals ins unschuldige Land gekommen seien. Und überdies hätten sie die Ländereien, auf denen sie ihre Kirchen bauten, bis heute nicht bezahlt. Was wahrscheinlich stimmt, doch gefährdet es den religiösen Frieden, die Kampagne kommt schnell zu Ende, man hat ihnen wohl auf die Finger geklopft.

Wenn nachts das Meer wütet, präsentiert sich das morgendliche Strandgut besonders üppig. Heute lagen ein paar Dutzend abgeschlagene Thunfischköpfe herum, jeder so groß wie ein Männerkopf, und man kann sich gut vorstellen, dass es den Hochseefischern auf ihren Trawlern nicht so ganz wohl war, wie die Herren des Meeres sie aus ihren großen Augen vorwurfsvoll anschauten. Auch zwei schön mit Punkten gemusterte Seeschlangen lagen da, eine hatte noch einen Fisch im viel zu kleinen Maul, aber jede war so voluminös und gedrungen wie ein Fußballerschenkel. Dazu ein brauner Hund, vom Wasser zur Größe eines Kalbs aufgeblasen, der alle viere vorwurfsvoll zum Himmel streckte, und ein paar Netzmarkierungen aus rotem Kork, die ich fleißig einsammelte, um sie zu den vielen anderen in die Strandgutkörbe zu legen, die den Icebeargästen gut gefallen und mit denen wir manchmal eine Ausstellung im Garten machen.

Wir hatten zwei holländische Gäste, die dem Koch so schöne Augen machten, dass er sie mit einem Krabbenschmaus verwöhnte, wie es ihn hier noch nie gegeben hat. Auf jedem Teller lagen sechs stark errötete, handtellergroße Krabbler in einem Ring von Peperonigemüse, devilled, teuflisch!, und Reis, der mit Gemüse und maledivischem Trockenfisch angereichert war. Zum Start gab es Kürbissuppe, zum Dessert einen Quark- und Jellypudding. Alle waren so begeistert, dass ich mir die Einkaufsrechnungen zeigen ließ. Der Schock war groß, allein die Schalentiere kosteten uns auf dem Markt so viel wie wir den

Gästen für das ganze dreigängige Abendessen berechneten. Ab nächste Woche habe ich eine wöchentliche Schulstunde einberufen, zuerst werde ich über wirtschaftliches Einkaufen referieren, über Lagerung, Hygiene (wieder einmal) usw., und ab sofort wird man mir jede Woche zum Voraus die Menüliste zeigen müssen. Kein Wunder, sind unsere Gäste so hell begeistert von unserer Starküche. Da stoße ich an meine Amateurgrenzen, ich bin zum Glück großzügig mit mir, muss auch keine Shareholder erquicken.

20. Juni

Nachbarn haben mich mit einer überwältigenden Karte zur Dinnerparty eingeladen, der Jüngste hatte heute seine erste Heilige Kommunion und durfte nach dem gestrigen Fastentag wieder essen. War auch nötig, das ist so ein magerer Wurm, zum Glück durfte er sich den ganzen Abend an seiner Kerze festhalten. Aber er hatte einen ganz großen Namen, Washington, und er wusste, das ist das Colombo von Amerika. Nachdem ich wieder einmal bestätigt fand, dass es in dieser Familie die meisten schönen Frauen per Quadratmeter Wohnfläche gibt, und nachdem der Onkel anbot, mir bei seinem besten Freund, dem Speaker der Opposition, eine Liqueurlizenz zu besorgen, war es nur eine Frage der Zeit, bis mich Fischer Sebastian so inniglich umarmte, dass ein Rudel starker Kerle ihn wie einen Blutegel von meinem Körper schälen musste. Gleich darauf durfte ich unter dem zahlreichen Nachwuchs eine Frau zum Heiraten aussuchen, alle eben zwanzig, ein wenig überschminkt und für hiesige Begriffe missverständlich, doch hinreißend verkleidet. War das ein Lachen, es blieb mir nur die Flucht und wehmütige Erkenntnis, dass vier Jahrzehnte Altersunterschied vielleicht doch ein bisschen viel seien. Immerhin habe ich dem Kommunionkind 2000 Rupien überreicht, mit beiden Händen und in aufrechter Haltung, da hat es sich prompt vor mir niedergeworfen, Zeit für die Flucht. Bis weit nach Mitternacht würde ich wieder von tamilischer Musik totgeschlagen werden.

Ich hatte ein wenig Mühe, reinen Herzens zu geben, aber ich spendierte meinen vier Angestellten dann doch ihren ersten Flug, und vor ein paar Tagen sind wir morgens um vier aufgestanden und nach Jaffna geflogen. Geflogen! Nach Jaffna! Ein «Müschterli» vom Frieden gewissermaßen. Erst Minuten vor der Abfahrt nach Ratmalana und auf Nachfrage hin – «cowardly!» – erfuhr ich allerdings, dass einer der zwei temporär aufgebotenen Wachleute nicht gekommen sei, die meine Property beschützen sollten, während wir im Kriegsgebiet touren. Am Vorabend um zehn habe er ausrichten lassen, dass er krank sei. Mein natürlich viel zu unerfahrener Co-Boss erkannte das Sicherheitsproblem nicht und ließ mich blauäugig uninformiert. Er war bereit die ganze Property einem einzigen Mann auszuhändigen, dem Aushelfer Xaver, dabei hätte er dies und das noch tun können, Ersatz aufbieten, die Nachbarin informieren, ein Handy besorgen. Ich war wieder einmal erschüttert und das Theaterspiel, mir nichts anmerken zu lassen, brachte mich fast um. Weil sonst der ganze Tag verdorben gewesen wäre, denn mein Ärger kann tödlich sein, auch für die Leute in meinem Umfeld. Ich holte also tief Luft und sagte mir autosuggestiv vor, erwarte nichts, erwarte nichts! Das funktionierte, ich ertrug auch nachfolgende Erschütterungen gut, etwa den rücksichtslosen Egoismus des Gärtners im Umgang mit seinen Kollegen. Und auch, dass das Autoradio unseres Busfahrers nicht funktionierte – sorry, a little problem! – und die morgenstille Anfahrt zum Militärflughafen deshalb ein deprimierter Leichenzug wurde. Immerhin hatte der Koch die Sandwiches und Wasserflaschen nicht vergessen. Dafür muffelte mich der Angestellte von der Airline an, weil er meine Barzahlung von 88 Fünfhunderternoten für den Flug von Hand nachzählen musste – er hätte lieber 44 Tausender und weniger Arbeit gehabt.

Der Tag wurde dann doch ein vielfältiges Vergnügen, meine Mitarbeiter genossen den ersten Flug ihres Lebens, der in der kleinen Maschine auch physisch und visuell etwas hergab, und Jaffna war noch immer sehr schön südindisch, wenn auch etwas verlassen und vergessen. Man kann nur hoffen, dass sie die wunderbaren Bauten im Zentrum nicht durch diese Schuhschachteln ersetzen, wenn der permanente Friede einmal ausbrechen sollte im Land. Das war ja nun schon der siebte «Betriebsausflug» ,und nach keinem hat sich jemand bedankt, bei keinem schenkten sie mir Blumen oder ihre Liebe, nach jedem habe ich mir vorgenommen, ihn nicht zu wiederholen, weshalb ich ziemlich beeindruckt war, dass sich nach Rückkehr jeder und für hiesige Begriffe herzlich mit Handschlag bedankte. Und ein neues Hirschgeweih als Ersatz für das gestohlene haben sie auch besorgt und selber bezahlt. Für so etwas habe ich Respekt.

Bin nervös. Muss morgen in Englisch vor dem Komitee des staatlichen Tourist Board im «Commitee-room» über mein BOI-Projekt referieren und wie zu guter Letzt verlangt erläutern, was die neue Company für die Community tut (das haben sicher die Steinzeitkommunisten in den Koalitionsvertrag eingebracht). Bei meinem Auftritt muss ich optimisisch und positiv sein und zugleich devot, obwohl ich die beamteten Angestellten für unbedarfte Nichtsnutze halte und die Tourismusbehörde für die faulste von allen. Aber es gibt ja Hoffnung, eine neue Regierung.

27. Juni

Für den Bürgermeister von Negombo ist jeder Tag Wahltag. Sah ihn heute im Rathaus durch den Flur seines Arbeitsplatzes gehen, ein paar Untergebene im Gefolge, winkend nach rechts und links, Handauflegen bei diesem und jenem,

Shakehands auch mit mir, Smalltalk, und schon ist er wieder versickert im Magen seiner Town Hall, um sich um die 220 angestellten Teetrinker zu kümmern und um den Erdkreis.

Ich war dort beim Chief Accountant, hatte schriftlich Einsprache gegen die Grundstücksteuer für das laufende Jahr erhoben, die 400% höher war als im Vorjahr, ohne jegliche Ankündigung, Erläuterung, Begründung, willkürlich halt. Immerhin erhielt ich, nach eingeschriebener Erinnerung, ein Appointment und als einziger Ausländer weit und breit auch umgehend Einlass. Sie sind wirklich alle überwältigend aufmerksam und servil mit Ausländern, ich weiß nicht, liegt es in den kolonisierten Genen, an der Insellage oder einer Weisung an die Staatsdiener von ganz oben, die paar Investoren nicht zu vergraulen. Und dann hatte ich endlich das seit Wochen ersehnte Erfolgserlebnis: Nach kurzer Befragung, bei der das Gremium mir jede Antwort glaubte, wurde der Steuersatz von 10% des neu eingeschätzten Landwertes auf 6% reduziert und ich hatte 100 000 Rupien verdient, zurückzuzahlen nächstens mit dem schriftlichen Bescheid.

Weil ich grad im Zentrum der Macht tätig war, ließ ich mir den Weg zu den Chefingenieuren zeigen, um den Headman wegen des Bauplans für die Erweiterung um einen ersten Stock, des «Stöckli», heimzusuchen. In seinem sehr großen, sehr leeren Büro saßen vier kichernde Krankenschwestern, niemand weiß, warum und wozu, aber es rannten wieselflink eine Menge Leute hin und her durchs Büro von einer Tür durch die andere. Immerhin sehe ich auf einem Tisch den Lageplan einer sozialen Massenüberbauung liegen, genaugenommen ist es ein Briefmarkenbogen, kleine Standardwerte, doch mit all den eingezeichneten Wasser-, Abwasser- und Elektrischzuleitungen sieht es sehr eindrucksvoll aus. Solche Sachen treiben die also. Als ich eben eine Grußbotschaft aufschreiben wollte, kam er angerannt, er sei eben bei mir im Hotel gewesen, um die Pläne zu bringen – ich werde verrückt, schon wieder ein Erfolgserlebnis – und gleich wieder zurückgekommen, um mich noch zu sehen. Ob ich zum Tee in sein Haus kommen möchte?

Wir liefen lange, das Areal hinter der panoramaweit gestreckten Rathausfassade ist enorm und es hat Platz für die Bungalows aller angestellten Superintendanten (Meyers Lexikon: »Leiter eines Theaterbetriebs mit verschiedenen dramat. Gattungen»). Nur leider seine Frau war nicht da, er wusste nicht, wie Tee kochen. Ich lenkte ihn einfühlsam auf ein anderes Thema, um ihn nicht zu beschämen, und er kramte aus Bergen von aufgestapeltem Material das Hausmodell von Lukas hervor. Der Bauplan selber war diesmal professionell mit Tusche auf Transparentpapier gezeichnet, alle Ansichten, alle Anmerkungen, nur hatte das Haus immer noch nichts zu tun mit dem übergebenen 3-D-Modell – das hatte er wohl verlegt, oder gar nicht angeschaut, oder er war mit seinem Röhrenblick unfähig, es in die erste Dimension umzusetzen. Das Resultat ist genauso, wie man sich das Design eines staatsangestellten Repetitionsten in einer sozialistischen Republik vorstellt, die eben erst den Beton entdeckt hat. Ich habe den Plan heimgenommen, um letzte Korrekturen anzubringen, ihn dann aber vier Tage lang mit Nichtbeachtung bestraft, obwohl ich ihn so ungeduldig herbeigewünscht hatte. Und, ach ja, der Zugang zum Land sei noch zu klären, ob ich die Vermessungspläne vorlegen könnte für die Baubewilligung, notariell beglaubigt.

Gestern Abend war eine Delegation des Icebear Guesthouse an einem Informationsanlass der Negombo Hotel Association, über den Dilan mir heute berichten wird. Die Einladung wurde am Mittag überbracht von denselben zwei Polizisten der Tourist Police Station, die denselben Dilan, Manager meines Guesthouse, tags zuvor bis um Mitternacht in Handschellen in ihren Büros gefangenhielten. Gestern noch hatten sie, natürlich im Scherz, ihre Pistolen auf ihn gerichtet und ihm gedroht, sie würden ihn an der Decke aufhängen und verprügeln. Bei ihrem Besuch heute Mittag ließen sie sich von ihm lammfromm Soda servieren. «Do you have nothing to give some color to the water?»

Das war so: Ein französisches Ehepaar war vor zwei Wochen unser Gast für eine Nacht, und als sie jetzt zur letzten Nacht vor dem Heimflug wieder bei uns nächtigten, behaupteten sie, Dilan habe ihnen während des ersten Besuchs 600 Euro und 200 Dollar aus einer Tasche gestohlen, die im Zimmer gelegen sei. Als das Unschuldslamm entrüstet verneinte und fragte, warum sie das nicht bei der Abreise vor zwei Wochen angezeigt hätten, drohten sie ihm, nicht frech zu werden und gingen umgehend zur Tourist Police Station, um einen Rapport zu machen. Nicht gegen das Hotel, nein, gegen ihn persönlich und ohne mein Wissen.

Umgehend kamen die Polizisten bei uns vorbei und nahmen meinen Co-Boss mit und auch Sandani, mit der Behauptung, sie sei das Zimmermädchen, und einer von beiden hätte zweifelsohne das Geld gestohlen. Polizistenlogik halt. Ich derweil unwissend im Luxus eines Colombohotels, indisch dinieren, bei indischer Musik, indischem Bier, indischer Tageszeitung. Dem Chef telefonieren sei nicht erlaubt, im Gegenteil, der solle sich vorsehen, dass wir nicht das ganze Hotel schließen. Das Powergame halt. Auch Sandani in Handschellen, man muss sich das vorstellen, in einem Land, in dem die Unversehrtheit einer Frau ihr einziger Wert ist. Und sie ist Witwe, Kriegerwitwe, hat ihren Mann im Bürgerkrieg verloren, Soldat bei der Armee, ein Nationalheld.

Um neun lassen sie sie gehen, die Familie war bereits beunruhigt. Der Gärtner und später der temporäre Nachtwächter gingen zur Tourist Police, um zum Rechten zu sehen, man muss mit allem rechnen. Einwände und Erklärungen meiner Angestellten schmetterten die Hüter von Recht und Ordnung ab, das

Maul zu halten. Dann das weltweit praktizierte Spiel, zeige die Identitätskarten, den Fahrausweis, leere die Taschen, zu welchen Schlössern gehören diese Schlüssel und, exklusiv in Sri Lanka, wo ist die Arrak-Ausschanklizenz? Wir haben keine. Wenn ein Tourist etwas trinken will, gibt der Chef etwas aus seinem privaten Bestand.

Kurz darauf ein erneuter Besuch von uniformierten Staatsangestellten: Ah, hier in der Küche, eine Flasche Arrak, zu einem Drittel voll. Ah, und hier im Storeroom, acht Flaschen Wein, interessiert nicht, Wein braucht keine Lizenz. Und im Kühlschrank, 6 Flaschen Bier, Lion Lager aus Nuwara Eliya. Die nehmen sie sich als Beweismittel für das Hohe Gericht heraus, versiegeln die Deckel – stilvoll mit Siegelwachs! – konfiszieren sie, nehmen sie ebenfalls in Haft, was sage ich, sie haben mir sechs Flaschen Bier und eine (2/3 leere? 1/3 volle?) Flasche Arrak gestohlen.

Morgen um vier sollen wir alle auf den Posten kommen. Ich instruiere Dilan, dass nun wir sie zermürben würden. Wir gingen erst um fünf. Der diensthabende Polizist erschrickt, dass der lizenzlose Biertrinker ein Ausländer ist, salutiert überrumpelt, bietet mir einen Stuhl an, den ich demonstrativ meinem gedemütigten Jungmanager überlasse. Es ist dem Polizeimann peinlich, der sitzt, ich stehe. Gestern noch sah alles anders aus. Der Chef käme erst um sechs, ob ich warten könne? Aber er habe mich auf vier bestellt? Sorry, Sir! Wir gingen jetzt, der Chef möge mir meine sechs Bierflaschen zurückbringen, sie seien mein persönlicher Besitz und niemand hätte das Recht, sie mir wegzunehmen, hier ist meine Visitenkarte, da ist ein Zitat aufgedruckt, «There is a memory in every moment at the Icebear». Icebeer. In the Icebar. Behind the Icebars.

Welcher einheimische Konkurrent steht denn diesmal hinter der Geschichte?

Eine Woche später, an einem Sonntag, wo man sich auf dem Posten der Tourist Police langweilt, wird der junge Uniformierte wieder zu uns kommen, so dunkelhäutig, dass sogar der dunkle Suriya ihn als very black beschreibt. Er fragt zuerst Dilan, dann Suriya nach einer Flasche Arrak, als Geschenk, sie hätten ein Meeting. Meine Angestellten sagen, der Chef habe keinen im Haus. Ein Scherzen und Lachen, Sandani kommt dazu, erkennt ihren Peiniger und traut sich die Bemerkung zu machen, ihr sei nicht zum Lachen zumute. Er kontert mit der Aufforderung, sie sollten dem Foreigner nichts von seinem Besuch verraten. Der steht derweil unbeobachtet, doch aufmerksam an seinem Zimmerfenster und findet, dass der junge Polizist so uniformsprengend feist ist wie ein junger Tempelelefant. Und so muss man es sich auch vorstellen, wie er ohne Nuckelflasche phyknisch davontrottet, draußen warten zwei Kollegen im Dienst-Pajero, man hat den jüngsten auf die Betteltour geschickt.

Was haben sich diese französischen Gäste eigentlich gedacht, was hat sie bewegt, was war ihre Absicht? Wir hatten schon so viele verkrümmte Touristen hier und in meiner Geschichtensammlung gibt es so viele von Gaunereien und Tricksereien meiner Gäste, dass ich keinem mehr über den Weg traue. Wie oft haben sie mit erfundenen Diebstählen, Entwendungen, Einbrüchen ihre Versicherungen betrogen und mit Mängelrügen einen Rabatt erschlichen? Wie oft haben sie mit meinen einheimischen Angestellten das Herr-und-Hund-Spiel gespielt? Wie oft haben sie Sachen in ihr Gepäck gesteckt, die so schnuckelig überall herumstehen, herumliegen? Wie oft haben sie meine Angestellten der Klauerei verdächtigt und sich nachher für ihren peinlichen Irrtum aufs Lächerlichste entschuldigt? Wie viele meiner weiblichen Gäste haben die jungen Fischer verrückt gemacht, um nachher Heilige Jungfrau zu spielen? Wie viele kamen nach ihrer Rundreise nach Negombo zurück ohne jedes Geld, das sie leichtfertig unterwegs ausgegeben hatten? Haben sie mir nicht einen Radio gestohlen, eine Leselampe, eine Seifenschale? Haben sie nicht sogar die Kokosknöpfe abgeschnitten von meinen Zierkissen?

Da passt die selten vorkommende Familie grad auch noch dazu, die gestern ankam, Vater und Mutter, Tochter und Sohn, Australier, die im Arabischen leben und arbeiten und den ganzen Tag lang in froher Runde Wein aus mitgebrachten Drei-Liter-Containern bechern, flächendeckend, alle vier, da sind sie sich einig. Sie essen nichts, bestellen nur Kaffee und sind genaugenommen den ganzen Tag lang angetrunken, entsprechend sorglos und heiter, doch zu nichts zu gebrauchen, weil sie immerzu in ihren Betten liegen. Ein Fall für Familientherapie, doch in der Ferne schämt sich's leichter.

3. Juli

Mr. Koy und seine alte Mutter haben ihr Auskommen, indem sie eine Batterie kleiner Schreibtische in ihr altes Stadthaus stellen und die straßenseitige Fassade mit ein paar Dutzend schwarzweißen Büroschildern der Winkeladvokaten pflastern, 500 Rupien das Stück.

Berichte aus der Schweiz, es seien derzeit alle mutlos, verzagt, besorgt oder dann aggressiv, gewaltbereit, rücksichtslos. Gesellschaftsumbau an allen Fronten. Andererseits wünschen sich zwei Drittel aller Zürcher für den Sommer mehr als die bisher sieben Großanlässe. Zürich eine Festhütte, Krieg und Spiele, wenn das nur gut geht.

7. Juli

Heute haben sie wieder eine wunderschöne Leiche zum Friedhof getragen, die Musikanten waren in Hochform, die Böllerschüsse aufwühlend, der Trauerzug endlos. Kinder haben noch keine Feinde: Das Kind ist am Sonntag oben bei der

Sea Church ertrunken. Wenn es eine Statistik gäbe oder wenn eine veröffentlicht würde, käme während der Monsunmonate kein Tourist mehr an die Westküste.

Ein junger Mensch kam zu Besuch, erklärte, um mich sanft zu stimmen, in erlesenster Höflichkeit, er sei Anishs Freund, aber ich wusste, er lügt, er war einer aus der Quartierclique des Bruders Mahendran. Den haben sie ja mit einem Touristenvisum in Deutschland entsorgt und ich war mir immer sicher, dass er sich dort mit Anishs Hotelschulzertifikaten einen Job erschleichen würde. Da passte der Grund des Besuchs mit schönen Grüßen, ich hätte doch Anishs Geburtsurkunde, ob ich die ihm nicht zum Weiterschicken geben könnte. Soweit kommt's noch. Zudem kann Mahendran ja selber Kontakt mit mir aufnehmen, Post und Telefon funktionieren ja leidlich, doch seit wir Anish zu Grabe getragen haben, ist totale Funkstille mit der ganzen Haushälterverwandtschaft.

9. Juli

Ich weiß aus Klatschmagazinen, aber auch aus dem eigenen Leben, dass Sechzigjährige lieber essen als in die Disco gehen. Deshalb verwundert niemanden, dass ich die Plakate wohlwollend zur Kenntnis nahm, die italienische Wochen im Taj Starhotel beim Flughafen anpriesen, und wie oft, wenn ich der einzige Gast bin bei mir im Haus, ging ich auswärts essen. Aber o je, das Leben hält immer neue Probleme bereit, die nach kreativen Lösungen und Handlung schreien. Dass wegen der morgigen Wahlen am heutigen Vorabend nicht einmal ein klitzekleines Glas Rotwein serviert wurde, ließ sich noch verschmerzen. Auch dass sich die Geschichte wiederholt, nach der man umso schlechter isst, je teurer das Hotel ist, überraschte mich nicht mehr. Die Festwochenkarte war nicht größer als eine Postkarte und die italienische Promotion wurde gleich zweimal kannibalisiert, denn es gab gleichzeitig ein Mongolen Buffet und ein Barbecue (da schmeißt man einfach einen Haufen Fleisch auf den Scheiterhaufen). Very sorry, wir haben heute keine Gnocchi. Den Chef, bitte. Very sorry, wir haben heute doch Gnocchi. Derweil vertrocknen die ohnehin lieblosen Spaghetti Carbonara unter der Rotlichtlampe. Ach. Aber der Höhepunkt des Abends ereignete sich schon vorher, auf halber Strecke zwischen Negombo und Seeduwa, 10 km nach Negombo und 10 km vom Tajhotel. Da stotterte der Motorradmotor, es reichte mit Ausrollen noch bis zur nächsten Lichtreklame (es war dunkel), kein Benzin mehr. Man muss sich das vorstellen, der Zähler zeigte 160 km und ich hatte 10 Liter vollgetankt, der Höllenhund frisst also 6 Liter auf 100 Kilometer?

Daheim lernte ich dann, dass Muskelanspannung und Lachen nicht simultan zusammengehen: Ich sehe Mister Sri Lanka 2003 life am Fernsehen, der Bodybuilding Contest ist los, genießt hier mehr Aufmerksam als die Misswahlen, ist aber eine ganz und gar ernsthafte Angelegenheit.

22. Juli
Ob ich Katholik sei? In die Kirche gehe? Er trinke und rauche nicht. Des Inhalts war das erste Gespräch mit meinem einheimischen Businesspartner gewesen, auf dessen Namen die Geschäftslizenz auf mein Beherbergungsgeschäft lief, bis die Firmengründung und all die Anerkennungen abgeschlossen waren. Es wurde auch Zeit für einen Besuch in seinem Dorfhaus, zu dem ich zwei Fruchtsaftflaschen mitbrachte und einen Brief zum Unterschreiben, den das Board of Investment bei einem besorgten Besuch wünschte: Er erklärt in aller Form, mir die Geschäfte ohne Wenn und Aber zu übertragen. Tags zuvor war – schon wieder! – ein Schreiben des Tourist Board gekommen, Direktor der Abteilung Development, der Icebear sei ja bereits in Betrieb und ich möge mich künftig an den Direktor der Trade Standards wenden. Zurück an den Anfang. Mensch ärgere dich nicht. Ich war außer mir, wollte wieder einmal alles hinschmeißen, ja bin ich denn von lauter Nichtkönnern umgeben – neun Monate brauchten die, um die Leibesfrucht auszutragen und dann eine Todgeburt zur Welt zu bringen. Ich reiste sofort nach Colombo. Nach heftigen Blähungen schätzte ich es so ein, dass sie jetzt die Gradierung vornehmen, tralalalalala, ein ganz normaler Vorgang, «A-B-C-Grade Guesthouse» oder «Zweistern Hotel» oder ähnlich. Insgeheim bin ich aber sicher, dass sie mir mangels motivierender Donation nur «C» geben werden.

Ich stürzte direkt zum Board of Investment, das sich in der Broschüre rühmt, die zentrale Anlaufstelle für alle Investoren zu sein und dass kein Regierungswechsel Einfluss auf deren Arbeit habe und so weiter. Die Dame staunte ihrerseits nicht schlecht, ach, das Guesthouse ist bereits aktiv, das Business registriert? Das haben wir gar nicht bemerkt. Dann brauchen wir nur einen Brief, der die Übertragung der Geschäfte an mich festschreibt, dann ginge natürlich alles sehr schnell. Neuland. Aufregungen. Erregungen. Ich würde mir dieses Theater kein zweites Mal antun. Und jedem ausländischen Alleinunterhalter abraten, hier zu investieren.

400 Millionen Umsatz per Jahr machen Unilever und Konsorten mit Hautbleichungscremen: Du bringst es zu nichts, wenn du nicht hellhäutig bist, im Beruf nicht, und schon gar nicht als Frau, die Männer wollen bleiche Bräute. Wie damals mein erster Hausmeister, den ich von seinem Hilfsstewardposten in mehr Selbstständigkeit weggeschwätzt hatte. Als es Zeit wurde, ihm eine Frau zu suchen, entschied er sich für eine Mutti mit ganz breiten Hüften. Und für die blasseste aller Bewerberinnen, die ihm die Familie ins Blickfeld schob. Als sie nach der Hochzeit gemeinsam in meinem Staffhaus wohnten, sah ich sie wochenlang nicht mehr. Er hatte sie gewissermaßen weggeschlossen, und sie ließ es sich gefallen wohl wissend, dass ihre helle Haut das einzige Kapital war, das

sie in die Beziehung einbringen konnte. «No, Mr. Gerry, sie soll im Haus bleiben und nicht ins Freie gehen.» Die Sonne würde sie sonst ganz dunkel machen. Yes, er mache die Einkäufe für den Haushalt, auch alles Aushäusige mache er und nicht seine Schöne.

Zwei Zentimeter tief und drei Zentimeter lang war die Fleischwunde am dünnen Hühnerhals meiner schönschenkeligen Freundin Laura, als Chickenfresser wusste ich gar nicht, dass um den Hals noch Fleisch wächst. Mein deutscher Schäferhund hatte sie gebissen, ein Liebesbiss sicher, aber mit schlimmen Folgen. Der Tierarzt war nicht zimperlich und flickte sie mit Nadel und Faden zusammen, ohne Betäubung. Hühner hätten am Hals keine Nerven.

Gestern Morgen hat einer – Saturday Night Fever – die Büschel aller schwertförmigen Blätter in den Pflanzenkübeln vor dem Haus abgeschnitten, «Schwiegermutterzungen», pervers mit einer mitgebrachten Schere. Ein richtiges Massaker. Den Abfall aus den Kübeln haben sie der Nachbarin vors Haus gestreut und ihr überdies Unterwäsche ans Haustor gehängt, die sie irgendwo von der Leine genommen haben. Wir sind im Quartier geplagt von gelangweilten Halbstarken und Freizeitsäufern. Lucia ist tapfer, sie unterrichte ja junge Männer im vorehelichen Benimm, und da würde sie offen über alles sprechen. Sie versicherte mir auch, dass keiner neidisch sei auf mich, ich würde schließlich mein Geld vom Ausland bringen und sechs einheimische Familien ernähren, und die jungen Nichtsnutze sollen arbeiten, damit auch sie es zu etwas bringen.

Der Koch ist krank im Magen, ernährt sich leichtfertig auswärts, nun liegt er schwer darnieder und hat schon drei Arztbesuche und Medikamente für 15 000 Rupien hinter sich. Und der Juniorchef hat sechs Tage frei, Vorbereitung aufs zweite Goetheinstitutsexamen in der Gruppe. Nun ist der Gärtner im Innendienst, in der Küche festgewachsen, froh, seiner Gärtnerfron entkommen zu sein. Für Reis und Fisch brauchte er fünf Stunden und die Hilfe von Sandani, da jagte ich ihn zum Grasgießen aus dem warmen Tempel, der Mensch ist wirklich zu nichts zu gebrauchen.

1. August

Ich beobachte eine Prozession, die vor Gayans Haus entlangschleicht. Der sprayt begeistert Wohlgeruch aus einer WC-Duftflasche auf das Auto mit den Blumen und der heiligen Maria unter dem Regenschirm. Das Cordon Bleu ist mit Hühnerwürstchen und Kartoffelstücken prall gefüllt – Schinken und Käse sind derzeit auf den Märkten nicht erhältlich – und muss mit acht Zahnstochern zusammengehalten werden. Erwartungsgemäß bleibt mir einer im Mund stecken wie der Baum im Krokodil. So ist es recht.

Nach einer Woche Abwesenheit kommt Dilan zurück zur Arbeit, verschläft aber unser wichtiges Wochenmeeting, ich tippe auf Partykater. In Wahrheit war er nach dem Studium und Examen einfach leergepumpt und müde.

Der dritte Einbruchdiebstahl in drei Monaten. Ich lege Warnschilder in die Zimmer: «Das Paradies ist auch nicht mehr, was es einmal war. Seien Sie unbesorgt, aber nicht sorglos. Verschließen Sie Tür und Fenster.» Es ist unausweichlich geworden, einen Nachtwächter anzustellen. Erdenke eine neue Nachtlichtregie für das Areal. Wir rücken die Zimmertische von den Fenstern weg. Die Mauer wird erhöht, Glasscherben draufgeklebt. Jetzt fehlt nur noch der Stacheldraht, dann gibt es endlich Ruhe im Paradies. Nur weiß ich nicht, schütze ich die drinnen vor denen draußen, oder die draußen vor denen drinnen?

3. August

Ein schöner Abend mit schönen Gästen: Ein holländisches Ehepaar war beim Buchen leichtfertig genug, sich als frisch vermählt zu outen, da haben wir die beiden mit einem Blütenmeer auf dem Bett überwältigt. Dass Sandani professionell die Tempelglocke schlug, Dilan die eigens besorgten Knallkörper zündete, als sie durch den Garten zu ihrem Zimmer schritten, das werden sie nie vergessen. Auch ein französisches Ehepaar war da mit einer frisch pubertierenden Tochter, die letzte Nacht allein in ihrem Zimmer Angst bekam und ins Elternbett schlüpfte. Heute Abend wartete die ganze Familie europäisch kultiviert unendliche 40 Minuten mit dem Nachtessen, zu dem sie einen dieser Strandtölpel eingeladen hatten in ihrem Überschwang, aber ein echter Star kommt immer massiv zu spät. Das frei gewordene Zimmer wurde dann besiedelt von einem schwangeren Paar mit kleinem Fußballer, der mit einem Rudel Kinder am Strand fraternisierte, bis die Nacht kam. Ein holländischer Abenteuer-Reiseveranstalter, der zu Studien unterwegs war und den wir nicht mehr loswerden, seit er seine französische Freundin herbestellte, weigerte sich erfolgreich, aus seinem schmalen Einzelbettzimmer in ein angebotenes Doppelbettzimmer umzuziehen. Jetzt werden sie wohl übereinander schlafen müssen. Ein altes australisches Ehepaar schließlich, das sich seit Tagen von einer erschöpfenden Indienreise hier erholt, erquickt mich; es schrieb ins Gästebuch, unser Haus sei ein Tabernakel inmitten einer schlechten Welt. Ist das nicht schön.

Alle Restauranttische sind besetzt, es sind nicht viele, in solchen Fällen bieten wir Kerosinfackeln im Garten und spielen Musette-Musik. Es bläst ein milder, warmer Wind vom Meer her, aus dem Halbdunkel des Gartens leuchten mich die drei neuen Liegen an, die ich aus Teak nach alter Handwerkskunst schreinern ließ, zu einem Preis, den mich eine der Kunststoffliegen gekostet hatte, bevor die jetzt gänzlich ausgetrocknet wie Glas zerbrachen.

Lena liegt artig neben mir, sie hat gelernt, dass sie nicht zu den Gästen und nicht auf die Restaurantterrasse darf, und hatte heute eine weitere Impfung. Auf Anfrage sagte der Arzt, ich solle sie – mit 8 Monaten – «the first heat» haben lassen, sie gut einsperren dann etwa 6 Monate später sei es gut, sie zu operieren.

Der Koch hat vier Freitage und ist bei seiner Familie in den Bergen. Der Gärtner kocht, recht gut, aber dieses Talent kann nicht austarieren, sodass er nichts, aber gar nichts richtig gut macht; selbst seine Kollegen nennen ihn «Mister-fünfzig-Prozent». Er ist einfach nicht entwicklungsfähig, wenn hier jetzt bald die Post abgeht: Per Ende Juli hatten wir bereits die Dezemberresultate des Vorjahres erreicht, der Restaurantbetrieb hat sich verdreifacht, es hat Platz für einen neuen Mann, nächstens werde ich das Personalkarussell anwerfen müssen. Die neue Menükarte mit erhöhten Preisen und neuen Angeboten ist schon in Arbeit, auch das Upgrading der Zimmer – hier eine Klimaanlage, da ein neuer Sessel, da ein neues Chichi – ist abgeschlossen und ich werde die Zimmerpreise um 2 Euro erhöhen können. Dass unser leidenschaftlicher Verehrer Stephen Short vom «Time Magazine» uns gerade eben in Hong-Kongs englischer «South China Post» als das erste und einzig echte Boutiquehotel der Insel preist, kommt mir als Bestätigung schmeichelhaft entgegen.

Einer der Kühlschränke war, wie schon von den Klimaanlagen gelernt, am Ende irreparabel und ich kaufte heute ein neues robustes Riesending mit Glastüren, damit ich dem Küchenchef auf die Amateurfinger schauen kann. Für hiesige Begriffe gibt es derzeit nichts Teureres im Angebot, sündhafte 48 000 Rupien – das sind 600 Franken, ich traue mich fast nicht, es zu sagen. Aber weil Made in China, wird das Gerät ein ziemlich kurzes Leben haben.

Die Geldentwertung ist rasend, letztes Jahr um diese Zeit gab es 71 Rupien für einen Franken, heute sind es schon 83 (ja gut, in fünf Jahren werden es 115 sein). Der Benzinpreis hat um 8 auf 65 Rupien aufgeschlagen, entsprechend wird Busfahren ab morgen teurer, eine weitere Stromspreiserhöhung ist angekündigt. Dafür wird der Zucker 4 Rupien billiger und die Bauern bekommen höhere Kunstdüngersubventionen. Von Indien hat man dankbar 150 Millionen Dollar Entwicklungshilfe angenommen, es ist beschämend. Politik. Die Schafherde lässt klaglos alles mit sich machen, auch dass der Bruderkrieg nur eingefroren, aber nicht beendet ist, die Mehrheit wieder einmal vorzuhaben scheint, die Minderheit zu betrügen, und die selbsternannten Tamilenführer ihr Volk anlügen und an einem Kompromiss in Wahrheit nicht interessiert sind, bekümmert niemanden. Dennoch hält der Waffenstillstand an, aber nun schon im zweiten Jahr ruhen die Verhandlungen, jeder kocht sein Süppchen, jeder hält die Maximalposition aufrecht. Und man beginnt jetzt auch, die norwegischen Vermittler zu demontieren. Man macht sie verächtlich, sie seien an der Blockade schuld – die Separatisten werfen ihnen vor, die Interessen der Mehrheit zu

vertreten, die Regierung argwöhnt, sie würden die tamilische Karte spielen. Und das Föderalismusmodell kommt schon gar nicht in Frage. Der Überbringer der Botschaft wird den Kopf lassen müssen, die Streithähne sind zu dumm für den Frieden, es wird kein gutes Ende nehmen.
Die Gedanken kommen nicht zur Ruhe, sie werden in alle Richtungen gezerrt.

Ein gutes Ende nahmen hingegen die vielerlei Störungen, die wir seit Jahren vom öffentlichen Volleyplatz vor unserem Seagate hatten; die Markierungen sind vom Winde verweht, die Netzstangen gebrochen, der Barfußboden ist voller spitzer Steine, der Headman ohne Einfluss und die Halbstarken haben andere Spiele und Orte gefunden. Aber der Nachwuchs hat sich massiv verstärkt, spielt jeden Abend in Mannschaftsrudeln von etwa zwanzig Schreihälsen Fußball und heute hatten ein paar von ihnen sogar gelbe Leibchen an. Seit den tagelangen TV-Übertragungen der europäischen Fußballmeisterschaft ist sogar Kricket alt geworden, das autoritäre Leitmedium hat die Völkergemeinschaft wieder einmal anstrengungslos auf dem globalen Dorfplatz zusammentreiben können.

Meine hiesige Hausbank seit über zwanzig Jahren, die Bank of Ceylon, hat eine neue Glasfassade erhalten, blau und von kosmopolitischem Schick, ein Juwel inmitten all des verkommenen Bauschrotts der Innerstadt. Doch wie's drinnen aussieht, geht niemanden was an. Weil aber meterhoch «65» an die Fenster gehängt war, dachte ich, hoho, schon so alt, und beschloss, der Filialleiterin zu gratulieren (die mir ziemlich gut gefällt), denn ich brauchte grad ein neues Scheckbuch. Sie war dem Anlass angemessen in einen schneeweißen Sari verhüllt, was sage ich, ein Windhauch von Seide umschmeichelte sie, und bestand darauf, mich mit dem General Manager (des zwanzigstöckigen Hauptsitzes in Colombo!) telefonisch zu verbinden. Doch mitten in unserem fulminanten Smalltalk sagte der, das Unternehmen sei schon 1939 gegründet worden und das sei doch wahrlich lange her – o Herr, auch ich bin 1939 gegründet worden, auch ich habe einen langen Spaziergang durch die Geschichte getan, auch ich bin 65 – o Herr, lass mich nicht so alt aussehen wie die Bazar Staatsbank Branch in Negombo.

Die hiesigen Handwerker genießen bei mir wenig Achtung, zu viele schreckliche Erfahrungen mit Pfuschern, zu viel Respekt vor guter Handwerkskunst. Doch endlich darf ich wieder einmal schwer beeindruckt sein, von einer Art Fensterrahmen mit vier Lamellenläden drin, der aus meinem persönlichen Zimmer ein Apartment macht – das Schlafen vom Wohnen getrennt mit einer langen deckenhohen Spanischen Wand. Trostpflaster für das auch dieses Jahr nicht gebaute (erste) Stöckli und ein Meisterstück aus ebenmäßig gemaserten indonesischem Teakholz, auf dem Areal behauen, gefügt, ohne Nagel und Schraube, mit Holzstiften zusammengehalten, ach wüsste ich doch die wohlklingenden Bezeichnungen aus der Sprache der Zimmerleute.

25. August
Der Gärtner, auch er einem Schwarzgebrannten nicht abgeneigt, berichtet von einem Besuch des angetrunkenen Alt-Hausmeisters Sankar. Er sei in seinem neuen Auto vorgefahren – das er von meinem Geld gekauft hat –, mit dem er nun Touristen durchs Land fahre. Die zum Glück seinen Alkoholspiegel nicht kennen. Über die Jahre wurde er ein so perfekter Schauspieler, dass er sich nicht hinter die Maskerade schauen lässt. Derweil besucht er nach Art der Alkis die Kollegen, denn gemeinsam saufen fegt die Wahrheit weg.

Kumar bekommt den blauen Brief, wieder einmal habe ich viel zu lange gewartet. No problem, Sir, er würde selbstständiger Krämer in seinem Township. Es gäbe da nämlich nicht einen einzigen Kramladen, die ganze Familie würde mitarbeiten, ich solle ihn dann einmal besuchen. Nach einigem Ausfragen gewähre ich ihm ein Startdarlehen, gebe ihm vier Jahre Zeit, es zinslos zurückzuzahlen, und lege noch einen Extrabatzen als Geschenk darauf. Man erzählt mir später, dass er das Projekt wirklich realisiert habe, doch zurückbezahlt hat er trotz Mahnungen und Ermahnungen in vier Jahren keine einzige Rupie. Ausländer sind zum Melken da. Seither bekommt kein Mitarbeiter mehr ein Darlehen von mir, auch nicht in der höchsten Not. Sie mögen sich bei ihresgleichen bedanken. (Die ewigen Lohnvorschüsse hatte ich schon früher abgeschafft.)

Ich habe das nachbarliche Eckhaus fest gemietet, ganz und gar, für 6 Jahre, dann bin ich 72 und dann schaumer mal, und deshalb ist jetzt gerade und schon wieder ein Umbau im Gange. Habe die Mauer zu meinem Grundstück niedergerissen und werde nun zwei Zimmer mehr haben mit direktem Zugang vom Icebeargarten, derzeit bauen sie das je eigene Bad dazu, habe Sanitäres von TOTO eingekauft. Zudem werde ich außer den acht Zimmern nun auch noch zwei Ferienwohnungen mit eigenem Zugang von der Straße her anbieten können. Wir waren räumlich etwas knapp geworden bei dem anhaltend guten Zulauf. Beim niedrigen Qualitätsniveau meines kleinen Teams kann ich nicht auf qualitatives Wachstum setzen und die Preise erhöhen, wie es mir eigentlich gefallen würde. Also quantitativ noch einen drauf und die Zimmer und Wohnungen günstig anbieten.

Bevor die Hauptsaison beginnt, schließe ich im Überschwang das Guesthouse für einen Tag, biete einen Wächter auf und reise mit dem ganzen Team einen Tag lang in die Hauptstadt, damit die hier in Kudapaduwa Dorf nicht zu landwirtschaftlich werden. In Colombos neuestem Großkino sehen wir Spidermann, auf Breitleinwand, schlendern durch das größte Einkaufscenter der Stadt und alle müssen sich verpflichten, dass sie ihr Taschengeldbudget gänzlich ausgeben, das ich ihnen bar in die Hand drückte, sonst müssten sie die Differenz zurückgeben. Dann gehen wir aufwendig Mittagessen in einem städtischen Seafoodrestaurant an der Beira Lake und auf der Heimfahrt liegt am Weg ein Pizza Hut. Man muss endlich die Wirtschaft ankurbeln.

11. September

Ich darf mir nichts vormachen, ich habe wieder einen Beruf und manchmal bin ich ein wenig zu beschäftigt. Doch überwiegt der Genuss der unabhängigen Selbstständigkeit alle Müdigkeiten und gelegentlichen Selbstzweifel. Ich bin krankhaft autoritätsgestört und dulde niemanden über mir außer dem netten HERRn, der über uns wohnt, da kommt mir mein stark selbstbestimmtes Leben gerade recht.

Weil mir gestern Schweizer Gäste ein paar Würste mitbrachten und ein paar Magazine für den Kopf, weil wir immer noch gut belegt sind und die Geschäfte einen zweiten Haushälter ermöglichen, weil ich den alten Gärtner gegen einen besseren austauschen konnte, weil jetzt draußen grad ein Rock'n-Roll Sampler abläuft als Afternoon Tea Music und die zu heiße Luft von üppigem Regen frisch gewaschen wurde, geht es mir heute ziemlich gut. Für Oktober habe ich wieder einmal das Großstadttier Bangkok gebucht. Neu sind Hantelübungen in meinem Alltagsraster eingewoben, die mir Davidsohn bekannt machte, damit sein Alter fit bleibt. Ich habe Muskelkater, wie es sein muss.

Es gibt ein Buch, das heißt «Lob der Faulheit», aber es wurde leider nie ein Bestseller. So was ist in unserer Gesellschaft nicht vorgesehen, es muss immer alles mit Sinn angefüllt sein. Einfach so herumzusitzen ist auch nicht erwünscht, man muss seinen klugen Kopf und das müßige Herumsitzen schon mit einer Zeitung tarnen. Die Welt ist halt nicht, wie sie ist, sondern wie wir sie sehen. Als Fremder unter meinen Nachbarn habe ich gelernt, dass wir nicht die Welt verändern können, wie wir wollen, sondern nur unsere Sicht darauf, die Optik. Wenn wir sie nicht verändern können, dann müssen wir uns selber ändern. Die meisten menschlichen Probleme sind demnach selbstgemacht. Das hat schon der Große Vorsitzende Siddhartha Gautama gesagt.

14. September

War für ein paar Tage auf einer Malediven-Insel, hatte wieder den Eindruck, das sei da, wo der Herr Gott inkognito selber Ferien macht. Es war aber nicht mehr so, wie das erste Mal, nie ist es wieder so, wie das erste Mal. Das Hotel war ein Business- und Tagungshotel geworden, wenn auch auf hohem Niveau, die Nähe zur Hauptstadt Male machte das kommerziell naheliegend. Und die Korallengürtel um die Insel herum waren farblos, leblos, bleich geworden, ich dachte mir wegen des Eingriffs der stressigen Bauarbeiten, die alles auf den Kopf gestellt haben werden. Die Einheimischen sagten aber, es sei vom El Nino und meinten damit, von übelwollenden klimatischen Umständen. Selbst als ich mich mit einem Boot zum Schnorcheln aufs Meer hinausfahren lasse zu einem angekündigten Korallenriff, ist da nichts zu sehen außer knochenbleichen Kunstgebilden. Unter dem Schnorchelglas präsentierte sich alles wie das Aschegrab nach einer Atomexplosion. Aber die Wunder der Schöpfung sind unermesslich und die Selbsterneuerungskräfte enorm: Schon lugen kornblumengleich die ersten farbigen Korallenblüten unter den bleichen Hügeln hervor und violette Spargelspitzen und erfreuen die Schwärme farbiger Fische, die ihrerseits nicht umzubringen sind und jedem großstädtischen Blumengeschäft den Meister zeigen.

5. Oktober

Willy kam wiederholt zu Besuch, so unschuldig im Gemüt, dass ich ihn einfach auf den Schoß nehmen musste, nachdem ich ihm letztes Jahr die Freundschaft kündigte. Auch Franz, dem ich aus gegebenem Anlass bestätigen musste, dass er ein Arschloch sei, kann es nicht sein lassen, mich aufzusuchen, wie wenn nichts wäre, sodass er mich heute gar mit dem Geschenk eines seiner neugeschneiderten Hemden überlisten konnte. Das Wetter hat mich so weichgeklopft, dass ich willig alles mit mir geschehen lasse und sogar nachsichtig zuhöre, dass er morgen mit einem einsamen Ehemann zusammen auf Fünftagetour gehe. Obwohl er Angst davor habe, weil der angemietete Chauffeur sich in der Disco des teuren «Lords» eine bemerkenswerte Schlacht geleistet, sich mit 8 Whiskys an diesem Abend aber auch als brauchbarer Trinkkumpan ausgewiesen habe. So was schafft Nähe und Vertrauen.

Nachts um zehn läuten sechs Deutsche, aus dem Osten, aus Jena – warum eigentlich sächseln die dort alle? – und wollen Bier und mit mir plaudern. Um Himmelswillen nicht das auch noch, es gelingt mir, die Fron auf morgen nach dem Frühstück zu verschieben, und ich nutzte die gewonnene Privatheit meines Zimmers, um am Ende eines langen Tages meine Wunden zu lecken:

Der hoffungsvolle neue Wachmann, der mir bereits nach drei Arbeitswochen Anlass zu Promotionsplänen gab, überfiel und erschreckte mich mit dieser landestypischen Irrationalität, die mich immer wieder einmal daran erinnert, dass meine Gastgeber anders ticken: Zuerst hatte er Magenschmerzen, als ein Dieb vom Strand in unseren Garten flüchtete, gejagt von einem Rudel prügelbewaffneter Halbstarker, die ihn totschlagen wollten. In dieser Stunde der Not hat sich unser neuer Beschützer klammheimlich davongeschlichen, wie es die Schweizer tun, die sich heraushalten aus fremden Händeln. Eine Stunde später erschien er wieder im Dienst, er habe Hunger gehabt und sich ein Lunchparcel gekauft. Anderntags hatte er Fieber und kam mit einem Arztzeugnis, drei Tage dienstfrei. Und als er heute Morgen endlich wieder im Amt sein sollte – wir brauchen ihn dringend, das Haus ist voll und wir haben nicht genug Augen –, berichtet mir Sandani lachend, der käme nicht mehr, er sei heute Nacht nach Japan geflogen. Wie bitte? Ja, gestern Abend habe er seine Hemden zum Waschen geholt und auf Anfrage bestätigt, dass er wieder gesund und heute Morgen im Einsatz sei. Der Koch berichtete spät abends, ihm habe er gesagt, er würde in der Nacht noch nach Japan fliegen. Geschockt über so viel Unehrenhaftigkeit – welch breiten und weichen Teppich hatten wir ihm ausgerollt – und beleidigt über den Betrug, die Lüge, Böswilligkeit, Verantwortungslosig- und Mutwilligkeit fuhr ich augenblicklich ins Haus seiner Familie, um die wahre Wahrheit über das Unverständliche herauszufinden. Vater und Mutter ahnungslos im Garten werkelnd, der Sohn sei zum Bluttest jetzt grad beim Arzt. Nicht in Japan? Wie bitte, Japan? Ob sie der Meinung seien, dass ihr Sohn mental fit sei, frage ich nach dem Detailbericht der Ereignisse und habe den Eindruck, der ambitiöse Vater solle seinen erwachsenen Sohn ins Leben entlassen und aufhören mit der Diplomjagd. Ich erschrecke ihn gehörig mit der frohen Botschaft, ich würde 50 000 Schadenersatz fordern, jetzt, sofort. Ob wir nicht darüber reden könnten, ich sei ein reicher Schweizer und er ein armer Fischer. In Wirklichkeit ist er steinreich, weil er ein paar Hochseetrawler betreibt.

Langzeitgäste werden belästigt wegen ihrer drei blütenweißen Töchter, das ganze Quartier dampft. Gestern hätten sich vom Strand her ein paar Halbstarke Einlass verschafft und unter unserer Gartendusche ihre private parts hergezeigt, und der Jüngste, gerade zehn, habe den Vater erfolgreich mit der Frage geschockt, ob er Boys möge und er ihn haben wolle. Und ob er bitte die Rechnung haben könne. Die Balz unserer Fischer ist rau.

Ich selbst mache in Computerausbildung für den Juniorchef, damit er bald Co-Boss sein kann hier. Jetzt kann er auch ausdrucken, was er schrieb und speicherte. Lucias Enkel wird vier und bringt einen Teller voll grünblauen Kuchen herüber. Ein Rudel Kühe morgens am Strand, ganz etwas Neues, nach enormem Regen stehen sie stocksteif still und lassen sich vor dem Icebeartorbogen fotografieren: «Sri Lanka with Swissness». Der Zimmermann macht sich endlich wieder an den zwei neuen Zimmern im zugemieteten Eckhaus zu schaffen. Der Dachstockmaurer wollte sich vor Garantiearbeiten drücken und kam dann nach Drohungen doch noch vorbei, um alles zu besprechen. Wir beschlossen die ganz weiche und freundliche Tour, denn er ist jähzornig und die Gefahr war groß, dass er doch nicht macht, was er muss. Der Gärtner hat neue Blüher in die straßenseitigen Töpfe gepflanzt und musste sich arge Zurechtweisungen gefallen lassen, weil er seine Arbeit nicht gut macht. Es stellte sich nämlich schnell heraus, von Gärtnerei hat er keine Ahnung, er braucht einfach einen Job. Wie viele erlügte er ihn sich – nach Bedarf ist so ein Alleskönner (also Nichtskönner) dann Spengler, Elektriker, Servierer, Klimatechniker, Koch, Maurer, Schreiner oder was darf es sonst noch sein. Suriya kochte ein grandioses Dinner mit Krautsalat und warmem Speck zum Start. Ich trank mit einem gut gelittenen Besucher eine Flasche österreichischen Wein und mit einem anderen Gast einen Wodka aus Katharinenburg. (Den hatten mir vor ein paar Monaten eine schöne Russin und ihre Freundinnen mitgebracht, die überwältigt waren von meinem Emailausruf, sie seien die ersten russischen Gäste hier und deshalb extra willkommen. Sie waren rätselhaft und geheimnisvoll, zuletzt hielten wir sie für Luxusdirne mit Leibwächterin und Bedienerin vor der Heimreise nach ihrem Einsatz in einem der Glitzercasinos in der Hauptstadt.) Brachte einen Brief zur Post ans Tourist Board, wartete wieder einmal seit Wochen vergebens auf Post vom Board of Investment und werde morgen den Anwalt beschäftigen müssen um herauszufinden, warum das Gesuch hängt, ob es Schmiermittel braucht im little Singapur. Habe weiter an meiner Buchhaltung gefeilt, die seit zwei Jahren lausig geführt und lückenhaft war; es wird nun ernst, ich will saubere Bücher und brauche wohl einen externen Buchhalter, der mir die Eröffnungsbilanz macht und die steuerkonforme Buchführung.

Plötzlich ist es wieder wie früher in meiner Werbeagentur, ich staune am Abend, was alles Platz hat in einem einzigen Tag, und frage mich vergnügt, doch erstaunt, wie ich das alles schaffe.

11. Oktober

Der Monsun neigt sich dem Ende zu, die Winde sind weniger wild, wir bauen den Windschutz ab, der den Garten seit Mai vor Salz und Wind schützte. Wie jedes Jahr ist der Garten ein heimeliges Wohnzimmer gewesen mit dieser Blickbegrenzung zum Ozean hin, ein Nest, in das sich das Geschehen zurückzog, Intimität kehrte ein, und auch wenn es persönlich und geschäftlich hoch her geht während der Zurückgezogenheit der Monsunmonate, haben wir immer das Gefühl von Geborgenheit. Jetzt reicht der Blick wieder weit hinaus zum Horizont, verliert sich im Westen, wo sie schon wieder am Ferienplanen sind, wo es sich am Schönsten überwintern ließe – und wohin ich mich übermorgen für ein paar Wochen absetzen werde, das Europaticket ist schon lange in der Schublade, Szenenwechsel, Gehirnwäsche.

25. November

Das ist wohl wahr: Mein Sri Lanka ist eines von vielen, und mein Hut passt nicht auf jeden Kopf. Heute Morgen sah ich am Strand ein altes Ehepaar den Inhalt ihrer zwei Handtaschen unter das Kinderrudel verteilen, das ihr aus den

Palmblatthütten bei der Kirche routiniert entgegenrannte. Die haben den Blick geschult für die guten Europäer und ihre Überzeugung, in ein armes, großflächiges Land zu kommen, in dem man umgehend und sofort helfen und Kinkerlitzchen unter die Armen ausstreuen muss. Was diesen Habenichtsen so gut gefällt wie den Wohlhabenden – Gutes tun gibt so ein schönes Gefühl, und so kurz vor Weihnachten fließt das Herz sowieso über.

Es gibt viele Wege, innerlich sauber zu bleiben. Ich zum Beispiel schlotze nach dem Aufstehen Sesamöl, weil das schön nussig schmeckt. Nehme vor oder nach dem Zähneputzen einen Schluck und beiße ein Weilchen drauf herum und schiebe es hin und her. Beim Ausspucken ist es dann ganz weiß, das Zeichen, dass die Fettsäure (oder solche Sachen, was weiß ich, man muss nicht alles wissen) gewirkt hat. Man kann zur ayurvedischen Pflege des Mundraums aber auch jedes neutral also nach nichts schmeckende Speiseöl nehmen, etwa ein gutes Sonnenblumenöl. Und ganz strenge Yogajünger wie ich schaben sich nachher – oder nach dem Aufstehen – mit einem Holzlöffelchen den Zungenrücken sauber.

2. Dezember

Stieg frühmorgens in den Expressbus nach Colombo, um unangemeldet den Generaldirektor des Board of Investment zu überfallen. Meine Bewerbung um Anerkennung vom Oktober letztes Jahr ist langsam ein stinkender Fisch, ich fürchtete, die Lust zu verlieren. Nachdem ich bisher alles als Einzelkämpfer abwickelte, schaltete ich kürzlich meinen Anwalt ein, der mehrmals mit der Projektleiterin telefonierte, die mehrmals auf nächste Woche vertröstete. In Wahrheit hieß ich ihn herauszuhören, ob ein Schmiergeld erwartet würde. Jetzt denke ich, es sei besser, direkt beim Chef vorstellig zu werden.

Ich war genervt und aggressiv, habe aber durch gehörige geistige Übungen die sachliche Kühle und Unaufgeregtheit hinbekommen, in der Profis geschäftlichen Umgang haben. Rechnete mit allem Schlimmem und allem Unerwarteten, sah mich ganz an den Anfang zurückgeworfen durch neue Tricksereien, die Schlampigkeit und Desinteresse kaschieren sollen. Doch wurde ich gleich vorgelassen, morgens um zehn sitzen noch alle an ihren Tischen, die Teepause war grad vorbei. Der Schreibtisch spiegelte die entrückte Stellung des Herrn BOI, es war sicher der größte in den 45 Bürostockwerken des World Trade Center, und wie es sich für Leute gehört, die schwer an ihrer Verantwortung tragen, war er gänzlich frei von Papier. Man könnte sich ja die Finger dreckig machen. Alles war auf Wirkung angelegt, um Großinvestoren das Gefühl von ihresgleichen zu geben. Mit meinen lächerlichen 50 000 Dollar und einem Beutel Morgenstuhl im Gepäck – davon später mehr – wurde das Meeting überraschend kurz. Nachdem die Projektleiterin meine Akte vorlegte – in so devoter Haltung wie die Thaiminister auf den

Knien zu ihrem König rutschen – stellte der Staatsbeauftragte fest, dass ich mit der Nachfrage sehr spät käme, ungeachtet der Tatsache, dass ich seine Delegierte schon vor zwei Monaten sah. Er teilte mir mit, dass das Anerkennungsschreiben bereit sei und nur noch vom Lieben Gott unterschrieben werden müsse.

Draußen war ich.

Es reichte noch für einen Espresso und dann ließ ich mich mit meinem blutigen Morgenstuhl in der Businesstasche zu einem etablierten Privatspital fahren, obwohl man mir da vor zwei Jahren einen Schleimbeutelriss am Knie als Thrombose diagnostizierte und mich umgehend eine Woche in der Notfallabteilung kasernierte, um mich zu melken. Die einzige Klinik-Alternative in der Hauptstadt war zwar soeben eröffnet, doch so neu, dass ich bisher kein Vertrauen entwickeln konnte. Obwohl Architektur und Handling kosmopolitisch und routiniert sind und nur noch die Rolltreppen fehlen. Dennoch tat man mir vor ein paar Monaten auch hier ein Leid an: Backenzahnschmerzen wertete die Profigemeinde als Neuralgie und füllte mich nach dieser bombastischen Fehldiagnose mit Medikamenten ab, bevor ich mir in Negombo von einem Barfußdentisten den Weisheitszahn ziehen ließ. Ich steuerte also das Privatspital an, die Rezeption und das hektarengroße Parterre waren aber so chaotisch und fehlorganisiert, in Wahrheit ein überquellender indischer Großbahnhof während der Rush-Hour, dass ich umgehend das Weite suchte. Da ließ ich mich von meinem Hang zu ein wenig klimatisiertem Luxus leiten und halt doch in die smarte Krankenhaus-Filiale einer indischen Spitalkette fahren.

Sofort war ein Allgemeinpraktiker an der Arbeit und mein Morgenstuhl unter dem Mikroskop. Eine Nacht im Einzelzimmer und bereits am nächsten Tag führte ein Rektalarzt Finger und Sichtgerät in meinen Hintern, immerfort redend, um die Peinlichkeit der Situation zu mildern: Brauner schaut Weißem ins Unaussprechliche.

Schließlich die frohe Botschaft, dass es kein Darmkrebs sei, auch keine Hämorriden, einfach eine seit sechs Tagen blutende Kleinwunde am Ausgang, da, wo wir alles verabschieden. Solcherart unbeschwert, gönnte ich mir das Lunchbuffet im Colombo Plaza, mit vielen Ballaststoffen, sie hatten einen glasierten Schweinebraten auf dem Servierwagen.

26. Dezember, zweiter Weihnachtsfeiertag

Ich will nicht frivol sein, aber wenn etwas passiert, an das man sich noch lange mit Jahrzahlnennung erinnern wird, dann gefällt mir, als Zeitzeuge Statist zu sein in diesem Film, Geschichte in Echtzeit und nicht nur aus Distanz zu erfahren.

Wenn das Schlimme einen Namen hat, ist es schon vorüber.

*

Basler Zeitung
Auch die Gäste des Strandhotel des Baslers Gerry Arthur Haisch, The Icebear *in Negombo, Sri Lanka, wurden heute Sonntag von der Flutwelle heimgesucht. Bislang hat man auf der Insel 16 000 Tote gezählt, das Seebeben hat in den strandnahen Gebieten der nicht vorbereiteten Insel große Verwüstungen angerichtet und eine Million Bewohner obdachlos gemacht. Die Hotels an den Strandorten waren über die christlichen und buddhistischen Feiertage gänzlich ausgebucht, man rechnete mit der besten Saison seit der Unabhängigkeit. Haisch, vor seinem Wegzug in den Ruhestand Inhaber einer Basler Werbeagentur, rechnet mit einer schnellen Beruhigung der Situation für die Touristen, doch mit jahrelangen Folgen für den Wiederaufbau des Landes. Die Gäste sind wohlauf und vorübergehend ins Landesinnere abgereist bzw. in die im ersten Stock gelegenen Ferienwohnungen ausgewichen. Die Nacht war angespannt, aber ruhig und ohne weitere Flut, man wird mit den Reparaturen bereits am Montag beginnen.*

*

30. Dezember
Das Team ist morgens selbstständig mit Aufräumen beschäftigt, mein Manager schläft noch, erkennt auch in diesen dramatischen Tagen nicht wirklich die Dimension der Ereignisse. Der Baumeister lieferte immerhin umgehend eine Offerte für den Wiederaufbau der weggespülten Mauer, heute Morgen räumen sie schon den Schutt weg und führen ihn im Lastwagen ab. Dann legen sie eine Reihe Backsteine in den Sand und füllen die Zwischenräume mit Zement. Erst auf mein Insistieren hin verankern sie die Säulen mit Eisen und graben das Bett für ein Fundament aus Natursteinen. Schwache Leistung.

Die News sind täglich traumatischer, heute Morgen werden in den vom Seebeben betroffenen Ländern bereits 100 000 Tsunamitote gezählt, 40 000 allein in Sri Lanka.

Es kamen in den letzten paar Tagen beinahe hundert Emails herein, jeden Tag weitere, alle anteilnehmend und bestürzt, die ganze Weltgemeinschaft besteht aus Hinterbliebenen. Die benachbarten Hotels sind wie wir am Putzen. Eine Schweizer Familie ist aus dem Fluchthotel in Colombo zurückgekommen, zwei gestrandete Frauen kamen dazu, aber es gab bisher etwa 30 Stornierungen für die nächsten paar Wochen.

Die Fischer gehen noch nicht aufs Meer, hängen verstört und schweigend in den Häusern und am Strand herum. Die sonst quirlig aktive Innerstadt war gestern wie leergefegt, die Läden ohne Kunden.

Fünf Tage Staatstrauer, wir nehmen die Weihnachtsdekoration von der Straße herein und hissen eine weiße Trauerfahne. Das Team und wie es scheint die ganze Welt sind konsterniert, im Zustand des Schocks, autistisch irgendwie, ein großes Innehalten, Atemholen, Da-Sein. Ich muss mir viel Mühe geben. Bin körperlich müde jetzt trotz guten Schlafs.

Ein Interview mit der Basler Zeitung erschien, wie ich höre auch etwas im Boulevard, da war ja ein bestürztes Journalistenmädchen hier, beim Schweizer, für ein paar Stunden.

Die ersten Touristen kommen vom Landesinneren und den Stränden im Süden zurück, sie suchen vor dem Rückflug Schutz im sicheren Negombo, alle wollen ganz schnell heim. Im Landesinneren sei man unterinformiert, jeder sage etwa Anderes, etwa, dass Negombo in Trümmern läge. Im Gegenteil sind wir hier alle damit beschäftigt, weiterzumachen, wissend, dass wir am wenigsten betroffen waren, und dankbar sind wir auch. Draußen sehe ich die ersten Hochseetrawler ausfahren, meine Nachbarn bevölkern die vielen Heiligenschreine.

Es laufen am Strand bewaffnete Armeesoldaten auf und ab, ich plaudere mit ihnen. Während der zweiten Tsunamiwelle bin ich auf der Flucht vom Strand in meinen Garten gestolpert, die Welle hatte schon eine Grube in den Sand gegraben. Die eben gekaufte Videokamera fiel mit mir ins Salzwasser und ist irreparabel und unversichert kaputt, auch das videografierte Tsunami-Wellentheater war versalzt und weggespült. Auch das trägt nicht zu meiner Begeisterung bei, hält mich aber demütig.

Joseph und Shean sind am Setzen von Büschen und Bäumen, die Gäste bestellen Kulinarisches, ich wässere den Garten, die Pflanzen sind vom Salz gestresst, Blätter fallen weiterhin im Zeitraffertempo in herbstlichen Mengen ab, wie wir es hier nicht kennen. Die entlaubten Bäume strecken vorwurfsvoll ihre Gliedmaßen zum Firmament. Doch schon bald regnet es heftig, der Gruß vom Himmel wäscht das Meersalz tiefer in den Untergrund.

Ein Nachbar sagt, er lebe, jetzt glaube er wieder an Jesus und er habe auch mit Rauchen aufgehört. Ein anderer hat Fernsehen geschaut und schwört, dass er an keinen Gott mehr glaube. Und einer gelobt, keinen Arrak mehr zu trinken.

Wir telefonieren herum, um herauszufinden, welche Fahrer für den Flughafentransport zu haben sind, ich rechne mit vielen Gästen, die hier auf den Abflug warten, doch mit einem abrupten Saisonende bereits Mitte Januar.

Staunend schaue ich mir dabei zu, wie ich in diesen Film hineinverwoben bin, ohne das Drehbuch zu kennen. Erst beim Anschauen von Fotos, die ein Gast machte, wird mir klar, was mit uns geschehen ist: «Wir und die Flut», «Die Flut und wir». Auch die Abwesenheit jeglicher emotionaler Bewegung erstaunt mich. Keine Fragen, was will der Herr da oben uns sagen, sondern pragmatische Energie, aufräumen, wegwischen, abspülen, saubermachen, Verdrängung wahrscheinlich, man soll die Selbstheilungskräfte von Psyche und Körper nicht unterschätzen. Getrauert habe ich ja schon im Mai.

In der Nacht nach der Flut stand ich im Urvertrauen auf der meerseitigen Veranda des ersten Stocks unseres Eckhauses und schaute von oben herab, wie es wohl weitergehe. Nach zehn Jahren wieder einmal alleiniger Herr im Haus, die Angestellten abgehauen, alle Fischer geflüchtet, alle Gäste in Starhotels in der Hauptstadt zwischengelagert, die Nachbarn bei Freunden. Die Polizei war mit Lautsprecherwagen durch die Straße gefahren und warnte vor einer zweiten Welle, man solle in Strandnähe nicht in den Häusern bleiben. Ich wollte das nicht glauben. So ein Desaster kommt nur einmal. An der Ecke meines Grundstücks am Karrenweg zum Meer hin sah ich im Zwielicht des endenden Tages eine Gruppe junger Männer zusammenstehen, irritierend, weil wirklich alle weggegangen waren.

Ich ahnte, sie würden plündern, wenn es Nacht ist, zwei aus dem Quartier erkannte ich. Tatsächlich verschwanden sie kurz darauf auf mein jetzt mauerloses Grundstück, wo ich sie aus den Augen verlor. Da nahm ich den Hund an der Leine, «Ussi!, «Ussi!» und schlich mich mit der Lampe vom Haus her nach vorne. Dann schickte ich den Hund los und der tat laut und böse bellend seine Pflicht. Die Lausbuben waren so verdattert, dass sie ihren Sarong schürzten und wie vom Teufel verfolgt davonrannten. Den Hund habe ich dann im Garten angebunden, damit ich ihn bellen höre, falls sich einer ein zweites Mal zu kommen traut.

Bin mehr betrübt als verärgert über so viel Unmoral und Unkultur, dass sie sogar die Notlage eines Nachbarn ausnutzen, um einen Vorteil zu haben. Da geniert es mich aufzuschreiben, dass sie am Nachmittag nach dem Großen Drama das blaue Nylonseil gestohlen haben, das wir als psychologische Hürde um das jetzt öffentliche Grundstück herumgezogen hatten. Also ließ ich Draht kaufen, den wir sorglos im Garten liegen ließen, wir hatten so viel Anderes zu tun, als den Besitz zu sichern. Doch als der Mauerschutt abgeführt war und wir ihn montieren wollten, war auch der gestohlen. Ein paar besonders Mutige schnitten überdies die Hängematten in meinem Garten ab und weg waren sie. Da wunderte mich schon nicht mehr, als sich meine Lieblingsnachbarin vorwurfsvoll beschwerte, die Springflut habe von meinem Grundstück her ihren Hof überflutet, «sodass das ganze Wohnzimmer unter Wasser stand». Folgerichtig ließ ich das kleine Türchen zumauern, das ich während zwanzig Jahren als Zeichen guter Nachbarschaft offen ließ. Jetzt ist sie sauer auf mich und geht mir aus dem Weg. In der Beichte wird ihr alles vergeben werden.

Die Pflicht zur nationalen Gram macht mich ganz krank, noch ein Grund, dem Emotionsrausch Normalität entgegenzuhalten. Hilfreich war dabei, dass auch die Versicherungsfirma mich ernüchterte (Ceylinco, ein Name den man sich nicht merken muss), die nach mehreren Mahnungen sechs Leute zur Inspektion vorbeischickten und mich an Ort und Stelle gleich wissen ließen, Naturereignisse seien immer ausgeschlossen und Mauerwerk sei in meiner Police sowieso nicht aufgeführt. Auf Anfrage hatten sie aber Trost bereit: Falls die Regierung einen Sonderfonds öffne, könne ich mit Goodwill rechnen.

Einheimische und Touristen gehen nicht mehr ins Wasser, nicht mal mit den Füßen, halten sich respektvoll distanziert, wie um es mit Verachtung zu strafen, so wie kleine Kinder ihre Wut auf die Mutter in der großen Formel «Du Blödi!» unterbringen.

Solche Tage sind Tage der Wahrheit. Meine Nachbarn hocken am Strand, schauen zu, wie der Laster im Sand stecken bleibt, der unseren Schotter für den Mauerbau brachte, und sie lassen die Crew den Karren alleine aus dem Dreck ziehen (lassen sich von den Touris aber immer gerne helfen, die Boote an Land zu hieven). Die Nachbarn verlassen ihre meernahen Häuser schon wieder, auf Anraten der Obrigkeit, die aber keine Patrouillen schickt, um Plünderer an der Arbeit zu hindern. Erst Tage später wird ahnungsvoll gewarnt, Plünderer würden sofort erschossen. Niemand erkundigt sich besorgt um mich. Niemand kommt, um zu fragen, ob und wie er mir helfen kann. Wieder einmal muss ich Gemeinsinn mit der Lupe suchen.

Um fünf zieht ein heftiger Sturmwind auf wie sonst nur an besonders wilden Monsuntagen. Bei meinem obligaten Strandlauf finde ich dennoch kein angeschwemmtes Strandgut, nicht einmal Äste, Samenkapseln, Kokosnüsse, Zweige wie sonst. Das Meer hat alles verschlungen, nichts zurückgelassen, nichts zurückgegeben.

31. Dezember

Staatstrauertag, ich hänge zur weißen noch die nationale Fahne hinaus mit einem Trauerflor dran. In der Stadt brandet heute aber der Kommerz, alles ist verstopft, die Händler eifrig, kaum eines der Häuser hat beflaggt. Keine Solidarität, keine Einfühlung, keine Anteilnahme, die Leute haben nach zwanzig Terrorjahren das Mitleiden verlernt.

Inzwischen ist auch in unserem Garten zu sehen, was das Meer angerichtet hat. Das Gras ist grau verbrannt und zusammengeschrumpelt vom Salzwasser. Einige fruchttragende Bäume und ausnahmslos alle Büsche haben ihre Blätter verloren. Wir gießen viel frisches Wasser nach, aber es bräuchte jetzt noch einen langen, heilenden Regen.

Noch mehr Emails, Anteilnahme, rührende und anrührende Worte, Gäste und Bekannte und Freunde, von manchen habe ich zehn Jahre nichts mehr gehört, einige lassen mich auf neuen Internetplattformen sogar suchen. Ich emaile allen einen freundlichen Standardtext und platziere auch eine Nachricht auf unseren Webseiten.

Zudem schicke ich Informationen an die Standesorganisation, meine Lieblinge vom Tourist Board, doch sie kommen unzustellbar zurück, die auf ihren Briefbogen genannte Emailadresse ist ungültig. Andererseits kommt auch keinerlei Nachricht, Instruktion oder Nachfrage von der obersten Tourismusbehörde an ihre staatlich anerkannten – und üppig zahlenden: 1% vom Monatsumsatz! – Mitglieder. Man steht den Tsunamiopfern in der Hotellerie nicht bei, man will nichts wissen und man weiß nichts. Man informiert sie nicht einmal mit einer Verlautbarung in den Medien. Da ist rundherum keine Solidarität, keine Hilfestellung, keine Anteilnahme, kein Interesse. Es herrscht Totenstille.

Derweil rollt von Westen her eine neue Sturmflut heran, es braut sich die größte Hilfswelle zusammen, die die Menschheit je gesehen hat. Zum Vieruhrtee schwöre ich mein kleines Team ein, nicht zu fragen, was kann ich bekommen, sondern was kann ich geben, jeden Tag aufs Neue.

Meine Nachbarn sind anhaltend enttäuschend. Noch immer kommt uns niemand besuchen, noch immer bietet uns keiner Hilfe an, beim Aufräumen etwa, jeder denkt, dass ihm geholfen werden müsse. Mit Geld, wie ich aus Erfahrung weiß. Keiner sagt ein teilnehmendes Wort, doch mitten in der Nacht betteln mich Nachbarn am Tor um eine Arrakflasche an, es ist Silvester. Um fünf kommt ein Fischer und fragt um Hilfe, das Wasser habe seine Hütte weggeschwemmt, ich kenne ihn, er wohnt drei Straßen weit weg vom Meer. Zuletzt wäre er mit 20 Rupien zufrieden, die Familie sei vor dem Tsunami geflüchtet, er habe nichts zu essen. Ich schicke ihn a) zur staatlichen Armenstelle mit dem Hinweis, die Regierung helfe jedem, und b) zum Herrn Pfarrer, die Kirche helfe jedem.

Der Vatikan hat 5 Millionen Dollar gespendet. Vor ein paar Tagen haben sie mit der Renovation unserer Quartierkirche begonnen, sie trägt den Namen des Märtyrers Sebastian, auch er hatte einiges zu leiden. Ach ja, und ein dritter Turm ist geplant, für die Glocken.

Eröffne bei meiner Hausbank ein Spendenkonto und verwirkliche die eigentlich gescheiterte «Anish Memorial Foundation», die an der Habgier der Eltern scheiterte. Sicher hundert der Emailbriefe boten tätige Hilfe an, da kommt viel Geld herein jetzt, «Sie wissen doch am besten, wem man helfen kann». Das bringt mich in arge Verlegenheit, denn wie man inzwischen weiß, bin ich der Meinung, dem Land sei nicht zu helfen und andere hätten es nötiger als der tropische Darling. Aber ich bin ein anständiger Kerl, ich lasse es mit mir geschehen und will mir wieder einmal Mühe geben.

Über Mittelsmänner lassen Nachbarn erkunden, warum ich am Tag nach der Flut die Fischer so harsch angefaucht hätte. Sie haben unser Absperrseil gestohlen. Den Draht gestohlen. Die Hängematten abgeschnitten. Sind auf mein Gelände geschlichen, als alle ihre Häuser zurückließen, und haben eine Party machen oder plündern wollen. Dann staunen sie in ihren Klatschgruppen neidisch, dass wir die Mauer schon wieder aufgebaut haben. Ich sei halt reich. Und die Versicherung hätte uns ganz viel Geld bezahlt.

Besuchte meinen Zweitsohn Anish am Grab, der hatte vor ein paar Tagen Geburtstag. Das Grab war gnadenlos überwachsen, vor allem von Fleißigen Lieschen, ein paar davon nahm ich sorgfältig heraus und pflanzte sie später vor mein Zimmerfenster. Einen Friedhofarbeiter hieß ich, den Hügel zu säubern, das tat er sehr schön, ich legte dem liebeskranken Selbstmörder ein Bouquet zu Füßen und war ein wenig mit ihm zusammen. Der Dummkopf. Was hätten wir zusammen anstellen können, wie oft hatte er sich seine eigene Familie ausgemalt.

Mein alter Freund, der Herr Pfarrer, fährt eitel im Hilfskonvoi durch die Dörfer und beschenkt seine Glaubensbrüder mit Dingen, die er seinerseits geschenkt bekommen hat, hält auch bei mir an, um sich herzuzeigen und seine Hilfstruppe mit mir zu beeindrucken: Schaut her, wen ich alles kenne.

Bis nachts um elf habe ich noch keinen einzigen Sylvesterkracher gehört, immerhin ein Zeichen von Anteilnahme und Respekt für die gestorbenen Brüder und Schwestern. Ganz langsam ist der Tsunami auch in den Köpfen der Ignoranten angekommen, allmählich weitet sich der festgewachsene Röhrenblick.

2005

2. Januar

Seit zwei Tagen schon hege ich den Respekt für meine Nachbarn, der mir abhandengekommen war: Bis jetzt am Nachmittag war, ich schwöre es, nicht ein einziger Feuerwerkskörper zu hören, es ist immerhin Jahreswechsel. Alle haben sich eingebunden in die Trauer und Nachdenklichkeit dieser Stunden. Da will man der Präsidentin wünschen, dass alle Häuptlinge des Landes nun zusammenstehen, und «Sri Lanka wie ein Phönix aus der Asche auferstehen wird», wie die Regierungszeitung pathetisch schrieb.

Die Mitarbeiter sind ohne Unterbruch selbstständig fleißig, insbesondere Shean ist nicht wiederzuerkennen. Die Pflanzen leiden wie die Menschen, das Laub ist abgefallen; was noch an Bäumen und Büschen angewachsen ist, trägt graubraun Trauer. Das Team feiert das Neujahr wie jedes Jahr mit einem Tisch voller einheimischer Süßigkeiten, Suriya präpariert Milchreisschnitten, sie laden mich ein dabeizusitzen, überreichen einen Blumenstrauß und jeder will sich einzeln mit mir fotografieren lassen. Das benachbarte Sunjethotel schickt einen Delegierten mit guten Wünschen, Lucia bringt Früchte, die halbstarken Beachboys aus der Nachbarschaft kommen an mit einer Pralinenschachtel, «Gerry Uncle!», «Gerry Father!». Wir rücken, endlich, näher zusammen.

Dutzende von Emails jeden Tag zu beantworten bindet viel Aktionsbedürfnis, die Naturkatastrophe ist so grenzenlos, dass man sie kaum verstehen und nicht wirklich etwas tun kann. Aber am Strand sitzen zwei große Gruppen Nachbarsfrauen und beten vor der Mutter Gottes und vor einem heiligen Antony, den sie bei den weggespülten Hütten am Steinwall hingestellt haben. Das hilft.

Abends fühle ich mich erstmals müde, alles ist halt ein wenig zeitverschoben, bin den ganzen Tag auf den Beinen, mein Kopf und der Körper sind nicht mehr so selbstverständlich in Übereinstimmung. Lege mich immer wieder einmal hin. Mitarbeiter, Gäste, Nachbarn, Handwerker. Die Saläre auszahlen, alle Emails beantworten, den wiederkehrenden Alltag organisieren, Luft holen.

David schickte Post, auch ein Killerwellen-«Blick» ist dabei, diese weißen, aufgeblasenen Körper am Strand, das haut auch den stärksten Gerry um. Die Fischer bleiben noch daheim, die Fische seien nicht gut jetzt, sie würden die Leichen fressen. Aber das wandeln sie ja alles in Protein um. Meines Wissens sind nur Haie echte Aasfresser, auf den Markt kommen nur die kleinen Spezis, Babyhaie.

Eine Nachbarin beklagt, Einbrecher hätten ihr die Musikanlage gestohlen in der Nacht, als hier alle weggingen wegen einer angesagten neuen Welle. Plünderer würden sofort erschossen, ließ die Polizei auch heute wieder verlauten, da gibt es finstere Seelen, die die Situation für ihre Bösartigkeit missbrauchen, sie würden auch Leichen ausrauben und ihnen Goldketten und Goldarmbänder wegnehmen.

Es fiel mir ein, dass am Tag der Flut zwei blaue Eisvögel in unserm Garten saßen, sonst sehe ich sie immer nur im freien Feld am Strand.

Die Präsidentin deklariert ein Land in Einigkeit. Tatsächlich operieren frühere Feinde, die Opposition mit der Regierung, die Regierung mit den Terroristen, die Religionsführer aller Konfessionen miteinander, zum ersten Mal gibt es eine Art Solidargemeinschaft. Life am Fernsehen eine bewegende öffentliche Veranstaltung mit einer glänzenden Rede der Chefin, Fingerzeig und so. Das Volk beginnt zu realisieren, wie unermesslich hilfreich die Welt reagiert, es wäre beschämend, wenn es selber nicht auch in Bewegung käme. Aber ob sie der Weltgemeinschaft jemals ein Denkmal fürs Denk-mal bauen, eine Tafel enthüllen werden, wollen wir dann in fünf, sechs Jahren sehen. Denn die Insulaner vergessen schnell, sie sind nicht dankbar, was ihnen heute heilig war, zertrümmern sie morgen.

Ein Nachbar flüsterte mir zu, was niemand aus der Zeitung wisse. In Colombo und an andern Orten würden neuerdings Kirchen angezündet, beraubt, zerstört. Buddhistische Fundamentalisten steckten dahinter. Die Schicht ist dünn geworden, die die Nation zusammenhält.

Ich denke mir, es bestehe jetzt die unwiederbringliche Chance, dass sich Regierung und Opposition zu einer Koalition der Vernunft zusammentun. Doch werden sie wohl bald wieder aufeinander einprügeln und einander verächtlich machen.

3. Januar

Bin um sechs morgens schon wach und am Computer. Mein Zimmer ist verwahrlost, überall liegen Papiere herum, ich sollte die Buchhaltung des letzten Geschäftsjahres fertig machen, die Expenses sind noch unbearbeitet, die Firmengründung ist offen, der Auftrag an den Baumeister sollte erteilt werden, doch muss ich erst meine Finanzen regeln, muss meine Investition transferieren, Dollar, cash. Habe anhaltend Schmerzen im linken Oberarm. Das hält nun schon seit Monaten an, Voltaren nützt nichts, vermute ein mechanisches Problem, will mich in Bangkok untersuchen lassen, reise in zwei Wochen wieder einmal in eine echte Stadt. Manchmal wird mir alles zu grün hier.

Am Abend ein paar Kracher am Strand. Im Restaurant feiert unser Fahrer Lalith mit einem Rudel Franzosen, dass sie alle in Tangalle von der Flut verschont geblieben seien.

Der neu gezogene Draht, der die Property vor Lausbuben sichern und die rollige Hündin davon abhalten muss, dass sie in ihrem ersten Fieber den Rüden anheimfällt, war wieder lose, hing herunter. Mein Manager sah nichts, ist noch kein Führungstyp, noch zu jung, hat keine Umsicht, noch nicht den nötigen Panoramablick. Als ich ihm sage, er solle schleunigst handeln, reagiert er mit einem etwas einfältigen Lachen, das seine ganze Managerrolle demontiert, den aufgebauten Goodwill ruiniert. Ich kündige ihm erstmals innerlich, warne ihn markant, schreibe nachher einen Brief, bin bereit, ihn schnell hinauszuwerfen, wenn er keinen sichtbaren Entwicklungssprung macht.

Der Gärtner macht die Reparatur der Drahtumzäunung schließlich, derweil sich Dilan um weiche Aufgaben kümmert, Statistik, Telefon. Weißhemden arbeiten nicht mit der Hand. Nachher überprüfe ich die Arbeit, da hat der Gärtner die kostbare Eisenstange draußen an der Ecke einladend zum Stehlen stecken lassen (die sich wie geschildert auch ganz gut zum Foreignerbashing eignet).

Netzflicker Sivak, der mit seiner illegal gezimmerten Bretterhütte ein unbenutztes Grundstück besetzt, bettelt mich seit Tagen an. Kommt heute unter Drogen durch die offene Mauer, ist in der Badehose und duscht und seift ungefragt unter meiner Gartendusche und redet gewaltbereit und außer sich auf mich ein. German Shepard Lena wedelt mit dem Schwanz, ich mache meine Buchhaltung weiter, wie wenn nichts wäre, bin aber hochgradig erregt und ein wenig verängstigt; solche Situationen sind unkalkulierbar, besoffene und zugedröhnte Kerle packen oft ihr zweites Ich aus. Später gelingt es mir, ihn heimzuschicken zu seiner dünnen Frau.

Unter den unendlich vielen guten Menschen, die nach dem Tsunami in aller christlichen Nächstenliebe helfen, gibt es auch ein paar Schlingel. Die streuen nun Nachrichten über ihre eigenen Spendensammelaktivitäten, sie spielen sich auf als Hilfswerk, haben jetzt Gelegenheit, sich einen Namen zu machen, und manche werden wohl eine Rohrweiche einbauen aufs eigene Konto. Sie wollen Fischerboote überbringen und Decken kaufen und Öffentlichkeit haben, wie die Politiker hier.

Suriya ist ein feiner Mensch und wunderbarer Koch, aber halt immer ein wenig unsauber und unorganisiert.

5. Januar

Nachmittags um halb fünf hatte ich einen Bärenhunger, schritt zum Frigidaire und fand mein Müesli, das ich heute Morgen zum Frühstück essen wollte, ganz vergessen. So einer bin ich, ein stures Arbeitstier und gnadenlos auch mit mir selbst. Aber auch zufrieden und gesund, nichts plagt mich, außer meinem linken Oberarm. Heute jedenfalls hatte ich gleich morgens ein ernsthaftes Meeting mit dem besten – und wie es sich gehört teuersten – Bauunternehmer (Contractor), Perawela, im Kopf ein Fixbudget und willens, es umgehend auszugeben statt wie geplant erst im Mai. Ich will die weggespülte Saison ausfüllen mit Bauen, um im Spätherbst für die dann hoffentlich wuchernde Hochsaison parat zu sein. (Die Sornierungen sind massiv, diese blühende Saison wird ausfallen. Dabei hatte ich die Belegungsrate in den letzten paar Monaten auf 70% steigern können, den Küchenumsatz haben wir verdreifacht, das Umsatztotal gegenüber dem Vorjahr gar verdoppelt.) Beim Gespräch, die Pläne und Grundrisse und das Baumodell vor Augen, wird schnell klar, dass ich auf den Seitenflügel verzichten muss. Mehr als von mir budgetiert, will ich nicht investieren, habe auch nicht die Absicht, mit einem Darlehen eine Bank zu meinem Meister zu machen. Jetzt schaumer mal, wie viel Stöckli noch übrigbleibt. In drei Tagen wollen sie die Detailofferte bringen und dann kann's losgehen, was mich ungemein erfrischt und belebt.

Inzwischen waren auch die Mauerwiederaufbauer emsig, seit heute Abend steht das Bauwerk wieder, diesmal mit tragfähigem Fundament aus Granitsteinen. Habe einen der gehorteten kolonialen Fensterrahmen in die Karrenwegseite einbauen lassen, das sieht jetzt schön bewohnt aus, nicht wie eine Schutz- und Trutzmauer, wir haben es Blau-Weiß gestrichen, das schafft Vertrauen und stimmt zuversichtlich, wie schon der alte Lüscher sagt.

Hatte außerdem um halb zwölf den ersten von einer langen Folge von weiterbildenden Workshops, scharf eine Stunde, Themen gibt es genug, das Personal und damit das Unternehmenchen weiterzubringen. Heute habe ich über die Notwendigkeit der ständigen Wissenserweiterung gepredigt (You are only good if you try to become better) und mit dem gut motivierten Team das naheliegende gemacht und aufgelistet, womit man angesichts ausbleibender Einnahmen sparen kann. Auf nächstes Mal ist eine Anleitung angekündigt, wie man Gäste motivieren kann, mehr Geld auszugeben.

Co-Boss Dilan hat während der letzten zwei Monate eher wenig geboten und seit der Flutkatastrophe als Leader genau genommen versagt. Ich denke, dass da nichts mehr kommt. Mein Fehler wieder einmal, zu jung der Mann, zu früh für Leadership. Das Gesetz zwingt mich zu einem Mahnschreiben, das erhielt er eingeschrieben, das hat er gestern Abend mit mir besprochen. Entweder es beflügelt ihn zu einem Qualitätssprung, dann wunderbar für alle, oder er kommt zum Schluss, dass er den Anforderungen lieber nicht nachleben will, dann ist Platz für ein neues Talent. Der zweite Mann hier ist wichtiger als der erste, da mache ich mir nichts vor, sonst kann ich meine Ausbaupläne nicht realisieren. Ich werde nicht mehr zurückfallen in das Herumtümpeln eines Frührentners.

Die Fischer noch immer nicht auf See, die Fische nicht auf dem Markt, niemand will Leichenfleisch essen. Aber die moslemische Segelflotte von Kochchikade war heute draußen, beim Strandgang um neun zählte ich eine strandnahe Armada von 56 Katamaranen und es war bewegend zu sehen, dass sie alle auf Halbmast geflaggt hatten.

Derweil geht der Schocker weiter, man spricht mittlerweile von 270 000 Toten und der größten Naturkatastrophe der modernen Zeit. Die Politiker nutzen die Gunst der Stunde, in Goodwill zu machen, Bush Junior besucht die srilankische Botschaft in Washington in Begleitung von Bush Senior und Clinton. Kofi Annan wird nach Colombo kommen, Armeeangehörige aus den USA und Großbritannien sind auf der Insel, ein Fressen für eingeschleuste Spione. Die stolzen Inder haben internationale Hilfe abgelehnt, sie könnten sich nach dem Tsunami selber helfen. Aber sie helfen in Sri Lanka, sie wollen in der Region als Führungsmacht wahrgenommen werden. Es ist offenkundig, dass sie in der Region als Führungsmacht erkannt werden. Die Hilfsgelder hier und da werden durch so viele Hände gehen, dass zuletzt kaum noch etwas ankommt.

Die Katastrophe deckt vieles auf und vieles zu. Die militanten Separatisten von der LTTE schäumen vor Wut, wenn die Außenwelt in ihren besetzten Gebieten Besuche macht, der Massimo Leader agiert, wieder einmal, weder weise, noch historisch, nutzt den Goodwill der Stunde nicht zum Händereichen, zum Einlenken, zum Einbiegen zurück in den politischen Mainstream. Sie wollen die Hilfsgelder und Güter selber verteilen, bei den in den sogenannt befreiten Gebieten gefangenen tamilischen Massen Punkte machen. Nach zwanzig Jahren autoritärer Herrschaft im virtuellen eigenen Staat müssen sie den eigenen Leuten endlich mehr bieten als Bombenterror, Opfer, Propaganda.

Es fällt im ganzen Land auf, dass der tamilische Separatistenführer auch zwei Wochen nach der Flut noch nicht gesehen wurde, sich auch nicht seelsorgerisch an sein Volk gewendet hat. Es geht das Gerücht, er sei in den Fluten umgekommen. Aber man erzählt sich auch, der Herrgott habe die Buddhisten für ihre Nadelstiche gegen die katholische Kirche bestraft. Die Regierung spielt sich auf, jeder will der Oberhelfer sein, doch jeder hilft nur den Seinen, die Katholiken den Katholischen, die Don Bosco Missionare der Don Bosco Bewegung, die Baptisten den Baptisten, die Buddhisten den Buddhisten, die Hindus den Hindus, die Muslime den Muslimen. Einzelne Politiker drängen ins Rampenlicht. Die Chauvimarxisten, sonst gegen alles, was vom Ausland kommt, rufen so lautstark um ausländische Hilfe wie alle andern, wie sie es so gut können in diesem Land. Als Höhepunkt leiten sie internationale Hilfskonvois auf ihre Stellplätze um, laden die Waren auf eigene Lastautos, hängen ihre Parteifahnen dran und fahren los in eigens gefertigten roten Propagandaschürzen. Seht her, wer bei Euch ist, wenn es Euch schlecht geht.

Es ist in vielerlei Hinsicht die Stunde der Wahrheit. Die Einheimischen werden ihren Anführern gut auf die Finger schauen müssen die nächsten zwei Jahre. Das englische Volk, die Deutschen, die Schweizer, die ganze Welt, haben so viel Geld gespendet, dass es einem ganz schwindelig wird. Ich frage mich, wie die Sri Lanker mit dieser Flutwelle an Nächstenliebe umgehen werden, deren Anführer haben ja immer wieder gesagt, von draußen käme nur das Schlechte, vom Westen der Teufel.

Ein paar unverwüstliche Gäste immerhin, und einige haben ihre Ankunft bestätigt.

Das Ceylon Tourist Board ist auch eines dieser Regierungsämter, in denen ein Heer von Ruheständlern auf den nächsten Tee und die Pension wartet. Die schafften in den zwei Wochen seit der Flut keine einzige Nachricht an ihre Mitglieder, kein Mail, kein Brief, kein Fax, kein Anruf, nichts, man lässt uns alleine, wir sind für die da, nicht sie für uns, wir sind nur lästig und machen Arbeit.

Als ich Dilan aufs Rathaus schicke, um die Grundsteuer-Rechnung fürs neue Jahr zu holen, sagen die ihm, wir sollten die letzte Steuerrechnung bringen, sonst wüssten sie nicht, wie hoch die Steuer ist. Wen wundert, dass heute in der Zeitung steht, die faule Beamtenarmee würde nächstens um 40 000 Schulabgänger aufgerüstet, die man in Staatsdienst nehmen wird. Da ist man dann ja loyal bei den nächsten Wahlen. Aber wo nehmen sie nur die vielen Schreibtische her?

Morgen treffe ich den Anwalt, um die Firmengründung zu besprechen. Es ist alles in Bewegung, ich habe gar verlegte Dokumente wiedergefunden, die ich seit Monaten bräuchte, habe meine zwei Websites katastrophentauglich gemacht, beantworte immer noch jeden Tag ein paar Dutzend Emails, habe auf Insistieren vieler guter Menschen ein Spendenkonto bei meiner Basler Bank eingerichtet, die Monatsbuchhaltung seit September nachgeführt, die Salärbuchhaltung, die Statistik. Und heute Mittag habe ich mir in der Periyamulla für zweihundert Rupien ein neues Legehuhn geholt – meine alte Freundin Laura wurde nämlich von der letzten Tsunamiwelle auf einem Sessel sitzend durch den Garten geschwemmt. Das hat sie so erschreckt, dass sie eine halbe Stunde nachher an einem Herzinfarkt gestorben ist. Um es zu ehren, musste es wieder braun sein wie das Tsunamiopfer. Nun sitzt es als «Laura V» über Nacht zur Anpassung unter einem umgestülpten Weidenkorb.

7. Januar

Wir leben weiter von Tag zu Tag, versuchten erfolgreich, den Ereignissen Struktur zu geben, es sieht gut aus, die meerseitige Mauer steht wieder, der versalzte Garten ist ein wenig hergerichtet, Absagen und Neuanmeldungen halten sich die Waage. Es scheint, das Ausland ist tiefer getroffen als wir hier in Negombo, da spielt sich in Wahrheit wieder einmal eine Medientragödie ab, und das zur windelweichherzigen Weihnachtszeit: Selbst wir kleinen Spendenfischer haben schon eine halbe Million Rupien auf dem Konto. Dass ich mich davor fürchte, das im allgemeinen Tohuwabohu gescheit unterzubringen, behalte ich lieber für mich.

(Der Ozean vor der Tür hatte ja bei der Ebbe nach der ersten Flut seine «private parts» entblösst und einen 150 Meter breiten Meeresboden hergezeigt – rot wie Mutter Lanka und nicht sandig braun und frisch gewaschen! –, sodass ich meine Gäste rief, kommt, lasst alles liegen, geht spazieren, der Strand war noch nie so breit und noch nie so sauber! Zum Glück sind sie nicht zum weiten Strand hinausgelaufen und haben vom Icebeartürchen aus lieber fotografiert, sonst hätte die nachfolgende zweite Flutwelle sie hinausgezogen und verschlungen. Aber seither ist der Strand tatsächlich breiter geworden, permanent, etwa 25 Meter mehr touristische Nutzfläche mehr haben wir jetzt – das Meer nimmt, und das Meer gibt.)

War gestern wieder beim Anwalt. Nötige Schritte nun, Namensabklärung beim Companyregister, dann Anmeldung der neuen Firma. De Silva warnt mich, dass das wieder Monate dauern könnte. Ich selber habe dringende Buchhaltungspflichten, muss insbesondere belegen, was ich seit dem Neubeginn im September 2003 an Fremdwährung eingeführt und investiert habe.

Langzeitgäste feierten einen Geburtstag, der Gärtner entpuppte sich als Trommler und hat mit dem Strohhut auf dem kahlen Kopf und in Begleitung des ganzen Teams aufgespielt und gesungen, herzerweichend falsch, aber ungemein liebenswert, «the singing waiters», sonst eher verklemmt, hatten einen öffentlichen Auftritt; ein schönes Team, wenn es sich Mühe gibt.

Der Jungmanager gibt sich Mühe, ist jetzt weniger behäbig als vorher, steht früher auf, kümmert sich um mehr Details, ist präsent und hinter den Dingen und den Angestellten her. Die Gäste mögen ihn.

Mein echter, wahrer Sohn hat heute Geburtstag, ich wäre gern bei ihm. Aber David wird nächste Woche auf dieses Containerschiff steigen, um nach 21 Tagen und Nächten klassischer Seefahrt in Colombo anzukommen und mich zu besuchen. Er ist immer bei mir, wenn ich ihn brauche. Diesmal käme er mit dem Seesack, stilecht, es seien all seine ungelesenen Bücher drin. Er ist ein verrückter Kerl, wie sein Alter.

10. Januar

Morgen öffnen die Schulen wieder, das wird uns hier den Eindruck von Normalität vorgaukeln, in Wirklichkeit ist man noch immer am Zählen der Toten, weiß mangels guter Kontakte nichts über die Opfer an der LTTE-verwalteten

Ostküste, die sagen nichts und igeln sich ein wie immer schon, Und es ist die Stunde der NGO's. Man wird die noch Vermissten auf die Totenliste setzen, man munkelt von in Wahrheit 60 000 Toten allein in Sri Lanka.

Noch immer sah ich niemanden im Meer baden, auch die Touristen nicht. Schon immer fand ich am Beach angeschwemmtes Strandgut – die Sammlung ist in großen Körben im Garten ausgestellt –, aber diesmal gilt die Regel nicht, dass das Meer zurückgibt, was es nimmt. Nichts ist da während meiner morgendlichen Strandgänge, gar nichts, alles ist verschlungen in der Tiefe der See. Als Fischer hätte ich Angst und würde jetzt näher zum Herrgott rücken.

Hunderte von Millionen Dollar Hilfsgelder hat die betroffene Menschheit gespendet, selber, individuell, durch ihre Regierungen. Alles, was Namen hat in er Welt, kommt auch zu Besuch, sowieso die meisten Außenminister, aber auch die geheimen Herren der Welt wie der Präsident der Weltbank, das Oberhaupt der UNO und Militärbeauftragte sowieso. Und es geht weiter, das ist historisch, es werden viele Bücher geschrieben und viele Untersuchungen angestellt werden, das New York Towerdrama wird klein daneben, aber noch Größeres wird kommen, später, wenn niemand dran denkt und es niemand erwartet. Das Leben ist ein Risiko. Und es ist nicht wirklich in unserer Hand.

Was wird bleiben, wenn die Karawane weitergezogen ist, wenn die Völker wieder alleine gelassen sind, die Welt sich neuen, noch erregenderen Events zuwendet?

Ich habe einen deutschen Gast am Flughafen abgeholt, mit ihm kamen nur noch 5 (fünf!) andere Touristen an. Abends war ich im Gruppenhotel Blue Oceanic ganz miese Spagetti Bolognese essen, da saßen 11 einsame Gäste beim lustlosen Dinner. Wir selber hatten bis heute Absagen für 111 Nächte, aber es kommen stattdessen andere Gäste von der Straße her, aus dem Landesinneren, vor ihrer Rückreise nach ihrem oft auch persönlichen Drama. Der Ausfall wird zuletzt die Hälfte des Erwarteten ausmachen, was mich nach den Erfahrungen der Terrorbombenjahre nicht mehr groß irritiert.

Heute haben wir ein englisches Ehepaar, drei deutsche Männer und einen Langzeitgast, der seine dreißig Tage angetreten und uns zu einem Feigenblatt von Normalität verholfen hat. Ich habe ihn gratis vom Zimmer 7 in Nummer 8 upgegradet. Die neue Mauer steht stabiler als die frühere, sie würde auch einen Atomschlag aushalten jetzt. Es kommen neue Geschichten von Gaunereien herein, von der Flutwelle unbeleckte Nachbarn kommen mit der Bitte um Bettelbriefe, mit denen sie sich als arge Tsunamiopfer outen und die weichherzigen Ferienfreunde von früher melken wollen.

Der Tourismus wird sich bald erholen, da gibt es viele Alternativen zum zerstörten Osten und Süden, dort geht der Aufbau der Infrastruktur überraschend zügig voran. Der Verlust der Strände tut weh, da ist ja Ozean rundherum, aber es gibt noch das Bergland, das Teeland, die Naturreservate, die Weltkulturdenkmäler, die Hauptstadt und die Strände im Westen. Der Negombostrand ist schöner denn je, der Abfallwagen fährt jetzt häufiger am Strand entlang, die Hoteliers putzen emsiger und die illegalen Strandsiedler sind in neue Siedlungen im Hinterland gespült worden, wo man ihnen eine mehrstöckige Siedlung baut auf der städtischen Abfallhalde neben dem Friedhof.

Man diskutiert, Bauten nur noch 300 Meter von der Wasserlinie weg zu erlauben statt der bislang erlaubten 45 Meter. Oder besser noch 500 Meter. Da werden die Hotelgäste gutes Schuhwerk brauchen, um baden zu gehen. Man sollte jetzt die Aktien von Swimmingpoolfirmen kaufen.

Unser Dauergast Julia ruft mich aus ihrer deutschen Kleinstadt an, sie habe bereits 150 000 Euro gesammelt, 150 000 Euro!, und wisse nun nicht, was sie in Sri Lanka damit anstellen soll. Auch die Lokalzeitungen dort wollen was hören, ich versorge sie mit Stoff für die Meute und dem Tipp, nicht unter Zeitdruck zu handeln. Auch ich selber bin besorgt, weil unsicher, die bei uns immer noch eingehenden Spenden klug an die Leute zu bringen. Ich tue selber, was ich predige, und warte, bis sich alles ein wenig beruhigt und die Spendenszene sich geklärt hat. Immerhin habe ich gelernt, dass richtiges Geben eine hochprofessionelle Spezialität ist, Hilfsbusiness, ob ich das Wort mag oder nicht.

12. Januar

Im Land geht der Aufbau gut voran, es gibt gute Noten auch für die Häuptlinge, die Regierung regiert gut in diesen Wochen und es scheint, dass auch die Zerstörungen der Seelen ins Lot kommen: Rudel von Psychobetreuern werden eingeflogen, um Traumata professionell zu verarbeiten.

Bei allem Trauern darf man nicht vergessen, dass 17 Millionen Sri Lanker überlebt haben. Was wollen die anderes machen, als weiterzukämpfen, weiterzumachen. Trauer ist kein Lebensentwurf, die Überlebenden haben die Pflicht, glücklich zu sein.

Ich weiß nicht, wie die Weltreaktion und speziell die des Westens ausgesehen hätte, wenn es unter den Toten nicht ein paar Tausend weiße Westtouristen gehabt hätte. Erst wegen ihnen kam das Drama in die heimischen Stuben unter den frisch geschmückten Weihnachtsbaum und in die süße Langeweile der Weihnachts- und Jahreswechselferien. Das Medieninteresse galt vornehmlich den eigenen Leuten, wie sonst hätten mich in meiner Nichtbedeutung Schweizer Zeitungen zur Berichterstattung angefragt.

13. Januar
Der Staub legt sich, man kann ans Nachdenken gehen. Da findet man etwa heraus, dass die reichen arabischen Länder nicht viel mehr gaben als Brosamen. Was nicht anständig ist angesichts zehntausender Gastarbeiter aus den betroffenen Ländern. Es ist einfach etwas faul am heutigen Islam.

Das mittlerweile schon überstrapazierte «Global Village» hat eine neue Bedeutung bekommen. Keiner ist mehr allein. Sofort sind wir mittendrin und ganz nah beim Nachbarn – Guten Tag, darf ich Ihnen helfen? Ein Gast aus Japan, der vor zwei Jahren ein paar Tage hier war, schrieb heute einen besorgten Emailbrief. Negombo sei nicht in den täglichen Top Storys der Medien, ob er annehmen dürfe es gehe uns gut. Es ist überwältigend.

Um fünf wird der Contractor wieder kommen, hat die Offerte von diesem britischen Maßsystem nach metrischem Maß geändert, Computer, alles möglich. Bespreche mit dem Team den Aufbau und alle sind wir der Meinung, wir sollten jetzt anfangen, dann sind wir im November fertig, wenn die nächste Saison beginnt.

Hatte den zweiten Workshop mit dem Team, es gefällt denen, auch Dilans Output hält an. Besprochen haben wir heute Möglichkeiten, wie man mehr Geld einnehmen kann.

17. Januar
Heute Morgen bin ich schon um halb sechs aufgewacht, weil ich statt wie üblich um Mitternacht schon um elf Uhr eingeschlafen bin. Hatte einen intensiven Tag und war ein wenig erschöpft. Wundere mich manchmal, wie ich Belastungen wegstecke, ohne krank zu werden. Aber kaum hatte ich die Buchhaltungsunterlagen zum Erstellen der Eröffnungsbilanz an den «Chartered Accountant» übergeben, waren auch die ziehenden Schmerzen über den Grübchen am Rücken weg, die mich wochenlang unangenehm plagten und mich alt aussehen ließen. Hatte noch in der Nacht vorher alle Belege zusammengefischt, war ziemlich nervös, hatte alles gemacht, wie ich es aus den Schweizer Businessjahren kannte, war aber unsicher in allem, weil ich das britische System nicht kenne und das sri-lankische schon gar nicht. Zudem fehlte meinen Bemühungen mangels Ausbildung der letzte kaufmännische Schliff. Aber dann habe ich der Frau alles erläutert, den Stamm vom Hauptbuch zurück bis zu den Check-in-forms und Tagesaufwendungen erläutert, und die sagte, das sei ja ganz hervorragend, größere Firmen würden Schlechteres anliefern, ich solle mir keine Sorgen machen um nichts und mir Zeit lassen, nichts eile und sie hätte im Ernstfall hervorragende Beziehungen zu den Behörden. Auch die Anmeldung für die Einkommenssteuer bei der Gemeinde würde sie machen.

Am Mittag habe ich mit einem Gast eine Motorradfahrt nach Matampe gemacht, im Club Palm Bay habe ich 4 (!) braungebrannte und 6 (!) braune Gäste gezählt, die Gruppenhotels sind bös dran. Wir selber haben überraschend viele Gäste, es kommen keine Absagen mehr herein, und diesen Monat werde ich gut die Kurve kriegen. Am Abend habe ich Rindsfilet in Rahmsenfsauce auf die Tische gezaubert, Dilan machte auch in der Küche guten Eindruck mit denBeilagen, der Koch hatte frei.

Heute Abend treffe ich den Baumeister zur Auftragsunterzeichnung, hatte am Samstag alle letzten Details und das Design der Schuhschachtel besprochen, die mit einem ersten Stock und als holländischer Kolonialbau wiederauferstehen soll. Morgen schon werden die Bauleute über uns kommen. Ein mannshoher Zaun wird das Grundstück von der Straße zum Meer hin in zwei Teile trennen, damit die zwei Welten sich nicht ins Gehege kommen, die sicher bald ausufernde Bauerei nicht die Feriengäste vergrämt. Muss Gäste umquartieren, mein eigenes Zimmer hergeben, weiß noch nicht, wo ich selber wohnen werde bis zum Bau- und Jahresende.

Zur Steigerung des allgemeinen Optimismus lasse ich eine Werbetafel herstellen auf der zu lesen ist «we trust in tomorrow, we invest in you».

Langsam wende ich mich wieder alltäglichen Dingen zu und kümmere mich um mich selber. Mein Team gibt sich viel Mühe, ich kann daran denken, mich davonzuschleichen. Es ist höchste Zeit für einen Szenenwechsel, eine Gehirnwäsche, einen anderen Film, die Millionenstadt Bangkok wartet, Knödel und Spätzle und Matjeshering und Mettbrötchen «Bei Otto», Raclette und Röschti «Beim Schweizer», kulinarisches Heimweh stillen, ein wenig Abstand nehmen für zehn Tage. Und dann kommt auch schon David in Colombo an (im Februar), gestern ging er in Hamburg aufs Containerschiff (im Januar), immer ist er für mich da, wenn ich ihn brauche im Februar.

19. Januar

Der Kulissenwechsel. Bangkok.

Bin körperlich sehr müde, das Kreuz schmerzt mich beim Laufen, die Energie ist schwach, der Antrieb fehlt, der Kopf ist leer, ich lasse mich willenlos treiben, fahre schon bald aus der Stadt in mein Hotel zurück, es ist mittags drei, lese ein paar Stunden im Bett, zappe durch die vielen Fernsehkanäle, auf und ab, ab und auf, lasse mir das Essen auf Zimmer bringen, es ist stiller als die Wüste. Doch bin ich unbesorgt, gesund, nur eben müde an Leib und Seele. Habe mich wohl überfordert mit dem Herunterspielen der Aufregungen in den letzten Wochen.

Jetzt wäre schön, jemanden körperlich ganz nah bei mir zu haben. Es ist anstrengend, immer stark zu sein, meine deutsche Art, Dinge durchzusetzen und die Unberechenbarkeit der Tropen ist nicht immer simultan mit meinem deutsch-schweizerischen Dickkopf. Ich will also tun, was mir guttut und lieb mit mir sein. Also raus aus dem Hotelbett. Duschen. Mit dem Skytrain ins rote Lederliegenluxuskino am Siam fahren. Ich weiß, gleich sieht alles besser aus.

5. Februar

Kaum aus dem Zoologischen Garten Bangkok in meinem Dorf zurück, habe ich mein eigenes Zimmer mit der Spanischen Wand für die Gäste hingegeben, als Zimmer Nr. 5, ich fürchte, für immer. Das traute Schöner-Wohnen-Zimmer und das gute Gefühl, mitten drin zu sein in Garten und Geschehen, alles im Blick und unter Kontrolle zu haben, wird ein Ende haben. Bin jetzt erst einmal in die Parterrewohnung des zugemieteten Nachbarhauses umgezogen, gestern haben sie mit dem Ausbau der Schuhschachtel begonnen, die ich jetzt Bungalow nenne. In einem Jahr werde ich endlich mein neues (erstes) «Stöckli» haben, das kleine Häuschen, in das sich der Innerschweizer Ätti nachdenklich zurückziehen wird, nachdem er seinen Bauernhof an den Ältesten und das Gesinde weitergegeben hat.

David kam an mit dem Containerschiff, ich holte ihn im Hafen von Colombo ab, trotz Hochsicherheitsregelung erhielt ich Zugang (Klassenkämpfer Volker sagt oft tröstend: Hier geht es am Ende immer doch gut, irgendwie.) Er blieb schön lange in Negombo und kümmerte sich auch um die Spendengeldverwertung. Seine gute Idee «Musik heilt Seelen, da schenken wir doch Musik» wird auch das Mitarbeiterteam vergnügen: Es wird später durch die Schulen des zerstörten Südens reisen, um Trommeln zu verteilen (das ganze Commonwealth hatte schon Millionen Cricket-Schläger verteilt).

Später bin ich mit ihm zusammen wieder einmal in die Schweiz geflogen, damit ich nicht entfremde. Aber sechs Wochen nur für alle gesellschaftlichen Vergnügungen, die sich bei Sesshaften übers ganze Jahr verteilen, das ist zuletzt ein arger Stress. Aber halt auch ein Jungbrunnen für die im vergangenen Jahr besonders arg geschundene Seele.

2. Mai

Beim Rückflug nach Colombo hat mich das Zürcher Büro der Sri Lankan Airline erbärmlich schlecht betreut, es gab keinen Flugplan, nichts. Es scheint, im Auslandsbüro arbeiten nur politische Günstlinge, keine Profis. Erst beim Einchecken in Zürich wusste ich, dass ich mit der Swiss fliege, der ehemaligen Swissair, statt mit der Sri Lankan. Doch auch die Zürcher Abfertigungshalle der Swiss ist übel, ein Kuhpferch in Wahrheit. Oder besser, ein Discounter, der Gratistickets verlost unter den Menschentrauben. Nichts hat sich auch geändert an der hohlen Teflonfreundlichkeit des Schweizer Bordpersonals, seit ich vor zwanzig Jahren letztmals mit der Nationalairline flog. Die Schweizer und besonders die neuen Schweizerinnen sind ein Herrenvolk geworden, man kann nur hoffen, dass die neuen Mehrheitsaktionäre der Lufthansa sie auf Normalmaß stutzen. Immerhin war es an Bord besser, die Sitze ein wenig breiter, ich saß eingeklemmt in der Mitte einer Viererreihe.

Auch in Dubai war ich seit zehn Jahren nicht mehr. Alles ist noch aufgeblasener geworden, der Eindruck einer geschmacklosen Theaterkulisse hat sich verstärkt, das ganze Riesending ist eine Bühne für die globalen Labels. Publicity, Marketing, Handling der Heimairline Emirates ist von internationalem Drive, daheim aber ersäufen sie ihre internationale Professionalität in Orientkitsch vom Feinsten, den man als Europäer kaum durchsteht. Warum nur paart sich überbordender Reichtum immer mit überbordend schlechtem Geschmack. Und dann noch diese finsteren Zweitagebart-Statthalter, die für die Sicherheitskontrollen abgerichtet sind. Kein Lächeln nicht, kein Augen-Blick, keine Einfühlung, ein Armeegefängnis, die Fluggäste in Wahrheit gekidnappt und gedemütigt. Obwohl wir in Dubai einfach nur umsteigen nach Colombo, müssen wir den Gürtel abziehen, die Schuhe (wir könnten Schuhbomber sein!), ich muss die Taschen leeren, Brille und Münzen und Uhr separat abfertigen lassen. Dabei bin ich Transitpassagier, auf dem Weg in die Frequentflyer-Lounge, etwas Mehrbesseres, doch vor dem Propheten und seinen Finsterlingen sind alle gleich. Außer ihre Frauen, die sind ungleich. Selbst Kosmopoliten und Scheißliberale und Multikultis wie mir tun sie aufrichtig leid, wie sie hinter ihren Machos hertrotten, wie die sie ignorieren, wie sie sich – noch hinter schwarzen – Gesichtsschleiers verstecken müssen, das kann Allah nicht wirklich wollen.

Die Lounge besticht dann durch ihre schiere Größe, auch des Gratisbuffets, die Größe der Raucherzone ist beeindruckend, besonders, nachdem ich die Schämteuchindieecke-Zellen auf dem Zürcher Weltflughafen gesehen und mich dafür geschämt habe, was alles sich die Schafherde gefallen lässt. Dennoch werde ich den Eindruck nicht los, dass die Araber an einem ausgeprägten Minderwertigkeitskomplex leiden. In Wahrheit spielen sie nämlich Amerika. Alle Nachahmungen des grenzenlosen Kapitalismus, die Architektur, selbst das Design, für das sie sich zuletzt entscheiden, zielen immer übers Ziel hinaus, es kommt zu gewollt daher, zu verbissen; man spürt die Angst davor, von gestern zu sein.

Nach dem Dreistundenhalt im ausufernden Flughafen von Dubai war ich in der Früh schon daheim in Kudapaduwa, Negombo, da, wo ich hingehöre. Schlief erst einmal viel und immer wieder. Es ist feuchtheiß jetzt, aber doch kühl genug, es erträglich zu finden. Um fünf schüttet es wie im Bilderbuch vom

Himmel herunter, der Garten ist eine grüne Symphonie, sogar das neu gepflanzte Gras steht satt und macht den eigentlich ungepflegten hinteren Gartenteil zu einem Treibhaus für sich.

Drei Tische sind mit jungen Paaren besetzt, die Kugeln der Boulevardlampen leuchten still, vom Strand her wehen die Stimmen betender Frauen herüber, die Wogen schlagen wie ein Metronom an den Strand, von ganz weit her ein moslemischer Vorbeter, dazwischen und unklar, woher sie kommt, unsere Abendmusik, der Hund liegt neben mir, das Essen ist schmackhaft, eine dicke Großmuttersuppe, indisches Huhn, Makkaroni, Gemüsecurry, gekochte Ananas mit Kardamom. Es ist hinreißend, kein Arg, nirgendwo.

Die Gruppenhotels beklagen das Ausbleiben von Gästen, geben die Zimmer weit unter dem Einstandspreis, aber wir haben unverändert Zulauf, auch viele Hilfsleute. Einige wollen mehr Rabatt als unsere 20% Lowseasonreduktion mit dem bestechenden Hinweis, sie hätten alles Geld an die Tsunamiopfer verteilt. Das Entenpaar hat drei Junge, zwei starben nach dem Schlüpfen, das letzte entwickelt sich gut. Die neue Laura habe die ursprünglich acht Enteneier ausgebrütet, sei grad in ihrer Periode gewesen, Ei ist Ei, 24 Tage lang habe sie auf den Eiern gesessen. Kuckucksenten.

Die Hemden und Hosen, die ich vor sieben Wochen in meinem Schlafzimmer auf Bügeln lagerte, während ich in der Schweiz war, sind total verschimmelt und jetzt alle grau, es sieht spektakulär aus, ich muss alles reinigen lassen. Im Gästebuch lauter Überschwang, der Garten, die Küche, das Team. Ich will mir Mühe geben, meine Leute ungestört so weitermachen zu lassen. Mich nicht immer einzumischen, nicht immer alles besser zu wissen. Meine Nachbarin wird ganz weich, als wir über ihren neuen Papst reden und berichtet mir, dass mit meinem Team alles gut gegangen sei während meiner langen Abwesenheit, sie rede manchmal mit meinen Leuten und empfinde sie als zufrieden. Morgen habe ich Einzelgespräche, will sehen, welche Geheimnisse dann auf den Tisch kommen, so wie es immer ist, wenn ich lange weg war. Es herrscht das landesüblich große Schweigen, keiner verrät den andern, jeder hält sich an die Gesetze des Clans, doch am Ende weiß ich dennoch alles.

Die Bauleute waren fleißiger als erwartet, rund um das Haus haben sie tiefe Pfeiler in den Strandboden gegraben, auf denen ist bereits der Boden für den ersten Stock betoniert haben, und schon sind sie am Mauern der Wände. Endlich genug Stoff für meine Vorstellung davon, wie mein Stöckli sein wird, in das ich mich auf der Flucht vor meinem Erfolg zurückziehen und meinen Touristen das Areal überlassen werde. Mein Wohnzimmer so groß wie eine Bahnhofshalle, die Terrassen – auch im Parterre – sind größer als befürchtet, der Blick aufs Meer von oben besonders schön und neu.

Die neu gebaute Prachtvilla meines jungen Nachbarn Lalith ist ein Designvergnügen erster Klasse, auch zur Straße hin; das Firmenschild, das David ihm empfohlen hatte, ist stylish und animierend. Die Bankzinsen seien halt arg hoch, er vermiete jetzt zwei Zimmer an Touristen. Konkurrenz ist gut fürs Geschäft, Ereignisse und Chancen schaukeln sich auf. Und ich freue mich daran, dass seine inzwischen gestorbenen Eltern es schon recht gemacht haben mit dem Verkauf eines Stücks ihres Bodens an den Ausländer. Die dänische Frau meines alten Hausmeisters sei tatsächlich zurück nach Dänemark gegangen, hätte ihren unverbesserlichen Liebhaber entnervt verlassen und das Handtuch geworfen. Sankar sei seinerseits zu Verwandten nach Deutschland abgereist (neues Geld holen, untertauchen), seine alte Schwester und ein Cousin führen das gemeinsame Guesthouse jetzt alleine, leider sei der Chef immer noch mit dem Spirit verheiratet, mache immer neue Autounfälle, verkehre unverändert in übler Gesellschaft, das Haus sei immer voller falscher Freunde und Saufkumpane.

5. Mai

Nach den wüstenheißen, windstillen, trockenen Wochen des Vormonsuns hat vor ein paar Tagen pünktlich der Regen eingesetzt. Zuerst vorsichtig am späten Nachmittag, dann mutiger am Abend oder in der Nacht, und jetzt auch schon am Morgen schütten große Wassermengen vom Himmel herunter, es kühlt um angenehme drei Grad ab. Es dauert eine halbe Stunde, dann ist der Regen ins Landesinnere gezogen, die Sonne scheint gütig. Wir bringen Wäsche und Verletzliches in Sicherheit, die Enten blühen auf und sind ziemlich lebenslustig geworden bei all dem Wasser, wir reißen Türen und Fenster auf und durchlüften die Zimmer, suchen nach undichten Stellen im Dach, die sich erst in diesem Großtest offenbaren. Die Luft bleibt so feucht wie die Wäsche, die nun nicht mehr trocknet. Ich lasse ein paar Glühbirnen in den Blechschrank mit den Hand- und Badetüchern montieren.

Schon am Morgen um sieben weckt mich jetzt ein Backwarenverkäufer auf, der mit seinem Verkaufsauto und elektronisch verstärkter Handymusik langsam die Straße entlangfährt, und wenn ich nach wohligem Umdrehen wieder einschlafe, haut mein Nachbar um acht mit den Morgennachrichten drauf, die er so laut einstellt wie die Schweizer einst das Schweizer Radio Beromünster mittags um halb eins.

Habe gestern Cordon Bleu gemacht, erstmals, fand kein schön Schweinisches in den Läden und nahm in meiner Not Hühnerbrüstchen. Aber die waren auch nach dem Klopfen auf 2 mm Dicke nicht groß genug, um die Schinken- und Käsescheiben drin einzuwickeln. Zuletzt hatte ich auch dieses Problem gelöst, es reichte für acht Stück, Suriya schrieb das Rezept in sein tamilisches

Kochbuch und briet zwei, drei davon sanft goldbraun in Öl und Butter. Keine Gäste heute Abend, gar keine. Das ist ganz neu und ist uns lange nicht mehr passiert. Habe einen Auslandschweizer zum Essen eingeladen, das war so privat wie früher und ich wusste, was ich ans Hotelgeschäft verloren habe.

Am Morgen hatte sich ein modernes, weltgewandtes, pakistanisches Paar aus dem Haus geschlichen, ohne dass wir es merkten. Sie hatten ein paar tausend Rupien weniger bezahlt, als auf der Rechnung stand, über die sie vorher mit dem Team stritten. Wollten das Frühstück inbegriffen haben, meckerten über die lausige Zimmerqualität, und logen die Angestellten an, vor Wochen schon eine Vorauszahlung an den Chef – mich! – gemacht zu haben. Weil das nicht der erste Ärger war mit unsern maskulinen Nachbarn aus dem Norden entschied ich abschließend, keine Pakistanis mehr zu beherbergen. Als wohlmeinender Kosmopolit vermied ich zeitlebens, mich von Vorurteilen leiten zu lassen, aber älter geworden weiß ich heute, dass alle Vorurteile ihre Ursache haben. Selbst die trickreichen Einheimischen wollen nichts zu tun haben mit den Finsterlingen, sie drücken die Zimmerpreise auf fünf Dollar, verdrecken und verwüsten alles, hinterlassen Unordnung, meckern und schimpfen und tricksen und betrügen, dass es auf keine Kuhhaut geht.

6. Mai

Um fünf habe ich meine erste Massage seit Rückkehr aus der Schweiz, ließ speziell den Tennisarm und die Stelle am Rücken behandeln, die mich seit Monaten plagte, es tut gut, ich bestelle schon gleich die nächste. Meine monatelangen Rückenschmerzen sind versschwunden. Weiß nicht, von der Ultraschallbehandlung in Basel, den empfohlenen Übungen der Physiotherapeutin, dem gnadenlosen Schneeschuhmarsch in den Flumser Bergen oder der Gehirnwäsche, mich erstmals im Leben mit Dauerschmerz auseinandergesetzt zu haben. Der Schmerz ist weg, gänzlich weg, ich darf wieder nature ich selbst sein. Da ist Magie im Spiel, ich habe nicht alles selber im Griff.

Um sieben gehe ich in unsere Quartierkirche zur Freitagsmesse. Brauche meinerseits einen Quell, der mich auflädt. Inmitten des tamilischsprachigen Geschehens und der süßen Singstimmen ziehe ich mich so tief in mich zurück, wie ich es draußen in der Welt nicht hinbekomme. Fühle mich emotional wohl versorgt, Teil meines Quartiers, einer von meinen Nachbarn und Teil der Gemeinschaft zu sein. Reflektiere bei solchen Gelegenheiten über meine wundersame Errettung aus dem Meer und über meinen Ziehsohn Anish. Gestern habe ich ein paar Blumenstängel in den Sand seiner Residenz gesteckt.

Später fahre ich zum Essen nach auswärts, keine Gäste im Haus, keine Küche, es lohnt nicht. Habe mich einigermaßen eingenistet in meiner temporären

Parterrewohnung, aber es ist einfach zu heiß zum Arbeiten. Klimaanlage habe ich in meiner temporären Bleibe nur im Schlafzimmer montieren lassen, dort ruhe ich aber wie auf einer Wolke in den Bergen, weit oben und weit weg. Saß mit meinem jungen Hausmeister zusammen, der sich tatsächlich zum Co-Boss mausert und inzwischen einen stabil guten Eindruck macht. Wir besprechen Mitarbeiterfragen – Suriya brauche eine strenge Hand, Sandani solle in Lahirus Gruppe wechseln und solche Sachen –, und für die bevorstehende Tsunamidonation hat er gut und entscheidungsfähig vorgearbeitet, sodass wir nächstens losziehen können.

Hatte Gespräche mit meinem Nachbarn Lalith, der nicht weiß, was er mit seinem neuen, herrlichen Haus machen und ob er mit seiner Familie nicht ausziehen und alle seine Zimmer vermieten solle. Die monatliche Banklast sei 30 000 Rupien, das ist viel Geld. Erst später denke ich daran, diese vier Zimmer zu Samuels Haus dazuzumieten. Entscheide, mir Zeit zu lassen und zu sehen, ob und wie sich die Saison entwickelt und ob Lalith sich mit seinen Planspielen stabilisieren wird. Morgen Mittag überbringe ich dem jungen Nachbarn und seiner bleichen Frau Brot und Salz, das ich aus der Schweiz mitbrachte, und wünsche ihnen das Beste in ihrem neuen, schönen Haus und gute Nachbarschaft. Der Mann ist ein wenig unstet, jung halt, aber er ist bemerkenswert. Seine tote Mutter, die mir einst in Not ihr Land verkaufte, hätte Freude an ihm, wäre stolz auf ihn. Gebe ihm Tipps und Ratschläge für Buchhaltung und Preisgestaltung. Bin ziemlich unternehmenslustig und gut drauf, viel besser, als während meiner kürzlichen Basler Wochen, wo sich alles immer im Kreis zu drehen schien.

Lese, dass die lankischen Hotels seit dem Tsunami auch jetzt noch zu nur 30% belegt seien. Das tut weh. Selbst nach den schlimmsten Terrorbomben lag die Rate bei 40%. Mit meiner niedlichen Privatpension habe ich aber anhaltend ein gutes Händchen, seit Januar sind wir anhaltend zu 70% verkauft. Aber neue Reservationen kommen kaum herein und nur wenige für das Jahresende, für nächstes Jahr bis in den März hinein. Wir hatten immer 2/3 Buchungen und 1/3 Walk-in-Gäste, jetzt ist es umgekehrt. Inzwischen genieße ich die Privatheit der Niedrigsaison und warte entspannt auf Juli und August, die waren immer gut, da hat Europa große Ferien.

7. Mai

Gute Handwerker sind am Bungalowausbau am Werk, keine Pfuscher, welch eine Freude zur Abwechslung einmal. Einer unserer Klempner empfiehlt den Kauf eines neuen WC-Spültanks für mehr Spülkraft, um meine tägliche Losung fortzuspülen, statt dass sie mich den ganzen Tag lang anschaut. Ein anderer schaut herum, denkt nach und erkundet im Boden gut versteckt einen randvollen Septic-Tank, den wir nun von einer bestellten Rathauscrew leeren lassen, damit er wieder sammeln kann. Und ein Maurer findet einen Weg, mit weniger Bodenplatten eine größere Fläche zu belegen. Und ein auswärtiger Gärtner weiß, dass man die Äste der Templeflowerbäume abhauen, in Plastiktüten steckend neu in die Erde setzen kann. Und er zeigt mir ein paar Büsche im Garten, die für Ayurvedamedizin sehr gefragt seien. Und einer deckt die alten Türrahmen mit Klebeband ab, um sie vor dem Zement zu schützen. Dazwischen läuft immer ein stummes Weißhemd herum, ein weit entfernter Cousin aus dem Familienclan des Baumeisters.

Ansonsten flaniere ich durch den Tag, der fängt nach Yoga, Hanteltraining, Strandlauf und Frühstück erst um zwölf wirklich an und da winkt schon der Mittagsschlaf. Zu viele Plätzchen, um sich hinzusetzen und sich leerzudenken. Zu viele Arbeiten, die man auch liegen lassen kann, das Wichtigere verwischt das Unwichtige. Zuwendungen, Anpassungen, Annäherungen, Eingewöhnen, sich einfädeln ins lokale Netzwerk. Die neuen Geräusche in der neuen Wohnung zur Straße hin kennenlernen und richtig einordnen. Den Nachbarn beim Samstagsspaß am Strand zuschauen. Lena («ussi! ussi!») die Schulkinder von der Mauer herunterjagen lassen. Beruhigt feststellen, dass mein nun erwachsener Schäferhund jeden unbekannten Einheimischen anbellt, der in den Garten kommt. Dem mütterlichen Instinktverhalten zuschauen, wie das Huhn unser Entenkind scharrend ans Bodenfutter führt. Derweil den bissigen Entenvater am Hals greifen und im Stall versorgen. Der Staff die Freuden des Herumgoogelns erläutern.

Mit dem Baumeister das Holz für die Deckenverkleidung aussuchen, die Fenstergrößen prüfen, sicherstellen, dass alle Theatersäulen dick genug werden, entscheiden, dass die zwei Aufgangstreppen so verlaufen, dass das private und das kommerzielle Leben voneinander abgegrenzt sind. Gleich wird das Mauerwerk des ersten Stocks fertig sein und die Arbeit am Dach beginnen. Stehe nachdenklich und verzaubert bereits an den Fensteröffnungen und schaue von oben auf Meer und Strand, endlich kann ich meinen Körper in angemessene Größenbeziehung zum Bau bringen, von jetzt an mir alles definitiv vorstellen, endlich verstehe ich, was ich geplant und eingekauft habe, bin angefüllt mit großer Freude.

8. Mai

Ja, immer samstags und sonntags kommen die meisten Gäste. Großes Nichts und fünf Minuten später ein Taubenschlag. Ein Amerikaner, Volunteer. Eine Australierin, Wiederaufbauerin, hat uns viele Gäste vermittelt, war mehrfach hier, erhält als Dankschön ein freies Upgrading und beglückt mich mit ihrer schmalen Mädchenhaftigkeit und der gleichzeitigen Herbheit ihres Charmes. Eine vierköpfige Familie, England. Alle wollen essen, genießen den heimeligen Sonntagnachmittag.

Ich hatte auch gestern, wie jeden Abend seit Ankunft, einen beunruhigend niedrigen Blutdruck, 89-52-74, las lustvoll in meinen Gesundheitsbüchern, ordnete dabei auch meinen kürzlichen Schwindelanfall und das nächtliche Erbrechen neu ein: Hitzeprobleme, der Körper schwitzt wegen der hohen Luftfeuchtigkeit nicht genug, kann nicht abkühlen, das drückt auf den Kreislauf, der kann zusammenbrechen, den Dienst verweigern. Ich habe gleich nach Ankunft weitergemacht wie in Basels 16 Grad, vergaß, dass die Umstellung in Wirklichkeit eine gute Woche lang dauert, habe mich physisch überfordert, ließ mich deshalb heute treiben, nun ist der Blutdruck wieder OK, wenn auch immer noch weit niedriger als die Basler 120-70-60

Die Bauleute sind am heutigen Sonntag ohne Weißhemd und rühren deshalb keinen Finger, Taglöhner, verdienen pro Tag gleich viel, egal, was sie tun. Morgen würde es besser, alle Bauleute seien im Süden mit Tsunamiwiederaufbau beschäftigt, es sei schwer jetzt, Leute zu bekommen, aber nun kämen sie, sagt der Großbaumeister. Beauftrage Lahiru, heute mit einem täglichen Rapportbüchlein zu starten, in dem er den Baufortgang für mich protokolliert.

16. Mai

Das war dann doch noch kein Monsun, der anfänglich gepriesene Regen blieb aus, die Luft ist zwar nicht sehr feucht, aber die stehende Hitze schier unerträglich, tags und nachts 32 Grad im Schatten; im Garten, in den Zimmern und in meiner abgelegenen Parterrewohnung im hinteren Gartenteil kein Windchen, kein Lüftchen, kein Häuchlein. Der Alltag ist ein einziges Leiden, dem ich nur nachts in die Klimaanlage meines Schlafzimmers entkommen kann, das dann zu einem Reinraum wird, in dem ich durch die Zeitlosigkeit des Universums schwebe. Tags schließe ich alle Türen und Fenster, das bringt ein Grad Unterschied, den ich eigenartigerweise als angenehm empfinde. Mein Blutdruck ist auf einem Niveau unter 100-70 konstant, die Götter wissen, warum, da brauche ich ja keine Blutdrucksenker mehr. Will den Arzt fragen. Alle Arbeit blieb liegen, nun raffte ich mich auf, den Tagesplan der Süditaliener und Spanier nachzuahmen, um 5 Uhr aufstehen und bis um 10 am Morgen alles gemacht haben, was im Haus getan sein muss. Also Bürosachen erledigen, Ordnung in die Buchhaltungsbelege bringen, den zum Glück reduzierten Emailverkehr abhaken, dies und das an Spezialitäten, etwa einen neuen Accountant/Auditor/Secretary für die neue Enterprise suchen, die englischem Firmenrecht folgt, wo ich noch vieles zu lernen habe. Bis um fünf am Nachmittag dann bleibt nichts sonst, als sich durch den Tag treiben zu lassen und gütig zu sein auch mit dem Team, das von der Hitze aber weniger beeindruckt ist, alle tun ihr Bestes, es wäre eine Freude.

Doch da ist immer auch etwas, das sie einem verderben kann, die Balance momentanen Glücks hält immer nur für den Augenblick des Erkennens, dann ist er schon wieder verweht.

Die Schweiger unter den Mitarbeitern waren meine Sache nie, auch nicht in der Schweiz, sie verführen einen zu Fehleinschätzungen, es ist eine Einbahnstraße, ein Pingpong mit nur einem Spieler, und sie verdienen meist den Goodwill nicht, mit dem man sie fördert. Der Chef der Küche und des Restaurants, Suriya, wurde trotz Aussprachen, Ermahnungen, Aufbauarbeit und Vorschussgoodwill immer kommunikations- und führungsschwächer, zuletzt redete er nicht einmal mehr mit der Hausmaid, die seine rechte Hand und nächstes Teammitglied ist. Folgerichtig verlor ich selber jede Lust an der Reanimation, schrieb einen Brief zuletzt, offerierte erneut Goodwill, benannte die Schwächen, bot Hand zur Entwicklung. Und was tut das Weichei im gemeinsamen Gespräch, zu dem ich ihn einladen musste statt umgekehrt – er entscheidet sich, zu kündigen. Diskutiert nicht, begründet nicht, bedauert nicht, legt keine Lösung auf den Tisch oder gar einen Plan. Will einfach so davonlaufen. Aber würde gern noch drei Monate bleiben, bevor er geht. Einfach so, der hatte das wohl schon länger im Sinn, die legendäre innere Kündigung. Ich zitiere den Arbeitsvertrag und verlange Schriftliches bis heute Abend. Nach Vertrag muss ich ihn einen Monat behalten, werde ihn aber gleich nach Eingang der Kündigung verabschieden und auszahlen.

Bis ein neuer Mann da ist, gibt es kein spezielles Abendessen mehr für mich – später werden wir es «Captain's Dinner» nennen und auf dem Blackboard anpreisen –, aber Sandani wird nun zeigen, was sie kann, nämlich alles aus der Menükarte und auch auf Vorrat kochen. Lahiru wird ihr nach Bedarf und Aufforderung helfen. Und umgekehrt. Werde ihnen einen Bonus zahlen nachher. Zusätzlich schicke ich Sandani zur Nachwuchsförderung an einen 6-Samstage-Kurs nach Colombo in die Montanischule, an der schon Anish sein Hoteldiplom machte, damit sie ihr Frausein stärken und mehr Selbstbewusstsein und Selbstständigkeit entwickeln kann. (Die alte Dejong erschreckte sie schon im Vorfeld mit der Aufforderung, in Jeans und Schuhen statt in Sandalen zu erscheinen.) Erwarte von den 9000 Rupien Schulgeld und den zusätzlichen Freitagen, dass sie einen Sprung macht und die Bremsen der Tradition löst, die ihre Entwicklung blockieren und die des Icebear.

18. Mai

Der Meisterkoch ist verschwunden wie er hier gearbeitet hat, unauffällig, still und leise, ohne Spuren zu hinterlassen. Es wiederholt sich meine alte Erfahrung, dass bei gutem Charakter jeder jeden Job machen kann, aber schwache Personality jeglichen Job ausbremst. Kein Abschlusskommentar, kein persönliches Wort, außer, dass er seine Kollegin in seinem Kündigungsschreiben noch einmal gehörig in die Pfanne gehauen hat, sie stehle, ich müsse ein Auge auf sie haben. Sandani hielt dagegen, schilderte mir lange und anschaulich, dass Suriya seit Monaten hinter ihr her gewesen sei, sie belästigte, auch körperlich, dass er ihr täglich nachstellte, dass er unberechenbar sei und sauer, weil sie ihn abgewiesen habe. Auf meine Vorhaltungen, neutral und unparteiisch zu führen und die Schwachen zu beschützen, nimmt mein Managerjunior ohne Luft zu holen die Männerposition ein, dass Sandani mit allem angefangen habe. So sind die Männer, heute beschlafen sie eine Heilige und morgen diffamieren sie sie als Dirne.

Das Huhn Laura bemuttert die heranwachsende Jungente immer noch. Der hat Joseph – auch der kriegt endlich die Kurve, stellt mir Blumen ins Yogagärtchen, wischt die Boulevardlampen ohne Aufforderung – ein Drahthaus gebaut, in dem wir ganz neu einen Entenpool platzierten. Laura stand naturgemäß wasserscheu daneben, als die Pflegetochter ihrem Naturell folgte und lustvoll herumplantschte.

Hatte von einem Geschäftspartner in der Stadt die Adresse eines Accountant/Auditors in Colombo, ein großer, professioneller Laden, Alternative zu meiner Landpomeranze, die kein Telefon hat und sich um ihren guten Namen brachte, als sie mich anpumpte, noch bevor sie mir die erste Rechnung schickte. (Viel später erst begriff ich, dass sie mit dem sogenannten Darlehen eigentlich ein Schmiergeld wollte, mit dem sie meinen Geschäftsinteressen willig gewesen wäre.) Aber selbst diese Filiale einer international tätigen Gruppe war nicht imstande, mir auf mein Emailangebot zur Zusammenarbeit zu antworten; ich schickte heute die zweite Erinnerung. Die Kommunikationsarmut in diesem Land ist neben diesem unsäglichen «learning by doing» der größte Bremsklotz für die Entwicklung. Aber jetzt ist erst einmal wieder Excuse und Aufschub angesagt, die Gebergemeinde hat gestern 3 Milliarden (!) Dollar Hilfsgelder zugesprochen, gar nicht gerechnet die Millionen, die durch unkontrollierte Kanäle ins Land kamen oder unsere 5000 Franken für den Kauf von Musikinstrumenten. (Der für Schulen zuständige Minister, den David ausfindig gemacht hatte, faxte tatsächlich eine Liste mit 42 Namen von wieder aufgebauten Schulen im Süden, die alles und auch alle Trommeln verloren haben.)

Die Bauerei geht vorwärts, doch jetzt schleppend. Ermahnte den Baumeister, ich wolle Ende November fertig sein und endlich einen Terminplan haben.

Wegen des Vesakfests, das an meinem Geburtstag beginnt (drei Freitage, eine Art Weihnachtsferien) seien weniger Taglöhner verfügbar, das würde schon bald wieder klappen.

Keine Störungen vom Quartierclan. Keine Störungen der halbstarken Nachbarn am Strand. Das Team trotz Suriyas Fehlen in bester Verfassung. Lena nachts bellbereit, wenn auch ein wenig weich – in der Stunde der Not wird sie sich nicht für mich beißen. Ich schlafe wieder ruhig.

20. Mai

Dilan machte mir die Monatsstatistik, eine gute Entlastung für mich; er macht die Arbeit gern, darf sich gut vorkommen bei der Papierarbeit, hat seit meinen Vorhaltungen im Dezember auch begriffen, dass ich keinen Papiermanager hier wolle, kein Weißhemd, sondern einen, der anpackt und das Zeug hat, ein Co-Fighter zu werden. Binde auch Lahiru ein, der macht die Zimmerarbeit hervorragend, ist ein integrer, sauberer Typ, halt schmächtig und schmalbrüstig im Auftreten und deshalb nicht für die Frontarbeit geeignet.

Lahiru und Dilan mussten einen Inseratetext in den Sonntagszeitungen aufgeben in Singhalesisch und Englisch. Derweil steht eine Tafel vor dem Tor, auf die ich eine Kochmütze malte, und es kam gleich der erste Bewerber und Sandani reagierte so, wie ich es für mich selbst empfand: Bitte nicht schon wieder so einen dunklen, finster blickenden Tamilen ohne Lächeln und Schalk und nur den eigenen Geldvorteil im Auge.

Wie konnte sich Suriya einbilden, die hellhäutige Singhalesin Sandani würde ihn heiraten mit seiner viel zu dunklen Haut und seiner niedrigen Herkunft von südindischen Teetamilen. Alle Schranken zwischen den Gruppen sind unverändert lebendig in der Gesellschaft, jeder hat einen, auf den er hinunterschauen kann. Die alteingesessenen Alttamilen Colombos schauen auf die Alttamilen aus dem Osten und aus Jaffna. Die schauen hinunter auf die konservativen Neuzugänge, die Bürgerkriegsflüchtlinge, die im katholisch-liberalen Negombo Schutz suchen und finden, und verachten deren südindischen Lebensstil, der sich vorne in der Seastreet («little Tamil Nadu») gut beobachten lässt. Und alle schauen hinunter auf die Teetamilen oben in den Bergen, wo die Engländer einst die Wälder abholzten für ihre Monokultur. Und dieses selbe verachtensbereite Hinunterschauen auf andere ist auch unter der singhalesischen Mehrheit unverändert, die ihre Abstufungen mehr nach der Helligkeit der Haut vornimmt als von Besitz und Herkunft. Das geht bis in die Quartiere unserer Stadt. Die im Stadtzentrum wohnen sind gänzlich abgehoben, eingesessen, eingeboren. Ein paar Meilen weiter schauen die «Croz» und «Silva» verächtlich auf die «Fernandos» meines Quartiers hinunter.

Am Strand scherze ich mit einem alten Pakistani mit listigen Augen und langem Weißbart. Gestern auf der Straße kauderwelschten wir Englisch, er hat 19 Kinder und wartet auf den nächsten Flug. Dass wir gleich alt sind, gab Anlass zu großem Überschwang, Anfassen, Bauchstößen, Umarmungen, die sich heute Morgen am Strand wiederholten, wo er in einem Rudel junger Einheimischer in seinen traditionellen Kleidern aussah wie ein Storch im Salatbeet. Ich staune manchmal über diese für mich typisch europäische Qualität der Unvoreingenommenheit, der demokratischen Bereitschaft, jeden an sich heranzulassen, immer wieder neu vertrauensbereit und verstehensfähig zu sein. Müsste ich mir nach den wenigen und allesamt üblen Erfahrungen nicht jeden weiteren Pakistani distanziert vom Halse halten? Es ist so eine Sache mit vorschneller Meinung, sie ist die Mutter des Vorurteils.

Die Luft hat heute aufgefrischt, es ist ein wenig bewölkt, der Wind reicht bis zur Straße hin und bläst den heißen Smog der letzten Wochen aus den Ecken. Lucia bringt mir freundnachbarlich ein Glas Gurkensaft und beklagt im anschließenden Schwätzchen die verlorengegangene Nachbarschaftshilfe im Quartier, jeder nehme nur, niemand gebe. Moskitos, wie sie sagt, die selber gerne saugt.

Den Vogel abgeschossen und Vorurteile generiert hat aber mein alter Gärtner Kumar. Der hat auch zwei Jahre nach Anstellung nichts gekonnt, genoss aber Nachsicht, weil er so harmlos schien. In Wahrheit aber war er ganz außerordentlich dumm im Kopf, und die Dummen sind oft auch ziemlich dreist. Auf alle Fälle kam mir gelegen, als er zu erkennen gab, einen Groceryshop aufzutun bei sich in der Armeleutesiedlung, für die der Staat das Land gratis gab, wenn die Armen drauf bauen. Mögliche Kunden habe es genug, nur ein Rivale sei aktiv, es fehle halt an Kapital, die Grundausstattung, die Ersteinkäufe.

40 000, das reiche gut, da sage ich mir, es ist ein guter Weg, ihn wegzuloben, und gebe ihm 20 000 als Starthilfe-Geschenk und 20 000 als zinsfreies Darlehen, das er erst in 6 Monaten mit monatlich 1000 Rupien zurückzahlen müsse. So ein guter Mensch bin ich. Ich sah ihn nie mehr, hörte nichts mehr, und als Ende Januar war und er die erste Rate nicht bezahlt und sich auch nicht gemeldet hatte, da war ich verletzt, beleidigt, wütend und hätte ihn am liebsten zu einem Pistolenduell gefordert (das ich natürlich gewonnen hätte). Stattdessen schrieb ich einen Einschreibebrief. Nichts, keine Reaktion, keine Zahlung. Ich weiß sehr wohl, dass ich mir keine großen Hoffnungen machen darf. Was in diesem Land ohne Sicherheit weggegeben wird, kommt nie mehr zurück. Aber ich könnte ihn mit der Polizei und einer Anzeige wegen Betrug und solchen Sachen erschrecken?

Letzte Woche, Mitte Mai, vier Monate nach Fälligkeit, kam er wie ein geschlagener Hund bei uns vorbei, wusste nichts zu sagen, hatte keinen Plan, die

Tochter studiere, nächstes Jahr im Juni sei sie fertig, dann könne er das Darlehen zurückzahlen. Ich ließ alles offen, zeigte mich von meiner grimmigsten und unnahbarsten Seite und schickte ihn als ehrlos fort, offenlassend, welche Gewitter noch über ihn kämen. Keinen Tag mehr soll er wohl sein in seiner Haut. Ich bin so streichelzahm immerzu, man kann ganz lange auf mir herumtrampeln, doch wenn mich einer beißt, wird es gefährlich, gefährlich.

Treffen mit meinem Anwalt, die aufwendige Registrierung der neuen Firma war von mir in Unkenntnis englischen Rechts stark unterschätzt. Habe viel zu lernen, so war das auch geplant, wollte neues Futter für das Hirn. Bin aber doch faul geworden und ich investiere mehr Energie als ich habe. Die Anforderungen des Firmenrechts fordern mindestens zwei Direktoren und auch zwei Shareholder, das ist klug. So kam es, dass mein Sohn sich plötzlich ins Hotelgeschäft eingebunden findet, was sicher nicht seine erste Priorität ist. Aber die Qualität unserer gegenseitigen Zuneigung macht vieles möglich und es gefällt uns beiden, zusammen was zu machen.

Auf der Baustelle bin ich verwundert, glaube, ich sehe nicht recht. Acht Leute sind im Einsatz, vom Baumeister irgendwo als Mannschaft zugekauft, ein moderner Hit, der zeigt, wie es auch sein könnte. Alle stecken in grauen Overalls mit großen Brustlabels «Sun Guild» (!), alle sind gelb behelmt, und: Alle haben Schuhe an. Schuhe! Und wie sie sich anders bewegen, welches Selbstgefühl sie zeigen, wie professionell sie auftreten, wie motiviert sie sind, wie elitär. Jetzt bauen sie vielleicht doch noch Singapur.

Auch Ruwan hat neue Schuhe, rote, mit Stollen dran, zum Fußballspielen. Er ist einer der nachgewachsenen Nachbarkinder vom Strand, Gerry Uncle, Gerry Uncle, und hat mich schwer beeindruckt, als er schon mit elf morgens um vier in Begleitung der Fischer auf den Fischmarkt lief, ein Tuch eng um Kopf und Körper geschlungen, um als Handlanger seiner Mutter etwas heimzubringen, deren Nichtsnutz zu der Zeit wegen Heroingebrauchs im Gefängnis saß. Die Mutter schaffte es nicht mit drei Kindern, da konnte sie noch so viel Fisch trocken und in Körben auf dem Markt verkaufen. Mit Schule war natürlich nichts, aber irgendwie war der Junge immer viel stabiler als das nachbarliche Rudel, das sich nachmittäglich im Hundert am Strand einfand, um auf den Abend zu warten. Der war immer korrekt, freundlich, berechenbar über die vielen Jahre des Heranwachsens, auch mein Team mochte ihn, der war immer gutgelaunt und hat gelacht, auch wenn er nichts zu lachen hatte, er war hässlich und zu klein gewachsen, wurde verhauen und gehänselt, aber wie ein Stehaufmännchen war er nicht unterzukriegen. Das gefiel mir, manchmal gab ich ihm was für die Mutter, und wenn er sich zu uns in den Garten traute, bekam er auch etwas zu essen, da ist ja immer etwas von gestern im Kühlschrank. Nun ist er 14, 15, ich weiß nicht, berichtete, dass er neuerdings am freien Nachmittag zu einem Sportplatz ginge, da sei ein «Sir», der einen Fußballclub habe, und da würde er jeden Tag tschutten, ja, das gefiele ihm. Aber jetzt sei Schluss mit lustig, es könne nur bleiben und weitermachen, wer echte Fußballschuhe habe. Da schickte ich ihn natürlich in die Stadt, mit 30 Franken, und 2 Franken extra für gelbe Kniestrümpfe, und dann zog er los und jetzt wird er am Strand nicht mehr gesehen, ich hoffe, er ist gut aufgehoben, könne sein Ich gut entwickeln und ein richtiges Mannsbild werden.

Jesubama, der 17 ist, aber im Kopf erst 9, erfuhr, dass ich morgen Geburtstag habe und kam mit zwei Hochzeitscakes zurück, in Glitzerpapier eingewickelt, die er mir darbot wie Weihrauch, Gold und Myrrhe und mich anstrahlte und ganz sprachlos war dabei. Sandani musste ihn mit Fruchtmilch laben.

Dass ich dem Alten, der seit Jahren im Sand vor meiner Tür sitzt und mich anfeixt, bevor er abends in sein Nichts heimhumpelt und auf den Tod wartet, schön diskret eingewickelt 500 Rupien in die Hand drückte samt einer Ritterschokolade mit Nüssen, das hatte sich schon fünf Minuten später wie ein Lauffeuer herumgesprochen und meine Ruhe war weg. Alle wollten Ritterschokolade. Die soziale Kontrolle ist lückenlos, doch jeder ist in ihr auch aufgehoben.

Früher Abend, in den Zimmern nur noch 30 Grad, Durchzug, aber noch nicht kühl genug für Büroarbeit, aber man kann sich's schon vorstellen, wie's sein könnte. Auf der Straße ein wenig zu spät, der Vier-Uhr-Tee ist schon getrunken, kommt der Backwarenlaster schon wieder, voll verglast zeigt er auf drei Seiten, was in ihm steckt, ein Höhepunkt für Hausfrauen und Kinder, die angerannt kommen, wenn nur ein wenig Geld im Kasten ist. Ach wäre doch diese lautsprecherverstärkte «Adelaide»-Melodie nicht, die mich durch den Monat begleitet und auch frühmorgens aus dem Schlaf reißt.

Vier Tage verkaufen die Geschäfte und Restaurants weder Alkohol, noch irgendwelches Fleisch. Fundamentalistisch buddhistisch, Staatsreligion. Wir kaufen Vorräte und aus Rind und Schwein, mache ich einen Berg Frikadellen auf Vorrat. Heute kam jedoch kein einziger Gast, nur ich allein mit all der schwäbischen Köstlichkeit. (Gestern ließ ich aus den Resten von vier Curries eine dicke, sämige Suppe kochen, mit Milch verfeinern, und dann gab ich vor dem Servieren einen spontanen Spritzer Sodawasser dazu, verwegen, kühn, leichtfertig, doch es war so fein schäumend und prickelnd wie eine Champagnersuppe, dass ich sie als echte Erfindung in mein Kochbuch notiert habe.)

Die Mitarbeiter im Team haben sich gehörig erschreckt, als sie beim gemeinsamen Tee und auf Anfrage zu hören kriegten, dass ihr Alter morgen 66 würde. Das ist in einem Land, in dem als Mann statistisch mit 70 gestorben wird, Stoff zur Heldenverehrung. Folgerichtig warf sich eine fürs Heimfahren frisch verkleidete Sandani abends vor mir auf die Knie. Ich kam eben von der Dusche, hatte grad das arg ayurvedisch riechende Massageöl weggewaschen und war nur halb züchtig mit einem Badetuch umwickelt. Sie wolle mir zum morgigen Geburtstag gratulieren und mir danken, dass sie morgen ihren ersten Kurstag in Colombo habe. Was ja auch eine Art Geburtstag sein soll für sie und ihr Frausein.

Nachts allein im Garten. Am Lourdesschrein beten Frauen und Kinder so begeistert wie lange nicht mehr, auch Männer sind jetzt dabei. Lese endlich wieder einmal und gleich ein paar Stunden lang im «Ramayama» und vergrabe mich tief in den indischen Wurzeln von Mutter Lanka.

21. Mai

Geburtstag! Normalerweise ist das nicht sehr bedeutend für mich und wie alle anderen Pflichtjubel ignoriere ich auch meinen eigenen Jubeltag. Doch Anlass, sich ein paar Stunden aus der Welt zurück und in mich hinein zurückzuziehen, ist es allemal. Heute Abend werde ich im «Beach» fürstlich tafeln, viergängig, es wird einen Monatslohn kosten und ich werde mich schlecht fühlen deshalb, doch durch den Tag bin ich erst einmal ein wenig nachdenklich, einsilbig, zurückgenommen. Am Morgen fand ich zu meiner angenehmsten Überraschung eine wassergefüllte Tonschale auf den Boden vor meine Wohnung gestellt, ganz überdeckt mit weißen Jasminblüten. Auf dem Esstisch in der Villa warteten dann eine große blaue Icebeartorte mit Widmung auf mich, Kerzen, eine Ballontraube, ein Teddyeisbär ganz in Weiß und ein festlich aufgekratztes Team. Traditionsgemäß schnitt ich die Torte an und fütterte ihnen die Stücke, lud sie dann zu einem ausschweifenden Frühstück ein, das durch keinen einzigen Gast gestört wurde, und dann zündete ich mit einem Feuerzeug einen Ballon nach dem andern an, Sidney Bechet musste dazu laut mit dem Sopransax jubeln. Um elf kam der Mann mit dem weltmeisterlichen Geburtstagsgedächtnis zur Begrüßung, der Franziskaner in Begleitung von Prabath, der seit Januar von seinem Schulmeisterjob in die Rente verabschiedet wurde und mangels Vorbereitung nun ziemlich hilflos dreinschaut, mit dem Leben nach so vielen Jahrzehnten Service für andere weiß er nun nichts anzufangen.

Die beschuhten Bauleute bauen die Innenmauern, die werden furchteinflößend immer höher, doch solcherart in Innenräume aufgeteilt, sieht das vorher riesige Haus plötzlich klein und kleinlich aus, bin insbesondere vom Winzbad und den Nebenräumen verunsichert. Anhaltend fehlt mir überdies jegliches räumliche Vorstellungsvermögen und ich leide an meiner Hilflosigkeit. Es fällt mir nichts, aber auch gar nichts ein, was man an Designideen in diesem Stadium, jetzt, sofort, spontan realisieren könnte, sollte, müsste, dürfte: Die Mauer nur halb so dick etwa, um in eine fenstergroße Vertiefung später ein Bild zu hängen? Zum Beispiel. Oder ein Fenster weniger und in die entstehende Höhle stattdessen Tablare einsetzen? Wo kommen diese verflixten WC-Schüsseln hin, damit sie nicht so zufällig und wie fallengelassen herumstehen? Ich trau mich zu keinem Entscheid, lasse alles schlitteln, die sollen doch mein Haus bauen, wie sie wollen, ich kann ja später immer noch umbauen.

Wenn es nur nicht so heiß wäre!

Zwei Freundinnen, reif und selbstbewusst, wohnten länger bei uns und waren täglich unterwegs zum Strandlauf. Dabei wurden sie manchmal Teil einer Kultur, die sich nur Frauen offenbart: Die einheimischen Männer. Heute sei es ein Fahrradfahrer gewesen, der nackt, die Kleider auf einem Häufchen am Strand abgelegt, im warmen Regen auf sie gewartet habe, um sich zu produzieren. In ihrer Wut mutig geworden, hätten sie ihm seine Kleider weggenommen, da sei er nackt und wie besessen zu seinem Fahrrad gerannt.

(Auch mir hat kürzlich ein Angestellter einer Schönerwohnenboutique ans Gemächt gegriffen. So gekonnt, dass es zwischen den Regalen auch ein Versehen hätte sein können, dem auf Empfang Gerichteten aber signalisierte, dass der Reigen anfangen kann. Ich habe ihn so treuherzig angelacht, dass er ganz verlegen wurde und auf Nimmerwiedersehen verschwand.)

Die Frauen lindern ihren milden Schock mit einer kämpferischen Nachricht an Tourismusbüro und Sonntagszeitung, und tatsächlich kommt vom Tourismusbüro auch ein Antwortschreiben. Doch sieht man schon von weitem, dies ist ein Brief aus Textbausteinen, erstellt für alle Widernisse touristischen Lebens und ein Beweis dafür, dass bei denen viele Klagen auf den Tischen landen.

Während der Spitzensaison wiederholt sich sonntags ein anderes Phänomen, wenn ganze Rudel von Touristen am Strand entlanglaufen, gegen elf, das Frühstück in den Gruppenhotels ist eben abgeräumt. Da reihen sich einheimische junge Männer und ältere Herren am Strand auf, setzen sich beim Wasser nach Fischermannsart mit heruntergelassener Hose in die Hocke und täuschen vor, die Notdurft zu verrichten. In Wahrheit erfreuen sie sich und manch eine der vielen Strandläuferinnen herzuzeigen, was sie haben. Die Scheuen machen einen Bogen um die Scheißkerle, die mutigeren fassen sie tapfer von weitem ins Auge, senken aber beim Vorbeigehen den Blick, und die reifen unter den weißen Frauen kommentieren beim Vorübergehen grölend das Geschehen. (Manchmal sehe ich auch weißen Mannsbildern zu, wie sie herausfordernd vor den dunklen Kerlen stehenbleiben mit bewundernden Blicken, aber sie sind nicht wirklich das, was die Einheimischen wollen.) Abends auf alle Fälle mischt sich das Strandgut unter die Besucher der wenigen Discos und manche Amazone erlegt dann das Wildbret, nachdem es im Sonnenlicht geäugt hat.

22. Mai

Buß- und Bettag, Poya, Vesak. Der Gärtner brachte zwei Vesaklaternen mit, die sein Sohn aus farbigem Seidenpapier in traditioneller Form gebastelt habe. Eine hängten wir in der Villa auf, eine an der Straße, inmitten all des Katholischen im Quartier ist das ziemlich auffällig, doch touristisch wohl gelitten. Der Vollmond steht prächtig über den Palmen, wie jeden Abend im Mai beten die Frauen am Lourdesschrein, was das Zeug hält, Lucia beklagt, dass nur die Frauen kämen, deren Männer und ältere Söhne würden machen, was sie wollen, früher seien die Familien alle zusammengestanden als Gemeinschaft, das sei abhandengekommen. Der Spagat zwischen alter und neuer Welt. Letzte Nacht um eins hat ein Zehnerrudel junger Fischer, bestens gekleidet und aus gutem Haus, doch angetrunken, eine Stunde Radau gemacht, gegrölt und gesungen und geklatscht, es sind diese Situationen, wo etwas außer Kontrolle geraten und einen Brand entzünden kann. Keiner der heftig gestörten Nachbarn ließ sich hören oder sehen, man will sich keine Feinde machen unter den Nachbarn, des Friedens wegen erduldet man auch das Unerträgliche, hier die egoistische Rücksichtslosigkeit junger Männer, die sich für eine Weile als Herren aufspielen dürfen.

Sie kotzten dem Nachbarn vor das Tor, klauten Kokosnüsse von den Bäumen nachts um eins, kürzlich haben sie mir die Mangos vom Baum geholt und nächstens werden fromme Frauen auf dem Weg zur Kirche wieder die Blüten der Büsche der Straße entlang abpflücken. Also ich will es nicht beschönigen, sie klauen in Wahrheit alle Blüten, auch meine Jasmin- und Hibiskusblüten, und legen sie dann irgendeiner Heiligenfigur zu Füßen, sie fressen wie die Ziegen und Blattschneiderameisen die Büsche kahl.

Das Stelleninserat für einen neuen Koch erschien, es kommen die ersten Faxbewerbungen herein, zwei Dutzend Biodatas müssten es schon werden, im Süden gibt es zu wenig Arbeit, es geht die Rede, in Negombo, bei den Schweinefleischfressern, ließe sich Geld machen. Aber in der Zeile «Nationalität» schreibt die Hälfte nicht «Srilankan» sondern «Singhalese», «Tamil», Muslim; sie sind noch immer nicht zu einer Nation zusammengewachsen und einige sind ganz froh, dass das so bleibt.

Am Strand spielten den ganzen Sonntag lang junge Mädchen aus der Nachbarschaft Kricket, von keiner Bubenseele gestört, niemand zeigte sich, es war wie abgesprochen, der Strand gehörte ein paar Stunden lang ganz allein den Töchtern.

Zwei englische Surfer, die aussahen, wie man als Surfer aussehen muss, ließen ihre zwei Bretter bei uns zurück, Freunde auf dem Weg zur Arugam Bay würden es mitnehmen. Zwei Surfbretter nur und sofort riecht es penetrant nach Ferien statt nach Fisch.

Bin den ganzen Tag herumgelegen, schlief immer wieder und immer woanders, am schönsten auf der alten Couch vorn am Tor zum Garten, da bläst immer ein weicher Wind, das Windspiel klingelt, die Glocken bimmeln, die Vögel zwitschern und Lena liegt unter mir auf dem kalten Terrazzo.

Morgens kann ich nach sechs Monaten Rückenschmerzen erstmals wieder den Schulterstand machen, Sarvang Asana, und sogar den Pflug mit nach hinten gelegten Fußspitzen bekomme ich wieder hin, fühle mich ganz flott und wiederhergestellt. Doch obwohl ich fast nichts mehr esse, kein Appetit bei dieser Hitze, habe ich unverändert 105 Kilo statt der erträumten 99, ich schütte einfach zu viel Wasser in mich hinein, der Liter zu einem Kilo, ein Wasserbauch, no problem, nur ein Wasserbauch.

Sandani berichtete aufgeregt von ihrem ersten Schultag seit der Grundschule, es seien nur Upperclassfrauen im Kurs gewesen, sie sei die einzige, die nicht mit Auto oder Fahrer käme, aber es gäbe auch ältere Frauen dort als sie. Gelernt hätten sie, wie man Tische deckt, Essen serviert, sich kosmetisch behandelt und anzieht – Männer anzieht. An unserer nächsten Mittwochschulung würde sie darüber gern vortragen, und Englischstunden wolle sie jetzt auch nehmen.

Dilan hatte über Nacht frei, war an einer Hochzeit, instruierte und motivierte den Roomboy und den Gärtner, die französische Familie zu bekochen (mit meinen Frikadellen und dem Kartoffelsalat deutsche Art, die er ihnen beibringen musste), sie morgens um vier auszuchecken und zwei Surfer einzuweisen mitten in der Nacht. Das Delegieren hat gut geklappt, die zwei Kollegen waren hoch motiviert, das Gästebuch überschwänglich, soviel Selbstständigkeit lass ich mir was kosten, Lahiru wird vorzeitig fest angestellt, Joseph bekommt endlich Promotion und einen Anteil vom Bedienungsgeld, und an der weiteren Entwicklung von Dilan grüble ich schon seit zwei Wochen.

23. Mai

Seit zehn Tagen war mit dem Gärtner vereinbart, dass ich ihn heute beim nötigen Bäumeschneiden begleite. Um vier, als wir vereinbarten anzufangen, war jedoch nichts vorbereitet und alle seine Schwachstellen traten an das Licht des späten Tages. Die Hacke war verlegt, nach zehn Suchminuten fand er sie auf einem Blumentopf abgelegt statt im Sammelzentrum. Die Inspektion ergab, dass ich mich mit meinem ganzen Gewicht unbeschadet auf die Klinge hätte setzen können, so stumpf war sie. An Äste abzuhacken war nicht zu denken, er wollte sie in Wahrheit hinmetzeln, ermorden, umbringen. Wo die Baumsäge sei? Da schloss er umständlich das Vorhängeschloss des Lagerschuppens auf, wo ich wichtiges Alltagsgerät wie die Heckenschere wüst verstreut fand. Er hat nie daran gedacht, sich einen schnell zugänglichen Platz dafür zu suchen, etwa in der

Garage. Ja, die Säge hätte ein spezielles Blatt für Holz. Von wegen, es war die Eisensäge, auch sie stumpf wie Bohnenstroh, und als ich sie zur Hand nahm, fiel das nicht verschraubte Schandstück heraus. Im Schuppen haben sich die Ratten an den teuren Latexmatratzen verbissen, überall lagen Stücke davon herum zum Nestbau. Keine Kontrolle, keine Erkenntnis, kein Rattengift, keine Löcher, die verstopft wären. Wo die Leiter sei, Leiter, Ladder, ich mache den Pantomimen, klettere hoch, aber der Mann kann auch keine Gebärdensprache. An Gartenarbeit, gar im Team, ist nicht zu denken, es hülfe nur Rausschmeißen, nur ich weiß, da kommt nichts Besseres nach. Ehrgeiz ist rar, jeder agiert als Minimalist und wartet auf den Lohn, es ist zum Verzweifeln, und wäre mein Leiden nicht deckungsgleich mit den Erfahrungen im Umgang mit den drei Hundert Mitarbeitern meiner Werbeagentur selig, hielte ich es prompt für typisch sri-lankisch.

Andererseits frage ich mich, ob es mein durchs Alter geänderter Blick auf die Dinge ist, die mich oft an den Menschen verzweifeln lässt. Oder ob sich die Leute hier so sehr verändert haben, seit ich mich in den späten Siebzigerjahren so heftig in sie verliebte. Ich neige zu letzterem, 20 Jahre Bürgerkrieg, Gewalt, Betrug, Lüge und Hoffnungslosigkeit gehen nicht spurlos an einem Volk vorbei. Der Krieg verändert nicht nur das Leben. Er verändert auch das Zusammenleben. Die Alten haben den Jungen nichts mehr anzubieten, weiterzugeben, jeder Fischer hier wird die Söhne davon abhalten, seinen Beruf zu übernehmen, aber Alternativen hat er nicht für sie. Er weiß ja nicht, wohin sich alles bewegt, kann keine Anleitung geben, keine Destination nennen. Wenn es wenigstens Stars gäbe, an denen man sich orientieren kann. Aber der Kricketstar Jayasuria ist auch schon aus dem Leim geraten, die Politiker taugen nicht als gutes Vorbild, sie lügen und betrügen, was das Zeug hält, verprügeln sich sogar im Parlament und lassen einander umbringen, wenn's grad passt. Ihre Söhne liefern sich in den Nachtclubs der Hauptstadt bewaffnete Scharmützel. Die Buddhisten haben eine kampflustige Partei ins Parlament geschickt, wo sie militant um das Moralmonopol streitet, auch sie haben den Pfad der Tugend verlassen. Selbst die Präsidentin, eine Heilige, koaliert mit den Schlächtern ihres Vaters und ihres Mannes. Die Parteien, die das öffentliche Leben bestimmen, sind gnadenlos zerstritten, sie brauchen die Energie, sich gegenseitig zu bekriegen, statt das Land zu einen, die Gesellschaft auf den Frieden vorzubereiten. Wo soll da einer Orientierung für freundliches und friedliches Miteinander, für Gemeinsinn finden? Irgendwann stinkt der Waffenstillstand selbst im Tiefkühler, in dem er in Wahrheit seit drei Jahren liegt, ohne dass jemand nach ihm schaut.

Derweil gerät der Nachwuchs aus dem Ruder, keine Arbeit, keine Hoffnung, keine Führung, keine Erziehung; die zivile Gesellschaft verwildert und verätzt: Beim Wiederaufbau meiner von der Flutwelle zerstörten Mauer ließ ich an der

Ecke beim Karrenweg einen langen gehorteten alten Fensterrahmen einbauen mit alten Läden, mit eingelassenen Eisenstangen statt Glas, wie es typisch war in der Zeit der Engländer. Das sieht gut aus, verschönert den Nachbarn den Weg zum Strand und zum Marienschrein und ich selber bin ästhetisch entzückt. Aber schon Stunden nachher brachen Halbstarke eine der weiß lackierten massiven Eisenstäbe aus den kräftigen Halterungen heraus und trugen sie als Trophäe mit sich herum. Letzte Woche bestellte ich beim Schmied neue Stangen und ließ sie trotzig wieder montieren.

Zuviel des Guten. Heute Nachmittag brachen sie mit wirklich großer Gewalt und indem sie eine der Stangen als Brecheisen brauchten, gleich alle die neuen Stangen heraus, die wir dann verbogen auf dem Boden wieder einsammelten. Ich stellte sie rechtzeitig vor dem Ave Maria demonstrativ zum Karrenweg hin aus, um die Weiber zu beschämen, weil sie ihr Mannsgesindel nicht erziehen vor lauter himmelwärts. Es ist nicht persönlich gegen mich gerichtet, einfach eine dieser Gewaltausbrüche, wie wir sie auch aus der Schweiz kennen, wo sie selbst die Motorräder der Gleichaltrigen niederbrennen. Aber ich bin dennoch wütend und muss mich gehörig sammeln, um nicht selber loszulodern. Kein Wunder werden die Mauern um die Häuser der Einheimischen immer höher, der Abstand zu den Mitbewohnern immer größer, die Entfremdung von der Vergangenheit immer tiefer. Was hat man diesem Land alles angetan und was tut es nun sich selber an. Es ist so furchteinflößend viel Dummheit in der Welt, so viel Blindheit und Ignoranz, so viel Gleichgültigkeit und Unwissen.

Heute Nacht werden sich die Mannsbilder am Strand wieder zum Kartenspielen zusammensetzen und sich betrinken, um ein wenig aus sich herauskommen. Morgen ist landesweiter Feiertag, das sind immer die übelsten Nächte, wo ich mir jeweils einen uniformierten Nachtwächter wünsche. Sie werden wieder in Busladungen durch die Gegend fahren und die Unfallstatistik anheizen, der Große Lehrer wird im Schneidersitz grübeln, warum ihm der rechte Pfad auch sonst im Land entglitten ist. Es ist einfach nicht mehr so wie früher.

Aber dann hat ein strategisch gut platzierter Dauerregen vor Mitternacht allen Möglichkeiten ein Ende gesetzt.

24. Mai

Das ist der Vesakhöhepunkt, jedem Buddhisten ist die selbstgebaute Papierlaterne sein Christbaum, kunstvoll nach traditionellen Formen zu Kuben und Oktaedern gefügt und heute Abend von innen beleuchtet (der Lord wurde erleuchtet). Unsere Dekorlaterne vorne an der Straße haben die Lausbuben des Quartiers am Nachmittag heruntergeschlagen, nichts mit friedlichem Zusammenleben der Religionen, «die brennen ja auch unsere Kirchen an».

Steckt hinter der Plage der Halbstarken eine Hand, die sie führt? Will jemand mir das Leben versauern? Hat der ausländische Störenfried Konkurrenten, Neider, Widersacher?

Seit Wochen quäle ich mich damit herum, einen Treuhänder zu finden, der professionell arbeitet, gegenüber den Autoritäten für die Rechnungsprüfung geradesteht, mir beraterisch beisteht, etwa bei der Kreation der Eröffnungsbilanz, und der vielleicht unter demselben Dach Secretary-Dienste übernimmt. Aus Schweizer Aktiengesellschaft-Erfahrung weiß ich, dass die Außenwirkung auch hier mit einem guten Namen zu steigern ist und die eigentlich nicht notwenige Kreditwürdigkeit enorm zunimmt. Sobald mein neu ernannter Co-Direktor David «Memorandum & Articles» unterschrieben hat, kann ich den siebenfachen Formularsatz ausfüllen, zu diesem Zeitpunkt muss ich dem Registrar of Companies Prüfstelle und Secretary namentlich benennen.

Beim Herumflanieren gestern Nachmittag in einem Großhotel (da habe ich ein Submarine-Sandwich bestellt mit überbackenen Wursteleien) lagen auf dem Lesetisch Jahresberichte verschiedener börsennotierter Unternehmen auf, die ich alsogleich studierte und prompt mit Adressen fündig wurde. Nach einem Kontaktanruf schrieb ich heute an einen dieser «Chartered Accountants» nach Colombo, sorgfältig ins Englische gesetzt, und hielt um ihre Hand an.

Hatte ein gutes Gefühl nachher, der Tag war produktiv. Aber ich reflektiere auch heftig über mein tiefes Misstrauen gegenüber jedermann, erkenne es dann als Schutzschild für meinen Hang zur Vertrauensseligkeit, denn wenn ich nach langer Zeit endlich einmal Vertrauen zu jemanden gefasst habe, ist meine Loyalität so vorbehaltlos, dass sie zur Dummheit entarten kann.

Hatte Tee und ein Dreistundengespräch mit meinem viel zu jungen Juniormanager, um ihn auf dem Gleis zu halten und ihm erneut den Umgang mit dem Personal und das Alltagsgeschäft ans Herz und in die Hand zu legen. Er muss hellhöriger werden, ein Wachhund, der spürt, wo etwas nicht rund läuft, immer alle Antennen auf Empfang, den Blick permanent geschärft, balanciert misstrauisch und verbindlich, einer, der mich an der Tagesfront stark entlastet, einer, der für die Firma unersetzlich wird und die Entwicklungschancen nutzt, die die Zukunft ihm bringen kann. Müsse einfach den erreichten Standard halten, dann sei es schon gut, dann sei er ein wahrer Leader und Head man. Wenn er dazu noch eigene Ideen entwickle mit den Jahren, selber gestaltungsstark agiere und das Wohl des Unternehmens im Auge habe, dann sei er irgendwann auch reif, selber ein Geschäft zu führen. Ich übergab ihm den enttäuschend dünnen Output unserer Stelleninserate, nur vier Bewerbungen waren eingegangen für die Chefkochstelle, keiner davon war brauchbar, die Götter wissen warum. Und er müsse mit dem Gärtner ein Stellengespräch führen, ich würde anschließend seinen Entscheidungen folgen. Der künftige Co-Boss reagiert klug, wenn auch ängstlich. Manchmal, wenn ich ihn intellektuell überfordere oder wenn ich ihn anraunze wegen einer markanten Schwäche, schaut er mich mit eingefrorenem Gesicht an und ist wie blockiert. Ach ja, und das Wochenmeeting mit dem Team würde ich ihm übergeben, das sei künftig seine Sitzung, nicht meine, es sei sein wichtigstes Führungstool, ich hätte eigentlich nur einen Mitarbeiter und würde den künftig selber separat und einzeln treffen, um ihn stärker an mich zu binden und das Team stärker an ihn.

Sandani hielt tatsächlich einen spontanen Vortrag in flüssiger Rede, wie man einen Tisch deckt; führte vor, wie man Sorge zu Körper und Gesundheit trägt, sich anmutig bewegt, alles, was sie an ihrem ersten Schultag gelernt hatte, alles, was eine Frau erst zu einer klassischen Ehefrau macht und zur Zierde des Mannes. Aber da ist keine Zukunft nicht, sie ist nicht lernwillig, intellektuell faul, konservativ, bewegt sich nicht vorwärts, ist nicht wirklich zu befördern, schleppt sich ziellos durchs Leben. Zum Beispiel hat sie eine starke Sehschwäche, sieht nichts um sich herum und also auch nicht den Dreck, der sie umgibt. Auf mein Insistieren hin besorgte sie sich vor vier Wochen eine Brille, war erfreut und erstaunt über den frischen Blick auf die Welt, doch schon trägt sie sie nicht mehr. Jetzt setzte ich ein Ultimatum zum Brilletragen, wenn sie weiter bockt, gebe ich jede Hoffnung auf. Oder was soll ich machen, wenn sie das Nachtessen in Schüsselchen fürs spätere Kochen bereitstellt und es ordnungsgemäß abdeckt – mit dem den Tag über arg verseuchten Küchenhandtuch?

26. Mai

Wenn man bedenkt, dass ich zu einer Zeit, in der sie noch ganze Kühlräume ausfüllten, für IBM-Computer weltweit Werbung machte – ohne je eine Ahnung davon haben zu wollen, wie es funktioniert – als Werber muss man ohnehin nur wissen, welchen Nutzen man von etwas hat –, versteht man meine Deppenhaftigkeit und frivole Ignoranz, erst im Alter von 60 meinen ersten PC zu bespielen. Das war seither ganz spaßig, aber verstehen tue ich immer noch nichts. Deshalb durfte ich heute der ganz große Gockel sein, als ich aus eigener Kraft herausfand, warum mein letzter PC, den ich dem Team zur Verfügung stellte, so gnadenlos langsam war, dass es selbst einen gutmütigen Amateur wie mich zum Wahnsinn trieb. Meine Mitarbeiter ließen bei den Barfußhirschen in der Stadt ein professionelles Betriebsprogramm aufspielen statt der ressourcearmen Familienversion. Nach dieser messerscharfen Diagnose fand ich heute Abend bestätigt, dass das ambitiöse Programm fast den ganzen Speicherplatz von knapp 3 GB auffrisst und deshalb nur lächerliche 470 KB zur Arbeit verfügbar sind 470 KB. Durch Defragmentieren und andere Kunststücke erweiterte ich auf 900 KB, doch muss ich jetzt noch einmal zahlen für die aktuelle Version. Andere Aphrodisiatika sind teurer.

Mittags kochte ich aus je (!) zwei Kilo Rindfleisch, Zwiebeln, Karotten und mit viel Chili meinen legendären Gulasch Hugo, den ein Ulmer Liebespaar so begeistert verzehrte, dass kaum noch etwas als Tiefkühlvorrat übrigblieb.

27. Mai

Bin irritiert, als ich den älteren Bruder des Clanmembers, der mir letztes Jahr einen Prügel in die Lenden haute, über Mittag freundschaftlich mit meinem Juniormanager im Staffhaus sitzen sehe. Den neuen roten Tucktuck hatte er selbstbewusst vor meiner Tür parkiert. Was, wenn die den um den Finger wickeln, wenn der den Pfad der Tugend verlässt? Gut, die Entdeckung erinnert mich, nicht vertrauensselig zu werden, jeden im Auge zu behalten und mit allem zu rechnen. Das ist typisch für all die Leute in meinem Fokus, man kann sie nicht kalkulieren, sie verhalten sich irrational, reagieren unerwartet, sind heute für und morgen gegen dich, es bleibt immer ein Rest von Zweifel, uneingeschränkt vertrauen kann ich keinem mehr. Das ist der Preis, den ich für das Inselleben zahle, der Verlust meiner Vertrauensbereitschaft, der wahren Unschuld.

Später erläutere ich Dilan wohlwollend, er möge (Ein neuer Freund? Ja seit ein paar Tagen!) mir den jungen Mann auf meinem Grundstück ersparen und ihn irgendwo sonst treffen. Er möge vorsichtig sein, der Clan sei in der Gegend schlecht beleumdet und benutze ihn möglicherweise. Das würde ihn in Loyalitätskonflikt zu mir bringen und unsere Zusammenarbeit stören, die auf fraglosem Vertrauen basiere. Er möge verzeihen, das seien seine privaten Dinge; aber ich müsse meine Interessen vertreten, und die seien, dass er von diesen Quartierherren unbefleckt bleibe. (Tage später verrät mir jemand «ganz im Vertrauen», dass der junge Mann gewisse Frauen ins Haus kommen lasse zum Eigengebrauch, der Tucktuckfahrer ist wohl der Mittelsmann.)

31. Mai

An seinem ersten Arbeitstag fragte der zuletzt doch noch gefundene neue Koch – in dieser Reihenfolge – nach einem scharfen Küchenmesser, einer Schneidemaschine, einem Paar Topfhandschuhe, Rahm. Den brauche er für seine – sorry! – europäische Küche. Ich schicke ihn umgehend los, damit er seine erste Kochkunstvorführung schön samten über die Makkaroni gießen kann (er hatte sie auf dem Blackboard hinreißend angeschrieben mit «sose bolo nice»). Er möge alle Einfallslust und sri-lankische Erinnerung dazu tun, vor allem solle er nicht mit Gewürzen sparen. Prompt kochte er the nice Bolo drei Stunden lang mit Zimtstangen zusammen. Schmälzte die Teigwaren mit einer Buttersauce, in der er Leinsamen und Cashewnüsse geröstet hatte. Servierte als Appetizer einen hauptganggroßen vegetarischen Gemüseteller, wie es ihn hier noch nie gegeben hat. (Dass er als Starter «Gemüsesalat mit braunen Würstchen» machen wollte, hatte er in der Nervosität des Starttages vergessen.) Am Ende entzückte er mich mit einem fein garnierten Bananensplit. Ich wagte noch nicht zu bemerken, dass er zu groß und zu teuer kocht, erinnerte ihn aber angemessen behutsam an das Geschäftsziel, Gewinn zu machen.

Dass er ein Jahrzehnt in Zürich in guten Häusern gearbeitet und dabei einen Haufen Erfahrung gemacht hat, schrieb er wohl in seinen Lebenslauf, aber dass er kein einziges Stück Papier vorweisen kann, kein Arbeitszeugnis, nicht einmal Pass oder Identitätskarte, nichts, das verunsichert mich stark. Ich sollte jemanden dahintersetzen, mir in Zürich Referenzen zu besorgen. Ende Woche will der Heimkehrer das Grama Nilathari Leumundszeugnis bringen. Immerhin.

Wie auch immer, ich bin kein Miesmacher, der erste Tag war exzellent, Chapeau! Durch den Tag aber agiert der Neue ein wenig verwirrt, macht mich einfach ein wenig nervös. Ich muss meine unverbesserliche Schwäche für Unangepasste gefälligst selber auslöffeln.

Lahiru machte auf mein Geheiß Kontrolle der eingekauften/verkauften Alkoholika in den Monaten Februar, März und April. Es fehlten ein paar Weinflaschen, ein paar Bierflaschen, vernachlässigbar, doch es fehlten auch sechs Flaschen Gin und fünf Flaschen Arrak. Im März und April war ich in Basel, die Katze aus dem Haus. Dilan staunt auf Anfrage und meint, das sei in der Verantwortung des letzten Kochs Suriya. Ja, der habe abends manchmal getrunken, privat. Alles stellt sich jedoch in anderem Licht dar, als ich Sandani frage: Ja, Suriya habe oft nach Alkohol gerochen, beim Lunchbreak und abends nach dem Ausgehen. (Komisch, da war sie ja immer längst zu Hause.) Sie denke schon, dass Suriya da verwickelt sei, beweisen könne sie es natürlich nicht, sie wisse ja auch nicht, was er in seinem immer verschlossenen Zimmer gemacht habe. Sie habe aber alles in ihr Diary geschrieben.

Ich erinnere mich, dass Suriya Sandani in seinem Kündigungsschreiben des Diebstahls bezichtigte und denke, das sei ein altbekannter Trick, die Schuld auf andere zu überwälzen, um sich reinzuwaschen. Andererseits verrät sie mir nach vielen Beschwörungen, dass ich ihm auch ja nichts davon sage, dass Dilan während meinen Abwesenheiten viele Partys mit Freunden veranstalte, auch die Nachbarin wisse davon, und oft kämen auch Girls, das sage auch die Moralwächterin von gegenüber, des Fischers Frau. Und Dilan habe sich nie auf ihre Seite gestellt, als sie über Suriya klagte, sondern immer auf dessen Seite. Sie wisse nicht, ob da nicht gemeinsame Sachen waren. Gerade letzten Freitag seien wieder zwei Mädchen über Mittag dagewesen, ein Tucktuckfahrer hätte sie nachher abgeholt.

Aha! Es ist wohl klug, Dilan weiterhin mit Skepsis zu begegnen. Andererseits will ich mir nicht anmaßen, mir über seine Freizeit und sein Privatleben Gedanken zu machen, das geht mich nichts an und es interessiert mich auch nicht.

Auf alle Fälle würde ich verstehen, dass die Mannsbilder die Kollegin in die Pfanne hauen und bei mir schlecht machen, weil sie zu viel weiß. Es ist eine arg ländliche und archaische und verklemmte und verdruckste Gesellschaft, schein-heilig halt.

Ich beauftrage Lahiru, die Alkoholstatistik nach Monat zu verifizieren, will herausfinden, ob die Fehlmenge während meiner Auslandabwesenheit entstand, dann wären die Partys ursächlich und ich müsste mir den Jungmanager genauer anschauen.

Abends kommt zu meiner Überraschung Suriya zu Besuch, um ein Arbeitszeugnis zu verlangen. Er wolle in Katar einen Dreijahresvertrag abschließen, arabisch, heiß, anstrengend, aber nachher würde er einen Haufen Geld haben, den er selbst bei mir nie ersparen könnte. Das Fehlen der Schnapsflaschen erstaunt ihn, es sei ja immer nur eine angebrochene Flasche in der Küche gestanden, und er selbst hätte nur während eines tamilischen Feiertags Gäste gehabt, da habe er Cola spendiert und ja, eine Flasche Bier habe er getrunken. Dilan hingegen hätte oft Gäste gehabt.

Von dem lasse ich mir das «Night-visitor-book» zeigen, in das er alle übernachtenden Staffhausgäste eintragen muss. Das hat er auch ordentlich getan, Name, Ort, korrekt, ja der ist ja jung, ja der wohnt ja hier, ja dem sein Privatleben geht mich doch nichts an, ja das ist doch gut, wenn er weniger verklemmt ist und sich manchmal ein bezahltes Mädchen holt.

Aber abends um halb zehn – ich habe einfach immer so ein todsicheres Gefühl, mit dem ich zuletzt gleichwohl alles weiß – steht Dilan mit Anishs bestem Freund Benjamin plaudernd vor der Garage, der mich früher einmal um ein illegales Arbeitszeugnis fragte und nun manchmal für Taxifahrten herkommt. Ob das Treffen privat sei oder icebearbezogen? Nein, nein, privat. Ich warne ihn erneut, sich an dieser Familie nicht die Finger zu verbrennen, nichts zu riskieren, behutsam und wachsam zu sein.

Da stehe ich halt wieder einmal im Regen mit meinem Schweizer Latein, die Hosen abgesägt, nach allen Seiten offen, nach allen Seiten gutgläubig, jeder ist schuld und keiner hat Schuld, ich weiß nichts, ich verstehe nichts. Ich muss hinnehmen, dass erst einmal ein GAU eintritt, um dann konkret handeln zu können. Mit Mutmaßungen, Verdächtigungen, Klatschgeschichten, Möglichkeiten, Fabeln lässt sich kein Haus bauen, auch nicht in der Schweiz.

Drüben auf dem Bauplatz ist die Overallcrew abgetreten, sie hätten trotz starkem Auftritt die Arbeit nicht wirklich gut gemacht, klagt der Baumeister und hat sie ausgetauscht – vermutlich waren sie ihm zu teuer. Eine neue Gruppe kommt und installiert sich, die haben wieder ihren eigenen Stil, arbeiten in der Kühle der Nacht, vertrödeln die Hitze. Der Anführer, der mich abends um 300 Rupien angeht, ist Herrscher über fünf Minderjährige und drei Greise. Aber alle tun wie besessen, pickeln die Betongussdecken rau und verputzen sie mit Kellen, von denen sie die Zementsalbe nach oben fätzen. Aber auch sie werden es nicht lange aushalten und am dritten Tag schon finde ich auch sie ausgetauscht. Ich mag gar nicht daran denken, dass ich mich selber mit dem Personal vom Bau herumschlagen, es gar führen müsste. Hoffe, ich werde nicht dafür bestraft, mich für ein professionelles Baugeschäft und die teuerste Offerte entschieden zu haben.

Der viel zu junge Wirbelwind Ruwan mit den roten Fußballschuhen erzählte uns stolz, dass er jetzt außer auf dem Fischmarkt – für 3000 Monatsrupien – auch in einem lokalen Indienveggie arbeite. Am Mittag sah ich ihn tatsächlich mit zwei Handvoll Gemüse über die Straße rennen, das Lachen breiter als der Horizont. Als er um vier frei hat, schleicht er zu uns in die Küche, windet sich verlegen wie ein Wurm und fragt nach Reis. Die Mutter sei auf dem Fischmarkt, in der Boutique gäben sie ihm nichts zu essen. Ich erinnere mich an meine eigene Kindheit auf dem Dorf. Als meine Mutter mit den Bauern, bei denen wir wohnten, auf dem Acker beim Ernten war, schlich auch ich mich mit andern aus dem ausgebombten Kinderrudel zu irgendwelchen frommen Bauersfrauen, von denen wir wussten, dass sie uns Marmeladebrote streichen würde. Deshalb muss ihn Sandani nun mit all den Resten füttern, die wir vom Abend vorher im Kühler haben. Man muss zurückgeben, was man erhalten hat.

Doch schon zwei Wochen später wird der betrunkene Vater so gefährlich an die Familie geraten, dass die Mutter ihren Sohn in die Gegend um Mannar oben bei der Adams Bridge ausquartieren muss, wo die Schwester Haus und Familie habe und der neu gebackene Fußballstar Schutz finden und mit den Fischern wieder aufs Meer hinaus solle. So wie es Tradition ist in Negombo – während des Südwestmonsuns bleiben hier die Fische aus, wird die Arbeit gefährlich, da laden sie ihre Boote und Töpfe und Familien auf Lastautos und reisen in den Norden, bis sie vor Weihnachten wieder heimkommen, um alles Geld für neue Kleider auszugeben. Es ist schwierig, jung zu sein, da gibt es wenig zu verklären.

8. Juni

Heute Morgen in meinem Openair Yoga Tempelchen und in Deadmanposition auf dem Rücken liegend, bin ich wieder einmal in Zwiesprache mit der alten Kokospalme über mir und realisiere, dass sie durch die salzige Tsunamispülung eine ganze Fruchtfolge verloren hat. Zwölf ausgewachsene Samenschoten sind tief braun geworden, doch schon haben sich gleich über ihnen neue Schiffchen ausgebildet, zwischen denen es bereits wieder – fünf Monate später – hell grün und bleich orangen auf mich herunter blitzt. Und noch etwas ist schön zu entdecken: Die Symmetrie der Palmenfächer ist so extrem, dass ich genau sechs davon zähle, über denen jeweils in die Mitte versetzt weitere sechs Äste ruhen, also genau zwölf, nicht fünf, zehn, elf, nein genau zwölf, wie das kreisrunde Zifferblatt einer Uhr.

In einem Magazin las ich von einer Studie, welcher Typ Mann über fünfzig den Weibern am besten gefällt. Und dass die Schwulen die Rangliste der guten Eigenschaften anführen. Da muss ich aber zünftig schwul sein, denn meine «Ohren- und Nasenhaare» sind so akkurat beschnitten wie die «Nägel» meiner schönen Hände. Und die «Hemden» wechsle ich jeden Tag vier, fünf Mal, die «Unterwäsche» oft sogar stündlich. Aber wer weiß das schon, da ist niemand, dem ich's herzeigen könnte.

Am späten Morgen hat der Gärtner seinen didaktischen Einsatz und führt uns im Rahmen meiner Mitarbeiterschulung durch meinen Garten, um alle Nutzpflanzen zu zeigen und zu erläutern. Ich bitte ihn, aufzuteilen in medizinisch nutzbare und in essbare, und das tut er dann manierlich und aufgeregt in Singhalesisch und die Kollegen stellen ihm viele interessierte Fragen. Doch richtig in Fahrt kommt er erst, als ich ihm vom Boden einen Zeigestock aufhebe und in die Hand drücke, da mag der Belehrer gar nicht mehr aufhören und genießt seine Bedeutung und dass Lahiru alles schriftlich protokollieren muss wie eine Sekretärin. Sandani ist derweil ganz aufgedreht und aufgekratzt und will ihrem neuen Chef gefallen, ein Balzverhalten, das ich sonst nur von männlichen Angestellten kenne.

Eine Stunde vorher hatte ich wie manchmal im Jahr das Team zum gemeinsamen Frühstück eingeladen. Angenehmer Anlass war der Empfang eines neuen Mitarbeiters, der zuerst nicht und dann ein wenig und dann wieder nicht und schließlich doch die geforderten Papiere beibrachte, ohne die eine Anstellung riskant gewesen wäre. Nazar, der nach zehn Jahren in Zürich West ein wenig befremdet wieder nach Sri Lanka zurückkam und mich eine Probewoche lang atemberaubend gut und professionell bekocht hatte, legte dann doch noch Identitätskarte und ein Leumundszeugnis vor, was eine schriftliche Zusage zu einer probeweisen Anstellung möglich machte. Der neue Küchenchef wird die unausrottbaren Schwachstellen ausmerzen und für mehr Sauberkeit und Ordnung besorgt sein müssen. Ich werde ihn anhalten, zuerst die aufgehäuften Vorräte aufzubrauchen und anschließend ein echtes Lagermanagement zu führen. Heute Abend gab es erst einmal eine grüne Suppe aus Stangenbohnen, mit Koriander eigenwillig abgeschmeckt, nachher Makkaroni mit dieser Fleischsauce, die nach Weihnachten schmeckt, zuletzt gebratene Ananas mit karamellisiertem Vanilleeis. Der Medaid-Gast aus Malaysia war so heftig und lateinisch hingerissen, dass ich seinen Überschwang mit einer Tasse Hibiskusblütentee beantwortete, der in großen Augenblicken immer für Furore bei den Gästen sorgt. Wie die knallrote Blüte beim Aufgießen mit heißem Wasser ihre Farbe abgibt und ihre Unschuld zurückfindet und ganz blütenweiß wird dabei, das ist ganz großes Kino. (Ach ja, Zucker und Zitronensaft gehören noch dazu.)

Seit zwei, drei Tagen rülpst das Meer und stinkt schwefelig wie aus dem tiefsten Schlund einer Chemiefabrik. Der Monsun ist in voller Aktion, das Wasser bis auf den Grund aufgewühlt, das Unterste zuoberst gekehrt, alles durchgerührt und aufgekocht in einem orgiastischen Selbstreinigungstheater. Spät nachmittags ziehen Stürme auf, gelbgrüne Wolken ziehen landeinwärts, am Horizont gleißt hellstes Sonnenlicht und verheißt schnellen Wechsel und tatsächlich ist es eine Stunde später wieder wie im sonnigsten Schweizer August.

Die Schweiz macht im Ausland wenig von sich reden, sie spielt sich nicht auf, tut nicht wichtig, plustert sich nicht auf, sie hat die blutrünstige Söldnergeschichte längst hinter sich und gibt sich abgeklärt, aus der Ferne betrachtet ist sie wirklich liebenswürdig unaufgeregt. Aber halt ein wenig langweilig. Da ist dann ein wirkliches Ereignis, wenn sie plötzlich öffentlich auftritt und in Colombo einen großkalibrigen Musikanlass im ehrwürdig angegammelten Elphinstone-Thater annonciert. Das hat mich so beflügelt, dass ich gleich den alljährlichen Geschäftsausflug darum herum arrangierte und entsprechend erhielten die Mitarbeiter heute Einladung zu einem langen Tag in der Hauptstadt, Kleidung stylish, Stimmung gediegen. Die Tausend-Rupien-Tickets sind schon eingekauft, Lahiru musste gestern mit dem Bus nach Colombo fahren und mir auch gleich auf der sri-lankischen Handelskammer ein eben erschienenes Buch für Firmengründer besorgen.

Schon beim ersten Schnelllesen gingen mir zahlreiche Lichter auf und ich musste zur Kenntnis nehmen, ab sofort einer gesellschaftlichen Elite anzugehören – ein Unternehmen ist wie ein Mensch, ein Unternehmer in der Ministerkaste, seine Tätigkeit ist aufs Gelddrucken angelegt. Da will so gar nicht dazu passen, wie spielerisch ich alle Etappen durchlaufen habe und wie unschuldig und naiv ich mit allen Problemen, Fragestellungen und Herausforderungen der Fremde umgegangen bin seit meiner ersten schriftlichen Applikation vor anderthalb Jahren. Und nach einem Gespräch mit meinem Anwalt kann ich dem Registrar of Companies sogar den externen «Secretary» benennen, ohne den ich nicht zertifiziert würde. Nun ist es also eine Frage von nur noch zwei, drei Wochen bis zur Geschäftsfähigkeit. Dann kann ich vom Sperrkonto der Staatsbank zuhanden meiner Geschäftsbank endlich das Betriebskapital transferieren und das Residence Visum beantragen, für das das Board of Investment das Empfehlungsschreiben zuliefern wird. (13 Jahre später und mit 18 Mitarbeitern, die ich nähre und labe, wird es mich noch immer beleidigen, dass das Visum für jeweils nur 1 Jahr verlängert wird.)

Es wird mir guttun, nun alles kommerziell und pragmatisch und emotionsfrei anzugehen und abzuwickeln, und an manchen Tagen mache ich bereits die angenehme Erfahrung, unberührbar zu sein und seltsam losgelöst von dem täglichen Kleinkram des Menschlichen, der Nachbarn, der Mitarbeiter, der Lieferanten, der Beamten, wenn ich versenkt bin in neue Fragestellungen und Notwendigkeiten, die die Private Limited mit sich bringt.

Die tägliche Nähe zum Neubau und dass da fortlaufend Bewegung ist, lässt einen schönen Film ablaufen, wenn auch in arger Slow Motion. Jetzt sind aber schon die Innenwände hochgezogen bis ans Dach, Bad, Küche, Büro, Schlafzimmer sind gemauert und stellen sich als Schachteln dar, die unverputzten Ziegelwände lassen sie kleiner erscheinen, als sie zuletzt sein werden, und ich muss meinen Anflug von Enttäuschung zügeln. Heute Morgen bin ich am Grübeln über das Design von Fenstern und Türen schon um halb vier aufgewacht und habe mir Fotos auf dem Laptop angeschaut und vorentschieden, was ich an einer Detailbesprechung am Nachmittag dem Baumeister auf den Weg gab: Definitiv will ich bewegliche Lamellen haben an Fenstern und Türen statt klassischer Fensterläden (wegen Luft und Licht auch bei geschlossenen Läden), naturbelassen mahagonirotfarben, so wie die sechs antiken Türen, die ich seit vielen Jahren hütete und um die ich jetzt in Wahrheit mein Haus herum baue.

9. Juni

Unterhalt ist nicht die Stärke der Einheimischen, wie man gut am immer neu zugeschlammten und überdüngten holländischen Kanal sehen kann. Deshalb sehe ich verwundert eine Gruppe Mannsbilder die massiven Betonplatten über den Trottoirs aufstemmen und die Regenkanäle längs der Lewis Place reinigen, bevor der große Regen kommt. Es liegen Haufen von Sand daneben und später machen sie sich gar an den Zuleitungskanälen zum Meer zu schaffen, die unsere Fischer arg zugerichtet haben. Danach wird die Frontseite vor unserem Garten wieder ordentlich aussehen. Später als sonst jedes Jahr, hat das Team heute auch mit der Montage des Windzauns begonnen. Eine starke Teamleistung, zu der ich auch den neuen Koch entsende, denn es ist eine gute Übung zur Gruppenbildung. Sandani macht wacker mit und zieht allein durch ihre öffentliche Präsenz inmitten einer Gruppe Männer viel interessierte Aufmerksamkeit auf sich, es kommen sicher zehn Gockel und schauen zu. Nachmittags lasse ich

Snacks kaufen, da sitzen wir dann zusammen und fühlen uns als Club, während die Navy draußen die Menschenrettung aus dem Meer übt, Soldaten müssen ins Wasser springen, wo ein Helikopter sie am Seil wieder herausfischt, immer wieder, den ganzen Tag lang. Er soll nur wieder kommen, dieser Scheißtsunami.

Ich lebte ja die bisher 25 Negombojahre in dem Zimmer zum Meer hin, jetzt in der temporären Wohnung zur Straße hinaus stellt sich der Alltag und das Leben im Quartier gänzlich anders dar. Seit es so heftig windet, kommen die jungen Fischer nicht mehr zum Volleyballspielen an den Strand, nur kleine Kinder bolzen den Fußball herum oder bauen selbstverloren Gebäude aus Strandgut. Weiter vorne bengeln sie Kricket, was das Zeug hält, und gegen Abend lassen sich Rudel von Nachbarn durchlüften, wir sind unter uns, es sind keine Fremden da außer mir. Aber den Tag durch ist auf der Straße vor meiner Wohnung richtig was los, die Rosary Road gegenüber ist der Bauch, das Gedärme des Quartiers, da stehen immer Gruppen von Leuten beisammen, die Frauen rennen herum und manchmal schreien sie sich an. Kürzlich haben sie den traditionellen Marienmonat abgeschlossen mit der Renovation meiner alten Donation, sie haben den einst von mir geschenkten Lourdesschrein rosa und malven und pistazienfarbig angemalt und ein Dach drüber gebaut, zu dem ich eine koloniale Dachleiste gestiftet habe von meinem alten Bungalow. Da durften unter dem Vorwand, zum Beten zu schreiten, auch die heiratsfähigen Töchter in der Nacht zum Strand laufen – in Zehnergruppen sah ich sie –, wo sie von den Kerlen freudig erwartet wurden.

Heute Nacht kommt ein englischer Gast, um zwei. Seit Suriya ausgezogen ist, lebt nur noch Dilan im Gesindehaus. Er muss nun alleine nachtwächtern, aber es wird ihn bei so wenig Arbeit, wie wir sie jetzt haben, nicht umbringen. Doch wohl ist mir nicht dabei, außer mir nur einen Mann auf dem großen Areal zu haben, einen Nachtwächter im Nebenamt. Der nächste Mitarbeiter, der kommt, muss wieder auf dem Gelände wohnen. Ich denke, wenn mein Adlerhorst da oben fertig ist, werde ich dem Innenminister Lahiru jemanden zur Hand geben, vielleicht des alten Gärtners Shean Sohn als Volontär, der beendet im Dezember die Schule. Wenn der Waffenstillstand hält, die Ausländer den Tsunami vergessen haben, die krisengeplagten Europäer wieder einen Blick auf die Zukunft tun können, dann werden wir wieder Zulauf haben, ab November wahrscheinlich.

Was alles möglich wäre, habe ich heute beim Erstellen des Umsatzvergleichs seit dem «Rooms-in-Home»-Start 1993 gesehen: Nachdem der Jahresumsatz im Jahr nach dem Auszug des zunehmend entgleisten Hausmeisters zum ersten Mal die Zweimillionengrenze überschritten hatte – Rupien! –, habe ich mit gänzlich neuen Leuten, erweitertem Zimmerangebot und exzellentem Restaurantservice 2004 verdoppelt auf über vier Millionen Rupien, etwa 50 000 Franken, und auf 1200 Nächte. Da war schon Zeit, dem Hobby eine neue Form zu geben, mich selber zu versachlichen, zu disziplinieren, anzutreiben und von meinem bisschen Kapital mehr Profit zu machen als mit müden Aktienfonds, deren Überwachung mich zuletzt doch noch zum Kasinokapitalisten machen würde. Will auch dieser Bürgerpflicht nicht nachkommen, Kapital dort zu platzieren wo es sich am schnellsten vermehrt. Ich habe Besseres zu tun.

Uff!

Gestern habe ich den sri-lankischen Schäferhundzüchter besucht, wollte einen aus dem letzten Wurf adoptieren. Da war noch einer übrig, den er mir aufgehoben habe, ich war beeindruckt wie schnell Hunde wachsen, in den 2 Wartewochen war er fast dreimal größer geworden und ich war ziemlich verknallt in das verspielte Wuscheltier. Die Mutter, Liza, ist ein herrliches Exemplar und groß wie ein Kalb. Habe mit beiden lange gespielt und die Züchterfamilie beobachtet, für die ihre Zucht nicht nur eine Geldmaschine ist, die sind auch emotional mit den Tieren verknüpft. Zahlte 8000 Rupien, 500 mehr als verlangt, der Preis ist anständig. Daheim überlege ich, wo ich den neuen Leibwächter platzieren soll – fürs Gehege ist es noch zu früh und ist nicht die ganze Property sein Gehege? Er muss noch nah bei der Sippe sein. In meiner temporären Parterrewohnung gibt es eine ungenutzte Küche, da habe ich ihm eine alte Matratze hingelegt und schwere Futternäpfe hingestellt, Junghundefutter gekauft und das Halsband bereitgelegt. Und jetzt freue ich mich ziemlich darauf, bald einen Wachhund zu haben. Muss aber noch ein Buch lesen, wie das zu machen geht.

Ich war noch einmal in Colombo, um einen der Häuptlinge vom Tourist Board zu treffen, Abteilung Planung und Entwicklung. Keiner in seinem gut dotierten Vorzimmer traute sich mich anzumelden, denn The Boss sei «very busy». In der Tat war er hinter der Glasscheibe erkennbar am Rotieren und noch ehe ich klarmachen konnte, dass ich eine Verabredung habe, stürzte er aus seinem Käfig, an mir vorbei und aus dem Großraumbüro. Einer sagte vielsagend «the chairman called for meeting». Der liebe Gott hielt ihn eine Stunde lang besetzt und ich war wild entschlossen diesmal auszuharren, bis ich an seinem Tisch sitze. Als er dann tatsächlich zurück kam, hatte er das von mir erwartete schlechte Gewissen, mit dem er mich schnell los werden wollte, nicht ohne vorher zum hundertsten Mal zu fragen, wie viele Zimmer wir hätten und ich zum hundertsten Mal getreulich antwortete, das alles stehe in den übergebenen Papieren. Dann zeigte er vielsagend und vorwurfsvoll auf einen Aktenhaufen: «Home work!».

Der andere Direktor, der von Handel und Standards, war telefonisch schon aufgescheucht und machte seinerseits einem Untergebenen Flügel. Der war derselbe, der sich vor ein paar Monaten mit einer Lehrstunde in Küchenkunde unvergesslich machte, als er zu einer Inspektion bei uns war. Auf dessen Tisch fand sich eine interne Notiz des Inhalts, dass der Herr Direktor schon damals Grünlicht für die Anerkennung des Sri Lanka Tourist Board gegeben hatte, der Inspektor uns aber hängen ließ; er vergaß die Weisung offensichtlich und ließ uns warten, wohl wissend, dass eine milde Gabe alles beschleunigen würde, könnte, sollte, müsste. Mit so geballtem Druck im Nacken besorgte er mir im Büro seines Chefs aber servil ein weißes Blatt – er selber hatte kein Schreibpapier und auch keinen Computer, er war ja ein Field Officer, draußen im Feld. Dann hieß er mich ein Schreiben aufsetzen des Inhalts, dass wir all seine Empfehlungen verwirklicht hätten (eine Wasserflasche in jedem Zimmer, eine Notklingel, ein Kippabfallkorb, ein Tisch als Reception und – ach ja! Oh jeh! – eine Schulung des Kochs über Reinigungsmethoden). Und jetzt gehe alles ganz schnell. (Wegen ausgebliebenen Schmiergelds bekamen wir später nur Grad «B» und so ließ ich es immer bleiben, auch wenn die South China Morning Post aus Hongkong schon vor Jahren schrieb «...The Icebear property was 'boutique' before anybody had ever invented the word to describe travel destinations...»)

Bevor der junge Schäferhund ins Haus kam, hatten wir einen Hund von einem Nachbarn ausgeliehen. Der war aber ziemlich neurotisch, Benja hieß er und er war ein Lieber. Aber er wird natürlich nie verstehen, warum er seine langen Rehbeine nicht auf die Restaurantplattform setzen darf, während es sich das neue 8-Wochen-Puppy neben mir bequem macht. Aber sonst können die zwei es gut miteinander und der kleine Neuzuwachs mit dem ausdrucksvollen Gesicht und den viel zu großen Fledermausohren wird dem Leihhund den Psychotherapeuten ersparen. Wie er sich nachsichtig die Angriffe des deutschen Schäfers gefallen lässt, darin ist schon viel wissende Weisheit. Der Neue ist ein Mädchen und ich habe es «Lena» getauft, das ist kurz und geht mir gut von den Lippen. Wo immer ich gehe, sie kommt mit mir. Wo immer ich sitze, sie lagert neben mir. Und wenn ich mich nach dem Abendessen für die Nacht in mein Apartment zurückziehe, dann legt sie sich auf den kühlen Zementboden der Küche und schläft erschöpft von den überwältigenden Ereignissen des Tages augenblicklich ein, bis sie morgens Futter bekommt und dann erneut in meiner Nähe ruht und mit Interesse meinen Yogaübungen folgt. Die Nähe des Tieres tut mir emotional gut, für jemanden da zu sein hat mich schon immer beflügelt.

22. Juni

Manchmal, da darf ich denken, doch nicht alles falsch zu machen, dann fühle ich mich ein wenig belohnt dafür, dass ich mir Mühe gebe, einfach Mühe gebe. Dann schmeichelt mir die Frau eines Geschäftsfreundes, sie empfinde mich als eloquent, dann halten meine Mitarbeiter eine vorbereitete Rede und überreichen mir einen Blumenstrauß – in einem Land, wo es Blumen nur bei Hochzeiten und Begräbnissen gibt.

Der Höhepunkt des diesjährigen Betriebsausflugs in die Hauptstadt war zweifellos der Tausender, den jeder Mitarbeiter in die Hand gedrückt bekam mit der verbindlichen Auflage, ihn nicht zu sparen, sondern während einer Stunde im Kaufrauschhaus Odel in Waren umzusetzen. Aber vorher waren wir im Dehiwala Zoo, einem schönen und von Touristen unterschätzten richtigen Tier-Garten. (Einst vom Hamburger Tierhändler Hagenbeck gegründet als Tierlager. Doch das ist eine andere, herzzerreißende Geschichte.) Und dann haben wir im Sechssternhotel «Colombo Plaza» ein Lunchbuffet genossen und waren auch alle schön artig. Und dann gingen wir in dieses antike Kino «Regal» aus den Sechzigerjahren und sahen einen singhalesischen Blockbuster über die Politikerkaste. Und dann der Höhepunkt des Tages, im «Elphinstone-Theater», wo der Schweizer Botschafter das Sri-lankische Symphonieorchester vorstellte und einen Mundharmonikavirtuosen aus der französischen Schweiz. Die zwei Riesenpizzen im Pizza Hut auf dem Heimweg um Mitternacht waren dann der Abschluss eines dicht gedrängten Stadttages für meine Negombopomeranzen. Von dem sie heute feierlich beteuerten, dass es kein Hotel in Sri Lanka gäbe und keinen Chef, der seinen Mitarbeitern so etwas schenke, sie so sehr ehre, sogar sein eigenes Geld hergebe für die Staff. (Es waren immerhin zehn Monatslöhne einer Schuhfabrikangestellten, mit denen ich tatsächlich klarstellen wollte, dass meine Leute nicht die Arbeitnehmer sind, sondern die Arbeitgeber. Und dass sie sonst nichts zu verkaufen haben, als ihre Manpower.)

Andererseits sind auch angestellte Arbeit-Geber Menschen voller Überraschungen. Dass ich diesen eigenartigen Muslim aus Zürich als Koch anstellte, werde ich irgendwann selber auslöffeln müssen. Sein soziales Verhalten ist ein wenig merkwürdig, ohne dass ich es definieren könnte. Aber der Umgang mit den Kollegen ist gut, sein Verhalten mir gegenüber zurückhaltend und korrekt, er sagt halt «Tscheff» zu mir, das machen sie in den Schweizer Beizen so, wenigstens habe ich ihm das gelegentliche «Scheiße» abgewöhnt. Er kocht unverändert grandios, gestern war er den ganzen Nachmittag lang mit der Herstellung kreisrunder Ravioli beschäftigt, die er hinreißend gefüllt und mit einem weißen Hühnerfrikassee serviert hat. Die Portionen sind noch zu groß («please, definitely, the starter to a five-course dinner is just a kiss»), er langt auch zu heftig in den Salztopf, aber sonst wüsste ich nichts zu verbessern. Doch heute Abend fand ich einige eng beschriebene Notizblockseiten liegen, in denen er sich auf Englisch komische unverständliche Dinge aufgeschrieben hatte. Andererseits höre ich ihn heute seinen Kollegen dozieren «in Swisseländ always mit dä Kopf schaffe». Da hat er natürlich etwas Essenzielles gelernt, mit dem er sich bei mir leicht einschmeicheln könnte.

Meine freischaffende Buchhalterin bekam nach ihrem Fehlgriff, mich schon beim zweiten Gespräch um ein Darlehen anzugehen, noch eine Chance, was will ich machen, zwölf (in Zahlen: 12!) Chartered Accountants in der Hauptstadt hatte ich angeschrieben, zweimal, einigen auch gemailt und telefoniert, doch keiner hat auch nur mit einem Wort geantwortet. Arroganz? Dummheit? Einfalt? Es ist dieser landestypische Stil, nichts zu sagen, um nichts zu riskieren, der kommunikatives Ping-Pong unmöglich macht und zu einer Kultur der Sprachlosigkeit geworden ist. Also denn. Sie wisse mir auch einen Fernando, der früher bei der Steuerbehörde auf dem Rathaus in Negombo gearbeitet habe, mit dem würde sie reden, der mache alles, sei auch lizenzierter Secretary, wie viel Steuer ich denn bezahlen wolle. Aber bitte, sie möge die Darstellung des Jahresabschlusses weniger landwirtschaftlich machen, da sei ein wenig Show angesagt, um den Respekt von BOI und ROC und SLTB zu sichern, oder gar bei einer Bank kreditwürdig zu sein. Ich bringe ihr Muster mit, sie nickt einsichtig, ein neuer Typewriter, Second Hand, koste halt 5000 Rupien, die sie nicht habe. Sie habe nur arme Schlucker als Kunden, die eine Steuerakte anlegen müssten, weil sie von der Bank ein Darlehen für ein Auto bräuchten oder für ein Haus.

Jungmanager Dilan, einst auf dem Sprung nach Westen, wird sesshaft; es ist ganz einfach, es braucht einfach einen guten Lohn, dass dem Land nicht alle Leute davonlaufen. Gestern kam ein Kleiderschrank an, das erste eigene Möbelstück in seinem Leben. Er wird ihn immobil machen, oder je nachdem, wie man's anschaut, stabil: Bereits hat er eine feste Freundin, einheimisch, keines dieser blonden Touristendinger, es ist wohl ernsthaft, denn er fragt mich vertrauensvoll, was er machen solle, ein Unbekannter telefoniere ihm und schreibe namenlose Briefe, blackmaile ihn und jetzt auch die Freundin. In einem Land, in dem der Aberglaube immer noch stark verwurzelt ist, sind auch Klatsch und Tratsch und anonyme Briefe üblich. Wenn einer einen hasst, sodass er ihm den Tod wünscht, dann schreibt er einen anonymen Brief an Verwandte, der sei gestorben, die Beerdigung sei übermorgen.

Nach drei schleppenden Wochen auf dem Bauplatz mit zwei müden Maurern und einem gelangweilten Weißhemd habe ich vorgestern bei dessen Chef Schnelligkeit angemahnt, Slow Motion sei nur im Film schön, im wirklichen Leben aber teuer. Heute schworen sie, dass morgen die Zimmermannsarbeit beginne, seit Wochen sei alles schon im Hintergrund abgewickelt worden, Türrahmen seien fertig usw., morgen ginge es los, don't worry, Sir.

Das Registrar of Companies will weitere Unterschriften haben, ich schicke die Dokumente mit DHL in die Schweiz, wo Davidsohn als deklarierter Shareholder sie mitunterzeichnen muss. Erst das «Certificate of Incorporation» wird Geschäftstätigkeit erlauben, Betriebsmitteltransfer, Aufenthaltsrecht. In Prospekten der Investmentbehörde wird das OK des Registeramtes «innert zwei Wochen» zugesagt, ich hätte mir denken können, dass es Monate dauert. Und dass der Rechtsanwalt, ohne den solche Sachen nicht zum Laufen kommen, auch andere Mandate hat, musste ich erst lernen.

Diese fossilen Marxisten – sie nennen ihr Zentralsekretariat wie zu stalinistischen Zeiten immer noch «Politbüro» – haben nach einem Jahr schon die Koalition verlassen, die Regierung steht in Minderheit da, Staatskrise. Doch die Leute sind so müde geworden von all diesen Ränkespielen der Politikerkaste, dass es keinen mehr kitzelt, auch die strammen Kommunisten mit ihrer demagogischen Schulung können keinen Volkszorn mehr schüren, nicht mehr populistisch mit nationalistischen Parolen kommen, man will einfach nichts mehr hören. Dass jetzt auch eine Horde buddhistischer Mönche mit einer eigenen Partei in der Regierung sitzt und im Land mit Hungerstreiks «bis zum Tod» drohen, falls die Präsidentin die Tsunmihilfsgelder auch in die Terroristengebiete streue, ist nicht nur peinlich, es vergrößert die Orientierungslosigkeit der Leute, es desavouiert den sri-lankischen Buddhismus, er spielt sich plötzlich chauvinistisch auf und fundamentalistisch, als dem Hinduismus überlegener Hüter des Grals. Wie in Europa laufen den guten Hirten die Schafe davon, auf der Suche nach Futter, gefährliche Zeiten wieder einmal.

Das Leben ist so teuer geworden, dass das Volk ächzt und dabei immer aggressiver wird. Die Teuerung liegt jetzt bei 13 Prozent, die Staatskasse ist so leer, dass die Steuern neuerdings vierteljährlich statt jährlich zu entrichten sind; alle leben von der Hand in den Mund, keiner hat eine Vorstellung von morgen. Die Intellektuellen sind ausgewandert, keine Vordenker zu sehen weit und breit, Freidenker schon gar nicht, und das Schlimme ist, dass sie ihre Energie auf Nebenschauplätzen verschleudern wie jetzt mit diesem Kooperationspapier für die Tsunamihilfe an die Separatisten. Keiner redet mehr von der Gunst der Stunde für den definitiven Frieden, der liegt seit drei Jahren im Tiefkühler und verliert den guten Geschmack. Die stramm disziplinierten Chauvinisten in der LTTE werden die Zeit zu nutzen wissen, sie machen nicht den Eindruck, an einem jetzt viel diskutierten föderalistischen Modell wirklich interessiert zu sein, ein eigener Staat ist ihnen nicht nur strategische Maximalforderung, sie wollen ihn wirklich. Autokraten glauben an das, was sie sagen, Geschmeidigkeit gibt es nicht.

Meine katholischen Nachbarn waren zum Essen da, der Mann ist trotz seiner sechzig Jahre ein demütiger Ministrant geblieben, saß meist schweigend daneben und ließ seiner Frau noch so gern den Vortritt. Obwohl sie mich seit einem Vierteljahrhundert «Brother» nennt, wechselte sie plötzlich zu «Uncle», so wohl und schwer beeindruckt von so viel Gastfreundschaft with Swissness fühlte sie sich, ganz im Verwöhnungsrausch. Wir hatten extra schön aufgedeckt, mit Mibelles Klöppeldeckchen auf den Trinkgläsern, zugeschnittenen Jumboblättern unter den Tellern, einer Flasche Wein. Andere Gäste saßen an den anderen Tischen, es war sehr stimmungsvoll, und nachdem der neue Koch Berner Flädlisuppe, in Honigknoblauch marinierte Hühnerschenkel, Butter-Kuskus und fruchtgarnierten Love Cake aufgetragen hatte, waren sie mit mir darin einig, dass wer so gut kochen kann, auch Muslim sein darf.

Lucia erzählte mir neue Geschichten über Reibereien mit den orangen Kutten, wie sie die Christen und das Christliche in ihren Reden diffamierten und einige jetzt auch gegen den Bau neuer Moscheen agieren würden. (Dass der kürzlich verstorbene Reisepapst aus Polen auf seiner Pastoralreise in Sri Lanka von allen geplanten Treffen mit den buddhistischen Chefbonzen ausgeladen wurde, weil er in seiner Vatikanzeitung bedauert hatte, die Buddhisten seien «ganz arm dran, weil sie keinen Gott haben dürfen» war eine Entgleisung, die ich meiner Nachbarin nicht in Erinnerung rufen wollte.)

28. Juni

Der ehemals immer gut gelaunte Nachbar Piyal, ein Fischersohn, der schon mit vierzehn die Familie ernährte, weil sein Alter ein Saufloch ist, und uns mit seiner Beachgang oft erfreut und manchmal belästigt hat, sei gestern mit vier anderen jungen Männern auf dem CID in Colombo vorgeladen gewesen, samt allen Eltern und einem Anwalt. Sie hätten 15 000 Rupien bezahlen müssen für alles und heute besuchen sie uns und fragen, ob wir ihnen das Geld nicht geben könnten, sie müssten es einem Zinswucherer zurückzahlen. Worum es denn gegangen sei. Vor drei Jahren sei ein Westschweizer in Negombo gewesen, der viele der Spendenfischer mit Aids angesteckt habe. Den ausfindig zu machen, sei das Anliegen der Ermittler gewesen. Piyal habe zu Protokoll gegeben, er kenne niemanden in seiner Bande mit Aids, da haben sie wohl Glück gehabt.

Weniger Glück hat mein Juniormanager in der Ungestörtheit seiner Beziehung mit dem Mädchen zu Hause im Village (ja, es sei etwas Ernstes, er habe schon mit den Eltern gesprochen), denn nach dem Erhalt von zwei weiteren anonymen Schandbriefen kämen nun weitere und die Polizei riet ihm zuzuwarten, bis sie den Kerl habe. Ich riet ihm, sie ungelesen wegzuwerfen, doch wollte er sie sicherheitshalber als Beweise behalten und gab sie mir ins Archiv, wo ich den Schmutz des Konkurrenten gut hüte, damit er nicht verschimmelt.

Am Bau tut sich täglich was. Heute hat ein Rudel Zimmerleute mit dem Grundaufbau des ausladenden Dachstocks aus wundervollem malaysischem

Holz begonnen, sodass es für meine Vorstellungskraft wieder einen Schub Verstehen bringt. Aber sie haben aus Konstruktionsgründen zwei massive Vertikalbalken montiert als Unterkonstruktion, die den eigentlichen Dachaufbau tragen muss. Und die laufen mitnichten parallel zueinander, sie haben hier selten das Ganze im Blick. Zum Glück ist noch Zeit und ich setze meinem Designwunsch durch, dann kommt die untere Auflage halt näher an meinem Kopf zu liegen. Kann ja Klimmzüge dran machen, wenn es nur ästhetisch ist. Der Dachkragen ragt zum Glück über einen Meter über die Außenmauer hinaus. Und zum Beziegeln wird eine Ladung aus einem Hausabbruch angeliefert, damit die zusätzlichen Dachziegel mit meinen alten korrespondieren, die wir zurücklegten. Es soll nicht eine Dachseite blitzneu daherkommen, sondern so würdevoll gealtert wie das so nah am Meer bald einmal der Fall sein wird. Es sieht so aus, als würden im Lauf des Juli das Dach fertig sein und die Verputzarbeiten beginnen, nächste Woche bestimme ich die Montagepunkte für die elektrischen Anschlüsse und in der Stadt sah ich bereits Sanitärkeramik für die Gästezimmer im Parterre, die ich upgraden will, denn die immerzu reisenden Althippies haben es gern luxuriös.

Es ist ein Murren im Gange über gefälschte Touristenzahlen der Tourismusbehörde. Nach dem Tsunami hatte die Hotelindustrie keinen Zuwachs wie behauptet, sondern einen überraschend langen anhaltenden Einbruch. Man weiß heute, die Belegungsrate im ersten Halbjahr war in Wahrheit 28%. Doch wir im Icebear hatten seit dem Drama die besten Monate, die wir je hatten, sogar in der Niedrigsaison Mai und Juni, wo ich sonst immer Verlust mache, sind wir gut belegt. Einen guten Namen kann man nicht kaputtmachen, selbst «Nestlé» hatte keinen Schaden wegen dieser Trockenmilchgeschichte vor ein paar Jahren. Da schickte die sri-lankische Regierung ein Tankschiff mit einer tschernobylverseuchten Milchladung zurück, bevor es im Hafen von Colombo anlegen konnte. (Auf der Insel gab es schon Trockenmilchfabriken, als in Sri Lanka von einer Milchwirtschaft im Land noch nicht zu reden war.)

29. Juni

Nachmittags bin ich in der Küche angekündigt, will Alu Gobi machen für den Abend, diese marinierte Beilage aus Blumenkohl und Kartoffeln, die seit meiner ersten Südindienreise zu meinen Favoriten gehört. Solche Küchenvisiten sind immer Stunden der Wahrheit. Ich habe es kaum einmal geschafft, mit Spaß und Vergnügen mit einem Angestellten etwas zusammen zu kochen, ich finde jedes Mal ein Dutzend Schwachstellen, um aus der Haut zu fahren und die Lust zu verlieren. Nun habe ich nach Sankar und Suriya mit Nazar einen, der Gerichte auf den Tisch bringt, die mich selbst in Schweizer Fresstempeln schwer beeindrucken würden, und ich bin hoffnungsfroh, dass er als Küchenchef agiert und nicht nur gut kocht. Muss anlässlich meines Ausflugs in die Icebearküche aber feststellen, dass er sich mental auf dem gleichen Level bewegt wie seine Vorgänger und genauso lernunwillig ist. Na ja, ich bleibe ja auch im Ausland ewig ein Deutscher, na ja, ein Schweizer, na ja, ein Deutschschweizer.

Es muss doch an mir liegen, meine Messlatte ist zu hoch, mein Unvermögen, mich mit wenig zufrieden zu geben, bringt mich manchmal um. Wenn du die Welt nicht ändern kannst, musst du dich selber ändern. Wenn du den Feind nicht schlagen kannst musst du dich auf seine Seite schlagen. Wenndu A sagst, musst du auch B sagen.

Ojeoje!

Aber der Gasherd kann doch saubere Brennstellen haben, statt auszusehen wie die verausterten Füße alter Männer, es braucht doch nur eine Stahlbürste und zehn Minuten Zeit. Und es sollte doch ein Vorrat an Salatöl an Lager sein, und der Koch sollte wegen mieser Einkaufstechnik nicht zum Kramladen gegenüber springen müssen, um eine einzelne Flasche einzukaufen, bevor ich verrückt werde. Und darf ein Kochprofi Kartoffeln mit dem Messer schälen, vierzig Jahre nach der Erfindung des Kartoffelschälers? Sorry, der Schäler ist nicht mehr da. Ja, vor drei Wochen sei er noch da gewesen. Weggeflogen. Und dann sehe ich ihn mit dem Messerchen einen Berg Zwiebeln mit Knoblauch hacken für die Marinade, er wird am Abend darüber klagen, wie müde er sei. Als ich nach dem Hightechhacker suche, den ich für teures Geld aus Japan importierte, finde ich ihn vergrämt und geschunden zuhinterst und zuoberst unerreichbar vor sich hin stehen, der Körper zerrissen, die Hüftscheibe verlegt, der Gummiteller verschwunden, der letzte Koch zum Glück bei den Arabern, da kann ich ihn nicht verprügeln. Als Höhepunkt fällt mir dann noch der Gasanzünder in vier Einzelteilen in die Hand. Und draußen im Garten sehe ich einen Mitarbeiter, der seinen schmalen Schultern drei Riesenkoffer aufzwingt, die er für einen Gast zum Tor schleppt. Ja wozu habe ich in der Hauptstadt einen Kofferkuli auf Rädern gekauft, aus Eisen, Hartholz und Gummi, grün angestrichen. Weil es den einheimischen Mitarbeiter zum Kuli downkasten würde, wenn er den Schubkarren benutzt wie die ausgemergelten Lastenträger in Colombos Großmarktviertel. Kuli, eine ganz niedrige Kaste. Man hat als konvertierter Inder ja seinen Stolz. Ich glaube, ich werde verrückt. Wie soll ich da Stil und Ruhe bewahren, nicht aus der Haut fahren, nicht alles kurz und klein schlagen, alle ehrlos aus dem Haus jagen und mein schnuckeliges Guesthouse auf immer schließen und über das Leben anderer Menschen nur noch in Büchern lesen?

30. Juni

Sitze im Garten beim Abendessen, dem so genannten Captain's Dinner (der Captain, das bin ich!), den Rücken diskret gegen zwei Liebespaare gewendet, da entdecke ich im Zwielicht der Dämmerung: Die meerseitige Ecke des neuen Bungalowdachs ist mit Dachlatten gänzlich abgedeckt, die Dachecke hat eine definitive Form. Bin entzückt zuerst, dann hingerissen, wissend, dass es keine Kolonialhausfälschung sein kann. Mein Stöckli wird eher eines dieser Designhäuser werden, wie ich sie von Bangkok kenne. Da besuchte ich einst so etwas, eine erststöckige Jazzclublounge, fein beleuchtet, kirchenschiff-, ballsaal-, bahnhofhallengroß und von feinstem Holz. Ich werde mich nicht mit Alles-Holzwerk-weiß-Streichen gegen die Schönheit des Holzes und der Zimmermannskunst wenden wie geplant.

Es lag ein fünffingerdicker Dachbalkenabschnitt auf dem Boden herum, habe ihn adoptiert, der Zimmermann musste ihn mir rechteckig zuschneiden und die Ecken runden. Jetzt habe ich den ersten Haushaltsgegenstand für meine wieder eigene Küche, ein massives Hackbrett, ein richtiger Hackstock, der mich lange überleben wird.

Seit zwanzig Jahren gehen die Kudapaduwa Fischer nach Madhu auf Pilgerreise, um «Our Lady of the Holy Rosary» zu huldigen, immer im Mai und Juni und August. Die berühmte Madhu-Church liegt nördlich bei Vavuniya im Rebellengebiet, dennoch finden sich jedes Jahr Hunderttausende frommer Menschen ein. Anlass für Familienferien, drei bis acht Tage, man packt alles ein, was es zum Alltagsleben braucht, spannt vor Ort ein Segel auf und hat ein gut gelüftetes Haus. Die sanitären Einrichtungen seien niederschmetternd, aber die alljährliche Pilgerreise ist so tief in der Tradition verwurzelt, dass auch vorgestern Nacht großer Aufruhr war im Quartier. Ein Riesenbus packte all die Pilger und ihre Sachen aufs Dach und seither stehen viele Häuser in der Nachbarschaft leer, auch die Fischer mit ihren Großfamilien von gegenüber fuhren los, der Nachwuchs aufgewühlt im Reisefieber, alle hatten die Haare frisch geschnitten. In der Nacht heulten die schnöde alleingelassenen Hunde stundenlang, und morgens fand ich einen am Strand liegen, das Wasser leckte schon an ihm. Der Kopf verblutet, das Ohr abgerissen, heftig atmend vor Angst, er wurde auf der Straße überfahren. Ich näherte mich ihm behutsam, vielleicht beißt er mich, trug ihn an den Beinen weiter nach oben, schützte ihn mit einem Palmwedel vor der Sonne, aber am Nachmittag war er ganz tot, die Flut der Nacht wird ihn beerdigen.

Seit vier Tagen, immer ab morgens um acht (!), bearbeite ich mit dem Gärtner Joseph den Garten und heute war herzzerbrechender Abschluss der Kultivation mit dem gnadenlosen Schneiden von Bäumen und Büschen. Doch nun kommt wieder Luft und Licht ins Dickicht, die Pflanzen können sich erholen, behindern sich nicht gegenseitig, die Feuchtigkeit kann durch den Tag verdunsten. Hoffe, der Gärtner habe eine Menge gelernt darüber, wie man Arbeit organisiert und Geräte handhabt, in Wahrheit ist er ja kein Gärtner, sondern einer dieser Alleseinwenigkönner, wie sie die Briten hervorbringen, die keine Berufslehre und nur Diplome kennen.

Die Schmerzen im Rücken sind wieder gekommen, auch Kraftübungen ändern nichts, habe eine Schmerztablette genommen, jetzt ist es gut. Aber kein Strandgang, keine Hantelübungen, kein Yoga, das ist ganz neu und ungemütlich, es fehlt mir substanziell etwas.

Die sri-lankischen Politiker sind Schlammschlächter, machen ihre Gegner auch weit unter alltäglichen Gepflogenheiten nachbarlichen Umgangs fertig, hauen tief unter die Gürtellinie. Ich erinnere mich mit Grausen an das Drama der Terrorbombe gegen die Präsidentin, die dabei ein Auge verloren hat, vom lebenslangen Schock ganz zu schweigen. Da entblödete sich ein Oppositionspolitiker nicht, sie öffentlich als weinerliche Simulantin zu diffamieren, die die Bombe wahrscheinlich selber organisiert habe, um Stimmen zu fangen. Andere beschimpften sie, dass sie zur Operation nach England geflogen sei statt im Land zu bleiben, wo sie angesichts des Terrors nötiger gebraucht würde. Diesmal ist es umgekehrt, da lässt ein reicher Kerl aus der Regierungspartei, man munkelt, ein Minister, den Oppositionsführer diffamieren, der auch als Präsidentenkandidat gehandelt wird. Es hingen über Nacht in ganz Colombo Plakate, die den angesehenen, aber erst spät verheirateten Politiker als Michael Jackson karikierten, das meint als Kindsverführer. Sie sind schändlich, sie werden nie am selben Strang ziehen, sie werden nie den föderalistischen Frieden schaffen, nie die Kultur im Umgang miteinander entwickeln, die die verwahrlosten Massen als Leitbild bitter nötig hätte.

2. Juli

Piyal war hier, ich saß grad beim Frühstück im Garten und lud ihn zum Tee ein. Auf dem CID Büro in Colombo hätten sie ihn verprügelt («das machen sie in Negombo, das ist das normal, aber in Colombo, das hätte ich nicht gedacht»), ob er einen Sowieso kenne. Nun sei er ein zweites Mal aufgeboten, alle haben Angst und kein Geld mehr, die Mutter wolle ihn in der Nachbarschaft verstecken. Er ginge auch nicht mehr fischen, die Familie habe Angst seit dem Tsunami. Auch viele andere gingen nicht mehr aufs Meer aus Angst, die sitzt jetzt tief in den Knochen, die Zehntausende Leichen, mit denen sie des nachts die Weite des Ozeans teilen, die Unberechenbarkeit des Herrgotts, auf den kein Verlass mehr ist. Heute Abend um zehn sah ich in der dunklen Abgeschiedenheit des

Strands Vierzehnjährige Arrak aus einer Plastiktasse trinken, die sie so schnell kreisen ließen, dass sie schon fertig waren, als ich wieder ins Haus ging. Da braut sich etwas zusammen.

7. Juli

Ich schließe den Tag wie zeitlebens sehr spät, und kurz vor Mitternacht falle ich in einen tiefen achtstündigen Schlaf, aus dem mich nur samstags manchmal ein paar streitsüchtige Fischer wecken, die vor dem Fenster rumoren, oder ein wild gewordener Motorradfahrer, der unsere Sea Street mit aufheulendem Motor als Rennstrecke benutzt. Der Morgen zerrinnt mir dann in den Fingern mit ritualisiertem Ablauf, das Yoga jeden Tag, jeden zweiten vier mal dreißig Hantelübungen für Arme und Rücken, mit dem Hund mindestens zum «Sunflyer» hinauflaufen, manchmal weiter zum «Camelot», seltener jetzt zum «Browns Beach». Rasieren, duschen, in den Emailkasten schauen, Korrespondenz mit Inselsüchtigen, im Garten frühstücken. Herumtrödeln, hin und her und auf und ab laufen, den Bauplatz inspizieren, dem Team auf die Finger schauen, ein wenig aufräumen in meiner Wohnung, die Honneurs machen, gut geschlafen Madam, gut gelandet Mister, gut gefrühstückt all together. Und dann ist es schon eins und ich bin reif für einen Mittagsschlaf, der ist länger geworden und tiefer und dauert jetzt zwei Stunden. (Vielleicht habe ich Schlafkrebs.) Um vier wartet schon Mibelles Halblitertasse mit Readymadetea, doch dann wird es höchste Zeit, dies und das zu tun, Buchhaltung, die Website polieren, was einkaufen in der Stadt, eine Runde mit Fahrrad oder Motorrad, denn um sieben gibt es schon wieder – «täglich neu!» – das Nachtessen, bevor ein langer Abend kommt, der meine eigentliche Wach- und Arbeitszeit ist.

Seit letztem Monat haben wir wohl den neuen Koch, bereit, den Hungrigen seine Kunstfertigkeit vorzuführen, doch gibt es jetzt sehr wenige Gäste, denen er sich herzeigen kann. Ich bin anhaltend zufrieden mit dem, was auf den Tisch kommt, die Küche sieht mich nur noch selten, ein schönes Resultat. Aber der Mann ist wie ein ungezogenes Kleinkind, redet viel, hört nicht zu, schwingt zwischen aufgeregter Nervigkeit und depressivem Stillstand hin und her und tut nicht, was man sagt, macht, was er will, und das ist nicht immer, wie wir es brauchen und wollen. Er muss sein eigenes Puzzlesteinchen ja einfügen ins große Ganze, aber der hat so einen unsozialen, auf sich selbst gerichteten Stil, dass er bislang ein Außenseiter blieb und es wohl auch bleiben wird. Tut und denkt und spricht auch irrational und ist für seltsame Überraschungen gut. Schneidet etwa dem einzigen mauerhohen und vielfach verzweigten Stangenkaktus die Köpfe ab, um sie zu wunderschönen Tischdekorationen in Tellerchen zu stellen und mit ayurvedischem Teeholz zu garnieren. Nimmt er

Drogen, Fliegenpilze? Es steht wieder einmal ein delikater Personalentscheid an: Will ich mich an einer untadeligen Küche erfreuen und dafür ein Baby in Kauf nehmen, der mich viel Nerven und Führungsaufwand kostet, oder soll ich lieber einen Koch suchen, der weniger spektakulär ist, aber ein robustes Mitglied im kleinen Team?

Gestern war ein ganz wichtiger Tag in der Baugeschichte des ersten Stöckli. Zum ersten Mal war meine Wohnhalle gänzlich abgedeckt und als Raum einzuordnen, mehr noch, die Meerseite war abends schon beziegelt und mit dem Baumeister und seinem Elektriker verbrachte ich drei bedeutungsschwere Stunden. Musste alle Lampenanschlüsse, Schalter und Steckdosen bestimmen. Das war nur möglich mit der höchstmöglichen Imagination, gänzlich unvorbereitet, hatte ich in Wahrheit einen Lebensentwurf festzuschreiben – wie will ich nachher leben. Es war gar nicht Lichtdesign aller Räume zu entscheiden, sondern wie ich sie möblierten und nutzen will. Nachher hatte ich aber ein schönes und gutes Gefühl, alles nimmt jetzt Gestalt an, nach dem Ende des Rohbaus beginnt jetzt die Zeit der letzten Wahrheit. Morgen werden sie den Rest des Daches decken, mit dem Aufspitzen der Mauern und dem Legen der Leitungen beginnen und schon bald muss über das Parterre entschieden werden, in dem es ja – wenn auch in den alten Mauern – zwei ein wenig luxuriöse Gästezimmer geben soll und das Open-Air-Restaurant. Soll ich es vielsagend «Old Europe» nennen, oder «Icebair»?

Meine nächsten Nachbarn sind beständig liebenswürdig im Umgang mit mir, die Nachbarn von nebenan und die Familien von gegenüber brachten mir von ihrer Pilgerreise Mangos und Süßzeug mit. In schlechten Zeiten hilft der Glauben. Dieses Jahr seien über zweihunderttausend Leute gekommen, in ein Gebiet, das von den Rebellen kontrolliert – und geordnet – würde. Der Waffenstillstand zeigt, was alles möglich wäre im Frieden, den man hier und jetzt schon einmal trainieren kann.

Der neueste Klatsch berichtet von Ruwan, der sei aus dem Veggierestaurant geflogen, weil seine Freunde aus der Jugendclique ihn ständig während der Arbeit «besucht», um genau zu sein, die Geschäfte gestört hätten. Als sie dann noch Ganja geraucht hätten, habe einer die Polizei gerufen und es habe Troubles gegeben. Nun würden sie alle für die frommen Brüder im Zucht-Haus Don Bosco arbeiten (müssen), wo sie für hundert Rupien im Tag von sieben bis sieben eisenbearbeitende Maschinen bedienen würden, es sei anstrengend. «ora et labora» auf Lateinisch.

Dilan habe heute den fünften anonymen Brief erhalten, ja, es seien Drohungen formuliert. Ich empfehle ihm, den Superintendenten der Hauptpost aufzusuchen und ihn zum Thema Black Mail zu befragen. Vielleicht hat der Lösungen, denn das ist ja nichts Neues und kommt hier oft vor, es ist eine gesellschaftlich akzeptierte Waffe, um jemanden niederzustrecken. Er könne dann immer noch zur Polizei gehen.

Sandani brachte für mein Weiterbildungsinvestment von neuntausend Rupien und drei zusätzlichen Freitagen zwei wunderschöne Diplome von der Montani School mit. Die alte Dejong bietet diesen angesehenen Kurs für Höhere Töchter, «Social Grace», schon seit Generationen an. Seither trägt unser Hausmädchen ständig ihre neue Brille und ist in Sachen Frühstück so verlässlich geworden, dass ich ihr die Frühstücksküche selbstständig übergeben konnte. Das erlaubt, dass der Koch erst um elf kommt, denn der muss ja bis abends um Neun an der Front sein. Doch stellt sich bald heraus, dass er auch in Sachen Arbeitszeit seinen Freistil hat und meist erst um zwei erscheint, ohne es jemandem zu sagen. Da ist bald Handlungsbedarf.

Der Innenminister Lahiru ist so unauffällig und unscheinbar, dass man nie weiß, ob er überhaupt vorhanden ist. Aber er macht seine Arbeit in den Gästezimmern und im Hausinneren und auch die gelegentliche Stellvertretung von Dilan so anhaltend perfekt, dass mich die Zimmer seit Wochen nicht mehr gesehen haben. Ich vertraue ihm gänzlich und er enttäuscht mich nie, ein so selbstständiger Mitarbeiter ist ganz ungewohnt für mich, er macht mich richtig arbeitslos. Gestern war er krank, Husten, Fieber, er habe Tabletten genommen und übermorgen wird er weitere acht Arbeitstage fehlen, der Infekt eines nicht auskurierten Hustens sei mittlerweile in der Blutbahn angekommen. Er ist halt schmalbrüstig und irgendwie zu klein und grau geraten, auf meine animierenden Gesprächsangebote geht er nur zögerlich ein, Ping-pong mag er nicht spielen. Wie soll man einen solchen Menschen fördern, dessen Stirn man nicht ansieht, was dahinter vorgeht?

Mit dem Gärtner habe ich meinen Frieden gemacht, er wird nächsten Monat die permanente Anstellung bekommen. Er ist ein schlechter Gärtner und ein wenig faul, doch ein angenehmer Mensch und wichtig im Team.

Die Nachtwächterin Lena ist zum zweiten Mal heißblütig im Fieber, gestern hat sie am Strand überfallartig ein geiler Hund bestiegen und ich konnte den unerwünschten Nachwuchs grad noch verhindern. In der Nacht müssen wir das Mädchen in Ketten legen, sonst haut es ab ins aufwühlende Nachtleben draußen auf der Straße, die dann den Streunern gehört. Letzten Samstag haben wir sie um ihre Gebärfähigkeit bringen wollen, doch fühlte sich der Tierarzt für die Operation nicht gut drauf an diesem Tag, Friday Night Fever, er desinfiziert sich mit Alkohol. Um Zeit zu gewinnen, diagnostizierte er eine Filaria und verordnete auch grad noch eine Wurmkur, das kann nie schaden.

13. Juli
Heute Morgen lag die Wachfrau dann auf des Doktors Tisch, den Hintern voll Beruhigungs- und Narkosemittel, und nach zwei Wartestunden legten wir sie wie einen Wassersack in ein Tucktuck. Daheim deponierte ich sie im Höfchen auf dem kühlen Zementboden und da lag sie den ganzen Tag, die ganze Nacht, in gänzlicher Leblosigkeit, bis sie 24 Stunden später wie besoffen aufwachte und beim Aufstehen immer wieder hinfiel. Ich wusch die fingerlange Wundnaht am rasierten Bauch, pinselte Jodtinktur und überlistete sie mit Joghurt zur zehntägigen Antibiotikapulverkur. Erst am Abend des nächsten Tags hatte sie Lust für erste Schritte, behutsam geführt von einem, der sein Leben lang mit Hunden um Himmelswillen nichts zu tun haben wollte. Doch nun werden wir bald beide unsere Ruhe haben und keinem verstörenden Fieber mehr anheimfallen.

Fühle mich körperlich und seelisch müde, der Monsun ist los, lege mich für meinen Geschmack zu häufig in den Coolroom, hangle mich durch den Tag, der mich nicht schont, habe irgendwie den Atem angehalten, wie im Warteraum auf den Zug wartend, der indes erst am Jahresende kommen wird, wenn meine neue kühle Bleibe fertig ist. Ich verkürze mir die Zeit der Zwischenlagerung in dieser Parterrewohnung des zugemieteten Nachbarhauses mit dem täglichen Besteigen der Hühnerleiter zum ersten Stock meines Umbaus, der in Wahrheit ein Neubau ist. Genieße lustvoll die 7 Meter hohen Räume, die vielen Fenster und Türen und das Licht, die Brise vom Meer her. Wie um mich in der Langeweile des Zuwartens zu erfreuen, haben sie in den letzten Tagen mit dem Setzen der Fensterrahmen begonnen, heute sogar die acht alten Türen und zwei Fenster aus dem Storeroom gehievt, um auch sie an die Orte zu setzen, die ich morgen bestimmen werde. Die Küchenwände sind verputzt und mit weißem, hartem Muschelkalk geglättet, es sieht richtig definitiv aus. Ein paar Verputzmuster haben sie mir auf die Wand klatschen müssen und eines davon habe ich ausgesucht, rau und bäurisch, um Himmelswillen nicht so perfekt geglättet wie Plastikguss. Wenn meine letzte Bleibe vor der Himmelfahrt/Höllenfahrt (Zutreffendes ankreuzen) doch noch zu Lebzeiten fertig werden sollte, muss sie alt und würdig aussehen und ein wenig abgewetzt. Ich ertrage diesen Bollywoodschaukelstil nicht, in dem sie jetzt ihre neuen Häuser bauen.

An diesem ereignisreichen Tag entscheide ich mit meinem Jungmanager als Co-Boss, den Koch zu entlassen, da er definitiv nicht ins Team zu integrieren ist, für den geplanten Ausbau des kulinarischen Bereichs wird er nicht zu gebrauchen sein. Und ja, doch, er liebt die Fliegenpilze.

Ich nehme Kontakt mit einem früheren Bewerber, der kommt auch zum Gespräch, doch 45 Minuten nach dem vereinbarten Termin. Er kommt zu seinem ersten Interview zu spät. «Chandrika-Time» nennen sie das jetzt, weil die Staatschefin auch immer zu spät kommt. Bei solchen Gelegenheiten verlässt mich alle Zuneigung und Güte und ich bin wild entschlossen, den Bewerber gleich wieder ehrlos heimzuschicken. Doch bekommt der pragmatische Geschäftsmann die Oberhand und ich übergebe den Personaleinkauf an Dilan. Der führt das Interview und will ihn haben, auch weil er bereit ist, im Staffhouse auf dem Areal zu wohnen, was Nachtservice und Sicherheit verbessern würde. Da macht der Bewerber den achtbaren, doch verhängnisvollen Hinweis, dass er nur ein Jahr bleiben und dann ins Ausland gehen möchte, um mehr Geld zu verdienen für ein eigenes Haus, er sei bald dreißig, eines von sieben Kindern und noch unverheiratet. Ein klassischer Wirtschaftsflüchtling. Das kann ich natürlich nicht brauchen, ohne längerfristige Perspektive geht Geschäftsplanung nicht zu machen und ich habe immer gern die nächste Beförderung im Blick. Ich halte einen Vortrag über das Elend, dass dem Land die besten Leute davonlaufen und dass jeder, der sich so heftig ins Zeug legen würde, wie er es dann im Ausland müsste, im eigenen Land größere Chancen habe. Auch wenn er das Geld für ein Haus statt in drei erst in sechs Jahren beisammen habe.

Das stimmt ihn nachdenklich und spät nachmittags ruft er an, dass er sich alles überlegt habe und er ab Montag hier und für ein paar Jahre mit uns arbeiten möchte. Pünktlich, versprochen!

Spielt er Schach? Meint er es ernst? Ich lasse wieder Dilan entscheiden, um seine Führung und Stellung zu stärken, und sage, ich würde den Neuen unter seine Obhut geben. Morgen früh reden wir dann mit dem Vorgänger, ich werde nicht argumentieren, wir sind einfach unverträglich, er war korrekt im Umgang mit uns, kann brillant kochen (heute Abend zauberte er einen Fullfishteller auf den Tisch, der seinesgleichen sucht), und ob er nicht künftig temporär für Sondereinsätze wieder abrufbar sein könne.

Seine Abwesenheit macht die Personaldecke dünn, es fehlt uns erkennbar an einem Springer, der auf Abruf kommt. Also besuchte ich den alten Gärtner Shean, um seinen Sohn einzuladen, als Trainee zu uns zu kommen, der hatte ja während einer Testwoche in den letzten Schulferien einen guten Eindruck aufs Team gemacht. Aber sein Alter, der notorische Pechvogel, war mit seiner pflegenden Frau eben erst mit zerschundenem Gesicht aus dem Spital zurückgekommen. Hatte einen Zusammenstoß mit einem Tucktuck, als er seinen Sohn heimholen wollte. Der ginge, übrigens, nicht mehr in die Schule, sechs Monate vor dem Abschluss. Er sei abgehauen und jetzt in einem buddhistischen Kloster in Anaradapura, am 16. käme er zu Besuch. Das Elternhaus ist in so miesem Zustand, dass ich den Sohn gut verstehen kann, dass er das Weite gesucht hat und nicht in dieses Lumpensammlerchaos zurückwill. Ich ermahnte die Eltern, augenblicklich alles Gerümpel in die Sonne zu verfrachten, zehn Kilo weiße Farbe zu kaufen und die unverputzten Dreckwände des immerhin eigenen Hauses zu streichen. Der Sohn habe Vorrecht unter drei Mitbewerbern, die andern sind Antonys Sohn von gegenüber und einer aus Dilans Nachbarschaft in Chilaw. Wir vereinbaren heute, dass der gleich morgen kommen soll für eine Testzeit, bis Sheans Sohn hoffentlich so klug ist, seinem Leben bei uns mit einer von mir konstruierten Anlehre eine neue Ausrichtung zu geben.

Unser Haus ist jetzt grad fest in pakistanischer Hand, eine Fünffrauenfamilie aus Islamabad, der Vater hatte gebucht und wegen der «Swissness» für seine Frauen auf sicher gesetzt, nur leider ließ er mich seine Adresse erst wissen, als die Frauen sich schon über das Haus hermachten. Da sie längere Zeit bei uns sein werden, mache ich mich auf einiges gefasst. Denn auch Oberschichtfrauen, die aufgeklärt daherkommen, sind als Gäste eine Plage. Das Familienoberhaupt ist Optikgroßhändler, seine Frau Mädchenschuldirektorin, die drei ziemlich fleischigen Bonbontöchter sind alle schon leicht neurotisch. Gemeinsam stellen sie tatsächlich schon nach einer Stunde alles auf den Kopf, lassen alles herumliegen, verschmieren jedes neu aufgelegte Tischtuch, es ist einfach nicht meine Kultur, wir sind unverträglich, was will ich machen. Aber sonst ist alles, selten genug, in Schweizer Hand; sechs Gäste aus dem Luzernischen, aus Basel, aus der Ostschweiz, aus dem Bernischen halten dagegen. Einer hat mir zwanzig Cervelat mitgebracht und als Dank und voll Trotz habe ich einen Basler Trommelmarsch und einen Schwyzerörgelijuchzer so lustvoll laut aufgespielt, dass die Wände wackelten und das Tanzbein bebte. Als Höhepunkt brachte der Briefträger die coopverdeckel kommerzialisierte Betty Bossy Rezeptpost-Post, mit der ich beim Lesen trockenkoche, bis ich endlich wieder eine eigene Küche habe.

War zwei Tage in Colombo, zum ersten Mal, seit ich am 2. Mai zurückkam, mein Touristenvisum läuft morgen ab und ich musste erneuern, weil das Residencevisum immer noch auf sich warten lässt – ohne die Autorisierung des Registrar of Companies geht nichts. Doch es war nicht klug, an einem Montag auf die Immigration zu gehen, alle andern hatten dieselbe Idee, es war so gedrängt wie beim Füttern der Goldfische. So lange schon im Land und so stabil in Liebe zugetan, habe ich mich geschämt für das niederschmetternde Bild, das sie auf der zentralen Einwanderungsbehörde geben. Nichts ist angeschrieben, nichts geordnet, die Großbüros sind verwahrlost, die von der letzten Regierung angeschafften Vorhänge schon wieder heruntergerissen. Eine miese Selbstdarstellung, niemand da, der die Imagechance dieser Amtsstelle erkennen und nutzen würde, denn durch dieses Büronadelöhr müssen alle Ausländer, die länger bleiben als vier Wochen, in diesen Zeiten sind es viele Hunderte von Hilfsleuten, meist selbstlose Volontäre, Gönner, Spender, gute Menschen. Jeden Ausländer, der so verrückt ist, hier im Land Geschäfte zu machen, soll man zu Beginn diesem Miesmanagement aussetzen, damit er noch rechtzeitig davonrennen kann. Ich weiß gar nicht, warum mich so viele immer fragen, wie sie hier «etwas machen» könnten, wie das gehe hier. Die einzige Erklärung ist, dass sie nach einer Einkommensquelle suchen, die sie auf der Insel ernährt, und ich weiß, dass das alles nichts werden wird. Ich denke, es soll nur hier leben, wer die Ressourcen selber mitbringt, 1500 Euro im Monat sind genug für ein komfortables Privatleben mit Haus, Auto, Hausangestellten. Nur arbeiten müssen soll er nicht, es wird ihn zur Verzweiflung treiben.

Auf alle Fälle hatte ich mein Touristenvisum nach zwei konfusen Stunden um drei Monate verlängert, der Offizier las meine Geschäftsgründungbegründung und fragte, ob ich ihn dann einmal in mein neues Hotel einladen würde. Es ist keiner gefeit vor Begehrlichkeiten, die öffentliche Verwaltung ist verschludert und verwildert. Im Galadarihotel, dem ich seit zwanzig Jahren treu bin, habe ich mich wieder aufgerichtet, da hatten sie mir ein Zimmer auf der Superioretage reserviert, das Haus war überfüllt und das Frühstücksbuffet entsprechend reichhaltig geworden. Während der Bombenjahre war das immer ganz mager, weil jeder die Hauptstadt mied und die Hotels keine Gäste hatten, 25% Belegung manchmal, das hält keiner lange durch. Ich genoss die Sauna, machte drei Durchgänge, ich würde jeden verstehen, der mich für verrückt hält. Aber heißer Tee ist besser gegen den Durst als kalter, eine heiße Dusche erfrischender als eine kalte, und eine Sauna entspannender als ein Ferientag.

Schaute mir in den Läden Sanitärkeramik fürs Stöckli an – chinesischer Schrott, der die nächste Generation nicht mehr bedienen wird – und kaufte für die Ferienwohnung im ersten Stock des Eckhauses einen Durchlauferhitzer. Sah den Prototypen einer mobilen Klimaanlage, vielleicht etwas für die neuen Gästezimmer im Bungalow, und ein Großraum-Tucktuck mit vier Sitzen und offener Ladefläche brachten mich ins Grübeln: Wir könnten die Nebenerlöse massiv steigern – wir haben Hunderte von Flughafenfahrten durchs Jahr, die wir fremden Fahrern geben, das könnten wir auch selber machen.

16. Juli

Am Mittag kam dann schon der neue Volontär zum Test, so extrem hasenzahnig, dass man ihn unwillkürlich anlachen und ihm wohlgesonnen sein muss. Er gab eine gute Vorstellung und wir luden ihn zu einem Testlauf bis am Monatsende, er könne morgen anfangen, Dilan würde ihn unter seine Fittiche nehmen. Dann reiste er zurück ins Mutterhaus nach Chilaw, zwei Busstunden entfernt, und am späten Nachmittag stand er schon wieder vor der Tür. Er wird eine harte Konkurrenz sein für Sheans Sohn, der wird sich anstrengen müssen, dass er den Vortritt bekommt.

Die antiken Haustüren sind in den ersten Stock gehievt, geordnet und nummeriert, und ich habe freudvoll entschieden, wo sie platziert werden: Die große viertürige Variante wird die Haupteingangstür. Zwei mit zwei Holzläden kommen zur Veranda hin, und zwei mit zwei Fensterläden zu Schlafzimmer und Küche. Die zwei Fenster kommen definitiv in die Parterrezimmer, wo ich sie zum Garten hin als Blickfänger und stilistisches Versprechen nutzen will. Dafür habe ich nun entschieden, nur noch einen einzigen, meerseitigen, Zugang zu den Gästezimmern zu machen.

Hatte nach wochenlanger Ruhe während drei Tagen große Schmerzen an dieser fünffrankengroßen Stelle rechts hinten, dort, wo diese erotischen Grübchen sind, und nahm Schmerztabletten. Abends musste der Masseur Red Oil brauchen, in der Nacht war ich wieder schmerzlos und bin es trotz ausgiebigem Hanteltraining am Morgen jetzt immer noch. Ganz sicher ist das eine Schwachstelle, die als Stressventil herhalten muss. Ich finde mich damit ab; heute wieder in entspannten Umständen, weil die Personalsituation gelöst ist. Aber ich werde nun täglich schmieren und ölen, bis das ayurvedische Fläschchen leer ist.

17. Juli

Der eierlegende Hühnervogel Laura hat sich vor etwa einer Woche aus seiner Mutterrolle herausgeschält, ließ das herangewachsene Entenziehkind links liegen, das war noch ein wenig irritiert, so allein auf der Welt, und tat dann das naheliegende und schloss sich seinen leiblichen Eltern an. Die ließen es gewähren. Gaben ihm aber ihr Desinteresse drastisch zu erkennen und ließen es nicht ins elterliche Schlafzimmer. Doch inzwischen ist auch das geschafft, nun ziehen drei Enten als ständige Prozession durch die Landschaft, die Mutter ist am Bein behindert, hinkt seit dem geschienten Beinbruch jämmerlich, aber steht es trotz dem extraordinairen Tiefgang ihres Bauches willensstark durch. Laura hat sich wieder dem Obergockel angeschlossen und steht an meiner Seite; wann immer ich mich im Garten niederlasse, frisst mir aus der dargebotenen Hand und bedankt sich täglich mit einem tiefgelben Ei, das sie in einen großen Blumentopf legt, in dessen Gestrüpp sie sich lustvoll niederlässt.

Wachhund Lena hat sich wegen meiner aufopfernden Wundpflege und der seriös durchgeführten Antibiotikakur gut erholt, die Wunde wächst zu, die Haare wachsen nach, es gab keinen befürchteten Durchbruch der Innenteile nach außen; heute Morgen machten wir den ersten Strandspaziergang zusammen und jetzt ist sie endlich ein fertiger Hund.

Der neue Lehrling macht sich heftig mit dem Besen zu schaffen und ist auch sonst überall und allen hilfreich zur Hand. Es war eine gute Idee, mit ihm auf jetzt sieben Mitarbeiter aufzustocken, doch wurde es mir unwohl beim Gedanken, dass wir bald einen Nachtwächter brauchen werden und ich mich dann mit acht Leuten herumschlagen muss. (Ein paar Jahre später, als der Frieden ausgebrochen ist, werden es vierzehn sein und irgendwann neunzehn.) Ganz sicher würde ich ruhiger schlafen, allein die Präsenz eines schlaflosen Aufpassers würde Nachtvögel vom Übersteigen der meerseitigen Mauer abhalten, er könnte sie ja erkennen und heftig mit unserer Tempelglocke läuten. Es ist eine Frage der Führungskapazität meines Juniorchefs, im Moment macht er mir wieder einmal guten Eindruck, ist in seine etwas zu großen Kleider hineinzuwachsen, doch ist er so jung, dass ich klugerweise skeptisch bleibe. Wir vereinbarten, dass er bei Sicherheitsfirmen Preise einholen soll, vielleicht geht die Nachtwächterei ja mit zugekauften Leuten,und fürs erste einmal an den Wochenenden. Dann ist nämlich Ramba Zamba, das wöchentliche Strandpartyspektakel.

Letzte Nacht hat einer meine ganze Sammlung von Riesenmuscheln gestohlen, die ich während Jahren ersammelte, alles Geschenke wohlwollender Nachbarn und ihrer Kinder; ich hatte sie treuherzig auf den gartenseitigen Fenstersimsen der Villa ausgelegt, und als die heute Morgen erschreckend nackt und leer waren, da hat das Team zuerst auf die Pakistanerfamilie getippt, die heute Morgen ausgecheckt ist. Doch die waren uns bis zuletzt so aufgekratzt zugeneigt, dass eine Wegnahme schwer vorstellbar und die Ware für die Ausreise viel zu schwer gewesen wäre. Eine tiefschürfende Inquisition mit dem Team erbrachte dann, dass der Gärtner am meerseitigen Tor morgens um sieben drei der Muscheln liegen sah. Beim Prüfen der zurückgelassenen Stücke war bald klar, dass ein Profi am Werk war, denn er nahm sich nur die Besten, die stumpf glänzenden und die mit abgeschlagenen Kanten ließ er liegen. Ich vermute, dass ein bedürftiger Drogist sie nun an einen Dealer, Hehler oder Touri verkaufen wird, um seine Sucht-Mittel aufzustocken. Oder hat einer dieser alten Männer aus dem Clan, die ihren Bedeutungsverlust nicht verkraften und sich junge Gangs halten wie eine Horde Windhunde, einem Neuzugang als Mutprobe aufgetragen, etwas zu stehlen, um zum Zirkel zu gehören. Es schmerzt, wenn ich immer wieder einmal das Böse sehe, das Leid, das sich Menschen einander zufügen.

Shean kam an mit seiner ganzen Familie, die Hand vor dem Mund, weil er so entsetzlich hässlich aussah; er habe beim Unfall alle Vorderzähne verloren, oben und unten, als er auf einer Verfolgungsjagd stürzte. Der Sohn, eben aus diesem Kloster in Anaradapura zurück, machte keinen klösterlichen Eindruck, er trug die Hosen übers Schambein gerutscht und die Haare mittelgescheitelt, was den Vater arg ins Schimpfen trieb. Dem machte ich klar, dass er sich an seine eigene Jugend erinnern und aufhören solle, ihn mit endlosen Tiraden zu erziehen, es sei zu spät, er hätte fast achtzehn Jahre Zeit gehabt dafür und müsse seiner Erziehungskunst und dem Sohn nun einfach vertrauen. Und er solle sich nicht wundern, wenn der das Weite suche, das Elternhaus sei eine depressive Bruchbude, die auch den besten Charakter verderbe. Ob er all das raumgreifende Gerümpel schon aus dem Haus geworfen und die Backsteinwände gestrichen habe? Er müsse Sohn und Tochter eine eigene Ecke zuweisen mit einem Vorhang dran. Und er solle die Hoffnung aufgeben, dass der Thronfolger den Schulabschluss macht, auch wenn es zum Heulen sei, dass er sechs Monate, bevor der Vorhang fällt, davonlaufe. Siebzehn zu sein ist wirklich das Letzte. Dann übersetzte ich unsere briefliche Einladung an den jungen Buddha, als Trainee zu uns zu kommen, und dass Ravindu den Vortritt vor zwei Mitbewerbern habe. Dann zogen sie von dannen.

Ich suchte meine Treuhänderin auf, die hat kein Telefon, da war sie gänzlich überrascht und musste sich und das Wohnzimmer erst herausputzen, bevor ich meinen Vieruhrtee zu trinken bekam. Und eine Gardinenpredigt, wie ich es anzustellen hätte, die Behörden zu bescheißen, die Bücher und Konti zu tricksen. Hatte ja schon vorher begriffen, dass ich als Private Limited nun zur Kaste der Hochfinanz gehöre und dass da jeder machen muss, was er will, um sich möglichst alles selber in den Rachen zu stopfen und der Finanzverwaltung nur das Nötigste zu geben. Kein Wunder, muss das Beamtenheer mit Schmieren und Bestechen wieder hereinholen, was die Mehrwerterschaffenden ihm vorenthalten.

Am späten Nachmittag zieht eine Prozession durch die Straßen und an unserem Haus entlang, die an Prunk alles in den Schatten stellt, was man hier an frommer Hoffart je gesehen hat. Veranstalter sind die italienischen Don Bosco Brüder, so publizitäts- und fundraisingstark, dass es ihnen auch in den schlimmsten Hungerjahren nie an Geld fehlte, nie schämten sie sich ihres Reichtums. Meine Lieblingsnachbarin ist mit einem Kirchendiener verheiratet. Sie hieß ihn, an der Straße vor ihrem Haus einen Altar herzurichten, wie ihn sonst keiner zu bieten hat. Als Religionslehrerin fühlt sie sich in der Pflicht. Und dann kamen Hunderte von betenden Schülern, sauber nach Geschlechtern getrennt, und trugen ein Meer von Fahnen, in dem eine blumengeschmückte Fischerbootattrappe schwamm – üppig mit Kunstblumen geschmückt und mit einem Baldachin gekrönt –, unter dem ein rot gewandete Prunkpriester des Männerordens stand und den Leib Christi durch die Straßen trug.

Die Anleihen an den Schauprozessionen der Buddhisten und Hinduisten und Kommunisten waren unübersehbar, die Zeremonienmeister der Salesianer machen perfektes Marketing, wissen ganz genau, welches Futter sie den gewendeten Katholiken hinwerfen müssen, damit sie ihnen aus der Hand fressen. An der Icebearecke hielt der Demonstrationszug an, die heiligen Himmelsboten ließen sich herab in den Straßenstaub der Lewis Place, hielten der Menge die – natürlich goldene – Monstranz zum Küssen hin, schubsten alte Betschwestern beiseite, die sich ihnen fanatisch in den Weg stellten, und waren wohl froh, an der letzten Haltestelle ihres Marathons angelangt zu sein. Daheim wartete schon die Götterspeise. Missionsarbeit ist harte Arbeit.

29. Juli

Dilan muss in seiner Funktion als Manager vor dem hohen Gericht erscheinen – nie kommen die Chefs vor Gericht –, der Gärtner und der Koch begleiten ihn kameradschaftlich, es sind noch weitere delegierte Angestellte vorgeladen von 16 anderen Arraklinzenzsündern im Strandquartier. Zusammen mit den andern Übeltätern des Tages und ihrem Begleitschutz kommen sicher 300 Leute in der Gerichtshalle beim Fort zusammen. Dilan nimmt die Premiere eher gelassen und belustigt, wir sind ohne Winkeladvokaten, wie geheißen und Usus erklärt er sich schuldig – damit ich selber unbefleckt bleibe – und zahlt bar und sofort 4000 Rupien Strafe, gut 50 Franken. Mal 16. Meine Helden bekommen nachher für ihre Loyalität statt einer Tapferkeitsmedaille je einen Tausender; Geld mögen sie hier lieber.

Der eben achtzehn gewordene Sohn unseres früheren Gärtners ist vor ein paar Tagen als erster Lehrling in unser Team gekommen. Hat einen Monat Probezeit und dann ein Jahr Ausbildung, für die ich vom Team einen Lehrplan aufstellen lasse, nach dem sie ihn in allen Fakultäten des Hauses beschäftigen und ausbilden müssen. In der Küche, in den Zimmern, im Garten, in der Wäscherei, im Restaurant, an der Rezeption, im Management. Ein spezielles Apprenticeship-Dokument habe ich schon erfunden, in den britischen Kolonien und dem Kingdom geht nichts ohne Diplome.

In meinem Apartment stinkt es schlimm, wie diese Lammfellmäntel der Hippies in den Siebzigern, die bei starkem Schwitzen und im Regen ganz fürchterlichen Stallgeruch verströmten. Because es lagern ein paar hundert handgefertigte sri-lankische Trommeln in Küche und Wohnzimmer und warten auf die vierzig neu aufgebauten Schulen im tsunamiverwüsteten Süden, wo wir sie an die Principals verteilen wollen. Die halbe Million Spendenrupien von Icebeargästen, Mitarbeitern und vielen Freunden reichten für vierzig mal sechs traditionelle Thablas, Thammattans, Daulas, Getaberas, Yakberas und Dolekkis. (Es war die ganz wunderschöne Idee von David: Musik heilt geschundene Seelen.) Die Schulferien sind Ende September vorbei und mein Team wird mit einem angemieteten Reisebus zur Verteilung losfahren, dann darf ich wieder aufatmen (und mich darüber freuen, dass die zuletzt doch realisierte «Anish Memorial Foundation» zum ersten mal so richtig zum Tragen kam).

Welthelferin Elly kam zwei Mal und wie immer ganz aufgewühlt bei mir vorbei, um mir mitzuteilen, dass man meinem unverändert saufenden früheren Hausmeister helfen und unbedingt beistehen müsste. Man könne ihn doch nicht einfach fallen lassen, und seine Frau, das sei eine ganz arge, die sich um ihren armen Mann viel zu wenig kümmere. Die ziemlich alte Dame ist gegen alle meine Ausführungen immun, ist wohl auf der Suche nach einem neuen Katastrophenszenario, jetzt gewissermaßen arbeitslos, nachdem sie mit ihrer besten Freundin für die 17 Millionen Tsunamiopfer 400 000 Euro gesammelt und inzwischen tapfer verteilt hat.

30. Juli

Lahiru ist seit acht Monaten von mir hochgeschätzt, weil er die Gästezimmer und Apartments untadelig, behutsam, einfühlsam und auf immer gleichem Niveau in Schuss hält. Nie war er einfach ein Roomboy für mich, immer respektierte ich ihn auf gleicher Augenhöhe als wichtig im Team, jeder meiner Leute ist in seinem Bereich ein Chef. Deshalb konnte ich ihn an sehr langer Leitung halten und ihn vertrauensvoll und weitgehend ungestört seiner Selbstständigkeit überantworten, behutsam fördern und als zweiten Mann während Dilans Abwesenheiten aufbauen. Schon hatten wir vor, ihm den neuen Trainee zur Ausbildung zu übergeben, mehr Manpower bereitzuhalten für das Jahresende, wenn mit den neuen Zimmern und meiner Wohnung mehr Arbeit auf ihn zukommt. Dass ich im schönen Neubau meines Nachbarn Lalith gleich nebenan weitere Zimmer langzeitmietete als Reserve für Zeiten mit mehr Gästen als Betten, auch das war ein strategischer Entscheid. Mit diesem Team, da war ich mir wieder einmal sicher, lässt sich etwas anstellen und etwas aufbauen, lässt sich die Privatpension als Unternehmen führen, lassen sich die Kapazitäten ein wenig ausbauen, ohne dass es schmerzt und meinen Altersfrieden zu arg stört.

Doch mache ja keine Langzeitplanung in diesem Land der Wechselbäder, wo sich alles nur von Tag zu Tag vorwärts schleppt. Dilan informiert mich heute über ein Gespräch mit Lahiru, das ein wenig heikel für ihn sei, weshalb doch ich mit ihm direkt sprechen möge. Also sitzen wir zusammen und der Zimmer-Mann teilt mir mit, dass er die zugemieteten Zimmer im Privathaus der Lalith-Familie nicht sauber machen könne, und dass er das auch nicht wolle. Er sei zu uns gekommen, weil er im Icebear Guesthouse arbeiten wollte, bei einem Foreigner, das sei kein Problem für ihn. Aber die paar Schritte auf die öffentliche Straße hinaus zum Tor des Privathauses eines Einheimischen nebenan, um dessen Zimmer herauszuputzen, das könne er nicht, das dürfe ich ihm nicht antun. Weitere oder sachliche Gründe nannte er nicht, verweigerte einfach die aufgetragene Arbeit, normalerweise ein Grund zu fristloser Entlassung.

Da war ich noch ein wenig wohlgesonnen, wollte die Begründung haben, um die verkorkste Denke zu verstehen. Auf heftiges Insistieren hin stellte sich heraus, dass er sich selber als Roomboy fühlt, auf unterster Stufe tätig. Keine meiner wohlwollenden Zuwendungen und Planungen und Aufmunterungen kamen jemals bei ihm an, die Arbeit, die er macht, ist unter seiner Selbstwürde. Sie macht ihm der Kaste der Wäscher zugehörig, die kommen gleich nach den Unberührbaren, die überhaupt keiner Kaste angehören. Im Vertrag und für das Icebear-Team ist er ein «Indoor Housekeeper». Das ist doch was. Aber zu Hause könne er nicht sagen, dass er hier Roomboyarbeit mache, also Putzarbeit. Die Eltern hätten ihm den Umstieg vom Buchhalter ins Hotelgewerbe nur gestattet, weil er sie glauben machte, er mache bei uns »Paperwork», Büroarbeiten. Ich bin sprachlos, selbst Dilan staunt. Ein Herrensöhnchen auf Singhalesisch, zu wohlbehütet aufgewachsen, von Arbeit immer ferngehalten, aus gutem Haus, mit einem unbeschnittenen lang gewachsenen Nagel am kleinen Finger und mit immerhin 27 hat der diese Philosophie und schämt sich, mit der Hand zu arbeiten. Nach deutlichen Kommentaren und Belehrungen bitte ich ihn, sofort sein Bündel zu packen, er sei hiermit entlassen, der Monatslohn käme per Post, ich könne ihn leider nicht weiterempfehlen. Keine Gegenwehr, zehn Minuten später war er weg, der Dummkopf.

In meiner Visitenkartensammlung fand ich den Restaurantmanager vom «Josy», der sieht gut aus und ist freundlich zu den Gästen, aber er ist halt der Erfinder der Zeitlupe. Doch hat auch er es ganz groß im Kopf, um seinen vier Schönheitsköniginnen zu Hause zu gefallen. Vor ein paar Monaten bat er mich inständig, seinem einzigen Sohn den Vorzug zu geben, wenn bei uns einmal eine Stelle frei sei, der arbeite als Volontär im Papagei Hotel und suche etwas Festes. Dem rief ich an, halt dich fest, wir haben für deinen Sohn eine attraktive Stelle, ja, danke, er schicke ihn um vier vorbei. Um fünf war noch niemand da, ich telefoniere dem Vater, ja, er sei unterwegs zu mir, er, der Vater. Erstaunen. Es sei nämlich so, dass das Söhnchen lieber nicht wechseln würde, er ginge abends gerne heim zur Familie, habe halt seine Mutter und drei Schwestern sehr gern,und wir seien halt ein wenig weit weg. Warum er mir nicht telefoniert habe, frage ich den Löwenbändiger, es gäbe keinen Grund, persönlich vorbeizukommen. Da sagt er, dass er selber eine neue Stelle suche, ob denn nicht er selber sie haben könne.

Morgen werden wir einen unserer eigenen Mitarbeiter Sandani zugesellen und sie zur Zimmerqueen machen, bis wir jemanden Neuen haben. Den Lehrling Ravindu geben wir erst einmal dem neuen Koch unter die Fittiche.

Schaumermal.

Jetzt grad schüttet es vom Himmel, schön kühl in meiner Klosterwohnung, nachts um zwei, bin hellwach. Drüben im Stöckli haben sie gestern die letzte Tür gesetzt und den letzten Putz auf die Innenwände aufgetragen. Ein bisschen arg bäurisch und saugrob ist es geworden, doch um die Fenster und Türen herum formten sie sorgfältig mit Muschelkalk geglättete Rahmen. Bin sehr beglückt. Das Guesthouse ist anhaltend erfolgreich, alle Zimmer sind belegt, weiß gar nicht, was los ist. Zusätzlich zu den acht Gästezimmern und den vier in den Ferienwohnungen habe ich ja zwei Zimmer im Nachbarhaus zugemietet, «Lalith Rooms», womit ich das Familienbudget der Nachbarn entlaste; sie bekommen als Entgelt die Hälfte des Ertrags, die ersten Gäste hatten sie schon.

Der schon wieder neue Koch ist bislang auch OK.

Mein alter Baumeister und seine Frau kamen zu Besuch, der Muslim aus der Periyamulla mit den Moscheen gleich bei der Temple Road mit den Dagobas, Erbauer meiner ersten Villa. Sie waren in Begleitung eines anderen Mannsbildes und einer Tochter und deren Tochter, alle islamisch kostümiert. Der Contractor hatte mich kürzlich in der Mosque Road angehalten und war, wie ich selber, hoch beglückt, mich nach bald 25 Jahren wieder einmal zu sehen (da war ich noch vierzig). Er sei, so erfuhr ich, aufs Alter Minarettist geworden. Er habe zwei Lautsprecher und eine schöne Stimme, ergänzte seine Frau. Wie es denn dem englischkundigen Razik gehe, der den Baumeister assistiert hatte beim Umsetzen des Kartonmodells von Bestfreund Lukas? Der sei inzwischen am Herz gestorben. Sein Bauwerk steht wie ein Fels, wird alle künftigen Bombenabwürfe, Tsunamis, Atomdesaster und Erdbeben überstehen, was es halt so gibt in einem Menschenleben. Aber dass die Termiten den ganzen Dachstock zu Puder zermahlen haben – wegen damals zu frischem, ungelagertem Holz, wie ich schüchtern anmerkte –, das will er nicht wahrhaben. Aber schau doch, das ganze Haus ist renoviert, der Dachstock vollständig neu erstellt. Nein, das kann nicht sein. Da traute ich mich nicht mehr, den frommen Mann daran zu erinnern, dass er für den Verputz der Mauern zu viel Sand gebraucht hatte, weil der billiger war als der schon damals teure Zement.

So sind sie, die Nachfahren der arabischen Sklavenhändler, immer Machos, wahre Männer, immer stolz, immer stellen sie die Ehre über alles. So wie die sonst unüblich alerte Staff der besten Schneiderladenkette im Land, die haben meinen Auftrag für vier neue Hosen zuvorkommend entgegengenommen, aber den aus Madurai mitgebrachten Stoff haben sie so kopflos zerschnitten, dass die Hosen nur noch dreiviertellang wurden. Die Stoffreste seien nicht mehr aufzufinden. Während drei Besuchen, während denen ich immer ungehaltener wurden, hat kein einziger der Beschneider aus der üppig dotierten Belegschaft auch nur mit einem Wort zugegeben, einen Fehler gemacht zu haben, geschweige denn sich dazu herabgelassen, sich bei dem Ausländer zu entschuldigen oder zu erklären. Muslimische Männer machen keine Fehler, sie haben im Umgang mit Westlern schon Minderwertigkeitskomplexe genug. Die Hosenlieferung ist noch offen, bin neugierig, wie sie sich aus der Schlinge ziehen, ohne das Gesicht zu verlieren. Ich selber trage jetzt halt Bermudas, die sind gerade angesagt.

6. August

War zu einer Hochzeitsparty eingeladen in eines der gehobenen Touristenhotels an der Beach Road, es heiratete die Tochter des Schwerenöters, der seinerzeit an der ersten Heiligen Kommunion seines Unschuldslamms eine tödliche Herzattacke erlitt. Was keinen Insider verwunderte, da der sein Herz schon vorher so häufig an diese und jenen verschenkte, dass er kaum zu Atem und selten zum Arbeiten kam. Die Glücklichen alimentierten seine Dienste aufs Schönste, und deshalb war seine schöne Witwe schon früh aufgestiegen in die Kaste der Mehrbesseren. Wie die Hochzeit ausgestattet sein würde, war also eingeübt, doch was sich mir dann präsentierte, das war durchaus indische Prachtentfaltung. Die zweihundert Gäste saßen gesittet steif und starr in ihren neu erworbenen Kleidern auf damastbezogenen Stühlen beim Fototermin um den Hotelswimmingpool herum. Es wurden nur Säfte gereicht – zu viele Trinker väterlicherseits –, die strengen Töchter und Schwiegertöchter, viele im europäischen Ausland zu Wohlstand gekommen, ließen selbst den streitsüchtigen Großvater daheim, meinen Nachbarn, den ich beim Wegfahren auf dem Boden vor dem Haus der italienisch gewordenen Tochter sitzen sah. Außer vier verdutzt in der Ecke sitzenden Touristen war ich der einzige Ausländer am Ort der Handlung, dem Sunblower Hotel. Ich schritt langsam die Tische ab, kannte fast niemanden, machte der goldbeschwerten Witwe die Aufwartung, gab mein Geschenk am Sammelpunkt ab, Parcel Nummer 37, Tischwäsche, Home-sweet-Home, und schon fünf Minuten später, zehn Minuten weniger als meine berüchtigte Viertelstundenpräsenz, sah mich der laue Abend in Socken und polierten Schuhen heimradeln.

12. August

Ich habe ja jedes Jahr zweimal Geburtstag, dieses Jahr wurde ich einerseits sechsundsechzig und andererseits zwölf, denn vor zwölf Jahren, am 12. August 1993, hätte mich ums Haar das Meer verschluckt, wenn meine Nachbarn und der Himmel mich nicht gerettet hätten. Wie kann man das vergessen, wenn man so gern lebt wie ich. Wenn man einmal ernsthaft im Himmel angeklopft hat und sie haben dich wieder zurückgeschickt ins Leben, dann ist man reich beschenkt. Ich war heute ein wenig mit mir allein, dankbar und voller Menschenliebe, nachher schön aufgefrischt. (Nein ich habe nicht vergessen, dass mein damaliger Hausmeister Sankar mich vor dem Ertrinken gerettet hat, er ist ein wunderbarer Mensch.)

Mein neuer Adlerhorst, ein formidabler Hochsitz, eröffnet mir ganz neue Aussichten. Zum Beispiel den ins südlich gelegene Grundstück, das in meinem Bewusstsein immer ausgeblendet war. Da steht ein altes Haus vorn am Meer, für das ich schon vor acht Jahren ein Kaufangebot machen ließ, über das sich die in Übersee lebende Erbgemeinschaft jedoch nicht einigen konnte. Sind wohl auch zerstritten, wie viele Familien hier. Der sehr alte Vater lebt auf seinem Boden, in einem zweiten Haus, und manchmal sehe ich ihn hilflose Versuche anstellen, den Garten zu säubern. Als mein Gärtner ihm letztens einen herumliegenden Holzmörser abschwatzen musste, in dessen dekorative Lebensfurchen ich mich verknallt hatte, ließ ich ihm einen Sarong schenken. Doch als ich heute eine Gruppe Halbstarker mittags um vier vor seinem Haus sitzen sah, die sich genüsslich und aufwendig dem Ganjarauchen hingab, tat mir der Alte leid; die Aasgeier drehen schon ihre Runden über ihm. Dass ich die drei Typen kenne und dass sie sahen, dass ich sie sah, war ihnen ein wenig peinlich. Dass auch noch der dralle Jungmann aus der Thomasfamilie in der Nachbarschaft dabei war, der das letzte Volleyballturnier gewann, den «Gerry Cup», betrübt mich mehr als die Anwesenheit des Clanverwandten, der mir seinerzeit einen Holzprügel in die Lenden haute.

In meinem Stöckli sind jetzt die Maler los, streichen das üppige Holzwerk mit Lack und die rauen Wände mit ICC Acryl Filler. Weiß nicht, ob es eine gute Idee war, dermaßen groben Putz auftragen zu lassen, da wird sich Staub ablagern, Spinnen werden in den Minikluften ihre Eier ablegen. Es ist ein wenig eigenartig und Weiß sieht auch nicht gut aus. Und das jetzt speckig glänzende Holzwerk muss unbedingt matt lackiert werden, damit es nicht so spiegelt wie aus Kunststoff gegossen.

Lena hatte wieder ihre heißen Tage, das Fieber, vor zwei Nächten war der Höhepunkt erreicht mit zehn geilen Rüden, die in unserem Garten die ganze Nacht einen Karneval abzogen, dass ich sie um eins und drei in der Nacht vertreiben und ein Zugangsloch im Zaun verstopfen musste, um meine arme Lena zu schützen, die dem Theater ahnungslos und ein wenig bedeppert ausgeliefert war. Ich selber finde die neue Erfahrung eher unappetitlich und widerwärtig; ein Gast sagte mir, der Arzt habe wohl nur die Eierstöcke entfernt statt der ganzen Gebärmutter, die dem Tier sexuellen Frieden gegeben hätte. Aber die Türschützer und unser Tierarzt – er sei dem Alkohol zugeneigt und mag keine Katzen, ließ mich eine holländische Wirtin wissen – waren für die kleine Lösung, um dem Tier nicht zu arg ins Leben einzugreifen, keiner hat mich aufgeklärt vor der Operation.

Heute Morgen um elf besuchte ich den Commissioner des Arbeitsgerichts, den ich von der Sankarsache her gut kenne und der mir manchmal in der Stadt heftig zuwinkt, ein feiner Mensch. Der sei gestern persönlich vorbeigekommen, als ich mit Gästen in Colombo war, doch in offizieller Mission: Der zu kurz geratene Lahiru – die kleinsten Schlangen sind die giftigsten – Roomboy von eigenen Gnaden, habe eine Beschwerde eingereicht. Meine fristlose Kündigung sei nicht rechtens und er verlange Entschädigung. Und die Beiträge für die Alterskasse hätte ich auch nicht bezahlt. Letzteres war schnell geklärt, der Beitritt erfolgte erst nach Ablauf der vertragslosen Probezeit. Doch vor dem Rausschmiss hätte ich ihn mit einem eingeschriebenen Brief warnen müssen, nicht nur gesprächsweise vor Zeugen, da seien Formalien einzuhalten. Der Commissioner neigt zu gütlicher Regelung, das Gericht zu entlasten ist wohl auch seine Aufgabe, und so muss ich den Galeerensklaven nächstens an einer Friedensverhandlung noch einmal anschauen.

Immer lese und höre ich vom Leid und Druck, dem Lohnabhängige ausgesetzt sind, nie hat einer Bedauern mit den Brotgebern, auf denen man ungestraft herumtrampeln kann. Es sind genau solche Geschichten, die Unternehmer hartherzig machen. Habe sofort entschieden, mit den Weiterbildungs-Workshops für das Team aufzuhören, kaltschnäuzig nur noch Arbeit einzukaufen und zu bezahlen. Dachte schon zu meinen Basler Werbeagenturzeiten vor zwanzig Jahren, dass Lohnabhängige einen ganz schmalen Fokus haben, sich selber, und dass sie selber unfähig sind zu der verlässlichen Loyalität und einfühlsamen Rücksichtnahme, auf die sie laufend pochen. Der Arbeitgeber ist immer der Feind, und er ist immer der Trottel. Was Wunder, wenn die Kaderschmieden lehren, unbeteiligt zu bleiben, sachlich bleiben nennen sie es, sich nicht zu engagieren, schon gar nicht emotional. Der Nächste bitte. Die Personalchefs nennen sich jetzt ja auch Human Ressource Manager.

Immerhin habe ich nach der Enttäuschung mit Kumar strikt eingehalten, dass kein einziger weder privat noch geschäftlich jemals wieder ein Darlehen bekommt, und entsprechend ließ ich heute meine Buchhalterin abblitzen, die mich bei Übergabe der diesjährigen Bilanzunterlagen schon das zweite Mal um dreitausend Rupien anging, um die Feiern zum Todestag ihres angesehenen Mannes zu finanzieren, sein Clan umfasse fünfzig Nasen. Unwillkürlich erinnerte ich mich an die Zahlennennung eines Taxifahrers in Bangkok, der mit dem Hinweis auf die inzwischen registrierten 377 Mercedeslimousinen auf die Vorwärtsentwicklung in der Stadt aufmerksam machen wollte.

Dilan ist immer noch eine Schlafnase. Verdient dreimal mehr als der Koch und ich weiß immer noch nicht, was er hier eigentlich tut. Das ist wohl so mit den Chefs, auch mit mir, sie sind immer da, aber nie sieht sie jemand arbeiten. Bin auf alle Fälle dankbar für die neuerliche Erfahrung mit dem illoyalen Roomboy, sie wird mich daran hindern, zu persönlich zu werden mit meinem zweiten Mann, mich zu stark für ihn zu engagieren in meinem tief verwurzelten Anstand.

14. August

Wie schmerzlich es ist, erwachsen zu werden. Nun hat die Nation und politische Kaste ihren Außenminister und besten Intellektuellen verloren, einen integren Patrioten, von professionellen Scharfschützen an seinem Pool erschossen. Falls sich bestätigen sollte, dass auch hinter diesem Mord die LTTE steckt, wird der Waffenstillstand ganz schnell Risse bekommen, die Gegnerschaft zu Verhandlungen und föderalistischer Lösung massiver werden. Das neue Schockereignis verheißt nichts Gutes, es lauern erneut kriegerische Ereignisse, und wieder einmal kommt ein tiefer Fall, kaum hat sich das Land vom letzten Desaster erholt. Die LTTE hat nie aufgehört, den eigenen Staat im Auge zu behalten und Opponenten umzubringen, ihre autoritären Anführer scheinen reif für eine Psychotherapie gegen die Geisteskrankheit Faschismus. Und die kleinen Koalitionäre der Regierung müssen sich fragen lassen, ob sie mit ihrem Widerstand selbst gegen die kleinsten Konzessionen an die Gegner den Ereignissen nicht Vorschub leisten. Auch die westlichen Einflüsterer tun gut daran, sich von diesem Gutmenschenreflex zu lösen, der eine Gruppe einfach nur deshalb gut macht, weil sie eine Minderheit ist oder sich Befreiungskämpfer nennt. Und schließlich wird noch zu untersuchen sein, warum die Anführer dieser Gesellschaft nicht geschützt werden können, warum das Nachbarhaus des Ministers nicht observiert oder bemannt wurde, warum niemand Sicherheit bekommt in einem Milieu, das politische Morde mitleidlos hinnimmt.

Um neun schiebt mein Lebensretter Albert seinen gewaltigen Bauch durch den Garten, beginnt ein herausforderndes Gespräch mit einer deutschen Touristin, deren Ehemann irritiert danebensitzt, preist mich als seinen Bruder, Freund, Onkel, Vater, Lehrer. Er gibt zum Besten, dass meine Schweizer Versicherung für meine Tsunamischäden gut bezahlt habe und dass ich mir deshalb den Neubau leisten könne, alle Nachbarn würden das erzählen. Mein Gott, was haben die seit einem Viertel Jahrhundert schon alles über mich geredet, ich war von Anfang an damit einverstanden und es hat mich nie interessiert; die Leute brauchen ihre tägliche Portion Klatsch. Leutselig erklärt er auf Englisch, dass er nur Englisch sprechen könne, wenn er ein wenig Arrak getrunken habe und ich bedaure wieder einmal මගේ සිංහල ඉතා නරක ය. Nur leider, sorry Albert, ich habe noch einen Termin.

Um zehn läutet am straßenseitigen Haupttor eine aufgedrehte Italienerin mit einer wagenradgroßen Hutscheibe auf dem Kopf und fragt erstens, gleich jetzt, nach einem Fieberthermometer für die kranke Mutter – sie würden beide am Ende der Straße im Hotel Golden Moon Beach wohnen und die hätten so was nicht – und zweitens, für morgen nach meinem Koch, sie habe auf dem Markt eine Jackfrucht eingekauft und wisse nun nicht, was sie damit anfangen solle. Sie sähe so schön aus, wie die wohl schmecke? Wie bitte? Ja, die Einheimischen verstünden sie nicht und ich sei doch «der Schweizer»; die Schweizer seien alle so nett, da hätte sie gedacht, ich würde ihr sicher helfen. Komische Leute mag ich einfach, gebe Fiebermesser und Herbaltee gegen Überhitzung und Rehydrationspulver im Tausch gegen den Pass, den sie mir bereitwillig dalässt. Am nächsten Abend kocht Dilan auftragsgemäß einen Jackcurry mit Grillfischen, Tochter und Mutter sind selig und bereit, jetzt gleich sofort hysterisch durchzuknallen.

16. August

Seit etwa zwei Wochen starte ich den Tag mit einer Schmerztablette, weil diese fingerkuppengroße Stelle am hinteren Beckenrand permanent so weh tut, dass es meinen Alltag dominiert. Heute nahm ich erstmals keine, weil ich mich wieder gut fühlte, machte meine Yogaübungen vollständig inklusive Pflug und Schulterstand, lief in Davids Hightechturnschuhen am Strand entlang bis zur Kirche hinauf (was lächerlich ist neben meinem sonst üblichen Zielort «Camelot» oder «Browns Beach»). Es ging alles einigermaßen, doch als ich um fünf den Neubau inspizierte, zog es am ganzen Rückengürtel arg schmerzhaft und ein kurzer Gang zum Fotokopierbüro ließ mich dann so alt aussehen, dass ich mich eine halbe Stunde in den Kühlraum legte. Nahm wieder eine der Schmerztabletten und dachte hypochondrisch an einen frühen Tod, Rückengürtelkrebs. Verflixt, ich will mein neues Stöckli noch dreißig Jahre bewohnen. In solchen Momenten tröstet mich jeweils das Wissen darum, dass der Sensenmann schon vom ersten Lebenstag auf uns wartet, gestern wurde auf der Hauptstraße ein Schulmädchen totgefahren, vorgestern starb ein 26-jähriger Nachbar an einem Infarkt. Dem kann man sich doch nicht hingeben, wie will man sonst Gestaltungswillen entwickeln und die Energie, das Leben zu formen und auf etwas hinzuarbeiten. Weil ich so, wie es aussieht, erst nächstes Jahr wieder nach Basel reise, werde ich wohl bald einen hiesigen Arzt aufsuchen, einen ayurvedischen (nützt's nichts, so schadet's nicht, wie schon mein Basler Hausarzt sagte), und dann im airconditionierten Apollospital eine Rundumerneuerung bestellen.

Der Baumeister brachte mir gestern die detaillierte Offerte für alle Zusatzarbeiten im zweizimmrigen Parterre meiner zugemieteten Pension (Meyers

Lexikon: kleineres Fremdenheim). Ich will Sperrholztüren, die Fenster größer und mit Lamellenläden, alles neu verputzt und putzig angemalt, die Bäder gefliest bis unter die Decke, doch alles rucksack-like. Ergänzend zu den bislang nur schwach erregenden Räumen in der Villa, sollen die im Bungalow vorn am Meer gelegenen Zimmer zu hochklassigen Studios werden, damit für alle Gäste etwas da ist. Den ein wenig hohen Budgetmehrbedarf werde ich nicht von meiner Substanz abziehen, sondern vom Auktionserlös meiner Steresokopikasammlung, den Breker in Köln ganz wunderbar animiert hat. Nach den vielen Jahren, in denen ich «Rooms-in-Home» spielerisch betrieben habe wie eine Hausfrau ihr Fremdenzimmerhobby, wird es Zeit, das investierte Geld wieder hereinzubringen, statt das Steckenpferdchen weiter drauflostraben zu lassen wie bisher. Aber es läuft alles so rund und überraschend gut trotz des wegen der Umbauerei reduzierten Gartens und dem ein wenig verquälten Notrestaurant, dass ich optimistisch bin, mehr als die paar Prozent Zins hereinzuholen, die die Schweizer Anlage meines kleinen Vermögens abwirft.

Derweil zieht sich die Firmengründung zähflüssig hin und ist immer noch nicht unter Dach, und dass das Traktandum unverändert offen ist, zermürbt mich an manchen Tagen.

In der Umkehrung versteht man alles besser:

Ich bin ein Ausländer aus Asien, der in der Schweiz investieren will. Den staatlichen Regulationen folgend, beantrage ich zuerst die Anerkennung meines Projekts durch die Zentrale Eidgenössische Handelsbehörde. Weil es ein Tourismusprojekt ist, muss ich vorgängig zur Firmengründung jedoch zuerst die Anerkennung des Projekts durch die Zentrale Eidgenössische Tourismusbehörde beantragen. Die ist gänzlich überfordert und inkompetent und braucht hierzu sieben Monate, doch zuletzt klappt es selbstverständlich. Entsprechend anerkennt die Handelsbehörde das Projekt «Privatpension» fünfzehn Monate nach dem ersten Antrag. Rasend schnell besorge ich mir das staatliche OK zu den Statuten der Gesellschaft (deren Aktien gänzlich in meinem Besitz sind) und beantrage die Eintragung der Gesellschaft bei der Eidgenössischen Registerbehörde. Die drehen und wenden die Unterlagen, verlangen jeweils neue Papiere, Belege, Formulare immer dann, wenn ich wieder welche abgeliefert haben, mit dem klaren Ziel, Taschengeld abzupressen. Weil ich aber meiner Unabhängigkeit zuliebe keine zahle, zieht sich die Ausstellung des Zertifikats ein Dreivierteljahr hin, sodass ich bei der Eidgenössischen Handelsbehörde heute die zweite Fristverlängerung beantragen musste. Es wird wohl noch ein paar Monate länger dauern, zuletzt zwei ausgewachsene Jahre, siebenhundertdreißig Tage. (In Kanada dauere die Eintragung einer neuen Firma drei Tage, die Franzosen schafften es in acht Tagen, die Deutschen in 45, das habe ich eben im Nachrichtenmagazin gelesen.) Entsprechend ist das Investmentkapital noch nicht überwiesen, mein Aufenthaltsrecht noch nicht erteilt, und wenn ich meine Flügel während früherer Geschichten nicht gestärkt hätte, wären sie jetzt arg gestutzt und es bliebe mir keine Energie mehr für unternehmerische Höhenflüge.

Immerhin finde ich meine «Icebear Enterprises (Pvt.) Ltd.» mit Nummer 23 als letzte am Ende einer Liste der Schweizer Investoren, die in Sri Lanka vom Board of Investment zertifiziert sind. Nestlé führt die Liste an und publiziert ist sie auf der Website der OSEC, der Schweizerischen Zentrale für Handelsförderung, für die ich einmal einige Jahre Werbung und Promotion gemacht habe (Hannover Messe, «Hier die Schweiz!»). Die wiederum hat die Informationen von der Schweizer Botschaft in Sri Lanka, die sie wiederum von einer Befragung der immatrikulierten Auslandschweizer hat, von denen ich einer bin.

Weil mein kommunikativer Charme so bezwingend ist, wusste der Herr Botschafter von meiner Beziehung zur OSEC und ihrem damaligen Chef, dem Herrn F., mittlerweile Schweizerischer Flüchtlingskommissar und internationaler Spitzenbeamter. Das blieb aber der einzige Smalltalk während des kürzlichen Empfangs zum 1. August in der Privatresidenz des Schweizer Ambassadors, es waren einfach zu viele Leute da, gefühlte fünfundzwanzigtausend Stück. Ein großes Kleiderrauschen, die Frau Botschafter hatte passenderweise eine rot-weißes Designerkrinoline angezogen und des Vor- und Wegfahrens der Carozze nobili war kein Ende; ich habe nie so viele sri-lankische Minister auf einem Haufen gesehen, die gehobene Gesellschaft aus ganz Colombo Seven gab sich die Ehre und futterte Häppchen.

Es hat sich viel verändert in den Schweizer Botschaften seit der Augustfeier, die ich 1992 probehalber besuchte und bei der man am Eingang ein Augustabzeichen und an einem Kassentisch einen Gutschein für gesponserte Grillwurst (Bell) und gesponsertes Bier (Feldschlösschen) und gesponserten Emmentaler (Käseunion) kaufen musste. Die Schweiz gefällt sich als graue Maus, dabei macht sie sich so extrem unauffällig, dass es schon auffällt. Wie die zwei Söhnchen des Botschafters, die jeden einzelnen Gast an der Haupttür artig kravattiert begrüßen mussten. Aber hier und jetzt spielte die Eidgenossenschaft ganz große Dame, Weltmacht, Gänsehaut für jeden, der dazugehörte. Der scheue Herr Botschafter wagte eine Rede, in der er zu Protokoll gab, dass die Schweiz für die Tsunamiopfer 200 Millionen Dollar gespendet habe, die größte Einzelspende für einen einzigen Notfall in der langen Geschichte der Schweizer Hilfsdienste sei das gewesen. Und dann spielte eine dunkelhäutige Brassband auf, sicherlich 30 Mannsbilder, und wie es sich gehört, zerschmetterten sie zuerst die Nationalhymnen. Unsere ist schöner. Es waren zwanzig Minuten vergangen, das üppige Buffet noch nicht eröffnet, da suchte ich schon das Weite, Weltrekord. Im «Tapropane» gab ich mich einem einsamen Dinnerbuffet hin, bevor ich mich im «Galadari» zur Ruhe legte mit dem Gefühl, dass alles gut sei mit meinem zweiten Vaterland, Mutterland, Heimatland, Schweizerland.

17. August

Draußen presshämmern sie mit Getöse die Lewis Place auf, der Mann, der das macht, hat keine Handschuhe, keinen Schallschutz, keinen Helm, keine Schuhe, es ist für den Fortschritt der Nation, die Telecom bereitet die Infrastruktur für einen schnellen ADSL-Anschluss. Kein schlechter Teil eines Entwicklungsplanes, den wir im Herbst auch nutzen werden: Habe bereits beantragt; wir werden für die Gäste in meinen drei Häusern Internetanschlüsse haben, die derzeit schnellstmöglichen. Da bin ich auch deshalb dankbar, weil ich selber jeden Monat 40 bis 50 Übertragungsstunden absitze, fast die ganze Zeit Emailverkehr mit Kunden, eher wenig private Korrespondenz, fast keine Telefonate, das wird künftig schneller gehen. Weil ich alle Texte vor dem Versenden als Word-Dokument schreibe, kommen wohl hundert Monatsstunden am Word Processor zusammen, mein Anteil am Erfolg des Hauses. Und ein willkommenes Excuse, wenn ich wieder einmal denke, was machst du eigentlich den ganzen Tag.

Meine nächste Nachbarin würde jederzeit die gute Nachbarschaft zerdeppern, die wir seit 25 Jahren pflegen, wenn ich nicht jeweils einlenken und Kreide fressen würde. Die Terrasse unserer Ferienwohnung im 1. Stock des langzeitig zugemieteten Hauses grenzt direkt an Lucias Haus mit dem ungesetzlich errichteten Balkon mit freiem Blick in meinen Garten. Weil derzeit eine deutsche Familie bei uns wohnt und Lucia ihrerseits einen amerikanischem Langzeitmieter beherbergt («Mitglied des US Friedenscorps», was das auch immer verbergen will), ließ ich einen Sichtvorhang aus Bambus montieren, damit die zwei Parteien ungestört sind voneinander. Lucia habe jedoch arg geschimpft, als mein Team zwei Nägel in die Holzlatte unter ihrer Regenrinne schlug, und überhaupt, es lägen viel zu viele heruntergefallene Blätter von unserem Baum in ihrem Höfchen, ihr Mann müsse immer putzen. Das ist echt hart.

21. August

Als es dann soweit war, konnte ich mich gar nicht mehr darüber freuen, die Luft war gänzlich aus dem bunten Geschäftsgründungsluftballon gewichen. Am Freitag kam das Zertifikat für die Incorporation meiner «Icebear Enterprises (Private) Limited», mit der ich für mein kleines Business keinen einheimischen Beauftragten mehr als Lizenzhalter brauche, ihm kein Monatshonorar für den Liebesdienst bezahlen und das Geld für anderes gebrauchen kann. Das Unternehmen ist auf ewig mein, die Erben können es dereinst auch separat verkaufen und nicht nur zusammen mit Grundstück und Immobilien. Nun muss ich den Investmenttransfer vornehmen, das Residencevisum beantragen, alle Unterdepartements informieren: Das Tourist Board, den Zoll, die Staatsbank, die Umweltschutzbehörde (im Ernst!), die Steuerverwaltung, die Einwanderungsbehörde und das Verteidigungsministerium, das Rathaus, und alle wollen Geld verdienen, um die immer leeren Töpfe zu füllen.

Ein sechster Bewerber für einen neuen Indoor Housekeeper kam, machte trotz Jugend einen guten Eindruck, hatte aber die Schwäche aller Bewerber, sein Spoken Englisch ist auf ganz niedrigem Niveau, er ist deshalb nicht entwicklungsfähig, ich kann ihn nicht ausbilden und aufbauen. Wenn Asien der neue Weltpower werden soll, müssen seine Bürger ganz versessen den Anschluss an die internationale Geschäftswelt suchen, und diese Tür ist nur zu öffnen mit dem Sprachschlüssel. Der ist definitiv Englisch, nicht Esperanto, wie einst gedacht.

Sehe in der Sonntagspresse einen Bericht über ein ganztägiges Seminar im Ballsaal des Continental Hotel, wo am Dienstag ein Personaltrainings-Guru über die Entwicklung der Persönlichkeit reden wird. Denke, das sei das richtige für meinen jungen Manager und will ihn da hinschicken, es gibt auf der Insel wenige solcher Anlässe. Will ihn schon länger fördern, aber da kam so gar kein Signal von ihm bisher, sodass unklar war, ob er in Bezug auf seine Anstellung bei mir eine Langzeitoptik hat. So fragte ich ihn heute und ein wenig überfallartig und er wiederholte mehrfach, dass er sich weiterhin und während längerer Zeit hier engagieren würde. Wäre ja auch dumm, wenn er vom nun schneller fahrenden Zug abspringen würde. Ich delegiere ihn nach Colombo, ohne Wissen, was es kostet; man muss etwas tun für den Nachwuchs.

Der Praktikant, der noch einen Monat länger bleiben durfte, weil sein Vorgänger hinausflog, macht einen so hervorragenden Eindruck, dass ich ihn am liebsten behalten würde. Auch der Lehrling Ravindu ist so engagiert und von gutem Charakter, dass es eine Freude ist, ihn hier zu haben. Er ist heute am dritten Sonntag heimgefahren zu seiner Familie, in einer Woche bekommt er seinen ersten Lehrlingslohn. Die Eltern sind mit meinem Vorschlag einverstanden, dass er daheim nur ein Drittel abliefert, ein Drittel auf ein Sparkonto platziert und ein Drittel für sich persönlich als Monatsbudget behält. Ich muss nächstens mit Dilan über die weitere Personalentwicklung reden.

Aber erst einmal hatte der hart um die Zulassung zu kämpfen: Niemand wusste nichts, der publizierte Veranstaltungsort war falsch und auch das Datum. So wie es halt ist in diesem Gummischlappenland, keiner nimmt nichts so genau. Schlussendlich war er dabei. Der Anlass entpuppte sich als Firmenweiterbildung einer muslimischen Versicherungsfirma, um die Kader fit zu machen, Dilan war der einzige, aber freundlich willkommene Außenstehende. Die Teilnahme kostete mich einen Monatslohn, doch am nächsten Tag kam ein glühend begeisterter Junior mit einem Blumenstrauß (einem Blumenstrauß!) von seinem Neunstundentag in der Hauptstadt zurück, von dem er enorm profitiert und der ihn an vieles aus meiner Schulung erinnert habe. Ziele setzen, positiv denken, Planung, Entwicklung der eigenen Kraft, Qualitätsphilosophie und all diese Oldtimer, die weltweit im Business gepredigt werden.

Drüben auf dem Bauplatz haben sie heute die letzte Außenmauer des ersten Stocks verputzt und im Parterre mit der Ausformung der dorisch-griechisch-römisch-britisch-holländischen Säulen begonnen, es gibt 16 davon wie einen Gürtel rund ums Haus, und schon nach dem ersten Prototyp blüht das Betonskelett auf zu einer alten Kolonialvilla. Es ist eine Freude.

Keine Störungen mehr aus dem Quartier durch Clans und Gangs und streitenden Nachbarn. Die Halbstarken aus der Gegend, die beim Salesianerorden Arbeit gefunden hatten, seien nach wenigen Wochen alle wieder weggelaufen: Subalterne Angestellte hätten vom kargen Entgelt der Jungfischer einen massiven Teil als Mittlerkommission abgezwackt, das lohne doch nicht, da hängen sie lieber herum.

Fühle mich in Negombo wieder ziemlich heimisch, Basel ist weit weg, ich denke zum ersten Mal an die Möglichkeit, meine Basler Wohnung aufzugeben.

26. August

Am Strand unter einem Blätterdach und von den einheimischen Herumsitzenden wohlgelitten, sitzt seit Wochen ein alt wirkender, weißhaariger Mann, Bein, Hand und Arm seltsam gekrümmt wie man es von Contergankindern kennt. Kann hören, was man sagt, aber kann nicht sprechen, hopst mit seinem Hintern durch den Sand, wenn er einen Touristen sieht, sitzt aber meist regungslos einfach so da und ist abends wieder verschwunden. Der arme Hund rührte schnell mein Gemüt, gelegentlich schenkte ich ihm einen Hunderter, damit er sich was zum Essen kauft, weil er immer auf seinen Bauch deutete. Auch ein Fünfhunderter hatte Platz für etwas Substanzielles, und kürzlich kaufte ich ihm einen Sarong. Und wie das ist in einem solchen Land, wenn man sich jemanden zu sehr annähert, ist man umgehend in die Pflicht genommen, man wird adoptiert, aus der Episode wird eine Geschichte. Lahiru Uncle heißt sie diesmal.

Ich habe nach Anishs Tod ja die «Anish Memorial Foundation» gegründet, die ich seither mit ein wenig Zustupf versorge, aus meiner eigenen Tasche, aber auch mit dem, was Gäste mir manchmal zustecken, «um zu helfen». Dieses Jahr ist noch nichts entschieden, und deshalb dachte ich mir, dem Mann einen fahrbaren Untersatz bauen zu lassen, um ihm mit Mobilität ein wenig mehr Tagesradius zu geben. Ruwan vermittelte den Kontakt zu einer Frau in seiner Nachbarschaft, und die kam mit einem englischen Brief an, den sie von jemandem schreiben ließ, und stellte sich als die Schwester des Mannes vor und erzählte – für einmal wichtig zu wissen – die Familiensaga, natürlich eine Heulgeschichte. Das Handicap kam vor acht Jahren, eine irreparable Lähmung vom Hirn her, wahrscheinlich nach einem Schlag oder einer Schlägerei. Er sei Alkoholiker gewesen. Die Frau schien innocent und tapfer; was sie im Interview sagte, schien glaubhaft, und ich bat sie, später wiederzukommen.

Nun kam sie heute mit der Nachricht, dass der Alte (in Wahrheit erst 48 und in Chilaw Vater zweier Kinder und Mann einer Frau, die sich nicht mehr um ihn kümmere) seit Tagen nichts mehr esse und krank sei, man habe ayurvedisch geholfen, aber es nütze nichts. So schreibe ich als erste Hilfe einen Brief an unsern Hausarzt Dr. Rasheed, er möge ihr für ihren Bruder einen schnellen Termin geben und ihn auf meine Kosten gehörig untersuchen, diagnostizieren, und mir berichten, welche Therapie der Mann brauche.

Der Arzt telefoniert mir auch umgehend. Der Mann sei unterernährt, habe eine Infektion an den Nieren und eine am Magen, er brauche Infusion, Injektionen und einen Spitalaufenthalt zur Wiederherstellung. Ob er ihn bei sich in der Privatklinik behalten solle. Nein, ich wolle der Familie kein falsches Zeichen setzen und sie in ihrem normalen Milieu halten, sie sollen ihn ins Governementspital bringen. Nachher sähen wir weiter, dann würde ich mich wieder melden, was ich ihm zahlen dürfe für seine Bemühungen? Oh, das sei umsonst! Oh, da sei er aber jederzeit zu einem Gin & Tonic eingeladen! Oh, er trinke keinen Alkohol! Dann zu einem Herbaltee?

Was Anish betrifft, habe ich sein Grab besucht, ein wenig Zwiesprache gehalten, er war gänzlich von Gras überwachsen, ich ließ das Grab von den Friedhofleuten säubern und steckte einige Blumen in seinen Garten.

Für die neuen De-luxe-Zimmer (eines mit Küche und begehbarem Kleiderschrank), die in meinem Bungalow heranwachsen, habe ich die Badezimmerkeramik eingekauft: Porzellan mit Schmuckleisten, rot-goldenen Blumenbordüren, romantischem Honeymoondesign aus China, an dem reiche Muslime mit ihrem orientalischen Geschmack ihre Freude hätten. Sinngemäß investierte ich 35 Lehrlingslöhne. Um allein diese Badezimmerinvestition in fünf Jahren wieder hereinzuholen, werde ich den Zimmerpreis um einen ganzen Euro erhöhen müssen. Im ersten Stock sind sie heute mit dem Mauern der Brüstung zwischen den Säulen im ersten Stock fertig geworden. Mit einem Möbelschreiner habe ich über die Restaurierung der guten alten Türen und Fenster gesprochen, das würde mit Vorteil nach dem Verlegen der Bodenplatten aus gebranntem Ton gemacht. Doch schockte mich seine 70 000-Rupien-Offerte. Ich halte ihm zugute, dass er die hundertjährigen Stücke museumsreif restaurieren würde für diesen Preis, aber ich liebe wohl die kolonialen Stücke; doch ist das ein ganz privater Spaß, ich kann ja keine Eintrittskarten dafür verkaufen. Es wird mir etwas für weniger Geld einfallen.

Seit Tagen dreht das Personalkarussell, sieben Bewerber für die offene Stelle eines Indoor Housekeepers waren zum Interview da, sogar der Steward aus dem Kitulgala Resthouse, von dem ich Anfang des Jahres die Adresse verlangte, weil er mich und David beeindruckt hatte, kam zwei Mal angereist. Doch dann entschieden wir, den jungen Volontär Ravindu zu behalten, der machte in seinen zwei Schnuppermonaten einen so blendenden Eindruck, dass wir alle unabhängig voneinander beeindruckt waren. Für seine nicht einmal 20 Jahre und in der ersten Konfrontation mit dem Erwerbsleben zeigte er eine hervorragende Performance. Der soll sich um die Zimmer kümmern. Wenn der Charakter stimmt, kommt der Rest von alleine. Sandani soll in die Küche zurück. Und der Koch muss die Stellvertretung des Juniormanagers Dilan während dessen Abwesenheiten übernehmen, also noch einen zulegen und statt zweimal jetzt dreimal in der Woche zur Englischlehrerin gehen. Wir erkundeten im Gespräch, ob er motiviert sei für eine solche Ausweitung seiner Pflichten, und er sagte zu. Es wird seine Position stärken, er kocht brillant, ist zurückhaltend und intelligent, wenn auch ein wenig verschlafen und wie alle hier kommunikationsschwach; er hat noch freie Kapazität.

Was den fristlos gefeuerten Lahiru betrifft, begann ich mein Giftprogramm mit der Absage eines Termins vor dem Arbeitsgericht, sorry, Wichtiges zu tun, neuen Termin, bitte. Jetzt muss er einen Monat länger zappeln, ich will es ihm so richtig schwer machen. Keiner, den ich zärtlich füttere, soll meine Hand beißen.

Habe die Schmerztablette abgesetzt, nachdem ich an einem Morgen bis um elf durchgeschlafen hatte, was ganz ungewöhnlich war. Als ich aufwachte, war ich geheilt, seither bin ich schmerzlos. Weil ich mir ausgemalt habe, dass die langen Tage von morgens 8 bis nachts um 12 mein Tragegerüst überfordern und ich für mein Alter möglicherweise zu viel Körpereinsatz mache, habe ich mein Programm geändert. An einem Tag gibt's jetzt Yoga, am andern Hanteltraining, am dritten Strandlauf. Und nicht alles zusammen an jedem Tag. Bislang finde ich mich körperlich gut ausgeglichen.

27. August

Abends haben wir ein volles Restaurant, es gibt Vegetarisches heute mit Pommes Alumette und die Gesellschaft ist fein durchmischt. Eine blonde Familie auf dem Heimweg von Sai Baba's Ashram, eine magere Holländerin mit ihrem sri-lankischen Lover, den sie tapfer als ihren Guide ausgibt, einen Iren, der sichtbar Mühe hat, seinen gälischen Slang zu bändigen, und einen Franzosen, der herumfotografiert – mit einer alten Stereokamera. Als er sich dann noch erinnert, bei 3-D-Foto-World einst mein Versandhauskunde gewesen zu sein, ist er der VIP des Abends und wir plaudern bei Longdrinks aus versunkener Zeit.

Einer der wohltuend zurückhaltenden Söhne meines Nachbarn Anthony schickt mir einen Glasteller voll farbiger Frittierbackwaren, so wie es Brauch ist. Zum Glück ist es gerade vier und mein Team putzt die Bescherung weg, die mich sonst in Verlegenheit gebracht hätte. In zwei Monaten ist Hochzeit und da sei ich eingeladen; da geht mir auf, dass ich über die nächsten Jahre unentrinnbar an Hochzeiten teilnehmen werde, so viele Kinder aus der Nachbarschaft sind mit dem Gerry Uncle aufgewachsen.

Die Präsidentenwahlen sind bereits für den November geplant, das Höchste Gericht hat entschieden und der amtierenden Präsidentin eine schallende Ohrfeige versetzt, die sich noch ein Jahr länger durchmogeln wollte. Es wird Rallyes geben und politische Gewalt und die Polizei wird absorbiert sein und keiner wird Verantwortung wahrnehmen während des Vakuums, die eingefrorenen Friedensgespräche werden weiter hängen und die Suche nach dem Mörder des Außenministers wird im Sand verlaufen und die Tourismussaison wird Einbrüche haben und es ist wie immer, immer etwas los hier, das uns am Alltag hindert. Aber nächstes Jahr wird dann alles besser.

31. August

Einheimische Bekannte machten am Wochenende einen Ausflug an die Ostküste und nach Trincomalee und berichteten schockiert, wie sie die Stadt angetroffen hätten: Armee überall, eine Art Belagerungszustand, es sei richtig ungemütlich gewesen. Ein einheimischer Gast ließ mich wissen, er sei aus Trinco und dass die Singhalesen mitten in der Stadt einen Buddha-Schrein aufgestellt hätten, empfände jeder Hindu als Provokation. Obwohl die Medien zu dieser Sache seit ein paar Wochen schweigen und der Eindruck entstanden ist, die Wogen gingen nicht mehr so hoch, sei in Wahrheit alles eskaliert. Zahlreiche Soldaten würden nichts anderes tun, als den Schrein vor Anschlägen zu schützen. Jeder in der Gegend würde erwarten, dass irgendwann der Teufel los und Trinco vom Rest des Landes und der Welt wieder abgeschnitten ist.

Tatsächlich verheißt die aktuelle Situation nichts Gutes.

Während der zwanzig Terrorjahre war es immer eine ethnische Auseinandersetzung. Doch seit dem Waffenstillstand spielen Gruppen die religiöse Karte und zündeln mit Feuerzeug, machen die Massen heiß und alle werden sich verwundert geben, wenn das Feuer wieder brennt. Die Singhalesen sind plötzlich Buddhisten, die Tamilen Hindus und die Muslime und Katholischen eine

Minderheit, die noch so gerne den Märtyrer spielen würde. Unsere Negombochristen haben sich lange mit fundamentalistischen Buddhisten über die Aufstellung einer Christusfigur an strategisch wichtiger Stelle gestritten, ausgerechnet auf der Grünfläche vor dem städtischen Rathaus wollten sie sie aufgestellt haben als Propaganda auf der vierspurigen Colombo Road – schaut her, dies ist Little Rom, wir sind die Mehrheit hier. Die Buddhisten stellten schnell einen Schrein für ihren Lehrer auf, einen kleinen, um die Grünfläche zu besetzen, denn die Großfigur war bei den Glasfibergießern noch in Arbeit. Inzwischen ist sie aufgestellt auf einem meterhohen Sockel, der sonst Staatsmännern vorbehalten ist, knallfarbig angemalt, Christus hat majestätisch die Hand zum Segensgruß gehoben, in schreitender Position, wie wenn er darauf warte, dass die Fußgängerampel grün wird. Es gibt keine vergleichbar schöne fromme Skulptur im überreich mit Heiligen möblierten Negombo. Und so geht das rund herum.

Im Vorfeld der Präsidentenwahlen müssen die zwei Großparteien schauen, kleinere Koalitionspartner ins Boot zu holen, um die Mehrheit zu sichern. Entsprechend schielen sie nun auf die Meinung der Massen, und die will plötzlich keinen Frieden mehr mit den Separatisten, kein föderalistisches System, keine Hilfe an die tamilische Minderheit, auch keine an die Tsunamigeschädigten. Alle finden, die Politik der Annäherung sei leisetreterisch, und jeder beschuldigt jeden, das Land an die Tamilen zu verschenken, eine Mörderbande, wie sich nach der Ermordung des Außenministers jeder wieder erinnerte. Die buddhistische Partei, eine Ansammlung frommen Nationalisten, die den Pfad der Tugend verlassen haben, und die Marxisten, die ihr Sekretariat noch immer Politbüro nennen und in Propaganda und Massenaufmärschen geübt sind, werden von den Großparteien umschmeichelt. Sie überbieten sich mit Haudrauf gegen die separatistischen Terroristen und das Wenige, was erreicht wurde, geben alles her und auf, um an der Macht zu bleiben oder an die Macht zu kommen. Sogar eine konzertierte Kampagne gegen die Norweger ist losgetreten, denn in flächendeckender Einmütigkeit publizieren die Zeitungen Angriffe gegen die wohlmeinenden Vermittler aus dem Norden. Sie würden die Sache der Terroristen vertreten, alles unter den Teppich kehren, was den Darlingstatus des Landes stören könnte, in Wahrheit den Wolf im Schafspelz streicheln, der Welt eine friedensbereite Separatistenbewegung vorgaukeln, statt sie zu brandmarken, zu ächten und zu verfolgen. Doch man darf sich nichts vormachen, auch die Gewaltbereitschaft der selbstgewählten Separatistenkönige hat sich während der Denkpause nicht verkleinert, sie haben das Endziel eines eigenen Staates nicht aufgegeben und keinerlei Zeichen dafür gegeben, dass sie in den politischen Mainstream zurückkehren wollen.

Nein, es sieht nicht gut aus in diesen Tagen.

Einer meiner Nachbarn beklagt den Verlust seines Lastwagens, der an Altersschwäche gestorben sei. Ein neuer würde ein paar Millionen kosten. Dann solle er sich doch einen Partner suchen und eine Company gründen, eine Kooperative, die Investitionen teilen und den Gewinn, der sei durch bessere Auslastung sicher höher als bisher. Nein, entgegnet der tapfere Mann, mit einem Einheimischen könne man keine Geschäfte machen, die würden einen immer bescheißen. Ja wie soll diese Gesellschaft gesunden, wenn jeder gegen jeden misstrauisch ist, das Urvertrauen verlorenging? Gar nicht zu reden davon, wie da ein Ausländer mit einem Einheimischen geschäften soll.

2. September

Zwar ist das Stöckli jeden Tag ein wenig größer und fertiger, jetzt ist sogar der Innenanstrich fertig und ich muss mich heute für die Farbe der Außenhülle entscheiden. Doch wird es sicher noch vier weitere Monate dauern, bis ich umziehen kann. Inzwischen sitze ich die endlos lange Zeit in meiner heißen Parterrewohnung ab wie ein Asylant im Durchgangslager, verliere ein ganzes Jahr dabei, und obwohl ich eine zweite Klimaanlage installiert habe, ist der temporäre Wartezustand unschön und hinderlich für so vieles, was ich liegen lasse, um es hervorzunehmen, wenn ich definitiv in meinen neuen Kleidern eingenistet bin. Studiere oft und lange daran herum, wie ich die Eingangsseite von der Straße her umgestalten will, wie der Garten neu zu machen wäre mit kleinen Pflanzeninseln um die Baumstämme herum statt mit rabattengesäumten Kleingärten, durch die Wege führen.

Gestern habe ich mit Dilan zusammen den neuen Innenminister und nach Ablauf seines Testmonats auch den neuen Lehrling eingeführt; das Team war erfreut, beklatschte die jungen Menschen, und dann schnitten sie den Teekuchen an. Der Lehrling bekam den ersten Lohn im Leben – The Icebear Hotel School ist die einzige im Land, die den Studenten ein Schulgeld zahlt! – und die andern so viel Bedienungsgeldanteil wie in der höchsten Hochsaison. Der August war blendend und die Gäste von Essen und freundlicher Präsenz der Mitarbeiter so begeistert, dass man das Gästebuch nur mit Gänsehaut lesen kann. Die Extra-Tipps waren naturgemäß höher als alle zwölf Monate zuvor.

Seit die neue Private Limited steht und seit ein paar Wochen geschäftsfähig ist, bin ich nun angestellt – von mir selber bei mir selber – und beziehe zum ersten Mal in 25 Inseljahren einen Lohn als geschäftsführender Direktor. Der Rest bleibt mühsam. Die alte Treuhänderin machte ihre Arbeit für meine privaten Steuersachen auf einem agrarkulturellen Niveau, das für mein Unternehmen mit Weltgeltung blamabel wäre. Und wieder steht ein Behördenpapier aus, das für weitere Schritte wie den Investmenttransfer unerlässlich ist. Immer fordern sie neue Dokumente nach, nie bekommt die Seele Ruh, die Unternehmerflügel sind gekappt, bevor sie losfliegen.

Für eine verwitwete Nachbarin schrieb ich einen Liebesbrief an einen Spanier, der endlich wissen will, ob sie zu haben ist. Für immer. Weil er aber mit 42 immer noch zu Hause bei der Mutter wohnt bin ich skeptisch, ob sich die Auswanderung wegen diesem Muttersöhnchen lohnt.

Die Schwester des Krüppels Lahiru brachte den sterbenskranken Mann nicht ins Spital, wie von Dr. Rasheed dringend empfohlen. Es sei niemand in der Familie, der ihm das Essen bringen und sich um ihn kümmern könne, wenn er dort vielleicht wochenlang liege. Jetzt sitzt der arme Kerl wieder am Strand, wohin sie ihm das Essen bringt, aber keine Medizin. Sie kam auch nicht mehr bei uns vorbei, um uns zu informieren, unser Beistand könnte ja das Leben des armen Kerls verlängern und damit die Mühsal der sich opfernden Schwester.

Es ist schwierig, mit ungebildeten und armen Menschen, sie stehen sich selber im Weg und multiplizieren ihr Elend durch schiere Dummheit. Ein anderer kam an, um sich bei mir über das Schweizer Scheidungsprozedere zu erkundigen. Die blendend aussehende Schwester habe vor zwölf Jahren einen Schweizer geheiratet, der sei mit irgendwelchen Geschäften ins Trudeln gekommen und sei mit ihr und den zwei Kindern nach Phuket abgehauen. Da würden sie in einem Haus wohnen und alles sei gut, doch nun wolle der Kerl eine Dauerdirne ins eheliche Haus nehmen und verlange von Frau und Kindern, im Haus wohnen und ihm zu Diensten zu bleiben. Ein Schweizer Sklavenhändler, Gauner, geiler Bock. Setzte Gütertrennung durch und das dumme Ding besitze kein eigenes Geld. Jetzt solle ihr hiesiger Bruder ein Darlehen auftreiben für einen Anwalt, den sie dringend brauche. Die Männer haben ihr Hirn wirklich in der Hose, für ein paar schnelle Orgasmen verzichten sie auf jegliche Beziehungskultur, und die armen Weiber zappeln chancenlos in ihrer Abhängigkeit und sind der letzte Dreck. Es ist zum Heulen.

5. September

Um Mitternacht herum wieder ein Diebstahl in meinem Garten, seit ein paar Wochen braucht den einer als Selbstbedienungsladen. Diesmal sucht er eine Hängematte aus, schneidet sie ab, klaut sogar das Icebearschild im Torbogen zum Meer und nimmt auch noch das Holzmodell eines Ochsenkarrens mit, Spielzeug vom Sohn des Gärtners. Es war stürmisch und laut in der Nacht, bei meinem letzten Rundgang um neun lagen keine Fischer zum Schlafen am Strand, keine Sozialkontrolle nicht. Wen wundert es, ich war wieder einmal misstrauisch gegen jedermann ein paar Tage lang.

Erstaunt über die Auswahl und den geringen Wert der gestohlenen Dinge vermutete ich, das sei kein echter Diebstahl gewesen, und saß mit dem Team zusammen, um deren Meinung zu erfragen. Alle waren sich sicher, dass mich jemand plagen, bestrafen, belästigen wolle (Zutreffendes ist anzukreuzen). Neid ist mir so fremd, dass ich gar nicht an diese Möglichkeit gedacht hatte. Der rabenschwarze Dicke vom Quartierclan, der an der Strandecke das illegale Holzhaus bauen durfte, das vom Tsunami weggespült wurde, hätte kürzlich jemanden vom Team gefragt, warum wir Trommeln «an fremde Leute im Süden verschenken statt an unsere Leute». Und wenn der Icebeargärtner den Strand fege, seien immer einige, die sagten, «das ist unser Strand» und «du bist nicht von hier». Und ich erinnere mich an die gescheiterte Aktion des Quartierpfarrers, der einen Teil der Flutwellenhilfsgelderflut für Ungeschädigte in seinem Sprengel abzwacken wollte, eingeschränkt auf Familien mit Halbwaisen. Als Kirchentreue loszogen, um im Quartier zu erheben, welche Familien in Frage kommen, haben die Nachbarn sie aus dem Haus geworfen. Sie seien selber bedürftig und ihnen helfe niemand.

Der Diebstahl war hilfreich, mich meiner Nachbarin wieder ein wenig anzunähern. Es kam dabei heraus, dass sie nichts von unserer Trommeldonation wusste, dass aber junge Leute aus der Nachbarschaft, die das Abladen verfolgt hätten, gefragt hätten, warum der Gerry Uncle die Drums nicht an sie verschenke. Und sie habe von einem Touristen Trockenmilchpackungen für die Tsunamiopfer gespendet bekommen, die sie an Kleinkinder in der Nachbarschaft verteile. Doch jetzt kämen die alten Frauen und würden sie beschimpfen, weil sie nichts bekommen, sondern die Kinder.

Auf der Insel denkt jeder zuerst an sich selber. Dann an die Familie. Dann ans Quartier. Dann an die Gemeinde. Und zuletzt an das Land. Wie kann man bei diesem Mangel an Gemeinsinn Interesse haben für sein Land, für das Ganze. Jeder macht hier, was er will, ein gar nicht zynischer Freund hält es für «liebenswerten Anarchismus». Ich weiß nicht recht.

Zuletzt verzichte ich auf einen Polizeirapport. Die würden sowieso nur fragen, warum wir nicht aufgepasst hätten. Ob es nicht der Nachtwächter gewesen sei. Ob wir den Namen des Täters hätten. Wen sie verhaften sollen. Warum wir sie stören würden. Warum wir schon wieder kämen. Wir werden den Hersteller der Hängematten informieren (ein Fischer, der weiß, wie man Netze knüpft), die muss ja – knallblau! – in irgendeiner Hütte hängen. Und ich verspreche jedem 5000 Rupien, der mir den Täter bringt.

6. September

Sobald ich aus dem Haus gehe, frisst mich das Leben auf. Wachte früh auf heute, nahm mir einiges vor, private Briefe schreiben, die Augustbuchhaltung fertigstellen, verkürzte mein Frühsportprogramm um den Strandlauf, wollte den ganzen Morgen haben um meine Tagesenergie zu bündeln. Machte dann den Fehler, einen kurzen Rundgang im Garten zu machen, den Überblick zu haben, bevor ich mich an den Schreibtisch zurückziehe. Schon war es passiert, als ich wieder ins Haus kam, war es bei allem, was der Tag anschleppte zwölf Uhr geworden. Schon wieder Zeit für den Mittagsschlaf.

Instruktionen an den Gärtner. Ermahnungen an die Hausmaid. Der Koch möge ein singhalesisch-englisches Wörterbuch kaufen, Schreibfehler auf der Menütafel an der Straße seien liebenswürdig, solange man den Sinn der Worte verstehe, heute verstünde ich aber beim besten Willen nicht, was er geschrieben habe. Ob ich ihm sagen könne, wo man Frauen kaufen könne, so handliche einheimische, nicht zu dicke, fragt ein alleinreisender Gast. Auf dem Bauplatz sehe ich seit Tagen wieder Arbeiter. Ob der Aufpasser meine Farbmuster bekommen hätte, safrangelb habe ich mir ausgedacht, oder gelbwurzfarben? Der Lehrling möge mich um zwölf daran erinnern, dass ich ihm in der Stadt zeige, wie er sein Sparkonto handhaben muss, die schließen um eins.

Dann endlich, um halb eins, sitze ich beim Frühstück, für einmal «kein Käse bitte, dafür ein Ei von der schönschenkeligen Laura, mit Speck».

Um eins schrecke ich auf, der Lehrling ist nicht zum vereinbarten Meeting erschienen. Sofort runder Lehrertisch mit dem Manager zum Übersetzen: Du musst mehr mit dem Kopf arbeiten als mit den Händen. Du musst dein Privatzimmer und das private Tagesleben besser organisieren. Du musst mit der Arbeitszeit korrekter werden und Punkt acht mit der Arbeit anfangen, also das Weckermanagement verbessern. Du musst dich an Vereinbarungen halten. Du musst pünktlich sein. Er nickt. Ich hätte die Rathausleute bei mir gehabt, da habe er nicht stören wollen. Du musst mich immer stören, ich sage dann schon, wenn es nicht geht. Er nickt. Dann fahre ich ihn und sein persönliches Jugendsparheft zur Bank, seit vier Jahren wurde kein Zins eingetragen, geschweige eine Einlage gemacht, woher auch, der Vater ist ein Lumpensammler. Nachher hat er statt 7000 Rupien plötzlich und ohne etwas dafür getan zu haben 10 000 Rupien auf dem Konto. So einfach ist es, ohne Arbeit zu Geld zu kommen.

Neben der Bank ist ein Samsungshop, da sehe ich begehrlich einen Riesenkühlschrank im Hollywoodstil der 1950er-Jahre und bedaure, dass meine neue Küche noch nicht fertig sei. Stattdessen kaufe ich den vom neuen Koch lange gewünschten Mikrowellenofen zum Auftauen von tiefgefrorenem Seafood. Der verdruckste junge Mann sieht ihn bis am Abend stehen, ohne auch nur eine einzige Frage zu stellen, ohne einen Funken Interesse oder gar Freude zu zeigen, ohne die naheliegende Idee, ihn auszupacken und einzuweihen und Hurra zu brüllen. Der Buddhismus lehrt die Leute, die gegenständliche Welt zu überwinden, sich zu beherrschen und nicht gehen zu lassen, seine Freude und Begierde zu zügeln, denn das alles könnte das Glück des absoluten Nichts verhindern. Keiner wird mir jemals sagen können, wie man damit die Welt aufbauen, das Leben gestalten, sein Ich entwickeln, den Hollywoodkühlschrank geil finden und den Globus vorantreiben kann.

«A heaven of peace, such special service and exquisite cuisine presented with such grace, really superb, keep it like this!» (Trev, Erica, Karen, Alex from Australia). Was als letzter schwereloser Eintrag im alten Gästebuch unser Herz erweicht und Gänsehaut macht beim Lesen, ist, wen wundert's, harte Arbeit, für die ich täglich freudvoll und motiviert antreten muss. Realisiert man nicht spätestens in einem solchen Augenblick, dass der Staat dem kleinen Entrepreneur das Leben erleichtern muss, statt ihn anhaltend zu belästigen?

7. September

Der Lehrling ist unverkennbar der Sohn unseres ersten Gärtners, der vor etwa zehn Jahren hier arbeitete, mich manchmal ein wenig betrog und verärgerte mit seiner legendären Kopflosigkeit, der aber für alle immer ein Stimmungsmacher war, immer gut gelaunt und singend und arglos und überaus hilfreich zu mir und uneingeschränkt loyal. Hätte sich in jedes Wasser gestürzt um mich zu retten. Da war ich nicht verwundert, dass der Gärtnersohn Ravindu anbot, heute Nacht wach zu bleiben und im Garten zu sitzen, um den Dieb zu fangen, der uns heute am hellen Nachmittag zum fünften Mal bestohlen hat: Die Terrakottabüste war von der Säule im Garten gestohlen, dieser schönlippige und ausdrucksstarke Frauenkopf eines unbekannten einheimischen Künstlers. (Die Skulptur hatte ich einst in einem verlotterten Fancyshop in Colombo entdeckt, der wahrscheinlich Hehlerware ins Angebot nahm. Ich vermute, unser Dieb ist ein Drogenbesessener der sich bei solchen Leuten Geld verschafft. Das arme Mädchen, schon wieder ein neues Zuhause.)

Ich war völlig außer mir. Da ich nicht mit der Faust zuschlagen konnte, haute ich mit einer Stimme zu, die das ganze Quartier in Aufruhr brachte, es war mittags um fünf, Volleyballzeit, windstill, und im Nu waren etwa 50 Leute zusammengelaufen. Ich rief mein Team dazu und informierte die ganze Nachbarschaft, dass da einer unter ihnen sei, der das ganze Quartier vergifte. Hoffend, sie würden darüber reden daheim und in sich gehen. Aber ich fürchte, ich habe mich damit nicht anständig verhalten. Habe genau so gehandelt, wie es die Einheimischen mit ihrer Leisetreterei verhindern; es herrscht immer das große Schweigen, und wenn man sie noch so schamlos plagt. Ja, ich bin unerschrocken. Aber oft unüberlegt. Und unverändert unerfahren. Und ich werde wohl nie die Weisheit des Ostens erlangen.

Zum Glück bin ich geübt im Schreiben von Polizeirapporten, zum Glück ist mein Englisch gut genug, doch weil die Staatsgewalt ihre Bürger alleine lässt und bei früheren Problemen nie etwas geschah, schnürte ich einen Multipack und listete gleich alle fünf Vorfälle auf, die uns allein während der letzten zwei Monate belästigt haben. Und nannte es dramaturgisch stark «serial theft», addiere die Schadensumme großzügig auf, weise einen Schaden von 95 000 Rupien aus und zitiere genüsslich die zwei früheren File-Nummern und dass die bislang ohne Resultat geblieben seien. Aber zuerst wollte ich noch nachtessen.

Dann fuhr ich los zum abendlich reduzierten Polizeiposten der 130 000-Seelen-Stadt. Der Offizier am Empfang hieß mich sitzen und verschwand. Nach geraumer Wartezeit streifte ich durch die Säle und fand ihn im Privatgespräch mit einem Kollegen. Er war geniert abgehauen weil sonst aktenkundig geworden wäre, dass er nicht Englisch kann. Meine paar singhalesischen Worte – wie hässlich mein Singhalesisch anzuhören sei – erweichte sie alle bis auf die Knochen. Von erlesenster Höflichkeit, sich immerfort entschuldigend für die Unzulänglichkeit, erreichten sie den OIC – Officer in Charge, OIC Crime – schließlich mit dem neuen Handy, das der neue nationale Polizeidirektor durchsetzte. Und auch, dass der Polizeiposten seit meinem letzten Besuch neu gestrichen war, Vasen mit Kunstblumen auf mit Stofftüchern bedeckten Tischen standen, Vorhänge an den Fenstern, Schautafeln, wo sich wann welche Gräueltaten am stärksten verdichteten. (Mein Quartier sieht vergleichsweise unbefleckt aus, nur ein bisschen rot für Gewalt und ein bisschen Grün für Diebstahl.) Einer fragt im Vorbeigehen, wie es Sankar gehe. Ich schaue fragend. Er sei doch mein Freund? Nein, nein, er sei mein Housekeeper, gewesen, wir seien divorced, sie lachen, wissen Bescheid, dass ihn das gemeinsame Saufen den Kopf gekostet hat. Der OIC kenne mich, «Yes, The Icebear» jubelte der Diensthabende auf Anfrage ins Telefon, Sampath heiße er, er sei grad in Crimesachen unterwegs. Ja hoffentlich. Ob ich nicht morgen früh kommen könne. Nein, ich hätte mein Problem jetzt, nicht morgen, er möge wenigstens den Eingang meines schriftlichen und pfannenfertigen Entry's signieren. Insistieren hilft meist; nach einer Weile Nachricht, ich möge daheim warten, er schicke seine Leute vorbei.

Als ich zurückkomme, steht schon der Pajero vor der Tür, die Nachbarn sind interessiert am Schauen, einer im zivilen Team hat Angst vor unserm deutschen Schäferhund, sie lassen sich den Tatort Garten zeigen, ja, sie würden schauen, fünf Vorfälle in zwei Monaten, das sei wirklich schlecht fürs Geschäft. Die Details meiner Eingabe kennt er, der Kollege hat sie ihm vorgelesen. Ich möge morgen früh zum Chef auf den Posten kommen. Negombo sei so groß, sie hätten so wenige Leute und heute sei das tamilische Tempelfest in der Seastreet, doch seit sie Handys hätten, sei es leichter. Der junge Offizier ist von tadellosen Manieren, jede Mutter würde ihm ihre Tochter ins Offizierskasino bringen, mein Koch strahlt plötzlich, er kennt ihn aus seinem Heimatort, plötzlich sind sie Brüder. Männerbund.

Morgens auf elf war der zweite Termin beim Arbeitsgericht. Diesmal hatte sich der Kläger Lahiru davongeschlichen, er sei krank geworden. Ob wir heute Abend verhandeln sollen? Nein, nein, ich sei sehr beschäftigt, so spät als möglich. Also dann in drei Wochen. Ha!

Dilan ist zwei Tage weg, hat Geburtstag, wird 26, definitiv beginnt das Mannsein, die nächsten fünf Jahre müssen es ihm bringen. Mittags hat er die wöchentliche Teamkonferenz, die ich ihm als sein wichtigstes Führungstool übergeben hatte. Ich sitze dabei und präpariere die Gesellschaft durch das Vorlesen der Gästebucheinträge der letzten paar Monate, alle sind tief beeindruckt und hoch motiviert, sogar der Koch bricht sein Schweigen und fragt nach dem neuen Mikrowellenofen. Ob er ihn in Gebrauch nehmen dürfe.

Mein Anwalt war nach meinem Erinnerungsmail in Colombo, um die beglaubigte Kopie des VR-Beschlusses über die Direktoren und den Secretary abzuholen, die seit drei Wochen festgewachsen ist. Sie sei immer noch nicht fertig, «be patient (laugh), good luck». O Gott!

Und ich selber war beim Baumeister, von dort begleitete mich ein Angestellter zum Workplace der Zimmerleute und Schreiner, wo ich meine neuen Fenster besichtigen wollte. Es war ein einziges Fenster in Einzelteilen parat, das sie im Sand zusammenlegten, sodass ich immerhin bestätigt fand, dass sie meiner Designvorgabe folgen. Und ja, es sei wirklich Mahagoni. Und ja, sie wüssten, dass sie das Holz extra sorgfältig zargen und auch konservieren müssten wegen der Nähe zum wasserhaltigen Meer.

9. September

Bemüht um die landesübliche Verspätung von einer halben Stunde, bin ich morgens um halb elf auf dem Polizeiposten wegen der aktuellen Diebstahlserie. Da ist alles busy und der Inspektor von gestern Nacht geleitet mich zum Chief Inspector, ein Riesenkerl, ein wenig grob, sodass man ihn sich als Vernehmer gut vorstellen kann. Der hat neue Möbel im Büro, einen Glaskasten voll Pokale, zwei opulente Aquarien voller luftschnappender Schweiger. Er ist der Chef hier.

Ich erkenne ihn wieder, er war der Anführer der kürzlich erduldeten Arrakrazzia und spricht mich feixend darauf an. (Die Alkoholjäger hatten zuhanden des Hohen Gerichts 23 Bier-, zwei halb leere Arrak- und Ginflaschen mitgenommen, die sie vorher mit Wachs sorgfältig versiegelten. 18 Flaschen Wein rührten sie nicht an, das ist kein Weinland hier. Eine Quittung stellten sie uns nicht aus, verpackten einfach alles in den Pajero vor dem Tor. Da sind wohl Belegschaftsfeiern angesagt.)

Er macht mir einen Strauß Komplimente von Mann zu Mann, ich sei ein Gentleman und sähe sehr gut aus, jung, energisch, sportlich. Ich versichere ihm, dass er bei seinem Körperbau gute Aussichten habe, die Frauen zu beeindrucken, wenn auch er einmal 66 sei, frage zur Konstablerin hinüber «NO?!» und die kichert zustimmend. Dann beauftragt er einen englischkundigen Schönschreiber, der hat eine Armprothese und schreibt meinen ganzen Rapport sorgfältig über die Seiten 260 und 261 des Entrybuches in Prosa um und lässt mich unterschreiben.

Beim Hinausgehen shake ich noch einmal den Polizisten Salath vom Außendienst. Er schlägt sich grad mit einer aufgeregten Großfamilie herum, die um seinen Openairschreibtisch herumwuselt. In der Ecke auf dem Boden sehe ich einen armen, kurzgeschorenen Teufel in schwarzer Kleidung kauern, mit weißen Augen so groß wie seine Goldkette, die Hände auf dem Rücken zusammengebunden. Wenige Stunden später, es war grad Zeit für den Vieruhrtee, stehen Detective Sampath und der Schönschreiber in unserem Garten, sie seien grad in der Nähe gewesen und ein wenig durstig, so viel Arbeit immer. Ich lasse ein aufs Schönste schwitzendes Glas Eiswasser servieren mit Eiswürfeln drin. Sie sind ein wenig verlegen, fremdeln ein wenig, es sei wunderschön hier, ob wir auch an Locals vermieten würden, ja, aber es kämen keine, wir seien einfach zu teuer. Ich verabschiede sie mit meiner Visitenkarte und unserem Kräutertee-Gimmick, an dem unsere Touristen immer so viel Freude haben.

Sivak, der seine freie Mittagszeit am Strand verbrachte, kommt mit unserem «Icebear» Firmenschild zurück, ein Fischerkollege habe es eben am Strand gefunden und es ihm gegeben. Es war uns gestohlen, entrissen, entwendet, geklaut worden, kein Wunder, so einladend nah wie es in unserem strandseitigen Torbogen hing. Dazu passend kommt die Sonne hinter den dichten Wolken hervor, alle lachen, ich werde eine Kirche bauen. Doch vorher lasse ich das Firmenschild von einem Schriftenmaler noch mit «no entry for unauthorized persons» ergänzen. Sie werden es nicht lesen können und überhaupt, in der Schweiz gibt es viel mehr Kriminalität, ich mache meinen Mittagschlaf.

Nicht genug, später teilen uns Nachbarn mit, der Hehler sei gefunden, der die gestohlene Zehntausenrupien-Büste gekauft habe, für fünfhundert Rupien. Sie hätten ihm gesagt, ich sei ein Tourist, der Kunst kaufen wolle, er würde später bei mir vorbeikommen um mir den Frauenkopf zu zeigen. Eine weitere Kirche werde ich bauen. Dass ich für einmal entgegen der Landessitte herumgebrüllt habe, statt mich in feiges Schweigen zurückzunehmen, war ein voller Erfolg, kurzfristig. Wie es langfristig herauskommen wird, muss man sehen. Sogar der Großpolizist hatte mich beiläufig gewarnt, ich solle mir «in dieser Gegend keine Feinde machen». Es hat mich wieder einmal daran erinnert, dass ich nicht im Land Sri Lanka lebe und nicht in der Stadt Negombo, sondern im Quartier Kudapaduwa, da, wo die wilden Kerle wohnen, bei denen ich mich so lange schon wohlfühle, weiß der Teufel, warum.

Meine Nachbarin, der ich auf interessierte Nachfrage hin den versammelten Polizeirapport zum Lesen gab, war so geschockt über die aufgelisteten Schandtaten, die mir angetan wurden, dass sie es selber mit der Angst zu tun bekam. Ohne weiter nachzudenken und rücksichtslos und ohne Umschweife fragte sie unsere zwei Nachwuchsarbeiter, ob sie den Kopfhörer ihres amerikanischen Untermieters gestohlen hätten, sie würde ihnen raten, ihn heute noch zurückzugeben. Die zwei aus meinem Team, fragt sie mich, «die seien nicht von hier; from Chilaw, no?», Außerhalb des Pfarrsprengels Kudapaduwa herrscht das Böse. Ich musste sie in die Schranken weisen, jetzt will sie die Mauer zu uns höher machen.

Als ich jünger war, machte ich meinen Lebensentwurf in der Überzeugung, dass der Mensch von Grund auf gut sei. Älter geworden, neige ich trotz grenzenloser Menschenliebe und unerschöpflichem Optimismus zur Einsicht, dass er von Grund auf schlecht sei. Doch, ja, der größte Feind des Menschen ist der Mensch. Doch, ja, mein größter Feind bin ich selbst. Aber ja, ich bin auch mein größter Freund.

Auf dem Bauplatz sind sie nach meiner Terminmahnung schwer an der Arbeit, ein letztes Aufbäumen. Im Parterre muss man die alten Badezimmermauern abreißen und vergrößern, um Platz für ausschweifende Bidets zu schaffen, die ich noch dazukaufte (die sind bei unseren Frauen längst aus der Mode, aber sie werden Goldrand und Blümchen mögen). Neue Fenster und Türen müssen eingepasst und der alte Schrott dafür herausgebrochen werden. Jetzt werde ich für meinen Geiz bestraft, mit dem ich vor zehn Jahren dem billigsten Baumeister den ersten Umbau für die üble Schuhschachtel gab. Doch blüht sie nun zur kolonialen Grandezza auf – der Bungalow im Stil der Dutch Period sieht schon alt au,s bevor er fertiggebaut ist.

15. September

Endlich!

Nach der Zertifizierung meiner neuen Firma durch das Firmenregister brauchte es eine erste Generalversammlung. In der hatte der Sekretär (auf Zusehen hin mein Anwalt, später eine Firma in Colombo) die Wahl der Direktoren (ich und Sohnemann David) und des Sekretärs zu protokollieren. Auch dieses Protokoll musste vom Registeramt beglaubigt werden. Das war nach genau einem Monat heute der Fall. Nun endlich kann ich ein Sperrkonto eröffnen, das von der Staatsbank beaufsichtigt wird. Dann kann ich mein Dollar-Investment von meinem Schweizer Konto nach Sri Lanka transferieren. Und dann kann ich das Residencevisum beantragen und erhalten. Wenn ich richtig verstanden habe, ist der Antrag für dieses Visum nur von der Schweiz aus möglich, nicht hier im Lande. Ich hätte also (a) auszufliegen um (b) wieder einzufliegen, weshalb ich bislang auf jede Reiseplanung verzichtet habe. Mein Anwalt freut sich über die Beglaubigung wie nach einem gewonnenen Strafprozess, dabei ist sie eine routinierte Selbstverständlichkeit. Wieder einmal kann ich kann nur den Kopf schütteln.

Am Sonntag habe ich mich in einem Colombohotel verloren, um auf der dortigen Deutschen TV-Welle den obligaten Krimi der Deutschen Wahlnacht zu genießen. Dazu hatte ich mir Tagliatelle Carbonara aufs Zimmer bestellt. Sonst eher betulich, hatten die ein paar professionelle und meinungsfreudige Korrespondenten aufgeboten. Es war ein großer Medienspaß zu sehen, wie auch dieses Volk den Spagat zwischen konservativ und fortschrittlich, zwischen egoistisch und fürsorglich versucht und wie der abgewählte Bundeskanzler in der großen Runde aus der Fasson geriet und wie ein übermütiger Schuljunge alles Staatsmännische abschüttelte.

Am Montag habe ich auf der Schweizer Botschaft meine neue Identitätskarte abgeholt, Ausstellungsort war nicht mehr das prosaische «Colombo» von 1995, es war durch ein leidenschaftsloses «EDA» ersetzt, nichts mehr, das meine Seele wärmen könnte. Auch mein Zweitpass war abgelaufen und auch hier hat eine Designmischung aus Kümmerling und Fahnenschwinger die gravitätische Passversion der Vorzeit abgelöst. Zuletzt hat eine fahrlässige Botschaftangestellte meinen alten Pass gelocht, obwohl er noch zwei Jahre gültig war. Nachdem ich insistierte, schaute sie nach und kam mit einem Berg von Entschuldigungen zurück, ja, ich sei Geschäftsmann und viel auf Reisen und da sei ein Zweitexemplar des Passes natürlich wichtig und möglich. (Die Araber etwa lassen keinen einreisen, der einen israelischen Stempel im Pass hat und umgekehrt.) Sie würde einen Aktenvermerk machen und ja, anlässlich der Verlängerung in zwei Jahren würde ich physisch wieder zwei Passexemplare haben, einen davon jeweils im Depot wie gehabt.

Es war noch Zeit für einen Besuch beim Board of Investment, ich ahnte Änderungen im Prozedere, wie ein Resident Visa erhältlich sei, und tatsächlich war schon wieder – nur ein Jahr später – alles wieder neu. Nichts mit stabilem Umfeld für die Wirtschaft, immer Wechsel, immer Anfang, nie lässt sich etwas kalkulieren, verlässlich planen, nie kommt man ans Ziel. Der linke Präsidentschaftskandidat, jetziger Premier, macht derweil den Kotau nach allen konservativen und nationalistischen und sozialistischen und mehrheitsreligiösen Seiten. Wenn er gewählt würde, falle das Land um zehn Jahre zurück, sagen einige, es würde auch nichts mit einem föderalistischen System, die Tsunamivereinbarung für die Terroristengebiete würde neu verhandelt, der Waffenstillstand kritisch überprüft, die Privatisierung der maroden Staatsbetriebe gestoppt, den Bauern Vorrang eingeräumt vor der industriellen Entwicklung, der Grundstückkauf von Ausländern würde erschwert, um den Ausverkauf der Heimat zu stoppen. Das kenne ich doch.

Am Montagmittag besuchte ich meinen Anwalt, der hatte beglaubigte Schreiben parat für die Bank, damit der Geldtransfer gemacht werden kann, sowie für das Board of Investment, damit die ein Empfehlungsschreiben an die Einwanderungsbehörde machen. Nix war's. Das Sperrkonto muss am Zentralsitz in Colombo eröffnet werden, nicht von der Bazarfiliale in Negombo aus. Das Schreiben muss dem Ministerium für Ruhe und Ordnung vorgelegt werden, das den Aufenthalt des Investors ebenfalls bewilligen muss. Und überhaupt solle ich mein großes Geld nur bei einer Staatsbank anlegen, der Staat müsse nämlich garantieren, während ich alles verlieren würde, wenn eine Kommerzbank bankrott mache; das sei nämlich einmal der Fall gewesen, und einmal sei zu viel.

Also nichts wie los mit dem Expressbus nach Colombo. Um eins war ich schon wieder in Negombo. Wollte am Hochhaushauptsitz der staatlichen Bank of Ceylon ein staatskontrolliertes Fremdwährungskonto eröffnen, wie im Investorenprozedere vorgesehen. Spazierte vom Busbahnhof vergnügt, doch zunehmend erhitzt durch die Pettah, Zwischenziel Grand Oriental beim Hafengebäude im Auge, doch wegen einer Großhochzeit war nichts mit klimatisiertem Frühstückskaffee und weiter ging es zu einem dieser herrlichen britischen Gebäude, in dem ich kulinarische Labsal erhoffte. Nichts war, nicht einmal ein Softdrink war zu haben, Hochsicherheitszone. Weiter zum BOC Tower. Zu kurz fürs Tucktuck, zu weit zum Laufen, kam ich erschöpft in der Halle des Großen Volkes im ersten Stock an, links die Corporatekunden, rechts die Privatkunden. Der Herr Direktor im Glaskäfig war unentwegt am Telefonieren, eine der zahllosen Matronen hatte aber alles im Griff, die Kontoeröffnung (für die ich mehr Papiere bereithielt als nötig) war in zehn Minuten erledigt. Dann hätte ich gerne noch das Exemplar der Bankbedingungen gehabt, dessen Empfang ich unterzeichnet hatte, aber da war nichts Gedrucktes solcherart verfügbar, sorry Sir. Das ist immerhin die größte Bank des Landes, staatstragend und staatsgetragen, aber eben das ist das Problem. Es war nicht überraschend, dass der Herr Direktor auch eingestehen musste, keinerlei Drucksachen verfügbar zu haben, die die Kundenservices der Bank auflisten. Immerhin fand er in den Tiefen seines Schreibtischs gelbliche Spiritusdruckerkopien, datiert von 1992, die ließ er mir fotokopieren, damit ich wenigstens über den SIERA Account Bescheid weiß, der mir vorgeschrieben ist.

Seit gestern sind der Manager, der Koch und der Lehrling in einem angemieteten Großomnibus im Süden unterwegs, um die Tsunamitrommeln zu verteilen. So, wie wir es geplant hatten, von Schule zu Schule, 40 Übergaben, das hätte ein Jahr lang gedauert. Deshalb hat der Sekretär des Ministers auf heute alle vierzig Schuldirektoren an einem Meetingpoint zur versammelten Übergabe zusammengerufen. Doch für mich selber ist das Schönste an der herzerweichenden Spendengeschichte, dass meine temporäre Parterrewohnung nun nicht mehr nach frischem Ziegenleder stinkt wie ein nasser Hippiemantel und ich wieder durchatmen kann; die Zwischenlagerung der Trommelspende in meiner Küche war keine gute Idee.

Nach all den Investitionen an Zeit und privat zugeschossenem, persönlichem Geld habe ich wenigstens ein wenig Publizität für unsere Tsunamispende losgetreten und eine Medieninfo in den drei Landessprachen platziert, die hoffentlich erfolgreich ist. David, der im April alles angeschoben hatte, war mit dem vom Minister freigestellten Sekretär bestens bedient, der arbeitete untadelig und ganz als Staatsdiener. Allerdings gehörte dazu auch, dass er keine einzige Tamilenzeitung im verlangten Presseverteiler des Ministeriums hatte, das machte ich aus Gründen der Minderheitenpflege dann selber. Solange die Behörden nur Singhalesisch amten und auch die Schriftsachen aller Ämter nur manchmal und nur in Englisch verfügbar sind, und solange Stellenbewerber in ihrem Biodata in der Rubrik Nationalität «Singhalese» schreiben statt «Srilankan» besteht wenig Hoffnung auf ein föderalistisches System unter einem nationalen Schirm, unter dem sich nicht nur bei Regen alle zusammenfinden.

Zwei der Rathausdelegierten vom Steueramt kamen noch einmal vorbei, um mir mitzuteilen, dass die Chefin alles bezahlt und OK fand, bei der Computerumstellung sei meine Zahlung nicht erfasst worden, das Treffen mit ihr sei nicht mehr nötig. Dasjenige in Sachen Roomboy auf dem Arbeitsgericht habe ich heute lustvoll ein drittes Mal verschoben.

Ein Nachbar kam in Begleitung eines Bruders des ungeratenen Diebes, der die Terrakottabüste geklaut und sie dem auch ihnen unbekannten Hehler zum Kauf angeboten habe. Die mir unbekannte Familie habe gehört, dass ich am Strand herumgebrüllt habe, sie wolle nichts mit der Polizei zu tun haben. Natürlich kennen sie den Übeltäter, aber die Solidarität und Scheu, sich Feinde zu machen, ist so groß, dass sie ihn nicht an einen Ausländer verraten wollen. Ich solle die Figur zurückkaufen, sie hätten sie beim Pfandleiher ausgelöst und dafür 500 Rupien bezahlt. Ich zahle sie und nehme sie in einem Plastiksack entgegen. Nun steht sie wieder im Garten auf einer Säule – später werden wir sie festzurren – und sieht aus wie die Königin von Kandy.

Am frühen Abend sehe ich erstmals seit einem Jahrzehnt eine Zweierpatrouille in Uniform an unserm Strand entlang laufen, bis hierher schafften sie es noch nie, die sind jetzt offensichtlich aufgescheucht, vielleicht auch wegen neuer Anstrengungen in Sachen Gemeinsinn, der hierzulande ja schwach entwickelt ist. Ein paar Stunden vorher kam eine Delegation von Guesthouse- und Restaurantbesitzern bei uns vorbei, sie hätten beschlossen, eine eigene Association zu gründen, um den Behörden gegenüber mehr Einfluss zu haben, zu vieles sei nicht in Ordnung. Wir mögen am nächsten Montag jemanden zur Gründungsversammlung schicken und wir wären als Mitglied gern gesehen. Ich delegiere und instruiere meinen Junior-Manager Dilan, er solle auch meine Idee einer zentralen Crime-Meldestelle zur Sprache bringen, keiner weiß ja, wie es dem andern geht.

Meine Nachbarin ist inzwischen damit beschäftigt, sich fünf Frauen mit Babys auf dem Arm vom Leib zu halten, die aufgeregt quasselnd mit leeren Trockenmilchpaketen vor ihrer Haustür stehen. Das Verfalldatum der Spendenmilch sei abgelaufen gewesen, jetzt bräuchten sie neue. Sie tut das einzig richtige und jagt sie aus dem Tempel. Und dann lässt sie mich wissen, dass sie wisse, wer der Dieb sei, auch ihrem Untermieter sei wieder etwas gestohlen worden, diesmal das Handy, und sie sei heute beim Polizeichef gewesen, der sich um alles kümmern wolle. Den Namen des Störenfrieds habe sie aber nur dem Pfarrer gesagt, es sei der Tucktuckfahrer, der früher oft vor unserer Türe gestanden sei. Der Herr Pfarrer habe arg mit ihm geschimpft und ihn verwarnt.

21. September

Besuchte die Eltern des Lehrlings zum ersten Mal nach Lehrbeginn, um über ihren Sohn zu berichten. Der Vater schaute mit Glasaugen durch mich hindurch, die Mutter war spitalreif, der Sohn war einen Tag länger daheim geblieben wegen ihres schlechten Zustands. Später berichtete er uns besorgt über die Probleme mit dem Vater, der trinke und Zoff mache mit Frau und Kindern. Ich versuche ihm klarzumachen, dass er für seinen Alten nicht verantwortlich sei und nur zu sich selber schauen solle.

Besuchte eine der benachbarten Fischerfamilien, es gab Nachwuchs, den sie mir zeigen wollten, einen Viermonatssäugling von enormer Länge. Es war unvermeidlich, dass sie einen Ausflug in Finanzangelegenheiten mit mir machten, zeigten mir vielsagend ein leeres Sammelkuvert mit frommem Aufdruck, der aussah wie ein Heiligenbildchen. Der Text belegte mit Bibelzitaten, dass jeder gut daran tue, einen Zehnten jeglicher Barschaft hineinzutun, um dem Himmel und den Menschen zu gefallen. Die Frau des Hauses würde das seit Jahren schon so halten, eine der Töchter sei ja dort bei den frommen Schwestern. Aber diesmal hätten sie einfach zu wenig, um zu geben, ob ich nicht helfen könne.

Um welche christliche Gruppierung es sich handelt, konnte ich nicht herausfinden. Es gibt viele solcher frommen Absahner und evangelischen Freibeuter in diesem frommen Land, die hier ihr unappetitliches Süppchen kochen.

22. September
Seit vorgestern müsste unser neuer Roomboy, Ravindu, von seinem Heimaturlaub zurück sein. Sandani verrät mir unter größter Verschwiegenheit, dass die Nachbarin ihn bezichtigt habe, das Handy ihres Untermieters gestohlen zu haben. Und dass er nicht mehr zu uns zurückkäme, weil er unter diesen Anschuldigungen nicht mehr hier leben könne. Dass ein Gast ihm fürs Koffertragen drei Dollar gegeben und er auf Nachfrage des Managers nur einen Dollar rapportiert und zurückgegeben habe, hat ihm wohl den Rest gegeben. Gesicht verloren, alles verloren. Solcherart sind «die Leute» hier, sie haben nichts als die Ehre, und in die Enge getrieben, machen sie gern Selbstmord (konsequenterweise sind die Insulaner Weltmeister in dieser Disziplin). Jetzt schmeißt dieser hoffnungsvolle und uneingeschränkt erfreuliche junge Mensch die berufliche Karriere seines Lebens hin. Das abendländische sozialliberaldemokratische Weichei, das ich bin, will ihm eine Karte schreiben, ihn zum Gespräch rufen. Niemand hatte ihm bisher unsere Regelung erklärt, jede einzelne Rupie in den gemeinsamen Topf zu tun und keinerlei persönliche Vorteile anzustreben oder anzunehmen. Doch Dilan meint, wir hätten ihn so aufmerksam gefördert und er hätte nicht ein einziges Mal telefoniert und er zeige durch sein Verhalten ein so eingeschränktes Denken und Handeln, dass für die Zukunft nichts Besseres zu erwarten sei. Die Argumentation gefällt mir, wir suchen also einen neuen Mann, der kann dann erst noch besser Englisch spoken.

Lena kränkelt seit Tagen, isst fast nichts, hat eine rote Zunge, liegt immer freudlos herum; ich verfüttere die Kräftigungsmittel, die mir der Arzt gab, und erkenne gerührt, wie sehr das Tier Teil unserer Kommune wurde. Nachdem der sprachlose, doch talentierte Koch nicht fähig war, im Gespräch eine klare Zielsetzung zu formulieren, musste er mir einen Brief schreiben und zu den drei Optionen Stellung nehmen, die ich ihm aufzeigte: Ich fühle mich hier unwohl und gehe. Ich fühle mich hier wohl, will aber bitte nur Koch und von andern Dingen ungestört sein. Ich fühle mich hier wohl und will außer Koch sein noch zusätzliche Verantwortung mit gelegentlicher Stellvertretung von Dilan übernehmen. Nun wissen wir, er entschied für die kleine Version, will Koch sein, doch alles und mehr tun, was von ihm verlangt würde, bloß bitte Stellvertreter will er nicht sein. Dankbar um das jetzt klare Bild, welche Rolle er im Team spielen kann und will, konzentriere und freue ich mich nun gerne auf seine Kochkunst. Heute Abend ist Seafood Night angeschrieben, was will ich mehr.

Für meinen neuen Adlerhorst, den ersten Stock des Bungalows, habe ich inzwischen den Fußboden ausgesucht: Echte Terrakottaplatten, hart gebrannt, ein wenig ältlich, doch lebendig wie ein Tier und nicht so artifiziell aussehend wie die jetzt grad schicken Keramikfliesen. Auch im ersten Stock sind jetzt die Säulen ausgeformt, die beiden Zugangstreppen zu Ende gemauert, im Parterre verlegen die Elektriker alle Leitungen neu und ich habe große Mühe zu entscheiden, wo wie viele Steckdosen, Schalter, Lampen hinkommen. Es gibt auch Television- und Telefonanschluss, will meinen Gästen eine Speedleitung zum Surfen anbieten, kostenlos – das «Transasia» verlangt 18 Dollar für 24 Stunden. Ach wüsste ich doch, wie ich die Mauer zur Straße und die zum Strand hin formen und bauen soll. Doch bin ich wieder sediert wegen meines eigenen Badezimmers, für das eben die Sanitärkeramik angeliefert wurde, blütenweiß, florale Formen, eine ausladende Waschschüssel auf Sockel, eine kaiserliche Sitztoilette gigantischer Dimension und ein Urinal – wer hat das schon in seinem Privatbad – samt Armaturen mit eingelegtem weißem Porzellan, alles «seulement nickel». Nobel muss die Titanic untergehen.

Aber ich lebe noch, «die Überlebenden haben die Pflicht, glücklich zu sein» wie Schreiber Detlef in den «Nordhorner Nachrichten» meine auf den Bauzaun gepinselte Ermahnung zitierte: Am Strand filmte ich mit meiner nigelnagelneuen Digitalkamera die heranwogenden Tsunamis, bis wir zusammen ins Wasser fielen und dennoch überlebten. Heute holte ich das Filmtape ab, das ich hatte restaurieren lassen: Das Salzwasser hat nicht zugebissen, man sieht die letzten Minuten vor der 4 Billionendollarspende. Der Indische Ozean zeigt seine private parts her, lässt sich unter den Rock sehen, der Meeresboden, den wir nie zu sehen kriegten, glänzt und schillert und glitzert so betörend, dass alle Perlen und alles Perlmutt chancenlos bleiben. Nach nur acht Monaten Distanz ist das Videotape bereits ein historisches Dokument fürs Familienarchiv. Aber dann wurde das Bild dunkel, ausgeblendet, ein Flimmern, verwirrte Streifen, ein Surren, nichts da, alles weg, das Salz zwischen dem Hauch von Digitaltape behält die Oberhand, das Meer gewinnt immer, die Abspieltrommel verweigert zu Tode erschrocken den Dienst. Ich gebe das Band auf, es ist zu obszön gewesen, was an diesem 26. Dezember 2004 passiert ist, Zensur, weg damit aus der Erinnerung.

26. September

Samstagmorgen stand ich früh auf, fuhr mit dem Motorrad nach Colombo zu einer großen Auktion der Profis von Schokman, bei denen ich einst im «Royal Oceanic» für Hotelinventar mitgeboten hatte, bevor die sich in das wortflache «The Beach» umtauften (di Caprio, der Film, wisst ihr noch?). Auf einer Brachfläche beim Majestic City haben sie eine Riesenhalle aufgebaut, draußen gnadenlose Sonne, unter energischem Bimmeln der Messingglocke zieht ein Tross von etwa 200 einheimischen Bietern los, die alle 200 Rupien Eintritt bezahlt hatten; ich als einziger Ausländer mittendrin in einer Mischung aus Langeweile, Arroganz und höchster Konzentration. Brauche für mein neues Stöckli ein paar Einrichtungsgegenstände. Im Angebot sind abgeschriebene Mobilien aus Botschaften und Hotels. Der Parcours beginnt im Freien, und noch bevor die Meute der Jäger und Schnäppchenjäger, der Gerümpeljunkies und Raubritter sich gegen drei den Schätzen im Schatten der Halle zuwenden darf, bin ich so erschlafft und kampflos, dass ich ins Delifrance zu Cafe au lait und Thunbaquette wechsle und nach Negombo heimfahre. Da sinke ich am hellen Tag ins Bett und einen tiefen Schlaf. Ich werde älter. Hatte eine alte Gusseisensitzgruppe von Gartenmöbeln erstanden und einen schmalen Stahlarbeitstisch und für eine opulente Couchgruppe ein maximales Vorgebot deponiert, 50 000 Rupien.

Wieder aufgewacht und revitalisiert, lief dieser ganze Bilderbogen des Wunderbaren ab, das ich gestern gesehen und hinter mir gelassen hatte. Es juckte mich so heftig, dass ich mein Frühstück stehen ließ und mit dem Expressbus wieder nach Colombo fuhr, der Auktionshammer hatte gerade zugeschlagen, zweiter Tag. Dann sauste er weiter für mich, mein neues singhalesisches Säulenbett, einen mannshohen, quadratischen Glasschrank, eine Schubladenkommode aus Nussbaum, zwei Blumentische, Beistelltischchen und solchen Kram, am Schluss waren sündhafte 150 000 Rupien in Umlauf gebracht, 2000 Franken. Um die ausladende Couchgruppe – Dreiersofa, Zweiersofa, Sessel – kämpfte ich verbissen mit einem moslemischen Bart und seiner arg verhüllten Ehefrau, die sich schon eine Stunde vorher auf meiner Wolke Sieben so besitzergreifend niedergelassen hatten, dass ich Unheil ahnte. Der Mitbewerber hatte mich um 15 000 über mein Vortagesgebot getrieben, musste dann aber klein beigeben und sich mit einer mickrigen Damroversion für den halben Preis zufriedengeben, weil er mit dem weichen Sündenpfuhl sonst nicht in den Himmel käme. (Dass die faulmacherische Sitzgruppe aus der amerikanischen Botschaft stammte, habe ich erst nach der Lieferung auf einer Herkunftsetikette entdeckt.) Die unermessliche Größe meines neuen Wohnzimmers wird jetzt ein wenig schrumpfen, und weil es nur schamlos hässliche Sitzgruppen in diesem Land gibt und allein ein maßgefertigtes Dreiersofa das Doppelte meiner Auktionsgruppe gekostet hätte, will ich sehr zufrieden sein.

Ein Japaner war hier, übersetzte mir den Icebeareintrag in seinem japanischen Travelbook. Da wusste ich endlich, dass wir das älteste Guesthouse der Stadt seien und erst jetzt ging mir auf, dass seit 1993 tatsächlich schon 14 stabile Jahre vergangen sind. Und immer etwas los war.

29. September

Ein guter Tag. War zum fünften Mal diesen Monat in Colombo, wieder mit dem Motorrad, was mir viel Spaß macht; die absolute Konzentration beim Fahren erlaubt keine schweifenden Gedanken, der Fokus ist so eng, dass es eine Art mentale Psychohygiene ist für einen, der auch sonst ständig in Fahrt ist. Morgen wäre ein Teil meiner Vielfliegerpunkte verfallen und es stellte sich nun heraus, dass sie mir einen Gratisflug Zürich retour ermöglichen. Da meine Basler Wohnung bis Ende Februar noch untervermietet ist, werde ich Lukas bitten, zurückgezogen in seiner Wohnung Ferien von den Ferien machen zu dürfen, während er in Finnland ist über den Jahreswechsel, sodass wir uns erst nach seiner Rückkehr ein paar Tage sehen können. Musste Daten nennen, entschied mich für den 20. Dezember und den Rückflug am 10. Januar.

Aber erst sind noch ein paar Tage Bangkok angesagt, vielleicht von dort endlich wieder einmal nach Hongkong, um den Produktionsleiter meiner Werbeagentur zu besuchen, der seinerzeit loszog, um Millionär zu werden. Dafür gäbe es ein attraktives Packageangebot einer asiatischen Airline.

Habe in Colombo auch noch drei Einschreiben abgeschickt, Briefe an das B. O. I., das Tourist Board, das Ministry für Law and Order wegen meines Visums. Eine Menge Beilagen dazu, Statuten, Formulare, Lizenzen in Kopie. Der Zweijahresmarathon neigt sich seinem Ende zu, hoffentlich bald ist Normalität angesagt, ich gönnte mir im «Tapropane» das Kalte Buffet und ein Draftbier, war enttäuscht, dass die drei fellinesken Deckenlampen weg waren, die Innenarchitektur ist ausgewechselt und internationalisiert flach geworden, das «Oberoi» seit der Umbenennung in «Le Plaza» permanent im Umbau.

Jede Firmengründung hier unterliegt dem staatlichen Firmengesetz aus den 1980er-Jahren, das alle Details sorgfältig regelt, ein Berg von Arbeit muss das für den Staatsapparat der Sozialistischen Republik gewesen sein; man hat die Beamten gut beschäftigt, damit sie beim Tee nicht einschlafen. Auch alle meine Aktivitäten im Zusammenhang mit meiner Private Limited waren an diesen Company Act gebunden. Nur hatte niemand diesen Text zur Lektüre, auch mein Anwalt und seine Kollegen nicht, das Regelwerk blieb ein Phantom. Weil ich mich bei Problemen aber festbeiße, statt davonzulaufen, fand ich heraus, dass alle Gesetze gedruckt und in Gazetten veröffentlicht und im staatlichen Publikationsbüro käuflich sind. Da war ich heute. Mitten in der Stadt, das Haus in einem Zustand, der die Menschenwürde aller dort herumlungernden Angestellten schwer beleidigte. Der Krieg ist eine gute Ausrede für vieles, das nicht befriedigt. Sorry, es gibt keine Exemplare des Company Act mehr. Man habe die letzte Kopie der Staatsdruckerei zum Nachdrucken gegeben, dort sei sie aber verlorengegangen (!). Aber Moment bitte, der Herr. Ein Gentleman aus dem Mitarbeiterteam erbarmt und engagiert sich, verschwindet im Keller, kommt wieder und flüstert mir zu, dass er ein letztes Exemplar in einem Spezialschrank aufbewahrt habe, es wisse niemand davon. Dann drückt er mir das Staatsjuwel vertrauensvoll in die Hand, ohne nach meinem Namen und meinen Interessen zu fragen, ich solle eine Fotokopie davon machen und das 300-Seiten-Buch, sagen wir in zwei Wochen, wieder bringen. Nein, eine Quittung sei nicht nötig. Ich bin erschlagen, schwer beeindruckt über so viele Eigeninitiative, Selbstentscheidung, Vertrauen; den Mann werde ich nicht enttäuschen, ich bin ja sonst immer am Nörgeln.

Kaufte in zwei Hauptstadtapotheken Salben und Sirup zur Sepsisbehandlung für den am Strand vor sich hinsterbende Krüppel Jude, der wartet seit Wochen schon auf seinen Tod. Ein Arzt sei gekommen, der habe ihm noch zehn Tage gegeben (warum weiß der das so genau?). Seine aufopfernde Schwester rief mich vorgestern, da dachten sie, er sterbe jetzt grad, vier Frauen fingen schon mit Wimmern an und ich sagte ihnen, der Jude, der lebe noch, sie sollen mit dem Jammern zuwarten und die Zeit nutzen, um ihm ganz einfach nah zu sein, damit er nicht allein ist. Hielt lange seine Hand, strich ihm wie einem Kleinkind über die Wange, er schaute lange tief in mich hinein und ich in ihn; der Tod ist ein Ärgernis, der das Leben stört, aber er ist nicht schrecklich, Sterbebegleitung ist nicht so strapaziös wie ich dachte, das kann beglückend sein und man kann daran reifen. Als ich heute bei ihm vorbeischaute, schlief er, inzwischen total abgemagert, er trocknet aus, verhungert, blendet langsam aus wie ein sensibles Musikstück. Sie hatten ihm ein weißes Spitzentuch übers Gesicht gelegt gegen die Fliegen. Draußen vor der Hütte haben sich mittlerweile ein paar Männer breitgemacht und legen auf Jutesäcken ausgenommene Fische zum Trocknen aus, es fischelt in der Luft, es stinkt. Das gefällt mir an Negombo, wie Leben und Sterben ganz selbstverständlich nebeneinander Platz finden, wie sie tolerant sind miteinander, doch in Wahrheit ignorant. Ich bat die Schwester um eine Bedarfsliste für den Todestag, aber sie will wirklich nur einen Sarg von mir, der Pfarrer und das alles sei ja gratis und sie würde den Bruder im Grab des Vaters unterbringen, da stehe schon ein Holzkreuz, da wolle sie nun noch «Jude» draufschreiben, nein, es brauche kein neues Kreuz.

«Drumming relief for Southern tsunami victims from Negombo». Meine andere Wohltäterei, die eigentlich die meiner Hotelgäste und Freunde ist, hat viel Publizität erfahren. Alle tamilischen Zeitungen publizierten den Text, den ich ihnen tamilisch und englisch schickte. Und der Sekretär des Ministers leitete meine Medieninfo an «The Island» und «Financial Times» und andere weiter, die mitsamt Farbfoto und allen Namen ebenfalls berichteten, Icebear,

Dharmasathi, Gerry Haisch and Son David, Juniormanager Dilan, die Anish Memorial Foundation, die Gäste, alles drin, alles dran. So fühle ich mich für die viele ungebetene Arbeit, die ich seit Januar mit den Tsunamispenden hatte, schön entschädigt. Es hätte auch anders kommen können, die Negombonachbarn hatten sich ja beschwert, dass ich die Trommeln in den Süden schickte statt an sie. Im heißen Tangalle da unten im Süden zündeten einheimische Neider nämlich das Restaurant und den Geländewagen einer italienischen Familie an, die mit dem engagiert gesammelten Geld fünfzehn Häuser baute, ohne den ortsansässigen Baumeister zu berücksichtigen.

30. September

Auf heute um elf war ein lange geplantes Gespräch mit dem Lehrling Ravindu angesagt, einiges war klarzustellen, eine Zwischenbilanz vonnöten, die Motivation zu stärken, ihn weiter ins Team einzubinden, das Team selber auf die Ausbilderrolle einzuschwören, den jungen Mann bei der Stange zu halten.

Aber Blut ist dicker als Wasser.

Gestern Abend um neun, die Mitarbeiter waren auswärts, hatte Ravindu Wachdienst. Ich erklärte ihm, wie das Faxgerät funktioniert, und er nutzte die Vertrautheit des Augenblicks, um mich zu fragen, ob er telefonieren dürfe. Er habe doch ein Handy? Da seien nur noch 15 Rupien drauf. Übermorgen gäbe es Lohn, dann könne er die Simcard wieder auffüllen. OK, er solle ausnahmsweise mit dem Hoteltelefon telefonieren. Er würde ins Nachbarhaus daheim telefonieren.

Nachher kommt er aufgeregt an und teilt mir mit, dass ein Freund einen Unfall gehabt hätte und er jetzt gleich heimfahren müsse, mit dem Fahrrad, es daure nur eine Stunde, morgen früh sei er wieder da. Welches Fahrrad? Ein Gästefahrrad. Ich fände es keine gute Idee, es sei jetzt abends zehn Uhr, die Reise nach Minuwangoda weit, kein Verkehr, Nacht, er sei zu jung, er käme durch die Flughafengegend, Hochsicherheitszone, da seien Polizeikontrollen und Armee, er habe keinen Ausweis. Er würde unseren Arbeitsvertrag mitnehmen. In zwei Tagen hätte er ja sowieso frei, ob das nicht warten könne? Er solle es sich gut überlegen, ich jedenfalls fände es keine gute Idee. Später kommt er weiß gedresst und strahlend, er ginge jetzt. Ja, er habe auch den Manager gefragt, morgen früh sei er zurück. Ich habe kein gutes Gefühl, der junge Mann ist nicht stabil, hat kein Sitzleder.

Genau in diesen Tagen brauchen wir ihn, wir hätten ihn nicht gehen lassen dürfen, Sandani hat frei, wir haben derzeit keinen Roomboy, fünf Gästeankünfte, Fullhouse. Als Ravindu am anderen Morgen um elf noch nicht da ist, berichtet mir Dilan, ihm habe er erzählt, es sei im Tempel eine Zelebration, ein

Thanksgiving. Nichts von Unfall. Und ich hätte ihm doch erlaubt zu gehen. Dass Dilan spontan kommentierte «ganz wie der Vater» war betrüblich, ist aber wohl wahr. Der Apfel fällt doch nicht weit vom Stamm.

6. Oktober

Traf den fristlos hinausgeworfenen Roomboy Lahiru gestern zur Verhandlung vor dem Chef des Arbeitsamtes. Dessen Aufgabe ist zu vermitteln, um Streithähne vom Arbeitsgericht abzuhalten. Der Roomboy reklamierte. Ich hätte ihn zu Unrecht hinausgeworfen, er fordere drei Monatsgehälter Abfindung. Er habe im Icebear gearbeitet und das Haus, in dem er die Zimmer putzen sollte, sei außerhalb der Property gelegen und gehöre der Firma gar nicht, es sei nur gemietet und deshalb hätte er die Arbeit nicht machen müssen. Der Vermittler belehrte ihn, dass er auf dem Holzweg sei. Ich bat um ein Statement und machte dem Lohnabhängigen klar, dass er ein Mann ohne Ehre und als Angestellter keiner Firma zu empfehlen sei. Und dass ein Mann von 27 Jahren für seine Fehlentscheide geradestehen und sich nicht unter dem Rockzipfel einer Behörde verstecken solle. Daraufhin schob er eine Forderung nach, dass ich auch für die sieben Ausbildungsmonate Pensionskassenbeiträge zahlen solle.

Der Vermittler schaute mich fragend an und ich wies das unsittliche Ansinnen mit Hinweis auf die unterschriebene Vereinbarung zurück und ließ ihn wissen, dass der impertinente Schmarotzer eine zusätzliche Klage einreichen müsse, weil ich nicht daran dächte, seine zwei Geschichten zu vermischen. Der Vermittler ist ein kluger Mann, wies mich unter vier Augen darauf hin, dass ich gesetzlich vom ersten Tag an Beiträge zahlen müsse, auch während der Ausbildung, dass die Verfahren drei Jahre dauern würden, dass er in 40 Minuten einen Streitfall mit 600 Arbeitern lösen müsse. Da hatte ich Mitleid mit dem Beamten, begrub weise meine Kampflust und versprach dem Friedensmann Befriedigung, indem ich einen Monatslohn zur Abgeltung aller früheren und künftiger Forderungen zahlen würde. Völker, hört die Signale: Es schaut immer etwas dabei heraus, wenn man gegen seinen Arbeitgeber klagt, den natürlichen Feind der Arbeiter. Minderheiten muss man schützen, besonders in einer Republik, die sich im Staatsnamen sozialistisch nennt und von Kommunisten großgezogen wurde.

Habe den Kapitalisten in mir reingewaschen, mit viel Seife. In allen Zimmern liegen angebrauchte Reste dieser Kleinseifen herum, die einen Flohschuppen von einer sauberen Privatpension unterscheiden (Guesthouse, wie die Briten sagen, Fremdenzimmer, wie es die Witwen plakatieren). Habe den gesammelten Haufen angebrauchter Seifenstücke grob zerbrochen, sie mit wenig Mineralwasser im Küchenmixer zu einer dicken Puddingsuppe kleingemahlen, einen Spritzer Blau aus einem herumstehenden Fläschchen Lebensmittelfarbe dazu geschüttet und einen Löffel Nelkenpulver, hoffend das würde gut riechen. Dann kochte ich alles tüchtig und rührte manchmal. Schnitt die Standflächen herumliegender Mineralwasserflaschen ab, sammelte in meinem Bad Rasierschaumdeckel, rieb die Spontanformen mit Bio-Sonnenblumenöl aus, damit die Seifenstücke nicht hängenbleiben, und verteilte die Seifensuppe in die Designformen. In den Tiefkühler damit zum Erstarren. Morgen bin ich hoffentlich wieder Platzhirsch, Unternehmer, Entrepreneur, seiner Schmutzkonkurrenz immer um eine saubere Idee voraus.

7. Oktober

Es ist mittags um drei, der junge alte Jude ist gestorben. Heute Morgen habe ich den Krüppel in seiner Strandhütte noch besucht, seine jüngere Schwester winkte mir, als ich meinen Strandgang machte. Da hat er noch gelebt, seine ältere Schwester war da und eine professionelle Sterbebegleiterin, die man ruft, wenn bald jemand sich um das Notwendige kümmern, den Körper schön machen muss fürs Paradies, damit der Sünder einen guten Eindruck macht. Ich saß lange in der Kniebeuge und schaute ihn an und er schaute mich an und dann die Nangi, und an der Art wie er aus seinen Augen schaute, an der Intensität, in der sich sein Schauen in die Schwester versenkte, war zu sehen, dass er gerne noch geblieben wäre. Früher einmal sagte mir eine Nachbarin vorwurfsvoll, er sei kein frommer Mann gewesen, aber so hat ihm wenigstens niemand weismachen können, die Erde sei ein Jammertal. Aber den Himmel kennt er jetzt halt auch nicht, auf den er sich freuen könnte, vom Fegefeuer gar nicht zu reden. Da war also die jüngere Schwester das Leben und daran konnte er sich verlässlich festhalten beim Weggehen. Ich hielt ihm den Oberarm und aus Gründen, die ich nicht kenne, war ich ihm nah. Vielleicht, weil ich in einen Spiegel geschaut habe. Ja, das wäre schön, wenn man anschließend eine neue Chance hätte, eine weitere Theatervorstellung, ein neues Leben. Niemand wird es je wissen.

Die jetzt leere Hütte war mit Chlor ausgewaschen, als ich vorhin hinüberging, und dicke Schwaden zogen über das Grundstück, weil die Matratzen schon brannten und das wenige, das der ausgestoßene Trinker zurückließ. Bald werden sie ihn wieder ins Haus zurückbringen um ihn auszustellen, ich werde der Schwester etwas zustecken und aus unserer Memorial Foundation das Geld für den Sarg geben statt des früher geplanten Rollstuhls, den der Mann jetzt nicht mehr braucht. Und ich werde Anishs Tod beklagen, der nicht enden will.

Derweil streichen sie meinen Alterssitz safrangelb und ich bin neidisch bei der Erkenntnis, dass das Bauwerk mich überleben wird. Der Bauführer kündigt für nächste Woche die Fliesenleger an, die Fenster und Fensterläden und die Sanitärleute. Und er bestätigt, dass auf Ende November alles fertig sei, was mich ziemlich beflügelt – ich würde mir wünschen, es sei nach meinen sicher zwanzig irdischen Wohnungswechseln der letzte.

Sechs junge Männer sind seit zwei Tagen damit beschäftigt, meine Sammlung alter Türen und Fenster zu renovieren. Zuerst brachten sie große Kartons angefüllt mit Bergen kleiner Glasscherben aufs Areal, mit denen schaben sie jetzt Generationen alter Hautschichten vom Knochen und zum Vorschein kommt ein betörend rötlich schimmerndes Holz. Es ist eisenhart, sieht aber so lebendig aus, als würde der stolze Baum noch in der ceylonesischen Erde stecken. Auf dem Gartenareal sind währenddessen zwei sehr alte Möbelschreiner mit dem Handbau von vier neuen Sonnenliegen in einen Wettstreit mit den Vorfahren getreten, und obwohl sie hingebungsvoll und versenkt arbeiten, werden sie die Genialität ihrer Kollegen aus den zwanziger Jahren nicht erreichen.

Habe Auftrag zu den Bauarbeiten für die straßenseitige Eingangspartie erteilt, am Montag fangen die Handwerker an, Maurer (Säulenbau) und Schmied (Eisentore) arbeiten Hand in Hand. Mein Design bricht mit der bisherigen Praxis, meine Boutique hinter einer Mauer zu verstecken, und lässt Paradiesgarten und holländische Säulenvilla von der Straße her verkaufsfördernd einsehen und abends kunstvoll beleuchten.

Vor dem Maßnehmen habe ich allerlei Autos vermessen, die durchs Garagen- oder Gartentor fahren können sollen müssten, denn ich habe neue Ideen: Wie wäre etwa ein eigener Tucktuck, weiß aufgehübscht, um die vielen Gäste auf den Flughafen zu bringen oder sie dort abzuholen? Wie wäre diese legendäre indische Ambassador Limousine, cremefarben natürlich, die neuerdings auch in Sri Lanka zu kaufen ist und die ich gestern während des Betriebsausflugs nach Colombo schon probegeritten habe? Passt auch ein kleiner Lastwagen durch? Warum soll ich jedes Jahr hunderttausende Rupien für die Flughafenservices und all die Landestouren an auswärtige Fahrer geben, statt sie als Nebenerlöse selber abzubuchen und den Gästen wieder eine neue Exklusivität zu bieten, den Ambassadorservice?

Am Morgen habe ich weitere wichtige Schritte für den kommerziellen Alltag gemacht und auf einer vorher evaluierten Geschäftsbank die Geschäftskonti eröffnet, Current Account (0 Prozent), Saving Account (5 Prozent) und Fixed Deposit Account (11 Prozent). Auch der Herr Filialdirektor der führenden Privatbank im Lande mit 120 Filialen und Electronic Booking Facilities hatte keinerlei gedrucktes Informationsmaterial über die Services, und um die Besorgung eines Jahresberichts hatte ich schwer zu kämpfen. Bei der Telecom war es dann professioneller, da ist ausländisches Kapital drin und die Spielregeln sind von globalem Standard, deshalb hatte ich schon nach fünf Minuten die Zugangsdaten zum neuen, schnellen ADSL Dienst in der Hand, den es seit eben in unserer Straße gibt. Er wird meinen Internetanschluss zehnmal schneller machen, sodass ich zehnmal mehr Kunden akquirieren und faxen und telefonieren kann, während der Computer den ganzen Tag im Netz hängt. Entwicklungsland heißt, dass es Entwicklung gibt.

Im Kino waren wir alle, in der Hauptstadt, das ganze Team. Aus reinem Eigennutz, weil ich gern Filmkino mag. Da schleppe ich meine Leute zwei, drei Mal nach Colombo, wo wir in einem großen Filmtheater einen großen Film ansehen aus Indien oder aus Sri Lanka, am liebsten aber eines dieser Spektakel, die den Hollywoodkalender in jedem Jahr anführen. Diesmal war es «War of the Worlds», außerirdische Blutsauger terrorisieren die Amerikaner und die sind so hilflos, wie sie es gar nicht wussten, bevor sie diesen Film gesehen haben. Der für Katastrophenfilme obligate ärmliche Plot und Schauspieler von bemerkenswerter Hässlichkeit sind fast nicht zu ertragen, aber es folgt Technodrama auf Technodrama und immer, wenn man denkt, jetzt geht den Machern der Schnauf aus, satteln sie noch einen Schocker drauf. Chapeau!

Im «Food City» des einzigen Department-Stores in der Hauptstadt waren wir noch zum Lunchen, da gab es ein Dutzend Küchen und fünf Dutzend Tische und drei meiner Leute schafften es, sich an den einzigen leeren Tisch zu setzen, der umrundet war von besetzten Tischen, sodass die andern Kollegen weit weg separiert sitzen mussten. Kein Gemeinsinn, Röhrenblick, wenn einer nur den Teller voll hat. Ich mag schon lange nicht mehr animieren, wenn die Schlaffis in den Keller fahren, aber man sieht es mir wohl an, es ist leicht, mein Gesicht zu lesen, da kamen sie dann zum Dessert doch noch an unsere Tische herüber. Doch rückt keiner der Sesselkleber seinen Stuhl zur Seite und die separatistischen Neuankömmlinge müssen strafsitzen, zusammengepfercht an einer Tischseite. In solchen Momenten verzweifle ich und gehe der Frage aus dem Weg, warum ich mir das antue, indem ich meine berüchtigte Verstehensbereitschaft einschalte. Und dann erinnere ich mich zum Beispiel, dass die Mutter kocht, die Töpfe irgendwo in der Küche stehen lässt, jeder sich dort einen Teller füllt, wann immer er Appetit hat, und damit in die nächstbeste Ecke sitzt, um sich den Bauch voll zu stopfen. Nie sitzt eine Familie zusammen, nie essen alle zur selben Zeit, nur, wenn selten genug ein Gast zum Essen kommt, scharen sich alle zusammen, aber nicht am Tisch, sondern der Wand entlang, wo sie dem alleinsitzenden Gast in aufmerksamer Verehrung beim Essen zuschauen. Solcherart aufgerüstet und weichgespült, werde ich dann wieder entspannt und genießbar, dann ist es auch wieder leicht, mich zu lieben.

Und eine Klauenguillotine habe ich gekauft. Für den Hund. Und im Negombo General Hospital habe ich mich umgeschaut für den Fall, dass einer meiner

Gäste einen Emergency braucht, die Herzinfarkte haben ja immer die anderen. Ich weiß nun, dass es eine rund um die Uhr geöffnete Notaufnahme gibt, wo man mit dem Auto direkt vorfahren kann. Dass man nach der Anmeldung im Büro links zur Schreckenskammer gebracht und verarztet wird, bevor man dort entscheidet, ob man einen Spezialarzt aufbietet, und wo man schließlich hinkommt. Wenn die Ärzte oder Schwestern nicht grad streiken, und das ist oft der Fall. Nach einer solchen Notverarztung kann der Ausländer dann eine der noblen Privatkliniken in der Hauptstadt belegen oder ganz schnell heimfliegen.

12. Oktober

Endlich haben wir einen neuen Roomboy gefunden, am Montag fängt er hier an. Auf dem aufgehängten Schild am Tor titulierten wir ihn als Roomkeeper, denn wenn ich jemanden einstelle, will ich immer schon dran denken können, wie seine Beförderung aussehen würde. Es meldeten sich ein paar junge Leute, Dilan musste sieben und am Ende nahm ich einen in der engeren Wahl ins English-Kreuzverhör. Er schlug sich gut, schien entwicklungsfähig, doch schien auch er ein wenig maulfaul. Wir hatten ihn zum gemeinsamen Kinoausflug eingeladen, um ihn zum Start gleich ins Team einzubinden, doch er kam nicht und es kam auch kein Anruf.

Der Arbeiter ist sich selbst ein natürlicher Feind. Er verhindert durch schiere Dummheit und Ignoranz jegliches Teamplay mit den Kapitalisten. Macht sich selbst zur Unperson und darf sich nicht wundern, dass der Alte «mich nie nach meiner Familie fragt», «mich nicht besucht während meiner Krankheit» oder «der wollte nur schauen, ob ich keine Schwarzarbeit mache», «ist nicht an meinem Wohlstand interessiert und nützt mich nur aus», «für den bin ich doch nur eine Nummer». Genau. Wir brauchen auch einen neuen Koch. Es ist mir völlig egal wer das ist, ob er den Gästen gefällt, charmant ist, es mit dem Team gut kann, er mit mir korrekten Umgang und eine bezaubernde Frau hat. Interessiert mich nicht, es muss einfach etwas auf den Tisch und zwar das, worauf ich ihn einschwöre. Fördern muss er sich selber, ich muss mich fördern und sonst niemanden. Der jetzige Koch, Dilan, hat gekündigt, kaum war er angestellt. Das Visum für Dubai sei doch noch eingetroffen. Deshalb also hatten wir den Eindruck, dass er sich nicht weiterentwickle, sodass ich ihm vor ein paar Tagen sagte, ich wisse nicht, ob das der richtige Mann sei für uns. Ich sage dem Fahnenflüchtigen nach seiner gewundenen Rede, er habe mich beschissen, weil er hier angefangen und das ganze Spiel mitgespielt habe, obwohl er von Anfang an wusste, dass er uns nur zum bezahlten Zeitüberbrücken benutzt. Er musste die Kündigung umgehend aufschreiben und in einer Stunde hatte er sein Bündel gepackt und war weg. Seinen letzten Lohn werde ich absichtlich vergessen, so hole ich mir den bezahlten Englischkurs zurück und das Geld für ein neues Stelleninserat. Morgen früh werde ich das Team informieren.

Von gelegentlichen Zufallsbewerbern behalte ich manchmal das Biodata als Fundus. Da fand ich auch gleich einen neuen Koch, aus Negombo, 45, mit Englischkenntnis und viel Erfahrung. Noch am selben Abend schlug er ein einmonatiges «working interview» vor – eine geniale Idee, auf die ich ohne ihn nicht gekommen wäre – und am nächsten Morgen erschien er schon zur Arbeit. Weil er vom eigenen Restaurant träumt und nach 10 Englandjahren Mühe hat mit der Wiedereingewöhnung in die Unzulänglichkeiten des hiesigen Alltags, ging ich von guter Motivation aus, von Reife und davon, dass wir im Restaurantbereich später etwas zusammen anstellen und ein wenig erweitern könnten. Aber erst einmal wollen wir es gemütlich nehmen, der Probemonat soll erfolgreich werden, der Start sanft, es gibt diese Woche nur einen Gast, und das bin ich, nachher aber geht es los, in der Hochsaison ist auch im Restaurant immer Fullhouse.

Auch ein neuer Raumpfleger hat angefangen, der Höhepunkt meiner Einführung war der Hinweis darauf, dass Fenster und Läden und Türen in Wahrheit Möbel seien und ein Raum so heiße, weil er räumlich sei, es außer dem Fußboden also noch Wände und Decke gäbe, die man auch im Pipeview wahrnehmen muss.

Ein anständiger Mann kann sich keinen Ausrutscher erlauben, ohne dass er dafür eine Ohrfeige einfängt: Nachts arge Wolkenbrüche und Gewitter. Wache um fünf morgens auf, weil es unerträglich heiß ist, die Klimaanlage aus, Kurzschluss, mein Parterreschlafzimmer 2 cm unter Wasser. Wecke jemanden vom Team, er möge den Plumber aufbieten, Notfall, dann gehe ich die Ursache suchen.

Auf den Rundumterrassen im 1. Stock steht das Wasser knöcheltief, die Abflusslöcher sind verstopft. Ich ergreife einen Besenstiel, um Remedur zu schaffen, rutsche auf dem glitschigen Algenboden aus, fliege vornüber flach in den Pool, mildere den Sturz mit der linken Hand und finde mich mit der Stirn an der Mauer. Die Augenbraue blutet heftig, das Wasser ein Zitat aus «Psycho», mein linkes Handgelenk schwillt augenblicklich zu einem fetten Eisbein an und sieht ziemlich kubistisch aus. In der Stunde der Not bin ich erschreckend kaltblütig, besorge ein Handtuch für die Stirn, krame Kreditkarte und Ausweis hervor und eine Handvoll Bares, notiere ein paar Telefonnummern, verschließe meine Wohnung und bestelle ein Auto, um mich nach Colombo zur Apolloklinik fahren zu lassen, das ein bisschen wie ein Klassehotel ist und airkonditioniert. Das Staatsspital in Negombo darf ich links liegen lassen, es ist ja kein Notfall, ich bin einfach nur ramponiert.

Mein Hausmeister steht konsterniert herum, reibt sich den Schlaf aus den Augen, sein Biorhythmus ist auf den Abend eingestellt, nicht auf den Morgen.

Doch dann delegiert er den neuen Roomboy als Begleiter und in nur einer Stunde – es ist Sonntagmorgen und fast kein Verkehr hält uns auf – liege ich schon auf dem hauptstädtischen Rollbett. Wo sie ihres Amtes walten und mir (a) die Augenbraue fünf Mal nähen, (b) den Arm ruhig wickeln, (c) mich an den Tropf hängen, (d) mich in ein schönes Zimmer schieben, (e) die Operation für meinen Handgelenkbruch auf 6 Uhr abends vorbereiten, (f) den Fernseher über meinem blütenweißen Bett anschalten. Für die Operation setzen sie mich unter Vollnarkose, ich weiß nicht, was sie treiben, doch ging es glücklicherweise nur mit Richten, schnetzeln war nicht nötig.

Nachher durfte ich die absolute Stille meines Fünfsternzimmers genießen, 50 Fernsehprogramme rauf und runter, Tamilenmädchenkrankenschwestern, Tageszeitung. Störend ist, dass man mich vor jeder neuen Teiletappe um Bargeld angeht. Als sie mich zum vierten Mal im Rollstuhl an eine Kasse fahren, rufe ich nach dem Chef und der hat zum Glück den Einfall einer Sicherheitszahlung von 50 000 Rupien mit meiner Visakarte. Zuletzt zahlten sie mir einen Barsaldo von 16 000 Rupien zurück, meine Schweizer Krankenkasse wird es freuen, 500 Franken alles; die Einheimischen zu Hause sind geschockt, wie teuer das sei, und ich erläutere Mechanismen und Segnungen der Krankenversicherungen. (Nur werde ich den Verdacht nicht los, dass der Kerl in Zivil, der in einer Abstellkammer lachend meine Braue nähte, ein Türwärter war, ein Freund des Krankenpflegers. Und dass sie es lustig hatten zusammen, weil der Arzt nichts davon wusste, dass sich der Hilfsarbeiter auch einmal an einem Ausländer vergehen durfte.)

Fahrer und Roomboy holen mich bereits am andern Nachmittag wieder ab, den Arm im Gips, ja, für 6 Wochen, nein, Fliegen liege aus Sicherheitsgründen nicht drin, und «thats life». Cool. Wegen dem Handgelenkbruch muss ich also Bangkok streichen. Doch in Negombo kamen alle Nachbarn zu Besuch. Lucia und Mann, Gayan, Julian mit Frau und Tochter samt Mann und Kind, Anthonys Frau, der Schreiner Fernando, Sanath und Frau, Lahirus Schwester, Ruwan, Franz, alle hatten von meinem Ausrutscher gehört und schauten nach dem rechten, sogar der Sekretär der neuen Negombo Hotelier Assoziation nahm sich Zeit für Beileidsbekundungen. Ich war schwer beeindruckt und fand mich wieder einmal in diesem sri-lankischen Wechselbad von Liebe und Entsetzen.

Bei der Airline frage ich, ob die Flugverbotsgeschichte wegen dem eingegipsten Arm stimme, denn ich habe hier verlernt, jemandem unhinterfragt zu glauben. Wenig überrascht, doch hoch erfreut erfahre ich, dass der Flug nach Bangkok problemlos stattfinden könne. Darum richte ich mich nun erst einmal lustvoll auf ein paar Fünfsterntage ein. Ich muss weg hier, selber ein wenig Ferien haben, mich auffrischen und aus mancher Erschöpfung krabbeln. Habe zudem mit vielen Fliegpunkten einen Freiflug nach Zürich ersammelt, retour, den ich aber dieses Jahr noch einlösen muss. Deshalb organisiere ich für den Jahreswechsel einen Überraschungsbesuch in der Schweiz. Ich will im helvetischen Winter ein wenig Luft holen nach den wilden Monaten und Jahren, will David und Lukas und Mibelle und sonst ein paar Leute sehen, die ich mag und private Nähe tanken, die mir in Wahrheit fehlt. Das ist, was man nicht genug rühmen kann: Anders als unsere Vorfahren die nach dem Auswandern nie mehr zurückkehrten, dürfen wir modernen Neuzeitler das Privileg genießen, in zwei Welten zu leben, das Flugzeug zu benützen wie die Trambahn.

Die Lewis Place entlang wurden im Rahmen eines touristischen Masterplans für die Insel internationale Hilfsgelder verbaut; das Straßenbauwerk wird langsam fertig, es wird jedem Erdbeben trotzen. Man war so klug, auch die anhängende Infrastruktur upzugraden. So kommen wir jetzt zu zwei Trottoirs und Abdeckplatten über Regenwasserkanälen, die auch die heftigsten Wolkenbrüche bewältigen und ins Meer abführen werden.

Außerdem bietet die Sri Lanka Telecom, die ihre Sache viel besser macht als das Electricity Board, extra schnelle Leitungen für Telefon und Internet an, wie es sie nicht einmal in Colombo 7 gibt, wo die Reichen und Schönen siedeln. Sofort habe ich mich eingekauft. Werde seit Monaten mit 46 Kilobite fast wahnsinnig beim täglichen Emailgeschäft, und als ich den letzten Tagen meine Fotoalben für die Websites neu einspeisen musste, weil sie der deutsche Provider «wegen technischer Fehlhandlungen» aus dem Netz geschmissen hatte, da erreichte ich die Grenzen meiner Tragfähigkeit. Für den Upload brauchte ich drei Tage, immer wieder unterbrochen von Meditationsstunden, damit ich keinen Psychiater brauche. Nun endlich steht ein ADSL-Modem neben mir auf dem Tisch, das mich bald mit 8600 KB verwöhnen wird – das Gerät heißt treffenderweise «Hurricane» –, und jetzt erwarte ich den Blaumann, der mir den Anschluss einrichten wird. Was sage ich, der mir vier Anschlüsse einrichten muss. Einen für mein Stöckli, einen für die Reception und zwei für die neuen Deluxe-Gästezimmer im Bungalow. Das wird es so schnell nicht geben in Negombo, wir mutieren zur ADSL-Highspeed-Pension.

Habe den definitiven Bauauftrag fürs Haupttor erteilt – ja, eine Ambassadorlimousine passt durch –, doch wird die griechische Säulenkulisse zur Straße hin so teuer werden wie ein einheimisches Haus und sie ernährt auch die Familie eines Schmieds, der sofort verstand, dass das ganze Straßentheater an der Perfektion seiner Stahlarbeit hängt. Der Stöckli-Baumeister Perawela bringt nach erneuter Mahnung mehr Leute auf den Bau. Die Holztürenleute sind unverändert an der ausschweifenden Arbeit und ganz wunderbar, sie machen das Holz lebendig und kitzeln mit den Glasscherben seine hundertjährige Vergangenheit wach.

Gegenüber stürzt eine heimische Fernsehantenne auf Dach und elektrische

Hauptleitung, wir haben die Emergencynummer zum Telefonieren schnell gefunden, derweil ist ein großes Geschrei und Händeverwerfen. Dilanis fette Schwester, die schon bei jenem Häuserbrand mit dem Aufheizen der Menge erfolgreich war, betätigt sich als Vorschreierin und sorgt für tatenlose Konsternation, bis endlich die Elektriker anrücken.

19. Oktober

Während des üblen Terrors der LTTT Separatisten und zeitgleichen Gewaltorgien der Kommunisten im Süden, die eine Revolution anzetteln und den Staat in die Knie zwingen wollten, hatte ich vor einigen Jahren bei einer staatlich lizensierten Sicherheitsfirma einen temporären Nachtwächter bestellt. Sie schickten mir drei, einen nach dem anderen, wunderschön uniformiert. Der erste und zweite kam zum Schlafen, statt meine Unversehrtheit zu garantieren, und auch der dritte hat meinem nächtlichen Kontrollgang nicht standgehalten. Er hatte besonders unverfroren Schuhe (poliert) und Socken (durchlöchert) militärisch ausgerichtet neben eine unserer hölzernen Gartenliegen platziert, bevor auch er sich entspannt zum Schlafen legte, zufrieden mit sich und der Welt. Weder Taschenlampenlicht – ins Gesicht! – noch lautes Ansprechen – ruppig! – konnte ihn wecken, ich musste ihn in Handarbeit wie einen Betrunkenen aus seiner Bewusstlosigkeit aufrütteln. Mit dieser Erfahrung hatte ich seither nie mehr genug Vertrauen, einen Nachtwächter zu beschäftigen, auch nicht während der finstersten Bombenterrorzeiten, die ich ungeschützt überlebt habe, das Schlafzimmerfenster immer einen Hörspalt offen und alle Sinne geschärft.

Dennoch habe ich kürzlich wieder einen ins Haus geholt. Es war eine gute Idee, seit Jahren konnte ich wieder tief und sorglos schlafen. Als mein Hausmeister vorletzte Woche seine ersten langen Ferien nahm, haben wir das Teilzeitpensum des neuen Wach-Manns auf 10 Nächte pro Monat aufgestockt, sehr zur Freude des früheren Storekeepers, der mit einer kranken Frau daheim ohne Arbeit war. Ein kluger, gebildeter, reifer Mann mit gutem Englisch und gepflegten Manieren. Außer, dass er sich jedes Mal ermutigt fühlte, um Vorschuss zu fragen, wenn ich freundlich mit ihm plauderte, störte nichts den guten Eindruck.

Doch heute Abend habe ich ihn hinausgeworfen, in der Weltrekordzeit von fünf Minuten war er weg, noch ehe er zum Denken oder Fluchen kam. Um neun machte ich meinen letzten Rundgang. Fand das straßenseitige Tor unverschlossen und das Fenster zum Karrenweg offen. Ich suchte ihn und fand ihn nirgends. Läutete zweimal unsere Tempelglocke, aufs Risiko hin, meine Gäste aufzuwecken. Vergebens. Dann rief ich den Lehrling, er solle versuchen ihn zu finden. Der scheuchte ihn aus einer Hängematte (der Lehrling scheuchte ihn aus der Hängematte!), wo er sich zur letzten Ruhe gebettet hatte. Er hielt sich wacklig auf den Beinen und fuchtelte mit der Funzel, für die ich ihm schon vor 10 Tagen den Kauf neuer Batterien aufgetragen hatte. Ein paar Fragen und Antworten mit unkontrollierter Zunge. Ob er trinke? Ja, heute Nachmittag. Nur ein wenig. Aber er sei jetzt betrunken. Nur ein wenig.

Ich habe eine hilfreiche Eigenschaft. Wenn es ganz bunt wird, reagiere ich meist eher belustigt. Doch wenn dann das unvermeidliche Reflektieren und Analysieren anfängt, kommt mir meine Spontanreaktion eher vor wie Hanslis Pfeifen im Wald. Immerhin, dieser Nachtwächter hat es weltrekordverdächtige drei Wochen ausgehalten. Weil ich selber es aber nicht mehr aushalte, habe ich mich fürs Risiko entschieden und will Terror und Bomben in Zukunft ohne Wachmann trotzen; ich weiß der Himmel liebt mich, ich werde auch diesen Krieg überleben.

Andererseits hielt es der neue Koch, den ich aus meinem Bewerbervorrat gezaubert hatte, nur zwei Tage aus. Am ersten kochte ich mit ihm Frikadellen und Kartoffelsalat, ich brauchte nach dem Krankenhausstress der Vollnarkose kulinarischen Trost. Am zweiten Tag kochte er ein herrliches grünes Süppchen aus Spinat und Pilzen, Hühnerbrüstchen auf dem Ratatouillebett, karamellisierte Bananen auf dem Bananenblatt. Er war ja mit 10 Jahren London ausgewiesen, ich sprach viel mit ihm, von Mann zu Mann, der ist schließlich der zweite Bannerträger für den Unternehmensumsatz, den lasse ich näher an mich heran. Ich war aber der einzige Gast an diesen zwei Tagen und redete ihm immer gut zu, um meine aufsässige Schullehrerallüre abzupolstern. Er möge immer dran denken, dass er Head des Restaurants sei, nicht nur Koch, dass er Mrs. Sandani weiterentwickeln solle, die ein wenig denkfaul sei, dass er agieren möge wie in seinem eigenen Restaurant, von dem er träume.

Die farbige Lichterschlange da drüben, die solle Gäste von der Straße anlocken, aber wenn wir das Tor schließen, würden wir sie ausknipsen, dann seien wir ja unter uns, das Elektrisch sei sehr teuer geworden. Nach 30 Minuten strahlte sie mich immer noch an, ich war schon beim Main Course. Warum? Ah ja, die Leuchtkette sei für die gute Stimmung. Ja, das sei schön. Ob er mich nicht verstanden hätte, alles noch mal von vorne. Aha. Beim Dessert leuchtete sie immer noch, auch beim Espresso und auch beim Zigarillo, ich war erstaunt. Er hatte mein Englisch nicht verstanden. Ob er denn in seinen 10 Englandjahren ausschließlich mit singhalesischen Landsleuten zusammen gewesen sei und gar nicht mit Engländern?

Ich ging mit ihm ans Tor, schloss es auf, ließ ihn von der Straße in den Garten schauen, dann schloss ich das Tor. Jetzt sehe er die Lichterschlange nicht mehr. Genau, er möge sie nun ausmachen, bitte. Dann war sie aus. Drei Minuten später war sie wieder an. Jetzt ziemlich irritiert, was denn los sei? Er habe es dem Nachtwächter aufgetragen, er selber wisse nicht, wo der Schalter sei.

Mein neuer Hoffnungsträger für das Food & Beverage-Geschäft weiß nicht, wo der Lichtschalter ist. Es stellte sich heraus, auch nicht der Nachtwächter hat den Lichtschalter betätigt: der Roomboy, auch neu hier, hatte die Leuchtkette wieder angeschaltet. Dankbar um neuen Lehrstoff, vermittle ich ihm den Lerninhalt, dass er als Chef alles kontrollieren müsse, was er Untergebenen auftrage.

Am nächsten Tag war er morgens nicht da, ich verschob meinen Termin in Colombo auf den nächsten Tag. Um vier am Nachmittag schickte ich den Roomboy, ihn zu suchen. Auch der blieb verschollen. Inzwischen kamen Gäste, denen habe ich selber einfallsreich aus dem Nachbarhotel Cateringzeug bestellt. Um acht am Abend kam der Abgesandte zurück, vier Stunden später, er hätte den Koch so lange suchen müssen. Er solle mir ausrichten, dass der Koch nicht mehr zu uns käme. Es sei hier zu viel Arbeit für ihn. Und vier Freitage im Monat, das sei einfach zu wenig. Und ich hätte ihn wegen seinem Englisch ausgelacht. Und er sei Koch und kein Elektriker. Männer sind Arschlöcher, Männerehre ist Scheiße. Davongeschlichen hat er sich, gesagt hat er nichts, telefoniert hat er nicht. Sie sind große Schweiger in diesem Land, was sage ich, Kommunikationskrüppel sind es, Angsthasen, reden bringt Risiken. Die Schweigekultur ist buddhistisch, klein machen soll sich einer, sein Ich überwinden, niemandem weh tun, zurückhaltend sein, dezent, schau deinem Gegenüber beim Sprechen nicht in die Augen, senke den Blick (aha, die Fuß- und Fesseldekorationsfreude), werde nicht laut, lächle, sei demütig, mach dich klein und unauffällig. Da habe ich noch zu lernen.

21. Oktober

War gestern in Colombo mit dem Bus, kann im Gips während sechs Wochen nicht easyridern mit meiner Honda. Röntgen, den Knochenschinder aufgesucht, alles OK, ich solle in sechs Wochen wiederkommen. Das Apollohospital ist ein vibrierender Supermarkt. (War einer: Jahre später hat die Regierung das Unternehmen zum Staatsbetrieb gemacht.) Fragte spontan in der Dentalabteilung, ob sie mir meine vor Wochen herausgebrochene Plombe füllen würden. Ich hatte das für Bangkok aufgespart, doch nach fünf Minuten war es schon erledigt, die Oberfläche ein wenig sandig, indisch halt, nein, sonst sei alles OK, aber ich hätte viele große Füllungen, solle einfach immer kommen. 150 Rupien, bitte, zwei Franken für die Arbeit, 500 Rupien, sieben Franken, please, für die Konsultation. Ob ich Dentalreisen auf die Insel ausloben soll?

Brachte dankbar das Archivexemplar des sri-lankischen Geschäftsrechts ins staatliche Publikationsbüro zurück und die Mannschaft mit einer Riesendose Mürbgebäck zum freudigen Vibrieren, denn es passiert ja sonst nie etwas in diesem Lagerkeller.

Fragte gegenüber bei der Sachbearbeiterin des Board of Investment, wo denn nach nun drei Wochen das Empfehlungsschreiben für das Ministerium für Sicherheit, Ruhe und Ordnung bleibe. Sie langte ohne Umschweife hinter sich, wo meine Papiere und Beilagen seither ruhten. Sie hatte nicht die Kraft aufgebracht, sie mir mit der Post zu schicken, wie in der Wegleitung beschrieben. Ich bezahlte meine Gebühren, sie gab mir die Empfehlungsschreiben, ich müsse sie selber ins Ministerium bringen und mit dessen Empfehlung anschließend ins Immigration-Büro für das Aufenthaltsvisum. Staatsterror, Staatsgewalt. Beamtenkür, Beamtenwillkür.

Gegen die Frustration plünderte ich das Mittagsbuffet im Transasia, aber auch um herauszufinden, ob ich den ausladenden Bangkokbuffets einhändig gewachsen bin. Es klappte gut, dauerte aber doppelt so lange, doch langsam essen ist gesünder; das Bangkokticket hatte ich mir vorher auch noch geholt, für den Appetit.

Zurück in Negombo, bin ich voller Verehrung für den Sanitärspengler. Ein wüstes Gedärm von PVC-Röhren aller Durchmesser zieht sich offenkundig planmäßig durch das gesamte Parterre des zugemieteten Eckhauses, das weidwund aufgerissen ist wie die Erde draußen, wo alles in Zwischentanks und der Sickergruppe mündet. Wie das Haus Ende nächsten Monats fertig sein soll und die zusätzlichen Zimmer am 1. Januar für die vielen Buchungen bereit sein sollen, ist mir unverändert ein Rätsel.

Habe mein Konto aufgefüllt und bei der Gelegenheit nach einem Festgeldkonto gefragt. Weil ich schon 25 Jahre Kunde bin in der etwas zurückgebliebenen Bazarfiliale der Staatsbank mit dem schönen Namen, war der Herr Direktor sehr dienstfertig, doch komplett ahnungslos. Ich möge ein Bewerbungsschreiben für die Festgeldanlage schreiben, das würde er dann weiterleiten. Das Protokoll der Generalversammlung mit dem Beschluss einer Geschäftskontoeröffnung bei einer Kommerzbank liegt seit zwei Wochen beim Secretary zur Unterschrift, das heißt, ich habe eigentlich kein Betriebskapital. Und jetzt ist der Sekretär noch Vater geworden, gleich von Zwillingen, da kann ich mir lebhaft vorstellen, wie engagiert er seinen Dienstpflichten als Anwalt folgen wird. Immer ist hier Warten angesagt. Die Besten der Gesellschaft sind längst ins Ausland abgehauen, der Aderlass wird das Land auf Jahre schwächen.

Eine Frührentnerin aus dem herben Norddeutschland kam zum Dinner, wir haben gut geredet, viel gelacht, gut gegessen. Sie hat schon bei früheren Besuchen eine Schwäche für Sankar gehabt. Seit der mit der blonden Frau – die ihm mittlerweile wieder abhandengekommen sei – ein eigenes Guesthouse betreibe, wohne sie während ihrer Hilfsgelderbesuche jetzt immer bei ihm. Auch sie will ihn heilen, auch sie ist in ihn verliebt, auch sie seinem Charme erlegen. Als er von meinem Handbruch gehört habe, hätte er sofort zu mir ins Spital oder ins

Haus kommen wollen, sie habe ihn gerade noch davon abhalten können, er sei einfach ein wunderbarer Mensch. Genau das ist sein Problem, denn alle verzeihen ihm immer alles, er hat nie Grund zu einer Verhaltensänderung. Und doch, ja, er ist einfach ein wunderbarer Mensch.

22. Oktober

Fühle mich in diesen Tagen ungemein alt, schwer, antriebsarm, bin gleichzeitig aufgewühlt, vermute als Ursache den Stress dieses Jahres, der letzten drei Jahre, und passe sorgfältig auf mich auf, lege mich ungeniert immer wieder hin, wie ich das – seinerzeit gänzlich überrascht, dass man das darf – während meiner ersten Ayurvedaklinikkur aufgetragen bekam. Lasse von Sandani meinen Puls messen (sie nutzt die intime Nähe des Augenblicks, um mich nach einem Darlehen zu fragen), der ist über 130/80 statt sonst 105/60, denke, das sei wegen der Messung am rechten Arm und gehe zur Ayurvedaapotheke gegenüber, die messen 138/67. Das ist zwar völlig normal, dennoch lasse ich mir 20 Ayurvedapillen geben, täglich 2 mal 2, um meinen Körper zu entwässern; habe das noch nie gemacht, doch die Ärztin findet es gut, das würde den Blutdruck senken.

Der Knochenarzt in Colombo hat mir ja auch salzarme Ernährung aufgetragen, doch die Finger meiner linken Hand gucken immer noch wie Weißwürstl aus dem Gips. Da passieren nach den massiven Medikamenten während und nach der Narkose noch immer viele biochemische Sachen in meinem schönen Körper. Die Augenbrauennarbe ist nach der Entfernung der Fäden gut verheilt und in einer Stirnfalte verborgen. Den Gips habe ich mit einem elastischen Strumpf überzogen, den mir eine Schneiderin herrichten musste, denn wo immer ich meinen Arm hinlegte, hinterließ ich Kreidespuren. Nun habe ich schon 10 Tage lang Übung als einarmiger Bandit, als Ritter von der eisernen Faust, alles dauert doppelt so lang, ist halb so schnell, sehr mühsam alles, den Hosenknopf zumachen musste ich als erstes lernen und für alles Weitere bleiben mir 30 weitere Tage Zeit. Wenn nicht nur ausgerechnet jetzt besonders viel Kundenkorrespondenz anfiele, wenn mein Fotoalbum-Provider nur nicht gerade jetzt die Alben so verstümmelt hätte, dass ich sie gänzlich neu edieren musste, wenn nur nicht gerade jetzt die Telecom auf den schnellen ADSL-Anschluss warten ließe, den ich vor Wochen schon gebucht hatte.

Immerhin habe ich mich heute Morgen erstmals wieder meinem ganzen Yogaprogramm hingegeben, machte gar Hantelübungen, den linken Arm halt ohne Gewicht. Nachher fühlte ich mich ziemlich aufgefrischt und ging zum Sunflyer hinauf, der Himmel dramatisch geformt, das Licht wie vor der Großen Finsternis, das Meer säuselte sanft an den Strand, kein Lüftchen. Der Zwischenmonsun; es regnet jede Nacht heftig, in nur wenigen Tagen ist der Garten wieder aus seinem Monsunschlaf erwacht, hat sich aus seinem Kleid aus Wind und Salz herausgeschält und atmet sichtbar auf. An der Straße haben die Maurer heute die Fundamente für die neuen Säulen gegossen, die meine Residenz bald neu aussehen lassen. Da ist jetzt täglich Freude. Im ersten Stock des Bungalows sind alle Böden gegossen, aus zentimeterdickem Zement, auf den dann diagonal die Terrakottaplatten verlegt werden.

Eben serviert mir Sandani warme Sandwiches mit Grillwürstchen, Eiern, Erdnussbutter, «free style» wie ich es mir immer wünsche. Morgens gab es Müesli, abends will ich auf einen Salat reduzieren. Ich esse wenig, kaum Fett, wenig Wein, viele Biskuits, viel Büffelquark (flüssig als Lassi), doch bleibt mein Gewicht immer auf gleicher, üblicher Höhe.

Unser Lehrling bleibt auch im dritten Monat erfreulich. Ist kein harter Arbeiter, packt aber unerschrocken jede Arbeit an, machte gestern meine Wohnung sauber und so aufgeräumt, dass ich mich nicht mehr wie ein Tsunamiflüchtling fühle. Nie in seinem Leben hat er eine Wohnung geputzt, das steht erst in zwei Monaten auf dem Lehrplan, doch er stellt ungefragt sogar neue Blumen in die Vase und füllt den Kühlschrank mit Wasserflaschen. Ein leuchtender Schmetterling, ein gut gelauntes Sonntagskind. Sein derzeitiger Ausbilder, der Gärtner Joseph, ist auch mit diesem Amt nicht sehr ernsthaft und lässt ihn früher heimgehen, ohne die Hausaufgaben zu kontrollieren («mache eine Liste aller Nutzpflanzen, die du in unserm Garten findest»). Da sei eine Tempelperahera und er würde ein Feuerrad drehen. Für das hat er gestern Stoffballen geformt und in Drahtnetz gepackt, die wird er in die Lampenölkübel tauchen und sie werden in der Gemeinschaft des Anlasses viel Freude haben.

Jetzt während der Zwischensaison kommen die Schnäppchenjäger, Beutelschneider und fragen nach einem Zimmer für 300 Rupien, in Eurtopa der Preis für ein Glas Bier. Eine Beleidigung für jeden Einheimischen. Sie maulen, dass die Regengüsse über den nahen Maha Oya Fluss Abfall aus dem Landesinneren ins Meer spülen, und sie laufen in Rudeln durch die Seitenstraßen wie Cowboys, die jungen Frauen wie Flittchen aufs Notwendigste reduziert, die Kerle oben ohne und in Turnhosen. Es ist schockierend, selbst die Nachbarn aus der Rosary Road, die sonst neugierig immer hingucken, schauen betreten weg.

Dilan hat elf Tage Ferien genommen, bei so vielen neuen Mitarbeitern (Roomboy, Koch, Nachtwächter, Lehrling) riskant, aber da es nur wenige Reservationen und Gäste gibt, sei das vom Restteam stellvertretend wegzustecken. Doch am 3. Tag blieb der Koch weg, am 5. Tag schlief der Nachtwächter ein und am 6. Tag wünschte der Roomboy, für vier Tage auf eine Pilgerreise zu gehen, er habe es schon zu Beginn dem Manager gesagt. Das war undenkbar, weil nur er ein wenn auch kümmerliches Englisch spricht und mit Gästen und Papierkram ein wenig umzugehen weiß. Er müsse Dilan telefonisch zu erreichen und eine Lösung zu finden suchen, er oder der müssten hier sein. Große Freude, Dilan wäre schon seit gestern Donnerstag statt am nächsten Sonntag zurück. Er schlief dann hier aus Sicherheitsgründen, erlaubte dem Lehrling, schon heute um vier heimzugehen, und der Roomboy verließ uns auch. Sandani ging um halb sieben, Joseph blieb noch bis sieben, dann sei der Co-Boss wieder da. Um acht warteten wir immer noch auf den Herrn Manager, der Gärtner scharrte mit den Füßen, ich war alleine mit zwei Gästen. Schickte Joseph zum Essen heim, er möge in einer Stunde wieder kommen, bis Dilan eintreffe. Der hatte das Garagenschloss nicht flicken lassen, wie seit Wochen geheißen, und das Straßentor war unverschließbar, seit die Bauleute den Rahmen verkantet haben. Ich sicherte meinen Besitz mit einem Brett und leeren Bierkästen und ließ eine verstörte Engländerin zum Essen hinaus und einen Deutschen herein. Um neun kam dann auch der Co-Boss, ein strahlendes Unschuldslamm. Würde hier übernachten und nach dem Nötigsten sehen, das tat er dann auch, insbesondere hieß er den Gärtner die Schlösser reparieren.

23. Oktober

«Grüezi zämme» habe ich aufs Welcome-Board geschrieben, weil ein Deutscher da ist, der fließend Chuchichäschtli sagen kann, und zwei Verliebte aus Glarus sind da, denen das Einzelzimmer nicht eng genug sein kann. «Mid Season Discount» habe ich auf das Blackboard geschrieben, es sind in diesen Tagen ja keine Captain's Dinner anzupreisen. So quäle ich mich durchs morgendliche Müesli und bin auch abends ganz gebremst, weil die kulinarische Wüste in der Nachbarschaft jegliche Entgleisung verhindert. Fühle mich körperlich schon viel leichter, der Wasserbauch zieht sich zurück, die Hängebrüste straffen sich. Hatte vor dem Aufwachen zwei schöne Träume, einer davon von einer wundervollen Stadt. Städte kommen oft vor in meinen Träumen, meist sind sie hügelig und alt gewachsen und ich bewege mich gern darin, am liebsten in Zeitlupe fliegend wie ein Vogel, aber da sind manchmal Elektroleitungen, denen ich ausweichen muss.

Am Nachmittag um vier ein ungeheures Donnerwetter, der Himmel fällt auf uns herunter, die Temperatur fällt um vier Grad von 30 auf 26 und es ist das reinste Icebärland. Da kommt ein Rudel junger Fischer am ganzen Körper vibrierend mit einer Blache voll eben gefangener gelblich schimmernder Flachfische herein und Joseph kauft sie ihnen für 200 Rupien ab. Ich lege noch 50 dazu und Sandani serviert ihnen Tee und Kuchen, denn wir sind in großer Bewunderung: Um eins schon hatten wir sie auf ihrem Holzplankenflachboot auf dem Meer gesehen, und als von der Duwa-Halbinsel eine nahezu schwarze Wand nach Norden zog, hielten wir besorgt Ausschau, da waren sie weit draußen und kamen bös in den Regen. Kein Schleck, Fischer zu sein; kein Wunder, sind sie immer nahe bei ihrem Schöpfer, niemand sonst kann ihnen helfen. Wie haben die Kerle uns mit halbstarken Geschichten belästigt während drei Jahren, wie oft hätten wir die Clique noch so gern verprügelt, nun, um die zwanzig Jahre alt, scheinen sie auf dem Lebensgleis zu stehen, liebenswürdige junge Männer mit gewinnendem Lächeln und von Grund auf gut; wir wünschen ihnen und uns, dass das anhält.

Dilan zieht seine Jahresferien durch, die einzige Verantwortung, die er wahrnimmt ist, dass er hier übernachtet, was er ohnehin vorhatte. Der schlafende Arrak-Nachtwächter von kürzlich fragte um eine neue Chance, nur eine, und ich schickte ihn mit dem Hinweis weg, dass ein Mann mit 50 keine Chancen mehr habe. Dachte dann, den Gärtner Joseph als Nachtwächter zu beschäftigen, statt ihn bei der nächsten Gelegenheit wegzuschicken, weil aus ihm nie ein Gärtner werden wird. Aber er ist ein loyaler und stabiler und freundlicher Mensch. Als Dilan dann wieder zurück ist, hat er bereits Kontakte zu einem neuen Nachtwächter aufgenommen, das gefällt mir. Seine Unaufgeregtheit ist ein gutes Gegenstück zu meinem Zustand ständiger Erregung. Und weil ich aus jeder Geschichte Lehren ziehe, erkenne ich, dass meine Persönlichkeit und Position angsteinflößend und herausfordernd sein kann für einfache Leute, die sich plötzlich neben mir als Mitarbeiter finden. Als ich den neuen Koch so sehr erschreckte, dass er schon nach zwei Tagen das Weite suchte, gab ich mir einen Ruck und übergab das Team an meinen jungen Manager. Er möge sich auch die zwei neuen Leute selber aussuchen und sich um die schwachen Altgedienten Joseph und Sandani kümmern, nach zwei Jahren wisse er nun, wie alles laufe, ich würde mich nur ausnahmsweise einmischen. Das soll genug sein, ich habe die Unsitte, mich wie ein Tier festzubeißen und nicht mehr loszulassen, wenn man mich reizt; der Himmel möge mich mit Weile heilen und den guten Vorsatz durchhalten lassen.

26. Oktober

War zum dritten Mal im Ministerium für Verteidigung, Ruhe und Ordnung, im Hochsicherheitsviertel hinter dem alten Parlament, wo diese schrecklichen Politikerdenkmäler aufgestellt sind. Der Secretary, der über meinen Residenzantrag entscheiden muss, war weg zum Mittagessen. Wie geheißen habe ich erneut eine Stunde gewartet, dann ging ich ins Delifrance um einen Café au lait zu trinken. Nach Rückkehr die gelangweilte Auskunft, ich möge in fünf Tagen wieder kommen. Die Bürokraten brechen den Völkern das Genick.

Zuhause ein Schweizer Dauerregen, die Gäste, alle deutsch heute, haben sich die Tische zusammengerückt, seafoodverrückt alle, die Meeresfrüchte reichten nicht auch noch für mich. Die Rumpfstaff kochte, der neue Profikoch kommt erst in einer Woche, ich spazierte zum Italiener, Gnocchi.

6. November

War endlich wieder in Bangkok ein paar Tage, ich kann ohne Stadttiere nicht leben, doch die Zeit reichte fast nicht, weil ich als körperlich Behinderter doppelt so lang brauchte, aber zuletzt war alles erledigt: Neue Lesebrille, Nikon repariert, Compaq restauriert, Seiko wasserdicht gemacht, ein neues Ticket, Badezimmerarmaturen, Türscharniere, Uniformhemden im Hawaiistil, Bei Otto durch die deutsche Karte geschlemmt und am Gluggerglitzerbuffet herumgeschwelgt. Ließ mir die erste Maniküre und Pediküre in meinem Leben machen, unschön war es. Ansonsten war ich artig und anfangs sehr müde, bis ich mir am zweiten Tag einen endlosen Heilschlaf gönnte.

In meiner Alterswohnung liegen jetzt die roten Terrakottaplatten, eine ganz vornehme Bahnhofhalle ist sie geworden. Vor allem aber habe ich seit gestern diesen Highspeedanschluss und kann meine täglichen Hausaufgaben jetzt zehn Mal schneller machen. Und verliere die Freude nicht. Die Phase des Rückzugs hält erfolgreich an, lasse die Staff machen, was sie ja auch während meiner alljährlichen Abwesenheit in der Schweiz macht. Es tut mir gut, ich will nach dem Stress der letzten Jahre endlich wieder zur Ruhe und bei mir ankommen, muss mein Vertrauen in Menschen wiederfinden.

1. Dezember

Das Jahr geht zu Ende, ein Sturzbach von Zahlungen. Für den gelieferten alten Rezeptions- und den knochenharten Beistelltisch. Für den Kauf der Abflussgarnituren und der geblümten China-Waschbecken. Für die Renaturierung der zwei alten Betten und der Montage der alten Türen und Fenster. Für Maler-, Glaser- und Schreinerarbeiten. Den 1000-Liter-Beton-Wassersammeltank für unter den Boden, die Motorpumpe und all das Anschlussmaterial. Den Landschaftsgärtner für Herrichtung des Bauplatzes und Grasneuanbau. Die Löhne für den November, die Gratifikation für den Nikolaustag. Das Umplatzieren der Klimaanlagen in die neuen Zimmer und die Rohrmontage unter Putz legen. Deutsche Schlösser und Türgriffe für das neue Eingangstor. Zusätzliche Maurer- und Schmiedearbeiten. Das Arbeitsgericht ruft nach der erfolgreich verzögerten Ausgleichszahlung für den flüchtigen Roomboy Lahiru. Bewältige nun fünf Bankkonten, zwei privat, drei fürs Geschäftliche, bin noch am Lernen, wie ich die linke und die rechte Hosentasche auseinanderhalte. Die Monatsbuchhaltung bleibt liegen. Die Buchhalterin war da, um das weitere Vorgehen zu besprechen und das Steuerjahr abzuschließen.

Die ersten Gäste für den Bungalow kommen am 5., mindestens ein Parterrezimmer im neuen Haus muss dann nutzbar sein. Die Treppen bekommen rau ausgeformte Rutschkanten, nein, einen Handlauf brauche ich noch nicht. Die

Schreiner sind fleißig mit dem Abhaken der Aufgabenliste und dem Einpassen eines Torzugangs zu den drei zugemieteten Zimmern im Privathaus von Nachbar Lalith. Die Plattenleger haben auch im Parterre den Terrakotta ausgelegt und die Bäder weiß gekachelt. Die Muster für die Werbeschrift über der Fassade geprüft. Florale Gusseisengrills ausgesucht zum Einbau in die erhöhte meerseitige Mauer. Alle neuen Fenster sind mit Beschlägen ausgerüstet und verglast und warten auf die Montage. Auch das Parterre ist außen gestrichen, currygelb zuletzt, die Gästezimmer rosa.

Wir haben Interviews mit weiteren Gärtnern. Noch ein Koch wird sich vorstellen. Mache mir Sorgen über die Zukunft unserer Herberge: Es stinkt entsetzlich, weil ein Nachbar mit guten Beziehungen zum Clan am Strand haufenweise Fische ausnimmt und vor unserem Grundstück zum Trocknen auslegt. Ich stelle das Gleichgewicht des Schreckens her und platziere unsere erbärmlich stinkende Komposttonne vorne in der Gartenecke.

War schon wieder in Colombo auf dem Ministerium, zum fünften Mal, Stammgast jetzt. Es braucht ein spezielles Entry Visum, das nur die Heimatbotschaft ausstellt, ich muss hierzu in die Schweiz zurück. Dann besorge ich mir auf der Immigration die Verlängerung meines Touristenvisums. Ein Nikon Fernglas habe ich gekauft. Den Orthopäden im Apollospital habe ich aufgesucht, mit dem Handgelenk entwickle sich alles gut, ich solle üben, üben, üben, sicher noch während drei Monaten. Ans Motorradfahren ist noch immer nicht zu denken, den Fahrradlenkergriff halte ich aber bereits fest umschlossen. In der Dentalabteilung ließ ich im Vorbeigehen die sandpapierartige Oberfläche einer Zahnfüllung polieren, es kostet nichts, Garantiearbeit. Spaghetti Bolognese im Continental, Eveningbuffet im Galadari, im Liberty Plaza nach den bestellten Antikmöbeln geschaut, Weihnachtsdekor für die Bäume und Geschenke für die Staff gesucht. Im Paradise Road Schönerwohnenparadies habe ich mich in einen Zimmerbrunnen verliebt, der ein schönes Geräusch macht beim Zurückfallen des Wassers in einen Zementkubus. Der Chefverkäufer reibt sich intensiv am Geschlecht, als ich ihn freundlich über den Preis befrage. Langeweile macht Männer rammelig.

4. Dezember

Über die kommenden Feiertage werden die Christen hier alles stehen und liegen lassen, deshalb muss die Bauarbeit vorher abgeschlossen sein. Um Druck auf die Bauleute zu machen, habe ich zwei harmlos großgewachsene Niveamädchen vorgeschoben, die jetzt gerade bei uns zu Besuch sind, Davids Stiefschwester und deren Freundin. Behauptete, sie hätten das neue Deluxe Nr. 1 auf den 1. Dezember gemietet und ich hätte sie wegen der Bauverzögerung ins Zimmer Nr. 8 einquartieren und versprechen müssen, dass sie die letzten paar Nächte im

Neubau wohnen dürften, gratis und als erste Gäste. Das hat gut geklappt und heute Morgen um sechs kam das ganze Icebearteam zusammen, um nach 12 Monaten Bauzeit wieder einzurichten, was seither im Lagerhaus vor sich hinrottete. Sandani hatte Familienprobleme und kam nicht, wir mussten dem hungrigen Fullhouse Frühstück machen, doch um 12 statt um 10 konnten die Gäste in die neuen Zimmer einziehen. Sie hatten auch gleich einen schönen Namen dafür, «Earl's Suite», vielleicht übernehme ich den für unsere Dot-it-yourself-Website – die rosa Wände, roten Terrakottaplatten und das Mahagoniholz sind wirklich von altem Adel, das ein wenig feminin geratene Bad ist atemberaubend schön.

Spät nachmittags hatten wir den ersten körperlich behinderten Gast seit 12 Jahren, er wohnt in der angemieteten Lalith-Residence im Parterre und hat für seine Inselreise außer dem Rollstuhl (mit Rücklichtern!) seine Krankenschwester mitgebracht (ehrlich!), die nächtigt im kleinen Backpackerzimmer. Ich habe immer Neues dazuzulernen.

Mit manchen Kundenemails bin ich gnadenlos zu spät, im Fieber der letzten Bauphase, mit reduziertem Team und allen Zimmern voller Gäste, blieb alles erstmals liegen und ich muss mir eine gute Ausrede einfallen lassen, schön gelogen ist vielleicht: «Troubles with my barefoot provider.»

Der neue Gärtner fängt morgen mit der Arbeit an, das passt gut, denn ich bestellte fünf Wagenladungen rote Heimaterde, Kokosfibre, Humus, Elefantendung. Und der Küchenbauer war im Haus, bauen ist immer ein Fass ohne Boden, mein Planbudget ist erschöpft wie ich selber.

6. Dezember

Habe am Nikolaustag die alljährliche Weihnachtsfeier für das Team organisiert («closed for private function»). Bediene meine Mitarbeiter demütig und respektvoll mit den traditionellen Spaghetti Frutti di Mare und habe ein paar Kilo Butterplätzchen nach dem Rezept meiner schwäbischen Großmutter gebacken. Ich erzähle die Geschichte vom guten Natal Papa, dem Nikolaus, der logischerweise heiliggesprochen wurde. Es gibt einen geschmiedeten Kerzenhalter mit Weihnachtsstern zum Geschenk, jeder bekommt eines der Tickets für ein öffentliches Galadinner, die ich den Fundraisern der Hotelassoziation abgekauft hatte. Und dann natürlich das obligate Kuvert mit meinem persönlichen, ziemlich subjektiven Jahreswechselgeld, der Weihnachtsgratifikation. Joseph hatte seine Trommeln mitgebracht und noch beim Spaghettiessen fingen alle an zu singen und zu trommeln. Als ich sehr gefühlvoll ein sri-lankisches Weihnachtslied auf meinem Kamm gesungen habe, war das Eis zum Glück bald gebrochen – wenn der Chef dabeisitzt, wird aus einem Freudenfest schnell einmal eine Funeralgesellschaft. Zuletzt organisierten wir die Jahreslotterie, in der alles verlost wird, was Gäste das Jahr über in den Zimmern zurückgelassen oder vergessen haben.

Nachts schlief ich zur Probe zum ersten Mal in meinem neuen Schlafzimmer, am nächsten Morgen war vieles noch einzukaufen, die Fälligkeitenliste war lang. Multitalent Ravindu zeichnete sich mit dem Lackpinsel aus, alle Möbel sehen nun aus wie frisch aus dem Museum. Wandlampen mussten montiert werden, Messinghaken an die Fenster, indisches Edelstahlgeschirr fürs Bad, die WC-Papier-Halter mussten auf die richtige Sitzhöhe verschraubt, neue Kopfkissen und Bettdecken für die Kälte der Nacht angeschafft werden. Die Wasserdruckpumpe pumpt gewaltig, noch nie habe ich hier unter einem so heftigen Strahl geduscht. Die Tormaurer haben mit dem Bemalen der dorischen Säulen begonnen, auch das neue Durchgangstor zur Residence des Nachbarn ist gemauert und vom Rollstuhlbelgier bereits genutzt, die alten Türen meisterlich montiert und die 100 Jahre alten Messingbeschläge mit einem Chemikalienbad auf die Haut abgezogen. Die Mauer zum Meer hin ist abgebrochen, freier Blick aufs Mittelmeer. Rote Inselerde ist angekommen, der Lieferant hat ein Rudel Strandbuben mit dem Transport aufs Grundstück beauftragt und ihnen 750 Rupien bezahlt, zu wenig, wie sie natürlich fanden.

Der alte Koch kam nicht zum Zweitgespräch, auch dem jungen mussten wir nachlaufen. Der neue Gärtner hat gestern einen liegengelassenen Lederhut ergattert und fegt stolz und hingerissen sogar den öffentlichen Strand, dass ich ihn stoppen muss – ich will den Strand aufgeräumt für die Morgenfüße meiner Gäste, aber wir sind nicht die öffentlichen Strandputzer. Der Roomkeeper macht seine Sache wunderbar, auch Dilan ist seit unserem Führungsgespräch im Browns Beach ein anderer Mensch geworden und anhaltend engagiert, fleißig, selbstständig. Joseph haben wir erfolgreich auf seine neue Stelle als Nachtwächter eingeschworen, er bekam eine Uniform mit Käppi und ein Schweizerkreuzemblem drauf, so kostümiert, wird er künftig auch den nächtlichen Check-in/Check-out übernehmen.

Auf dem Bauplatz spitzt sich nun alles zu, der Orgasmus kündigt sich bereits lustvoll an, ich bin ziemlich erregt, bald ziehe ich in mein neues Leben ein. 23 Emails sind unbeantwortet, verflixt, werde morgen früh um fünf an die Arbeit gehen.

9. Dezember

Dachte den ganzen Tag, es sei Samstag, habe mich morgens kirchlich angezogen und auf den Strandlauf verzichtet, um an der Hochzeit von Sandanis Sohn teilzunehmen. Aber die ist erst morgen. Ich nehme einmal an, diese Zeitverlorenheit sei ein gutes Zeichen.

Habe heute einen weiteren Teil des Bauzauns lustvoll umgelegt, der Blick von der Villa her weitet sich nun wieder wie früher hinüber zum Bungalow, der in Wahrheit meine Residenz ist. Der neue Gärtner fegt immer noch viel, mit Kultivieren war noch nichts, und auch einen meiner sensiblen Wutpunkte hat er bereits getroffen: mein Fahrrad hatte zu wenig Luft für die Stadt.

Die Antikmaler sind heftig am Türenwachsen, alle Beschläge sind montiert. Die Plattenleger haben mit dem zweiten Zimmer begonnen, mein Bauführer begegnete meinem Wunsch, die weißen Badefliesen schwarz zu verfugen, mit gänzlichem Unverständnis, das sähe ja aus wie unverfugt. Optisch hat er Recht. Aber designerisch habe ich meinen eigenen Kopf. Der Spengler hat das Wasser an die neue Pumpe angeschlossen und bereits tröpfelt das öffentliche Wasser machtvoll in den Tausendlitertank. Die Eingangssäulen sind mittelmeerblauweiß gestrichen, Ferienstimmung, gestern Nachmittag wütete ich noch, um den vorderen Garten zu räumen, damit man den ewigen Bauplatz von der Straße aus nicht mehr sieht. Sofort kamen Walk-in-Gäste zum Trinken und Schlafen.

Hatte meine erste Motorradfahrt nach zwei Monaten, das linke Handgelenk ist beim Hantieren stark belastet. Ich habe den japanischen Büffel zwar dennoch gut im Griff, weiß aber, dass ich einem überraschenden Ernstfall nicht gewachsen wäre.

Der umgeschulte Gärtner hatte gestern seine erste Nacht im neuen Nachtwächteramt. Dilan und ich heckten eine Überraschung aus und ließen nach Mitternacht heimlich enorme Bombenkracher los, damit er grad mit dem Schlimmsten konfrontiert ist. Der Willkomm freute ihn unerschüttert, er dachte, eine Hochzeit sei im Gange. Dilan selber hat freigenommen und ist nach Chilaw gefahren. Dort wird seine Familie der Brautfamilie den alles entscheidenden Besuch abstatten, ein Höhepunkt vor der Hochzeit.

Im Staatsfernsehen gibt es jetzt täglich aufmunternde Singhalesenschauen, Armeereportagen, buddhistische Tempelzeremonien, die Minister überbieten sich in Hosiannas an den neuen Massimo Leader. Der ist nicht nur mir unheimlich, er vermittelt den Eindruck, er würde den Gegner anstacheln, wieder mit Dummheiten zu beginnen. Man munkelt, er habe eine Million Dollar Tsunamispenden an ein Privatkonto transferiert, um seinen Wahlkampf zu bezahlen: dass das höchste Gericht die Untersuchung auf später verschoben hat, um «die Wahlen nicht zu stören», zeugt von ungutem Verbandeln. Auch sei er es gewesen, der vor den Wahlen entschied, keine Wahllokale in den Gebieten der Separatisten einzurichten wie früher. Die nötigen Reisebeschwernisse und ein strategisch zweifelhafter Aufruf des Terrorschnauzbarts zum Wahlboykott sorgten in diesen Gebieten für eine Stimmbeteiligung von spektakulären 1,0 Prozent und kosteten den Oppositionsbewerber den Sieg. Derweil werden die

Massen gehätschelt, die Farmer mit Billigkunstdünger, die einfachen Leute mit Visionen, das westliche Ausland und die freie Marktwirtschaft werden verächtlich gemacht, man bändelt mit den Chinesen an, die Börse hat sich noch nicht erholt, die Fundamentalisten im orangen Klerus tun sich zur Revolution zusammen, unabhängige Meinungen muss man im Ausland suchen.

15. Dezember

Die Medium Hotel Association hat gleich nach Neugründung entschieden, dass zuerst einmal der Säckel zu füllen sei. Weil ja sonst nie etwas los ist in Negombo, war es eine gute Idee, auf heute Abend eine Gala anzusagen mit Musikgruppen, Dinnerbuffet, Freibier, Dessert, alles für den Galapreis von 750 Rupien, es wird nicht genug Stühle haben und nicht genug zum Essen. Dennoch haben sich eben um halb zehn meine Mitarbeiter mit den geschenkten Tickets wie artige Söhne von mir verabschiedet, parfümiert und herausgeputzt, einer hat sich für seinen ersten öffentlichen Auftritt ganz groß in Weiß kostümiert, einen anderen sehe ich eine Kappe tragen, das Schild nach rechts gedreht, so, wie es international Sitte geworden ist. Solche Mode- und Verhaltenstrends entwickeln eine enorme Dynamik und es ist phänomenal, dass sie sogar einen Teenager vom Land erreichen, der weder TV schaut noch in Gangs herumlungert. Ich selber durfte mich mit der liebenswürdigen Ausrede drücken, dass man dem Nachwuchs die Bühne frei geben muss.

Habe ein paar Landschaftsgärtner engagiert, gleich auf der Stelle haben sie mit dem Clearing und Einebnen des Bauplatzes begonnen, der schon am Abend wieder wie ein Garten aussah. Nach 11 Monaten ist nun auch der Bauzaun in der ganzen Länge abgebaut, der das Grundstück in zwei Hälften geteilt hatte, am Mittag hatte ich erstmals wieder den Überblick. Als ich später beim Nachtessen im Garten saß und beim Bungalow drüben die Glühbirnen für die Nachtarbeit leuchteten, da sah ich mir von außen her zu und wusste, ich bin ein großer Hirsch, wieder einmal in der Blüte meines Lebens.

Dennoch bin ich den Tag lang körperlich oft müde, das Altern hat begonnen und hält unentrinnbar an. Doch während ich früher für ein paar ayurvedische Kurwochen und diesen Zustand müder Entrücktheit tausende Franken zahlte, ist meine Faulheit jetzt gänzlich gratis. Dass mein auf der Auktion ersteigertes Teakbett heute zusammengeschraubt als erstes Möbelstück in meiner Bahnhofshalle stand, in einer so ausladenden Größe, dass ich eine ganze Familie oder einen Weiberharem drauflegen könnte, kommt meinem Wunsch nach Ruhe sehr entgegen.

Der erste Gast, der im zuerst fertiggewordenen Prinzessinnenzimmer nächtigte, hat freudvoll die Schlussrechnung bezahlt für die 10 Nächte mitten auf dem Bauplatz (die Huldigung im Gästebuch machte mich ganz verlegen). Es ist gut, dass wieder Geld hereinkommt. Noch immer ist mein Scheckbuch das meistbenutzte Buch dieser Monate, allein heute zahlte ich 40 000 Rupien nur für die Stainless-Steel-Schrauben, mit dem die Holzkonstrukte für das Kanapeedach in die Mauern eingeschraubt werden. Und dazu Beschläge, und Schlösser, und Möbel, und Lampen, und Zierrat, und alles ist das ultimativ letzte Design, da darf ich keine Fehler machen und bin trotz gähnender Müdigkeit immer hellwach präsent in dieser letzten Phase.

In zehn Tagen fliege ich nach Zürich. Hoffe vorher noch auf ein paar erste Tage in meinem neuen Alterssitz, damit ich die Gefühle mitnehmen kann, die ich aus meinem physischen Beischlaf ziehe. Wie vor 25 Jahren, als das Grundstück gekauft war und ich im Zwielicht des späten Nachmittags eine Matte in den Sand legte, die Augen schloss, und Geräusche, Gerüche, Gefühle in mich eindringen ließ, bis ich aufwachte, als es schon Nacht war und ich auf den Flughafen musste, die neue Geliebte zurücklassend.

Draußen auf der Straße sind die Nachbarn fleißig wie sonst nur vor dem Kirchenfest des Quartiers. Ein großes Fegen, Streichen, Schneiden, die Jungen bauen die ganze Lewis Place entlang große Tragegerüste, auf die sie ihre selbst gebauten Weihnachtskrippen stellen werden.

19. Dezember

Für die Weihnachtstage habe ich mich in ein Hauptstadthotel eingemietet, der Karneval hier ist einfach zu groß. Nachher will ich mittags nach Negombo zurück und um Mitternacht zum Flughafen aufbrechen, ein Bonusflug in der Businessklasse über Dubai nach Zürich. Schnell für zehn Tage in Basel, nur Lukas weiß davon und David, und nur sie will ich sehen, mit einer Ausnahme: Mein Untermieter wird mir meine Basler Wohnung aufschließen müssen, damit ich den Wintermantel herausnehmen kann.

Aber ob ich in den Tagen vor der Abreise noch in meinen neuen Adlerhorst einziehen kann, den ersten Stock der zum Kolonialbau mutierten Schuhschachtel, ist ungewiss, und ich habe wieder einmal aufgegeben, Erwartungen zu haben, Pläne zu machen, Termine zu setzen, mich auf Fixpunkte einzustimmen, mit Dingen zu rechnen. Lasse es wieder einmal einfach geschehen mit mir, demütig eingewebt ins tropische Netzwerk lasse ich mich leben, und so geht es, wie es schon immer ging. Wenn ich es nur öfter so hinkriegen würde.

Bin ungenießbar, der gedankenlosen Hohlköpfigkeit mancher Leute ausgesetzt zu sein, treibt mich an Abgründe von Menschenverachtung, was etwas heißen will beim schier endlosen Ausmaß meiner Menschenliebe. Der Antikrestaurator kam dann doch nicht mehr, um das letzte Finish zu machen. Auch der Stainlesssteelschmied blieb aus, dem ich ein Dutzend Handtuchhalter in

Auftrag geben wollte. Der Eisenschmied ist abgetaucht, wir sind unverändert ohne Torschlösser an der Straße. Beim Küchenbauer herrscht Funkstille. Der Boulevardlampenlieferer hat mich angelogen und lieferte nicht heute, sondern «sorry, nächste Woche». Der Vorabeiter hat geschlafen, die neu verlegten Röhren waren nicht geputzt, das Wasser blockte, man wird sie wieder ausgraben müssen. Das alte Jahr ist müde geworden.

Immerhin sind die Landschaftsgärtner unermüdlich am Rechen und Planieren und Steinesammeln, Unmengen von Geröll und Bauschutt sind abzuführen, Laster um Laster fährt vor. Die Flachmaler sind tief in Rosa eingetaucht. Und inzwischen ist auch die letzte Toilette installiert, das heiße Solarwasser funktioniert, sogar die dagobaförmigen Keramikdachspitzen sind platziert, wenn auch unvermeidlich krumm. In den Räumen siedeln keine Arbeiter mehr mit ihrem Kochgeschirr und über Seile gehängten Kleider, die Schlafmatten auf dem Boden. Die Bauhütten abgeräumt, das Gelände aufgeräumt, und als Höhepunkt des Tages sah ich eben, um fünf, einen Putzer durch die Räume wienern, der wird doch nicht meine Bahnhofhalle übernahmereif machen.

War in der Stadt, um neue Sitzmöbel zu suchen, habe einen Riesenduschkopf gekauft für den ersten Gast im neuen Zimmer 1 – Regendusche nennt die internationale Wellnessgemeinde das jetzt – Hundefutter besorgt, Einschreiben an Behörden geschickt, Nachbarn besucht und Weihnachtsgeschenke gemacht.

Den jungen Nachbarn Malith, mit dem ich mich einmal prügelte, habe die Polizei verhaftet, er habe ein großes Diebeslager zu Hause gehabt.

Bin entschlossen, eine Kampfpause einzulegen, bis ich im Januar aus der Schweiz zurückkomme. Es bleibt mir gar nichts anderes übrig, das ganze katholische Negombo fängt an zu spinnen wie das christliche Abendland, keiner ist für nichts mehr zu gebrauchen, jeder hat nur Hosianna und Halleluja im Kopf, und die Läden in der Stadt zu stürmen, um neue Kleider anzuschaffen. Doch ich weiß nur zu gut, dass auch in Basel das Festtagschaos herrschen wird.

Das Haus voller Gäste, sogar Schweizer, die brachten die gestrige NZZ mit, da hatte ich für eine halbe Stunde Sitzleder draußen auf der Veranda, die jetzt nicht mehr mir, sondern den vielen Gästen gehört. Bikinis, wohin das Auge blickt. Einen Angestellten haben sie mir gestern zum Billardspielen entführt, ein Haustier, dessen man sich bedienen kann, er ist ja so süß; die weißen Töchter sind ganz verliebt in die Einheimischen. Die Hotelangestellten sind am leichtesten greifbar, da muss man nicht nach draußen und fremde Leute kennenlernen, anthropologische Studien kann man beim Sitzen machen und beim Liegen.

Im Abendrot mache ich die letzten Fotos dieses Jahres, bald ist der Vierundzwanzigste, Frieden auf Erden und den Menschen ein Wohlgefallen.

21. Dezember
Ziehsohn Anishs bester Freund war ein Gleichaltriger aus dem Quartierclan. Die zwei waren geistesverwandt, weil sie ihre Väter ablehnten. Der Freund auf der Suche nach eigener Identität kopierte alles, was Anish tat, besuchte umgehend dieselbe Hotelfachschule, die ich ausgespäht hatte, und kam manchmal zum Schachspiel in mein Haus, das für ihn Alternative und Orientierung für den eigenen Weg war. Aber das hat er dann nicht geschafft. Kürzlich kam er mir auf dem Fahrrad entgegen und wollte nach wohlbekannter Art ein Geschäft mit mir anzetteln, etwas mischeln, Protektion nutzen statt Leistung erbringen. Ich möge ihm ein Empfehlungsschreiben geben, dass er hier im Icebear gearbeitet habe, dann bekäme er das Visum für Schweden leichter. Auch ich habe meinen Stil und ließ ihn abblitzen, ich mache meine Geschäfte erstens nicht in der Dunkelheit und zweitens nicht auf der Straße. Er kam nicht mehr, man hat ihm wohl berichtet, dass ich – auch – wegen der kürzlichen Schlägerei auf diesen Clan nicht gut zu sprechen bin.

Bin wieder einmal an der Besorgung von behördlich verlangten Papieren, das Tourist Board hat neue Wünsche nachgeschoben: die aktuelle Businessregistrierung brauchen sie, und die Environment-Verträglichkeitsprüfung, und den Hygieneinspektions-Bericht, und den Plan eines amtlichen Landvermessers mit der Bestätigung, dass innerhalb der nächsten 500 Meter von meiner Property weder Tempel noch Schule sind. Ach ja, und die Betriebslizenz. No problem, alles da. Aber auch die Versicherungspolice für die öffentliche Haftpflicht wollen sie, zudem solle ich das Brandschutzausbildungs-Zertifikat vorlegen. Beides kann ich umgehend besorgen, der Versicherungsvertreter arbeitet auch samstags, der Brandschützer kommt zwei Mal persönlich vorbei, ich kaufe ihm bei der Gelegenheit eine nervenzerreißende Alarmglocke ab – wenn man älter wird, ist man ängstlicher. Es ist der subalterne Inspektor, der mich plagt, weil ich immer noch nicht begriffen habe, dass er für seine Arbeit Schmiermittel braucht. Dabei war der Auftritt vor dem «Commitee» – ich wage es kaum zu sagen – ein Erfolgserlebnis. (Obwohl, das Direktorium war erstaunt, mich schon wieder zu sehen – sorry, wir haben Sie irrtümlich und überflüssigerweise aufgeboten – die Anerkennung sei seit einer Woche erteilt, ob man mir das nicht mitgeteilt habe?)

Wir hatten es ziemlich lustig zusammen im «Commitee room». Nach einem fürchterlich nervösen Vorabend und einer durchwachten Nacht mit Selbstzweifeln und verletztem Stolz, mit der Anspannung, die man sonst nur vor Millionenbudgetpräsentationen, Schweizermacherterminen, Maturexamen, Standesamtregistrierungen, Hinrichtungsvollstreckungen hat, mit den Hochs & Tiefs der Ungeduldigen war ich vor dem Commitee Meeting dann plötzlich gleichgültig, gelassen, souverän. Ich muss ja nicht. Ich darf. Hatte meine Selbstdarstellung in englischer Rede zwei Mal niedergeschrieben und deshalb gut im Kopf verankert – am wichtigsten ist der erste Satz und solche Sachen – und dann wurde ich aufgerufen, «Project Number 616 please!». Setzte mich an den obligaten Hufeisentisch, strahlte mit gewinnendstem Lächeln in die Gesichter der neun bis vierzehn Anwesenden (ein paar rannten immer weg, andere kamen dazu), scherzte mit den zwei Direktoren für Trade Standards und Planning Development – wir kannten uns ja schon gut – und packte meinen schreitenden Eisbären aus weißer Keramik aus, stellte ihn vor mich auf den Tisch und hatte gewonnen. Old Boys unter sich. Willkommen im Club.

Ob ich den Eisbären nicht dalassen könne, der Assistent sammle Teddybären.

Draußen vor der Tür warteten etwa zehn Bewerber, drei davon Ausländer in sockenloser Lässigkeit und mit einheimischen Beratern und Notaren schwer bewaffnet. Auch die einheimischen Hoffnungsträger hatten sich ängstlich im Schutz von Kleingruppen zusammengekuschelt, die Entrepreneurs von morgen gleich zu Beginn ihrer Karriere, für die sie alles riskieren, auf die sie alles setzen, warten auf der Schlachtbank. Es ist hart, in Europa den Durchbruch in die Selbstständigkeit zu schaffen, hierzulande ist es übermenschlich und manchmal unmenschlich.

Als Dilan von der Stadt mit der Neuigkeit zurück kommt, auf einem Polizeiposten in der Galle Road von Colombo habe eine Selbstmordattentäterin sich und vier Polizisten in Stücke zerrissen, war ich eher erleichtert als beunruhigt. Es war ganz einfach eingetreten, was jeder insgeheim schon lange erwartet hatte. Die Mischung war zu explosiv geworden, die politische Suppe kochte zu stark, keine Strategie ist sichtbar, keine klaren Stellungnahmen liegen vor, stattdessen ein energieverschleißender Machtkampf zwischen den Parlamentsparteien. Neuwahlen, seit einem Jahr Stillstand der Friedensverhandlungen, Regierungs- und Paradigmenwechsel, der Streit auch der Terroristen über einen Abtrünnigen, das hinhaltende Taktieren der Regierung, ihn als Keil zwischen die seit Jahrzehnten autoritär mit einer Stimme sprechenden Verhandlungspartner zu treiben. Das Erstarken der Nationalen und des Nationalen, die stärker werdende Ablehnung der norwegischen Vermittlerrolle, die Opposition der Geschäftswelt gegen den Stillstand, die rasante Entwertung der Währung. Behutsame Hinweise der internationalen Geberfamilie auf andere Bedürftige für die gutgesprochenen Hilfsgelder, dramatisch publizierte Pläne hiesiger Investoren, neue Hotels in Indien zu bauen statt vergeblich auf indische Touristen zu warten. Die Mächtigen auf allen Seiten agieren einfach zu leichtfertig, verantwortungslos, planlos und selbstsüchtig. Es wird nicht gut gehen.

2006

20. Februar
War ein paar Tage außer Landes, wie von der Einwanderungsbehörde geheißen. Auch im satten Europa braut sich Unerwartetes zusammen, vielleicht gibt es die Renaissance einer Bürgeranarchie, grenzübergreifend denken viele über die Abschaffung des Staates nach und fallen vom Glauben an die freie Marktwirtschaft ab. Da draußen ist sowieso alles schlecht. Ich betrachte es als gutes Zeichen, dass ich mein Tagesjournal vergaß seit meinem Einzug auf die Wolke im ersten Stock. Dankbar registrierte ich die Wiederkehr der Ereignislosigkeit und dieses menschenwürdigen Zustands reinen, ungetrübten Seins. Habe gar die innere Balance, mich der verführerischen Frische von Julia zu öffnen, die mir seit Jahren den Kopf verdreht. Wenn ich nur nicht so arrogant und egozentrisch wäre, so jemand würde mir guttun und mich schadlos sozialisieren.

Ein Leben ist einfach zu kurz für alles.

Seit ich von meinem Spontanausflug in die Schweiz zurück bin, mache ich mir meinen neuen Alterssitz gefügig, alles ist auf mich ein- und mit mir abzustimmen. Möbel kaufen, meine alten Teppiche hinlegen, Abläufe einüben, den neuen Kühlschrank füllen, die zweihundert Quadratmeter Wohnfläche und den Luxus von sieben Metern Raumhöhe in mich hineinsaufen.

Doch immer noch wuseln Blaumänner im Garten herum und schauen wichtig. Mein Solarheißwasser ist immer gerade dann kalt, wenn ich es am nötigsten habe, am Morgen. Es stellte sich heraus, dass von den zwei Solareinheiten auf dem Dach nur eine einen elektrischen Ergänzungsheizer hat für kalte Tage und Nächte. Deshalb hatten die Gäste im Parterre immer vom heißen Wasser geschwärmt, während ich geschockt war; es muss also auch meine Unit elektrifiziert werden, so rein solar geht das also nur bei schönem Wetter, dachte mir es schon immer: Alternativtechnik ist Schönwettertechnik.

Gleich darauf kommt auch wieder der Landschaftsgärtner mit sechs Helfern, die mit dem Bepflanzen der Rundlinge beginnen. Es dauerte lange, bis der Chef meine Intentionen verstanden hat, weil meine kreativen Luftsprünge außerhalb seiner gestanzten Vorstellungen und Erfahrungen liegen. Ich gehe auf mein Gegenüber ein – meine Einfühlungsfähigkeit ist übermenschlich – und ich lasse mich auch gerne überraschen, aber manchmal ist es ein wenig schwierig mit der Kommunikation, es kann nicht nur an der Sprache liegen. Doch jetzt bekomme ich meine Garteninseln um die Bäume herum, es kam auch schon die dritte Lastwagenladung voller Granitsteine, die mit lautem Getöse am Strand abgeschüttet wurden. Was ließen sich damit für Häuser bauen. Am Schluss werde ich alle Büsche und niedrig wachsenden Pflanzen neu angesiedelt und 44 kleine, runde Gärten im Sand haben.

Auch der Maurer ist wieder auf dem Feld, diesmal mit seinem Schreiner; das zugemietete Haus braucht Ersatz für die deprimierenden Gefängnistüren – Zimmerpreisdrücker in einer Epoche, in der nur Design verkauft, das nach Design aussieht. Zwei andere Handwerker schönen derweil die neu platzierten Wasserhahnsäulen im Garten, sie werden alle fein gegliedert wie jüngere Brüder der Säulen an Bungalow und Haupteingang, ziemlich römisch, was sag ich, very britisch. Der Gärtner hat schon damit begonnen, Keramikschalen drauf zu stellen, die er ungefragt mit Schabernack nach Art des Hauses füllt.

Kurz nachher stellt sich wieder einmal ein neuer Koch vor, den hat Dilan bei einem Agenten in Colombo angeheuert. Der Mann, 48, schaut ein wenig finster drein, er sei sehr erfahren. Er weiß noch nichts davon, dass er für eine Lowseason-Promotion ein Dutzend Suppen kreieren muss. Wir stellen ein Bett in die unbenutzte Küche des Staffhauses und bestellen eine Tür, die Estatetamilen seien anspruchslos. Man soll ihm eine gute Matratze kaufen und den Schlafraum neu beleuchten.

In Genf haben Separatisten und Regierung zu aller Überraschung wieder miteinander geredet und den Waffenstillstand um vier Jahre verlängert. Weitere Gespräche sind für April vereinbart. Der Bürgerkrieg ruht wider Erwarten, es sah finster aus die letzten Monate, der Waffenstillstand kam ins Rutschen; auch die Regierung war jetzt gewaltbereit geworden und mit der Geduld am Ende. Die lähmende Unsicherheit für Gesellschaft und Wirtschaft bleibt, aber für den Moment dürfen wir uns wieder dem Alltag widmen, no war anymore. Doch werden die Häuptlinge auf beiden Seiten dafür zu sorgen wissen, dass es uns nicht zu wohl wird; man kann nicht alles zerdeppern an Gütern, Dingen und Leben und es in ein paar Monaten flicken, es wird Jahrzehnte dauern, bis das Land seinen Frieden gefunden hat und die Wunden verheilt sind.

23. Februar
(BRIEF AN EINEN GAST)
Ich bin über die Jahre ein Drucksachenverächter geworden, habe einfach zu viel gelesen und gesehen, es braucht jetzt viel, mich zu kitzeln. Doch dieser personalisierte Fotokalender – ein Weihnachtsgeschenk, so teuer postversandt, dass ich hoffe, die Liebesgabe habe Euch nicht in den Ruin getrieben – traf mich mitten ins Gemüt und ein wenig auch ins Herz. Da ist ja allerlei Engagement dahinter und Lebenszeit, bis das dann als Hauptpreis auf dem Tisch des glücklichen Gewinners liegt. Manchmal schenken mir Gäste was, bringen was mit, von dem sie glauben, dass

es Heimweh vertreiben könnte, und das ist ganz sicher immer der Fall, wenn's was zum Fressen ist – Liebe geht ja durch den Bauch. Aber so etwas Schönes wie dieser Jahreskalender ist maßgeschneiderte Zuwendung, das hat noch keiner geschafft, ich bin anhaltend und nun schon im zweiten Monat schwer beeindruckt, enorm vergnügt und ziemlich dankbar für diese Geste. Nun hängt das schöne Stück in der Villa neben der Reception und viele Gäste hängen es ab und schauen es an und sind wie ich beeindruckt, da war ein Könner am Werk, es ist einfach herrlich. Ich bestätige aber, dass ich mich aufmerksam auch um die andere schön gemachte Druckschrift gekümmert und dafür gesorgt habe, dass sie nicht im Schatten des Kalenders steht – Künstler verdienen die Zuneigung der Gesellschaft, was täten wir ohne sie?

Da hat es Euch sicher gewundert, dass es bald Basler Fasnacht wird, bis ich Euch das alles wissen lasse und falls Euch mein schlechtes Benehmen irritiert hat, bitte ich auch gar arg schön um Entschuldigung. Ich kam Ende Januar aus der Schweiz zurück, wohin ich auf Geheiß des Ministeriums für Verteidigung (!) zwangsausreisen musste, um bei der Botschaft in Genf – wo sie nun wieder einmal über den Frieden schwatzen – ein spezielles Wiedereinreisevisum zu beantragen, ohne das es kein Residence Visum gibt. Vom Heimatstaat aus. Und das habe ich gestern endlich in meinen neuen Schweizer Pass gestempelt bekommen, auch das war zuletzt eine endlose und oft frustrierende Geschichte, die Beamten brechen ihren Völkern das Genick.

Zum Jahresende war mein (erstes) Stöckli endlich fertig, meine Geliebte sozusagen, die Zeit vor der Abreise reichte gerade noch, um die erste Nacht mit ihr zu schlafen. Dann verschloss ich sie gut wie die alten Ritter, um sie keusch zu halten während meiner Abwesenheit, und nun habe ich meinen Alltag mit ihr und immer ein gutes Gefühl. Alles ist getan, fast alles ist geordnet und ich darf mich nach drei manchmal schwierigen Jahren wieder einmal zurücklehnen.

Alles ist nach dem Tsunami rundumerneuert, ich habe zwei angrenzende Nachbarhäuser dazugemietet und jetzt glänzen wir mit 11 Zimmern und 2 Wohnungen und seit heute gar mit Wireless LAN, da können die Gäste sogar vom WC aus. Aber noch immer laufen mir Handwerker zwischen den Beinen herum, jetzt für Garantiearbeiten, der Küchenbauer und Landschaftsgärtner, der Sanitärspengler und Maurer, bald werden weitere Lampen geliefert und heute klebte ich als Krönchen das Firmenmessingschild ans neue Tor. Der Gärtner muss es jeden Tag polieren. Ihr müsst wiederkommen und Euch alles anschauen und die Tsunamischrecken aufarbeiten, in die Ihr – Asche auf mein Haupt – bei Eurem letzten Ferienaufenthalt geraten seid und die uns ein kurzes Weilchen schicksalhaft nahegebracht haben. Statistisch gesehen ist nach türkischem Erdbeben und ozeanischem Seebeben jetzt eigentlich Ereignislosigkeit angesagt, und wenn Ihr Euch traut, will ich Euch bald wieder und dann extra aufmerksam auf Händen tragen, es soll dann schön normal sein alles.

Für heute aber will ich Euch, weil's noch früh genug ist, ein gutes Jahr wünschen, geschäftlich, dass die Kuh schön melkig, und privat, dass Ihr zusammen glücklich bleibt. Ich erinnere mich besonders gerne an Euch und bin immer noch berührt, dass Ihr Euch auf das Risiko eingelassen habt, einem Unbekannten an unbekanntem Ort zu vertrauen.

*

Dümpelte lange im mittäglichen Meer, es sah heute aus wie Hühnerbouillon, ist aber blitzsauber. Es ist ziemlich heiß diese Tage, gestern spitzte sich die Hitze zu, am Nachmittag kam stürmischer Wind auf und es folgte wie immer nach dieser Choreographie ein langer, heftiger Wolkenbruch mit Gedonner am Horizont, genug, um alles durchzuspülen, den Staub abzuwaschen, meine in die Sonne gelegten Wollteppiche zu ersäufen, die Qualität der Dachzimmerleute zu kontrollieren. (Das Wasser drückte durch beide Haupttüren ins Zimmer herein, da muss man eine Schwelle nachbauen.)

Als ich mit dem Fernglas das Innendach nach Wasserspuren absuchte, fand ich stattdessen in sieben Metern Höhe ein watteweißes Nest an einem Balken,und eine extragroße Spinne, die – wahrscheinlich seit Wochen – emsig mit Weben beschäftigt war. Da realisierte ich, dass ich nicht allein bleiben werde in meiner neuen Residenz, es ist nur eine Frage der Zeit, bis in meinem Kirchenschiff Vögel herumfliegen, und tatsächlich sah ich am Nachmittag eine weiße Katze aus dem Wohnzimmer auf die Terrasse abhauen, sie war über Treppe und Vordach auf meine Couch gekommen.

Abends kam aus Europa die Schwester eines Nachbarn zu Besuch, sie hat aus Kudapaduwa heraus einen sozialen Aufstieg gemacht, der sich nun spektakulär in knallrotem Hut, roten Lackschuhen und heftigem Lippenstift niederschlägt. Die Verwandten waren leicht geniert, doch fasziniert, es gab viel zu lachen. Die gründen da eine starke Dynastie im Norden – man würde braune Haut mögen dort –, es ist schon ein ganzes Rudel aus dem Familienclan exportiert, jeder hilft jedem. Innerhalb der Großfamilien gibt es den Gemeinsinn, an dem es der Gesellschaft mangelt: Kein Gemeinsinn für die Nachbarschaft, keiner für das Quartier, keiner für die Gemeinde, die Provinz, und schon gar kein Gemeinsinn für das Land. Wie kann das eine Nation werden, eine Willensgemeinschaft?

Andererseits hat der wiedergewählte Bürgermeister und die mittelständische Hotelassociation, bei der ich Mitglied bin, mit 400 (vierhundert!) Leuten eine Strandreinigung organisiert. Das Strohfeuer kommt zur rechten Zeit, ich las gestern in einem deutschen Webblog die alten Klagen über den dreckigen Negombostrand.

Widersprüche überall.

Ich revidierte unsere Fremdenzimmerpreise. Die hatte ich seit zwei Jahren unverändert gelassen, jetzt wird alles ein wenig teurer, ist aber unverändert günstiger als die Standardzimmer der umliegenden Hotels. Ich bin nicht scheu mit permanentem Upgrading, habe heute in weitere Regenschauerduschen investiert, er braust die Gäste künftig zünftig anstelle der landesüblichen Kümmerlinge. Ich will die Kuh nicht ausmelken, re-investiere, was hereinkommt, und werde dabei immer besser und unangreifbar für Konkurrenten. So, wie es im Lehrbuch steht.

Die Stimmung im abendlichen Garten ist nun definitiv ganz und gar unvergleichlich, so was gibt es nicht weit und breit, seit drei weitere Boulevardlampen-Kandelaber stehen und der Garten Form bekommen hat, ist das alles wirklich hinreißend. Der Garten wirkt im neuen Design größer, als er ist, und ist der wahre Luxus. Das geht nur zu machen, wenn man den teuer gewordenen Boden nicht ausnutzen und überbauen muss. Prompt hatte der neue Koch einen Gästeansturm, in unserem kleinen Open-Air-Restaurant sind alle sechs Tische besetzt, Zuwanderer müssen draußen im Garten sitzen, wo wir weitere Tische aufstellen mussten. Bohnen und Kartoffeln waren nach Art der Nouvelle Cuisine noch zu hart, der Fisch originell, will sehen, was der Mann in den fünf Jahren bei den Koreanern gelernt hat: Seine ehemaligen Herren, die Nordkoreaner in der Embassy, würden gern gut essen, wie er mir beteuert.

Einem ersten Gast habe ich das Internetprotokoll eingerichtet, sodass er drahtlos surfen kann, und ich war so hingerissen von meiner Premieren-Kunst, dass ich ihm die Tagesgebühr prompt erlassen habe.

Schaffte zwanzig Bundesordner an, um Ordnung in mein Papierchaos zu bringen, und begann schon einmal mit Locherei und ordentlichem Anschreiben.

Beim Optiker holte ich drei meiner Brillen ab, die er zurechtgebogen hatte, nachdem ich draufgesessen und draufgestanden bin. Und im Supermarkt besorgte ich Joghurt und einen Flaschenvorrat von Guavacordial und Gin, man muss viel trinken im Schwitzerland.

Julia, die in ihrer norddeutschen Provinzstadt 50 000 Tsunamieuro ersammelt und sich dabei in die eigene Hilfstätigkeit verliebt hat, kam mich besuchen. Es stellte sich heraus, dass auch sie sich in Sankar verliebt hat, sie wohnt bei ihm in der Pension, die er jetzt führt, und auch sie will ihm helfen. Immer findet er jemanden, der ihm helfen will, es ist das reine Gift – «Alkohol fügt Ihnen und den Menschen in Ihrer Umgebung erheblichen Schaden zu». Er würde nächste Woche nach Deutschland reisen, um die verbliebenen Kinder zu besuchen, und am liebsten würde er bei ihnen bleiben, «ein Vater gehört doch zu seinen Kindern». Die dänische Zweitfrau habe das Weite gesucht und habe ihn verlassen, das Guesthouse würde jetzt von einem Cousin geführt. Ob Julia ihn nicht nach Deutschland holen könne, und der Journalistenonkel aus Batticaloa, der sei auch politisch verfolgt und möchte auch nach Deutschland flüchten, bitte. Habe die liebenswürdig-naive Dame und ihre Freundin auf Sonntag zum Frühstück eingeladen, schon weil sie mich im Januar mit deutscher Dosenwurst und schwarzer Herrenschokolade zuschütteten. Ich bin kulinarisch bestechlich.

Jetzt ist später Abend, drinnen 28 Grad, angenehm, ich komme ohne Klimaanlage aus, der Durchzug, die hohen Zimmer und der Terrakottaboden halten kühl. Am heutigen Wochenmeeting habe ich das Team wieder einmal auf Qualität eingeschworen, für hoffentlich länger anhaltend, ist derzeit alles ein einziges Bilderbuch.

25. Februar

Was habe ich da angerichtet. Alles ist zu schön geraten, alle sind zu freundlich, die Preise zu niedrig, denn kaum habe ich mich vor meinem Erfolg in den ersten Stock geflüchtet um beschaulich zu leben, da ist auch schon der Teufel los. Auch heute Morgen brechen ganze Prozessionen von Touristen beim Flanieren bei uns ein und rufen nach dem guten Kaffee, den es hier gäbe. Aber nur zwei Bialetti-Espresso-Kannen sind an Lager, wir servieren in Etappen, auch das Essbesteck ist zu knapp. Zu wenig Flaschenkühler, nicht genug Glasuntersetzer, um den neuen Tischdeckendamast zu schonen. Alle Zimmer voll; kaum ist einer abgereist, steht schon ein anderer vor der Zimmertür. Ich habe plötzlich Angst, dass alles zu erfolgreich wird und mir und dem Team über den Kopf wächst. Der neue Koch war auch während der Frühstückszeit in den Ansturm verwickelt, dabei hatte ich ihm geraten, einen geruhsamen Start zu machen, doch strahlt er die unbekümmert stoische Ruhe korpulenter Leute aus.

Auch drei junge Paare mit insgesamt fünf Kleinkindern sind hier. Die Frauen sind ein wenig neurotisch, Mutterkarikaturen, Kinderkriegen ist für manche Frauen eine chronische Krankheit. Wie sie ihre Sprossen durch den Garten begleiten und unablässig beaufsichtigen, anleiten, beobachten, schurigeln und abrichten und sie in ihrer Mutterliebe ersäufen, wie ihre vergessenen und überflüssig gewordenen Männer zusammensitzen und schon morgens Bier trinken. Es wundert mich nicht, dass sie schon am Abend die für eine Woche gemietete Ferienwohnung aufkündigen, sie sei nicht kindersicher und das Bad sei zu eng für alle, und wir seien auch viel zu teuer. Sie sind ganz erleichtert, dass ich klag- und kommentarlos schlussabrechne und keine Kompensation verlange, bin froh, sie loszuhaben, Engländer, sie seien in Indien als Missionare tätig. Aber es sei ungemein lovely here.

Der zugekaufte Landschaftsgärtner bescherte mir einen miesen Start in den Tag, brachte Grünzeug mit von daheim und hatte die Pflanzungen schon begonnen, als ich kam und ihm einbläute, dass ich der Chefdesigner und er in meinen Diensten sei und wenn es ihm nicht passe, könne er jetzt die Schlussrechnung schreiben. Er liebe halt Pflanzen. Es ist hart für einen Chef, einen Chef zu haben. Dann entschied ich, wohin die Kakteen kommen, wohin die zartrosa Blümschen und die buchsbaumartig robusten Blütenstauden, die man später zu Formen stutzen könne. Ich lasse Bäume versetzen, Topfpflanzen aussetzen, alle schnurgeraden grünen Highwayschranken ausreißen und spätnachmittags habe ich erstmals wieder freien Blick hinüber auf Somalia.

Es ist eine Lust.

1. März

Nachdem die Landschaftsgärtner die fünfte Anzahlung erhielten und das offerierte Total erschöpft war, kamen sie zwei Tage nicht mehr zur Arbeit. Ich rechnete damit, dass wir selber nun fertig machen müssen, was sie angefangen hatten, und instruierte den neuen Gärtner und der senkte gleich die liegengebliebenen Pflanzen in die runden Kleingärten, bevor sie ausgetrocknet waren. Heute Morgen kam dann der alternative Ersatz, der Betelkauer mit den Reitbeinen und dem dürren Hungerkörper. Freudvoll versetzte ich mit seiner Hilfe weitere Bäume und Büsche, malte den Garten wie mit dem Pinsel, trat Schritte zurück, schaute alles aus allen Blickwinkeln an, die Agave einen Meter nach links, die Hibiskus in die Mitte umgesiedelt, die Büsche vor der Villa in die Garteninseln verpflanzt, der Boden geebnet. Dazwischen darf ich mich daran ergötzen, dass zwei ledrige Altfischer mit mir am Frühstückstisch sitzen, ein Glas Fanta trinken, sich in der Zurückgezogenheit des Gartens wohlfühlen nach dem lebenslangen Sitzen im Strandsand. Ich bin alt geworden, meine Gesellschaft wird alt.

Auf gestern um vier hatte ich die nordischen Expatriates zum Nachmittagstee eingeladen, Sandwichcanapees vorbereiten lassen, aufgedeckt. Drei Stunden später kam der sri-lankische Buntspecht an mit ihrem bleichen Pensionär und einem Berg von Geschichten, warum sie so heftig verspätet seien. Inzwischen war bereits zum Abendessen aufgedeckt, ich ließ sie kühl am Eingang stehen und verabschiedete sie gleich wieder. Nie, gar nie wird ein Singhalese jemals pünktlich sein, nie, gar nie wird er sich einfühlen können in sein Gegenüber, jedes Mal läuft etwas schief, klappt etwas nicht, man muss gesellschaftlich wirklich die Finger von ihnen lassen, sie zerdeppern jeden Anflug gastfreundlicher Verehrung.

Vom Wetter her haben wir die schönsten Tage des Jahres, keine Wellen branden, es plätschert scheu ans Ufer, das Meer spiegelglatt, der Himmel blau, die Luft lau und trocken, am Abend kühl, sogar Singvögel sind aufs Areal zurückgekommen. Der krähengroße Kuckuck mit dem braunen Rücken, der immer nur singt, wenn Regen naht, ruft ausdauernd nach einer Freundin, es ist Zeit zur Paarung, die Jungen werden da leben, wo sie auf die Welt gekommen sind. Wie die Bauern. Und die Fischer. Kolibris in den Büschen, Elstern, Eisvögel, sogar eine Eule sitzt am hellichten Tag verschlafen im Geäst, und auch die Streifenhörnchen rasen wieder durchs Geäst. Dennoch: Seit mir in den Ohren Haare wachsen wie den alten Männern, weiß ich, dass es so nicht weitergeht. Ich bin ja sterblich, Herrgott! Da hilft nur leben, was das Zeug hält, und sich weiterhin am Lebenslänglich freuen.

30. März
So viel nachsichtigen Goodwill und Verstehensbereitschaft, wie dieses Land von seinen Liebhabern verlangt, bringt auch der Wohlmeinendste nicht auf. Sechs Stunden in Colombo zeigen ihm im Vergrößerungsglas, dass Sri Lanka eine Servicewüste ist: Das Salesgirl vom Porzellan-Showroom ist gänzlich ahnungslos. Der Taxifahrer hat kein Wechselgeld. Die Leute von der Edelboutique gähnen vor sich hin, die Frauen vom Tourismusbüro sind Mobiliar geworden, der Kellner vom Businesshotel ist nicht bei der Sache, der Apotheker gibt mir Schmerz- statt Vitamintabletten, der Salesmann vom Elektrogeschäft ist heute grad nicht gut drauf. Aber wozu soll sich einer Mühe geben, vielleicht gibt es wieder Krieg.

6. Juni
Bin aufs schönste eingefädelt im Inselnetzwerk, der Alltag hat Besitz von mir ergriffen, mit dem Ende von Bauerei und Firmengründung und einem derzeit guten Team lehne ich mich lustvoll zurück und genieße die selten gewordenen Abende ohne einen einzigen Gast, so wie gestern. Die sieben Suppen unserer kulinarischen Nebensaison-Aktion boten sich als Hungerkur an, seit Wochen habe ich morgens nur einen Breakfastwinzling und am Abend den halben Liter Suppe, keine Süßchen, keinen Wein, kein Fett nicht. Heute Abend ich haben fertig, meine Hosen rutschen mir über die Hüften, das darf doch nicht sein.

13. Juni
Immer mache ich denselben Fehler, erwarte viel von den Leuten, bevor sie sich beweisen können, statt nach dem Motto zu handeln, zeige mir erst, dass du kein Arschloch bist, bevor ich dich verehre. Diesmal war der Gärtner dran, an dem ich mich im fünften Monat festgebissen habe, weil alles zu wenig rund

und nicht schnell genug läuft, weil er den neuen Garten nicht in den Griff bekommt, weil er herumhühnert statt planvoll vorwärts zu gehen. Doch sobald ich selber oder der beauftragte Manager danebenstehen, während er das Aufgetragene macht, bekommt er es gut hin. Wieder einer aus den Heerscharen einheimischer Handarbeiter, die nicht arbeiten können, ohne dass der Schatten eines Aufpassers auf sie fällt. Zwanzig Jahre entnervte mich der Anblick dieser Weißhemden mit den Händen auf dem Rücken, hielt sie für arrogante Nichtstuer, die nie eine Erdkrume unter die Fingernägel bekommen würden, sie stehen immer nur so rum. Nachdem ich Dilan erfolglos zu einer eigenen Meinung herausgefordert hatte, kam ich dann selber drauf, dass ein Volk nicht 500 Jahre lang von seinen Herren in Tropenhut und Khakihosen gesagt bekommen kann, was es zu machen hat, ohne darüber jegliche Eigeninitiative zu verlieren. Dazu kommt noch die Kastengesellschaft, die den aktuellen Status so verlässlich zementiert, dass keiner auf den Gedanken kommt, vorwärtszustürmen und sich weiterzuentwickeln, gar zu verändern. (Dass in Wahrheit die Briten das Kastensystem erfunden hätten und nicht die Inder, darüber ließe sich prächtig streiten.) Überdies sind 70% der Bevölkerung in ihrem ruralen Umfeld nach buddhistischer Anleitung aufgewachsen: Mache dich klein, nimm dein Ich zurück, merze es aus, der Wille bringt Leiden in vielen Formen über die Menschen. Wogegen nichts zu sagen ist. Ich will aber ein entwicklungsfähiges Team haben, ich will die Company entwickeln, ich will das individuelle Ich meiner Leute stärken. Jeder ist ein Original, es gibt ihn kein zweites Mal, das ist doch was. Zuletzt schicke ich mich in die kulturellen Unterschiede und treibe meinen Haus- und Hofmeister an, seine Weißhemdenrolle stärker auszuspielen. Ich will Resultate sehen. Ich. Will.

16. Juni

Manchmal verzweifle ich an der Dummheit der Anführer, dass sie den Frieden nicht schaffen und weiterhin aufeinander losgehen im Namen eines artifiziellen Ziels, das besonders die Terrorhäuptlinge mit ihrer Bombenselbstmörderkultur schon lange aus dem Auge verloren haben. In der heutigen Staatszeitung ist viermal von einer Explosion vor der Küste Negombos die Rede, obwohl der Zwischenfall auf halbem Weg nach Colombo in Ja-Ela stattfand. Die Regierungsschreiber sind schlaff und eindimensional, sie haben nie das Ganze im Blick. Prompt sind heute zwei Australier statt nach fünf Nächten schon nach zwei ausgecheckt, Negombo sei gefährlich für Touristen. Die Schlag-Zeilen.

Es sieht nicht gut aus. Die Separatisten spielen ein übles Spiel und zündeln gefährlich herum, die orangen Gralshüter im Süden werden militant, die Armee lässt sich nichts mehr gefallen, sie muss die Einheit des Landes sichern, das ist ihr Auftrag. Doch bin ich trotz eskalierender Kriegslust gelassen. Wer die Luftangriffe im zweiten Weltkrieg überlebt hat, den schreckt so schnell nichts. Nur wird die Touristensaison wieder einmal floppen bei dieser Bombenstimmung, schon bald werden weitere Absagen kommen, und wenn es sich dann festbeißt, werde ich Leute entlassen müssen.

Derweil weht Musik herüber von einem Hotel in der Nachbarschaft. Im Restaurant unten turteln junge Paare bei Kerzenschein, die Luft in meiner Loft ist 30 Grad heiß, abends um halb zehn, der Eisverkäufer schmettert seine unsägliche Elektronikmelodie durchs Quartier, den Kabelbetreibern habe ich eingeheizt, warum seit drei Monaten nichts installiert sei, es sei halt grad Weltmeisterschaft und viel zu tun, es daure, for sure, Sir, nur noch zwei Wochen.

17. Juni

Wer nicht genug zu essen und keine Zukunft hat, neigt zu Übermut. Doch draußen am Strand ist es beunruhigend ruhig an diesem Samstagabend, nicht das übliche Saturday Fever, keine kreisenden Ganjastengel, keine Palmweinrunden, keine Kartenspiele, kein Streit. Nur ein paar pensionierte Fischer schlafen früh, in ihre Sarongs eingewickelt; im heimischen Schlafzimmer schnürt es ihnen die Luft ab.

26. Juni

Dieser selbsternannte Tamilenbefreier ist dabei, den Waffenstillstand auszuhebeln, die Regierung aggressiv herauszufordern. Die Killermaschine mäht alles nieder, was ihr in den Weg kommt. Ein Bus mit Zivilen, bumm, 67 Lebende weggeblasen. Regierung und den Vermittler Norwegen erpresst, weil in der Beobachtergruppe des Waffenstillstands keine Delegierten aus EU-Ländern mehr sein sollen. Die EU hatte die LTTE nämlich auf die Terroristenliste gesetzt. Letzte Woche Froschmänner mit Bomben ins Meer geschickt, um die internationale Schifffahrt und damit die Wirtschaft des Landes zu treffen. Gestern wieder einen Politiker einer Tamilenpartei umgebracht. Heute Morgen 15 km von Colombo den dritthöchsten Militär in die Luft gesprengt, einen Generalmajor. Tamilen, die in einer Kirche Schutz suchten, totgeschossen; jeder beschuldigt jeden. Und jetzt sind sie von den laufenden Verhandlungen über den Waffenstillstand davongelaufen – die Regierung schicke nur zweitrangige Delegierte, und die Hotels in Genf seien unzumutbar.

Die psychologischen Folgen dieser üblen Zustände diskutiert schon gar niemand mehr, keine Zeit zum Reflektieren, Aufarbeiten, Luftschöpfen, Atemholen, Innehalten. Diese Perspektivlosigkeit, Mutlosigkeit, Ängstlichkeit, Verzagtheit, Antriebsschwäche, dieses Misstrauen, diese Wut, diese Trauer, das bringt die ganze nachwachsende Generation um, die Alten haben schon lange jede Hoffnung aufgegeben. Sitzen herum, sind gleichmütig geworden und haben Zukunftsangst, wissen nicht, wie es morgen kommt, sind erpresst und eingeschüchtert, glauben niemandem nichts mehr und schicken ihre Söhne als Rettungsanker ins Ausland. Die Wirtschaft hat keine Aussichten, ich selber weiß nicht, wie die nächste Saison aussehen wird. Wir sind so winzig mit unseren paar Zimmern, hatten aber gleich im Anschluss an die Bombenheadlines vier Buchungsabsagen bis in den November und Februar hinein: «Wir lieben das Land, aber wir haben Angst in dieser Unsicherheit, später kommen wir ganz bestimmt, wir lieben euch.» Aber die Sri Lanker selber, die können sich nicht lieben. Die zerfleischen sich, verzweifeln an ihren Anführern und am Leben. Es wäre Zeit, dass sich die Tamilen, besonders die im Ausland, von ihrem autoritären Pol Pot abwenden und die Singhalesen ein paar neue Ideen und Konzepte auf den Tisch bringen. Doch außer Parteitagen und Parlamentsgezänk, außer Gedenktafelenthüllungen und Obrigkeitsgedusel passiert derzeit nichts.

Auch die Singhalesen verzweifeln langsam an ihrer Regierung, der sie Unehrenhaftigkeit unterstellen, Unglaubwürdigkeit, Käuflichkeit, Charakterlosigkeit und sowieso persönlichen Egoismus. Viele meiner Nachbarn reden offen mit mir, das war nicht immer so, doch das Klima ist nicht gut, für eine Revolution sind 30 Grad im Schatten einfach zu heiß.

27. Juni

Morgens früh um halb sieben brechen wir auf zum alljährlichen Firmenausflug. Habe den Wunsch ernst genommen, einmal den Dschungel zu sehen, habe ein schönes und ereignisreiches Paket geschnürt mit zweistündiger Wildwasserfahrt, Vorführung des Films «Die Brücke am River Kwai» und Ausflug zum Drehort, eine Jeepfahrt zu 23 000 Jahre alten Felsenhöhlen gibt es, eine geführte Vogelstimmenexkursion, Bad im Kelanifluss, eine schwankende Hängebrücke, Übernachten in einem moskitoverseuchten Ecolehmhotel auf Stelzen. Aber der Azubi wird nicht dabei sein, hat sich vor ein paar Tagen auf Singhalesisch verabschiedet, niemand weiß warum, und auch der Koch ließ ausrichten, er müsse das Bett hüten. Mit den Insulanern ist einfach nichts zu machen, ohne dass etwas krumm läuft. Dass bei Gruppenanlässen und sogar an Hochzeitsfeiern Friedhofstimmung herrscht, habe ich gelernt zu akzeptieren. Doch dass zwei Mitarbeiter des kleinen Teams einfach so davonschlichen, das hat mich sauer gemacht und enttäuscht, ich kam mir mit meiner menschenfreundlichen Kultur vor wie der letzte Depp, fragte mich, was soll das eigentlich, und war gereizt dabei, die Veranstaltung abzublasen. Selbst Dilan war sprachlos und hat den Koch zuletzt telefonisch aufgeboten. Nun muss ich trotzdem durch dieses Jammertal wandern und zwei Tage Lebenszeit hergeben für etwas, bei dem noch anderes missglücken wird. Nein, man kann sie wirklich nicht verlässlich lieben, ja, ich werde keine Firmenausflüge mehr machen und mir lieber selber was Schönes gönnen.

2. Juli

Der Präsident der Medium Hotel Assoziation hat zu einem Dinnerbuffet eingeladen, er will den 70 Mitgliedern sein neues Buffetrestaurant vorstellen, hat die Einladungen persönlich überbracht, doch als ich gegen neun am Abend wieder gehe, sind erst neun Gäste da. Ist es Neid, Desinteresse, Ignoranz? Der Kerl tut mir leid, aber auch dieses kleine Ereignis illustriert die Agonie und Antriebsschwäche, die Totenstarre, den Erschöpfungsschlaf, den Burn-out, der das Land befallen hat. Es war wahrscheinlich keine gute Idee, den konservativen und chauvinistischen Linken an die Macht zu verhelfen, die Kapitalisten hätten neuen Wind gebracht, den Dingen von ideologisch-moralischem Gestrüpp befreit ihren Lauf gelassen, den Leuten Lust am Geldverdienen und am Aufbau gemacht, einen Mittelstand geschaffen, der ein wenig mehr Geld verdient, als er ausgibt. Wer von den Einheimischen macht schon Ferien; Hochzeit und Pilgerfahrt bleiben einsame Höhepunkte im gesellschaftlichen Genuss der Mehrheit. So dämmert die Agrargesellschaft vor sich hin, von Aufbruch keine Spur.

Habe mit dem Sohn eines Hoteliers geredet, es gibt das Haus seit 1975, hat einen guten Namen und 25 Zimmer und liegt mitten in der wilden Meile im Stadtteil Ettukala, die auch bei Wirtschaftsstillstand wachsen wird. Sie wollen verkaufen – für völlig überzogene 45 Millionen, ein Schweizer Zeitungsbesitzer sei interessiert. Der Vater habe die Lust an der Hotellerie verloren, kämpfe jetzt für die Volksgesundheit und neue Reissorten, der Sohn hat die Hotelfachschule gemacht, will vom Verkaufserlös ein Stück Land mit Meeranschluss kaufen, dort wäre ein Hotel erfolgreich. Er ist völlig ahnungslos, keine Standortanalyse, von keiner Sachkenntnis getrübt, sitzt mitten drin in der Rakete und weiß nicht, wohin die Reise geht. Aber was will er machen, die letzten 25 Jahre hat keiner etwas investiert. Was hereinkam, reichte immer nur zum Durchhalten, aber nicht zum Unterhalten, geschweige denn für Neuinvestitionen, Ausbau, Vergrößerung, Verschönerung, Verbesserung. Ich denke, etwa die Hälfte aller Kleinhotels der Insel sind mittlerweile so heruntergekommen, dass sie keine Zukunft haben, denn kein Investor gibt Geld, ohne Aussicht auf Profit: die Tourismusindustrie verwelkt, die Banken wuchern mit den Zinsen, der Staat müsste billige Erneuerungskredite geben, das Land bräuchte einen wirtschaftlichen Ruck, die kleinen und mittelgroßen Unternehmenden ein wenig Aufmerksamkeit. Es müsste jetzt endlich der Frieden ausbrechen.

Um halb zehn spaziere ich – das ist selten geworden – wie ein Tourist durch die Lewis Place heim, die Beach Road, parallel zum Strand. Ich bin der einzige Ausländer, wer mich nicht kennt, quatscht mich an «how is my country», die andern kommentieren resigniert die aktuelle Lage. Next Year will be better. Wenige Länder auf der Welt haben so wunderbare Menschen. Ich habe zwar Mühe, mit ihnen zu geschäften, aber die Zuneigung ist seit meinem Erstbesuch vor fast 30 Jahren ungebrochen. Im mörderischen Neonlicht verwaiste Restaurants, keine Einheimischen drin, sie haben kein Geld zum Ausgehen, und keine Touristen sind zu sehen, aber auch gar keine – mitten in der Spitzensaison. Wenigstens wir können einen Teil der wenigen Individualreisenden für uns gewinnen, wir sind ein Evergreen seit nun schon 13 Jahren, wer hätte das gedacht. Der Juni war 30% besser als letztes Jahr, wenn auch nicht ausgeglichen; die Suppenkarte lassen wir noch im Einsatz, sie zieht Laufkundschaft an, ich bin immer noch ein erfolgreicher Verkaufsförderer.

Letzten Monat hatten wir ein sehr altes Ehepaar aus Schottland zu Gast, eine ganze Woche lang. Die Frau saß immer allein auf der Veranda, den Mann sah ich selten genug durch den Garten tippeln, den whiskeygefüllten, rosaroten Plastikbecher in der Hand, den wir zum Zähneputzen in die Badezimmer stellen. Am Tag vor der Abreise rief mich dieser genuine Schotte ins Zimmer, er wolle mir was zeigen. Auf dem Tisch standen drei leere Whiskeyflaschen seiner Lieblingsmarke, die hatte er aus Schottland mitgebracht, damit es ihm an nichts fehlt. Und dann zeigte er mir seinen Aquarellmalkasten her und einen briefbogengroßen Zeichenblock, 50 Blatt, spiralgeheftet. Er hatte während seines Aufenthalts bei uns etwa 30 Blätter vollgemalt, mit dem immer gleichen Motiv, einem richtig schönen, dramatisch beleuchteten, mystischen, bewusstseinserweiternden – schottischen Loch. Einem von denen, in dem auch Nessi lebt, den wir aus den Sommerzeitungen kennen.

Wenn die Zeit einmal kommt und die Lust, den Beruf zu wechseln, dann sollte einer Hotelier werden. Nirgends sonst, auch nicht in der Werbebranche, ist er (ok, ok: ist sie) so nahe am Menschen, in keinem Kino wechseln die Filme häufiger als in diesem Gewerbe.

14. Juli

Die Ferienwohnung im Erdgeschoss hat ihren ersten Mieter nach dem toten Deutschen, der vier Tage lang unentdeckt blieb und sein Leichenwasser «tief in die unteren Hautschichten» des Zementbodens eindringen ließ. Der Schock war groß bis in die Nachbarschaft, gab viel Stoff für Klatsch und Gerüchte, doch nun habe ich alles frisch streichen lassen, auch die Decken, selbst der Desinfektor vom Rathaus war tätig. Doch kürzlich war ein befreundetes Paar aus Hongkong da, meine Leute zeigten arglos auch die Wohnung, ohne etwas zu erzählen, doch im Schlafzimmer sagte das Mädchen naserümpfend, da sei irgend ein toter Hund oder eine tote Ratte irgendwo. Ihr Freund glaubte es dann auch zu riechen, wir suchten gemeinsam. Aber da war kein totes Tier. Sofort ließ ich den Fußboden mit Petroleum schrubben, an einigen Stellen pickelten wir sogar den Boden auf, zementierten neu, versiegelten, malten zweimal mit Gummifarbe. Die Fenster waren ohnehin wochenlang offen. Seit Tagen richten wir nun wieder ein, all die Zierkissen, Nippes, Deckchen, Bilder, Bettlampen, Grünpflanzen, der beste Zimmerboy den wir je hatten, Saman, putzte sogar die Küchenmöbel innen und das viele Glas. Sogar Dilan, den ich immer wieder ermahne, kein Papiermanager zu werden, macht sich mit Reparaturen und anderen niedrigen Arbeiten zu schaffen. Am Ende waren wir richtig stolz; so schön war die Ferienwohnung noch nie, während der Bauerei hatte ich ja selber ein Jahr drin gewohnt. Doch dann kamen die ersten Gäste, die per Email reserviert hatten für neun Nächte, und ich fragte mich: Für dieses Tussi hast du das alles gemacht? Sie hat einen jungen Einheimischen mitgebracht, der ständig mit den Gummischlappen wippt, sie hat ihr knappstes – lachsfarbenes! – Frotteehöschen an und keinen BH unterm ärmellosen Nichts. Aber ich bin dennoch erleichtert, sie werden keine toten Tiere riechen in ihrer Fleischeslust.

15. Juli

War nach langer Zeit zum ersten Mal wieder im Galadari zu einer Gehirnwäsche, heißes Bad, 30 Fernsehprogramme, Sauna, Schwimmbad, Buffet. Herumtrödeln, bei einer Schokman-Auktion vorbesichtigen, was morgen verkauft wird – nur Elektronikschrott, was hatte ich für ein Glück vor nicht langer Zeit, an «meiner» Auktion all diese Herrlichkeiten für meine neue Wohlung zu finde zu finden, den Glasschrank, die Sitzgruppe, die Kommode. Habe im Majestic einen indisch-sri-lankischen Frauenfilm gesehen. Eine gute Geschichte um indische Witwen, große Gefühle, eine Prise Politik und Gesellschaftskritik (sie tut nicht weh, es handelt zu Gandhis Zeiten). Fühlte mich emotional wohl im gezeigten indischen Milieu, Indien ist das Original, es wird nie die Kopie sein von irgendwas und irgendwem. Muss endlich wieder nach Tamil Nadu, endlich einmal Benares sehen oder das Stadttier Delhi. Bin herumgestreunt, Im Delifrance habe ich Thunbaquette gegessen, in Meister Bawas Kaffeehaus eine Cola getrunken, nebenan einen Teppich gekauft und mich in der Wohnboutique wieder in diesen zementenen Plätscherbrunnen verguckt. (Wenn das Sortiment dort nur nicht diese tropische Schwüle hätte, die in der gelangweilten Oberschicht der Stadt jetzt so schick ist.) Mittags habe ich im BMICH eine Hotelmesse besucht, enttäuschend organisiert, sie sind einfach nicht merkantil hier, es fehlt an Einfühlung in Kundenbedürfnisse, man begegnete mir aber mit Respekt und leider viel zu viel Hochachtung, dieses Hinaufblicken auf die weißen Herren ist entehrend und zudem peinlich für einen kastenlosen Demokraten wie mich.

Beim Zurückfahren ins Hotel habe ich mich wiederholt verfahren, hatte dabei aber Gelegenheit, die Schönheit der Stadt zu bewundern, ihre Alleen, ihre menschenfreundlichen Proportionen, schönen Häuser und Gärten. Welch ein asiatisches Juwel von Stadt könnte das sein, wenn man endlich die Bremsen lösen würde. Solcherart auf Flügeln süßen Nichtstuns treibend hätte ich fast übersehen, wie die Regierenden ihre Hauptstadt herunterkommen ließen, wie menschenverachtend sie sind und wie schwer es für die Stadtleute ist, hier den Alltag zu leben. Da erstaunte mich dann nicht mehr, dass ich – der Vorrat reicht nur noch für etwa 20 km – vergeblich zum Benzinkauf vorfuhr, staunend über die gähnende Leere an der Tankstelle: Es gab kein Benzin, am Wochenende, in der Hauptstadt; es ist einfach niederschmetternd, welches Spiel die Massimo Leader mit den Leuten und der Wirtschaft spielen. Vergebens suchte ich alle Tankstellen auf, die ich kannte, die siebente erbarmte sich meiner und einer Horde gieriger Tucktuckfahrer, die ihre leeren Arrakflaschen nachfüllen wollten. (Hatte schon ein Notprogramm ausgedacht, einer vom Team hätte mit dem Bus aus Negombo anreisen und mir drei Liter Benzin von unser gehorteten Notreserve überbringen müssen …). Mangelwirtschaft macht einfallsreich, o Sozialismus, was ist aus dir geworden!

16. Juli

Schickte auch Dilan zur Hotelfachmesse, gab ihm zur Begleitung den neuen Roomkeeper Saman mit, der hatte sich mit der blendend gemachten Wiederherstellung der von mir während einem Jahr bewohnten Parterrewohnung hervorgetan und sich damit als förderwürdig ausgezeichnet. Schickte sie zur Belohnung – und zur Teambildung – auch ins Kino, am frühen Abend kamen sie in aufgeräumter Verfassung aus der Hauptstadt zurück.

Der Möbelschreiner kam nach langer Abwesenheit, brachte eine mit Schnitzereien schön verzierte Hülle für den hässlichen Zimmerkühlschrank mit und drei Holzsockel für meine zu tief liegende Sitzgruppe, eine neue Tür für das Staffhaus, einen Rahmen für das Tagesmenü, ein kleines Fenster für die Teeküche eines Deluxezimmers, zuletzt montierte er noch ein paar Tablare in der Küche.

Gäste aus Südafrika, das hatten wir noch nie, sie waren 18 Stunden in der Luft und gänzlich erschöpft. Zum Glück gab es noch Zimmer, auch beide Ferienwohnungen sind besetzt. Es läuft gut im Juli. Wenn nur der Koch führungsstärker wäre, ein wenig mehr Manager, ein wenig weniger schlaff und ältlich.

Das zarte Pflänzchen Zuneigung äußerte sich heute besonders schön. Da schaute mich ein reifes Weib lange versonnen an und wisperte mir dann ihre Schlagzeile ins Herz: «Herr Gerry, an Ihnen ist ein Geheimnis.» Und dann sagte sie noch, ich sei wie ein Weihnachtskalender, da gäbe es so viele Türchen, die man aufmachen könne, und da gäbe es immer was zu sehen. Ich mag Kulturleute.

20. Juli

Die Sri Lanker klagen unter der Last hoher Preise, alles ist schamlos teuer geworden, alle fühlen, dass etwas nicht stimmt, nichts mehr geht, der Colombo-Hafen wird heftig bestreikt, keiner redet mehr vom Frieden, im Windschatten ausländischer Krisen machen die neuen Verantwortlichen, was sie wollen. Alles ist in Zement gegossen, keiner weiß, wie es weitergeht und ob es gut kommt, alle würden gerne davonlaufen, doch da ist eine ozeanische Mauer rundherum, keine Brücke führt hinaus aus dem grünen Gefängnis.

Auf Einladung His Majesty des Jüngeren, des neuen Bürgermeisters, war ich mit meinem Manager zusammen im benachbarten Vereinshaus der Fishery Society zu einer Nachbarschaftsversammlung. Fand dabei meine vielen Beispiele ergänzt, dass in Entwicklungsländern nicht die Leute hofiert werden, sondern die Obrigkeit: Der einzige Ventilator hing über dem Tisch mit den fünf Offiziellen.

Der einzige Gast in der Runde der etwa Hundert, der eine Cola zugeschoben erhielt, war ein weißer Ausländer, ich schämte mich in Grund und Boden. In der Tischmitte stand ein gerahmtes Foto. Nicht des Präsidenten, des Premierministers, des Bürgermeisters, des Lieben Gottes, nein: des Papstes. Bevor man zuhören durfte, warum der Herr Bürgermeister sich eine schönere Beach Road wünscht, mussten alle aufstehen und zusammen beten. Immerhin war der Anlass fest in Frauenhand. Auch eine Nachbarin hat sich selbstbewusst zu Wort gemeldet, im Quartier ist sie eine respektierte Autorität (sie hat schließlich einen Bruder, der Pfarrer ist, und einen Sohn, der bei der Jungfernzeugung sicherlich das Licht löscht).

23. Juli

Gestern kamen per Email Reservationen für 29 Nächte herein, die Buchungen gehen bis März, und wenn die Streithähne keine großen Dummheiten machen, werden wir das beste Jahr unserer kleinen Geschichte haben, alle Zahlen zeigen aufwärts.

Draußen haben die Fischer weiße und rote Flatterfahnen an langen Stangen in die Trottoirs gerammt, heute Abend darf ihr Lieblingsheiliger in den Ausgang, sie tragen den obszön halbnackten Sebastian durchs Quartier. Zeitgerecht haben wir gestern am Fuß jeder der fünf Säulen der Weisheit, die den Eingang zu unserer Insel auf der Insel markieren, einen panzerglasgedeckten Lichtspot ins Trottoir versenkt, obrigkeitlicher Weisung zum Stromsparen zum Trotz hat Leni Riefenstahl Lichtregie geführt. Es ist eine große Schau, die Eingangspartie ein Juwel im nächtlichen Quartier, die Mitarbeiter sind plötzlich ganz aufgeregt, dass sie das sind, die da leuchten, und auch der Juniormanager geht aufrechter als sonst.

26. Juli

Aus der Schweiz erreichen mich Nachrichten über einen heißer Schweizer Sommer, das ist, was sich immer alle wünschen, doch es würde sich am Tag niemand mehr auf die Straßen trauen, die Zentren der Städte seien verwaist, die Umsätze gingen zurück. Da kommt sicherlich Nachsicht auf für die heißen Völker, die nicht so cool sind wie die Eisbären im hohen Norden.

Seit die Regen ausbleiben und wir Wasser sparen, ist das Klima auch hier heiß geworden, in der Politik. Es ist immer irgendetwas los und nichts ist wirklich absehbar. Wir Schweizer Haudegen hatten unsere paar hundert Jahre, bis wir der Friedensengel der Welt waren, die Sri Lanker aber sind genau genommen erst 60 Jahre alt, also mitten in der Pubertät. Seit die Engländer weg sind, sind sie alleingelassen, und sie werden noch ein paar Generationen brauchen, um erwachsen zu werden und ihren schönen, ganz gewöhnlichen Alltag zu leben.

Gäste aus Europa schreiben mir jetzt besorgt, ob sie ihre geplante Inselreise machen sollen, und ich sage ihnen, sie müssten unbedingt kommen, schlechte Schlagzeilen seien hierzulande der Normalfall und nicht die Ausnahme. Die Summe aller Probleme blieb immer gleich, seit ich zum ersten Mal herkam, nur die Natur der aktuellen Sorgen änderte sich immer. Also auch Alltag. Sie schreiben daheim «Neu Entflammt» und «Bürgerkrieg», doch auch wenn es ein Ärgernis ist fürs Touristengeschäft und eine arge Entwicklungsbremse, ist beides doch zu hoch gegriffen. Ein bisschen flammen tat es immer, ein bisschen zündeln tun sie immer. Doch nicht die Leute gehen aufeinander los, sondern die terroristischen Sezessionisten und die gewählte Regierung (die sich in diesen Tagen überraschend weise verhält und sich nicht zum Zurückschlagen herausfordern lässt). Ein Krieg der Bürger war es bislang nicht, dazu ist es viel zu heiß. Es war immer schon ein Krieg gegen die Bürger, dieser und jener.

Trotz neuem Terror haben wir anhaltend und selbst während der Monsunzeit sehr gut gebucht und alle unsere Gäste kommen von Touren zurück oder starten ihre Touren hier, jetzt zum Beispiel sind sie alle auf der Wallfahrt zur Kandy Perahera. Eben gerade sind zwei Familien aus Holland und England hier mit kleinen Kindern. Nein, es ist nicht gefährlicher als es immer war, und 19 Millionen Sri Lanker leben ja auch hier, jeden Tag. Was bleibt ihnen anderes übrig. Aber in diesem unerklärten Krieg kann schnell einmal etwas aus dem Ruder laufen, es würde mich nicht verwundern, wenn einer der Kampfparteien der Geduldsfaden reißt.

Manche Tage sind übel, da mache ich mir schwer zu schaffen, da sitze ich zwischen allen Welten und bin in keiner wirklich heimisch. Kürzlich in Colombo bin ich in die Kentucky Fried Chicken Welt geraten, reagierte mit Abwehr und Missmut. Regte mich auf über die beängstigende Deklaration auf dem Ketchupbeutel, die Creamer- und die Zuckerschläuche, den Becher heißes Wasser mit einem Beutel Standard Nescafé, den ich mit zehn Fingern nicht aufreißen kann. Alles ist identisch widerwärtig wie der Wrestling-Kanal, der ganztags am TV läuft, die Countrymusik in den Lautsprechern; die einheimischen Angestellten haben sie gar in Schlabberhosen und Stars & Stripes-Shirts gezwungen. Es ist eine Gegenwelt, die mich an einem dieser hellsichtigen, verletzlichen Tage wie heute einfach nur beelendet.

26. Juli

Wie beschämend, dass wir hier heute Morgen eine 30-Liter-Kanne kaufen mussten, um den Benzinvorrat zu erhöhen. Der WLAN Installateur aus Colombo sagte seinen Besuch für heute ab, auch in der Hauptstadt gäbe es noch immer kein Benzin. Der Maurer berichtete, im Nachbardorf stünde eine 3 km lange Schlange vor der einzigen Station, die noch Benzin ausgibt. Es gäbe Streitereien unter den Autofahrern, die alle zuerst drankommen wollen. Auch dem letzten, der den neuen Saubermännern zur parlamentarischen Mehrheit verholfen hat, dämmert, dass auch sie nicht zum Wandel fähig sind. Sie gründen wie gehabt neue Komitees, um alte Ladenhüter zu diskutieren. Keine neue Idee kommt auf den Tisch, nichts, was den Gegner im Norden zur Reaktion oder gar zum Einlenken veranlassen würde. Hinhalten, Stillhalten, Zeitgewinnen. Die staatstragenden Parteien brauchen ihre Energie lieber dafür, in alter Tradition aufeinander einzuprügeln. Derweil sitzt die Expräsidentin, der das Land viel zu verdanken hat, im Wartesaal in England und hofft auf das Ende der Schlammschacht gegen sie, hat jede Lust verloren, wieder heimzukommen.

Die Staff in neuen, roten Hemden mit blauen Fischen drauf, Sandani hat sich ein traditionelles Blüschen schneidern lassen und einen Kandywickelrock, die Männer im Sarong. Nur Dilan könnte ein wenig engagierter sein, hat zu große Aufs und Abs, und dem Koch musste ich dann doch noch die letzte Warnung schreiben. Kein Management, keine Leadership, zu wenig Abwechslung beim Einkaufen und Kochen, nicht die rechte Attitüde, um den kulinarischen Icebear erfolgreich durch die nächste Saison zu bringen. Wenn die Touristen weiterhin in Scharen kommen, muss alles wie mechanisch klappen, muss jeder eingeschliffen sein und wissen, was er zu tun hat. Dieser Tage haben wir Fullhouse, obwohl das 200-Zimmer-Browns-Beach nur 10 Gäste meldet. Dass Putzequipen und Müllautos tags und nachts durch die Stadt, die Lewis Place und am Strand entlangfahren, ist das Tüpfelchen auf dem i, Negombo war noch nie so sauber. Der neue Bürgermeister, sicher.

Ich bin mir in meiner dickköpfig-sturen Ochsenart manchmal selber widerwärtig. Entsprechend schwankte ich heute zwischen Beschämung und Zufriedenheit, mich wieder einmal durchgesetzt, meine Absichten und Vorstellungen wieder einmal realisiert zu haben. Nach drei pausenlosen Anpackstunden mit dem Gärtner zusammen ist jetzt sogar der Abfall deutsch-schweizerisch geordnet. Alles seit Monaten in allen Ecken verstreut herumliegende Zeug ist gnadenlos sortiert in Haufen, die gnadenlos abgeführt werden müssen, der Rest gnadenlos gruppiert und sortiert, es wurde dafür eigens einen «Werkstatt» aus den vielen runden Bodenplatten aufgeschichtet, die wir derzeit nicht brauchen. Jetzt kann der Mann im Schutz dieses Walls hausen und wüten und alles liegenlassen, wie er will. All die herunterfallenden Kokoszweige, alles zusammengefegte Laubwerk, alle Drähte, Schnüre, Hölzer, Rohre, Ziegel, Steine, Säulen, die sich auftürmen durchs Jahr. Jeder, der jetzt von der Straße her durch den Garten geht, wird nur noch Garten sehen, die «Icebear Gardens», wie ich sie vorgreifend im Web titulierte.

28. Juli

Der Vater ein ruheloser Zigeuner, er hat es nicht geschafft. War ein paar Jahre Gärtner bei uns, beliebt wegen seines gewinnenden Wesens, gefürchtet wegen seiner mangelnden Geradlinigkeit und nicht zu führen wegen dieser disziplinlosen Schmetterlingsnatur, die ihn bei keiner Einzelarbeit lange hielt, immer alles angefangen, weggerannt, den Rest vergessen. Seit Jahren ist er jetzt Lumpensammler auf einer gigantischen Müllhalde beim Flughafen. Da sammelt und sortiert und verkauft er an Mudalalis, die die Fundgrube mafiös unter sich aufgeteilt haben. Saufen tut er auch, natürlich, er erkennt, er hat es nicht geschafft. Und seine kleine, dünne Frau hält zu ihm, weil sie keine Alternative hat. Die kleine Tochter der reine Engel, der Sohn von sonnigem Charakter.

Der ist unser erster Lehrling. Ich habe ihn nach einem eigens konzipierten Plan in fünf Tätigkeiten je zwei Monate trainieren lassen, meine Leute waren während dieser Zeit seine Lehrer. Obwohl erst 17 und mit Schul- und Erziehungsschwächen beladen, durchpflügte er das Lehrjahr ohne große Brüche, immer guter Dinge, als Küchenbursche, Steward, Gärtner, Roomkeeper und zuletzt beim Manager als Officeassistent. Log nicht, stahl nicht, beschiss niemanden, brachte niemanden zur Verzweiflung. Ein wenig faul die ganze Zeit, wenn ich gutwillig bin würde ich sagen, ein wenig verspielt, hat auch am Ende seiner Ausbildung nicht wirklich verstanden, was läuft. Doch Asche auf mein Haupt, ich war als Lehrling im selben Alter gänzlich unbrauchbar und vollständig blind dem Leben gegenüber. Wir würden ihn jetzt nach dem Ende seiner Ausbildung gerne noch eine Weile behalten, bevor er sich woanders verdingt. Sind derzeit arm an Manpower bei all dem touristischen Zulauf. Aber kaum angestellt, machte er an seinem freien Tag eine zehnstündige Fahrradtour nach Anaradapura, ohne jede Pause, deklariert als Pilgerfahrt mit Freunden. Am Ende musste man ihm die Testikel operieren, die waren zur doppelten Gösse angewachsen, hielten dem Satteldruck nicht stand, Wasser drin. Sie operierten ihn aufwendig, er müsse sich die nächsten zwei Monate körperlich schonen, dürfe nicht arbeiten. Verflixt.

Das Team besuchte ihn daheim, das war gar nicht selbstverständlich, er ist schließlich zuunterst in der Rangfolge, aber die mögen ihn. Und ich besuchte ihn auch, auch ich mag ihn. Der Alte war nicht da, das hätte mich depressiv gemacht, Mutter und Tochter bewirteten mich hingebungsvoll mit Tee und Gebäck. In vier Tagen käme er zurück zur Arbeit. Das war vorgestern, wir rechneten mit ihm, aber er kam nicht und es kam auch kein Anruf. Seine Schmetterlingsflügel haben ihn weggetragen, er ist der Sohn seines Vaters.

Heute Morgen biege ich in Negombo Town um die Ecke, bepackt mit 15 Kilo Hundefutter aus dem Supermarkt, da schlendert er mit Freund und Freundin, die Tasche über den Schultern, auf dem Trottoir. Tourist? Ja, sie seien heute nach Negombo zum Spazieren gekommen, verlegenes Hüsteln und Durchdiehaarefahren, morgen käme er zur Arbeit. Ich weiß schon warum, morgen ist Zahltag.

Bin betrübt. Wieder ein Dummkopf, der seine Chancen nicht wahrnimmt.

Doch kaum war er wieder an der Arbeit, legte er los wie ein Galeerensklave, immer aufmerksam, hat sogar vernetzt denken und mehrere Sachen parallel erledigen können, war selbstgesteuert, engagiert und freudvoll am Werk. Und es hielt an. Da beschlossen Dilan und ich, ihn einen Monat für ein Praktikum in ein Großhotel zu vermitteln und ihn nach diesem kleinen, aber wichtigen Ausflug als festen Mitarbeiter fest anzustellen.

Dieser fleischige Jungkoch mit dem Mittelscheitel, der nach nur einer Woche bei uns nicht mehr zur Arbeit erschien, weil er auch den Tageseinkauf zu machen hatte, habe ein paar Wochen später Gift getrunken, heute Mittag beerdigen sie ihn, wie immer sind alle tief betroffen und können es sich nicht erklären. Mir bestätigt es wieder einmal, dass einer, der charakterlich intakt ist, in jedem Job erfolgreich sein kann, dass er es aber in keinem Job wirklich schafft, wenn ihm seine Personality im Wege steht. Ich weiß nicht, ob sich Mütter, Väter, Lehrer, Guardians, Aunties, Uncles, Präsidenten ihrer Verantwortung für die Aufzucht wirklich bewusst sind.

4. August
Wir sind zurück von unserem zweitägigen Betriebsausflug. Gab meinen schmalen Betriebsprofit her, hätte mir zehn Fünfsternnächte dafür gönnen oder einen zusätzlichen Angestellten für ein Jahr entlöhnen können, aber ich kann nicht aus meiner abendländischen Gutmenschenhaut, trotz gelegentlicher Ruppigkeit bin ich ein guter Kerl.. Zuletzt fand ich mich dafür belohnt, natürlich. Habe sehr genossen, hinter der Sippe wie eine Ente herzuwatscheln und sie für einmal nicht anzuführen. Es war ihr Tag, ich habe mich ganz klein gemacht und devot alles erduldet und ertragen.

Höhepunkt in Kitulgala war die zweistündige Wildwasserfahrt mit 7 Schikanen, eine hieß «Head Chopper»! Da war auch ein tausende Jahre alter Felsentempel, den ein Wasserfall schützte wie eine Jalousie. Die Eisenhaken der Filmarbeiten zur «Brücke am Kwai» waren noch in den Flussbettfelsen verankert und ich konnte den Film als Video auftreiben, das schauten wir am Vorabend im Hotel an. Eine vierstündige Wanderung durchs Blutegelland hatte auch noch Platz, und wir logierten in abenteuerlichen Baumhauszimmern.

Wieder zu Hause, reißen sich alle im Team in Stücke. Sie haben mir gar eine grässliche Holzplastik geschenkt, um ihre Freude zu zeigen, und ich bin auch ganz gerührt über so viel kultivierte Einfühlung. Jetzt aber erst einmal genug, wir müssen an die Arbeit, in Europa haben die Sommerferien begonnen, sie wird uns ein kurzes Aufblühen der Zwischensaison bringen. Deutschland und Frongraisch sind im Halbfinal.

Das Team ist in diesen Tagen ein Glücksfall, ein Muster davon, wie es sein könnte, und ich wünsche sehnlichst, dass es eine Weile anhält. Jeder kennt und spielt seinen Part, ohne dass ich oder der Manager ständig mit der Peitsche knallen muss. Auch gruppendynamisch sind alle gut aufeinander abgestimmt. So viel Harmonie und Ruhe erzeugt immer eine Atmosphäre, die sich umgehend und üppig in Gästebuch und Tipp-Box niederschlägt. Der Koch hatte einen Mahnbrief bekommen letztens, aber auch er ist nicht mehr wiederzuerkennen. Der Nachtwächter betreut zu meiner Überraschung nächtliche Gästeankünfte und ist plötzlich Nachtrezeptionist. Saman bewältigt die viele Arbeit mit den immer neu belegten Zimmern stabil selbstständig und akkurat. Der Gärtner ist immer in Bewegung, ist aber wahrscheinlich ein Quartalssäufer – wenn er nach zwei Tagen Heimaturlaub zurückkommt, ist er einen Tag lang verkatert und abgetaucht. Und Sandani hat sich bei allen Schwächen fest etabliert, dieser Männerhaufen hier wäre unerträglich ohne eine Frau oder zwei. Die Männer reißen sich dann einfach mehr zusammen und werden zu kultivierten Gentlemen.

Natürlich weiß ich, dass eine Ehefrau neben und mit mir das Guesthousemarketing erst krönen würde. Doch so oft ich Singlevariante und permanente

Partnerschaft bei wechselnden Anlässen drehte und wendete, immer war die Summe aller Vorteile und Nachteile identisch. Kein Grund zum Risiko, ich kann meine Knöpfe auch selber annähen.

19. August

Ich bin subjektiv so verflixt gesund, dass ich mein Glück nicht fassen kann. Habe meine gelegentlichen Altherrenängste, die bei Anfällen tropischen Herumhängens schon allgemeine Schwäche als Zeichen tödlicher Krankheiten diagnostizieren. («Er war bis zuletzt so gut beieinander und dann ging alles so plötzlich.») Meiner Mutter eingedenk, die alle verfügbaren Gesundheitsführer unterm Kopfkissen hortete, gebe ich mir meist erfolgreich Mühe, meinen hypochondrischen Anfällen nicht nachzuleben. Aber heute war es ganz schlimm. Allgemeine Gliederschmerzen, immer wieder Schlafbedürfnis und umgehendes Wegschlafen, steifer Hals und steife Glieder. Unspezifische Anzeichen von Hinsiechen. Abends dann war das Ei ausgebrütet, ich legte es in vielen Sitzungen, überantwortete es meiner Wasserspülung und fühlte mich gleich besser. Was Falsches gegessen. Zuviel Früchte gegessen. Zu viel oder zu wenig getrunken. Den Wartestress bis zum ersten Geschäftsabschluss seit der Firmengründung nicht ertragen. Doch jetzt, wo ich mich fühle wie ein Waschbrettjüngling und den Jahresabschluss samt Berechnung der «Tourist Development Levy» geprüft, korrigiert, ergänzt und hinterfragt wieder an meinen externen Accountant retourniert habe, fühle ich mich entbunden und leicht wie ein Schmetterling.

Eine kleine Darmgrippe, eine unspezifische Schlaffheit, und schon ist mein Bewusstsein geschärft für die Hinfälligkeit des Alters, die kleinen Gebresten. Dass ich jetzt auch für die Ferne eine Brille brauche, zwar nur die kleinste Dioptrie, beelendet und belästigt mich, es würde ja heißen, sie immer zu tragen und nicht wie die Lesebrille nur bei Gelegenheit. Wie sonst könnte ich wieder für einen klaren Blick sorgen, wie Weitsicht, Durchsicht, Fernsicht schaffen. Es reicht nicht einmal für einen messerscharfen, nahen, vergrößerten Meeresspiegel, jetzt, wo ich vom ersten Stock aus endlich auch hier die Aufsicht habe. Dass das naturgemäß feuchte Tropenwetter mich meinen Rücken fühlen lässt wie eine krumme Waldhexe, ärgert mich, muss immer Unterhemden tragen, kann nachts nicht mehr nackig schlafen, habe dieses lebensbejahende Körpergefühl der Jungen nicht mehr. O je, das Sterben beginnt schon am Tag der Geburt. Sogar die Oberfläche der neuen Terrakottaplatten auf meinen Böden ist rau geworden wie Sandpapier durch den täglichen Gebrauch, das ewige Stühlerücken. Doch auch da helfe ich mir mit Pflaster aus, kaufte Gummipolster, die ich heute unter die Stuhlbeine kleben werde. Immer muss ich alle Probleme lösen, nie kann ich mich mit ihnen arrangieren, es treibt mich vorwärts, hält mich im Zustand ungestümen Strebens, in ständiger Erregung. Leiden und Freuden sind auf der Insel sehr viel intensiver als auf dem Festland. Man muss stark sein in den Tropen.

Das Haus ist voll, ein Bilderbuchaugust, auch diesen Monat werden wieder zehntausende Rupien Gewinn herausschauen, ein paar hundert Franken. Millionär wird man mit Fremdenzimmern nicht. Immerhin wird der Zins übers Jahr höher sein, als wenn ich mein kleines Geld irgendwie in Fonds oder Aktien angelegt hätte, von den immerwährenden Freuden der Arbeit gar nicht zu reden. Dazu genieße ich ungemein, mich in meinen ersten Stock zurückzuziehen, wenn ich an manchen Tagen leutescheu und einzelgängerisch bin, als Freizeit-Gestalter in einem Beruf zu arbeiten, in dem die Kunden nach dem Bezahlen danke sagen und mich mit Lobhudelei überschütten, tut auch meinem Ego gut. Da tut auch der wieder aufgeflammte Krieg im Land und 46 sistierte Nächte nicht allzu weh. Ich bin unbeteiligt genug, sogar darüber zu lachen, wie die Regierung das drastische Alkoholproblem in der Gesellschaft zu lösen sucht: Sie hat heute die berühmte «500-Meter-Regel» in eine «1000-Meter-Regel» umgewandelt, in dieser Distanz von jeder Schule und jedem Tempel darf kein Alkohol verkauft oder ausgeschenkt werden. Außer von Fünfsternhotels. Die orangenen Kutten in der Koalition wird es freuen und es gibt wieder einmal ein paar plakative Schlagzeilen für die Massen im Süden. (Schrieb ich, dass sich die anderen Koalitionäre, die Marxisten, letzte Woche selber die sündhaft teuren Luxusautos anschafften, für die sie auf wechselnde Regierungen eingeprügelt hatten?)

22. August

Es gab zwei kleine Diebstähle in den Gästezimmern und ich vermute einen Sünder aus dem Team, habe aber keine tragfähigen Beweise. Das ist viel ärgerlicher als die Enttäuschung der Gäste. Es vergiftet das Team, denn jeder könnte es sein, ein Milieu von Misstrauen ist vernichtend.

Saman hat frei. Dilan gibt je ein Zimmer an Sandani und Ravindu zum Make-up. Dilan sieht in einem der Zimmer eine Fünfhundertrupiennote und ein paar Münzen liegen, die die Gäste erkennbar als Trinkgeld zurückließen. Das habe ihn auf die Idee gebracht, es liegen zu lassen, um Ravindus Ehrlichkeit zu testen. Der habe es ihm dann auch zurückgegeben, wir sind ziemlich erleichtert.

In dem Zimmer, das Sandani zu reinigen hatte, habe er einen Hunderter auf den Stehtisch im Bad gelegt. Der sei nachher weg gewesen. Er habe bis abends gewartet, sie sei aber heimgegangen, ohne ihm das Geld zu geben. (Ein paar Tage vorher erst habe ich dem Team eine extra Vorlesung gehalten, dass keiner etwas nehmen dürfe und er umgehend den Job verliere, selbst wenn es nur eine Flasche Wasser sei.)

Auch den ganzen zweiten Tag habe Sandani nichts abgegeben. Am Abend hat der Manager sie dann angesprochen, meinen Instruktionen folgend, ihr ein Ehrentürchen offen zu halten. Sofort sagte sie, ja, sie habe das Geld und es abgeben wollen, aber immer wieder vergessen. Zuerst habe sie es gemeinsam mit der Frage tun wollen, ob sie die leere Handseifenflasche haben könne, dann sei so viel Arbeit gewesen, sie habe es wirklich vergessen. Dann gab sie ihm den Hunderter zurück und er gab ihr die leere Handseifenflasche. Kinder alle. Aber sie wird jetzt eine Weile ins Blickfeld rücken.

28. August

Vor einer Woche haben wir mit der Kontrollstelle, den Chartered Accountants, auf heute die jährliche Buchprüfung terminiert. Ich hatte auf mein Yoga verzichtet, Tisch und Belege bereitgehalten, ließ einen Krug Tee warm stellen und eine Platte Fingerfood. Ging nicht in die Stadt für Besorgungen. Sagte das Gespräch mit einer Frau ab, die über meinen Yogakurs reden wollte. Stattdessen kam – am Mittag! – ein Fax, dass der delegierte Kontrolleur heute nicht kommen könne. Das ginge leider erst übermorgen. Schlechtes Benehmen, Schlaffheit, Abwesenheit jeglicher Planung, Respektlosigkeit, mangelnder Gemeinsinn, keine Vorstellungskraft für die Folgen allen Tuns. Wie will man da der asiatischer Wirtschaftstiger werden, den man uns immer verspricht. Es bleibt einfach «a land like no other», wie der Werbeslogan der Tourismusbehörde sagt (den sie, wie ich später auf einer TV-Verpackung sah, von Sony gestohlen hatte).

In der Beamtenwelt sieht es nicht viel besser aus. Da geht es genauso selbstbezogen und chaotisch zu, genauso grob und ungeschliffen, genauso undiszipliniert, genauso zukunftsmüde. Der New York Times Kolumnist schreibt in seinem schönen Buch, was die Gesellschaften brauchen zur Entwicklung: Gute Ausbildung. Gute Infrastruktur. Gute Governance. Wenn man zugutehält, dass die Kolonialisten die ersten beiden Erfordernisse – nebst vielem anderem wie Gesetzgebung, Gesundheitswesen – als Leistungsausgleich zurückgelassen haben, dann bleibt noch die Governance. Um die ist es schlecht bestellt, seit sich die Engländer davonschlichen, und es gibt keinen Grund zur Hoffnung.

Seit Wochen bin ich unruhig und gestresst und stehe unter Strom, weil dieses im Rahmen des ersten Geschäftsjahres bedeutende Traktandum bislang offen war und der beauftragte Secretary schließlich beim BOI um Aufschub der Frist bis Mitte September vorstellig werden musste.

Von meiner Schweizer Company habe ich die Art der Monatsbuchhaltung und Belegverarbeitung für Einnahmen/Ausgaben/Investment/Inventar/Assets übernommen und seit 2002, als ich nach Sankars Hinauswurf zu einem anderen Lokalpartner wechselte, habe ich die monatliche Buchführung sorgfältig und nach bestem Wissen und in schweizerisch ehrenhaftem Anstand erledigt. Vor allem, um selber ein Röntgenbild der rollenden Geschäfte zu haben. Dennoch fühlte ich mich in Unkenntnis der britischen Art der Buchführung gehörig unsicher. Präpariert mit tiefem Misstrauen gegen alle Dienstleister, war ich auch im ständigen Zweifel, ob ich mit der Berufung der Secretarial Firma und des Auditors in Colombo nichts Dummes gemacht habe. Seither fand ich zwar immer wieder Belege dafür, mir eine reputierte Firma mit altem Namen angelacht zu haben, war durch deren unbeholfene Stilistik aber manches Mal verunsichert.

6. September
Nun endlich kam ein delegierter Buchhalter der Auditfirma für die Abschlussarbeiten ins Haus. Ich hatte erneut alle Belege bereit, das Hauptbuch usw., mein privates Apartment als Büro zur Verfügung gestellt, gar mein Laptop, mit dem der Buchhalter seine Excelsachen erfasste. Wir haben den Mann gefüttert mit Frühstück, Lunch und Snacks von 9 bis 5, doch als er dann ging, eröffnete er mir, dass er im Ganzen wohl 10 Tage brauche. Schock, ich habe eben keine Ahnung von Buchhaltung. Der rechnet tatsächlich alles nach, steigt sorgfältig in Details und Belege, erfasst alles und vor allem: Er muss ja die Eröffnungsbilanz erstellen, zwei Geschäftsjahre noch dazu. Diese ist dann das Fundament, auf dem die Folgejahre mit reduziertem Aufwand «automatisch» ablaufen. Das war die große Lehre des Tages. Es wird gerade bis zum BOI-Termin reichen, der Mann wird noch viele Tage lang mit dem Bus anreisen, um sich hier gratis zu verpflegen. Werde ihn in mein kleines Büro umquartieren.

Am Schluss bedankt er sich artig mit dem Kommentar, dass meine Belege in besserer Ordnung gewesen seien als was er sonst zu sehen kriege, auch das Hauptbuch sei klar kontiert und sauber, in Sri Lanka sei das selten. Da bin ich natürlich prompt milde gestimmt. Doch leider nutzt er diesen Augenblick von Nähe, ein Verkaufsgespräch für Schwarztee loszutreten, einer seiner Klienten sei eine Teefabrik, er habe Beziehungen. Immer am Mischeln, immer am Tricksen, immer bereit für ein Zusatzgeschäft, Freundlichkeit mit Schwäche zu verwechseln, einen Vorteil zu ergattern.

18. September
Auf einer Motorradfahrt in die Hauptstadt erlebe ich den sri-lankischen Verkehr wieder einmal als den schlimmsten, den man sich vorstellen kann. Macht macht Recht. Auf sri-lankischen Straßen würde der alte Darwin seine Theorie vom Überleben des Stärkeren aufs Schönste bestätigt finden. Kraft, Gewicht, Größe, Geschwindigkeit, Pferdestärken, Kaste, Anpassungsfähigkeit ergeben ein Muster chaotischen Wahnsinns. Die schwächeren und weicheren Straßenbenutzer

wie Fußgänger, Hunde, Fahrräder, Kühe, Motorräder, Ochsenkarren, bäuerliche Traktoren, Dreiradtaxis, alle müssen sich der Macht der Stärkeren anpassen, indem sie drohenden Katastrophen hastig und ständig ausweichen. Ich muss mich deshalb immerzu aufs Höchste konzentriert auf den Verkehr fokussieren. Wenn ich dann im Stadtzentrum angekommen bin, habe ich alle anderen Gedanken aus meinem Kopf verbannt, bin gänzlich leer geworden, eine Stunde Motorradfahren bringt dasselbe Resultat wie drei Tage Meditation. Da bin ich dann erleichtert, kein Fußgänger zu sein und keine Straße überqueren zu müssen.

27. September

Ich bin beunruhigt, weiß aus meinem Leben so viel über die grenzenlose Arroganz der politischen Anführer, dass ich immerzu alles und auch das schlimmste für möglich halte. Weiß immer weniger, was dieses Leben eigentlich soll, verliere manchmal die Lust und lächle nachsichtig über den Gerry, dieses optimistische Sonntagskind, das immer eifersüchtig auf jeden Baum war, der zweihundert Jahre alt werden darf. Je älter ich werde, desto weniger Hoffnung bleibt, dass die Welt so gut wird, wie die Massen es wünschen und verdienen. Nichts lernen die Verantwortlichen, die Häuptlinge in aller Welt, nicht von ihrem Land, nicht von ihrem Kontinent. Sogar die Thai spielen nach fünfzehn Jahren Zivilregierung wieder einmal Umsturz; die Armee hat die Macht übernommen, Panzer in Bangkok, die Verfassung außer Kraft, die Zivilgesellschaft im Griff der Armee, der König segnet den weiß uniformierten Militär, der auf den Knien zu ihm hingerutscht ist.

Und in Sri Lanka rumort es ganz arg, derzeit noch im Untergrund.

Gestern abends las ich in einem Webartikel für die Insider der internationalen Finanzmärkte – ich verstand nur das Wenigste, so sehr fachspezifisch und außerhalb des öffentlichen Verständnisses wurde das abgehandelt –, dass die sri-lankische Staatsbank pausenlos neues Geld drucke, weil der Regierung zu viel Geld ausgebe, die Reserven aufgebraucht seien, die Armee das knappe Geld absorbiere, die Jahresinflation über 15% sei. Die Donatoren streichen ihre Tsunamihilfe, die NGO's stellen die Programme ein, die zugeneigte EU, die USA, Japan überprüfen Geldzusagen und Kredite, die Touristen bleiben weg, die internationale Gemeinschaft hat wieder ein Land mehr, von dem sie zu Recht die Nase voll hat. Wieder einmal hat sich ein Darling zum Paria gemacht.

Seit vielen Monaten habe ich wieder einmal schlecht geschlafen vor lauter Nachdenklichkeit. Was, wenn die Regierung den Konkurs anmeldet und die Staatsbanken schließen? Was, wenn die Hardliner Dummheiten machen? Was, wenn sich die Massen aufhetzen und instrumentieren lassen? Was, wenn sich Indien die lästige Laus im Fell abschüttelt? Was, wenn die Mehrheit nicht einsieht, dass es zur Zusammenführung der Bevölkerungsgruppen unter einem Dach und dem Teilen der Zentralmacht keine Alternative gibt? Der neue Chef der skandinavischen Monitorgruppe hat gleich zu Beginn seiner Arbeit als Vermittler ein gnadenloses Bild gezeichnet von beiden Seiten, der Regierung und den Separatisten. Beide lügen, was das Zeug hält, metzeln aufs Grausamste und Übelste Zivilisten, Rivalen, Widersacher nieder, wollen gewinnen, den andern Schwächling niederzwingen. Bald wird es wieder Todesschwadronen geben, und obwohl die Streithähne keine Wahl haben, als zu verhandeln, wird wieder etwas entgleisen.

Als mir Dilan abends von einem Hinweis des Wineshops berichtet, die Vorräte aufzustocken, weil ab morgen für eine Woche alle Wineshops und Bars geschlossen würden, da habe ich das ungute Gefühl, die Ausgangssperre sei nicht mehr weit, es braue sich etwas zusammen. Weit und breit kein Poya in Sicht, der Mond nur eine schmale Sichel, ich sehe wirklich keinen ökonomischen Grund, den Alkoholhahn zuzudrehen, nur den, die Massen in Schach zu halten in einer noch unbekannten Ausnahmesituation.

Aber es gibt ja manchmal im Leben auch positive Ereignisse, die die Leute außer sich geraten lassen. Andererseits. Vielleicht gibt's Krieg. Vielleicht gibt's Frieden. Morgen ziehe ich mich für zwei Tage in den neutralen Luxus des Palm Beach Ressort zurück, hungrig nach Distanz und frischer Luft im Kopf.

29. September

Ein Tourist Resort als Kopferfrischer war keine kluge Alternative zu einem Stadthotel und Colombo. Wohl war der Pool groß und schön, aber die Vollpension niederschmetternd, alles musste billig sein, die Kellner sind Schlafmützen, die Gäste europäische Pauschale, die ich mir nicht als Nachbar wünschen würde. Ich war froh, als ich anderntags schon um drei wieder daheim war.

Die unterwegs gekaufte Zeitung – die Medien sind eine Sucht – klärte mich über mögliche Gründe der wochenlangen Wineshopschließung auf. Die Freudenfeier-Variante: Der Separatistenhitler will mit der Regierung verhandeln. Die Zuckerbrotundpeitschen-Variante: Der Präsident möchte durch das Trockenlegen der Väter deren Familien und Kinder glücklich machen. Doch abends dann die Wahrheit: Das Verbot wurde von der Alkoholsteuerbehörde mit sofortiger Wirkung aufgehoben, es sei ein Irrtum gewesen; da war der Steuerausfall schon zu 400 Millionen Rupien aufgelaufen, so viel, wie ein Kriegstag kostet. Verursacher der Alkoholente war eine Gruppe einheimischer Gutbürger, die die Medien über eine Aussage des Präsidenten informierten, den sie vor lauter Helfereitelkeit gründlich missverstanden hatte. Management vom Feinsten, und ich bin so nervös (das Gegenteil von stoisch, wozu ich auf gutem Weg war).

8. Oktober

Das waren keine guten Jahre in den späten Achzigern, als Todesschwadronen mit Duldung und wahrscheinlich Unterstützung der Obrigkeit loszogen, um Bürger umzubringen, die nicht im richtigen Lager standen. Eine unrühmliche Phase in der immer noch nicht aufgearbeiteten neueren Geschichte des Landes. Jetzt scheint es wieder loszugehen und natürlich liest man nichts in den Zeitungen, doch die Leute wissen Bescheid: Gestern wurde im Quartier ein einheimischer Reicher ermordet, weil er mit den Separatisten zusammengearbeitet habe, er habe ihnen Petrol verkauft. Auch ein Jungfischer aus der Rosary Road, dem sie das Haus abgefackelt haben, weil er dem Gegner half, säße samt Familie im Gefängnis.

Zwei Tage nach dem Oktobervollmond bäumt sich der Südwestmonsun noch einmal mächtig auf, will nicht klein beigeben, macht sich wichtig, doch aus Erfahrung weiß ich, dass er sich bald schon zur Ruhe legen muss. Vorher hat er auch mir noch einmal den Meister gezeigt; heute Morgen kam eine schwarze Regenwand vom Meer her und da war es schon zu spät, die äußeren Läden zuzumachen, das Wasser drückte durch die verschlossenen Fenster ins Zimmer, das schon nach einer Viertelstunde unter Wasser stand. Ich rakelte die Regenflut eine halbe Stunde lang auf die Terrasse hinaus.

Regi kündigte vorzeitig, Sandani hat Probleme im Team, Dilan etabliert sich gut und wird zunehmend kommunikativ und angstfrei im Umgang mit mir und den Gästen, ein abgestürzter Schweizer verdingt sich zum Einheimischenlohn als Gärtner. Der Accountant ist immer noch im Haus und es wird mir bewusst, wie wenig ich gestört sein will.

In der Apolloklinik habe ich einen Executive Check-up gemacht, auf dem Laufband aber den roten Knopf gedrückt, der Kopf, ich unterwerfe mich nichts und niemandem, es ist zum Lachen.

11. Oktober

Heute Morgen tagte die neu gegründete Negombo Hotel Association, 40 Leute waren dabei, die Hälfte der Mitglieder, wir gehören auch dazu. Weil die Einheimischen gehemmt sind bei der Anwesenheit von Ausländern, schickte ich Dilan als meinen Stellvertreter. Er habe sich in eine Sechsergruppe gemeldet, wird zunehmend selbstbewusst, es gefällt mir. Der Verein sei jetzt auch als NGO gemeldet. Aha, es gab also Entwicklungshilfe vom Ausland und die Entwicklungshelfer fanden keine Strukturen vor, wussten nicht, an wen das Geld zu überweisen sei. Also hat man flugs einen Club gegründet, wir sind jetzt die nützlichen Idioten für die Melker. Man hat große Pläne, damit es mit dem heruntergekommenen Goldstück Negombo schnell aufwärts geht im allgemeinen Abwärts.

Es soll ein Dinner Dance geben. Abfallkörbe gäbe es bald, sie würden an alle Lichtmasten gehängt. Die Small-and-Medium-Hoteliers würden Plastiksäcke erhalten, umsonst, damit es endlich sauber wird hier. Es würden der Lewis Place entlang Bäume gepflanzt und die Straße würde repariert. Ein Tourist Info Center würde eingerichtet, die Tourist Police würde einen englischsprachigen Polizisten rekrutieren. Selbst den alten Klapperbus von der Seasideline No 905 würde man gegen einen schöneren und bequemeren austauschen. Der Bürgermeister sei weiterhin positiv eingestellt für die Bedürfnisse des heimischen Hotelgewerbes. Das unsägliche Tourist Board würde gar einen Abfalltraktor beisteuern. Ach ja, und der Sohn der Expräsidentin sei Tierarzt, deshalb habe sie seinerzeit ein Gesetz eingebracht, dass keine Hunde getötet werden dürften, das Negombo Municipal Council sei deshalb machtlos, wir müssten mit den räudigen Hunden leben (heute Mittag waren es zwölf allein am Strand vor unserem Haus).

14. Oktober

Seit heute ist Sommer. Die ersten Holzfloße fischen am frühen Morgen auf dem glatten Wasser, die ersten Kunststoffboote lagern am Strand. Kleine Mädchen und die Beachboys von morgen tollen streng in Gruppen separiert in Sand und Wasser. Das Meer in Streifen dunkelblau, Türkis, grün. Der Himmel himmelblau, kein Lüftchen bewegt unsere farbigen Flaggen an der Strandmauer. Vögel rufen einander, Amseln kommen zurück zum Nestbau, Streifenhörnchen jagen einander, sogar ein Eisvogel sitzt auf einem dorren Palmwedel. Ich mache mein Yoga extra sorgfältig, gehe eine halbe Stunde zum Camelot hinauf, tauche passiv in die müde gewordenen Wellen und schwimme nachher lange. Auch der moslemische Ramadan ist vorbei, im Sunflyer drängen sich schon am frühen Morgen ein paar hundert Gäste am Strand. Bald können wir den Windzaun abbauen.

Ravindu hat seinen Lehrabschluss mit einem Monatspraktikum im benachbarten Großhotel Sunflyer beendet, das ich ihm vermitteln konnte. Alle sind zufrieden, heute Morgen kam er, um nach gehabter Bedenkzeit mitzuteilen, dass er gerne bleiben und weiter im Icebear arbeiten würde. Den Garten würde er gerne übernehmen, Stewardservice möge er auch und den Kontakt mit Leuten, es wird wohl eine Mischform geben, wir engagieren ihn neu wie einen Mann. Mit 18 steht er ganz gut da und ich freue mich auf sein sonniges Gemüt, das das Team aufhellen und die Gäste entzücken wird.

Der Koch Rajendran wird gehen, ich habe ihm empfohlen zu kündigen, er habe drei Monate Zeit. Er ist zu altmodisch, zu sehr nur Koch (ein guter!) und hat gar nichts von einem Chieftain, kann sich auch gegen seine Mitarbeiter nicht durchsetzen und ängstigt die Gäste mit seinem finsteren Gefängniswärterblick. Ist nicht team- und kommunikationsfähig, agiert nicht leaderish, will einfach seine Ruhe haben, hat bis heute das Restaurant nicht wirklich in sein Denken übernommen. Ich kenne ihn inzwischen besser, mag ihn in seiner feinen Art, aber brauche einen, der nicht nur kochen, sondern auch den kleinen Betrieb im Auge behalten kann. Ach.

Die Regierung redet immerzu vom Frieden und von Verhandlungen und von Powersharing, nennt die Angriffe der Armee Verteidigung und lässt sie machen, was sie will. Ende Monat sollen in Genf wieder einmal Gespräche stattfinden, doch am gleichen Tag, an dem es die Weltgemeinschaft aufatmend zur Kenntnis genommen hat, tobt in Jaffna die ärgste Schlacht seit dem Beginn des Waffenstillstands vor vier Jahren. Alle lügen wie gedruckt, gedruckt sind 200 Separatisten tot und 150 Soldaten, für die Armee ein Desaster, umso heftiger wird sie alles tun, um den Konflikt mit Hardlinerparolen und neu aufgerüstet militärisch zu gewinnen. Man kommt aus dem Staunen nicht heraus.

In der Nacht auf Sonntag wie oft Saturday Night Fever am Strand, gibt es ein Konzert vor der Seachurch. Um drei Uhr morgens ziehen Rudel Halbstarker heim und langweilen sich. Alle jubilieren so laut, dass die ganze Nachbarschaft im Bett steht. Ein paar spalten sich ab und randalieren vor unserer Mauer. Als einer übers Seagate klettert, fotografiere ich ihn mit Infrarot und Tele, es könnte eskalieren, die Polizei würde nur agieren, wenn ich «weiß, wer's war». Das ganze Team ist auf den Beinen, die Gruppe ist irritiert und ich gehe, um mit den Radaubrüdern zu reden, Lena an kurzer Leine an der Hand, die Staff als Bodyguard weiter hinten. Ich hätte es mir denken können, der Anführer ist der polizeibekannte Drogendealer Malith. Der insistiert zu meiner Überraschung eingeschüchtert, ich solle die Fotos nicht nutzen, bitte. Sie hätten Durst und hätten den Nachtwächter nach Wasser gefragt. In Wahrheit haben sie unsere Kokosnüsse geklaut. Ich nutze die Gelegenheit, ihn zu ermahnen, mit 26 solle er langsam mit einer Arbeit anfangen. Welchen Beitrag er eigentlich der Quartiergemeinschaft leiste? Und dass er ganz einfach die Grenzen achten und uns nicht weiter mit seinen Bubereien belästigen möge. Er kann gut Englisch, hört aufmerksam zu, nachdenklich, bedankt sich für die Lektion; wenn er mir helfen könne, dann müsste ich nur rufen. Wie alle kleinen Feldherren folgt er Napoleon: «Wenn du sie nicht schlagen kannst schlag dich zu ihnen.»

25. Oktober

Seit einer ganzen Weile liegt ein enormer Haufen Post zum individuellen Beantworten auf meinem ziemlich großen Tisch. Aber der Kontrolleur des Treuhänders sitzt nun schon den zehnten Tag in meinem Apartment für den ersten formellen Jahresabschluss meiner neuen Firma. Ich bin arg eigenbrötlerisch geworden, will keinen in meiner Wohnung haben, ganz allein sein, will niemanden mehr sehen. So war ich sehr gestört und verstört und ließ das Meiste liegen.

Habe mich vor ein paar Tagen aber sorglos nach Bangkok abgesetzt, das tat mir gut, heute abends fliege ich wieder zurück. Es gab dort einen Militärputsch und im Süden ethnische Gewalt, aber ich sah nichts, hörte nichts, wusste nichts. Die Gehirnwäsche war erfolgreich, Buffets, Kino, eine unkeusche und eine keusche Massage, eine Bar, bummeln und flanieren und Icebearsachen einkaufen, einen Mixer, einen Waterheater und solche Sachen. Der neue Flughafen ist sexy und prickelnd, die Thai bezaubernd und so leidenschaftlich leistungswillig wie sonst nur manche Schweizer. Ich bin gerne hier, das große Stadttier ist jedes Jahr wieder neu. Was da alles möglich wäre auf unserer Insel, wenn die Sezessionisten nicht ewig aus dem Ruder laufen würde. Was will die Regierung anderes machen, als denen auf den Kopf zu hauen. Warum gibt es denn keine Opposition bei den Tamilen, im Ausland wenigstens?

Mit Willy war ich im Galadarihotel. Und im Hilton Oktoberfestzelt. Zehn Mann und eine Blonde machen bayrische Blasmusik und singen animierende Sauflieder. Die Bierauswahl ist groß und hochklassig, das deutsche Bierzelt-Buffet ist vom Unanständigsten und Ungesündesten. Nächstentags im Odel und Barefoot zum städtischen Shopping, Gegenmittel zum agrokulturellen Negomboalltag. Kurz darauf flippt der Willy aus, ein Sturm von Missmut und Nörgelei fegt über mich hinweg, es hört nicht auf. Zuerst mache ich mich lustig. Dann werde ich ganz still. Dann geleite ich ihn zu einer Flasche Bier, da ist das Baby wieder nuckelbrav.

Ich verstehe die Besorgnis unserer Gäste über die derzeitige Situation im Land gut. Immerhin: Die letzten Anschläge bei Dambulla und bei Galle waren gegen Einrichtungen der Armee gerichtet, nicht gegen Zivile, und schon gar nicht gegen Touristen.

Delegationen von Regierung und Separatisten sind inzwischen in die Schweiz abgereist, die Armee hat die Separatisten im Helikopter aufs Flugzeug gebracht, morgen werden sie in Genf ihre Gespräche wieder aufnehmen. Aber sie schicken beide nur niedrige Ränge, keine Entscheidungsträger, es ist ihnen nicht wirklich ernst. Im Vorfeld wollten beide Seiten Stärke beweisen, um ihre Verhandlungsposition zu verbessern, wie Halbstarke es tun. Was sind da schon hundert tote Soldaten; so zynisch sind die Bewaffneten schon immer gewesen, wo auch immer sie ihr Unwesen treiben. Dass das Auswärtige Amt und auch UK und die USA von Reisen nach Sri Lanka abraten, ist wohl auch Teil einer Pressereaktion der Ländergemeinschaft, an deren Tropf die Insel hängt, um die Kampfhähne an den runden Tisch zu zwingen.

Im Moment ist alles as usual, einige unserer Gäste sind derzeit unterwegs, und auch ich fahre am Montag schon wieder in die gefährliche Hauptstadt. In neuen Ländern wie Sri Lanka ist über Generationen hinweg immer alles in Bewegung und vieles nicht planbar, da ist selbst der nächste Monat weit und vieles mag sich ändern. Aber 19 Millionen Einheimische und ein paar verrückte Ausländer leben hier ihren Alltag, schütteln die Köpfe über ihre Anführer, hoffen auf bessere Zeiten, das ist bei uns in Europa nicht anders. Die Christen, Hindus, Buddhisten, Muslime sind über Jahrhunderte ineinandergeflossen, kein Hitzkopf kann sie jemals separieren. Es berührt mich, intellektuell und emotional, die Dummheit auf der Welt ist grenzenlos. Der Fernsehbildschirm ist klein, doch er macht alles ganz groß; fürchtet euch nicht, hört nicht auf, euch auf die Insel zu freuen, lasst euch medial nicht zu sehr beflecken. Die Sonne scheint, die Vögel zwitschern, die Leute lachen, die Nachbarn spielen am Strand, und seit ein paar Tagen hat auch der Monsun kampflos aufgegeben, der Sommer hat begonnen, abends ist in der Straße, vorne in «Klein-Indien», ein Tempelfest. Seit eh und je ist das kein Krieg zwischen Bürgern, es ist zum Glück auch nie ein Religionskrieg gewesen, immer war es einer zwischen gnaden- und kompromisslos gewordenen Separatisten und der Regierung, die auftragsgemäß Land und Einheit zu bewahren sucht. Touristen waren nie involviert, die Kampfgruppe hätte schnell auch den letzten Goodwill und die letzten Geldquellen verloren und das Land wäre abgeschnitten nicht lebensfähig. Es gibt keine Alternative zum sich Zusammenraufen, im Moment sind wir neugierig auf Genf und ein mögliches Resultat, und sei es nur die Vereinbarung eines weiteren Gesprächs.

26. Oktober
Halbstarke hätten um 12 Uhr mittags unser Seagate geentert und die Mitarbeiter nach mir gefragt, sie bräuchten einen neuen Volleyball, der alte sei an den Glasscherben auf unserer Mauer kaputtgegangen. Mangels Resultat sei die Gruppe in unserem Garten ausgeschwärmt und hätten Papayas und Kokosnüsse geklaut, die Schalen fanden sich nachher ums Areal verstreut. Dabei gewesen seien Ruwan, Piyal, der geschniegelte Betelkauer. Ich habe dann die Volleyheadmen Julian und Umaxon befragt, wie ich mich verhalten solle. Doch sie bedauerten, sie könnten nichts machen, mir nicht helfen, die andern im Quartier würden sie dann als Kollaborateure beschimpfen – sie haben dafür ein geflügeltes Wort: Sie ließen sich von Ausländern ficken. Hinter den Teenagern stünden aber Ältere, die sie aufhetzten, uns zu belästigen und unsere Geschäfte zu stören. Da sei viel Neid, ob ich das nicht wisse? Deshalb sollten wir den Chef der Fischerei Association aufsuchen und ihm rapportieren, jeden Morgen sei der im Büro an der Ecke beim Baudepartement, der Name sei Robey. (Es ist wohl der,

der seine Gemeinde zum Beten aufforderte, als Dilan und ich kürzlich an einer Info-Versammlung der Stadtverwaltung teilnahmen.)

Nächstentags beschließe ich, die Halbstarkenepisode sei zu unbedeutend, Dilan solle aber bei der nächsten Störung zu diesem Quartierchef gehen.

Inzwischen muss Saman ein Schild mit singhalesischer Schrift bemalen des Inhalts «Eintritt verboten. Privatbesitz. By Law.» Zudem entfernen wir den Windzaun, um visuell den Überblick zu haben, und ich werde unseren Wachhund den Tag durch ans meerseitige Seagate dislozieren. Die Staff ist aufgefordert, bei künftigen Vorfällen nicht physisch einzuschreiten, aber alles genauestens zu beobachten und sich Namen und Leute zu merken für spätere Aktion. Falls nötig.

Zwei Stunden später kommt der Anführer der Volleyballgruppe und seine jetzt lammfromm gewordenen Kollegen herein – durch das Haupttor – und bitten aufs freundlichste um das Geld für einen neuen Ball, «Gerry Father, please!». Ich jage sie hinaus.

Doch da sind sie so sauer, dass die Geschichte spektakulär weitergeht.

1. November

LIST OF DAMAGE
After vandalism riot, November 1st to 2nd, 2006, MN

Personal handed over
To Insurance Co Ltd
Negombo Branch

Negombo Police, Crime Division, came for inspection, did a report, arrested some probable offenders/Picture-CD, photographed after 2 AM, as attached

01	*Lamps & Lights*				
1.1	*5 Ball lamps, Italy*	*each*	*1950*	*total*	*9750*
1.2	*2 Underground floodlight*		*1500*		*3000*
1.3	*1 Boulevard street lamp, 5 arms*		*18000*		*18000*
02	*Boards*				
2.1	*Plexiglas light board, 2 sides*			*expected*	*12000*
2.2	*Company sign board, brass*			*exp*	*5000*
2.3	*Wooden info board, painted*			*exp*	*1000*

03	*Wood work*		
3.1	*Sea gate with frame*	*rep, reconstr, exp*	*5000*
3.2	*2 Dining table, plate*	*rec. exp*	*2000*
04	*Art work, Kitchen ware*		
4.1	*Artist's «Mother Lanka», unique, Terracotta*	*similar art work*	*13000*
4.2	*Concrete flower stand/pot*	*renewal*	*800*
4.3	*3 ash tray porcelain*	*200*	*600*
4.4	*Clay pot with oven*	*renewal*	*500*
05	*Iron & steel work*		
5.1	*4 Steel doors with bar*	*straighten, exp*	*5000*
5.2	*Steel handle (broken)*	*renewal*	*4000*
06	*Craftsman*		
6.1	*Electrician*	*rep, reset, exp*	*2000*
07	*Loss of income*		
7.1	*Hotel & Rest 1 Day closed*	*Turnover 1 Day (as per Oct average)*	*26673*
Total of damage			*108 323 Rupees*

Schon wird die Zerstörungsorgie der halbstarken Nachbarn Geschichte. Im Kleinmachen von Problemen war ich schon immer groß. Besonders Sri Lanka lehrte mich, aus Elefanten Mücken zu machen, sonst wäre es für einen kulturellen Außenseiter oft schwer erträglich. Hat nicht im blütenreinen Zürich ein Rudel Halbstarker den andern Sohn meiner Exfrau so gnadenlos zusammengetreten, dass er mit Blaulicht in die Notfallklinik gefahren werden musste und lange am seelischen Schock der Sinnlosigkeit solcher Gewalt zu leiden haben wird? Muss eine Frau im verschlafenen Basel nicht immer auf der Hut sein, wenn sie spazieren geht? Ist blinde Gewalt nicht die Sprache der Vergessenen und Zurückgelassenen überall auf der Welt? Unser Gästin aus Leverkusen sagte mir heute Morgen, sie habe die ganze Nacht im Bett gestanden, sie wolle sofort den Rückflug buchen. Sie definiert sich als sensibel und hat noch die ganze Unschuld in und um sich, die eine gehabte Ayurvedakur möglich macht. Nach gemeinsamem Frühstück bleibt sie dann vertrauensvoll bei uns.

Lucia kam mich besuchen, die ganze Nachbarschaft sei wach und verängstigt gewesen. Es stände hinter allem ein Head man, Gott würde ihn eines Tages strafen. Auch meine ziemlich gute Freundin Monika kam zu Besuch und lud mich zu norddeutschen Bratkartoffeln ein. Sogar der Versicherungsvertreter stand eine halbe Stunde mit der Kamera im Garten und tröstete, «Riot» and «Malicious Damage» seien versichert, ich solle den Schaden notieren, der liege bei 200 000 Rupien. Da passt, dass sie mit dem trickreichen Slogan werben «Ceylinco, cash on the spot», aber bezahlt hat der Mann noch nichts.

Dass auch Mother Lanka, diese künstlerische Terrakottabüste, in Stücke gehauen war, sah ich erst am nächsten Tag. Die Nachbarin empfiehlt, kein Originaldokument aus der Hand zu geben, das ginge sicherlich irgendwo verloren. Aber sonst lässt sich niemand bei mir sehen, alle sind feige weggetaucht. Um eins ist die Polizei noch immer nicht gekommen zur Beweisaufnahme, wir können den Schandfleck nicht aufräumen. Sie bestellen Joseph, den Nachtwächter, zur Einvernahme auf den Posten, Ravindu begleitet ihn, kein Einheimischer ginge alleine auf einen Polizeiposten und sie böten immer die Rangniedersten auf, nie die Chefs.

Früh am Morgen hänge ich ein großes schwarzes Trauertuch draußen an die Straße, auf das Menüschild lasse ich auf Singhalesisch schreiben «heute geschlossen wegen Trauer». Ich will, dass alle von der Schandtat wissen und sich schämen. Überlege eine Nachricht an die Sunday Times, Foreigner suffer from Riots in Negombo, not only from Tourist cancellations» (ca. 50 Nächte in 2 Monaten).

Während der Gewaltorgie gesehen und erkannt habe ich einen bislang netten, jungen Menschen, der mit meinem alten Hausmeister Sankar einst in freundschaftlichem Kontakt war und sich sowohl mit Bootsvermietung als auch mit Tucktuck beruflich versuchte, der Clan würde ihm ein wenig helfen. Auch an den Kerl mit der Eisenstange erinnere ich mich gut, er war ganz in Weiß gekleidet und hatte hennagefärbte Afrikanerhaare, ist ein wenig gedrungen und fett.

Später kommt Gayans Sohn zum Kondolieren, wie der Vater ein ausnehmend feiner Mensch. Wir sollten seine Handynummer wählen nächstes Mal, er habe Einfluss und wenn die Rowdies ihn sähen, würden sie abhauen. Er hat bei der Armee Karriere gemacht.

Die Polizei gibt schließlich grünes Licht zum Aufräumen, der Hauselektriker kommt blitzartig, eine Stunde später sind alle Vandalenspuren verwischt, ich koche auf Gästewunsch Berner Röschti, gratis, der neue Koch hat seinen zweiten Tag und hilft mit, ist jedoch ziemlich verhühnert.

2. November

Es sieht nicht gut aus im Land. Die Hongkong Shanghai Bank leiht der größten sri-lankischen Staatsbank ein paar hundert Millionen Dollar. Ich vermute, weil die Regierungen die staatlichen Banken ausgeplündert haben. Wir hatten allein heute Sistierungen für 26 Nächte, die Neuigkeiten sind nicht gut, Verhandlungen in Genf sind gescheitert. Aufgelaufen sind nun gegen 80 aufgekündigte Nächte in nur 2 Monaten nur schon bei uns, und wir sind ein ganz kleiner Fisch. Die extrem Linken zündeln wie gehabt und werden wieder einmal versuchen, die Regierung zu stürzen. Rechts außen werden sie immer nationalistischer und machen Druck auf die Regierenden. Die sogenannten Befreiungstiger bereiten neue Einsätze vor und die Armee bombt weiter. Jetzt braucht es nur noch eine Bombe, und die beginnende Wintersaison fällt wieder einmal aus. Die Regierung bleibt abgetaucht, man hört nichts dieser Tage, keine neuen Ideen, großen Würfe, kein Befreiungsschlag etwa mit einer einseitigen Geste des Stärkeren. Man darf mit allem rechnen.

3. November

Ich halte es nicht für möglich, aber spätabends um halb elf patrouillieren zwei Uniformierte vorn am Strand an unserem Tor vorbei, sie seien auch den Karrenweg zum Strand gelaufen und hätten Saman gefragt, ob alles OK sei bei uns. Sie kämen jetzt jeden Tag zwei, drei Mal abends und nachts und würden sich öffentlich herzeigen. Das hat es hier im Bauch von Negombo noch nie gegeben. Dilan hatte mir gestern empfohlen, dem Polizeimann etwas zuzustecken, der in der Nacht – viel zu spät! – gekommen war. Das sei landesüblich, die würden das erwarten, dass man ihren Einsatz belohnt.

Der australische Chef einer Disco kam bei uns vorbei wie manchmal und berichtete Schauerliches. Wie er jede Woche belästigt würde, wie junge Leute alles zusammenschlagen würden, dass sie ihre Rechnungen nicht zahlen würden, dass er gar um sein Leben fürchte in solchen Situationen. Er habe sich für ein low profile Konzept entschieden und würde Unruhestifter, Schläger und Vandalen zu Hause im Schoß ihrer Familie zu Aussprachen treffen. Es sei hier im Tourismusgeschäft alles mafiös aufgeteilt und betrieben, von den Chefs sei keine Hilfe zu erwarten, deshalb würden die Einheimischen alles unter sich regeln und unter Ausschluss der Autoritäten. Nachher würde alles besser laufen und wenn wieder was sei, seien die Nachbarn für uns da. Auch eine Frau, die im Hotel eines Deutschen weiter oben im Rotviertel arbeitet, berichtet von ähnlichen Saubannerzügen gegen ihr Hotel. Auch sie hält meine Idee des gemeinsamen Absprechens und Handelns der Businesskollegen für kontraproduktiv und plädiert fürs feige Kuschen. Kein Ausländer könne die bestehende Kultur ändern. Da hat sie wohl recht.

Seit drei Tagen schon bombardiert die Armee ganz offiziell Stellungen der Separatisten. Der Präsident feiert sein erstes Regierungsjahr mit dem Startschuss für einen zweiten Flughafen in seiner Heimatstadt Hambantota, endlich kümmert sich eine traditionell hauptstadtfixierte Regierung um den vergessenen Süden. Das wird ihm viel Zulauf und Zustimmung bringen. Aber wem soll ein Flughafen nützen im unterentwickelten und vergessenen Süden, wo es nicht einmal gute Straßen gibt.

Der neue Koch hat seinen dritten Tag bewältigt. Er ist ganz groß im Schnetzeln von Gemüse und leidenschaftlich engagiert.

Ich hatte in Colombo einen Antrittsbesuch bei unserem neuen Secretary, war beim Board of Investment, von denen brauchte ich ein Empfehlungsschreiben an das Innen- und Verteidigungsministerium, mein Residencevisum zu verlängern (als «Director att. to Icebear Enterprises Pvt. Ltd.»). Dilan durfte derweil alleine managen; die Gäste loben ihn, er gewinnt weiter an Statur und agiert wie ein ausgewachsenes Mannsbild. Werde ihn wohl vom Juniormanager zum Assistant Manager befördern, investiere weiterhin viel Zeit für Gespräche und bezahle ihn fürstlich, damit er hier tief wurzeln und später der Resident Manager werden kann.

4. November

Seit zehn Tagen regnet es, regnet endlos und schweizerisch, man möchte sich aus einem nicht vorhandenen Hochhaus stürzen. Alles verschimmelt, sogar Plastik rostet, der Körper wird alt, faul, träg, leblos und es schießt ins Kreuz in der ewig feuchten Luft, mit diesem ewigen Schweißfilm auf der Haut, der das Hemd durchnässt, das sich das nicht gefallen lässt und heftig zurück kühlt. Dabei sind es liebenswürdige 24, 25 Grad, ich will's nicht glauben.

Wo bei den zwei sexy Grübchen der Rücken beginnt, schmerzt es mich tagelang, nicht diffus und großflächig irgendwie, sondern präzise abgegrenzt in der Größe eines Bierdeckels. Zuletzt kriege ich es mit der Angst zu tun. Der aktuelle Prostatakrebsmarker PSA, auf den sie alte Männer untersuchen, ist auf satte 14.0 geklettert, Metastasen werden bereits in mich hineinwuchern, mein Leben wird vorzeitig zu Ende gehen, bestimmt hat sich der Krebs schon in die Knochen vorgefressen, sicher aber in die Nieren da hinten, und in die Blase sowieso. Hypochondrisch aufgeschreckt, google ich über die Symptome, mit denen sich Prostatakrebs ankündigt: Abgespannte Müdigkeit. Stimmt. Schmerzen im Rückenbereich. Stimmt. Blut im Urin. Nein. Mühe mit Wasserlassen. Stimmt nicht. Gewichtsabnahme. Überhaupt nicht. Dennoch bestelle ich beim Hausarzt einen Biopsietermin und stelle mich auf eine anschließende Operation ein. Doch plötzlich ist der Rückenschmerz weg, wie weggebrochen. So, wie man auf dem Weg zum Zahnarzt seine schmerzende Backenzahnruine nicht mehr spürt. Noch beim kürzlichen Amoklauf der jungen Nachbarn war ich wohl ein wenig verhühnert, doch so adrenalingeladen, dass ich hätte Bäume ausreißen und meine Angreifer hätte erschlagen können.

Gute Gespräche am Abend mit den wenigen Gästen.

Morgen ist schon wieder Poyatag, kein Alkohol darf ausgeschenkt, kein rotes Fleisch verkauft werden. Die gut gelaunte Monika bringt mir einen schönen Glasurtopf mit einem Zitronenbäumchen, ein Gästepaar eine Musikscheibe, da tändeln Piccolo und Kirchenorgel miteinander. Abends gibt es auf Gästewunsch Rice & Curry. Das hatte ich schon zu oft und fast immer zu heftig gepfeffert, deshalb gehe ich an solchen Abenden auswärts essen. Aber nun ist es schon neun und es regnet noch immer. Kaufe im Rundumdieuhrmarkt Vorräte ein, fettarm alles, Oliven und Huhn, am Montag habe ich Kochabend. Der einst spritzige Supermarkt ist in die Jahre gekommen, es ist wie immer, großes Feuerwerk zum Start, kein Atem dann und ein Aschehaufen am Ende. Der Laden ist zu einer Abstellfläche für nicht eingeräumten Nachschub verkommen, unsauber, alles ist verstellt, Verfügbarkeitslücken überall, schlaff alles, die paar Angestellten haben zu viele Schlaftabletten geschluckt, kauft ja keine Keels Holding Aktien, die Weißhemden sitzen in ihren klimatisierten Büros, statt sich an der Kriegsfront des Verkaufs umzusehen.

5. November

Nachmittags scheuen sich die Vandalenyoungster nicht, vor meinem Tor Volleyball zu spielen, wie wenn nichts gewesen wäre. Die Nachbarn sind unbeschwert mit ihnen, Blut ist dicker als Wasser. Ich lasse mir sagen, wer dabei ist von denen, die die Polizei schnappte, auch Nishanta, der nette, immer freundliche Nishanta.

15. November

Hatte – wie immer um zwölf – mit Dilan die obligate Wochenbesprechung und Übergabe von neuen Aufgaben, Kontrolle der offenen Tasks. Dann fuhr ich mit dem Motorrad zum Geldautomaten, zur Post, zum Supermarkt. Habe dort zu meiner Überraschung eine Flasche Sparkling Wine gefunden. Die habe ich an der anschließenden Teamsitzung an Dilan überreicht mit der Aufforderung, sie mit den Kollegen gelegentlich zu köpfen und auf seinen neuen Titel anzustoßen – er sei seit gestern Mittag gewählter «Vizepräsident der Negombo Hotel Association».

Für die Neuwahl des Vorstands braucht es 50% Stimmende. Deshalb nahm ich mit Dilan an der Mitgliederversammlung der Negombo Tourist Association teil, wie es sich gehört. Ich war ja skeptisch, die neue Assoziation würde wohl das übliche Strohfeuer werden, ein trickreicher Vorwand, um Hilfsgelder von NGO's zu kanalisieren. Doch habe ich mich getäuscht, die haben den anfänglichen Enthusiasmus durchgehalten und vieles in Bewegung gebracht. Wie kürzlich erst entschieden, wurden letzte Woche die ganze Beach Road entlang niedliche Abfalltretkübelchen mit riesigen «Hold Negombo Clean»-Klebern darauf an die Lampenposten montiert und Präsident, Sekretär, Beisitzer und Tresurer kamen persönlich in die Häuser aller 80 Mitglieder (Restaurants und Guesthouses), um eine große, schwarze Abfalltonne – zu verschenken. Die Notwendigkeit dafür war nicht so groß wie die positive Überraschung.

Wie bei den Großen stand ein erhöhter Vorstandstisch im Freiluftsaal und davor ein Haufen Chefs. Dabei ein rotgesichtiger Schotte, der mich gleich zudröhnte, und eine deutsche Vogelscheuche im Hare-Krishna-Gewand. Und ich, wohlgelitten vom Vorstand, weil immer gut drauf und positiv. Meine Teilnahme an der GV war eine Respektsbezeugung, nachher wollte ich wieder Dilan vorschicken, den ich instruiert hatte, nach Möglichkeiten Aufgaben zu übernehmen und sich zu Wort zu melden.

Es gab belegte Brötchen und der Präsident übersetzte blockweise auf Englisch, ein Service, der mich ein wenig genierte bei nur drei anwesenden Ausländern und 40 Singhalesen. Es wären einige heiße Brötchen im Ofen, hörten wir andachtsvoll, ich war entsprechend beeindruckt: Man würde Negombo zur «Promotional Zone» deklarieren. Dann würden 4 Millionen Dollar aus dem Fördertopf nach Negombo fließen können. Aha! Die Eröffnung eines Tourismusbüros in einem Haus der Kommune stehe bevor. Es würde für Ganztagspräsenz von Lifeguards am öffentlichen Ocean Park gesorgt. Die geplante Besetzung einer Zusatzstelle bei der Tourist Police stände kurz bevor. Ein Riesenpaket für Abfallmanagement würde geschnürt, bei vielerlei Aktivitäten für die Schulung von Eltern und Schülern seien auch die Lehrer eingebunden, unter Führung der Kirche und besonders der Marketingchristen von Don Bosco. Nicht genug, im Dezember würde eine große Cultural Show angerichtet, um mehr Touristen nach Negombo zu bringen (die im Dezember üblicherweise sowieso kommen).

Die Diskussion war eröffnet. Niemand sagte etwas. Dann ein paar einheimische Pinselstriche zur Cultural Show. Dann mein Kommentar zur «Promotional Zone» und zur «Cultural Show». Erstere sei nicht gut, weil eine bequeme Ausrede, von anderen zu erwarten, was man selber nicht tut. Besser würde jeder von uns allen seine Hausaufgaben und gute Arbeit machen. Die Kulturschau sei schön, aber sie glänze nur einen Tag lang und sei schnell verpufft. Man solle Energie und Geld lieber in eine ganzmonatige Weihnachtsbeleuchtung investieren, wie sie in Negombo von den Kirchenfesten her Tradition habe und weil sie typisch und unverwechselbar sei.

Zuerst erschrockenes Schweigen. Dann begeisterte Zustimmung, ich gab dem Präsidenten gleich einen Zettel mit einem Logo als Denkhilfe und war vor der Gemeinde etabliert als engagierter, couragierter, einfallsreicher Kollege. Von den Schweizern habe ich gelernt, dass man Störenfriede mit Vorteil einbindet. Da lag lag die Frage nahe, ob ich nicht die Vakanz für den Vizepräsidenten annehmen könne, «Foreigners are welcome too», doch ich lehnte beglückt ab. Werweißwenderkönne? Einer zeigt auf Dilan. Der Vorstand schaut positiv. Dilan windet sich. Ich kann Gesichter lesen, eigentlich würde er wollen wollen. Ich rufe zum Vorstandstisch, ihr könnt ihn haben, ich gebe ihm jeden Monat einen Tag für das Ehrenamt. Erleichtert reagiert die Runde, er ist gewählt, noch bevor er ausatmen kann. Nächste Woche trifft er den Vorstand zur Instruktion. The Icebear, kürzlich noch von betrunkenen Vandalen heimgesucht, nimmt Einfluss auf den Geldabschöpfverein, doch macht es mir Spaß, Dilan zu fördern; er hat sein viertes Jahr begonnen, die Bilanz ist erfreulich, er ist gut gereift. So kocht jeder hier sein Süppchen.

6. November

Lieferte der Versicherung eine verfeinerte Vandalenpreisliste, der aufgelistete Schaden beträgt zuletzt 108 323 Rupien, davon 26 673 für den Ausfall eines Geschäftstages wg. notwendiger Schließung. Informierte die Schweizer Botschaft. Treffe morgen meinen Anwalt. Suchte auch die staatlich geführte «Negombo Fishermens Association» in der Nachbarschaft auf, doch Headman Rolley war nicht da; wir mögen übermorgen wiederkommen, am besten morgens, aber nicht zu früh. Ich kaue unverändert hart an diesem Brocken, zum zweiten Mal wurde ich Angriffsziel purer Lust an Gewalt. Versuche, das Ereignis herunterzuschrauben und zu relativieren, es gelingt mir sogar zu verstehen, dass es ganz einfach um den gewünschten Volleyball ging, den ich nicht spendete. Dass ich sie im Gegenteil mit Liebesentzug strafte, die kalte Schulter zeigte. Das einzige, was einfache Leute haben, ist die Ehre. Die ist jetzt arg verletzt. Und sie saufen ja auch alle, und streitlustig sind sie auch. Warum also soll ich mich wundern.

Der Waffenstillstand ist seit dem Wochenende beendet, die Verhandlungen sind gescheitert. Doch mitten in diesem neuerlichen Bruderkriegsdrama findet die Regierung Zeit, zwei einheimische Filme zu verbieten, einen aus religiösen Gründen, einen aus moralischen: Die Geschichte lehrt, dass Vorsicht immer dann geboten ist, wenn der Staat Zensur ausübt, die Gesellschaft am Gängelband hält, die Herde zusammentreibt.

Jetzt haut die Armee der Terrorbande aufs Maul, bombt vielleicht einen echten Krieg herbei. Der Propagandakrieg jedenfalls hat begonnen, die Medien begründen das Geschehen, unterfüttern und legalisieren, was nun alles passieren wird. Die selbsternannten Tamilenbefreier veröffentlichen das Farbfoto eines von Armeebomben zerstörten Spitals, 500 Insassen hätten flüchten müssen, es habe viele Tote gegeben. Die Armee bezeichnet es als Fälschung, im Gegenteil würden die Separatisten Spitalinsassen als Schutzschilder missbrauchen, und überhaupt wüsste man von den Amerikanern und Israelis, dass jeder bewaffnete Kampf Kollateralschäden bringe. Dort seien die ja auch akzeptiert. Propaganda vom Feinsten.

Die Regierung hat für nächstes Jahr die Militärausgaben verdoppelt. Der Präsident eröffnet neue Tempel. Die Staatsairline bietet Retourflüge nach London, Paris, Frankfurt für 300 Dollar an. Eine bedeutende Hotelkette und andere werben in lokalen Lockinseraten mit Vollpension in ihren Sternressorts zwischen lächerlichen 2500 und 4500 Rupien. Bis Ende Januar, in der Spitzensaison. Die großen Player richten sich demnach auf eine lange Durststrecke und den Totalausfall des Jahreswechselgeschäfts ein. Die Geschäftsleute fluchen, «immer im Dezember machen sie Blödsinn». Auch diesmal wird es nächstes Jahr nicht besser.

Der Dollar kostet 106 Rupien gegenüber üblichen 101. Die Posttaxen haben aufgeschlagen, ein Einschreibebrief nach Europa kostet jetzt das Dreifache. Heute gab es erneut Sistierungen von Buchungen, Australien setzte Sri Lanka auf die höchste Reisewarnungsstufe. Im benachbarten Teilstaat Tamil Nadu werden die tamilischen Brüder und Schwestern unruhig und machen 50-Millionen-Druck auf die Zentralregierung in Delhi, hier auf der Insel einzugreifen. Auch das noch. Man erzählt sich, auch die Armee unterstütze eine Untergrundgruppe beim zwangsweisen Rekrutieren von Minderjährigen.

Es sieht nicht gut aus in diesen Tagen.

Für einen holländischen Gast habe ich wie vorgehabt ein Huhn mit Oliven gekocht und ein gutes Gespräch mit ihm gehabt, er ist gut informiert, war oft schon hier. Die Inseldemokratie schwanke, meint er, die Bürger wollten die Parteien und Regierenden nicht mehr, auch in Europa sei Anarchismus mit Abschaffung der Staatsautorität und Selbstverwaltung wieder eine Option, nichts sei mehr, wie es einst war, und wenn nicht schnell neue Ideen kämen und Vordenker, die sie charismatisch vertreten, sei Revolutionsbedarf. In einer liegengelassenen Schweizer Illustrierten las ich, dass dieser zitronenlippige Autorasweltmeister aus Deutschland im sonst fremdenfeindlichen Waadtland Land gekauft und sich ein Häuschen gebaut habe, für 35 Millionen, Franken. Gemach, solange die Massen solchen Schmarren lesen und sich an Celebrities begeistern, die gänzlich aus dem Ruder laufen, ist keine Revolution zu erwarten.

So sauber war Negombo noch nie. Der neu gewählte Bürgermeister von Negombo und selber ein Mann aus dem Quartier, hat sich beliebt und als Saubermann um die Touristen verdient gemacht. Der 4 km lange Strand, die aufwendig neu gebaute Strandstraße Lewis Place und das Stadtzentrum werden jetzt jeden Morgen saubergefegt, der Abfall täglich entsorgt und die neu gegründete Medium Hotel Association will jetzt sogar Blumenkübel aufstellen lassen. Doch die Erfahrung lehrt, der Aufbruch wird schon bald wieder im Sand versickern.

9. November

Monika hat es endlich geschafft, mich in ihre Höhle zu locken. Sie hat ein weitläufiges Haus mit Garten gemietet, gleich gegenüber vom Star Hotel, mitten im Tohuwabohu der Strandstraße. Mein erster Gedanke ist, die Frau muss sich jemanden anschaffen, allein füllt sie das Haus nicht aus. Aber sie kochte blendend deutsch, satt gefüllte Krautwickel in brauner Sauce. Ich aß zwei und trank Bier. Es war eine Lust, mit ihr zu reden, aber auch eine Last, weil Frauen Frauen sind und Männer Männer. Ich will mich um Himmelswillen auf gar niemanden mehr einlassen und mich auf gar niemanden mehr verlassen. Allerlei schiefgelaufene Inselgeschichten von zu selbstbewussten Frauen im Kopf, habe ich ihr zurückhaltend empfohlen, als Frau nicht allein in ihrem Haus zu leben und sich eine Haushälterin in Untermiete zu nehmen.

Abends erschlug mich der neue Koch mit golden paniertem Mulletfilet, groß wie der Fuß eines australischen Ureinwohners, es gab Tartarmayo dazu und Chips. Doch später am Abend rumpelte es in meiner Speisekammer, ich fühlte mich hochschwanger, aufgeblasen, hatte Schmerzen am ganzen Leib, es steigerte sich bis um Mitternacht. Da fand ich mich plötzlich auf dem Badezimmerboden hingestreckt und hatte auf den weißen Fliesen die ganze Küchenfreude ausgebreitet. War nach einem Schwindelanfall plötzlich blutleer und weggerutscht. So ist das bei Lebensmittelvergiftungen. Nachher war es merklich besser und blieb auch so, ich schlief mich etappenweise in den Morgen und machte mir ein Heilprogramm – Dehydrierlösung in kleinen Schlucken, Bouillonwürfel mit Zusatzsalz in kleinen Schlucken, leichten Broken Orange Pekoe in kleinen Schlucken. Spät abends informierte ich den Gärtner, dass ich krank sei und nicht gestört werden wolle und schlief mich aus meiner Erschöpfung in den nächsten Morgen hinein. Da war ich dann wieder ein Hirsch und voller Unternehmungsdrang. Bestellte nach einem Halbstundenschwumm im Retro-Sunflyer leichtfertig ein Gruppenhotelfrühstück, doch die Erdbeerkonfitüre war so artifiziell mit diesem Schuss ins Vitriol, da wurde es mir gleich wieder schlecht.

17. November

14 Monate lang war die öffentliche Lampe an der Ecke des Karrenwegs kaputt. Der Strand vor unserem Haus ist das einzige Erholungsgebiet meiner dicht besiedelten Nachbarschaft. Aber nach sieben Uhr ist alles dunkel. Gruppen von

Ganjarauchern, Musikanten, Geldspielern, Trinkgenossen sitzen herum und einige junge Männer haben sich mit Touristinnen verabredet am dunklen Strand. Wir hatten viele Probleme, Einsteigediebe, Voyeure, Betrunkene, Pöbler am Zaun. Stockten die Nachtwache auf, montierten unsere eigene Beleuchtung. Machten ein dutzend Besuche, beantragten, schrieben, redeten, baten, verlangten, forderten bei allen Institutionen des neu besetzten Rathauses. Nichts. Keiner kam, die öffentliche Lampe zu reparieren, Licht ins üble Dunkel zu bringen. Doch dann waren plötzlich wieder Wahlen, es wurden diesmal Friedensrichter gewählt und Gemeindeparlamente, die Beamten von nebenan. Unser Quartier war belebt wie ein Ameisenhaufen: Dutzende Rathausangestellte und gut beaufsichtigte Gefängnisinsassen putzten, fegten, gossen, sichelten, verschönerten, stellten Pflanzenkübel auf und – montierten tatsächlich eine neue Strandlampe an der Ecke, so eine mit rotem Licht, die das hinterste Sandkorn ausleuchtet. Seht her, wir tun etwas für euch. Ihr wählt uns doch sicher wieder und nicht einen von der Opposition. So geht das hier, und anderswo.

Abends bin ich der einzige Gast in meinem Restaurant: Fischlasagne, Kartoffelsalat mit Eiern, Reis, eine gewagte Mischung, aber jede Neuerung erquickt mich. Bin gerade beim Händewaschen, da geht das Licht aus, alle Lichter gehen aus. Wir haben drei Zuleitungen, da ist immer eine aktiv, aber heute ist alles dunkel, tiefschwarz, und ganz Negombo bis hinauf zur Duwa Halbinsel ist im Dunkel. Es gefällt mir nicht. So total und unangekündigt war der Stromabbruch noch nie, das Wetter gibt keinen Grund her, wäre ich kriminell oder Terrorist, ich würde zuerst den Hauptverteiler zerstören und dann die Schmutzarbeit machen, die verdutzte Schreckstunde nutzend, die einer solchen unerwarteten Totalfinsternis folgt. Meine Leute reagieren gut, schnell leuchten die Notfalllampen und ein paar Kerosinkannen lodern, ich esse und frage mich, was da gespielt wird. Bin dabei eher belustigt als verwundert über die Mischung aus Hellhörigkeit, die in Zeiten des Terrors jedes Ereignis für möglich hält und mit allem rechnet, und dieser aufreizenden Gelassenheit eines Einheimischen, der sich in der Opferrolle eingerichtet hat, weil er weiß ,dass er sowieso nichts machen kann. Die Dunkelheit dauert endlos, niemand weiß nichts, die Electricity Board Notfallnummer ist überlastet, ich sollte endlich ein Batterieradio kaufen, das hatte schon die Schweizer Botschaft ihren Expats empfohlen. Dann plötzlich auf dem Meer rote Positionslampen und ein blaues Blinklicht, so was sahen wir noch nie, so was brauchen unsere Fischer nicht. Das Team ist sicher, es muss ein Navyboot sein. Dann ist es wieder weg. Knapp vor Mitternacht plärrt das Nachbarradio los, das Licht flutet in die Nacht, die Energiekrise ist für heute überstanden, wir gehen schlafen. Was war, wird morgen in der Zeitung stehen.

Der Auditor ist endlich abgereist. Ein liebenswürdiger Mensch, der litt, wenn er mich einmal nicht strahlen sah. Aber er hatte mein Büro und meinen Laptop annektiert, ist in meinen Alltag eingedrungen, in Vollzeit. Immerhin habe ich jetzt eine Eingangsbilanz und einen Jahresabschluss. Der ist so fulminant, dass die alte Company für die Steuerperiode April bis August 2005 gar nichts und die neue Company für August bis März 2006 nur 975 Rupien Steuern zahlen muss, etwa 12 Franken. Privat sieht es steuerlich nicht so gut aus, ich vermiete der Company Liegenschaft und Inventar und habe damit hohe Leasingeinnahmen zusätzlich zum Direktorengehalt. Das kostet mich 75 000 Rupien Steuern.

Nach all der Agro-Kultur meines Alltags brauche ich manchmal städtisches Leben, da bin ich sogar mit dem immer etwas verschlafenen Colombo zufrieden, es frischt mich auf, da muss ich alle ein, zwei Monate hin, dafür finde ich ganz leicht immer einen guten Grund. Morgen fahre ich mit dem Motorrad in die Hauptstadt. Besuche meinen Secretary und den Oberauditor für eine Reihe offener Dinge, die erledigt sein müssen, bevor ich im Dezember für ein paar Wochen in die Schweiz reise. Das Residence-Visum ist zum ersten Mal verlängert worden, um ein Jahr. Es war entspannend, dass ich das der Secretarial Firma aufgetragen hatte, statt es wie bisher selber zu machen. Das erste Residence Permit Theater noch in den Knochen, wäre ich sonst dem Wahnsinn verfallen. Zum Tee im Hilton treffe ich am Mittag einen Schweizer, der hier seit Jahren Geschäfte macht, um ihn in Dingen zu konsultieren, über die ich sonst mit keinem reden kann. Hoffe, es würde zur Entscheidungs- und Meinungsbildung beitragen; es beschäftigt mich vor allem, wie ich meine Erben beim Eintreten des Verfallsdatums entlasten kann. Die haben dann ja Company und Property am Hals und es sieht per Status heute nicht so aus, als seien sie wild darauf, in die tropische Hotellerie einzusteigen oder eine Tagesflugreise weit weg ein Ferienhaus zu haben.

20. November

Ein Gast berichtet mir im Freudentaumel, «… nunmehr haben wir wieder saugünstige Flüge – hin mit SriLankan für 125 Euro und zurück mit Condor für 198, alles inklusive Nebenkosten … Zugegebenermaßen hat man so viel Preisglück nicht alle Tage, wir haben deshalb beschlossen, unsere Kinder mitzunehmen …»

Während der Tourismus trotz Dumpingpreisen zusammenbricht, kündigt der Präsident eine Visasteuer von 10 Dollar für jeden ankommenden Touristen an. Und in der Stadt sehe ich zum ersten Mal einen dieser aggressiven Kriegsautos aus dem amerikanischen Wüstenkrieg, einen «Hummer». Wie es sich gehört, ist er wespengelb angemalt, ich kann durch die getönten Scheiben leider nicht sehen, wer drinsitzt. Aber es ist sicher einer der zahlreich gewordenen Kriegsgewinnler oder ein Menschenschmuggler oder ein Politiker, Drogenhändler, Zuhälter oder alles zusammen. Schamlosigkeit und Unmoral kann man jetzt also auch auf der Straße sehen, macht nichts, dass sie holprig ist, wir sind ja im Krieg.

21. November

Meinem jungen Manager lasse ich seit einigen Monaten noch mehr Freiraum, nach drei Jahren beginne ich langsam, ihm zu trauen und ihm zu vertrauen. Fördere seine Selbstständigkeit und Stellung im kleinen Unternehmen nach Kräften, wohl wissend, dass der zweite Mann wichtiger ist als der erste. Will mich nicht länger um die Alltagsarbeit kümmern. Tatsächlich macht er Gebrauch von meiner zustimmenden und wohlwollenden Förderung, so wie heute Nachmittag, als der Rathaustraktor kam, um am Strand die unendlichen Schwemmgutmengen der heftigen Regentage einzusammeln. Wie üblich machten sie vorne beim Sun-Shine Halt, dabei sieht es vor unserer Property, wo all die Fischerboote lagern, viel schlimmer aus. Da geht er von sich aus zu den Abfallbeamten, lügt ihnen vor, dass der Bürgermeister oft bei uns zu Gast sei und dann wohl keinen guten Eindruck habe. Von Sandani lässt er der Truppe Cola spendieren. Hei wie sie fegen und einsammeln und auf den Kübelwagen werfen, die Fischer wissen gar nicht, was sie an uns haben und dass es nun einen Vizepräsidenten der Negombo Tourist Association im Quartier gibt.

Die Zeiten sind nicht gut, auch nicht in der Schweiz, von wo mich üble Nachrichten über die Arbeitswelt erreichen. Und wenn die Werbeagenturen tatsächlich die Wirtschaft spiegeln, dann sieht auch die nicht frisch aus. Es ist wahr, neue Ideen braucht das Land, eine neue Vision, etwas Neues, an das man glauben darf, vielleicht sogar einen neuen, man darf es fast nicht sagen: Guru, statt all dieser Teflon-Kompromissler. Auf jeden Fall wäre Konsumverzicht ein Anfang, wenn sich Mehrheiten aus Not oder freiem Willen von der Warendroge entwöhnen und zu sich selbst zurück fänden und zu ihrer privaten kleinen Welt. Demokratie und freier Markt sind nicht mehr länger die Hüter des Grals und das einzig Wahre, sie brauchen beide eine Revision und Rundumerneuerung. Wo bleiben die großen Denker, was treiben die Philosophen, warum überlassen sie die Deutungshoheit den Politikern und Beamten?

Kürzlich sind hunderte von Nüsse, in derselben Stunde vom Nussbaum nebenan auf die Massagehütte gefallen und sorgen nun heftig für die Erhaltung der Art: Durch die massive Feuchtigkeit der letzten Wochen war das verrottete Palmdachhumus ein perfekter Nährboden, aus den aufplatzenden Nüssen sprießen nun viele Dutzend Grünlinge.

Der frühere Koch Rajendran hat beim Arbeitsgericht zwei Monatslöhne wegen fristloser Kündigung eingeklagt, obwohl es für die gute Gründe gab. Was mir aufs Neue bestätigt, dass man sich vor den großen Schweigern mit den zugeschweißten Lippen in acht nehmen muss. Sie sind nicht kalkulierbar, die ausbleibende Ping-Pong-Kommunikation verhindert den Ausbau von Vertrauen und Entwicklung.

Roomboy Saman wird nach Katar gehen, als Driver, und er wird das Doppelte verdienen wie hier, aber subito. Die Leute können nicht warten, sie haben nicht gelernt, aufzubauen, sich zu entwickeln, die dafür nötige Zeit zu akzeptieren. Heute kamen die ersten zwei von 32 Bewerbern, die sich nach meinem Inserat als Nachfolger gemeldet haben, zum Interview. Alle über 30 waren chancenlos, ein Alter hier ist mehr als genug.

Der Nachtwächter Joseph wacht nun ein Jahr, ich darf ihm vertrauen, schließlich lege ich jede Nacht Property und das Leben von Mitarbeitern und Gästen in seine Hände. Ich mag ihn auch persönlich und er schläft des nachts nur ausnahmsweise ein. Im Notfall würde ihn die deutsche Schäferin Lena wachbellen. Aber manchmal macht er mich wütend, wenn er die Rapportbücher fälscht oder nicht alle Lichter aufdreht wie geheißen, wenn einmal der Teufel los ist wie kürzlich. Doch seine Frau wolle einen tagwachen Mann, nörgelt an seiner nächtlichen Abwesenheit herum, er komme kaum zum Schlafen. Wir haben heute lange geredet und ich verlangte seinen Entscheid, zu bleiben oder zu gehen.

30. November

Versicherungen sind immer nur in der Verkaufsphase gut und nie für die Versicherten. Wir mussten wegen der Riotschäden auch im zweiten Monat mehrmals nachfragen, nur um zu erfahren, dass sie den schriftlichen Polizeirapport bräuchten. Die Nachfrage bei der ebenfalls schweigenden Polizei erbrachte immerhin die Nachricht, dass der Saubannerzug Ende Januar vor Gericht käme, wenn man uns brauche, würde man uns rufen.

Derweil geht die Gewalt im Land weiter, der Stalin der Tamilen, die er gefangen hält, erklärte in einer wochenlang nervös erwarteten Heldentagrede, dass er weiterhin für seine Utopie, ein unabhängiges Eelam, kämpfen würde. Ein Schwachkopf, kein Staatsmann. Die Armee nimmt es dankbar zum Anlass weiterzubomben, und jede Bombenladung schafft neue Wunden in der Gesellschaft, auf beiden Seiten. Morgens überfliegen uns jetzt immer öfter laute Bombenjets auf ihrem Weg zu neuen Zielen, aus dem Terrorkrieg ist ein richtiger Krieg geworden, es geht weiter. Auch die Hauptstadt bleibt im Würgegriff der nochmals verstärkten Sicherheitsmaßnahmen, sogar Touristen müssen aus dem

Colombo-Expressbus aussteigen zur Kontrolle, am Straßenrand parkieren darf man nirgends mehr, niemand kann dort verkaufen, niemand kann dort einkaufen.

Da ist keine Hoffnung mehr, ich richte mich in den Umständen ein und bemühe mich um ein Leben as usual, behalte aber kämpferisch diesen Jetzterst-recht-Reflex. Habe am Samstag ein zweites Gespräch mit dem Besitzer der kolonialen Stadtvilla, und wenn er über den zu hohen Mietpreis mit sich reden lässt, werde ich die neue Spielwiese unerschrocken für 6 Jahre mieten, trotz aller Unsicherheiten über die Zukunft der Insel und des Tourismus. Der Break Even wird bei meinem Engagement und dem Spaß an Neuem sicher erreicht werden und ich habe eine neue Spielwiese. Derzeit bin ich beschäftigt mit vielen neuen Ideen für ein Kulturhaus, Kaffeehaus, eine Coffeetearia, eine Souperia ein Pancake House und ähnlichen Erfrischungen für den Kopf.

Unsere Ferienwohnung ist derzeit an einen Mann aus Worpswede vermietet. Der kam auf die Insel für 10 knappe Tage mit dem erklärten Ziel, eine Frau zu finden und sie zu heiraten. Er habe gehört, dass alle hiesigen Frauen bereit seien, mit einem Ausländer ins Ausland abzuhauen. Mit Hilfe eines Tucktuckfahrers, den er sich als Berater aufgelesen hatte («auf der ganzen Welt wissen die Taxifahrer immer am besten Bescheid») hatte er zuletzt fünf Frauen zur Auswahl. Heute checkte er vorzeitig aus, um in einem etwas günstigeren Hotel (unsere 12 Euro waren einfach zu viel) «mit allem Drum und Dran» probezuschlafen. Bisher sei alles teuer gewesen, der Berater habe aber hervorragende Arbeit geleistet, da zahle er gern dafür, und wenn es dann noch einmal 5000 Euro kostet, was soll's, sein Fiat habe auch 8000 gekostet und sei jetzt kaputt. Auch die 100 Euro, die er dem Agenten für ein Rice & Curry bezahlt habe, «für 10 Personen mit Cola, Fruchtsaft und allem», das sei ja lächerlich gewesen. Nein, der Tucktuckfahrer habe ihn nie beschissen. Dass sie ihm für das festliche R&C pro Person 1300 Rupien abgeknöpft haben statt der üblichen 150, verschwieg ich ihm, um sein naives Glück nicht zu stören.

Dilan schrieb mir den alljährlich eingeforderten Jahresbrief, ich werde heute mit ihm zusammensitzen, um über die Zukunft zu reden. Und Saman verabschieden wir heute nach Katar, ich schrieb ihm ein schönes Zeugnis, er war anständig und einsatzfreudig bis am letzten Tag. Inzwischen ist ein neuer Koch an der Arbeit, ein wenig tapsig, doch liebenswert, langsam und umständlich, doch hoffentlich ausbaufähig; für das, was er vorführt, verdient er jedoch eindeutig zu viel. (Der frühere Koch mit dem finsteren Gesicht wird seine beim Arbeitsgericht eingeforderte Kompensation für fristlose Kündigung nicht bekommen, die haben uns gestern instruiert und auch mein Anwalt winkte ab.)

1. Dezember
Nachts um zwei wache ich auf wegen Gewehrschüssen und Gewehrsalven aus Maschinengewehren. Die Armee macht sich in Negombo zu schaffen. Feuerwerke tönen anders, zischen, spritzen, stäuben, aber das hier knallt ungewohnt trocken, satt. Gehe besorgt ins Staffhaus, wo das Team noch immer den Roomboy nach Katar verabschiedet und da erfahre ich, dass die Katholiken in Negombo bereits um Mitternacht auf den 1. Dezember die Ankunft des Herrn feiern. 25 Jahre lebe ich hier und weiß es nicht. Und jedes Jahr hat sich die Feuerwerktechnologie weiterentwickelt.

Aber anderntags um elf explodiert mitten in Colombo ein Tucktuck, sie wollten den Bruder des Präsidenten umbringen, der Verteidigungsminister ist. Er überlebte. Ich war ein wenig erleichtert, seit der letzten Rede des tamilischen Kriegsherrn suchte ich täglich nach üblen Schlagzeilen, es war nur eine Frage der Zeit, bis es wieder Anlass gibt, den Kopf zu schütteln und diesen Kerl verprügeln zu wollen. Der bleibt weit davon entfernt, sich wieder in den politischen Mainstream einzufädeln, er hat in seinem Kampfanzug verlernt, wie eine Gesellschaft zivil miteinander umgeht, er braucht Friedensverhandlungen nur zu Erholungspausen.

2007

4. Januar
Bin in Basel seit Weihnachten. Erledige wieder einmal einen medizinischen Vollservice, Oldtimer brauchen viel Wartung und frühe Schadenerkennung. Neue Plombe. Neue Brille. Ein Knie muss entwässert werden. Die Orthopäden begutachten und filmen und verabschieden mich mit Schuheinlagen, Knicksenkfüße wie schon als Zwergschüler. Und dann kommt als Zugabe noch der Supergau für Ängstliche: Krebsprognose. Prostata raus. Noch eine Weile unbeschwert drauflos leben.

Frühling derweil, helles Licht, Spaziergänge bei 16 Grad, ums Haar setzen sich die Basler auf den Boulevard. Sie shoppen, was das Zeug hält, der ganze reiche Westen hängt an der Konsumspritze, genaugenommen ist er drogenabhängig und reif für Psychotherapie und Entzug, ersäuft sich in einem Warenmeer, verkauft die Seele an den Teufel, um immer neuen Stoff anzuschaffen.

Ich habe die Zeit genutzt für eine Afrikareise mit Davidsohn und Bruder. Es war der erste Familienbesuch auf dem Heldenfrieddhof, am Kriegsheldengrab unseres in Hitlers Afrikakrieg im Ausguck auf einem Minarett totgeschossenen Vaters und Großvaters. 1942 war das, da war mein Vater 31 und ich war 3 und ich war Kriegswaise und es gab nicht genug zu essen. Ein offenes Traktandum, das wir nun, nachdenklich und emotional ein wenig gebremst, abhaken konnten.

Schöner erster Eindruck in der Hauptstadt Tunis, hier rauchen die Männer noch Zigaretten. Gitanes. Gauloises. So ein Land ist das. Der Rest ist Überraschung. Nicht das erwartete Arabien erwartet uns, keine moslemische Ästhetik mit Schleiern und langen, schwarzen Gewändern, keine bärtigen Finsterlinge und gequälten Frauen. Dabei lassen sie sich ein autoritäres Regime gefallen. Aber hier ist französisches Flair, mediterranes Licht, entspannter Alltag. Boulevards, Straßencafés, händchenhaltende junge Paare (und Männer sowieso). Und dem Hotel gegenüber sehen wir ein – Theater, ein leibhaftiges Theater, das auch so aussieht wie ein Theater aussehen muss. Wir besorgen uns umgehend Karten und abends sehen wir eine progressive Tanztruppe an der Arbeit auf einer sozialistisch kargen, schwach ausgeleuchteten und kulissenlosen Bühne. Bin ganz gerührt. Man kann die Menschen aushungern, aber ohne Kultur kann niemand leben.

*

Krebstagebuch

18. Januar
Der Hausarzt, der aufgebotene Urologe und das unverwüstliche Stadtlabor lieferten ihre Berichte an den zuständigen Chefarzt der Universitätsklinik Basel, wie das heimelige, aber altbacken klingende Kantonsspital jetzt heißt. Ersterer ließ mir objektiv die Therapieauswahl, der zweite machte aus seiner Generationenskepsis gegen die erst etwa fünf Jahre alte operative Schlüssellochtechnik keinen Hehl, der dritte schrieb mir nach gehabter Biopsie schwarz auf weiß das unaussprechliche Wort «Krebs» auf.

Vom Geschäftsleben mit der Einsicht gesegnet, dass Beziehungen zwischen Unternehmen solche zwischen Menschen sind, habe ich auch gleich erfolgreich beim Chefarzt gecharmt. Der Herr Professor war prompt beeindruckt von meinen Reizworten Hotel und Sri Lanka, er rutschte aus und flog für Momente weg auf die Insel. Dann entschied er, die Operation selber zu machen (aber denken Sie jetzt nicht, wir haben keine guten Kräfte, die das auch könnten). Und es soll erst noch extra schnell gehen, nächsten Freitag könne ich zur medizinischen Aufnahme kommen, am Wochenende wieder heim, und schon am Montag, 29. würde er Zeit abzwacken und himself zur Operation schreiten.

Für Risiken und Nebenwirkungen siehe Packungsbeilage. Was mir der Arzt zum Lesen in die Hand drückte, war beunruhigend, denn es scheint nun sicher, dass ich an den Eingriffsrisiken sterbe und nicht am Prostatakrebs. Aber habe ich nicht während der letzten Wochen Antibiotikatabletten (im Vorfeld der Biopsie) geschluckt und entzündungshemmendes Kortisonpulver (zur Abschwellung des linken Knies) und habe überlebt? Ich bin ziemlich gut beieinander, subjektiv kerngesund und in größtmöglicher Balance, esse Früchte und Gemüse, was das Zeug hält, schlafe wie ein Gott und bin eitel wie Narziss, rührte noch keine Zigarre an, seit ich am 28. Dezember in die Schweiz kam, und ein Alki zu werden, ließ ich alle Hoffnung fahren. Was also soll mich schrecken? Ich trank schon so viele Gläser leer und fülle immer neue, der Herr da oben, der Chef von allem, der Creative Director, der mag mich mehr als andere, der hat mir schon viele Leben geschenkt. Wenn man die Gnade hatte, ein normales Leben zu leben, ist alles, was nach 60 kommt, ein Extra, eine Zugabe (Verkaufsförderer Haisch sagt: «Wenn das Produkt müde geworden ist, machen ihm Zugaben Beine.»)

Mit der Entfernung des Katheters ginge es normalerweise schnell, ich solle mich auf ein, zwei, höchstens drei Spitaltage einstellen – shocking, allgemeine Abteilung – und es sei überhaupt kein Problem, wie gebucht schon am 9. Februar auf die Insel zurückzufliegen. Die Beckenbodenübungen könne ich auch dort machen, allfällig nötige Männerwindeln – ouch! – gäbe es auch dort zu kaufen (man sieht sie sogar im Migrosregal, so stinknormal ist das). Er sei telefonisch immer für mich da, auch das lange Sitzen im Flugzeug würde keine Beschwerden machen. Und ja, die Lymphdrüsen würde man beim Öffnen mikroskopisch anschauen und vielleicht auch gleich wegnehmen. Und ja, mit Fortpflanzung ist fertig (zum Glück ist der David schon gemacht). Ach ja, und die Erektionsfähigkeit ginge vielleicht verloren – ouch! Aber dann hat der alte Jäger Ruh. Lieber lustlos 95 werden als lustvoll 75. Oder doch nicht? Muss mich beim Googeln noch kundig machen und dann doch Schutz suchen in einer Frauengruppe.

19. Januar

Wie selbstbestimmt ich geworden bin. Wie vertraut mir der Gedanke an die Endlichkeit des Lebens und der Gedanke an das Sterben ist. Wie sehr ich mich aufgehoben fühle in der Schöpfung, in einer endlosen Sicherheit, dass alles ganz wunderbar organisiert und alles schon sinnvoll und in Ordnung und akzeptabel ist. Und überhaupt, wer Bombenangriffe, Magenblutung, Tsunami und Motorradfahren in Sri Lanka überlebte und wer einmal von Fischern aus dem Ozean gezogen wurde, der ist mit so vielen Wassern gewaschen, dass er den Tod nicht fürchtet (der ist ja ohnehin Tagesrisiko seit ich vor 68 Jahren auf die Welt kam).

Der Zufall wollte, dass ich heute Morgen beim frühstückenden Herumtrödeln am Radio eine Sondersendung zum Thema hörte. Zum Glück bin ich nicht abergläubisch, habe kein Sensorium für Zeichen und Bedeutungen. Es ging um die ganz harten Sachen, um Krebskranke, die definitiv wissen, dass sie sterben werden, manche ganz schnell, doch manche später, als es ihnen recht ist. Der Prostatakrebs, dachte ich mir, ist eine kleine Sache daneben, es gibt ihn erst im Alter, er schreitet so langsam voran wie der allgemeine Abbau am Ende des Lebens. Nicht nur die Erneuerung der guten Zellen ist gemächlicher geworden, sondern natürlich auch die der bösen. Aber die Heimtücke dieses Volksleidens, die ist bemerkenswert. Dass sie dich überfallen kann aus dem Tag heraus, das macht mich wütend. Aber pass auf, Freundchen, wir werden dich in den Abgrund treten, in den letzten zehn Jahren haben die Krebsmedizin und ihre Servicestellen einen enormen Entwicklungssprung gemacht. Da gibt es einen attraktiv großen Markt, den lässt sich kein forschende Unternehmen entgehen.

Schlimm ist's wohl erst, wenn sich einer erst dann mit dem Sterben zu beschäftigten beginnt, wenn er von der Raubkatze schon angefallen wird. Oder wenn er in einem Milieu lebt, in dem man sprachlos ist oder sich auseinandergelebt hat. Dann ist es der Krebs, der zwingt, sich zur Bilanz hinzusetzen und sein kleines Leben, seine kleinen Beziehungen zu ordnen. Aber das eigentliche Thema ist nicht der Krebs, es ist der Sensenmann. Nur so kann ich den Krebsschock für Betroffene und ihre Angehörigen verstehen und all die Serviceleistungen von Selbsthilfegruppen, Therapiebegleitungen, Beratern und Betreuern.

Es war wohl weise, mein Umfeld abzuschirmen, draußen zu halten, anzulügen, außer Sohn, Bruder, Freund niemandem die Wahrheit zu sagen und ihren Umgang mit mir unschuldig und Klatsch und Dauermitleid draußen zu halten. Erst das würde mich nämlich krank machen. Also lasse ich den Zwischenfall fürs erste als Meniskusoperation laufen, das ist sportlich, ein Ehrenmal.

Es gefiel mir, dass der Operierer beim Erstgespräch auftrat wie ein Mechaniker, der ein Auto zur Reparatur entgegennimmt, alltäglich gelangweilt und sachlich verbindlich. Nur seine junge Vorzimmerschnepfe mit dem Chanel Deux-Piece könnte ein wenig mehr Menschenliebe brauchen bei ihrer Ausschau nach einem standesgemäßen Akademiker, einem mit möglichst vielen Diplomen. Sie sitzt ganz offensichtlich in der falschen Party.

20. Januar
Seit wir in Tunis waren, bin ich erfrischt und voller Energie. Ist es, weil ich so lustvoll im seltenen Familienmief baden durfte? Oder weil auch in Basel lichtvoll lauer Frühling herrscht, mir die Handwerker die Küche wieder zurückgaben nach einem Rohrbruch? Oder weil ich erstmals Schuheinlagen trage, die mich hemmungslos drauflosschreiten lassen? Oder weil ich keine Medikamente mehr schlucke? Oder haben mit den geklärten Verhältnissen nach der Biopsie Zuwarten und leidvolle Ungeduld ganz einfach ein Ende gefunden?

Beunruhigt bin ich wieder einmal nur, weil ich noch immer nicht beunruhigt bin. Kommen Depression, Selbstmitleid, Aktivitätsschub später? Oder bin ich mit meinem Sanmichlauscharakter trotz besten Wissensstands einfach zu naiv, um mich der Wahrheit zu stellen. Bin ich blauäugig oder ein Ignorant? Oder ist ganz einfach alles gut, weil as usual?

Das Leben im Jetzt, das viele erst entdecken müssen, wenn sie zum ersten Mal mit dem Ende der Veranstaltung konfrontiert sind, das war schon immer mein Naturell, der Respekt und das Bewusstsein für die Größe des Tages, die Einmaligkeit des Augenblicks war schon immer da, hat mich schon immer gestärkt. Selten habe ich gedacht, das will ich dann und dann tun, nächstes Jahr auf die Lofoten reisen, in zwei Jahren ein Auto kaufen, mir nächste Woche etwas gönnen. Doch die Tage sind so kurz, da muss man immer wieder verschieben, aufschieben, Briefe, Besuche, Freundschaften, Gelegenheiten und auch Chancen. Es wird Zeit zu gehen, was mache ich hier in Basel, wenn es auf der Insel so schön ist.

Übermorgen operieren sie meinen Unterleib. Dann ist auch das abgehakt.

*

4. März
Wieder zurück im Schoß von Mutter Lanka, war trotz anhaltendem echtem Krieg alles bestens. Im Januar hatten wir den geschäftlich besten Monat seit 15 Jahren (so lang geht das schon!) und es ramponiert meine Unersetzlichkeit kräftig, dass der Rekord ohne meine physische Präsenz und ohne meine drängende Ungeduld möglich war. Hatte für die Dauer meiner Abwesenheit mein Büro freigeräumt, wir nutzten es als Gästezimmer. Das war selbstlos und hilfreich, aber ich finde mich bei der Rückkehr bestraft mit der allergrößten Unordnung, Papier und Schachteln haben einen bedrängenden Kreis um mich gebildet, der mir immer näher auf den Leib rückt.

War bereits mit dem Bus in Colombo, ein Treffen mit der Treuhandfirma und andere Sachen, es geht mir nach der Operation wieder ziemlich gut, das Sitzen ist weniger beschwerlich Tag für Tag, doch ich fühle mich noch schwach. Der Himmel ist blau und wolkenlos, das Meer wie Milch, die Luft 28 Grad, ein feines Lüftchen überall, das Haus voll Gäste. Muss mich jetzt disziplinieren und hart arbeiten, um wieder Ordnung zu haben in allem, doch ist alles hier ganz wunderbar, ich bin der Hans im Glück, und ich weiß es.

Die Verhältnisse in Sri Lanka bleiben unübersichtlich, niemand scheint zu wissen, wohin die Reise führt. Schlagzeilen der letzten Wochen: Regierung behindert Arbeit von Journalisten. Armee macht den Osten tamilenfrei. Minister führt Schlägertrupp gegen Friedensdemo an. Achttausend Mönche haben in Colombo gegen den Waffenstillstand demonstriert. Visa werden nur noch um einen Monat verlängert.

Die Regierung lässt Geld drucken, was das Zeug hält. Jede Staatsbank ist Dirne der Politiker. Die Inflation ist jetzt gerade bei 20%, den Leuten geht es immer mieser. Ich rechne mit Krieg auch im Norden, militärische Erfolge im Osten haben die Hardliner übermütig gemacht.

Letzte Nacht am Strand Saturday Night Fever. Sturmgruppenführer Malith belästigt Touristen, die so einfältig sind, nach Mitternacht mit ihm zu fraternisieren. Joseph macht dabei alles falsch, was ein Nachtwächter falsch machen kann. Übe mich in einem neuen Führungsstil, wie ein Vater, einsichtig, nachsichtig, gütig, doch streng. Am nächsten Morgen fasste ich Malith ins Auge, redete mit ihm wie mit einem ungezogenen Schüler, das Resultat war erfreulich. (Besser hierzulande nicht jeden Fall der Polizei anzuzeigen, wie es sich eigentlich gehört. In der entstehenden Vertrautheit wollen die Uniformierten deine Freunde werden und die Nachbarn verachten dich als Denunzianten.)

9. März

Eine beunruhigende Nachricht kursiert in der Nachbarschaft. Malith sei seit gestern abends spurlos verschwunden. Man habe ihn wohl umgebracht. Es seien spezielle Gangs unterwegs, um «sauberzumachen». Wie die Einheimischen es durchaus einverstanden benennen und wie es Tradition ist. Die Polizei täte nichts, weil sie mit Ministern verbandelt sei, und wenn einer die rechten Kontakte habe, sei er straflos schnell wieder draußen, auch wenn er ins Gefängnis gehöre. Die Armee habe aber spezielle Einheiten, um Ordnung zu schaffen. Es fallen mir die Todesschwadronen ein, die von Regierungen anderswo gehalten wurden. Dass solche verdeckten Operationen weltweit geächtet sind. Dass sie außerhalb des Gesetzes sind und ein Zeichen dafür, dass Gesetz und Gewaltmonopol des Staates ausgehebelt sind, wenn es einmal so weit kommt, dass marodierende Mörderbanden das Gesetz selber in die Hand nehmen. Es sind Zeichen von Auflösung, von schwindender Autorität und schwachem Recht. Aber die Massen mögen starke Männer.

Seit letztem Sommer seien, vor allen in Colombo, gegen 150 Leute spurlos verschwunden, es steht sogar in der Zeitung, die Reaktionen sind lau, die Gesellschaft ist müde geworden, das Ausland hat die Nase voll und kümmert sich nicht mehr um die unverbesserliche Dummheit hier. Da gibt es derzeit also keine Wächter. Ich bin beunruhigt, rechne im nächsten Halbjahr mit der Ausweitung der Armeevorstöße in den Norden und dann definitiv mit neuem Terror der Separatisten, die sich beunruhigend ruhig verhalten, was die Hardliner noch übermütiger macht; alles Glück scheint auf ihrer Seite zu sein.

Die Geschäftsleute reagieren resigniert auf Fragen, wie es geht und weitergeht, sie wüssten es nicht. Früher sagten sie wenigstens, nächstes Jahr wird es besser. Sie hätten schon oft an den Aufbruch geglaubt und schon so viele Chancen seien vertan worden und immer neue Enttäuschungen habe es gegeben. Da wolle man sich über die Zukunft keine Gedanken mehr machen. Man lebt in den Tag hinein derzeit, keine Pläne, keine Ziele, kein Elan.

Gestern war ich schon wieder in Colombo, den ganzen Tag lang. Die Stadt hat sich in kurzer Zeit sehr verändert. Nur in den Jahren, als Premadasa und die linken Sezessionisten im Süden das Geschehen bestimmten, sah ich so viel bewaffnetes Militär und so viele Polizisten, alle erkennbar nervös, wie wenn sie auf etwas warten würden, von dem sie wissen, dass es eintritt. Der Verkehr ist in ein Einbahnsystem umgewandelt, niemand darf mehr parkieren, wo er will, keiner mehr anhalten, die Geschäfte gehen schlecht; wie früher schon oft meidet jeder die Hauptstadt und geht nur, wenn er muss. Die tapferen Bürger, die dort leben und täglich ihrer Arbeit nachgehen, verdienen schon seit Jahrzehnten ein ganz großes Denkmal; man könnte einige der Politikerbronzen dafür einschmelzen. (Das Denkmal für die Weltgemeinschaft, die das Land mit Dollarbillionen beschenkt und nach dem Tsunami nicht alleingelassen hat, ist auch noch nicht gebaut, geschweige denn diskutiert.)

Ich war auf der Suche nach einem voll verglasten Tortenkühlschrank für mein neues Stadtcafé. Es gibt in der ganzen Hauptstadt sicher nur ein einziges Exemplar, das muss ich finden. In der Mangelgesellschaft muss man wie auf dem Flohmarkt sofort zugreifen. Zuletzt fand und kaufte ich das Schaustück, für teure 100 000 Rupien, obwohl ein übles Billigprodukt aus China. Die Abdeckplatten sind lausig, beim Abstauben wird sich jeder die Finger aufschneiden an den Schrauben und messerscharfen Kanten. Eine Schweizer Familie kam noch mit in die Hauptstadt, sie musste nur die Hälfte der chauffierten Reise zahlen und ich machte auch ihnen einen schönen Tag mit Pizza Hut, Serendib Abendbuffet, Shopping. Dazwischen huschte ich zur Schweizer Botschaft, wo ich eine Gesichtskontrolle absolvierte und der helvetischen Pensionskasse beglaubigen musste, dass ich noch lebe. Einen Wasserboiler für die Ferienwohnung brauchte es noch, Wäschekörbe, einen Teppich, neue Lampen für die Zimmer und ein paar Barhocker mit Schmiedeeisentischen für die Café-Lounge, es hatte alles Platz im mitgebrachten Kleinbus. Den Künstler-Plätscherbrunnen, der so schön tönt und den ich schon seit Jahren verehre, habe ich auch endlich adoptiert. Der Treuhandfirma überbrachte ich Schweizer Offiziersmesserchen, das hat sie so gerührt, dass sie mir heftig beim Steuersparen helfen werden. Nein, einen Kaffee haben sie mir nicht angeboten, Buchhalter halt.

Seit ich aus der Schweiz zurückkam bin ich so engagiert, dass ich gar keine Zeit habe, an meine hoffentlich vorübergehende Inkontinenz zu denken und mich dafür zu schämen, dass ich Menstruationsbinden trage. Dennoch bedrängen mich Berge von unbearbeitetem Papier, selbst Schachteln vom Umzug sind noch verpackt, und der ist schon ein Jahr her. Immerhin wurde gestern ein neues Wi-Fi System installiert, 22 000 Rupien noch einmal, jetzt haben die Gäste und ich selber Netzzugriff von jeder Stelle im Garten aus. Doch heute geht schon wieder nichts mehr und es war bereits der erste Service nötig.

Für das neue Stadtcafé brauche ich einen Host. Schrieb ein gutes Stelleninserat, doch der Text war länger als die 45 Zeilen, die die Staatszeitung vorschreibt. Den Kleinunternehmern stutzt man die Flügel, wo man nur kann, man mag nur die doppelseitigen Inserate der ganz großen Großprojekte – mit den ganz großen Nebenerlösen. Also musste ich, nach 45 Zeilen mitten im Satz … aufhören. Für die … Fortsetzung hatte ich ein zweites Inserat zu kaufen. Prompt waren die zwei einspaltigen Halbtexte an verschiedenen Stellen auf der Seite platziert. Das hat Verleger und Leser hoffentlich aus dem Trott gebracht.

Der Negomboprinter, den man zur katholischen Oberschicht zählen darf, reagierte hoch erfreut auf meine Neueröffnung, Leute von seiner Stellung könnten in ganz Negombo keinen Short Bite essen, es gäbe in der ganzen Stadt nur Koti-Roti-Schuppen und Teeecken. Eben.

Die Tage sind zu heiß für den März, aber abends windet es angenehm und kühlt gut ab. Das Meer furzt wieder einmal Schwefel aus den Gedärmen tief drinnen.

13. März

Morgens um sieben besucht uns die Armee, Dilan ruft mich, sie würden gern mit mir sprechen. Im Garten stehen zwei Bewaffnete mit Gewehr und ein Ziviler mit Trainingshosen, «SLAF» oder so, erklärt mit erlesener Höflichkeit, dass sie auf Terroristensuche seien, schon die ganze Nacht, 160 Leute seien im Einsatz, es tut ihm leid. Er findet Freude am Plaudern, ist so alt wie mein Sohn und behauptet, mit einem Mann im Alter seines Vaters zu reden, sei schön, da könne er was lernen, ich müsse unbedingt ihr Camp im Katunayake Airport besuchen, sein Bruder lebe in Deutschland, der käme manchmal zu Besuch. Immer fällt ihm was Neues ein, um das Weggehen zu verzögern. Ob es bei uns in der Schweiz auch Terroristen gäbe. Die Negombofischer gingen aufs Meer, manche bis nach Jaffna, nicht alle seien sauber. Colombo und der Hafen und die Schifffahrt machen ihn besorgt. In Negombo lebten viele Leute zusammen, die meisten seien gut. Die Saison sei wohl nicht gut gewesen, und ob es in Europa Propaganda gäbe gegen die hiesige Regierung. Ich sei schon so lange hier, da wisse ich sicher mehr als viele Einheimische. Dann begleite ich ihn mit seinem Trupp zum Tor, wo ein vierter im Kleinbus wartet, sie zeigen Präsenz. Frühen Gästen erkläre ich den irritierenden Besuch, ein Franzose aus Marseille beruhigt mich, das sei normal für ihn, zu Hause stünden auch an jeder Ecke Uniformierte herum.

26. März

Staaten verhalten sich wie Halbstarke. Man kann das in diesen Tagen an Nordkorea sehen, der Iran spielt sich genussvoll auf, Palästinenser und Israelis sowieso, da kann auch die Bananenrepublik nicht an sich halten und lässt die Muskeln spielen, bläst die Backen auf, fuchtelt mit Worten herum und sicher auch bald mit Taten.

Am Montagmorgen um halb eins, vor einer halben Stunde, wachte ich über Geräusche auf, die nach Geschossen und Bomben tönten. Zu laut für Partykracher. Kein Gewitter am wolkenlosen Himmel. Beim Hinausschauen über die Gartenmauer ziehen haushohe Rauchschwaden von Südost aus Richtung Flughafen übers Meer. Der Nachtwächter war sicher, das sei eine Party, ich vermutete, es sei etwas anderes losgewesen, die Separatisten waren lange Zeit irritierend tatenlos. Wecke den Co-Boss, der war sicher, es käme nichts zu uns nach Negombo. Die Armee mache Landgewinne. 10 Minuten später informiert er mich, dass einer unserer Fahrer einen Anruf bekommen hätte von Verwandten nahe dem Flughafen, es sei dort der Teufel los.

Radio, Netz so kurz nachher noch ohne Info, aber ich buchte noch in der Nacht ein Rückflugticket für den August, das ließe sich im Ernstfall, mit dem ich rechne, vordatieren. Auch legte ich Pass, Kopien, Geld bereit, wie in einem Newsletter der Botschaft früher schon empfohlen, Dear Compatriots. Es ist einfach gegen alle Erfahrung, dass die Separatisten seit August nichts mehr angestellt haben, ich kann nicht glauben, dass sie sich – im Osten und Norden in die Enge getrieben – nicht mit Schock und Terror wehren, es ist einfach zu ruhig, die Propaganda der Armee einfach zu positiv.

10. April

Julia aus Freiburg ist da, eine belgische Reisebuchhändlerin, die Lehrerfamilie aus Binningen, gute Gespräche, Privatheit. Ostern ist vorbei, in der Kirche vorne haben sie einen theatralischen Karfreitag angerichtet, wir halten mit und haben farbige Plastikeier an unsere Gartenlampen gehängt. Nun warten wir auf die alljährlichen Osterfeiertage und auf das singhalesische Neujahr. Der Terroristenclique wird etwas einfallen, um die Regierung vorzuführen. Die wird sich das nicht gefallen lassen. Ich rate meinen Gästen vom Reisen zwischen dem 13. und 15. ab, die Dinge entwickeln sich nicht gut.

Dennoch war ich gestern in Colombo, herumschlendern, guten Kaffee trinken, ein wenig Shopping. Seit Jahren versucht die Stadtregierung, den Beira Lake zu renaturalisieren, es bleibt hoffnungslos. Das Erholungsparadies mitten in der Hauptstadt – der Lebenswert für die Bewohner ist enorm – stinkt entsetzlich und aus dem Wasser ist eine grüne Kräutersuppe geworden, in der alles Leben erloschen ist. Ich flüchte mich auf einen Kunstgewerbemarkt, finde eine kilometerlange Bilderausstellung mit unerträglicher Stümpermoderne, aber drei einzelne Lilien blühen dazwischen, bloß dekorativ zwar, aber stilsicher, ich kaufe die drei Leinwände für mein neues Stadtcafé, born 1904, Negombo yesterday. Drücke den Preis von 6000 auf 5000 Rupien, für 3 Bilder, das sind nur 50 Franken, schäme mich nachher, hänge aus Verlegenheit ein Schildchen mit dem Namen der Nachwuchskünstlerin darunter.

Monika hat sich als Hausdame für mein neues Kaffeehaus beworben, wenn sie nur das Aufenthaltsrecht bekäme. Hausdame, das gefällt mir fürs europäische Kaffeehaus. Am Donnerstag traf ich sie noch einmal, dann setzte ich das Gesuch für die Arbeitserlaubnis aufs Gleis. Der Umgang mit ihr gefällt mir, ich mag sie gut leiden, dienstags gehen wir zusammen in einem Hotelpool schwimmen, nachher frühstücken wir lange. Nach langer Zeit öffne ich mich wieder einem Menschen. Ein wenig.

Dilan, seit dem Monatsersten als «Manager» promoviert, hat ein paar Tage frei, das Team ist bezaubernd, die Gäste liebenswürdig, die Nachbarn lassen uns in Ruhe. Lucia musste aber mit bitterem Gesicht den Gestank unserer überfüllten Abortgrube reklamieren. Heute Morgen kamen dann die Männer vom Rathaus mit dem Absaugschlauch und dem Tankwagen. Gast Julia hat seit Ankunft eine Hautallergie, behauptete, im Zimmer hätte sie etwas gebissen. Als die zwei Zimmerputzer heute mit der Arbeit fertig waren, kamen sie mit Bläschen am Oberleib wieder aus dem Zimmer. Ich fürchtete Epidemie, Ansteckung, Pest und Cholera, und brachte gleich alle zum Arzt. Diagnose erneut Allergie. Etwas ist los im Gästezimmer, ein Alien. Julia zieht um, übermorgen kommt ein beamteter Kammerjäger zur Inspektion und wird die Zimmer ausräuchern.

13. April

Ich bin froh, dass die Singhalesen morgen ihr buddhistisches Neujahr feiern, so kann ich meine Inselnotizen an ein markantes Datum festzurren, bevor der Internationale Kampftag kommt und alle die 1.-Mai-Parolen rufen und die Fäuste recken. Es ist wie immer Bombenstimmung, aber aus Gründen die ich mir nur zum Teil erklären kann, haben wir anhaltend alle Zimmer voll. Beim Schweizer fühlt man sich einfach sicher. Der Tourismus sei um ein Drittel zurückgegangen, seit die Hardliner mit den Waffen reden statt am Tisch. Als deutsches Kriegskind bin ich einiges gewohnt, mein Umfeld erscheint mir also durchaus normal.

Nur habe ich nach meiner Prostataoperation im Januar noch nicht so zu mir zurückgefunden, wie ich es mir wünschte. Es war nicht klug, die Kurempfehlungen von wohlmeinenden Freunden zu ignorieren. Das Immunsystem scheint geschwächt, ich leide seit vier Wochen an einem Virus, der nach gehabten Kinderpocken, wie ich lernte, nur darauf wartete, mich zu entnerven. Herpes Zoster ist diagnostiziert, an der ganzen rechten Kopfseite, ich habe pausenlos Weh am Kopf, 24 Stunden lang, selbst die Brille auf den Ohren schmerzt, ich schwanke zwischen Irrenhaus und Pistole.

Es ist oft weit nach Mitternacht und ich kann nicht einschlafen, zu starke Schmerzen, wenn ich im Bett liege. Zum Glück ließ ich in meinem Schlafzimmer eine Klimaanlage installieren. Halte tiefgekühlte Umschläge an all die Stellen an der rechten Kopfhälfte, die mich plagen, die Stirn, die Augenbraue, den Oberkopf, die Schläfe, den hinteren Hals.

Aber ich lebe noch, Gäste und Team sind wunderbar, zwei blonde Frauen beglücken mich, eine Managerin für mein neues Brainchild, das «Icebear Century Café» steht vor der Tür.

Willy war zum Essen da, die Kraft – und Fresslust – reichte, um etwas Neues auszuprobieren, Speckscheibe mit Mulletfilet belegt und da drauf Hüttenkäse mit einem kinderkopfgroßen Bund heimischer Blätter, sahen aus wie Brunnenkresse. Gewickelt und scharf gebraten, Kartoffeln gekocht und geraffelt und geröstet. Herrlich. Ich solle einen Neurologen aufsuchen, im Apollospital eine zweite Meinung einholen, sagt der Gast, als er mich beim Reden das Gesicht verziehen sieht. Jetzt regnet es draußen lange und dicht und gerade von oben herab, ein schöner Klangteppich, kühl, still, das Meer rauscht vor sich hin, manchmal haut es eine Welle wie eine Ohrfeige an den Strand.

26. April

Unverändert bin ich die Schmerzensmutter mit meinem Kopfzoster, dem Messer im Kopf, doch irgendwie reicht es immer fürs Nötigste. Eben habe ich einen Nebensaison-Discount auf unseren Websites annonciert, mit dem Secretary und Lawyer korrespondiert, die Wohnung und das Büro und die Rezeption aufgeräumt und solche Sachen – und doch reicht es nur für das Nötigste, für Privates fehlt es einfach an Antrieb, ich vernachlässige alle privaten Kontakte, selbst meinen lieben Sohn, an dem ich Wohlgefallen habe.

Keine Nachrichten sind gute Nachrichten. Doch vor ein paar Minuten gab es lauten Krach von weitem, der wie schon beim kürzlichen Angriff mit Kinderspiel(flug)zeugen aus Flughafenrichtung kam und sich böse und dumpf anhörte, lange dauerte und diesmal sicher nicht nach Freudenfeuerwerk und Gewitterdonner klang. Mein Hausmeister kommt gerannt, dass ihm einer unserer Fahrer angerufen habe, in der Gegend beim Katunayake-Flughafen sei schon wieder etwas passiert. Da war ich plötzlich voller Energie, ich schreibe dies jetzt gewissermaßen life aus dem Kriegsgebiet. Morgen werden wir alles wissen, heute ist das Leben samt Bombendonner as usual und so vertraut, dass ich jetzt kalten Blutes einen schwedischen Krimi lesen und dann einschlafen werde nach einem weiteren nichtigen Alltag. Bald hat der große Lehrer Lord Buddha Geburtstag, inzwischen salben die irdischen Verkünder ihre Lämmer mit Parolen und zu viele Mönche diskreditieren den lankischen Buddhismus weiter.

28. April

Von der Stadt her tönen Dutzende von Autohupen, Trommeln, Feuerwerk, Geschrei, der Beginn des Kricket-Endspiels ist wegen Regen zeitverschoben, die aufgeheizten Weltmeister in spe langweilen sich, die Böllerschüsse nehmen zu, ein paar verängstigte Neuankömmlinge sitzen beim Captain's Dinner. Ich ahne nichts Gutes, wenn die schon vor dem Spiel durchdrehen, und würde wünschen, dass sie verlieren. Dumme Menschen werden übermütig, wenn es ihnen zu gut geht, und die Politiker überall missbrauchen solche Anlässe, die Massen zusammenzutreiben und sie hinter sich zu scharen.

Der Präsident ist in die Karibik geflogen, will sich den Propagandaglücksfall nicht nehmen lassen, lässt dafür sein Land allein, mitten in der Krise. Ließ weltmeisterlich verlauten, er würde allen Spielern und Funktionären im Gewinnfall ein Haus schenken, in Colombo. Aus der eigenen Tasche, nehme ich an. Am späten Nachmittag war auch mein sonst gänzlich unpolitischer und ein wenig verschlafener Manager dabei, mit dem Lehrling die Landesflagge über den Torbogen zu pflanzen wie damals die Russen auf dem Brandenburger Tor. Ich konnte es gerade noch verhindern. Im Radio habe man aufgerufen, Flagge zu zeigen, es gehe um die Nation. O Gott. Wenn sie heute Nacht das Endspiel gegen die unsympathischen Aussis gewännen, könnten sie gleich fünf Fahnen hissen.

Derweil hatte die Nachbarschaft am Strand malerische Tücher als Sonnensegel aufgespannt und führte vor ein paar hundert zuschauenden Frauen eine traditionelle Spaßolympiade durch, einfach so, aus dem Stand, alle durften mitmachen, und alle Kinder auch. Es gab natürlich das unverwüstliche Sackhüpfen, ein Lautsprecher heizte tüchtig ein, doch schon um halb sieben hatte sich der Himmel so dramatisch verfinstert, dass alle aus dem Stand heraus laut schreiend vor dem Regen davonliefen, alles hinter sich zurücklassend, direkt in die Arme der daheimgebliebenen Mannsbilder, die auf den Endsieg warteten, mit Kasipu schwer bewaffnet.

Vorher haben widrige Umstände aber noch ein anderes menschliches Drama eingeschoben. Auf dem Karrenweg zum Strand, der wie unter gesitteten Nachbarn am Tag vor Sonntag zu fegen sei, lag – auf unserer Seite! – der Abfall der ganzen Woche, zum Schämen, bei all den Leuten, die heute zum Strand gingen. Pfeilschnell wie eine Giftschlange biss ich zu, unser verantwortlicher Gärtner war grad am Fahrradputzen. Er solle augenblicklich alles liegen lassen und den Weg fegen, es sei jetzt fünf. Einspruch, der Manager habe ihm Fahrradputzen aufgetragen. Beiße schnurstracks erneut zu, der Manager – das liebe ich besonders – verwirft die Hände, er habe es dem Gärtner schon fünfmal gesagt, den Karrenweg zu fegen. «This is not my problem!», fügt er patzig dazu, und auch er hat ab sofort ein Problem, morgen will ich mit ihm reden. Wie üblich in der Hackordnung tritt jeder nach unten weiter. Der Gärtner kommt kurz darauf, das Heulen knapp verdrängend und außer sich, und teilt mir mit, «no, I can not do that!». Der falsche Stolz ist gefährlich für ihn, er kann mir auf Anfrage keine Gründe nennen, ich halte an mich, jetzt seien wir hitzig, morgen würden wir darüber reden. Er möge sich aber überlegen, ob er die Stelle behalten oder sich einen neuen Arbeitsplatz suchen wolle. Die Kasten sind in den Genen festgewachsen, jeder strebt nach oben. (Was er nicht weiß, ist, dass ich vor Jahren einen hoffnungsvollen Roomkeeper fristlos hinausgeworfen habe, weil er sich weigerte, mit dem Putzeimer auf der Straße die paar Schritte zum Nachbarhaus zu gehen, um dort angemietete Gästezimmer zu putzen. Man hätte ihn bei seiner niedrigen Dreckarbeit sehen können.)

Das Kricketendspiel ging erst nach vierstündigem Unterbruch weiter, es wurde gar verkürzt, die Sri Lanker fürchten um ihren Sieg. Habe meinen erotischen Samsung Flachbildschirm ins Atrium der Villa gestellt, damit das Team beim Zuschauen Nationalgefühl entwickeln kann.

Solcher Zusammenhalt ist auch nötig, die Politik spielt das Instrument vorzüglich. Nach dem kürzlichen Terrorangriff der LTTE aus der Luft und dem Nichts heraus haben sich die Militärs wie kleine Buben aus der Verantwortung gestohlen – das von Indien installierte Radar sei nicht funktionsfähig gewesen. Indien verbat sich die Unterstellung umgehend und von höchster Stelle aus, alles hatte nämlich bestens funktioniert. Nun haben wir im Land 19 Millionen Sri Lanker, die seither den Himmel nach feindlichen Flugzeugen absuchen, wie die Regierung es empfohlen hat.

Da war es leicht, eine Telefonnachricht aus Puttalam über Flugzeuge im Anflug auf den Flughafen als Auslöser für die kürzliche Flugzeugabwehrschlacht vorzutäuschen, die mitten in der Nacht ganz Greater Colombo erschreckt hatte. Die haben einfach einen Testlauf gemacht. Ich vermute gar, um den zur selben Zeit in die Karibik abfliegenden Präsidenten zu erfreuen – er durfte sich am hell erleuchteten Himmel an seinen braven Jungs von der Airforce erfreuen. Gut Motherland, magst ruhig sein. Kleinlaut und gewunden haben Politclaqueure und Armeesprecher heute zurückbuchstabiert. Nichts sei gewesen, der Anruf eine Ente, die Verteidigungsschau ein Test. Statt sich darüber zu beschweren, sollten sich die ewigen Nörgler – gemeint war die Bevölkerung – lieber vorstellen, wie es gewesen wäre, wenn wirklich was gewesen wäre. Dass sie dem Verteidigungsdispositiv folgend nebenbei auch noch ganz Colombo das Licht abdrehten, «um den Angreifern keine Ziele zu bieten» (die Angreifer fliegen ja auf Sicht, bei Vollmond, ohne Licht, nachts), dass der Flughafen eine halbe Stunde abgeriegelt war und sich die Anwohner in der hellen Mörserabwehrnacht ängstigten wie kleine Kinder, sodass sie aus den Häusern flohen und hunderte von Fabrikmädchen am nächsten Morgen nicht zur Arbeit gingen, solche Kollateralschäden hat man, wie es üblich geworden ist, billigend in Kauf genommen. Man muss ja damit rechnen, dass die Heißsporne aus dem Norden ihre fliegenden Kriegsspielzeuge auch gebrauchen, und Bomben bauen können sie auch.

Kein Zweifel, es ist Krieg. Und kein Zweifel auch, Armee und Staat dürfen sich nicht erpressen lassen; die Einheit des Landes zu bewahren ist ihre Pflicht, den terrorsüchtigen Separatisten eins aufs Maul zu geben, auch. Aber es wird Zeit, dass die Häuptlinge ein Papier auf den Tisch legen, das man diskutieren kann und das als Lösung haltbar wäre. Doch die einen wollen nicht, und die andern wollen nicht mehr. Oh Mother Lanka!

30. April

Heute Morgen hören wir aus den aufgeregten Medien, dass ein drittes Mal Flugzeuge im Anflug gewesen seien – wie sonst im Sichtflug, bei Vollmond! – mitten in der Endspielnacht, die ganze Nation am Fernseher. Die Fliegerabwehr habe sie erfolgreich vertrieben, sie seien umgekehrt und heimgeflogen. In den Zeitungen sehen wir Fotos vom verdunkelten Colombo, der Nachthimmel erhellt von Farbstrichen, wie damals als die Amerikaner Bagdad gefangennahmen. Die kampflüsternen Separatisten pfeifen verzweifelt auf dem letzten Loch und brauchen dringend einen Propagandaerfolg. Und morgen ist Arbeiterfeiertag, er ist um einen Tag vorgezogen, weil am 1. Mai Vollmond ist, Vesak, der höchste Feiertag der Buddhisten, gleichzeitig Geburtstag, Erleuchtung und dritter Besuch des Großen Lehrers auf der Insel. Das kann nicht gutgehen, ich hüte das Haus, rate Gästen wieder einmal vom Herumreisen ab.

Fand bei allem Muße, mir drei Hosen schneidern lassen, nicht kurz, nicht lang, für tags und abends, in fröhlichen Farben und Mustern, die derzeit gar nicht zu meiner Stimmung passen wollen, die ist eher etwas angegraut, zermürbt von diesem Zosterschwein und endlosem Schmerz. War auf dem Friedhof, besuchte meinen Ziehsohn, jemand hatte Blumen hingelegt, er fehlt nicht nur mir, morgen jährt sich Anishs letzter Lebenstag, bin seit Tagen in großer Melancholie. Tod durch Paraquat, in Basel hergestellt, im Westen verboten, in den Entwicklungsländern zur Unkrautvernichtung zugelassen. Der missratene Ausflug ins Leben anderer Leute hat mir bestätigt, dass alles menschliche Leiden von den Menschen selbst gemacht sei. Seither lasse ich mich auf niemanden mehr ein, niemanden mehr an mich heran, hüte ganz ausschließlich mein kleines, privates Glück, dieses flüchtige Pflänzchen, und halte mich an die wenigen, die ich habe.

Die Bauleute kommen gut voran im neuen Kaffeehaus in der Altstadt, jetzt sind auch die zwei Vorgärten mit Steinplatten belegt, die weißen Gusseisengartenmöbel bestellt, obwohl niemand hierzulande draußen sitzt. Noch immer zweifle ich am rechten Namen. Ist «Century Café» nicht doch erregender für die Fantasie als «Coffee Lounge»? Noch immer sind weder Kaffeemaschine noch Fassadenbeschriftung bestellt. Gut, dass in ein paar Tagen die einheimische Managerin anfängt, das zwingt mich zu Entscheiden, die Frau will beschäftigt sein. Und für meine deutsche Hausdame Monika wird eine Arbeitsbewilligung kommen, sie soll als Co-Managerin die deutschen Kuchen backen. Zwei Frauen an der Front, in einem Land, in dem sich die Frauen verstecken und in einem Gewerbe, in dem es nur Mannsbilder gibt. Trotz der Freude bin ich aber unsicher geworden, ob das meine beste Idee war, ob es diese zwei Frauen miteinander können werden. Das Leben geht weiter as usual, niemand hilft einem, man muss sich selber helfen.

3. Mai

War in der St. Sebastian Kirche, fühlte mich heimisch, so kurz nach dem Ostertagefieber war sie halb leer, aber das Fähnchen der Aufrechten sang, was das Zeug hält. Seit der Dankmesse nach meiner Errettung aus dem Meer fühle ich mich der Gemeinde der Nachbarn altmodisch zugehörig. Bevor es losgehet, läuft der Paffe durch den Mittelgang und spritzt große Mengen Wasser auf uns. Ich bleibe dennoch Außenseiter, das Kreuz schlage ich nicht, sinniere einfach so vor mich hin und bade in der Schönheit der tamilischen Sprache, der Entrücktheit des frommen Theaters.

Das Land ist seit letztem Sommer anhaltend in Misere. Politisch sowieso, und im Gefolge auch gesellschaftlich, wirtschaftlich, kulturell. Und jetzt hat vor drei Tagen pünktlich wie die Schwäbische Eisenbahn der Monsun eingesetzt, gnadenlos heiß sind die Tage, nachts kühlt es nicht mehr ab, der Organismus auch der Einheimischen ist oft überfordert, Ausnahmezustand. Heftige Regenstürze immer wieder, knallige Sonnenuntergänge, wütende Gewitter mit einem Horizont, an dem die Beleuchter verrückt spielen. Eben gerade, mittags um zwei, ist ein Regen losgebrochen, wie ich ihn nie erlebte, obwohl ich öfter im Mai hier war als in anderen Monaten. Er war so heftig, dass er durch die verschlossenen Fensterläden und Fensterrahmen raste und aufs Neue meinen roten Terrakottaboden überschwemmte, die Bücher, das Sofa, ein Fußbad, die Terrasse verwüstet, alles, was dort zum Lüften hing, ist verquirlt und durchnässt und kreuz und quer geflogen im waagrechten Wind. Wie müssen da die Einheimischen leiden, die im Dunkeln in ihren ebenerdigen Hütten und Häusern schwimmen, die so eng aneinandergebaut sind, dass die Wassermassen keinen Boden zum Abfließen mehr finden. Der Strom wurde abgestellt, das System ist zu marode, zu gefährlich sind Kurzschlüsse, die Pfützen sind elektrisch geladen. Also auch kein Licht, das Wichtigste in Sicherheit gebracht, ein wenig aufgeräumt, Kerzen und Taschenlampen ausgepackt. Die Temperatur stürzte umgehend auf 24 Grad herunter, eisig kalt, ich schlief auf dem Nachtbett auf der Veranda mit handgestrickten Socken an den Füßen.

Ruwan kam eben mit dem Flachboot zurück, völlig durchnässt, das Wetter hat ihn und seinen Bootschef draußen beim versunkenen Frachter erwischt, sie hatten gerade Fischstücke zum Anbeißen ausgelegt. Er habe zum Herrgott gebetet und das Kreuz geschlagen. Da saß er nun, viel zu jung, und war hungrig. Ich saß zum Glück grad beim Frühstück, wir fütterten ihn mit Butterbrot. Mittags um drei werden sie wieder hinausfahren um heimzuholen, was hängenblieb. Gestern habe er barfuß den Stadtlauf mitgemacht, er sei Zehnter geworden und habe eine Glasschale bekommen, sie aber weiterverschenkt an Nr. 11, die nichts mehr bekam, und dann hätte er gleich wieder hinausfahren müssen, an Vaters statt, der sich inzwischen durchs Leben säuft. Jetzt sei er sterbensmüde und habe Muskelkater. So was bewundert das kriegsgeschädigte Zwergschulbürschchen, das seine Herkunft nie vergessen hat.

Die Post verlangt ab heute für einen Brief drei Mal mehr Porto, 15 statt 5 Rupien, Einschreiben kostet jetzt 40 statt 20. Der Weizenmonopolist hat den Preis erhöht, das tägliche Brot wird kostbarer. Ein gut genährter Minister empfiehlt, Reis zu essen und nicht das neumodische Brot. Die Börse trudelt. Die Busfahrer wollen den Fahrpreis erhöhen, das Zugfahren wurde schon teurer. Kochgas schlägt auch auf. Die Leute werden bald wütend werden. Aber nein, das Leben hat schon alle Energie aufgebraucht und alle gute Hoffnung. Die Inflation hat jetzt 21% erreicht. Emirates und Qatar fliegen Colombo nicht mehr an, Singapur Airline nur noch bei Tag. Was drei Tinplateflieger alles auslösen. Das Land samt den Anführern ist hochgradig nervös, nicht selbstbewusst und schon gar nicht zuversichtlich. Der Hotelier, den ich kenne, habe mit seiner Versicherung über Flugangriffschäden gesprochen, ja, gerne, die Prämie sei 100 000 Rupien, der Mann malt sich allen Ernstes aus, dass einer dieser lächerlichen Blechspielzeuge genau sein Haus zerstört. Nach den Lichtertheatern und Laternen des Vesak, die dem Volk noch einmal kräftig Honig ins Gesicht schmieren konnten, und nach dem schlussendlich verlorenen Kricket-Endspiel wird nun bald die Wahrheit auf den Tisch müssen. Und die ist nicht lustig. Eben haben auch Australien und England Reisewarnungen ausgegeben, es soll nur noch nach Sri Lanka fliegen, wer unbedingt muss, zu gefährlich sei es hier.

Nichtsdestotrotz eröffnet ein 400-Dollar-Hotel in Colombo und in Weligama würde zum Jahresende eines fertig für Nachtpreise zwischen 1000 und 10 000 Dollar, mit eigenem Weinkeller. Hör ich recht? Wo Arme sind, sind immer auch ein paar Reiche. Es ist pervers.

Ich selber eröffnete heute das «Icebear Century Café» in der hundertjährigen Stadtvilla. Stillstand tötet. Die zwei Managerinnen Anika (Negombo) und Monika (Bielefeld) hatten ihren ersten offiziellen Arbeitstag, mein Secretary hat die Deutsche für die Arbeitsbewilligung als Executive Host benamt, ein ganz herrlicher Titel, viel schöner als Hausdame! Um acht trafen wir uns alle zum gemeinsamen Frühstück am Hauptsitz, im Icebear, es gab den ersten selbstgebackenen deutschen Kuchen, nachher fuhren wir in die Main Street zur neuen Propagandamaschine: Ich wischte feierlich den zentralen Riesentisch, legte ein weißes Tuch darüber und begann mit der Arbeit. Genauer mit einem zweistündigen Einführungsworkshop, nach dem ich den Frauen Schlüssel und Verantwortung übergab. Und ein Startbudget für die vielen Dinge, die sie noch kaufen müssen. Bis zum Monatsende sind sie allein im Haus, räumen auf und machen sauber, trainieren ihre Rolle und bringen alles in Gang, bevor die Gäste kommen. Die Einheimischen ermahnen mich, Eröffnung im Juli bringe Betreibern und Besuchern Unglück, das müsse ich vermeiden. Und respektieren. Also gibt es im Lauf des Juni erst einmal eine weiche Eröffnung und einen Probelauf bis Ende Juli. Dann lasse ich die Frauen zwei Monate mit den Besuchermassen allein und fliege in die Schweiz. Ich entscheide mich im Zweifel meist für das Risiko. Nach Rückkehr im Oktober hauen wir dann rechtzeitig zur Hochsaison auf die Trommel, die Werbung ist bereits in Vorbereitung, das meterlange Firmenschild hängt schon an der Fassade, Sandwichmänner würde ich gerne durch die Stadt schicken, zum Verteilen von Handzetteln und Gutscheinen.

4. Mai

Die totale Talfahrt geht weiter, täglich saust der Schlitten schneller in die Tiefe. Weitere Länder haben Reisewarnungen herausgegeben und, man glaubt es kaum, die Flughafenbehörde hat jeglichen Flugverkehr zwischen halb elf nachts und halb fünf morgens aus Sicherheitsgründen eingestellt, de facto ist der Flughafen nachts geschlossen. Da fliegen die Kamikazeflieger des Herrn P. im Vollmond ein paar Sichtflüge zur Hauptstadt und kehren ungeschoren wieder heim, die Armee und das ganze Volk kratzen sich verwundert den Kopf und jetzt tun sie so aufgeregt, als begänne der Luftkrieg. Die Sri Lanker sind an ihr Inselgefängnis gekettet, der Flugverkehr strauchelt, mit dem Schiff konnte man sowieso nie ausreisen. Terror vom feinsten, den sezessionistischen Brutalorebellen gehört endlich eine Ohrfeige verpasst. Touristen müssen ihre Tickets umbuchen, bleiben sitzen, sind gestrandet, kommen nicht an oder nur nach langer Leidenszeit. Gäste aus Polen schreiben uns, sie seien über 3 Zwischenhalte und mit 9 Stunden Verspätung 25 Stunden später gut in Warschau angekommen. Um nur ein Beispiel zu nennen. Das wird einen Imageverlust bringen, an dem der Fremdenverkehr jahrelang zu kauen haben wird. Zum Glück vergessen Touristen schnell.

Das Einmonatsvisum bei Einreise kann unter keinen Umständen mehr verlängert werden; wer länger bleiben will, muss in seinem Herkunftsland zum

Voraus einen Antrag stellen. Die wollen keine Ausländer mehr hier haben, über die Gründe kann ich nur grübeln, vielleicht fürchten sie die Massenrückreise all der ausgewanderten Tamilen, die es in der Fremde zu neuer Nationalität und neuem Pass gebracht haben. Vielleicht sind Tausende westliche Gutmenschen illegal im Land geblieben, die der Tsunami ins Land gespült hat. Oder sie planen definitiv die letzte Schlacht, da ist gut, wenn man die Ausländer schnell los ist, wenn es ernst wird.

Der Tamilendiktator ist ein Erpresser, der den zivilen Weg verlassen hat, jeder wünscht offen (die Singhalesen) oder insgeheim (die Tamilen) den Tod des Tyrannen herbei. Alle sind ängstlich und nervös, jeder rechnet damit, dass «etwas passiert», jeder spürt, dass die Kontrolle verloren ging, die Armee glücklos agiert, auch die harte Tour bislang keine Resultate bringt. Doch einer allein kann nicht an den Verhandlungstisch sitzen. Seit Chandrika Bandaranaike haben alle Regierungen ihre Hand bis zur Selbstaufgabe ausgestreckt, aber dieser Inselpolpot hat sie nie ergriffen. Der Despot wollte bloß dem Westen gefallen, der Freiheitskämpfer liebt, wollte den Geldstrom der tamilischen Diaspora sichern, die starke Männer liebt, wollte den 50 Millionen Brüdern und Schwestern im benachbarten Tamil Nadu gefallen, deren Provinzpolitiker wie immer schon kräftig mitzünseln. In Wahrheit hat der fleischige Papa im Kampfanzug die Verhandlungspausen zur Stärkung seiner «Streitkräfte» missbraucht. Da ist kein Vertrauen mehr, auf keiner Seite. Vermittler sind unerwünscht, die norwegischen Friedensstifter hätten arge Fehler gemacht, sich in Misskredit gebracht, sie sind lange schon der Sack, den man prügeln kann. Der Wirtschaft geht es mies, so mies, wie es gar nicht sein kann, es wird besonders im Tourismus viele Schließungen geben. Mai und Juni sind traditionell Verlustmonate, der westliche Feriensommer wird für uns definitiv ausfallen, und wenn der Jahreswechsel klappen soll, dann muss ganz schnell eine ganz große, ganz gute Nachricht her, eine neue Lösung, Herr Präsident, neue Ideen, Herr Separatist, nicht immer nur diese Menschenopfer mit den umgeschnallten Sprengstoffwesten!

Mein Heißwasser läuft endlich wieder – es brauchte einen neuen Tank – solargeheizt, das kann mich nur gesünder machen. Habe im Anschluss an meine ayurvedische Freitagmassage noch eine Extrahalbestunde den Zosterkopf massieren lassen, es tut auch seelisch gut, wenn mich jemand am Kopf anfasst (deshalb gibt es so viele Coiffeure in der Schweiz!). Ging dann zum Italiener, hatte einen unvergleichlichen Seafoodsalat und Tagliatelle Carbonara. Vorgestern beherbergten wir die letzten Gäste, einheimische Honeymooner, die sich Rice & Curry aufs Zimmer bestellten, der Tisch war nicht groß genug. Seither ist das Haus leer, die Küche kalt, wir langweilen uns gehörig. Doch wie im alten Leben gehe ich jeden Tag zur Arbeit, das diszipliniert mich. Morgens um elf ist Tagesbesprechung mit den zwei Managerinnen, Anika im züchtigen Sari, Monika im nicht so züchtigen Sommerfähnchen und auf hier gänzlich unpassenden High-Heels.

Trotzdem war heute schon heftig geputzt, ich blühe auf, das kann nur gut gehen, wie will ich da noch in meine Gebrechen verliebt sein. Her mit den Zauberkünstlern, Poeten, Solotänzern, Sängern, Musikanten («culture», das vierte Bein). Her mit den Businessleuten, NGO's, INGO's, Anwälten, Bürgermeistern, Autoritäten («meeting rooms», das dritte Bein). Her mit den verschlecktesten der Touristen («colonial apartment», das zweite Bein), und her mit all den verliebten Teenagern, die nicht mehr am Strand hinterm Schirm sitzen wollen, den Matronen, den Herren der Gesellschaft, den Expatriates («Eaterie», «Café du thé», «Deutsche Kuchen», «European Café», das Hauptbein). Es gibt Tageszeitungen in drei Sprachen, Vivaldi ist mit uns.

Grüezi! En Guete! Ayubuwan! Nallanal! Willkommen today in Negombo yesterday!

5. Mai

Seit Jahren gibt es immer Anlass zum Wundern und Sichärgern, wenn wir ganz selten Einheimische als Restaurant- oder Zimmergäste haben, wirklich immer. Manchmal beherbergen wir Flitterwöchner wie gestern, die Frau noch in Weiß mit Schleppe, Schleier, weißem Strauß, der Mann verschwitzt, doch stolz im dunklen Anzug. Zur Begrüßung läuteten wir heftig die Tempelglocke, auch der Abschied am Abend war spektakulär, ein Rudel Freunde holte die Honeymooners nach langer Fotosession ab. In unser Gästebuch hat das traute Paar die Umrisse der Insel gezeichnet, ein Icebear mit Sonnenschirm drauf, überschwängliches Lob, die Anfangszeilen waren durchgestrichen, das ging nicht so flüssig auf fremdem Terrain. Mir kam etwas komisch vor. Aha, die letzten Einträge datierten vom 20. April, die Einträge der letzten Wochen haben sich verflüchtigt. Ach so, im Schulheft reißt man ja auch die Seiten heraus, die missglückt sind. Da nützt auch Amt und Würde nicht, die der junge Ehemann hatte, die Insulaner werden nie erwachsen und nie weltmännisch.

Am Mittag um zwei sehe ich vier junge Männer auf einem Boot am Strand sitzen, Akt 1. Ein Jackfruchtverkäufer mit der Schüssel auf dem Kopf kommt an, zwei rosa Plastiktüten voll gibt es für 50 Rupien, Gesundkost, Akt 2. Große Schlemmerei, die Kerne ausgespuckt, Bioabfall, Abgang, Akt 3. Die leeren Polyäthylentüten, genau acht Stück, liegen achtlos im Gras und blenden meinen Blick, Akt 4. Ein kleiner Bub sammelt die Polybeutel ein, gut zum Drachenbauen, es ist Saison, Akt 5. Der Himmel richtet auch die ärgsten Sünden.

Der Manager hat vier Freitage. Das Haus ist gähnend leer, das Team nimmt es leicht, recht so, es liegen harte Monate hinter allen. Schicke den Koch und den Innenminister am Morgen zum Schwimmen im Meer, kein Gast weit und breit, kichernd ziehen sie los. Doch der Gärtner macht mir Sorgen, er ist von ganzem Herzen faul, planlos, vergesslich, verhühnert, unkonzentriert, für diese Arbeit nicht zu gebrauchen, ich müsste ihn wegschicken. Also ist reden angesagt, schon viel zu oft, ich mag nicht mehr, es schaut nichts dabei heraus. Der Nachtwächter ruft an, seine Frau sei krank, er müsse zum Arzt mit ihr, käme erst nachts um zehn. Es war dann nach Mitternacht, ich kenne ihn, es ist eine Party irgendwo. Wie ich feige Lügen hasse.

Der frühere Koch, ein guter und liebenswürdiger Tamile, hatte im geheimen was mit unserer verwitweten Haushälterin und kündigte, ehe alles weiter eskalierte, er hat Frau und Kinder. Wir sind in lockerem Kontakt. Er brachte heute einen Nachbarn aus seiner Tea-Estatesiedlung bei Hatton an, wir brauchen nämlich einen im Haus wohnenden Allrounder für die Stadtvilla, der die zwei Frauen beschützt und ihnen nicht nachstellt und der das Alleinsein in der Nacht erträgt. Ein über Fünfzigjähriger war angesagt, doch der von heute ist erst 23. Die Frauen behielten ihn dennoch zur Probe, mal schauen, der ist so jung, so harmlos. Schon am Montagmorgen fängt er temporär an, gebraucht wird er ja umgehend. War arbeitslos, hatte 3 Jahre in einem chinesischen Restaurant als Küchenhilfe gearbeitet, wirkt scheu, sicher hat er aber Biss, scheint gut motiviert.

Kaufte zwei attraktive Waschbassins aus blauem Glas für das Badezimmer der kolonialen Ferienwohnung im 1. Stock des «Century», Schlösser, Riegel, Nägel. Check-in–Formulare sind neu gedruckt, genug für zweitausend Gäste, we trust in tomorrow. Ging wieder zur Arbeit in die Stadt, Main Street, mit Papiersachen in der Tasche. Nur ohne Krawatte, leider. Die Maurer und Schreiner emsig am Werk, sie mussten gleich die schweren Betten vom Parterre in den ersten Stock tragen. Dann saßen wir zur Tagesbesprechung zusammen. Der neue junge Wachmann saß am Tisch dabei. Monika, in diesem Umfeld besonders blond, fotografierte ihn umgehend und ungefragt, ich war schockiert – doch gemach, gemach, sie müsse ja für die Sicherheit des Etablissements sorgen. Ah, Ruben heißt er, das ist leicht zu merken, das ist wie Rubbish, sagt sie. Oh, wie weh das tut. Auch Monikas Mienenspiel ist vom Feinsten, von Skepsis über Ablehnung zu Arroganz, Abwehr und Besserwisserei ist alles ins Gesicht geschrieben, zum Glück versteht hier niemand Deutsch. Sie holt aus zu komplizierten Redeschleifen über Mückendreck, sie macht sich wichtig, obwohl das gar nicht nötig ist, sie ist nature schon gut genug. Die einheimische Anika sitzt weise dabei und lächelt freundlich und zurückhaltend, was sie sagt, kommt erfahren daher, überlegt. Ich weiß plötzlich, da habe ich einen Fehler gemacht.

Es wird nicht gut gehen. Zwei Chefs sind undenkbar, da war ich wieder einmal leichtfertig und zu wagemutig. Man kann deutsche Kuchen auch zu Hause backen. Aber privat ist die Monika Klasse, ich mag sie, sie vernebelt mir den Blick.

6. Mai

Beim Einräumen des Bücherschranks finde ich das erste Gästebuch meiner Privatpension, von 1983, gleich nach dem Einzug in die neu gebaute Villa. Da lese ich einen Eintrag meiner Mutter selig, der mich nachdenklich stimmt, weil sich seither auch in Europa in Wahrheit nichts geändert hat:

«... Heute Nacht reise ich wieder heim, es ist Krieg und müssen über Moskau fliegen, ich hoffe es geht gut».

Vor dem Einbrechen der Nacht fahre ich noch zum «Century», die Bauarbeiten sind fertig, die Außentreppe zum 1. Stock ist gebaut, ein Seiteneingang gemauert, neue Türen gesetzt, das Parterre geputzt, die Möbel in Reih und Glied ausgerichtet, es ist ganz und gar aufregend. Die Einheimischen tun gut daran, die öffentliche Verfügbarkeit des architektonischen Leckerbissens aus dem alten Ceylon zu ehren und zu nutzen. Nachher spazierte ich ausgedehnt durch die Verschwiegenheit der 1., 2., 3., 4. 5. Lane, die Querstraßen der Altstadt zwischen Lagunenstraße und Meer. Wunderbare alte Häuser sind noch da, Privatleute haben überlebt, die bessere Gesellschaft ist hier daheim, die Alteingesessenen, die Bürger der Stadt. Es ist eine Freude, das wird ein herrliches Fotoalbum geben auf der Website, die ich noch zimmern werde, um die schöne Hundertjährige zu ehren, die ich mir da angelacht habe.

Beim Fischmarkt am Meer entlang sind Greystones zu einem Alpenpanorama aufgeschüttet, es ist von verschiedenen Behörden ein Panoramaweg geplant, schon ist ein riesengroßes Schild an die Straße gepflanzt, nun nimmt das längst verschollene «Belvedere» tatsächlich Formen an. Ich ahne, es ist Wahlpropaganda und bin solidarisch dennoch sauer, als ich in einem Sri Lanka-Blog lese «Negombo ist der reine Horror». Aber recht hat der. Die Liebe währet ewiglich, Blut ist dicker als Wasser, keiner darf in mein Negombonest scheißen, außer den Fischern.

Das Kernstück des Cafés ist die Kaffeemaschine. Nicht einfach, so etwas zu finden mitten im Krieg. Aber jetzt ist sie endlich bestellt, eine Firma in Colombo importiert sie und sichert den Service. Zusammen mit der Mühle kostet sie sündhafte fünftausend Franken, zweieinhalb Jahresmieten. Ich werde ihr einen Hausaltar bauen. Zwanzig Espresso am Tag muss sie schon liefern – insgeheim hoffe ich, dass hundert nötig wären. Aber so ist das mit den Spielsachen, sie werfen keinen Gewinn ab, aber sie generieren Lust. Was für ein Luxus, Geschäfte spielerisch betreiben zu dürfen.

7. Mai

Nix war's mit dem Teetamilen, nach Monikas Steckbriefinterview kam er nicht mehr zur Arbeit. Ist arbeitslos, doch nutzte er die Chance nicht für einen anständigen und gut bezahlten Arbeitsplatz, die beiden Frauen haben ihm wohl Angst gemacht, das europäische Ambiente hat ihn verunsichert. Wer wundert sich, dass hier keiner jemanden empfehlen will, wenn man ihn fragt, ob er jemanden kenne, der diese oder jene Stelle suche. Wie heute, da sagte mir ein alter Bekannter, er kenne schon ein paar Leute, fürchte aber, dass ich ihm Vorwürfe machen würde, wenn der Empfohlene nicht gut sei. Er wäre blamiert. Nein, Vertrauen ist die Sache der sri-lankischen Gesellschaft nicht, Misstrauen regelt das Zusammenleben. Wir nahmen Kontakt auf mit einer Personalvermittlerin, unlizenziert. Ja, kein Problem, morgen um halb elf, da schicken sie jemanden. Wir warteten bis zwölf, auch der kam nicht, und es kam auch keine Nachricht.

Heute machte ich angesichts meiner anhaltend leeren Privatpension (die heißt so, weil sie ein Privatvergnügen ist und keine kommerzielle Milchkuh) Jahresvergleiche und bin ganz sicher, dass Mai und Juni trotz 25% Zimmerdiscount völlig floppen und wir das tiefste Umsatztief seit zehn Jahren haben werden. Für Sommer und Herbst sieht es wegen anhaltend schlechter Nachrichten von der Front nicht besser aus, wir haben nur eine einsame einzige Vorausbuchung. Na ja, es gibt 200 Länder auf der Erde, also 199 Mitbewerber. Keiner mehr kommt auf die Insel, wie also kann da einer zu uns in den Icebear kommen? Seit der Flughafen nachts geschlossen ist, hat Sri Lanka als Touristendestination verloren. Gut für die benachbarten maledivischen Inseln. Entsprechend haben wir aktuell zu viel Personal, ich entscheide für einen Anstellungs-Stop und habe mit dem Manager auch eine Krisenvariante mit Entlassungen durchgesprochen, er solle sich gedanklich schon einmal mit dem Ernstfall auseinandersetzen. Die Haushälterin steht zur Disposition, der Nachtwächter und neuerdings auch der junge Gärtner, der als Lehrling einen so hoffnungsvollen Start hingelegt hatte. Sein Diplom ist unterschrieben und gerahmt und bereit zur Übergabe. Aber er kam drei Tage nicht zur Arbeit, ohne uns zu benachrichtigen, selbst der ungeratene Vater rief besorgt an, sie wüssten auch nicht, wo er steckt. Ich hatte noch mit ihm gesprochen, dass er seinen Tiefpunkt erreicht habe und sich ganz viel Mühe geben und zu seiner alten Form zurückfinden müsste. Der Garten sei in einem so üblen Zustand, dass wir in Wahrheit keinen Gärtner hätten. Ich rätselte mit dem Manager über die Gründe seines Wegbleibens. Einer könnte sein, dass meine Vorhaltungen zu heavy waren für ihn, die sind sensibel hierzulande. (Und ich bin zu einfühlsam.) Oder er ist krank, hatte über Bauchschmerzen geklagt. Oder die Tante ist gestorben. Oder es gab Krach in der Familie. Oder Zoff mit der Freundin, die hat eine starke

Hand und weiß ihn zu führen. Am vierten Tag telefonierte er endlich, er sei mit Freunden in Kurunegala gewesen. Männerbündelei, selbstvergessene Unreife, der Mann ist noch viel zu unreif fürs Leben. Weiß nicht, was ich machen soll, weiß aber auch, es kommt nichts Besseres nach. Weit und breit keine Schulen und Einrichtungen in diesem Land, die den Nachwuchs für Hotellerie und Gastgewerbe ausbilden würden, immer müssen wir Anfänger einstellen und sie selber ausbilden. Was für ein Segen ist die Berufslehre, welche Qual ist dieses Learning-by-doing.

Andererseits ist auch unser privatschulgebildeter Innenminister Janaka ein Schlaffi, allenfalls ein Steward, und der ist schon bald dreißig, hat Kind und Frau und die hat eine eigene Montessorischule. Er arbeitete einen halben Tag im Café, die Chefin gab Anleitung, es ist Putzzeit jetzt, da wurde er gleich krank. Fehlt schon den zweiten Tag, das Sensibelchen erklärte am Telefon, es habe zu viel Staub gegeben, er habe Schnupfen, es gehe ihm gar nicht gut.

11. Mai

Manageress Anika ist eine echte Freude. Sie hat Ausstrahlung, gewinnt Einheimische und Ausländer gleichermaßen für sich, ist fleißig und hat keine Angst vor keiner Arbeit. Ihr Umgang mit mir ist untadelig, sie hat die rechte Mischung von Selbstbewusstsein und Zugänglichkeit. Das Parterre des «Century» ist komplett sauber, sogar Wandvorsprünge, Eisengitter, Simse sind geputzt, die Fenster sowieso. Mit der Hamburgerin, die nun auch schon – noch illegal – seit 7 Tagen im Arbeitseinsatz ist, kann's sie's gut, Frauensolidarität ist ein länderübergreifendes Phänomen. Beide behaupten, sie würden voneinander lernen. Sie hat einen Informationsbrief an die Nachbarn schreiben müssen, das Resultat war hervorragend in Argument, Stil, Englisch, ich musste kaum was ändern. Unsere Tagesbesprechungen sind gut vorbereitet, auch Maurer, Schreiner, Elektriker hält sie in Schach. Weiß der Ehemann, was er für eine Perle hat, akzeptiert er, dass sie so erfolgreich waltet?

Habe eine weitere Kasseneinlage im Café gemacht, das Geld schwimmt weg, doch komme ich aus dem Staunen nicht heraus, was dafür alles zu haben ist. Dem Maurer habe ich das dritte Auftragspaket gegeben für Renovationen, Reparaturen, Neuinstallationen, mauern, malen, schreinern, Wasserabläufe, Treppen, Wände, Türen, Schlösser, Leitungen, Fenster, Lagerraum, zwei Werbesäulen, Bodenplatten. Es läuft gut, ich kontrolliere sorgfältig, zahle gut, die Arbeit ist tadellos, alle Installationen könnten dereinst bei Mietende beseitigt werden, ohne die Haussubstanz zu tangieren, der Vermieter müsste froh sein um einen so einfühlsamen Mieter. Auch unser Icebearelektriker hakt seine lange Liste ab von Kabeln, Steckdosen, Schaltern, Kontakten, Installationen, sogar die antiken Mobilien.

Den Kühlschrank («Sisil», ein sri-lankisches Eigengewächs aus der kommunistischen Ära), den bombastisch auftretenden Gasherd von Singer, die Plastikwaschmaschine, die donnernde Wandklimaanlage, die Deckenventilatoren, alles hat er aufs Beste gängig gemacht. Ich darf mich endlich wieder einmal richtig freuen.

Und ich bin wieder fit. Nur manchmal noch ein Hauch von Zosterschmerz auf Kopf, Stirn, Braue, ich schlafe wieder durch, nehme keine Medikamente mehr, jeden Freitag gibt's zur einstündigen Rundummassage jetzt noch eine halbstündige Kopfmassage, ayurvedisch, was das auch immer meint. Der Freelance-Masseur musste die Palmblatthütte erneuern und vergrößern, er musste lernen, dass er nicht nur melken darf, sondern auch füttern muss. Auch das hat gut geklappt. Machte noch andere Änderungen im Icebear Gästehaus. Um die viel zu wenigen Laufkunden in mein Freiluftrestaurant zu locken, habe ich einen Bilderrahmen blau streichen lassen, hinter Glas hängt jetzt die ganze Menükarte an der Straße. Die täglich neu angeschriebene Schultafel für das täglich neue Abenddiner haben wir in den Garten hereingenommen. Zum ersten Mal habe ich auch meine Einkommenssteuerpflicht erfüllt, am Hauptsitz der Bank of Ceylon, wo ich zur großen Freude beider die Frontoffizierin der Bazarfiliale wiedergetroffen habe, sie war zünftig befördert worden. Da habe ich gleich eine Kontaktliste angelegt für persönliche Einladungen in mein Stadtcafé, mit Espressogutschein, persönlich benamt und persönlich übergeben dannzumal im Herbst, wenn es mit Publikum so richtig losgegangen ist.

Habe Lust, ein paar Monate selber in der Kolonialwohnung des Stadthauses im 1. Stock zu wohnen. Morgen beginnen wir die Reinigung und Installationen dort, der Küchenbauer ist schon seit Wochen in seinem Workshop für Geschirrschränke an der Arbeit, der Waschtisch wird neu, das Riesenhimmelbett zieht in ein Seitenzimmer um, das es ganz ausfüllen wird. Das temporäre Lager mit den neu zugekauften Möbeln muss zurück ins Parterre, sobald dort der Boden neu versiegelt und gestrichen ist. Dort wird es neu ein Séparée geben für private Gruppen und Familien, die Mittelschicht mag «Functions». Auch ein Businesszimmer will ich einrichten mit Bürorollstühlen und rundem Tisch – «Office by Hour», «Meeting Rooms», für alle Gerichte in der Nachbarschaft, hunderte von Beamte sind da beschäftigt, und in der Nachbarschaft wimmelt es von Anwälten, Übersetzern, Schreibdiensten. Kommt her ihr alle, schaut zurück in die Vergangenheit und träumt von einer besseren Zukunft.

12. Mai

Dieser spinnenbeinige Euromönch, der seit Monaten weiter vorne im günstigsten Zimmer der Stadt einquartiert ist, Langzeitgast mit einem Religionsvisum, machte heute eine unschöne Erfahrung. Meist schreitet er unter all den

Badehosen am Strand würdevoll dahin in einen orangenen Sarong gehüllt, ungewöhnlich für einen weißen Ausländer, doch heute setzte er noch eins drauf und hatte einen ganz großen Auftritt als Trash Queen. Wie ein buddhistischer Klostermeister ganz eingewickelt in mehrere Schichten nigelnagelneue orangefarbige Tücher kam er spitzen Fußes den Karrenweg entlang zum öffentlichen Strand, wo an Samstagen besonders viele Fischer zusammen am Boden sitzen. Als er an der Gruppe vorbeihuscht, steht einer unserer strammen Katholiken auf und beschimpft ihn, er solle sofort die Robe ausziehen, Buddhisten seien hier nicht erwünscht, er solle sich ja nicht mehr blicken lassen hier in diesem Aufzug. Weil der Gutesittenwächter ein wenig betrunken war, wurde er auch handgreiflich gegen ihn und das verlorene Schaf aus Deutschland war so schockiert, dass er sich tatsächlich erniedrigte und die Robe abwickelte wie einen langen Faden, sie sorgfältig und, mutig geworden, demonstrativ zusammenfaltete, bevor er als bleiche Karikatur eines Heiligen über die vollgeschissenen Strandfelsen zurück ging in seine Drei-Euro-Klause. Nun wird er gelernt haben, dass in Sri Lanka die Farben sprechen, blau die Sozialisten, grün die Kapitalisten, rot die Marxisten, orange die Buddhisten und so weiter. Da muss mich keiner mehr fragen, warum meine Villa schwarzweiß im Garten steht.

Die grafische Urvorlage von Bestfreund Lukas für den «Icebear Century Café»-Schriftzug kam gut an. Ich kann nun loslegen mit der Fassadentafel und dem Infobrief an die Nachbarn und nachher auch die Werbepostkarte mit Espressogutschein in Auftrag geben. Alles läuft planmäßig und glücklicherweise parallel zu meiner Genesung, ich bin beinahe wieder in alter Frische und habe nur noch gelegentlich Schmerzattacken auf Kopfhaut, Stirn und Augenbraue, das wird vielleicht chronisch. Aber es bleibt mir viel Zeit zum Schlafen auch durch den Tag und die neue Klimaanlage in meinem Schlafzimmer ist eine gute Medizin, genauso wie die Chefin im «Century» und der Manager hier im Icebear, die mir beide mit ihrer Selbstständigkeit und Erfahrung den Rücken freihalten und mich ungehindert erfreuen. Dass ich jetzt am Samstagmittag um drei im Garten sitzen und im Wind baden darf, während ich schreibe und drahtlos emaile, ist ein Privileg. Und dass wir wegen der anhaltend kritischen Sicherheitslage völlig gastlos und in größter Privacy sind, lässt mich erinnern, wie alles anfing und vielleicht wieder sein wird, wenn ich dann einmal 75 bin und es dannzumal vielleicht schaffe, mich wie ein Privatier zu verhalten. Wenigstens blieb mir während der Zosterwochen die Energie, meine Tagesnotizen zu schreiben, wie immer, wenn Ungemach droht. Ich wünsche mir, dass der stets kritische und ein wenig negative Approach meiner Tagesnotizen das wahre Sri Lankabild nicht vernebelt: Da geht es nämlich immer auch ziemlich munter zu. Wie eben gerade, als mir der Manager mitteilte, dass der steinalte Deutschamerikaner, der gerade erst aus dem sündigen Thailand hier angekommen war, ihn und auch den jungen Trainee um eine bezahlte Privatmassage in seinem Zimmer fragte. Was beide unabhängig voneinander tapfer zurückwiesen, denn wer Gott kennt, kennt auch den Teufel.

Nach langer Suche fand sich endlich die professionelle Kaffeemaschine, der Hochaltar meines Kaffeehauses. Es ist ein ziemlich unerotisches Stück gebürsteter Stahl direkt aus der Hand eines währschaften Werkzeugmachers und sicher wird es das nächste Weltbeben überstehen. Im nichtitalienischen Britischen Empire ist sie trotz der Absenz jeglichen Designgesäusels die führende Marke und hier im Land vom Händler servicemäßig gesichert. Sie kostet tausende Franken, doch weniger als befürchtet, funktioniert ohne jede Elektronik mechanisch, halbautomatisch, und sie sei fähig, jede Stunde (!) zweihundert Tassen Espresso zu brühen. Da heißt es, Kunden anschaffen, die Touristen zu bezirzen und die Einheimischen auf Kaffee heiß zu machen. Doch ich ahne, es wird bei zweihundert Tassen in der Woche bleiben. Auch die Kaffeemühle ist schönstes Edelstahlhandwerk, noch einmal tausend, so schmilzt der lächerliche Fremdenzimmergewinn vom letzten Jahr in der Tropensonne dahin. Aber ich will mich nicht beschweren, der Umsatz meiner Privatpension war 2006/07 doppelt so hoch (doppelt so hoch!) wie im schon erstaunlichen Vorjahr 2005/06. Bei meiner Anspruchslosigkeit ist das genug Polster auch für die eben beginnende Miessaison, und die wird dieses Jahr bis zum Jahresende anhalten. Ich bin ein treuer Gefährte meiner schönen Lanka, in guten wie in schlechten Tagen.

Am Dienstag fahre ich wieder einmal nach Colombo, zwei Nächte in meinem Stadthotel, will den Buchhalter treffen, um den neuen Abschluss und Steuersachen zu diskutieren. Für den nächsten Tag habe ich mich zu einem Seminar über das neue Firmenrecht angemeldet, das eben in Kraft gesetzt wurde und Änderungen bringe, da darf ich mich dann heimisch fühlen im Kreis der Weißhemden von Nestlé, Holcim, Keels, Singer und Konsorten. Und zuletzt werde ich wie die gelangweilten Hausfrauen aus Colombo Seven in den Schöner-Wohnen-Tempeln von «Paradise Road» und «Barefoot» herumschlendern und in der Schönheit schöner Dinge schwelgen, die das Überleben im Krieg ein wenig leichter machen. Also fürs «Century Café» weiße Kaffeetassen einkaufen, verschiedene für Espresso und Cappuccino und American Coffee, und viele Meter handgewebte Baumwollstoffe. Monika reist morgen für ein paar Wochen nach Deutschland und muss mir dann ein paar Bodrum Glaskannen mitbringen, für die Tea celebrations.

*

(Brief an die Nachbarn)
«We are pleased to let you know about the opening of this Century old town mansion as the Icebear Century Café to the public coming June. The brainchild of The Icebear Guesthouse at Lewis Place is our humble present to you, the Negombo community, to say Thank you & Istuti & Warnakam for 15 Years of good neighbourhood. The stylish and museum-like Lounge will be the highlight of the Year and is the only one of this kind in town. We will serve you with meeting rooms, cultural events, and mostly with the best coffee in town. Es gibt deutsche Kuchen. The «Century» will be open from 7 to 7 on Monday to Saturday, no alcohol is served. Mrs. Anika is the Duty Manager and if you have any question please contact her. Looking forward to seeing you soon.»

*

Im Garten tobt der heiße Mai-Mistral, die Pflanzen vergrauen schon im Wind, es wird Zeit, dass wir den Windzaun montieren. Der Vater des verschollenen Gärtners kam an, um besorgt zu fragen, was er machen solle mit seinem Sohn. Zu spät, zu spät, um mit der Erziehung anzufangen, er solle ihn nicht verprügeln und auch nicht weich werden, sondern neutral einfach zuschauen und abwarten. (Es sei gar nicht um den Ausflug mit Kollegen gegangen, sondern um ein Mädchen. Dessen Eltern seien wütend und wollten den Liebhaber bei der Polizei anzeigen. Ich sage, das sei nicht zu wünschen, aber Teil der Erfahrung, die sein Sohn selber machen müsse. Das Leben kann man niemandem abnehmen.)

13. Mai
Gestern am Samstag kam ein Postkuvert mit einer Musik-CD gut an, das hat gut geklappt. Beigelegt waren Entwürfe für die Gestaltung der Kaffeehausfassade, da hat der verlässliche Lukas wieder einmal wunderbare Arbeit gemacht, die Säulenmalerei ist köstlich, die Farben schräg. Bin sofort zum Schriftenmaler und habe das Schild in Auftrag gegeben, und bei einem Drucker habe ich die Hauspostkarte vorbesprochen, weil eine Firma hat erst Identität, sie ist erst am Leben, wenn sie ein Gesicht hat, wenn man sie in die Hand nehmen kann.

Ich dachte mir, es sei im August an der Zeit, wieder eine Weile nach Basel zu reisen, der Kopf braucht neue Eindrücke, Sohn und Freunde fehlen mir. Ich achte das Privileg des modernen Auswanderers, dass er auf zwei Hochzeiten tanzen und pendeln kann, wie er will und wie die Umstände es erfordern. Wie ein ausländischer Tourist in der Schweiz einfach nur Ferien haben, das ist alles, was ich diesmal brauche, am liebsten ohne gesellschaftliche Abmachungen und für einmal inkognito. Habe mich wohl ein wenig überfordert. In ein paar Tagen bin ich 68 – ein echter Achtundsechziger endlich, damals war ich ja Zuschauer, just married und nach innen gerichtet und vom revolutionären Zeitgeist ziemlich weit weg.

In der Schweiz sagen mir Freunde manchmal, dass meine Besuche Vorwand für sie seien, die Tagesarbeit liegen zu lassen. Genauso treibe ich es hier, und wenn ein Vorwand nicht länger hält, dann muss ein neuer her: Nachdem mein Zoster ausgeklungen war und mir nur noch von weitem zuwinkte mit pelziger Stirn und Braue, da ging ich in der Hauptstadt nochmals in die Klinik zu einer Hautärztin. Sie bestätigte, dass alles OK sei, dass der Schmerz bis 8 Monate anhalten könne, dass man erst dann wisse, ob Nerven zerstört seien und chronisch etwas bliebe, und dass ich während drei Monaten täglich viel Vitamin B zu mir nehmen solle. Da war ich natürlich sehr erleichtert.

Dass die Galadaristaff mich als altvertrauten und in diesen unsicheren Zeiten nahezu einzigen Gast auf Händen trug und das libanesische Buffet ein echtes Fressen war, machte alles nur noch schöner, 3 Tage ablosundweg. In der Rush Hour am dritten Tag fuhr ich gen Negombo wieder aus Colombo hinaus. Dort, wo der große Buddha in sich ruht und der Verkehr sich vielarmig bündelt, und dort, wo ich in erfahrener Konzentration eingespurt und mit Tempo 30 nordwärts zuckelte bis zur Abzweigung auf das Lagunensträßchen, da schnitt mir von links überfallartig ein Tucktuckfahrer (wer sonst?) den Weg ab. Um eine Frontalauffahrt zu verhindern, bremste ich ab und zog das Steuer erfolgreich nach links, berührte ihn tatsächlich nicht, aber mein Motorrad ist so schwer (Honda, 400 ccm!), es fiel nach links um und ich machte in Zeitlupe Gegenzug, dass die Maschine nicht heruntersaust, und da lag ich selber auch auf der Straße.

Nachdem mir Passanten auf die Beine geholfen haben, war ich erst einmal so wütend auf den ignoranten Verkehrsteilnehmer, dass ich ihn ganz heftig und laut ganz klein machte und herrisch alle seine Papiere einforderte, alle. Er gab sie her, alle, war so perplex und erschrocken, dass er wie angewurzelt stehen blieb statt abzuhauen, wie es üblich ist. Als wir dann unsere Leichtfahrzeuge am Straßenrand abgestellt hatten und ich wieder zu Atem kam, fühlte ich einen großen Schmerz im linken Brustkorb. Als Yogist atmete ich tief und bewusst, äußerlich war nichts außer kleinen Schürfungen und ein Loch in der teuren Hose von Boss, allmählich beamte ich mich wieder in das normale Leben. Aber oft kommt das Drama ja später, wenn man sich in Güte geeinigt und verabschiedet hat, ich wollte nichts riskieren. Also zur Trafficpolice in den 3. Stock nur ein paar Häuser weiter, doch es war die Polizeikantine. Sie riefen einen Kollegen her, der auch gleich mit dem weißen Verkehrspolizistenmotorrad kam (Suzuki,

250 ccm!) und mich und den Tucktuckfahrer zu einer kleinen Klinik in der Nähe eskortierte. Der Arzt diagnostizierte philosophisch, wenn es nicht schlimmer würde, würde es besser, solange ich schnaufen könne, sei es nicht schlimm. Aber er gab mir Schmerztabletten.

Anschließend habe ich auf dem nächsten Polizeiposten eine Anzeige ins Buch eines besoffenen Polizisten gemacht, auch das noch, es war ziemlich mühsam, erfolglos begehrten die Uniformierten ein Trinkgeld («die Schweizer sind reich»). Erst drei Stunden nach dem Zusammenstoß ließ ich mich zum Ort der bösen Tat zurückfahren. Meine Honda stand wie ein Panzer und unversehrt, nur die Spiegel in den Halterungen waren verschoben vor Schreck, doch: da war kein Frontlicht mehr in der Dunkelheit. Ich entschloss mich, ohne Licht heimzufahren, mittlerweile war es abends um neun, es sind nur 30 km nach Negombo. Ich hoffte, unterwegs eine Barfußgarage zu finden, die noch offen hat. Tatsächlich entdeckte ich eine, die flickten dies und das provisorisch, doch wie immer einfallsreich. Mit Tempo 30 schlich ich heimwärts über die dunkle Lagunenstraße, wo die Papierfliegzeuge der Separatisten ihre Mondscheinflüge machen, und war endlose zwei Stunden später daheim bei einer besorgten Staff. Nun muss ein Handy her, da kann ich mich nicht weiter drum drücken, auch das noch.

19. Mai

Mit kunstvollen Drehungen, genauestens abgezirkelt, habe ich seit dem Zusammenprall mit dem Tucktuck gelernt, mich nachts im Bett herumzudrehen, mich zu bücken, vom Liegen ins Sitzen zu wechseln. Da sind Prellungen an den vorderen Rippen. Kaum ist der alte Schmerz vorbei, muss der Schmerzensmann schon wieder leiden. Aber er ist im Kopf wieder gut drauf und eben gab es einen zweistündigen Unterbruch: Habe dem Nachbarn für seinen Tourservice eine Yahooadresse und eine Yahoowebsite aufs Gleis gestellt. Eine gute Vorübung, weil ich in ein paar Tagen auch das Century Café websiten will. Aber sonst habe ich den ganzen Tag nichts getan, nur Sonntagszeitungen gelesen, Tee getrunken, geschlafen, herumgesessen bin ich im Garten, habe mit dem Laptop auf einem Gartentisch drahtlos den Akku entleert, ich bin privilegiert und manchmal vergesse ich es. Gerade kam ein Münchner Ehepaar, nach einer Ayurvedakur, sie zeigten mir den neuen «Polyglott», und da sind wir eines von nur vier Negombohotels, die aufgeführt sind, nach dem «Time Magazine» kann ich mich also wieder einmal zurücklehnen, 15 Hotelierjahre sind durchgebissen und immer noch bin ich guter Dinge. Das ist doch was für einen alten Mann.

Jetzt, wie oft in solchen Augenblicken der Erkenntnis, fehlt mir jemand für ein wenig Nähe.

21. Mai

Habe heute Morgen wieder mein Yoga gemacht, ganz langsam, in Zeitlupe, den Veränderungen angepasst, es sieht besser aus mit meiner Rippenprellung, der Schmerz verblasst wie erhofft.

Habe meinen Anwalt befragt wegen dem Lenkerausweis, den ich bei der Verkehrspolizei bis zur Gerichtsverhandlung deponieren musste, die bereits auf den 29. angesetzt ist. Der empfahl, dort ganz schnell noch einmal vorbeizugehen und «wegen ausgebliebenem Gesundheitsschaden» die Anzeige gegen den Tucktuckfahrer zurückzuziehen und das Verfahren einzustellen, das ginge sonst endlos und am Ende sei jeder genervt und keiner zufrieden. Werde auf die Taxifahrt in die Hauptstadt Dilan und Anika mitnehmen, um zusammen die ohnehin nötigen Cafeteriaeinkäufe zu machen, Frigidaire, Wasserfilter, Toaster, Fliegenkiller, noch mehr Porzellan. Dann will ich die Co-Bosse zum Mittagessen einladen und wenn die Zeit reicht, schleppe ich sie noch ins Kino, wo der neue Supermannfilm läuft, das passt doch.

Das Team ist bezaubernd derzeit, zu meinem Geburtstag haben sie mir eine beschriftete blaue Torte backen lassen, Ballons aufgehängt, das Anschneidemesser geschmückt, Blumen besorgt, einen kleinen Katamaran geschenkt von ihrem üppigen Lohn. Habe sie zum gemeinsamen Tee eingeladen und jeder durfte mit meinem Feuerzeug zwei Ballone zum Knallen bringen. Dahinter jubelte Haydn und die Ziffernkerzen 6 und 8 wurden beim Herumspielen 9 und 8, so soll es sein. Dann holte ich noch mein Ölporträt aus der deutschen Studienzeit – da war ich vierzehn – und hielt eine freie Rede über die Kraft der Freude, war selber ganz bewegt von meiner Kriegskindbiografie, die ist ja sonst kein Thema für mich.

30. Mai

Abends um halb acht der ganz normale Wahnsinn. Es ist Vollmond, morgen feiern sie ihn, alle Läden sind zu und auch die Banken, die Schnapsläden sowieso und auch die Metzgerschuppen, und ich kann kein Bargeld abheben für die Löhne. Ich sitze beim Nachtessen im Garten, schöne Abendstille, das Meer ruhig, keine Gäste, das Team entspannt, warmer Hummer vom Korallenriff auf dem Teller, ein Glas Wein, der Tag war gut, morgens konnte ich erstmals nach dem Verkehrsumfall wieder mein ganzes Hatha Yoga Programm abwickeln. Da höre ich vom Himmel das Motorengeräusch eines Langsamstfliegers, das ist ungewöhnlich in der Nacht und es gibt hier im Land auch gar keine Kleinflugzeuge. Aber die LTTE haben immer noch ihre unangreifbaren Kinderspielzeuge und müssen im Sichtflug fliegen, wenn sie in die Stadt wollen. Aber dort sind sie ja auch nicht blöd, die ganze Nation hat seit Wochen dieses verordnete Hobby, das Airplane spoting, 19 Millionen Augenpaare immer an den Himmel geheftet, so was schweißt die zerrissene Nation ganz schön zusammen. Tatsächlich rennen meine Mitarbeiter zur Straße, auch der Koch lässt alles anbrennen, es ist erregend, und auch ich gehe spoten. Südlich beim Flughafen sieht man die Farbfinger der schnell installierten Flugzeugabwehr am Himmel, eine farbige schöne Diskoschau, Rauchschwaden, die Nachbarn stehen in großen Gruppen zusammen, aber dann ist da nur das große Nichts, wir wenden uns wieder dem lauen Abend und ich mich meiner erkalteten Zigarre zu.

Dabei geht es mir ausnehmend gut, nichts, gar nichts kann meine wiedergewonnene Glückseligkeit trüben, ich werde einen Enkel bekommen und Großvater sein, Prostata und Zoster haben sich verkrümelt, die Rippen halten meine Heldenbrust wieder zusammen, das Townhouse nimmt Form an und nichts ist belebender als Erfolg. Der Hausmanager managt well und hält mir den Rücken frei, ich habe wieder gelernt, mich nicht um alles zu kümmern, mich nicht in alles einzumischen, mein Misstrauen ist zurückgenommen und ich lasse den Dingen ihren wohl kontrollierten Lauf. Habe auch mein Vertrauen in die Menschen wieder zurückgewonnen, meine Liebe zu Land und Leuten ist nur wenig und nicht anhaltend erschüttert, ich bin wieder eingewebt ins tropische Netzwerk und echt daheim, die gestutzten Flügel wachsen wieder, 30 Jahre in Kudapaduwa, wie habe ich das nur hinbekommen?

Man muss stark sein in den Tropen.

Gehe immer noch jeden Tag in die Stadt zur Arbeit. Die ersten Reaktionen der Nachbarschaft auf mein neues «Icebear Century Café» sind positiv, man kennt mich nach all den Jahren, man ist mir im Stadtzentrum wohlgesonnen, die Geschäftsleute, Privaten, Lawyers freuen sich an der Belebung der vergessenen Altstadt, am Erscheinungsbild des Hauses, das in allen Details Klasse vermittelt. Bin auch freudig überrascht, dass es Leute gibt, die Augen und Sinne haben für Qualität und Schönheit, Stadtmenschen halt, neue Nachbarn rundherum. Die Managerin Anika ist ein exzellenter Brückenbauer zu den Einheimischen. Zum Beispiel hatte sie keinerlei Probleme damit, den von mir vorbereiteten Brief mit der Vorausinformation persönlich an sogenannte Persönlichkeiten zu überbringen, die Besitzer der wichtigsten Geschäfte, den Polizeichef und den Postchef, die Alteingesessenen, zurückgelassene Hagestolze, einflussreich Geschäftsleute in der Straße, Honoratorien von Privatschulen, Kanzleien, Ämtern, Anwälte und Gerichtsschreiber.

Bin ein paar Mal im Quartier flaniert und habe in der Altstadt viele neue Dinge entdeckt. Es ist alles ganz neu für mich und ganz anders als am Beach unter meinen Fischernachbarn, im Quartier, wo die armen Leute und niederen Stände wohnen, wie eine Matrone von gegenüber mich wissen ließ. Beinahe hätte sie das Kreuz geschlagen, dass ich dort wohne bei der Sea Church, in der die Leute auf dem Boden sitzen und nicht hier im Sprengel, wo man in St. Mary's unter Godamana's Deckenfresko auf Bänken sitzt.

Der Zufall will, dass gerade jetzt haushohe Propagandatafeln im Stadtzentrum stehen mit Informationen über ein 450 Millionen Rupien Programm für die Wiederherstellung des Hamiltonkanals (die vierte, seit ich nach Negombo kam), für Stadtverschönerung, einen öffentlichen Musterstrand mit Flanierweg, das Belvedere, einen erneuerten Fischereihafen. Auch ein spektakuläres und viel zu großes Gerichtsgebäude ist im Bau – die Chinesen kommen, mitsamt ihren Bauarbeitern, die sie in Omnibussen an- und wegkarren. Es arbeiten viel mehr öffentliche Angestellte und Büroleute in unserer neuen Nachbarschaft, als ich je erwartet hätte, und hin und wieder kommt bereits ein neugieriger Passant oder Nachbar und fragt, wann wir endlich eröffnen.

Meine einheimischen Bauleute sind bald fertig mit der Umbauarbeit, die Maler auch, und auch der Schriftenmaler hat seine Gläser, Bestecke, Suppenschüsseln, Tassen auf die Mauersäulen gemalt wie geheißen. Heute wurde ein voluminöser Kühlschrank angeliefert und auch der 85 000-Rupien Konferenztisch samt fünf Hightechbürostühlen. Office by Hour, Anwälte in den Winkelschuppen rundherum können es für gehobene Anlässe mieten. Morgen wird der Möbelschreiner einen Lastwagen voll maßgeschreinerter Bartische und Kaffeehausstühle anliefern, der Elektriker hat noch viel Arbeit vor sich, in der kolonialen 140m^2 Ferienwohnung im ersten Stock sind die üppigen Säulenbetten neu platziert und ein neuer Waschtisch mit zwei magisch blauen Glasbecken ist in Arbeit. Vom straßenseitigen Eingang her sieht man durchs Café hindurch bis hinaus in den Hofgarten, wo eine lebensgroße Nackte aus Holz ihr langes Haar herzeigt, und auch der blonde Executive Host und Parallelmanager Monika hat heute ihren Reisepass nach Colombo gebracht für die Arbeitsbewilligung, die anstandslos erteilt werden wird. Ich denke, in drei Wochen können wir sanft eröffnen wie geplant, der Hausaltar, die Kaffeemaschine, wird aber erst in sechs Wochen kommen, «sie hängt am Zoll». Freunde haben mir ihre private Hausfrauenmaschine ausgeliehen und bereits ist ein Kaffeebohnenlager angelegt. Später will ich mich auf die Suche nach Ceylonkaffee machen, der nach dem kolonialen britischen Monokulturendesaster der Briten jetzt wieder angebaut würde droben im Hochland.

Den Nachtwächter habe ich wie mehrfach angedroht auf der Stelle für einen unbezahlten Monat beurlaubt, als er zum etwa zweihundertachtunddreißigsten Mal Gäste ohne Uniformmütze verabschiedete, schon wieder Falscheinträge in sein Rapportbuch machte und erneut vom Tiefschlaf aufgeweckt werden musste. Zur Überbrückung hat Dilan seinen Vater für den Sicherheitsdienst aufgeboten, als Farmer und mit der Reife eines 55-Jährigen hat der seine temporäre Arbeit bestens gemacht, morgen hat er seinen letzten Tag, ich spendiere eine meiner Kaffeehaustorten als Respektsbezeugung. Der neue Lehrling ist anhaltend ein Naturtalent, der Innenminister aber ein wenig zu kopffaul, um bei Ausfall des Managers dessen Stellvertreter zu sein. Da ist wohl die Century Chefin die bessere Wahl, falls das nötig werden sollte. Ich denke aber, Dilan gebe seinen Managerjob hier nicht leichtfertig her und rechne ein paar weitere Jahre mit ihm. Die Unaufgeregtheit, mit der er sich derzeit für die Firma opfert und die fünf Tage Fronarbeit auf dem Gerichtsgrundstück absolviert, die ihm der Richter aufgebrummt hat, weil sein Chef keine Alkohollizenz habe, macht mir schwer Eindruck. Zudem hält er mir die Gäste, Tour Operators, Fahrer, Handwerker, Mitarbeiter, Lieferanten vom Leib. Er ist das perfekte Gegenstück zu meiner eigenen Nervigkeit, die mich um- und antreibt, und ich weiß sehr wohl, dass er mich wegsteckt, ist eine große Leistung – ich bin kein leichter Chef.

Der Mai war zuletzt wirtschaftlich besser als erwartet und im Rahmen früherer Jahre verlustreich, aber nicht so, dass ich meinen Personalreduktionsplan realisieren müsste. Für die Sommermonate Juli und August sehen die Buchungen schön aus, ich denke, dieses Jahr werden sogar Rückstellungen möglich sein. Da halten wir auch ein Miesjahr schadlos aus.

Mein Refugium im neu gebauten 1. Stock beglückt mich in jedem Moment, keine meiner vielen Wohnungen war je so maßgeschneidert auf mich, nie vorher war so viel ästhetische Schönheit für die Sinne um mich, nicht einmal in meinem mittelalterlichen Basler Stadthaus beim Spalenbrunnen. Seit ein paar Tagen habe ich Kabelanschluss und Auswahl aus 50 TV-Sendern, arabische und indische zumeist, aber auch BBC, CNN, und die betuliche Deutsche Welle, der es an jeglichem Sexappeal fehlt. Und seit der Neuprogrammierung des Wireless Routers klappt es auch kontinuierlich mit dem Zugang zum Internet allerorts im Garten.

Weil die Deutschen derzeit massenhysterisch aufgewühlt sind wegen einem kleinen Eisbären im Berliner Zoo, und wir bereits zwei Gäste hatten, die nur wegen unseres Namens zu uns kamen (eigenartigerweise gestandene Männer), habe ich heute unsere deutschsprachige Website redigiert und geschrieben «Psst, Knut wäre jetzt viel lieber beim Eisbär in Sri Lanka.» Es macht einfach Spaß, im Sandkasten herumzuwühlen.

Unser weichherziger Koch, den der Manager einmal als «a bit childish» definierte, wollte partout die neun wunderbaren King Crabs nicht kaufen, die Ruwan und ein paar seiner Freunde fein zusammengebunden und springlebendig anschleppten. Es stellte sich heraus, dass er nicht ertragen konnte, sie sterben zu sehen. Ich instruierte ihn über die weltweit akzeptierte Schnelltotmethode des Eintauchens in sprudelndes Wasser. Es ging trotzdem nicht, er ist Buddhist, ich machte es für ihn. Was wird erst, wenn ich einmal einen moslemischen Koch habe im katholischen Negombo, deren Einwohner die Muslime aus der Pettah vielsagend «Porkeater» nennen?

31. Mai
Als vom Board of Investment zertifiziertes Unternehmen sind wir versicherungspflichtig, müssen Feuerlöscher anschaffen und das Team instruiert halten. Heute war wieder so eine Instruktion, sie kostete einen Monatslohn, dafür erhielten wir die Feuerinspektionsbestätigung für ein weiteres Jahr. Und so weiter. Ich lernte dabei, dass Negombo neuerdings eine eigene Feuerwehr habe und wir nicht mehr via Polizei die Flughafenfeuerwehr rufen müssen (die hat ja mit der Abwehr der Spielzeugflugzeuge der Terroristen schon genug zu tun). Es geht aufwärts, Negombo ist immerhin die viertgrößte Stadt des Landes. Den Manager werde ich in einen Erste-Hilfe-Kurs des Roten Kreuzes schicken. Die großmäuligste Versicherung des Landes hat auch nach 6 Monaten noch keinerlei schriftlicher Mitteilung, geschweige denn eine Zahlung gemacht für die Schäden anlässlich der gewaltsamen Zerstörungen im letzten Dezember. Habe einen unwirschen Brief geschrieben und bei der Konkurrenz Offerten eingeholt. Kein Wunder, traut kein Einheimischer einer Versicherung, sei sie staatlich oder privat, immerhin hatten wir nach der Halbstarkenrandale einen Schaden von 110 000 Rupien. Da möchte ich gern wissen, wie das ein finanziell schwachbrüstiger Einheimischer verkraften könnte.

4. Juni
Im Century Café ist die Hardwarephase gut und termingerecht abgeschlossen, habe für Bau- und Schreinerarbeiten 500 000 Rupien ausgegeben, dass die Kaffeemaschine beinahe gleichviel kostet, ist irritierend. Immerhin werden es am Ende zwei Millionen Investmentkapital sein, die mir der gute Geschäftsgang des Icebear ermöglicht. Weil das ganze Haus geputzt ist – wahrscheinlich war es seit 1904 nie mehr so sauber – können sich die angestellten Frauenzwillinge nun der Software zuwenden, dem Verkauf, dem Angebot, den Kundengruppen, der Meetingroom-Promotion, der Organisation z. B. des Inkasso, dem definitiven Angebot. Für die Sandwichbar muss ich noch eine Kühlvitrine anschaffen.

Der temporäre Buchhalter war zum zweiten Mal im Haus, ich stand morgens um 4 Uhr auf und machte bis um 11 Uhr fertig, was ich seit Dezember vor mir herschob: Die Spesenzettelordnung, die Bankbelege usw. Nun gibt es aufbauend auf der monatelangen Investition des letztjährigen Startjahres zum ersten Mal ein Routinejahr, es liegt bereits eine erste Jahresübersicht vor und es sieht trotz ungewisser Zukunft und Bombenstimmung blendend aus.

Der Gärtner war einen Monat freigestellt und wir waren erleichtert, dass er klug genug war, am 1. Juni wieder zur Arbeit zu kommen. Morgen wird er zwanzig; wenn er jetzt nicht die nötigen Schlüsse aus den missglückten letzten Monaten zieht, wird er es nie mehr schaffen. Dass er Blut gehustet hat und fünf Tage in der Klinik war, wo sie ihn mit Hustensirup wieder entlassen haben, beunruhigt jedoch mein weiches Herz, weshalb ich ihn dem Manager überlasse und mich fürs erste zurückziehe.

7. Juni

Der Hausmasseur hat mich in einem Anfall westlicher Geschäftstüchtigkeit zum Nachtessen eingeladen, um sich für die Zusammenarbeit zu bedanken, die es ihm ermöglicht, seine beiden Söhne an der besten Privatschule, der sündig teuren Mary Stella School, studieren zu lassen. Ein guter Kerl und begnadeter Masseur, aber gesellschaftlich unerfahren ist er, ein staatlich bestallter Nachtlampenanzünder im Auftrag der Gemeinde, Staatsangestellter im Hauptamt, die Pension mit 55 im Blick. Ich habe beim Nachtessen sehr gelitten. Auch dieser Einheimische saß stumm wie ein Fisch mit mir am Tisch, schmetterte alle Animationsversuche erfolgreich ab, schaute mit verklemmt-scheinheiligem Blick, zu dem nur Katholiken fähig sind, immer wieder hinüber zu den grässlichen Blondinen aus England (die in Sachen Kleidergeschmack nur von den Russinnen übertroffen werden) und aß mir zuliebe ein Rindfleischsteak. Das lag freudlos wie ein Leichenteil mehrfach ermordet auf dem Teller. Ich selber hatte ein Deutses Winershnizel, Bratkartoffeln dazu, die Hälfte ließ ich für den Hund einpacken. Aber vor allem litt ich an der Beleuchtung mit weißen 25er Sparbirnen, an der Hässlichkeit des Lokals, der aufgesetzten Präsenz der Kellner und den ausländischen Gästen, die einmal gelesen haben, dass man da am besten esse, wo die Einheimischen essen. Das Lokal hat mich noch nie zuvor gesehen, obwohl es seit Jahren ein Renner ist und auf geheimnisvolle Weise auch heute voll besetzt war wie eine Fernfahrerkantine. Doch es ist natürlich ganz einfach: der Teller muss sich biegen, es darf nichts kosten, dann fragt niemand nach Qualität, nicht der Küche und nicht des Lokals. Es war ein Gesamtkunstwerk, ja, aber ganz grauenhaft, ich bin einfach zu geschmäcklerisch für den Billigtourismus. Trank nachher im Browns Beach noch einen Kaffee und zweifelte wieder einmal daran, ob das «Century Café» es schaffen wird, auch nur einen einzigen einheimischen Gast anzulocken, so kultiviert, designed und kunstvoll beleuchtet, wie wir sind.

8. Juni

Wer den Süden der Insel nur einigermaßen kennt, weiß, dass dort stramme Buddhisten wohnen, die bereit sind, die Hindus aus dem Land zu werfen, wenn nur einer lang genug herumzündelt mit diesem patriotischen Nationalismus, der sich im Land breitmacht. Dabei haben die Hitzköpfe dort noch nie einen Tamilen gesehen. Sie haben auch nie davon gehört, dass Buddha ein Inder war. Nun bekommt dieser südliche Landesteil einen eigenen Großhafen, einen eigenen Flughafen, eine Expressstraße, eine Wirtschaftsförderungszone und eine Chauvi-Airline gibt es auch schon. Sie trägt nicht von ungefähr den Namen des Präsidenten, der ist nämlich auch ein Sohn des Südens. Gewählt wurde er von der heimischen Mehrheit im Süden. Und mit der Koalitionshilfe der Steinzeitmarxisten. Die hatten den von der Hauptstadt-Clique vergessenen Süden in den 80er-Jahren gekidnappt, um die Regierung in die Knie zu zwingen und, wie ich denke, ein Regime nach Art der Roten Khmer zu errichten. Das hat zum Glück nicht geklappt, die Regierung ließ durch Todesschwadronen Tausende linke Umstürzler umbringen und die Kommunisten haben sich im Land auch nicht zurückgehalten. Aber die politische Elite aus Colombo hat dem Süden diese Phase nie verziehen, die wirtschaftliche Entwicklung der letzten 25 Jahre ging voll zugunsten des Greater Colombo, sagen wir von Chilaw hinunter nach Galle. Da war kein Wunder, dass sich das Stimmvieh durch den neuen Hoffnungsträger aufgerichtet fand; anderswo gab es schon früher einen, der mit dem Bau von Autobahnen und Volksempfängern Stolz und Würde versprach.

Dieser deutsche Touristenmönch aus der Nachbarschaft war heute zum Frühstück hier, der gelegentliche Smalltalk am menschenleeren Strand brauchte endlich eine Markierung, ich hatte ihn eingeladen, neugierig, was das für einer ist. Wie immer, wenn man sich auf die Geschichte eines Individuums einlässt, war das Treffen interessant, der Mann bereichert meine Sammlung und erweitert mein Wissen: Habe ihn ausfragen können darüber, wie der srilankische Buddhismus organisiert ist, wie er in anderen Ländern gesehen wird, ob er sich durch die militante Linie nicht desavouiere. Der Mann weiß vieles und hat eine klare und unabhängige Meinung, sei schon als Schüler Buddhist gewesen und schon Jahre hier im Land, mit einem religiösen Residencevisum, das das Religionsministerium ausstellte. Zum Glück, denn eine Visumheirat sei nicht in Frage gekommen und auch von Geschäften rate er jedem ab, und Schöntun mit Ministern sei nicht sein Ding. Er wohne für 500 Rupien im Shine Guesthouse, der Chef dort ließe ihn in Ruhe, er würde mit dem Räucherfass herumgehen im Haus und manchmal kämen Touris, um ihn auszufragen. Aber der wahre Buddhismus, der sei in Thailand, dort lebe man nach dem Darma, nach dem, Was Der Lehrer Gesagt Habe, und der Buddhismus sei fest ins Leben eingewebt (wie ich mir immer dachte). Die katholischen Fischer, warum er denn ausgerechnet hier lebe? Die Nähe zur Stadt, zum Flughafen; am Anfang seien alle misstrauisch gewesen, aber jetzt kämen sie schon, um Rat zu holen bei schlechtem Fischfang. Von der kürzlichen Vertreibung seiner Mönchskutte hat er nichts gesagt.

Große Neuigkeiten fürs Kaffeehaus, Monika bekommt die Arbeitserlaubnis, ich bin positiv überrascht. Und die Kaffeemaschine trifft schon in einer Woche ein statt erst in vier. Ich denke, in ein paar Tagen können wir offiziell eröffnen.

22. Juni

Natürlich war nichts mit der Eröffnung am 18., wir haben neu für den 28. 7. geplant, dann wird das Meiste beisammen sein: Die Kaffeemaschine, die Gartenmöbel aus Gusseisen, die Sandwichvitrine. Mit den neuen Stühlen, 20 Stück, wird es bis in die erste Julihälfte dauern, wir müssen uns behelfen, und auch mit der Werbepostkarte habe ich getrödelt, die ist immer noch nicht beim Drucker. Derweil ist Monika hochgradig nervös und weiß plötzlich nicht mehr, wie man deutschen Kuchen und offene Sandwiches macht. Sie braucht viel Seelsorge, und zuletzt ist sie in den Fischteich gestolpert mit viel zu hohen Absätzen für diesen Knochenjob, jetzt sieht sie alt und grau aus und grässlich schmerzensreich, das Knie an ihren schöngeformten Beinen: sie hat jetzt krankheitshalber frei genommen. Ausgerechnet jetzt; Chefin Anika schlägt sich ohne Aufhebens alleine durch.

Dilan sagte, es sei ihm ein Goldarmband aus dem Staffzimmer gestohlen worden. Er schien sicher, und es gäbe viele Anzeichen dafür, dass Sandani es gewesen sei. Er ging zur Polizei, die lud sie vor und auch den Gärtner und einen einheimischen Besucher, der zur fraglichen Zeit im Haus gewesen war. Erstaunt fragt der mich heute, warum die drei anderen Mitarbeiter nicht vorgeladen worden seien. Ich habe ein ungutes Gefühl, wie Dilan die Affäre handhabt; er hatte den Lehrling die Tischschublade in Sandanis Tageszimmer öffnen lassen, selber hat er keinen Mut gehabt. Muss mit ihm reden. Ein Gast schrieb, dass er eine Silberkette im Zimmer zurückließ, der Roomboy weiß von nichts. Gift, solche Dinge, und nächsten Freitag/Samstag ist Betriebsausflug, ich habe Unlustgefühle. Die werden auch nicht kleiner, als eine Engländerin heute ihre Rechnung nicht zahlen konnte, 80 Dollar; sie habe das ganze Reisebudget aufgebraucht, Sri Lanka sei so teuer …, sie wird es mir überweisen, doch lehrte mich die Erfahrung Skepsis und Härte, sie musste ihren Ring als Pfand dalassen, ich vermute, er ist aus Aluminium, sie behauptet er sei aus Platin. O Gott. Warum warnen die gedruckten Reiseführer die Touristen vor den Einheimischen und nicht die Einheimischen vor den Touristen?

Es ist saukalt, ich trage zwei Hemden, 26 Grad statt der üblichen 30, es gibt Stürme vom Meer her, wie ich sie nie sah, es wurden Kokoswedel an der Wurzel faserig weggerissen. Die Niedrigsaison bleibt besser als befürchtet, der Mai ist wie vorletztes Jahr, der Juni wie letztes Jahr und für die europäischen Sommerferien Juli und August gibt es viele Buchungen.

Habe mein Flugticket gekauft, direkt nach Frankfurt mit SriLankan, ich mochte den Zwischenhalt und das Schuh- und Gürtelausziehen bei den Bartschatten im größenwahnsinnigen Dubai nie. Der Retourflug kostet wenig, 77 000, beim Wechselkurs 89 für einen Franken.

28. Juni

Mein «Icebear Century Café» ist endlich eröffnet, die Spielwiese, mein neuer Sandkasten. Der Tag begann frühmorgens um 6 und endete abends um 10, das Programm war nonstop, ereignisreich und ohne Mittagsschlaf, Frühstück, Mittagessen, Vesper. Ohne Einladungen, Eröffnungsprogramm, Paukenschlag, und laute Werbesachen. Will erst zuschauen, wie alles läuft, notfalls korrigieren und erst ab Oktober, wenn ich wieder aus Basel zurück bin, werde ich das Maul aufreißen, Postkarten streuen, Aktionen bei Anwälten und Tucktuckfahrer machen usw. Der Eröffnungstag war auch ein Test für alles: fehlt nichts, stimmen die Abläufe, kennen wir das Angebot, bewegen wir uns sicher im Haus, schafft Monika handgestrickte deutsche Torten und belegte Brötchen, bleibt Anika cool, wird ihr Mann nicht eifersüchtig auf sie, funktionieren die in letzter Minute eingetroffenen verglasten Kühldisplays, der Tiefkühler, und: Kommen überhaupt Gäste, was ist am Abend in der Kasse?

Doch, doch, ich half ein wenig nach, jeder Icebear Mitarbeiter hatte eine Stunde und ein Getränk frei zum Besuch, der Century Saal soll ja nicht wie eine Aufbahrungshalle aussehen. Entsprechend war ich auch damit beschäftigt, meine zwei Frauen immer wieder aus der Küche ans Licht der Öffentlichkeit hinauszujagen, es war einfach zu sedierend, sich zu Abwasch und anderen Nichtigkeiten in die Küche zu verziehen. Alle waren pünktlich um halb sieben da, der Icebearlehrling war zusätzlich aufgeboten, und das war auch nötig. Nachdem bis um 11 noch kein einziger Gast gekommen war und ich mich mit allen Befürchtungen für die einheimische Kundschaft bestätigt fand, die wie die Basler jahrelang brauchen, bis sie Freundschaft schließen mit einem neuen Laden, ging es um halb 12 los. Etwa ein Dutzend Besucher kam in die Mittagspause, Weißhemden (Anwälte), Braunhemden (Beamte), Blauhemden (Vertreter), und auch ein paar Touristen (aus Pakistan, das ungezogene Kind vernichtete auch gleich einer der Menükarten, die ich bis nachts um vier noch ediert und ausgedruckt hatte).

Ich war erstaunt, dass viele nach take-away fragten, sie schleppten Sandwichs, Suppen und Tortenstücke ab, ich besorgte am Nachmittag auch gleich je 50 Klarsichtboxen verschiedener Sorten für Suppen, Torten, Gepäck und auch für Karottensaft, der ein gesunder Lunch sein kann, weil in 2 dl ein Pfund gelbe Rüben stecken. Dann kamen ein paar Hotelkollegen, der vom Rodeo und Askari mit Familie, der Tourist Association Präsident. Nur der Chef vom Lanka Beach, den ich seit 20 Jahren näher kenne als andere Guesthousekollegen, der steht in der Koti-Roti-Spelunke gegenüber an der Bar, schaut mir über die Straße in die Augen, ich sitze genau gegenüber auf den weißen Eisenmöbeln im Vorgarten und winke ihm zu, doch dann fährt er wort- und grußlos weg, ohne herzukommen oder mir zuzurufen. Weiß nicht, ist es Neid oder Dummheit oder beides, oder hätte ich zu ihm hinlaufen und ihn hereinkomplimentieren müssen? Auch ein paar Neugierige kamen, bekannte Geschäftsleute wie der Negombodrucker, der Schwarzkopierer, von Anwaltskanzleien geschickte Abholerinnen, und wer sich von den Einheimischen hinsetzte, saß wie erwartet im Seitenteil, der mit den kleinen Tischen und der schwachen Beleuchtung. Ins Zentrum setzte sich keiner, der war mit neun Reispapierlampen einfach zu hell. Dilan und andere Mitarbeiter brachten Blumen mit, sie haben die europäische Wesensart begriffen. Es wurde nach den Meetingrooms gefragt, auch eine Touristengruppe kam und fragte nach Seafood, die schickten wir in mein Beachrestaurant im Icebear, wo sie morgen zu sechst auffahren werden. Um eins waren die zehn Suppenportionen weg und man musste neue vom Icebear anliefern und meinen kochenden Managerinnen, managenden Köchinnen, beibringen, wie man den halben Liter vom Tiefkühler am schnellsten heiß in die Schüssel bringt. Die Mikrowelle haben sie in den drei Wochen, in dem sie im Haus ist, noch nicht studiert. (Am anderen Tag wird es schon eine Reklamation geben, dass Gäste 30 Minuten auf die Suppe warten mussten, da bleibt mir nur, den Chef zu spielen; Anika rennt kreuz und quer herum wie mein Huhn Laura und die deutsche Bedenkenträgerin war vielleicht doch nicht die beste Wahl.)

Beim abendlichen Kassensturz und Manövergespräch fanden wir alle drei, es seien weniger Leute gekommen als gewünscht, doch mehr als befürchtet. Die Frauen haben gelernt, dass man vorarbeiten muss, um sofort aufzustocken, wenn etwas ausgeht, und es lagen 7000 Rupien in der Kasse, 1500 von mir selber, denn ich habe Kuchen, Suppe und Sandwichs gegessen und testhalber habe ich Kaffee, Jasmintee, Cola und Saft geordert, und am Ende habe ich meine Rechnung ordentlich bezahlt. Na ja, der erbärmliche Tagesumsatz ist nur ein Tropfen auf das Investment, doch am Ende des Monats wird der Umsatz 200 000 Rupien sein, der Break-even. Es sieht also nicht so schlecht aus, besonders, weil nur Einheimische da und im Visier sind und ich die Touristen erst später kitzeln will. Immerhin waren alle Besucher des Lobes voll, die Anlage ist unvergleichlich und einzigartig und ein Juwel auch für die Innerstadt, wo es nichts Vergleichbares gibt. Ein Platz, um die Augen weiden zu lassen.

Dazwischen hatte ich noch ein anspruchsvolles Wochengespräch mit Dilan über die Personalsituation in den kommenden Monaten und wir fällten erste Entscheide. Sandani wird Frühstücksköchin, weil unführbar und selbstständig, der multifunktionelle Koch macht den Rest, beide brauchen aber einen Springer für je zwei Tagesstunden. Abends gab es noch ein schwieriges Wiederanstellungsgespräch mit dem Nachtwächter Joseph, der für einen Monat strafbeurlaubt war. Und jetzt ist es abends zehn, ich bin erschöpft, erleichtert, entspannt und ein wenig eitel dafür, wie ich das koloniale Stadthaus nebenbei und gesundheitlich mies dran in nur zwei Monaten wachgeküsst und mit meiner Handschrift markiert habe.

Morgen, Freitag, und am Samstag – einem Feiertag mit geschlossenen Läden – werden wir die erste Gruppe Anwälte zum Lunch haben, eine vornehme Mutter mit ihrer Tochter wird kommen und Leute aus Colombo. Wir werden jeden Tag 11 000 Rupien einnehmen und ich werde ein scharf beobachtender und fordernder Besucher sein, der nie zufrieden ist – Milch statt Rahm serviert, kleine statt große Tanne Tee hingestellt, Menükarten nicht akkurat ausgelegt, der Boden nicht gewischt, die Blüten in den Töpfen am Eingang verwelkt, die Sandwiches zu langweilig, die Beilagen zu geizig, die Kühldisplays falsch beladen, der Tiefkühler ohne Strom – wo ist denn hier der Schalter? – Softdrinks weit weg im ersten Stock gelagert, die Angestellten verstecken sich dauerhaft in der Küche und gehen nicht auf die Gäste zu, die Croissants sind nicht bereit, der Taubenkot nicht weggewaschen, die Hintergrundmusik, ja wo ist sie denn? Und so wird das weitergehen, ich bin zum Leiden geboren, erwarte immer zu viel.

Wie auch immer, am Sonntag schließen wir das Café und auch das Guesthouse («sorry, private function»), das Icebearteam fährt zum alljährlichen Betriebsausflug zwei Tage in den Süden. Wenn wir zurück sind, mache ich einen Espressogutscheinwelcomebrief, den wir den (diesen Monat sehr zahlreichen!) Icebeargästen aufs Kopfkissen legen werden, die Menükarte muss an der Straße ausgehängt und eine Take-away-Bestellliste bereitgehalten werden.

Mit der kolonialen 150 Quadratmetern Ferienwohnung im ersten Stock warte ich noch zu, die alten Holzböden von 1904 sind bereits gewachst und poliert, es riecht erinnerungsschwer nach nackriegsdeutschem Bohnerwachs, ich muss nur zupacken und das Schmuckstück aktiv anbieten.

10. Juli

Die deutsche Co-Chefin treibt mich derzeit in den Wahnsinn wie die einheimischen Mitarbeiter manchmal. Am Samstag verunsicherte sie mich zum zwanzigsten Mal mit ihrem unstabilen Jawort zum Century Kaffeehaus. Diesmal ging es darum, dass sie wegen der Aufenthaltsbewilligung nach Berlin reisen muss und dass das tausend Euro koste, die im Budget nicht vorgesehen waren, und dass sie knapp bei Kasse sei und überhaupt. Natürlich ging es zuletzt darum, dass sie mich um die Bezahlung ihres Flugtickets anging. An Freunde gäbe ich keine Darlehen. Und geschäftlich hätte ich ein Budget, das keine Extrakosten für die Anstellung einer Mitarbeiterin zu deutschen Gepflogenheiten vorsehe (das Ticket würde den Gegenwert von vier Singer Kühltruhen kosten, mein Gott, wie viele Espressi müssten wir da verkaufen). Dass sie sich erinnern möge, wie viele Ausländer vergeblich um ein Aufenthaltsrecht kämpfen und dafür auch einen Preis zahlen würden. Dass ich ihr den roten Teppich ausgerollt habe. Und sie fürs Kuchenbacken den Monatslohn von vier jungen Mitarbeiterinnen bekäme und dass ich damit ans Äußerste hierzulande mögliche Limit ginge. Und dass ich sie im Vorfeld der Anstellung sicher zehnmal gewarnt und gebeten hatte, alles gut zu durchdenken, bevor sie zusage, für den Lohn einer hiesigen Topangestellten zu arbeiten. Dass sie an ihrem Jawort permanent zweifle und dass alltäglicher Umgang und geschäftliche Planung so nicht zu machen gehe. Dass sie mich so sehr verunsichert habe, dass ich noch am Vorabend der Eröffnung ein Notprogramm bereithielt, im Colombo Hilton fünf Torten zu holen, falls sie die Kuchen nicht bereit habe. Dass sie mich aufs Glatteis geführt hätte, ich das Kaffeehausangebot auf sie abgestellt habe («deutscher Kuchen und belegte Brötchen»), dass ihr Verhalten unfair, wahrscheinlich sogar unanständig sei. Ein weiblicher Bedenkenträger, jemand, für den das Glas immer halb leer ist und nie halb voll; permanente Selbstzweifel verstecken sich hinter servilem Fürdenmannmeineslebensimmerdasein, für das ich noch nie zu haben war. Sie möge bis am Mittwochabend alles noch einmal durchdenken, ihre Lebensplanung überprüfen, die Erfahrungen bedenken und dann möge sie Ja oder Nein sagen und dazu stehen.

Heute Dienstag nach Ladenschluss ließ sie mich wissen, sie würde doch lieber nicht weitermachen, sie habe sich wohl überschätzt, es sei auch so heiß bei der Arbeit und sie sei allergisch auf Moskitostiche. Es täte ihr leid, wenn ich enttäuscht sei, und, natürlich, dass wir immer Freunde bleiben würden und sie auch weiterhin Kuchen backen und aushilfsweise helfen wolle, wenn wir es bräuchten.

Aber ich kann nicht aus meiner Haut, wer mir seinen Hintern zeigt, dem schlecke ich ihn nicht ab. Ich würde immer wieder staunen, wie planlos und verantwortungslos viele Menschen durch ihr Leben stolpern würden. Gute Nacht.

Eine Stunde später gab sie schon den Schlüsselbund ab und ließ ausrichten, dass ich ihr die Foto-CD zurückgeben möge, die sie mir vor ein paar Tagen brannte. Scheidung auf Deutsch.

Ich hatte mich gedanklich schon vorbereitet. Es gibt auch hierzulande Frauen, die nach vorgegebenen und ergo auch nach deutschen Rezepten backen können, etwa die Frau des Masseurs, die mich seit Jahren mit Weihnachtsbutterplätzchen beglückt. Das kriegen wir schon hin. Und der frühere Koch Suriya bot seine Aushilfsdienste fürs Backen einheimischer Frittensnacks an, das kommt auch dem Geschmack der Einheimischen entgegen, den wir derzeit arrogant ignorieren. Da informiert mich Dilan, dass seine Freundin im Sinn habe, etwas zu arbeiten, da reden wir gleich mit ihr und morgen früh um sieben werde ich sie Anika überbringen, die noch nichts weiß von ihrem Unglück, oder Glück.

Werde meinen Secretary beauftragen, das Langzeitvisum für Monika zu sistieren, das war von der Immigrationbehörde ja schon bewilligt. (Wer will noch mal, wer hat noch nicht?)

12. Juli

Monikas Abgang bleibt würdelos, jetzt soll ich ihr noch einen Obolus entrichten. Sie ließ mir von einer einheimischen Frau eine Rechnung überbringen, sehr detailliert und dennoch ein wenig konfus, doch sieht es so aus, als würde sie mir geleistete Überzeit verrechnen. Sie vergaß auch nicht die letzten zehn Arbeitstage vom 1. bis zum 10., die ich ihr sowieso bezahlt hätte. Nun werde ich sie als Lieferanten behandeln und mich an die im Geschäftsleben üblichen 90 Tage Zahlungsfrist halten. (Ins Bild deutscher Beamtenseligkeit passt, dass sie am letzten Arbeitstag Kollegin Anika von ihrer Kündigung tratschte, bevor sie mir selber Bescheid sagte.)

Mit wem gehe ich jetzt dienstags schwimmen?

Anika reagierte erleichtert und gesteht mir, dass sie sich oft zurückgenommen und klein gemacht habe, um friedlich zu bleiben im gemeinsamen Arbeitsalltag mit der deutschen Besserwisserin. Und eingekauft habe sie so üppig wie als Privatfrau. Und nie sei sie nach vorne an die Kundenfront gekommen, immer sei sie im Küchenbereich herumgewuselt oder habe im Hof Zigaretten geraucht. Mit Dilans Freundin ist sie sehr zufrieden, morgen werde ich ihnen das Herstellen von Fingersandwichs zeigen, das Suppenkochen werden sie wohl beherrschen, der Kaffeemaschinen-Rolls-Royce läuft, wegen des Backens deutscher Kuchen habe ich meine Kochbuchsammlung durchwühlt und die persönliche Rezeptsammlung von Mutters Kuchen ausgegraben, das wird die Kuchenkönigin ehren. Heute Abend lade ich den Masseur und seine Bäckerin zur Privataudienz ins Century, damit sie die vorhandenen Kuchen testen und anschauen können. Und falls ich das Angebot den Bedürfnissen der einheimischen Kunden anpassen und Local Snacks anbieten muss, die es ja sonst überall zu kaufen gibt, werde ich mit dem alten Koch Suriya reden. Die Besucherzahlen der ersten zwei Wochen bleiben enttäuschend, ich lasse das Züglein noch bis Ende September laufen, bevor ich mich in Aktivitäten stürze.

Der Koch schrieb mir einmal einen Brief wegen unserem Hausmädchen Sandani, sie sei «Cancer for the Company», unregierbar, ein Unruhestifter. Tatsächlich kam sie letzte Woche, nur wenige Tage nach unserem harmonischen Betriebsausflug, abends ins Century, sie müsse dringend mit mir reden. Tränenreich schilderte sie mir, dass einer meiner Mitarbeiter «ihren Körper brauche», dass der sie einmal beim Bettenmachen in einem der Gästezimmer aufs Bett gezwungen habe. Und dass er sie auch sonst immerzu belästige, jetzt habe er sogar behauptet, sie habe gestohlen, dabei habe sie gar nicht gestohlen. Und jetzt hätte er sie gar zum Verhör bei der Polizei aufgeboten und habe die 70 Rupien für das Tucktuck zurückverlangt, weil die Taxifahrt wegen ihr nötig gewesen sei. Sie ist so hinreißend überzeugend wie sonst nur Heroinabhängige auf der Suche nach Barem für ihren Stoff. Auch kenne ich die Männer ziemlich gut (so lange sie die Frauen noch nicht beschlafen haben, verehren sie sie als Heilige, am nächsten Morgen verachten sie sie als Dirne). Das Leben stimmte mich gütig für menschliche Verfehlungen. Sie solle morgen Freitag erst einmal frei nehmen und ab Samstag für drei Monate in unser neues Frauenhaus kommen, Filialleiterin Anika könnte im Century jemanden brauchen.

Zurück daheim spreche ich mit Dilan, wie ein Vater mit seinem ungezogenen Sohn. Dass ich unsicher sei im Einschätzen der Vorwürfe. Dass Männer aber oft Gründe erfänden, um sich durch Diffamierung von einem Fehltritt sauberzuwaschen. Ich halte für möglich, dass ihm sehr gelegen käme, wenn ich die Frau hinauswerfe. Doch entrüstet weist er die Geschichte als erfunden zurück, und falls er lügen sollte, tut auch er es so meisterhaft wie ein großer Schauspieler. Der er in Wahrheit nicht ist. Er argumentiert, dass Sandani auch Ravindu bei der Polizei verpfiffen habe, als dessen Freundin bei ihm im Staffhaus übernachtete und das arme Ding auf den Posten vorgeladen wurde. Und dass er meine, gibt er klug zu bedenken, Sandani sei so früh Witwe geworden, dass sie auf alle jungen Paare eifersüchtig sei und deren Glück störe, weil sie denen das Glück nicht gönne, auf das sie zeitlebens verzichten musste.

Wie oft schon finde ich mich zwischen allen Stühlen sitzend und glaube nun auch Dilan. Neige aber zur Meinung, Sandani sei psychologisch so verquer geworden, dass Unbewusstes abgespalten vom Bewusstsein in ihr wirkt. Dass sie auf jeden Fall und lange schon Anlass zu Störungen des Teams gab. Dass sie schon früher – arbeitsrechtlich verlangte – Warnbriefe erhalten hat.

Am nächsten Morgen treffe ich sie blühend im Century, wo sie sich eben einrichtet und eröffne ihr, dass sie entlassen sei. Dass ich ihr aber die drei versprochenen Monate im Century den Lohn zahlen würde auch ohne Anstellung. Sie weist das Geld entrüstet zurück, es ginge nur um ihre Ehre. Sie würde keine Anzeige machen, auch nicht aufs Arbeitsgericht gehen, ich solle zuerst die Briefe an Dilan und an mich lesen, die sie letzte Nacht geschrieben habe. Dann möge ich entscheiden. Doch mein Entscheid ist unumkehrbar, die Sache lässt sich nicht mehr flicken, das Porzellan ist zerschlagen, die zwei Streithähne werden nicht mehr zueinanderfinden. Also beide entlassen, da wäre ich schön blöd, oder einen, wie üblich den Schwächeren. Dilan hat die besseren Karten, auch wenn nach solchen Geschichten Flecken auf dem weißen Hemd zurückbleiben. Sandani halte ich für therapiebedürftig, sie ist ein armes Luder, das ein wenig aus dem Ruder gelaufen ist. Überfallartig wirft sie sich mir vor die Füße, ergreift dramatisch meine Hände, richtet sich theatralisch an mir auf und ich halte sie kräftig und still und fest in meinen starken Männerarmen, wo noch jeder Schwache seinen Platz gefunden hat. Dann geht sie. Ob ich ihr 80 Rupien für das Tucktuck geben könne.

Am nächsten Tag schicke ich den ersten Bankscheck und hoffe, sie ist klug genug, ihn anzunehmen in ihrem verletzten Stolz. Dennoch beklage ich ihre Entwicklung, sie wird mir nach fast vier Jahren fehlen; doch wir engagieren umgehend Rosita, die früher temporär bei uns war und die heute ihren ersten Arbeitstag in einer Kleiderfabrik hatte, und die nichts lieber tat, als umgehend zuzusagen – die Luft bei uns sei viel sauberer als in der Fabrik.

Vom Koch erhielt ich schriftlichen Rapport, dass fünf teure Cheddarkäsepacks verschwunden seien, als er frei genommen und Sandani die Stellvertretung übernommen hatte. Tempi passati, vergangene Zeiten.

21. Juli

War zwei Tage in Colombo, vor allem für ein Meeting mit Secretary und Auditor über den Abschluss des letzten Geschäftsjahres. Wir machten 1,6 Rupienmillionen Gewinn, ich möchte für die Century Investitionen eine Rückstellung machen. Der Secretary ist von überwältigender Noblesse, doch ein wenig alt und vergesslich, ich muss ihn führen statt umgekehrt; er hatte mir das Protokoll einer GV vom letzten Dezember nicht geschickt, es fand sich heute zur Unterschrift in seiner Mappe. Der bisherige Chefbuchhalter ist aus der Auditfirma ausgetreten, ein finsterer Typ sitzt jetzt auf dessen Stuhl, der Steuerberater macht Vorschläge, am Donnerstag werde ich ihn noch einmal treffen vor meiner Abreise in die Schweiz, Schecks für Honorar und Steuern sind zu übergeben; das neue Company Law habe ich erhalten und begonnen zu lesen.

Das Galadari war eher fröstelnd, ein Soldat saß sogar am Swimmingpool, das Hotelteam ist umwerfend freundlich mit mir, doch die Betonfassade bröckelt, es wird nicht renoviert, vieles ist heruntergekommen, die Hochsicherheitszone bringt die Nobelhotelerie im Zentrum der Hauptstadt an den Bettelstab, es geht ihnen nicht besser als den Kleinen, die nicht einmal Geld haben, um die Fassaden zu streichen. Es wird wohl bald verkauft werden. Colombo ist wieder einmal in Agonie, alles ruht, besonders der Verkehr. Wenn ein Minister die Strecke von Temple Trees zum Lighthouse fährt, müssen die Passanten gnadenlos wie zusammengetriebene Schafe warten, alte Lastwagen werden auf den Zufahrtstraßen quergestellt, von der Sportmatte beim Verteidigungsmysterium neben dem alten Parlament (jetzt das Sekretariat des Präsidenten) steigen zwei Helikopter auf. Da auch zwischen Staatsbank und Meer Armeeeinrichtungen platziert sind und der Hafen gleich nebenan, ist die Gegend im Ernstfall ein Bombenziel. Ich suchte schon am Samstagmorgen das Weite, obwohl ich auch am Sonntag bleiben wollte. Machte nur einen Saunadurchgang, als ich den Soldaten am Pool sah; ich bin zwar kaltschnäuzig, doch die Angst, dass etwas passiert, die ist immer da. Die Menschen, die in der Hauptstadt leben und arbeiten, sind die wahren Helden dieses Bürgerkriegs, die Politiker und Staatsbeamten sind Gefangene.

Immerhin ist da manchmal ein Lichtblick für sie, denn es ist schwer, nicht geliebt und verehrt zu werden. Ich sah eine hübsche Szene beim Verkehrskreisel an der Großen Moschee in Colombo. Zwei Verkehrspolizisten standen an der Ampel, um alle die Draufgänger aus dem Fahrzeugstrom herauszupicken, die bei Rot noch schnell über die Kreuzung drängten. Der Uniformierte mit dem dickeren Bauch warf sich plötzlich selbstmörderisch auf die Straße, hielt gebieterisch die Hand hoch, um einen besonders üblen Burschen anzuhalten. Doch plötzlich realisierte der Verkehrspolizist, der üble Ampelignorant in dem Auto war ein hoher Polizeioffizier, üppig dekoriert, selber am Steuer seines Privatautos. Da holte er in einer fließenden Bewegung seine gebieterische Hand auf Stirnhöhe herunter und salutierte formvollendet steif und artig, während der Verkehr rechts und links trotz erröteter Ampel an Herr und Hund vorbeidröhnte. Der uniformierte Chef durfte sich wieder einmal geliebt fühlen. Und hatte erst noch das Bußgeld gespart.

Abends war ich beim Sänger «Black Peter» in seiner Häusergruppe, die verheirateten Töchter hatten sich um ihn geschart, viele junge Schüler, und alle zusammen haben gesungen, dass es mich umgehauen hat. Das Enkelkind feierte die Kommunion, ganz in Rosa und ganz verliebt in den einzigen Ausländer in der Menge. Wenn David im Oktober kommt, werde ich ihm eine Party geben und Peter muss singen. Schon weil er der einzige Kulturschaffende ist im Quartier.

Jungmanager Dilan hat zehn Tage Ferien. In manchen Nächten ist er im Staffhaus mit seiner Freundin zusammen, die er heiraten wird und die ein paar Tage im Century ausgeholfen hatte. Abends schleicht er herum. Als ich an der Reception die Bücher prüfe, die der Roomkeeper Janaka stellvertretend führt, berichtet er fragend, ein Freund habe Sandani in Colombo auf dem Human Right Office gesehen. So was gibt's hier? Was denn der Freund dort täte?

Mein junger Manager ist mir oft zu glatt, zeigt mir zu augenfällig sein Honiggesicht, ich vertraue ihm dennoch weitgehend, weiß aber, wie wenig es für einen Fehltritt braucht. Er nimmt an, Sandani würde ein Verfahren anstrengen gegen ihn oder die Company. Ich meine, dass er nichts zu fürchten habe, da er ja sauber sei. Und dass er sauber bleiben solle, die Zeiten seien nicht einfach, in den knapp vier Jahren, in denen er hier arbeite, habe es einige Beschwerden gegen ihn gegeben, er solle nichts riskieren, von einem Tag auf den andern könne er alles verlieren. Dann erinnere ich ihn daran, dass wir in Negombo so friedlich leben, dass wir den Krieg im Land oft vergäßen. Es gibt 600 000 Sri Lanker, die in Lagern leben, und das oft seit 15 Jahren. Das sei Konfliktpotential, jede Gruppe könne es zum Zündeln nutzen. Wenn während meiner Abwesenheit in der Schweiz etwas passiere, solle er unter allen Umständen Kontakt mit mir aufnehmen oder die Schweizer Botschaft konsultieren. Solle das Team um sich scharen und sich selber, die Gäste und die Property sichern. Ich könne keine genauen Instruktionen geben, da ich nicht wisse, womit zu rechnen sei, aber wir müssten auf der Hut bleiben.

Was Sandani betrifft, halte ich für möglich, dass sie sich in Selbsttäuschung und Fehleinschätzung der Umstände in Aktivitäten gegen uns flüchtet. Hierzulande findet sich immer ein auftragsgeiler Advokat.

Nachdem die Einkäufe, die Küche und das Restaurant personell neu organisiert sind, gibt es ab August eine Lohnerhöhung für den Koch, den Roomkeeper (der auch Frühstückskoch wird) und den Gärtner. Es wird Dilan das Führen während meiner zwei Monate Abwesenheit erleichtern; das Team ist hoch motiviert, der Koch auf dem Höhepunkt seiner Kunst, die Gäste glücklich. Am Abend treffe ich den früheren Koch Nadir (der in Zürich so brillant zu kochen lernte), aber er ist verladen, Ganja, abends um elf.

Die Resultate im Stadtcafé, meiner neuen Spielwiese, sind positiv und negativ, je nach dem Blickwinkel, aus dem man sie bewertet. Die Besucherzahl ist angesichts gänzlicher Abwesenheit von Werbung erfreulich, Einheimische und Touristen halten sich die Waage, der Umsatz muss sich verdoppeln, damit wir die Balance halten und sich kaufmännisch alles einpendelt. Auch deshalb verteilt Anika bei den Advokaten in den Winkeln der Main Street ganz schnell noch kesse Promotionsprospekte, auch in Singhalesisch und Tamil, mit der Beschreibung der Meeting Rooms und unseres Take-away-Service. Der Icebearkoch hat schon zum dritten Mal Schokoladentorten und Bananencakes geliefert, Schweizer Rüeblitorte ist in Sicht, krosse Croissants sind im Angebot, die Zimmergäste unseres Guesthouse bekommen einen Espressogutschein und alle fahren mit dem Radl hin, wir füttern uns gewissermaßen selber.

Ich kann nichts dafür, ich bin immerzu betört von der Gegenwart. Doch am 18. Mai 2009 wird der Frieden ausbrechen, Zukunft ist angesagt, es kann nur besser werden.

Das Leben lebt mich immerzu.

DAILY NEWS

The Service Chiefs formally informed President Mahinda Rajapaksa yesterday that the country had regained its full independence, territorial integrity and sovereignty after the defeat of the LTTE terrorist group.

ZEIT ONLINE

Sri Lankas Präsident verkündete im Parlament am Dienstag offiziell das Ende des 25-jährigen Bürgerkrieges. «Ich spreche zum Parlament am Ende des Krieges gegen die Terroristen», sagte er. «Von jetzt an kommt die gesamte Nation unter die Herrschaft des Parlaments.»